ISBN 978-1-5282-9363-1
PIBN 10973981

1 MONTH OF
FREE
READING

at

www.ForgottenBooks.com

By purchasing this book you are eligible for one month membership to ForgottenBooks.com, giving you unlimited access to our entire collection of over 1,000,000 titles via our web site and mobile apps.

To claim your free month visit:
www.forgottenbooks.com/free973981

English
Français
Deutsche
Italiano
Español
Português

www.forgottenbooks.com

Mythology Photography **Fiction**
Fishing Christianity **Art** Cooking
Essays Buddhism Freemasonry
Medicine **Biology** Music **Ancient
Egypt** Evolution Carpentry Physics
Dance Geology **Mathematics** Fitness
Shakespeare **Folklore** Yoga Marketing
Confidence Immortality Biographies
Poetry **Psychology** Witchcraft
Electronics Chemistry History **Law**
Accounting **Philosophy** Anthropology
Alchemy Drama Quantum Mechanics
Atheism Sexual Health **Ancient History**
Entrepreneurship Languages Sport
Paleontology Needlework Islam
Metaphysics Investment Archaeology
Parenting Statistics Criminology
Motivational

REVUE DE PARIS

SIXIÈME ANNÉE

TOME DEUXIÈME

Mars-Avril 1899

PARIS

BUREAUX DE LA REVUE DE PARIS

85bis, FAUBOURG SAINT-HONORÉ, 85bis

1899

NOTES SUR LA VIE

Toute notre dignité consiste donc
en la pensée. C'est de là qu'il faut
nous relever, non de l'espace et de la
durée que nous ne saurions remplir.

PASCAL

Homo duplex, homo duplex ! La première fois que je me
suis aperçu que j'étais deux, à la mort de mon frère Henri,
quand papa criait si dramatiquement : « Il est mort! il est
est mort ! » Mon premier ʍoı pleurait et le second pensait :
« Quel cri juste ! Que ce serait beau au théâtre ! » J'avais
quatorze ans.

Cette horrible dualité m'a souvent fait songer. Oh ! ce terrible second ʍoı, toujours assis pendant que l'autre est debout,
agit, vit, souffre, se démène ! ce second ʍoı que je n'ai
jamais pu ni griser, ni faire pleurer, ni endormir !

Et comme il y voit! et comme il est moqueur !

✻
✻ ✻

A une femme. Vos yeux sentent bon : violettes.

✻
✻ ✻

Quel ennui profond doivent éprouver les épithètes qui
vivent depuis des siècles avec les mêmes substantifs ! Les
mauvais écrivains ne veulent pas comprendre cela ; ils croient
que le divorce des mots n'est pas permis. Il y a des gens qui
ne rougissent pas d'écrire : *des arbres séculaires, des accents*

1ᵉʳ Mars 1899.

mélodieux. « Séculaire » n'est pas laid, mettez-le avec un autre substantif : « mousses séculaires », « jardins séculaires », etc., voyez, il fait bon ménage. Bref, l'épithète doit être la maîtresse du substantif, jamais sa femme légitime. Entre les mots, il faut des liaisons passagères, mais pas de mariage éternel. C'est ce qui différencie l'écrivain original des autres.

⁂

Je compare volontiers ce qu'on appelle la *philosophie* à un cabinet de ministère : chaque nouveau chef arrange le cabinet à sa façon, change les papiers et les étiquettes de place, fait ce qu'on appelle *un travail de classification*. Rien de plus.

Celui qui s'en va n'a rien emporté ; celui qui arrive n'apporte rien. On parle d'améliorations, de réformes. N'y croyez pas. Classification différente, voilà tout. Chaque nouveau grand philosophe qui nous pousse ne fait que classer nos idées, qu'étiqueter nos connaissances d'une autre façon que son prédécesseur. Classement, rangement, et même dérangement ! Quelques-uns, comme Proudhon, déchirent tous les papiers, crèvent tous les cartons verts, jettent les meubles par la fenêtre... puis ils restent debout, au milieu du cabinet, n'ayant pas même de quoi s'asseoir.

⁂

Nous avons dans notre vie de singulières minutes d'*absence*, ou de *vision* peut-être, pendant lesquelles tous les objets, idées, choses, personnes se présentent à nous comme isolément, détachés du temps, de l'espace, des circonstances habituelles. A ces moments-là, certains mots nous apparaissent avec des apparences monstrueuses : deux ou trois fois déjà, le mot de *mort* m'est apparu ainsi, comme un grand trou noir, profond de mille lieues, au fond duquel j'aurais très bien vu. A ces moments-là, les gens rencontrés dans la rue nous semblent indescriptiblement comiques, des âmes folles vues à travers un brouillard. Nous-mêmes perdons le sentiment de notre personnalité ; nous sortons de nous-mêmes, et nous regardons agir ce qui était nous... Une fois, l'idée que je m'appelais Alphonse Daudet m'a fait beaucoup rire.

⁂

Les cuistres chargés d'instruire les enfants oublient toujours qu'*apprendre* n'est pas *comprendre*. Combien y a-t-il de professeurs qui *sentent* le latin ? Beaucoup le savent, peu le sentent. Je me souviens toujours du fameux : *Quadrupedante putrem sonitu quatit...*

On nous le citait toujours comme exemple d'onomatopée, et mon maître m'avait persuadé que c'était, à s'y méprendre, le galop d'un cheval.

Un jour, voulant faire peur à ma petite sœur qui craignait beaucoup les chevaux, j'arrive derrière elle et je crie : « *Quadrupedante putrem sonitu*, etc... » Eh bien, la petite n'eut pas peur.

⁂

Les sens ont des portes de communication entre eux, les arts aussi.

⁂

Un enfant de quelques jours et un agonisant ont le même souffle, faible et précipité.

⁂

Entendu une chose bien comique : un comédien racontant la bénédiction de la mer qu'il avait vue en Bretagne : « Ça vous faisait ça dans le dos, puis ça revenait par là, comme ça et comme ça ; puis on s'en allait dans un coin pour pleurer. » (Tout cela pour indiquer qu'il était ému.)

⁂

Une jolie chose à écrire : un communiqué sous le règne de Néron, communiqué plus féroce que ceux de ce temps-ci : « Ordre de s'ouvrir les veines ». Voir Suétone et autres.

⁂

On me demande si je ne crois pas que la morale de La Fontaine soit pernicieuse ! Comme si vous me demandiez si la purée de lis ou la fricassée de jasmin est bonne pour l'estomac. La Fontaine est, comme le jasmin, fait pour être respiré ; ça sent bon, ça ne se mange pas.

*
* *

Que de gens à bibliothèques sur la bibliothèque desquels on pourrait écrire : « Usage externe », comme sur les fioles de pharmacie !

*
* *

Vu une fois dans les Vosges un bois de hêtres au-dessus d'une forêt de sapins ; bois merveilleux tout rose, la moitié des feuilles vert pâle, l'autre rouge, effet charmant.

« Eh bien ! me dit l'inspecteur, c'est un bois qui est condamné, mangé par les charançons : chaque tache rouge, c'est une feuille perdue. »

Tout à fait comme ces jeunes phtisiques dont de jolies rougeurs éclairent les visages quelques jours avant la mort.

*
* *

D'un écrivain faisant son métier de journaliste tous les jours, régulièrement, sans qu'on en parle : « Machine à coudre silencieuse. »

*
* *

Lu cette belle pensée dans Sénèque :

« L'ambitieux » comparé à « ces chiens à qui l'on jette des morceaux de viande et qui les happent au vol, la gueule ouverte, le cou tendu, attendant toujours le morceau qui va venir, et ne savourant pas, ne goûtant pas même le morceau qui passe : insatiables. »

*
* *

Autre de Sénèque : « La gloire marche toujours avec le talent (*virtus*) dont elle est l'ombre. »

Seulement, comme l'ombre des corps, selon la position du soleil, tantôt elle marche devant, tantôt elle vient derrière.

*
* *

Le Serment du jeu de paume ! Comme cela peint bien la

nation française, accomplissant sa plus grande révolution dans une salle de jeu! J'aurais voulu que David les représentât tous, la main droite tendue, mais avec une raquette dedans.

*
* *

M..., jolie cervelle sans gouvernail.

*
* *

A..., une âme bête à manifestations lyriques.

*
* *

Comparer la langue française à un vieux salon ; les meubles sont les vocables. De ces meubles, aux uns on a laissé leurs housses, et ils se sont fanés sans avoir servi ; les autres, au contraire, ont reçu tous les coups de soleil, tous les Blüchers de la langue s'y sont essuyé les pieds (Vallès et autres) : en somme, on est fort embarrassé pour recevoir dans ce salon-là.

*
* *

Nous avons le même âge, puisque nous avons la même douleur.

*
* *

Quand on veut que les rossignols chantent bien, on leur crève les yeux. Quand Dieu veut avoir de grands poètes, il en choisit deux ou trois auxquels il envoie de grandes douleurs.

*
* *

Visages de paysans couleur de terre.

*
* *

Méfiez-vous des vins trop vieux : ils radotent.

*
* *

Les seuls braves rois qu'ait eus la France sont, j'en jurerais, les rois fainéants. *Nihil fecit,* disent les biographes. Si j'étais roi, je voudrais qu'on en pût dire autant de moi.

***

De mon ami X... : il excelle à être médiocre.

***

On ne doit pas se battre pour n'importe quelle injure ;
mais on doit se battre avec n'importe quel homme.

***

Analogie : la race Valois terminée par trois frères, la race
Bourbon aussi.

***

V..., une âme ardente dans une enveloppe gommée.

***

Sur D... : il y a un singulier mélange de fantaisie et de
réalité dans cet écrivain. Quand il fait un livre d'observation,
une étude de mœurs bourgeoises, il s'y trouve toujours un
côté fantastique, poétique. S'il fait, au contraire, une œuvre
de pure fantaisie, les étoiles elles-mêmes parleront comme
des personnes d'aujourd'hui. Toujours entre ciel et terre,
sauterelle d'Afrique.

***

Un homme sortant d'une bagarre les yeux pochés, abîmés.
On vise toujours à l'œil. C'est ce qu'il y a de plus vivant, de
plus éloquent, de plus insolent dans la figure : ça vit d'une
vie propre, ça brille, ça attire jusqu'aux tout petits, qui veulent toujours y enfoncer leurs doigts.

***

Je pense, en lisant les *Lettres d'un Voyageur,* que les plus
belles ont été écrites en quittant Musset, ça se voit : fantaisie
exquise, ailée. Le papillon a passé par là ! Plus tard, quand
la dame a fait de la poésie toute seule, elle a écrit le *Diable
aux champs :* c'est épais.

.

Quand on est aimé, on ne devrait pas avoir autre chose à faire.

* *

Vu par un jour d'été une chose touchante : un papillon égaré en plein soleil sur la place de la Concorde. L'air brûlant, l'asphalte molle, la bestiole s'en allait dans ce Sahara, voletant au ras du sol, cherchant la fraîcheur au-dessus de quelques gouttes d'eau tombées d'un tonneau d'arrosage.

* *

Quelques définitions d'une femme :
« Les filles : trois mentons et l'air bête. »
« L'œuvre de Sand : une grande soupe. »
« Les lundis de Sainte-Beuve : ça sent le renfermé. »

* *

Opinion de Napoléon sur les membres de ses soldats : des loques.

* *

Je me permets de baptiser les irréconciliables (quel gros mot antihumain, prétentieux, annoncier et bien fait pour cette fin du XIXᵉ siècle) : je les appelle des indécousables.
Ces fameux indécousables, il n'y a que ceux-là qui se décousent.

* *

Une Allemande méchante, c'est le *vergissmeinnicht* enragé.

* *

Tourgueneff, dans ses paysages, vous donne l'impression d'une Russie chaude, brûlée, toute bourdonnante d'abeilles lourdes et gavées. Je crois que, dans toute son œuvre, il ne tombe pas deux fois de la neige.

❊ ❊
❊

Midi, c'est l'heure critique du jour; trente ans, c'est l'âge critique de la femme. Avant midi, vous ne pouvez affirmer que le jour sera beau; avant trente ans, vous ne pouvez dire si la femme sera honnête.

❊ ❊
❊

Il disait : « Je conçois très aisément, très vivement! Je compose moins vite, j'écris avec une lenteur désespérante. J'ai trop d'idées : un grand réservoir toujours trop plein, qui n'a pour écoulement qu'un robinet fin comme un cheveu. Je conçois grand, je rends gracieux: un aigle entre dans ma cervelle, puis, frrt..., il en sort trois colibris. »

❊ ❊
❊

F..., un Provençal qui a eu les mains gelées.

❊ ❊
❊

Les cœurs les plus secs sont les plus inflammables.

❊ ❊
❊

Il est des jours où tout ce qui m'arrive a l'air de m'être arrivé déjà, où tout ce que je fais, je me figure l'avoir fait, il y a longtemps, dans une autre vie, dans un rêve, avec le même concours de circonstances différentes. Certaines intonations de certaines paroles mettent en moi l'idée du déjà entendu; certaines couleurs ou associations de couleurs, l'idée du déjà vu. Que tout cela est difficile à dire comme je le sens !

❊ ❊
❊

Dans la vie, nous n'avons que deux ou trois sensations premières, sensations mères. Toutes les autres ne sont que des souvenirs de celles-là, des seconds tirages de la première impression. Ainsi, le premier pin que j'ai vu, c'est-à-dire avec lequel j'ai vécu, c'est à Fontvieille : tous les pins maintenant me rappellent Fontvieille; toutes les brumes d'automne me rappellent Bures, la vallée de Chevreuse.

✻
✻ ✻

Pour les œuvres, il devrait y avoir des chambres mortuaires, comme en Allemagne. On y laisserait exposées. pendant quelque temps, les œuvres qu'on croit mortes... et comme cela, on n'enterrerait pas d'œuvres vivantes.

✻
✻ ✻

Nous autres, nous aimons les choses ; mais elles ne nous le rendent pas. Ce n'est pas juste.

✻
✻ ✻

J'ai le sentiment du ridicule poussé loin. Le ridicule me fait mal, je ris, mais je souffre ; — sur moi, du reste, comme sur les autres.

✻
✻ ✻

L'homme qui bat sa femme, puis, tout éreinté de sa colère, s'écrie d'une voix pleurarde : « Monstre de femme ! dans quel état elle m'a mis ! » Comme cette petite soupe aux herbes que se faisait faire le grand-père chaque fois qu'il avait fait une scène épouvantable. Le besoin d'être soigné, dorloté.

✻
✻ ✻

Un livre qui s'appelle : *Origines de l'Ame.* C'est tout à fait l'histoire des sources du Nil, que tout le monde a découvertes et qui sont encore à découvrir : les sources du *Nihil.*

✻
✻ ✻

Consoler quelqu'un, c'est prêter pour qu'on vous rende.

✻
✻ ✻

Rien d'ennuyeux comme les relations de voyage, rien de charmant comme les impressions. Le précis, le flottant.

✻
✻ ✻

Ah ! ces gens qui disent tout ! les piètres écrivains !

＊
＊ ＊

Le verbe, c'est l'os de la phrase. Michelet désosse ses phrases, les Goncourt parfois aussi.

＊
＊ ＊

Nature expansive, sans regarder où tombent ses expansions. Ce n'est pas se donner, c'est s'abandonner.

＊
＊ ＊

Il y a des âmes de garenne et des âmes de chou.

＊
＊ ＊

Les Méridionaux ne disent pas : « Je l'aime ! » mais : « Il m'aime ! Ah ! comme il m'aime ! »

＊
＊ ＊

Après la mer, c'est la forêt de Fontainebleau qui m'a le plus impressionné. Effet de grandeur presque identique.

Je l'ai vue par un jour d'automne ; le Bas-Bréau était tout en or sous un ciel noir et bas à toucher avec la main. Mais la forêt s'éclairait elle-même de sa propre lumière, les fonds d'allées tout en feu.

Je sais maintenant ce qu'est la lumière du Nord : les objets y rayonnent comme d'eux-mêmes et d'une façon toute concentrée, le soleil n'y est presque pas, les couleurs dansent distinctes, ce n'est plus notre grand éparpillement, l'effervescence du Midi. Tout ceci encore très vague dans ma tête, mais je sens que j'arrive à comprendre : dans le Midi, la lumière est sur les objets ; dans le Nord, elle est au dedans.

＊
＊ ＊

On me faisait remarquer, un jour, le côté provincial de Balzac découvrant le grand monde parisien : il décrit avec une imagination de provincial ébloui un monde qu'il n'a jamais vu. Que ce monde soit réel à l'heure qu'il est, c'est possible, mais la vie alors a copié le roman ; ces choses-là ne sont pas si rares que l'on croit.

Pour le cas présent, voici ce qui s'est passé, vraisemblablement : la Russie, où les romans de Balzac ont eu d'abord le plus de succès, a imité les mœurs parisiennes et *highlifeuses* de ses livres, puis les mœurs appliquées là-bas, et qu'on croyait vraies, nous sont revenues ensuite (telles les comédies de Musset). et nous les avons accueillies et adoptées maintenant. C'est de la circulation vivante.

D'un philosophe poncif et solennel : « Prud'homme au cap Sunium ».

Idée de comédie assez amusante, dont j'ai donné le titre ailleurs : *La Maison du Voisin* ; des gens qui passent leur temps à critiquer ce qui se fait dans la maison voisine, et, tout en critiquant, font exactement la même chose.

Lu l'histoire de 1848 par Louis Blanc. Livre honnête, mais ce qui me frappe surtout, c'est la petite taille de l'auteur : il est toujours sur une table, sur une chaise, sur les épaules, passé de main en main, et quelle admiration pour les hommes de grande taille ! on dirait une révolution à Brogdingnag racontée par un Gulliver chef de parti.

Que l'œuvre soit littéraire, et qu'on ne voie pas la main du littérateur.

Il y a un âge terrible et bête et vilain, c'est l'âge de la mue, de onze à treize ans ; l'enfant dégingandé, gauche, avec des tics, des aplombs, une voix fausse, criarde : l'âge ingrat! Dire qu'on a cet âge-là en littérature.

*
* *

Dans la musique de Chopin, tous les traits, rapides, con-
tournés, enjolivés, semblent des brandebourgs : jolie musique
à brandebourgs noirs.

*
* *

A joindre aux observations sur les comédiens, l'arrivée de
celui-ci dans sa maison ruinée par la guerre. L'émotion était
sincère, mais c'était joué comme une scène au théâtre : les
bras croisés, la tête haute, le regard circulaire ; puis, demi-
tour, la larme au coin de l'œil enlevée du bout du doigt, et
reprise de la première position, tête en face, regard haut et
ferme cette fois, avec piétinement du pied gauche et petit
fredon contenu du bout des lèvres : « Tiens-toi, mon cœur ! »
Tout cela réglé, mis en scène avec une précision, un convenu... et pourtant l'émotion était réelle, mais comme c'était
peu touchant !

*
* *

Chose bizarre : toutes les fois que je me trouve à côté
d'un de ces sentiments mal exprimés, exagérés ou faux, je
me sens rougir et je louche comme si je mentais.

*
* *

Dans l'étude que je veux faire de l'homme du Midi, je
rencontrerai bien des similitudes avec celle sur les comédiens : l'homme de Nîmes et l'homme de la Porte-Saint-
Martin.

*
* *

En avant des grand'gardes, parmi les maraudeurs et les
francs-tireurs, dans cet abandon complet de soi et des autres,
ce grand lâchez-tout, flairé je ne sais quelle odeur de débauche
sanguinaire et cadavérique.

*
* *

Le contact perpétuel de la mort, la vue du sang et des
cadavres, quand elle n'élève pas l'âme, la bestialise.

Le mot du zouave après Reichshoffen : « Il y avait de la viande ! »

* *
*

Le danger est une ivresse qui dégrise.

* *
*

Comme tous les tableaux de bataille sont bêtes ! Les soldats ne devraient être que l'accessoire, tant le paysage tient toute la place : une bataille, c'est un bois, c'est un ravin, une rue ou un champ de choux avec de la fumée.

* *
*

Joli mot de Gambetta aux francs-tireurs qui se proposent pour une mission : « Vous êtes bien jeunes ! » Un truc pour se donner à lui-même l'air vieux.

* *
*

Un cas singulièrement romanesque s'est passé dans notre quartier. Une famille bavaroise habitait la France depuis quelques années ; le fils, s'étant fait naturaliser Français, pris par la mobile ; le père, obligé de quitter Paris comme Bavarois, enrôlé dans la landwehr et revenant sur Paris dans l'armée ennemie.

* *
*

Observation sur les comédiens : un d'eux, enrôlé dans les francs-tireurs, moins par bravoure vraie que par amour du galon, car il est officier, et pour la joie de saluer et d'être salué militairement ; s'en allant dans les cafés avec son sifflet de franc-tireur, dont il ne se sert jamais, du reste, en campagne, mais pour terrifier des bourgeois en leur montrant comment on fait là-bas dans la tranchée.

* *
*

Un beau poltron, c'est ce pauvre fou qui, sur la route de Fontenay, crainte des obus, n'osait jamais parler à quelqu'un ni s'arrêter, de peur de faire un *groupe !* Les Prussiens tirent sur les groupes !

On me parle d'un officier de la garde nationale qui a été décoré comme blessé à l'affaire de Montretout. Or le drôle s'était blessé, au vu et au su de tout le bataillon, en défonçant un tonneau de lard.

Une chose bien touchante, c'est la rentrée du peintre L..., chez lui. Blessé à la Malmaison, puis fait prisonnier, il revient après deux mois, sans prévenir. Sa femme pleurait, se désespérait. Un soir, elle entend qu'on l'appelle dans l'escalier, une voix faible et lointaine : est-ce un rêve ? Elle sort avec son enfant sur les bras, se penche, regarde et voit L... avec ses béquilles, assis sur l'escalier, et qui, affaibli par l'émotion et la fatigue, ne peut aller plus loin, reste là à pleurer de joie... Quelle scène admirable ! Pendant plus d'un quart d'heure, ils se sont regardés en pleurant, puis ce furent des baisers à s'étouffer, ou plutôt à étouffer le mioche, qui, sans rien comprendre, regardait vaguement ce grand monsieur qui revenait avec des bouts de bois sous les bras.

Mettre dans l'étude sur l'homme du Midi l'exagération des regards qui s'enflamment à propos de tout, de la parole qui accentue tout, donne une valeur à tous les mots, à toutes les lettres ; quand ces gens-là disent : « mon estomac », c'est « mon estomack ». Ça ne fait plus l'effet d'une chose humaine, mais d'un monstre de guerre, quelque chose comme le *Merrimac*.

Condamné à mort ! Un monsieur entre au café : « J'arrive de la campagne », dit-il, et il se mêle à la conversation : on parlait du jugement du conseil de guerre sur les gens du 31 octobre. « Ah ! demande le monsieur, vous avez des nouvelles ?... Qu'est-ce qu'il y a ? — Il y a trois condamnés à mort : Blanqui, Flourens et un autre. — Son nom ? — Un tel ! » L'homme dit : « Bah ! mais c'est moi ! » Il reste un moment indécis, puis, tapant sur la table : « Garçon, un bock ! » Pourtant, il n'acheva pas de boire, serra les mains de ses amis avec des regards à droite et à gauche, puis disparut par le passage.

⁂

Le général, — on l'appelait le général, ce vieil employé en retraite : un des premiers fusillés quand les troupes sont entrées dans Paris.

⁂

Contre-coup du siège de Paris : ces Parisiens déportés en province, loin de leurs petites rentes ou pensions, mourant de faim avec dignité, endurant des souffrances encore plus terribles au milieu de la population si bien nourrie.

⁂

Tirer parti de ce mot d'un sous-préfet de l'Empire, après Forbach et Reichshoffen : « J'ai un franc-tireur ; sur quel corps faut-il que je le dirige ? »

⁂

Tambour qui passe dans le village : « A vendre, dimanche prochain, un lot de guérites prussiennes, dans la mairie de Draveil ! »

⁂

Joli type, l'homme qui était avec moi dans le wagon quand je me suis sauvé de Paris, après la Commune. A mesure qu'il s'éloignait des fortifications, il devenait insolent, provocant. terrible aux communards. Il les avait tous menacés de les passer à la baïonnette. Bien curieux aussi, ce wagon silencieux pendant un grand quart d'heure, puis le « ouf » de soulagement, après Choisy-le-Roi.

⁂

La femme du général Eudes : gants à huit boutons, comme l'Impératrice.

* *
* *

Scènes de l'Insurrection : — entrée des Versaillais dans Paris. — Un fédéré, couché à l'ambulance, monte sur le toit, tire la première estafette qui passe dans la rue. Maison cernée, femmes en face, derrière une persienne, regardant. Quelque chose de blanc, descendu par les soldats : c'est le fédéré en caleçon. Face blême, beau garçon frisé, fusillé au coin de la rue Blanche. Toutes les cocottes regardant ce beau cadavre.

* *
* *

Autre : un convoi de prisonniers, montant l'avenue de Clichy, mené par des chasseurs. Un gros homme, vrai Midi, suant, soufflant, avait peine à suivre. Deux chasseurs s'approchent, lui attachent des longes à chaque bras, autour du corps, et galopent. L'homme veut courir, tombe; on le traîne, masse de chair sanglante qui râle, murmures de pitié dans la foule : « Fusillez-le plutôt ! » Un des chasseurs arrête son cheval, s'approche et allonge un coup de carabine dans le paquet de viande qui grogne et gigote. Il n'est pas mort... L'autre chasseur saute de cheval, lui envoie une nouvelle balle. Cette fois, ça y est. Le malheureux reste là, énorme, épaté.

* *
* *

Histoire racontée par le gardien du Père-Lachaise. — Le mari disparu pendant la Commune; la femme, qui croit le reconnaître à la Morgue, achète un terrain, met une grille, un entourage. Puis le mari, le vrai, revient; il faisait la noce depuis quinze jours, en bordée. Le voilà furieux de la dépense faite, et surtout de ce qu'il ne pouvait déménager l'autre de son terrain. Défendu d'y toucher.

* *
* *

Monselet assiégé. Jolie physionomie de Mouselet, pendant le siège de Paris : très sensuel, très gourmand et très héroïque, voulant bien donner sa peau pour la patrie, mais sans souffrance et surtout sans ridicule. Or Mouselet a du ventre :

apprendre l'exercice, c'était dur ! Il se faisait donner des leçons à part : « Portez armes ! » avec des bras trop courts. Il ne se décida à venir à la compagnie qu'une fois qu'il connut bien la mécanique, et il faisait l'admiration des hommes par sa bonne tenue sous les armes et son formidable coup de fourchette.

⁂

Flourens, à la gare de Montgeron, un Horace à la main ; échange de politesses avec le chef de gare ; il venait de passer quelques jours auprès de sa mère. Le train le remporte dans son tourbillon loin du petit jardin de la station, les yeux pleins des prés embrumés, si calmes au soleil levant.

Je ne l'ai plus revu que là-bas dans cette salle, exposé, son coup de sabre du capitaine de gendarmerie au travers de la tête.

⁂

C'est une chose terrible quand on a connu les gens et puis qu'on vous dit : « Un tel a été fusillé ! » On voit la grimace, le geste de guignol de l'homme frappé qui tombe, on entend sa voix.

⁂

Pas d'appel banal à la pitié, mais au nom même de notre égoïsme, de notre repos à venir, ne soyons pas implacables : c'est ainsi qu'on éternise tout... Si vous pouviez écraser jusqu'à la troisième génération de ces gens-là, — mais non, vous ne le pouvez pas. Les Marat, les Maroteau de l'ordre sont plus terribles encore... ils parlent de tuer, de fusiller au nom de la morale, etc... Travaillons tous pour que ces choses-là ne recommencent pas.

⁂

Même dans les plus terribles batailles, à la guerre, la mort est une éventualité, un accident.

⁂

Ceux qui sont morts pendant ces journées tumultueuses sont morts comme on s'en va des salons : à l'anglaise.

1er Mars 1899.

Ç'a été la guerre des nègres, Saint-Domingue avec ses
cruautés, les orgies du Cap, Dessalines, Toussaint-Louverture,
singes en généraux, bals burlesques d'orangs-outangs atteints
de satyriasis, etc... Vis-à-vis de cela, je suis comme un
planteur honnête, enfermé dans sa plantation, et qui verrait
brûler ses cannes à sucre, etc... Des envies de leur fiche des
coups de fusil, et en même temps : « Pauvres nègres ! Pauvres diables !... » .

Ils ont la naïveté, l'ignorance des nègres : ils seront plus
malheureux émancipés, crèveront de faim, si les blancs ne s'en
mêlent pas. Il faut que le blanc s'en mêle, fasse la part du
feu, montre au nègre qu'il n'est plus esclave et ne doit plus
se laisser aller aux suggestions des métis.

Ceux-là sont les plus féroces. Le nègre, lui, avec ses lèvres
lippues, tue et brûle, mais il a quelquefois des mouvements
de bonté : dans la terrible guerre des nègres, au Cap, à Saint-
Domingue, on a vu des noirs sauvant leur maître, jamais un
métis. Le métis a du sang blanc dans les veines, et on dirait
qu'il puise là dedans une nouvelle rage.

Dans cette terrible guerre qui a bien des analogies avec les
révoltes d'esclaves, mêmes procédés, mêmes folies : ce sont
les métis, les A..., les V..., demi-ouvriers, demi-bourgeois, qui
ont commis le plus d'atrocités.

Devant le Bourget, un fossé de grand'garde, Pujol, du Gym-
nase, sergent aux francs-tireurs. Et tout à coup près de moi,
un franc-tireur cocasse, hirsute, qui me dit : « Je suis Gorski.
Vous rappelez-vous un bal d'enfants à Lyon?... les Mouil-
lard?... » Plus jamais revu, plus jamais pensé à lui, et
l'autre nuit, dans une fièvre d'ægrisomnie, cette pâlotte silhouette debout devant moi : « Je suis Gorski ».

L'ivresse d'être dans le rang, simple unité de l'opération ;

c'est ainsi que j'ai senti battre le cœur du peuple de Paris que j'ignorais absolument.

Le pays, ce qu'il pense. Tant de peines pour aller jusqu'au fond, pour agiter ces couches ultimes. Le vent est tombé, la tempête calmée depuis longtemps, que tout frémit encore au-dessous.

L'obus dans les fossés du fort de Gravelle. La peur basse, minute inoubliable. Danger nouveau, peur nouvelle.

Debout, couché. Ces deux façons si différentes de voir la bataille ; — Tolstoï a indiqué superbement cela, mais je voudrais l'exprimer aussi dans la vie comparée à une bataille, vision différente : ou bravoure ou *timorité*.

Faire un portrait de Bazaine en prenant l'Algérie comme point de départ. Débraillé moral, contact de l'Orient, mœurs primitives, bureaux arabes, bride sur le cou. L'Espagne aussi a joué un grand rôle dans sa vie.

Un beau mensonge ! Quelque chose à faire avec cette situation très dramatique d'un honnête homme à qui la vie impose l'obligation de mentir, et qui, en ne mentant pas, se déshonore.

Conte pour Noël : histoire d'une petite pauvresse qui a pour souliers de vieux souliers de grande personne ; elle les pose devant la cheminée, Noël s'y trompe et, croyant que c'est à une femme, ne met rien dedans,

— Pourquoi tes chansons sont-elles si courtes ? disait-on à l'oiseau, tu n'as donc pas beaucoup de souffle ?

— J'ai surtout beaucoup de chansons, et je voudrais les dire toutes.

· Comme tout se tient! par quel fil mystérieux nos âmes sont liées aux choses! Une lecture faite dans un coin de la forêt, et en voilà pour toute la vie. Chaque fois que vous penserez à la forêt, vous reverrez le livre, chaque fois que vous relirez le livre, vous reverrez la forêt. Pour moi qui vis beaucoup aux champs, il y a des titres d'ouvrages, des noms d'auteurs qui m'arrivent dans un enveloppement de parfums, de sons, de silences, de fonds d'allées. Je ne sais plus quelle nouvelle de Tourgueneff est restée dans mon souvenir sous la forme d'un petit îlot de bruyère rose un peu fanée déjà par l'automne.

En somme, les belles heures de notre vie, l'instant fugitif où l'on se dit les larmes aux yeux : «Oh! que je suis bien!» — ces moments-là nous frappent tellement que les moindres circonstances environnantes, le paysage, l'heure, tout se trouve pris dans le souvenir de notre bonheur, comme un filet que nous ramènerions plein de varechs, de lotus brisés, de roseaux rompus, et le petit poisson d'argent au milieu qui frétille. ·

⁂

Champfleury aura beau faire des romans, il restera toujours un auteur de pantomime : ses personnages n'ont que des gestes.

⁂

J'ai vu des poissons qui, en mourant, changeaient de couleur cinq et six fois de suite. Une agonie riche de tons nués comme un crépuscule d'Orient.

⁂

Il disait : «J'ai passé ma vie à étouffer mon père au dedans de moi, je le sentais se réveiller à chaque instant avec ses manies, ses colères. » Et, très préoccupé de cette crainte des ressemblances, il avait remarqué que lorsqu'il se laissait aller à ces mouvements héréditaires, le masque s'en ressentait et sa figure prenait toutes les expressions de la figure paternelle.

❊
❊ ❊

Race de grillons, toujours sur la porte, et toujours chantant; méridionaux.

❊
❊ ❊

Pourquoi cette musique folle et amoureuse de Rossini a-t-elle pour moi une saveur de volupté et de mort? C'est tout au fond, tout au fond de moi, mais toujours ces airs trop voluptueux me laissent cette impression si vibrante et si fugitive !

❊
❊ ❊

Faisant suite aux observations de ma femme sur la lumière, et à mes notes sur la forêt de Fontainebleau.

Étude de lumière sur les fleurs de mon petit jardin : visage des roses qui pâlit ou qui flambe selon l'état du ciel. Quand le temps devient noir, quand le crépuscule arrive, le genêt s'allume et éclaire tout le jardin : on pourrait lire à sa lumière. Les nappes blanches des thlaspis étincellent, le jardin s'illumine lui-même, fait feu de toutes ses couleurs, vit de sa propre lumière.

❊
❊ ❊

En jouant du Weber, fenêtres ouvertes à sept heures du soir en juin, J... disait que la musique de Weber agrandissait le paysage et que cette nature familière devenait solennelle. Encore d'elle : « Comme ça va bien ensemble, l'eau et les fleurs ! comme les fleurs aiment l'eau ! »

❊
❊ ❊

Vanité qui se localise : tel grand homme ou puissant parvenu sera moins sensible à un grand triomphe qu'à une petite satisfaction de vanité en tel endroit, dans tel petit coin de rue de son village.

❊
❊ ❊

Prenez garde, à force d'être artistique, de n'être plus original.

Quelque chose à faire avec l'employé de ministère qui envoie à son ami un : « Que je m'embête ! » — timbre, met une grande enveloppe, confie à un lancier qui part au grand galop avec son pli, le défend contre les insurgés avec un courage héroïque, et tombe en le défendant.

L'auréole ! Un dieu qui perd son auréole.

Trois rétameurs s'en allant sur la route, casseroles luisant au soleil ; ils crient à tour de rôle : « A rétamer ! » le premier bas, l'autre un peu plus haut. le dernier, un tout petit, avec une voix glapissante. Chaleur lourde, route poussiéreuse et silencieuse, pas de maisons, des arbres, des buissons ; c'était touchant.

Il y a des rieuses sans gaieté.

Encre sympathique, qui n'est visible qu'à la chaleur d'un foyer. Ma femme disait qu'elle voudrait écrire ses livres de cette encre-là : ils ne seraient lisibles qu'à la flamme, compris que par les natures lumineuses.

Une belle comparaison à tirer de ces étoiles qui sont peut-être mortes, éteintes depuis des milliers d'années et dont la lumière dure et durera encore pendant des siècles. Image du génie défunt et de l'immortalité de l'œuvre. Il semble qu'Homère chante encore.

Télémaque. — Un jeune homme envoyé par sa mère auprès

d'un vieil ami pour qu'il devienne le Mentor de ce jeune homme ; mais le vieux est moins raisonnable que le jeune, et, ici, c'est Télémaque qui mène tout, qui tire Mentor d'un tas de mauvaises affaires, bien que l'autre se croie rempli d'expérience.

*
* *

Quelle *alma parens* que la terre ! On l'écorche, on la troue, on la fend, on la meurtrit, on la bouleverse ; ce sont les grands coups de sabre de la charrue, les ongles cruels des herses, les pioches, les pétards, les mines. Un égratignement, un écartèlement continuels. Et, plus on la torture, plus elle est généreuse, et, par toutes ces blessures ouvertes, elle nous donne à flots la vie, la chaleur, la richesse.

*
* *

Une belle page à écrire : la bataille de Rosbach, racontée par un garde française ou par le perruquier du maréchal de Soubise. Le camp des femmes, actrices, courtisanes, parasols, perroquets, chiens.

*
* *

La mère de X..., essayant sur ses enfants des champignons douteux, attendant au lendemain pour en manger, quand elle voit que, depuis les plus grands jusqu'aux plus petits, personne n'a été malade.

*
* *

Même famille, tous frères, sœurs, profitant de la vente de X..,, pour vendre un tas de hardes, de meubles hors d'usage, qu'on fait passer sous le couvert de la femme célèbre.

*
* *

Même famille : de toute la succession, ils n'ont gardé qu'un fauteuil, et, pour prouver qu'il est authentique, venant bien de la vente, ils lui ont laissé l'écriteau de l'expertise.

*
* *

A mettre dans les « Femmes d'artistes » : Y..., le grand

porteur de lyre, l'Apollon ceint du vert laurier, chargé de parapluies, de socques et de fourrures, attendant sa femme à la sortie du théâtre.

*
* *

Des nerfs : ni convictions, ni opinions, ni idées, des nerfs. C'est avec cela qu'il juge. Il y a des jours où ses nerfs ont du bon sens.

*
* *

Quelquefois un nuage passait sur le soleil, et l'on voyait cette grande ombre filer sur la plaine en courant, comme un troupeau serré.

*
* *

Une nuit d'été. Brise tiède. Les étoiles, comme des larmes, tremblaient à la face du ciel. Tout à coup, un soupir d'une mélancolie profonde traversa la nuit : quelque chose comme une corde de guitare brisée. Cela passa roulé dans une odeur mourante de citronnier. C'était le dernier souffle, le dernier soupir de la race latine.

*
* *

Quelle chose singulière que l'atmosphère des foules ! Comme cela vous prend, vous emporte, vous transporte, vous sou— lève ! Nul moyen de rester froid, nul moyen de résister, à moins de le faire avec violence.

*
* *

Certains poètes, quand ils veulent écrire en prose, res— semblent à ces Arabes qui, à cheval, sont grands, élégants, beaux, agiles ; une fois à pied, vous voyez à peine des hommes, empaquetés, veules, flasques.

*
* *

La bêtise est une fissure du crâne par où le vice entre quelquefois.

*
* *

Il y a, de Mendelssohn, des romances sans paroles qui vibrent comme des voix sur l'eau.

٭
٭ ٭

Il faudra que je revienne à ce beau sujet du suicide héréditaire. Deux frères. Le père s'est tué, le grand-père s'est
tué : la même mélancolie insurmontable s'empare des fils à
peu près vers le même âge. Ils s'aiment tous les deux beaucoup : c'est cet amour qui les sauve. La mère leur a dit à
chacun les craintes qu'elle a pour l'autre. En écoutant les
confidences maternelles, chacun se dit : « Pauvre femme,
elle ne se doute pas que c'est aussi ce que j'éprouve. »

Mais ils se mettent à se surveiller mutuellement, à essayer
de se distraire, à se garder contre la mort. si bien que, sans
y prendre garde, l'un voulant préserver l'autre, tous deux
arrivent à se guérir. Je vois cela dans un pays sauvage, vieux
domaine, familial et romantique.

٭
٭ ٭

J'ai vu, dans un petit village qu'on appelle Saint-Clair.
une chose assez saisissante. L'église, le presbytère, l'école, le
cimetière, tout se tenait. Et je pensais à une existence qui
aurait pu se passer là dedans tout entière, depuis le baptême
jusqu'à la mort.

٭
٭ ٭

Les journées si longues, et les années si courtes !

٭
٭ ٭

Il y a des gens qui ne voient rien, qui peuvent aller
partout impunément. Le mot charmant de C..., arrivant
d'Australie, et qui, interrogé sur l'aspect du pays, les mœurs,
etc., en revenait toujours à vous dire : « Devinez combien
les pommes de terre?... »

٭
٭ ٭

A mettre quelque part l'intonation de B. d'A..., payant un
billet de vingt-cinq francs dans sa petite chambre meublée,
et demandant d'une voix emphatique : « Ordre de qui ? —
Ordre Nivière. répondait le petit vieil encaisseur. — Très
bien ! » On se serait cru dans un grand comptoir, à Calcutta.

C'est quelque chose de très touchant à voir sur le pont des navires, les Arabes en guenilles partant pour Alexandrie : ils font leurs dévotions sans rien dire, sont malades silencieusement, reçoivent la pluie, le vent, des coups de mer... Puis ils débarquent, s'en vont par bandes, meurent en route, prient cinquante jours afin de se purifier : tout bon musulman doit faire une fois en sa vie l'effort de ce voyage.

Quelques-uns l'entreprennent en grands seigneurs, la plupart en pauvres, s'embarquent sans le sou, sèment leurs cadavres tout le long de la route.

Mais, quand on revient, que d'histoires à raconter, les yeux encore éblouis des lampes de vermeil dans la fraîcheur des mosquées ! Ils en restent ravis pour toute leur existence.

J'en connais, moi, qui tentent aussi ce voyage à la Mecque, toujours beau et glorieux en tout cas, même lorsque l'on tombe en route ; et ceux qui n'ont pas fait dans l'Art cet effort-là, qui ne se sont jamais embarqués pour le chanceux et long voyage, ceux-là n'étaient pas de vrais artistes.

Quelque chose à trouver dans ce proverbe de chez nous : *Gau de carriero, doulou d'oustau* (joie de rue, douleur de maison). Et comme c'était bien le Midi qui devait trouver ce proverbe-là !

Pauvre pays ! La France joue un singulier rôle en Europe, Dans les nuits obscures, des hommes s'en vont avec un falot, et c'est celui qui porte la lumière qui y voit le moins. La France joue en Europe ce rôle périlleux : elle marche en avant des autres nations, les éclaire, mais, éblouie par son son propre feu, roule dans les fondrières, marche dans les flaques.

Remarqué une chose bien comique : dans les petites existences, étroites, besogneuses, où se joue un seul et continuel

drame, le drame du pain, il y a toujours un nom qu'on en_
tend revenir fréquemment, celui de l'homme à argent, du
monsieur bien placé de qui tout dépend, qui, s'il voulait,
pourrait tout changer ; ce nom va, vient, circule dans la
maison, prononcé par toutes les bouches avec des intonations différentes. La femme et jusqu'aux enfants le répètent
familièrement, sans même y ajouter le mot de *monsieur ;* ils
ne l'ont jamais vu, ça ne fait rien. « As-tu demandé à Dupont? Ah! si Dupont nous avançait cet argent!... » — « Je
vais chez Dupont », dit le mari quand il sort, et la femme
en s'éveillant : « Tiens! j'ai rêvé de Dupont, cette nuit. » Le
tout petit, qui sait à peine parler, prononce le nom : Du...
pont. »

✵
✵ ✵

On ne se moque parfaitement bien que des ridicules qu'on
a un peu.

✵
✵ ✵

Abus que l'on fait dans les discussions parlementaires du
mot *mépris*, depuis la fameuse parole de Guizot. Ah! que de
choses comiques dans ces mœurs de la Chambre! Quel joli
roman à la manière anglaise on ferait avec les *Scènes de la
vie parlementaire!*

✵
✵ ✵

Dire la pitié que m'inspirent les petits marchands qui ne
vendent jamais.

✵
✵ ✵

Il disait qu'il ne manquait pas de volonté ; seulement il
la quittait quelquefois comme une cuirasse lourde et gênante,
bonne seulement pour les jours de bataille.

✵
✵ ✵

Une fantaisie héroïque racontant ceci :

Le roi de Bohême, aveugle, est venu mettre son épée au
service de la France, attaquée par les Anglais. Il fait attacher
son cheval entre ceux de ses deux fils, et frappe à tâtons
d'estoc et de taille. « Menez-moi au milieu des ennemis, dit-il

à ses fils. Y sommes-nous ? — Oui, monseigneur. » Il frappe,
puis il parle à ses enfants ; rien ne répond : morts tous deux.

En vieillissant, les grands artistes, les conquérants de
peuples et de cœurs, les femmes très belles, tous les triom-
phateurs sont atteints d'un ennui, d'une mélancolie du déclin
que je raconterai un jour.

Ceux qu'il plaint souffrent moins que lui, et il se meurt
des peines des autres.

L'idée fixe. Prenez un homme droit, naïf, inculte, à qui
l'on a fait une injustice et qui veut obtenir réparation : il
s'entête, se ruine, perd le sentiment de la famille, de l'humanité, tue, incendie. En révolte contre la société tout
entière.

Dans les derniers temps de sa vie, le vieux Livingstone,
pris d'une sorte de délire ambulant, errait au hasard, campait çà et là, puis se remettait en route sans projet ni bous-
sole : c'était le somnambule du voyage. Dans le domaine
de l'idée, la vieillesse de notre grand Hugo me fait songer
à cela.

Cette publicité qui gêne et qui outrage, et on meurt quand
on ne l'a plus.

Je prends note en passant de l'aveu si navrant, si comique,
de madame Roland à son mari, de sa passion tout idéale
pour Buzot. La douleur du vieux, le cruel malentendu, la
vie gâtée pour toujours. Et la conclusion de Sainte-Beuve :
« N'aurait-il pas mieux valu tromper son mari et ne pas le
lui dire ? » Moi, j'y sens autre chose, la vengeance incon-
sciente de la femme qui fait un lourd sacrifice en restant

honnête, et veut que le vieux mari, obstacle à son bonheur, souffre avec elle.

✣
✣ ✣

L'histoire : la vie des peuples.
Le roman : la vie des hommes.

✣
✣ ✣

Trouvé, à N..., un ancêtre, artiste charmant, droit et vert, sous ses quatre-vingts ans. Je lui fais feuilleter sa vie passée. remuer les antiques poussières de sa mémoire.

Souvenirs admirables : David, avec sa joue gonflée, tout de travers, la bouche pleine de bouillie, exigeant de ses élèves, qu'il tutoie et brutalise, la correction du dessin, l'anatomie d'un doigt, d'un ongle. Puis des visites à la Malmaison chez Joséphine, drapée à la romaine dans ses tissus créoles, entourée d'oiseaux des colonies et de fleurs merveilleuses venues du bout du monde à travers les flottes ennemies qui s'écartaient et laissaient passer les fleurs de l'Impératrice.

Talma traverse aussi ses discours, Talma à la campagne, avec des fantaisies renouvelées du duc d'Antin, bouleversant son parc, et toujours s'endettant et faisant payer ses dettes par l'Empereur.

Tout cela très simplement conté en de courtes haltes dans le jardin en pente, parcouru à petits pas, et toujours, à la fin du récit, un hochement de tête, le regard au loin, un : « J'ai vu cela, moi ! » comme une signature d'authenticité au bas du tableau.

✣
✣ ✣

Causerie à table sur les premières demeures de l'humanité. Forme ronde donnée à toutes les cabanes, par le monde entier, à la mode du castor, qui, lui-même, bâtit de cette façon. Je pense que l'arbre a donné la forme circulaire des cabanes, avec l'ombre de ses feuilles, comme il a fourni l'idée de la première colonne et de ses chapiteaux, de l'ogive, etc.

✣
✣ ✣

Bean trait de Gall parlant dans un cours de phrénologie

de l'amativité de la femme, citant une maîtresse qui l'adorait
et que lui-même aimait passionnément. Oh ! la bonne, l'exquise créature, si dévouée, si tendre ! « J'ai son crâne là,
messieurs, et, si voulez, nous allons l'étudier. » Puis à l'ap-
pariteur : « A gauche, sur le rayon... numéro huit. »

Joli type de femme atteinte d'une névrose de timidité telle
que ses intimes seuls la connaissent au vrai sens du mot,
savent qu'elle est belle, musicienne, exquise ; regardée,
entendue, elle est une autre : une contraction de tout l'être.
N'a jamais pu faire faire son portrait, armée d'un anneau de
Gygès qui la rend invisible à tout ce qui l'intimide. Le mari,
intelligent, jaloux, très heureux d'avoir sa femme toute à lui,
sourit de pitié en regardant les autres femmes. — A mettre en
face, une « femme pour les autres » ; mari vaniteux, passion
de galerie.

Les romans des Goncourt, d'admirables cartons sur le
Modèle au xixᵉ siècle, la Servante, la Bourgeoise, etc.

Banville, ennuyé des banalités de la conversation, les supprimant, les remplaçant par un petit escamotage de parole,
sorte d'*et cætera*, pour arriver à la phrase essentielle.

Belle image à tirer, dans le monde des idées, de cette
récente découverte de la science, que la lumière n'est que le
mouvement. Est-ce assez le Midi, cela !

La colère. Entre deux êtres unis de cœur, de sang, d'habitude, de père à fils, de frère à frère, elle passe et brise tout ;
regards de haine, bouches de haine, à mille lieues l'un de
l'autre : « Je ne te connais plus, je te voudrais mort, déchiré

par moi... » Après, oh ! que de larmes. quelle étreinte pour réparer cela ! C'est possible, quand les deux sont violents : mais s'il n'y en a qu'un, comme l'autre se lasse à la longue !

※
※ ※

Ne pas perdre l'impression de ce trio de violon, de flûte et de voix de tête montant tout à coup sous ma fenêtre au bord du lac, dans la sonorité de l'air et de l'eau. Cet air italien, d'une facilité divine, cette douceur du jour et de l'horizon... toute mon âme vibrait et montait en chantant. Et comme c'est loin !... A mettre quelque part en écho d'amour fini.

※
※ ※

Croyant par tradition, convenance, respect hiérarchique. L'ordre social : Dieu là-haut, en bas le cantonnier.

※
※ ※

Atteint de ce goût des pierres précieuses, que les physiologistes signalent comme une fêlure du cerveau. il passait des heures aux devantures, amoureux d'une opale, noyé, roulé dans ses feux. Puis il écrivit, et les mots lui causèrent une sensation analogue : il les faisait jouer, tinter, miroiter sous ses doigts, s'abîmait en eux !

※
※ ※

Silhouette de ce X..., qui vient de mourir. Ancien viveur, diplomate, boursier, vieil Africain de la conquête, mangeur de hachisch, catholique fervent, disciple de Dupanloup. Une grande pâleur, les yeux déteints, et tout à coup dedans un éclair fou quand il parlait de religion. Se vantant d'avoir eu tous les vices...

※
※ • ※

Ah ! l'érudition du sentiment, comme elle gêne pour sentir !

※
※ ※

On *aveugle* une source, on *aveugle* une voie d'eau : c'est que l'eau, avec son luisant, son mouvement, a bien la vie d'un regard.

⁂

Plus je regarde, plus je vois et compare, plus je sens combien les impressions initiales de la vie, de la toute enfance, sont à peu près les seules qui nous frappent irrévocablement. A quinze ans, vingt ans tout au plus, on est *achevé d'imprimer*. Le reste n'est que des tirages de la première impression. La lecture d'une observation de Charcot me confirme là-dessus.

⁂

Ni gai, ni triste, impressionnable : reflet du temps et de la vie.

⁂

Brave et poltron dans la même journée, selon la disposition de ses nerfs.

⁂

Pour certaines femmes en vue, — mondanité, vanité, sport, — la charité même est un sport.

⁂

En remontant vers le Nord, les yeux s'affinent et s'éteignent.

⁂

L'autorité : un Saint-Sacrement qu'il faut laisser au fond du tabernacle et n'exposer que très rarement.

⁂

Il me disait, littérateur et sincère : « Tout ce que j'ai de bon sens, de clairvoyance, de conduite de vie, je le mets dans mes livres ; je le donne à tous mes bonnes gens, et je n'en ai plus. » A la lettre.

⁂

Ça, un poète? Tout au plus de l'infanterie montée.

*
* *

Un type, ce C... avec ses imaginations forcenées sur les gens, ses inventions de crimes épouvantables. Et il dit des noms, répète et grossit tout, commère tragique et fabuleuse.

*
* *

A noter : la tristesse, l'effarement de mon grand garçon qui vient d'entrer en philosophie et de lire les livres de Schopenhauer, de Hartmann, Stuart Mill, Spencer. Terreur et dégoût de vivre; la doctrine est morne, le professeur désespéré, les conversations en cour désolantes. L'inutilité de tout apparaît à ces gamins et les dévore. J'ai passé la soirée à ranimer, à frictionner le mien ; et, sans le vouloir, je me suis réchauffé moi-même.

Toute la nuit ruminé là-dessus. Est-ce un bien de les initier aussi brusquement? Ne vaudrait-il pas mieux continuer à mentir, laisser à la vie le soin de les désillusionner, d'enlever le décor pièce à pièce?

*
* *

J'indique en passant le manque qu'a fait dans mon éducation l'absolue absence d'algèbre et de géométrie, mon année de philosophie tronquée et sans direction. De là ma répugnance aux idées générales, aux abstractions, l'impossibilité où je me trouve d'avoir une formule quelconque sur toute question philosophique. Je ne sais qu'une chose, crier à mes enfants : « Vive la vie! » Déchiré de maux comme je le suis, c'est dur.

Quant au tout petit, six ans, il a passé le déjeuner à interroger sa mère, car celui-là ne croit qu'à la mère et se tourne toujours vers elle, a demandé ce que c'était que la mort, et l'âme, et le ciel ; comment on pouvait être à la fois sous la terre et dans le bleu. Des éternelles délices promises, une seule chose l'a touché, l'idée de revivre pour ne plus mourir jamais : — « Ça, c'est mignon! » et il a mangé sa côtelette avec infiniment d'appétit.

ALPHONSE DAUDET

(A suivre.)

1er Mars 1899.

RUDYARD KIPLING

I

Le plus notable événement des douze dernières années dans l'histoire littéraire d'outre-Manche, c'est à coup sûr l'apparition de M. Rudyard Kipling. Au moment où poètes, conteurs et peintres cherchaient encore leurs inspirations dans l'art symbolique, dans l'art celtique, dans celui de la France contemporaine et du moyen âge, dans celui de l'Italie préraphaélite, et s'efforçaient d'être nouveaux à force de science, de culture, de sympathie intelligente et déliée, l'Angleterre recevait de l'Inde les premiers contes d'un jeune homme de vingt-deux ans, qui étonnaient par leur accent impérieux et direct, par leur élan de vie presque dur et raide dans son excès de vigueur, par l'étendue de l'expérience personnelle, par la sûreté de métier dont ils témoignaient. Soudain, les critiques laissaient de côté leurs auteurs habituels, et se trouvaient obligés de s'occuper de ce nouveau venu. Toutes les originalités atteintes à force de recherches et de raffinements poussés jusqu'à la mièvrerie, pâlissaient auprès de cet art brutal et franc comme le rouge clair et cru d'une jaquette de soldat anglais.

En effet, M. Kipling était Anglais d'une façon simple, violente et, de plus, très nouvelle. L'Angleterre qu'il peignait et que son talent manifestait n'était pas celle des chemins creux et des bruyères du Devonshire ou du Surrey, ni celle des usines noyées dans les brouillards de Londres ou du Lancashire ; c'était cette « plus grande Angleterre » qui commence à se connaître comme un seul être, dont les mers intérieures sont des océans, dont les rives sont les plages et les falaises du Canada, du Cap, de l'Australie, de la Nouvelle-Zélande, — l'Angleterre impériale que peuplent des jeunes gens constructeurs de villes et de chemins de fer, missionnaires de la civilisation anglaise, et que l'on rencontre dans les fumoirs de tant de steamers en *tennis shoes*, en casquettes de voyage, la pipe de bruyère à la bouche, buvant leur *whisky and soda*, échangeant des récits de chasse et d'affaires.

M. Kipling lui-même était né dans l'Inde[1]. Il y avait passé une partie de son enfance et de son adolescence. La grand'route de Londres à Bombay, les docks de Tilbury, l'énorme Tamise jaune où se serrent monstrueusement dans la brume couleur de suie, entre les rives de boue gluante, entre les alignements d'usines et de magasins, les chapelets et les paquets de grands steamers noirs, — la joie du bateau qui entre dans son élément et commence à tanguer au rythme de la Manche, le défilé des pâles côtes anglaises et des phares, l'adieu d'Ouessant, dont les feux tournent à l'horizon comme les ailes d'un moulin dans la nuit brumeuse, les grands champs libres de l'Atlantique, ses larges houles massives, ses eaux noires comme du

1. M. R. Kipling est né à Bombay en décembre 1865. Il vint de très bonne heure en Angleterre et retourna chez ses parents dans l'Inde à dix-sept ans, ayant refusé de passer par une des Universités anglaises. A Lahore, où son père habitait, il entra dès son retour à la *Civil and Military Gazette* et y publia ses premiers contes qui plus tard furent réunis sous le titre : *Plain Tales from the Hills.* — *The Story of the Gadsbys*, *In Black and White* furent aussi écrits à Lahore. C'est vers la fin de 1886 que l'Angleterre commença à connaître Kipling. En 1888, il quitta la *Civil and Military Gazette* de Lahore et, après des voyages dans l'Inde, en Birmanie, en Chine, en Amérique, vint s'installer à Londres où il écrivit *The Light that failed*. Il s'est marié en 1892 et partit presque aussitôt après pour le Japon, puis pour les États-Unis où il habita plusieurs années, venant de temps en temps en Angleterre. Il a récemment visité l'Afrique australe. M. Kipling parle de son père, directeur du musée de Lahore, comme d'un homme d'une surprenante imagination à qui il doit les sujets de ses plus beaux contes. Il est le neveu de Burne-Jones auprès duquel il a vécu à partir de 1896. Cette parenté est remarquable quand on songe que les noms de Burne-Jones et de Kipling représentent deux types d'âme et d'art opposés, le second ayant détrôné le premier qui régnait en Angleterre jusqu'à l'apparition de Kipling.

marbre à force d'être profondes, — les indigos et, le soir, au
crépuscule, les tressaillements vineux de la Méditerranée, la chaleur et les bouges de Port-Saïd, la lente et solennelle traversée
du canal entre les claires étendues de sables, les torpeurs de la mer
Rouge, la directe descente vers le sud rendue sensible par la
fuite lente des étoiles familières, — Aden, avec sa désolation
de terre incendiée, les mornes splendeurs de l'océan Indien,
la subite tombée des nuits poudroyantes d'étoiles après le mono-
oncaveuglement des jours, — l'arrivée enfin aux pays d'humanité antique, nue et fourmillante comme en rêve sous les coco-
tiers, — tout cela semblait lui être connu comme à nous le voyage
annuel au pays de vacances ; tout cela il l'avait aimé, il l'avait
senti, non pas, comme notre Loti, avec une mélancolie pas-
sive et demi-neurasthénique, avec un frisson de douleur et de
volupté à l'idée de la mort et des grandes forces éternelles,
mais en homme d'action qui ne voit dans ces forces que des
résistances pour exercer son effort, aiguiser sa volonté,
fortifier sa personnalité, préciser et endurcir son orgueil,
trouvant à les combattre le plaisir âpre d'un sport excitant et
dangereux, leur demandant des sensations véhémentes et
subites, les agressives et brutales ivresses d'un alcool violent,
repaissant sombrement son imagination de leurs terreurs et
de leurs mystères.

Ces fortes sensations, ces mystères, ces terreurs, de très
bonne heure la terre de l'Inde l'en avait rassasié. A peine
sorti de l'adolescence, parlant plusieurs langues indigènes, il l'avait, pendant plusieurs années, parcourue
en touriste, en vagabond, en bohémien : à Lahore, correc-
teur d'épreuves et rédacteur d'un journal, il avait passé
les nuits d'été où l'on suffoque, dès que la pankah s'arrête, à
travailler dans le vacarme de l'imprimerie. Plus tard, correspondant du même journal, il avait, à l'entendre, suivi les
régiments aux frontières, couché sous la tente avec les soldats, vécu dans l'intimité de Tommy Atkins[1], et il l'aimait
à cause de sa force, produit de la nourriture abondante et du
grand exercice physique, à cause de sa rudesse disciplinée,
de ses simples et puissants instincts batailleurs, de sa passion

1. Nom populaire du soldat anglais.

et de son respect pour les coups de poing, la bière, le *whisky*
et la viande. Il avait bu du champagne au *mess* avec les officiers corrects, le soir, en habit, après les parties de polo ;
entendu les histoires et les légendes du régiment. A l'entendre
encore, il avait vu pendre, fusiller et massacrer, et le vertige
de la bataille, l'odeur fade du rouge sang huileux, le subit
délire de l'homme qui fonce en avant pour tuer lui avaient
paru bons. Aussi bien il avait fréquenté le brahme, le mendiant sacré, le babou à lunettes, méprisable malgré sa haute
culture, hésitant et obséquieux devant la décision simple,
l'énergie froide et sûre de la race conquérante. Le soir, dans
les rues étroites jonchées de fleurs, où glissent des pieds nus,
dans les échoppes des étroits bazars dont l'atmosphère entête,
il avait écouté les classiques et verbeux conteurs indigènes.
Il avait vu le Gange jaune charrier les cadavres gonflés,
l'orage équatorial enténébrer le ciel et étouffer la terre, l'arrivée subite des pluies diluviennes noyer les routes, fondre et
détruire les murs de boue séchée. Il avait senti « l'odeur du
grand empire indien quand il se change pour six mois en un
enfer ». Les famines qui jettent à terre les squelettes par multitudes, lui étaient bien connues et, de même, les silencieux
travaux du choléra qui, par l'été pâmé de chaleur, « vient
régler les comptes de la Nature avec un gros crayon rouge »,
quand la population s'est mise à pulluler trop vite. Il avait
assisté aux pèlerinages qui assemblent cinq cent mille Hin-
dons autour d'une tombe sacrée, aux fêtes religieuses qui
s'achèvent par des émeutes dans les rues, aux batailles entre
les foules hindoues et musulmanes que la police anglaise pousse
et disperse à coups de canne. Surtout il avait regardé le grouillement lisse et brun des multitudes asiatiques, sous le ciel
blanchi, épuisé de chaleur, et la vie humaine lui était
apparue chose abondante et de vil prix. Parce qu'il avait
vu se coudoyer les religions et les morales étranges et différentes, il semblait ne reconnaître ni morale ni religion : les
idées de cet adolescent sur l'homme et sur la vie étaient
singulièrement cyniques et précoces, faites pour secouer
le respectable lecteur anglais protestant. A ce lecteur qui le
lisait, assis dans sa *bay-window*, après son thé, ses œufs et
ses confortables beurrées du matin, ou le dimanche, au

retour du décent service anglican, il enseignait que pour
vivre véritablement, il faut ressembler à ces jeunes officiers
anglais qui dès vingt-quatre ans, dans l'Inde, en Birmanie,
sous le soleil hostile et qui verse la fièvre, en pays mal connu
et révolté, détachés avec une poignée d'hommes dont ils ont
la garde, ayant charge d'existences humaines, commandent,
veulent, décident, et, indifférents à la vue quotidienne du cadavre humain, ont déjà fait fusiller le meneur ou l'espion.
A ce même lecteur, il décrivait ce qu'est un champ de
bataille, où l'on n'a pas enterré les morts, où les troupeaux
d'hommes abattus « retournent en masses à leurs origines ». Il
paraissait savourer d'atroces souvenirs : trop tôt il avait aperçu
les noirs dessous d'épouvante d'où émerge, comme d'un dangereux océan quelque luxueux navire-hôtel, notre vie civilisée.
Non seulement dans les pays sauvages, il avait sondé ces
abîmes, et il en avait eu peur, mais à Londres, dans l'*East
End,* dans les *slums* de brique suintante et jaune, parmi les
ivrognesses affalées sur les trottoirs, dans les bouges où des
brutes à faces de cire pâle couchent en troupes pour deux
sous la nuit; près de l'énorme et sinistre Tamise, il avait
senti la terreur de sombrer, de couler dans les bas-fonds de
cette société anglaise qui sont plus désespérés que les autres.
Çà et là coupée de rêve visionnaire et d'heures hallucinées
d'égoïste et féroce amour, la vie lui apparaissait comme
un sanglant combat, une lutte acharnée pour subsister et
prendre sa part à la curée; il jugeait que l'homme est vraiment un loup pour l'homme, et de toutes ces noires et rouges
imaginations il jouissait âprement avec un frisson de tous ses
nerfs, un raidissement de la volonté qui se tend pour lutter
et vaincre. Par choix, il s'attachait aux êtres simples, d'é-
nergie brute, dont les impulsions d'attaque et les réactions de
défense sont intactes et franches; il prenait ses héros dans les
tripots, dans les casernes et, s'il peignait le civilisé, il l'éloignait de la civilisation; il montrait l'officier combattant en
guerre contre l'Afghan ou le Derviche, ou bien le *civil servant,*
hier étudiant de la traditionnelle Oxford, aujourd'hui maître
responsable d'un district grand comme un comté, tous deux
affirmant d'abord leur volonté de *gentleman,* que l'aristocratique éducation anglaise a trempée comme une claire

épée, — ou bien, au contraire, vaincus, défaits, réduits à
l'éternel fonds de misère humaine, acculés par la solitude
trop longue, la fatigue, la souffrance, les torrides nuits sans
sommeil, à l'hébétement, à la folie ou à la mort. Derrière ces
groupes vivants, toujours de vastes et tragiques décors : Londres, le plus accablant des spectacles humains, obscure, vague,
avec le pullulement infini de ses maisons basses qui se pressent, pareilles, se suivent, se perdent, se continuent toujours
dans le brouillard, ou bien des paysages mornes à force de
splendeur : le désert, la mer libre, les mers australes de la planète, où les continents s'allongent et finissent en pointes, des
cercles d'eau « si solitaires que le Soleil a l'air d'avoir peur en
surgissant le matin au-dessus d'elles », ou bien l'Inde avec sa
terre odorante et brune, ses inflexibles étés, ses déluges et ses
sécheresses, ses fleuves limoneux, ses trente-trois millions de
dieux, ses deux cent quatre-vingts millions d'hommes, ses
provinces cultivées où deux mille habitants se pressent par
mille carré, et ses villes mortes de grès ronge, oubliées sur
les sables jaunes, — où des singes et des paons s'ébattent à
l'ombre des palais de marbre et sur les tombes monumentales
des empereurs mongols.

II

Ce qui frappe d'abord dans ces huit ou neuf recueils de
contes, c'est la concision du récit. Pour l'Anglais, habitué au
roman biographique en trois volumes où les caractères se
développent lentement, où de vastes groupes se mettent peu
à peu à remuer et à vivre, cela est neuf et surprenant. Au plus
haut degré, Kipling possède la faculté française qui tout de
suite assemble et construit, celle qui ordonne et fait converger
les effets vers un effet total, d'autant plus puissant qu'il est
plus soudain. Dans la phrase, le paragraphe, la nouvelle, il
enfonce, il burine le trait ; il lie et serre avec décision la ligne
de contour. Lui-même a donné pour titre à l'un de ses recueils : *Dessins en blanc et noir*. En effet, on dirait qu'aux
pays torrides il a appris le contraste dur des ombres projetées

et des plans de lumière. Il est court, fort, dense, acéré comme Mérimée, bien plus nerveux, instantané et cruel.

Par le ton aussi, il rappelle Mérimée, ironique, supérieur, coupant, presque insolent. Voici le début d'un récit de Kipling :

Il y avait une fois un mari, sa femme et un *Tertium quid.*

Tous trois étaient peu sages ; mais la femme était la moins sage. Le mari aurait dû s'occuper de sa femme qui aurait dû éviter le *Tertium quid* qui, de son côté, aurait dû épouser une femme à lui après une flirtation publique et honnête autour de Jakko [1] ou de la colline de l'Observatoire. Quand vous voyez un jeune homme sur un poney convert d'écume blanche, le chapeau sur la nuque, descendre avec une vitesse de quinze milles à l'heure une colline pour rencontrer une jeune fille qui va témoigner une convenable surprise de le rencontrer, naturellement vous jugez que ce jeune homme est fort bien ; vous souhaitez qu'il arrive à l'état-major, vous vous intéressez à son avenir et, le jour venu, vous leur offrez des pinces à sucre ou des selles de dame, selon vos moyens et votre générosité.

Le *Tertium quid* descendait la colline à cheval avec la même vitesse, mais c'était pour rencontrer la femme du mari. Le mari passait l'été dans les plaines, gagnant de l'argent que la femme dépensait en robes, en bracelets de quatre cents roupies et autres jolis objets frivoles. Il travaillait de toutes ses forces, et lui envoyait une lettre ou une carte postale tous les jours. Elle aussi lui écrivait tous les jours et lui disait qu'elle attendait avec impatience son arrivée à Simla. Le *Tertium quid* avait coutume de se pencher sur son épaule et de rire tandis qu'elle écrivait ces lettres. Alors tous deux montaient à cheval et s'en allaient au bureau de poste.

Dans tous les récits de Kipling, on retrouve ce geste court, mesuré de l'homme fort qui raconte des choses énormes d'un ton uni et froid. Ce qui ajoute à la supériorité tranchante de son allure, c'est l'étendue et la minutie de son impeccable information ; c'est le flegme de sa science universelle. Ses premiers contes, écrits à vingt et un ans, sont d'un homme qui, ayant tout vu, a tout jugé et accepté. Son expérience est prodigieuse, d'autant plus sûre d'elle-même et capable d'imposer au lecteur que, visiblement, elle est directe, produite par la sensation, acquise au contact des milieux. De l'officier, du soldat — anglais, écossais ou irlandais ; artilleur, fantassin ou

---

1. A Simla, dans l'Himalaya, rendez-vous d'été de la société mondaine dans l'Inde.

hussard — du cipaye, du coolie, du matelot, du capitaine au long cours, du *civil servant*, de l'ouvrier de Whitechapel, du mécanicien de bateau, du conducteur de locomotive dans l'Ouest américain, il sait les habitudes de corps et d'esprit, les préjugés, les gestes coutumiers, les déformations spéciales, toutes les empreintes mentales et physiques du climat, du milieu, du métier, toute la vie quotidienne, la langue technique, le dialecte et l'argot. Il met en scène les officiers de tel régiment, et l'on dirait qu'il est l'un d'eux, que, depuis dix ans, il a sa place à leur table, sa pipe au mur du mess, que, tous les soirs, enfoncé dans le frais et profond fauteuil indien, les pieds jetés sur les deux longs bras en bois de teck, son verre de *whisky* à côté de lui, avec eux il a causé collègues, avancement, école de tir, polo, permissions, équipements, flirts, intrigues, fastes et légendes du régiment[1]. Même familiarité avec les chambrées, avec les salons de Simla, avec les ateliers de peintres anglais ; avec les carrés des officiers de marine, avec les mosquées, avec les zenanas, bien mieux, avec telle zenana, telle mosquée, tel carré, tel salon, telle chambrée. Même, il joue de cet excès d'information spéciale ; il s'amuse à en paraître gêné. Souvent il commence un conte en évoquant à propos des personnages qu'il pose un flot de souvenirs — si vivaces, si nombreux et complets, si impatients de surgir qu'il est obligé de les écarter, de s'arrêter court, en disant — et ce fut longtemps un de ses tics favoris : *Mais ceci est une autre histoire.* De la navigation de l'Hoogli il parle comme un pilote de Calcutta, des éléphants comme un cornac, de la jungle, du sanglier et du nilghaï, des heures et des raisons de leurs migrations comme un trappeur indigène, de la misère et du crime dans l'*East End* comme un commissaire de police, comme le président d'une Société charitable, de la bière et du *gin* comme un ivrogne intelligent. Il est omniscient et imperturbable. Évidemment son plus grand plaisir est de se renseigner, le plus possible par l'observation personnelle, tout au moins par des systèmes de questions, par un *cross-examining* méthodique. Surtout, il s'intéresse aux métiers, spécialement à ceux qui laissent à l'homme toute sa force et sa volonté, qui ne font

----

1. *The Man who was.*

qu'enfermer, qu'enserrer dans une forme particulière cette
force et cette volonté. Spontanément, avec une curiosité avide,
avec une attention absorbée et qui prend tout son être, il les
a regardées, ces formes diverses de l'énergie humaine, s'attachant à ce qu'il y a de spécial et d'unique en chacune. A quel point
il les connaît et les chérit, avec quelle passion jalouse d'artiste
qui considère son sujet comme sa propriété personnelle, il l'a
fait entendre dans un passage d'un roman qui ressemble à
une autobiographie. Le héros, peintre militaire, qui a étudié
et aimé le soldat avec la même ardeur que Kipling, aveugle
depuis deux jours et désespéré, tâtonne misérablement par
les rues de Londres au bras d'un ami. Tout d'un coup, près
de Hyde Park, il entend manœuvrer les grenadiers de la
Garde.

Dick se redressa :

— Allons près d'eux! Allons les regarder dans le Parc! Allons sur
l'herbe et courons! Je sens l'odeur des arbres.

— Prends garde à la bordure en fer. Bien! maintenant, lève les
pieds et cours!

Ils arrivèrent tout près du régiment.

Au bruit de métal des baïonnettes que l'on détachait, les narines
de Dick tremblèrent.

— Plus près; ils sont en colonne, n'est-ce pas?

— Oui. Comment le sais-tu?

— Je l'ai senti. Ah! mes soldats! mes beaux soldats!

Il se pencha en avant comme s'il pouvait les voir.

— J'ai été capable de dessiner ces bonshommes-là! Qui est-ce
qui les dessinera maintenant?

— Ils vont se mettre en marche. Ne saute pas en l'air quand la
musique va sonner.

— Allons!... Est-ce que je suis un cheval neuf? Ce sont les
instants de silence qui font mal... Plus près, Torp, plus près...
Oh! mon Dieu, mon Dieu, qu'est-ce que je ne donnerais pas pour
les voir une minute, — une demi-minute!

Il pouvait entendre toute cette vie armée qui respirait à côté de
lui, entendre les courroies se bander sur la poitrine du tambour
comme il soulevait sa caisse...

— Baguettes croisées au-dessus de sa tête, murmura Torpenhow.

— Je sais, je sais! Qui est-ce qui saurait si je ne savais pas!...
Chut!

Les baguettes tombèrent comme un coup de tonnerre et les

hommes ondulèrent, partirent avec un balancement, au fracas de la musique. Dick sentit passer sur sa figure le souffle de leur masse en mouvement, entendit l'affolant battement des pieds, le frottement des gibernes sur les ceintures. La caisse martelait la mesure... C'était un refrain de café-concert qui faisait une admirable marche.

— Qu'est-ce qu'il y a ? — dit Torpenhow en voyant tomber la figure de Dick comme le dernier rang du régiment s'éloignait...

— Rien. Je me sens un peu démonte... C'est tout. Torp, ramène-moi à la maison... Ah ! pourquoi m'as-tu fait sortir ?

Ce frémissant amour, cette complète et lucide connaissance du sujet font la force de ces tableaux. Ils trompent l'œil par la rigoureuse vérité de leurs détails, et pourtant ils s'illuminent durement de je ne sais quelle splendeur étrange et qui n'est point dans la nature. C'est qu'une énergique passion a guidé Kipling dans le choix de ces détails ; c'est que cette passion les ordonne, qu'elle les dirige et les force à concourir. Par elle, ils portent ; ils se chargent de sens, et chacun d'eux devient une valeur. Comme à travers un cristal de courbe puissante, les lignes du monde extérieur, réfractées par cette âme d'artiste, viennent tout de suite se concentrer en images courtes, lumineuses, d'un éclat presque blanc, au plus haut degré saisissantes et significatives. Voyez avec quelle vitesse et quelle sûreté s'agencent et se mettent à converger les traits émouvants dans la scène de caserne que voici. Un meurtre vient d'être commis.

L'épouvante, le tumulte, l'arrestation de l'assassin, tout était fini déjà quand j'arrivai. Sur le pavé de la cour, il restait le sang humain qui criait vers le ciel. Le brûlant soleil l'avait séché, l'avait changé en pellicules ternes que la chaleur craquelait en losanges, et à mesure que le vent se levait, chaque losange s'écaillait, se recourbait, se repliait sur les bords comme si ç'avait été une langue qui voulait et ne pouvait pas parler. Puis une rafale plus forte emporta le tout en grains de poussière sombre. Les hommes étaient à la caserne, discutant ce qu'ils venaient de voir ; un groupe de femmes se tenait à l'entrée du quartier des soldats mariés, d'où montait une voix aiguë qui criait et délirait avec des mots défendus et sales.

Voilà le coup d'œil de l'artiste maître, celui qui, tout de suite, avec une décision certaine, fouillant la réalité, en dé–

tache le détail essentiel et efficace. Ce qu'est ce coup d'œil, comment il se pose et procède, Kipling nous l'a dit lui-même en mettant en scène un romancier anglais qui regarde avec étonnement de jeunes officiers revenus de l'Inde :

> Il ne pouvait pas comprendre tout à fait ces jeunes gens suspendus à sa parole avec tant de respect. La marque blanche et non hâlée de la jugulaire sur la joue et la mâchoire, leurs jeunes yeux fixes, ridés aux coins des paupières à force de s'ouvrir obstinément dans une lumière rouge de chaleur, leur profonde respiration tumultueuse, leur langue étrange, concise, brève, tout cela semblait l'intriguer également.

Il les fait parler et tressaille à chacun de leurs gestes, à chaque mouvement expressif de leurs physionomies, à chaque mot spécial de leur jargon. Son émotion attentive est celle de l'artiste à qui, par un rare caprice, la nature présente de l'art tout fait, telle forme de vie originale et complète dont les forces intérieures apparaissent, actives, sous les transparents dehors :

— Vous avez fait du service? — dit le romancier. Puis, avec le ton d'un enfant qui sollicite une chose dont il a très envie : — Racontez-moi..., racontez-moi tout...

— Comment cela, monsieur, dit le Bébé [1], ravi que le grand homme lui demandât quelque chose.

— Bon Dieu! Comment puis-je vous faire comprendre si vous ne voyez pas? D'abord quel âge avez-vous?

— Vingt-trois ans en juillet, dit le Bébé, très vite.

Cleever questionna les autres du regard,

— Vingt-quatre ans, dit Nevin.

— Vingt-deux, dit Boileau.

— Et vous avez tous fait du service?

— Nous avons tous plus ou moins roulé, monsieur; mais c'est le Bébé qui est le vieux grognard : il a travaillé pendant deux ans dans la Haute-Birmanie, dit Nevin.

— Quand vous dites « travaillé », qu'est-ce que vous voulez dire, êtres extraordinaires?

— Explique-lui, Bébé, dit Nevin.

— Oh! mettre les choses généralement en ordre, courir après les petits *dakus*, c'est-à-dire les Dacoïts — et tout ça. Il n'y a rien à expliquer.

---

1. Surnom d'un très jeune officier.

— Faites parler ce jeune Leviathan, dit Cleever.

— Comment voulez-vous qu'il parle? répondis-je. C'est lui qui faisait la besogne. Les deux choses ne vont pas ensemble. Bébé, on te demande de *bukher*.

— Sur quoi? Je veux bien essayer.

— Sur un *daur*. Tu en as vu des tas.

— Que diable tout cela veut-il dire? Est-ce que l'armée a un langage à elle?

Le Bébé devint tout rouge. Il avait peur qu'on ne se moquât de lui...

— Tout ça est si nouveau pour moi, reprit Cleever. Et tout à l'heure vous disiez que vous avez aimé mon livre.

C'était là un appel direct que le Bébé pouvait comprendre. Il commença, un peu intimidé et nerveux :

— Arrêtez-moi, monsieur, si je dis quelque chose que vous ne suiviez pas. Environ six mois avant de quitter la Birmanie, j'étais sur le Illinedatalone, avec soixante *Tommies* — des soldats — et un autre sous-lieutenant, mon ancien d'un an. L'affaire de Birmanie était une guerre de sous-lieutenants : nos forces étaient éparpillées par tout le pays en petits détachements qui tâchaient d'obliger les Dacoïts à se tenir tranquilles. Les Dacoïts s'amusaient ferme, vous savez, — remplissant des femmes de pétrole et y mettant le feu, brûlant les villages et crucifiant les gens.

L'étonnement devint plus profond dans les yeux d'Eustache Cleever. Il n'avait aucune croyance en un certain livre qui décrit tout au long une crucifixion et il avait du mal à imaginer que la coutume existât encore.

— Est-ce que vous avez jamais vu une crucifixion? dit-il.

— Bien sûr que non. Je ne l'aurais pas permise, si j'avais été là. Mais j'ai vu les cadavres. Les Dacoïts avaient un joli tour à eux, qui consistait à mettre un cadavre de crucifié sur un radeau et à lui faire descendre le fleuve, rien que pour montrer qu'ils ne baissaient pas la crête et qu'ils se donnaient du bon temps. C'est à ces gens-là que j'avais affaire.

— Tout seul? — demanda Cleever. Il connaissait la solitude de l'âme comme personne. Mais il n'avait jamais mis dix milles entre lui et ses frères en humanité.

— J'avais mes hommes; à part ça, j'étais pas mal seul. Le poste militaire le plus proche, celui qui me donnait des ordres, était à quinze milles. Nous leur envoyions des dépêches par l'héliographe et ils nous envoyaient nos ordres par le même chemin. Trop d'ordres.

— Qui était votre C. O [1]? dit Boileau.

---

1. Abréviation de *Commanding-Officer* : Officier en chef.

— Bounderby, Major. *Pukka* Bounderby. Plutôt Bounder que *Pukka*. Coup de sabre ou coup de fusil l'année dernière, dit le Bébé.

— Que signifient ces intermèdes en langue étrange? me demanda Cleever.

— Des renseignements techniques, comme ce que se disent les pilotes du Mississipi... Il n'admirait pas son major, qui depuis est mort de mort violente. Continue, Bébé.

— Beaucoup trop d'ordres. On ne pouvait plus emmener les *Tommies* pour un *daur* — une expédition — de deux jours sans recevoir un savon parce qu'on n'avait pas demandé la permission. Et tout le pays bourdonnait de Dacoïts comme une ruche d'abeilles. On finit par tant nous ennuyer que je mis aux arrêts l'homme de l'héliographe pour l'empêcher de lire les ordres, Alors je sortais et je laissais un message à envoyer une heure après mon départ du camp. Quelque chose comme ceci : « Reçu renseignements importants. Partirai dans une heure, sauf contre-ordre. » Si le contre-ordre arrivait, ça n'avait pas beaucoup d'importance. A mon retour, je jurais que la montre du C. O. retardait. Les *Tommies* s'amusaient énormément, et... ah oui!... il y en avait un qui était le poète du détachement. Il faisait des vers sur tout ce qui arrivait et les *Tommies* les chantaient. Des vers superbes!... Il avait toujours une oraison funèbre toute prête quand nous ramassions un *Boh*, — un chef de Dacoïts.

— Et comment le ramassiez-vous ? demanda Cleever.

— Oh! un coup de fusil, s'il ne voulait pas se rendre.

— Vous? Est-ce que vous avez tué des hommes?

Tous les trois eurent un gloussement de rire contenu, et il vint à l'esprit du romancier que la vie lui avait refusé — à lui dont le métier était de peser les âmes humaines dans une balance — une expérience et une sensation qui semblaient connues de ces trois jeunes gens aux dehors aimables. Il se tourna vers Nevin qui était perché, les jambes croisées, sur la bibliothèque.

— Et vous aussi? dit-il.

— Un peu, répondit Nevin. Dans la montagne noire, monsieur ; il roulait des rochers sur ma demi-compagnie et gênait notre formation. Je pris le fusil d'un soldat et le descendis au second coup.

— Bon Dieu! Et qu'est-ce que vous avez senti, après?

— Soif. Et j'avais envie d'une cigarette aussi.

Cleever regarda Boileau, le plus jeune. Sûrement, ses mains étaient pures de sang, à celui-là, Boileau secoua la tête en riant :

— Continue, Bébé, dit-il.

— Et vous aussi? lui demanda Cleever.

— Certainement, monsieur. Coup de sabre à donner ou à recevoir. Alors, c'est moi qui l'ai donné. Il n'y avait pas autre chose à faire, dit Boileau.

Cleever semblait avoir envie de poser beaucoup de questions, mais le Bébé, lancé, ne s'arrêtait plus[1]..,

Nous comprenons l'attention de Cleever. Pour un artiste, rien ne vaut cette soudaine moisson de renseignements caractéristiques, cette vue complète de la vie prise sur le fait, tendue par le vouloir, frémissante de sensations, aussi librement agissante et déployée, et pourtant façonnée, moulée, marquée par les circonstances extérieures, — de telle vie qui se ramasse ici, complète et sûre d'elle-même, dans ce dialogue, dans ces faits inestimables parce qu'ils sont vrais et impossibles à inventer, dans ce style, dans ce langage, dans ces inflexions de voix, dans ces regards. Mais de telles rencontres sont rares et ces vigoureux détails fourmillent dans les contes de Kipling ; ils en composent le riche et divers tissu. Comment arrive-t-il à cette connaissance profonde et lucide de tant de réalités vivantes ? Comme Balzac, dont il rappelle la compétence universelle ; par l'action de la plus puissante des facultés de l'esprit, par des percées subites de l'imagination intuitive. Sur les indices ordinaires que nous apercevons en passant, si ternes, si pâles, éparpillés et pour nous dépourvus de sens, il induit et reconstruit tout l'objet. Si brusque et si sûre est chez lui cette démarche de l'esprit que lui-même la juge mystérieuse et qu'il l'a prise pour motif d'un conte étrange et symbolique. Il suppose qu'un jeune employé de la Cité, à Londres, ignorant, naïf amoureux et mauvais rimeur, vient lui soumettre l'idée d'un roman historique qu'il est incapable d'écrire. Ce roman, — l'histoire d'un galérien grec de l'antiquité — né spontanément dans son esprit, s'y développe tout seul, par fragments qui, de loin en loin, au milieu de sa banale passion naissante, de ses banales tentatives littéraires, viennent l'obséder, accompagnés de détails dont lui-même ignore l'inappréciable valeur, si nombreux, si nets, si poignants, si spéciaux, que Kipling en est épouvanté et conclut à du surnaturel, à une métamorphose, à des souvenirs d'une existence vécue dans l'antiquité grecque par cet employé de banque en paletot et en chapeau rond.

1. *A Conference of the Three Powers.*[1]

— Comment, lui dit Kipling, êtes-vous arrivé à l'idée de cette nouvelle?

— Elle est venue toute seule

Les yeux de Charlie s'ouvrirent un peu.

— Bon. Mais vous m'avez raconté sur votre héros des tas de choses que vous devez avoir lues quelque part?

— Je n'ai pas le temps de lire, et je passe mes dimanches en bicyclette ou sur la rivière. Vous n'avez rien à redire à mon héros, n'est-ce pas?

— Racontez encore un peu, pour que je comprenne bien. Vous dites que votre héros était esclave sur un bateau pirate? Comment vivait-il?

— Il était dans l'entrepont de cette espèce de navire dont je vous ai parlé.

— Quelle espèce de navire?

— L'espèce qu'on manœuvre avec des rames, et la mer gicle à travers les trous par lesquels sortent les rames, et les hommes rament assis, avec de l'eau jusqu'aux genoux. Et puis il y a un banc qui s'allonge entre les deux rangées de rameurs, et un surveillant, le fouet à la main, va et vient sur ce banc pour faire travailler les hommes.

— Comment savez-vous ça?

— Ça fait partie de l'histoire. Il y a une corde qui court au-dessus des têtes et qui s'attache au plafond formé par le pont supérieur, pour que le surveillant s'y rattrape quand le bateau roule. Quand il manque la corde et tombe sur les rameurs, rappelez-vous que le héros rit, et reçoit des coups de fouet pour la peine. Il est enchaîné à sa rame, mon héros, — cela va de soi.

— Comment est-il enchaîné?

— Par une ceinture de fer qui lui passe autour du corps et qui est fixée au banc sur lequel il est assis — et par une sorte de menotte au poignet gauche qui l'enchaîne à sa rame. Il est dans l'entrepont où l'on met les pires sujets, et le jour ne vient que par les écoutilles et par les trous d'où sortent les rames. *Est-ce que vous ne voyez pas la lumière du soleil qui se serre entre l'aviron et le trou et qui bougeotte sur les murs et sur les bancs pendant que le bateau remue?*

— Je vois ça, mais je ne vois pas comment vous avez pu le voir...

De jour en jour Kipling recueille les précieux morceaux de l'étrange histoire. Par saccades elle se développe, coupée d'arrêts soudains, inexplicables, obstinés, contre lesquels son impatience ne peut rien, parfois repartant d'un élan subit, enfiévrant le conteur dont le regard s'allume, se perd, se fixe et s'hallucine. Un soir, tout entier à ses premiers essais de rimeur et à la lecture des poètes anglais qu'il vient de dé-couvrir, Charlie semble avoir tout oublié. Impossible de le ramener au roman du galérien.

— Je ne pense pas que vous me traitiez convenablement, lui dis-je, me contenant autant que je le pouvais.

— Je vous ai dit toute l'histoire, répondit-il d'un ton bref, en se replongeant dans *Lara*.

— Oui, mais je voudrais les détails.

— Les choses que j'invente au sujet de ce sempiternel bateau que vous appelez une galère ? *C'est tout à fait facile* [1]. Vous pouvez bien trouver ça tout seul... Levez donc le gaz un peu ; je veux continuer à lire...

Quelques jours après, l'histoire repart. Mystérieusement, elle est revenue le hanter.

— J'ai eu un songe épouvantable à propos de notre galère. J'ai rêvé que j'étais noyé dans une bataille... Voyez-vous, nous avions un autre bateau en plein port. L'eau dormait, inerte autour de nous, excepté l'écume et le remous que faisaient nos rames. A propos, vous savez où est ma place dans la galère ?

Il parlait avec hésitation... gêné par la respectable peur anglaise d'être ridicule...

— Non. C'est nouveau pour moi, répondis-je très doucement, le cœur commençant à me battre.

— Quatrième rame en comptant de l'avant, à tribord sur le pont supérieur. Nous étions quatre à cette rame-là, tous enchaînés. Je me rappelle que je regardais l'eau et que j'essayais de me débarrasser de la menotte avant la bataille. Alors nous vînmes heurter l'autre bateau, et tous ses combattants sautèrent par-dessus nos bastingages ; mon banc se cassa et je me trouvai collé à terre avec trois bonshommes par-dessus moi, et la grande rame engagée, prise, appuyant sur nos dos et nous maintenant là...

— Et alors ?

Les yeux de Charlie vivaient et flambaient. Il regardait le mur derrière ma chaise.

— Alors les rameurs de babord, liés à leurs rames, vous savez, se mirent à pousser des cris et à contre-ramer. J'entendais le tourbillon de l'eau et nous tournions comme un hanneton, et *je savais*, renversé

---

1. *Taine disait un jour la même chose des drames de Shakespere : « Le dialogue, remarquait-il, ne devait lui donner aucun mal. Il l'entendait et écrivait comme sous une dictée. »* Un détail comme celui que donne la reine dans *Hamlet : Notre fils est gras et a le souffle court*, est exactement du même ordre que ceux dont il est question ici. Il surgit de la même façon, amené un jour par la même faculté de l'esprit.

sanglotait ; c'est une chose affreuse qu'un homme qui sanglote. *Une femme sanglote avec son palais ou ses lèvres ; un homme sanglote avec son diaphragme, et cela paraît le déchirer en deux. Ajoutez que ce spectacle fait que la gorge de celui qui regarde se ferme vers le haut.* » — Une nuit au bord de la Manche : « *La lune d'hiver cheminait au-dessus des eaux immobiles. De longues lignes d'argent, comme tracées à la règle, indiquaient les régions où l'onde légère de la marée montante passait sur les bas-fonds de sable. Le vent était tombé, et dans le poignant silence on entendait un âne qui, à plusieurs mètres de là, broutait l'herbe gelée.* » — Une mêlée entre fantassins anglais et derviches : « *La ligne des troupes couleur de poussière et le ciel bleu pâle au-dessus des têtes, tout disparut dans la fumée roulante, et les petites pierres sur la terre chauffée et les bouquets de brousse, secs comme du charbon de bois, prirent un intérêt suprême. En effet, les hommes mesuraient à ces objets l'agonie de leur retraite et leur progrès vers le salut, les comptant un à un, mécaniquement. et se frayant à coups de sabre un chemin vers telle pierre ou telle touffe d'herbe... Dick tira son revolver dans une figure noire, qui, tout de suite, cessa de ressembler à une figure. Torpenhow venait de rouler à terre, sous un Arabe, ses doigts cherchant les yeux de l'homme.* » — Une nuit morne de l'océan Indien : « *Nous avions traîné nos matelas sur le bossoir, pour attraper le peu de brise que faisait naître la vitesse du bateau. La mer était comme une huile fumeuse, excepté sous l'étrave où elle se changeait en feu et retombait, tournoyante dans la nuit, en traînées de flamme terne. Il y avait un orage à quelques milles. La vache du bateau, malade de chaleur, mugissait avec tristesse de temps à autre, exactement dans le même ton que le cri du veilleur à l'avant, qui, toutes les heures, répondait à l'appel de la passerelle. Le chant piétiné des machines était très distinct, et, à des intervalles réguliers, le grincement de la boîte aux escarbilles versant son contenu dans la mer rompait la procession des bruits liquides.* » — Mais presque toujours ces raccourcis tiennent en un seul mot. Impossible d'en donner une idée au lecteur qui ne sait pas l'anglais, de trouver pour chacun le mot français qui recouvrira juste le même paquet serré de faits, d'images et de sensations. Car chacun veut quatre ou cinq mots français pour être traduit : dès lors, il n'est plus traduit, mais analysé ou développé ; rien ne reste de l'effet de surprise et de choc soudain, de l'effet massif que produit le mot anglais, étonnant par tout ce qu'il contient de ramassé. C'est le perpétuel et dru jaillissement de ces mots qui fait la vigueur et l'individualité de ce style, qui donne à la nature interprétée par Kipling ces aspects violents et précis, comme si elle était faite de je ne sais quelle matière aux contours absolus, — dure, comprimée et tendant toujours vers l'explosion. Ces mots-là, le lecteur en trouvera dans chaque phrase. C'est assez d'en citer ici quelques-uns pour lui en signaler l'espèce. Encore une fois, il n'est pas question de traduire. L'éclair d'une épée qui s'enfonce dans une gorge : « *I saw the sword* LICK OUT *past Crook's ear like a snake's tongue, an'the Paytan was tuk in the apple av his throat like a pig at Dromeen fair*[1]. » — Les coups de mer sur un bateau après la tempête, quand la lame est grosse, mais n'est plus folle : « *There was as much groaning and* STRAINING *as ever, but when the ship* QUIVERED, *she did not* JAR STIFFLY, LIKE A POKER HIT ON THE FLOOR, *but gave with a supple little* WAGGLE, *like a perfectly balanced golf club.* » — Les rigides rayons d'un phare qui tournent en éventail dans la nuit, quittent la mer et passent sur la campagne : « *The flash that* WHEELING *inland wakes the sleeping wife to prayer.* » — Le vagabondage de l'épave que les vagues battent et font tourner au hasard : « *Blind in the hot blue ring — through all my points I swing, — swing and return and* SHIFT *the sun anew.* » — Une traversée du Pacifique sur un vieux bateau qui n'a plus de cartes et marche au petit bonheur d'île en île : « *The captain did his best to* KNOCK *all the Society islands* OUT OF THE WATER *one by one.* » — Un autre qui fait route au sud, vers les étoiles australes : « *She'll* LIFT *the Southern Cross in a week.* » — La montée fatale et luisante du coup de piston dans une puissante machine en mouvement : « *The rod's return* WINGS *glimmering through the night.* » — Dans les poèmes, ces mots étonnants et surchargés de sens forment le vocabulaire même : une goélette prend la

---

1. C'est un soldat irlandais qui parle, d'où la prononciation figurée.

Manche, se penche au vent, et ronflant sous sa voilure voit
passer un à un les phares : « *And she's* DROPPING *light on
light — and she's* SNORTING *under bonnets for a breath of open
sea. — Wheel full and by; but she'll* SNELL HER ROAD *alone
to night! Sick she is and harbour sick, O sick to* CLEAR *the
land! —* ROLL *down to Brest with the old Red Ensign over us
— Carry on and* THRASH *her out with all she'll stand! — Well,
ah fare you well, and it's Ushant* SLAMS *the door on us, —*
WHIRLING *like a windmill through the dirty scud to lea...* »

Ici nous sommes en pleine poésie, — poésie frémissante,
dont les rythmes hardis battent comme des pulsations
vivantes avec chaque afflux de désir et de vouloir. Chose
étrange, plus le vocabulaire de Kipling est technique et réaliste, et plus il devient poétique. Plus le détail décrit semble
garantir, à force d'être précis, l'authenticité du récit ou la
minutieuse exactitude de la description, et plus il ajoute à
leur force, à leur éclat, à leur accent lyrique. C'est que chacun de ces détails, choisis et ordonnés avec tant de stricte
décision, est un sommet, un point de convergence où tendent
dix autres détails. D'un seul coup la notation du détail cul-
minant a confusément évoqué tous les autres. En un éclair
nous les apercevons qui s'étagent au-dessous de lui, plongent
et s'évanouissent dans une pénombre; nous les entrevoyons
avec leurs liaisons et leurs directions communes. Ainsi appuyé et poussé, fort de toute la force qu'accumulent derrière
lui les faits dont il est le suprême aboutissant, le fait noté est
tout puissant pour émouvoir ; il ébranle la sensibilité d'un
choc brusque, dense, aigu, qui est un total. Des suites de
chocs et de secousses brèves, voilà ce que l'on éprouve à lire
les descriptions de Kipling. Sa représentation de la nature
visible est faite de raccourcis saisis avec une vérité photographique, instantanée, violente. C'est du réel condensé,
intense, plus réel que le réel et mieux coordonné, disposé
par l'émotion suivant des rythmes décidés et toniques. Par
là, c'est une poésie. C'est la plus profonde et la plus philosophique des poésies.

III

De même pour le monde moral ; là aussi il procède par raccourcis, par raccourcis d'âmes. Il concentre la vie ; il ne prend d'elle que les moments et les états forts, et il les traduit par des dialogues serrés dont chacun contient et retient un monde de sentiments et de passion, et pourtant semble noté comme une sténographie. C'est qu'ici encore, l'artiste n'altère la nature que pour mieux donner l'illusion de la nature. Il excelle à *déblayer* ; à dégager les lignes de tendance de la vie psychologique ; il la fait apparaître avec ses angles, ses zigzags inattendus, ses subites accélérations, tout son jeu en apparence incohérent et qu'il nous montre mené par une logique secrète. Nul mieux que lui ne sait poser face à face des personnages, et, tout de suite, dès les premières paroles, rendre visibles leurs caractères, leur alentour habituel, leurs sentiments cachés, la nature et le degré de leurs passions et jusqu'aux imperceptibles tressaillements nerveux. Un tel talent, que nul travail n'acquiert, échappe à l'analyse. Lisez, pour en prendre idée, l'*Histoire des Gadsbys,* surtout la conversation où le capitaine Gadsby, amoureux d'une jeune fille et fiancé, rompt avec sa maîtresse qui l'aime encore : l'explication reculée de jour en jour, impossible à reculer davantage, a lieu à un grand dîner officiel de Simla et la malheureuse, obligée de se tenir droite et de paraître échanger des paroles banales, voit venir le coup de poignard, essaye de le parer, le reçoit, en jouant avec son éventail, avec un sourire quelconque et correct. Il vient de la traiter avec une indifférence glacée et elle refuse obstinément de comprendre.

MRS. HERRIOTT. — J'attends : faut-il que je vous dicte une formule d'excuse?

CAPITAINE GADSBY, *désespérément.* — Je vous en prie, dictez.

MRS. H., *d'un air enjoué.* — Très bien. Répétez après moi vos noms de baptême et continuez : j'exprime mon sincère regret...

CAPITAINE G. — Sincère regret...

MRS. H. — De m'être conduit...

CAPITAINE G., *à part.* — Enfin ! Si au moins elle pouvait regarder de l'autre côté. *(Haut.)* « De m'être conduit »… comme je me suis conduit, et je déclare que je suis entièrement et cordialement las de toute cette histoire, et je saisis cette occasion pour exprimer mon intention de la regarder comme terminée maintenant, dorénavant et pour toujours. *(A part.)* Si on m'avait dit que je serais jamais aussi mufle !…

Mrs. H., *laissant tomber une cuillerée de « pommes paille » dans son assiette.* — Cette plaisanterie n'est pas drôle..,

CAPITAINE G. — Non, mais c'est une réalité. *(A part.)* Je me demande si les ruptures de ce genre-là sont toujours aussi dénuées d'artifices.

Mrs. H. — Vraiment, Pip, vous devenez plus absurde tous les jours.

CAPITAINE G. — Je ne crois pas que vous m'ayez tout à fait compris. Faut-il répéter?

Mrs. H. — Non, par pitié. C'est trop horrible, même comme plaisanterie.

CAPITAINE G., *à part.* — Je vais la laisser réfléchir quelques instants. Mais je mérite des coups de cravache.

Mrs. H. — Je voudrais bien savoir ce que vous vouliez dire en me parlant comme vous l'avez fait tout à l'heure.

CAPITAINE G. — Exactement ce que j'ai dit. Rien de moins.

Mrs. H. — Mais qu'est-ce que j'ai fait pour le mériter? Qu'est-ce que j'ai bien pu faire?

CAPITAINE G., *à part.* — Si seulement elle voulait bien ne pas me regarder. *(A voix haute, très lentement, les yeux fixés sur son assiette.)* Vous rappelez-vous ce soir de juillet, juste avant les pluies, quand vous m'avez dit que la fin viendrait, un jour ou l'autre, et vous vous demandiez pour qui elle viendrait d'abord?

Mrs. H. — Oui, je plaisantais. Et vous juriez que tant que votre cœur battrait, elle ne viendrait pas. Et je vous croyais.

CAPITAINE G., *jouant avec le menu.* — Eh bien ! elle est venue, voilà tout. *(Long silence pendant lequel Mrs. H. baisse la tête et roule des boulettes de mie de pain. G. fixe les lauriers roses.)*

Mrs. H., *jetant la tête en arrière et riant d'un rire naturel.* — On nous élève bien, nous autres femmes, n'est-ce pas, Pip?

CAPITAINE G., *brutalement.* — Oui. On fait attention à la tenue. *(A part.)* Il va y avoir une explosion.

Mrs. H., *avec un frisson.* — Merci. Au moins les Peaux-Rouges permettent aux gens de se tortiller un peu quand ils les torturent, je crois. *(Elle détache son éventail de sa ceinture et s'évente lentement, le bord de l'éventail à la hauteur du menton.)*

VOISIN DE GAUCHE. — Très étouffant, ce soir, n'est-ce pas? Est-ce que vous en êtes incommodée?

\urs. u. — Non ! Pas le moins du monde. Mais, véritablement, on devrait bien avoir des paukales même dans votre fraîche vallée de Naini Tal !

Ceci est le premier coup : le lecteur a senti l'imperceptible frisson de la chair qui se roidit pour qu'on ne la voie pas trembler. L'homme a frappé parce qu'il s'est laissé acculer et que maintenant il faut frapper. Simplement, il agit en brute et s'en tient à une consigne qui lui commande d'agir en brute. Ce qu'il faut aller voir dans le texte, ce qui est impossible à citer par fragments, c'est le jeu complet des inévitables réactions, — merveilleusement féminines, d'autant plus belles à noter qu'elles doivent rester contenues : l'insulte, le sarcasme, la coquetterie, les changements de ton subits comme de nerveuses modulations musicales, l'humble protestation d'amour malgré tout, la supplication tendre et désespérée — toute une fantaisie changeante que le pesant animal masculin suit d'un œil effaré ou inquiet. — tout un ondoiement rapide, imprévu, nacré comme l'agonie tour à tour lumineuse et terne de ces poissons merveilleux que les anciens aimaient à regarder mourir.

C'est bien une agonie après un duel, ou mieux, après un assassinat. Des agonies, des combats et des assassinats, ce furent là, pendant longtemps, les sujets préférés de Kipling. Il en cherche d'autres aujourd'hui, mais tel est bien son goût primitif et spontané ; il se complaît à la vue de la brutalité et de la souffrance, tantôt — chez ses soldats, ses hommes du peuple, ses aventuriers — complètement manifestées, accompagnées de circonstances horribles ou ignobles, tantôt — chez ses *gentlemen* et ses officiers, — contenues par la volonté, traduites alors par des paroles sobres, d'autant plus poignantes qu'elles sont moins nombreuses et que chacune couvre plus d'émotion accumulée. De parti-pris, il enlève l'Homme au milieu tranquille, confortable et poli que lui a fait la civilisation. Il l'isole et le met en face des Forces éternelles, de la Mort, de l'Amour qui, chez lui, est simple, fatal et féroce. De l'Homme,

Anglais ou Hindou, il fait sortir le sauvage : il réveill_ et met en mouvement les grands instincts profonds, vitaux, qu'il aime à cause de leur puissance, parce qu'ils tendent et secouent tout l'individu et font jaillir de lui toute l'énergie qu'il contient. Ce qu'il peint dans ses portraits de femmes, c'est la Femme, la même chez une grande dame anglaise et chez une Hindoue de basse caste, la même, chez Ameera, la brune fille élevée dans l'ombre tiède de la *zenana* et dont le nez porte un rubis, et chez la petite *girl* pâle, la petite joueuse de *tennis* qu'épouse le capitaine Gadsby ; c'est la créature de mirage et de sorcellerie ; c'est l'être antique, « aussi plein d'expérience que le Sphinx et deux fois plus mystérieux que lui ». La même jalousie homicide met un voile rouge devant les yeux de l'Afridi et du Yorkshireman. Le soldat Learoyd, couché dans l'herbe, à l'affût de l'homme avec deux camarades, sur un contrefort de l'Himalaya, leur raconte, en attendant le moment d'envoyer son coup de fusil, sa première histoire d'amour ; il revoit, par le souvenir, le visage du rival qu'il a voulu tuer un jour dans une mine de charbon du Lancashire, et le désir de ce meurtre-là se remet à vivre en lui ; son discours s'émeut, se saccade ; sa bouche s'empâte ; il bégaye ; ses yeux s'injectent et se fixent ; il s'absorbe dans une demi-vision sanglante ; à ce moment, « les lèvres se retroussent sur les dents jaunes et la figure congestionnée n'est point belle à regarder ». Même folie chez l'Afridi ; seulement, tous les dehors sont autres, et cette passion semblable comme cette forme de vie différente, Kipling les fait apparaître avec quelle rapidité, quelle sûreté, quel pouvoir et quelle joie de création !

Il chantait, à la porte de ma maison : *Dray wara yow dee,* c'est-à-dire : les trois ne font qu'un. Et la femme ouvrit la porte et j'approchai, rampant sur mon ventre parmi les rochers, n'ayant que mon couteau. Une pierre glissa sous mon pied et tous deux regardèrent, et lui, laissant là son fusil, s'enfuit de ma colère, craignant pour la vie qui était en lui. Mais la femme ne bougea pas jusqu'à ce que je fusse devant elle, disant :

— O femme, quelle est cette chose que tu as faite ?

Et elle, son cœur étant vide de crainte, bien qu'elle connût ma pensée, rit et dit :

— C'est une petite chose. Je l'aimais et toi tu es un chien, un voleur de bétail qui vient la nuit. Frappe !

Et moi, encore aveuglé par sa beauté, car, ô mon ami ! les femmes des Abazaï sont très belles, je lui dis :

— N'as-tu point de crainte ?

Et elle répondit :

— Aucune, sauf la crainte de ne pas mourir.

Alors je dis :

— N'aie pas cette crainte.

Et elle baissa la tête que je fis rouler d'un coup sur l'os de la nuque, et la tête sauta entre mes pieds. Alors la rage des gens de notre tribu me saisit et je lui hachai les seins pour que les hommes de Malikand sachent son crime, et je la jetai dans le torrent qui va à la rivière de Kaboul. *Dray wara yow dee ! Dray wara yow dee !* Le corps sans sa tête, l'âme sans sa lumière et mon cœur où il fait noir : les trois ne font qu'un !

Cette nuit-là ne faisait point de halte, j'allai à Ghor et demandai des nouvelles de l'homme, de Daoud Shah ! Les hommes me dirent : « Que lui veux-tu ? Il y a la paix entre les villages. »

Je dis en réponse : « Oui ! la paix de la trahison et l'amour que le diable Atala avait pour Gurel. » Et je ris et continuai ma route.

A ces heures-là, frère et ami du cœur de mon cœur, la lune et les étoiles étaient comme du sang au-dessus de ma tête, et ma bouche avait le goût de la terre sèche. Et je ne rompais pas de pain, et ma boisson était la pluie de la vallée du Ghor sur ma figure.

A Pubbi, je trouvai Mahbub Ali, l'écrivain assis sur son sofa, et je lui remis mes armes, suivant votre Loi. Mais je n'avais point de chagrin ; car il était dans mon cœur que je tuerais Daoud Shah avec mes mains nues, ainsi — comme un homme arrache une grappe de raisin.

Alors je vis que cette chasse-là ne serait pas peu de chose, car l'homme avait franchi vos frontières pour se sauver de ma colère. Est-ce que vraiment il va se sauver ? Ne suis-je pas vivant ? Quand il courrait au nord jusqu'à la Dora et jusqu'aux neiges, ou au Sud jusqu'à l'Eau Noire, je le suivrai comme un amant suit les pas de sa maîtresse et venant à lui je le prendrai tendrement — Aho ! si tendrement ! — entre mes bras, disant : « Bien tu as agi et bien tu seras payé. » Et de cet embrassement-là Daoud Shah ne sortira pas avec du souffle dans ses narines. *Arrh !* Où est la cruche ? J'ai soif autant qu'une jument pleine dans le premier mois !

Quels sont les effets de cette rage quand elle saisit non plus un individu, mais une multitude, ce qu'est le délire d'un combat à l'arme blanche, Kipling nous le fait raconter par le sergent

Mulvaney et l'on ne peut pas aller plus avant dans l'horreur.
Mulvaney, l'Irlandais, a vu les longs couteaux afghans danser
devant lui « comme le soleil sur la baie de Donegal quand la
mer clapote ». Il a suffoqué dans ces brusques mêlées où,
tout d'un coup, l'on se trouve dans les bras de l'ennemi,
poitrine contre poitrine, où l'on peut à peine se servir de la
baïonnette, où l'on pousse, où l'on frappe à coup de bottes,
où les masses humaines, comme une pâte trop épaisse qui ne
peut plus couler, oscillent sur place, où les hommes halètent
et blasphèment[1] et tombent par paquets, car l'herbe est glis-
sante de sang et les talons n'y mordent plus. Une fois, il a
entendu « un régiment pousser des cris de démence ; tous les
hommes fous, fous, fous, et les sergents impuissants à les
arracher du champ de massacre[2]... Certains chancelaient, le
brouillard de la bataille sur les yeux, car tuer agit différemment
sur chacun. Les uns sont puissamment malades ; Ortheris, lui,
ne s'arrête pas de crier des blasphèmes, et Learoyd n'ouvre la
bouche pour chanter que lorsque, à coups de crosse, il tripote
les têtes. Les bleus jettent des cris, souvent ils ne savent plus
ce qu'ils font ; ils n'ont envie que de couper des gorges et
autres saletés, mais quelques-uns deviennent comme saouls,
et, sans blessures, tombent. ivres-morts. Enfin, nos hommes
enterrés, nous partîmes ; nous avions l'air d'ignobles bandits ;
le sang qui nous couvrait avait formé une croûte avec la
poussière, et la sueur avait craquelé cette croûte ; nos baïonnettes pendaient entre nos jambes comme des couteaux de
bouchers et, tous, nous étions plus ou moins estafilés. »

Nos littératures sont très vieilles et nous sommes très blasés. De diverses façons elles tâchent à remuer encore nos
nerfs accoutumés à tout. En France, c'est en raffinant à
l'infini la sensation de plus en aiguë qu'un art savant a tenté
de la renouveler. Plus simplement, l'Anglais qui s'ennuie
cherche, au moins par l'imagination, les violentes et primitives émotions du combat pour la vie ; il en savoure les
angoisses, les défaites et les triomphes. Ainsi firent Swift et

---

1. *We shtuck there, breathin' in each others' faces an' swearin' powerful* (With the
Main Guard).

2. *The Tyrone was growlin' like dogs over a bone that has been taken away too soon,
for they had seen their dead an' they wanted to kill ivry soul on the ground. (Ibid.)*

Byron qui, lassés du réel. cherchèrent un refuge dans le rêve
sanglant. Ainsi fait Kipling : avec quelle jouissance il ravage
et foule aux pieds ce que notre main n'ose pas toucher. Cette
face humaine que nous imaginons presque indestructible tant
elle semble l'âme même, et la personne, avec quel voluptueux
et sauvage frémissement il la voit foulée aux pieds. et, d'un
seul coup de botte, changée en bouillie rouge, en chose
informe et sans nom[1]. C'est que, pareil à Swift et Byron, il aime
à braver, à défier les civilisés que nous sommes. Surtout, il
veut provoquer le sage public anglais, bourgeois et protestant,
le faire sursauter, l'effarèr par du scandale. Audace énorme
pour un romancier anglais moderne, il présente l'adultère
comme chose banale courante, acceptée, et — trait remarquable — c'est la période sombre de combat et de cruauté,
c'est la Haine qui l'intéresse dans l'Amour. Tapageuses,
verveuses, fringantes et presque toujours sur le bord d'une
crise de nerfs, ses mondaines de Simla jouent avec l'homme
comme la tigresse, d'un geste nonchalant d'abord, par ennui,
puis, subitement excitées par le plaisir de voir couler le sang.
Son tranchant regard se porte-t-il sur le partenaire masculin?
Quelle froide, impassible et amère raillerie de sa fatuité, de
son égoïsme foncier, de sa bête et béate hallucination, de sa
brutalité à rompre. l'illusion tombée! Et quand il a peint
l'amour d'un homme qui véritablement s'oublie et se donne[2],
un amour durable comme la vie, et généreux. il a été plus
atroce encore. Quel pauvre être insensible. absorbé par soi-
même que la femme aimée! Quelle impuissance à tendre la
main lorsque le malheur — le plus sombre et le plus tragique des malheurs — a fondu sur celui qui dépend d'elle!
Deux ou trois fois il a décrit la minute admirable de
l'Amour, l'individu et le temps aboli. Aimant l'intense avec
la frénésie que l'on a vue, il ne pouvait pas négliger l'instant

---

1. *In the restless nights after he had been asleep all day, fits of blind rage held him
till he trembled all over with the thought of the different ways in which he would slay
Losson. Sometimes he would picture himself trampling the life out of the man with
heavy ammunition boots, and at others smashing in his face with the butt, and at others
jumping on his shoulders and dragging the head back till the bone cracked. (In the
Matter of a Private).* Le *smashing in a face*, l'écrasement d'une face à coups de
poing ou à coups de crosse est un des exploits fréquents d'Ortheris et de Mulvaney.

2. Dans : *The Light that failed.*

où le petit être de l'Homme s'élargit soudain jusqu'à embrasser l'univers, et jette son défi à la mort. Mais, tout de suite, derrière cette minute, il évoque le grand fantôme ; le voici brusquement apparu, glaçant d'effroi la courte ivresse des deux qui se croient seuls au monde[1]. Il passe en baissant la main, et à la place des deux vies confondues, rien ne reste que de la souffrance solitaire et qu'une vie qui ne tend plus à vivre[2].

Voilà le pessimisme et le cynisme de Kipling. Sans doute, surtout dans les premières œuvres, ils servent trop à l'effet ; ils s'affirment avec une insolence tranchante, une allure imperturbable de jeunesse qui, trop tôt, se prétend à l'aise, initiée — *at home* — dans ce monde mauvais. Mais la méfiance et le mépris de l'Homme, surtout de l'homme que le malheur ou le métier n'ont pas discipliné, sont trop au fond de tout ce qu'a écrit Kipling pour n'être pas sincères. Pour mesurer ce mépris et cette méfiance il faut lire *La Lumière qui s'est éteinte,* qui ressemble à une autobiographie. A vingt-deux ans, le héros, artiste comme Kipling, peintre, et qui fuit l'Occident civilisé, vagabonde en Égypte, traîne dans les bouges étouffants de Port-Saïd pour y noter à la lueur du gaz et des chandelles — avec quelle étrange et avide curiosité ! — les dégradations physiques, les déformations de type produits par le vice. Un peu plus tard, dans le désert, en Nubie, il suit les colonnes anglaises qui reçoivent les assauts des Derviches, et ce qu'il attend, ce qu'il cherche avec une passion absorbante de spécialiste, c'est la vue du massacre ; ce qu'il saisit à coups de crayon qui font songer à Veretshagin, c'est la grimace de l'agonie et les décompositions de la mort. Muni de cette jeune expérience, il revient à Londres, et à ce moment toute sa fortune est une somme de trente livres qu'un Syndicat de journalistes lui doit pour des croquis envoyés d'Égypte. Avec une ruse et un calcul de sauvage il s'interdit de la toucher, ne voulant pas que les directeurs du Syndicat sachent qu'il est à leur merci. Pendant trente jours il vit dans une chambre à sept shillings la semaine, mangeant des saucisses et des pommes de terre à deux *pence* le repas.

---

1. *The Story of the Gadsbys.*
2. *Without benefit of Clergy.*

Dans ses rares promenades — il ne tenait pas à prendre d'exercice :
l'exercice lui donnait des désirs qu'il ne pouvait pas satisfaire — il
découvrit qu'il divisait l'humanité en deux catégories : les gens qui
semblaient capables de lui donner de quoi acheter à manger et les
autres.

« Je ne savais pas, pensa-t-il, tout ce qui me restait encore à
apprendre concernant la figure humaine. »

Comme récompense à son humilité, la Providence voulut qu'un
cocher dans un restaurant à saucisses où Dick mangea ce soir-là
laissât sur son assiette une grosse croûte de pain. Dick la prit ; il se
serait battu contre l'univers pour la possession de cette croûte-là.

Au bout d'un mois, il apprend — avec une vanité et une
insolence naïve de triomphe — que ses dessins d'Égypte l'ont
rendu célèbre. Là-dessus le directeur du Syndicat qui les a
publiés vient le voir dans sa mansarde. Pour Dick Heldar,
ce directeur avec qui il faut régler une affaire d'argent, c'est
l'ennemi dont l'intérêt est de le maintenir dépendant et pauvre,
Or, Dick connaît la pauvreté, et il lui en est resté pour toute
la vie un effroi physique et nerveux. Regardez comme il se
ramasse pour la défense et pour l'attaque, de quel regard
aigu, connaisseur déjà de l'animal humain, habitué à la vue
des multitudes nues, et qui perce d'un seul coup jusqu'au
fond physiologique, il observe, il juge, il déshabille son
adversaire, avec quels gestes brutaux il le manie ;

Un *gentleman* entra dans la mansarde, corpulent, entre deux âges,
vêtu d'une redingote à revers de soie. Ses lèvres étaient entr'ouvertes
et pâles : il avait des poches sous les yeux.

« Cœur faible », pensa Dick, puis comme ils échangeaient une
poignée de main : « cœur très faible, son pouls fait trembler ses
doigts ».

L'homme se présenta comme le chef du Syndicat central de la
Presse.

— L'un de vos plus ardents admirateurs, monsieur Heldar. Je vous
assure, au nom du Syndicat, que nous vous sommes infiniment obligés, et j'ose espérer, monsieur Heldar, que vous n'oublierez pas que
c'est à nous surtout que vous devez d'avoir pu vous produire devant le
public.

Il souffla à cause des sept étages.

Dick jeta un coup d'œil à Torpenhow dont la paupière gauche
s'immobilisa un instant sur sa joue.

— Je ne l'oublierai pas, répondit Dick, tous les instincts de défense se levant en lui. Vous m'avez si bien payé que je ne pourrais pas l'oublier, vous savez. A propos, quand j'aurai fini de m'installer ici, je voudrais bien envoyer reprendre mes dessins. Il doit bien y en avoir cent cinquante, chez vous.

— C'est, hum! justement, ce dont je venais vous parler. J'ai peur que nous ne puissions pas tout à fait accepter cela, monsieur Heldar. En l'absence d'un traité spécial, vos dessins sont à nous.

— Voulez-vous dire que vous prétendez les garder?

— Oui, et nous espérons avoir votre aide — vos conditions seront les nôtres, monsieur Heldar — pour arranger une petite exposition qui, soutenue par notre nom et notre influence sur la presse, vous sera d'une indéniable utilité. Des dessins comme les vôtres...

— M'appartiennent. Vous m'avez engagé par télégramme, vous m'avez fixé les prix les plus bas que vous avez osé. Vous ne pouvez pas vouloir les garder. Bon Dieu du Ciel, mais c'est tout ce que je possède au monde!

Torpenhow regarda l'expression de Dick et siffla.

Dick marchait de long en large, méditant. Il voyait tout son petit bagage, les premiers outils de son équipement confisqués, au début de sa campagne, par un *gentleman* entre deux âges dont il n'avait pas bien entendu le nom et qui disait représenter un Syndicat, chose pour laquelle lui, Dick, ne se sentait pas le moindre respect. L'injustice du procédé ne l'émouvait guère. Il avait vu trop souvent dans d'autres pays triompher la main du plus fort pour épiloguer sur l'aspect moral des choses, sur le bien et sur le mal. Mais, simplement, il désirait avec ardeur le sang du *gentleman* en redingote et quand il recommença à parler ce fut avec une sorte de douceur tendue que Torpenhow connaissait bien pour le commencement du combat.

— Veuillez me pardonner, monsieur, mais n'avez-vous pas un... un homme plus jeune avec qui je pourrais traiter cette affaire-là?

— Je parle au nom du Syndicat. Je ne vois pas de raison pour qu'une troisième personne...

— Vous en verrez une dans un instant. Ayez donc la bonté de me rendre mes dessins.

L'homme fixa Dick, puis Torpenhow, d'un regard vide. Il n'était pas habitué à entendre d'anciens employés lui commander d'avoir la bonté...

— Fais attention, dit Torpenhow, nous ne sommes pas au Soudan ici.

— Considérant le service que notre Syndicat vous a rendu en vous faisant connaître...

Ce n'était pas une remarque heureuse. Elle rappela à Dick certaines années vagabondes vécues dans la solitude, l'effort et le désir non satisfaits. Ce souvenir s'harmonisait mal avec la vue du *gentleman* prospère qui se proposait de jouir du fruit produit par ces années-là.

— Je ne sais pas au juste ce qu'il faut faire de vous, commença Dick, d'un ton pensif. Évidemment, vous êtes un voleur — et je devrais vous tuer à moitié; mais, tel que vous êtes, il est probable que ça vous ferait mourir tout à fait. Je n'ai pas envie de vous avoir mort sur mon plancher, et puis ça porte malheur quand on emménage. Restez donc tranquille, — vous ne ferez que vous exciter.

Il mit une main sur l'avant-bras de l'homme et, lui passant rapidement la main sur tout le corps, sous la redingote, il en palpa la graisse.

— Bon Dieu ! dit-il à Torpenhow, et ce vieux niais à cheveux gris ose voler ! J'ai vu un chamelier d'Esneh dont on enlevait la peau noire en petites lanières à coups de martinet, pour avoir volé une demi-livre de dattes humides — et il était dur comme de la corde à fouet. Cette chose-ci est toute molle; c'est comme une femme.

Il n'y a pas beaucoup de choses plus humiliantes que d'être manié par un homme qui n'a pas l'intention de frapper. Le chef du Syndicat commençait à souffler lourdement. Dick marchait autour de lui, s'arrêtant pour le pétrir comme un chat pétrit un tapis de laine molle. Puis, lui passant l'index sur la figure, il suivit les lignes des poches plombées sous les yeux et remua la tête :

— Vous alliez me voler mes affaires qui sont à moi, à moi, à moi ! — vous qui ne savez pas quand vous pouvez mourir. Écrivez un mot à votre maison — vous dites que vous en êtes le chef — et commandez-leur de rendre à Torpenhow mes dessins, tous mes dessins. Attendez un moment, votre main tremble. — Allons, maintenant !

Il lui tendit un carnet. L'homme écrivit le billet. Torpenhow le prit et partit sans dire un mot, tandis que Dick tournait autour de l'homme muet et paralysé, lui donnant des conseils pour le salut de son âme. Quand Torpenhow revint avec un gigantesque portefeuille, Dick était en train de dire d'une voix presque conciliante :

— Allons ! j'espère que ceci vous servira de leçon, et, si vous me tracassez, quand je me serais mis au travail, avec des histoires de poursuites pour voies de fait, croyez-moi bien : je vous attraperai, je vous donnerai des coups et vous mourrez. D'ailleurs, et dans tous les cas, vous n'avez plus longtemps à vivre. Partez ! *Emchi ! Voutsak !* Allez-vous-en !

Voilà un caractère puissant et peu compliqué. En général, les personnages de Kipling sont plus simples encore. Le plus souvent, il les tire de la foule, de la foule anglaise, de la foule brute, celle qui ne rêve que d'un « fort et plein repas de viande à midi, et puis de dormir », — ou bien encore des épaisses masses de soldats qui exhalent « la bonne, l'apaisante

odeur des ceintures de cuir et de l'humanité entassée », et
qu'il aime parce qu'il y sent les profondes réserves d'énergie
latente, les coups de poing et les meurtres possibles avec
les grosses passions aveugles, nées du sang trop riche et des
fumées d'alcool. Ses *gentlemen* ne sont pas moins ordinaires.
Eux aussi sont épris de bataille et de *whisky;* leur fraîcheur
de sensation, leur calme intellectuel, leur force vitale sont les
mêmes que dans le peuple. Seule l'éducation les en distingue:
les jeux physiques leur ont affiné, fortifié le corps; ils sont plus
alertes et mieux découplés ; le milieu moral a développé en
eux le sens strict du devoir et l'habitude de se maîtriser.
Dans la vraie *gentry,* ce sont là des qualités moyennes. Mais
ces personnages quelconques, l'artiste les transporte dans
un monde idéal : bienheureuses régions dépourvues de
policemen, où ils peuvent, enfin, déployer toute leur énergie
anglaise, où abondent les occasions permises de se battre.
Dans ce Walhala de Kipling, je suppose que ces héros connaissent des moments de détente, mais nous ne les apercevons qu'aux instants d'efforts et de contraction pour la
lutte et pour la résistance. Par là, Kipling diffère de nos
purs réalistes. Si, comme eux, il accepte ou recherche le
laid et le grossier, toujours il écarte le médiocre. Non seulement, par la convention propre à l'art, il redresse les lignes
fléchissantes de la vie, mais il entoure cette vie de circonstances exceptionnelles qui, soudain, vont l'exalter, souvent
pour la détruire dans un court éclat de flamme brûlante.
Telle est la déformation poétique qu'il fait subir à la réalité
morale, — analogue à celle qu'on a constatée plus haut dans
sa vision de la nature sensible. Des faits qui composent le
monde de l'âme, il ne garde que ceux qui sont des *maxima*.
C'est avec les sensations les plus aiguës, avec des émotions
véhémentes, presque organiques, vitales, qu'il le reconstruit.
Au fond, sa psychologie est surtout une physiologie, bien
souvent une pathologie. Ce qu'il regarde, c'est la fibre nerveuse, mise à nu, qui frissonne d'attente, d'angoisse, de
volupté, qui se roidit pour vivre en dépit des assauts du
dehors ; il se passionne à la voir ébranlée à fond par l'effort
trop grand et prolongé, par les souffrances extrêmes qui
l'usent et la désorganisent.

Voilà pourquoi comme Shakespere, Dickens et Poë, il
arrive naturellement et il excelle à peindre la manie, le
délire, l'hallucination. Parfois c'est la simple et lente action
des circonstances hostiles, du milieu anormal, du paysage
accablant et démesuré, qui suffit à produire la démence. Tel
est le cas de ce gardien de phare qui veille sur un détroit
près de Java, sans compagnon qu'un orang-outang, étrange
et troublant camarade qui dans cette solitude est devenu un
semblable et qu'il traite comme un homme. Nul événement
que la marche du soleil équatorial dans le ciel nu, et deux
fois par jour l'alternance des courants de marée dans le flam-
boyant chenal. Cette eau qui coule en traits horizontaux de
feu, prend son regard et le fascine. Comme il arrive dans
l'hypnose, le vide se fait en lui; il n'y a plus rien dans sa
tête que des lignes droites qui la traversent dans l'un et puis
dans l'autre sens. et là-dessus, peu à peu, il s'affole, veut
résister, s'enferme, mais une force le pousse, et, comme un
ivrogne à son vice, il retourne à la contemplation de l'eau :

Alors[1] il se couchait à plat ventre sur les planches, et à travers les
fentes il regardait la mer qui passait entre les piliers du phare, tranquille et lisse comme de l'eau grasse dans une auge à cochons. Il
disait que son seul bon moment était au tournant de la marée. Alors,
les lignes à l'intérieur de sa tête tournaient et tournaient comme une
jonque dans un tourbillon ; mais c'était le paradis à côté des autres
lignes — les droites, — qui ressemblaient à des flèches sur une carte
des vents, mais bien plus régulières. Et il ne pouvait arracher ses
yeux de la marée qui filait si vite. Dès que pour se soulager il regardait les hautes collines qui bordent le détroit de Florès, ses yeux,
disait-il, étaient comme qui dirait tirés en bas par quelque chose qui
le forçait à regarder la sale eau toute rayée, et, alors, il ne pouvait
plus les arracher de là jusqu'au tournant de la marée. Ces raies,
disait-il, lui détraquaient l'intelligence, et chaque fois qu'allait revenir
la canonnière hollandaise qui fait le service des phares de ce côté-là,
il était décidé à demander qu'on l'emmène. Mais dès qu'elle arrivait,
quelque chose se déclenchait dans sa gorge, et il était si occupé à
regarder les mâts qui dessinaient des lignes verticales et contraires à ses
raies, qu'il ne pouvait pas bouger ni dire un mot jusqu'à ce qu'elle
eût disparu de l'horizon. Alors, me raconta-t-il, quand je le vis à
Portsmouth, il pleurait pendant des heures, et Challong, le grand

1. Ce récit est mis dans la bouche d'un matelot devenu gardien de phare.

singe, tournait et tournait en nageant autour du phare, riant et se
moquant de lui, éclaboussant l'eau de ses mains qui étaient comme
palmées. A la fin, l'idée entra dans sa pauvre tête malade que les
bateaux qui passaient (il n'y en avait pas beaucoup), surtout les
steamers, étaient la vraie cause de ces raies de malheur, et non pas
les marées. Il me disait qu'il restait assis, jurant après tous les
bateaux, tantôt une jonque, tantôt un brick hollandais, tantôt un
steamer qui, doublant le cap Florès, venait barbotter à l'entrée du
détroit... Dowse leur criait de faire le tour par le passage d'Ombay
et de ne pas venir faire des raies devant lui, de ne pas couvrir de
lignes toute sa mer, mais, probablement, on ne l'entendait pas. Au
bout d'un mois, il se dit : « Je vais les laisser venir encore une fois,
mais si le prochain bateau ne fait pas droit à mes *justes représentations*
— il se rappelle avoir employé ces propres expressions en parlant à
Challong, — je barre le passage avec des signaux. »

En effet, il finit par arrêter le trafic en couvrant le chenal
de bouées de naufrage. On vient voir ce qui se passe, on
l'emmène, on le guérit, on le ramène en Angleterre, et il
finit par s'engager dans l'Armée du Salut, s'exhibant comme
ancien pirate que la grâce a touché, et se confessant sur
les places publiques en jersey rouge, au son des cymbales.
Voilà l'effet sur une tête faible de la solitude prolongée, sous
le soleil vertical, en face de la mer éblouissante et déserte.

D'autres personnages aboutissent au suicide, comme Dick,
le jeune peintre, qui, tout frémissant d'appétits, en plein
orgueil de succès, au moment où il s'apprête à prendre une
âpre revanche des époques de misère et de faim, apprend qu'il
va devenir aveugle des suites d'une blessure au front reçue
autrefois au Soudan, et, dans les semaines qui suivent l'arrêt
de l'oculiste, peint son œuvre capitale et dernière où il jette
toute l'ironie désolée, toute la suprême rancune de son cœur :
une *Mélancolie* qui rit insolemment, car elle a vu le fond de
la vie et a fini d'en rien attendre, — œuvre accompli dans
une fièvre de travail acharné parce que les jours de lumière
sont comptés, achevée dans le demi-délire de l'alcool parce
que, seul, l'alcool empêche les taches et les voiles grisâtres
d'envahir tout de suite le champ de vision, — œuvre sublime
que l'artiste, condamné pour toujours à la nuit, abandonné
dans un logement qui, peu à peu, se change en taudis misérable, aime à caresser de la main, et qu'une fille imbécile,

recueillie pour l'amour d'un contact humain, détruit d'un seul coup, par pique, par jalousie féminine, et change en barbouillage informe avec deux sous de térébenthine. Mais l'Inde, surtout, fournit à Kipling les circonstances tragiques, lui présente des possibilités de souffrance et d'horreur inconnues à notre monde tempéré. C'est simplement l'été de huit mois, ses orages journaliers qui changent la lumière de midi en ombre opaque et fauve « comme le brouillard de Londres » et « sous lesquels la terre semble mourir d'apoplexie». Dans cet enfer irrespirable, monotone, égal, imaginez quatre *civil servants*, chacun seul à son poste et qui tous les dimanches, font cent kilomètres pour se réunir, boire ensemble de la bière chaude et tuer le temps avec des cartes. En ce moment ils jouent, presque nus, en *pujamas* de mousseline. Quarante degrés à l'ombre. Par les fenêtres, on ne voit plus de soleil, ni de ciel, ni d'horizon. Rien qu'une brume de chaleur d'un brun-rouge. A peine fait-il assez clair dans la chambre pour distinguer les couleurs des cartes et les figures blanches des joueurs, les figures froissées par l'insomnie de ces hommes de trente ans « qui savent vraiment ce que veut dire la solitude ». Écoutez, dans le grincement de la *pankah* demi-pourrie qui brasse avec peine l'air pesant, ce fragment de dialogue hachant la partie de whist :

— Comment vont vos cas de choléra? dit Hummil.

— Oh! très simples! Chlorodyne, pilule d'opium, chlorodyne, coma, sel de nitre, briques chaudes aux pieds, et puis le bûcher près de la rivière. C'est le choléra noir. Pauvres diables! Mais il faut dire que mon aide, le petit Bunsee Lal, se donne un mal de chien ; j'ai écrit pour lui faire avoir de l'avancement s'il sort vivant de cette campagne-là.

— Et vous, mon bon, voyez-vous quelque chance d'avancement?

— Moi? Je ne sais pas; ça m'est égal. Enfin, j'ai écrit pour Bunsee Lal.

— A quoi passez-vous votre temps en général?

— Je reste assis sous une table, dans ma tente, et je crache sur mon sextant pour le tenir frais, répondit l'ingénieur. Je lave mes yeux pour éviter l'ophtalmie que j'attraperai pour sûr, et je tâche de faire comprendre à mon arpenteur indigène qu'une erreur d'angle de cinq degrés n'est pas aussi insignifiante qu'on pourrait le croire. Je suis tout seul là-bas, jusqu'à la fin des chaleurs.

— C'est Hummil qui est le veinard, dit Lowndes en se jetant sur la chaise longue. Il a un vrai toit — la tenture, qui sert de plafond, est déchirée — mais enfin il a un toit sur la tête. Il voit passer un train par jour. Il peut avoir de la bière et, quand le bon Dieu est gentil, du soda-water et de la glace. Il a des livres, des tableaux (c'étaient des images découpées dans le *Graphic*), et la société de l'excellent entrepreneur Jevins — outre le plaisir de nous recevoir une fois par semaine.

Hummil sourit ironiquement :

— Oui, certainement, c'est moi le veinard — mais Jevins est *plus* veinard.

— Comment? Il n'est pas...

— Si. Claqué. Lundi dernier.

— Suicide? demanda vivement Spurstow, faisant jour au soupçon qui s'était glissé dans l'esprit de tout le monde,

Il n'y avait pas de choléra dans la section d'Hummil. Même la fièvre accorde une semaine de grâce et dans des étés comme celui-là, *mort subite* veut généralement dire *suicide*.

— Je ne juge personne par le temps qu'il fait, dit Hummil. Il a dû être touché par le soleil, car la semaine dernière il est entré dans la verandah et m'a déclaré qu'il rentrait ce soir-là en Angleterre pour voir sa femme, — Market Street, Liverpool. Je le fis examiner par le médecin indigène et nous tâchâmes de le décider à se coucher. Au bout d'une heure ou deux il se frotta les yeux disant qu'il croyait avoir eu un petit accès, qu'il espérait ne nous avoir rien dit de blessant, etc., etc... Vous savez, Jevins pensait toujours à se donner de belles manières et à prendre rang socialement.

— Et alors?

— Alors il est rentré dans son *bengalow* et s'est mis à nettoyer son fusil, disant à son *boy* qu'il allait tirer du chevreuil. Naturellement ses doigts ont asticoté la détente et il s'est mis une balle dans la tête par accident. Il est enterré quelque part ; je vous aurais télégraphié, Spurstow, si ça avait pu servir à quelque chose.

— Vous êtes un drôle de type ! dit Mottram. Vous l'auriez tué vous-même que vous n'auriez pas été plus silencieux sur toute cette histoire-là.

— Pourquoi n'avez-vous pas porté la chose comme suicide dans votre rapport? dit Lowndes.

— Pas de preuve directe. Nous ne jouissons pas de beaucoup de plaisirs dans ce pays-ci ; on peut au moins nous permettre de manier maladroitement un fusil. Un de ces jours j'aurai peut-être besoin qu'un camarade étouffe un accident qui m'arrivera. Vivez et laissez vivre. Mourez et laissez mourir.

— Faites-moi le plaisir de prendre une pilule, dit Spurstow

qui, depuis un instant, regardait attentivement la figure blême d'Hummil.

— Prenez une pilule et ne dites pas d'âneries. Ce genre de phrases est stupide. Quand je serais dix fois malheureux comme Job, je serais si curieux de savoir ce qui va arriver que je resterais pour voir.

— Ah! j'ai perdu cette curiosité-là, dit Hummil.

— Foie malade? demanda Lowndes, avec le ton de sympathie d'un homme qui sait ce que c'est.

— Non. Je ne dors pas. C'est pis.

— Je vous crois, dit Mottram. Je suis comme cela de temps en temps. C'est une mauvaise série à passer. Est-ce que vous prenez quelque chose?

— Rien !... Je n'ai pas dormi dix minutes depuis vendredi matin...

Ceci n'est que le début du conte. Peu à peu il s'enveloppe d'épouvante et de ténèbres comme ce paysage haletant et fauve où des trombes de poussière passent, rugissantes, épaississant l'obscurité. L'horreur va même ici jusqu'au surnaturel. Après des nuits qu'il a passées assis dans son lit, les poings serrés, muet, la respiration rapide, Hummil meurt, les yeux grands ouverts, dans la terreur d'un indescriptible cauchemar dont on retrouve l'image inscrite sur ses prunelles ternies.

Mais Kipling n'a pas besoin du surnaturel pour donner l'impression du fantastique. Sous ce violent et passionné regard le réel s'éclaire d'une lueur mystérieuse. Déjà nous avions remarqué que chez lui la nature inanimée, les paysages, surgissent par morceaux, avec des aspects subits d'apparition. De même pour les personnages. Leur vie atteint parfois une telle intensité démoniaque, leurs gestes sont alors si tendus par l'émotion mortelle et la frénésie de la passion terrible, leurs attitudes ont quelque chose de si fixe, de si fatal et de si plein de sens, ils se détachent avec une telle précision, un tel éclat sinistre sur le fond rendu noir par le contraste, qu'ils nous saisissent comme une menace et une vision. La nouvelle intitulée *Amour-des-femmes* ne franchit pas les limites du vraisemblable, et pourtant. vers les dernières pages, le lecteur ne sait plus s'il est devant des spectres ou des vivants. « Amour-des-femmes » est un *gentleman* ruiné, miné de débauches, déshonoré, qui s'est engagé et sert dans un régiment de

l'Inde. Mulvaney, le sergent irlandais qui conte l'histoire, a
deviné les origines de l'homme, et celui-ci finit par rumi-
ner devant lui ses remords, et tout son passé immonde. Il y a
un souvenir de femme qui le « pince dans le vif de la moelle. »

Quelquefois, au camp, à la parade, en pleine action, il baissait la
tête, tout d'un coup, comme devant l'éclair d'une baïonnette à,
l'idée soudaine de cette femme.

Quelquefois il tournait en rond comme un cheval aveugle dans
un moulin en pensant au bonheur qu'il *aurait pu* avoir, et cette
pensée-là se tenait devant lui comme un fer rouge.

Au cours d'une campagne, il est frappé d'ataxie et de para-
lysie. On le ramène à Peshawer ; on le porte à l'hôpital, inerte,
rigide depuis un mois, respirant à peine. Mulvaney suit la
civière. Ils passent devant une maison mal famée d'où sort
une femme qui interpelle le mourant :

Parole d'honneur, dit le sergent, à longue distance j'avais vu en
un clin d'œil quelle espèce de maison c'était. A cause de la garnison, il y en avait trois ou quatre comme celle-là.
Amour-des-femmes fit un effort pour parler et dit :
— Arrêtez ici !
Jamais je n'avais entendu un homme parler de cette voix-là, et
à cette voix, à ce regard, je compris que cette femme était celle dont
il avait parlé dans sa détresse.
Alors, avec un gémissement qui doit lui avoir arraché le cœur de
la poitrine, il se redressa et sortit de la civière, et, parole d'honneur,
il se tint debout sur ses pieds, la sueur perlant sur sa figure. Si
Mackie sortait de sa tombe et entrait maintenant dans la chambre,
je serais moins saisi que je ne le fus alors. Où il avait pris sa force,
Dieu le sait — ou le Diable — mais c'était un mort qui marchait
sous le soleil, avec la face d'un mort et le souffle d'un mort,
comme s'il était maintenu debout par une Puissance, comme si ses
jambes et ses bras de cadavre obéissaient à des ordres.
La femme était dans la verandah. Ç'avait été une beauté, mais
ses yeux étaient enfoncés dans sa tête et elle promenait un regard
terrible, de haut en bas sur Amour-des-femmes . Alors elle dit, en
étalant d'un coup de pied la queue de sa robe : « Qu'est-ce que
vous venez faire ici ? »
Amour-des-femmes ne dit rien, mais un peu d'écume lui vint
aux lèvres, et il l'essuya avec sa main, fixant des yeux le fard qu'elle
avait sur sa figure, la regardant, la regardant, la regardant.
— Et pourtant, dit-elle en éclatant de rire... (Avez-vous entendu

rire la femme de Raines, quand il tua son amant devant elle? Non?
Tant mieux pour vous). Et pourtant, continua-t-elle, qui a plus de
droit que vous d'entrer dans cette maison? C'est vous qui m'en avez
appris le chemin. Regardez-moi bien, Ellis, car je suis celle que
vous avez appelé votre femme à la face de Dieu !

Et elle rit.

Amour-des-femmes était debout, immobile sous le soleil. Alors
il gémit, et je crus que c'était le râle de la mort, mais il ne quittait
pas des yeux la figure de la femme, pas même pour un clin d'œil.
Elle avait des cils qu'on aurait pu passer à travers les œillets d'une
tente de campagne.

— Qu'est-ce que vous venez faire ici? reprit-elle mot pour mot,
vous qui avez brisé mon repos et tué mon corps et damné mon
âme, pour le plaisir de voir comment il fallait s'y prendre... Est-ce
que je ne serais pas morte pour vous, Ellis? Si jamais votre âme
menteuse a connu la vérité, vous savez que cela est.

Amour-des-femmes leva la tête et dit :

— Je le savais.

Et ce fut tout. Tandis qu'elle parlait, la Puissance que j'ai dite le
tenait droit comme à la parade, en plein soleil, et la sueur coulait
de dessous son casque. Il avait de plus en plus de mal à parler, et sa
bouche remuait et se tordait obliquement.

— Qu'est-ce que vous venez faire ici? reprit-elle en élevant la
voix (ce fut comme une volée de cloches). Autrefois vous trouviez
assez vite vos mots ; vous en trouviez pour me maudire et me dam-
ner : Êtes-vous muet?

Amour-des-femmes retrouva sa langue et dit, simplement, comme
un petit enfant :

— Puis-je entrer ?

— Cette maison-ci est ouverte jour et nuit, dit-elle en riant.

Et à ce mot, Amour-des-femmes baissa la tête et leva la main
comme pour parer un coup. La Puissance le soutenait encore, le
soutenait encore, car, par mon âme, je le vis qui montait l'escalier de la verandah, lui qui, depuis un mois, était un cadavre vivant.

— Et maintenant? dit-elle.

Mais comme elle le regardait, elle pâlit soudain, et le rouge du
fard resta seul sur sa figure comme le rond de couleur au centre
d'une cible.

Il leva les yeux lentement, très lentement, et la regarda longtemps, très longtemps, et enfin il arracha des paroles d'entre ses
dents avec un effort qui le secoua.

— Je meurs, Égypte [1], dit-il, je meurs...

---

1. Amour-des-femmes, qui fut un gentleman, a lu Shakespere.

Oui, ce furent ses paroles mêmes, car je me rappelle le drôle de nom qu'il lui donna. Il devenait couleur de mort, mais ses yeux ne roulaient pas dans sa tête. Ils étaient fixés, fixés sur elle. Sans un mot, sans rien pour l'avertir, elle ouvrit les bras tout grands en criant (oh ! quel miracle doré fut alors sa voix) :

— Ici ! meurs ici !

Et Amour-des-femmes tomba en avant et elle le reçut.

Le lecteur a perçu le rayonnement visionnaire, la lugubre lueur où baignent ici les personnages roidis dans des gestes saccadés et simples, transportés, dirait-on, hors de notre monde par quelque force d'en haut qui les galvaniserait et se servirait d'eux pour nous parler et nous avertir. Pourtant ils appartiennent encore à notre monde. Kipling en franchit les frontières. Il entre dans le rêve ; il crée en dehors du possible, dans l'imaginaire pur où il est à l'aise pour développer ses cauchemars et ses imaginations d'effroi. Dans ces irréelles régions, ce réaliste s'aventure avec audace ; il y est prince comme Edgar Poë. Sombres demeures du mystérieux qui devraient porter, inscrit sur le linteau de la porte, le « Signe de l'Ombre », comme ces hypogées de Thèbes où les Pharaons morts dorment dans la nuit, parmi les théories peintes de monstres et de flammes. Suivons-y Kipling : nous verrons s'y dégrader peu à peu la franche clarté du jour et s'y épaissir la noirceur que l'esprit va peupler de ses propres créatures.

ANDRÉ CHEVRILLON

(La fin prochainement.)

LE FERMENT[1]

LIVRE TROISIÉME

I

Julien fit craquer une allumette-bougie et alluma une cigarette.

— Je viens aux nouvelles, dit-il, Dazenel s'inquiète.

Jauffraigne, qui fumait aussi, eut un léger haussement d'épaules. Il ouvrit une des fenêtres et dit à son tour :

— Quelle boîte! Dès qu'on est deux, on ne peut y respirer.

L'embrasure, taillée dans le mur du Louvre, était si large qu'on y avait installé deux chaises. Des tentures en cretonne banale décoraient ce refuge. Sur l'autre muraille, à angle droit, une seconde fenêtre offrait le même asile. Le fauteuil et la table de Jauffraigne occupaient l'espace entre ces deux réduits.

Julien rejoignit Jauffraigne dans l'embrasure; des bouffées d'air y arrivaient, chaudes et parfumées.

— Avoir les Tuileries pour jardin et se plaindre ! murmura Julien.

— La vue sur la Seine est encore plus belle, répondit Jauffraigne.

Allant vers l'autre croisée, il désigna du geste le Pont-Royal, dont on commandait l'enfilade. Les voitures formaient là un double courant; tandis que l'un s'éloignait avec lenteur,

1. Voir la *Revue* des 15 janvier, 1er et 15 février.

l'autre dévalait, entraîné par la pente. Cela rappelait le mouvement du sang qui bat dans une artère. Il semblait que
de cette circulation régulière dépendît l'existence d'un être
invisible et colossal,

— Ici, du moins, continua Jauffraigne, on voit Paris.

— Que c'est beau ! dit Julien.

Depuis deux mois qu'il était de retour, il ne se lassait pas
d'admirer ce Paris. Les rues lépreuses d'Angleur, les colonnades
appliquées aux maisons liégeoises lui avaient appris à goûter
mieux l'harmonie discrète de ses façades et la grandeur de ses
horizons.

Jauffraigne ajusta son lorgnon :

— Mâtin ! la jolie femme qui passe !

— A Paris. toutes les femmes sont jolies, murmura Julien.

— Une suffit.

— L'aimes-tu ?

— Comme un fou... pour le moment.

Ils se turent. Leurs deux silhouettes se détachaient en
pleine lumière. Malgré leur élégance commune, elles con-
trastaient étrangement : Jauffraigne mince, les yeux clairs, le
visage effilé ; Julien, le front carré, les épaules massives, un
air de volonté toujours tendue.

— Dazenel..., recommença Julien.

Jauffraigne se retourna brusquement :

— Dazenel m'embête. Il faut pourtant se montrer raisonnable ! Sa compagnie était à fond de cale. L'idée lui vient de
solliciter à son profit les travaux du Mékong. Chacun est
libre d'écrire à un ministre : cela ne coûte rien, même pas
un timbre. N'importe ! parce que c'est lui, nous laissons dire
que son projet a des chances d'aboutir, le public s'emballe,
les actions...

Il s'interrompit :

— A combien sont aujourd'hui les actions de l'*Indo-Chinoise* ?

— A 280.

— Partir de 92 et arriver à 280, qu'est-ce qu'il veut de
plus ?... Je ne suis pas le ministre des colonies, je suis son chef
de cabinet ! Ce n'est pas moi qui signe, c'est Mage, n'est-ce
pas ? Que Dazenel vende le papier qui l'embarrasse, et nous
fiche la paix !

— C'est bien... je lui annoncerai que tout compte
fait...

Jauffraigne se mordit les lèvres :

— Ne lui dis rien, c'est inutile.

Le soleil maintenant descendait derrière les arbres des Tuileries. Des rayons traversaient les branches et noyaient les
parterres dans une vapeur rousse. Éclairé par transparence,
l'écran sombre des massifs avait perdu toute forme réelle. Il
semblait qu'une main furieuse jetât dessus des taches rondes,
orange, grises et or.

Jauffraigne reprit avec un air d'abandon :

— Dazenel rend vraiment les choses trop difficiles. Je
le supposais plus adroit. En lisant son devis, un imbécile
aurait compris qu'il cherche à nous voler.

— Je ne crois pas, répondit Julien sans laisser deviner
s'il doutait de l'affirmation ou simplement du vol.

— Mage lui-même s'en est aperçu !

Un sourire effleura les lèvres de Julien :

— C'est moi qui ai préparé le travail, dit-il ; je ne demande qu'à le défendre.

— En es-tu bien sûr ?

— Dazenel m'envoie pour cela.

— Ce n'est pas une raison.

Jauffraigne jeta un regard aigu sur Julien qui demeurait
impassible. On sentait que sa mauvaise humeur résultait
d'une inquiétude secrète.

— Qu'as-tu fait en Belgique, pour changer ainsi ? demanda-
t-il soudain.

— A quel propos, cette question ?

— Autrefois, tu étais l'homme rangé, convaincu, exemplaire ; aujourd'hui, tu affectes d'être sceptique et tu joues
au plus fin, ce qui avec moi est une bêtise, je t'en préviens.

Le sourire de Julien reparut :

— Je ne suis qu'un fidèle interprète. Interroge Dazenel.

Jauffraigne fit un geste railleur :

— Ah ! Dazenel !...

— Mon cher, interrompit Julien, il fut un temps où tu
admirais sa manière. Promettre *oui* au moment où l'on
décide *non*, te semblait alors le dernier mot de l'habileté.

Julien souleva d'une main distraite le Bouddha qui décorait la cheminée, et, tout en le maniant, poursuivit :

— Changer !... Parbleu, qui ne change pas ? Chaque métier met une marque sur celui qui l'exerce. On doit se faire une manière d'être pour vendre une aune de toile et une autre pour obtenir une concession de travaux au Tonkin. Le fond des idées aussi varie. J'ai pu croire que la science aidait à la fortune. Une simple expérience a prouvé mon erreur. Dans la société contemporaine, il importe peu de savoir. En revanche. il faut vouloir. Le monde est un trésor où chacun puise, et il y a place pour tous.

— Place pour tous ? répéta Jauffraigne. Quiconque veut passer au premier rang de la foule est bien forcé de bousculer ses voisins !

Il acheva, songeur :

— Presque toujours, même, on commence par ses amis.

Un coup léger fut frappé à la porte. Un huissier apportait des dossiers.

— C'est bien, fit Jauffraigne, mettez cela sur la table.

Julien, tourné vers le quai, avait repris sa contemplation muette. De ce côté, les rayons du soleil couchant remontaient librement la Seine, mettaient au-dessus du fleuve un fleuve de lumière qui dépassait les berges, baignait les façades, les arbres, le ciel même. Lentement son flot d'or rougissait comme si, lui aussi, se chargeait de limon.

Un silence pesant s'établit. Chacun des mots, jusqu'alors, avait semblé tendre vers un but caché. Au moment d'atteindre à ce but, l'un et l'autre paraissaient hésiter. En même temps, leur masque indifférent tombait. Ramenés au souci véritable qui seul les occupait, ils oubliaient la comédie jouée et redevenaient sincères.

Jauffraigne releva la tête :

— J'en suis fâché, dit-il, mais l'affaire va mal.

— Il y a du nouveau ?

— Mage a reçu d'autres propositions. Grichner ferait les fonds. Par un hasard curieux, son projet suit exactement le vôtre, sauf les évaluations qui deviennent raisonnables. On les croirait du même auteur.

— On croit ce qu'on veut.

— Connais-tu ce Grichner?

— Dazenel m'a envoyé chez lui deux ou trois fois.

Jauffraigne eut un mouvement d'impatience :

— Pourquoi t'en défendre? Grichner a parlé de toi en termes tels qu'on pourrait imaginer de sa part plus que de la sympathie... Mes compliments! A tant faire que de fréquenter chez un banquier juif, tu sais choisir...

— Grichner peut avoir des chances, — riposta Julien d'une voix mordante ; — Dazenel connaît trop le prix de ton dévoûment pour s'inquiéter de si peu.

— L'intérêt de l'État n'a rien à voir avec Dazenel.

Julien partit d'un éclat de rire :

— Je t'en prie, ne me prends pas pour le public. Tu te moques de cet intérêt, plus que moi ! C'est d'autant plus raisonnable que tu n'en es pas officiellement chargé.

La porte s'ouvrit encore, mais sans qu'on eût frappé, cette fois. Une femme entra en coup de vent. Le visage de Jauffraigne s'éclaira :

— C'est toi? Tu ne nous déranges pas.

— Bonjour! répondit-elle. Je suis pressée. As-tu cette loge?

Dès le premier mot, Julien avait cru reconnaître la voix. Elle évoquait en lui des souvenirs lointains.

— Ne me laisseras-tu pas, au moins, te présenter Dartot? reprit Jauffraigne. C'est un ami.

Il se tourna vers Julien :

— Madame de Biennes...

Celle-ci inclina légèrement la tête, puis, d'un ton où nulle émotion ne paraissait :

— Monsieur...

Elle mit ensuite l'enveloppe dans son carnet de visite :

— Merci.

— Où te reverrai-je?

— Au théâtre, très tard...

D'un mouvement rapide, elle salua encore Julien, et disparut.

Une joie traversa le regard de Jauffraigne, joie d'enfant qui manie pour la première fois de sa vie une belle montre :

— Délicieuse, n'est-ce pas?

— Charmante.

— C'est absurde, mais je l'aime !...

— Tu as raison, répliqua Julien qui prenait son chapeau.

— Tu t'en vas ?

— Je reviendrai un autre jour. Je m'en voudrais de troubler tes rêves.

A son tour, Julien gagna la porte. Sans se l'avouer, il obéissait au désir de revoir cette femme. Dans la pénombre du cabinet de Jauffraigne, il n'avait pu distinguer son visage. Cependant, plus il y pensait, plus il sentait qu'elle tenait à son passé.

Dès qu'il fut dehors, ses yeux, guidés par un instinct, la retrouvèrent. Elle se dirigeait vers le Carrousel, sans hâte, avec une grâce nonchalante. Résolu à pousser jusqu'au bout l'aventure, Julien pressa le pas. Il allait presque atteindre madame de Biennes quand, se devinant suivie peut-être, celle-ci tourna la tête. Aussitôt, Julien n'hésita plus. Tout à coup, la dernière soirée Méhaut était revenue dans sa mémoire : autour de la table, son père, M. Fondras et le couple Gridal hument le thé servi ; tandis que M. Méhaut apporte une tasse à Julien, une jeune fille aussi s'approche... Aucun doute possible : en dépit de la particule d'emprunt et de la toilette trop riche, c'était bien la même que Julien voyait là. Telle il avait quitté mademoiselle Gridal deux ans auparavant, telle encore il l'apercevait : même beauté régulière, même ardeur résolue dans le regard. Seul le sourire de jadis était fané, sourire de jeunesse ignorante que la vie avait effacé.

Durant une seconde, il sembla que ces deux êtres allaient se fuir : cependant à peine leurs yeux se furent-ils rencontrés, qu'une force imprévue les attira. D'un commun accord l'un et l'autre avancèrent et, comme des amis séparés de la veille, se tendirent les mains.

— Il y a longtemps qu'on ne vous a vu.

— J'étais à l'étranger.

— Restez-vous à Paris quelque temps ?

— Je ne le quitterai plus.

Les banalités d'usage s'arrêtèrent ensuite sur leurs lèvres. En se cherchant, ils avaient désiré sans doute parler d'autres choses. Au moment d'y arriver, leurs cœurs se fermaient et ils regrettaient d'avoir voulu les aborder.

— Voulez-vous que nous marchions un peu? dit Julien.

Elle accepta d'un signe. Ils longèrent les squares du Louvre, arrivèrent dans la grande cour. Ils avaient l'impression d'errer à travers une ville morte. Aucune verdure pour égayer la tristesse des murs. Le peuple de statues qui les anime avait disparu sous le crépuscule commençant. La mélancolie des pierres solennelles demeurait seule, oppressante et désolée.

— Que pensez-vous de moi? demanda enfin madame de Biennes.

Julien répondit :

— Que pourrais-je penser? je ne sais plus rien de vous.

Elle suivit avec le bout de son ombrelle la rangée des pavés. Puis, relevant la tête, et comme par défi

— Si vous ne savez rien, vous avez compris. J'ai quitté mes parents pour agir à ma fantaisie. Cette vie m'étouffait. On m'a bien offert d'épouser un commerçant, mais la perspective de moisir derrière un comptoir ne m'a pas retenue. Et voilà... Je suis une fille perdue, c'est possible. Je suis en tout cas une fille heureuse. Je ne me plains pas.

Julien eut un sourire forcé :

— Jauffraigne ne paraît pas non plus se plaindre.

— Jauffraigne se contente de peu.

— Pourquoi? Vous vous disiez heureuse...

Le même défi qu'auparavant passa dans les yeux de madame de Biennes :

— En tout cas, j'ai eu le bonheur que j'attendais; cela suffit.

Il murmura :

— Vous avez raison... ce bonheur suffit, puisque c'est lui que vous attendiez.

Une émotion involontaire l'étreignit. Il comparait leurs deux destinées, et admirait qu'elles eussent abouti à un dénouement identique. L'un et l'autre, après avoir tenté de se plier à la médiocrité des vies honnêtes, avaient quitté la route droite pour trouver, hors les lois, ce qu'ils imaginaient le bonheur.

Comme si elle lisait dans sa pensée, madame de Biennes reprit :

— C'est une chose étrange, n'est-ce pas, que j'aie dû me décider à cela? Vous rappelez-vous la petite fille que j'étais? J'aurais pu alors vous réciter à volonté un chapitre de chi-

mie, la série des Pharaons et l'histoire du Vinci, le tout
accompagné de réflexions morales ou de préceptes d'hygiène.
Pour récompenser tant de sagesse, on m'a donné le choix
entre les délices conjugales au fond d'une boutique ou le plaisir de faner pieusement ma jeunesse en qualité d'institutrice.
Qu'auriez-vous fait à ma place?

— Peut-être aurais-je cherché un homme de mon goût,
qui voulût bien m'aimer...

— Peut-être avais-je aussi cherché, qui sait?

Sa voix trembla légèrement :

— Vous étiez ambitieux : la fortune, disait-on, vous souriait. Nos diplômes auraient pu voisiner sans déchoir. Mais
vous êtes parti...

Tandis qu'elle parlait, Julien revoyait de nouveau cette
soirée où, grondant de colère impuissante, il avait aperçu
pour la première fois mademoiselle Gridal et senti dans son
cœur un brusque émoi.

— A cet âge-là, dit-il, les hommes ne voient pas qui les
aime. Puis, quand ils ont appris à être clairvoyants...

Madame de Biennes acheva brièvement :

— Il est trop tard.

Julien leva les yeux hardiment sur elle :

— A moins qu'un hasard ne vienne...

Un brusque désir l'animait de reprendre ce roman qu'il
n'avait pas su lire, autrefois. Madame de Biennes, silencieuse.
gardait ses yeux baissés.

Les fenêtres du palais maintenant s'évanouissaient dans la
nuit. On eût dit qu'un voile montait du sol, s'élevait peu à
peu jusqu'à l'attique, pour gagner ensuite le ciel, où des
étoiles rares apparaissaient.

Julien demanda tout à coup :

— Il faut donc être bien riche?

Madame de Biennes ne sembla pas l'entendre. Il poursuivit
à mi-voix :

— C'est plus qu'un hasard qui nous a rapprochés. Je ne
crois pas au hasard, d'ailleurs. Quiconque examine sa vie voit
que tout y est combiné, machiné par une force invisible,
rarement propice et souvent très injuste. S'il en est ainsi,
pourquoi ne pas profiter de sa volonté momentanée? Nous

sommes pareils. Nous avons des volontés de même trempe, des ambitions de même mesure, un égal mépris des conventions sociales...

Elle l'interrompit avec une raillerie affectée :

— Nous avons presque un passé commun...

— Raison de plus ! ne seriez-vous pas curieuse de l'évoquer ensemble ?

Elle détourna la tête :

— N'en parlons pas.

Julien retint mal un geste de dépit :

— Dans huit jours, j'espère que je vous plairai mieux.

— Pourquoi ?

— Parce que dans huit jours, la partie sera jouée : je saurai si je gagne.

— Vous vous mariez ?

— Où faut-il envoyer le faire-part pour vous mettre au courant ?

— Il serait plus simple de me dire tout de suite ce qu'il doit m'annoncer...

Julien laissa passer une seconde, puis la regardant en face :

— Volontiers. Ce sera : « J'ai gagné le premier million et je vous aime. »

— Vous êtes impertinent.

Peut-être éprouvait-elle à son tour le frisson passager du désir. Mais, Julien ayant pris sa main, elle la retira, et, d'une voix ambiguë :

— Au revoir !

Elle s'éloigna ensuite, se perdit dans le flot des passants qui traversaient la cour. Près de l'arcade qui donne sur la rue de Rivoli, sa silhouette reparut une fois encore dans la lumière, reconnaissable au mouvement d'une grâce abandonnée qui l'animait. Puis tout rentra dans l'ombre : Julien ne la vit plus.

II

Immobile, il se mit à rêver.

Était-ce la beauté de madame de Biennes qui l'avait

entraîné à lui parler ainsi, ou bien une raison indéfinissable
— parfum d'émotions lointaines, éveil de souvenirs demeurés
chers malgré l'éloignement? Il réfléchissait :

« Évidemment, elle serait une maîtresse délicieuse... »

Puis il haussa les épaules :

« Je suis en train de faire une bêtise! »

Au lieu de se remettre en marche cependant, il continua
de réfléchir :

« Une bêtise, certainement... Beaucoup d'autres sont plus
jolies, que je pourrais aimer, sans gêner personne! Il est
toujours dangereux de marcher sur les brisées d'un ami...
encore plus, si l'on a besoin de lui... »

Malgré qu'il affectât de négliger ses scrupules, la pensée
de Jauffraigne le troublait. Si la morale n'était déjà plus à
ses yeux qu'une convention bonne à rendre supportable la
vie sociale, telle quelle, il avait peur de l'enfreindre. D'ailleurs, plus il étudiait le charme subi, mieux il sentait combien son plaisir tenait plus au rappel du passé qu'à l'attrait
de cette femme. Il eût aimé prolonger ce plaisir, ne fût-ce
que pour un soir. Que faisaient maintenant tous les êtres
mêlés à ce premier drame de sa vie, drame qui s'était
dénoué par son départ pour Angleur? Avaient-ils changé
de condition et de visage, ainsi qu'Hélène Gridal? S'il les
rencontrait, pourrait-il encore les reconnaître, ou bien les
trouverait-il pareils à jadis?

Ce jour-là était justement un mardi : jour de thé chez les
Méhaut... Julien eut envie tout à coup de tenter une promenade dans ce monde oublié. Ce serait comme une sorte
de remontée vers le temps que madame de Biennes avait
commencé de faire revivre.

Il se décida. Il retournerait à son restaurant de la rue
Gay-Lussac ; après y avoir dîné, il se rendrait chez son cousin,
irait ensuite s'informer de Chenu. Plutôt que de tuer sa
soirée au spectacle, autant valait ce voyage dans l'autrefois!

La nuit complète était venue. La Seine, réverbérant les
lumières, charriait des paillettes d'or. Au-dessus du fleuve,
un large ruban de ciel obscur séparait les deux rives. En
traversant le pont des Arts, Julien eut l'illusion de quitter la
vie présente pour rentrer dans une autre connue de lui, mais

très ancienne. Les deux années d'Angleur s'étaient effacées.
Il se revit sans place, sans argent, et cette vision, rendant la
réalité meilleure, il en tressaillit d'aise.

Tout d'abord, l'évocation fut surprenante. Le décor des
rues était intact. En arrivant au restaurant, Julien put croire
que rien n'y avait changé. Derrière les glaces de la devan-
ture, brillaient comme jadis l'immuable jatte de compote, les
deux aralias étiques et la pile de serviettes. Mais, dès l'entrée,
sa déception fut grande. A peine fut-il installé à sa table
favorite, qu'il vit un garçon nouveau.

— Tiens, dit-il, Pierre n'est donc plus là ?

Tout en essuyant le marbre avec une serviette, le garçon
répliqua d'un air maussade :

— Pierre ?... ce devait être avant moi... connais pas.

Si l'ancien personnel était parti, les patrons, au moins,
avaient dû rester. Julien s'attendit à les voir paraître et sur-
veilla des yeux le comptoir : une femme vint l'occuper, mais
il ne la reconnut pas.

— Où donc est madame Daleur ? dit-il au garçon qui
apportait le potage.

— La patronne est morte.

Le garçon répondit cela distraitement, de même qu'il
aurait dit : « Elle est à la campagne » ou « en voyage ».

— Quels plats, monsieur a-t-il choisis ?

Julien répliqua sèchement :

— Revenez plus tard : je ne suis pas pressé.

Ainsi le mobilier seul était demeuré. Les maîtres, les
convives, tout avait été balayé, comme la poussière par le
vent. Il voyait soudain reculer à une distance infinie ce
passé de deux ans. Un frisson de mélancolie secoua Julien :

« Est-il possible que mon absence ait duré si longtemps ?... »

Il regretta d'être venu et commença de manger du bout
des lèvres. La porcelaine épaisse, l'absence de nappe, l'habit
crasseux du garçon, toutes ces choses qui ne le choquaient
pas jadis, le frappaient maintenant et lui donnaient la nausée.
Soudain le dégoût fut le plus fort. Julien jeta le prix du
repas sur la table et se dirigea vers la porte. Au même
instant, un homme entrait.

C'était un vieillard en redingote sanglée. Un œillet à la boutonnière et des gants gris perle donnaient à sa toilette un air d'élégance qui contrastait avec la maigre chère du lieu. En voyant approcher Julien, il recula timidement.

Julien retint un cri de surprise. Le visage avait pu se rider : rien qu'aux yeux, à ses yeux vacillants et peureux, M. Gridal était facile à reconnaître. Lui, à son tour, examinait Julien, cherchait à rappeler ses souvenirs. Il y eut une seconde incertaine ; puis, M. Gridal fit un imperceptible mouvement. Julien murmura d'une voix indistincte :

— Pardon, monsieur...

Et il passa.

Cette rencontre avait été si imprévue que Julien avait obéi, sans réfléchir, à son premier instinct. Il traversa la place Médicis, s'arrêta devant la grille du Luxembourg et, seulement alors, se rendit compte de ce qui arrivait.

Pourquoi cette fuite, la gêne intolérable qui avait serré son cœur subitement? Parce qu'il désirait la fille, fallait-il se cacher du père?

— J'aurai donc toujours des scrupules! fit-il avec un geste de colère.

Par bravade, il résolut d'attendre, et, revenu près du restaurant, guetta la sortie de ce Gridal pour l'aborder, cette fois. Des étudiants descendaient le boulevard. Le quartier latin aussi avait changé. Aucun des êtres qui l'animaient deux ans plus tôt n'était là. Involontairement, Julien subissait la mélancolie que donne au voyageur l'arrivée en pays étranger. Dans les regards de tous ces inconnus, il croyait lire une surprise de le trouver parmi eux. Un brusque découragement alourdit son âme. Que lui importaient les oubliés qu'il avait eu la pensée de revoir; il ne devait plus les rencontrer!

— Rentrons, dit-il.

Parmi eux, cependant, un au moins, — Chenu — lui tenait au cœur. Il réfléchit encore :

« Ne pourrais-je aller chez lui? Rien que chez lui... c'est tout près... »

Il partit aussitôt et se dirigea vers la rue d'Assas.

— Monsieur Chenu?

— Quatrième, la porte à droite.

— Comment!... il a quitté sa chambre?

— Oui, depuis qu'il est marié.

Chenu marié ! Ici encore, le temps avait donné son tour de roue. Julien fut déconcerté. Il semblait soudain que le but de sa visite eût disparu. La transformation annoncée, le nouvel appartement, tout, à l'avance, déroutait son attente.

De même qu'autrefois, ce fut pourtant Chenu qui ouvrit lui-même.

— C'est moi, Dartot... dit Julien ; je viens pour refaire connaissance...

— Dartot?... Ah ! parfaitement...

Une lueur d'inquiétude parut dans les yeux de Chenu :

— C'est bien.

Sans rien ajouter, il fit signe à Julien de le suivre. Trois portes donnaient sur l'antichambre étroite. Chenu poussa l'une d'elles, et, se retournant :

— Entre vite...

Au lieu d'obéir, Julien demeura sur le seuil, stupéfait. Revenait-il vraiment d'Angleur? Quel prestige le ramenait au soir tragique où il avait pénétré pour la première fois dans cette maison, réclamant du secours?

Même disposition de la pièce, même désordre. Sur les murs, des croquis de machines. Par terre, les malles traînant ; dans l'air, l'odeur âcre de tabac. Julien chercha des yeux le lit de fer qui servait de sofa et crut rêver. Un homme s'y tenait, le visage dans ses mains... Était-il possible que celui-ci encore fût revenu? Julien avait laissé Gradoine en Belgique, attaché à l'usine Hœurste, sans espoir de retour ; Gradoine était présent, relevait la tête et disait :

— Est-ce que je te fais peur?

Chenu reprit :

— Si tu veux fumer, il y a des pipes.

Il avait conservé sa voix bon enfant ; la phrase habituelle d'accueil s'était retrouvée d'elle-même sur ses lèvres. Julien balbutia :

— Je te remercie.

Il se décidait enfin à avancer, prit une chaise, s'assit. Un silence s'établit ensuite. Chenu semblait à la fois attendre quelqu'un et redouter une arrivée inopportune. Gradoine, souriant, regardait au plafond.

— J'ai appris que tu étais marié, dit Julien qui avait maîtrisé son émotion.

Chenu rougit :

— Chacun fait comme il l'entend.

— J'espère que tu es heureux.

— Je ne me suis marié que pour cela.

Sans laisser à Julien le temps de répondre, Chenu poursuivit :

— Ainsi, Gradoine et toi vous étiez ensemble là-bas ?

— Lui parti, ricana Gradoine, ç'a été plus fort que moi, j'ai voulu le retrouver.

— Tu es en congé ? interrompit Julien.

Gradoine haussa les épaules :

— En congé définitif.

— Peste ! Aurais-tu par hasard atteint le maximum ?

— Inutile avec moi de chercher le prétexte. Une gifle à Bœhm, et le tour est fait.

Un sourire effleura les lèvres de Julien ; il se retourna vers Chenu :

— Décidément, on a tort d'aller à l'étranger. Les chances de misère y sont les mêmes qu'à Paris ; celles de fortune n'existent pas.

Chenu répliqua sèchement :

— Je croyais que tu n'avais pas eu à t'en plaindre.

— Pour ce que j'ai rapporté, il n'y a pas de quoi chanter un hosannah !

— Que te faut-il donc ?

Julien eut le même sourire ambigu que tout à l'heure. Gradoine était revenu à son attitude méditative. Chenu mâchonnait sa pipe entre les dents. Chaque fois qu'il aspirait une bouffée, la cendre rougissait et mettait un point lumineux dans la pénombre.

— Au fait, demanda Julien, quelles nouvelles apportes-tu d'Angleur ?

Brusquement, Gradoine se leva :

— J'en ai une, au moins, qui t'intéresse. Mordureux vient de se suicider.

Un coup violent frappa le cœur de Julien. Il garda pourtant sa voix moqueuse :

— Et Ficard, est-il rentré au laboratoire ?

Gradoine ouvrit la bouche pour répondre, mais, rencontrant le regard de Julien, il détourna les yeux et cracha par terre avec mépris.

— Qui était ce Mordureux ? interrogea Chenu.

— Un joueur, répliqua Julien brièvement.

— Moins heureux que toi, sans doute !

Julien fit un geste rapide :

— Il y a joueur et joueur. Si tu entends par joueur un homme qui recherche la volupté de l'émotion, le blasé à qui tout est bon, bille ou carton, pourvu qu'il y suspende sa fortune, Mordureux en était un. S'agit-il au contraire de l'être qui choisit un but, tient pour justes toutes les voies qui l'y mènent, — de ces joueurs-là, j'en suis !... On n'a jamais vu jeter les cartes en cours de partie, sous prétexte qu'il s'en trouve une graisseuse dans le jeu. La société, qui le donne, ne se gêne pas pour réserver les atouts aux privilégiés qui lui plaisent. Ne faisons pas, plus qu'elle, les délicats !

Sa voix, dédaigneuse tout d'abord, était devenue sèche. Ce retour aigre sur sa vie lui donnait une sourde irritation.

— Il est vrai, conclut-il, que tous les deux, vous condamnez la société ; ce qui est plus facile que de l'améliorer.

— Je n'ai jamais dit que l'améliorer fût une chimère, répliqua Chenu lentement.

Il alla s'installer sur le sofa. La lampe éclairait mieux ses traits, et Julien fut surpris de leur changement. Leur expression s'était modifiée, devenue plus résignée, presque lasse ou bienveillante.

— Autrefois pourtant..., commença Julien.

— Autrefois, j'ai pu croire à l'existence d'un ordre social où les individus, jouissant d'une pleine liberté, seraient nécessairement bons. Il suffisait, me semblait-il, pour hâter son avènement, d'un peu plus de science jetée sur le monde, de quelques êtres épris de justice et sachant — comme nous — quelles lois l'établiraient. Aujourd'hui...

Il se tourna vers Gradoine qui, toujours immobile, paraissait ne pas l'écouter.

— Aujourd'hui. je comprends qu'il se fait tard. En attendant qu'on ait construit la maison neuve, pourquoi ne pas aménager l'ancienne ? Socialement, il est bien vrai qu'un pauvre n'est rien ; mais cent mille pauvres unis seraient une force irrésistible. Il serait si aisé de lever l'armée des misères, solidaire, fraternelle, de la dresser devant l'autre...

— La *sociale!* interrompit Gradoine avec un rire sardonique.

Chenu se redressa violemment :

— Tais-toi ! Ta compassion didactique vaut la philanthropie capitaliste ! Notre mal, c'est de parler sans cesse du peuple, de vouloir le guérir, et malgré tout, de le mépriser. Le peuple n'est pas une abstraction ou une donnée de problème. C'est une âme. Pour comprendre les besoins d'une âme, il faut l'aimer. L'anarchie ne l'aime pas. L'anarchie n'a que deux sentiments, haine ou dédain, suivant qu'elle regarde un riche ou un pauvre. Quand je croyais en elle, moi-même j'adorais sa justice prochaine, non pour les bienfaits que cette justice apportera aux déshérités, mais parce qu'alors ma valeur devait être reconnue et ma vanité satisfaite. Et c'est du jour où je me suis résigné à rester ce que je suis, — un ouvrier travaillant avec son compas comme d'autres peinent avec la machine, — du jour où, redevenu peuple, j'ai épousé une femme du peuple, c'est de ce jour-là seulement que j'ai changé !

Il tendit les bras comme pour appeler à lui cet idéal nouveau de charité qui transformait son âme. L'objet de son culte était devenu différent ; le culte restait le même. Anarchie ou socialisme lui donnait la même extase religieuse.

Gradoine murmura :

— Je préfère les faits aux sentiments.

Soudain Julien tressaillit :

— As-tu saisi la recette ? — continuait Gradoine, s'adressant à lui. — Plus de justice : rien que la solidarité. Que les riches entr'ouvrent leur caisse : leur magot restera sauf !

— Ne parle donc pas de ce que tu ignores ! répliqua sèchement Julien.

— Effectivement, ma bourse est vide. Je ne tue pas les gens pour la garnir.

Julien se leva.

— Eh bien, oui ! j'ai gagné au jeu ! Et après ?... S'il faut croire à un mot, pourquoi ne choisirais-je pas : « l'argent » !... La solidarité, dites-vous ? Sera-ce en vivant isolés, besogneux, que vous trouverez le nécessaire pour l'exercer ?... La justice, telle que vous la rêvez ! Regardez les animaux ! Voyez-vous qu'elle soit mieux établie dans une fourmilière que dans un État ? J'ai travaillé douze ans : mon travail m'a juste valu de ne pas mourir de misère. Puis, en deux mois, sans que mon effort y soit pour rien, j'ai fait une fortune : il m'a suffi d'acheter des actions, de les laisser monter et de revendre ! Encore me suis-je trop hâté ! car la hausse continue. Le peu qui me reste rendra le triple du prix d'achat... Non, point de justice, point de solidarité ! Le moindre capitaliste fait plus pour le salut du pauvre que mille bonnes volontés pareilles aux vôtres. Il donne du travail, il paie, donc il sauve !

A son tour. il s'emportait. Il se rappelait avoir dit, au même endroit : « J'en connais qui veulent conquérir leur place ! » Il éprouvait une ivresse à prouver maintenant que cette place était conquise.

— Il n'y a que deux camps dans le monde : les audacieux et les timides. Oser, c'est réussir ; hésiter et se plaindre, c'est accepter sa défaite !

— Tais-toi ! on entre !...

Chenu s'était levé d'un bond, et courait vers la porte. Au même instant, une femme parut dans l'entre-bâillement. Chenu la repoussa et ferma violemment la porte.

— Va surveiller l'enfant ! je suis occupé.

Celle à laquelle il s'était s'adressé portait un costume très humble, à demi recouvert par un tablier de toile.

— Je te demande pardon, dit-il encore à Julien ; tu peux continuer...

— Ta femme, sans doute ?

Mû par un pressentiment, Julien regardait fixement Chenu. Après une courte hésitation, Chenu répondit simplement :

— C'est la bonne, elle vient pour le ménage.

— Même la nuit ! acheva Gradoine, avec un sourire sardonique.

Julien reprit :

— J'empêche ta femme de venir, peut-être ?...

Les lèvres de Chenu tremblèrent :

— Ma femme est absente.

Il y eut un silence. Sans pouvoir en découvrir la raison, Julien éprouvait une étrange inquiétude. Il ne doutait plus que la vie de Chenu tînt encore à la sienne par un lien caché.

— Allons, dit-il, je pars heureux de t'avoir retrouvé satisfait.

— Est-ce tout ce que tu avais à nous dire ? répondit Chenu d'une voix incertaine.

Julien réfléchit :

— Non. Je voulais te répéter que je n'ai jamais oublié tes bons offices.

Chenu fit un geste pour l'arrêter ; il poursuivit :

— Je suis maintenant le secrétaire d'un homme que tu dois connaître de nom : Dazenel, directeur de la *Compagnie Indo-Chinoise*. Il possède un certain nombre d'actions de sa compagnie, et consent à en céder quelques-unes à ses amis. Ces actions sont aujourd'hui à 280 francs. Elles monteront encore pendant huit jours, au moins. Si le cœur t'en dit, viens me trouver, 12, rue du Quatre-Septembre. Je t'en ferai donner. En une semaine tu gagneras le traitement d'une année.

Gradoine murmura, d'une voix rageuse :

— Mes compliments ! Tu es fixé sur la hausse à un jour près.

— Je n'y ai pas de mérite. Il suffit de connaître ceux qui la provoquent.

Chenu releva la tête :

— Merci, dit-il, je n'ai pas d'argent disponible. Si j'en avais, ce ne serait pas pour le risquer à la Bourse.

Julien sourit d'un air un peu méprisant :

— Tu refuses ?

— Je refuse.

— Tant pis !

Chenu prit la lampe et se dirigea le premier vers la porte. Julien, qui le suivait, eut l'intuition qu'une autre porte se fermait dans l'antichambre. Quelqu'un, sans doute, fuyait, après les avoir écoutés.

Arrivé sur le palier de l'escalier, Julien reprit :

— Tu réfléchiras.

— J'ai réfléchi.

— Au revoir !

Chenu se pencha sur la rampe pour mieux éclairer les marches :

— Adieu !

Le mot tomba doucement, pareil à un écho, et Julien eut encore un mouvement de joie. Il lui était indifférent que Chenu n'acceptât point son offre. Ce revirement des rôles, seul, causait son plaisir. Deux ans auparavant, à la même place, l'un et l'autre avaient prononcé les mêmes phrases. Julien alors disait : « Adieu », tandis que Chenu répondait : « Au revoir ! » Le lendemain, peut-être, Chenu, réfléchissant, le supplierait d'oublier son refus...

En se retrouvant dans la rue d'Assas, Julien examina les trottoirs déserts ; leurs lumières fuyaient, pareilles à deux rails en flammes. Auprès d'elles les arbres du Luxembourg tachaient d'un noir profond l'ombre bleue de la nuit. Julien respira allègrement. Sa confrontation avec le passé lui donnait une reconnaissance attendrie pour le présent. Chenu, Gradoine, semblaient se perdre à nouveau dans le néant dont sa fantaisie les avait tirés pour un soir, et il les prenait en pitié.

Ah ! les pauvres êtres qui appelaient la Justice, à grand renfort de théories sociales ! N'était-ce pas elle qui avait conduit Julien à Angleur ; elle, touchée de son effort, qui lui avait jeté de quoi fonder sa fortune ?

Julien se rappela sa première visite à Grichner. Envoyé pour une affaire banale, il l'expliquait en termes brefs, lorsque soudain le banquier l'avait interrompu pour lui dire : « Vous me plaisez. Apportez-moi un projet. » Quelle raison eût expliqué cette bienveillance inespérée, sinon la Justice encore, dont on niait l'existence ? Elle était partout, cette Justice, dans la vie de Julien, dans celle de Chenu, dans celle de Gradoine, ne daignait récompenser que l'énergie et restait obstinément sourde aux plaintes stériles !...

— Le Soir ! les dernières nouvelles ! Demandez le Soir !

Un camelot venait à la rencontre de Julien. A la vue de ce promeneur tardif, il continua d'une voix glapissante :

— La séance de la Chambre! La crise ministérielle!

D'un geste fiévreux, Julien saisit le journal qu'on lui tendait. Un instant, les lignes dansèrent devant ses yeux, sans qu'il parvînt à les déchiffrer. Qu'allaient-elles lui annoncer? Etait-il vrai que le départ subit de Mage détruisît l'œuvre patiente de son effort, à l'heure même où tout en lui chantait le triomphe!

Il lut :

« Dernière heure, A la suite du vote émis à la fin de la séance, le ministre de l'Intérieur a offert sa démission au président du conseil. Le cabinet décidera demain s'il convient de l'accepter ou de se retirer tout entier. »

A mesure qu'il avançait, Julien éprouvait moins de stupeur que de colère. Grâce à cette aventure bête. ses projets risquaient d'être anéantis.

« Si tout n'est pas réglé demain avant neuf heures, songea-t-il, la partie est perdue! »

Il se raidit ensuite :

« Dieu merci! j'ai du temps. Puisqu'il reste une chance. on peut lutter! ».

Il rebroussa chemin, oubliant les Méhaut.

III

Le lendemain, dès huit heures, Julien entra dans le cabinet de Jauffraigne. Assis devant sa table, celui-ci dépouillait les journaux. L'odeur matinale des fleurs arrivait par la fenêtre ouverte. Jauffraigne, sans se déranger, continua sa lecture.

— Eh bien, dit Julien, est-ce une crise, décidément?

Jauffraigne tressaillit :

— Tout est possible. Bonjour. Tu permets que j'achève?

Julien choisit un siège, l'approcha de la table, et s'assit sans répondre.

— Si tu viens encore pour ton affaire, poursuivit Jauffraigne, le moment est mal choisi. Nous avons, ce matin, bien d'autres choses à liquider.

— Écoute-moi d'abord.

— Je connais ton histoire par cœur.

— Tu la connais mal.

— Suffisamment pour savoir que tu ne dois plus compter sur rien.

Sans s'arrêter à la phrase, Julien reprit d'une voix nette :

— Il faut pourtant que la convention Grichner soit signée avant que Mage se rende au Conseil !

Une lueur traversa les yeux de Jauffraigne :

— Tu travailles pour la concurrence, ce matin ?

Indifférent à la raillerie, Julien répliqua sourdement :

— Combien pour obtenir cette signature ?

— Mon cher, je ne suis pas de ceux..., dit Jauffraigne en pâlissant.

Julien l'interrompit :

— Pas de bêtises. Nous savons ce que nous valons, et le temps manque. Ce que j'ai dû faire pour Dazenel, je le recommence pour mon compte. Je veux plus, donc je paie mieux. Combien ?

— Explique-toi.

Tous deux s'étaient mis à parler bas. Aucune pudeur ne les troublait ; mais ils se défiaient l'un de l'autre, et leurs regards ne se quittaient pas.

Julien continua :

— Tu l'avais deviné... les propositions Grichner sont aussi les miennes. A force d'étudier l'affaire du Mékong pour Dazenel, j'ai fini par la connaître. Indépendante, elle doit rapporter de l'or. Liée à l'*Indo-Chinoise*, elle ne sauvera pas celle-ci et court à un désastre. J'ai exposé la situation devant Grichner. Il a fait les fonds. J'ai en poche ce qu'il faut pour marcher seul. L'intérêt de l'État, celui de la future compagnie, le mien, sont d'accord. Tu peux y aller sans risque.

— Pourquoi n'avoir pas avoué plus tôt ?...

Julien haussa les épaules avec irritation :

— J'ai pu avoir des raisons de me taire ; j'en ai aujourd'hui pour abattre le jeu. Pas de récriminations. Je demande un service : fixe le prix.

Ils se turent. Jauffraigne, impassible, réfléchissait. Julien éprouvait une angoisse violente. Jusqu'à la dernière minute, il n'avait pas douté que Jauffraigne acceptât le marché. Il

redoutait maintenant un scrupule, cet effroi bête qui fait reculer les âmes faibles, dès qu'elles sont en face de la réalité.

Il murmura :

— Cinquante parts ?...

Jauffraigne, toujours impassible, refusa d'un signe de tête.

— Soixante ?... soixante-dix ?... quatre-vingts ?... Je n'irai
pas au delà.

— Cent, répliqua Jauffraigne.

A son tour, Julien réfléchit ; puis, il tira de sa poche un
carnet, en remplit un feuillet et le tendit à Jauffraigne qui
lut d'un coup d'œil. C'était un reçu de cent actions entièrement libérées. Comme l'en-tête portait : *Compagnie du
Mékong,* Jauffraigne dit simplement :

— Peste ! vous supposez déjà partie gagnée !

Il glissa le papier dans son portefeuille, prit un dossier
dans un tiroir, et se leva :

— Je vais chez Mage.

— C'est bien ; j'attends.

Cela s'était passé rapidement, sans bruit, sans geste qui
trahît l'hésitation ou la surprise. Aux heures de crise, l'âme
devient inerte. Les actes les plus graves paraissent aisés : on
s'étonne presque d'avoir craint si longtemps de les commettre.

Demeuré seul, Julien s'approcha de la fenêtre pour aspirer
l'air. En dépit de son calme apparent, une intolérable impatience le dévorait. Il restait une heure pour décider Mage.
Une heure ! quand dix minutes seulement étaient nécessaires !
La certitude de la victoire étourdit Julien :

« Du moment que Jauffraigne s'en est chargé, Mage signera ! »

Signer ! c'est-à-dire réaliser la chimère, lui mettre en mains
des millions, avec le droit de les remuer à sa guise ! Depuis
un mois, il ne songeait qu'à cela : c'était cela, le faire-part
annoncé à madame de Biennes ; cela, toujours, qu'il aurait
voulu crier, la veille, à Gradoine et Chenu pour leur prouver
son triomphe !

« Il signera et l'*Indo-Chinoise* sautera !... »

Il se rappelait sa première entrevue avec Dazenel, le soir
douloureux où une place de deux mille francs aurait suffi
pour le combler de joie. L'heure de la revanche avait sonné.
L'élève allait battre le maître !

Extasié, Julien murmura :

— Comme tout est facile !

Au même instant, la porte se rouvrit :

— Il refuse de signer maintenant, dit Jauffraigne d'une voix brève.

— Pourquoi ?

— Il veut en parler au conseil.

— Et le dossier ?

— Il l'a gardé...

Ainsi qu'auparavant, tous deux avaient parlé bas. Les ripostes s'étaient succédé, rapides, comme dans un duel. Durant une seconde, leurs yeux s'interrogèrent.

— Tu mens ! reprit Julien tremblant de colère. Tu n'as rien dit à Mage !

L'idée lui venait que, payé par Dazenel et par Grichner, Jauffraigne jouait l'un et l'autre. Et, Jauffraigne restant muet, Julien crut à un aveu, reprit sans se soucier qu'on pût l'entendre :

— Tu as cru peut-être que je me laisserais attraper comme Dazenel, qu'il suffisait de cette comédie pour empocher mon argent ? Tu as compté sans ton hôte. Lis donc mieux le reçu : la société n'est constituée que s'il y a monopole. Donc, pas de signature de Mage, pas de paiement pour toi. Ce serait trop bête de se livrer ainsi, sans garanties !

Un sourire de mépris plissa les lèvres de Jauffraigne :

— Les injures ne servent à rien. Je répète que Mage ne signera pas sans en avoir référé au conseil. Avant deux heures, bonne ou mauvaise, une décision sera prise. Que te faut-il encore ?

— Il fallait exiger...

— Eh ! mon cher ! le jour où un ministre tombe est le seul où il s'aperçoive de ses responsabilités !

A grands pas, les mains dans ses poches, Jauffraigne arpenta la pièce. Lui aussi était exaspéré. On devinait que tout à l'heure il avait dû essuyer d'autres refus.

— Si tu l'avais vu ! Une déroute ! un affolement !... Des socialistes forment une majorité de hasard. Et après ? Est-ce que cela compte, des socialistes ?... Gaudissart ministre ! uniquement bon à toaster dans les banquets ou à bénir les bustes officiels. Sans moi, qu'est-ce qu'il aurait fait ?...

Il s'en va! dès la première rebuffade, peureux, geignant... il va, sans même penser à moi!

Au même instant, le bruit d'une voiture roulant sur le pavé des Tuileries se fit entendre. Une victoria à livrée officielle tourna l'angle du pavillon de Flore. Jauffraigne tendit la main :

— Regarde-le! a-t-il assez la tête d'un imbécile!

Julien s'approcha aussi de la fenêtre, chercha des yeux l'équipage. A la pensée que celui-ci emportait sa fortune, il eut un cri de rage :

— Livrer le sort d'un pays à ces crétins !

— Ainsi le veut le suffrage universel !

— Le suffrage des marchands de vins, des va-nu-pieds et des ratés !

Réunis dans l'embrasure, ils contemplaient la perspective des maisons, le ciel qui renvoyait le bruit énorme de Paris. Une colère pareille soulevait leurs âmes. Ce Paris était leur bien. De quel droit le leur enlever? Ils auraient voulu supprimer la liberté, les lois, tout l'ordre social qui les avait produits et qu'ils ne pourraient plus exploiter.

— On appelle ça la République! conclut Jauffraigne.

Julien fit un geste coupant :

— Qu'elle crève, mais qu'on nous laisse en paix !

Et ils abandonnèrent la fenêtre. Chacun avait oublié la présence de l'autre pour ne plus songer qu'à sa propre inquiétude. Le moment était venu où la destinée préparait le dénouement et réglait sans eux le sort de leurs ambitions.

— J'attends ici.

— Fais ce qu'il te plaira.

— Quand penses-tu que Mage revienne?

— Pas avant dix heures.

Puis ce fut un long silence. L'émotion qu'éprouve le joueur lorsque la bille est lancée, les oppressait. Ils désiraient agir, marcher, parler : ils demeuraient inactifs, immobiles, muets...

Le premier, Jauffraigne tenta de s'arracher à ses pensées :

— Après tout, pourquoi démissionner?

— Oui, pourquoi? répéta Julien. Ils n'ont pas de raison.

Des banalités vinrent ensuite sur leurs lèvres.

— Comme il fait chaud !

— Mauvais temps pour les théâtres.

— Qu'as-tu fait hier soir?

— Hier?

Julien dut réfléchir pour retrouver l'emploi de son temps :

— Hier, j'ai rencontré Chenu. Tu le connais. je crois?

— Oui... Toujours fou?

— Marié.

— Je le sais... un sot mariage.

Les répliques alternaient, prononcées distraitement. Deux étrangers s'étaient substitués à eux et parlaient de choses qu'ils ignoraient. Julien regarda la pendule : une heure seulement s'était écoulée depuis que Mage était parti... Il continua distraitement :

— Quelque grue pauvre?...

— Comment! tu ne sais pas?

Jauffraigne eut un rire léger :

— Cela t'intéressait, pourtant... Lucienne! C'est absurde, mais c'est ainsi.

— Lucienne!

Julien fit un haut-le-corps. Jauffraigne poursuivit :

— Encore une que la mairie hantait. A les entendre, toutes ne rêvent que d'être honnêtes!

Une colère passa dans les yeux de Julien. Il découvrait sa bêtise... Ah! bête! qui, hier encore, remerciait Chenu et lui offrait ses services! Bête qui avait adoré cette femme, cru en elle, tandis que. de concert avec son « prétendu », elle se débarrassait de lui! Il en était de cet amour comme des cendres chaudes qui paraissent mortes. Qu'un passant les secoue, elles rougissent au contact de l'air et revivent une seconde. Avec son annonce imprévue, Jauffraigne venait de le ressusciter, juste assez pour en prouver la duperie.

Pour la première fois, Julien songea que la fortune pouvait l'abandonner, et Mage ne pas signer. Un frisson d'épouvante lui glaça les os.

Les autres, le plus souvent, trouvent en eux-mêmes leur raison d'agir. Ils croient au bien, à des lois de morale, à la solidarité qui doit unir l'humanité ; ils croient à une existence future chargée de les indemniser de leurs mécomptes ou de leurs vertus. Lui, mettait la justice dans la vie, considérait cette justice ultérieure comme un épouvantail propre à effrayer les naïfs. Son existence morale se réduisait à des hésitations, à des remords capables de le gêner parfois, jamais de l'arrêter. Il résumait le bien dans ces deux termes : conquérir la richesse et en jouir. Que sa combinaison échouât : c'était une perte d'efforts sans compensation, un écroulement dans le rien...

Relevant la tête, il aperçut Jauffraigne dont le regard aussi exprimait une angoisse.

— A quoi penses-tu ? demanda-t-il.

— Je pense au plaisir de lâcher ces dossiers.

— Parbleu, s'écria Julien, tu n'as rien à perdre, tandis que moi !... Que l'affaire rate, Dazenel apprend tout : j'en suis pour mon travail et je perds ma position !

— Tais-toi donc ! Je risque autant, puisque Mage ne veut rien me donner, pas même un ruban rouge ou une recette !

— Tu n'avais qu'à prendre mieux tes précautions !

— Et toi, les tiennes !

Les répliques montaient, grosses de colère inavouée. Ce n'étaient plus deux êtres, mais deux intérêts, que le fait seul de n'être pas solidaires rendait passionnément hostiles. En vain, savaient-ils que rien désormais ne pouvait changer la décision de la destinée, la chance possible de l'un semblait diminuer celle de l'autre, et, récriminant contre leur défaut d'habileté, ils n'étaient pas éloignés d'en accuser leur concurrence.

Subitement, leurs visages se détendirent. Un huissier entrait, une carte à la main. Jauffraigne la prit avec un air de mauvaise humeur et lut à haute voix le nom qu'elle portait.

— Docteur Reydoux.

Julien fit un geste de surprise :

— Si c'est bien le même que j'ai connu, dit-il à mi-voix, il faut le recevoir. Cela aidera à passer le temps.

— C'est bien, dit Jauffraigne après avoir réfléchi, vous pouvez le faire entrer.

Ils attendirent : Jauffraigne, irrité d'avance par les doléances de ce solliciteur ; Julien, se demandant si l'évocation tentée la veille allait se poursuivre, maintenant qu'il ne la désirait plus.

Ce fut bien le docteur Reydoux qui entra. Les épaules un peu plus maigres, les cheveux blanchis, il avait conservé sa démarche saccadée et son air d'ironie. Étonné de trouver quelqu'un auprès de Jauffraigne, il resta sur le seuil.

— Venez donc, docteur! dit Julien. Il y a longtemps que nous ne nous sommes vus. Voulez-vous que je vous serve d'introducteur?

Il se tourna vers Jauffraigne :

— Un vieil ami, un de nos anciens, le docteur Reydoux...

D'un geste protecteur, Jauffraigne désigna un siège placé près de la table :

— Asseyez-vous, mon cher camarade...

M. Reydoux balbutia des remerciements, serra la main que Julien tendait, puis, ayant ajusté son lorgnon, expliqua sa visite.

Il voulait proposer au ministre un antifiévreux susceptible de rendre les plus grands services dans les colonies; malheureusement, il venait d'apprendre à l'instant les événements de la veille, et supposait qu'en revenant plus tard...

— Inutile, dit Jauffraigne.

Les commissions ne démissionnent pas ; c'était une commission qui s'occupait de ces affaires spéciales : il suffirait d'envoyer des échantillons.

Au mot de « commission », M. Reydoux eut un hochement de tête à peine visible.

— Est-ce toujours le fameux remède? demanda Julien.

— Lui, toujours.

— Il continue à être bon?

— Il continue.

— Est-ce vraiment vous, docteur, qui l'avez trouvé?

— Je crois bien que ce fut un homme arrêté depuis lors pour exercice illégal de la médecine. Il sauvait ses malades sans autorisation, ce qui est grave.

— Alors, à quoi vous a servi de passer par l'École?

Le docteur, surpris, examina Julien :

— A ne pas trouver absurde, *a priori*, l'affirmation d'un charlatan, répondit-il tranquillement.

Il se leva : comme Jauffraigne ne parlait plus, il jugeait l'audience finie.

— Attendez donc. dit brusquement Julien.

M. Reydoux s'arrêta. De nouveau son regard curieux fouilla les visages ; il avait l'intuition qu'on n'avait rien écouté de sa demande, mais que, troublant une discussion grave, il y servait d'intermède.

— Vous avez encore d'autres questions à me poser? demanda-t-il avec une raillerie involontaire.

— Une seule : nous sommes ici trois camarades réunis par hasard, trois hommes nourris de cette science qui doit sauver l'univers ! Admirez le résultat : sur les trois, l'un fait de la médecine, un autre de la politique, et le troisième des affaires. Cela ne prouve-t-il pas que la nourriture ne valai rien ?

Une lueur d'ironie illumina les yeux de M. Reydoux.

— Non, dit-il : les uns avaient peut-être un appétit excessif, et les autres mauvais estomac.

Jauffraigne parut sortir pour la première fois de sa rêverie :

— Dans les deux cas, conclut-il, la pension ne valait rien.

Il y eut ensuite un silence. Revenus à leur inquiétude, tous deux oubliaient maintenant M. Reydoux.

— Ah! la science ! dit Jauffraigne. Depuis un siècle, elle doit guérir l'humanité. Où voyez-vous qu'elle ait donné du pain à ceux qui n'en ont pas ? Sera-ce en connaissant mieux les lois de l'hygrométrie que les hommes posséderout plus de bien-être ? Progrès et découvertes n'ont jamais eu qu'un résultat : accroître le plaisir des riches, aggraver le mal des sans-le-sou !

Julien haussa les épaules rageusement :

— L'instruction ! panacée destinée à remplacer les religions tombées au rebut; superstition qui vaut les autres. Plus tard, quand la société prendra conscience de son intérêt, elle rougira d'y avoir cru!

— Faisons le bilan, continua Jauffraigne. Côté des idées : un catalogue de faits dont la signification échappe, l'impuissance radicale à dire pourquoi cela est...

— Côté moral : néant. L'homme est trop peu de chose pour que la science daigne chercher ce qu'il veut et où on le mène...

— La société est censée pourvoir à tout.

— La société! une convention qui croulera, en dépit des gendarmes!

Tandis que Reydoux se taisait, leurs phrases avaient alterné, cri de révolte pareil à celui que poussaient Chenu et Gradoine, ces deux rêveurs! Elles appelaient les mêmes destructions, maudissaient les mêmes causes; mais ici, aucune extase, pas d'illuminisme religieux; nul frisson de justice ou de tendresse; rien que l'explosion d'égoïsmes en péril et d'ambitions déçues. On sentait que, dressés contre l'état social, ces deux êtres ne s'en tiendraient pas aux mots. Laissant les menaces vaines aux timorés, ils étaient résolus à renverser les obstacles, quels qu'ils fussent, qui séparaient leurs désirs de la réalité.

M. Reydoux, qui avait écouté impassible, murmura d'une voix légère :

— A dire vrai, je ne vous croyais pas si peu favorisés!

Il attendit une seconde, et, comme aucun ne répondait :

— Il est possible, reprit-il, que l'École ne nous ait pas livré tous les bonheurs que vous en attendiez. Mais est-il sûr qu'elle nous en avait promis? Le mal n'est pas qu'il y ait une instruction, mais que cette instruction soit le privilège d'une minorité. Parce que nous ne sommes pas tout à fait des ignorants, nous nous estimons d'une race supérieure et méprisons ce qui n'est pas elle. Ne pas être un ignorant! voilà bien quelque chose d'extraordinaire! Aujourd'hui, aucun homme un peu délicat ne saurait l'être... Non pas que le savoir soit vraiment de mode, mais il dispense de deux ans de caserne : c'est appréciable. La loi égalitaire esquivée, on est d'ailleurs payé; de quoi se plaint-on?... En Angleterre, il faut être ouvrier avant que de suivre un cours d'ingénieur: voilà qui est mieux! Au moins, les mains noires rappellent à l'individu son origine; la science qu'il acquiert n'est plus un privilège de fortune, mais un résultat positif de sa volonté.

M. Reydoux s'arrêta; puis, revenant à l'ironie qu'il semblait avoir quittée :

— Allons, dit-il, ne pouvoir porter le globule du mandarin vous désespère. Le jour où chacun en aura le droit, vous cesserez d'y tenir. Il n'y aura plus alors de mécontents, et l'élégance du peuple y aura gagné.

Il tendit la main à Julien :

— Enchanté de vous avoir revu. J'avais eu de vos nouvelles par un homme qui vous a rencontré hier, M. Gridal. Vous rappelez-vous sa fille ? Charmante !... Si charmante qu'un amoureux l'enleva... Quant à votre cousin Méhaut, retraité, bien vieilli... Heureux homme ! il en mourra, ce qui, pour un bureaucrate, est encore une façon de tomber au champ des braves.

M. Reydoux gagna ensuite la porte. La tournure inattendue qu'avait prise l'entretien l'avait amusé. Les idées générales ne servent le plus souvent qu'à masquer des intérêts. Si peu qu'il devinât de la pièce, il était cependant certain que l'intermède avait assez duré.

Sans mot dire, Jauffraigne alla vers la fenêtre, tandis que Julien écoutait le mouvement régulier de la pendule. Rien ne pouvait plus distraire leur inquiétude. Il semblait même que l'inaction succédant au départ du médecin rendît plus intolérable l'angoisse de cette attente dont rien n'annonçait le terme.

Soudain Jauffraigne recula :

— Enfin !

La voiture de Mage rentrait à grande allure. Le tintement des roues sautant sur le pavé se détacha très clair, à travers le grondement sourd de la rue des Tuileries, puis cessa.

— J'y vais tout de suite ! dit encore Jauffraigne.

Julien ne bougea pas, ne répondit rien. Il avait devant lui l'horizon des Tuileries, et ne le voyait plus. Il voulut retrouver le bruit de Paris, qui toujours jusqu'alors l'avait bercé de promesses : ses oreilles bourdonnaient ; il ne l'entendit pas. Ainsi, avant cinq minutes, tout serait décidé !

La pensée d'une justice supérieure aux calculs humains l'effraya tout à coup. Si elle existait vraiment, pourquoi ne lui ferait-elle pas payer l'achat de Jauffraigne, la trahison envers Dazenel ? Une voix répondit en lui : « Dazenel, à cette heure même, cherche peut-être à éluder ses promesses. En affaires, aucune place pour le donquichottisme ou le sentiment. A chacun de prévoir les traîtrises ! La lutte est à armes égales. » Malgré lui, cette voix ne le rassura point.

« Si j'avais à sacrifier des innocents dans cette lutte, se demandait-il encore, que déciderai-je ? »

Un grand frisson secoua Julien. Quelle folie le prenait?
A quoi bon cette question, puisque jamais la réalité ne la
poserait! Les seuls gens que Julien pouvait ruiner étaient
des joueurs comme lui, ils risquaient leurs capitaux à bon
escient, s'inclinaient par avancé devant la fortune, bonne ou
mauvaise. Quant aux autres...

Un cri de triomphe retentit :

— Ils restent ! et c'est signé !

Julien se retourna, éperdu. Les joues enflammées, les
lèvres secouées par un rire nerveux, Jauffraigne continuait :

— Quant à toi, mon petit, tu vas me faire le plaisir de te
taire jusqu'à ce soir. J'ai encore des actions de l'*Indo-Chinoise* : c'est bien le moins que je les liquide !

— Signé ! répéta Julien.

Il balbutiait, n'arrivant pas à se rendre compte de la signification divine de ces deux syllabes. Ainsi, tandis qu'il ima-
ginait des cas de conscience invraisemblables, tandis qu'il
redoutait une justice mesquine, récompensant les enfants
sages, une seconde fois la destinée le prenait dans ses mains
puissantes et lui ouvrait l'avenir !

Sans le vouloir, ses yeux cherchèrent comme auparavant
les Tuileries. Il ne vit que du soleil, un soleil de féerie qui
semait partout de l'or, sur les branches, sur les marbres, au-
dessus des futaies... L'autre fenêtre aussi ne laissait voir que
des fleuves d'or, des maisons d'or, des berges baignées d'or.
Une joie affolante dilata le cœur de Julien, monta vers son
cerveau. Lui, le fils d'un paysan, le coureur de cachet, le
chimiste honteux de la raffinerie d'Hœurste, il serait donc
un manieur d'hommes et de millions ! Il voulut crier son
ivresse ; comme Jauffraigne, il partit d'un rire nerveux :

— Y as-tu songé ? dit-il. Avant deux heures, Dazenel aura
sauté !... Dazenel en faillite à cause de moi !

Jauffraigne l'interrompit brutalement :

— Es-tu fou? je te répète que j'ai des actions à vendre.
Je te défends de parler avant la clôture de la Bourse.

— Moi aussi, parbleu, j'ai des actions !

— Alors un paquet à jeter : c'est la baisse.

Ils se regardèrent en souriant. Le danger passé, la défiance disparaissait. Leurs âmes se retrouvaient, heureuses de communier dans le même idéal, se comprenant sans paroles.

— Tu donneras les ordres, reprit Jauffraigne : je ne veux pas le faire du ministère.

— Après quoi, poursuivit Julien, j'irai rassurer Dazenel. Je ne me soucie pas qu'il vienne proposer un rabais !

De nouveau, ils eurent un rire discret.

— A propos, dit Julien, connais-tu cette Gridal dont Reydoux m'a parlé tout à l'heure ?

— Non : pourquoi ?

— Rien... J'avais cru..,

Il s'éloigna d'un pas allègre. Son cœur sonnait une marche triomphale. Il songeait aussi qu'il pourrait maintenant prendre cette Gridal pour maîtresse : Jauffraigne désormais lui était inutile...

IV

Julien remontait l'avenue de l'Opéra. flânant aux devantures. Il n'éprouvait plus, comme le matin, le vertige de la réussite, mais un calme profond. Ses membres avaient une souplesse inaccoutumée. Ses idées étaient légères, sa démarche alerte. Tout son être rayonnait de cette lumière intime qui révèle aux indifférents la présence d'un heureux et leur fait tourner la tête pour le mieux regarder.

Deux heures encore à attendre : plus que deux heures à garder le silence, et la partie serait gagnée, rien n'arrêterait plus sa marche vers l'avenir merveilleux qu'il s'était préparé.

Le soleil avivait les couleurs des magasins. C'était un de ces après-midi somptueux où la lumière accable, où la cirenlation s'arrête dans les rues prises de léthargie. Un étalage retint Julien. Il y avait là des porcelaines à tons glauques dont l'émail semblait une couche d'eau fixée sur la pâte. Un instant, Julien examina les pièces exposées. Il eut envie d'en acheter une, maintenant qu'il était riche, mais ne bougea pas.

« Deux heures encore ! » songeait-il.

Ses pensées s'échappèrent. Il revoyait sa matinée, l'attente dans le cabinet de Jauffraigne, la visite à Grichner qui avait

suivi, une tentative inutile enfin pour approcher Dazenel.
Il se demandait : « Pourquoi Dazenel n'était-il pas là, lui qui
est toujours à son bureau le matin ? » Tout inquiète dans certains cas. En temps normal, il n'aurait pas remarqué cette
absence : ce jour-là, il la trouvait bizarre. Pour la centième
fois, peut-être, il se reprit à examiner son plan, imagina
les accidents possibles...

La catastrophe de l'*Indo-Chinoise* devait être provoquée
avant que Dazenel pût la connaître et se défendre. Rien de
plus aisé que d'obtenir ce résultat. Le programme se bornait
à deux points : se taire, puis, aux approches de la clôture,
donner en Bourse la nouvelle relative au Mékong. Une
panique devait suivre qui détruirait d'un seul coup le reste
de crédit attaché à l'entreprise.

Au contraire, qu'une indiscrétion fût commise, Dazenel,
pouvait courir chez Mage et obtenir à n'importe quel prix
l'annulation d'un contrat encore inconnu du public. En péril
de mort, on ne regarde plus à faire des concessions.

Jusque-là, Julien s'était cru seul maître du secret avec
Jauffraigne et n'avait pas redouté ce danger. Tout à coup, il
eut un frémissement. L'affaire était venue au conseil, donc un
ministre quelconque pouvait parler. Si Dazenel était absent
le matin, c'est qu'on l'avait informé, c'est que Dazenel
savait...

Julien blêmit :

— Si c'était vrai ?

D'un effort violent, il étouffa l'inquiétude folle qui lui
venait. Malgré tout, il voulait demeurer confiant dans son
étoile. Il n'admettait pas que la chance, après l'avoir conduit
si près du but, l'abandonnât. A quoi bon, d'ailleurs, discuter
des possibles dont il n'était plus maître ? Il crut entendre la
voix morne du croupier :

— Messieurs, les jeux sont faits, rien ne va plus !

Les jeux étaient faits, rien n'allait plus... S'étudiant à
marcher sans hâte, il continua sa route...

— Le directeur est-il là ? demanda-t-il en arrivant.

L'huissier répondit sans se lever :

— Il y a une femme près de lui... du petit monde.

— Pourquoi n'est-il pas venu ce matin, comme d'habitude ?

— Mais il est venu, monsieur, il paraissait même de bonne humeur !

En dépit de sa maîtrise, Julien ne put retenir un mouvement de joie.

— Alors, rien de nouveau ?

— Rien.

— Prévenez-moi quand il sera seul. J'ai à lui parler.

— Entendu, monsieur.

Julien s'engagea dans le couloir. Subitement ces propos de domestique venaient de le rassurer. Puisque rien n'avait paru changé dans les allures du maître, il fallait renoncer aux craintes, à ces écarts d'imagination qui font perdre le sentiment des réalités. De cette alerte il ne devait retenir qu'un enseignement : l'importance absolue du secret gardé jusqu'au bout !

En passant devant le cabinet directorial, Julien tendit l'oreille. Un grand silence régnait, ce même silence hypocrite qui, jadis, l'avait si bien troublé. Il entra ensuite dans son bureau. C'était une des nombreuses pièces vides dont les portes étiquetées énuméraient au public le détail d'une entreprise colossale.

Quel contraste entre l'apparat du couloir et la misère du mobilier ! Ici un tréteau de dessinateur, quatre chaises de paille, rien sur les murs, ni sur la cheminée. A l'idée qu'un homme de peine et un tapis d'entrée suffisaient à rassurer les intérêts, Julien ne put se défendre d'une ironie. Involontairement, il évoquait « ce petit monde » dont l'huissier s'était moqué et qui, à ce moment même, se laissait envelopper par l'éloquence fleurie de M. Dazenel.

Quelque malheureuse, sans doute, ayant risqué dans l'*Indo-Chinoise* ses économies. Peut-être, émerveillée de la hausse, s'informait-elle si l'heure de vendre n'était pas venue. Julien crut entendre la réponse :

— Vendre ! vous n'y songez pas ! au moment où nous allons créer un service du Haut Mékong... Avant quinze mois vous toucherez sept pour cent !

Et le « petit monde » repartirait, la tête pleine de mots patriotiques, incapable de retrouver au juste sur la carte le Haut Mékong, mais ravi d'aider, lui aussi, à l'extension coloniale...

Julien haussa les épaules :

« Imbécile ! demain, tu n'auras plus le sou ! »

Cette ruine du « petit monde » était une de ces conséquences lointaines et fatales sans lesquelles aucun acte humain ne serait possible. Quand un grand navire passe, il laisse
derrière lui des vagues qui cheminent et renversent les barques
trop légères ; faut-il, pour cela, lui interdire de marcher ?

Une horloge sonna. Les rêves de Julien changèrent. Il
ferma les yeux, n'eut plus de pensées que pour le temps
dont ces coups lointains lui annonçaient la fuite égale. Dans
une heure, maintenant, tout serait terminé !

L'huissier mit sa tête à la porte :

— Le directeur vous demande.

— Il est seul ?

— Non, je crois que la femme est toujours là...

L'huissier dit « la femme » comme il avait dit tout à
l'heure : « du petit monde ». Il éprouvait, d'instinct, le mépris de l'actionnaire pauvre.

— Avez-vous demandé le nom de cette femme ?

L'huissier fit un geste d'humeur :

— Grenu... 'ou Chenu...

Julien stupéfait se dressa. A l'idée de se retrouver devant
Lucienne, il éprouvait une émotion soudaine, inexplicable,
mélange contradictoire d'embarras et de curiosité. Un flot
de souvenirs l'étourdit. Pas une fois depuis deux ans, il
n'avait songé à ce roman. Le mariage même de Chenu avait
moins excité sa jalousie que blessé son amour-propre. Tout
à coup, du fait seul que Lucienne était là, ce roman revivait,
douloureux, irritant... Ainsi de ces rubans que l'on cache au
fond d'un tiroir après les avoir couverts de baisers. Le temps
s'écoule ; puis, un jour, on les retrouve, en cherchant autre
chose, et à leur vue le cœur tressaille : qu'il ait oublié lui-
même, il n'en éprouve aucun remords ; ce qui l'irrite, c'est
qu'on ait pu ne plus l'aimer !

— Dépêchons-nous, dit l'huissier. Le directeur a l'air
pressé.

Julien partit d'un pas nerveux. Il s'effrayait à mesure
qu'il approchait : comment aborder en inconnue cette femme
qui avait été son âme et sa chair ?

— Attendez que je vous annonce, reprit l'huissier.

— Laissez-moi, dit rudement Julien.

Il atteignit la porte, frappa un coup léger, puis, sans même attendre la réponse, entra, la tête raide, les yeux à terre.

— Bonjour ! dit M. Dazenel. Je vous dérange, mais madame s'autorise de l'amitié que vous lui avez témoignée, que vous lui témoignez encore, pour m'adresser une demande que j'hésite à lui accorder sans votre assentiment.

Un sourire éclaira son visage : il devinait une ancienne maîtresse. Julien qui n'avait pas encore levé les yeux, regarda enfin Lucienne.

— Monsieur Chenu, en effet, dit-il sourdement, est mon ami.

Il fut surpris d'avoir insisté, sans le vouloir, sur le nom de Chenu. Il avança ensuite d'un pas :

— Comment allez-vous, madame ?

Lucienne répondit si bas qu'on l'entendit à peine :

— Je vais bien...

L'un et l'autre, à l'approche de cette entrevue, avaient craint que, malgré eux, un cri ne leur échappât, cri de colère ou de regret : ils n'éprouvaient rien, rien que le saisissement de se trouver changés au point d'être méconnaissables.

Était-ce bien Lucienne, cette femme vêtue en boutiquière endimanchée ? Ses doigts qui jadis voltigeaient autour de l'étoffe pareils à des papillons prisonniers de l'aiguille, gonflés, déformés, n'avaient même pas de gants pour les cacher. Une tourmente avait emporté sa jeunesse. L'être qui se trouvait là était sans âge, flétri par les privations et les besognes du ménage, si vulgaire que Julien doutait de l'avoir jamais aimé.

Elle, de son côté, examinait Julien avec une sorte d'effroi. Ce n'était pas seulement le costume qui en faisait un autre homme. Elle cherchait en vain cette franchise qui, au cours de leurs disputes, permettait autrefois de lire dans ses yeux comme dans un livre. Ses lèvres ne souriaient plus. Son regard se dérobait. Lui aussi était devenu un être nouveau, qui l'effrayait sans qu'elle pût deviner pourquoi.

Trouvant que le silence se prolongeait trop, M. Dazenel se renversa sur son fauteuil.

— Voici l'affaire, dit-il d'un ton léger. Madame, voudrait profiter d'une offre que vous lui avez faite et me prie de lui céder quelques-uns des titres qui nous restent. Bien que ce ne soit pas régulier, je suis très disposé à vous être agréable. J'ai tenu toutefois à m'assurer que tel est bien votre désir.

A mesure que Dazenel parlait, un effarement s'emparait de Julien. Lorsqu'il était entré, il s'attendait uniquement à liquider une affaire de cœur. Brutalement, la destinée se dressait devant lui et le mettait aux prises avec ce cas de conscience que, le matin même, il refusait d'examiner.

Il balbutia :

— Je n'ai aucun désir à formuler.

Lucienne l'interrompit :

— N'avez-vous pas, hier soir, promis à mon mari...

Il répéta :

— Promis ? je ne le crois pas... J'en ai parlé peut-être, comme on parle de mille choses... sans y attacher d'importance.

Il laissait tomber au hasard les mots, s'efforçait de rester calme ; cependant, une tempête le bouleversait. L'heure suprême était venue : entre la ruine de « l'innocent » et l'arrêt de son ambition, il fallait faire un choix. Dissuader cette femme, c'était éveiller les soupçons, tomber peut-être dans un piège tendu. Quelles raisons donner, d'ailleurs, pour expliquer ce conseil ? S'il se taisait, au contraire... Ah ! pourquoi ne s'agissait-il pas d'un inconnu, d'un de ces innombrables passants qui, à ce moment, erraient sous les fenêtres ! Ceux-là, il les eût sacrifiés tous, allègrement, sans un remords !

— N'importe ! reprit Dazenel. Je tiens à faire honneur à votre parole. Une autre fois, soyez-en plus ménager. La réserve de nos amis n'est pas indéfinie.

— Je vous prie de ne pas donner suite..., commença Julien d'une voix tremblante.

— Pourquoi donc ? Craindriez-vous que l'argent de madame ne soit pas ici en bonnes mains ?

Les yeux de M. Dazenel se levèrent. Julien frémit, croyant y lire une autre demande :

— Je m'explique mal, répondit-il vivement. Je voulais

dire simplement que vous êtes libre d'agir comme il vous plaît. Dans tous les cas, je ne puis que vous être reconnaissant.

M. Dazenel inclina sèchement la tête :

— C'est tout ce que je désirais. Je ne vous retiens plus.

Julien se tourna vers Lucienne. M. Dazenel, qui suivait ses mouvements, reprit d'une voix impatiente :

— Me permettrez-vous de garder madame encore quelques instants?... Nous n'avons pas fini.

Il attendit ensuite que Julien fût près de la porte :

— Nous disions donc vingt-deux actions...

Immobile dans le couloir, Julien écouta. Si grand que fût le silence, les voix de Lucienne et Dazenel ne lui parvenaient plus. Son cœur battait la fièvre, une lassitude accablait tous ses membres. Il lui semblait se réveiller, brisé, après une chute vertigineuse.

Qu'attendait-il encore, puisque le mot définitif était prononcé ? Il avait choisi !

Il fit un geste coupant :

— Est-ce ma faute?

La fatalité avait amené Lucienne à l'heure où lui devait se taire : de quel droit le rendre responsable? Le promeneur, qui marche sur une route, trouve aussi des insectes sous ses pas, et les écrase sans remords. Pas un acte de vie sans destruction : c'était la théorie de Ficard, théorie qui, cette fois, apparaissait à Julien nécessaire, logique. On ne se révolte pas contre une loi de la nature, pas plus qu'on ne plaint ses victimes. On la subit et on se résigne !

Se résigner! excuse facile... N'était-il pas le maître de provoquer la catastrophe quand il voudrait? Ce qu'il avait déjà fait pour Jauffraigne et pour lui-même, il pouvait le faire encore. Douze heures de nouveau retard accroîtraient les risques, mais sauveraient l'argent de Lucienne!.

De nouveau les pensées de Julien tournèrent. D'où venait l'argent qu'apportait cette femme ? La veille, Chenu avait refusé nettement de livrer au hasard d'une spéculation les économies de son ménage. C'était donc une épargne inconnue du mari. Un frisson de jalousie furieuse secoua Julien. Cette jalousie excusait le crime qu'il désirait commettre, le rendait juste comme un châtiment. Et, tout à coup, le conflit se déga-

gea de tous ces accessoires qui défigurent la réalité et permettent de l'interpréter à notre guise. Lorsque Julien était
parti pour Spa, lorsqu'il avait abandonné Thérèse, il avait pu
se croire le jouet de forces qui commandaient sa volonté.
Cette fois, rien de pareil ; plus de pauvreté, ni de passion
pour l'aveugler. La balance à faire était celle-ci : d'une part,
un projet qui lui assurait définitivement la fortune ; de l'autre, la perte d'une somme infime, perte qui le vengeait, et
qu'au besoin il pourrait annuler...

Ce fut un trait de lumière. Comment n'avait-il pas songé
plus tôt qu'il rendrait cet argent, s'il lui plaisait ? Vingt-deux
actions, à peine cinq mille francs, une misère, puisqu'il était
riche !

Il n'hésitait plus. Après s'être déterminé sous la pression
des événements, il acceptait de nouveau son choix, rassuré
par la réparation possible, mettant même son plaisir à en
laisser l'heure indécise...

— Ça va bien, monsieur Dartot ?

Julien se retourna et reconnut le caissier.

— Où allez-vous ainsi, Bouchut ?

— Le patron m'appelle pour des titres à livrer. Savez-vous
ce qu'ils ont à la Bourse ? on a baissé de cinq francs.

— Bah ! on en a vu bien d'autres, répliqua Julien.

— Evidemment... Quoi qu'il arrive, ce seront toujours ceux
qui l'auront cherché qui paieront les pots cassés.

Arrivé à la porte de M. Dazenel, Bouchut se mit à rire et
conclut :

— C'est comme à Monaco... plus il y a de joueurs, mieux
la banque s'en tire !

Lui aussi, ce comptable intègre devant lequel dix ans de
spéculation avaient passé, sans qu'il éprouvât jamais une tentation, il en était venu à l'opinion de M. Dazenel. Pourquoi
plaindre cette masse anonyme qui court après le gain facile et
que la ruine attend ? On ne plaint pas un joueur décavé ; on
n'admire pas, non plus, celui qui gagne. Tous deux sont libres
de leurs actes et savent à quoi ils s'exposent.

Julien crut s'éveiller d'un long sommeil. Tandis qu'il s'égarait à travers le dédale des sentiments, ce Bouchut venait de
le rappeler à la réalité.

Tous des joueurs, Lucienne aussi bien que les autres !
Et dire qu'il songeait à lui restituer cet argent ! Restituer !...
En quoi la volait-il ? Pourquoi ne pas rembourser, du même
coup, tous les actionnaires de l'*Indo-Chinoise* ? Non, point de
privilège ; qu'il s'agît d'amis ou d'inconnus, de Lucienne ou
de Mordureux, le devoir était pareil : ne pas rendre ! Il ne
rendrait pas ! Il ne se mêlerait pas de corriger le sort. Les
enjeux étaient mis, l'heure venue de lancer la bille ; tant pis
pour qui perdrait ! Plus de chevalerie. plus de rêves !...

Il releva la tête. Il n'avait plus qu'à prononcer le mot pour
provoquer la catastrophe. Il en ressentit une joie éperdue.
Mais avant de franchir ce pas suprême, il s'arrêta encore. On
eût dit que, pris d'admiration pour son œuvre, il voulût une
dernière fois en contempler l'ensemble. Parvenu à ce sommet, il pouvait en suivre le déroulement tout entier.

Une à une, il comptait les étapes : la maison paternelle,
le lycée, les années à Paris, le séjour à Angleur, enfin sa rentrée à Paris... A mesure qu'elles se succédaient, le voyageur
changeait aussi. Il semblait que la nature prévoyante le for-
tifiât contre le climat plus rude.

A l'enfant craintif du début, qui se figurait le monde pareil à
une machine où tout est à sa place, neuf ans de lycée ou
d'école avaient enseigné que la science règle cette belle ordonnance et qu'en dehors des diplômés la société n'a pas d'élus.

Comme, en errant ensuite aux portes d'usine, Julien avait
bien vu le mensonge de ces promesses, la vanité des diplômes !
En revanche, la puissance de l'argent lui était apparue : non
pas l'argent de l'épargne, maigre capital qu'amassent les besogneux pour parer au dénûment possible de leur vieillesse ;
mais l'*Argent*, trésor anonyme et inépuisable, que des privilégiés gèrent sans contrôle réel, tandis qu'au-dessous d'eux
la foule admire et paie.

Sans fortune, sans parents, uniquement riches d'une
science vaine, la plupart des camarades de Julien s'arrêtaient là. Les uns. découragés, détruisaient, en guise de passe-
temps, la certitude pharisaïque dont on les avait leurrés.
D'autres imaginaient une société chimérique, et, faisant table
rase de la réalité, légiféraient pour une humanité parfaite. D'autres encore, impuissants, prêchaient la démolition sans but

et le mal pour le mal. Lui-même avait été sur le point de se réfugier dans l'idéal de la vie bourgeoise et du ménage sentimental.

Brutalement, à la mort de M. Dartot, la destinée avait brisé cet idéal. L'amour est festin de riche; l'honnêteté, luxe d'après-dîner.

Sans un miracle, une effroyable chute allait terminer le voyage : le miracle était venu! Julien avait joué, gagné le nécessaire et reconquis sa liberté!

A Paris enfin, l'œuvre s'était achevée. Devant Julien, le monde s'était découvert, dépouillé des conventions qui en masquent la vue. Aucune justice, mais un jeu de hasard où chacun risque sa mise. Ni bien, ni mal, mais des arrangements sociaux qui assurent à peu près aux joueurs leur place à la table où l'on joue. Point de Dieu, mais une force mystérieuse, jamais lasse des désastres qu'elle cause. Et, vraiment, Julien avait acquis les qualités désirables pour s'acquitter au mieux du rôle qui lui revenait dans la pièce; sang-froid, audace, âpre désir du gain, mépris des autres et de lui-même. De l'être initial, une seule trace avait subsisté : pitié pour les faibles, solidarité involontaire avec leur douleur. Grâce à cette crise dernière, il jetait bas ce fardeau. Non seulement il ne s'effrayait plus de « sacrifier des innocents », mais il le trouvait conforme aux lois de la nature, presque nécessaire.

Il respira largement :

— A chacun selon sa chance! dit-il, résumant sa vie morale définitive.

Au même instant, un bruit de sièges remués arriva du bureau de M. Dazenel. Lucienne, sans doute, allait sortir. Aussitôt le sentiment du lieu où il était et du temps qu'il perdait lui revint. Ses rêves firent place à une volonté unique : partir et finir l'œuvre! Comme si une tempête l'emportait, il prit son élan. Déjà il arrivait à l'extrémité du couloir, quand un cri l'arrêta :

— Julien!

Lucienne, le voyant fuir, avait employé d'instinct l'appel de jadis.

— Julien!... rien qu'un mot!

Il se retourna :

— Que me voulez-vous ?

Elle avait couru vers lui, résolue peut-être à une explication. Devant ce visage fermé, ces yeux durs où ne se lisait
qu'une ironie mauvaise, elle se sentit défaillir.

— Je voulais..., dit-elle à voix basse. Hier soir, tandis
que vous proposiez à vos amis de les faire profiter d'une
bonne chance, j'étais là, par hasard, j'ai entendu...

— Ah! fit Julien, c'était vous, la femme de ménage ?

Elle poursuivit :

— Alors j'ai eu confiance en vous. J'ai pris toutes nos économies, sans prévenir, et je me suis présentée de votre part...

Julien pâlit : au moment même où il se décidait à l'acte
irréparable, celui-ci se dressait en pleine lumière devant lui.
Plus de subterfuges, cette fois, plus de faux-fuyants. Avant
d'aller plus loin, il fallait le regarder en face, le toiser en
quelque sorte. C'était plus abominable qu'il ne l'avait ima-
giné. L'argent qu'il allait faire perdre avec un mot, cet argent
qu'il avait résolu de ne jamais restituer, était celui de Chenu.
On l'avait pris à la dérobée et, sur la foi de son honnêteté, on
le lui livrait!

Cependant sa volonté ne changea pas : il se tut.

Les yeux de Lucienne se voilèrent :

— Je devine ce que vous pensez...

Et comme il se taisait toujours :

— Pourquoi êtes-vous parti ? Je vous jure qu'alors il n'y
avait rien. Plus tard seulement, quand j'ai vu que vous
n'écriviez pas, que vous ne reviendriez jamais, et qu'il me
trouvait une honnête femme...

Une sonnerie retentit. Julien eut un sourire cruel :

— On m'appelle; je n'ai pas le temps...

Elle jeta sur lui un regard éperdu.

— Monsieur, dit l'huissier, le cabinet des colonies est au
téléphone.

— Vous voyez, répéta Julien, je n'ai pas le temps.

Et il s'éloigna, frémissant. Cet appel de Jauffraigne effa-
çait tout le reste. Il avait laissé passer l'heure : un dernier
incident, peut-être, avait surgi qui allait jeter au vent sa
fortune!...

C'était la débâcle de l'*Indo-Chinoise* que Jauffraigne lui annonça. Impatient, il avait pris les devants et fait connaître en fin de Bourse la solution donnée à la question du Mékong. En écoutant ce récit, Julien fut contraint de s'appuyer. La stupeur qui succède aux grandes catastrophes immobilisait ses pensées. Il se rendait compte que la bataille était gagnée, et cependant n'éprouvait aucun plaisir.

Jauffraigne conclut :

— Le feu a pris ; il n'y a plus qu'à lâcher la maison pour la regarder brûler !...

Sans même répondre, Julien abandonna l'appareil et obéit. Quand il passa devant l'huissier, celui-ci demanda :

— Monsieur s'en va déjà ?

Il répliqua, par habitude :

— Je reviendrai.

Bouchut, qui avait quitté Dazenel, lui cria :

— Pas d'autres nouvelles de la Bourse ?

Julien fit un geste vague :

— Je ne sais rien.

De nouveau, la sonnerie du téléphone résonnait. Sans doute les premiers instruits allaient réclamer des renseignements. Julien passa la porte et descendit.

En arrivant devant la plaque de marbre qui célébrait dans l'escalier la gloire de l'*Indo-Chinoise*, il la relut machinalement.

« Demain, songea-t-il, je ferai décrocher cela ! »

V

— Rassurez-vous ! J'ai vu à l'œuvre votre dévoûment, je connais votre zèle. Il ne sera pas dit que de braves gens comme vous seront mis sur le pavé par la faute d'un seul. Rien ne sera changé ici, rien sinon le titre de la Compagnie et les méthodes...

Bouchut, les larmes aux yeux, l'huissier qui tenait encore en main la casquette aux initiales de l'*Indo-Chinoise*, les deux commis aux écritures, les agents du bureau des transports, tous entouraient Julien.

Un sourd murmure s'éleva. La reconnaissance s'échappait en paroles pressées. On balbutiait des remerciements, on avait envie de se prosterner. Ce sauveur inattendu, non seulement réparait le désastre de l'ancienne compagnie, mais promettait des traitements meilleurs. Impassible en apparence, Julien écoutait cette musique divine. Jamais il n'avait savouré le plaisir de tenir ainsi en suspens des vies humaines. L'extase de ces êtres, le besoin de s'agenouiller qu'il lisait dans leurs regards — mieux que leurs mots — proclamaient son triomphe. Tous, d'ailleurs, avaient assisté à ses débuts, ri de lui dans le secret des bureaux, et l'on devinait qu'une terreur secrète se mêlait à tant d'humiliation.

Il termina

— Je n'ai plus besoin de vous pour le moment. Allez !...

La sortie commença. Avant de s'éloigner, on voulait approcher de lui et protester de son attachement. Il se laissait serrer les mains, répondait familièrement pour montrer qu'il se souvenait du temps où il était leur compagnon :

— Toujours à votre service, Bouchut... Je compte sur votre régularité, Jean...

Puis le cabinet de M. Dazenel se vida. Julien se retrouva seul, seul dans cette pièce dont il venait de prendre possession, seul devant la table couverte encore des papiers de l'*Indo-Chinoise*... Par la fenêtre ouverte, le bruit de la rue arrivait, pareil à un déferlement de vagues. Sur ce grondement indistinct, une voix de camelot se détacha :

— Demandez la dernière édition du *Jour* !... Le scandale de la Bourse !... La fuite d'un financier !...

Paris, à son tour, criait la disparition de Dazenel, la fin lamentable de son entreprise, l'avènement glorieux de la Société du Mékong. Le soleil ruisselait à flots. Julien ferma les yeux et savoura son bonheur...

Il n'éprouvait aucun remords. Un calme délicieux enveloppait son âme. A vrai dire, il avait tant désiré la fortune qu'elle ne lui causait pas de surprise. Avant même d'en jouir, il en avait pris l'habitude.

Ce fut ensuite une impression exquise : il admirait ses calculs, sa maîtrise de volonté, le sang-froid qui lui permettait, à cette heure même, de se juger sans vertige. Quel che-

min parcouru depuis le jour où il était entré dans ce bureau
pour y entendre railler son ingénuité. Désormais, plus d'hésitations ni de rêves ; il traiterait les faits indépendamment de
toute sentimentalité ; il n'aurait cure ni des intérêts de personnes, ni des intérêts sociaux.

Les personnes ? un élément nécessaire à la formation des
capitaux, une matière première abondante et inerte, dont il
faut tirer son bien–être. Pour y parvenir, toutes méthodes
sont bonnes et le rendement importe seul.

La société ? Non seulement, elle n'avait pas aidé Julien,
mais, à y bien regarder, elle semblait avoir été le seul obstacle
opposé à son ambition.

Involontairement, Julien sentit une rancune violente monter en lui contre cette puissance dont tout l'effort tend à
cataloguer les individus pour conserver intacte la répartition
des fortunes. Point d'égalité en elle : l'argent seul détermine
la séparation des classes. Point de fraternité : la loi n'a pour
but que de protéger l'injustice établie contre les déshérités.
Point de liberté enfin : les vagabonds n'ont pas même le droit
dérisoire de coucher à la belle étoile quand il leur plaît.

Ainsi, peu importait la destinée : l'aboutissement était semblable. En dépit de son accent triomphal, la joie de Julien
allait rejoindre la rage aveugle de Gradoine, la colère généreuse de Chenu, le mépris sournois de Ficard. Une haine
identique unissait tous ces êtres contre l'État qui les avait
produits. Vainqueurs ou vaincus, tous également se proclamaient dupés et rêvaient de vengeance !

Julien frémit :

— Ah ! quand je serai riche !

Car déjà le présent ne suffisait plus. C'est une loi fatale que
le désir engendre le désir ; d'autant plus avide qu'il a plus
obtenu, l'homme ne fait que changer de rêve. Deux ans auparavant, Julien aurait accusé de folie qui eût prédit sa fortune.
Hier encore, il la regardait comme un sommet au delà duquel
aucune escalade ne mériterait d'être tentée. Arrivé depuis
une heure à peine, il trouvait déjà la vue médiocre. et, revenu
de son ivresse, songeait à d'autres cimes.

— Ah ! quand je serai riche !...

La porte s'ouvrit. Julien tourna la tête, pris de colère

contre l'importun qui le dérangeait, et, tout à coup, se leva stupéfait : Gradoine était devant lui.

— Qu'est-ce que tu fais ici ? demanda-t-il d'une voix brève.

Gradoine, les mains dans les poches, répondit simplement :

— Je viens te voir...

— Si tu t'étais adressé à l'huissier, comme tout le monde, tu aurais appris que je ne reçois pas !

— J'ai dit que j'étais ton ami. L'huissier m'a laissé passer. Ce qui m'amène, d'ailleurs, ne peut se remettre.

Aux derniers mots, une faible rougeur vint aux joues de Gradoine. Une telle fièvre brillait dans ses yeux que subitement Julien pressentit un danger. Il avança pourtant d'un pas, hardiment.

— Alors, dit-il, fais vite et va-t'en. Viens-tu me demander une place ?

Gradoine haussa les épaules :

— C'est un compte qu'il me faut.

— Mordureux ne te suffit pas ?

Julien étendit la main vers un bouton de sonnerie. Gradoine saisit son bras :

— Pas avant que tu m'aies entendu !

Durant une seconde, leurs regards se croisèrent ; et, cette fois, Julien comprit que la lutte ne serait plus, comme à Angleur, une bataille d'écoliers, mais un duel dont l'un ou l'autre ne devait pas sortir vivant. A dire vrai, cette diversion qui le rappelait à la réalité ne lui déplaisait pas. Il alla vers la fenêtre pour la fermer, puis se retourna vers Gradoine et sourit en joueur qui sait la chance fidèle :

— Eh bien ! fit-il, j'écoute. Qu'as-tu à dire ?

Une résolution farouche parut dans les yeux de Gradoine, et, regardant Julien en face :

— J'ai à dire que tu es un misérable et un lâche !

— Peste ! nous voici déjà aux compliments ! interrompit Julien.

Sans l'entendre, Gradoine continua :

— J'ai à dire encore que le monde où nous vivons est la proie de jouisseurs à qui toute infamie est bonne, pourvu que leurs vices soient contentés sans risques. Voler, piller,

tuer, rien n'est défendu à ces gens-là ! Non seulement la loi
les tolère, mais elle les aide ! Le gendarme qui l'exécute n'a
d'autre office que de garder leur caisse. Quant à leur peau,
qui oserait y toucher ? Entre eux et les gueux qui pâtissent,
ils ont mis l'armée, les magistrats, le gouvernement, tout cet
ordre qu'ils ont fait et sur lequel la société repose !

A mesure que Gradoine parlait, Julien avait ressaisi son
sang-froid. Immobile devant la cheminée, il l'interrompit de
nouveau :

— Je sais par cœur la tirade. Veux-tu que je l'achève ?

On eût dit que la phrase avait fouetté la colère de Gradoine. Il reprit violemment :

— Tu auras beau gouailler, tu m'écouteras jusqu'au bout !...
De ces gredins, tu es le seul que je connaisse ! Avec les
autres, on pourrait se tromper ; mais avec toi, non. Depuis
deux ans je te surveille... Tu as commencé par exploiter une
femme ; puis, trouvant la fortune trop lente à venir, tu as
eu recours au hasard, et tu es parti, les poches pleines, sans
te soucier des morts que tu laissais. Hier, tu as enfin couronné l'œuvre ! Tu as dépouillé sans vergogne celle que tu
devais épargner entre toutes !

Et comme Julien tressaillait légèrement, la voix de Gradoine eut un éclat sinistre :

— Ah ! tu imaginais que j'ignorais cela ! Je sais tout ! j'ai
vu Chenu, je suis le témoin de ton dernier vol. Cette fois,
tu rendras gorge ! Il est possible que la loi soit pour toi. La
justice est au-dessus de la loi, je t'ai jugé et il est juste, sou-
verainement juste que je te supprime !

Il leva le bras ; une détonation retentit en même temps
que s'élevait un grand cri :

— Vive l'anarchie !

D'un bond, Julien, qui surveillait tous les mouvements de
Gradoine, se jeta de côté. La balle alla frapper la glace de
la cheminée. Durant une seconde, des raies y apparurent
autour d'un cercle noir, puis brusquement le verre se détacha, croula par terre en mille débris...

D'autres cris s'élevèrent. Tous les employés, abandonnant
leurs tables, s'étaient précipités dans le couloir :

— On a tiré !

— C'est chez le directeur !

— Chez le caissier !

— Mais non !...

Inconscient, Gradoine avait relevé l'arme, s'apprêtait à tirer une seconde fois. D'un geste rapide, presque sans éprouver de résistance, Julien arracha le revolver de sa main crispée et le mit sur la table.

— Imbécile ! dit-il, tu avais peur... Quand on veut tuer, on parle moins.

Il se retourna ensuite : on entrait.

— Laissez-nous ! ce n'est rien... une maladresse..

Indécis, les employés ne bougeaient pas. La vue de Gradoine, blême, les yeux luisants de folie, les empêchait d'obéir.

Julien fit un geste impérieux :

— Je répète que je n'ai besoin de rien ! Sortez donc, sacredieu !

Alors seulement, ils se décidèrent, reculèrent lentement. Ils devinaient qu'un drame s'était passé, mais la crainte du nouveau maître étouffait les curiosités. La porte enfin se referma, et un silence tragique plana sur la pièce vide.

Comme tout à l'heure, ils se trouvaient face à face, mais les rôles avaient changé. Acculé dans un angle, le justicier baissait la tête. Ses épaules minces paraissaient plus effacées; ses joues pâles avaient pris un ton de cire. Il semblait une loque humaine.

Brûlant de fièvre, Julien éprouvait au contraire un bien-être ineffable. Des idées neuves s'éveillaient en lui, couvraient d'un jour éblouissant ce conflit puéril.

— Et après ? dit-il enfin.

Gradoine eut un éclair de rage impuissante.

— Oui, après ?... reprit Julien d'une voix sourde. Supposons que tu aies réussi, et que tu m'aies tué... Qu'y aurait-il eu de changé dans la machine ? La Bourse aurait-elle fermé ? Passe encore si tu avais résolu de me voler !

Gradoine poussa un cri étouffé :

— Je ne suis pas un voleur !

Julien haussa les épaules :

— Mieux vaut être voleur qu'assassin : on court au moins

la chance d'un profit. Mais tuer sous prétexte de justice, quelle bêtise ! Faire justice au nom de qui, à quel propos ? On parle de justice quand on reconnaît une loi : la loi est une barrière conventionnelle qui a l'avantage de limiter les terrains. En revanche, se prétendre au-dessus de la loi et se mêler de juger ses semblables, voilà ce que je ne comprends plus !

La voix de Julien montait par degrés :

— Ta justice ! Rien que de l'envie, une exaspération de voir monter les autres, tandis que tu croupis dans la misère ! Si demain tu découvrais un trésor, tu trouverais le monde admirable !

De nouveau Gradoine releva la tête :

— Si j'avais un trésor, je changerais le monde !

— Si tu veux changer le monde, tu vas contre ton but. De nous deux, c'est encore moi qui travaille le mieux !

Brusquement Julien approcha de Gradoine :

— Regarde-moi donc ! Ai-je l'air d'un homme qui oublie ou qui pardonne ?... Comme toi, je fus leurré de promesses. Comme toi, j'ai connu tous les désirs, toutes les ambitions, tous les appétits ! Et rien pour les satisfaire ! une science vaine, pas un rêve, pas une de ces idées qui aident à vivre et pour lesquelles on meurt !... D'autres croient à Dieu, à l'au-delà : Dieu est inconnu, l'au-delà est une sottise, on me l'a démontré, je le *sais*... J'avais une famille, une maison : j'ai dû livrer la maison à de plus paysans que moi, renier ma famille pour avoir appris à la trouver vulgaire... Du moins, après m'avoir fait ainsi, la société devait m'aider ou rester neutre. Tant que j'ai obéi à ses règles, elle m'a laissé pauvre; le jour où, sautant les barrières, j'ai changé de chemin, c'est elle encore qui s'opposait à mon passage... Ah ! je la hais, autant que toi et mieux ! Notre haine est pareille : nous ne différons que de méthode !

A mesure que Julien parlait, un enthousiasme farouche soulevait son âme. Peu à peu les voiles se dissipaient, les causes secrètes se dégageaient. Ce n'était plus une rancune d'homme à homme qui se liquidait ici : le procès était plus haut.

Ces deux êtres représentaient des types sociaux, les produits extrêmes d'une même éducation. Le hasard de fortunes

différentes avait pu les jeter l'un contre l'autre : ils se ressai-
sissaient et se retrouvaient unis.

— L'autorité, dis-tu, n'est qu'arbitraire et fraude, la justice prévarique, la religion ment : paroles qu'on n'écoute
pas, auxquelles personne ne croit. Autorité, justice, religion,
moi j'achète tout ! Je n'aurai qu'à me montrer ! Je suis la
preuve vivante qu'on peut se moquer de l'État, voler à l'abri
des lois, et pécher sans scandale ! Ou bien encore, pris de
rage, parce que tout ici-bas est violence ou douleur, tu tentes
de rendre le mal pour le mal : et comment ? des imprudentes bêtes, bonnes en cas d'échec à empirer ta misère,
incapables toujours de changer rien dans la marche du
monde ! Moi ! pas une minute, je ne cesserai d'agir. C'est
moi qui détiens l'argent, qui le fais sonner, qui le jette au
vent ! Rien qu'à mon approche, les fortunes vont se déplacer,
les consciences se corrompre. En une heure, j'ai déjà provoqué plus de ruines que tu n'en feras en tuant chaque jour !
Là où j'aurai passé, plus de bonté, plus d'honneur, plus de
castes... Allons donc, avoue-le, ton anarchie est risible ! Le
seul anarchiste ici, le seul qui agisse vraiment, c'est moi, le
lanceur d'affaires, moi, le trafiquant d'argent, moi, le parvenu
et le jouisseur !

Un nouveau frisson parut faire chanceler Gradoine :

— Je te défends de te comparer à moi ! Entre mon but et
le tien, il y a l'abîme qui sépare le juste de l'injuste !

— Toujours des mots ! « L'ère nouvelle, l'avènement de
l'humanité future, le règne idéal du droit... » Une fois, au moins,
laisse là ces contes qui amusent les enfants ! Que ce soit au
nom de l'intérêt ou sous le couvert d'une rhétorique vide,
l'un et l'autre, nous ne voulons qu'une chose : détruire ce
qui est. Quant à ce qui suivra, ni toi ni moi ne le savons, et
cela nous est bien égal !

Une joie cruelle illumina Julien. Ces ruines qui seraient
leur ouvrage, l'inconnu qui s'élèverait à la place, faisaient
monter à son cerveau des fumées d'ivresse :

— Rappelle-toi un soir, quand Chenu passait la revue des
camarades victimes et dupes de la science qu'ils n'ont point
demandée, et nous criait : « Le voici, le ferment nouveau !... »
Ah ! ah ! l'heure a sonné où ce ferment doit vivre et, pour

vivre, détruire ! Aucune différence entre nous : qu'on soit
gueux comme toi, idéaliste comme Ficard, résigné comme
Chenu, ou dépourvu de scrupules comme tu m'accuses de
l'être, tous, nous travaillons de même ! Nous sommes le ferment, te dis-je ! Non pas le ferment de vie que tu croyais,
mais bien le ferment de mort, celui que les bourgeois aveugles ont cultivé et dont ils vont mourir ! Reconnais-tu maintenant ta bêtise ? des loups ne se dévorent pas quand le troupeau est en vue : ils se précipitent et ils pillent !

Gradoine fit un haut-le-corps :

— Je ne veux pas du pillage commun !

— Tu as peur de te salir à mon contact ? Laisse là tes scrupules. Le fumier salit aussi les mains : cependant, plus on en
jette, plus vite la moisson lève !

Julien fit un grand geste de faucheur qui s'apprête à
faire tomber la gerbe, puis s'interrompit tout à coup :

— Et maintenant, je n'ai plus rien à te dire. Va-t'en !

Julien avait raison. Tout était dit. Ils avaient établi le
bilan du passé ; l'avenir aussi était apparu, conséquence
logique de ce passé et conforme à la loi de Ficard. Désormais
tous leurs actes seraient une destruction. Véritable danger
social, ils allaient donner à la révolte une justification et des
méthodes ; la foule ramasserait ensuite les armes forgées par
eux et n'aurait plus qu'à suivre son instinct pour balayer la
société !

Comme Gradoine ne bougeait pas, Julien répéta :

— Va-t'en ou, cette fois, j'appelle !

Un long tressaillement agita le corps de Gradoine. Il
avança ensuite d'un pas, ramassa par terre son chapeau et,
pareil à un homme ivre, marcha vers la porte.

Sur le seuil, il voulut se retourner, résumer peut-être dans
un cri suprême l'effroyable avortement du rêve qui l'avait
fait venir. Julien demanda, sardonique :

— Est-ce le revolver que tu cherches ? Tu peux le reprendre. Je ne m'en servirai pas.

Et Gradoine recula encore. La porte céda sous sa poussée,
s'entr'ouvrit, retomba ensuite doucement. Julien était seul...

Comme avant l'entrée de Gradoine, la clameur triomphale

de Paris s'élevait, traversée par les voix aiguës des camelots ·

— Demandez le scandale de la Bourse !... La fuite d'un financier !

Dans le couloir, un va-et-vient de pas, des conversations, des sonneries...

Partout le tressaillement de la vie qui recommence, de l'action que nulle catastrophe ne parvient à arrêter.

Lentement, Julien s'assit à la table, écarta les débris de la glace qui la recouvraient et prit une feuille de papier à lettre. Pendant une seconde, il écouta encore la musique lointaine qui chantait sa victoire, puis revenant à lui, il commença d'écrire à madame de Biennes...

E. ESTAUNIÉ

VUES

SUR

L'HISTOIRE DU JAPON

D'après une opinion répandue, les Japonais auraient
toujours imité : dans leurs arts, leurs coutumes, leurs idées
morales, rien ne serait original. Après avoir copié les Chinois
pendant quinze siècles, ils les auraient méprisés pour copier
l'Europe, quand eux-mêmes et les Chinois se reconnurent
incapables de lui résister. D'où cette conséquence, que leurs
progrès trop rapides ne sauraient durer; que nos lois,
empruntées sans discernement, désorganiseront une société
fondée sur des principes différents. Je voudrais montrer que,
dans ses grandes lignes, l'histoire du Japon ne diffère pas de
celle des peuples de l'Occident : comme eux, les Japonais se
policèrent, en acceptant les mœurs et les arts de nations déjà
policées; comme eux, ils surent vite transformer et rendre
originale la civilisation empruntée. Je voudrais montrer
ensuite que l'arrivée des Américains et des Européens en 1854
hâta seulement une révolution devenue nécessaire, et qui,
sans leur intervention, eût produit les mêmes effets.

Pour soutenir une pareille thèse, point n'est besoin de
raconter règne par règne toute l'histoire du Japon. Presque
jamais les Mikados n'exercèrent d'influence sur le gouverne-

ment, et les Shoguns étaient seulement des régents militaires. D'autre part, les guerres contre les Aïnos terminées,
l'empire ne s'agrandit plus jusqu'en 1895 ; si l'on excepte le
xvie siècle et la fin du xixe, il resta toujours sans rapports
avec les autres pays du monde. Dans cette histoire, où de
longues guerres civiles sont suivies de plusieurs siècles de
paix, il importe surtout d'exposer l'état général de la société,
les mœurs, les arts et la littérature, durant quelques périodes
principales, soit : l'époque des Mikados absolus (de 660
av. J.-C. au xie siècle ap. J.-C.), la fondation du Shogunat
(du xie au xvie siècle), le xvie siècle, le Shogunat des
Tokugawas (1603–1868), la Restauration (Meiji) depuis 1868.

I

Vers le viie ou le viiie siècle avant Jésus-Christ, plus
anciennement peut-être, des pirates, venus de la Corée, con-
quirent Hinga dans l'île de Kiushu, d'où, plus tard, ils se
répandirent dans la grande île de Nippon. L'origine de ces
pirates est inconnue, mais leur langue les rattache à la famille
ouralo-altaïque. Les habitants de l'Archipel appartenaient
à des races différentes ; la plus nombreuse était celle des Aïnos,
que l'on retrouve à Yezo, dans les Kuriles et à Sakhalien.
Petits et forts, avec de longues barbes et des cheveux épais,
les Aïnos, de mœurs grossières, adorent encore les forêts, la
mer, les ours et les génies. Dans les îles de Kiushu et de Shikoku
vivaient aussi des peuplades venues de l'archipel malais. Les
tribus conquises, unies aux conquérants, formèrent le peuple
japonais, comme les Celtes, les Anglo-Saxons, les Danois et
les Normands se mêlèrent pour former le peuple anglais.
Mais le mélange des races ne s'accomplit jamais que lentement. Pendant des siècles, l'aristocratie anglaise fut purement normande. Au Japon, l'homme du peuple et le noble
se distinguent encore par les traits de leur visage : le premier
a le teint foncé, le menton court, le nez large et retroussé,
les pommettes saillantes ; plus pâle et plus fin, le second se
reconnaît à ses joues ovales, à ses yeux fendus en amande, à
son nez légèrement aquilin.

Les conquérants du Japon furent frappés de la beauté du pays; leur religion ressemble à celle des Hellènes, et, comme les Hellènes, ils se crurent bientôt des autochtones. Sans avoir l'idolâtrie des Indiens, le Japonais aime tant ses montagnes, ses golfes, les fleurs, les animaux, qu'il voudrait s'en croire aimé. Dans ses plantes vit une dryade, dans ses rivières une nymphe, sur ses pics une Orée. Son pays n'a rien de commun avec le monde. Les autres continents sortirent du chaos par l'action des forces naturelles; mais les grands dieux Izanagi et Izanami ont créé ou même enfanté le Japon. Leur fille Amaterasu, la déesse du soleil, en reçut la souveraineté; elle l'a transmise à son petit-fils Jimmu Tenno, avec les insignes du commandement, l'épée et le miroir, que l'on conserve dans le temple d'Ise. Jimmu Tenuo (660–585 av. J.-C.) est l'ancêtre de la maison impériale; cette maison ne porte pas de nom, est la seule qui descende des grands dieux. L'ensemble de ces doctrines forme le Shintoïsme ou culte des êtres supérieurs, les Kami. Par ce titre un peu vague, que l'on ajoute au nom de tous les princes, l'on désigne plus particulièrement les dieux, les esprits des Mikados et des grands hommes; chaque famille honore ses ancêtres, des tablettes leur sont érigées dans la plus belle salle de la maison. Hors le dévouement à la patrie et à l'empereur, le Shintoïsme ne connaît pas de morale. Hitomaro, le meilleur poète du VIIIe siècle, dit dans l'une de ses odes : «Au Japon, l'homme n'a pas besoin de prier : le sol même y est divin. »

Jimmu Tenno et ses descendants soumirent toute l'île de Kiushu, puis la partie ouest de Nippon (Aki, Buzen, Idzumo), enfin ils se rendirent par mer dans le Yamato, près d'Osaka. La conquête de l'Est (jusqu'à la ville actuelle de Tokio) demanda plusieurs siècles. En même temps, des pirates japonais faisaient des incursions dans la Corée. D'après la légende, l'impératrice Jingo Kogo envahit ce royaume et le rendit tributaire (203 ap. J.-C.).

Par l'intermédiaire de la Corée, le Japon reçut la civilisation de la Chine et celle du monde entier. Et voilà qu'apparaît aussitôt l'un des traits distinctifs du caractère japonais, l'alternative de la hardiesse et du découragement, de l'enthousiasme pour les coutumes de l'étranger et d'un patriotisme haineux de l'étranger, qui réussit à transformer des institutions trop vite empruntées.

Au vi^e, au viie siècle, c'est une ardeur prodigieuse à tout renouveler. La cour adopte le culte des ancêtres et le gouvernement patriarcal des Chinois, leur double hiérarchie de fonctionnaires civils et militaires (603), la philosophie et la littérature des mandarins (552), leur langue pour les livres d'histoire, leurs caractères idéographiques, adaptés depuis à la langue japonaise par l'addition d'une écriture syllabique (fin du viiie siècle); des sciences et des arts dus en partie aux nations de l'Occident; le bouddhisme transformé des mystiques Indiens, avec ses paradis, ses enfers, le culte de Kwannon, la déesse de la pitié (552-621). De la cour, la civilisation se répand dans le peuple et jusque dans les provinces du Nord. Les armées soumettent les Aïnos, les missionnaires s'efforcent de les convertir au bouddhisme. Partout l'on abat les forêts, l'on défriche les landes, pour cultiver le riz, planter les mûriers et l'arbuste à thé; partout s'élèvent des bourgs et des villes, des temples, des monastères et des palais.

Mais bientôt les plus zélés se relâchèrent. Le Mikado ne gouvernait plus, il cessa même de se montrer à son peuple. Une famille de cour, les Fujiwaras, s'empara du pouvoir; elle a donné aux Japonais presque toutes leurs souveraines, dont l'impératrice actuelle. De 645 à 1156, des membres de cette maison occupèrent tous les ministères, la plupart des gouvernements. En 888, leur chef prit le titre de Kwambaku, qui devint héréditaire. Le souverain était-il un homme fait, le Kwambaku dirigeait les ministres avec le rang de premier sujet du Mikado. Mais, grâce au génie politique des Fujiwaras, l'on voyait presque toujours une femme ou un enfant sur le trône; alors le Kwambaku devenait un régent, son pouvoir était absolu. Bientôt les Fujiwaras se lassèrent de gouverner; comme l'empereur, le maire du palais n'eut qu'un titre sans autorité. En adoucissant les mœurs, le bouddhisme contribuait aussi à les énerver : après quelques années de gouvernement, tous les Mikados, tous les hommes d'État abdiquaient pour se retirer dans des couvents. coutume qui s'est perpétuée pendant des siècles. A l'exemple du souverain, les ministres. les nobles ne songèrent qu'au repos ; dans les provinces déjà civilisées, le peuple se laissait gagner par la mollesse ; les religieux des deux sexes se comptaient par milliers, et, dans les couvents, les offices religieux n'étaient plus qu'un plaisir de délicats, comme la peinture et la poésie.

Le IXe, le Xe et le XIe siècles forment la première de ces longues périodes, où, si l'on excepte quelques révoltes militaires, le Japon n'a pas d'autre histoire que celle de ses moines mystiques, de ses écrivains et de ses artistes.

En 794, la cour s'établit à Kioto. Situé dans un bassin fertile, qu'entourent de hautes montagnes et des collines boisées, Kioto devint la ville des temples et des palais. Celui de l'empereur s'élevait dans le quartier des nobles ; il existe encore, on l'appelle le Gosho. Un simple mur l'entoure. Conformément au rituel, de petits cailloux couvrent le sol des grandes cours sans arbres ; les longs bâtiments de bois n'ont qu'un rez-de-chaussée : un portique donne accès dans les appartements ; sur les écrans, l'on voit quelques peintures d'un style hiératique. Tout est badigeonné de blanc, fors les colonnes peintes en rouge : le blanc et le rouge sont les couleurs saintes du Shintoïsme. Au milieu de l'enceinte s'élevait le pavillon des cérémonies, Le Mikado siégeait sur une estrade, les jambes repliées, vêtu d'une longue robe de soie blanche et d'un manteau d'or, avec un bonnet pareil à celui des doges. Autour de lui se tenaient les nobles de cour, les Kugès, issus de la race impériale, ou, comme les Fujiwaras, de maisons descendues des dieux. Le polo était leur passe-temps favori. Un joli poème des *Dix Mille Feuilles* raconte que le palais de Nara prit feu pendant une partie de polo ; les joueurs ne s'aperçurent de rien : à leur retour, ils furent mis aux arrêts pour tout le temps que les cerisiers auraient des fleurs.

Bientôt l'on abandonna les plaisirs violents. Les femmes devinrent les reines des cours d'amour. Fardées, les cheveux épars avec une tresse au milieu, les sourcils rasés, et de faux sourcils dessinés sur le front, les dents laquées de noir, elles marchaient lentement dans leurs longues robes de soie blanche, sur lesquelles retombait un manteau de pourpre, aux larges manches brodées de fleurs et d'oiseaux. Un petit chien les suivait. Leurs mains fines et soignées tenaient un éventail sans plis ; ses battements exprimaient toutes les anxiétés de la passion : les amants japonais ne connurent jamais ni pression des mains ni baisers.

Du raffinement des mœurs naquit le goût des arts. Les premiers peintres furent les moines, qui copiaient les figures hiératiques des Indiens. Mais les écrivains du xie siècle citent déjà des portraits. des tableaux de fleurs, des paysages, des scènes historiques. Dans les concours. on faisait mieux que d'examiner les œuvres : on discutait sur le mérite des genres. Beaucoup défendaient le naturalisme : une précieuse compare les productions de l'école classique à ces femmes jolies et bien habillées qui séduisent les regards. mais manquent de la véritable beauté, la franchise et la vertu.

Cette époque est l'âge d'or de la littérature. Les Japonais tiennent pour des livres sacrés leurs premières chroniques : le Kojiki et le Nihongi. La plus ancienne anthologie a reçu le nom de *Manyefushiu* ou *Dix mille feuilles*.

Voici une poésie d'Okura sur la mort de son fils :

Sept trésors, dit-on, sont chers aux mortels. Je ne veux pas les connaître. Un seul trésor pouvait charmer mes yeux, mon fils, mon fils.

Mon gamin chéri, qui commençait avec le soleil sa journée de rire et de joie. Toujours près de moi, toujours de belle humeur ; bon gré, mal gré, je devais m'amuser avec lui.

Le soir, il prenait mes mains entre les siennes. « Papa, j'ai sommeil ; papa, je veux poser ma tête entre maman et toi, j'ai peur dans le noir tout seul. »

Dormait-il, je veillais, les oreilles encore pleines de son gazouillement. Je pensais à l'avenir, je faisais la part des bonnes et des mauvaises chances. Déjà l'enfant me semblait un homme.

Le marin a confiance dans sa barque, j'avais confiance dans mon bonheur. Rien n'arriverait à mon enfant. Dire qu'un coup de vent devait couler bas ma barque et mon bonheur !

Désespéré, je saisis le miroir sacré, je me cachai la tête sous mon manteau, je m'écriai :

« Dieux du ciel et de la terre, vous seuls pouvez entendre ou repousser les cris d'un pauvre père à genoux. »

Vaines prières ! L'enfant languit, s'éteint tous les jours. Déjà son doux bavardage a cessé. Maintenant, c'est son sourire, c'est tout ce que j'aimais.

Je suis fou, je suis fou. Je frappe ma poitrine. Je me lève, je m'agite, je retombe en sanglotant. Voilà donc la vie. Mon fils chéri s'est échappé de mes bras, qui le serraient. Jamais, je ne le verrai plus.

Plus tard, le goût se raffina tellement que la seconde anthologie classique. *les Odes anciennes et modernes*, ne contient
que des distiques; plusieurs sont devenus célèbres : « Déjà le
printemps, encore la neige? — Non, nous voyons tomber les
larmes du rossignol. L'hiver les faisait glace; le printemps les
fait neige. » (De l'impératrice Takako, ixe siècle) : « L'hiver,
il neige, mais que sont les flocons? Des fleurs. Les fleurs du
pays de par delà les nuages, où déjà c'est le printemps. »

Plus encore que la poésie, on goûtait les romans. La prose
japonaise a la précision et la simplicité que Nietzsche reconnaît seulement à la prose grecque et à la prose française. Le
meilleur roman est celui de Genji. Le héros, fils naturel de
l'empereur, néglige sa femme, une princesse remarquable par
toutes les qualités du corps et de l'esprit, pour faire le tour
de la carte du Tendre. Son bonheur égale celui des héros
chers à d'Urfé et à madame de Scudéry. Ses scrupules sont
moindres encore, puisqu'il courtise la jeune impératrice,
seconde femme de son père. Plus tard Genji recueille une
enfant qui ressemble à sa maîtresse et la fait élever dans
la pratique de toutes les vertus. Devenue grande, la jeune fille
s'éprend de son père adoptif et souffre de le trouver encore
volage.

Cette cour galante n'était pas une cour impie. La légende
de Komachi, la poétesse, fait connaître les sentiments qui
l'animaient. Voici quelques vers attribués à Komachi : « Mes
pauvres fleurs, comme vous avez pâli! Je ne pensais qu'à
soigner mon bien-aimé; vous, je ne vous ai pas soignées. » —
« Rêves, soyez les bienvenus. Cette nuit, que je m'étais endormie, baignée de larmes sans espoir, vous m'avez montré
celui que j'aimais. De lui-même, il venait à moi. Oui, vous
êtes vraiment les messagers du ciel. » Mais Komachi s'enor-
gueillit de sa gloire, et le bouddhisme est impitoyable à l'orgueil. Vieille, abandonnée, la poétesse dut mendier à la porte
du palais. Les peintres, qui la montrent belle et glorieuse,
n'oublient jamais de figurer cet épisode : leur dernier *Kake-
mono* représente le cadavre ou le squelette de Komachi. Ainsi
faisaient les maîtres de la Renaissance, qu'ils sculptassent leurs
statues pour les tombeaux de Saint-Jean et Saint-Paul de
Venise ou pour ceux de Saint-Denis. Au milieu des fêtes de

Kioto, les plus vains se répétaient les vers du vieux poète :
« Autour de moi, je vois les monts, je vois les vagues de
l'Océan. Éternellement, les monts s'élèveront vers le ciel. Éternellement, l'Océan s'étendra immuable. L'homme est né pour
mourir. une chose de rien [1]. »

II

Sur le modèle des Chinois, les Japonais avaient établi une
double hiérarchie de fonctionnaires, les uns civils, les autres
militaires; mais, en Chine, les armées ne furent jamais
que des bandes recrutées pour une guerre déterminée : les
mandarins civils y ont conservé tonte l'autorité, même la
conduite des expéditions. Au contraire, les troupes japonaises,
toujours employées contre les Aïnos, formèrent des colonies,
comme celles des vétérans romains sur le Rhin et sur le
Danube. Les chefs de ces colonies, de ces clans (en japonais : *han*) se rendirent indépendants, puis se groupèrent pour
constituer une hiérarchie féodale. Par opposition aux Kugès,
les courtisans de Kioto, on donnait aux seigneurs féodaux
le nom de Bukès. L'une et l'autre noblesse semblaient, en
effet, de races différentes. Au lieu des tuniques de soie bigarrée, les soldats portaient l'armure de papier laqué recouverte d'écailles de fer, des cuissards et des pansards retenus
par des chaînettes; un bouclier, deux sabres, un arc avec
des flèches, un casque surmonté d'un cimier : la visière représentait un masque aux pommettes saillantes, aux lèvres hérissées
de longues moustaches; un bavolet en mailles de fer retombait
sur les épaules. Les ordres se donnaient avec un éventail.

La noblesse militaire comprenait deux degrés : les Daimios,
chefs de clan, et les Samuraïs, officiers ou soldats. Dans les
villes, un quartier spécial était réservé aux Samuraïs : leurs
demeures (*yashikis*) comprenaient des cours, des jardins, plusieurs maisons pour leurs femmes, leurs valets d'armes et
leurs serviteurs. Le château du Daimio s'élevait sur la colline.
avec des fossés, des murs bâtis de quartiers de roc, des bas-

---

1. On donne souvent à cette époque le nom de Moyen Age, qu'ici je préfère
conserver pour l'époque suivante, plus semblable à notre Moyen Age.

tions surmontés de pavillons carrés aux toits superposés. Dans la dernière enceinte, se dressait, au milieu des bâtiments d'habitation, le donjon en bois à plusieurs étages ; la pointe du plus haut pavillon portait quelque emblème de cuivre ou d'or, un dragon, une fleur, ou la bannière du clan. Daimios et Samuraïs vivaient hors la loi commune : ils ne reconnaissait qu'une autorité, celle de leur chef féodal, et qu'une loi, celle du point d'honneur. Insultés ou vaincus, ils se donnaient la mort. Vers le xvᵉ siècle, les hommes d'armes obtinrent le privilège d'exécuter eux-mêmes la peine capitale prononcée contre eux : ils s'ouvraient le ventre avec leur poignard ; leur meilleur ami leur coupait la tête ; ce supplice volontaire s'appelait *harakiri*, en chinois *seppuku*. Telle était la société militaire durant la période de conquêtes et de guerres civiles, que l'on pourrait appeler le moyen âge japonais.

On pourrait diviser cette longue période en quatre époques distinctes. La première serait celle des grandes guerres civiles.

Au xiiᵉ siècle, les clans militaires, devenus indépendants de la cour de Kioto, forment deux confédérations, sous l'hégémonie de familles issues de la maison impériale, les Tairas et les Minamotos. Leur lutte est restée l'un des épisodes les plus populaires de l'histoire japonaise : les peintres la représentent, les romanciers la décrivent ; dans les écoles, notre jeu de barres s'appelle la guerre des Tairas et des Minamotos. Comme pour le roi Arthur et pour Charlemagne, il se forma sur les héros de ces guerres tout un cycle de légendes, plus connues aujourd'hui que leur histoire. Mais, dans ces temps vraiment épiques, la légende, mieux encore que l'histoire, met en relief certaines qualités des Japonais, que l'on ne retrouve chez aucun autre peuple de l'Extrême-Asie, excepté les Aryens de l'Hindoustan : ce sont le courage, l'amour des aventures, un caractère chevaleresque, le culte de l'honneur et même du point d'honneur, le dévouement au chef féodal et aux compagnons d'armes, le respect des femmes, qui, elles aussi, savent combattre et mourir.

Les Tairas arrivèrent à la suprématie (1156) avec Kiyomori (1118-1181), le Warwich du Japon ; il nommait et déposait les empereurs, donnait et enlevait les premiers fiefs.

Vainqueur des Minamotos, il les fit massacrer : leur chef
Yoshitomo périt assassiné dans son bain (1160). Les Fujiwaras
perdirent toute influence. Sur soixante-cinq provinces, trente
furent bientôt gouvernées par des membres du clan Taira. En
1169, Kiyomori, âgé de cinquante-deux ans, céda ses charges
à son fils Suyemori et se retira dans un couvent. Il n'en
continuait pas moins de gouverner, fourbe et cruel, ne reculant devant aucun crime, pour assurer le triomphe de sa
maison. Sortait-il, trois cents jeunes gens, vêtus de rouge,
écartaient la foule; les princes du sang eux-mêmes descendaient de leur litière, le moindre murmure était puni de
mort. Les peintres nous montrent le vieux moine, brûlé de
fièvre, au milieu de femmes demi-nues, qui le baignent,
le parfument et l'éventent. Dans ses crises de souffrance,
Kiyomori n'a qu'une pensée, faire périr Yoritomo, le jeune
fils de Yoshitomo, qui s'est révolté (1180). Sur son lit de
mort, il s'écrie : « Je ne veux ni prières, ni cérémonies funèbres; je veux la tête de Yoritomo sur mon tombeau. » (1181)
    Yoritomo égalait Kiyomori par le génie et par la cruauté.
Sauvé du massacre de son clan, élevé dans un couvent, où
les espions des Tairas épiaient son sommeil, l'enfant devint en
grandissant un fourbe et un silencieux. Sur les tableaux on
voit Yoritomo, les sourcils froncés, la bouche dure sous la
moustache rude; il est toujours à cheval, un faucon sur le
poing, au milieu de ses soldats et de ses bourreaux. Sous ce
nouveau chef, les Minamotos rétablirent rapidement la fortune
de leur clan; ils battirent les fils de Kiyomori et s'emparèrent
de Kioto (1183).
    Le frère naturel de Yoritomo, Yoshitsune, est le Cid, le Roland
des Japonais. Sa mère, la paysanne Tokiwa, était une concu-
bine de Yoshitomo. Après la mort de ce dernier, elle s'enfuit
sous la neige, son dernier-né Yoshitsune dans les bras, ses
deux autres fils pendus à ses vêtements. La fatigue et la faim
la contraignent à demander asile dans un village; sa beauté
la trahit, mais les soldats n'osent la maltraiter, tant ils l'ad-
mirent. On conduit Tokiwa devant Kiyomori; elle lui sacri-
fiera son honneur en échange de la vie de ses fils (1161).
Yoshitsune est élevé dans un couvent des environs de Kioto,
il hait tant la discipline que les moines l'appellent le jeune

taureau. Une nuit. l'enfant s'échappe ; dans le bois sacré, une
forme hideuse lui apparaît, le roi des nains Tengus, dont le
regard fait mourir. Yoshitsune ne connaît pas la peur : « Un
sabre, s'écrie-t-il, donne-moi un sabre. » Le nain lui tend un
sabre : l'enfant et le nain luttent à la lueur des éclairs. Soudain la foudre tombe, frappe un cryptoméria gigantesque. Le
Tengu a disparu. Yoshitsune brandit l'arme magique et
s'élance à la recherche d'un ennemi. Sur le pont de Kioto,
un géant l'arrête, le moine Benkei, qu'on appelle le diable :
huit pieds, des bras énormes, un visage effroyable. Mais l'épée
enchantée a raison de ce diable : il tombe aux pieds de son
maître. jure de le suivre comme un chien. Yoshitsune rassemble une armée. La bataille navale de Dan–no–ura décide
du sort des deux clans (1185). Les Tairas sont écrasés.

Yoshitsune ne survécut pas longtemps à ses ennemis.
Jaloux de son frère, Yoritomo le fit poursuivre par des sicaires,
Le moine géant Benkei, la jolie danseuse Shidzuka sauvent
cent fois le héros exilé, que poursuit Yasuhira, le Ganelon
de la légende japonaise. Enfin, Yoshitsune tombe dans une
embuscade ; il lutte tout un jour, puis, vaincu par le nombre,
s'ouvre le ventre avec son poignard. Benkei coupe la tête de
son maître et se tue sur le cadavre (1189).

Avec Yoshitsune finit le moyen âge héroïque. Ses victoires
n'ont pas seulement assuré le triomphe de son clan, mais
celui de la féodalité militaire, qui prétend dès lors à la
suprématie dans l'État. La seconde période du moyen âge est
celle de l'établissement de cette suprématie.

Maître du Kuanto, des provinces de l'ouest, depuis 1182,
Yoritomo les avait mises en état de siège. Ses généraux y
rétablirent la paix, tandis que des bandes de brigands rava-
geaient les provinces de l'ouest, restées sous l'autorité des
Kugès ; ces provinces demandèrent le régime militaire. on le
leur accorda. Yoritomo y établit des contrôleurs des finances,
une armée permanente, des gouverneurs militaires, chargés
de surveiller les gouverneurs civils. Enfin, il obtint le titre
de Sei-i Tai Shogun, ou général, vainqueur des barbares
(1192). L'usurpation des Fujiwaras n'avait rien changé au
gouvernement ; c'étaient des maires du palais, qui exerçaient

le pouvoir au nom de rois fainéants. Tout au contraire, le régime établi par Yoritomo reconnaissait deux capitales : Kioto et Kamakura (sur le golfe de Sagami, à l'ouest de la ville moderne de Yokohama); presque deux souverains : l'empereur et le chef de la féodalité. Imaginez que Hugues Capet eût enfermé le descendant de Charlemagne dans un couvent, sans lui retirer la dignité royale; lui-même se fût appelé le premier vassal du royaume.

Yoritomo mourut en 1199; il ne laissait que des fils incapables. Mais le gouvernement appartenait au grand conseil de la féodalité, le Bakufu. Le chef de ce conseil était le beau-père de Yoritomo, Tokimasa, du clan des Hojos; Yoshitoki, fils de Tokimasa, prit le titre de Shukken ou régent du Shogun (1205), titre qui devint héréditaire dans sa maison. Tous les Minamotos de la branche aînée furent assassinés : on ne donna plus le Shogunat qu'à des enfants du clan Fujiwara ou de la famille impériale, qui prenaient le nom de Minamotos. Pendant deux siècles (1199-1333), les Shukkens Hojos gouvernèrent le Japon. Grâce à leur persévérance, le régime fondé par Yoritomo s'établit si solidement dans le pays que, malgré plusieurs révolutions, il subsista jusqu'en 1868.

Mais, si énervés que fussent les Kugès par la vie oisive du Gosho, ils ne voulaient plus supporter leur abjection. Tous les Mikados n'étaient pas des enfants. Poussée par l'opinion populaire, la cour de Kioto tenta de reprendre le pouvoir, et la troisième période du moyen âge est celle de la lutte des Mikados et des Kugès contre les chefs de la féodalité militaire. Ce fut un grand péril national, qui, en réveillant le patriotisme de tous, rendit au prince et au peuple le sentiment de leurs devoirs. Maître de la Chine et de la Sibérie, le Khan des Mongols, Kublai, envoya une ambassade au Japon pour réclamer soumission et tribut : ses représentants furent décapités. Une flotte de plusieurs milliers de jonques quitta les ports de la Corée; devant Kiushu la mer en semblait toute noire. Après plusieurs jours de combats, les Mongols se replièrent. Un typhon les extermina (1274-1281). Les Japonais regardèrent les incursions des Mongols comme un châtiment du ciel irrité de l'usurpation des Hojos; le typhon, qui détruisit la flotte chinoise, leur sembla un miracle d'Amaterasu, en faveur du Mikado, son petit-fils. L'enthousiasme patriotique ramena le culte de la maison impériale. Après plusieurs tentatives inutiles, les loyalistes réussirent à renverser les Hojos, et rétablirent l'ancien régime tel qu'il existait avant Yoritomo. Le Mikado de cette première Restauration porte le nom de Go–Daïgo (1319-1338).

Mais ce prince méprisa les conseils de ses fidèles pour suivre ceux de son favori Ashikaga–Takauji, d'une branche cadette des Minamotos. Takauji chassa son maître de Kioto, mit sur le trône un enfant et reconstitua le gouvernement militaire ; lui-même prit le titre de Shogun. Go-Daïgo excommunia le Shogun usurpateur et le faux Mikado ; il s'enfuit de Kioto et rallia autour de lui les partisans de la monarchie absolue. La guerre civile recommença : même les chefs morts, leurs héritiers et leurs partisans continuèrent de combattre. De 1336 à 1392, le Japon eut deux dynasties de Mikados : c'est l'époque du grand schisme.

Si le peuple favorisait les Mikados légitimes, la féodalité soutenait les Shoguns Ashikagas et leurs faux Mikados. En 1393, ceux-ci l'emportèrent : le Mikado légitime dut abdiquer ; les Ashikagas rétablirent la paix. Le temps de leur domination forme la quatrième période du moyen âge (1338 ou mieux 1393, jusqu'en 1573). Ces princes abandonnèrent Kamakura pour Kioto ; entourés de moines, de courtisans et d'artistes, ils se lassèrent vite d'exercer un pouvoir que personne ne leur disputait plus. Kinkakuji, le monastère du pavillon d'or, au pied de cette colline, qu'un Mikado faisait, l'été, recouvrir de satin blanc pour éprouver une douce sensation d'hiver, Ginkakuji, le pavillon d'argent, devinrent la résidence de ces grands blasés. Dans les jardins, que l'on visite encore, d'habiles perspectives donnent aux lacs, aux clairières, aux gorges artificielles, l'apparence des sites célèbres de la Chine et du Japon. Ailleurs, on aperçoit des paysages symboliques. Dans une barque pompeusement décorée, le Shogun s'arrêtait au milieu de l'étang du Rêve, où la lune se reflétait. Des musiciennes l'attendaient sur la montagne de l'Extase ; des danseuses se balançaient sur les bords de la rivière de l'Immortalité.

Alors commencèrent les cérémonies du thé. D'abord, on eut des appartements spacieux, des écrans de soie et de brocart ; vêtus de costumes magnifiques, les nobles s'étendaient sur la dépouille des tigres de Mandchourie pour boire des vins doux, manger des oiseaux rares et des sucreries délicates. Plus tard, les raffinés affectèrent une grande simplicité. Ils s'asseyaient solennellement dans de petites chambres nues, aux dimensions fixées par le rituel. On discutait sur les arts ou la littérature. On faisait de courtes pièces de vers, cinq lignes, sept au plus, quelquefois de simples exclamations, généralement des paysages : « une forêt d'automne, le Fusiyama, la lune, un vol de cigognes », « le printemps, un jour clair, des rochers au bord de la mer ».

Plus encore que la poésie, la peinture charmait les délicats. Il existait deux grandes écoles. Chère aux Mikados et aux Kugès, celle de Tosa, la plus ancienne, se plaisait à des enluminures qui nous rappellent l'art byzantin. Les Ashikagas lui opposèrent la célèbre famille des Kanos, qui s'inspirèrent d'abord des maîtres chinois, puis créèrent l'art classique du Japon. Les Kanos cultivaient tous les genres : divinités bouddhistes, portraits, animaux, surtout le paysage, Mais, pour montrer la sûreté de leur dessin et rendre méprisables les œuvres trop chargées de leurs rivaux, ils en arrivèrent à n'employer que le blanc et le noir ; sur les écrans de Ginkakuji, on trouve des esquisses si légères qu'à peine l'on y distingue rien : telles des fleurs de pêcher, par le grand Motonobu, qui reçut le titre officiel de « roi de la peinture » (1475-1559).

Pendant que Mikados et Shoguns s'abandonnaient aux plaisirs, le pays retombait dans l'anarchie. Les écrivains japonais choisissent d'ordinaire pour l'époque de leurs romans les deux siècles des Ashikagas. Comme l'Alexandre Dumas de *la Dame de Monsoreau*, ils ne racontent qu'enlèvements, embuscades, assassinats et merveilleuses batailles, où, pour sauver une dame, quelque Bussy met en fuite une armée. Persécuté, tyrannisé, le peuple se soulevait. Il y eut des Pragueries, des Jacqueries. Des bandes de brigands tenaient les montagnes et descendaient dans les villes : les campagnes étaient en friche, les villages déserts ; la population de Kioto avait diminué des deux tiers.

Mais l'Église bouddhiste grandissait. Corrompus par leur
richesse, les moines s'abandonnaient à la débauche ou vivaient
en soldats dans leurs couvents fortifiés. Les mystiques prêchaient la réforme ; comme les Lollards et les Anabaptistes,
ils niaient toute autorité civile ou religieuse, demandaient la
communauté des biens. Exilés par les daimios, les réformateurs se réfugièrent dans le nord et dans l'ouest. Ce furent eux
qui convertirent le Japon dans le xive et le xve siècles. Le
peuple adorait encore les anciens dieux : seuls, les nobles
professaient le Bouddhisme. Chassés de leurs villages, décimés
par la guerre, la famine et la peste, les paysans, les pêcheurs
et les montagnards se pressaient maintenant autour des missionnaires, qui leur enseignaient l'égalité de tous les hommes
dans la religion du Bouddha.

III

Vers le milieu du xvie siècle. on trouve l'anarchie au
Japon, dans l'État et dans l'Église. Aussi un événement for-
tuit suffit-il à bouleverser le pays tout entier. Une tempête jette
sur la côte de Tane-ga-Shima le Portugais Mendez Pinto (1542).
D'autres aventuriers le suivent, puis des marchands, puis des
missionnaires, saint François-Xavier en 1549. Et c'est alors,
pour la civilisation européenne, le même enthousiasme que
l'on a vu mille ans auparavant pour la civilisation chinoise.
Les daimios achètent des armes à feu, fabriquent de la
poudre, des arquebuses, des canons ; aux combats héroïques
succèdent les sièges et les batailles rangées. A la place des
anciennes jonques, on construit des galères, qui cinglent les
mers de l'Asie jusque dans les ports de l'Inde et de la Birmanie. Les marchands ouvrent des comptoirs ; tous, depuis le daimio jusqu'au paysan, veulent acheter les produits de la Chine,
des tropiques, de l'Hindoustan et de l'Europe ; la société se
transforme, les commerçants, méprisés comme la caste vile,
amassent en peu d'années de grosses fortunes. Bientôt les
Japonais souhaitent de mieux connaître ceux qui leur apportent une civilisation nouvelle ; les princes de Kiushu envoient
des ambassadeurs en Europe (1583). Puis, l'on s'éprend de

la religion que professent ces étrangers tant admirés; les daimios du midi et de l'ouest se convertissent, ils forcent leurs sujets à les imiter : à la fin du XVIe siècle, les jésuites parlent de six cent mille chrétiens; les histoires japonaises donnent le chiffre de deux millions.

La civilisation du Japon par la Chine avait demandé plusieurs siècles; en moins de cinquante ans, l'influence de l'Europe se fait sentir dans toutes les classes et dans toutes les provinces. Au VIe siècle, la cour avait imposé des réformes, docilement acceptées par un peuple barbare. Au XVIe siècle, le Mikado et le Shogun restent indifférents : ce sont des daimios, des Samuraïs, des aventuriers, de simples marchands ou même des paysans, qui se passionnent pour la civilisation étrangère. Et chacun d'y choisir à son gré, le soldat ses armes, le marin son bateau, le commerçant ses marchandises; les uns y cherchent l'explication des mystères de la vie présente, les autres l'espoir d'une vie meilleure. Et la sincérité de tous est si grande, que, pendant les deux siècles de persécution qui suivront l'anarchie du XVIe siècle, le savant souffrira pour sa science, comme le chrétien pour sa foi.

Une pareille indépendance de pensée, tant de ténacité nous étonnerait chez des Européens; d'un peuple de l'Asie, à peine voulons-nous y croire. Mais l'un des traits particuliers de la race japonaise, est justement cette diversité, que l'on y trouve entre les esprits comme entre les tempéraments. Tandis que, aux Indes et même en Chine, les hommes semblent différer surtout par le degré de l'énergie ou de l'intelligence, au Japon, comme en Europe, ils diffèrent aussi par l'originalité du caractère. Au XVIe siècle, l'état de la société contribuait encore à développer cette audace de la pensée, cette force de la volonté. Les guerres civiles, le relâchement des mœurs, la nécessité pour chacun de se faire justice à soi-même, avaient formé des hommes semblables à ces Italiens de la Renaissance, dont Taine vante « la vigoureuse initiative, l'habitude des résolutions soudaines et des partis extrêmes, la grande capacité d'agir et de souffrir ». Aussi de toutes parts surgissent de prodigieux aventuriers habiles, comme un Ludovic Sforza ou un César Borgia, dans les choses de la guerre et de la poli-

tique; trois s'élèvent au premier rang : Nobunaga, Hideyoshi, Iyeyasu.

Ota Nobunaga descendait d'une branche pauvre des Tairas.
Grand et fort, mais d'une santé délicate, hardi, cruel, d'un
esprit ouvert, de beaucoup d'ambition et d'énergie, il semblerait le type du prince de Machiavel. Au milieu des désordres,
causés par l'incurie des Ashikagas, le baron pillard devint le
premier des chefs de bande (1550-1568). Quand il eut une
armée et de bons généraux, dont Hideyohsi et Iyeyasu, Nobunaga se proclama le défenseur des droits du Mikado contre
les Shoguns usurpateurs : il s'empara de Kioto, déposa le
dernier des Ashikagas, abolit le Shogunat et prit le gouvernement avec le titre de premier ministre (1573).

C'était un curieux et un audacieux, comme les hommes
d'État du Japon moderne. Il appela les étrangers à sa cour,
favorisa les jésuites, encouragea les commerçants, les navigateurs, tous ceux qui s'éprenaient de la civilisation européenne.
D'une famille de prêtres shintoïstes, Nobunaga haïssait le
bouddhisme; désireux de mettre fin à l'anarchie féodale, il
tournait ses efforts contre les pires ennemis du pouvoir central, les abbés indépendants et les prédicateurs des sectes
révolutionnaires. En 1573, il mit le siège devant le couvent
fortifié d'Hiyeizan, sur les bords du lac Biwa. Plusieurs
milliers de moines y habitaient, avec tout un peuple de
femmes, d'enfants, de soldats et de serviteurs. Malgré l'ex-
communication, les soldats de Nobunaga emportèrent d'assaut
la ville sainte; les abbayes et les temples furent brûlés, les
moines torturés, tous les habitants passés au fil de l'épée.
Beaucoup de daimios suivirent l'exemple du ministre, et la
persécution s'étendit dans tout l'empire. Puis Nobunaga se
retira dans l'un des temples de Kioto; pendant une orgie,
il saisit un de ses généraux, Akechi, le frappa sur la tête avec
son éventail. Un Japonais ne pouvait supporter cet affront.
Les troupes de Nobunaga combattaient dans le nord et dans
l'ouest contre des daimios révoltés; seule, l'armée d'Akechi
campait aux portes de Kioto. Une nuit, il rentre à l'improviste dans la ville, investit le temple, ordonne l'assaut.
Réveillé par le bruit, Nobunaga se penche par la fenêtre,
entend siffler des flèches, en reçoit une dans le bras. Se

voyant perdu. il met le feu au temple et disparaît sous les ruines avec ses femmes, ses enfants, ses soldats et ses trésors (1582).

Hideyoshi lui succéda comme chef du gouvernement. C'était un fils de paysan, que Nobunaga avait pris pour valet d'écurie, puis fait soldat et général. Maître de Kioto, Hideyoshi obtint du Mikado la Régence, une charge réservée aux plus anciennes familles des Kugès; on dut lui fabriquer une généalogie. Dès 1591, il abdiquait, mais, sous le titre de Taïko (populairement Taïko Sama), n'en continuait pas moins de diriger les affaires. D'une laideur monstrueuse, avec des yeux pleins d'intelligence, superstitieux, rusé, grossier, comme les paysans d'alors; violent, orgueilleux et dur, comme un chef de bande, il était cependant débonnaire : tous ses ennemis obtinrent leur pardon. La pratique des affaires le forma : il devint un grand général, puis un grand·homme d'État. Sous son gouvernement, la paix fut rétablie, les paysans rebâtirent leurs villages et cultivèrent leurs champs longtemps abandonnés.

Grisé par sa fortune, Hideyoshi rêva de conquérir la Chine. Sous la conduite de Kato Kiyomasa, que l'on a divinisé, les troupes japonaises soumirent la Corée. Un épisode populaire se rattache à cette campagne. Voyant ses soldats épuisés de fatigues et de privations, Kiyomasa se met en prière pendant la nuit. Le matin paraît. Au-dessus des brouillards, on aperçoit le Fusiyama, doré par le soleil. Kiyomasa tire son casque et salue le mont sacré, où, suivant l'expression du vieux poète, les nuages s'arrêtent saisis d'admiration, le mont qui autrefois reliait les cieux à la terre et que les Japonais regardent comme le symbole de leur patrie. Facilement victorieuse, l'armée japonaise ne sut pas profiter de ses victoires; décimée par les maladies, la disette et le froid, elle se replia devant les troupes chinoises, qui occupèrent la Corée (1592-98).

Comme les Tokugawas descendaient des Minamotos, Iyeyasu avait droit au titre de Shogun. Il rétablit le dualisme. Le Mikado restait l'empereur, le dieu invisible du palais de Kioto. Le Shogun gouvernait le pays au nom de la caste militaire, dont sa naissance le faisait le chef; il résidait dans la ville nouvelle de Yedo. Au-dessous de lui, prenaient rang

les daimios, qui commandaient eux-mêmes aux Samurais.
Les vassaux directs du Shogun s'appelaient Fudaï. Trois maisons avaient un rang privilégié. celles des princes de Nagoya,
de Wakayama et de Mito, issus de fils d'Iyeyasu. A défaut
d'héritier de la ligne régnante. on devait choisir le Shogun
dans l'une de ces trois maisons de Gosanke (grands seigneurs),
Comme tous les souverains japonais, le Shogun régnait, mais
ne gouvernait pas; le pouvoir appartenait à deux conseils
composé de Fudaïs, Les Samuraïs des Tokugawas formaient une classe spéciale. les Hayamotos. Le Bakufu choi-
sissait parmi eux les chefs militaires et les fonctionnaires ou yakunins. Telle fut l'organisation politique établie
par Iyeyasu. Mais son œuvre est double. En consolidant le
régime féodal, il prive la noblesse de sa puissance : sous ce
rapport on peut comparer sa politique à celle de Richelieu
et de Louis XIV. Comme Richelieu, Iyeyasu brise le pouvoir
des grands feudataires; comme Louis XIV, il veut les retenir
autour de lui. La moitié des daimios (au nombre total de 292)
doit se trouver à Yedo; les femmes et les enfants des daimios
absents y restent comme otages.

Les grands aventuriers du xvie siècle avaient favorisé les Européens. Tout autre fut la politique des premiers Shoguns
Tokugawas : Iyeyasu (1603-1616), Hidetada (1605-22), Iyemitsu (1623-49). Dans la caste militaire, on haïssait les
étrangers; d'ailleurs, les Portugais faisaient la traite et volaient
des enfants jusque dans les villages de l'intérieur; certains daimios conspiraient avec le roi d'Espagne; les Hollandais et les
Anglais mettaient le Bakufu en garde contre les Espagnols, en
racontant la conquête du Pérou et du Mexique. Iyeyasu considérait les chrétiens comme les amis des étrangers. En 1615,
il attaqua leur protecteur Hideyori, qui tenait sa cour dans la
ville d'Osaka; le fils du Taïko Sama périt dans cette campagne
avec cent mille des siens. Iyemitsu extermina les dernières
colonies chrétiennes établies dans la presqu'île de Shimabara,
à l'ouest de Kiushu (1637). On expulsa tous les Européens,
à l'exception des Hollandais, qui obtinrent la concession de la
petite île de Deshima dans le golfe de Nagasaki. Défense était
faite sous peine de mort de construire un bateau assez grand
pour s'éloigner des côtes, de laisser aborder aucun vaisseau,

de lire des ouvrages restés du temps des Espagnols ou apportés depuis par les Hollandais. Cet ensemble de préjugés, de coutumes et de lois, que l'on donne comme le propre du caractère des Japonais et le résultat de leur développement historique, date seulement du commencement du xviie siècle ; c'est l'œuvre en quelque sorte anti-japonaise des usurpateurs Tokugawas. Pendant des siècles, la société japonaise a conservé la marque du génie d'Iycyasu, comme nos lois et nos institutions gardent encore celle du génie de Napoléon.

IV

Après les guerres civiles du xvie siècle et de la première moitié du xviie, presque tous les États de l'Europe jouirent de la paix intérieure sous une royauté absolue, qui s'efforça d'établir la centralisation ; à la licence la plus complète dans les écrits et dans les mœurs succédèrent une police sévère, la censure, les belles manières, le bon goût et la préciosité. Il en fut de même au Japon ; mais, comme cet empire insulaire n'eut plus de rapports avec l'étranger depuis les lois prohibitives des premiers Tokugawas, son histoire ne présente pendant deux siècles aucun événement remarquable. La situation politique peut se résumer brièvement. Le Shogun reconnaît l'autorité du Mikado, mais ne vient plus lui rendre hommage à Kioto. Après les défaites de Sekigahara et d'Osaka, les clans du sud-ouest se soumettent et semblent se résigner. Trop jeunes ou incapables, les successeurs d'Iyemitsu vivent dans l'oisiveté ; en leur nom, le Bakufu gouverne d'après des principes immuables, ceux du Testament d'Iyeyasu, apocryphe peut-être comme le testament de Richelieu et celui de Pierre le Grand. Pour raconter l'histoire d'une pareille époque, il faut décrire l'état de la société. Des lois draconiennes y maintiennent le rang et les coutumes des quatre castes : Samurais, paysans, artisans, marchands ; au-dessous, les parias (Etas et Hinins) ; mais la paix et la richesse transforment toutes les classes, modifient leurs relations ; d'où le mécontentement, l'envie, et bientôt le désir d'un bouleversement (1603 à 1853, 1868).

Yedo était la véritable capitale. Au centre de la ville s'élevait le château du Shogun, aujourd'hui détruit; on voit encore les fossés et les bastions, convertis en promenades. Un double rideau de bambous, des jardins pittoresques entouraient les bâtiments que leurs plafonds, leurs écrans, leurs ornements faisaient appeler un « rêve d'or ». Les daimios avaient tous leurs palais dans l'enceinte du château; l'on n'en voyait que les murs aux toits de tuiles peintes, aux vérandas grillées. Aux portes se tenaient toujours des Samuraïs, montés sur de hauts socques de bois sculpté : le visage et le milieu de la tête rasés, les cheveux des côtés peignés en arrière, ils toisaient les passants d'un air farouche, la main sur la garde de leurs sabres. Tantôt ils portaient la longue robe bleue serrée à la taille, le pantalon vert, la blouse aux longues manches, aux larges épaulettes maintenues raides par de l'empois. Tantôt ils revêtaient l'armure rouge ou noire, le casque à la visière peinte ou le grand chapeau de cuir laqué. Entre les « bravi » des daimios rivaux, c'étaient sans cesse des regards ou des paroles de défi, des duels, parfois de véritables batailles. Figurons-nous le troisième acte de *Roméo et Juliette*, ou les querelles des royalistes et des cardinalistes dans les *Mousquetaires* de Dumas. Soudain ces bravi s'écartaient, les uns avec respect, les autres en souriant : un daimio arrivait à cheval de ses terres ou se faisait porter au château pour y remplir ses fonctions.

A de certains jours, une foule silencieuse se pressait autour des remparts : Samuraïs et bravi s'inclinaient dans la poussière ; on abaissait le pont-levis. Une procession sortait : les daimios en vêtement de cour, avec la jupe courte, l'habit aux épaulettes débordantes ; les Yakunins ou fonctionnaires en longue robe; des Hatamotos, de simples Samuraïs. Dans une litière fermée, on portait le Shogun; et si le vent agitait les rideaux, les puissants daimios tremblaient, qui croyaient voir la main du maître.

Tous ne vivaient que pour lui, comme les nobles de Versailles ne vivaient que pour le roi. Un Saint-Simon japonais nous eût décrit l'émotion des seigneurs à la mort du Shogun, avec les traits que le nôtre emploie pour celle du Grand Dauphin ou du duc de Bourgogne. Sous les visages plus froids des

daimios, son génie nous eût montré les mêmes haines qu'à
Versailles et de pareilles ambitions. Nous aurions compris pourquoi ces Samuraïs gourmés passaient d'une politesse sacramen-
telle à de formidables explosions de colère ; comment ces
efféminés aux lèvres peintes, aux joues fardées, pouvaient se
réveiller de leur mollesse habituelle pour accomplir des actes
héroïques. Les suivant dans leurs palais, nous les aurions vus
ourdir des intrigues compliquées, préparer des vendettas ou des
enlèvements, pareils aux grands seigneurs bandits qu'a peints
l'auteur des *Fiancés*. Ils s'ennuient. Leurs pères étaient des
princes et des soldats ; eux ne sont que des courtisans. Comme
les nobles vaincus par Richelieu, les princes japonais ne
savent plus qu'intriguer et se battre en duel ; leurs parents et
leurs vassaux épousent leurs querelles ; puis, leur vengeance
accomplie, les coupables devront faire « harakiri ».

Malgré ces coutumes sauvages, les nobles de cette époque
cultivent l'histoire, les arts et la poésie. On a comparé l'ère
de Genroku (1688–1703) au siècle de Louis XIV : alors
vivent les derniers poètes, les premiers archéologues, les
architectes des tombeaux des Shoguns ; de célèbres sculpteurs travaillent la pierre, l'ivoire et le bois, fondent le
bronze et la terre cuite. On appelle Kenzan le roi des céra-
mistes, son frère Korin celui des laqueurs. Rien n'égale l'or
de Korin ; ses boîtes, ses coupes représentent des paysages
de contes de fée ; les feuilles y sont d'or, les cascades d'argent, les montagnes de nacre ; certaines fuites de plans semblent se perdre dans le rêve. On tisse, on brode ces
merveilleuses étoffes dont les demi–teintes disent toutes les
délicatesses d'une société raffinée, qui, consciente de la
décadence proche, y trouve comme une volupté ; ces fukusas
ou panneaux brodés, qui sembleraient des tableaux : des
cigognes volant au-dessus d'arbres en fleurs, un coucher de
soleil derrière une forêt de sapins. L'art par excellence est
encore la peinture : au XVIIe, au XVIIIe siècles, toutes les
écoles sont représentées ; les écoles anciennes, dont le style
sobre rappelle l'art chinois ; les écoles modernes, impres-
sionnistes, charmantes de souplesse, de fantaisie et de
préciosité. Chaque maître se fait un genre dont son atelier
gardera la tradition : l'un ne reproduit que certaines fleurs

ou certains paysages ; un autre n'aime que la lune et les belles teintes de l'automne japonais.

A côté de cet art noble, les graveurs créent un art populaire. Les délicats détournent les yeux pour ne pas voir les estampes aux couleurs vives, qui représentent des scènes de la rue, des bateleurs, des histrions et des courtisanes. Mais l'étude de la foule donne aux œuvres des réalistes la fougue, l'esprit, la variété, qui manquent à l'art conventionnel des écoles classiques. C'est en gravant des scènes de la rue que se formeront les grands artistes du xviii[e] et du xix[c] siècles : Shunsho, dont les estampes en couleur représentent dans d'éclatants paysages des acteurs au geste emphatique (+ 1792); Toyoharu, dont les petits panneaux de soie contiennent des centaines de figures (+ av. 1818); enfin Hokusaï, le roi de l'école (1760–1849).

Yedo, où résidaient le Shogun et les daimios, devint en moins de cinquante ans la plus grande ville du Japon. La rivière et les canaux avec leurs hauts ponts de bois en forme d'arc, des jardins plantés de cryptomérias, des champs cultivés, des terres incultes séparaient les quartiers, situés au bord de la mer, sur la plaine et sur les collines. Dans le faubourg d'Asakusa, voici le temple de Kwannon, ses cours, ses portes, le grand bâtiment de bois, avec son toit trop lourd, supporté par de belles colonnes. Sous le portique, où l'on accède par un perron, l'encens fume, les cierges brûlent; aux idoles les fidèles accrochent des ex-voto, des vêtements, des béquilles, leur jettent des pierres pour éveiller l'attention des dieux. Devant le temple se presse une foule bigarrée, où s'agitent des éventails et des ombrelles aux couleurs éclatantes. Dans cette foule, des daimios, des Samuraïs, des dames nobles en longue robe à ramages, des femmes du peuple à la mise modeste, des jeunes filles avec une ceinture énorme sur leur tunique rouge. Les paysans portent la jupe et la pèlerine de paille, de grands chapeaux pareils à des paniers renversés. Souillés par leur métier de tanneur et les soins donnés aux morts, les Etas se font petits pour ne toucher personne; si quelqu'un leur fait signe, ils s'accroupissent et réparent les courroies de sa chaussure.

Derrière Asakusa, c'est la rue des théâtres. Dès six heures du matin, on accroche les énormes enseignes peintes avec des couleurs criardes sur fond d'or. Bientôt, la foule envahit les galeries pour voir des pièces historiques, des drames horribles mêlés d'apparitions de fantômes ou de comédies grossières. Les nobles évitent ce quartier populaire : ils se font représenter dans leur palais les danses de No, des pièces lyriques, qui rappellent les premières tragédies de la Grèce.

Les gens d'une même profession se groupaient alors en corporations, qui avaient leurs salles d'assemblée, leurs chefs, leurs conseils et leurs insignes. Il existait aussi des lignes de défense mutuelle ; la légende a rendu populaire le nom de Chobei, le fondateur d'une sorte de Sainte-Hermendad. C'était un homme d'armes ; ses duels le firent renvoyer par son maître. Il réunit autour de lui les d'Artagnans et les Mandrins de Yedo : sa puissance devint telle, que les princes le jalousaient. Un jour, Chobei se voit refuser l'entrée d'une maison de thé ; on attend Jiurozayemon, le chef des Hatamotos. Chobei hausse les épaules, pénètre dans la salle réservée, jette ses vêtements, se couche, feint de s'endormir.

— Quelle est cette brute? demande le prince.

— Le chef des hommes d'armes.

Jiurozayemon s'assoit, bourre sa pipe, la fume, puis vide les cendres brûlantes dans le nombril du faux dormeur, qui feint de ne rien sentir. A la cinquième pipe, étonné d'un tel courage, le noble secoue Chobei par le bras. L'autre, frottant ses yeux, comme un homme qui s'éveille :

— Vous, mon noble maître, et moi, qui, pris de vin, reposais nu sous vos yeux. Comment m'excuser de ma grossièreté?

— Je te pardonne, tant je souhaitais te connaître. Assieds-toi, je t'offre une coupe de vin.

Cette coupe est une jatte ; la politesse interdit qu'on laisse rien d'une boisson offerte ; le noble compte enivrer Chobei ; celui-ci vide la jatte, la remplit, la présente à son hôte qui la finit avec peine. « Votre Altesse me permettrait de lui faire un présent? — Sans doute. — Que désire-t-elle? — Un plat de macaronis. » Le prince se flatte d'avoir rendu son commensal ridicule ; toute la ville répétera : « Le chef des hommes d'armes n'a pu offrir au président des Hatamotos

qu'un plat de macaronis. » Chohei a parlé bas à la servante.
Les deux ennemis sont assis l'un en face de l'autre, impassibles
et souriants. On entend du bruit ; des ouvriers se pressent
autour de la maison. Ils élèvent un mur, un rempart de macaronis. Les corporations se sont passé le mot ; en moins d'une
heure, on a réuni tout le macaroni qui se trouve à Yedo.
Jiurozayemon remercie le bravo et s'éloigne en murmurant.

Le lendemain, Chobei doit déjeuner au palais du prince ;
les Samuraïs jurent qu'il ne viendra pas. Chobei vient pourtant, vêtu de ses meilleurs habits, calme et souriant. Les
bravi se jettent sur lui, cherchent à le frapper de leurs sabres.
Il les envoie rouler au bout de la salle, repousse l'écran, et,
pénétrant dans les appartements :

— Monseigneur m'excusera de me présenter moi-même.
Les gens de Votre Altesse ont oublié de le faire.

— Sans doute, ils vous auront cherché querelle. Une
plaisanterie. J'avais parié que tous ensemble ne pourraient
s'emparer de Chobei. Pour vous reposer, ne souhaiteriez-vous
de prendre un bain ?

Qui donc prétendait que ce Chobei fut un sage ? Seul
dans la maison de son ennemi, il se défait de ses armes, enlève
ses vêtements et s'accroupit dans la baignoire. Déjà l'eau
s'échauffe et bout. Chobei s'élance hors du bain, à moitié brûlé ;
dix lances, tenues par des mains invisibles, percent les écrans et
lui traversent la poitrine. Il en brise trois, puis, étouffé par la
fumée, épuisé par la perte de son sang, il glisse, tombe, expire,
percé de coups. Les bravi rient de leur bon tour. Mais on
frappe à la porte. Les hommes d'armes demandent leur chef.

— Votre chef est gris et ne peut sortir.

— Notre chef est mort, nous apportons sa bière.

L'étonnement arrête les rires des Samurais. Chohei savait
qu'on devait l'assassiner. Il est venu pourtant ; ses ennemis
ne pourront pas dire que Chobei ait connu la peur.

Dans les provinces, la paix ramena d'abord la prospérité.
Mais, la population ayant augmenté, les famines devinrent
fréquentes (vingt et une, de 1690 à 1840). Retenus dans la
capitale, les daimios ignoraient les besoins de leurs vassaux ;
ils ne cessaient d'augmenter le prix des fermages.

Le conseil des Samuraïs gouvernait le clan ; ils méprisaient le peuple et ne s'intéressaient qu'aux privilèges de leur caste. Un épisode souvent mis à la scène et représenté dans les musées de cire montre la condition, les mœurs et les croyances des paysans sous le règne des Tokugawas (XVIIe siècle).

Kotsuke, le daimio de Sakura, levait de si lourdes taxes sur ses tenanciers, qu'ils se virent réduits à la misère. Alors, comme aujourd'hui, chaque district était gouverné par un maire élu ; les maires des 135 districts qui formaient le fief de Kotsuke se rendirent à son palais de Yedo, pour y déposer une pétition. Un seul s'abstint, Sokoro, un bourru bienfaisant, d'une franchise gouailleuse : « Je suis malade, disait-il ; mon feu me convient mieux qu'un voyage inutile. » Mais quand les régisseurs du palais eurent renvoyé les maires avec des paroles menaçantes, seul, ce gouailleur donna un bon avis : remettre un placet entre les mains du Shogun. Agir ainsi, c'était mériter la mort ; pourtant, Sokoro se chargea de l'entreprise. Le Shogun Iyemitsu devait se rendre au temple d'Ueno (à Yedo). Blotti sous un pont, Sokoro attendit le cortège, grimpa le long des arceaux de bois, repoussa les gardes et tendit, au bout d'une perche, sa pétition devant la litière d'Iyemitsu. Celui-ci donna l'ordre qu'on en prît connaissance : les paysans obtinrent gain de cause ; mais, reconnu coupable de rébellion, Sokoro fut condamné au supplice avec toute sa famille. On dressa deux croix devant la maison du maire : des Etas le lièrent à l'une, sa femme sur l'autre. Puis on amena les enfants. La foule pleurait et leur jetait des bonbons ; le bourreau n'avait pas le cœur de frapper. Enfin, sur un ordre formel, il trancha la tête aux deux aînés. Leur sang rougit leurs parents crucifiés. Le plus jeune des enfants n'avait que sept ans ; il mangeait les sucreries que lui tendaient les paysans ; un Eta le frappa par derrière, sa tête roula aux pieds de Sokoro. Celui-ci éleva la voix pour maudire le daimio, mais les Etas le tuèrent, lui et sa femme, à coups de javelots. D'après une légende chère au peuple, le fantôme du martyr poursuivit pendant des années le daimio châtié par le successeur d'Iyemitsu. Enfin, on dit des prières pour l'âme de Sokoro, les terres de la famille furent rendues à sa fille sauvée de la proscription et la colère du fantôme s'apaisa.

Tels étaient les maux que la centralisation excessive d'Iyeyasu causait dès le xviie siècle. Au xixe, la capitale prit une telle importance, que toute la vie des provinces semblait concentrée sur le Tokaïdo, qui relie Yedo à Kioto et aux ports de la côte occidentale.

Sur cette route pittoresque, bordée alors de cryptomérias, les auberges, les maisons de thé, les boutiques étaient si nombreuses, que l'on se croyait dans une rue. On y trouvait une cohue de marchands, de bateleurs, de paysans, de pèlerins, de Ronins ou Samuraïs sans maître, un va-et-vient perpétuel de chevaux chargés de bâts, de palanquins, de kagos ou chaises à une seule traverse. Mais la grande curiosité, le grand effroi aussi des passants, c'étaient les escortes de daimios, qui, deux fois par an, se rendaient dans la capitale. On voyait des costumes de tous les clans, des armures de tous les âges. Les porte-bannières se rengorgeaient dans leurs étranges uniformes ; les Samuraïs s'éventaient superbement ; leurs grands sabres, attachés en travers, barraient la route ; le vent enflait les larges jupes, les manches énormes, soulevait les bavolets des casques, les caparaçons des chevaux. En tête de ces cortèges, parfois d'un millier d'hommes, le héraut agitait son éventail en criant : « Prosternez-vous. »

Ainsi, en étudiant la société de l'époque des Tokugawas, qui semblerait paisible et comme immuable, on y reconnaît tous les signes précurseurs d'une révolution : un prince incapable, les ministres et les nobles énervés par l'oisiveté ; dans les villes, des marchands enrichis, qui s'irritent des entraves mises à leur commerce ; un nombre chaque jour plus grand de déclassés intelligents et hardis ; dans les provinces, les paysans tyrannisés par les régisseurs, le gouvernement du clan tombé aux mains d'un conseil de Samuraïs ambitieux, qui s'impatientent d'avoir encore un maître. Le Japon d'alors présentait en effet ce spectacle singulier : une paix de deux siècles et demi due au triomphe d'une féodalité militaire.

V

Cette révolution, les patriotes l'appelaient de tous leurs vœux ;

ils la regardaient comme la conclusion nécessaire de l'histoire
de leur pays. En effet, les hommes d'État japonais n'eurent
jamais qu'un but : briser la résistance des clans et constituer un
pouvoir central ; mais une telle entreprise ne pouvait s'achever
que par la suppression de la féodalité, la restauration du
Mikado dans ses droits souverains. D'autre part, l'ambition
grandissante des Tokugawas effrayait les clans, qui voyaient
leur indépendance menacée. Ainsi dans les troubles de l'Espagne, les provinces du nord demandent le maintien des
fueros, celles du midi la centralisation et la république. Les
clans du Japon formaient comme trois nations ennemies.
Civilisés par les Tokugawas, ceux du nord et de l'est reconnaissaient pour seul devoir leur fidélité à ces princes. Dans
le centre, la terre classique, on souhaitait l'unité sous le
gouvernement du Mikado ; mais Iyeyasu avait prudemment
choisi les daimios de cette région parmi ses fils ou ses
parents. Les clans de l'ouest avaient conservé leur autonomie
malgré la défaite de Sekigahara ; deux surtout haïssaient les
Tokugawas : Choshiu à l'extrémité occidentale de la grande
île de Nippon et Satsuma au sud-ouest de l'île de Kinshu.

D'autres causes s'ajoutaient à ces causes politiques pour
hâter la révolution. Introduite au Japon dès le ve ou le
vie siècle, la philosophie positiviste de Confucius ne s'y développa qu'au xviie, quand Iyeyasu eut fait imprimer les fameux
Classiques, c'est-à-dire les quatre livres et les cinq canons des
philosophes chinois. D'illustres écrivains les commentèrent :
Ito Jinsaï ; Kaïbara, l'auteur du traité sur l'éducation des
femmes ; Arai Hakuseki, l'un des meilleurs prosateurs. Les
idées de Confucius sur la politesse, l'honneur, le respect dû
aux parents et aux chefs féodaux convenaient à la société de
soldats courtisans qu'avaient formée les Tokugawas ; elles y
produisirent une disposition d'esprit analogue à la culture
classique de l'Europe dans le siècle dernier, à la superstition
du point d'honneur et des belles manières, au scepticisme
voltairien et aux idées de l'*Encyclopédie*. On n'admirait
que les Chinois, leur langue, leur poésie, leurs principes ; on méprisait le bouddhisme, comme une religion
populaire. La morale se confondait avec la politesse ; il
devint inconvenant de trahir aucune émotion ; une offenes

involontaire exigeait le meurtre de l'insulteur, puis le suicide de l'insulté.

Mais bientôt, au Japon comme en Europe, deux partis combattirent ce stoïcisme précieux : les romantiques et les réformateurs. Les plus célèbres des romantiques sont Mabuchi (1697-1769), Motori (1730-1801), Hirata (1776-1843). Ces grands prosateurs du xviiie siècle choisirent pour leur idiome littéraire le japonais au lieu du chinois. Comme savants et comme philosophes, on leur doit des ouvrages que les Européens consultent avec profit. Mais ce furent avant tout des défenseurs de la doctrine du droit divin. Pour eux, il n'existait qu'une seule religion, le Shintoïsme, qu'une seule autorité, celle du Mikado, issu de la déesse du soleil. Une chronique du viie siècle, le Kojiki, devint leur Bible ; leurs commentaires, suivant le texte mot par mot, défendaient les anciens mythes contre la philosophie des Chinois ou cherchaient à les concilier avec les principes de physique et de cosmographie qu'enseignaient les Hollandais. Ils concluaient en demandant la suppression du Shogunat, de la féodalité, du bouddhisme, la restauration du gouvernement absolu et des anciennes coutumes. D'autres patriotes, au contraire, mettaient leur espoir dans la science et la civilisation européennes. Ils se rendaient secrètement à Nagasaki, pour y recevoir les leçons des Hollandais. On retrouve des tableaux du style des Pays-Bas : les romans, les traités d'histoire naturelle, les livres de philosophie et d'archéologie montrent ¡que tous les écrivains s'intéressaient aux efforts de l'Europe : ils opposaient ses découvertes à la philosophie oiseuse des Chinois.

De 1810 à 1850, des vaisseaux russes, anglais, puis américains ne cessèrent de visiter les eaux du Japon. Dans les clans, l'agitation devint extrême. Pour la plupart, anoblis ou fils d'anoblis, pauvres et ambitieux, les Samuraïs souhaitent une révolution. Ceux des clans principaux décident la fondation d'écoles de Hollandais, l'introduction de la vaccine, la réorganisation des troupes à l'européenne. Mais, pour préparer la guerre civile, il leur faut le prétexte de la guerre étrangère. Dans leurs comités de salut public, le mot d'ordre est : Guerre aux barbares européens ; rétablissement du Mikado dans ses droits souverains.

En 1853, le commodore américain Perry jette l'ancre dans la baie de Yedo. il demande l'ouverture du Japon au commerce des États-Unis. Le Bakufu n'ose pas résister; un traité (1854) permet aux Américains de s'établir dans les ports de Shimoda et d'Hakodate, bientôt remplacés par ceux de Yokohama et de Kobé. Les puissances européennes suivent l'exemple des États-Unis. la Russie en 1854, plus tard l'Angleterre et la France (1857-59). Ces traités, consentis par le Shogun, sont illégaux; seul le Mikado aurait pu les signer; pour couvrir cette usurpation, le Bakufu a substitué à l'ancien titre de Shogun le titre nouveau de Taïkun, qui semble désigner le souverain du pays.

L'établissement des Européens amène des désordres. De 1855 à 1861. les agressions se succèdent contre les Européens, leurs partisans, le Bakufu, qui les soutient par crainte de la guerre. En 1861, ce ne sont plus seulement des désordres et des attentats, c'est une révolution. Incapable de résister, le Bakufu cherche un appui à la cour de Kioto. Pour la première fois depuis deux siècles, le Shogun vient rendre hommage à l'empereur. On choisit pour premier ministre le prince d'Echizen. un réformateur qui établit dans son fief des arsenaux et des écoles (1862); il permet aux daimios de retourner dans leurs principautés. En quelques jours, Yedo devient désert, Kioto est de nouveau le centre des affaires; les clans s'y battent pour la possession du Gosho. Bientôt le soulèvement s'étend aux provinces : les clans du sud-ouest, surtout Choshiu et Satsuma, prétendent se venger des longues années de soumission; ils veulent l'abolition du Shogunat et de la suprématie du nord, le rétablissement du Mikado dans ses droits souverains. Sur ces entrefaites, le Mikado et le Shogun meurent presque en même temps : le nouveau Shogun Keiki remet sa démission au jeune Mikado Mutsuhito, l'empereur actuel du Japon (1866).

Les clans du nord ne partagent pas le découragement de leur chef : ils forcent Keiki à se mettre à leur tête. Aussitôt la guerre civile éclate. Mal soutenus dans les provinces du centre, les Tokugawas sont défaits, l'ex-Shogun s'enfuit à Yedo. Dans le nord, la situation est différente : que les Tokugawas le veuillent, la guerre civile entre le nord et le sud du Japon peut durer autant que celle de la sécession améri-

caine. Mais le Mikado les a proclamés des rebelles : l'ex-Shogun fait sa soumission. L'armée impériale entre à Yedo, qui
devient la capitale de l'est (Tokio) (1869). Les clans du nord
continuent la lutte ; pour échapper au décret qui les met hors
la loi, ils enlèvent un enfant de la famille impériale et le pro-
clament Mikado. Leur résistance est longue. Les impériaux
doivent conquérir pied à pied le territoire de ces clans ; l'île
de Yezo n'est pacifiée qu'en 1870.

Pour les conseillers du Mikado, c'était peu que d'avoir
vaincu : il fallait substituer un nouveau gouvernement au
gouvernement renversé. Deux partis se disputaient le pouvoir.
D'une part, les hommes de progrès : Iwakura, un Kugé
(ministre depuis 1870, + 1883) ; Kido (+ 1877), un Samuraï
de Choshiu, l'écrivain et le penseur de la Restauration ;
Okubo, un Samuraï de Satsuma, le véritable instigateur des
mesures révolutionnaires (assassiné en 1878). D'autre part,
les romantiques et les défenseurs du régime féodal. Leur chef
était le maréchal Saïgo, un Samuraï de Satsuma, qui, pendant
la guerre de 1868, avait dirigé l'armée impériale, comme
chef d'état-major du prince du sang Arisugawa. De haute
taille, d'un beau visage et d'une force herculéenne, Saïgo
devint l'idole du peuple. Il rêvait peut-être le Shogunat.

Les hommes de progrès l'emportèrent. Seuls ils comprenaient la situation : si le peuple soutenait les droits du Mikado,
c'était surtout par haine de la féodalité ; dans les réunions
publiques, dans les brochures répandues à profusion, les
meneurs demandaient l'abolition du régime établi par les
Tokugawas. Aussi, dès le 17 juillet 1871, les membres
influents du nouveau ministère Iwakura, Okubo, Kido obtin-
rent-ils un décret impérial, qui transformait les principautés
en préfectures : les daimios et les Samuraïs perdaient leurs
terres ; l'État les indemniserait du dixième de leurs revenus.
L'administration des préfectures devait appartenir aux daimios ; quelques mois plus tard, on la leur retirait (29 août).
Un décret de 1876 supprima les anciennes préfectures et leur
en substitua quarante-trois, puis quarante-cinq nouvelles,
imitant ainsi l'œuvre de la Convention, qui avait remplacé
l'ancienne division en provinces par la division en départements. L'abolition de la féodalité emportait la transforma-

tion complète du Japon. Depuis mille ans, il n'existait pas
d'autres lois, d'autres coutumes, d'autres idées que celles
de la féodalité : la supprimer, c'était tout supprimer. Aussi
les réformes se suivirent rapidement : abolition de la religion
d'État (le bouddhisme); sécularisation des biens du clergé;
suppression des castes infâmes, permission de mariage entre
les différentes classes; abolition de la torture; fondation d'écoles
supérieures, défense de vendre les enfants dans les maisons de
prostitution; de publier des images obscènes, de tatouer; abolition des édits contre les chrétiens; enfin défense aux Samuraïs de porter leurs sabres (1876). Beaucoup de Samuraïs,
impropres à rien faire dans la société nouvelle, regrettaient leur soumission. « Faute de proie, disaient-ils, un aigle
meurt de faim; mais picorer comme les moineaux, jamais. »
Des révoltes éclatèrent : celle de Satsuma fut la plus grave. Mécontent de la politique de ses collègues, Saïgo avait d'abord
espéré qu'une expédition de Corée, une guerre contre la Chine
lui rendraient son ancienne influence. Iwakura déjoua ces
desseins. Saïgo se retira dans son clan pour y fonder des
écoles de jeunes Samuraïs : bientôt trente mille hommes s'y
exercèrent au maniement des armes. La presse dénonça le
danger; le ministère mit Saïgo hors la loi; une armée marcha
contre lui. La guerre dura sept mois. Il périt 13 400 hommes
et la dépense fut de quarante-deux millions de yens. Saïgo
vaincu fit harakiri (1877).

Cette victoire augmenta la hardiesse des hommes de
réforme; en 1884, ce fut presque une seconde révolution.
Iwakura mourut. Tous les membres du nouveau ministère
étaient des hommes jeunes et d'origine modeste; beaucoup
avaient terminé leur éducation à l'étranger. Parmi eux, on
doit citer Ito, le plus grand homme d'État du Japon moderne,
un Samuraï de Choshiu, membre de la première ambassade
japonaise (1871-1873), plusieurs fois chef du cabinet, aujour-
d'hui marquis; Inouye (plus tard comte), un Samuraï de
Choshiu, ministre des affaires étrangères; Mori (plus tard
comte), un Samuraï de Satsuma, ministre de l'instruction
publique, assassiné en 1889 par un fanatique Shinto, pour
avoir soulevé le voile du temple d'Ise. Ito s'occupa de la ré-
daction des nouveaux codes; la constitution fut promulguée

en 1889. Une déclaration des droits de l'homme la précédait. Pour la première fois dans un État asiatique, il était proclamé que les citoyens pouvaient s'établir en tous lieux, y exercer toutes les professions ; qu'on ne devait les arrêter que pour les juger, et qu'on devait les juger conformément à la loi. La constitution garantissait l'inviolabilité du domicile, le secret de la correspondance, la liberté de la presse, le droit d'association et le libre exercice de tous les cultes. Deux assemblées se partagent le pouvoir législatif. La Chambre des pairs se compose pour moitié des représentants de la nouvelle noblesse, établie en 1884 (ducs, marquis, comtes et barons), de quatre-vingt-dix-neuf membres nommés à vie par l'empereur, et de quarante-cinq membres élus par les quinze habitants les plus imposés de chaque district. La Chambre des représentants se compose de trois cents membres âgés au moins de trente ans, élus pour quatre ans, par tous les sujets âgés de vingt-cinq ans et payant quinze yens d'impôt annuel.

Depuis 1890, toutes les élections ont donné la majorité à l'opposition. C'est que, malgré la révolte de 1877, Satsuma et Choshiu ont conservé, avec les deux clans moins importants de Hizen et de Tosa, tous les ministères, les meilleures places de l'administration, plus les deux tiers des emplois d'officiers dans l'armée et dans la marine. Libérale ou radicale, la majorité de la Chambre basse voudrait, au contraire, que tous les clans obtinssent une part égale dans le gouvernement ; pour arriver à ce but, elle demande que les ministres soient responsables devant le Parlement. Mais le ministère estime que la constitution octroyée par le Mikado admet le principe du gouvernement prussien, non celui du gouvernement anglais : les ministres sont responsables devant l'empereur et non pas devant le Parlement. Depuis la première convocation des Chambres en 1890, les députés ont, d'une manière générale, repoussé toutes les lois, souvent même les lois de finances ; de nombreux changements de ministères et des dissolutions répétées n'ont pu arrêter cette opposition systématique.

Pour échapper à ces difficultés, le gouvernement a suivi le désir de l'armée, dont les officiers supérieurs appartiennent aux clans privilégiés ; il a fait contre la Chine la guerre heureuse de 1894-95. Si l'armée et la marine y ont gagné une grande

popularité. la situation n'en reste pas moins pleine de dangers.
D'une part. l'opiniâtreté de Satsuma et de Choshiu augmente les
tendances particularistes des clans exclus du gouvernement,
dans le nord surtout. prépondérant autrefois, où se trouve
aujourd'hui la capitale et qui, cependant, est sacrifié au midi.
D'autre part, les mesures dictatoriales des clans au pouvoir
changent des querelles de parti en opposition révolutionnaire.
Parmi les écrivains et les hommes politiques, beaucoup
prennent déjà les États-Unis pour modèle, tandis que les
anciennes corporations se reforment pour défendre des principes socialistes, et que des bandes de jeunes gens, les Soshi,
cherchent à faire triompher leurs idées par toutes les violences,
même l'assassinat. Si l'empereur mourait avant la fin de ces
difficultés et que l'on renversât la monarchie, les clans japonais
formeraient une république fédérative où l'on verrait les mêmes
guerres civiles que dans les États de l'Amérique espagnole.

Une pareille révolution semble pourtant improbable. Sans
doute, deux causes suffiront à l'empêcher. La tradition d'abord.
Le vieux Japon n'a pas disparu tout entier; c'est dans le
Shintoïsme, la philosophie de Confucius et le Bouddhisme,
qu'il faut chercher les principes de la morale encore pra-
tiquée par tous les Japonais, même les partisans les plus
hardis des idées européennes. Aujourd'hui, l'État protège le
Shintoïsme; il en fait un culte de la patrie, où toutes les
classes, tous les partis peuvent s'unir.

Prépondérante jusqu'en 1868, la philosophie de Confucius
semblerait tombée dans l'oubli. Cependant l'autorité paternelle
reste le fondement de la société au Japon : comme en Chine,
on y tient l'amour filial pour la première vertu, on décerne
des honneurs publics à ses héros et ses martyrs. D'autre part,
l'influence des rites chers à Confucius se retrouve dans la
politesse des Japonais, leur maîtrise d'eux-mêmes, leur mépris
de la souffrance et de la mort; il faut voir une manière de
courtoisie stoïque dans ce perpétuel sourire, dont les Européens s'irritaient tout d'abord.

Bien que persécuté par le gouvernement et tourné en dérision par les hommes instruits, le Bouddhisme n'en conserve
pas moins sur le peuple une grande influence. Sa tolérance
pour le Shintoïsme a corrompu ses dogmes et changé les céré-

monies des mystiques Indiens en de simples fêtes populaires ; mais par sa morale de bienveillance et de pitié, il demeure comme la religion des humbles : la douceur des parents, l'affabilité des hôtes, cette « gentillesse » des mœurs qui séduit l'étranger, rappellent l'esprit et les doctrines du Çakyamuni ; par respect pour la vie des animaux, la plupart se refusent encore à manger de la viande. Tout entière, la littérature s'inspire du pessimisme athée des Indiens, mais aussi de leur esprit de résignation à la Fatalité.

Avec la tradition, les progrès accomplis contribueront sans doute à écarter les chances d'une nouvelle révolution. Politiquement, le Japon devient une grande puissance : les nouveaux traités, signés avec les nations de l'Europe et de l'Amérique, ont aboli la juridiction consulaire, consentie dans les anciens traités de 1855–59, et fait du Japon l'égal de ces nations. Économiquement, la condition du pays est prospère ; l'industrie et le commerce s'y développent aussi rapidement qu'aux États-Unis et en Allemagne ; d'habiles ministres ont improvisé un bon système financier dans un gouvernement encore imbu des traditions asiatiques ; le sort des paysans et des ouvriers s'améliore ; dans toutes les classes, même parmi les anciens Samuraïs, des hommes intelligents et hardis s'occupent de commerce et d'industrie ; partout l'on creuse des ports, l'on construit des chemins de fer et des manufactures ; les banques indigènes disputent le marché aux agences des grandes banques européennes ; le pays souscrit lui-même ses emprunts. Cependant un danger paraît à craindre, l'enivrement du succès : trop d'entreprises hasardeuses, la fièvre de la spéculation, des travaux publics inutiles, l'excès des importations sur les exportations, qui a rendu très difficile la situation financière.

Dans l'ensemble, les traditions du Japon et ses progrès matériels semblent donc concourir au même but, le développement pacifique de la société. On ne saurait pourtant oublier que ces traditions asiatiques sont en désaccord avec l'ardeur tout européenne que les Japonais mettent aujourd'hui à travailler, à s'instruire, à s'enrichir. Dans leurs mœurs et leurs croyances, nous retrouvons le contraste qui nous choque, quand nous visitons leurs grandes villes : au centre. d'immenses bâtiments de style européen, hôtels, comptoirs, banques ou ministères, les institutions compliquées de la société moderne. et, tout autour, les petites maisons de bois aux écrans de papier, cette simplicité des habitudes anciennes, qui n'excluait pas, même dans le peuple, le goût d'un art raffiné jusqu'à la préciosité; des écoles techniques, des collèges, des universités à côté des temples peints aux idoles monstrueuses; et partout, dans les rues. la foule pressée, les jeunes filles vêtues des belles robes d'autrefois; les femmes mises plus simplement, les plus âgées aux dents encore laquées de noir; les soldats en uniforme allemand; les employés en costume européen; les marchands en longues robes bleues avec des chapeaux et des souliers; les hommes du peuple presque nus; des coolies ployant sous les fardeaux ou attelés aux djinrikshas. inventés vers 1870. Sans doute. on retrouverait les mêmes contradictions dans les pays de l'Europe qui se sont récemment civilisés; il y a cinquante ans, la France et l'Angleterre les connaissaient encore. Mais, en Europe, de pareilles disparates ne représentent que deux moments d'une seule évolution politique et sociale; au Japon, ils marquent deux civilisations différentes.

Le problème qui se pose pour l'avenir du Japon est donc celui de son développement moral. Toutes les nations de l'Oceident. Grecs. Latins, Celtes, Germains, Slaves, Finno-Hongrois ont aujourd'hui des principes communs : le christianisme d'abord, puis la civilisation méditeranéenne, qui, originaire de l'Assyrie et de l'Égypte, a reçu sa dernière forme dans la Grèce et dans l'Italie; l'organisation administrative des Romains; les sentiments germaniques du respect de la femme et de l'égalité des droits chez les hommes libres; la tradition féodale de l'honneur; enfin l'art de la Renaissance, les idées générales répandues par la littérature des siècles de Louis XIV et de Louis XV. les déclarations de liberté et d'égalité **formulées** dans l'acte de l'indépendance américaine et la constitution de 1789. les doctrines économiques et parlementaires des Anglo-Saxons. la philosophie et la **méthode** historique des Allemands, la science. telle que l'ont faite les grands hommes du xixe siècle. L'ensemble de ces principes constitue la civilisation morale de l'Europe moderne, comme l'ensemble de ses progrès et de

ses découvertes techniques constitue sa civilisation matérielle,
Avec la seconde, le Japon doit-il adopter la première, et
l'adopter tout entière? Ses hommes d'État pouvaient-ils choisir
entre des principes qui nous semblent étroitement unis,
accepter, comme ils l'ont fait, la science sans les doctrines philosophiques d'où cette science nous paraît sortie, adapter à
leur pays nos lois et nos institutions sans reconnaître nos idées
morales, tandis que, avec Hegel, nous considérons nos lois et
nos institutions comme autant de reconnaissances formelles de
ces mêmes idées morales, d'abord inconsciemment obéies?

Sur ce problème, l'histoire du Japon ne peut fournir que
des données incomplètes. Mais, pour les peuples comme pour
les individus, l'aphorisme de Schopenhauer reste vrai : Vivre,
c'est vouloir vivre. Vouloir vivre, c'est vouloir tout ce qu'il
faut pour vivre. Au lieu de s'oublier dans l'admiration de
son passé, un peuple doit obéir aux devoirs que lui
impose l'évolution des sociétés. Aucun n'a montré le même
désintéressement que le Japon à sacrifier ce qu'il avait de
cher ou de personnel aux exigences d'une civilisation supérieure. Avec un fatalisme oriental, les Japonais ont accepté
le progrès comme une autre forme du destin. Avec un
enthousiasme qui semblerait européen, ils ont joyeusement
répudié ce qu'ils faisaient de bien pour s'efforcer de faire
mieux en toutes choses. Si l'avenir exige d'eux des réformes
plus complètes, tenons pour certain qu'ils sauront les
accomplir. Pendant des siècles, le Japon est resté comme
isolé du monde ; le temps semble venu où le Japon doit
jouer un rôle important dans l'histoire du monde. L'influence
de l'Europe l'a transformé ; avant longtemps, son influence se
fera sentir en Europe. Nous imitons son art. Pendant la
guerre de 1895, les manœuvres navales, le transport des
troupes, le service des ambulances ont attiré l'attention des
spécialistes. Le Japon a déjà des hommes d'État, des financiers et des généraux ; bientôt peut-être ses savants et ses
littérateurs nous forceront à les imiter.

LA MAZELIÈRE

LA MORT DE PÉTRARQUE

Soixante ans de labeurs et d'une ardente vie
Où le triomphe alterne avec le deuil profond
Avaient, sans le fléchir, pâli son large front ;
Sa grande soif d'aimer restait inassouvie.

Mais, sachant que nul homme, en ces temps de hasards,
Pape sous la tiare ou prince avec le glaive,
N'avait plus, pour le suivre aux espoirs de son rêve,
Ni la foi des martyrs, ni le poing des Césars,

Comme un plongeur qu'attire, en se creusant, l'abîme,
Las du réel croulé sous ses illusions,
Il ne poursuivait plus ses claires visions
Que dans l'immensité de l'Idéal sublime.

Chaque matin, après avoir, par les sentiers
Du plateau spacieux où sèchent les javelles,
Côtoyé, sous le vol criard des hirondelles,
La colline où l'été rougit les noisetiers,

S'étant rafraîchi l'âme à la douceur des choses,
A l'exquise clarté de l'aube, à la beauté
Des faneuses portant la gerbe, à la gaîté
Des touffes d'enfants blonds et des buissons de roses,

Il rentrait, d'un pas grave, en sa blanche maison,
Blanche comme sa robe et ses mains de poète,
Pour s'enfermer, là-haut, sous la voûte muette,
D'où le regard s'aiguise à percer l'horizon :

Car c'est là qu'attendait, pour assoupir sa peine,
Confidents éprouvés, silencieux et sûrs,
Son peuple d'in-folios rangés le long des murs,
Gardant, avec ferveur, sur des lutrins d'ébène,

En de riches habits de soie et de velours,
Le trésor infini des sagesses antiques.
— Ce jour-là, le vent chaud, tout chargé de moustiques,
Jusqu'à son vieux fauteuil ralentit ses pieds lourds ;

Pour s'alléger le cœur il ouvrit son Virgile,
Beau livre que Simon de Sienne, en Avignon,
Enlumina, de son pinceau chaste et mignon,
Faisant, sur tous les bords, courir la vigne agile.

Tout pleins de souvenirs épars et de regrets,
Les grands vélins tournaient, sous ses mains oppressées,
Lents et plaintifs, avec des bruits d'ailes blessées,
Comme d'oiseaux surpris, l'hiver, dans les forêts ;

Et du texte chanteur et des marges en fête
Remontait, dans l'odeur des printemps d'autrefois,
L'orgueil d'enivrement qui l'égalait aux rois,
Lorsque le laurier d'or descendit sur sa tête.

Une foule d'anciens fantômes, bien pâlis,
S'échappant du passé, l'environne et l'approche,
En qui succède au premier geste de reproche
Ce bonheur du revoir qui pardonne aux oublis ;

Et voici qu'en avant marche, dans la lumière,
Celle dont la beauté superbe l'exalta,
Celle dont la vertu sereine le dompta,
Laure, avec sa fierté de grâce coutumière.

Laure qu'escorte un chœur, léger sur le gazon,
D'anges à voix rythmée avec luths et viole,
Laure, en robe de pourpre, et ceignant l'auréole
Des Saintes dont le juge exauça l'oraison,

Mais, cette fois, bénigne et tout épanouie
Comme la rose franche et qui s'ouvre au soleil,
L'inondant d'un sourire à l'aurore pareil
Par qui toute douleur se sent évanouie :

« Cher doux ami, fit-elle avec son air loyal,
Toi par qui j'ai connu la hautaine souffrance
D'interdire, en pleurant, le crime d'espérance
A deux êtres que brûle un même feu fatal,

» Tu vas toucher le prix des peines endurées !
Nous pouvons désormais nous aimer sans remords :
Dans l'éther impalpable où revivent les morts,
Rien ne sépare plus les âmes délivrées ;

» Et, comme la splendeur égale du vrai jour
Baigne leurs spectres clairs sans y jeter une ombre,
Aux cœurs purifiés de ces élus sans nombre
S'épanche, illimité, l'universel amour.

» Comme la Béatrix, là-bas, qui nous fait signe,
Avec Dante adorant l'éternelle Beauté,
Je guiderai tes pas vers l'unique clarté
Dont l'étoile du ciel n'est qu'un reflet indigne,

» Et l'angoisse qui fut ton noble désespoir,
Anxiété du doute, horreur des ignorances,
S'envolera dans la splendeur des évidences,
Car tu vas tout comprendre et tu vas tout savoir. »

Pétrarque avait fermé les yeux pour mieux entendre ;
Il se sentit glisser dans un air plus subtil,
Il saisit la main blanche : « Enfin ! » murmura-t-il,
Et sa bouche rendit un soupir long et tendre.

Puis son front retomba sur le grand livre en fleurs,
Parmi la pourpre et l'or de l'immortelle idylle,
Nimbe de gloire autour de sa tête immobile,
Dont l'argent fin ruisselle en leurs fraîches couleurs.

Les insectes rôdeurs, se rapprochant en masse,
Redoublèrent en vain leur aigre sifflement ;
Le dormeur obstiné souriait doucement,
Sans plus chasser du doigt leur sanglante menace ;

Et ses valets, entrant, sur le déclin du jour,
Ne purent émouvoir non plus leur maître inerte :
L'enveloppe était vide et la forme déserte,
Et l'âme était montée où l'appelait l'amour.

GEORGES LAFENESTRE

LE

GÉNÉRAL PIERRE QUANTIN

— 1793-1800 —

Pierre Quantin, fils d'un chirurgien bourguignon établi en Normandie et marié à une arrière-petite-nièce du grand Cor-neille, naquit le 17 juin 1759 à Fervacques. D'un esprit vif et aventureux, il ne se sentait aucun goût pour la carrière paternelle, non plus que pour le petit nombre de celles que sa naissance bourgeoise et son peu de fortune lui laissaient accessibles : il chercha dans le métier militaire une exis-tence plus conforme à ses aspirations. S'il fût resté dans les troupes de la métropole, il aurait dû borner son ambition à un grade peu élevé, acheté par des services longs et pénibles. Il se décida donc à s'expatrier, et s'engagea dans l'artillerie de la marine, lors de la guerre d'Amérique.

Il vécut plusieurs années en Amérique, et y épousa une Anglaise, dont il n'eut jamais d'enfant. Il paraît à quelques passages de ses lettres, que les deux époux devinrent prompte-ment étrangers l'un à l'autre. Peut-être Quantin eut-il des torts à se reprocher, car son genre de vie devait être un peu libre, comme sa philosophie : mais il est certain qu'il eut à se plaindre des parents de sa femme, dont la nationalité faisait, à cette époque, des ennemis naturels.

Quoi qu'il en soit, Quantin demeura en Amérique jusqu'à la Révolution. Cette longue absence avait rompu presque tous les liens qui le rattachaient à sa famille. Il n'avait guère conservé de relations qu'avec un cousin germain, François Mutean, habitant Dijon, et c'est de la correspondance fort suivie qu'il eut avec ce cousin, à partir de 1793, que sont tirés les extraits qu'on va lire. Si elle n'a pas grand intérêt pour l'histoire des faits, cette correspondance est curieuse, parce qu'elle donne en termes pittoresques, quelquefois bizarres, l'état d'esprit d'un général républicain, frotté de philosophie, grand ennemi des royalistes et des prêtres, d'humeur indépendante et amusante.

Lieutenant au 3ᵉ bataillon du Calvados le 25 janvier 1792, puis capitaine des canonniers au même bataillon, Pierre Quantin était devenu adjudant général, et c'est avec ce grade que nous le trouvons à Cherbourg, en l'an II.

Deux lettres, des 5 et 19 thermidor de cette année, ne concernent que des affaires intimes et des intérêts de famille. Je ne les mentionne que pour faire remarquer qu'entre les deux dates où elles ont été écrites, un grand événement s'était accompli : le 9 Thermidor, qui vit la chute de Robespierre et le retour des modérés au pouvoir. De cet événement, de ses conséquences, aucune lettre ne fait mention : Quantin était bien loin de se désintéresser des questions politiques; mais, militaire avant tout, et loyal serviteur de son pays, il obéissait aux ordres de ses chefs, sans prendre part, même de loin, aux discussions des représentants de la nation.

Le 9 Thermidor fut suivi d'un grand mouvement dans les services publics : une lettre du 18 fructidor en fait foi :

> Cherbourg, hospice militaire ambulant malade *(sic)*,
> le 18 fructidor, 2ᵉ année de l'ère républicaine.

J'ai différé à t'écrire, citoyen, par mes grandes occupations et courses répétées. Je pars pour commander provisoirement un camp à vingt lieues d'ici... On vient de faire une réforme terrible dans les officiers généraux des armées, et je ne sais par quel hasard j'ai été excepté, étant un des plus nouveaux. Adieu donc à l'armée des Pyrénées !...

Quantin n'alla pas aux Pyrénées, où il avait sollicité d'être envoyé. Il passa à l'armée des « Côtes de Brest » avec les soldats placés sous ses ordres.

Du 3 Vendémiaire, an III.

Depuis ma dernière, j'ai fait beaucoup de chemin avec mes troupes, et, toujours en campant, et je t'écris du presque *nec plus ultra* de la Manche, où les pluies et les vents équinoxiaux débâtissent nos maisons ambulantes.

La lettre suivante, écrite avec un certain abandon, fait bien voir quelle influence les philosophes avaient exercée sur l'esprit de leurs contemporains, même des militaires.

Au Mont-Épinguet, ce 24 Vendémiaire, an III.

... Je ne vole pas de belle en belle, mais de mont en mont, avec ma troupe... Je t'écrirai une fois par mois, jusqu'à ce que l'amer *(sic)* de l'océan, ou l'indigeste *(sic)* d'un plomb m'en ait ôté la possibilité.

D'une vingtaine (de généraux) nous sommes restés trois dans notre armée, résultat de l'alambic national, et je te jure bien sincèrement que « vaincre, point de retraite » est la devise de ma petite armée, soit par terre, soit par mer. Voilà quatorze mois que nous guerroyons ensemble. Nous sommes les mêmes qui avons défait les Royaux catholiques au Mans et à Savenay sur la rive droite de la Loire, et à Machecoul, Léger, Saint-Christophe. Palluo, Chalans et les forêts de Princey sur sa rive gauche... Les moyens qu'on emploie aujourd'hui sont si sages que les individus sont placés en raison de leur connaissance. Donc, tout ira bien. Les intrigants toujours ignorants les faiseurs de beaux bras et de belles jambes dans les cités, en fait d'hommes vêtus en militaires, sont destitués : les soubrettes, les coquines, les coquettes et les Laïs y perdent, et la chose publique y gagne un milliard de livres pour un denier.

Sans patron, me voilà ! Et j'ai été longtemps en butte à cette classe d'hommes parasites de places ; je me suis toujours f... d'eux ; aujourd'hui qu'ils sont dans la poussière, je les plains...

Sans la révolution ecclésiastique, j'aurais pu faire ma première communion ; mais, ma foi, la suppression de ce procédé pour gagner le ciel étant venue, je te vendrai mes droits successifs là, si tu veux. Feu notre oncle ne m'en gronda jamais, bien que je me fusse calviné à Genève. Feu ta belle-mère seule m'astigotait *(sic)* toujours pour la sainte messe. Mais, hélas, presque unique de mon genre sur le globe chrétien, j'étais réprouvé ! Mon aveuglement était incurable, et j'étais pestiféré. Mon respectable oncle se contentait de me dire qu'il fallait cependant prendre une forme de religion. Ah ! mon ami, c'était ensemencer sur le marbre, et sans notre régénération, je filais quinze nœuds pour me rendre à la grande buanderie satanique, heu-

reusement claquemurée pour tous les Français, depuis la suppression
des lettres de prêtrise, des lettres de bachelier, des grands casuistes,
des grands pénitenciers, des saints voyages à Rome, à Lorette, à
Saint-Jacques, etc., etc.....

Cherbourg, ce 5 frimaire, an III.

... Les trois mois en *ôse* vont me donner un peu de sécurité pour ce
qui regarde la mer, et, en dépit de mes sollicitations répétées pour
aller guerroyer n'importe où pourvu que je guerroye, elles ont été si
infructueuses, qu'aujourd'hui je reçois l'ordre net, sec et concis de ne
plus en parler, et rester là.

J'ai eu une petite aventure qui m'a valu dix jours de prison,
oui, de prison! Tout le monde y va! et le résultat a été qu'en
indemnité on m'a confié le commandement provisoire de la
14e division, et voilà comme, pour remplir les formes et le fond de
commandant d'un camp, j'ai été dans la boîte à caillou, et que j'en
suis sorti rayonnant de plus de quarante lieues à la ronde. J'étais
si persuadé de mon droit que je n'ai pas voulu en venir aux expli-
cations, et que, sans m'en douter, ni le demander, ni y aspirer, je
suis devenu quelque chose.

Je suis sec comme Nord-Est, et ce parce que je ne dois rien à
personne ; le concours m'effraye peu ; l'intrigue, la jalousie, la
cabale, la crasse ignorance et l'ambition ont toujours fléchi le genouil
(sic) devant moi, qui suis le seul artisan de ma place, tout en disant,
en écrivant et en signant les vérités dues à chacun. Voilà mon
imperturbable système...

Une lettre du 6 nivôse, an III, débute ainsi : « Je
t'écris enfin, mon cher ami, non de Cherbourg, mais d'Hi-
laire-du-Harcouët, pays chouanique... » Les suivantes montrent ce qu'êtaient ces « pays chouaniques ».

Château-Gontier, le 9 pluviôse, an III [1].

Je ne suis plus à Hilaire depuis huit jours, mon camarade, et en
changeant de résidence, j'ai failli voler sur la colonne Panthéonale,
car les chouans m'ont assailli et ont tué un des chevaux de mes
chasseurs d'escorte : cependant, *je voyageais sur la foi des traités.*

Je suis dans un pays gangrené au delà de toute expression : les
habitants de la campagne y sont pervertis, et, toute grave et ulcéreuse
qu'est la plaie, je ne désespère point de la cure ; mais il la faudra
soigner avec art.

Je suis né pour courir et pour les aventures : c'est aussi l'expression
du général en chef qui m'emploie avec confiance et sécurité. Je

---

1. Quantin remplissait alors les fonctions de chef d'état-major de la 7e division
des armées réunies de Brest et de Cherbourg.

crois devoir rester longtemps en cette place... Depuis quatre ans que
je suis en France, j'ai passé sous les mains de sept (généraux en
chef) dans différentes armes.

J'ai reçu des lettres de nos représentants coloniaux : ils paraissent
me pressentir que je pourrais être leur collègue si je voulais ; et je
réponds que, plus soldat qu'orateur et que législateur, je me trouve
honoré du poste qui m'est confié, et si bien que, si l'on voulait me
donner quittance, je serais satisfait : juge combien je tiens peu aux
galons, aux broderies, et à une trop célèbre réputation. J'ai vu croître
et créer tous ceux qui sont à ma droite, et mes propres camarades.
Je suis sans brevet[1] parce que je n'en veux point, et néanmoins, je
suis sans cesse employé le plus activement de mes égaux...

On sent dans ces phrases de Quantin un juste orgueil de sa
valeur personnelle, comparée à la médiocrité de généraux
parvenus plus haut grâce à leurs intrigues. Cet orgueil ne
l'empêchait pas de faire son service en bon militaire.

La lettre suivante fait voir que l'existence de nos soldats
était rude ; mais avec quelle résignation française ils en prenaient leur parti !

> Du camp de la pointe du Mingard, entre Port-Malo et Cancale,
> le 14 floréal de la 3ᵉ année républicaine et démocratique (*sic*)

Je t'écris, mon camarade, non d'un pays étranger, mais d'un
pays très éventé, très aéré, très affamé et très soulevé, en échange
de Château-Gontier, contrée très ensanglantée, très fanatisée, très
coquinisée, etc.. etc... Là, je battais les chouans, et, à coups de fusil,
nous avions un peu de pain et particule de fourrage ; ici, je ne bats
rien, sinon les Anglais quand ils viendront, et il n'y a ni pain, ni
grain, ni gruau, ni gaude, ni pommes de terre, ni navets, ni choux,
ni panais, ni femmes, ni filles, ni beau ni bon temps, et nos bras
sont liés depuis la pacification de Rennes : en attendant, nous mou-
rons de faim, et les 200 grenadiers que je commande, et les canonniers, leurs pièces et leurs obusiers, sont dans la plus grande inaction. Pour couper court, mon cher ami, notre mâchoire inférieure
n'agit que pour articuler, notre gosier que pour aspirer l'air salin qui
seul emplit notre œsophage ; et notre langue, au lieu de recueillir
les morceaux dans nos bouches, est haletante en dépit du froid causé
par les vents du Nord et du Nord-Ouest qui nous soufflent impitoyablement au nez : juge de notre position.

Je te dirai que, dans mes courses, trois fois j'ai failli être pulvérisé et
plombé : j'en ai été quitte pour faire bonne contenance : cependant, je
voyageais escorté de mon domestique seulement, et *sur la foi des traités*.

---

1. De général de brigade dont il remplissait les fonctions.

Je ne suis pas plus haut, pas plus gros qu'un long bouchon de ces bouteilles à long col, et le plus petit de mes grenadiers a cinq pouces, de mes canonniers du 8ᵉ régiment quatre pouces, et tous ont les épaules larges comme Christophe, de la Métropolitaine de Paris. J'attends les *God damn !* Qu'ils viennent ! Du moins leur acte d'apparition fera diversion à nos appétits de tous genres : oui, de tous genres ! Car la faim est un stimulant à l'amour, et, dans le métier des armes, il faut qu'un des *six* sens soit satisfait.

... J'ai dû passer dans l'Inde ; point du tout, je reste. J'ai dû passer aux Iles sous le Vent ; point du tout : Pierre Quantin reste là. Je ne sais, le diable m'emporte ! ce que l'on veut faire de moi, qui désire si ardemment la réforme. J'ai des droitiers[1] de la plus complète maladresse fruits de l'intrigue : l'ignorance personnifiée. J'en excepte trois qui, même sous le régime du tyran Capet, auraient été à leur place s'ils eussent été ce qu'ils sont.

Port-Malo, le 22 floréal, an III.

... Je pars sur-le-champ pour commander à Nozey, distant de Nantes de huit lieues. Je suis fatigué, exténué, et je m'en f... ; aujourd'hui vivant, demain peut-être nihilisé ; je m'en f... encore...

Quartier général de Nantes, le 9 messidor, an III.

... Il faudrait six grandes pages pour détailler tout le terrain de la ci-devant Bretagne que j'ai parcourue à travers tous les coquins qui l'habitent, depuis ma dernière lettre de Port-Malo.

... Les chouans sont de f... gueux, indignes du nom d'hommes. Je ne sais comment on a pu croire à leur si subite conversion[2] : la beauté d'âme des vertueux représentants qui avaient travaillé à ce grand œuvre de réconciliation ne leur permettait pas de croire qu'il y eût des hommes si pervertis. La vraie vertu, le vrai philanthrope, ne croient point au crime...

Quantin fut à cette époque promu au grade supérieur ; il l'annonce ainsi à son cousin :

Nantes, le 15 messidor, an III.

J'apprends dans l'instant, mon ami, par un de mes camarades qui m'écrit de fort loin, qu'à Paris l'on m'avait monté d'un cran, et que je devais incessamment recevoir, avec ma confirmation, ordre de me rendre dans une autre armée, Elle n'est point encore désignée. Je viens de passer devant la boutique d'un peintre. Il m'a pris fantaisie de lui dire de venir chez moi, de m'y peindre sur une toile de

1. Des supérieurs.

2. Allusion au traité de paix du 1ᵉʳ floréal, an III, si naïvement signé par les délégués de la Convention avec les chefs royalistes.

huit pouces de haut et de cinq de large, et j'aurai la fatuité de te
l'envoyer. Ris de moi si tu veux : je m'en moque d'ici. Tu verras du
moins un original en peinture. mais tout au naturel, Si l'âme s'ana-
lysait ainsi. je me flatte que ton œil serait plus content : il n'y a
point de vanité dans mon dernier trait, et crois que, dans l'envoi de
mon effigie, toute espèce de prétention est étrangère.

J'ai donc bien fait d'être resté jusqu'à ce jour sans patron ; j'ai
donc bien fait de mépriser les cabaleurs, les fripons, les égoïstes, etc.,
— je n'en finirais pas. Si je ne dois mon poste actuel qu'à moi-
même, je ne devrai le nouveau, s'il se réalise, à personne. J'aime à
avoir de la marge dans les fonctions dont ma patrie m'honore...

Je ne résiste pas à la tentation de citer quelques passages
de la lettre par laquelle le correspondant du général lui
annonce l'arrivée de ce portrait. Elle permet de juger de
l'état des esprits dans la population aisée de la province : on
verra que l'attention était plutôt tournée vers les expéditions
militaires que vers les crises sociales, contrairement à ce que
nous nous imaginons volontiers aujourd'hui.

Dijon, le 18 thermidor, an III.

Depuis ta lettre du 3o messidor, mon cher camarade, je comp-
tais les jours : rien ne paraissait, et j'enrageais de toute mon âme ;
mais enfin *tu*[1] viens d'arriver *en bonne santé*[2] à ma grande satisfaction. Quatre ou cinq personnes avec lesquelles j'étais en affaires, dont
une petite femme que tu ne verrais pas de sang-froid, ont voulu partager
l'empressement que j'ai témoigné de voir mon grand cousin le général. Je me suis donc mis à dépecer la malheureuse boîte que dix
bataillons ou le diable avaient, je crois, pris soin de rendre inacces-
sible, à force de colle et de papier ; mais, non moins brave que toi,
j'ai vaincu tous les obstacles ; rien n'a pu résister à mes sueurs ; je
t'ai poursuivi, et tout à coup ramené du fond de la boîte, sain et
sauf...

J'ai eu la curiosité de parcourir les différentes paperasses qui te
servaient de coussins dans ta boîte. J'ai pris une petite idée du service
militaire et de l'ordre qui s'y observe. Mais ce qui m'a fait un véritable plaisir, c'est que j'y ai vu que tu jouis indistinctement de l'amitié
et de la considération des chefs et des subalternes, et que ce n'est le
fruit ni de l'intrigue, ni de la bassesse, mais bien le prix de tes talents
et de ta loyauté.

Tu ne me parles pas plus de guerre que si tu étais aussi éloigné

1. C'est-à-dire ton portrait.
2. C'est-à-dire en bon état.

que moi de son théâtre : j'aime à croire que c'est par prudence, et
je t'en félicite, mais je serais bien aise cependant que tu me confir-
masses la fameuse affaire de Quiberon, que nos royalistes cherchent
par toutes sortes de moyens à rendre douteuse. Néanmoins, elle leur
a porté un coup mortel : leur figure s'en est allongée de six pouces,
et leur impudence a considérablement diminué. Puisse cet événement
concourir avec la paix de l'Espagne à nous amener promptement à
une pacification générale et à la réunion de toutes les religions et de
tous les partis ! Notre position actuelle ne nous interdit heureusement
pas tout espoir.

Ainsi, à cette époque si troublée, si fiévreuse, il n'y avait
pas place que pour la haine : pourquoi faut-il qu'après un
siècle cet apaisement, cette réunion des partis que réclamaient
dès lors les bons citoyens, ait fait si peu de progrès, et
soit encore un idéal ?

Des autres lettres de Quantin écrites en l'an III, je repro-
duis cet unique passage :

Quartier général de Fougères. — ...

... Ma foi, mon ami, depuis ma dernière, trois fois j'ai été aux
prises avec les chouans, mais d'une manière à ne pas rire. Je n'avais
avec moi que 70 hommes d'infanterie, et eux, 300 à pied et une
cinquantaine à cheval. Nous nous sommes si bien présentés, nous
avons fait un feu si bien nourri, que beaucoup d'entre eux ont mordu
la poussière, qu'ils ont perdu deux chevaux et moi personne. — Me
voilà depuis cinq jours dans la fournaise chouannière, et je m'en ris ;
déjà plus de vingt ont mis bas les armes et me servent fructueuse-
ment ; déjà plus de cinquante sont morts : quand donc ces fanatiques
cesseront-ils d'être ainsi trompeurs et trompés ?...

Effectivement, la Vendée n'était pas tranquille, à en juger
par une lettre de Rennes, 14 vendémiaire an IV, dont le
post-scriptum peint bien le soldat de ce temps.

La pièce ci-jointe [1] atterrera les royalistes de ton pays ; elle leur
clora la bouche, et je crois qu'elle leur en dira plus que toutes les
phrases que je pourrais te faire. Que le judicieux républicain reprenne
son énergie ! Qu'il apprenne que les armées de l'occident de la République, sans cesse au feu, sans cesse exposées au fer assassin des
traîtres, des chouans et des royalistes, quoique nues et souvent à
jeun, ne méritent pas moins que celles du Nord, de Sambre-et-Meuse,
du Rhin, de l'Italie, etc.

1. Sans doute quelque proclamation officielle constatant l'affaire de Quiberon.

P.-S. — J'allais cacheter ma lettre (il est dix heures du soir) et j'allais mettre pour post-scriptum que j'aurais pu voler rapidement près de toi pour quelques heures ; mais demain, 15, à quatre heures du matin, je pars à la tête de soldats judicieux, braves et sages, pour une expédition secrète, terrible et décisive, d'où dépendra l'occision d'un grand nombre de chefs principaux et grands égorgeurs, de chouans, ou ma *mort*, décidée. Je t'avoue que je suis enchanté de ce choix honorable ; cependant, j'ai dans ma poche le certificat le plus vrai et le mieux détaillé des officiers de santé de l'armée, qui atteste l'urgence du repos corporel dont j'ai besoin avant d'entreprendre la campagne d'hiver.

La veille du jour où cette lettre fut écrite, le 13 vendémiaire, Barras et Bonaparte repoussaient la tentative des sections et des Royalistes contre la Convention. Le 4 brumaire, la Convention se déclarait dissoute. Le général ne fait aucune allusion à ces deux mémorables événements.

Quartier général de Rennes, 24 brumaire an IV.

Il est onze heures du soir : je reçois ta lettre du 5 courant, et, en dépit des fatigues, de mon énervement et de ma mauvaise santé, je m'empresse d'y répondre pour te convaincre de mon encore-existence *(sic)*, et de la cessation d'icelle *(sic)* de grand nombre de chouans dans ma battue de quinze jours...

La pénurie m'a placé intérimairement où je suis[1], et je ne sais auquel entendre ! Trois postes divers dans trois armées différentes me sont impérativement assignés, et je suis là, ici, là, là ! Ma convalescence va *pocca (sic)*, et nuit et jour à la chaîne !

Je suis tel à présent que *la témoin de mon exhumation (sic)* de la boîte pandorique, fût-elle la Vénus personnifiée, et la Magdeleine âgée de douze ans, ressuscitée, mon désir seul porterait[2].

J'attends du Directoire exécutif l'ordre d'user de ma convalescence, et je volerai à Dijon.

Je ne t'embrasse point, je te donnerais la jaunisse, une fièvre lente et presque le *tædium vitæ*.

Je choisis, dans les lettres postérieures, le passage suivant, par lequel Quantin confirme, dans un style un peu bizarre, sa promotion au grade de général de brigade.

---

1. Chef d'état-major général de l'armée des côtes de Brest.

2. Allusion à un passage de la lettre citée plus haut, par laquelle le cousin du général lui accusait réception de son portrait.

Quartier général de Rennes, le 6 pluviôse, an IV.

Je t'écris pour t'écrire que l'on m'écrit de Paris que l'on a écrit sur le grand registre d'écriture que j'écrirais désormais en général de brigade, et plus en adjudant-général. Tu vois par ainsi, mon cher ami, que Pierre Quantin, le Normanglo-Franco-Américain, n'est pas de la petite bière, mais bien du « good porter ».

Je ne sais à qui ni à quoi je dois ce don national, mais je sais que ma reconnaissance est sans bornes, et qu'elle égale mon étonnement. Il n'est rien que je ne fasse pour mériter autant que possible cette faveur imméritée et inattendue.

Il y a deux ans, je reçus un brevet pareil, mais je voulus passer par la filière des grades et y séjourner assez de temps pour y acquérir toutes les connaissances attachées à chacun d'eux...

Quantin fut alors nommé aux fonctions de commandant de la 3e subdivision, dite du Morbihan, dans l'armée « des Côtes de l'Océan ».

Vannes, le 12 ventôse, an IV.

Tu me crois à Rennes : point du tout, car j'habite Vannes, et je commande le département du Morbihan, infesté de chouans. Je m'en tirerai comme je pourrai, mais j'emploierai tous mes moyens, tant civilisés que militaires, pour ramener dans le giron de la République ce pays fanatisé dont les habitants des campagnes sont plus matières qu'hommes.

Tous les pays insurgés sont en état de siège, ce qui dérange les projets des conspirateurs et met dans les mains militaires tous les pouvoirs réunis : ce n'est pas une petite besogne que celle-là, puisque je dois être législateur, commentateur, juge, homme de loi, soldat, officier et général, et, par-dessus tout, marin. Cela ne finit point, et c'est trop de choses à la fois.

Néanmoins, j'allège autant qu'il est en mon pouvoir l'amer qu'entraîne après soi le gouvernement militaire ; je protège l'habitant paisible, et je poursuis à outrance les royalistes...

J'hésite à livrer au lecteur la lettre qui suit celle-là : son tour familier, peut-être même un peu leste, montre le général sous un nouveau jour ; mais, après tout, un homme qui risque sa vie à chaque instant a bien le droit de rire entre deux batailles ; d'ailleurs, la gauloiserie de cette page ne sort pas des limites des convenances, et elle jette une note gaie dans l'ensemble sévère de ces temps héroïques.

1er Mars 1899.   12

Vannes, 23 floréal, an IV.

De cette fois, mon cher ami, tu es en retard ! Serais-tu occupé en sens contraire de moi? Pendant que je tue, que je fais tuer, que je sabre et que je fais sabrer les chouans, fabriques-tu à ta femme des républicains? Tu me dois compte de tes actions.

Clairette[1] va-t-elle se marier? Paraît-il qu'elle en ait envie? Audit cas, procure-lui donc un mari à ton image, mais plus fécond.

Parbleu ! beau travail, de faire un enfant en neuf mois! Je voudrais que la nature changeât ses décrets, qu'elle convertît les douleurs de dents en plaisirs, et que la femme, chaque tricadi, nous donnât un enfant mâle déjà bégayant et marchant seul : en un mot, qu'elle les donnât au pas de charge. Je voudrais qu'elles fussent réellement femmes à douze ans, et qu'elles en fournissent preuves physiques jusqu'à soixante. Ainsi soit-il !

Tu vois que je m'égaye : il le faut bien! Je suis harassé, tué, morfondu, courbaturé, tout ce qu'il te plaira. Je prends des bains pour me remettre les nerfs distendus, et cependant, du bureau à la course pédestre, de là à cheval, voilà mon train de vie. Quand finira-t-il? — Nescio.

La correspondance est interrompue pendant quelques mois, et ne reprend qu'à la suite de sa promotion au grade de général de division. Je cite les extraits dans leur ordre chronologique :

Paris, le 4 thermidor, au IV.

(Lettre écrite du ministère de la Guerre sur papier à en-tête du Département).

Je n'ai que le temps de te dire que j'arrive et que je pars. Le temps et les heurs ou malheurs t'instruiront.

Douai, le 12 thermidor, an IV.

Déjà, depuis ma lettre de Paris, je suis à Douai...

Flessingue en Zeelande, le 23 thermidor, an IV.

Tu vois, mon cher ami, où je suis : tu lis que je suis loin du Morbihan; me demander où j'irai serait m'embarrasser fort, car je ne le sais point; cependant je m'imagine n'avoir pas été envoyé en poste et avec la rapidité de l'éclair pour des prunes, ni pour... les Zeelandaises, qui portent le même caleçon depuis l'âge de dix ans, et qui ne se lavent que lorsque, par accident, elles tombent dans les canaux fangeux de leur terrain.

Je forme des conjectures gaies et sinistres ; néanmoins elles ne m'affectent point, tant je suis résigné, pourvu que mes soins, mes fatigues, que ma mort même retournent à l'avantage de ma patrie, partout triomphante.

1. Nièce du général.

En dépit de mes insomnies et de mes courses exténuantes, je me porte on ne peut mieux ; je ne me reconnais même pas, lorsque par hasard je consulte mon miroir. Je suis frais, grasselet et coloré. Le temps, les papiers et les événements vous apprendront le reste.

Dunkerque, 13 Vendémiaire, an V.

..... Je me propose un assaut, non de spadassin, bien un assaut auprès duquel celui de Berg-op-Zoom, la guerre dernière, ne fut qu'un jeu. Je veux en être le premier capitaine, et je serai le premier assaillant. Je n'ai d'autre désir que la prospérité de nos armes, la paix, et je quitterai subito le harnais doré, non pour retourner aux colonies, car je viens d'apprendre mon veuvage, mais pour jouir de cœur et d'âme des fruits de la liberté judicieusement républicaine.

On voit que le général prend assez facilement son parti de la perte de sa femme.

De quelle expédition veut-il parler dans la lettre suivante ? Elle n'eut pas lieu, d'ailleurs. C'était sans doute quelque projet de descente en Angleterre ou en Allemagne.

Dunkerque, 25 Vendémiaire, an V.

Me voilà encore ici, mon ami, et sous peu je n'y serai plus : je n'attends que la commodité du dieu des vents.

Dans quelques décades donc, tu entendras parler de moi et de mes aventures d'heur et non-beur *(sic)*. Je t'embrasse bien sincèrement, et moi, je vais provoquer la demande de la paix, mais non l'olivier à la main.

Dunkerque, le 30 frimaire, an V.

Enfin, je ne suis ni tué, ni noyé, mais peu, très peu s'en est fallu. J'obtiens non sans peine un congé de convalescence de vingt jours, tandis que deux mois, même dans la plus belle saison, auraient à peine suffi. Je me rends à Paris, où je m'efforcerai d'allonger la courroie dudit congé, et je me rendrai près de toi...

Il paraît que le Directoire fit alors de nombreuses « épurations » dans l'armée du Nord. Plusieurs camarades de Quantin furent mis à pied : on va voir avec quelle générosité il prend leur parti, au risque de se compromettre. Il semble, d'ailleurs, que le général commençait à ne plus avoir le même enthousiasme, et que la République de Barras et des muscadins blessait ses idées quelque peu radicales.

Paris, le 17 nivôse, an V.

..... Je suis loin d'être satisfait, non par rapport à moi, mais par rapport aux affaires politiques.

Je fais l'impossible pour arracher ma *destitution*, ma réforme ou ma démission. Mes amis sincères de France et des deux Amériques contrarient mon vœu dans l'un de ces trois cas, et j'y persiste : ou ceux de mes collaborateurs subordonnés que l'on a disgraciés seront réintégrés et me seront rendus, ou enfin se fera tuer et noyer à ma place qui voudra.

J'ai arrêté sagement le cours des journaux qui tendaient à ma perte en m'exhaussant trop ; mais aussi j'ai écrit et signé que *« je ne servais nulles factions, nuls patrons, etc., etc., et que je préférais rompre à plier »*. Dans quelques jours, je saurai à quoi m'en tenir, et je t'en ferai part. Mais crois que je ferai dans tous les temps honneur à mes qualités de militaire sans intrigues ni patrons ; de général sec, impartial, et ne pardonnant aux insultes, de quelque part qu'elles viennent.

J'ai eu toutes les peines possibles à obtenir un congé de deux décades pour me rendre au Directoire, et encore a-t-il fallu qu'il prît un arrêté *ad hoc*...

La démission de Quantin fut refusée, et, loin de le destituer, on lui conserva son grade de général de division, malgré les nombreuses réductions qui se firent alors dans le cadre des officiers généraux, dont plusieurs descendirent d'un rang dans la hiérarchie militaire. Quantin fut même renvoyé en Bretagne, où le réclamaient ses anciens chefs et les autorités locales, qui n'avaient point oublié la manière dont il s'était comporté pendant la guerre de Vendée.

Vannes, 3 prairial, an V.

...Je ne sais point encore où je suis réservé, quoiqu'on ait ardemment désiré de me revoir commander ces départements aussi paisibles qu'ils furent en proie aux horreurs de la guerre civile que j'en ai extirpée dans le temps, quoique le général commandant en chef les quatre divisions militaires l'ait demandé, et quoiqu'enfin les autorités civiles et judiciaires en aient fait la demande à mon insu...

Ces témoignages si honorables d'estime publique obtinrent satisfaction, et Quantin fut nommé à Rennes. Il faut croire que les charmes de la paix et la grâce des Bretonnes lui firent oublier les déboires de son premier mariage, car l'une des nombreuses lettres intimes écrites dès lors à son cousin nous apprend qu'il a épousé, le 11 messidor, an V, « *jour de Saint-Pierre* », mademoiselle de Talhouët de Boisorhand, « *âgée de dix-huit ans et demi* ». Comme on voit, la « société » commençait à avoir un peu moins peur de ces farouches serviteurs de la République.

Peu après, le Directoire offrit à Quantin de conduire une opération militaire assez risquée. Quantin exigeait des garanties de réussite :

Paris, 11 germinal, an VI.

...Tu me demandes ce que je deviens : rien, mon ami... Je dois, dit-on, sous peu, être expédié pour un point hérissé, escarpé, etc. ; mais quand on me le dira je verrai quoi répondre, car déjà j'ai pressenti ceux qui paraissent instruits que pour telle chose, il faut indispensablement telle, telle, etc... *(sic)* et que quiconque se chargerait de telle et telle chose sans cette précaution, serait plus téméraire que judicieusement brave, qu'il ferait preuve de manque de discernement, de beaucoup d'orgueil, que le coup avorterait, et que l'entreprise manquerait irrévocablement. Je ne vais ni au Luxembourg ni dans la rue des Victoires [1], ni dans celle de Varennes [2] : cependant, s'il dépendait du département de la guerre, du général commandant la 17e division, des officiers généraux de la marine, je serais amplement activé ; mais il y a des êtres qui ont de superbes femmes, des maris qui ont des épouses, etc., des pères dont les filles sont belles, etc., etc., des célibataires qui ont des courtisanes enchanteresses, et ceux-là, par les canaux femelles, gravissent d'un saut, etc *(sic)*. — Il pourra bien arriver que la fièvre, que les coliques, que la goutte, etc., s'empareront de beaucoup d'individus, lorsqu'il faudra, etc *(sic)*.

...*Post-scriptum.* — Il y a trois rochers escarpés et chargés d'hommes et de canons que l'on me destinait, et j'ai répondu sèchement. « Pour une telle entreprise, il faut *tant* de soldats bien déterminés ; nous en perdrons *tant*, et nous serons obligés de rentrer les oreilles basses. » J'irai si on l'exige, mais non comme général, et de préférence comme brigadier du canot qui le premier accostera, parce que, tué, je ne serai point déshonoré.

Le gouvernement n'accepta pas les conditions de Quantin, qui fut mis en disponibilité. Il résulte néanmoins de différents passages de ses lettres que les Directeurs le gardèrent auprès d'eux, pour « l'avoir sous la main », en cas de besoin. Quantin demeura à Paris assez longtemps ; mais, dès lors, sa correspondance ne présente plus le même intérêt.

Il fit partie de l'armée d'Italie et y donna une nouvelle

1. Siège du gouvernement.
2. Siège du ministère de la guerre.

preuve de son énergie et de sa fermeté en faisant rentrer dans
le devoir une division qui se mutinait alors que l'ennemi le
menaçait par terre et par mer. Il prit une part active à l'expédition de Saint-Domingue. Sa dernière prouesse eut pour
théâtre Belle-Isle-en-Mer, et voici comment le fait est rapporté
dans une compilation biographique du temps :

« En floréal an VIII, Belle-Isle-en-Mer était hors de la
constitution ; cette mesure annonçait plus que du doute, de la
part du gouvernement, sur la fidélité de ses habitants. Les
flottes ennemies environnaient et protégeaient cette place. Le
général Quantin, ne consultant que l'amour de son pays, se
jette dans un esquif, fait le trajet au milieu de soixante-dix
voiles anglaises, arrive à Belle-Isle, remonte l'esprit public, et
conserve par ce trait inouï de courage une citadelle qui est
considérée comme le boulevard de tous les ports de la Bretagne. »

Cet exploit termina la carrière active du général, car, bien
qu'il ait conservé quelque temps encore les fonctions de son
grade, il ne fut associé à aucune des grandes expéditions du
Premier Empire.

Quantin avait accepté avec enthousiasme les théories
de 1789 ; il était aussi sincèrement républicain que patriote.
Il avait travaillé de toutes ses forces et mis toute son âme
énergique et convaincue à l'affermissement de la république.
L'avortement de ses espérances l'accabla, et il ne put jamais
se résigner à faire cause commune avec l'auteur du 18 Brumaire, son ancien compagnon d'armes, proscripteur des idées
pour lesquelles il avait jadis combattu. D'autres, moins fiers,
moins entêtés si l'on veut dans leur résistance, furent faits
maréchaux, princes, ducs, et richement dotés : Pierre Quantin
mourut en 1824, pauvre, et le cœur rempli d'amertume.

ALFRED MUTEAU

LA

MALÉDICTION DE KISHOGUE

Quand le colonel eut fini son histoire, il se fit un long silence; puis une voix s'éleva qui disait :

— Allons nous coucher !

— Vous coucher ! — s'écria l'homme au nez rouge qu'on appelait par plaisanterie le Majordome, — vous coucher ! sans boire votre punch !

— Ami Phélim, — lui dit le juge, — il est temps d'aller nous coucher, la pendule marque minuit.

— Vous coucher ! minuit ! — cria Phélim, — Messieurs ! respectables, honorables, vaillants, magnanimes messieurs ! Vous coucher ! sans boire votre punch !

— Phélim ! Phélim ! — lui dit en riant le général, — je crois que tu as assez bu pour nous tous. C'est décidé, nous remettons le punch à demain.

— A demain ! s'écria Phélim d'une voix de trompette, Seigneur Jésus ! Par saint Patrick ! honorables messieurs, vous dites : « demain ! » mais savez-vous où vous serez, demain?... Vous serez tous où est Kishogue !... Saint Patrick, aie pitié d'eux, ils ne savent pas ce qu'ils font !

Et l'Irlandais criait, hurlait, courait, sautait comme un fou tout autour de la salle.

— Remettre le punch à demain ! mépriser le punch !

c'est bien ça que vous voulez ! Mais savez–vous ce que vous
faites? Par saint Patrick, vous ne savez pas ce que vous faites !
Vous ne savez pas que vous attirez sur vos têtes la malédiction de Kishogue !

— La malédiction de Kishogue? dit en riant le colonel
Oakley.

— Ne riez pas, colonel, ne riez pas ! Je vous en prie, je
vous en conjure, ne riez pas ! Autrement, vous pleureriez
avant la fin des vingt-quatre heures !

— Mais qu'est-ce qu'il a donc, ce drôle de corps? demanda le général en s'approchant de la porte.

— La malédiction de Kishogue ! s'écria Phélim avec le geste
d'un homme qui conjure une catastrophe.

— Qu'est-ce qui vous prend avec votre Kishogue ? —
demanda le général. — Quelle toquade est-ce encore?

— Une toquade ! — s'écria l'Irlandais, — une toquade ! —
hurla-t-il en battant l'espace de ses pieds et de ses mains.

— Voyons, Phélim, qu'avez-vous? qu'est-ce qui vous prend
avec ce Kishogue?

— Ce qui me prend? vous voulez savoir ce qui me prend?
Toute l'Irlande le sait... Allons, respectables, excellents messieurs, écoutez et n'appelez pas le malheur sur vos têtes !

— C'est bon, raconte ! dit le général, devenu plus
sérieux.

Alors l'Irlandais fit éruption :

— Oui, oui, je vais raconter, je vais raconter ; mais il faut
que vous écoutiez. Que celui qui a des oreilles pour entendre,
entende !

Et roulant ses yeux, il commença :

Voici. Il y avait une fois un riche type, nommé Kishogue ; et de plus riche type, il n'y en avait pas un dans les
Sept Paroisses, pour boire, nocer, faire le coup de poing,
jouer ou caresser les filles ; c'était carrément le coq du pays,
le coq de toutes les jolies filles qui aimaient à s'amuser, et
aussi, un vrai coq de combat, dégourdi comme pas un, quand
il fallait casser des figures les jours de foire ou aux veillées des

morts ; un garçon qui n'avait pas son pareil à vingt lieues
à la ronde ; en un mot, la fleur et le joyau de la jeunesse
irlandaise.

Seulement, les vieux `gentlemen, les vieux messieurs ne
le portaient pas trop dans leur cœur, vous comprenez, les
vieux messieurs, les messieurs posés ; mais les jeunes squires,
Seigneur Jésus ! ils en étaient fous. Au point qu'ils le regardaient comme un des leurs ; et ce n'était pas étonnant : ils
savaient bien que pour organiser une rigolade ou pour monter quelque diablerie, Kishogue était toujours en train, et
c'était justement ce qu'ils voulaient ; mais enfin les hommes
raisonnables, les hommes posés, les hommes importants,
vous savez, ceux qui tenaient la barre et les rênes dans le
comté, les messieurs à proprement parler, ceux qu'on appelle
proprement les *gentlemen,* ce commerce-là ne leur faisait pas
plaisir du tout, ils secouaient souvent la tête, et souvent ils
disaient que si Kishogue emportait du pays sa peau, son poil et
ses os avec, le pays n'y perdrait pas un radis, que les lièvres,
les perdrix et les chevreuils ne s'en couperaient pas la gorge,
que les truites et les saumons ne s'useraient pas les yeux à le
pleurer. Mais ils avaient beau faire, ils n'arrivaient pas à le
pincer, car c'était un garçon épatant, plus rusé qu'un renard
qui a couru trois fois devant les chiens, un garçon qui flairait
de loin tous les pièges et qui dormait les yeux ouverts.
comme les belettes.

C'est bon. Tout cela marcha longtemps de cette manière,
et c'était, Seigneur Jésus ! une joyeuse manière. Nul n'était
plus heureux que notre Kishogue, car il n'était pas seulement heureux comme beaucoup pendant le jour, mais il était
heureux la nuit comme personne ; jusqu'à ce qu'enfin le
diable s'en mêla, et ce fut justement une nuit où il avait été
plus heureux que jamais. Il revenait de chez Peter Flane-
gans, qui a, vous savez, le meilleur whisky et la plus jolie
fille du pays, et c'est alors qu'il fit une erreur ; et comment il fut amené à faire cette erreur, ce n'est, Seigneur
Jésus ! pas encore clair au jour d'aujourd'hui, attendu qu'il
faisait plus noir que dans un four et que Kishogue avait
son plumet. Mais ce qui est sûr, c'est que ce fut une erreur ;

et cette erreur, savez-vous. fut qu'il crut que c'était sa jument qui s'était échappée sur la prairie du squire et, dans cette conviction. il la prit. convaincu, vous savez, que c'était la sienne. Mais il se trompait, c'était le cheval blanc du squire qu'il prit pour sa propre jument, tout cela par pure erreur, vous comprenez, et parce qu'il croyait que c'était sa jument qui avait sauté par-dessus la clôture. Et comme il ne voulait pas de ça, il l'emmena dans son écurie, puis à Clanmarthey, et là, pour qu'elle ne pût plus s'échapper, il la céda en échange d'une douzaine de jaunets tout neufs, afin de ne plus être embêté par ses escapades.

Comment cela se fit, comment il pataugea dans son erreur même quand le jour fut venu, je n'arrive pas encore à me l'expliquer... Mais il avait bu une goutte de trop, et une goutte de trop attire quelquefois, vous savez, une méchante affaire.

Et ce fut une méchante affaire que cette erreur attira à notre Kishogue, une navrante affaire, d'autant plus navrante qu'il s'en aperçut trop tard, et, un beau jour, le constable entra et lui dit qu'il fallait le suivre.

D'abord Kishogue fit les gros yeux, puis il les écarquilla encore plus larges quand il entendit parler de suivre le constable; longtemps il ne voulut pas ouvrir la bouche, mais à la fin il dit :

— Et pourquoi faut-il que je vous suive ?

— Oh ! oh ! dit le constable, tu ne t'en doutes pas un peu ? Ah ! ah ! tu ne t'en doutes pas un peu ? Tu fais vraiment bien l'innocent !

— Et pourquoi ne ferais-je pas l'innocent, moi qui suis plus innocent que l'enfant qu'on vient de baptiser ? Et où faut-il que je vous suive ? s'il est permis de vous le demander.

Les premiers mots, Kishogue les cria furieusement, mais, sur les derniers, sa voix devint plaintive ; il pleurait presque.

Et le constable lui dit tout sec :

— Au bloc, c'est là qu'il faut venir.

— Au bloc !

Kishogue pleurait de plus en plus.

— Et pourquoi faut-il que j'aille au bloc ?

— Tout simplement à cause de ce cheval du squire que tu as volé, il y a trois jours, dans sa prairie, dit le constable.

— C'est la première fois que j'entends parler de ça ! cria Kishogue.

— Et je te réponds que ça ne va pas être la dernière, dit le constable.

— Mais, Seigneur Jésus ! ce n'est pourtant ni un meurtre, ni un assassinat, ni un crime que d'amener sa propre jument dans sa propre écurie.

— Non, dit le constable ; mais c'est un vol que de prendre le cheval d'autrui sur le terrain d'autrui. C'est un vol, comprends-tu ?

— Mais puisque je vous dis que c'était une erreur !

— Alors, répondit le gendarme, c'est une erreur qui va te coûter cher.

— Seigneur Jésus ! s'écria Kishogue, c'est à désespérer ! Mais tous les grincements de dents n'y peuvent rien. Allons, je vous suis.

Et vraiment toutes les paroles étaient inutiles ; il aurait aussi bien fait de jouer de la flûte aux meules du moulin de Macmurdoch pour leur faire danser une gigue, que d'essayer de faire entendre raison à ce gendarme, et, par saint Patrick, la fin de la chanson fut qu'il dut aller au bloc, autrement dit en prison.

Le voilà donc, jusqu'aux assises, à mariner dans sa prison, comme un cochon de lait dans le poivre et le vinaigre. Et ça ne l'amusait pas du tout, parce que c'était un garçon remuant, qui avait le cœur bien placé, et du sang qui sautait dans ses veines comme du vif-argent ; si fier, d'ailleurs, qu'il ne supportait pas de recevoir du gouvernement son vivre, son couvert et son transport — qui sait vers quel pays de malheur !... Sans compter que, pour un gaillard comme lui, accoutumé à être jour et nuit sur ses jambes, à traquer le gibier par monts et par vaux, à faire la noce et à caresser les filles, ce n'était pas drôle de s'étirer et de se retourner sur un matelas de bois avec de la paille pour oreiller ; mais, il faut le dire à l'honneur de ses camarades, ils firent tout ce qui était possible pour lui rendre son loge-

ment agréable, car il était très aimé dans le pays. A toute
heure du jour, ils s'amenaient, et le geôlier n'avait pas trop
de ses deux mains pour recevoir les laissez-passer, tirer et
pousser les verrous. C'était, à l'entrée et à la sortie, une
bande sans fin, comme les draps de lit de Peggy Millagan.

C'est bon! les assises arrivèrent, et, avec elles, le shérif,
les juges et les témoins qui tous jurèrent, sur les saints
livres, de ne dire que la vérité, la pure, simple et franche
vérité. Et le pauvre Kishogue fut le premier qu'on mit sur le
gril, à cause de ce cheval blanc du squire qu'il avait pris
pour sa jument; et le gril allait être chaud pour lui, parce
qu'entre eux ils s'étaient juré de faire une bonne fois un
exemple, et, quand il arriva devant la barrière du tribunal,
ils lui dirent de lever la main.

Sans se troubler, il leva la main, une main comme vous
n'en avez point vu d'aussi belle ni d'aussi solide, et un poing
magnifique, un véritable poing d'homme d'État, un poing qui
pouvait s'abattre et frapper comme un marteau de forgeron.
Il leva donc la main sans se troubler, mais quand il la leva,
on observa qu'elle tremblait, et dans ce tremblement on vit
un mauvais signe, on comprit qu'il ne prenait pas plaisir à
ce jeu. Et qui diable aussi aurait pu y prendre plaisir?

C'est bon! il y avait là un petit homme avec une redingote noire, une perruque poudrée et des lunettes; et voilà ce
petit homme qui se disloque à droite et à gauche, et se tré-
mousse et frotte ses lunettes, puis étale devant lui un paquet
de paperasses et se met à lire, à lire, à lire, si bien que vous
auriez juré qu'à la fin de sa vie il ne serait pas au bout. Sa
langue allait dans sa bouche comme un claquet de moulin, et
tout ce qu'il lisait tombait sur le pauvre Kishogue, comme
nous sûmes plus tard; mais alors nous ne comprenions pas
ce que cette crapule teigneuse de petit procureur lisait ni
les mensonges qu'il dégoisait. Sur quoi, le pauvre Kishogue
qui n'en avait pas fait la moitié fut écrasé et perdit courage;
mais ensuite il reprit son aplomb. Et comme l'avorton galeux
ne voulait pas finir, il cria :

— Mais, Seigneur Jésus! tout ce que raconte ce petit bout
d'homme en perruque, tout ça, c'est d'infects mensonges, et si
j'en ai fait seulement la moitié, je veux...

— Silence dans le prétoire ! glapit l'huissier.

— Seigneur Jésus ! en voilà une justice ! cria Kishogue ; peut-on jurer et croasser et bavarder de la sorte contre la vie d'un homme, sans que cet homme ait le droit de dire un mot?

— Ferme ta bouche ! grogna le juge.

Et Kishogue dut bel et bien fermer sa bouche jusqu'à ce que l'avorton en perruque eut fini de lire, et, quand il eut fini, l'avorton jeta ses paperasses sur la table et dit en regardant Kishogue :

— Coupable ou non coupable?

— Je n'ai jamais fait tout ça !

— Réponds à ce qu'on te demande, — dit l'homme aux lunettes ; — coupable ou non coupable?

— Mais je vous dis que c'était une erreur.

— Que le bourreau t'emporte! Ne peux-tu pas répondre à ce qu'on te demande? dit le juge. Coupable ou non coupable?

— Non coupable ! dit enfin Kishogue.

— Je ne te crois pas.

— Je sais bien que vous ne me croyez pas, hurla Kishogue : vous êtes payé pour ça, pour pendre les gens. C'est votre gagne-pain, et plus vous en pendez, plus vous êtes payé.

— Tu as une petite langue bien frétillante, garçon ! dit le juge.

— Ah ! Seigneur Jésus! vous lui ôterez bien l'envie de frétiller à ma petite langue, vous et le bourreau !

Et, par saint Patrick, il ne se trompait guère. Ces gens-là le tenaillèrent de telle sorte qu'il en fumait, le pauvre Kishogue, et bientôt il n'eut plus la force de desserrer les dents. On lâcha sur lui un troupeau de témoins qui jurèrent à bouche que veux-tu, si bien qu'il était ahuri et ne savait plus s'il était encore en vie ou déjà pendu au gibet... tant ils le crucifièrent avec leurs questions et objections, interrogatoires et contre-interrogatoires, enquêtes et contre-enquêtes. Et, Seigneur Jésus! c'étaient bien les enquêtes les plus canailles qu'on eût jamais entendues ; et ces témoins qui vinrent jurer, ils vous auraient juré qu'il y avait des trous gros comme le poing dans un chaudron tout flambant neuf... Ce n'est pas que les

amis et camarades de Kishogue n'aient pas fait tout leur
devoir; oui, certes, ils se conduisirent en hommes, et vinrent
jurer avec ensemble et mordicus : c'était un vrai bonheur de
les entendre! Ils pensaient arriver à lui établir un alibi, à
prouver, n'est-ce pas, que, la nuit où l'erreur avait été commise, Kishogue était à une ou deux douzaines de milles plus
loin, et pas du tout dans le voisinage du squire et de son
cheval blanc. Mais tout cela fut peine perdue, le juge et les
jurés ne voulurent rien entendre, le pauvre Kishogue fut
condamné à être pendu, et le juge mit son bonnet noir, puis
prononça beaucoup de belles paroles édifiantes avec d'utiles
avertissements et de bons conseils. Et c'était dommage seulement que ces belles paroles et ces bons conseils, le pauvre
Kishogue ne les eût pas entendus plus tôt, mais à présent
seulement, alors qu'il était trop tard. Et, en terminant, le
juge dit

— Que le Seigneur ait pitié de ton âme! Amen!

— Merci bien, milord, dit Kishogue, quoique la bénédiction et le bonheur ne doivent pas suivre souvent votre prière
et votre amen!

Et ce qui est sûr et certain, c'est que le pauvre Kishogue
fut condamné à être pendu le samedi suivant. Et, le samedi
suivant, on l'emmena bel et bien pour le pendre.

Dans les rues par où il devait passer, il y avait tant de
monde que de votre vie jamais vous n'en avez tant vu. C'est
que c'était un garçon très populaire. Or, à cette époque, on
pendait en dehors de la ville; ce n'était pas comme à présent que les gens trouvent plus commode d'être pendus
presque sous les fenêtres de leur prison. Mais alors on
n'avait pas de ces raffinements d'humanité et de sensibilité,
on ne songeait pas à vous faire des potences confortables et
commodes; on vous mettait les condamnés sur une charrette,
comme vos fermiers quand ils mènent leurs cochons à la
foire, et on s'en allait ainsi, à travers toute la ville, jusqu'à
la potence qui était toujours à un bon demi-mille au-delà
des murs.

C'est bon! voilà donc la charrette, avec Kishogue dessus,
qui tourne au coin du carrefour où la veuve Hullagan avait

son cabaret, avant que ces vilains braillards de méthodistes
l'aient démoli pour construire à la place une salle de prière,
— que le bourreau les emporte, ces aboyeurs, ces chiens
galeux, ces trouble-fête ! — Et ce détail, il ne faut pas que
je l'oublie : quand la procession arrivait au coin de ce carrefour, on s'arrêtait, puis un musicien sortait de la foule et
prenait la tête du cortège, en même temps que la veuve Hullagan, avec une forte cruche de vin aux épices et de punch,
venait se placer auprès du pauvre pécheur pour le récon-
forter. Car la promenade qui aboutit à la potence n'est pas
une promenade bien folâtre, même quand on meurt pour une
cause juste, comme disait l'oncle Meigs lorsqu'il fut pendu
pour avoir refroidi le percepteur de Londonderry.

On s'arrêtait donc devant le cabaret de la veuve Hullagan,
on s'y arrêtait même un bon bout de temps pour ne pas, en
se pressant trop, gâter le dernier plaisir que l'homme de la
charrette prenait aux biens du bon Dieu, et aussi pour lui
laisser le temps de bavarder encore une fois avec ses camarades et ses bonnes amies ; sans compter que c'est pour le
peuple une chose édifiante et consolante que de voir comment
un des siens se comporte et quelle tête il fait dans son rôle
de pauvre pécheur.

Les choses devaient donc se passer de la sorte, à moins
que le diable ne s'en mêlât ; et c'est justement ce qui arriva
pour Kishogue, car, ce samedi-là, quand la charrette atteignit
le cabaret, on ne vit pas plus de musicien que dans mon
œil. Et Kishogue apparut, campé sur sa charrette, aussi crâne
et aussi calme que milord lieutenant dans sa voiture de gala,
point pâle du tout, ni abattu. Mais, au moment précis où la
charrette fit halte, il se mit à sauter comme un bouc et à
mugir comme un taureau. Il mugissait :

— Amenez-moi Tom Riley ! Tout de suite amenez-moi
Tom Riley, pour qu'il me joue du violon ! pour qu'il me
réconforte le cœur avec la chanson des *Gars de Mallow* !

. Car Kishogue était un enfant de Mallow, et il en avait
grand orgueil.

Mais le diable n'en voulait pas démordre, et Kishogue eut
beau mugir une douzaine de fois et se démener comme un
possédé sur sa charrette, rien ne bougea, point de Tom Riley,

et savez-vous pourquoi? parce qu'il était bien loin de là, aux portes de Blarneys, ivre-mort au fond d'un fossé.

Et cela parce qu'en revenant de confesse, tout heureux de n'avoir plus sur l'estomac son paquet de péchés, il s'était offert quelques tournées de trop, après quoi il avait roulé dans un fossé où il s'était endormi, tout bonnement.

Mais quand Kishogue vit qu'il n'aurait pas son morceau favori, il devint pâle et blême comme un mort, — on aurait dit qu'il était déjà accroché au gibet, — et son cœur se buta, il ne voulut plus recevoir de consolation, plus rien entendre, et il se mit à réclamer la potence pour mettre fin à son angoisse.

— O emmenez-moi! emmenez-moi! criait-il en sanglotant; je ne veux plus rien savoir, plus rien entendre! Emmenez-moi! Tom Riley m'a trompé; il m'avait promis de me jouer les *Gars de Mallow* pour que je puisse mourir comme un brave gars de Mallow. Emmenez-moi! emmenez-moi! puisque je ne peux pas mourir comme un brave gars de Mallow!

— O petit enfant de mon cœur! petit Kishogue! petite perle! petit trésor! — criait la veuve Hullagan, — ô petit trésor! petit pigeon! — soupirait-elle; — prends ce verre, prends-le tout de suite! prends et bois! rigole et prends ton temps, petit poupon, petit trésor! ô petite perle! petit Kishogue, prends et bois! Au nom de la glorieuse vierge Ursule et des trente-trois mille vierges, ses compagnes!

Car c'était une femme pieuse et craignant Dieu que la veuve Hullagan, presque aussi forte que le curé sur l'histoire de l'Église catholique, et, de plus, très sentimentale, au point d'accompagner toujours le condamné jusqu'à la potence, et de lui donner à boire gratis, même si c'était un inconnu. Mais quand il s'agissait d'un ami, d'un ami intime, alors elle voulait être tout au pied de la potence, pour bien le voir partir. Ah! c'était une femme rare que la veuve Hullagan! et il aurait fallu entendre comme elle criait:

— Kishogue, mon petit trésor! ma petite perle! allons, prends et bois!

Et il aurait fallu voir comme elle lui tendait sa cruche, une cruche magnifique, à large panse, pleine d'un fin mélange de vin aux épices et d'eau-de-vie: un lord aurait pu en boire!

Mais il ne voulut pas y toucher, le pauvre Kishogue :

— Loin de mes yeux! cria-t-il en pleurant; loin de mes yeux! Mon cœur est triste jusqu'à la mort, parce que Tom Riley m'a trompé : il m'avait promis de me jouer du violon, pour que je puisse mourir gaillard et brave comme un vrai gars de Mallow! et je ne peux pas mourir comme un gars de Mallow! Mon cœur est triste à se briser, et je veux mourir! Et maudite soit la goutte qui entrerait dans ma bouche! je ne veux point de punch, je veux mourir!

Et, sûr comme deux et deux font quatre, c'était la première fois que Kishogue refusait et maudissait une bouteille pleine; c'est pourquoi tous les gens furent consternés et se mirent à secouer la tête en disant que c'était un homme fini, qu'il était au bout de son rouleau, car ça, c'est un signe qui ne trompe jamais.

C'est bon! la charrette, Kishogue dessus, se remet en marche, roule et cahote jusqu'au gibet, et les gens suivent, mais silencieux et mornes, en le voyant si farouche et si désespéré, et qu'il ne voulait plus rien entendre, et ne réclamait que la mort. Et on n'arriva que trop vite à la potence, où, vous savez, c'est fini de faire des cérémonies avec les pauvres diables.

Pourtant le shérif fit un signe au bourreau et à son aide, et demanda à Kishogue s'il ne voulait pas dire quelques mots pour édifier le public, consoler ses amis et pour sa propre satisfaction.

Mais Kishogue se mit à secouer la tête de plus belle, et à hurler :

— Non, non! je ne veux plus rien voir, plus rien entendre, parce que Tom Riley m'a trompé. J'espère mourir comme un joyeux gars de Mallow, et mon cœur est triste jusqu'à la mort!

Et il hurlait de telle façon qu'on voyait combien il était impatient de la corde!

Pour dire la vérité, ce n'était pas bien à lui de se montrer si peu aimable et de refuser à ses amis le sermon de la potence. Beaucoup regardaient cela comme tout à fait vilain, parce qu'ils s'étaient réjouis d'avance de l'écouter, sachant

que c'était un garçon capable de dire des choses très bien
tournées et capitales. Et les imprimeurs de journaux à un
sou, les chanteurs et les marchands de complaintes, qui
avaient déjà trempé leurs plumes, ne se gênaient pas pour le
blâmer : ils disaient très librement que c'était grossier et très
mal à lui de leur faire perdre le sou qu'ils auraient pu gagner
honnêtement.

Pourtant, tout ce mal qu'ils disaient de lui, au fond, ils ne
le pensaient pas; ils savaient bien que son cœur était triste
à cause du mauvais tour que Tom Riley lui avait joué, et ils
voyaient comme il était pâle pendant qu'on préparait la corde.
Et ses derniers mots furent ·

— Jetez-moi hors de ce monde ! hâtez-vous de me jeter
hors de ce monde ! car mon cœur est triste parce que Tom
Riley m'a déçu dans mon dernier et plus cher espoir, dans
mon espoir de mourir comme un joyeux gars de Mallow !

Bref, — pour ne pas allonger encore cette longue histoire,
— on fit comme il voulait, et quand il eut la corde au cou, ça
ne traîna pas longtemps, il repoussa lui-même l'échelle et
sauta dans l'autre monde. On entendit un craquement, on vit
un entrechat, un petit gigotement, une contorsion, puis plus
rien : il avait tourné de l'œil. Il était au ciel ou ailleurs.

Or, il s'était élancé du pied droit, ce qui, de l'avis de tout
le monde, est un signe qu'on entre dans la gloire éternelle. Et
cela peut très bien être vrai pour lui, parce que c'était un
garçon viveur et rigoleur qui avait le diable au corps, mais
un très bon cœur dans le fond, un peu gênant seulement
pour nos vieux messieurs; et nos vieux messieurs, savez-
vous, quand ils ont quelqu'un dans le nez, il n'y a pas moyen
d'y couper. C'est ainsi que vont les choses depuis que le
monde est monde.

C'est bon ! le voilà pendu et le public regarde. Mais pendant qu'on regarde comme son cadavre s'allonge, savez-vous
ce qui arrive ?

Il arrive qu'à peine a-t-il tourné de l'œil, on entend hors
du cercle un grand cri et l'on voit s'avancer un cavalier
sur un cheval blanc, ventre à terre, comme s'il voulait pour-
fendre l'espace. Et quand il s'arrête auprès de la potence,
on s'aperçoit que le cheval est noir, mais tout blanc d'écume.

Ils avaient tant galopé, cet homme et ce cheval, qu'ils n'avaient plus un souffle dans le corps et n'étaient pas capables de décrocher un traître mot ; si bien qu'à défaut de parole, l'homme tira un papier de sa poche et le jeta au shérif.

Et le shérif devint pâle quand il jeta les yeux sur ce papier ; il devint pâle comme un mort. D'abord il ne put pas dire un mot, mais après il se mit à crier :

— Coupez ça ! coupez ça ! Seigneur Jésus ! Coupez ça tout de suite !

Alors les dragons dégainèrent et s'élancèrent sur le cavalier : il ne s'en fallut pas d'un cheveu ; il était mis en morceaux s'il n'avait pas sauté de son cheval pour aller se cacher derrière le shérif. C'étaient nos braves dragons de Londonderry, des Irlandais pur sang.

Mais le shérif s'égosillait :

— Non ! non ! c'est le bourreau..., le pendu... c'est la corde qu'il faut couper, sacrés malins que vous êtes ! C'est ça qu'il faut couper, et pas l'homme qui apporte la grâce !

Alors ils se décidèrent à couper la corde ; mais c'était moutarde après dîner pour le pauvre Kishogue ! il avait passé l'arme à gauche ; il était muet comme une carpe et raide comme un pieu ; on aurait pu en faire un montant de porte ; il était aussi mort qu'un hareng saur.

— O malheur ! sale guigne ! charogne de sort ! — hurlait le shérif. — Peste et famine !

Et tout en hurlant, il arrachait les cheveux de sa perruque, et sa perruque de sa tête.

— Sale guigne ! charogne de sort ! J'aimerais mieux n'importe quoi que de voir ça, ce pauvre Kishogue pendu quand j'ai là sa grâce dans mes mains. Peste et famine sur toi, Kishogue ! sur toi qui as voulu venir à la potence en extra-poste !

— O désolation, meurtre et crime ! Mille millions de meurtres et de crimes ! criait la veuve Hullagan ; ô Kishogue, malheureux Kishogue ! qu'as-tu fait, malheureux ! Tu as repoussé mon vin aux épices, tu as maudit le punch ! Désolation ! misère ! meurtre et crime ! Mille millions de crimes et de meurtres ! Si tu en avais tâté une goutte, seulement une goutte, il n'en serait point resté, et c'est toi qui

serais resté, c'est toi qui serais resté en vie! Malheureux Kishogue! malheureux garçon!

Dans la foule, les uns criaient:

— Malheureux Kishogue! malheureux Kishogue! qui as
maudit et repoussé le punch!

— Et ta malédiction est retombée sur toi, — ajoutaient
les autres, — parce que tu as maudit et repoussé le punch!

Et ces milliers de gens pleuraient et sanglotaient; c'était
à fendre le cœur. Ils sanglotaient pour apaiser la colère de
Dieu; car c'était la première fois, de mémoire d'homme,
qu'un Irlandais avait refusé une chose qui peut se boire, et ils
avaient là sous les yeux l'épouvantable châtiment qui s'était
abattu sur cet horrible péché.

Car c'est déjà une chose dangereuse — affirma l'Irlandais,
— que de maudire les biens du bon Dieu; mais s'en abstenir,
les repousser, c'est une chose païenne et anti-chrétienne. Ce
fut la première fois que cela arriva, et ce fut aussi la dernière. Depuis Kishogue, personne ne l'a jamais fait.

Et depuis ce temps, à Mallow et à Londonderry, à Cork et
à Munster, et dans toute l'Irlande, la malédiction de Kishogue
plane sur ceux qui refusent le punch; c'est une malédiction
redoutable, et tout bon Irlandais se garde bien de s'y exposer.
Amen.

Et quand l'Irlandais eut fini, machinalement, automatique-
ment, comme pour conjurer la malédiction de Kishogue,
toutes les mains s'abattirent sur les verres à moitié pleins de
punch.

CHARLES SEALSFIELD

Traduit de l'allemand par FÉLIX MATHIEU

VINGT ANNÉES

DE

POLITIQUE COLONIALE

La politique coloniale, en France, a gagné sa cause devant l'opinion publique. Ses adversaires ont désarmé ou se sont lassés. Elle a recueilli, dans les milieux les plus divers et, en particulier, dans le monde des lettres, l'adhésion d'hommes qui ont mis à son service leur autorité, leur talent, et l'ardeur communicative d'une conviction récente et désintéressée. Elles sont loin, les batailles parlementaires livrées sur la question du Tonkin et les élections dont les expéditions lointaines fournissaient la plate-forme. Ce n'est pas toutefois que les expéditions coloniales, dans ces dernières années, aient fait défaut. Le Tonkin à peine pacifié, nous avons eu le Dahomey; puis les affaires du Mékong et du Siam; Madagascar, en 1894 et 1895; c'est, chaque année, la campagne du Soudan, avec ses étapes marquées par des victoires, parfois aussi par de cruelles surprises, comme le désastre de Dongoï. C'est, dans la même période, la prise de possession, par des postes militairement organisés, d'une partie de la boucle du Niger ; la colonne de Kong, l'occupation du Haut-Oubangui avec son épilogue récent, Fachoda. La Chambre vote sans murmurer, souvent sans discussion, les sommes considérables que réclament ces différentes entreprises. Elle applaudit aux déclarations éner-

giques du gouvernement toutes les fois qu'il se montre résolu
à soutenir les droits de la France. Et, quand vient le moment
pénible de la note à payer, elle n'exprime qu'une crainte,
c'est qu'on ne lui demande pas assez d'argent et qu'on n'en
revienne à la détestable méthode « des petits paquets ». Le
public s'intéresse à ces lointaines épopées et se félicite des
résultats obtenus. Sur la carte d'Afrique, les couleurs de la
France, qui ne remplissaient, il y a vingt ans, que de modestes
surfaces, l'Algérie au nord, sur la côte occidentale le Sénégal,
et plus bas quelques postes à peine indiqués, couvrent aujour-
d'hui presque un tiers du vaste continent : l'Algérie, la
Tunisie, tout le Sahara, le Sénégal, le Niger jusqu'à Saï, la
plus grande partie de la boucle du Niger, avec les débouchés
sur la mer que donnent la Guinée française, la côte d'Ivoire
et le Dahomey. Plus au sud, ce sont les territoires conquis
entre le Gabon et la rive droite du Congo, qui se prolongent
jusqu'au bassin du Nil, en suivant l'Oubangui et le M'Bomou,
remontent par le Chari jusqu'au lac Tchad, et se relient,
en contournant la rive orientale de ce lac, au grand désert
que l'Angleterre nous a généreusement abandonné par la
convention du 5 août 1890. Sur la côte d'Asie, nos possessions d'Indo-Chine ne correspondent plus à la description
classique que l'on faisait autrefois de l'Annam : deux sacs de
riz, la Cochinchine et le Tonkin, aux deux bouts d'un bâton
que figurait l'Annam proprement dit. Les Siamois refoulés au
delà de la rive droite du Mékong ont permis à l'Indo-Chine
française de prendre ces contours arrondis et cette uniformité
de teinte. qui plaisent à l'œil des géographes coloniaux.

Que l'opinion soit devenue coloniale, que les Chambres
soient favorables aux projets qui intéressent notre domaine
extérieur, il y a là une double constatation que doit enregistrer avec satisfaction tout homme soucieux de l'avenir
et de la grandeur de notre pays. Les raisons qu'a eues la
France de ne pas abandonner ce qu'elle possédait en Asie,
en Amérique et en Océanie, de ne pas se désintéresser du
partage de l'Afrique, ont été données maintes fois avec une
éloquence et une abondance qui permettent, aujourd'hui, de
ne les rappeler que brièvement. Il est bon, il est utile, en
présence de la surproduction industrielle qui se manifeste

dans toutes les parties du monde civilisé, de chercher des débouchés et des consommateurs dans les pays où la civilisation et ses progrès n'ont pas encore fermé les portes aux produits du vieux continent. Du même coup, ces territoires nouveaux, qui contiennent des richesses naturelles inexploitées, fourniront d'importants éléments d'échange au commerce, du fret à la marine marchande, un champ d'activité lucrative aux jeunes gens qui s'entassent au seuil de carrières déjà encombrées, une rémunération plus large aux capitaux. Voilà, résumée en quelques mots, la justification théorique de l'effort fait par la France pour étendre son domaine d'outre-mer. Les formules que nous venons de rappeler ne sont pas nouvelles. Elles ont fourni le thème des nombreux discours prononcés à la Chambre après l'établissement de notre protectorat en Tunisie, pendant et après l'expédition du Tonkin. Elles ont été reprises depuis dans toutes les discussions auxquelles ont donné lieu à la Chambre et au Sénat les affaires coloniales. Elles forment l'accompagnement indispensable de toutes les conférences coloniales et le plat de résistance, au point de vue oratoire, des banquets où se réunissent les coloniaux de marque. On ne parle jamais de la politique coloniale sans affirmer qu'elle a pour objet le développement du commerce et de l'industrie ; et l'on ajoute généralement qu'elle tend à ce but par des moyens d'expansion essentiellement pacifiques. Est-ce bien, cependant, par ce double caractère, pacifique et utilitaire, que la politique coloniale a eu la faveur du public?

Ce que l'on peut affirmer tout d'abord, c'est que ce ne sont pas les résultats pratiques de la politique coloniale qui ont amené le revirement que nous avons signalé. Non pas qu'il faille prétendre que quinze années de propagande active en faveur de la mise en valeur des colonies n'aient pas fait quelques prosélytes. Quoique la colonisation par les capitaux soit surtout prêchée par ceux qui ne disposent d'aucun capital, il s'est trouvé à Paris, à Lyon, à Marseille, à Lille, à Bordeaux, dans la banque et le haut commerce, un certain nombre d'hommes de bonne volonté prêts à tenter quelques expériences coloniales. A dire vrai, ces essais, pour la plupart, ont été timides. On s'intéresse aux affaires coloniales, comme on prend un billet à la loterie, avec une chance de plus, celle d'être décoré. C'est ainsi que se sont formés les syndicats du Haut-Laos et du Soudan français ; à Madagascar, les sociétés d'études pour la construction de différentes voies ferrées ; sur la côte d'Afrique, plusieurs petites associations pour l'exploitation de concessions agricoles. Nous n'aurions garde de rien dire qui pût décourager des tentatives aussi honorables, mais le souci de la vérité oblige bien à constater qu'elles n'en sont pas encore à la période où les résultats qu'elles donneront un jour, nous en exprimons l'espoir, peuvent être appréciés du public. L'épargne française ne se porte pas vers les affaires coloniales, et les produits français ne vont pas plus aux colonies que les produits des colonies ne viennent sur les marchés français. C'est là une constatation pénible. Elle a été faite assez souvent pour que nous puissions nous dispenser de citer les chiffres désolants sur lesquels elle s'appuie.

Mais, si la politique coloniale a manqué à sa première défi-nition qui est d'être une politique de résultats, elle s'est écartée tout autant de la seconde en étant, par les incidents qu'elle a soulevés, par les moyens qu'elle a employés, tout le contraire d'une œuvre d'expansion pacifique. Or, c'est précisément par là qu'elle a gagné les faveurs de l'opinion publique.

On peut objecter que le Tonkin a été impopulaire, pendant la longue et difficile période de la conquête. Cette objection pourrait avoir quelque valeur si l'on admettait que l'opinion publique est guidée dans ses impressions et ses manifestations par des lois d'une logique en quelque sorte mathématique. Il y a, d'ailleurs, dans les conditions où se sont produites les expéditions successives qu'a rendues nécessaires la prise de possession du Tonkin et celles où, dans une période plus récente, se sont engagées les autres campagnes coloniales, des différences qui expliquent l'apparente contradiction des sentiments exprimés par le pays. La conquête du Tonkin, avec la guerre déclarée à la Chine et la désastreuse campagne de Formose, a été particulièrement meurtrière. La fièvre et la dysenterie ont fait, à certains moments, de véritables ravages dans le corps d'occupation. Ces sacrifices, exploités avec acharnement par une opposition intransigeante, ont été ressentis d'autant plus vivement dans toutes les par-

ties de la France que la majorité des troupes envoyées sur
la frontière de Chine était prélevée sur les contingents
ordinaires de l'armée nationale. De là une émotion qu'entretenait le retour au village des rapatriés hâves et maigres,
réclame médiocre pour ces pays lointains où la France batail-
lait sans que l'on sût exactement ni contre qui, ni pour quoi.
Il y avait bien de fréquents bulletins de victoire, mais ils ne
faisaient vibrer que faiblement la fibre nationale. N'avait-on pas
pris soin de déclarer à l'avance que la Chine n'était qu'une
quantité négligeable ? Les ennemis véritables n'étaient-ils pas
le climat et la maladie qui usaient dans une lutte sans issue
des forces qui pourraient trouver ailleurs un meilleur emploi ?
N'avions-nous pas, en Europe, où d'autres puissances se
recueillaient et s'armaient sans bruit, d'autres soucis plus
pressants et plus sérieux ? Tel était l'état d'esprit qui explique,
en 1885, la chute du ministère Ferry, les colères persistantes
qui suivirent, la réaction contre la politique d'expansion
active. L'impopularité du Tonkin s'était étendue à toutes les
entreprises coloniales : à Madagascar, où l'on s'empressait
de mettre fin aux hostilités par un traité boiteux ; au Soudan,
où le chemin de fer destiné à relier au Niger la partie navigable du Sénégal, était abandonné ; au bas Niger, où, faute
d'obtenir l'appui du gouvernement, la société française qui
occupait les embouchures du fleuve et une partie de la Bénoué,
cédait ses droits et se laissait absorber par la compagnie
anglaise qui est devenue la *Royal Niger Company*.

Mais, tandis que la France se désintéressait ainsi de toutes
les questions coloniales, il se produisait, en Europe, un mouvement en sens inverse. L'Afrique était devenue à la mode.
L'Allemagne s'était subitement décidée à avoir des colonies.
Elle s'était mise à glaner dans le monde ce qui restait de
territoires inoccupés ou qu'elle considérait comme tels. Un de
ses grands explorateurs, le Dr Nachtigall, avait été chargé de
cette mission en Afrique. Il l'avait remplie avec conscience,
plantant le pavillon germanique partout où il rencontrait des
intérêts allemands, sans trop se préoccuper de savoir si d'autres
nations de l'Europe n'avaient pas des droits antérieurs à faire
valoir. L'Angleterre et la France eurent à prendre des arrangements avec l'Allemagne pour lui laisser quelque place libre.

On y mit de part et d'autre beaucoup de bonne grâce ; mais,
comme il était à prévoir que d'autres difficultés du même
genre pouvaient surgir sur les côtes de ce continent noir où les
chefs indigènes cèdent leur royaume pour quelques bouteilles
de gin, et le cèdent, successivement, à ce prix, autant de fois
qu'on le leur demande, il fut décidé qu'une conférence internationale serait tenue à Berlin pour déterminer les règles
essentielles qui devraient être suivies pour le partage de
l'Afrique. Prise de possession des territoires, répression de
l'esclavage, régime de la navigation des deux grands fleuves
qui occupaient alors l'attention, le Congo et le Niger, création
d'une zone de liberté commerciale dans le bassin du Congo,
telles furent les principales questions abordées par la Conférence et réglées d'une façon plus ou moins précise. L'Europe,
en même temps, avait tenu sur les fonts baptismaux un État
nouveau-né, l'État Indépendant du Congo, confié, avec des
frontières qui lui ouvraient de larges espaces, à la tutelle
personnelle du roi des Belges.

La fièvre africaine s'était emparée de l'Europe. La France,
qui en avait eu une première atteinte de 1879 à 1882, mais
que ses aventures sur la frontière de Chine avaient depuis
mise en garde, en subit de nouveau, presque inconsciemment, la contagion. Elle prit goût au jeu des partages africains.
L'Allemagne, l'Angleterre, le Portugal avaient déjà commencé
à découper en vastes tranches l'Afrique orientale et l'Afrique
occidentale. L'Italie s'était installée à Massaouah et rêvait d'un
avenir grandiose pour sa colonie de l'Érythrée, sur les confins
de l'Abyssinie, qu'elle comptait bien englober dans sa sphère
d'influence. Les coloniaux de France, à leur tour, entrepri-
rent de tailler la part de notre pays dans les parties de la
carte d'Afrique que n'avaient pas encore couvertes les couleurs des autres nations. L'Algérie et la Tunisie formaient
une bande allongée, au nord, sur les côtes de la Méditerranée.
Elles étaient séparées du Sénégal, du moyen Niger et du lac
Tchad par le Sahara ; il parut harmonieux à l'œil de faire un
bloc, aux teintes françaises, de ces surfaces immenses. Mais
allait-on laisser le Congo isolé du reste ? Quoi de plus simple
que de le relier au Tchad et par le Tchad à nos possessions
méditerranéennes ? Enfin — et c'est, dans ce vaste programme,

la seule partie réellement intéressante au point de vue pratique,
— on eut souci d'élargir sur la côte occidentale les enclaves
disséminées que nous y possédions entre le Sénégal et le
Gabon, et de les prolonger dans l'intérieur de la boucle du
Niger.

Ce plan grandiose, qui ne s'élabora pas tout d'une pièce,
reçut bon accueil du public. Le gouvernement en était encore,
en matière coloniale, aux souvenirs du Tonkin, où les pirates
à combattre et les gros crédits à arracher aux Chambres lui
avaient causé plus d'un souci. L'occupation du Haut-Sénégal,
où l'on s'était imprudemment lancé, de 1880 à 1882, et qui
grevait de plusieurs millions le budget de l'État, lui apparaissait comme une de ces mauvaises affaires qu'il est aussi
malaisé de poursuivre que de liquider. A sa grande surprise,
il s'aperçut que la Chambre issue des élections de 1889, où les
questions extérieures avaient tenu peu de place, était devenue
coloniale. La Chambre avait suivi l'évolution de l'opinion
publique. Puisque l'Europe se partageait l'Afrique, il était
bon que la France eût sa part. Les compétitions des puissances rivales donnèrent du prix à des acquisitions territo-
riales dont personne ne se souciait, quand elles n'étaient pas
convoitées par d'autres. La crainte d'être devancés dans des
régions encore libres détermina l'envoi de missions pacifiques ou militaires. Les unes rapportèrent des traités, les
autres créèrent des postes qu'il fallut ensuite défendre et ravitailler. Explorateurs et commandants de colonnes rempor-
tèrent, d'ailleurs, de brillants succès, accueillis avec faveur.
Les crédits demandés chaque année pour le Soudan n'étaient
plus contestés à la Chambre. Le Tonkin lui-même bénéficia
du revirement qui s'était produit en faveur des idées coloniales. Il ne fut plus question d'abandonner notre nouvelle
colonie. On admit que la situation y était en voie d'amélioration et que les charges qu'avait à supporter la métropole
pourraient bientôt être allégées. Quand, en 1892, les incartades de Behanzin rendirent inévitable l'expédition du Dahomey, le départ des troupes, leur retour après la victoire, furent
salués avec enthousiasme. La campagne, cependant, avait été
meurtrière ; mais, à la différence de ce qui s'était passé au
Tonkin, aucun emprunt n'avait été fait au contingent de

l'armée de terre. La légion étrangère et les spahis d'Afrique, l'infanterie et l'artillerie de marine, enfin les tirailleurs et les volontaires indigènes du Sénégal avaient seuls été engagés. Au Tonkin et au Soudan, d'ailleurs, on s'était bien trouvé, depuis plusieurs années déjà, de n'envoyer, comme contingent de troupes blanches, que de la légion étrangère et des volontaires d'infanterie et d'artillerie de marine .Les organisateurs de l'expédition de Madagascar, en 1894, s'écartèrent de cette règle. C'est peut-être la raison principale des critiques dirigées contre cette campagne, qui fut heureusement courte et qui finit bien.

Au fond, qu'il se soit agi de Madagascar ou du Soudan, du Dahomey ou du Siam, ou bien encore du Haut-Oubangui, toutes les expéditions coloniales entreprises dans ces dernières années ont trouvé un public enthousiaste. Ce n'est que justice si l'on n'envisage que les difficultés vaincues par les héros de ces entreprises lointaines. Il n'est pas excessif d'affirmer que, dans aucun autre pays que le nôtre, avec des moyens aussi restreints, on n'aurait osé tenter d'aussi grandes choses. Mais cette dépense d'énergie et d'audace, qui fait honneur à notre armée, a-t-elle toujours été utile au point de vue colonial? C'est une question que nous examinerons tout à l'heure. Ce que nous pouvons affirmer, c'est que le public se l'est très peu posée. Ce qui l'a séduit, dans les entreprises coloniales, c'est leur côté brillant : quelques centaines d'hommes, tenant en respect, sur un territoire immense, de Kayes à Tombouctou et à Saï, des populations belliqueuses ; une vaste battue organisée dans la boucle du Niger et aboutissant à la capture de Samory ; le commandant Marchand, traversant l'Afrique de part en part, sans se laisser arrêter par l'hostilité des indigènes, les difficultés de la route, l'insuffisance des approvisionnements, la faim, la maladie. Et nous passons sous silence bien d'autres faits d'armes, bien d'autres prodiges de bravoure et d'endurance... C'est un peu de gloire qui nous est venue d'Afrique et d'Asie, et le public de France y a été sensible.

Les questions coloniales ont eu un autre attrait. Envisagées en elles-mêmes, elles auraient laissé indifférente l'opinion, qui n'en comprenait guère l'intérêt pratique. Elles l'ont passionnée quand, par les conflits qu'elles soulevaient avec les puissances rivales, elles ont mis en éveil la susceptibilité nationale. Non pas que dans ces conflits le bon droit n'ait pas été du côté de la France : il a été établi, pièces en mains, ici même, dans un article récent[1], combien étaient vaines et injustes les récriminations dirigées à ce sujet contre notre pays. Ce que l'on peut dire, c'est que trop souvent nous ne nous soucions guère d'user de nos droits que lorsqu'ils sont violés ou contestés. Nous citerons quelques faits.

En 1890, l'Allemagne et l'Angleterre se mettent d'accord pour se partager le sultanat de Zanzibar. Combien y avait-il à Paris de personnes qui soupçonnaient qu'il pût y avoir, en France, une question de Zanzibar? Pas dix, pas cinq, assurément, en comptant celles qui, par profession, pénètrent les mystères de nos archives diplomatiques. Le hasard voulut qu'un de ces rares initiés fût journaliste et député. Il révéla à la Chambre l'existence d'un certain traité de 1862, que le ministre des Affaires étrangères commença par nier, et aux termes duquel l'Angleterre s'était engagée à ne pas disposer de Zanzibar sans le consentement de la France. Ce fut une explosion d'indignation à la Chambre et dans le pays. M. Brisson, qui n'a été un colonial ardent ni avant cette époque ni depuis, demanda au Gouvernement quelles mesures il comptait prendre pour sauvegarder nos droits à Zanzibar. On sait la suite : la France obtint de l'Angleterre et de l'Allemagne des satisfactions toutes platoniques à Madagascar, et, de l'Angleterre, la signature d'une convention nouvelle qui a placé dans notre sphère d'influence tout le désert du Sahara.

En 1893, nouvel accès de « fureur coloniale » à propos des empiétements du Siam dans la vallée du Mékong. Derrière le Siam, on avait cru sentir la main de l'Angleterre.

S'il n'y avait pas eu de méthodistes anglicans à Madagascar, il est probable que l'expédition qui nous en a rendus maîtres aurait été retardée de beaucoup d'années, peut-être n'aurait-elle jamais eu lieu.

Croit-on que M. Mizon, au retour de sa première mission à Yola, aurait trouvé, dans le haut commerce parisien, les

---

1. *Revue* du 1er février 1899 : France et Angleterre: — A sir Charles Dilke.

concours empressés qui lui permirent d'organiser une nouvelle expédition dans l'Adamaoua, si l'opinion n'avait pas été
fouettée par le pittoresque récit des difficultés qui lui avaient
été suscitées dans son précédent voyage? Il est probable que,
s'il se fût agi d'ouvrir au commerce parisien des territoires
dont l'accès n'eût soulevé aucune contestation, il n'aurait pas
réuni aussi facilement la pacotille de deux ou trois cent mille
francs qui lui fut confiée.

Que dire du bruit qui se fit autour des explorations de
M. de Brazza, dans la Sangha, si ce n'est qu'elles eussent
peut-être passé inaperçues si l'Allemagne n'avait pas prétendu qu'elles étaient faites en violation de ses droits? Personne ne songe plus à la Sangha, depuis que la délimitation
du Cameroun l'a reconnue définitivement au Congo français.

Il serait facile de multiplier les exemples. Ceux que nous
venons de donner paraîtront suffisamment topiques.

Mue par de semblables ressorts, ou plutôt, sous deux formes
différentes — recherche des aventures brillantes, ardeur à
défendre nos droits contre les empiétements des voisins, —
subissant une impulsion unique, celle de cette combativité
naturelle qui est inhérente à notre tempérament national, la
politique coloniale devait forcément perdre le caractère pratique
et utilitaire qui est la seule justification des sacrifices qu'elle
entraîne. Que l'opinion publique ait pu s'y tromper et prendre
des chimères pour des réalités, c'est admissible. Ce qui l'est
moins, c'est que le Gouvernement ait pu subir les mêmes
influences et partager les mêmes illusions. Hâtons-nous de dire
que cette erreur n'a pas été générale. Nous rendrons à plusieurs
des hommes politiques qui se sont succédé, depuis quinze ans,
à la direction de nos affaires coloniales, un hommage certainement mérité en disant qu'ils ont eu une conception juste
des avantages que peut tirer notre pays d'une politique coloniale sagement conduite ; qu'ils ont désapprouvé les aventures et les conquêtes, et qu'ils ont fait de louables efforts
pour les éviter ou les enrayer. Quand, au commencement de
1889, le cabinet Tirard décidait de séparer les colonies du

ministère de la Marine, ministère militaire, pour les ratta-
cher au pacifique ministère du Commerce, il donnait comme
raison de ce changement, en tête du rapport qui précède le
décret de rattachement, que « l'ère des expéditions lointaines
était définitivement close ». Des déclarations du même genre,
il serait facile d'en trouver un chapelet en feuilletant les
discours prononcés, les instructions rédigées par les différents sons-secrétaires d'État ou ministres des Colonies. Mais
à quoi bon se complaire à l'ironie du contraste qui existe
entre ce que le Gouvernement a dit ou écrit et ce qu'il a fait
ou laissé faire ? Les ministres des Colonies ont une double
excuse : le peu de durée de leur passage aux affaires, l'absence de traditions de l'administration qui leur est momentanément confiée. Les mots de « politique coloniale » sont
venus plus d'une fois sous notre plume ; la vérité est qu'à
prendre cette expression dans son sens exact et avec toute
sa portée, nous n'avons pas eu ce qui peut s'appeler une
politique coloniale. Les facteurs réels de notre activité coloniale ont été le hasard et, plus encore, les entraînements
individuels d'agents irresponsables. Si l'on met à part
l'établissement du protectorat français en Tunisie, œuvre
voulue, limitée dans son objet et dans ses conséquences,
tout à l'honneur de Jules Ferry qui l'a préparée et menée
à bien ; si l'on excepte aussi l'effort fait, de 1889 à 1892,
pour développer nos possessions de la Côte occidentale d'A-
frique, la Guinée, la Côte d'Ivoire, le Dahomey, qui n'étaient
auparavant que des dépendances du Sénégal plus ou moins
abandonnées, et qui sont aujourd'hui, grâce à l'initiative et à
la persévérance de l'homme qui était alors à la tête du
sons-secrétariat d'État des Colonies, les seules de nos colonies, avec la Cochinchine, dont le budget s'équilibre : il
faudra bien reconnaître qu'en Asie, aussi bien qu'en Afrique,
les desseins préconçus et l'action dirigeante du Gouvernement n'ont eu qu'une faible part dans le développement si
rapide de notre empire colonial.

La légende veut (car les faits contemporains n'échappent
pas à la légende) que Jules Ferry soit l'auteur responsable
de la conquête du Tonkin. Ni les injures, naguère, ni, depuis,
les éloges ne lui ont été ménagés pour le rôle qui lui a été

attribué dans des événements dont il a porté tout le fardeau.
Ces événements, l'histoire dira qu'il les a subis bien plus qu'il
ne les a dirigés. La Troisième République n'a pas plus voulu
fonder une colonie nouvelle au Tonkin que l'Empire, en
1862, avant et même après l'occupation des trois provinces
méridionales de la Basse-Cochinchine, n'avait eu de visées
coloniales. On sait dans quelles circonstances s'est faite cette
occupation que le gouvernement impérial ne rendit définitive
qu'à contre-cœur. Or. de même que la Cochinchine n'est
devenue colonie française que par hasard, c'est une série
d'incidents ou d'accidents qui a entraîné la France à la
conquête du Tonkin. Incident bien imprévu que l'histoire de
ce commerçant français, croyant découvrir dans le fleuve
Rouge une merveilleuse voie de pénétration dans le Yunnam,
cherchant à l'utiliser pour approvisionner en armes et en
munitions le gouverneur de cette province, tracassé par les
autorités annamites, malgré son escorte de soldats chinois, et,
en désespoir de cause, s'adressant au gouverneur de Saïgon
pour obtenir aide et protection. Accident que l'étrange épopée
de Francis Garnier, envoyé au Tonkin pour servir d'arbitre
entre M. Dupuis et les autorités indigènes, de pacificateur
devenant conquérant et, après avoir accompli des prodiges
d'heureuse témérité, se faisant tuer, dans une embuscade, sur
les digues d'Hanoï. Accident encore que la mission du commandant Rivière, muni à son départ de Saïgon des instructions les plus pacifiques, et, à peine débarqué, faisant à son
tour, avec le même brio, la même insuffisance de moyens et
la même fin tragique, identiquement ce qu'avait tenté
Francis Garnier.

C'est à ce moment seulement, on a feint trop souvent de
l'oublier, que le cabinet Ferry prit en mains les affaires du
Tonkin, quelques semaines avant la mort de Rivière, mais au
moment où la nécessité de le soutenir dans la situation critique où il était placé avait fait décider déjà l'envoi de renforts. La mort du commandant avait levé les dernières hésitations, et les crédits demandés par le gouvernement furent
votés d'acclamation. Si, dans cette période et dans celle qui
suivit, l'attitude et le langage des ministres furent empreints
d'une résolution tout au moins apparente, la part de l'im-

prévu, dans les affaires engagées en Extrême-Orient, n'en fut pas diminuée.

Un des premiers actes du cabinet Ferry avait été de rompre les négociations engagées avec la Chine sur l'initiative de notre représentant à Pékin, M. Bourée, et par l'entremise de Li-Hong-Tchang, vice-roi du Petchili. La Chine n'avait rien à voir dans les affaires de l'Annam : c'était le premier motif de la décision prise. La seconde raison invoquée était que Li-Hong-Tchang ne paraissait plus suffisamment qualifié pour traiter au nom du gouvernement chinois. Quatorze mois plus tard, on s'applaudissait, comme d'un succès mettant fin à de graves difficultés, d'un traité par lequel la Chine se désintéressait du Tonkin. L'un des signataires de la convention, était le même Li-Hong-Tchang. Il est vrai que son partenaire n'était plus le représentant officiel de la France à Pékin, mais un capitaine de frégate mis en relations avec le vice-roi, par l'intermédiaire d'un commissaire des douanes chinoises, d'origine allemande.

Ne fut-ce pas une autre surprise, et combien pénible, que cette affaire de Bac-Lé, que l'on appelle aujourd'hui encore en France le guet-apens de Bac-Lé, bien qu'il soit à peu près prouvé qu'il n'y eut là qu'un sanglant malentendu ? La Chine crut à une agression de notre part, tandis que, croyant à une trahison, nous exigions des réparations excessives. La guerre reprenait donc de plus belle, pour finir par cette inexplicable panique de Langson, qui entraîna dans une folle déroute la chute du cabinet Ferry, au moment où il signait la paix avec la Chine, mais qui ne changea rien aux dispositions du gouvernement de Pékin, trop las de lutter pour manquer à la parole donnée. Et, comme tout devait être paradoxal dans cette histoire, la signature de la paix, qui aurait dû être le signal d'un désarmement prochain, fut suivie de l'envoi au Tonkin de renforts considérables qu'on avait réunis à la hâte, croyant à un désastre et à une invasion chinoise. Les mandarins de Hué, qu'il eût fallu rassurer et ramener doucement, en furent terrorisés et se jetèrent dans les résolutions désespérées. On sait quelles en ont été les conséquences, et ce qu'il a fallu de temps, de tâtonnements et de sacrifices de toute nature pour amener en Annam et au Tonkin le fonctionne-

ment normal d'un régime assis, par une très juste conception
théorique. sur le maintien d'une administration indigène,
mais qui n'est possible. dans la pratique, que quand le concours de cette administration est donné sincèrement et sans
arrière-pensée.

Est-ce à dire que l'impression qui se dégage de ce rapide
coup d'œil jeté en arrière soit que la France, occupant la
Cochinchine, aurait pu ou aurait dû se désintéresser du Tonkin ? Ce serait méconnaître la loi, en quelque sorte fatale, qui
préside et qui a présidé de tout temps à la formation des possessions coloniales. Cette loi est celle de l'absorption des pays
de civilisation ou de forces inférieures par les nations plus
avancées ou plus puissantes, dont ils ont admis ou subi
l'établissement sur une portion quelconque de leur territoire.
L'Angleterre en Birmanie et dans l'Inde, la Russie en Afgha-
nistan, se chargent de prouver que cette loi coloniale n'est pas
à l'usage exclusif de la France. La Chine, que l'Angleterre,
l'Allemagne et la Russie ont entrepris de coloniser, fournira
peut-être à ses dépens, dans un avenir prochain, un nouveau
champ de démonstration. Quand le Gouvernement impérial
a ratifié, en 1862, le traité conclu entre l'amiral Rigault de
Genouilly et Tu Duc, s'il y avait eu des prophètes à Hué et à
Paris, ils auraient pu prédire que l'Annam tout entier passerait sous la souveraineté de la France. Il a fallu plus de vingt
ans pour que cette évolution s'accomplît. Nos désastres
de 1870 et la période de recueillement qui suivit amenèrent
ce retard. Mais le désir qu'eurent les pouvoirs publics d'éviter
une expédition à quatre mille lieues de nos côtes, et les
mesures parfois brutales, telles que le retrait immédiat de
nos troupes après la mort de Francis Garnier, que prescrivit
le Gouvernement pour éviter des complications, ne prévin-
rent pas un dénouement qui était forcé. Les citadelles du
Tonkin furent bien évacuées, mais il resta le traité de 1874.
dans lequel la Cour de Hué, ravie d'en être quitte à si bon
compte, promit tout ce qu'on voulut, avec le ferme propos de
n'en rien faire. Par réciprocité, nous contractions des engagements qui, tôt ou tard. devaient servir de prétexte à une
intervention plus active, et, pour que rien ne manquât, nous

installions des résidents à Hanoï, à Hué et à Haïphong : trop faibles, avec leur insignifiante escorte, pour pouvoir exiger que l'Annam fût fidèle à ses promesses, ils étaient bien placés pour constater qu'il n'en était tenu aucun compte et pour grossir par leur témoignage de chaque jour le dossier des griefs qui justifierait plus tard un coup de force.

Il y aurait plus d'un curieux rapprochement à établir entre la situation créée à la France en Annam par le traité de 1874 et celle qui est née à Madagascar du traité de 1885. Dans les deux actes, même souci de liquider une affaire gênante, en se voilant la face par « un papier » ayant bon air et pouvant supporter la discussion. Peu importe ce que l'on abandonne, en fait, pourvu que dans la convention les droits séculaires de la France soient mentionnés, en bonne place. En Annam comme à Madagascar, le traité conclu institue un régime innomé : une sorte de protectorat, sans que soit prononcé ce mot de protectorat qui pourrait être compromettant. Quant aux agents qui restent pour représenter la France, après le départ de nos soldats, ils ont pour instructions essentielles de se tirer d'affaire comme ils pourront et surtout de ne pas créer de nouvelles affaires. Ce que vaut cette méthode, la double expérience faite en Indo-Chine et dans la mer des Indes est là pour le montrer. Le manque de prévoyance, l'absence d'esprit de suite, le souci de ne parer qu'au plus pressé et de remettre au lendemain les solutions difficiles, voilà, en politique coloniale, ce qui coûte le plus cher. Il est malaisé de préciser ce qu'il eût fallu d'effort, avec plus de clairvoyance et d'énergie, pour obtenir par d'autres moyens la somme d'avantages que donne ou que promet la pénible conquête du Tonkin et de Madagascar. Ce que l'on peut affirmer, c'est qu'il n'était pas indispensable de sacrifier des centaines de millions et des milliers de soldats pour être maître de la situation à Hué ; ni plusieurs milliers d'hommes et plus de cent millions pour avoir raison de la résistance de Ranavolo et des « Honneurs » qui ont fait si piètre figure quand il s'est agi de se battre.

*
* *

La conquête du Tonkin, l'occupation de Madagascar, c'est déjà là de l'histoire coloniale rétrospective. Sur la côte occidentale et dans le centre du continent africain, des pages nouvelles s'ajoutent chaque jour à ces « annales » qu'à la fin de sa vie le général Faidherbe avait entrepris d'écrire pour rappeler ce qu'il avait fait au Sénégal et ce qu'avaient accompli les continuateurs de son œuvre.

Il est probable toutefois que le général éprouverait quelque surprise, sinon quelque crainte, — lui qui déclare avoir été « stupéfait » quand il apprit subitement, en 1879, que le ministre de la Marine, sans autre préparation, allait entreprendre la construction d'un chemin de fer entre Médine et le Niger, — s'il pouvait voir aujourd'hui l'extension qui a été donnée à son programme. Le Soudan français, simple prolongement à l'origine de la vieille colonie du Sénégal, s'étend maintenant jusqu'à Tombouctou et jusqu'à Saï, remplit la boucle du Niger, se relie par une série de postes à la Guinée française, à la Côte d'Ivoire et au Dahomey, et aspire, vers le nord, à opérer sa jonction avec l'Algérie et la Tunisie, vers l'est à toucher aux eaux de ce mystérieux lac Tchad qui est aussi, par sa rive opposée, le point d'attraction des explorateurs partant du Congo français.

Quelle est, dans ce mouvement d'expansion coloniale si rapide, si vaste, si fertile en incidents de toute sorte, la part qui incombe à l'action gouvernementale ? Le développement du Soudan et du Congo, qui procède de deux méthodes diamétralement opposées, pénétration militaire au Soudan, pénétration toute pacifique, jusqu'en ces dernières années, au Congo, a un point de départ commun. La France s'intéressa à ces deux entreprises coloniales à peu près à la même époque, en 1879, quand les découvertes des grands voyageurs provoquèrent, une première fois, avant la réaction anticoloniale qu'amena le Tonkin, un certain engouement africain. Doué au degré le plus rare des qualités physiques et morales qui permettent, en pays noir, de faire de grandes choses avec d'infimes ressources, traversant, sans autre bagage et sans autre arme que le bâton du pèlerin, d'immenses étendues de brousse, s'imposant seul, à force de patience et d'énergique douceur, au respect superstitieux des indigènes, Brazza sut intéresser sa patrie d'adoption à l'entreprise qu'il poursuivait depuis quatre ans en vue de pénétrer, par l'Ogooué et l'Alima, dans les profondeurs inconnues de l'Afrique, et d'atteindre, par cette voie, le cours navigable du Congo dont Stanley, après en avoir révélé l'importance, cherchait à prendre possession définitive. Le public de France s'amusa des incidents de la lutte de vitesse engagée entre Stanley et Brazza ; on opposa la méthode pacifique de notre compatriote aux moyens violents de son rival ; on connut le roi Makoko, devenu notre fidèle allié en vertu d'un traité solennellement ratifié par les Chambres, et le sergent noir Malamine, gardien fidèle du pavillon national qu'avait planté Brazza sur la rive droite du grand fleuve. Le 28 janvier 1882, la Chambre des députés adoptait par 441 voix contre 3 un projet de loi portant ouverture d'un crédit de un million deux cent soixante-quinze mille francs destiné à subvenir aux dépenses de « la Mission de l'Ouest africain » qui relevait du Ministère de l'Instruction publique. Quelques années plus tard les territoires occupés par la mission entraient, avec une organisation administrative calquée sur celle des autres possessions coloniales de la France, dans le giron de l'administration coloniale. Les conventions de 1885 et de 1887 conclues avec l'État Indépendant du Congo, celle du 24 décembre 1885 conclue avec l'Allemagne assuraient à notre colonie nouvelle, vers l'est et vers le nord, de vastes étendues. Annuellement, la colonie du Congo français coûte au budget de l'État une somme dont le maximum n'a pas atteint trois millions. C'est peu par comparaison avec nos autres acquisitions coloniales. On peut ajouter que jusqu'à l'époque où l'occupation du Haut-Oubangui et d'autres desseins plus vastes déterminèrent l'envoi de missions militaires dans ces régions lointaines, le Congo avait eu le mérite de ne coûter la vie à aucun de nos soldats.

Si, à ce double point de vue, la colonie que M. de Brazza a donnée à la France présente avec le Soudan un heureux contraste, elle s'en rapproche par une fâcheuse analogie. Pas plus au Congo qu'au Soudan l'action administrative qu'exerce

la France n'a amené un développement sensible du commerce
d'importation et d'exportation.

Ce ne sont pas cependant les promesses de prospérité commerciale qui ont manqué au berceau de ces deux entreprises:
« Il importe au développement de notre influence dans ces
régions éloignées que la France apparaisse aux populations
de l'Afrique centrale, non comme une puissance conquérante,
mais comme une nation commerçante », disait à la Chambre
le rapporteur du projet de loi du premier crédit de l'Ouest
Africain. Et il ajoutait : « Notre commerce trouvera le
caoutchouc, la gomme, la cire, les graines oléagineuses, les
pelleteries, l'ivoire, les métaux et les bois précieux ; notre
industrie, des débouchés nouveaux pour ses produits, à mesure
que les millions d'hommes qui naîtront sur les bords de cet
incomparable fleuve naîtront à la civilisation. » Quand il s'était
agi, le 21 décembre 1880, d'obtenir de la Chambre le vote
des crédits nécessaires à la construction du chemin de fer de
Kayes à Bafoulabé, premier tronçon de la ligne destinée à
relier la partie navigable du Sénégal à la partie navigable du
Niger, les perspectives qu'avait évoquées le rapporteur
n'étaient ni moins riantes, ni entourées d'assurances moins
pacifiques. « La prépondérance dans le Soudan, dans l'intérieur de l'Afrique, appartiendra à ceux qui les premiers seront
maîtres de ce fleuve qui deviendra un puissant véhicule pour
le transport des produits des pays qu'il traverse, un puissant
auxiliaire de commerce et de civilisation. Si nous parvenions
à toucher les premiers au Niger, par un chemin de fer parti
de notre colonie du Sénégal, on peut dire que ce résultat
pourrait avoir pour notre pays les conséquences les plus
heureuses, au point de vue économique, industriel et commercial... » Et plus loin : « C'est par une politique essentiellement pacifique que nous devons et que nous voulons atteindre
ce but... Nous n'avons en vue ni prise de possession, ni
annexion de territoire devenant militaire... M. l'amiral,
ministre de la Marine, a bien voulu nous assurer qu'il était
en pleine conformité de vues avec votre Commission, que
c'était en ce sens qu'il avait donné et qu'il renouvellerait ses
ordres et ses instructions. » C'est sur la foi de ces promesses
que la Chambre votait, le 28 décembre 1880, le crédit de

8 552 751 francs destiné à assurer la construction de la première section du chemin de fer du Haut Fleuve. Ce n'était là, d'ailleurs, que l'exécution partielle d'une conception singulièrement plus vaste qui avait eu, en 1879, l'honneur d'être examinée et favorablement accueillie par une commission d'ingénieurs éminents nommée par le ministre des Travaux publics. Il s'agissait de relier nos possessions d'Algérie au Soudan ; de relier également le Sénégal au Niger. De ce programme grandiose, le ministre de la Marine avait retenu la partie qu'il considérait comme relativement facile à réaliser : la construction d'une voie ferrée entre le Sénégal et le Niger. Pour être plus précis, le projet primitif comportait :

1° Une ligne de Dakar à Saint-Louis, d'une longueur de 260 kilomètres, à concéder moyennant une garantie d'intérêts. Cette ligne a été construite ; elle a rendu et rend encore de grands services ;

2° Un embranchement entre cette ligne et Médine (580 kilomètres) qui serait également à concéder. Cet embranchement est resté à l'état de projet ;

3° La ligne de Médine au Niger (520 kilomètres) à construire par l'État. Nous avons vu que la Chambre, croyant faire acte de prudence, n'avait autorisé que la construction du premier tronçon, 136 kilomètres, de Kayes à Bafoulabé. Cet embryon de ligne, jeté dans un pays naturellement peu fertile et ravagé par la guerre, devait nous conduire loin. Non pas que la rapide exécution des travaux et les services rendus au commerce aient répondu à l'attente de ses promoteurs : on sait ce qu'il en advint. Après avoir obtenu des Chambres 1 300 000 francs en 1879 pour les études, et 8 552 751 francs en 1881, pour l'exécution totale des travaux qui devaient être achevés en un an, il fallut, en 1882, demander 7 458 785 francs, puis, en 1883, 4 677 000 francs. Il n'y avait encore que 40 kilomètres de terminés et quelques travaux d'art, quand la Chambre eut à statuer sur une cinquième demande de crédit de 3 300 000 francs : elle fut repoussée et le ministre de la Marine, pour obtenir que les dépenses engagées fussent payées et que les postes créés ne fussent pas évacués, dut prendre l'engagement d'arrêter net les travaux de ce chemin de fer, dont la Chambre ne voulait plus entendre parler.

Les travaux furent arrêtés momentanément tout au moins, mais les postes fortifiés créés pour jalonner la ligne projetée furent maintenus. Ils avaient été poussés en avant avec une merveilleuse rapidité. Le 1er février 1883, malgré la résistance de Samory, la petite colonne expéditionnaire était à Bammako point terminus à atteindre sur le Niger, où un fort était construit. Allait-on, avec le chemin de fer, abandonner cette œuvre qui, au point de vue politique et militaire, avait été si bien menée? Livrer aux ennemis qui avaient essayé de nous barrer la route, avec les travaux de défense édifiés par nos soins, les populations qui nous avaient fait accueil, et les vouer ainsi aux plus sanglantes représailles? Ni le Gouvernement, ni les Chambres ne prirent cette responsabilité. On continua donc à ravitailler cette ligne de postes qui n'avait plus sa raison d'être; et cette opération difficile autant que stérile, dont la dépense se chiffra annuellement par plusieurs millions, fournit un prétexte et un aliment à cette irrésistible force d'expansion que porte en soi toute entreprise coloniale. Le Gouvernement, assurément, était sincère dans les recommandations de prudence qu'il adressait aux officiers chargés de la conduite des opérations et dans la préoccupation qu'il manifestait souvent de réduire la dépense des campagnes annuelles. Mais toujours revenait le dilemme : ou évacuer nos postes, ou faire les sacrifices nécessaires pour les conserver. Or il arriva que, pour conserver ce que nous avions, il fallut chaque année courir sus à quelque ennemi qui aurait pu nous menacer. Après Samory, ce fut l'agitateur Mahmadou-Lamine, puis Ahmadou qu'on alla débusquer de ses deux capitales, Segou et Nioro ; après Ahmadou, Samory, de nouveau, que l'on délogea de Kankan et de Bissandougou, qui crut nous échapper en transportant plus loin, dans la boucle du Niger, sa sanglante industrie de chasseur d'hommes, et qui vient d'être capturé, enfin, par un coup de main audacieux autant qu'inattendu, sur la frontière de Libéria. Tout concourut à favoriser ces entraînements que cherchèrent vainement à modérer plusieurs des hommes placés à la tête de l'administration coloniale. Le Soudan est loin de Paris. Le com-

mandant supérieur a une responsabilité qui comporte une
certaine indépendance. Il reçoit bien du sous-secrétaire d'État
ou du ministre des Colonies ses instructions politiques et
administratives ; mais, au point de vue militaire, il ne relève
que du ministre de la Marine. Que peut dire un civil, fût-il
ministre, à un officier qui, rendant compte de ses actes,
déclare que ce qu'il a fait était nécessaire pour la sécurité des
troupes qui lui étaient confiées? Même si cet officier a manifestement outrepassé ses instructions, quels reproches lui
adresser quand il revient, après une brillante campagne,
après mille dangers courus, malade encore et blême des souffrances endurées? Aussi bien, sous-secrétaires d'État ou
ministres, quelle que fût leur secrète pensée, n'ont-ils jamais
parlé à la tribune des affaires du Soudan que pour rendre
hommage à la vaillance de nos soldats. Une Chambre française applaudit toujours à de semblables manifestations. Le
Parlement, d'ailleurs, a suivi l'opinion publique dans le revirement qui s'est produit en faveur du Soudan et que nous
avons déjà signalé. Et, quand il s'est trouvé un ministre
assez logique et assez résolu pour vouloir rompre avec les
errements d'une politique exclusivement militaire, il a été
manifeste que toutes les sympathies de la Chambre allaient à
ceux qui dénonçaient comme intempestive cette tentative de
mettre fin à des expéditions dont le bruit lointain et les brillants épisodes n'étaient plus pour lui déplaire. Les ministres,
depuis, se le sont tenu pour dit. Les ministres ont assez de
difficultés sur leur route pour ne pas en chercher là où le
Parlement ne leur en crée pas. Aussi, dans la période la plus
récente, le réseau de nos postes soudanais s'est-il élargi avec
une prodigieuse rapidité. Des bords du Sénégal et du Niger,
des colonnes sont descendues vers la mer et ont pris à revers
les possessions anglaises et allemandes de la côte, en donnant
la main aux missions lancées dans l'arrière-pays du Dahomey
et de la Côte d'Ivoire. Notre diplomatie en a profité pour
terminer à l'ouest du Niger l'élaboration des conventions qui
ont fixé définitivement les limites de notre empire africain.
Elle ne s'en est pas tenue là. Les procédés de pénétration en
honneur au Soudan lui ont paru si heureux, si féconds en
arguments irrésistibles, qu'elle a poussé le ministre des Colo-

nies à les transporter au Congo, où ils étaient jusque-là inconnus.

Quel a été. au point de vue de nos relations extérieures, le fruit de cette activité coloniale qui n'avait pour principe aucun dessein d'intérêt réellement colonial. il est à peine besoin de le rappeler. Un premier conflit aigu avec l'Angleterre a eu pour soupapes de sûreté l'abandon de Boussa, et des concessions commerciales qui sont en contradiction formelle avec les principes du régime économique que nous appliquons à nos autres colonies. Quant à l'affaire de Fachoda, elle est trop récente et trop douloureuse encore pour qu'il convienne d'y insister.

Ces incidents récents ont fait envisager sous un jour nouveau les conséquences que peuvent avoir certaines entreprises coloniales. Préparées dans le mystère, engagées avec la tacite complicité des Chambres qui, sans discussion, ont accepté de confiance quelques vagues déclarations des ministres, ces aventures lointaines apparaissent soudain grosses de complications imprévues. Ce n'est plus un jeu inoffensif où se dépense le trop plein d'énergie et d'activité d'une nation qui peut s'offrir le luxe d'un peu de gloire. On constate avec étonnement que ces hors-d'œuvre de notre politique extérieure sont pris au tragique de l'autre côté de la Manche. Il faut céder pour avoir la paix : car, réellement, on n'entend pas se battre pour garder les rapides de Boussa ou les marécages de Fachoda. Mais alors, forcément se pose la question que nous indiquions au début de cet article : quels sont les avantages que l'on peut faire figurer à l'actif d'entreprises qui coûtent cher, et où l'amour-propre national ne trouve même plus son compte puisqu'elles se terminent par de pénibles reculades?

Laissons de côté le Tonkin et Madagascar. Non pas qu'il n'y ait rien à dire sur la manière dont ont été menées les affaires qui ont abouti à la conquête de ces deux colonies. Nous avons suffisamment montré qu'en Indo-Chine aussi bien que dans la mer des Indes, le défaut de méthode, le manque de prévoyance et d'esprit de suite ont grevé de charges excessives l'œuvre que la France avait à y accomplir. Mais cela est du passé. La prise de possession est un fait accompli. Il n'y a plus de difficultés extérieures à prévoir. Il reste à organiser et à coloniser. Constatons que dans cet ordre d'idées, quelques résultats ont déjà été obtenus ; qu'après bien des tâtonnements, l'administration semble être entrée dans une voie meilleure ; qu'il s'est produit au Tonkin une amélioration sensible des recettes locales, une progression dans le mouvement des échanges avec la métropole, et qu'à Madagascar, quelque crédit est à faire aux entreprises d'initiative privée qui ne sont encore qu'à la période des études.

Mais, au Soudan, au Congo et dans le Centre Africain, nous n'en sommes pas au même point. L'héritage du passé est déjà lourd : l'avenir peut tenir en réserve bien d'autres surprises. S'il faut occuper effectivement tout l'espace que nous ont attribué les délimitations conclues avec les autres puissances, il reste bien des missions à organiser, bien des postes à créer et à ravitailler, bien des combats à livrer pour avoir raison des Samory et des Ahmadou qui surgiront du sein des populations musulmanes de l'Afrique à mesure que nous nous attacherons à exercer sur elles une influence effective. Dira-t-on que nous exagérons et que les coloniaux les plus ardents n'ont pas de semblables visées ? Nous demandons qu'on examine attentivement le mouvement qui se dessine depuis quelque temps déjà, dans le sens d'une occupatiou effective des régions qui nous sont théoriquement dévolues sur les rives du Tchad. Le lac Tchad n'a pas cessé d'exercer une sorte de fascination sur les coloniaux de tous les pays. Il est assez difficile de discerner l'avantage qu'offrira au commerce européen la libre disposition de cette masse d'eau saumâtre et marécageuse. Ce qui est certain, c'est que l'Angleterre, l'Allemagne et la France ont tenu à en opérer le partage. Mais, tandis que l'Allemagne et l'Angleterre se contentent d'un droit de propriété purement nominal, la France semble pressée d'entrer en jouissance réelle de son domaine. M. Gentil, qui a exploré le Gribingui et qui a rapporté de sa belle mission une moisson de renseignements du plus haut intérêt, a laissé derrière lui un poste et un petit bâtiment à vapeur destiné à naviguer sur le Tchad. Une note récente, insérée dans un journal qui passe pour recevoir des inspirations officieuses, faisait ressortir l'intérêt qu'il y avait à exercer notre influence dans une région où il n'y a pas de compétition européenne à redouter. Notons qu'il s'agit, dans la pensée du rédacteur de cette note, de défendre le sultan du Baghirmi contre les attaques du conquérant Rabah. D'autre part, une mission fortement organisée a quitté nos possessions méditerranéennes pour s'enfoncer, dans le désert, vers le Tchad, tandis qu'une troisième mission, partie de Saï, cherche à gagner Baroua. Ce sont là des symptômes inquiétants pour qui sait par quelle filière une exploration, même purement scientifique, prépare et rend souvent inévitable l'occupation définitive du pays exploré.

Il y a là un danger contre lequel on ne saurait trop se tenir en garde. Il faut avoir le courage de dire hautement et clairement que ces créations de postes que ne relie à la côte aucun moyen de communication facile, ces organisations rudimentaires, dont nous dotons hâtivement des pays où les Européens n'ont pas encore pénétré, et toute cette activité désordonnée et brouillonne que l'on prend en France comme la manifestation d'un sérieux mouvement colonial, loin de servir la cause coloniale, lui sont nuisibles, parce qu'elles absorbent des ressources qui pourraient être mieux employées autrement, et que la stérilité de ces coûteux efforts amènera tôt ou tard une réaction que, pour notre part, nous déplorerons.

Le commerce, nous l'avons déjà constaté, n'a tiré jusqu'à présent aucun profit de ces installations lointaines. La raison en est simple : il est peu de produits naturels qui puissent supporter d'être grevés des frais d'un aussi long transport. Quand on aura cité l'ivoire, la gomme et le caoutchouc, la liste des produits riches du Soudan et du Congo qui peuvent être exportés sera à peu près close. Il n'est pas sérieux de prétendre que telle partie du Soudan est fertile parce qu'on y cultive du mil et des arachides ou qu'on y récolte le beurre de karité; ni le mil, ni les arachides, ni le beurre de karité n'ont une valeur intrinsèque qui permette de faire parcourir à ces marchandises plusieurs milliers de kilomètres, par quelque moyen de communication que ce soit, pour les amener à la côte. L'ivoire s'épuise, la gomme naturelle a perdu de sa valeur depuis que d'autres produits l'ont remplacée dans les usages industriels ; le caoutchouc, il n'est pas nécessaire d'aller le chercher si loin : il y en a des quantités considérables dans des régions beaucoup plus accessibles, et où une sage méthode d'exploitation en améliorera la qualité sans détruire, comme le font les indigènes livrés à eux-mêmes, les lianes qui le produisent. En réalité, donc, l'Afrique centrale, avec son sol merveilleusement fertile dans certaines de ses parties, ne fournira un aliment sérieux au commerce que quand on y récoltera des produits riches. On ne les récoltera qu'en les cultivant. C'est l'œuvre qui s'offre aux entreprises de colonisation, armées de capitaux suffisants et disposant des méthodes et des instruments perfectionnés que l'Europe peut fournir.

Mais pourquoi supposer que ces entreprises de colonisation, qu'on ne saurait trop encourager, iront s'établir sur les bords du moyen Niger ou du Haut-Oubangui ou plus loin encore dans la région du Tchad ou du Bahr-el-Gazal, quand, à bien moins grande distance de la côte, elles peuvent trouver des terres d'une valeur au moins égale pour tenter les intéressantes expériences auxquelles on les convie ? Question de voies de communication, soit, mais on nous accordera qu'il est plus facile de faire cent kilomètres de voie ferrée que d'en construire cinq mille ; qu'il est moins onéreux de transporter le matériel et le personnel que comporte une exploitation agricole en Casamance, sur la côte d'Ivoire, ou dans le Bas-Ogooué que dans les environs de Saï ou dans le Baghirmi ; que de même les produits cultivés s'exporteront dans des conditions d'autant plus avantageuses qu'ils auront un moins long parcours à franchir pour arriver au port d'embarquement. Ces vérités sont tellement élémentaires que nous avons quelque scrupule à les énoncer. Il le faut bien cependant puisque, en France, elles semblent avoir été perdues de vue, et que ce soit devenu une nouveauté, presque une hardiesse, d'affirmer qu'en toute chose il est bon de commencer par le commencement et non par la fin. Tombouctou, le Haut-Oubangui, le Tchad, l'occupation effective de la boucle du Niger et des pays compris entre le Sénégal et le Niger, cela aurait dû être la fin. Nous en avons fait le commencement. Les chemins de fer de péné-

tration partant de la côte auraient dû conduire progressivement
dans ces régions lointaines les colons et les agriculteurs lorsque
la mise en valeur des territoires plus proches aurait démontré
le succès certain et l'existence de sérieux éléments de trafic.
Certes, il aurait fallu du temps pour que cette œuvre s'accomplît. Mais croit-on que la marche rapide qu'ont suivie nos
affaires africaines a supprimé ce facteur indispensable? Du
temps, il en faudra pour résoudre les problèmes qui s'imposent en Afrique, indépendamment des difficultés que créent le
climat et la conformation particulière d'une côte inhospita-
lière : le problème de la main-d'œuvre, le problème de
l'esclavage.

Nous touchons là un point particulièrement délicat et dont
il est difficile de ne pas dire un mot. On ne manquera pas
de nous objecter, précisément à l'occasion de la question de
l'esclavage, que, dans nos vues courtes et nos conceptions
terre à terre, nous négligeons la mission civilisatrice que
remplit la France en Afrique. C'est là, en effet, avec les débouchés offerts au commerce et à l'industrie, un des thèmes
favoris des dissertations coloniales. Nous ne savons pas exactement où commence et où finit la mission civilisatrice de la
France. Si elle doit comporter la conquête, par le fer et par
le feu, de tous les pays où la barbarie règne encore, cette
croisade d'un nouveau genre peut mener loin. Ce que nous
savons mieux et par les témoignages les moins suspects, c'est
que l'occupation à main armée du Soudan n'a rien fait ou
presque rien, malgré le bon vouloir de nos officiers, pour y
réformer une institution sociale dont le principe est que la
guerre constitue le seul travail noble, les autres travaux
devant être exclusivement réservés aux captifs. La raison en
est simple : une institution de ce genre ne se supprime pas
par décision administrative; elle ne se transforme que quand,
par un contact prolongé des Européens avec les indigènes
dans les centres où tous les Européens ne sont pas des
soldats, les indigènes comprennent que le travail n'est pas dé-
gradant et qu'il est nécessaire pour subvenir aux besoins
nouveaux que leur crée le désir d'imiter ce que font les blancs.

Cette évolution se fera très difficilement au Soudan, où la
France n'est représentée que par des officiers et par quelques

fonctionnaires : le maintien de l'esclavage étant le seul moyen d'obtenir que les indigènes travaillent, il en résulte que notre action civilisatrice consiste à tolérer une institution qui est officiellement abolie et justement réprouvée.

A ce point de vue même, il y aurait donc eu tout bénéfice à limiter notre action coloniale aux entreprises d'intérêt purement utilitaire. Mais ne fallait-il pas envisager l'avenir ? Sans les merveilles accomplies par ses explorateurs et par ses soldats, la France aurait-elle eu la part qui lui revient dans le partage de l'Afrique ? Il est certain, et nous l'avons reconnu, que notre diplomatie a tiré parti, dans de récentes négociations, de l'activité déployée dans l'occupation de la boucle du Niger. Reste à savoir si par d'autres moyens elle n'aurait pas abouti à des résultats aussi satisfaisants. C'est sur la carte que se sont faits la plupart des grands partages africains entre l'Allemagne, l'Angleterre, le Portugal, l'Italie, l'État indépendant du Congo. Pourquoi par ce même procédé, qui a tout au moins le mérite d'être économique, la France n'aurait-elle pas obtenu une délimitation convenable du lot qui devait lui être assigné ? N'a-t-elle pas, d'ailleurs, recouru à cette méthode dans les conventions passées en 1885 et en 1887 avec l'État indépendant du Congo, en 1885 et en 1894 avec l'Allemagne, pour la frontière du Cameroun ; en 1890 avec l'Angleterre elle-même ? L'intervention des missions armées remontant de la côte vers le Niger ou descendant du Niger vers la mer n'a-t-elle pas eu surtout pour effet de rendre plus difficiles les solutions amiables que comportait le litige en cause ?

Il est temps de revenir à une conception plus saine de nos véritables intérêts coloniaux. Il ne dépend pas uniquement des résolutions que prendront le Gouvernement et le parlement de faire que les capitaux affluent aux colonies et que le public reporte sur les entreprises de colonisation un peu des encouragements qu'il prodigue aux prouesses des modernes *conquistadores*. Mais ce que peut le Gouvernement, ce que doivent exiger les Chambres, c'est que notre politique coloniale ait réellement une direction, qu'elle ne soit plus livrée au hasard. Éviter, en Afrique, toute tentative d'extension nouvelle de notre action ; limiter, dans la mesure où ce

sera possible, les dépenses improductives qui sont déjà engagées, tel est le programme qui s'impose. Ce serait une illusion de croire que pour le réaliser il suffira de rééditer les
instructions vaguement pacifiques que n'ont jamais ménagées
à leurs agents, en Afrique, les chefs de l'administration coloniale. Une vigilance constante et une grande fermeté dans les
résolutions préviendront seules de nouveaux entraînements.

Quant à réduire, dans ce qu'elles ont d'improductif, les
affaires déjà engagées, nous savons que c'est un conseil plus
facile à donner qu'à suivre. Le propre de l'expansion coloniale est de ne pas comporter de mouvement en arrière. C'est
une raison de plus pour n'avancer qu'à bon escient. Nous
n'examinerons pas ici s'il est possible de simplifier l'appareil
militaire de notre occupation du Soudan, d'assurer la police
du pays par des moyens moins coûteux ; s'il convient ou s'il
ne convient pas de dépenser encore trente ou quarante millions
pour achever le chemin de fer du Haut-Sénégal, qui a repris
sa place au budget de l'État et dont le tracé, jusqu'au Niger,
a enfin été sérieusement étudié quinze ans après le début des
travaux (encore une affaire où le commencement a été mis à
la fin). Ce sont là des questions que nous aurions scrupule
de trancher en quelques lignes. Nous indiquerons seulement
que l'heureuse capture de Samory fournit une occasion d'en
reprendre l'étude. Il faut ramener notre politique coloniale
à des vues plus modestes et plus pratiques, la défendre contre
les mégalomanes, qui ne trouvent d'attrait qu'à ce qui est
très lointain et très périlleux, la préserver de cette boulimie
d'une espèce spéciale qui pousse à l'absorption de nouveaux
territoires quand ceux que possède déjà la France suffisent et
suffiront pendant bien des siècles à l'activité de ses colons.
C'est à cette condition seulement que l'œuvre coloniale de
ces vingt dernières années, déjà grevée de lourdes charges,
échappera à la faillite qui menace toute entreprise où, suivant
la formule d'une déclaration ministérielle récente, « l'effort
n'est pas proportionné au résultat à atteindre ».

★ ★ ★

L'Administrateur-Gérant : H. CASSARD.

L'ILE DE PAQUES

·Pour Albert Vandal.

Il est, au milieu du Grand Océan, dans une région où l'on ne passe jamais, une île mystérieuse et isolée ; aucune autre terre ne gît en son voisinage et, à plus de huit cents lieues de toutes parts, des immensités vides et mouvantes l'environnent. Elle est plantée de hautes statues monstrueuses, œuvres d'on ne sait quelle race aujourd'hui dégénérée ou disparue, et son passé demeure une énigme.

J'y ai abordé jadis, dans ma prime jeunesse, sur une frégate à voiles, par des journées de grand vent et de nuages obscurs ; il m'en est resté le souvenir d'un pays à moitié fantastique, d'une terre de rêve.

Sur mes cahiers de petit aspirant de marine, j'avais noté au jour le jour mes impressions d'alors, avec beaucoup d'incohérence et d'enfantillage.

C'est ce journal d'enfant que j'ai traduit ci-dessous, en essayant de lui donner la précision qui lui faisait défaut.

JOURNAL D'UN ASPIRANT DE LA *FLORE*

I

3 Janvier 1872.

A huit heures du matin, la vigie signale la terre, et la silhouette de l'île de Pâques se dessine légèrement dans la

15 Mars 1899.

direction du nord–ouest. La distance est grande encore, et nous n'arriverons que dans la soirée, malgré la vitesse que les alizés nous donnent.

Depuis plusieurs jours, nous avons quitté, pour venir là, ces routes habituelles que suivent les navires à travers le Pacifique, car l'île de Pâques n'est sur le passage de personne. On l'a découverte par hasard, et les rares navigateurs qui l'ont de loin en loin visitée en ont fait des récits contradictoires. La population, dont la provenance est d'ailleurs entourée d'un inquiétant mystère, s'éteint peu à peu, pour des causes inconnues, et il y reste, nous a-t-on dit, quelques douzaines seulement de sauvages, affamés et craintifs, qui se nourrissent de racines ; au milieu des solitudes de la mer, elle ne sera bientôt qu'une solitude aussi, dont les statues géantes demeureront les seules gardiennes. On n'y trouve rien, pas même une aiguade pour y faire provision d'eau douce, et, de plus, les brisants et les récifs empêchent le plus souvent d'y atterrir.

Nous y allons, nous, pour l'explorer, et pour y prendre, si possible, une des antiques statues de pierre, que notre amiral voudrait rapporter en France.

Lentement elle s'approche et se précise, l'île étrange ; sous le ciel assombri de nuages, elle nous montre des cratères rougeâtres et des rochers mornes. Un grand vent souffle et la mer se couvre d'écume blanche.

Rapa-Nui est le nom donné par les indigènes à l'île de Pâques, — et, rien que dans les consonances de ce mot, il y a, me semble-t-il, de la tristesse, de la sauvagerie et de la *nuit*... Nuit des temps, nuit des origines ou nuit du ciel, on ne sait trop de quelle obscurité il s'agit ; mais il est certain que ces nuages noirs, dont le pays s'enténèbre pour nous apparaître, répondent bien à l'attente de mon imagination.

A quatre heures du soir enfin, à l'abri de l'île, dans la baie où Cook vint mouiller jadis, notre frégate replie ses voiles et jette ses ancres. Des pirogues alors se détachent du singulier rivage et se dirigent vers nous, dans le vent déchaîné.

*
* *

Voici même une sorte de baleinière, qui nous amène un semblant d'Européen !... Un bonhomme en chapeau et en paletot, nous arrivant de Rapa-Nui, cela déroute mes idées et me désenchante.

Il monte à bord, ce visiteur : c'est un vieux Danois, personnage bien imprévu,

Il y a trois ans, nous conte-t-il, l'une de ces goélettes tahitiennes, qui transportent en Amérique la nacre et les perles, a fait un détour de deux cents lieues pour le déposer ici. Et, depuis ce temps-là, il vit seul avec les indigènes, le vieil aventurier, aussi séparé de notre monde que s'il eût fixé dans la lune sa résidence. Il avait été chargé, par un planteur américain, d'acclimater dans l'île les ignames et les patates douces, afin de préparer d'immenses plantations pour l'avenir ; mais rien ne va, rien ne pousse, et les sauvages refusent de travailler. Ils sont encore trois ou quatre cents, nous dit ce vieux, groupés justement tous aux environs de la baie où nous avons jeté l'ancre, tandis que le reste du pays est devenu un désert, ou peu s'en faut. Lui, le Danois, habite une maison de pierre qu'il a trouvée en arrivant et dont il a refait la toiture ; c'était autrefois une demeure de missionnaires français, — car il y a eu, durant quelques années, des missionnaires à Rapa-Nui, mais ils s'en sont allés, ou ils sont morts, on ne sait pas trop, laissant la peuplade revenir aux fétiches et aux idoles.

Tandis qu'il nous parle, j'entends derrière moi quelque chose de léger bondir, et je me retourne pour voir : un des rameurs du Danois, un jeune sauvage, qui s'est enhardi jusqu'à grimper à bord. Oh ! l'étonnante figure maigre, avec un petit nez en bec de faucon et des yeux trop rapprochés, trop grands, égarés et tristes ! Il est nu, à la fois très svelte et très musclé, tout en nerfs ; sa peau, d'une couleur de cuivre rouge, est ornée de fins tatouages bleus, et ses cheveux, rouges aussi, d'un rouge artificiel, sont noués par des tiges de scabieuse sur le sommet de la tête, formant ainsi une huppe que le vent remue et qui ressemble à une flamme.

Il promène sur nous l'effarement de ses yeux trop ouverts.
Dans toute sa personne, un charme de diablotin ou de
farfadet.

— Et les statues? demandons-nous au vieux Robinson
danois.

Ah! les statues, il y en a de deux sortes. D'abord, celles
des environs de cette baie, qui toutes sont renversées et brisées. Et puis les autres. les effrayantes, d'une époque et d'un
visage différents, qui se tiennent encore debout, là-bas, là-
bas, sur l'autre versant de l'île, au fond d'une solitude où
personne ne va plus.

Il s'apprivoise, le sauvage à la huppe rouge. Pour nous
plaire, le voici qui chante et qui danse. Il est un de ceux
que les missionnaires avaient baptisés jadis et il s'appelle
Petero (Pierre). Le vent, qui augmente au crépuscule,
emporte sa chanson mélancolique et tourmente sa chevelure.

Mais les autres sont craintifs et ne veulent pas monter.
Leurs pirogues cependant nous entourent, secouées de plus
en plus par les lames, inondées d'embruns et d'écume.
Montrant leurs membres nus, ils demandent par signes des
vêtements aux matelots, en échange de leurs pagaies qu'ils
offrent, et de leurs lances et de leurs idoles de bois ou de
pierre. Toute la peuplade est accourue vers nous, naïvement surexcitée par notre présence. Dans la baie, la mer
devient mauvaise. Et la nuit tombe.

II

4 janvier.

Cinq heures du matin, et le jour commence de poindre sous
d'épaisses nuées grises. Vers la rive encore obscure, une
baleinière qu'on m'a confiée m'emporte avec deux autres
aspirants. mes camarades, pressés comme moi de mettre le
pied dans l'île étrange. L'amiral, amusé de notre hâte, nous
a donné à chacun des commissions diverses : reconnaître la
passe et l'endroit propice au débarquement, chercher les
grandes statues — et, pour son déjeuner, lui tuer des
lapins !

Il fait froid et sombre. Nous avons vent debout; un alizé violent nous jette au visage des paquets d'écume salée. L'île, pour nous recevoir, a pris sa plus fantastique apparence; sur les grisailles foncées du ciel, ses rochers et ses cratères semblent du cuivre pâle. D'ailleurs, pas un arbre nulle part; une désolation de désert.

Sans trop de peine, nous trouvons la passe au milieu des brisants qui, ce matin, font grand et sinistre tapage. Et, la ceinture de récifs une fois franchie, arrivés en eau calme et moins éventés, nous apercevons Petero, notre ami d'hier au soir, qui s'est perché sur une roche et nous appelle. Ses cris éveillent la peuplade entière et, en un instant, la grève se couvre de sauvages. Il en sort de partout, de creux de rochers où ils dormaient, de huttes si basses qu'elles semblaient incapables de recéler des êtres humains. De loin, nous ne les avions pas remarquées, les huttes de chaume; elles sont là, nombreuses encore, aplaties sur le sol dont elles ont la couleur.

A l'endroit que Petero nous a désigné, à peine avons-nous débarqué, tous ces hommes nous entourent, agitant devant nous, dans la demi-obscurité matinale, leurs lances à pointe de silex, leurs pagaies et leurs vieilles idoles. Et le vent redouble, bruissant et froid; les nuages bas semblent traîner sur la terre.

La baleinière qui nous a amenés s'en retourne vers la frégate, suivant les ordres du commandant. Mes deux camarades, qui ont des fusils, s'en vont par la plage, du côté d'un territoire à lapins que le Danois nous a indiqué la veille, — et je reste seul, cerné de plus en plus près par mes nouveaux hôtes: des poitrines et des figures bleuies par les tatouages, de longues chevelures, de singuliers sourires à dents blanches, et des yeux de tristesse dont l'émail est rendu plus blanc encore par les dessins d'un bleu sombre qui le soulignent. Je tremble de froid, sous mes vêtements légers, humides des embruns de la mer, et je trouve que le plein jour tarde bien à venir ce matin, sous le ciel si épais... Leur cercle s'est fermé de tous côtés, et, chacun me présentant sa lance ou son idole, voici qu'ils me chantent, à demi-voix d'abord, une sorte de mélopée plaintive, lugubre, et l'accompagnent d'un balancement de la tête et des reins comme feraient de grands ours, debout... Je les sais inoffensifs, et du reste leurs figures, que les tatouages rendent farouches au premier abord, sont d'une enfantine douceur; ils ne m'inspirent aucune crainte raisonnée; mais c'est égal, pour moi qui, la première fois de ma vie, pénètre dans une île du Grand Océan, il y a un frisson de surprise et d'instinctif effroi à sentir si près tous ces yeux et toutes ces haleines, avant jour, sur un rivage désolé et par un temps noir..,

Maintenant le rythme de la chanson se précipite, le mouvement des têtes et des reins s'accélère, les voix se font rauques et profondes; cela devient, dans le vent et dans le bruit de la mer, une grande clameur sauvage menant une danse furieuse.

Et puis, brusquement cela s'apaise. C'est fini. Le cercle s'ouvre et les danseurs se dispersent... Que me voulaient-ils tous? Enfantillage quelconque de leur part, ou bien conjuration, ou bien encore souhaits de bienvenue?... Qui peut savoir?...

Un vieil homme très tatoué, portant sur la chevelure de longues plumes noires, quelque chef sans doute, me prend par une main; Petero me prend par l'autre; tous deux en courant m'emmènent, et la foule nous suit.

Ils m'arrêtent devant une de ces demeures en chaume qui sont là partout, aplaties parmi les roches et le sable, ressemblent à des dos de bête couchée.

Et ils m'invitent à entrer, ce que je suis obligé de faire à quatre pattes, en me faufilant à la manière d'un chat qui passe par une chatière, car la porte, au ras du sol, gardée par deux divinités en granit de sinistre visage, est un trou rond, haut de deux pieds à peine.

Là dedans, on n'y voit pas, surtout à cause de la foule qui se presse et jette de l'ombre alentour; il est impossible de se tenir debout, bien entendu, et, après les grands souffles vivifiants du dehors, on respire mal, dans une odeur de tanière,

A côté de la *cheffesse* et de sa fille, on m'invite à m'asseoir sur des nattes; on n'a rien à m'offrir comme cadeau et je comprends, à certaine mimique éplorée, qu'on s'en excuse.

Maintenant mes yeux s'accoutument, et je vois grouiller autour de nous des chats et des lapins.

Il me faut faire dans la matinée beaucoup d'autres visites du même genre, pour contenter les notables de l'île, et je pénètre en rampant au fond de je ne sais combien de gîtes obscurs — où la foule entre derrière moi, m'enserre dans une confusion de poitrines, de cuisses, nues et tatouées; peu à peu je m'imprègne d'une senteur de fauve et de sauvage.

Tous sont disposés à me donner des idoles, des casse-tête ou des lances, en échange de vêtements ou d'objets qui les amusent. L'argent, naturellement, ne leur dit rien : c'est bon tout au plus pour orner des colliers; mais les perles de verre sont d'un effet bien plus beau.

Cependant le plein jour est venu et, de tous côtés, le rideau de nuages se déchire. Alors, les aspects changent; l'île plus éclairée, plus *réelle*, se fait moins sinistre, et d'ailleurs je m'y habitue.

Déjà, pour faire des marchés, j'ai livré tout ce que contenaient mes poches : mon mouchoir, des allumettes, un carnet et un crayon; je me résous à livrer encore ma veste d'aspirant pour obtenir une massue extraordinaire que termine une sorte de tête de Janus à double visage humain, — et je continue ma promenade en bras de chemise.

Je suis décidément tombé au milieu d'un peuple d'enfants; jeunes et vieux ne se lassent pas de me voir, de m'écouter, de me suivre, et portent derrière moi mes acquisitions diverses, mes idoles et mes armes, en chantant toujours des mélopées plaintives. Quand on y songe, en effet, quel événement que notre présence dans leur île isolée, où ils ne voient pas en moyenne tous les dix ans poindre une voile autour d'eux sur l'infini des eaux !

En plus du cortège qui se tient à distance, j'ai aussi conquis des amitiés particulières, au nombre de cinq : Petero, d'abord; puis deux jeunes garçons, Atamou et Houga; et deux jeunes filles, Marie et Juaritaï.

Toutes deux sont nues, Marie et Juaritaï, à part une ceinture qui retombe un peu aux places essentielles; leur corps serait presque blanc, sans le hâle du soleil et de la mer, s'il

ne gardait toutefois ce léger reflet de cuivre rouge, qui
est le sceau de la race. De longs tatouages bleus, d'une
bizarrerie et d'un dessin exquis, courent sur leurs jambes et
leurs flancs, sans doute pour en accentuer la sveltesse charmante. Marie, qui fut un enfant baptisé par les missionnaires,
— ce nom de Marie, à une fille de l'île de Pâques, déroute
beaucoup, — n'a pour elle que sa taille de jeune déesse, sa
fraîcheur et ses dents. Mais Juaritaï serait jolie partout et
dans tous les pays, avec son petit nez fin et ses grands yeux
craintifs ; elle a noué à l'antique sa chevelure, artificiellement
rougie, dans laquelle des brins d'herbe sont piqués...

Mon Dieu, comme le temps passe !... Déjà dix heures et
demie, l'heure à laquelle nous devons rentrer à bord pour
le déjeuner, et j'aperçois là-bas, franchissant les lignes de
récifs, la baleinière qui arrive pour nous reprendre. Mes deux
camarades aussi reviennent de la chasse, suivis comme moi
d'un cortège qui chante. Ils ont tué plusieurs mouettes
blanches, qu'ils distribuent aux femmes ; mais de lapins,
aucun. Quels mauvais commissionnaires nous sommes, tous
les trois !... Et les grandes statues que j'étais chargé d'aller
reconnaître, moi qui les ai oubliées !...

⁎
⁎ ⁎

A bord, on nous reçoit bien, quand même, et les officiers
s'intéressent à toutes les choses que je rapporte.

Mais je ne tiens pas en place et, dès midi, je retourne à
terre auprès de mes amis sauvages.

Il vente toujours, et le vent d'ailleurs doit être familier à
cette île de Pâques, située dans la région où l'alizé austral
souffle le plus fort. Pourtant il ne reste plus au ciel que des
lambeaux tourmentés du sombre vélum de ce matin, et le
soleil paraît, dans du bleu profond, un brûlant soleil, car
nous sommes ici tout près du tropique.

Quand j'arrive à la grève, je m'aperçois que, dans l'île,
c'est l'heure de dormir, l'heure de la sieste méridienne, et
mes cinq amis, qui sont là par politesse à m'attendre, assis
sur des pierres, ont des yeux très somnolents.

Je dormirais bien quelques minutes, moi aussi ; mais où

trouver un peu d'ombre pour ma tête, dans ce pays qui n'a pas un arbre, pas un buisson vert?

Après hésitation, je vais demander au vieux chef l'hospitalité d'un moment, et, marchant à quatre pattes, je m'insinue en son logis.

Il y fait très chaud et il y a encombrement de corps étendus. C'est que, sous cette carapace, qui a tout juste la contenance d'un canot renversé, le chef habite avec sa famille : une femme, deux fils, une fille, un gendre, un petit-fils; plus, des lapins et des poules; plus, enfin, sept vilains chats, à mine allongée et hauts sur pattes, qui ont plusieurs petits.

On m'installe cependant sur un tapis de joncs tressés et, par déférence, les gens sortent un à un sans bruit pour aller se coucher ailleurs; je reste sous la garde d'Atamou, qui m'évente avec un chasse-mouches en plumes noires, et je m'endors.

Une demi-heure après, quand je reprends conscience de vivre, je suis complètement seul, au milieu d'un silence où se perçoit le bruit lointain de la mer sur les récifs de corail; et, de temps à autre, une courte rafale d'alizé agite les roseaux de la toiture. A ce réveil, dans ce pauvre gîte de sauvages, me vient d'abord la notion d'un dépaysement extrême. Je me sens loin, loin comme jamais, et perdu. Et je suis pris aussi de cette angoisse spéciale qui est l'*oppression des îles* et qu'aucun lieu du monde ne saurait donner aussi intensément que celui-ci; l'immensité des mers australes autour de moi m'inquiète soudain, d'une façon presque physique.

Par le trou qui sert de porte, un rayon de soleil pénètre. éclatant, vu du recoin obscur où je suis couché; sur le sol de la case, il dessine l'ombre d'une idole qui en surveille l'entrée — et les ombres saugrenues de deux chats à trop longues oreilles, qui rêvent, assis là sur leur derrière, regardant au dehors... Même cette traînée de lumière et son éclat morne me semblent avoir quelque chose d'étranger, d'extra-lointain, d'infiniment *antérieur*. Dans cet ensoleillement, dans ce silence, au souffle de ce vent tropical, une tristesse indicible vient m'étreindre au réveil : tristesse des premiers âges humains peut-être, qui serait confusément demeurée dans

la terre où je m'appuie, et que surchaufferait à cette heure
le toujours même soleil éternel…

Bien entendu, cela passe vite, s'efface comme un caprice
d'enfant, dès le plein retour de la vie. Et, sans bouger
encore, je m'amuse à examiner les détails de la demeure,
tandis que des souris, malgré ces deux chats en sentinelle,
font le va-et-vient tranquillement à mes côtés.

La toiture en roseaux qui m'abrite est soutenue par des
nervures de palmes ; — mais où donc les ont-ils prises,
puisque leur île est sans arbres et ne connaît guère d'autre
végétation que celle des herbages ?… Dans ce réduit, qui n'a
pas un mètre et demi de haut sur quatre mètres de long,
mille choses sont soigneusement accrochées : des petites idoles
de bois noir, qu'emmaillottent des sparteries grossières ; des
lances à pointe de silex éclaté, des pagaies à figure humaine,
des coiffures en plumes, des ornements de danse ou de combat, et beaucoup d'ustensiles d'aspect inquiétant, d'usage à
moi inconnu, qui semblent tous d'une extrême vieillesse. Nos
ancêtres des premiers âges, lorsqu'ils se risquèrent à sortir
des cavernes, durent construire des huttes de ce genre, ornées
d'objets pareils ; on se sent ici au milieu d'une humanité
infiniment primitive et, dirait-on, plus jeune que la nôtre de
vingt ou trente mille ans.

Mais, quand on y songe, tout ce bois si desséché de leurs
massues et de leurs dieux, à quelle époque peut-il remonter
et d'où leur est-il venu ?… Et leurs chats, leurs lapins ?… Je
veux bien que les missionnaires les leur aient amenés jadis.
Mais les souris qui se promènent partout dans les cases, personne, je suppose, ne les a apportées, celles-là !… Alors, d'où
arrivent-elles ?… Les moindres choses, dans cette île isolée,
soulèvent des interrogations sans réponse ; on s'étonne qu'il
puisse y avoir ici une faune et une flore.

Quant aux habitants humains de l'île de Pâques, ils sont
venus de l'Occident, des archipels de Polynésie ; cela ne fait
plus question.

D'abord, ils le disent eux-mêmes. D'après la tradition

de leurs vieillards, ils seraient partis, il y a deux sièeles ou trois, de l'île océanienne la plus avancée vers l'est, d'une certaine île de Rapa — qui existe bien réellement et s'appelle encore ainsi. — Et c'est en mémoire de cette très lointaine patrie qu'ils auraient nommé leur nouvelle terre : Rapa–Nui (la Grande Rapa).

Cette origine étant admise, reste tout le mystère de leur exode et de leur voyage. En effet, la région australe du Grand Océan comprise entre l'Amérique et l'Océanie est à elle seule beaucoup plus large que l'Océan Atlantique ; elle représente la solitude marine la plus vaste, l'étendue d'eau la plus effroyablement déserte qui soit à la surface de notre monde — et, au centre, gît l'île de Pâques, unique. infime et négligeable comme un caillou au milieu d'une mer. En outre, les vents dans cette région ne soufflent pas, comme chez nous, de tous les points du ciel, mais d'une direction *constante*, et, pour des navires venant de Polynésie, ils ne peuvent qu'être éternellement contraires. Alors, sur de simples pirogues, au bout de combien de mois d'un louvoyage obstiné, avec quels vivres, guidés par quelle prescience inexplicable, comment et pourquoi ces navigateurs mystérieux ont–ils réussi à atteindre justement ce grain de sable, égaré dans une telle immensité[1] ? Depuis leur arrivée, d'ailleurs, ils auraient perdu tout moyen de communication avec le reste de la terre.

Mais, qu'ils soient des Polynésiens, ces gens-là, des *Maoris*, c'est incontestable. Devenus seulement un peu plus pâles que leurs ancêtres, à cause du climat nuageux, ils en ont gardé la belle stature, le beau visage très caractérisé, avec l'ovale un peu long et les grands yeux rapprochés l'un de l'autre. Ils ont conservé aussi plusieurs des coutumes de leurs frères de là-bas, et surtout ils en parlent le langage.

C'est même pour moi l'un des charmes imprévus de cette île que la langue des Maoris y soit parlée, car j'ai commencé de l'étudier dans les livres des missionnaires, en prévision de notre arrivée prochaine à « Tahiti la délicieuse », dont je rêvais depuis mon enfance. Et ici, pour la première

---

1. D'après la tradition des Maoris et leurs généalogies d'ancêtres, cette aventure de leur arrivée à l'île de Pâques ne remonterait qu'à un millier d'années. — P. L.

fois de ma vie, je puis placer quelques-uns de ces mots qui
résonnent à mon oreille d'une façon encore si neuve et si
mélodieusement barbare.

❊
❊ ❊

Les grandes statues, ce soir je ne les oublierai pas comme
j'avais fait ce matin. Et, ma sieste méridienne finie, je les
demande, dans son propre langage, au premier qui se présente à moi, à Atamou :

— Conduis-moi, je te prie, aux *Sépultures.*

Et il me comprend à merveille.

J'ai dit : sépultures (en tahitien : *maraé,* et à l'île de Pàques :
maraï) parce que ces colosses de pierre, qui font l'objet de notre
voyage, ornent les places où l'on ensevelissait, sous des roches
amoncelées en tumulus, les grands chefs tombés dans les batailles. Ce nom de *maraï,* les indigènes le donnent également aux
mille figures de fétiches et d'idoles qui remplissent leurs cases
en roseaux et qui, dans leur esprit, sont liées au souvenir des
morts.

Donc, nous partons, Atamou et moi, sans cortège par
hasard, tous deux seuls, pour visiter le *maraï* le plus proche.
Et c'est ma première course dans l'île inconnue.

En suivant à petite distance le bord de la mer, nous traversons une plaine, que recouvre une herbe rude, d'espèce
unique, de couleur triste et comme fanée.

Sur notre chemin, nous trouvons les ruines d'une petite
demeure, pareille à celle que le Danois habite. Atamou m'apprend que c'était la maison d'un *papa farani* (père français,
missionnaire), et m'arrête pour me conter à ce sujet, avec
une mimique excessive, une histoire sans doute très émouvante, que je ne démêle pas bien; je vois seulement à ses
gestes qu'il y a eu des guet-apens, des hommes cachés
derrière des pierres, des coups de fusil et des coups de
lance... Que lui ont-ils fait, à ce pauvre prêtre?... On ne
sait jamais à quel degré de férocité soudaine peut atteindre
un sauvage, ordinairement doux et câlin, lorsqu'il est poussé
par quelqu'une de ses passions d'homme primitif, ou par
quelque superstition ténébreuse. Il ne faut pas oublier non
plus qu'un instinct de cannibalisme sommeille au plus intime

de ces natures polynésiennes, si accueillantes et d'apparence débonnaire : ainsi, là-bas, en Océanie, aux îles de Routouma et d'Hivaoa, des Maoris, d'un aspect charmant, à l'occasion vous mangent encore.

Son histoire contée, Atamou, persuadé que j'ai très bien compris, me prend par la main, et nous continuons notre route.

Devant nous, voici un monticule de pierres brunes, dans le genre des cromlechs gaulois, mais formé de blocs plus énormes ; il domine d'un côté la mer où rien ne passe, de l'autre la plaine déserte et triste, que limitent au loin des cratères éteints. Atamou assure que c'est le *maraï*, et tous deux nous montons sur ces pierres.

On dirait une estrade cyclopéenne, à demi cachée par un éboulement de grosses colonnes, irrégulières et frustes. Mais je demande les statues, que je n'aperçois nulle part — et alors Atamou, d'un geste recueilli, m'invite à regarder mieux à mes pieds... J'étais perché sur le menton de l'une d'elles, qui, renversée sur le dos, me contemplait fixement d'en bas, avec les deux trous qui lui servaient d'yeux. Je ne me l'imaginais pas si grande et informe, aussi n'avais-je pas remarqué sa présence... En effet, elles sont là une dizaine, couchées pêle-mêle et à moitié brisées : quelque dernière secousse des volcans voisins, sans doute, les a culbutées ainsi, et le fracas de ces chutes a dû être lourdement terrible. Leur visage est sculpté avec une inexpérience enfantine ; des rudiments de bras et de mains sont à peine indiqués le long de leur corps tout rond, qui les fait ressembler à des piliers trapus. Mais une épouvante religieuse pouvait se dégager de leur aspect, quand elles se tenaient debout, droites et colossales, en face de cet océan sans bornes et sans navires. Atamou me confirme d'ailleurs qu'il y en a d'autres, dans les lointains de l'île, beaucoup d'autres, toute une peuplade gisante et morte, le long des grèves blanchies par le corail.

Aux pieds du *maraï* est une petite plage circulaire, entourée de rochers, sur laquelle nous descendons ; l'émiettement, par la mer, des coraux de toute espèce lui a fait un sable d'une blancheur neigeuse, semé de frêles coquilles précieuses et de fins rameaux de corail rose.

Cependant l'alizé, comme hier, souffle avec une violence

croissante, à mesure que la journée s'avance. Il apporte à nouveau, du fond des solitudes de la mer Australe, tout un banc de nuages noirs, si noirs que les montagnes, les vieux volcans refroidis, recommencent de se détacher en clair sur le ciel soudainement obscur. Et Atamou, qui voit la pluie prochaine, précipite notre retour.

En effet, à mi-chemin, nous prend une ondée rapide, tandis que le vent furieux couche entièrement les herbes dans toute l'étendue de la plaine ; alors, sous des roches qui surplombent en voûte, nous nous arrêtons à l'abri, — au milieu d'un essaim de libellules rouges... D'où sont-elles venues, celles-là, encore ?... Et les papillons, que nous avons vus courir au-dessus de ces tapis d'herbes pâles, les papillons blancs, les papillons jaunes, qui donc en a apporté la graine, à travers huit cents lieues d'Océan ?...

Très vite ils s'en vont, ces nuages en troupe sombre, continuer leur course sur les déserts de la mer, après avoir arrosé en passant la mystérieuse île. Et, quand nous revenons à la baie où se tient notre frégate, le soleil du soir rayonne.

Les environs de cette baie, où sont groupées les cases de roseaux, ont en ce moment un aspect bien insolite de vie et de joie, car tous les officiers du bord s'y sont promenés durant l'après-midi, chacun escorté d'une petite troupe d'indigènes, et, maintenant que l'heure de rentrer approche, ils attendent l'arrivée des canots, assis là par terre au milieu des grands enfants primitifs qui ont été leurs amis de la journée et qui chantent pour leur faire plus de fête. Je prends place, à mon tour, et aussitôt mes amis particuliers viennent en courant se serrer auprès de moi, Petero, Houga, Marie et la jolie Juaritaï. Notre présence de quelques heures a déjà, hélas ! apporté du ridicule et de la mascarade dans ce pays de l'âpre désolation. Nous avons presque tous échangé, contre des fétiches ou des armes, de vieux vêtements quelconques, dont les hommes aux poitrines tatouées se sont puérilement affublés. Et la plupart des femmes, par convenance ou par pompe, ont mis de pauvres robes sans taille, en indienne décolorée, qui avaient dû jadis être offertes à leurs mères par les prêtres de la mission, et dormaient depuis longtemps sous le chaume des cases.

Ils chantent, les Maoris ; ils chantent tous, en battant des mains comme pour marquer un rythme de danse. Les femmes donnent des notes aussi douces et flûtées que des notes d'oiseau. Les hommes, tantôt se font des petites voix de fausset toutes chevrotantes et grêles, tantôt produisent des sons caverneux, comme des rauquements de fauves qui s'ennuient. Leur musique se compose de phrases courtes et saccadées, qu'ils terminent toujours par de lugubres vocalises descendantes, en mode mineur ; on dirait qu'ils expriment l'étonnement de vivre, la tristesse de vivre, et pourtant c'est dans la joie qu'ils chantent, dans l'enfantine joie de nous voir, dans l'amusement des petits objets nouveaux par nous apportés.

Joie d'un jour, joie qui, demain, quand nous serons loin, fera pour longtemps place à la monotonie et au silence. Prisonniers sur leur île sans arbres et sans eau, ils sont, ces chanteurs sauvages, d'une race condamnée, qui, même là-bas en Polynésie, dans les îles mères, va s'éteignant très vite ; ils appartiennent à une humanité finissante et leur singulier destin est de bientôt disparaître...

Pendant que ceux-là battent des mains et s'amusent, mêlés si familièrement à nous, d'autres personnages nous observent dans une immobilité pensive. Sur des roches en amphithéâtre, qui nous dominent et font face à la mer, se tient échelonnée toute une autre partie de la population, plus craintive ou plus ombrageuse, avec qui nous n'avons pu lier connaissance : des hommes très tatoués, farouchement accroupis, les mains jointes sous les genoux ; des femmes assises dans des poses de statue, ayant aux épaules des espèces de manteaux blanchâtres et, sur leurs cheveux noués à l'antique, des couronnes de roseaux. Pas un mouvement, pas une manifestation, pas un bruit ; ils se contentent de nous regarder, d'un peu haut et à distance. Et, quand nous nous éloignons dans nos canots, le soleil couchant, déjà au ras de la mer, leur envoie ses rayons rouges, par une trouée dans de nouveaux nuages, encore soudainement venus ; il n'éclaire que leurs groupes muets et leur rocher, qui se détachent lumineux sur l'obscurité du ciel et des cratères bruns...

*
* *

Le soir, à bord, étant de service pour la nuit, je parcours les documents que possède l'amiral sur l'île de Pâques, depuis qu'elle a été découverte par les hommes « civilisés », et je constate, d'ailleurs sans surprise, que ce sont les civilisés qui ont montré, vis-à-vis des sauvages, une sauvagerie ignoble.

Vers 1850, en effet, une bande de colons péruviens imagina d'envoyer ici des navires pour faire une râfle d'esclaves : les Maoris se défendirent comme ils purent, avec des lances et des pierres, contre les fusils des agresseurs ; ils furent battus. cela va sans dire, tués en grand nombre, et des centaines d'entre eux, capturés odieusement, durent partir en esclavage pour le Pérou. Au bout de quelques années, cependant. le gouvernement de Lima fit rapatrier ceux qui n'étaient pas morts de mauvais traitements ou de nostalgie. Mais les exilés, en rentrant chez eux, y rapportèrent la variole, et plus de la moitié de la population périt de ce mal nouveau, contre lequel les sorciers de l'île ne connaissaient point de remède.

III

5 janvier.

Aujourd'hui encore nous obtenons du commandant, un de mes camarades et moi, un canot à nos ordres pour nous rendre dès le matin dans l'île, et nous partons au petit jour. Il vente comme hier. et nous avons l'alizé droit debout, ce qui retarde notre marche à l'aviron, nous arrose d'embruns. nous mouille de la tête aux pieds. Non sans peine, nous atteignons la plage, nous étant un peu trompés de route au milieu des récifs de corail. qui sont plus que jamais bruissants et couverts d'écume blanche.

Atamou et les amis d'hier accourent pour nous recevoir. avec quelques sauvages de figure inconnue — et je fais parmi ces derniers l'acquisition matineuse d'un dieu en bois de fer, au visage triste et féroce, coiffé de plumes noires.

C'est la première fois que mon camarade descend à terre,
et, sur sa demande, je le mène d'abord voir l'antique *maraï*,
auquel nous allons décidément tenter aujourd'hui d'enlever
une statue. Des gens nous suivent en grande troupe, ce
matin, à travers la plaine d'herbages mouillés, et, arrivés là-
bas, se mettent à danser sur les dalles funéraires et sur les
idoles couchées, à danser partout comme une légion de far-
fadets, échevelés et légers dans le vent qui siffle, nus et rougeâtres, bariolés de bleu, corps sveltes et clairs parmi les
pierres brunes et devant les horizons noirs ; ils dansent, ils
dansent, sur les énormes figures, heurtant de leurs doigts de
pieds, sans bruit, les fronts des colosses, les nez ou les joues. Et
on n'entend guère non plus ce qu'ils chantent, dans le fracas
toujours croissant des rafales et de la mer...

Les hommes de Rapa-Nui, qui vénèrent tant de petits fétiches
et de petits dieux, paraissent tous sans respect pour ces sépultures : ils ne se souviennent plus des morts endormis là-
dessous[1].

*   *   *

Nous retournons ensuite à la baie déjà familière, où sont
les cases de roseaux, et là je commence à circuler d'une
manière moins pompeuse qu'hier, en petit cortège maintenant, accompagné de mes seuls intimes, comme quelqu'un
qui serait déjà du pays. Des hommes, qui me croisent, se
bornent à me toucher la main ou à me faire un signe amical,
en continuant leur route.

« *Ia ora na, taio!* » (Bonjour, ami !) me disent la *cheffesse*
et sa fille, qui sont dans un champ à arracher des patates
douces et ne se dérangent plus de leur besogne. Le vieux
chef me reçoit dans une caverne attenante à sa demeure,
où il passe sa vie accroupi, les mains jointes sous ses
genoux bleus de tatouages ; avec sa figure rayée de bleu
sombre, ses longs cheveux, ses longues dents et son habitude

---

1. L'opinion admise est que les statues de l'île de Pâques n'ont pas été faites
par les Maoris, mais qu'elles sont l'œuvre d'une race antérieure, inconnue et
aujourd'hui éteinte. Cela est vrai peut-être pour les grandes statues de Ranoraraku,
dont je parlerai plus loin. Mais les innombrables statues qui garnissaient jadis les
maraï au bord des plages appartiennent bien à la race maorie et représentent
vraisemblablement l'Esprit des Sables et l'Esprit des Roches. — P. L.

15 Mars 1899.

de s'immobiliser dans des poses de bête, il serait d'apparence affreuse, sans la douceur extrême de son regard. Je ne semble plus l'intéresser particulièrement et j'abrège ma visite.

Désirant emporter une de ces coiffures en plumes noires, d'un mètre de largeur, comme j'en ai vu sur la tête de quelques vieux personnages difficiles à aborder, je m'en ouvre à Houga, celui qui comprend le mieux mes phrases hésitantes, et nous commençons ensemble nos recherches. Il m'introduit alors dans plusieurs cases, où sont accroupis des ancêtres à figure bleue et à dents blanches, immobiles comme des momies, et qui d'abord ne paraissent pas remarquer ma présence ; l'un d'eux cependant est occupé : il arrache les dents à une mâchoire humaine pour remettre des yeux d'émail à son idole. Il y a là en effet, accrochées sous la toiture, de très grandes couronnes de plumes ; mais les vieillards en demandent des prix fous : mon pantalon de toile blanche, et ma veste d'aspirant avec ses galons d'or, — ma veste neuve, puisque hier j'ai vendu l'autre. C'est trop cher ; il faut y renoncer. Et Houga, me voyant désolé, me propose d'en réparer pour ce soir une un peu ancienne, un peu usée qu'il possède chez lui, et de me la céder en échange d'un pantalon seulement, — ce que j'accepte.

Allons maintenant faire au vieux Robinson danois notre visite, depuis hier promise.

Les abords de sa maisonnette, à eux seuls, sont déjà pour serrer le cœur, avec ce semblant de véranda, ce semblant de petit jardin, où poussent quelques maigres plantes dont il a dû apporter les graines... Quel exil que celui de cet homme, qui, en ce pays presque vide, n'a même pas un bouquet d'arbres, même pas un peu de verdure où reposer sa vue. Et en cas de détresse, de maladie ou de menace de mort, aucune possibilité de communiquer avec le reste du monde...

Il est parti dès l'aube pour la chasse aux lapins, — nous explique avec mille grâces et en nous priant d'entrer quand même, son épouse morganatique : une Maorie entre deux âges et plutôt fanée, qui est naturellement la grande élégante de l'île et qui porte ce matin une tunique en mousseline aune, avec une couverture de voyage en laine rouge, jetée comme un châle sur les épaules. Elle nous offre l'eau fraîche et claire d'une gargoulette, présent rare, car il n'y a point de sources à Rapa-Nui ; les indigènes ramassent de l'eau quand il pleut et la conservent dans des gourdes où elle a vite fait de se corrompre, ou bien vont en chercher au fond des cratères, dans des mares souvent taries. Quel dénuement et quelle tristesse, dans cette solitaire demeure ! Et dire qu'il serait impossible à cet homme de se procurer autre chose, même le voulant, *puisqu'ici il n'y a rien nulle part.*

Ailleurs, les ermites, les reclus peuvent toujours, si l'angoisse les prend, s'en aller ou appeler au secours ; mais celui-là... on se sent froid à l'âme rien qu'en songeant à ce que doivent être pour lui les pluvieux crépuscules, les tombées de nuit par mauvais temps, les veillées d'hiver...

Nous ne voulons pas abuser davantage de l'accueil de cette dame, d'autant plus que cela risquerait de tourner mal pour l'un de nous, ou même pour tous deux, et à l'heure du repas de nos canotiers (dix heures), nous rentrons à bord, — où, depuis le matin, sont commencés les préparatifs de l'enlèvement de la statue, l'amiral ayant décidé que ce serait aujourd'hui si possible, et que nous partirions ensuite pour l'Océanie.

A midi, l'expédition est prête à aller chercher la grande idole. Dans la chaloupe de la frégate, on a embarqué d'énormes palans, une sorte de chariot improvisé et une *corvée* de cent hommes, sous la conduite d'un lieutenant de vaisseau. Mais je suis de service à bord, moi, hélas ! et je contemple mélancoliquement tout ce monde qui va partir.

A la dernière minute pourtant, l'amiral, dont je suis l' « aspirant de majorité », me fait appeler sur son balcon. Il remettra à demain ma journée de garde, à condition que je lui rapporte un croquis exact du *maraï* avant qu'on en ait changé l'aspect. — C'est étonnant ce que cela m'aura servi pendant cette campagne, de savoir dessiner, pour obtenir ainsi des permissions d'aller courir ! — Et je saute avec joie dans la chaloupe, déjà bondée de monde, où les matelots ont des figures de gens qui se rendent à une fête.

Très chargée, la chaloupe a du mal à franchir les récifs, par une passe nouvelle qui nous fera accoster dans une baie plus voisine du *maraï*. Nous arrivons tout de même, mais on s'inquiète de ce que sera le retour, avec le poids de l'idole en plus, et il faudra sûrement faire deux voyages pour ramener les cent matelots.

Les indigènes se sont réunis en masse sur la plage et poussent des cris perçants pour nous recevoir. Depuis hier, la nouvelle de l'enlèvement prochain de la statue s'est répandue parmi eux, et ils sont accourus de toute part pour nous regarder faire ; il en est venu même de ceux qui habitent la baie de La Pérouse, de l'autre côté de l'île ; aussi voyons-nous beaucoup de figures nouvelles.

Le lieutenant de vaisseau qui commande la corvée tient à ce que les cent hommes s'acheminent vers le *maraï* en rangs et au pas, les clairons sonnant la marche ; cette musique jamais entendue met la peuplade entière dans un état de joie indescriptible, — et ils deviennent difficiles à tenir en bon ordre, les matelots, avec toutes ces belles filles demi-nues, qui autour d'eux gambadent et s'amusent.

Au *maraï*, par exemple, il n'y a plus de discipline possible ; cela devient une folle confusion de vareuses de marine et de chairs tatouées, une frénésie de mouvement et de tapage ; tout ce monde se frôle, se presse, chante, hurle et danse. Au bout d'une heure, à coups de pinces et de leviers, tout est bousculé, les statues plus chavirées, plus brisées, et on ne sait pas encore laquelle sera choisie.

L'une, qui paraît moins lourde et moins fruste, est couchée la tête en bas, le nez dans la terre ; on ne connaît pas encore sa figure, et il faut la retourner pour voir. Elle cède aux efforts des leviers manœuvrés à grands cris, pivote autour d'elle-même et retombe sur le dos avec un bruit sourd. Son retournement et sa chute donnent le signal d'une danse plus furieuse et d'une clameur plus haute. Vingt sauvages lui sautent au ventre et y gambadent comme des forcenés... Ces vieux morts des races primitives, depuis qu'ils dorment là sous leur tumulus, n'ont jamais entendu pareil vacarme, — si ce n'est peut-être quand ces statues ont perdu l'équilibre, secouées toutes ensemble par quelque tremblement de terre, ou bien tombant de vieillesse, une à une, le front dans l'herbe.

C'est bien celle-là, décidément, la dernière touchée et retournée, que nous allons emporter ; non pas tout son corps

mais seulement sa tête, sa grosse tête qui pèse déjà quatre
ou cinq tonnes ; alors, on se met en devoir de lui scier le
cou. Par bonheur, elle est en une sorte de pierre volcanique
assez friable, et les scies mordent bien, en grinçant d'une
manière affreuse...

*
* *

Ayant terminé, dans la bousculade, mes croquis pour
l'amiral, je m'en vais, moi ; la fin de la manœuvre et l'embarquement de l'idole massacrée ne m'intéressent plus. Avec
mes fidèles, Atamou, Petero, Marie et Juaritaï, je m'en
retourne vers la baie où sont les cases en roseaux, pour voir
un peu à la réparation de ma couronne de plumes, que Houga
m'a promis de finir ce soir même.

Et je le trouve bien au travail, comme je l'espérais, ce
brave petit sauvage ; il a coupé la queue à un coq noir pour
remplacer les plumes avariées, et cela avance, cela prend
vraiment très grand air.

Le vieux chef, comme je passe devant sa grotte, m'appelle
par signes ; d'un air engageant et confidentiel, il me montre
une poussière sombre, qu'il tient enveloppée dans un étui de
feuilles mortes et qu'il nomme « tatou ». C'est de la poudre
à tatouer, et, puisque je semble apprécier l'industrie de Rapa-
Nui, il me propose de me faire sur les jambes quelques légers
dessins bleus, en échange de mon pantalon que je lui offrirais
pour sa peine.

Un autre vieillard aussi m'emmène chez lui, pour échanger, contre une boîte d'allumettes suédoises, une paire de
boucles d'oreilles en épine dorsale de requin. Je rapporterai
donc, ce soir encore, mille choses étonnantes.

Dominant cette baie, qui est devenue notre quartier général, il y a le cratère de Rano-Kaou [1], le plus large peut-être

---

1. A l'île de Pâques, le nom de tous les Volcans commence par *Rano*, ce qui
signifie proprement : étang. C'est qu'en effet, la partie profonde de tous ces cratères
est devenue avec le temps un marécage, où les indigènes, après les pluies, viennent
chercher de l'eau. Mais, pour avoir choisi cette appellation de *Rano*, il faut donc
que les Maoris, en prenant possession de l'île, aient trouvé ces Volcans déjà éteints et
convertis en réservoirs. Cela détruirait cette théorie généralement admise que l'île aurait été bouleversée et *diminuée* par le feu depuis que les Maoris l'habitent. — P. L.

et le plus régulièrement circulaire qui soit au monde. Vu du ciel, il doit faire l'effet de ceux que les télescopes nous révèlent dans la lune. C'est un colisée immense et magnifique, dans lequel manœuvrerait aisément toute une armée. Le dernier des rois de Rapa-Nui était monté s'y cacher avec son peuple, lors de l'invasion péruvienne, et là eut lieu le grand massacre. Les sentiers qui y mènent sont remplis d'ossements, et des squelettes entiers apparaissent encore, couchés dans l'herbe.

A l'extrême déclin du soleil, je reviens m'asseoir avec mes cinq amis en face de la mer, au point où nous avons déjà pris l'habitude d'attendre ensemble l'arrivée des canots. Ce sera la dernière fois peut-être, car j'aperçois là-bas au loin la chaloupe qui retourne à bord et, au milieu de l'entassement des matelots vêtus de blanc, la grosse tête brune de l'idole qui s'en va en leur compagnie ; donc, la manœuvre s'est terminée à souhait, et nous avons chance de partir demain[1]. Je dis presque : tant pis, car volontiers je serais resté encore...

Mais le soir, au moment de me coucher dans mon hamac, je suis appelé chez le commandant, et je pressens du nouveau pour la journée suivante.

Il m'annonce en effet que le départ est ajourné de vingt-quatre heures. Demain il a le projet de se rendre, avec quelques officiers, dans la région plus éloignée, où des idoles, très différentes de celles à notre connaissance, restent encore debout. La course probablement sera pénible et longue ; sur la carte, que nous examinons ensemble, cela fait, pris à vol d'oiseau avec un compas, six lieues, qui en représentent bien sept ou huit. avec les détours, les montées, les descentes... Et il me demande si je veux l'accompagner. J'en meurs d'envie, cela va sans dire. Mais demain, je suis de garde, hélas ! moi, m'étant promené aujourd'hui tout le jour.

— « Ça. dit-il, j'en fais mon affaire avec l'amiral. » — Et il ajoute en riant : « A une condition... — Ah ! oui, les dessins ! »

---

1. Cette tête d'idole est aujourd'hui à Paris, au Jardin des Plantes, à l'une des entrées du Muséum. — P. L..

Il va falloir que je dessine les statues sous toutes les faces et pour tout le monde... Tant qu'on voudra, pourvu qu'on m'emmène [4] !

IV

6 janvier.

Avant quatre heures du matin, par une nuit encore noire, sous un ciel épais, nous quittons la frégate. Et avant jour nous atteignons la plage, choisissant pour débarquer un point difficile et solitaire, afin de ne pas donner l'éveil aux indigènes qui, tous, voudraient nous suivre. Nous sommes quatre de l'état-major, le commandant, deux officiers et moi ; le vieux Danois et un Maori de confiance nous guident ; trois matelots rompus à la marche nous suivent, portant à l'épaule notre déjeuner et le leur. Du côté des cases, là-bas, on voit briller des feux dans l'herbe.

D'abord nous passons près du *maraï* dévasté hier, dont l'aspect est sinistre. Le ciel est voilé tout d'une pièce, sauf une déchirure, au raz de l'horizon oriental, qui laisse voir une lueur jaune annonçant la fin de la nuit.

Tous à la file, à travers l'herbe mouillée, nous nous dirigeons vers l'intérieur de l'île, qu'il faudra traverser d'un bord à l'autre, et, au bout d'une demi-heure, derrière un repli de colline, la mer et les feux lointains de la frégate disparaissent pour nos yeux, ce qui nous isole soudainement davantage. Nous nous enfonçons dans cette partie centrale de l'île que couvre, sur la carte du commandant, le mot *Tekaou-hangoaru* écrit en grosses lettres de la main de l'évêque de Tahiti. Tekaouhangoaru est le premier des noms que les Polynésiens donnèrent à ce pays ; plus encore que le nom de Rapa-Nui, il sonne la sauvagerie triste, au milieu de vent et ténèbres.

Dans les temps mêmes où la population était nombreuse, il paraît que ce territoire central restait inhabité. Il en va de même, d'ailleurs, dans les autres îles peuplées par les Maoris,

---

4. Nous sommes en 1872. On n'avait encore inventé ni les photo-jumelles, ni les kodaks, et personne à bord ne faisait de photographie. — P. L.

qui sont une race de pêcheurs et de marins, vivant surtout de la mer ; ainsi le centre de Tahiti, et celui de Nuka-Hiva, malgré une végétation admirable et des forêts pleines de fleurs, n'a jamais cessé d'être un silencieux désert. Mais, pas de forêts ici, à Rapa-Nui, pas d'arbres, rien ; des plaines dénudées, funèbres, plantées d'innombrables petites pyramides de pierre ; on dirait des cimetières n'en finissant plus.

Le jour se lève, mais le ciel reste très sombre, une pluie fine commence à tomber. Et nous avons beau avancer toujours, notre horizon demeure fermé de tous côtés par des cratères qui se succèdent pareils, avec la même forme en tronc de cône, la même coloration brune.

Nous sommes jusqu'aux genoux dans l'herbe mouillée. Cette herbe aussi est toujours la même : elle couvre l'île dans toute son étendue ; c'est une sorte de plante rude, d'un vert grisâtre, à tiges ligneuses garnies d'imperceptibles fleurs violettes ; il en sort des milliers de ces petits insectes qu'on appelle en France des éphémères. Quant aux pyramides que nous continuons de rencontrer à chaque pas, elles sont composées de pierres brutes, que l'on a simplement posées les unes sur les autres ; le temps les a rendues noires ; elles paraissent être là depuis des siècles.

Voici cependant une vallée où la végétation change un peu ; il y croît des fougères, des cannes-à-sucre sauvages, de maigres buissons de mimosas, et aussi quelques autres arbrisseaux courts, que les officiers reconnaissent pour être d'essences très répandues en Océanie, mais qui là-bas deviennent des arbres. — Est-ce que les hommes les ont apportés? ou bien vivent-ils ici depuis le grand mystère des origines, et alors pourquoi sont-ils restés à l'état de broussailles et dans ce recoin unique, au lieu de se développer comme ailleurs et d'envahir?

Vers neuf heures et demie enfin, ayant traversé l'île dans sa plus grande largeur, nous voyons de nouveau se déployer devant nous les lignes bleues de l'Océan Pacifique. Et la pluie cesse, et les nuages se déchirent, et le soleil paraît. Vraiment

nous sortons de Tekaouhangoaru comme on s'éveillerait
d'un cauchemar d'obscurité et de pluie.

Il y a même dans le lointain, près de la mer, quelque chose
qui ressemble à une maisonnette d'Européen. Et c'est, nous
dit le Robinson danois, la troisième des habitations que les
missionnaires avaient jadis construites ; dans ce lieu, qui s'appelle Vaïhou, il y avait en ce temps-là une tribu heureuse
qui vivait au bord de la plage; mais plus personne aujour-
d'hui ; Vaïhou est un désert et la maisonnette tombe en
ruine.

Nous apercevons déjà le cratère de Ranoraraku, au pied
duquel nous trouverons, paraît-il, ces statues annoncées,
différentes de toutes les autres, plus étranges et encore
debout. Nous n'en sommes bientôt qu'à deux lieues, et ce
sera le terme de notre voyage. Donc, ici, dans la maison
vide, nous nous arrêterons pour déjeuner; d'abord, cela sou-
lagera plus tôt les épaules de nos marins, et puis nous aurons
au moins l'abri d'un reste de toiture.

Une sauvagesse très vieille et d'affreuse laideur se montre
sur la porte, ensuite vient à nous avec des sourires craintifs. C'est la seule créature vivante rencontrée sur notre chemin. Elle a fait son gîte de cette petite ruine solitaire, et, sans
doute, elle est quelque fille de la tribu disparue. — Mais de
quoi vit-elle et qu'est-ce qu'elle peut bien manger? Des racines, probablement. des lichens, avec des poissons qu'elle
pêche.

* * *

A partir de Vaïhou, le pays que nous traversons est sillonné
de sentiers aussi battus et piétinés que s'il y passait chaque
jour une foule nombreuse. Et cependant tout est désert: on
nous l'avait dit. et nous le voyons bien ; notre guide indigène
nous assure même qu'à part cette vieille femme, on ne trouverait pas un être humain à cinq lieues à la ronde. Alors.
que penser?... Dans cette île, tout est pour inquiéter l'imagination.

Le lieu dont nous continuons de nous approcher a dû être,
dans la nuit du passé, quelque centre d'adoration, temple ou
nécropole, car voici maintenant que la région entière s'en-

combre de ruines : assises de pierres cyclopéennes, restes
d'épaisses murailles, débris de constructions gigantesques. Et
l'herbe, de plus en plus haute, recouvre ces traces des mystérieux temps, — l'herbe à tiges ligneuses comme celles du
genêt, toujours, toujours la même herbe et du même vert
décoloré.

Nous cheminons à présent le long de la mer. Au bord des
plages, sur les falaises, il y a des terrasses faites de pierres
immenses ; on y montait jadis par des gradins semblables à
ceux des anciennes pagodes hindoues et elles étaient chargées de pesantes idoles, qui sont renversées aujourd'hui la tête
en bas, le visage enfoui dans les décombres. L'Esprit des
Sables et l'Esprit des Rochers [1], l'un et l'autre gardiens des
îles contre l'envahissement des mers, tels sont les personnages des vieilles théogonies polynésiennes que ces statues
figuraient.

C'est ici, au milieu des ruines, que les missionnaires dé-
couvrirent quantité de petites tablettes en bois, gravées d'hié-
roglyphes ; — l'évêque de Tahiti les possède aujourd'hui, et
sans doute donneraient-elles le mot de la grande énigme de
Rapa–Nui, si l'on parvenait à les traduire.

Les dieux se multiplient toujours, à mesure que nous avan-
çons vers le Ranoraraku, et leurs dimensions aussi s'accrois-
sent ; nous en mesurons de dix et même de onze mètres, en
un seul bloc ; on ne les trouve plus seulement au pied des
terrasses, le sol en est jonché ; on voit partout leurs informes
masses brunes émerger des hautes herbes ; leurs coiffures,
qui étaient des espèces de turbans, en une lave différente et
d'un rouge de sanguine, ont roulé çà et là, aux instants des
chutes, et l'on dirait de monstrueuses pierres meulières.

Près d'un tumulus, un entassement de mâchoires et de
crânes calcinés semble témoigner de sacrifices humains, qui
se seraient accomplis là durant quelque longue période. Et —
autre mystère — des routes dallées, comme étaient les voies
romaines, *descendent se perdre dans l'Océan...*

---

1. *Tii-Oné* et *Tii-Papa*, l' « Esprit des Sables » et l' « Esprit des Rochers » : ces
noms et cette explication viennent des vieux chefs de l'île Laïvavaï (archipel
Toubouaï, Polynésie) où se trouvent au bord de la mer des statues de même figure
qu'à l'île de Pâques, bien que moins hautes et moins détériorées. — P. L.

Des mâchoires, des crânes, on en trouve du reste ici partout. On ne peut nulle part soulever un peu de terre sans remuer des débris humains, comme si ce pays était un ossuaire immense. C'est que, à une époque dont l'épouvante s'est transmise jusqu'aux vieillards de nos jours, les hommes de Rapa-Nui connurent l'horreur *d'être trop nombreux*, de s'affamer et de s'étouffer dans leur île, dont ils ne savaient plus sortir ; alors survinrent, entre les tribus, de grandes guerres d'extermination et de cannibalisme. C'était en des temps où l'existence de l'Océanie n'était même pas soupçonnée par les hommes blancs ; mais, au siècle dernier, lorsque passa Vancouver, il trouva encore, dans cette île qui n'avait déjà plus que deux mille habitants à peine, des traces de camps retranchés sur toutes les montagnes, des restes de fortifications en palissades au bord de tous les cratères.

Tant de blocs taillés, remués, transportés et érigés, attestent la présence ici, pendant des siècles, d'une race puissante, habile à travailler les pierres et possédant d'inexplicables moyens d'exécution. Aux origines, presque tous les peuples ont ainsi traversé une phase mégalithique[1], durant laquelle des forces que nous ignorons leur obéissaient.

Par ailleurs, l'île semble bien petite en proportion de cette zone considérale, occupée par les monuments et les idoles. Était-ce donc une île sacrée, où l'on venait de loin pour des cérémonies religieuses, à l'époque très ancienne de la splendeur des Polynésiens, quand les rois des archipels avaient encore des pirogues de guerre capables d'effronter les tempêtes du large et, de tous les points du Grand-Océan, s'assemblaient dans des cavernes, pour y tenir conseil, en une langue secrète ?... Ou bien ce pays est-il un lambeau de quelque continent submergé jadis comme celui des Atlantes ? Ces

---

1. Chez les Maoris, il semblerait que l'âge des Grandes-Pierres se soit prolongé jusqu'aux temps modernes, car, la matière volcanique dont certaines de leurs statues sont composées paraît peu durable, et les idoles au bord de la mer ne sauraient avoir plus de trois ou quatre siècles.

La science officielle admet, il est vrai, que ces statues sont en *trachyte*, matière dure et résistante ; cela est exact peut-être pour les grandes figures de Ranoraraku ; mais non pour les innombrables idoles dont les plages sont jonchées : je les ai vu scier aisément avec des scies à bois, et la matière en est friable et légère.

routes plongeant dans les eaux sembleraient l'indiquer ; mais
les légendes maories ne font pas mention de cela, et, tandis
que l'Atlantide en sombrant a formé sous la mer des plateaux
gigantesques, ici, autour de l'île de Pâques, tout de suite les
profondeurs insondables commencent...

Cependant, une fatigue, à la fin, et comme une anxiété
nous viennent de cette interminable marche en file espacée,
entre les hautes herbes, dans ces étroits sentiers de sauvages,
au milieu de tant de désolation, de mystère et de silence.
D'ailleurs, ces statues couchées, que nous rencontrons à
chaque pas, sont de tout point semblables à celles que nous
connaissions déjà, plus grandes seulement, mais de même
forme et de même visage.

Et nous réclamons à notre guide *les autres* que nous étions
venus voir, les autres statues, les différentes, qui se tiennent
encore debout...

— Tout à l'heure, nous dit-il, là-bas sur le flanc du Ranoraraku : c'est là qu'on les trouve, mais rien que là, en un
groupe unique.

Du reste, les sentiers maintenant abandonnent la rive et
tournent vers l'intérieur des terres, dans la direction du
volcan.

Il y a une heure et demie environ que nous avons repris
notre route depuis la halte de Vaïhou, lorsque nous commençons de distinguer, debout au versant de cette montagne, de
grands personnages qui projettent sur l'herbe triste des
ombres démesurées. Ils sont plantés sans ordre et regardent
presque tous de notre côté comme pour savoir qui arrive,
bien que nous apercevions aussi quelques longs profils à
nez pointu tournés vers ailleurs. C'est bien *eux* cette fois,
eux auxquels nous venions faire visite ; notre attente n'est
point déçue, et involontairement nous parlons plus bas à leur
approche.

En effet, ils ne ressemblent en rien à ceux qui dormaient,
couchés pas légions sur notre passage. Bien qu'ils paraissent
remonter à une époque plus reculée, ils sont l'œuvre d'artistes
moins enfantins ; on a su leur donner une expression, et ils
font peur. Et puis ils n'ont pas de corps, ils ne sont que des
têtes colossales, sortant de terre au bout de longs cous et se

dressant comme pour sonder ces lointains toujours immobiles
et vides. De quelle race humaine représentent-ils le type,
avec leur nez à pointe relevée et leurs lèvres minces qui
s'avancent en une moue de dédain ou de moquerie? Point
d'yeux, rien que deux cavités profondes sous le front,
sous l'arcade sourcillière qui est vaste et noble, — et cependant ils ont l'air de regarder et de penser. De chaque côté de
leurs joues, descendent des saillies qui représentaient peut-être
des coiffures dans le genre du bonnet des sphinx, ou bien
des oreilles écartées et plates. Leur taille varie entre cinq et
huit mètres. Quelques-uns portent des colliers, faits d'incrus-
tations de silex, ou des tatouages dessinés en creux.

Vraisemblablement, ils ne sont point l'œuvre des Maoris,
ceux-là. D'après la tradition que les vieillards conservent, ils
auraient précédé l'arrivée des ancêtres ; les migrateurs de
Polynésie, en débarquant de leurs pirogues, il y a un millier
d'années, auraient trouvé l'île depuis longtemps déserte.
gardée seulement par ces monstrueux visages. Quelle race,
aujourd'hui disparue sans laisser d'autres souvenirs dans
l'histoire humaine, aurait donc vécu ici jadis, et comment se
serait-elle éteinte?...

Et qui dira jamais l'âge de ces dieux ?... Tout rongés de
lichens, ils paraissent avoir la patine des siècles qui ne se
comptent plus, comme les menhirs celtiques... Il y en a aussi
de tombés et de brisés. D'autres, que le temps, l'exhaus-
sement du sol ont enfouis jusqu'aux narines, semblent reni-
fler la terre.

Sur eux, flamboie à cette heure le soleil méridien, le soleil
tropical qui exagère leur expression dure en mettant plus de
noir dans leurs orbites sous le relief de leur front, et la pente
du terrain allonge leurs ombres sur cette herbe de cimetière. Au ciel, quelques derniers lambeaux de nuages
achèvent de se dissiper, de se fondre dans du bleu violent
et magnifique. Le vent s'est calmé, tout est devenu tranquillité et silence autour des vieilles idoles : d'ailleurs, quand
l'alizé ne souffle plus, qui troublerait la paix funèbre de ce
lieu, qui remuerait son linceul uniforme d'herbages, puisqu'il n'y a jamais personne et qu'il n'existe dans l'île aucune
bête, ni oiseau, ni serpent, rien que les papillons blancs, les

papillons jaunes et les mouches qui bourdonnent en sourdine... Nous sommes à mi-montagne, ici, au milieu des sourires de ces grands visages de pierre ; au-dessus de nos têtes,
nous avons les rebords du cratère éteint, sous nos pieds la
plaine déserte jonchée de statues et de ruines, et pour horizon
les infinis d'une mer presque éternellement sans navires...

Ces mornes figures, ces groupes figés au soleil, vite, vite il
me faut, puisque je l'ai promis, les esquisser sur mon album,
tandis que mes compagnons s'endorment dans l'herbe. Et
ma hâte, ma hâte fiévreuse à noter tous ces aspects, —
malgré la fatigue et le sommeil impérieux contre lesquels je
me défends, — ma hâte est pour rendre plus particuliers
et plus étranges encore les souvenirs que cette vision m'aura
laissés...

En effet, tout de suite après, c'est le départ, car le commandant s'inquiète, et nous aussi, de la trop longue route
que nous avons à refaire avant la nuit à travers les solitudes
centrales ; le départ, avec la certitude que jamais dans notre
vie nous ne reviendrons en visite chez ces dieux, au fond de
leur invraisemblable domaine.

Vers deux heures donc, au plus brûlant de la journée,
recevant dans les yeux, juste en face, un soleil que rien ne
voile plus, nous nous remettons en marche pour le retour, à
la file, dans ces étroits sentiers dont l'existence ne s'explique
pas, ayant toujours cette même herbe autour de nous, jusqu'à
mi-jambe ou jusqu'à la ceinture.

Et, malgré les averses du matin, cette herbe n'est même
pas humide, le sol non plus. Comment ce pays peut-il
sécher si vite et sa terre redevenir en quelques heures si
poussiéreuse, au milieu des immenses nappes marines qui
l'environnent?... Et puis, c'est singulier, quand on y réfléchit, la persistance de cette île et son air de quiétude, au
milieu du Grand-Océan, qui, dirait-on, ne vient mouiller que
ses plages de corail, sans vouloir jamais franchir une ligne
convenue... Il suffirait pourtant du dénivellement le plus léger
dans les effroyables masses liquides pour submerger ce rien qui,
depuis tant d'années, chauffe au soleil son peuple d'idoles...
Et, la fatigue aidant, je crois que peu à peu l'âme des
anciens hommes de Rapa-Nui pénètre la mienne, à mesure

que je contemple à l'horizon le cercle souverain de la mer :
voici que je partage leur angoisse devant l'énormité des eaux
et que tout à coup je les comprends d'avoir accumulé au
bord de leur terre infime ces géantes figures de l'Esprit des
Sables et de l'Esprit des Roches, afin de tenir en respect, sous
tant de regards fixes, la terrible et mouvante puissance bleue...

Au crépuscule, nous sommes de retour à la région habitée,
en face du mouillage de notre frégate. Les timoniers, avec
des longues-vues, guettaient notre arrivée, et une embarcation
se détache aussitôt du bord pour venir nous prendre. J'ai
juste le temps de m'asseoir une dernière fois devant la mer,
à la nuit tombante, au milieu de mes cinq amis sauvages, et
nous attendons ensemble le canot qui m'emportera pour toujours. Ils ont l'air très frappé de mon départ et me disent,
avec mélancolie, sous la voûte des nuages ramenés par le
vent du soir, plusieurs choses que je voudrais mieux entendre.
Quant à moi, j'éprouve un serrement de cœur en leur faisant
mes adieux, — car ce sont de grands adieux et entre nous
l'éternité commence : l'appareillage est fixé à six heures demain
matin et, pour sûr, je ne reviendrai jamais.

Le soir, à bord, j'ai entre les mains, pour la première fois,
une des tablettes hiéroglyphiques de Rapa-Nui, que le commandant possède et m'a confiée, un de ces « *bois qui parlent* »,
ainsi que les Maoris les appellent. Elle est en forme de carré
allongé, aux angles arrondis ; elle a dû être polie par quelque
moyen primitif, sans doute par le frottement d'un silex ; le
bois, rapporté on ne sait d'où, en est extrêmement vieux et
desséché. Oh ! la troublante et mystérieuse petite planche,
dont les secrets à présent demeureront à jamais impénétrables ! Sur plusieurs rangs, des caractères gravés s'y alignent ;
comme ceux d'Égypte, ils figurent des hommes, des animaux,
des objets ; on y reconnaît des personnages assis ou debout,
des poissons, des tortues, des lances. Ils éternisaient ce langage sacré, inintelligible pour les autres hommes, que les
grands chefs parlaient, aux conseils tenus dans les cavernes.
Ils avaient un sens ésotérique ; ils signifiaient des choses

profondes et cachées, que seuls pouvaient comprendre les rois ou les prêtres initiés [1]...

1. Monseigneur d'Axiéri, évêque-missionnaire qui vécut de longues années en Polynésie, possédait un grand nombre de « bois qui parlent », et il avait obtenu, de quelques vieux chefs de l'île de Pâques, aujourd'hui défunts, la signification *littérale* de chacun des caractères de leur écriture. On trouvera ci-dessous un aperçu des documents qu'il a laissés et qui sont tout à fait uniques.

Cette écriture, — tracée *en sillons de bœuf* (suivant les expressions de l'évêque-missionnaire), — se lisait en commençant par le bas de l'inscription, et, toutes les fois qu'on passait d'une ligne à une autre, il fallait retourner la tablette, chaque ligne étant inscrite *la tête en bas* par rapport aux lignes voisines.

Malheureusement, la signification *ésotérique* des mots, la seule importante, n'a pu être retrouvée et le langage des bois demeure à jamais inintelligible.

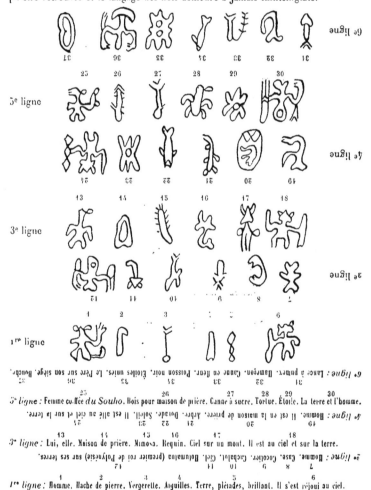

6e ligne : Lance à pumer. Hameçon. Canne en fleur. Poisson noir. Étoiles unies. Le Père sur son siège. Bouche.

5e *ligne* : Femme coiffée *du Souho*. Bois pour maison de prière. Canne à sucre. Tortue. Étoile. La terre et l'homme.

4e *ligne* : Homme. Il est en la maison de prière. Arbre. Pintade. Soleil. Il est allé au ciel et sur la terre.

3e *ligne* : Lui, elle. Maison de prière. Mimosa. Requin. Ciel sur un mont. Il est au ciel et sur la terre.

2e *ligne* : Homme. Case. Cocotier. Ciel. Hotumatua (premier roi de Polynésie) sur les terres.

1re *ligne* : Homme. Hache de pierre. Vergerette. Aiguilles. Terre, pléiades, brillant. Il s'est réjoui au ciel.

On m'appelle !... C'est de la part de l'amiral, ce soir, — et comme hier, comme avant-hier, quand on m'avait appelé ainsi à des heures insolites, je pressens du nouveau, qui pourrait bien me ramener encore une fois dans l'île sombre.

En effet, l'amiral souhaiterait posséder un dieu en pierre, remplissant certaines conditions de taille et de physionomie; comme il sait que son aspirant de majorité a beaucoup fréquenté dans les cases, il me demande si je me chargerais de lui procurer cela, et de le faire vite, demain au petit jour, sans retarder le départ de la frégate qui reste fixé à six heures.

Justement j'en connais, une idole, qui répond à son idéal, chez le vieux chef lui-même; je prends l'engagement de la lui rapporter avant l'appareillage, en échange d'une redingote qu'il me confiera; — et, charmé de retourner encore à Rapa-Nui, je prépare avant de m'endormir plusieurs phrases de langue polynésienne, pour une dernière et suprême causerie avec mes amis sauvages.

V

7 janvier.

A quatre heures du matin, je suis en route, dans la baleinière de l'amiral. Par hasard, le temps est calme, mais si couvert, si noir ! Depuis notre arrivée, c'est la même chose à la fin de chaque nuit : un voile obscur, tout d'une pièce, retarde le lever du jour sur l'île et sur la mer.

Et me voici donc une fois de plus, dans la demi-obscurité matinale, au milieu des brisants et des récifs, revenant vers la baie où je ne pensais plus reparaître. Les aspects encore nocturnes de ce rivage sont aussi fantastiques aujourd'hui que le matin de ma première visite. De lourdes ténèbres demeurent dans les fonds, sur les vieux volcans morts, tandis que s'éclairent déjà vaguement les grèves. Çà et là, parmi les roches et les cases à peine dessinées, brillent des feux dans l'herbe, dansent des flammes jaunes, et, devant, l'on voit passer les ombres de quelques sauvagesses, qui rôdent alentour, en surveillant des cuissons de racines ou d'ignames; à mesure qu'on approche, des odeurs de fumée vous viennent,

des odeurs de fauve, de tanière. Et ces formes nues, ces attitudes primitives, que la lueur des feux révèle, sont pour
plonger l'esprit dans un rêve des anciens temps : cela devait
être ainsi. une aube préhistorique, dans des régions nua-
geuses. commençant d'éclairer le réveil et la petite activité
d'une tribu humaine à l'âge de pierre...

Les femmes sans doute circulent ici plus tôt que les
hommes, car je suis d'abord rencontré et reconnu par Juaritaï et Marie. On ne pensait plus me revoir, ni moi ni aucun
de nous. Grands cris de joie. On court chez le vieux chef,
l'avertir que c'est à lui que j'ai affaire, et que c'est pressé. Il
sort au devant de moi. Le marché lui agrée. En échange
de son idole, que deux de mes matelots emportent sur leurs
mains nouées en chaise, je lui livre la belle redingote de
l'amiral et il l'endosse sur-le-champ.

Pas de temps à perdre. Il faut redescendre à la course vers
la plage. En peu d'instants, mes amis sont tous sur pied pour
me voir encore. Houga, éveillé en sursaut, se présente enveloppé d'un manteau en écorce d'arbre, et puis j'entends derrière moi accourir Atamou, et enfin Petero, le maigre farfadet.
Ce sont bien nos derniers adieux, cette fois-ci; dans quelques
heures, l'île de Pâques aura disparu à mes yeux pour toujours.
Et vraiment un peu d'amitié avait jailli entre nous, de nos
différences profondes peut-être, ou bien de notre enfantillage pareil.

Il fait presque jour quand je me rembarque dans la baleinière,
avec l'idole. Mes cinq amis restent sur la grève, pour me
suivre jusqu'à perte de vue. Seul le vieux chef, qui était descendu avec eux pour me reconduire, remonte lentement vers
sa case, — et, le voyant si ridicule et lamentable avec sa
redingote d'amiral d'où sortent deux longues jambes tatouées,
j'ai le sentiment de lui avoir manqué de respect, d'avoir
commis envers lui une faute de lèse-sauvagerie...

PIERRE LOTI

JACQUOU LE CROQUANT

A mon ami Alcide Dusolier.

I

Le plus loin dont il me souvienne, c'est 1815, l'année que les étrangers vinrent à Paris, et où Napoléon, appelé par les messieurs du château de l'Herm « l'ogre de Corse », fut envoyé à 'Sainte-Hélène, par delà les mers. En ce temps-là, les miens étaient métayers à Combenègre, mauvais domaine du marquis de Nansac, sur la lisière de la Forêt Barade, dans le Haut-Périgord. C'était le soir de Noël; assis sur un petit banc dans le coin de l'âtre, j'attendais l'heure de partir pour aller à la messe de minuit dans la chapelle du château, et il me tardait fort qu'il fût temps. Ma mère, qui filait sa quenouille de chanvre devant le feu, me faisait prendre patience à grand'peine en me disant des contes. Elle se leva enfin, alla sur le pas de la porte, regarda les étoiles au ciel et revint aussitôt :

— Il est l'heure, dit-elle, va, mon drole[1]; laisse-moi arranger le feu pour quand nous reviendrons.

Et aussitôt, allant querir dans le fournil une souche de noyer gardée à l'exprès, elle la mit sur les landiers et l'arrangea avec des tisons et des copeaux.

Cela fait, elle m'entortilla dans un mauvais fichu de laine

---

1. *Drole* qui, dans le parler du Périgord, signifie *garçon, fille :* — « un drole, une drole », — s'écrit sans accent circonflexe sur l'o.

qu'elle noua par derrière, enfonça mon bonnet tricoté sur mes oreilles, et passa de la braise dans mes sabots. Enfin ayant pris sa capuce de bure, elle alluma le falot aux vitres noircies par la fumée de l'huile, souffla le chalel pendu dans la cheminée, et, étant sortis, ferma la porte au verrou en dedans au moyen de la clef-torte qu'elle cacha ensuite dans un trou du mur :

— Ton père la trouvera là, mais qu'il revienne.

Le temps était gris, comme lorsqu'il va neiger, le froid noir et la terre gelée. Je marchais près de ma mère qui me tenait par la main, forçant mes petites jambes de sept ans par grande hâte d'arriver, car la pauvre femme, elle, mesurait son pas sur le mien. C'est que j'avais tant ouï parler à notre amie la Mïon, de la crèche faite tous les ans dans la chapelle de l'Herm par les demoiselles de Nansac, qu'il me tardait de voir tout ce qu'elle en racontait. Nos sabots sonnaient fort sur le chemin durci, à peine marqué dans la lande grise et bien faiblement éclairé par le falot que portait ma mère. Après avoir marché un quart d'heure déjà, voici que nous entrons dans un grand chemin pierreux appelé le chemin ferré, qui suivait le bas des grands coteaux pelés des Grillières. Au loin, sur la cime des termes et dans les chemins, on voyait se mouvoir comme des feux follets les falots des gens qui allaient à la messe de minuit, ou les lumières portées par les garçons courant la campagne en chantant une antique chanson de nos pères, les Gaulois, qui se peut translater ainsi du patois :

> Nous sommes arrivés,
> Nous sommes arrivés,
> A la porte des rics [1],
> Dame donnez-nous l'étrenne du gui !...

> Si votre fille est grande,
> Nous demandons l'étrenne du gui !
> Si elle est prête à choisir l'époux,
> Dame, donnez-nous l'étrenne du gui !...

> Si nous sommes vingt ou trente,
> Nous demandons l'étrenne du gui !
> Si nous sommes vingt ou trente bons à prendre femme,
> Dame, donnez-nous l'étrenne du gui !...

1. Chefs.

Lorsque nous fûmes sous Puymaigre, une autre métairie du château, ma mère mit une main contre sa bouche et hucha fortement :

— Hô, Mïon !

La Mïon sortit incontinent sur sa porte et répondit :

— Espère-moi, Françou !

Et, un instant après, dévalant lentement par un chemin de raccourci, elle nous rejoignit.

— Et tu emmènes le Jacquou !... fit-elle en me voyant.

— M'en parle pas ! il veut y aller que le ventre lui en fait mal. Et, avec ça, notre Martissou est sorti : je ne pouvais pas le laisser tout seul.

Un peu plus loin, nous quittions le chemin qui tombait dans l'ancienne route de Limoges à Bergerac, venant de la forêt, et nous suivîmes cette route un quart d'heure de temps, jusqu'à la grande allée du château de l'Herm.

Cette allée, large de soixante pieds, dont il ne reste plus de traces aujourd'hui, avait deux rangées de vieux ormeaux de chaque côté. Elle était pavée de grosses pierres, tandis qu'une herbe courte poussait dans les contre-allées où il faisait bon passer, l'été. Elle montait en droite ligne au château, campé sur la cime du puy, dont les toits pointus, les pignons et les hautes cheminées se dressaient tout noirs dans le ciel gris.

Comme nous grimpions avec d'autres gens rencontrés en chemin, il commença de neiger fort, de manière que nous étions déjà tout blancs en arrivant en haut; et cette neige, qui tombait en flottant, faisait dire aux bonnes femmes : « Voici que le vieux Noël plume ses oies ». La porte extérieure, renforcée de gros clous à tête pointue pour la garder jadis des coups de hache, était ce soir-là grande ouverte, et donnait accès dans l'enceinte circulaire bordée d'un large fossé, au milieu de laquelle était le château. Cette porte était percée dans un bâtiment crénelé, défendu par des meurtrières, maintenant rasé, et, sous la voûte qui conduisait à la cour intérieure, un fanal se balançait éclairant l'entrée et le pont jeté sur la douve.

Au fond de l'enceinte de murs solides et à droite du château, on voyait briller les vitraux enflammés d'une chapelle qui n'existe plus : ma mère tua son falot et nous entrâmes.

Que de lumières ! Dans le chœur de la chapelle, le vieil autel de pierre en forme de tombeau en était garni, et voici qu'on achevait d'éclairer la crèche de verdure faite dans une large embrasure de fenêtre. Après s'être signés avec de l'eau bénite, les gens allaient s'agenouiller devant la crèche et prier le petit enfant Jésus qu'on voyait couché dans une mangeoire sur de la paille reluisante comme de l'or, entre un bœuf pensif et un âne tout poilu qui levait la tête pour attraper du foin à un minuscule râtelier. Que c'était beau ! On aurait dit une grotte, toute garnie de mousse, de buis et de branches de sapin sentant bon. Dans la lumière amortie par la verdure sombre, la sainte Vierge, en robe bleue, était assise à côté de son nouveau-né, et, près d'elle, saint Joseph debout, en manteau vert, semblait regarder tout ça d'un œil attendri. Un peu à distance, accompagnés de leurs chiens, les bergers agenouillés, un bâton recourbé en crosse à la main, adoraient l'enfançon, tandis que, tout au fond, les trois rois mages, guidés par l'étoile qui brillait suspendue à la voûte de branches, arrivaient avec leurs longues barbes, portant des présents...

Je regardais goulûment toutes ces jolies choses, avec les autres qui étaient là, écarquillant nos yeux à force. Mais il nous fallut bientôt sortir du chœur réservé aux messieurs, car la messe était sonnée.

Ils entrèrent tous, comme en procession. D'abord le vieux marquis, habillé à l'ancienne mode d'avant la Révolution, avec une culotte courte, des bas de soie blancs, des souliers à boucles d'or, un habit à la française de velours brun à boutons d'acier ciselés, un gilet à fleurs brochées qui lui tombait sur le ventre et une perruque enfarinée, finissant par une petite queue entortillée d'un ruban noir qui tombait sur le collet de son habit. Il menait par le bras sa bru, la comtesse de Nansac, grosse dame coiffée d'une manière de châle entortillé autour de sa tête, et serrée dans une robe de soie couleur puce, dont la ceinture lui montait sous les bras quasi.

Puis venait le comte, en frac à l'anglaise, en pantalon collant gris à sous-pieds, menant sa fille aînée qui avait les cheveux courts et frisés comme une drolette, quoiqu'elle fût bien en âge d'être mariée. Ensuite venaient un jeune garçon d'une douzaine d'années, quatre demoiselles entre six et dix-sept ans, et une gouvernante qui menait la plus jeune par la main.

Tout ce monde défila, regardé de côté par les paysans craintifs, et alla se placer sur des prie-Dieu alignés dans le chœur.

Et la messe commença, dite par un ancien moine de Saint-Amand-de-Coly, qui s'était habitué au château, trouvant le gîte bon, et servie par le jeune monsieur, blondin, chaussé de jolis escarpins découverts et habillé d'un pantalon gris clair et d'un petit justaucorps de velours noir, sur lequel retombait une collerette brodée.

Au moment de la communion, les femmes de la campagne mirent leur voile et attendirent. Les messieurs ne se dérangèrent pas : comme de juste, leur chapelain vint leur porter le bon Dieu d'abord. Tous ceux qui étaient d'âge compétent communièrent, manque le vieux marquis, lequel, disaient les gens du château, par suite d'une grande imbécillité d'estomac, ne pouvait jamais garder le jeûne le temps nécessaire. Mais les vieux du pays riaient de ça, se rappelant fort bien qu'avant la Révolution il ne croyait ni à Dieu, ni au Diable, ni à l'Aversier, cet être mystérieux plus puissant et plus terrible que le Diable.

Après les messieurs, ce fut le tour des domestiques, agenouillés à la balustrade qui fermait le chœur, M. Laborie, le régisseur, en tête, avec sa figure dure et fourbe en même temps. Ensuite vinrent les bonnes femmes voilées, les paysans, métayers du château, journaliers et autres manants comme nous. Pour tous ceux qui étaient sous la main des messieurs, il fallait de rigueur communier aux bonnes fêtes, c'était de règle ; pourtant ma mère n'y alla pas cette fois ; mais on sut bien le lui reprocher après.

La messe finie, dom Enjalbert posa son ornement doré sur le coin de l'autel, et, la grille de la balustrade ayant été ouverte, on nous fit entrer tous dans le chœur pour prier devant la crèche. On chanta d'abord un noël ancien, entonné par le chapelain, ensuite chacun fit son oraison à part. Tout ce

monde à genoux regardait pieusement le petit Jésus rose,
aux cheveux couleur de lin, en marmottant ses prières, quand
voici que tout d'un coup il ouvre les bras, remue les yeux,
tourne la tête et fait entendre un vagissement de nouveau-né...

Alors de cette foule de paysans superstitieux sortit discrètement un : « Oh ! » d'étonnement et d'admiration. Ces bonnes
gens. bien sûr, pensaient pour la plupart qu'il y eût là quelque miracle, et en restaient immobiles, les yeux écarquillés,
badant. avec l'espoir que le miracle allait recommencer.

Mais ce fut tout. Lorsque nous sortîmes en foule, tout ce
monde babillait, échangeant ses impressions. D'aucuns
tenaient pour le miracle, d'autres étaient en doute, car de
vrais incrédules point. Ma mère s'en fut allumer notre falot à la
cuisine dont la porte ouverte flambait au bas de l'escalier de
la tour. Quelle cuisine ! sur de gros contre-hâtiers de fer
forgé, brûlait un grand feu de bois de bûches devant lequel
rôtissait un gros coq d'Inde au ventre rebondi, plein de
truffes qui sentaient bon. Au manteau de la cheminée, un
râtelier fait à l'exprès portait une demi-douzaine de broches avec
leurs hâtelets, placés par rang de taille. Accrochées à des
planches fixées aux murs, des casseroles de toutes grandeurs
brillaient des reflets du foyer, au-dessous de chaudrons
énormes et de bassines couleur d'or pâle. Des moules en
cuivre rouge ou étamés étaient posés sur des tablettes, et
encore des ustensiles de forme bizarre dont on ne devinait pas
l'usage. Sur la table longue et massive, des couteaux rangés
par grandeur sur un napperon, et des boites en fer battu, à
compartiments. pour les épices. Deux grils étaient là aussi,
chargés, l'un de boudins. l'autre de pieds de porc, tout prêts à
être posés sur la braise qu'une fille de cuisine tirait par côté de
la cheminée. Il y avait encore sur cette table des pièces de
viande froide et des pâtés qui faisaient plaisir à voir dans
leur croûte dorée.

Ayant allumé son falot. ma mère remercia et donna le
bonsoir à ceux qui étaient là. Mais les deux femmes seules le
lui rendirent. Quant au chef cuisinier qui se promenait, leur
donnant des ordres. glorieux comme un dindon, avec sa veste
blanche et son bonnet de coton, il ne daigna tant seulement
pas lui répondre.

Au delà de la première porte, après avoir passé le pont, la Mïon de Puymaigre et d'autres nous attendaient ; leurs falots ayant été allumés au nôtre, nous nous en allâmes tous.

Il neigeait toujours, « comme qui jette de la plume d'oie à grandes poignées, » pour parler ainsi que les bonnes femmes, et la neige était épaisse d'un pied déjà, dans laquelle nos sabots enfonçaient. A mesure que les gens rencontraient leur chemin, ils nous laissaient avec un : « A Dieu sois ! » A Puymaigre la Mïon nous ayant quittés, nous suivîmes seuls notre chemin. Cette neige me lassait fort et, tout au rebours de l'aller, je me faisais tirer par le bras.

— Tu es fatigué, dit ma mère : monte à la chèvre-morte.

Et, s'étant baissée, je grimpai à cheval sur son échine, entourant son col de mes petits bras, tandis qu'avec les siens elle ramenait mes jambottes en avant. Tout en allant, je lui faisais des questions sur tout ce que j'avais vu, principalement sur le petit Jésus :

— Est-ce qu'il est vivant, dis ?...

Ma mère qui était une pauvre paysanne ignorante, comme celle qui n'entendait pas seulement le français, mais femme de bon sens au demeurant, me fit comprendre que s'il avait remué, c'était par le moyen de quelque mécanique.

Et elle allait toujours, lentement, enfonçant dans la neige molle, me rehissant d'un coup de reins lorsque j'avais glissé quelque peu, et s'arrêtant de temps à autre pour secouer ses sabots, embottés de neige, contre une pierre.

Un vent âpre s'était levé, faisant tourbillonner la neige qui tombait toujours à force. La campagne déserte était toute blanche ; les coteaux semblaient couverts d'un grand linceul triste, comme ceux qu'on met sur la caisse des pauvres morts. Les châtaigniers, aux formes bizarres, marquaient leurs branches tourmentées par une ligne blanche. Les fougères poudrées de neige penchaient vers la terre, tandis que sur les bruyères, la brande et les ajoncs, plus solides, elle s'amassait par places. Un silence de mort planait sur la terre désolée, et l'on n'entendait même pas le bruit des pas de ma mère, amorti par la neige épaisse. Pourtant, comme nous entrions dans la lande du Grand-Castang, un crapaud-volant jeta dans la nuit son cri mal plaisant qui me fit frissonner.

Cependant, ma mère peinait fort à suivre le mauvais chemin perdu sous la neige. Des fois elle s'écartait un peu et,
le connaissant, revenait incontinent, se guidait sur un arbre,
une grosse touffe d'ajoncs, une flaque d'eau, gelée maintenant. Moi, bercé par le mouvement, malgré le froid, je
finissais par m'endormir sur son échine, et mes bras gourds
se dénouaient malgré moi.

— Tiens-toi bien ! me disait-elle ; dans un moment nous
serons chez nous.

Malgré ça, j'avais peine à me tenir éveillé, lorsque tout à
coup, à cent pas devant nous, éclate un hurlement prolongé
qui me fit passer dans la tête comme un millier d'épingles :
« Hoû ! où... où... où... », et je vois une grande bête,
comme un bien fort chien, aux oreilles pointues, qui gueulait
ainsi en levant le museau vers le ciel.

— N'aie pas peur, me dit ma mère.

Et, m'ayant donné le falot, elle ôta ses sabots, en prit
un dans chaque main et marcha droit à la bête, en les choquant l'un contre l'autre à grand bruit. Ça n'est pas pour
dire, mais lors, j'aurais bien voulu être couché contre elle,
dans le lit bien chaud. Lorsque nous fûmes à une cinquantaine de pas, le loup se jeta dans la lande en quelques sauts,
et nous passâmes, épiant de côté, sans le voir pourtant. Mais,
un instant après, le même hurlement sinistre s'éleva en
arrière : « Hoû ! où... où.., où... », qui m'effraya encore plus,
car il me semblait que le loup fût sur nos talons. De temps
à autre, ma mère se retournait, faisant du tapage avec ses
sabots, pour effrayer cette male bête ; mais, si ça gardait
le loup d'approcher trop, ça ne l'empêcha pas de nous
suivre à une trentaine de pas, jusqu'à la claire-voie de notre
cour. Ayant pris la clef-torte dans la cache, car mon père
n'était pas rentré, ma mère fit jouer le loquet de dedans et
referma vivement la porte derrière nous.

Au lieu du bon feu que nous pensions trouver, la souche
était sur les landiers, toute noire, éteinte.

— Ah ! s'écria ma mère, c'est méchant signe ! il nous arrivera quelque malheur !

En farfouillant sous la cendre avec une brindille, elle trouva
quelques braises, sur lesquelles elle jeta un petit fagot de

menu bois, qui flamba bientôt sous le vent du tuyau de fer qu'elle mit à sa bouche.

Lorsque je fus un peu réchauffé, n'ayant plus peur du loup, je dis :

— Mère, j'ai faim.

— Pauvre drole ! il n'y a rien de bon ici... — fit-elle, pensant au réveillon du château ; et, découvrant une marmite, elle ajouta : — Te voici une mique.

Tout en mangeant cette boule de farine de maïs, pétrie à l'eau, froide, cuite avec des feuilles de chou, sans un brin de lard dedans, je pensais à toutes ces bonnes choses vues dans la cuisine du château et, je ne le cache pas, ça me faisait trouver la mique mauvaise, comme elle l'était de vrai ; mais, ordinairement, je n'y faisais pas attention. Oh ! je n'étais pas bien gourmand en pensée, je n'appétais pas la dinde truffée, ni les pâtés, mais seulement un de ces beaux boudins d'un noir luisant...

Pourquoi, là-haut, tant de bonnes choses, plus que de besoin, et chez nous de mauvaises miques froides de la veille? Dans ma tête d'enfant, la question ne se posait pas bien clairement; mais, tout de même, il me semblait qu'il y avait là quelque chose qui n'était pas bien arrangé.

— Il te faut aller au lit, dit ma mère.

Elle me prit sur ses genoux et me dépouilla en un tour de main. Aussitôt couché, je m'endormis sans plus penser à rien.

Lorsque je me réveillai, le lendemain, ma mère attisait le feu sous la marmite où cuisait la soupe, et mon père triait sur la table les oiseaux attrapés la nuit à la palette. Aussitôt levé, je vins le voir faire. Il y en avait une trentaine, petits ou gros : grives, merles, pinsons, verdiers, chardonnerets, mésanges, et même un mauvais geai. Mon père les assemblait, pour les vendre mieux, par cinq ou six, avec un fil qu'il leur passait dans le bec. Ayant fini, il mit toutes ces pauvres bestioles dans son havresac et le pendit à un clou, de crainte de la chatte. Cela fait, ma mère ayant taillé le pain cependant, fit bouillir la marmite et trempa la soupe. Il était un peu tôt, sur les huit heures, mais mon père voulait aller à Montignac vendre ses oiseaux. Ayant mis la soupière sur la table, ma mère nous servit d'abord, mon père et moi, puis elle ensuite, et nous nous mîmes à manger de bon goût. ayant faim tous trois, surtout mon père, qui avait passé presque toute la nuit dehors. Lorsqu'il eut mangé ses deux grandes assiettes de soupe, et bu. mêlée à un reste de bouillon. de mauvaise piquette gâtée, ma mère ôta les assiettes de terre brune. décrocha l'oule de la crémaillère et versa sur la nappe de grosse toile grise les châtaignes fumantes. C'est bon. les châtaignes blanchies lorsqu'elles sont vertes ; lorsqu'elles ont passé par le séchoir, ça n'est plus la même chose. Mais quoi ! il faut bien les manger sèches, puisqu'on ne peut pas les garder toujours vertes. Nous les mangions donc tout de même, avec des raves un peu grillées qui étaient au fond de l'oule, et triant les gâtées pour les poules. Lorsqu'il n'y eut plus de châtaignes, mon père but un plein gobelet de piquette, s'essuya les babines avec le revers de la main et se leva.

— Il te faudra me porter une paire de sabots, lui dit ma mère ; j'ai fini d'écraser les miens en faisant peur à cette méchante bête de loup.

— Je t'en porterai, mais que je vende mes oiseaux, répondit mon père, car, autrement, je n'ai point de sous.

Et, prenant une petite baguette au balai de genêts, il la mit dans le vieux sabot de ma mère et la coupa juste à la longueur. Cela fait, il prit son havresac, mit la mesure dedans, décrocha le fusil au manteau de la cheminée, et s'en alla, laissant notre chienne qui voulait bien le suivre pourtant :

— Tu te perdrais là-bas, à Montignac.

Moi, je restai à me chauffer dans le coin du feu, mais bientôt, ne pouvant tenir en place, comme c'est l'ordinaire des petits droles, je sortis sur le pas de la porte. Il était tombé de la neige toute la nuit ; dans notre cour, il y en avait deux pieds d'épaisseur, de manière qu'il avait fallu faire un chemin avec la pelle pour aller à la grange donner aux bestiaux. Du côté de la forêt, au loin, la lande n'était plus qu'une large plaine blanche, semée çà et là, de grandes touffes d'ajoncs, dont la verdure foncée s'apercevait au pied. Sur les coteaux, les maisons grisâtres, sous leurs tuilées chargées de neige, fumaient lentement. Là-bas, sur ma droite, j'apercevais le château de l'Herm avec ses tours noires coiffées d'une perruque blanche, comme le vieux marquis de Nansac. Devant moi, à une lieue de pays, les hauteurs de Tourtel, avec leurs arbres dépouillés et chargés de givre, cachaient le massif clocher de Rouffignac, où les cloches commençaient à campaner, appelant les gens à la messe. Un peu sur la droite, à demi-heure de chemin, la métairie de Puymaigre, les portes closes, semblait comme endormie au flanc du coteau, et en haut, tout en haut, dans le ciel couleur de plomb, des corbeaux battaient lourdement l'air de leurs ailes et passaient en croassant.

Près de moi, le long du mur de notre cour, dans un gros tas de fagots, un rouge-gorge sautelait, cherchant un bourgeon desséché, ou, dans les trous du mur, quelque barbotte engourdie par le froid; sous la charrette, nos quatre poules se tenaient tranquilles à l'abri. Le temps était toujours dur; un aigre vent de bise faisait poudroyer la neige sur la campagne ensevelie et coupait la figure : je rentrai vite m'asseoir dans le coin du foyer.

— Nous irons à la messe, mère? demandai-je.

— Non, mon petit, il fait trop méchant temps, et puis nous y avons été cette nuit.

Je m'ennuyai bientôt de ne rien faire et de ne pouvoir sortir, car la maison, basse et délabrée, n'était guère plaisante. Il n'y avait qu'une chambre, pas bien grande encore, qui servait de cuisine et de tout, comme c'est assez l'ordinaire dans les anciennes métairies de notre pays. On n'y voyait guère non plus, car il n'y avait qu'un petit fenestrou fermant par un contrevent sans vitres, de manière que, lorsqu'il faisait mauvais temps et qu'il était clos, la clarté ne venait qu'un petit peu au-dessus de la porte et par la cheminée large et basse. Joint à ça que les murs décrépis étaient sales, et le plancher du grenier tout noirci par la fumée, ce qui n'était pas pour y faire voir plus clair.

Dans un coin, touchant la cheminée, était le grand lit de grossière menuiserie où nous couchions tous trois; et au pied du lit, à des chevilles plantées dans le mur, pendaient quelques méchantes hardes. Du côté opposé, il y avait un mauvais cabinet tout troué par les vers, auquel il manquait un tiroir, et dont un pied pourri était remplacé par une pierre plate. Dans le fond, la maie où l'on serrait le chanteau ; sous la maie, une tourtière à faire les millas, et, à côté, un sac de méteil à moitié plein, posé sur un bout de planche pour le garder de l'humidité de la terre. A l'entrée, près de la porte, était dressée l'échelle de meunier qui montait à la trappe du grenier, et, sous l'échelle, une pile de bois pour la journée. Dans un autre coin était l'évier, dont le trou ne donnait guère de chaleur par ce temps de gel, et au milieu, une mauvaise table avec ses deux bancs. Aux poutres pendaient des épis de blé d'Espagne et quelques pelotons de fil, et c'était tout. La maison avait été pavée autrefois de petits cailloux, mais il y en avait la moitié toute dépavée, ce qui faisait des trous où l'on marchait sur la terre battue. — En ce temps dont je parle, je ne faisais pas guère attention à ça, étant né et ayant été élevé dans des baraques semblables ; mais, depuis, j'ai pensé qu'il était un peu bien odieux que des chrétiens, comme on dit, fussent logés ainsi que des bêtes.

Mais revenons : ma mère, me voyant tout de loisir et ne sachant que faire, coupa avec la serpe des petites bûchettes bien droites et me les donna :

— Tiens, fais des petites quilles, et tu t'en amuseras.

Je façonnai ces quilles de mon mieux, avec son couteau et, ayant fini, je les plantai, et me mis à tirer dessus avec une pomme de terre bien ronde, en manière de boule.

Cependant ce triste jour de Noël touchait à sa fin. Sur les quatre heures, mon père revint de Montignac ; en entrant, il se secoua, car il était tout blanc, la neige tombant toujours, et posa son fusil dans le coin du foyer. Ensuite, ayant ôté son havresac, il en tira une paire de sabots jaunes, en bois de vergne, liés par un brin de vîme, et les posa à terre.

Ma mère mit le pied dans un sabot, et dit :

— Ils m'iront tout à fait bien. Et que te coûtent-ils ?

— Douze sous... et six liards de clous pour les ferrer, ça fait treize sous et demi. J'ai vendu les oiseaux vingt-six sous, j'ai acheté un tortillon pour le Jacquou, ça fait qu'il me reste onze sous et deux liards : te les voilà.

Ma mère prit les sous et alla les mettre dans le tiroir du cabinet.

Alors, mon père. ayant pris le tortillon dans la poche de dessous de son sans-culotte, autrement dit de sa veste, me le donna. Je l'embrassai, et je me mis à manger ce gâteau de paysan, après en avoir porté un morceau à ma mère, qui ne le voulut pas :

— Non, mon petit, mange-le, toi.

Ah ! quel bon tortillon ! j'ai depuis tâté de la tourte aux prunes, et même, une fois, du massepain, mais je n'ai jamais rien mangé de meilleur que ce premier tortillon.

Mon père me regardait faire avec plaisir, tout heureux de ce que j'étais content, le pauvre homme ! Puis il se leva, alla querir dans le tiroir du cabinet un vieux marteau rouillé, et, revenant près du feu, se mit à ferrer les sabots de ma mère. Lorsqu'il eut fini, il ôta les brides des sabots cassés, et les posa aux neufs, après les avoir ajustées à la mesure du pied. Étant ainsi tout prêts, ma mère prit les sabots sur-le-champ, car elle n'avait autre chose à se mettre aux pieds.

Après ça, elle descendit de la crémaillère l'oule où cuisait pour le cochon, et, ayant vidé les pommes de terre dans le bac, les écrasa avec la pelle du foyer en y mêlant quelques poignées de farine de blé rouge. Puis, ayant laissé manger un peu notre chienne, elle porta cette pâtée à notre porc, qui, connaissant l'heure, geignait fort en cognant son nez. sous la porte de son étable.

La nuit noire venue, le chalel fut allumé, et ma mère. en ayant fini avec le cochon, découvrit la tourtière où cuisait un ragoût de pommes de terre pour notre souper. Après l'avoir goûté, elle y ajouta quelques grains de sel, et mit sur la table trois assiettes et trois cuillers de fer rouillées quelque peu. De gobelets elle n'en mit que deux, pour la bonne raison que nous n'en avions pas davantage : moi, je buvais dans le sien. Après cela, elle alla tirer à boire dans le petit cellier attenant à la maison, et, étant revenue, mit la tourtière sur la table. De ce temps, mon père, revenu de la grange où il avait été soigner les bœufs, avait tiré de la maie une grande tourte plate de pain de méteil, seigle et orge, avec des pommes de terre râpées, et, après avoir fait une croix sur la sole avec la pointe de son couteau, se mit à l'entamer. Mais c'était tout un travail : cette tourte était la dernière de la fournée faite il y avait près d'un mois, de manière qu'elle était dure en diable, un peu gelée peut-être, et criait fort sous le couteau, que mon père avait grand'peine à faire entrer. Enfin, à force, il en vint à bout; mais, en séparant le chanteau, il vit qu'il y avait dans la mie, par places, des moisissures toutes vertes.

— C'est bien trop de malheur! fit-il.

On dit : « blé d'un an, farine d'un mois, pain d'un jour » ; mais ce dicton n'était pas à notre usage. Nous attendions toujours la moisson avec impatience, heureux lorsque nous pouvions aller jusque-là sans emprunter quelques mesures de seigle ou de baillarge ; et pour le pain, nous ne le mangions jamais tendre : on en aurait trop mangé.

Si mon père se faisait tant de mauvais sang pour un peu de pain perdu, c'est qu'autrefois chez les pauvres on en était très ménager. Le pain, même très noir, dur et grossier, était une nourriture précieuse pour ceux qui vivaient en bonne partie de châtaignes, de pommes de terre et de bouillie de blé d'Espagne. Puis les gens se souvenaient des disettes fréquentes autrefois et avaient ouï parler par leurs anciens de ces famines où les paysans mangeaient les herbes des chemins, comme des bêtes, et ils sentaient vivement le bonheur de ne pas manquer de ce pain sauveur. Aussi pour le paysan, ce pain, obtenu par tant de sueurs et de peines, avait quelque chose de sacré : de là ces recommandations incessantes aux petits drôles de ne point le prodiguer.

Mon père resta un bon moment tout estomaqué, regardant fixement le pain gâté ; mais qu'y faire?...

Il coupa donc trois morceaux de pain, ôtant à regret le plus moisi et le jetant à notre chienne, puis nous nous mîmes à souper. Il n'y avait pas grande différence entre notre ragoût et la pâtée du cochon : c'était toujours des pommes de terre cuites dans de l'eau; seulement, dans notre manger, il y avait un peu de graisse rance, gros comme une noix, et du sel.

Avec un souper comme ça, on ne s'attarde pas à table ; pourtant nous y restâmes longtemps, car il fallait avoir de bonnes dents pour mâcher ce pain dur comme la pierre. Aussitôt que nous eûmes fini, ma mère me mena dehors, puis me mit au lit.

Ce mauvais temps de neige dura une dizaine de jours qui me semblèrent bien longs. C'est que ça n'est rien de bien plaisant que d'être enfermé toute une grande journée dans une maison comme la nôtre, noire et froide. Lorsqu'il fait beau, ça passe, on est tout le jour dehors sous le soleil, on ne rentre guère au logis que le soir pour souper et dormir, et ainsi on n'a pas le loisir de s'ennuyer. Mais par ce méchant temps, si je mettais le nez sur la porte, je ne voyais au loin que la neige et toujours de la neige. Personne aux champs, les gens étant au coin du feu, et les bêtes couchées sur la paillade, dans l'étable tiède. Cette solitude triste, cette campagne morte, sans un bruit, sans un mouvement, me faisait frissonner autant que le froid : il me semblait que nous étions séparés du monde ; et, de fait, dans ce lieu perdu, avec plus de deux pieds de neige partout, et des fois un brouillard épais venant jusqu'à notre porte, c'était bien la vérité. Pourtant, malgré ça, le matin, ayant donné à manger aux bœufs et aux brebis, mon père prenait son fusil et s'en allait avec notre chienne chercher un lièvre à la trace. Il en tua cinq ou six dans ces jours-là, car il était adroit chasseur et la chienne était bonne. Ça fut heureux ; nous n'avions plus chez nous que les onze sous et demi rapportés le jour de la Noël. Mais il lui fallait se cacher pour vendre son gibier et aller au loin, à Thenon, au Bugue, à Montignac, son havresac sous sa blouse, à cause de nos messieurs de Nansac qui étaient très jaloux de la chasse. Ces quelques lièvres, donc, mirent un peu d'argent dans le tiroir du cabinet, quoiqu'on ne les achetât pas cher, car il ne fallait pas penser de les vendre au marché, mais les proposer aux aubergistes, qui profitaient de l'occasion et vous payaient dans les vingt-cinq sous un lièvre pesant six ou sept livres. Dans la journée, lorsqu'il était rentré, mon père faisait des paniers en vîme blanc, des rondelles pour atteler des bœufs, avec de la liane, des cages en bois et autres menus ouvrages comme ça, pour avoir quelques sous. Ça m'amusait un peu de le voir faire et de m'essayer à tresser un panier comme lui.

Quoique notre pain fût bien noir, bien dur, nous l'eûmes fini tout de même avant la fonte des neiges. Le meunier de Bramefont ne pouvant pas venir nous rendre notre mouture, nous ne pouvions pas cuire, de manière qu'il nous fallut aller emprunter une tourte à la Mïon de Puymaigre, qui nous la prêta avec plaisir, car c'était une bonne femme, encore qu'elle mouchât bien un peu fort des fois ses droles lorsqu'ils avaient mal fait.

Pour le dire en passant, cette tourte n'a jamais été rendue à la Mïon. La coutume veut que l'emprunteur du pain ne le rende pas de son chef; c'est le prêteur qui doit venir le chercher, faisant semblant d'en avoir besoin. Mais la Mïon, par la suite, nous voyant dans la peine et le malheur, n'est jamais venue le demander.

Enfin le dégel vint, et les terres grises, détrempées, reparurent, laissant voir les blés verts qui pointaient sur les sillons. Lorsque la terre fut un peu ressuyée, ma mère fit sortir les brebis, car la feuille que nous avions ramassée pour l'hiver était mangée et notre peu de regain était presque fini. Elle m'emmena avec elle, touchant nos bêtes, vers les coteaux pierreux des Grillières, où poussait une petite herbe fine qu'elles aimaient fort. C'était dans l'après-midi; un pâle soleil d'hiver éclairait tristement la terre dénudée, et un petit vent soufflait par moments, froid comme les neiges des monts d'Auvergne sur lesquels il avait passé. Mais, au prix du temps qu'il avait fait une dizaine de jours durant, c'était un beau jour. Ma mère et moi nous étions assis contre un gros tas de pierres, à l'abri du nord; elle, filant sa quenouille, et moi, m'amusant à faire de petites maisons tandis que nos brebis paissaient tranquillement. Sur les trois heures, tandis que je mordais ferme dans un morceau de pain que ma mère avait porté, voici que nos brebis, effrayées par un chien, reviennent vers nous au galop et nous dépassent en menant grand bruit. S'étant levée pour les ramener, ma mère vit alors un garde de l'Ilerm, appelé Mascret, qui lui cria de s'arrêter. Lorsqu'il nous eut joints, sans aucune forme de salut, il lui dit de se rendre tout d'abord au château, où le régisseur voulait lui parler.

— Et que me veut-il de si pressé? fit ma mère.

— Ça, je n'en sais rien, mais il vous le dira bien.

Et le garde s'en alla.

Nous fûmes vers les brebis qui s'étaient plantées à deux cents pas, regardant toujours le chien qui les avait effrayées, puis, les chassant devant nous et descendant le coteau, nous revînmes à Combenègre, d'où ma mère repartit pour l'Herm après avoir fermé les bêtes dans l'étable.

Lorsqu'elle fut de retour, à la nuit, mon père lui demanda :

— Et que te voulait-il, ce vieux coquin?...

— Ah! voilà... d'abord, il m'a reproché de n'avoir pas fait mes dévotions le soir de Noël, comme les autres, ni même toi, qui n'avais pas tant seulement été à la messe, ce dont les dames n'étaient pas du tout contentes, et l'avaient chargé de me le dire. Après ça, il m'a dit que tu braconnais toujours, de manière que M. le comte ne trouvait plus de lièvres devers Combenègre, et qu'il te faisait prévenir de cesser et de te défaire de notre chienne. Enfin, il a ajouté qu'il nous fallait totalement changer de conduite, sans quoi les messieurs nous mettraient dehors.

— Nous ne sommes pas bien embarrassés pour trouver une aussi mauvaise métairie! fit mon père. Et autrement, il ne t'a rien dit?

— Oh! si, toujours sa même chanson : que lui n'était pour rien dans tout ça; qu'il ne faisait qu'une commission. Au contraire, il nous portait beaucoup d'intérêt, et, si je voulais l'écouter, tout s'arrangerait : il nous mettrait dans la métairie des Fages, qui était bien bonne, et de plus il te donnerait du bois à couper dans la forêt, tous les hivers, où tu gagnerais des sous...

— C'est ça! et, du temps que je serais dans les bois, il viendrait voir un peu aux Fages si le bétail a profité!... Et que lui as-tu répondu?...

— Je lui ai répondu d'abord que, pour ce qui était de la communion, nous n'avions pas le temps d'aller nous confesser si souvent, étant si loin; que c'était bon pour les gens de loisir, mais que, pour nous autres, c'était bien assez d'y aller une fois l'an. « Et puis, d'ailleurs, ai-je ajouté, si je vous écoutais, je ne pourrais pas même faire mes Pâques, car le curé ne voudrait pas me donner l'absolution. — Mais, bête que tu es, a-t-il fait alors, est-ce qu'on a besoin de lui dire ça? »

— Ah! la canaille! s'écria mon père; si jamais je
le trouvais au milieu de la forêt, par là entre la Granval et le
Cros-de-Mortier, il passerait un mauvais quart d'heure!

— Reste tranquille, il nous arriverait de la peine, dit ma
mère; tu sais bien que pour ça, il n'y a pas de danger.

Mon père ne répliqua rien et se mit à regarder le feu.

A ce moment-là, moi, je ne comprenais pas grand'chose
à cette conversation, et je mettais toute la colère de mon
père sur le compte de la défense de chasser. Je savais bien,
pour l'avoir ouï dire souvent chez nous, et à d'autres
métayers du château, que M. Laborie était un homme dur,
exigeant, injuste, qui trompait les pauvres gens tant qu'il
pouvait, faisant sauter un louis d'or ou un écu, sur un
compte de métayer, rapiant cinq sous à un misérable journalier, s'il ne pouvait faire davantage; et puis, comme on
ajoutait toujours, grand « mauvais sujet », terme dont la signification m'était inconnue alors, et que je croyais vouloir dire
autant comme: grand coquin; mais c'était tout. Aujourd'hui,
quand je pense à ce gueusard qui avait totalement englaudé
la comtesse de Nansac en faisant le dévot, l'hypocrite. et qui
était voleur, méchant, et «mauvais sujet». comme disaient les
gens, je ne puis m'empêcher de croire qu'il méritait ce qui
lui est arrivé.

Environ quinze jours après cette conversation, tandis que
ma mère triait des haricots pour mettre dans la soupe, voici
venir M. Laborie à Combenègre. Il entra, fit: « Bonjour,
bonjour », en m'avisant de côté, et demanda où était mon père.

— Il est à couper de la bruyère, répondit ma mère.

— Ou à braconner, plutôt! repartit-il. Et ces bœufs, est-ce
qu'ils profitent?

Et. disant cela, il s'en fut à la grange. Ma mère me prit par
la main et le suivit. Lorsqu'il eut vu les bœufs, M. Laborie
fit sortir les brebis de l'étable et, tout en les regardant, il
marmonnait entre ses dents, pensant que je n'y prenais garde:

— Eh bien, tu ne veux donc pas être raisonnable?...
Voyons! Je te porterai un joli mouchoir de tête de Périgueux, dis?...

Ma mère ne lui ayant pas répondu, après avoir tourné,

viré, M. Laborie s'en alla, disant toujours sur le même ton :

— Tu t'en repentiras ! tu t'en repentiras !

Le surlendemain, tandis que nous mangions la soupe. vers le coup de neuf heures, la chienne gronda sous la table, et le garde Mascret, survenant. s'arrêta sur le pas de la porte :

— M. Laborie vous fait dire, par l'ordre de M. le comte, d'avoir à vous défaire de votre chienne, au premier jour ; si on la trouve encore ici, il la fera tuer.

— Que le bon Dieu préserve M. le comte, et celui qui vous envoie, de commander ça ! — dit mon père en serrant les poings et en regardant Mascret, les yeux pleins de colère ; — et vous, n'en faites rien, sans quoi il arrivera un malheur !

— Pourtant, si on me le commande, il faudra bien que j'obéisse, dit le garde ; à votre place, moi, je vendrais la chienne. M. le comte assure, que, d'après les anciennes lois, un paysan ne peut avoir de chien de chasse. qui n'aie le jarret coupé.

— C'est bon, fit mon père, rapportez-leur seulement ce que je vous ai dit.

Il y eut un moment de silence après le départ de Mascret. puis ma mère fit :

— Mon pauvre Martissou, le mieux, c'est de vendre la chienne, comme dit le garde ; le notaire de Ladouze te l'a demandée plusieurs fois, mène-la-lui : il t'en donnera bien quatre ou cinq écus peut-être, puisqu'elle est bonne pour suivre le lièvre.

— Je ne veux pas la vendre ! répondit mon père.

— Alors, mène-la chez ton cousin de Cendrieux : il te la gardera jusqu'à tant que nous partions d'ici, car nous ne pouvons plus y rester ; il arriverait quelque chose.

— Femme, tu as raison, à ce coup. dit sourdement mon père : je l'y mènerai dimanche qui vient.

Le samedi, comme mon père liait les bœufs pour aller querir de la bruyère, un individu à cheval, d'assez mauvaise figure, vint à Combenègre, entra dans la cour, et, s'adressant à mon père :

— C'est vous Martissou le Croquant, le métayer de M. de Nansac ? dit-il.

— C'est moi.

— Alors, voilà un acte de sortie de la métairie.

Et il tendit un papier à mon père.

Lui, le prit, le déchira en mille morceaux et les jeta au nez de l'huissier.

— Tout ça se payera! dit l'autre en ricanant.

Et il s'en alla bon train, parce que mon père avait pris son aiguillon un peu brusquement, de manière qu'il semblait vouloir s'en servir plutôt pour en allonger un coup à l'huissier, que pour mener ses bœufs.

Depuis que nous avions reçu cet acte de sortie, et que la chienne ne fut plus à la maison, ma mère était plus tranquille. C'était l'affaire de quelques mois, et, à la Saint-Jean, nous quitterions cette mauvaise métairie où nous crevions de faim : surtout, nous ne serions plus exposés à quelque méchante affaire de la part de cette canaille de Laborie. Mais, quand un malheur est en chemin, il faut qu'il arrive : une nuit, nous entendîmes gratter à la porte avec de petits gémissements.

— C'est la chienne, fit mon père en allant ouvrir; j'avais pourtant bien dit à mon cousin de la fermer et de l'attacher pendant quelques jours.

La chienne entra, traînant un bout de corde qu'elle avait coupée avec ses dents, et sauta après mon père en aboyant joyeusement.

Ma mère ne dormit pas du reste de la nuit, tracassée de cette affaire-là, et comme sentant approcher un malheur. Le matin, sur les neuf heures, nous finissions de manger la soupe, quand tout à coup la chienne sortit en aboyant, et, une seconde après, nous entendîmes un coup de fusil, et quelques plombs vinrent ricocher contre la porte ouverte, jusque dans la maison, l'un desquels blessa ma mère au front, ce qui lui fit jeter un cri. Mon père, alors, saute sur son fusil, écarte ma mère qui veut l'arrêter, et court dehors. Devant lui il voit la chienne étendue, morte, le sang lui sortant par la gueule, et, à l'entrée de la cour, Laborie qui rendait au garde son fusil déchargé.

— Ah! canaille! tu ne feras plus de misère à personne!

Et, avant que l'autre ait songé à se sauver, il épaule son fusil et l'étend raide mort.

Tandis que Mascret, pâle et lui–même plus mort que vif, ne savait où il en était, ma mère survenait avec de grands cris.

— Ah! Martissou, qu'as–tu fait!

— C'est lui qui l'a cherché, répliqua mon père; ça devait de toute force arriver.

Du temps qu'aidée du garde ma mère accotait Laborie contre un tas de bruyère, pour lui porter secours, mais bien inutilement, mon père rentre dans la maison, prend ses souliers, sa veste, son gros bonnet de laine, passe le havresac en sautoir, met dedans un morceau de pain, sa corne à poudre, son sac à grenaille, m'embrasse, sort, son fusil à la main et tire vers la forêt.

Moi, je sortis aussi, ne voulant pas rester seul, et je fus rejoindre ma mère qui regardait piteusement ce corps étendu. Il était là, les yeux fixes, la bouche entr'ouverte comme pour crier, les bras retombés le long du corps : on voyait qu'il avait eu conscience de sa mort. Le garde avait défait son gilet et déboutonné la chemise pour se rendre compte, et, au milieu de la poitrine, dans les poils rouges qui foisonnaient, le coup avait presque fait balle, et la blessure, horrible à voir, saignait.

Pendant ce temps Mascret courait vers l'Herm, et sur son chemin semait la nouvelle, en sorte que les gens arrivèrent bientôt. Le premier qui fut là, ce fut l'homme à la Mïon de Puymaigre; il regarda tranquillement le mort et dit :

— Je plains Martissou et vous autres pour les conséquences; mais quant à ce gueux-là, je ne le plains point : il n'a que ce qu'il a mérité cent fois !

Et tous ceux qui vinrent, des paysans de par là, dirent de même : « Il ne l'a pas volé! » Ou bien : « C'est une canaille de moins! » Et autres oraisons de ce genre. Mais peu après survint, grand train, le comte de Nansac, à cheval, avec son piqueur, et dom Enjalbert qui, n'étant pas trop bon cavalier, s'accrochait à sa selle : alors tout le monde se tut. Le comte regarda le corps un instant, puis demanda à ma mère comment c'était arrivé. Après qu'elle eut dit que mon père avait tiré sur Laborie, fou de colère parce qu'un plomb l'avait blessée et que sa chienne avait été tuée, M. de Nansac regarda la pauvre bête étendue au milieu de la cour et, reportant ses yeux sur son défunt régisseur, ne dit plus rien. Sans doute, il

comprenait bien que son ordre brutal de tuer notre chienne
avait amené mort d'homme, et que la responsabilité de cette
mort remontait jusqu'à lui ; mais sur sa figure on n'y aurait
rien connu. Il regardait le corps de Laborie froidement,
comme il aurait regardé un loup porté bas par ses chiens.
Au bout d'un moment, ses gens étant arrivés, il commanda
de mettre le mort sur une civière qu'on avait été chercher,
et tout le monde repartit.

Le lendemain, les gendarmes vinrent questionner ma mère
sur la manière dont la chose s'était passée. Ils me faisaient
grand'peur, ces gendarmes, avec leur sabre pendu à un baudrier jaune et le mousqueton attaché à la selle. C'était la première fois que j'en voyais, et tout, depuis leurs lourdes bottes
jusqu'à leur grand chapeau bordé, me les faisait paraître
extraordinairement à craindre. Aussi, tandis qu'ils étaient
là, l'un à cheval sur le banc, interrogeant ma mère, l'autre
debout, appuyé sur son sabre, je me pelotonnais tout petit
dans un coin. Après qu'elle leur eut tout raconté, le plus
vieux fit :

— Tout ça, c'est bien, mais maintenant il faut nous dire
où est votre homme.

— Je ne le sais pas, répondit ma mère, mais quand même
je le saurais, vous pensez bien que je ne vous le dirais pas.

— Il pourrait vous en cuire ! faites-y attention ! Voyons,
il est revenu ici cette nuit ?

— Non.

— Pourtant, on nous l'a certifié.

— On vous a trompés, en ce cas.

Enfin, après avoir beaucoup tracassé ma mère, l'avoir
pressée de questions, dans l'espoir qu'elle se couperait, et
avoir tâché inutilement de l'effrayer, les gendarmes s'en
furent, à mon grand contentement.

Le soir, sur les dix heures, un charbonnier que nous connaissions pour lui avoir quelquefois trempé la soupe chez nous, vint
cogner à la porte. Ma mère s'étant vitement habillée lui ouvrit
après qu'il se fût fait connaître, et lors il nous dit que mon
père l'envoyait pour s'enquérir de la visite des gendarmes. Il
ajouta qu'au reste il ne fallait pas s'inquiéter de lui, attendu

qu'il était couché dans une cabane abandonnée, au plus épais des bois, dans un fond plein de ronces et d'ajoncs, entre la Foucaudie et le Lac Viel, où le diable n'irait pas le chercher. Seulement, il avait besoin de sa limousine pour se couvrir la nuit.

Lui ayant donné la vieille limousine et la moitié d'une tourte de pain, ma mère chargea encore le charbonnier de beaucoup de bonnes paroles pour son homme, ensuite de quoi il s'en retourna.

Dans l'après-midi du jour suivant, les gens de la justice vinrent avec le comte de Nansac et des domestiques du château. Ils firent mettre Mascret et un autre dans l'endroit où il était avec Laborie, un autre encore à l'endroit d'où mon père avait tiré, comptèrent les pas et se remuèrent beaucoup dans la cour. Après ça, un vieux, qui avait une mauvaise figure d'homme, fit raconter à ma mère la manière dont ça s'était passé. Elle répéta ce qu'elle avait dit la veille aux gendarmes présents là avec ces messieurs, que c'était sur le coup de la colère, en la voyant blessée, elle, et sa chienne morte, que mon père avait tiré sur Laborie.

Tandis que ma mère parlait, le vieux tâchait de lui en faire dire plus qu'elle ne disait; mais elle se défendait bien. Lorsqu'elle eut fini, il essaya de lui faire avouer que dès longtemps mon père projetait ce coup; mais elle protesta que non, et s'en tint à ce qu'elle avait dit. Alors le vieux renard qui l'interrogeait, m'avisant dans un coin, fit signe à un gendarme

— Amenez-moi cet enfant.

Lorsque je fus là, devant lui, et qu'il commença à me questionner d'un air dur, faisant la grosse voix, je compris bien, quoique tout jeune, que peut-être, sans le vouloir, je pourrais lâcher quelque chose de conséquence contre mon père, et, pour éviter ça, je me mis à geindre et à pleurer. Il eut beau m'interroger en français que je ne comprenais pas, en patois qu'il parlait comme ceux de Sarlat, me menacer de la prison, me montrer une pièce de quinze sous, rien n'y fit, je ne lui répondis qu'en pleurant. Voyant ça, il se leva mal content, disant :

— Cet enfant est imbécile !

Et, passant la porte de la maison, ils s'en furent tous.

Quelques jours après, nous sûmes que les gendarmes faisaient une battue dans la forêt, avec les gardes du château, le piqueur, et aussi des paysans réquisitionnés la veille. Mais justement un de ceux-là s'en fut trouver Jean, le charbonnier, et fit prévenir mon père, qui, en pleine nuit noire, alla se coucher dans le fénil de cet homme, sûr qu'on ne viendrait pas le trouver là. — Et, en effet, les gendarmes et tout ce monde se retirèrent à la nuit, sans avoir rien trouvé que force lièvres, un renard et deux loups qui se sauvèrent, bien étonnés de voir tant de gens à la fois.

Le surlendemain, sur la mi-nuit, ma mère ouït gratter doucement à la porte et se leva ouvrir. Moi, je dormais, et je ne m'éveillai qu'au matin parce que mon père, avant de repartir, m'embrassait bien fort. Ma mère, les yeux brillants, sortit, fit le tour des bâtiments et revint, disant :

— Il n'y a personne.

— Adieu donc, femme, dit mon père.

Et, prenant son fusil, il s'en alla.

Cette vie dans les bois dura quelques semaines. Tantôt d'un côté, tantôt de l'autre, mon père ne couchait guère jamais deux nuits de suite au même endroit, dans la même cabane. Les gens des maisons écartées, des villages autour de la forêt le connaissaient et savaient bien qu'il n'était pas un coquin : puis Laborie était si détesté dans le pays, que tout le monde comprenait que, dans le mouvement de la colère, mon père eût fait ce coup, et nul ne l'en blâmait. Aussi, quoique bien des gens l'eussent trouvé en allant de grand matin couper un faix de bois dans les taillis, ou en se rendant au guet la nuit, par un beau clair de lune, personne n'en disait rien. Au contraire, s'il avait besoin de vendre un lièvre ou de faire porter quelque chose de Thenon ou de Rouffignac, de la poudre à giboyer, de la grenaille, ou une chopine dans sa gourde, on lui faisait ses commissions ; même, des fois, il y en avait qui lui disaient : « Martissou, viens souper chez nous ; tu dormiras après dans un lit et ça te reposera, depuis le temps que tu l'as désaccoutumé. » Et il y allait, connaissant qu'il avait affaire à de braves gens.

Chez nous, il y venait bien, mais pas souvent, se méfiant que, de ce côté-là, on surveillait davantage. Et en effet, un matin, deux heures avant la pointe du jour, quatre gendarmes vinrent entourer la maison, croyant le surprendre, mais ils en furent pour leur chevauchée de nuit. Il ne se passait guère de jour, non plus, que Mascret et l'autre garde ne vinssent rôder par là; mais pour guetter autour de la maison après le soleil couché, ils n'osaient, sachant qu'il n'aurait pas fait bon rencontrer mon père. Je crois bien qu'ils auraient autant aimé tourner d'un autre côté, mais le comte, qui rageait froid de savoir mon père en liberté, les y forçait.

Ma mère, elle, ne vivait plus, la pauvre femme, étant toujours dans les transes, ne mangeant guère et ne dormant quasi plus, tant elle craignait que son Martissou ne fût pris. Elle se disait que, de force forcée, ça arriverait un jour, car d'espérer que jamais un mauvais hasard, ou la maladie, ou quelque canaille, peut-être, ne le ferait prendre, ça ne se pouvait bonnement. Et alors, la nuit, dans ses pensers pleins de fièvre, elle voyait la cour d'assises et la guillotine et gémissait longuement; si elle s'endormait de fatigue, elle en rêvait encore et se plaignait toujours.

Il y avait un mois, tout près, que mon père était dans les bois, lorsque le comte de Nansac fit dire par ses gardes dans les villages, autour de la forêt, qu'il donnerait deux louis d'or à celui qui le ferait prendre. Comme il se doutait que Jean le charbonnier voyait souvent « ce coquin de Martissou », et l'aidait à vivre il lui en fit même proposer cinq.

— Écoutez, Mascret ! — répondit Jean au garde qui lui faisait la commission, — je ne sais pas où est Martissou, mais quand même je le saurais, ça n'est pas pour cinq louis, ni pour vingt, ni pour cent que je le vendrais. Dites ça à votre monsieur, et ne venez plus me parler de telle canaillerie.

Malheureusement, tout le monde n'était pas solide honnête homme comme Jean, et il ne faut pas s'étonner que parmi tant de braves gens du pays, il se soit trouvé un coquin. Quand je parle d'un, ça ne veut pas dire qu'il n'y eût par là, vers les bois, des individus capables d'un mauvais coup, et en ayant fait : ça serait faire mentir le proverbe qui dit que la Forêt Barade ne fut jamais sans loups ni sans voleurs. Mais ceux-là mêmes qui auraient volé sur les grands chemins étaient honnêtes à leur manière : détrousser un homme, passe ; pour le vendre, non.

Mais enfin le traître s'est trouvé. Il y avait aux Maurezies un homme pauvre appelé Jansou qui, toute l'année déjà, travaillait comme journalier au château de l'Herm. Ce Jansou avait cinq enfants, petits tous, l'aîné ayant neuf ans, qui demeuraient avec leur mère dans une mauvaise baraque de maison affermée deux écus par an, tandis que lui, tout le long de la semaine, couchait dans une grange, là où il travaillait. Il ne venait pour l'ordinaire aux Maurezies que le samedi soir et s'en retournait au travail le lundi matin. Comme bien on pense, avec les douze sous par jour que gagnaient les ouvriers de terre en ce temps-là, il avait peine à entretenir le pain à ses droles, car le seigle était cher alors, et la baillarge et le méteil. De blé froment il n'en fallait pas parler, on n'en mangeait que dans les bonnes maisons. Pour le reste, les droles de Jansou étaient à la charité, habillés de morceaux de vieilles hardes toutes rapetassées, de mauvaises culottes en guenilles, percées à montrer la peau, et tenues sur l'épaule par un bout de corde. Avec ça, les pieds nus toute l'année, et couchant dans un coin de la cahute sur une mauvaise paillasse bourrée de fougères.

C'est à ce Jansou que, d'après l'ordre du comte, le maître valet, qui remplaçait Laborie pour le moment, s'adressa. Le pauvre diable fit bien tout d'abord quelques difficultés. disant qu'il ne savait du tout où était Martissou ; mais, lorsque l'autre l'eut menacé de ne plus lui donner de travail et lui eut parlé de deux louis d'or, qu'il pouvait gagner facilement en le faisant guetter par son drole l'aîné. il dit que bien, qu'il le ferait.

Ce drole, qui avait ses neuf ans, ainsi que je l'ai dit, était fin comme une belette, rusé comme un renard et méchant comme une guenon. Avec ça, il connaissait la forêt comme celui qui la courait toute l'année, dénichant les oiseaux, cherchant des manches de fouet dans les houx, et faisant des commissions pour les bûcherons et les charbonniers. Plusieurs fois il avait trouvé mon père et l'avait épié par curiosité maligne. mais sans pouvoir découvrir où était son gîte habituel, ce qui était difficile, au surplus, car il en changeait souvent.

Dans ce moment, le carnaval était proche, et, quoique

d'ordinaire on s'en réjouisse, ma mère le voyait arriver avec crainte, sachant bien que son Martissou voudrait le faire en notre compagnie, et appréhendant qu'on ne profitât de l'occasion pour le prendre. Aussi lui manda-t-elle, par Jean, de ne pas venir ce soir-là, qu'il valait mieux attendre au lendemain, attendu que, le jour des Cendres, on ne se douterait de rien. Le drole de Janson, à qui son père avait fait le mot, s'était pensé aussi que Martissou voudrait fêter le carnaval chez lui, et s'était caché, le soir du mardi gras, dans les taillis près du carrefour de l'Homme-Mort, pour l'épier. A la nuit tombante, il l'ouït venir du fond des bois, et fut bien étonné lorsqu'il vit qu'il prenait le chemin de La Granval, au lieu de celui qui l'aurait mené à Combenègre. L'ayant suivi de loin, pieds nus, sans faire de bruit, il le vit entrer dans la maison où on l'avait convié.

C'était chez de braves gens à leur aise qui étaient fermiers du curé de Fanlac. La veille, la femme, peinée en pensant que le pauvre Martissou n'oserait pas aller chez lui, et ferait carnaval au profond des fourrés avec quelque morceau de pain, l'avait fait engager par son homme.

Aussitôt que la porte fut refermée, le drole s'en galopa prévenir son père, qui courut au château prévenir que Martissou était chez le Rey, de La Granval. Sur le coup, un homme à cheval part grand train avertir les gendarmes, qui laissent là leur souper et viennent en grande hâte. A une centaine de pas de La Granval, ils donnent leurs chevaux à Jansou qui les attendait. et, à petit bruit, aidés des gardes de l'Herm, cernent la maison. Il était sur les onze heures du soir, tous ceux qui étaient là avaient bien festoyé et ils chantaient en trinquant avec du vin cuit, lorsque deux gendarmes poussèrent la porte brusquement et entrèrent.

Ce fut une grande surprise, comme on pense. Tandis que chacun s'écriait, mon père court à son fusil qu'il avait posé dans un coin ; mais il se trouva qu'on l'avait ôté et mis sur un lit à cause d'un petit drole qui voulait s'en amuser. Alors il se lance vers la fenêtre et l'enjambe malgré les deux gendarmes qui le voulaient retenir, et tombe dans les mains des deux autres qui la gardaient. En un rien de temps, il fut enchaîné les mains derrière le dos, tandis que la femme du

Rey pleurait et se lamentait disant d'une voix bien piteuse :

— Oh ! mon pauvre Martissou ! c'est moi qui en suis la cause ; pardonnez-moi, je croyais bien faire !

— Non, non, Catissou, vous êtes une bonne femme et les vôtres sont de braves gens, mais j'ai été vendu par quelque canaille. Adieu à tous, et merci ! cria-t-il comme on l'emmenait.

En arrivant à l'endroit où étaient les chevaux, mon père vit Janson qui les tenait.

— Ah ! c'est toi qui m'as vendu, brigand !... Si jamais je sors, tu es sûr de ton affaire !

Là-dessus, les gendarmes lui attachèrent au cou une corde, que l'un d'eux tenait en main ; puis, étant remontés à cheval, ils mirent le prisonnier entre eux et l'emmenèrent.

Cette canaillerie ne porta pas bonheur à Jansou. Une fois qu'il eut ses deux louis, lui qui n'en avait jamais vu, il se crut riche. Mais ils ne durèrent pas longtemps, car le nouveau régisseur du château mit des métayers dans les domaines tenus en réserve. de manière qu'il n'y eut plus d'ouvrage pour lui. Dans le pays, personne ne se souciait de le faire travailler, à cause de sa méchante action, et ainsi, bientôt ayant mangé les deux louis, lui et les siens prirent le bissac et disparurent. Encore aujourd'hui de ces côtés, lorsqu'on veut parler d'un homme à qui il ne faut pas se fier, on dit : « traître comme Janson. »

Pour moi, c'est une canaille, sans doute ; mais je trouve ceux qui, par argent et menaces, lui ont fait faire cette gueuserie cent fois plus misérables que lui.

II

Ce qui doit arriver arrive. En apprenant l'arrestation de son homme, ma mère eut un profond soupir, comme si elle se mourait :

— Oh ! mon pauvre Martissou !

Moi, je me mis à pleurer, et, tout le jour, nous restâmes tous deux bien tristes et dolents. Elle était assise sur un petit banc, les mains jointes sur ses genoux. regardant fixement

devant elle sans rien dire. Par moments, une pensée plus griè-
vement pénible lui faisait échapper une plainte :

— Mon pauvre homme que vas-tu devenir ?

Le soir, comme elle n'avait pas songé à faire de soupe,
la pauvre femme me coupa un morceau de pain que je
mangeai lentement, après quoi nous fûmes nous coucher.

Nous n'étions pas au bout de nos peines. Le lendemain, le
maître valet du château vint dire à ma mère qu'à cette heure
elle ne pouvait plus faire marcher la métairie toute seule, et
que par ainsi il fallait nous en aller de suite, pour laisser la
maison à celui qui nous remplaçait, à cause du travail en
retard depuis deux mois tantôt.

Quoi faire ? où aller ? nous ne savions. En cherchant bien
dans sa tête, ma mère vint à penser à un homme de Saint-
Geyrac qui avait dans la forêt une tuilière, ou tuilerie, abandonnée depuis longtemps, où peut-être nous pourrions nous
mettre, s'il le voulait. Le lendemain matin, de bonne heure,
ma mère fit tomber du foin du fénil, en donna aux bœufs, et
en laissa un tas pour le leur mettre dans la crèche à midi.
Puis, ayant jeté un peu de regain aux brebis, elle rentra à la
maison, me coupa un morceau de pain pour ma journée, et
m'ayant embrassé, s'en alla vers l'homme de la tuilière en
me recommandant bien de ne pas m'écarter.

Il n'y avait pas de danger à ça : où aurais-je été ?

Bientôt je sortis de la maison et je m'assis, sur une pierre
devant la porte. Je restai là de longues heures, pensant à mon
pauvre père, maintenant fermé dans une prison, et, de temps
en temps, le pleurer me prenait. Quelle triste journée je passai
là, ayant en face de moi les coteaux pelés des Grillières,
où pas un arbre n'apparaissait, et, tout autour des bâtiments, les terres de la métairie environnées de grandes landes
grises, au delà desquelles, du côté du nord et du couchant,
étaient les bois profonds ! Par moments, fatigué d'être assis
et de contempler cet horizon brumeux et désolé comme
l'avenir que j'entrevoyais confusément dans mes idées d'enfant, je me levais et je faisais le tour de la maison, ou bien
j'allais voir les bœufs, qui ruminaient tranquillement sur
leur paillade et se dressaient en me voyant entrer. Je leur
donnais quelques fourchées de foin, et je m'en retournais,

épiant au loin sur les chemins si ma mère revenait. Dans
leur étable, les brebis bêlaient, ayant faim, et, de temps à
autre, je leur jetais une petite brassée de regain pour leur
faire prendre patience.

Et je me rasseyais, regardant fixement la place où était
tombé Laborie, qu'il me semblait voir encore, avec sa bouche
ouverte, ses yeux épouvantés et la plaie sanglante de sa poitrine.

Sur les cinq heures, nos quatre poules revinrent des terres où
elles avaient été picorer, et, après s'être un peu épouillées, se
décidèrent à monter une à une la petite échelle de leur pou-
lailler. Le jour baissait, et je commençais à m'inquiéter de ne
pas voir arriver ma mère, lorsque pourtant mon oreille, ha-
bituée par la vie de plein air à ouïr de loin, reconnut son
pas précipité venant du côté du couchant. Enfin elle arriva,
harassée de fatigue, essoufflée, car elle s'était hâtée beaucoup,
à cause de moi. Je courus à sa rencontre, et elle m'embrassa
bien fort, comme si elle avait cru m'avoir perdu; puis nous
entrâmes tous deux dans la maison noire.

En fouillant sous les cendres du foyer, ma mère trouva
une braise, et finit par allumer le chalel à force de souffler.
Puis, ayant fait du feu, elle pela un oignon, le coupa à petits
morceaux, et mit la poêle sur le feu, avec un peu de graisse,
la moitié d'une pleine cuiller : c'était tout ce qui restait à la
maison. L'oignon étant frit, elle remplit la poêle d'eau, tailla
le pain dans la soupière, et, lorsque l'eau eut pris le boût,
elle la versa dessus. Ordinairement, chez les pauvres gens
de nos pays, on mettait une pincée de poivre sur la soupe
pour lui donner un peu de goût, mais nous n'en avions
plus. Dire que ce méchant bouillon sur de mauvais pain noir
faisait quelque chose de bon, ça ne se peut ; mais c'était
chaud, et ça valait encore mieux que du pain tout sec ou
une pomme de terre froide : ayant mangé notre soupe, nous
nous mîmes au lit.

L'homme de Saint-Geyrac avait dit à ma mère qu'elle pouvait aller demeurer à la tuilière, qu'il ne lui demandait rien,
mais que la maison était en mauvais état. Avant de partir,
il nous fallut prendre un homme pour faire l'estimation du
cheptel avec le nouveau régisseur de l'Herm. L'estimation
faite, ma mère comptait qu'il nous devait revenir dans les

dix écus ; mais lorsqu'elle fut pour régler, il se trouva
que c'était le contraire, que nous autres redevions une
quarantaine de francs, comme le lui dit l'autre. Laborie
nous avait marqué un demi-sac de blé dont ma mère n'avait
aucune connaissance ; il n'avait pas porté en compte tout le
prix d'un cochon que nous avions vendu à Thenon, et, de
plus, il avait omis d'inscrire l'argent de trois brebis que mon
père lui avait remis. Il nous fallut donc quitter Combenègre
soi-disant dans les dettes des messieurs.

Ce fut un rude coup pour ma pauvre mère. Nous n'avions
qu'une trentaine de sous à la maison, un chanteau de six ou
sept livres, quelque peu de pommes de terre et un fond de
sac de farine de blé d'Espagne qui pesait bien dans les quinze
livres : il n'y avait pas pour aller loin avec ça.

L'homme de la Mïon vint le lendemain avec sa charrette
pour emporter nos affaires. Tout ça n'était pas lourd pour les
bœufs : notre mauvais lit, le méchant cabinet, la table, les
bancs, la maie, la barrique à piquette, une marmite, une
oule. une tourtière, la poêle, un seau de bois et d'autres
petites choses, comme la lanterne et la salière de bois. Tout
ce misérable mobilier ne valait pas les quarante francs que
nous étions censés redevoir aux messieurs de Nansac, par la
canaillerie de ce Laborie qui nous faisait du mal jusqu'après
sa mort.

La charrette prit d'abord le mauvais chemin qui allait
vers le Lac-Viel, chemin pierreux où le chargement était
fort secoué. L'homme de la Mïon avait apporté du foin pour
faire manger ses bœufs, et ma mère m'avait assis dessus,
derrière la charrette qu'elle suivait. Tandis que nous passions
aux Bessèdes, deux femmes tenant leurs petits droles par la
main, et un vieux assis sur une souche, nous regardaient
passer. Dans les yeux de ceux d'âge, on sentait la compassion de nous voir nous en aller comme ça, seuls désormais,
sans le père.

Tous ces pays maintenant sont pleins de chemins et de
routes. On en a fait une de Thenon à Rouffignac, qui longe
la forêt et la traverse sur la moitié de sa longueur ; une
autre qui la coupe en biais venant de Fossemagne et allant

s'embrancher sur celle de Thenon près de la Cabane, et
encore une troisième, plus vers le couchant, qui vient du
côté de Milhac-d'Auberoche et joint aussi la route de Thenon
à Rouffignac, entre Balou et Meyrignac : on peut donc passer
la forêt facilement. Mais, en ce temps dont je parle, elle était
bien plus grande qu'aujourd'hui, car depuis quatre-vingts
ans on a beaucoup défriché, et il n'y avait lors de marqués
que deux mauvais grands chemins longeant les lisières, que
l'eau ravinait l'hiver et noyait dans les fonds, ou des sentiers
sous bois fréquentés par les charbonniers et les braconniers.
Peu après avoir dépassé les Bessèdes, l'homme de la Mïon
quitta le chemin que nous suivions pour en prendre un
autre. Pour dire la vérité, ça n'était pas un vrai chemin,
mais un de ces passages tracés dans les bois par les roues
des charrettes qui enlèvent les bois dans les coupes.
L'hiver, lorsque des endroits devenaient trop mauvais, on
prenait à droite ou à gauche, et ainsi se traçaient de nouveaux passages dans toutes les directions, pistes douteuses
qui s'entrecroisaient dans les landes et les bois. Dans les
creux nous trouvions des fois des flaques d'eau jaunâtre qu'il
fallait éviter, et, tantôt après, des ornières profondes d'un
côté, et des bosses de l'autre qui faisaient pencher fortement
la charrette, et causaient des ressauts violents lorsque le
chemin redevenait brusquement plainier.

Nous marchions lentement, comme on peut aller avec des
bœufs dans des chemins pareils. Le temps était gris et brumeux ; il semblait que nous nous enfoncions dans le brouillard. L'homme de la Mïon s'en allait devant, appelant ses
bœufs, les encourageant de la voix, et parfois les piquant
de l'aiguillon. On voyait qu'il connaissait bien la forêt : rarement il hésitait pour prendre une sente qui coupait à droit
celle que nous suivions, ou une autre qui, bifurquant d'abord
insensiblement, finissait par s'en écarter tout à fait. Pourtant, dans des endroits où s'entrecroisaient de ces pistes
effacées, il s'arrêtait quelquefois un instant, regardait autour
de lui, s'orientait, et prenait sans se tromper la bonne dirce-
tion. Cependant il nous dit qu'il n'avait pas été à la tuilière
depuis une dizaine d'années de ça. Mais nous autres paysans,
habitués à voyager de jour et de nuit dans des pays sans

chemins, nous nous reconnaissons bien partout où nous
avons passé une fois.

Il y en a d'aucuns peut-être qui seraient curieux de savoir
pourquoi je dis toujours : « l'homme de la Mïon. » Voici :
c'est que je ne l'ai jamais ouï nommer autrement chez nous.
Je crois bien que sa femme l'appelait Pierre, mais, comme
c'était elle qui portait culottes, tout le monde l'appelait
« l'homme de la Mïon ».

Sur les deux heures, après avoir traversé un taillis, la
charrette déboucha dans une grande clairière entourée de
bois. Au milieu, était la tuilière ou ce qui en restait. De
loin, c'étaient des toitures à moitié écrasées, noircies par le
temps, mais, de près, c'était un amas de ruines. Les hangars
effondrés montraient encore quelques piliers de bois à demi
pourris, supportant une partie de charpente où se voyaient
quelques restes de la couverture de tuiles, à côté d'autres
parties où les lattes brisées l'avaient laissé s'affaisser. Le four
où l'on cuisait la brique et la tuile s'était écroulé, et, sur ses
ruines, des érables poussaient des jets robustes. La maison
n'était pas tout à fait en aussi mauvais état, mais de guère ne
s'en fallait. Elle était bâtie en bois, en briques et en torchis ;
le tout maçonné avec de la terre grasse. Par l'effet du temps
et des hivers, les murs s'étaient effrités, écaillés, déjetés
comme ces pauvres vieux qu'on rencontre devers chez nous,
courbés, tordus par la misère, le travail et les ans.

Des graines apportées par le vent avaient germé çà et là,
dans les trous et les fentes des murs : pourpiers sauvages,
artichauts de murailles, scolopendres et perce-murs. La tuilée
couverte de mousse sur laquelle pointait une herbe fine
comme des aiguilles, avec quelques touffes de joubarbe çà et
là, tenait encore, excepté à un bout où elle s'était écrasée.
A travers ce trou grand comme un drap de lit, on voyait,
soutenus par une panne, des chevrons sur lesquels étaient
encore cloués des morceaux de lattes. Autour de la maison
et de la tuilière, tout était plein de débris de tuiles, de
briques et de décombres amoncelés sur lesquels poussaient,
gourmandes, ces plantes rustiques qui foisonnent dans les
lieux abandonnés et sur le bord des vieux chemins où l'on ne
passe plus. Là se serraient, drues et vivaces, des menthes à

l'âcre odeur, des carottes sauvages, des choux-d'âne, des morelles, des mauves, des chardons à tête ronde que nous appelons des peignes, et vingt espèces encore. Plus au loin dans la clairière, les fouilles pour l'extraction des terres avaient laissé des trous où l'eau verdâtre croupissait, et des amoncellements pareils à de grandes tombes sur lesquels çà et là de maigres ajoncs avaient poussé, rares dans la terre infertile. Tout cet ensemble avait un aspect de ruine et de désolation sinistre qui serrait le cœur. On eût dit un vieux champ de bataille abandonné après l'enfouissement précipité des morts.

En embrassant d'un regard toutes ces tristes choses, ma mère eut comme un petit frisson, et ses yeux se reportèrent sur moi. Mais, comme c'était une femme de grand cœur, elle entra fermement dans la maison où je la suivis, tandis que l'homme de la Mïon défaisait la corde du chargement.

Quelle maison! Celle de Combenègre était bien nue, bien noire, bien triste, mais c'était une maison bourgeoise en comparaison de celle-ci. Lorsque la porte fut poussée, qui ne tenait plus que par un gond, elle se montra dans tout son délabrement. Aux murs, par endroits, une crevasse laissait voir le jour extérieur, ou donnait passage à une plante qui perçait de dehors. Le foyer était grossièrement construit à la façon de ceux des cabanes qu'on fait dans les terres. Point de grenier; en haut dans un coin, sur les solives, des planches brutes, mises là pour sécher et oubliées, faisaient une espèce de plancher mal joint, juste à peu près pour abriter un lit. Partout ailleurs on voyait la tuilée, et, dans le coin décou-vert, le ciel. Par ce trou, les pluies d'hiver avaient fait un petit bourbier dans la terre battue.

Ayant contemplé ça sans rien dire, ma mère ressortit pour aider l'homme à décharger le mobilier. Pour le faire plus aisément, lui se coula entre les bœufs et souleva le timon, tandis qu'elle ôtait la cheville de fer qui passait dans les ron-delles, et appelait les bœufs. L'homme alors posa doucement le timon à terre et, sur ce timon ainsi incliné, aidé de ma mère, il fit glisser tout bellement le châlit, la cabinet et le reste. Moi, pendant ce temps, je portai la brassée de foin devant les bœufs. Lorsque tout fut placé dans la maison, ma

mère tira d'un panier le chanteau plié dans une touaille, puis
le posa sur la table avec la salière et un oignon qu'elle prit
dans la tirette. Après ça, elle voulut remplir de piquette
le pichet, mais le peu qui restait dans la barrique, à force
d'avoir été secoué, était comme de la boue : elle sortit donc
pour querir de l'eau. Dans ce temps l'homme de la Mïon
fit une frotte, et, assis sur le banc, mangeait lentement, coupant le pain à taillons et croquant l'oignon trempé dans le
sel, à petites tranches.

Ayant achevé, il ferma son couteau, but la moitié d'un
gobelet d'eau et se leva. Ma mère lui aida à atteler les
bœufs ; il prit son aiguillon, répondit aux remerciements que
ça n'était rien, nous donna le bonsoir, et, reprenant son
chemin, traversa lentement la clairière et disparut dans les bois.

Lorsque nous fûmes seuls, ma mère me prit et m'embrassa
longuement, me serrant par reprises contre sa poitrine. Ce
moment de peine un peu passé, elle se mit à faire le lit et
finit d'arranger du mieux possible notre pauvre mobilier,
Cela fait, nous allâmes chercher du bois. Aux alentours il
n'en manquait pas, et nous en eûmes bientôt assemblé un
bon tas. Sous les hangars, il y avait des débris de charpente
qui nous servirent bien aussi. Mais ça n'était pas une affaire
commode que de faire du feu. En ce temps-là, les allumettes
chimiques étaient inconnues, du moins dans nos pays, et
nous conservions le feu sous la cendre, ordinairement. Quelquefois, lorsqu'il se trouvait éteint, il fallait en aller querir
dans un vieux sabot, chez les voisins qui en donnaient de
bonne grâce. à charge de revanche. Il n'y avait que les
aubergistes, dans les bourgades, qui le refusaient les jours de
fête ou de foire, parce que ça portait malheur. Quelquefois
il fallait courir assez loin, comme nous autres qui allions chez
la Mïon de Puymaigre ; mais ici nous ne connaissions ni le
pays, ni les voisins. Heureusement, il y avait dans le tiroir
du cabinet des pierres à fusil que mon père ramassait lorsqu'il en trouvait et taillait pour s'en servir au besoin. Ma
mère en prit une, et à force de battre contre avec la lame de
son couteau fermé, elle finit par mettre le feu à un morceau
de vieille chiffe bien écharpillée. Cette pincée mise dans une
poignée de mousse sèche, ramassée sur le bois mort, lui com-

muniqua le feu, et bientôt, avec des feuilles mortes, des herbes et des brindilles, en soufflant ferme, la flamme brilla dans l'âtre.

Le feu ainsi allumé, il fallut aller à l'eau. En cherchant bien dans les environs, nous trouvâmes l'ancienne fontaine dont se servaient les tuiliers. Pour dire le vrai, c'était une mauvaise fontaine suintant un peu l'hiver, et, l'été, gardant seulement l'eau des pluies. Elle ne différait guère du trou où ma mère avait pris l'eau pour faire boire l'homme à la Mïon, étant pour lors demi-comblée et pleine de joncs qui sortaient de l'eau blanchâtre. Impossible d'y puiser de l'eau avec la seille : il nous fallut la remplir avec le pichet. Revenus à la cahute, ma mère garnit l'oule de pommes de terre, et la mit sur le feu pour notre souper.

Le soir, après avoir mangé deux ou trois pommes de terre à l'étouffée avec un peu de sel, lorsqu'il fut question de nous coucher, ma mère vit qu'il n'y avait jamais eu de serrure ou de verrou à la porte. On la fermait de dedans à l'ancienne manière avec une barre qui, entrant dans deux trous de chaque côté du mur, maintenait le battant. Voyant ça, ma mère tailla avec la serpe un bout de bois de longueur, l'ajusta bien, et ainsi ferma solidement, après quoi nous allâmes au lit.

Je crois bien qu'elle ne dormit guère de la nuit, bourrelée par l'idée de mon pauvre père, prisonnier à Périgueux, que la guillotine ou les galères attendaient. Pour moi, qui ne voyais pas toutes les conséquences de ce qu'il avait fait, après avoir un peu regardé les étoiles qu'on apercevait du lit, par le trou de la toiture, je m'endormis lourdement.

Outre ses chagrins par rapport à mon père, ma mère se tourmentait aussi en pensant à moi et à ce que nous allions devenir. Les riches, lorsqu'ils ont des peines, peuvent y songer à leur aise et se donner tout entiers à leur douleur; mais les pauvres ne le peuvent point. Il leur faut avant tout affaner pour vivre, et gagner le pain des petits enfants. Au malheur qui les frappe vient s'ajouter celui de la pauvreté qui ne leur laisse pas même le loisir de pleurer; aussi, nous autres paysans sommes-nous, pour l'ordinaire, sobres de larmes. On ne nous voit guère rire bien fort non plus, n'ayant pas souvent sujet de le faire ; nous rions comme saint Médard, du bout des lèvres, nous souvenant du proverbe : « Trop rire fait pleurer. »

Dès le lendemain, ma mère s'inquiéta de trouver du travail. Après avoir mangé un peu, nous partîmes pour le Jarripigier, où l'homme de la Mïon lui avait dit que peut-être elle trouverait des journées chez un nommé Maly, qui avait des terres à faire valoir et employait souvent des journaliers. Après avoir marché longtemps, nous voici chez ce Maly, qui n'était pas là. Mais sa femme nous dit qu'il n'avait besoin de personne pour le moment, et il fallut donc nous en retourner. En passant par les villages sur la lisière de la forêt, ma mère demandait aux gens où elle pourrait avoir du travail. Aux Lucaux, un vieux qui se chauffait au soleil, le long d'un mur, nous dit qu'à Puypautier, chez un riche paysan appelé Géral, elle pourrait trouver quelques journées pour travailler dans les vignes ou sarcler des blés. Arrivés dans le village, un drole nous fit voir une grande vieille maison où justement Géral était en ce moment. Lorsque sur sa demande, ma mère lui eût dit qu'elle était la femme de Martissou, de Combenègre, la servante qui était là fit : « Oh ! Sainte Vierge ! » en nous regardant d'un air pas trop engageant. Mais Géral, l'ayant fait taire, dit à ma mère qu'il lui donnerait huit sous par jour, et qu'elle pourrait venir dès le lendemain.

Lors elle le remercia, et lui répondit que, ne pouvant m'abandonner seul à la tuilière au milieu des bois, elle le priait, si ça ne le dérangeait pas, de me laisser venir, et qu'il la payerait moins, vu ce que je serais nourri aussi.

— Eh bien, amène ton drole, — dit le vieux Géral, qui n'avait pas l'air d'un mauvais homme ; — et, au lieu de huit sous, je t'en donnerai cinq.

Le lendemain donc, nous fûmes de bonne heure à Puypautier, et, tandis que ma mère ramassait les sarments dans les vignes avec une autre femme, moi je m'amusais par là, avec la drole de la servante à Géral, qui gardait la chèvre et les oies et s'appelait Lina.

A neuf heures, la mère de Lina nous appela tous pour déjeuner. Il y avait sur la table un grand plat vert où fumait une bonne soupe avec des pommes de terre et des haricots dessus en quantité. Il y avait longtemps que je n'en avais mangé d'aussi bonne, et, sans doute, les autres la trouvaient à leur goût aussi, car Géral, son domestique, l'autre femme et la servante, tout le monde y revint, moins ma mère que le chagrin empêchait de manger beaucoup. Cette servante coupait le farci, comme on dit, chez Géral qui était un vieux garçon ; et, quoique je sache bien qu'elle seule fit renvoyer ma mère, on ne peut lui ôter ça, que sa soupe était bonne : c'est bien vrai que, dans la maison, il y avait tout ce qu'il fallait pour ça.

Tout en déjeunant, Géral encourageait ma mère et lui disait que, Laborie étant connu de tout le monde comme un mauvais homme, ou, pour mieux dire, un coquin, mon père serait peut-être acquitté. Mais elle secouait la tête tristement.

— Voyez-vous, Géral. il y a des gens trop riches contre nous et qui ont le bras long : les messieurs de Nansac feront tout ce qu'ils pourront pour le faire condamner.

— C'est bien ça, dirent les autres.

— En tout cas, ma pauvre, reprit Géral, il te faut manger pour te soutenir ; autrement. tu te rendrais malade, et alors que deviendrait ton drole ?...

— Vous avez bien raison, répondait ma mère en s'efforçant de manger à contre-cœur.

Ce que c'est que les enfants ! j'aimais bien mon père, pour sûr, mais à l'âge que j'avais on se laisse distraire aisément. Tout le long du jour, j'étais avec Lina, par les chemins bordés de haies épaisses de ronces, de sureaux et de buissons noirs, contre lesquelles la chèvre se dressait parfois pour brouter. Tandis que les oies paissaient l'herbe courte sur les bords du chemin, je les regardais faire curieusement. Lorsqu'elles étaient saoules, elles se mettaient sur le ventre, et, de temps en temps, piaulaient entre elles, comme si elles se fussent dit leurs idées. De vrai, lorsqu'on voit ces bêtes, et tant d'autres d'ailleurs, avoir un cri particulier, un son de voix différent, une manière tout autre de jaser, dans des oceasions diverses, on ne peut pas s'empêcher de croire qu'elles se comprennent. Ainsi, lorsque le gros jars de Lina, tranquille, les pattes repliées sous lui, la tête haute, l'œil brillant, faisait tout doucement à ses oies reposant autour de lui :

« *Piau, piau, piau,* » il me semblait qu'il leur disait : il fait bon ici, le jabot plein. Et, lorsqu'une oie répondait sur le même ton : « *Piau, piau, piau* », je me pensais qu'elle devait dire : « Oui, il fait bon ici ». Et quand venait dans le chemin un chien étranger, ou quelqu'un qui n'était pas du village, le mâle le signalait de loin par un cri perçant comme un appel de clairon, en se dressant sur ses pattes, imité aussitôt par toutes les oies qui répétaient son cri, comme pour dire : « Nous avons compris ». Et alors, il leur disait quelque chose comme : « Il faut se retirer » ; à quoi elles répondaient brièvement : « Oui », et se mettaient en marche vers la basse-cour, lui à l'arrière-garde, l'œil et l'ouïe attentifs, sérieux comme un âne qui boit dans un seau, avec la plume qui le bridait en lui traversant les narines.

Je disais ça quelquefois à Lina, mais elle se moquait de moi en riant, et disait que j'étais aussi innocent que les oies de croire des choses comme ça ; mais ça n'était pas de méchanceté et ne m'empêchait point de l'affectionner beaucoup et de l'embrasser souvent.

Une douzaine de jours se passèrent ainsi à m'amuser avec Lina, lorsqu'un soir, après souper, Géral donna à ma mère les sous de ses journées, et lui dit qu'il n'avait plus besoin d'elle pour le moment. Il était un peu honteux en disant ça, comme quelqu'un qui ment ; et, en effet, il y avait encore du travail assez. Mais, à ce que nous dit l'autre femme qui travaillait avec ma mère, la servante lui faisait tant de train à cause d'elle que, pour avoir la paix, il la renvoya. Ayant reçu deux pièces de trente sous, ma mère les noua dans le coin de son mouchoir, remercia Géral, et puis nous nous en fûmes tristement, elle inquiète de l'avenir, moi désolé de quitter Lina.

Le lendemain, il fallut recommencer à courir les villages autour de la forêt pour chercher des journées. Mais lorsque, le soir venu, nous fûmes de retour à la tuilière sans avoir rien trouvé, j'étais bien las, tellement las que ma mère se désolait, ne sachant comment faire, me laisser seul, ou me traîner toute une journée après elle. Moi, le matin, la voyant en cette peine, je lui dis que j'étais reposé et que je

marcherais bien. Là-dessus, nous voilà partis, cheminant doucement. nous arrêtant de temps en temps, elle me portant
quelquefois, malgré que je ne voulusse pas. Cela dura trois
ou quatre jours comme ça, pendant lesquels nous ne profi-
tions guère, nous crevant à chercher inutilement du travail et
n'ayant plus le bon ordinaire de chez Géral, lorsqu'un soir,
en passant à la Grimaudie, un homme nous dit que le maire
de Bars nous mandait d'y aller sans faute le lendemain.

Nous voici donc partis le matin, et, sur les neuf heures,
nous arrivions dans l'endroit. Une femme qui épouillait son
drole devant la porte, écachant les poux sur un soufflet, nous
montra la maison. Ayant cogné, ma mère ouvrit la porte lorsqu'une grosse voix nous eut crié d'entrer.

Un chien courant, maigre comme un pic, qui dormait
devant le feu, se lança sur nous en aboyant.

— Tirez! tirez! lui cria la même voix rude, sans pouvoir
le faire taire.

Dans le coin du feu, sur un fauteuil paillé, il y avait, les
coudes sur ses genoux, une vieille, très vieille, à la tête branlante, qui pouvait avoir cent ans, et nous regardait par côté
d'un œil mort. Lui, le maire, était là aussi, dans sa cuisine,
un pied sur un banc, attachant un éperon à son soulier, car
c'était un mardi, et il allait partir pour le marché de Thenon.

Lorsqu'il eut attaché son éperon, il jeta un grand coup de
pied au chien, qui jappait toujours, et le fit se cacher sous la
table. Ma mère lui ayant alors expliqué qu'elle venait céans
sur son commandement, il lui dit brusquement :

— Alors, c'est toi la femme de Martissou?

— Oui bien, notre monsieur.

— Cela étant, il te faudra te rendre à Périgueux d'aujour-
d'hui en quinze, sans faute : on va juger ton homme. Voilà
l'assignation! ajouta-t-il en prenant un papier dans une tirette.

— Mon Dieu, comment ferons-nous? disait ma mère sur
le chemin, en nous en retournant.

Et en effet, sur les trois francs que lui avait donnés Géral,
il avait fallu acheter une tourte de pain, de sorte qu'il ne
nous restait presque rien. Moi, voyant combien elle se tourmentait à cause de ça, je me faisais du mauvais sang de ne
pouvoir lui aider, lorsqu'un matin, rôdant par là sur la

lisière de la forêt, je trouvai dans un sentier un lièvre étendu,
tué la veille d'un coup de fusil sur l'échine, car la blessure
était toute fraîche. Je le ramassai, et m'en courus à la maison, tout content de le porter à ma mère. Comme il n'était
pas possible de savoir qui l'avait tué, elle le vendit, le mardi
d'après, à Thenon, avec nos deux poules que nous avions
eues en partage à Combenègre, afin de faire un peu d'argent
pour notre voyage.

Le jour arrivé qu'il nous fallait partir, nous avions dans
un fond de bas, attaché avec un bout de gros fil, un peu
plus de trois francs en sous et en liards. Ma mère mit le
reste du chanteau dans le havresac de mon père, que le
Rey nous avait rendu avec son couteau, le passa sur son
épaule en bandoulière, prit un bâton d'épine, et nous partîmes
après avoir attaché la porte à un gros clou avec une corde
pour la tenir fermée.

Nous n'étions pas trop bien habillés pour nous montrer en
ville. Ma mère avait un mauvais cotillon de droguet, une
brassière d'étoffe brune toute rapiécée, un mouchoir de coton
à carreaux jaunes et rouges sur la tête, des chausses de laine
brune et des sabots. Moi, j'avais une culotte pareille au
cotillon de ma mère, bien usée, une veste faite d'une vieille
veste de mon père, un bonnet et des bas tricotés, et des sabots.
Notre chemin était de traverser la forêt en allant vers le
Lac-Gendre, et nous prîmes cette direction, après nous être
déchaussés pour cheminer plus à l'aise sur les sentiers des
bois. Du Lac-Gendre, nous fûmes passer à la Triderie, puis
à Bonneval, et enfin à Fossemagne, où nous trouvâmes la
grande route de Lyon à Bordeaux, finie depuis peu.

A la sortie de Fossemagne, ma mère me fit asseoir sur le
rebord du fossé pour me reposer un peu. Une demi-heure
après, nous voilà repartis, marchant doucement en suivant
l'accotement de la route, moins dur pour les pieds que le
milieu de la chaussée. La pauvre femme, bourrelée par l'idée
de ce qui attendait mon père, ne parlait guère, me disant
seulement quelques paroles d'encouragement, et me prenant
des fois par la main pour m'aider un peu. Nous ne ren-
contrions presque personne sur la route; quelquefois un

homme cheminant à pied, portant sur l'épaule, avec son
bâton, un petit paquet plié dans un mouchoir; ou bien un
voyageur sur un fort roussin, le manteau bouclé sur les fontes
de sa selle, qui laissaient voir les crosses de ses pistolets ; et
derrière. attaché au troussequin, un porte-manteau de cuir,
fermé par une chaînette avec un cadenas. De voitures, on n'en
voyait pas comme aujourd'hui sur les routes : les gens richis-
simes seuls en avaient. A une petite demi-lieue de Saint-
Crépin, nous entrâmes dans un petit bois pour faire halte,
Ma mère me donna un morceau de pain que je mangeai avec
appétit, tout sec et noir qu'il était; après quoi, m'étendant sur
l'herbe, je m'endormis profondément.

Lorsque je me réveillai, le soleil avait tourné du côté du
couchant, et je vis ma mère assise contre moi. Me voyant
réveillé, elle se leva, me tendit la main, et après m'être un
peu étiré, je me levai aussi pour repartir.

En passant à Saint-Crépin, je bus à une fontaine qui coulait dans un bac de pierre, près du relais de poste, et, m'étant
ainsi bien rafraîchi, je continuai à marcher vaillamment,
m'efforçant un peu pour faire voir à ma mère que je n'étais
pas trop fatigué. Et c'est la vérité que je ne l'étais pas trop;
seulement, les pieds me cuisaient un peu, car ce n'était plus
la même chose de marcher nu-pieds sur une route chauffée
par le soleil ou sur la terre fraîche des sentiers sous bois.

Il était soleil entrant lorsque nous fûmes à Saint-Pierre,
car j'avais dormi longtemps dans le bois. Ayant remis nos
chausses et nos sabots, après avoir suivi le bourg qui n'était
pas bien grand alors, ni encore, ma mère avisa une maison
vieille et pauvre d'apparence, où, dans un trou du mur, on
avait planté pour enseigne une branche de pin, et, la porte
étant ouverte. elle entra.

Une bonne vieille avec une coiffe à barbes, un fichu à carreaux croisé sur sa poitrine et un devantal ou tablier de
cotonnade rouge, assise sur une chaise, filait sa quenouille
de laine près de la table. A la salutation de ma mère elle
répondit par une franche parole :

— Bonsoir, bonsoir, braves gens !...

Interrogée si elle pouvait nous donner un peu de soupe et
nous faire coucher, elle répondit que oui, mais que, comme

elle n'avait plus qu'un lit, l'autre ayant été saisi pour payer les rats de cave, il nous faudrait coucher dans le fénil.

— Oh! dit ma mère, nous dormirons bien dans le foin.

— Eh bien donc, approchez-vous du feu, reprit la vieille.

Et lorsque nous fûmes assis, comme on est curieux dans les petits endroits, principalement les femmes, la vieille se mit à questionner ma mère, tournant autour du pot, pour savoir où nous allions et à quelle occasion. Tant elle avait l'air d'une brave femme, que ma mère lui raconta tout par le menu, les misères qu'on nous avait faites, les canailleries de Laborie, et comment mon père avait tiré sur ce régisseur des messieurs de Nansac, eux et lui l'ayant poussé à bout, jusqu'à lui venir tuer la chienne dans la cour.

— Ah! les canailles! s'écria la vieille. Il y en a bien par ici qui en feraient autant! — ajouta-t-elle en posant sa quenouille. — Avant la Révolution, il n'y a pas de gueuseries qu'ils ne nous aient faites! Et depuis qu'ils sont revenus, ils recommencent, surtout depuis quelque temps!

Elle se leva brusquement, là-dessus, alla fermer la porte et alluma la lampe :

— Voyez-vous, pauvre femme, dit-elle, ces nobles sont toujours les mêmes, faisant les maîtres, orgueilleux comme des coqs d'Inde et durs pour les pauvres gens. Mais quand l'autre reviendra, il se souviendra qu'ils l'ont trahi, et il les jettera à la porte...

— L'autre? fit ma mère.

— Eh! oui... Poléon, qu'ils ont envoyé à cinq cent mille lieues, par delà les mers, dans une île déserte.

Ma mère avait bien ouï parler quelquefois, le dimanche, devant l'église, d'un certain Napoléon, qui était empereur, et qui avait tant bataillé que beaucoup de conscrits du Périgord étaient restés par là-bas, dans des pays inconnus; mais du côté de la Forêt Barade, on n'était pas bien au courant et elle répondit simplement :

— Alors il est fort à désirer qu'il revienne tôt, puisque c'est un ami des pauvres gens, car nous sommes trop malheureux!

Moi, tout en écoutant ces propos, assis sur le saloir dans le coin du feu, je regardais cette maison bien pauvre en vérité. Le lit de la vieille était dans un coin, garanti de la poussière du grenier par un ciel et des rideaux de même étoffe, jadis bleus avec des dessins, et maintenant tout fanés. Ce lit coustoyé de chaises, dont aucunes dépaillées, était encombré, au pied, de vieilles hardes. Dans le coin opposé, il y avait la place vide du lit qu'on lui avait fait vendre. Au milieu. la table avec un banc. Contre le mur, en face de la porte, était une mauvaise maie, où la bonne femme serrait le pain et autres affaires depuis que son cabinet était vendu. Une cocotte et une marmite étaient sous la maie, une soupière et des assiettes dessus, et, avec la seille dans l'évier, c'était à peu près tout : on voyait que les gens du roi avaient passé par là.

Cependant, l'heure du souper approchant, la vieille alla querir des branches de fagots dans l'en-bas qui communiquait avec la cuisine, raviva le feu devant lequel cuisaient déjà des haricots, et pendit à la crémaillère son autre marmite où il y avait du bouillon. Cela fait, elle débarrassa le couvercle de la maie, en maudissant ces bougres de gabelous qui lui avaient fait vendre son vaissellier si commode, prit dedans une tourte entamée et commença à tailler la soupe avec un taillant, engin plus facile que la serpe dont nous nous servions chez nous.

— Nous souperons, dit-elle, après que Duclaud sera arrivé.

— Vous attendez quelqu'un ? fit ma mère.

— Oui, c'est un brave garçon qui vend du fil, des aiguilles, du ruban, des boutons, des crochets, des images comme celles qui sont là, — ajouta-t-elle en montrant des gravures grossières passées en couleur, — et d'autres petites affaires encore … Tu peux bien aller les voir, les images, — me dit la vieille ; — ça t'amusera en attendant le souper… Il passe presque tous les mois, pour aller dans la contrée de Thenon, — reprit-elle ; — je pense qu'il viendra ce soir, c'est son jour.

Je me mis à regarder les images. Il y avait entre autres le malheureux *Juif errant* avec son bâton et ses longues jambes, symbole du pauvre peuple déshérité qui n'a ni feu ni lieu ; ensuite *Jeannot et Colin*, histoire instructive, surtout en ce temps-ci où tant de gens se vont perdre dans les villes. Puis le fameux *Crédit*, mort, étendu à terre, tué par de mauvais payeurs qui s'enfuient, et, à côté, une oie tenant une bourse dans son bec, avec cette inscription, qu'alors je ne savais pas lire : *Mon oie fait tout;* — triste et désolante sentence pour les pauvres gens.

Tandis que j'examinais curieusement ces images, on frappa trois coups de bâton à la porte.

— C'est Duclaud, fit la vieille en allant ouvrir.

Lui, nous voyant, sembla hésiter ; mais elle lui dit :

— Vous pouvez entrer... C'est une brave femme et son drole.

Alors il entra. C'était un fort garçon à la figure brune, aux cheveux crépus, coiffé d'une casquette de peau de fouine, vêtu d'une blouse de cotonnade grise rayée, et chaussé de gros souliers ferrés. Il pliait sous le poids d'une balle qu'il portait à l'aide d'une large bricole de cuir.

— Salut, la compagnie ! dit-il en posant son gros bâton contre la porte.

Puis il se débarrassa de sa balle en la plaçant sur deux chaises que la vieille avait vitement arrangées à l'exprès.

— Vous êtes fatigué, mon pauvre Duclaud, lui dit-elle ; tournez-vous un peu vers le feu ; nous allons souper dans une petite minute.

— Ça n'est pas pour dire, Minette, mais je souperai avec plaisir : depuis Razac, vous pensez, le déjeuner a eu le temps de couler.

La soupe trempée, on se mit à table, et la vieille servit à chacun une assiette comble de bonne soupe aux choux et aux haricots. Je fus étonné de voir Duclaud manger la soupe avec sa cuiller et sa fourchette en même temps. Chez nous on ne connaissait pas cette mode, pour la bonne raison que nous n'avions pas de fourchettes. Lorsque nous soupions d'un ragoût de pommes de terre ou de haricots, on le mangeait avec des cuillers. Pour la viande, on se servait du couteau et des doigts ; mais ça n'arrivait qu'une fois l'an, au carnaval.

Duclaud ayant fini sa soupe, prit la pinte et nous versa à tous du vin dans notre assiette Lui-même remplit la sienne jusqu'aux bords de telle manière qu'un petit canard s'y serait noyé : on voyait qu'il était dans la maison comme chez lui et ne se gênait pas. Ce vin était un petit vinochet du pays, qui ne valait pas celui de la côte de Jaures, à

Saint-Léon-sur-Vézère : mais nous autres qui ne buvions
que de la mauvaise piquette, gâtée souvent, pendant trois ou
quatre mois, et, le reste de l'année, de l'eau, nous le trouvions bien bon. Après avoir bu, le porte-balle nous offrit de
la soupe encore, et, personne n'en voulant plus, il s'en servit
une autre pleine assiette, après quoi il fit un second copieux
chabrol, comme nous appelons le coup du médecin, bu dans
l'assiette avec un reste de bouillon.

Pendant ce temps, la Minette avait tiré les mongettes ou
haricots dans un saladier et les posa sur la table. Ma mère
se leva alors, disant qu'elle n'avait plus faim ; mais la brave
vieille qui se doutait qu'elle disait ça parce qu'elle craignait
la dépense, la fit rasseoir :

— Il vous faut manger tout de même pour avoir des
forces, dit-elle ; mangez, mangez, pauvre femme, autrement
vous ne pourriez pas finir d'arriver à Périgueux.

Tandis que nous mangions, la Minette conta l'affaire de
mon père à Duclaud, et lui demanda ce qu'il en pensait.

— Que voulez-vous que je vous dise ? fit-il. Si les juges
et les jurés étaient des gens pareils à moi, eux voyant comme
cet homme a été poussé à bout par ce coquin de régisseur et
les messieurs, il s'en tirerait avec un an de prison ou six
mois. Mais, voyez-vous, ceux du jury, c'est des bourgeois,
des riches, qui, encore qu'ils soient honnêtes, penchent
plutôt pour ceux de leur bord. Pourtant, il y a des hommes
justes partout, et il n'en faudrait qu'un ou deux pour entraîner les autres souvent ça arrive ainsi, il ne vous faut pas
désespérer... Ah ! — ajouta-t-il, — que ceux-là mériteraient
d'être punis, qui commandent des injustices et des méchancetés sans se donner garde des malheurs qui en peuvent
advenir !

Le soir, après souper, Duclaud tira du fond de sa balle
des petits paquets et diverses affaires qu'il mit dans une
grande poche de dessous sa blouse et sortit. Depuis, je me
suis pensé qu'il faisait peut-être bien quelque peu la contre-
bande de tabac et de poudre.

Le moment de se coucher venu, la vieille Minette dit que,
réflexion faite, Duclaud devant coucher dans le fénil, ma
mère et moi coucherions dans son lit, qui était assez large

pour trois, surtout que je n'étais pas bien gros, ce qui fut fait. Sans doute, le colporteur rentra par la porte de l'en-bas, qui donnait dehors, et monta dans le grenier à foin : je ne le revis plus,

Le lendemain, de bonne heure, la Minette fit chauffer de la soupe et nous la fit manger. Lorsqu'il fut question de compter, elle dit à ma mère qu'elle aurait assez besoin de son argent à Périgueux où tout était cher ; qu'elle payerait en repassant s'il lui en restait. Ma mère la remercia bien, mais lui dit que ça lui ferait de la peine de s'en aller comme ça sans payer ; joint à ça qu'elle ne savait pas comment il en adviendrait, et si nous repasserions par Saint-Pierre.

— Alors, dit la vieille, puisque c'est ainsi, vous me devez dix sous.

Ma mère connut bien qu'elle la ménageait beaucoup ; elle lui donna les dix sous en l'accertainant qu'elle se souvien-drait toujours d'elle, et de sa bonté pour nous autres.

La Minette fit aller ses bras et dit :

— Il faut bien que les pauvres s'entr'aident !

Puis elles s'embrassèrent fort, ma mère et elle, et nous partîmes garnis de beaucoup de souhaits de bonne chance, qui comme tant d'autres ne servirent de rien.

De bonne heure, donc, nous revoilà sur la grande route déserte. Il faisait bon marcher ; le soleil se levait, fondant une petite brume qui montait dans l'air et disparaissait. Derrière nous les coqs de Saint-Pierre chantaient fort, ce qui, avec le brouillard s'élevant, présageait la pluie. Les oiselets voletaient. se poursuivant dans les haies aux buissons fleuris, au pied desquelles pointaient dans l'herbe des petites pervenches et des fleurs de mars, autrement des violettes. La rosée séchait dans les prés reverdis, et, sur le haut des coteaux, travaillés jusqu'à mi-hauteur, les taillis commençaient à prendre les verdoisons claires du printemps. J'étais bien reposé, bien repu, et sans la triste cause qui nous mouvait, c'eût été un plaisir de voyager ainsi.

Un peu après avoir dépassé Sainte-Marie, nous allons ren-contrer deux joyeux garçons qui cheminaient en se dandi-nant un peu et chantaient à plein gosier. Ils étaient habillés

de velours noir, ceinturés de rouge et avaient des havresacs
de soldats sur le dos. Des casquettes de velours noir aussi les
coiffaient sur le côté crânement ; à leurs oreilles pendaient des
anneaux d'or, et ils tenaient à la main de grandes cannes en-
rubannées qu'ils maniaient dextrement, faisant, avec, des
moulinets superbes. Ils nous saluèrent jovialement en nous joignant, et nous nous demandions qui pouvaient être ces gens-là ;
mais depuis j'ai compris que c'étaient des compagnons du tour
de France.

Nous allions arriver à Saint-Laurent, lorsque la pluie nous
attrapa, petite pluie fine qui mouillait, et embrumait les prés
où serpentait lentement le Manoir. Çà et là, dans les endroits
bas, le ruisseau faisait des rosières où nichaient les poules
d'eau, et ailleurs se perdait dans des nauves pour ressortir un
peu plus loin, toujours lentement, lentement, comme s'il
avait regret d'aller se perdre dans l'Ille.

Nous avions laissé le château de Lieu-Dieu sur notre droite,
quand voici derrière nous un grand bruit de grelots. Nous
retournant alors, nous apercevons une grande belle voiture
attelée de quatre chevaux avec deux postillons en grandes
bottes, culotte jaune, gilet rouge, habit bleu de roi, plaque
au bras et chapeau de cuir ciré. Je me plantai par curiosité
pour voir passer cette voiture, et ma mère en fit autant pour
m'attendre. Lorsqu'elle fut là, je vis à travers les grands carreaux de vitre le comte de Nansac, la comtesse et leur fille
aînée. Sur le siège de devant était le garde Mascret, et, derrière, un domestique avec une chambrière. Ma mère regarda
les messieurs d'un œil fiché, les mâchoires serrées, les sourcils
froncés, et moi, je sentis en mon cœur s'élever un violent mouvement de haine. Eux nous voyant ainsi, mal vêtus, mouillés,
pataugeant pieds nus dans la terre détrempée, détournèrent
les yeux d'un air froid, méprisant, et la voiture passa, rapide,
en nous éclaboussant de quelques gouttes de boue liquide.

Arrivés à Lesparrat, j'aperçus la belle plaine de l'Ille,
et la rivière aux eaux vertes, bordée de peupliers, qui coule
au-dessous du château du Petit-Change. En quittant le vallon étroit du Manoir enserré entre des coteaux arides aux
terres grisâtres, aux arbres chétifs, il me sembla arriver dans
un autre pays. Mais lorsque, après avoir monté la petite côte

du Pigeonnier, je vis Périgueux au loin, avec ses maisons étagées sur le Puy Saint-Front, et, tout en haut, montant dans le ciel, le vieux clocher roussi par le soleil de dix siècles, ce fut bien autre chose. Je n'avais encore vu que le petit bourg de Rouffignac, et je ne pouvais m'imaginer un tel entassement de maisons, quoique je n'en visse qu'une partie. La hâte d'arriver me donna des jambes, et, de ce moment, je ne sentis plus la fatigue.

Après avoir longé le jardin de Monplaisir, nous allons traverser le faubourg de Tournepiche ou, autrement, des Barris. Ayant longé l'ancien couvent des Récollets, qui est maintenant l'École normale, nous arrivons sur le Pont-Vieux, aux arches ogivales, défendu jadis par une tour à huit pans dont les fondements se voient encore.

Jamais pluie de printemps ne passa pour un mauvais temps, dit le proverbe ; pourtant celle-ci nous avait mouillés ; mais, à cette heure, elle avait cessé et je n'y pensais plus, curieux de tout ce que je voyais. Tout le long de la rivière, à droite et à gauche, des vieilles maisons qui semblaient descendre du Puy Saint-Front venaient se mirer dans les eaux. En amont du pont, c'était, au coin de la rue du Port-de-Graule, avec sa façade tournée vers l'Ille, une grande ancienne maison en pierre de taille, superbe avec ses machicoulis travaillés, ses larges baies et ses hauts toits pointus. Ensuite, la belle maison Lambert avec ses trois étages de galeries donnant sur la rivière, soutenues par de jolis piliers sculptés ; et plus loin se dressait fièrement, dominant la rive, la tour de la Barbecane, avec sa plate-forme crénelée, ses mâchicoulis et ses meurtrières pour couleuvrines et arquebuses : belle relique de l'ancienne enceinte de la ville, que des idiots ont rasée depuis. Un peu plus loin, les rochers à pic de l'Arsault se dressaient fièrement.

En aval du pont, c'était le vieux moulin fortifié de Saint-.Front. tout sombre, curieux à voir avec ses murailles épaisses, ses baies étroites, ses appentis moitié bois moitié pierre, maintenus par des jambes de force, ou collés à ses murs comme des nids d'hirondelles. Sous ses arches sombres, les eaux de l'écluse divisées par des éperons de pierre allaient s'engouffrer lentement. Plus loin, c'était une maison étrange

avec une galerie en forme de dunette, plantée sur un massif
de maçonnerie qui s'avançait dans l'eau en angle effilé
comme un éperon de galère : on eût dit une nef du moyen
âge, avec son château d'avant, à l'ancre dans la rivière. Tout
au fond, les grands arbres feuillus du jardin de la Préfecture
se reflétaient sur les eaux.

Et par en haut, comme du côté d'en bas, entre ces points
principaux, c'était une foule de maisons dévalées vers la
rivière, en désordre, comme un troupeau de brebis, et s'y
baignant les pieds : vieilles maisons aux pignons bizarres avec
des pots à passereaux, aux balcons de bois historiés, aux
étages en saillie soutenus par d'énormes corbeaux de pierre,
aux fenêtres étroites ou à meneaux, avec des basilics dans de
vieilles soupières ébréchées, ou des résédas dans des marmites
percées ; maisons aux louviers étranges qui semblaient épier
sur la rivière. Quelques-unes de ces maisons, baticolées en
torchis avec des cadres de charpente, cahutes informes,
lézardées, écaillées, tordues et déjetées de vieillesse, comme
de pauvres bonnes femmes, se penchaient sur l'Ille où elles
semblaient se précipiter. D'autres à côté ayant perdu leur
aplomb, comme des femmes saoules, s'appuyaient sur la maison plus proche ou se soutenaient par des béquilles énormes
faisant contrefort. D'autres en pierre de taille, solidement
construites, quelques-unes sur des restes des anciens remparts,
réfléchissaient dans les eaux claires leurs assises roussies
par le soleil, leurs baies irrégulières, leurs galeries couvertes,
leurs toits d'ardoises aigus, leurs chatonnières triangulaires,
leurs cheminées massives fumant sous un chapeau pointu.
Toutes ces maisons dissemblables, cossues ou minables,
variées d'aspect, chacune ayant son architecture, ses matériaux, ses ornements, ses verrues, son gabarit propres, se
pressaient sur le bord de l'Ille, curieuses de se mirer dedans.
Les unes avançaient sur les eaux où plongeaient leurs piliers
de pierre ; d'autres se reculant, comme craignant de se
mouiller les pieds, poussaient jusqu'à la rivière leurs massives terrasses aux lourds balustres ; d'autres encore se
haussaient d'un étage par-dessus le toit de leur voisine, pour
voir couler l'Ille et contempler sur l'autre rive les prairies
bordées de peupliers où séchait le linge des lavandières aux

battoirs bruyants. Çà et là, sur une terrasse, un jardinet grand comme la main; au pied d'un mur, un saule pleureur retombant sur l'eau, et à des portes donnant sur la rivière étaient amarrés des bateaux : gabares de pêcheurs ou de teinturiers. Tout cet ensemble de constructions bizarres, irrégulières, entassées en désordre; tout cet amas de pignons, de galeries, d'escaliers extérieurs, d'appentis, d'auvents écaillés d'ardoises, de baies larges ou étroites, de piliers, de poutres entrecroisées, de corbeaux de pierre, de jambes de force, d'étages surplombants, de balcons de bois, de lucarnes, de toits pointus ou plats, bleus ou rouges, de cheminées étranges, de girouettes rouillées, — tout cela s'étalait au soleil en un fouillis enchevêtré où se jouaient les ombres sur des teintes bleuâtres, vertes, rousses, bistrées, grisâtres, où, parmi des hardes étendues, piquait comme un coquelicot quelque jupon rouge séchant à une fenêtre : ça n'est pas pour dire, mais c'était plus beau qu'aujourd'hui.

Après que j'eus regardé ça un bon moment, planté à l'entrée du pont, étourdi par le bruit des eaux tombant de l'écluse, ma mère me tira par la main, et nous voici montant la rue qui allait à la place du Greffe ; rue raide, pavée de gros cailloux de rivière, rouges, que la pluie du matin faisait reluire au soleil. De chaque côté, c'était des boutiques à ouverture ronde ou en ogive, ou en anse de panier, sans devantures, avec une coupée, sombres à l'intérieur ; mauvais regrats où pendillaient des chandelles de résine, chétives boutiques où l'on vendait de la faïence ou des sabots, ou du vin à pot et à pinte ; petits ateliers où travaillaient des cloutiers, des chaisiers dont le tour ronflait, des savetiers tirant le ligneul, des lanterniers tapant sur le fer-blanc avec un maillet de bois. Tous ces gens de métier levaient la tête, oyant nos sabots sur le pavé, et avaient l'air de se dire : « D'où diable sortent donc ceux-ci? » Puis, en haut, sur la place et collées au grands murs noirs de Saint-Front, c'étaient de petites baraquettes en planches, de pauvres échoppes en torchis, des logettes en parpaing, où étaient installées des marchandes de fruits secs, de légumes, de pigeons, et des bouchères à la cheville.

Arrivés devant le porche du greffe, nous nous arrêtâmes, la tête en l'air, contemplant le vieux monument et son clocher à colonnettes, éclairé par le soleil, autour duquel les martinets tourbillonnaient avec des cris aigus. Puis ma mère, abaissant la tête, vit devant le portail une marchande de cierges, et eut la pensée d'en faire brûler un à l'intention de mon père, et en ayant achété un six liards, elle entra dans la cathédrale, où je la suivis.

Quelle grandeur superbe! Que je me trouvais petit sous ces coupoles suspendues dans les airs! Dans la chapelle de l'Herm je n'avais éprouvé qu'un vif sentiment de curiosité; dans l'église de Rouffignac, encore, je me sentais à l'aise; mais dans ce vieux Saint-Front aux piliers géants noircis par le temps, aux murs verdis par l'humidité, qui avaient vu passer sans fléchir dix siècles d'événements, c'était bien autre chose. Moi, petit enfant, ignorant et faible, je me sentais perdu dans l'immensité du monument, écrasé par sa masse, et à ce moment je ressentis quelque chose comme une impression de terreur religieuse, qui s'augmentait à mesure que nous cheminions dans l'église déserte, sur les grandes dalles qui renvoyaient aux voûtes le bruit de nos sabots. Dans un coin ma mère aperçut sur un piédestal massif une statue de la Vierge et se dirigea de ce côté. Autant qu'il m'en souvienne, c'était une très vieille statue de pierre assez naïvement taillée; pourtant l'imagier avait su donner à la figure de la mère du Christ une expression de tendre pitié, d'infinie bonté. Devant la Vierge était disposé une sorte d'if à pointes de fer, où en ce moment achevait de se consumer un cierge comme le nôtre, un cierge de pauvre. Ayant allumé le sien, ma mère le ficha sur une pointe, et, se mettant à genoux, elle pria en patois, ne sachant parler français, suppliant la vierge Marie comme si elle eût été là présente.

Et sa prière peut se tourner ainsi:

« Je vous salue, Mère très gracieuse, le bon Dieu est avec vous, vous êtes bénie entre toutes les femmes, et Jésus le fruit de votre ventre est béni aussi.

» Sainte Vierge, je suis une pauvre femme qui tant seulement ne sait pas vous parler comme il faut. Mais vous qui connaissez tout, vous me comprendrez bien tout de même. Ayez pitié de moi, sainte Vierge ! Quelquefois j'ai bien oublié de vous prier, mais, vous savez, les pauvres gens n'ont pas toujours le temps. Ayez pitié de nous autres, sainte Vierge, et sauvez mon pauvre Martissou ! Il n'est pas mauvais homme, ni coquin, il est seulement un peu vif. S'il a fait ce méchant coup, on l'y a poussé, sainte Vierge ! Ce Laborie était une canaille, de toutes les manières, vous le savez bien, sainte Vierge ! Ce qui a fini de faire perdre patience à mon pauvre homme, c'est qu'il savait de longtemps que ce gueux m'attaquait toujours : il l'avait ouï un jour de dedans le fenil.

» Ah ! sainte bonne Vierge ! je vous en prie en grâce, sauvez mon pauvre Martissou ! Je vous bénirai tous les jours de ma vie, sainte Vierge ! et avant de m'en retourner, je vous ferai brûler une chandelle dix fois plus grande que celle-ci : faites-le sainte Vierge ! faites-le ! »

Tandis que ma mère priait à demi-voix avec un accent piteux, moi, je m'essuyais les yeux. Ayant achevé, elle fit un grand signe de croix, reprit son bâton par terre et nous sortîmes.

Sous le porche, ma mère demanda à la femme qui nous avait vendu le cierge où étaient les prisons.

— Là, tout près, dit la femme : vous n'avez qu'à monter devant vous la rue de la Clarté ; au bout, vous tournerez à droite ; une fois sur le Coderc, vous avez les prisons tout en face.

En arrivant sur la place, bordée à cette époque de maisons anciennes, dans le genre de celle du coin de la rue Limogeane, nous vîmes dans le fond, sur l'emplacement où est maintenant la halle, l'ancien Hôtel de Ville, où étaient les prisons depuis la Révolution. On dit, par dérision : « gracieux comme une porte de prison », et on dit vrai. Celle-ci ne faisait pas mentir le proverbe : solidement ferrée et renforcée de clous, avec un guichet étroitement grillagé, elle avait un aspect sinistre, comme si elle gardait la mémoire de tous les condamnés qui en avaient passé le seuil pour aller aux galères ou à l'échafaud.

Ma mère souleva le lourd marteau de fer qui retomba avec un bruit sourd. Un pas accompagné d'un cliquetis de clefs se fit entendre, et le guichet s'ouvrit.

— Qu'est-ce que vous voulez ? dit une voix dure.

— Voir mon homme, répondit ma mère.

— Et qui est celui-là, votre homme ?

— C'est Martissou, de Combenègre.

— Ah ! l'assassin de Laborie... Eh bien, vous ne pouvez pas le voir sans permission; mais son avocat est avec lui en ce moment: attendez-le quand il sortira.

Et le guichet se referma.

Ma mère s'assit sur le montoir de pierre près de la porte, et moi, curieux, je reculai de quelques pas pour regarder ce vieil Hôtel de Ville qui avait vu passer tant de générations. C'était un assemblage de bâtiments irréguliers, inégaux, solidement construits pour résister à un coup de main. D'un côté un large et massif corps de logis percé de baies grillées, haut de trois étages et terminé en terrasse crénelée. De l'autre, une sorte de pavillon carré plus étroit, avec une toiture pointue. Entre ces deux bâtiments, dans une construction moins haute surmontée d'un machicoulis, s'ouvrait la porte dont j'ai parlé, qui, par une voûte, conduisait à une petite cour intérieure. Autour de cette cour et, attenant au reste de l'édifice, étaient accolés d'autres bâtiments, quelques-uns ajoutés après coup. Le tout était dominé par la tour carrée du beffroi, haute, à créneaux, avec des gargouilles aux angles et un toit très aigu surmonté d'une girouette.

Tandis que je regardais tout ça, la porte se rouvrit et un jeune monsieur dit à ma mère :

— C'est vous qui êtes la femme de Martin Ferral ?

— Oui, notre monsieur, pour vous servir, si j'en étais capable, dit ma mère en se levant.

— Vous ne pouvez pas voir votre homme en ce moment, pauvre femme; mais c'est demain qu'il passe aux assises, vous le verrez. Je suis son avocat, — continua-t-il, — venez un peu chez moi, j'ai besoin de vous parler.

Et il nous mena dans sa chambre, qui était au deuxième étage dans une maison de la rue de la Sagesse, au n° 11, là où il y a encore une jolie porte ancienne avec des pilastres et des ornements sculptés. Ayant monté l'escalier en colimaçon logé dans une tour à huit pans, le monsieur nous fit entrer chez lui, et, nous ayant fait asseoir, commença à questionner ma mère sur beaucoup de choses, et, à mesure qu'elle répondait, il écrivait. Il lui demanda notamment si ces propositions que lui faisait Laborie avaient été entendues de quelqu'un, et elle lui répondit que non, que nul, sinon mon père, bien par hasard, ne les avait ouïes, parce que cet homme était rusé et hypocrite; mais qu'il était au su de tout le monde qu'il attaquait les femmes jeunes qui étaient sous sa main, comme les métayères, ou celles qui allaient en journée au château. Ça se savait, parce qu'en babillant au four ou au ruisseau en lavant la lessive, les femmes se le racontaient, du moins celles qui ne l'avaient pas écouté, comme la Mïon de Puymaigre.

— Bon, dit l'avocat, je l'ai fait citer comme témoin, avec d'autres.

Lorsqu'il eut fini ses questions, il expliqua à ma mère ce qu'il fallait dire devant la Cour et comment; qu'elle devait narrer tout au long les poursuites malhonnêtes de Laborie, et raconter une par une toutes les misères qu'il leur avait faites et fait faire, à cause de ses refus de l'écouter. Il lui recommanda bien de dire, ce qui était la vérité, que mon père était fou de rage et qu'il n'avait tiré sur Laborie qu'en le voyant rendre au garde le fusil avec lequel il l'avait blessée au front, et puis tué sa chienne.

Lorsque nous fûmes pour nous en aller, l'avocat demanda à ma mère où nous étions logés, et, après qu'elle lui eut répondu ne savoir encore où, venant seulement d'arriver, il prit son chapeau et nous emmena dans une petite auberge dans la rue de la Miséricorde. Après nous avoir recommandés à la bourgeoise, il dit à ma mère de ne pas manquer d'être à dix heures au tribunal, le lendemain; et, comme elle lui demandait s'il avait bon espoir, il fit un geste et dit :

— Tout ce qui est entre les mains des hommes est incertain ; mais le mieux est d'espérer jusqu'à la fin.

EUGÈNE LE ROY

(A suivre.)

NOTES SUR LA VIE[1]

Le masque, oui, le masque de la femme grosse, visible sur la face absorbée de l'homme qui porte un livre : identité de tous les phénomènes de création.

❊ ❊

Quelle pierre de touche qu'un de ces actes décisifs, imprévus et brusques, comme ma lettre de l'autre jour à l'Académie !... Il fallait voir les physionomies des gens, le double et contraire courant d'impressions !

❊ ❊

Se voir, se connaître : deux haines mises en présence et qui s'effondrent quelquefois.

❊ ❊

Les indifférents : il n'y en a pas.

❊ ❊

Je hais les bouddhas.

❊ ❊

Son premier amant. — S'est donnée à un thé d'étudiants, donnée bêtement, tristement, pour ne pas faire la prude, sans oser dire qu'elle était vierge.

1. Voir la *Revue* du 1er mars.

*
* *

A décrire — drame ou roman : — l'effort d'un homme marié avec sa maîtresse, qui veut faire accepter sa femme dans le monde. Facilité avec laquelle la femme oublie ce qu'elle a été.

*
* *

J... prétend que ce qui se passe loin ne l'intéresse pas. Ça lui fait l'effet d'être vieux de mille ans : elle confond la distance et la durée ; — l'éloignement en hauteur au lieu d'être en largeur, mais toujours l'éloignement.

*
* *

Le grand hanap d'A. R... «Beuvons, humons le piot! » Il en est mort, pauvre géant, mort de sa taille, et de sa fausse vigueur.

*
* *

Je suis frappé de voir la transformation de certains êtres, les modifications que la vie leur fait subir par les contacts divers, la bonne ou la mauvaise fortune. Tel, que j'ai cru toujours très droit, m'apparaît foncièrement fourbe ; l'avarice monstrueuse de celle-ci me frappe tout à coup. Est-ce moi qui ai changé? Est-ce l'amitié brusquement finie qui me débrouille les yeux ? Non, tout change, se transforme. Mais alors que devient mon fameux : « achevé d'imprimer »? Mon Dieu! que toute formule est donc dangereuse à manier!

*
* *

Importance d'un bon aiguillage au moment où les vies prennent leur direction. Nos carrières d'art sont pleines de dévoyés, d'affolés, d'existences en déroute. L'aplomb de celui qui passe, panache au vent, sûr de sa voie et ferme sur ses rails : comme on l'étonnerait en lui disant qu'il ne va pas à sa destination! Des musiciens qui font de la peinture, des littérateurs **qui** sont peintres, exclusivement.

*
* *

Un beau titre de livre : *En détresse !* pour raconter une de
ces crises de la vie où tout vous manque à la fois.

*
* *

Comme tout se précipite à cette fin de siècle ! Transforma-
tions d'une société, ombres chinoises. Se tenir au vrai, au
fonds.

*
* *

Marque des mauvais ménages, malgré la grimace mondaine
et cordiale : toujours un ami à table, quelqu'un, n'importe
lequel, qui les espace.

*
* *

L'homme et la femme, duellisme. Et l'amour dure tant
qu'il n'y a pas de vaincu, tant que l'autre n'a pas donné son
mot, tant que le livre garde une page intéressante et haute,
tant que la femme ou l'homme se réserve, chair ou esprit.

*
* *

Jusqu'où peut aller l'autorité d'un père ? quel est son
devoir ? Je vois la fêlure du vieux monde, la famille atteinte
comme les gouvernements ; la longue fissure de la « maison
Usher », je l'aperçois du haut en bas de la société française.

*
* *

Quel antiseptique, l'ironie !

*
* *

Où est-il, l'homme dont la voix, l'allure ne changent pas
dès qu'il n'est plus dans le tête-à-tête d'une camaraderie ?
Ah ! vanités de papier... suis-je donc seul de mon espèce à
aimer le vrai, et à régler ma parole sur les battements de
mon cœur ?

*
* *

X... perd son fils unique, sept ans, un amour. Huit jours
après, revient à la salle d'armes : voiture drapée de deuil,

costume de tir tout noir, crispins noirs, un vrai personnage de la comédie italienne.

⁂

Je disais, l'autre jour, combien il y avait peu d'hommes braves. Ce n'est pas braves qu'il faut dire, et Dostoïesvky me fournit le vrai mot : déterminés !

⁂

Toute vérité, dès qu'on la formule, perd de son intégrité, glisse vers le mensonge.

⁂

Curieuse confidence d'un comédien, le dernier maquillage. C'est la rentrée dans la vie réelle, et une épouvante le saisit, à voir la distance des deux mondes : il était si heureux à l'avant-scène !

⁂

Un titre de livre : *Sans phrases !*

⁂

J'ai peur des installations ! La table rêvée, la maison à soi, maladie, mort.

⁂

Colère du Midi, ivresse de violence.

Le père F... rentre de la chasse, harassé, bredouille, affamé, furieux ! Tempête dans la cuisine du mas ; il injurie les servantes qui s'activent, silencieuses, se courbent devant la flamme où bout la marmite en retard. Pendant que l'énergumène gronde et pérore, un petit poulet entré de la basse-cour fait « pion, piou », gaiement, effrontément. Fureur du bonhomme qui envoie d'un coup de pied le petit poulet rouler sur la pierre du seuil, à moitié mort. Le chat, qui passe, se jette sur le poulet ; le père F..., de plus en plus exaspéré, s'élance : « Chat, chat, veux-tu bien... » Et, voyant que le chat se sauve sans l'entendre, le poulet aux dents, il prend son fusil laissé dans un coin, tire sur le chat, le boule, et reste anéanti, dégrisé, devant les restes de ses deux bêtes favorites tuées en une minute, parce que la soupe est en retard. De l'émotion qu'il en a, le sang retourné, il ne mange pas, et va se coucher avec une infusion de verveine.

***

Bois, flamme et cendre : démonstration de l'âme et du corps.

***

Hypocondrie, lisez : ignorance des médecins.

***

— Nous avons à la pension Laveur un garçon très fort, nommé Chose.

— Chose, qu'est-ce qu'il a fait ?

— Rien... mais le jour où il voudra... n'est-ce pas, vous autres ?

Les autres :

— Chose... Ah ! je crois bien !

Et on rit glorieusement de l'homme fort du groupe. — Il y a cet homme-là dans tous les restaurants, cafés, cercles, ateliers de Paris. C'est l'histoire de ce malheureux qu'il faudrait écrire, passant homme fort malgré lui, naïvement. Puis tout ce qu'il fait pour soutenir sa réputation, se travaillant, se courbaturant le cerveau, changeant son langage et ses allures.

***

Je pense à la fin du monde. Logiquement, selon la loi humaine, elle ressemblera à son commencement. Refroidissement, le feu perdu, plus de combustibles ; les quelques survivants du grand radeau, hommes et bêtes, serrés dans des cavernes, à tâtons.

***

Le miel nouveau.

Je travaillais, la porte ouverte sur le jardin en pente, embaumé jusqu'au fleuve, dans la fumée chaude d'une matinée de juin. L'abeille entra, pivotant et vibrant comme une balle, fit le tour, se posa sur l'encrier, sur le cendrier plein de bouts de cigarettes.

— Il n'y a rien pour toi, ici, petite abeille : va voir au jardin, sur les fleurs et les herbes à miel !

— Zut au vieux miel ! zut à l'Hymette ! Je fais le miel nouveau, mon miel à moi.

Et l'ambitieuse vola vers les cuisines et tous les fumiers de
la basse-cour.

En wagon, un moustique voulant sortir, battant le carreau
furieusement, sans relâche, frénétique. Volonté de ce petit,
tous les dards dehors, le corps tendu, érigé, coups de reins,
coups de tête, frémissements d'un bout à l'autre de l'armature. Et je pense : la vie, toute la vie, dosée à parts égales,
pour les grands comme les petits. Ceux-ci consumés tout de
suite, toujours en mouvement, en rage nerveuse, besoins
d'amour, de reproduction, de bataille, vivent en une journée
les cent ans du lourd pachyderme avec ses ruts à longs
intervalles, sa vie lente, au large dans un énorme récipient.

Les formes de gouvernement auront beau changer, les rois
disparaître, les princes, la noblesse, il faudra toujours bien
que l'homme réussisse à utiliser ce qu'il a en lui de bassesse
native, son besoin de s'aplatir, de s'avilir ingénieusement.

— Il n'y a plus de poissons dans ces verveux, dit l'ancien
ministre redevenu simple député.

— Jamais de poissons en cette saison.

— Allons donc ! l'an dernier, à pareille époque, les verveux étaient pleins.

— Bédame ! l'an dernier, vous étiez ministre ! — dit le pêcheur clignant de l'œil : il avait passé huit jours à ramasser
du poisson dont il avait lui-même rempli les filets.

Les convulsionnaires de la phrase, Aïssaouas, fumistes et
gobeurs ; à la longue, ils finissent par croire à eux-mêmes.

A la réflexion, quelque chose de très comique dans les
Choses vues. La parole profonde, c'est toujours lui qui l'a
dite, la pensée généreuse, toujours la sienne ; il a la prescience, la postscience, tout. Beaucoup de Tartarin là dedans.

⁂

Myopie. Il me faut un lorgnon, quand je perds mon lorgnon, pour le retrouver : image des recherches scientifiques.

⁂

Quelle chose délicate à écrire avec les trois jours que le
petit Jésus passe perdu dans Jérusalem ! Ils ont laissé un
enfant, ils retrouvent un Dieu. Passé ces trois jours chez son
Père, qui lui a confié sa mission. Robe de lin, d'un blanc,
d'une finesse idéale, et des yeux, des yeux où ce qu'il doit
souffrir est écrit. Une Jérusalem ressemblant à Alger, à Arles ;
ramadan et foire de Beaucaire ; odeurs de friture. Au retour,
c'est lui qui est sur l'âne, le père et la mère à pied.

⁂

Exagérations mondaines : tout malade va mourir ; tout
homme qu'on ne connaît pas est un scélérat.

⁂

J'y retrouve le Midi, dans ce Talleyrand ; et si Napoléon
m'échappe, c'est celui-là que je voudrais peindre. Pied bot,
méridional, corruption du xviiie, prêtre.

⁂

Ah ! les gens du même bateau : Stendhal, l'auteur du
Rouge et le Noir, de la *Chartreuse*, qui ne trouve pas
madame Cottin ridicule ; et moi, il m'arrive de défendre
Z...

⁂

Belle chose, la politique. Thiers laissant fusiller monseigneur
Darboy (il faut qu'ils tuent un archevêque) : il pense
à 48, à monseigneur Affre, et au mal que cette mort avait
fait à l'insurrection.

⁂

C'est un fier, il accepte le bienfait sans dire merci ; il vous
garde même un peu rancune, une dent.

*\
* *

L'accompagnateur, acolyte ; demande quel côté il doit
prendre pour marcher auprès de vous.

*\
* *

Le Mal de Boche, en deux parties :
Première partie, Boche pas méchant, naît les yeux crevés,
fait ce que font les autres, mais ne sent rien, ne voit rien, devient homme de lettres : initiation. Son enfance très heureuse, il
la raconte dans un livre menteur, abominable. Tout se
déforme dans sa tête ; c'est bien pis quand il prend la note :
il regarde, regarde, ne voit toujours rien malgré ses grands
efforts, et jette les phrases la tête en bas. Une chute dans un
escalier rend Boche très malade. mais il s'en tire, et sort de
là homme de génie.
Deuxième partie, après la chute. Un livre bouleversant :
l'école nouvelle, le vérisme, ou le *nébulisme*. Boche, chef
d'école, distribue des bons points, puis vient la solitude, l'ai-
greur, les journaux qui ne parlent plus de lui : « Rien n'arrive »,
dit-il. Il y a des choléras, des guerres, la vieille Europe
s'entre-dévore, et Boche : « Il n'y a rien dans les journaux ».
La femme, les enfants, rien ne compte.

*\
* *

Durée et destruction : deux forces.

*\
* *

Objets aimés : instruments de torture.

*\
* *

Poë a écrit *le Corbeau ;* plus tard, la genèse de ce *Corbeau*.
Ceci, l'après-coup, fumisterie américaine, très probablement,
mais ce que notre jeune école admire et pastiche. Le diable,
c'était de trouver le corbeau, le sanglot noir, le fatidique
Never more.

*\
* *

Napoléon, à Sainte-Hélène, explique très bien tous les actes
de sa vie, l'annote. Qu'il est fort, qu'il est raisonnable et

15 Mars 1899.

volontaire. lui, le génie de la spontanéité ! Pas un quart de vérité, pas même, dans toutes ses annotations.

* *
*

La chambre noire (dispensaire de Wecker) où se raconte‐raient, de lit à lit. à tâtons, des histoires d'un genre confi‐dentiel ou fantastique.

* *
*

Je pense tout à coup au bien moral que m'a fait la guerre.

* *
*

Le Midi : l'agitation dans la paresse.

* *
*

Hésitation d'un charretier à un tournant de rue ; que c'est long ! L'homme, le cheval, tout hésite, et aussi le lourd haquet, qui oscille de droite à gauche.

* *
*

Que d'êtres inhabités ! On croit voir fumer un toit, une vitre allumée ; on s'approche : personne, le désert.

* *
*

Un chant rauque de grenouille, dur, en bois, c'est ce que devient la voix du rossignol en juin, quand les nids sont éclos. Au jour tombant, j'écoute dans le parc le ramage des oiseaux sous la feuillée. Désordre apparent, mais tout cela organisé comme un rouage d'horloge de cathédrale. Avec un peu d'attention, on arriverait à distinguer les espèces, les jeux, querelles, repas de ménage, préparation au sommeil. Les fri‐leux, comme les hirondelles, se taisent les premiers ; le coucou, au lointain, veille très tard, noctambule. — A Paris, mon merle s'éveille à l'aube. — Au soleil couchant, alouettes, bergeronnettes, chardonnerets, moineaux... Silence... Puis l'engoulevent, les crapauds, la chouette, la nuit ; les arbres plus noirs semblent massés plus haut : rentrons, il fait frais.

***

Les hommes veillissent, mais ne mûrissent pas.

***

Retrouvé des pages de notes, voyages, courses, paysages, d'il y a trente ans ! Absolue sensation de rêve, tous ces morceaux de ma vie. Rêvé, pas vécu.

***

Le dos n'est si expressif que parce qu'il ne se méfie pas, ne se croit pas surveillé.

***

Voir tirer un homme, c'est le connaître.

***

Et quand on s'est tout dit..., on recommence.

***

Je prends note en passant de l'aveu si navrant, si comique de X...

Il avait trompé sa femme, puis, lâché à son tour par sa maîtresse, pris d'un remords désespéré, il éprouvait le besoin de tout conter à la trahie, de se confesser. Je l'en détournai :

— Fais un trou dans la terre plutôt, et dis ta faute, si ça te soulage. Mais pourquoi causer un chagrin ? On te pardonnera maintenant, mais la confession creusera toujours plus avant, tu la retrouveras toujours.

A ce propos, je pensais à ces maris qui racontent à leurs femmes, toutes jeunes, leurs anciennes bonnes fortunes. La femme ne dit rien, elle s'ouvre à la vie, écoute, curieuse et troublée. Imprudent, tu verras plus tard !

Pour mon timide : marié, il se grise pour oser parler à sa femme, ou, du moins, pour avoir l'air d'un homme devant elle.

⁂

Il y a dans toutes les familles, surtout dans celles dont les types sont les plus accusés et similaires, toujours quelque brutale exception qui semble une revanche, une protestation violente de la nature et de ses lois de pondération, d'équilibre. Ainsi Z..., au milieu de sa tribu de banquiers thésauriseurs et rapaces, lui, le prodigue, fantaisiste, désordonné, bohème, aventureux, voyageur, désespoir de tous les siens.

Moi, dans mon milieu si désespérément bourgeois, j'ai été un peu ça.

⁂

En wagon. On passe, la femme de l'aiguilleur vient d'être tamponnée ; elle gît à terre sur l'autre voie, jeune, dans sa lourde chevelure noire. Le soir, au train de retour, le mari sur la porte tient le drapeau, un mouchoir aux yeux, sanglotant. Deux petits enfants jouent devant la maisonnette, dont les lumières funèbres trouent le jour tombant.

⁂

Le mot de N..., le docteur :

— Combien la visite ?

— Pas de visites, c'est à l'année.

⁂

Lu le *Journal d'un Poète*. Le grand Vigny, prisonnier de l'expression, a des visions géniales, une formule lourde, pénible : la tête est éloquente, la main bégaie.

⁂

La maternité à Paris : plus de mères. Dans la société, de la plupart des jeunes filles, le médecin dit :

— Ne la mariez pas, ou gare le premier enfant !

⁂

Je note ce trait significatif des lettres de Jacquemont : en quelques jours il est devenu l'intime de tous ces froids Anglais, et leur arrache mille choses confidentielles dont ils ne parlent jamais entre eux. Que de joies dont ces gens se privent, en supprimant l'expression des sentiments dc tendresse !

En bas, la route, le canal de la Durance, des moulins, de petits ponts de pierre à dos d'âne, un cours bordé de platanes à troncs blancs comme crépis à la chaux, des cafés de bour- gade riche, l'*Hôtel du Nord*, l'*Hôtel de Londres*, les murs neufs de l'école que l'on construit. Plus haut, l'ancien village, grimpant à pic, vieilles masures, balcons de fer ouvré, une porte Renaissance, fronton, colonnettes effritées, avec des panonceaux de notaire. Plus haut encore, le village tout à fait primitif, ruelles étroites, murs en ruine, fumiers, ordures ; tous les dix pas, un arc, une poterne ; des vieilles, couleur de la pierre, assises sur les marches éboulées. Au–dessus, le donjon qui croule, ouvrant ses fenêtres sur le vide. Puis la montagne, avec ses reliquaires au bord de la route rocheuse, en lacets ; et tout en haut, neuf comme l'école, le couvent qu'on relève sur les ruines de l'ancien château féodal mort à ses pieds, l'église jouant seule la partie contre le monde moderne. C'est Orgon. L'histoire est là, écrite dans ces pierres, une histoire qui ne ment pas, qui ne phrase pas, la vraie.

Retrouvé la saveur provençale en ce dernier voyage à Ca- vaillon. Décaméron devant la ferme, capelines de femmes à l'ombre du grand paillis. Le fermier, la fermière écoutant gravement la discussion sur les origines de la Provence, Massilie, Carthage, Rome, les Gaules.

A Saint-Remy, les Antiques. Ciel gris, pierres grises, pay- sage divin dans un cirque de montagnettes, avec une ouver- ture d'horizons superbes. Des coups de soleil au loin sur des clochers visibles à des distances fantastiques. Une allée de pins mène à une vieille maison close, mystérieux domaine, dont la porte charretière hermétiquement fermée, les volets jaunes, les hautes murailles s'encadrent de verdure légère,

au tournant d'un chemin blanc. J... dit : « Allons voir. »
Des éclats de voix, d'une voix du Nord, point du pays,
montent à intervalles de derrière ces grands murs. Aussitôt
je songe que c'est l'asile, la maison des fous ! On s'informe à
un paysan : c'est bien cela ; et, le paysan passé, nous nous
regardons, silencieux, effrayés, lugubres dans ce paysage
brusquement transformé et qui me restera toujours teinté de
rêve, traversé de ce cri monotone, presque animal. La première fois que j'ai entendu le lion, au Matmatas, dans le jour
qui tombait, j'ai eu une sensation de ce genre, j'ai assisté à
un de ces subits changements de décor. Et encore et toujours, tout est dans nous !

*

Familier, à l'aise tout le temps de sa visite, puis, à la
sortie, un : « Bonjour, monsieur », qui remet les choses en
place, les mains à distance, rien de fait. Correction.

*

Duel dans les prés du haras. Grands vallonnements verts
bordés de barrages en bois qu'il fallait enjamber. Chevaux
en liberté, bondissants, qui viennent voir et qu'on écarte. Et
l'écurie toute petite au milieu du pâturage, et tout autour la
terre battue, jaune ; là qu'on s'est escrimé, sur une largeur
de pont de bateau. Souvenir des deux silhouettes : un moderne aux prises avec un chevalier du moyen âge. Corps
à corps marchant, tournant autour de la petite maison ; cris
effarés des médecins, et nous suivant cette houle, cette bataille de chiens enragés. Ciel pur, admirable, et tout à coup
le sentiment d'une agitation imbécile, de la petitesse et de la
grimace de nos gestes et de nos cris ; toute la méchanceté
humaine m'apparaît basse, laide, inutile. Enfantillage ! enfantillage ! J'eus plus que jamais la persuasion que l'homme
se ride, se fane, blanchit, perd ses dents, mais reste enfant.

*

Quel joli geste montrant la brassière qu'elle est en train
de coudre !

*

L'inconscience de l'être aux minutes décisives d'action

véhémente. Courageux, poltron ? On aurait pu être l'un ou l'autre. Et quelle buée autour de tout ça !

* * *

Les avatars de P.-D... Pas de personnalité, joue toujours un rôle à la ville. Toutes les professions vagues que je lui ai connues étaient pour lui de véritables « emplois », comme on dit au théâtre. Je l'ai vu jouer le commerçant, à l'américaine, pressé, brutal, *time is money*, implacable. Le sportsman en phaéton, qui verse à tous les tournants, casse les têtes de ses amis. Le bohème cynique, en chapeau de fort de la halle, pantalon à pont, faisant tourner une trique énorme en moulinet : jamais l'emploi n'était venu comme cela. Puis, vieux monsieur, petit rentier en redingote à la propriétaire, avec une canne à pomme de vieil ivoire, une large tabatière en platine. Pas de nature propre, cabotin ; il ne vit pas, il tient l'emploi.

* * *

La beauté ! toujours la beauté ! Mais l'emportement du désir chez une femme, la force de la caresse passionnée, des yeux qui vous veulent, c'est plus prenant que la beauté.

* * *

Ce qu'on dit, ce qu'on pense, et ce qu'on écrit. Trois états de la même planche, trois aspects du même fait.

Je dis : « Madame *** est une fille... »

Je pense : « Où est la preuve de ce que j'avance, par ce temps de potinage, de médisance universelle et répercutée ? »

J'écris, ayant à parler de cette même personne dans une lettre ou un article : « Femme charmante, intelligente et bonne, la plus honnête créature du monde ! »

Et je ne me crois pas un menteur.

* * *

Bizarrerie : un officier de marine, trompé, divorcé, vient trouver la directrice d'un pénitencier de femmes, et prend là une de ces malheureuses filles pour forçats, la plus criminelle, empoisonneuse, jolie et sournoise ; il l'épouse, s'installe avec elle dans la brousse, d'où il la fait s'évader. Il a élevé

une colombe à venin de vipère; maintenant curieux d'élever
une vipère, pour voir.

***

Oui, Gœthe a raison, Othello n'est pas le Jaloux ; c'est un
naïf, un primitif passionné. Il a une attaque de jalousie, mais
pas une âme de jalousie. Sans quoi, — et ceci, c'est moi qui le
trouve, — Iago serait inutile. Toutes les machinations scélé-
rates, calomnieuses de Iago, Othello jaloux les trouverait en
soi-même. Il serait son propre empoisonneur, méchant,
subtil, compliqué, infernal, tout en continuant à être un très
brave homme, un héros.

***

Un homme et son « tirant d'eau », — le mot est de Napoléon. Mais a-t-il dit combien ce tirant d'eau se modifie,
change avec les années, les circonstances?

***

Je ne crois pas qu'il y ait dans l'histoire quelque chose de
plus extraordinaire que l'épisode de cet évêque d'Agra qui
suivait l'armée vendéenne, bénissant les étendards, les pièces
d'artillerie, chantant le *Te Deum*. Tout à coup, on apprend,
par une lettre mystérieuse du Pape, que l'évêque est un im-
posteur, inconnu au bataillon de l'Église. Comment faire?
Un éclat? les chefs n'osent pas, qu'auraient dit les paysans?
Comment se priver de cette influence? Et l'évêque a continué
à suivre l'armée, à bénir, à pontifier, confirmer, un peu triste,
mais résigné, sentant bien qu'il était découvert, car les généraux et les prêtres lui parlaient à peine, obligés toutefois à
lui rendre les honneurs publiquement.

Qu'était cet homme? On l'a dit espion de Robespierre,
mais il fut guillotiné par les Jacobins. Je crois plutôt un ambitieux sans étoile, un aventurier de l'Église, un clerc d'imagination !

***

Faire un drame à la *Lorenzaccio* avec Maximilien.

***

Crispi, déguisé en touriste, visite Palerme, Catane, etc.
Pour dépister la police, dans les musées, cathédrales, il prend

des notes. En même temps, des observations sur les casernes, les bombes. Curieux, le double récit à faire : la page et son verso.

⁂

C'est bien un sujet de comédie que Tiberge : à force de conseiller, de prêcher l'ami, se laissant prendre, lui aussi.

⁂

Il y a feu! Je pense à la passion et à son action dévoratrice. « Je suis assuré », dit le monsieur paisible et rond. Pas d'assurance contre la passion, la fatale, la vraie ; ogresse à qui l'être se donne en pâture, et tout ce qu'il aime, mère, femme, enfants. Et une joie à donner tout ça et à en souffrir mille cruelles morts. Mystère de la passion, pathologie très difficile.

⁂

Baudelaire, quintessence de Musset ; Verlaine, extrait de Baudelaire.

⁂

Je suis frappé du peu de variété, d'originalité qu'il y a dans ces dessous de la société, ces bas-fonds du vice et du crime. Rien de personnel, un résidu, un agglutinement que l'être va rejoindre, où il se perd, se confond, n'ayant plus forme humaine.

⁂

Les héros du mal. Quelquefois le crime demande pour son accomplissement la même dose d'énergie, de courage, d'intelligence, de volonté, que l'action d'éclat, l'acte héroïque. Dépôt de force vitale, étal de coutelier où la nature a pris des armes d'égale trempe pour le crime ou pour le devoir.

⁂

Depuis quelques mois, en froid avec Montaigne ; c'est Diderot qui l'a remplacé. Bien curieuses, ces infidélités de l'esprit, petits drames de bibliothèques, de harems intellectuels. Mon cerveau, pacha passionné, mais bien capricieux.

⁂

Étant né gredin, il devint anarchiste.

**

Il faut aux littérateurs d'avant-garde un tempérament particulier, des audaces et des *chapardages*, un débraillé d'allures, d'arme à volonté, que ne se permettent pas le gros
des troupes ni les chefs à cheval.

**

L'idée me venait, cette nuit, d'une pièce qui serait une succession de tableaux donnant l'histoire d'une famille, avec
l'héritage des maladies, des infirmités, violences, tics, ou
encore un prologue en costumes Louis XIV, avec un type
accentué se retrouvant à cent ans de distance et reproduisant
en costume de maintenant un autre lui avec la même destinée. La pièce s'intitulerait : *Les Un Tel* ou *l'Héritage*. —
Peut-être, parallèlement, un fils cadet qu'on appellerait dans
la maison « le Chevalier », qui n'aurait pas voulu ensuite du
nom ni du titre paternels, et qui, à la fin, fonderait une
dynastie s'appelant simplement : Chevalier.

**

La famille reflète l'État : elle est démocratisée en France, à
l'heure qu'il est ; elle fut monarchique, constitutionnelle,
après avoir été despotique et *Louis-quatorzienne*.

**

Debout devant la bibliothèque, tendre la main au hasard
d'un bon rayon et grappiller çà et là, c'est pour l'esprit ce
délicieux goûter que tout petit on vous envoyait faire au
jardin avec un morceau de pain et permission de picorer à
même la treille ou l'espalier.

**

Singulières apparitions, que rien ne semble évoquer, de
certains êtres, figurants de votre vie passée, et aussi de certains épisodes ou endroits absolument oubliés et qui passent
devant vous en vol fuyant, si rapide. Ceux qui, comme moi,
souffrent d'insomnies longues, connaissent cela. Il faudrait
n'être jamais pris au dépourvu, noter ces choses qu'on ne
verra probablement plus.

*
* *

Que toutes ces théories et discussions sont vaines! Que
veulent-ils dire avec leur suppression des scènes du roman?
Des scènes, il y en a toujours et partout où il y a des êtres
et rencontres d'êtres. Scènes dans la Bible et dans le roman
historique, l'*Iliade*, et le roman de mœurs, l'*Odyssée*. Il n'y
en a pas dans l'*Imitation*, qui n'est que dissertations philosophiques. Eh ! mon Dieu, plus de scènes, plus de scènes !
c'est le goût du roman qui se perd ou va se perdre.

*
* *

L... me racontait qu'un jeune homme demandant sa sœur
en mariage, il avait fait faire des démarches pour obtenir
le casier judiciaire du garçon. L'ami qu'il avait au Palais lui
répondit : « S'il n'y a rien, si le casier est blanc, on pourra
vous le communiquer ; s'il y a quelque chose, le secret professionnel nous oblige à vous le refuser. » Plusieurs jours
d'attente, puis le greffier disant : « Je ne peux rien vous
montrer, mon ami. » Je trouve que ce mystère a quelque
chose de dramatique et d'angoissant.

*
* *

Je pense encore à Othello : en avoir fait un noir, un
mulâtre, enfin un inférieur, est le coup de génie, car la vraie
jalousie, la douloureuse, s'accompagne d'une laideur, d'une
infirmité, d'une infériorité.

*
* *

Double mystère de la femme étrangère : mystère de la
femme, mystère du langage. Deux inconnus !

*
* *

Je pense au peintre Legros ne sachant pas l'anglais, la
langue de sa femme et de ses enfants.

*
* *

Épisode d'amour pour comédie shakspearienne : le jeune
homme sans esprit ni attentions avec celle qu'il aime; délicieux pour l'autre qui se méprend, se croit aimée.

***

Écrivain ne pouvant supporter ni la citation, ni la lecture à haute voix. Il en reste, le livre fermé, ce qui reste d'une conversation.

***

   Rarement un esprit ose être ce qu'il est,

Vers et vérité admirables. Devinez de qui? Boileau.

***

Remarque que j'ai faite plusieurs fois : des êtres que j'ai connus, rencontrés dans la vie, puis perdus, oubliés, avant de mourir viennent me revoir, se montrer. Ainsi, tout dernièrement encore, le petit V... D..., avec qui j'avais depuis longtemps rompu toutes relations, et qui s'est rapproché de nous cette année ; ainsi de M... R..., un des derniers ministres de Napoléon III. Et que d'autres !

***

Quelquefois. peu sûr de la vérité, de l'originalité d'une idée, je la fais porter, essayer par un autre. Nous n'en manquons pas, en littérature, de ce type d'essayeurs semblables à ces « mannequins » de couturières pleins de morgue et de grands airs, se figurant que le vêtement de luxe qu'elles portent est à elles.

***

Les *mal astrés*. Ce de Long qui commande *la Jeannette,* le contraire de Stanley, déveine effroyable dans les grandes comme les plus petites choses ; un mystique, un volontaire, mais aucune des qualités de l'homme d'action. Par-dessus tout, sans étoile !

A côté des *mal astrés*, il y a aussi ceux que j'appelle les bâtards de chance : toujours une barre en travers des armes, cette barre qui ternit le blason.

***

Relu, cette nuit, « la Forêt » de Stanley ; beaucoup philosophé là-dessus. Lui y voit l'image banale et petite de la vie ; pour moi, c'est au contraire une admirable vision du monde désorganisé, le chaos, attendant l'ordre, la lumière : *Fiat lux !*

※ ※

Quelle belle étude, rien que dans ces quelques dernières lettres de Balzac : *Un Mariage riche !* Quel drame entre chaque ligne, entre chaque mot, quelle leçon !

※ ※

Quelle merveilleuse machine à sentir j'ai été, surtout dans mon enfance ! A tant d'années de distance, certaines rues de Nîmes, où j'ai passé à peine quelquefois, noires, — fraîches, étroites, sentant les épices, la droguerie, — la maison de l'oncle David, me reviennent dans une lointaine concordance si vague d'heure, de couleur de ciel, de sons de cloches, d'exhalaisons de boutiques.

Fallait-il que je fusse poreux et pénétrable ! Des impressions, des sensations à remplir des tas de livres, et toutes d'une intensité de rêve.

※ ※

Le talent, le talent, c'est la vie, de la vie intense accumulée. Et à mesure que la vie baisse, le talent diminue, l'aptitude à sentir, la force d'exprimer.

※ ※

Une ville fumiste, un peuple de mystificateurs ; Paris est devenu cela.

※ ※

Un mot de Boche après la chute : « Je suis heureux de manquer de mémoire parce que je me relis avec un plaisir toujours nouveau. »

※ ※

Un tout petit enfant s'en allait à l'école...

Ces jolis vers de madame Desbordes-Valmore me viennent toujours à l'esprit, quand je vois trimer un de ces néo-naturalistes, néo-symbolistes, etc..., faisant une dure besogne à l'envers de ses goûts, de son tempérament, allant à l'école, enfin !

※ ※

Lecture de la correspondance des Ampère. Je suis frappé par la différence des âmes de ce temps-là avec celles du nôtre : douceur, bonté ; et toujours l'intrigaillerie académique.

Un faux ménage, charmant. L'ami vient là, choyé, dorloté ; un jour, il se marie lui-même, mais bourgeoisement, régulièrement. Comment vont-ils faire pour se voir ? C'est la jeune légitime qui dit à son mari : « Je ne veux pas te priver d'un ami ; cette femme est honnête, me dis-tu ; l'histoire que tu m'as coutée est touchante : voyons-les. » Gêne du mari. Un peu peur de la dame, bon camarade, mais qui en a beaucoup fait, beaucoup vu. « Pas mariés », dit-il : c'est un prétexte ; ils se voient pourtant en cachette.

Puis, un beau jour, l'ami épouse sa maîtresse : méchants bruits du monde ; les deux femmes dans le même sac, passent pour deux déclassées ; et je vois confusément de jolies scènes et une foule de figures de femmes amusantes.

Quelle échappée pour l'imagination des cervelles inventives ! Dans un précis d'histoire enfantin, trois lignes sur Philippe le Bel, que je faisais réciter à mon petit : de quoi rêver, inventer, construire. Tout cela me traverse l'esprit en galopade, en songeant à Shakspeare et à ce que deux lignes de Plutarque devenaient dans la chambre magique de son cerveau. Je pense aussi à mes gardiens de phare, à ce Plutarque, livre unique, et à ce qu'il leur représentait.

* *

P... me disait une bien jolie chose sur la façon dont le noir s'étale en peinture, comme en littérature : « On en met gros comme ça, et la toile, le livre tout entier, en sont pleins ; ça gicle, ça gagne, huile et encre... »

* *

Le Napoléon moderne, Stanley : un touriste.

* *

Mystère des races ! Je pense à ce Russe que je n'avais jamais vu, ce K... qui, à la fin d'un déjeuner, me raconte la vie cynique de sa femme, puis sa mort violente en partie line. Et à mesure qu'il parlait, je sentais qu'il m'en voudrait beaucoup de sa confidence comme involontaire. Plus revu depuis.

Et cet autre, ce cousin d'un grand homme, qui nous a parlé tout un soir de lui-même, des siens, livré son âme ouverte jusque dans les coins les plus fermés : amour, foi, une confession complète, puis bonsoir ! Jamais un mot, un rappel de son nom, que j'ai complètement oublié. A côté de ces Slaves, nous sommes, nous du Midi de France, hermétiques, à l'émeri, de vrais Saxons.

*
* *

Une jolie fin de roman. Deux frères que leur mariage a séparés, les enfants établis, l'un malheureux dans son ménage, l'autre ayant perdu sa femme, recommencent leur vie d'enfance, habitent ensemble, remâchant leurs souvenirs de tout petits.

*
* *

Quelle horreur, pourtant, de songer qu'il n'est pas une joie si pure, si délicate, qui n'ait sa lie, pas un bonheur qu'on puisse regarder à l'envers sans épouvante !

*
* *

Relu *Lorenzaccio*, frappé par le désintéressement d'une œuvre pareille. Le théâtre parle à la foule, le livre à l'individu ; la différence de leurs deux esthétiques est là.

*
* *

Je suis frappé, en lisant, relisant ces lettres-mémoires du dix-huitième, — mémoires de Vigée-Lebrun, lettres à mademoiselle Voland, — combien toute cette vieille France, je l'ai vue chez moi, en province où l'évolution des mœurs a été lente : mille détails, chansons de table, etc., et jusqu'à l'absence de toute barbe. Souvenir de cette tête de commis aux écritures, teneur de livres pour les vignerons de Camargue, vu à Fonvieille, il y a seulement trois ans : c'était un personnage d'avant 89.

*
* *

Vauvenargues, du Midi, pleine Provence. Corrobore mes observations sur le style sans couleur de l'homme du Midi.

⁂

Napoléon ignore la jalousie du passé, nulle. Mais l'autre, les autres, il les a toutes.

⁂

Talleyrand, réputation d'astuce, comme ces gens à qui on fait une réputation de gaieté parce qu'on mène du train autour d'eux quand ils arrivent. La gaieté de Monselet : « Ah ! ah ! ah ! voilà Monselet ! » — Oui, oui, faux, astucieux, Talleyrand, avec un côté de méchanceté d'infirme.

⁂

A propos des instantanés : erreur de fixer ce qui passe, le fugitif, un geste, une chute. De même, au moral, ces éclairs d'idées dont la fuite vous traverse et que vous voulez soumettre au microscope, à l'analyse. Mais une pensée criminelle peut effleurer un cerveau honnête, sans l'habiter : ça ne compte pas.

⁂

Je remarque que la nation française a perdu son amabilité ; cela date de la fin de Louis-Philippe, même de la Restauration. Je l'attribue à l'entrée du dollar, de l'argent en France : dureté, âpreté. Peut-être aussi l'immixtion du vrai, de la vérité dans les œuvres.

⁂

— Comme vous vivez vite ! me disait H... J... ; les plus actives nations de l'Europe sont intellectuellement à quarante ans en arrière de Paris.

L'Anglo-Américain, mon ami, ne me disait pas toute sa pensée. Oui, nous vivons vite, très vite, les choses effleurées sans jamais aller au fond de rien, le livre lu d'une goulée, tous les sujets traités, toutes les questions abordées, élucidées. Combien, avant tout, l'attention nous manque !

⁂

Mirage : pour moi, le reflet porté à des milliers de lieues dans les flancs d'un nuage.

⁂

Le dîner où ce provincial nous raconte comment ses frères et lui ont fait fortune en exploitant l'idée de Balzac, les scories d'argent des mines de Sardaigne. Je pensais au martyre de Balzac, en quête, en chasse de fortune, à ses lettres passionnées, brûlées, à ses déceptions.

⁂

La jeunesse moins prise par les poètes, les romanciers, que par les critiques, les historiens, doctrinaires, dogmatiques qui continuent l'école !

⁂

Le grand antagonisme de Paris et de la province, je le trouve partout depuis 1870. Trochu, provincial, haïssait Paris, et maintenant encore Z..., de Montélimart, chargé de la sûreté de Paris. ne m'inspire qu'une demi-confiance.

Dire un jour de quoi est fait Paris, ce que nous lui devons.

⁂

Pitié russe. J'y reviens encore. Non, Sonia n'est pas toute la misère humaine, et ce n'est pas sur elle que j'aurais pleuré, moi !

⁂

Servons-nous à quelque chose ? Sommes-nous les passagers quelconques, l'indifférent arrimage d'un paquebot qui va vers un but, ou si c'est le contraire ?

⁂

En lisant Eugénie de Guérin, je m'écrie : « Pourquoi n'avoir pas tous vécu chez nous, dans nos coins ? » Comme nos esprits y auraient gagné au point de vue de l'originalité, — au sens étymologique du mot, c'est-à-dire vertu d'origine !

⁂

— Brave soldat, qui vas mourir sur le grabat sanglant de l'ambulance, rouvre les yeux et dresse-toi ; voici ce que le grand empereur t'envoie : c'est un bout de ruban rouge découpé dans notre drapeau ; attache-le sur ta poitrine, tu vas cesser de souffrir.

15 Mars 1899. 8

Mais voilà le soldat qui pleure, et si l'on vous dit que c'est de joie, n'en croyez rien : il n'est pas de désespoir pareil au sien.

*
* *

La vache à lait, pour apologue. Vous l'avez vue ? où est-elle ? A quelle heure la trait-on ?... Et les gens les plus austères rôdent. sans avoir l'air, du côté où elle pâture, demandent d'un air indifférent : « L'avez-vous vue de ce côté ? »

*
* *

Silhouette d'homme politique, ancien vaudevilliste et petit journaliste, devenu homme d'État, essayant de se donner du lest... marche à tout petits pas, les mains derrière le dos... haut-de-forme gris académique et *Journal des Débats*, mimique doctrinaire, hochements de tête, bouche en rond, aspirations d'air... mettant des pierres dans ses poches de peur que le vent ne l'emporte.

*
* *

Des doigts furieux qui n'attendaient pas d'être sortis de ma main pour tâter la pièce que je leur glissais, et s'étonner, marquer leur allégresse ou leur mécontentement : « Que ça ! »

*
* *

Il y avait une fois un vieux chat très malin qui prétendait connaître toutes les formes de souricières et la façon d'atta-cher le lard pour prendre les petites bêtes. Mais il y avait un fabricant de souricières plus malin que lui et qui lui faisait de bien désagréables surprises, Et ce fabricant s'appelait : la vie.

*
* *

Des êtres qui ne subissent jamais le coup, mais le contre-coup des choses : joie ou peine, ils ne sont frappés qu'en retour. Observation sur moi-même et mon peu de présence dans ce que j'étais.

*
* *

D'une femme : je compte ses visites chez moi par les chagrins qu'elle m'a faits.

* *
*

Brusque vision originale de la vie, quand le brigand se met carrément hors la loi, considère le vol comme la chasse, les devantures comme le gibier, les sergots, juges, etc.., comme des gardes forestiers. Et le côté Robinson et enfantin, le vin bu à la barrique avec un chalumeau, l'alerte perpétuelle et mouvementée.

* *
*

Le rire de Voltaire, oublié par lui à Berlin, durci, alourdi dans la mâchoire allemande, se retrouve dans quelques auteurs : Henri Heine,..

* *
*

J'essaie d'analyser l'impression de froid au cœur, le frisson de peur ou de peine qui me prend à certains matins d'hiver en me mettant à ma table de travail : — un jour jaune et bas, le feu qui ronfle, pas de ciel.

Cette angoisse très particulière qui me donne l'envie de me blottir, de me tasser, me vient sans doute de la coutume d'être joué l'hiver, publié l'hiver, surtout critiqué l'hiver. C'est par des matins semblables qu'on a l'habitude de se souvenir peut-être simplement que c'est l'heure de lire les journaux, tant de journaux dont le fiel vous barbouille, l'heure où l'on se met devant son ouvrage, l'heure habituelle de la bataille.

* *
*

Nos colères, confuses comme des batailles, où les aides de camp sont censés porter des ordres qu'ils ne donnent pas, par lâcheté ou cause accidentelle ; tous nos mouvements passionnels comparables à cela. Ce n'est qu'après coup que nous prétendons avoir agi pour tel ou tel motif.

* *
*

B... en face de cette jeune femme, préoccupés tous deux d'eux-mêmes, et uniquement d'eux-mêmes, de l'effet qu'ils font l'un sur l'autre. Ils sont à l'abri de toute surprise, et ce singulier flirt peut durer longtemps.

*
* *

Bruit mystérieux aux Invalides, dans le tombeau de Napoléon, à certaines dates contemporaines.

*
* *

Utiliser en épisode la mort de ce navire anglais, coupé en deux et coulé avec quinze cents hommes par son contre-amiral. Suicide enragé ou folie intermittente ; admirable à faire dans le cadre inexorable de la discipline, et le paysage exotique d'un golfe bengalais.

*
* *

Comment il faut lire les romans de Goncourt? la question me fut très sérieusement adressée par un homme très naïf, très simple.

*
* *

Post-scriptum d'une lettre de Bonaparte qui parle de « son sang de méridional » coulant dans ses veines avec la fougue du cours du Rhône : — à mettre en épitaphe à mon *Napoléon. Empereur du Midi.*

*
* *

Quand j'arrive à Champrosay, où je laisse mon Sainte-Beuve en villégiature tout le temps de mon séjour à Paris. j'ai toujours en arrivant la sensation de retrouver un vieux monsieur en bonnet de soie, érudit et glabre, dont la causerie très substantielle et variée me change des potins niais de tout l'hiver. Forcément, pendant qu'il m'interroge et que je lui réponds, je ne peux m'empêcher de différencier les deux époques et de trouver qu'au temps de Sainte-Beuve, si l'on n'était pas plus sérieux que maintenant, on faisait du moins semblant de le paraître.

*
* *   .

Renan : péripatéticien de la vie.

*
* *

«Les ponts de Paris» : personnes qui colportent les potins d'une société à l'autre.

***

Tout à l'épilepsie : on ne rit plus, on se tord.

***

De belles anecdotes sur l'amour, chastes et bien contées, ne valent-elles pas un livre de philosophie amoureuse ? Ah ! jeunesse pédante, vaguement imitatrice tout de même !...

***

Gœthe, dans ses *Affinités électives*, a subi l'influence des romans méchants du xviiiᵉ siècle français.

***

Deux ou trois fois déjà, senti la terreur du gâchis humain à propos de Napoléon.

***

Dire un jour l'attendrissement que m'a causé, à un tournant de route, l'apparition de la cime rose et blanche de la Jungfrau ; sensation délicatement voluptueuse sans que la littérature y fût pour rien. Je comprends ce nom de vierge, de jeune fille, donné à cette neige effleurée d'un rayon : — une jeune fille endormie et que le sommeil découvre, roses et lys.

***

Les communications rompues entre cette génération et la nôtre ; incompréhension qui va jusqu'à la haine.

***

L'action, l'action ! Plutôt que de rêver, scier du bois pour que le sang circule.

***

Est-ce bizarre, ces amours de Byron et de la Guiccioli ! Elle, s'exaltant à l'idée que le monde avait les yeux sur elle,

sur leur couple; et lui, plus las, plus excédé de jour en jour !
Et je pense à tous les byroniens que j'ai connus, tous sur le
même patron, identiques, pourquoi ?

Le seul détail topographique pittoresque que nous ayons
du Paradis terrestre, c'est qu'un ange au glaive de flamme
en gardait l'entrée, et que l'arbre de la science y fleurissait.
L'arbre de la science !... La science a donc précédé l'amour ?
C'est sous cet arbre que tout advint.

La chance ! Quand Napoléon — celui auquel il faut toujours
revenir lorsqu'on pense au coup de fortune, à l'astre, à la
destinée féerique d'un homme — donc, quand Napoléon commence à décliner, il est saisissant de voir tomber d'abord ses
meilleurs appuis ; c'est par Lannes que le sort l'entame, puis
Duroc... craquements qui précèdent le tremblement de terre,
plusieurs échecs avertisseurs du désastre final.

Je crois qu'il en va ainsi de toutes les fortunes : elles ne
se sont pas faites d'un coup, elles ne tombent pas subitement.
en une fois. Je songe à cela en voyant mourir autour de moi
mes défenseurs, les meilleurs, les plus vaillants. Coup au
cœur, glas égoïste ! C'est pour cela, sans doute, que je me suis
senti si ému de ces départs.

On n'a pas assez remarqué que c'est de Taine et de ses
théories que sont tirés les principes des deux grandes écoles
romancières : le naturalisme et le roman psychologique.
— Balzac et Stendhal.

La vanité se porte au dehors, encombrante comme un sac
d'écus ; l'orgueil, au contraire, se porte en dedans, invisible.

Ce qui me ferait croire aux superstitions hindoues et aux migrations des âmes à travers différentes espèces pour arriver à l'état d'homme, c'est que nous voyons tous les hommes avoir au fond d'eux-mêmes comme le souvenir d'une bête qu'ils ont été, et qu'ils sont toujours prêts à redevenir.

Qu'y a-t-il de plus effrayant dans la vie? Le grand bonheur.

Conversation de Jésus en croix avec les deux larrons, en croix aussi, sur la douleur.

Lutter contre les volontés mauvaises, pareilles à ces épaves sous-marines, écueils mouvants et traîtres qui crèvent le navire sous la flottaison.

Et retenir cette formule : « Tâchons de guérir avec la littérature le mal que la littérature a fait. »

Quelque chose à trouver d'éloquent avec la guerre, l'état d'esprit d'un jeune homme du second Empire, dont la vie au jour le jour ne comportait encore aucune pensée haute, aucun sentiment fixe du devoir. Éclairé tout à coup, il comprit la vie, une nuit de grand'garde, pendant qu'une grande flamme silencieuse montait sur les bois de la Malmaison. Alors un soliloque : « Si j'étais tué, que resterait-il de moi? Quelles traces de mon orgueil?... Rien fait... » Farouche examen de conscience.

Comme il serait joli à écrire, le roman de la poitrinaire,

honnête jusque-là, puis, dans la maladie, — inaction, exaltation, — se toquant d'un jeune auteur ! Ils s'écrivent poste res-
tante : le mari découvre ça et, pris de pitié, s'explique ce
besoin sentimental qu'il ne pouvait peut-être pas satisfaire.

* *
*

La mort ! J'appelle ainsi le mauvais passage et son angoisse,
non pas le néant d'être qui précède et qui suit la vie.

* *
*

Je lis dans les Mémoires de Constant que le mécanicien
Maelzel avait construit un appareil de jambes mécaniques
pouvant remplacer les jambes emportées par un boulet. Ma-
quette d'un beau dialogue entre le conquérant et le mécanicien.

* *
*

Acteurs inconscients et obscurs d'une pièce dont nous ne
connaissons que le dénouement.

ALPHONSE DAUDET

(La fin prochainement.)

LES

ÉCOLES SUPÉRIEURES

DE COMMERCE

Il est inutile de rappeler ici qu'une nation doit sa puissance économique à sa richesse agricole, à sa fécondité industrielle et à son activité, commerciale. Il est tout aussi superflu d'affirmer que la puissance économique d'un État est un des principaux facteurs de son action dans le monde. Tout le monde comprend que la France ne conservera un rôle prépondérant que si elle développe sans cesse sa puissance économique. Or, sa richesse agricole est indéniable ; sa fécondité industrielle s'affirme d'année en année ; mais son commerce ne se développe pas au gré de ceux qui ont souci de l'avenir.

Si nous consultons la statistique du commerce spécial des grandes nations pour la dernière décade, nous voyons que le commerce de l'Allemagne a augmenté, pendant cette période, de 2 264 millions de francs ; celui des États-Unis, de 2 milliards 200 millions de francs ; celui du Royaume-Uni, de 1 milliard 500 millions de francs ; celui des Pays-Bas, de 1 milliard 219 millions de francs — le nôtre de 200 millions seulement. Faut-il en accuser notre politique douanière ? L'Allemagne et les États-Unis n'ont pas de tarifs plus libéraux que les nôtres, et leur gain, pour cette période, dépasse deux milliards. Serait-ce donc que les autres peuples ont plus de goût que nous pour le commerce ? Rien n'est moins certain. La

population commerçante de l'Allemagne est de 6 millions
d'âmes. sur un total de 52 millions, alors que la nôtre est
de 5 millions, pour un chiffre total de 38 millions et demi
d'habitants. La proportion est sensiblement la même. Si nous
sommes en état d'infériorité, c'est donc que nos commerçants sont ou moins hardis, ou moins habiles et moins instruits? Moins hardis, nous ne le pensons pas : l'esprit d'entreprise n'est pas mort chez nous, nos explorateurs le prouvent
quotidiennement. C'est donc plutôt l'habileté, l'instruction,
en un mot, l'éducation professionnelle qui leur fait défaut.

Au cours des siècles, la gloire de la France a été formée
du triomphe de ses armes et du rayonnement de son génie
politique, artistique et littéraire. Depuis que nous sommes
tombés au cinquième rang, en Europe, pour la population,
et que le système de la nation armée a remplacé celui des
armées de volontaires ou de mercenaires, nous ne pouvons
songer à de faciles succès sur les champs de bataille. La
suprématie artistique et littéraire est enviable, mais ne saurait
suffire au temps présent. Il faut donc, de toute nécessité,
que nous devenions un peuple commerçant. Beaucoup ont
compris cette nécessité. Depuis 1871, des hommes d'initiative, puis nos principales Chambres de commerce, ont
créé des établissements d'enseignement commercial. En 1890,
l'État est intervenu pour consolider et continuer leur œuvre.
Mais ces entreprises sont peu connues, mal comprises et leur
vie est précaire. Nous voudrions contribuer au développement de ces écoles, en disant ce qu'elles sont, et en signalant
au passage les points faibles de leur organisation.

Peut-on apprendre, sur les bancs d'une école, à devenir
commerçant? Beaucoup répondent négativement. Et ils ont
tort. Si, par commerçant, on entend l'homme d'initiative
hardie et de larges vues, l'école ne peut créer cet homme-là.
Mais de tels hommes ne constituent pas les cadres du
monde du travail. Ceux-ci sont formés de négociants de
second rang, chez lesquels l'esprit d'organisation supplée au
défaut de hardiesse, et une instruction solide aux lacunes de
l'instinct. Ce sont ces modestes qui appuient et complètent
l'œuvre des négociants de génie.

Cet esprit d'organisation, cette instruction solide, les écoles de commerce peuvent les donner. Leur enseignement est, en outre, de première utilité, même pour ceux qui ont le génie du commerce, car le temps n'est plus où l'esprit d'initiative suffisait à la création d'une grande entreprise. La multiplication des voies ferrées a eu pour conséquence l'unification des grands marchés de la vieille Europe. L'augmentation de tonnage des navires et l'amélioration de vitesse des grandes lignes maritimes ont mis les pays les plus reculés à la portée du monde civilisé. L'extension du réseau des télégraphes et des téléphones permet de conclure une affaire de pays à pays, de continent à continent, aussi facilement qu'on la nouait jadis de région à région et de ville à ville. Il faut donc, pour agir en connaissance de cause, s'initier à la vie économique du monde entier. Comment acquérir cette instruction préalable, sinon sur les bancs d'une école?

Les écoles de commerce répondent ainsi à des besoins réels. Mais y répondent-elles complètement? Quelques-unes, oui; d'autres non. Elles portent toutes le même nom : « École supérieure de commerce »; elles ont, en apparence, des programmes uniformes ; elles obéissent toutes à la tutelle de l'État, et cette tutelle s'exerce d'une façon identique à l'égard de chacune d'elles; mais les unes sont plus ou moins des écoles supérieures de commerce; les autres sont des écoles commerciales primaires; aucune n'est, véritablement, une école de haut enseignement commercial. Le Ministère du Commerce l'a si bien compris que, depuis le jour où il a assumé la responsabilité de diriger leurs travaux, il s'est efforcé d'élever leur enseignement et de l'unifier. Il n'y a pas encore réussi; nous doutons qu'il y réussisse un jour. Son action persistante, parfois gênante, a énervé les forts sans parvenir à stimuler les faibles. Elle a même eu pour résultat d'attirer la clientèle dans les écoles de second rang, au détriment des autres. De là un malaise général, qu'il importe de faire cesser. Ce n'est certes pas que nous repoussions, par principe, la tutelle de l'État. Nous la tenons, au contraire, pour légitime et nécessaire. Seule l'organisation nous en semble défectueuse. Aux défauts que signale tous les jours l'expérience, nous proposerons quelques remèdes.

⁂

Disons tout d'abord ce qu'est, à l'heure actuelle, en France, l'enseignement commercial, à ses divers degrés. En principe, il devrait comprendre trois degrés : l'enseignement primaire, l'enseignement secondaire, l'enseignement supérieur. L'enseignement primaire devrait former les employés de second ordre; l'enseignement secondaire, les employés de premier ordre et les chefs de maisons moyennes; l'enseignement supérieur, les chefs de grandes maisons et le haut personnel des services commerciaux, administratifs et consulaires. En réalité, l'enseignement supérieur est encore à créer. On en peut concevoir le plan. Mais cette étude ne serait pas à sa place ici. Nous nous bornerons donc à émettre le vœu que cette lacune soit comblée, — quand l'enseignement secondaire aura été réorganisé et assis sur des bases solides.

Un mot seulement de l'enseignement commercial primaire. C'est celui que les jeunes gens reçoivent dans les écoles pratiques de commerce ou d'industrie, qui ont pour objet de former des employés subalternes. Ce but, elles l'atteignent. Aux adolescents que leur livrent les écoles primaires, elles fournissent des notions sommaires de sciences usuelles : arithmétique, algèbre, géométrie, physique, histoire naturelle, histoire, géographie; elles y ajoutent des notions de calligraphie, d'arithmétique appliquée, de chimie industrielle, de comptabilité, de législation commerciale, et l'étude rudimentaire d'une langue étrangère. La durée des études, dans ces écoles, est généralement de trois ans. Les cours sont gratuits. Et ces établissements sont, exclusivement, entre les mains du ministre du Commerce, qui les administre. La France possède, en ce moment, de 25 à 3o écoles de ce type : leur nombre augmente tous les jours. Ces écoles sont utiles; leurs programmes sont bien compris et leur fonctionnement est normal; mais elles intéressent faiblement le développement économique du pays.

L'enseignement commercial secondaire est le domaine des onze écoles supérieures de commerce actuellement reconnues par l'État. Il s'agit, ici, de former des chefs de services pour les grandes maisons, des chefs de maisons et, aussi, des chefs de services administratifs — puisqu'il n'existe pas d'établissement d'enseignement supérieur qui puisse revendiquer cette haute mission. Les programmes comprennent : l'étude des produits agricoles, au triple point de vue de leur production, de leur falsification et de leur valeur marchande : l'étude de la valeur économique de la France et des nations civilisées, par des leçons de géographie économique et d'histoire du commerce ; l'étude détaillée de la législation commerciale et industrielle française ; l'étude sommaire des législations commerciales étrangères ; un résumé pratique de notre législation civile, ouvrière, maritime; les principes de l'économie politique ; l'étude des marchés financiers, des opérations de banque et de bourse, du fonctionnement des Compagnies d'assurance ; l'étude complète de la comptabilité en usage dans les grandes maisons et dans les Sociétés; enfin l'étude d'au moins deux langues étrangères.

C'est un programme vaste. Si vaste, que beaucoup d'écoles, après l'avoir soumis à l'approbation ministérielle, n'ont pu réunir ni le corps professoral nécessaire, ni une clientèle scolaire capable de se l'assimiler. Pris dans son ensemble, il répond bien aux exigences techniques : le jeune homme qui l'a complètement parcouru connaît les obligations du commerçant, la valeur économique de son pays et des nations rivales, la nature des produits mis en circulaion sur les grands marchés du monde, les lois qui régissent les rapports du capital et du travail ; il est, enfin, à même de traiter une affaire à l'étranger en employant l'idiome du pays.

Si les écoles supérieures de commerce appliquaient intégralement ces programmes, elles donneraient satisfaction aux besoins du monde économique moderne. Mais il n'en est pas ainsi. Toutes, à vrai dire, promettent cet enseignement complet, et le Ministère du Commerce s'efforce de les contraindre à tenir leurs promesses, Mais la bonne volonté des unes et la surveillance de l'autre ne suffisent pas à triompher des obstacles. Ces obstacles sont : la diversité d'organisation et de but des onze écoles soumises à la tutelle ministérielle; l'uniformité de la législation administrative réglementant ces écoles ; les vices de cette législation. Mais, pour bien

comprendre les causes du malaise dont souffrent nos établissements d'enseignement commercial, il est nécessaire de savoir
comment ils sont nés, comment ils ont vécu, pourquoi ils ont
invité l'État à venir à leur aide, comment, enfin, le Ministère
du Commerce a répondu à leur appel.

Jusqu'en 1871, la France n'a possédé qu'un seul établissement de haut enseignement commercial : l'École supérieure
de Commerce de Paris. Elle avait été fondée en 1820 par des
négociants parisiens, MM. Brodard et Legret, dans le but
spécial de former, sinon des ingénieurs, du moins des agents
commerciaux pouvant aider au développement des affaires
industrielles. De là son nom primitif : École spéciale de Commerce et d'Industrie. Les débuts furent heureux ; mais les
jours difficiles ne se firent pas attendre longtemps et, en 1830,
l'école dut fermer ses portes.

Adolphe Blanqui entreprit de la faire revivre. Il l'acheta.
L'École centrale des Arts et Manufactures venait d'être créée ;
à elle seule il appartenait désormais de fournir des ingénieurs
civils. Blanqui le comprit, et donna à son établissement le
nom d' « Ecole spéciale de Commerce ». Cependant l'enseignement demeura le même : mi-partie commercial, mi-partie
industriel. A cette œuvre, Blanqui consacra vingt-quatre années
d'efforts : l'École a été longtemps connue sous le nom
d' « École Blanqui ». Mais le public demeurait indifférent,
les embarras financiers se multipliaient. Quand Blanqui mourut, en 1854, M. Gervais, de Caen, se rendit propriétaire de
l'établissement. Il le réorganisa, restreignit les dépenses, et
put le maintenir relativement prospère jusqu'en 1867 : atteint
à son tour par la mort, il le légua à mademoiselle Blanqui.
Il lui laissait un collaborateur précieux en la personne de
M. Aimé Girard, directeur de l'École. Cependant, en 1869,
soixante-dix élèves seulement étaient assis sur les bancs de
l'Ecole supérieure de Commerce, et l'équilibre budgétaire ne
s'obtenait que difficilement. C'est alors que la Chambre
de Commerce de Paris, présidée par M. Denière, résolut de
se rendre propriétaire de l'École. Par délibération en date du

27 janvier 1869, elle l'acheta pour 120 000 francs et une location de 25 000 francs. Depuis cette date, l'École a été administrée par la Chambre de Commerce. En 1873, la Chambre décida d'admettre des externes : cette mesure vivifia le recrutement de l'École, sans clore l'ère des déficits. Et ce n'est guère que dans ces dernières années qu'elle a connu la prospérité matérielle. Son enseignement est toujours demeuré à la fois industriel et commercial.

L'exemple de l'école Blanqui prouvait que la création d'une école de commerce ne pouvait pas être considérée comme une bonne affaire financière, et ne devait être envisagée que comme une entreprise désintéressée, d'utilité générale. C'est ainsi que les négociants de nos grands marchés le comprirent, quand ils résolurent, après la crise de 1870-1871, d'organiser le recrutement de leurs principaux employés en fondant des établissements d'enseignement commercial.

En 1871, une Société se constituait au Havre pour fonder une école supérieure de commerce. Le 28 août. le capital social était fixé à 220 000 francs, et, en octobre, la nouvelle école ouvrait ses portes à vingt-six élèves. Cette école était exclusivement commerciale et ses programmes d'études étaient conçus de manière à donner satisfaction aux besoins des grandes maisons havraises. Ici encore, les premières années furent dures ; les déficits s'atténuèrent avec le temps, mais la moitié environ du capital social avait disparu quand l'État intervint, en 1890, dans les conditions que nous dirons plus tard.

Plus pénible encore fut la carrière de la deuxième fondation de ce genre : l'École supérieure de commerce de Rouen. En la même année 1871, au mois de mai, la Chambre de commerce de Rouen, le conseil municipal, la Société libre d'émulation du commerce et de l'industrie de la Seine-Inférieure et le Lloyd rouennais forment un comité chargé de réunir des fonds pour créer une école de commerce : en quinze jours, 210 souscripteurs offrent 250 000 francs. La « Société civile pour le développement en Normandie de l'enseignement commercial et industriel » est constituée le 23 août et, le 15 octobre, l'école fonctionne. Elle réunit 25 élèves. En 1875, elle en groupait 83 ; en 1882, sa clientèle était réduite à 42 élèves et la situation devenait alarmante. En 1883, une convention intervient entre le ministre de l'Instruction publique et la Chambre de commerce, et l'école passe sous la tutelle de l'Université : elle est rattachée à l'École supérieure des sciences et des lettres de Rouen. La combinaison était discutable, car les jeunes gens qui hésitaient à s'initier aux affaires sur les bancs d'une école administrée par des négociants n'avaient aucune raison de tenir pour plus solide l'enseignement technique d'une école gérée par l'Université. Le mal empira. En 1888, la section commerciale de l'École supérieure des sciences et lettres de Rouen ne comptait plus que neuf élèves. Il fallait ou supprimer l'école, ou la réorganiser une fois encore. Le conseil municipal de Rouen prit ce dernier parti, se substitua à l'Université le 19 mai 1893 et, depuis ce moment, l'École supérieure de commerce de Rouen est une école municipale. Son enseignement est sensiblement le même que celui de l'école du Havre.

Le mouvement, né à l'ouest, se continua à l'est. Depuis 1868, le grand commerce lyonnais songeait à créer une école, principalement industrielle, destinée à satisfaire aux exigences locales. Une école de ce genre avait été fondée à Mulhouse, en 1866, grâce à l'initiative de MM. Jules et Jacques Siegfried et, sous la direction de M. Penot, elle avait fourni une carrière honorable, sinon rémunératrice, quand survint la guerre franco-allemande. Après l'annexion de l'Alsace à l'empire allemand, l'école de Mulhouse, devenue suspecte, dut fermer ses portes. Les négociants lyonnais, ayant à leur tête M. Philippe Testenoire, réunirent un capital social de 1 120 000 francs, et offrirent à M. Penot de venir continuer à Lyon l'œuvre commencée à Mulhouse. En 1872, l'École supérieure de commerce de Lyon ouvrait ses portes. En 1876, elle instituait une section de tissage et devenait « École mixte de commerce et de tissage ». Ses débuts avaient été heureux ; mais, en 1882, les vaches maigres succédèrent aux vaches grasses, et il fallut entamer, de plus en plus, le capital social. Ces difficultés n'ont pas empêché l'École de Lyon de fournir un enseignement solide ; elle est de celles qui ont le plus profité de la réforme de 1890 et son fonctionnement est, de tous points, satisfaisant.

C'est en cette même année 1872, le 15 octobre, que Marseille, à son tour, ouvrit une école supérieure de commerce. Deux cent vingt et un négociants, de la ville ou de la région, avaient souscrit, le 17 avril, un capital de 450 000 francs. La nouvelle école reçut 44 élèves, parmi lesquels de nombreux étrangers. La majeure partie des élèves français se destinaient à la carrière d'employé de commerce ; et l'enseignement de l'École correspondait exactement à leurs aspirations. La vie matérielle de cet établissement fut difficile. En 1882, plus de cent mille francs étaient sortis de la caisse des actionnaires ; et ce n'est que depuis 1885 que les bénéfices annuels ont, parfois, remplacé les déficits. Aujourd'hui, l'École de Marseille a un fonctionnement plus régulier ; elle s'est incorporé, en 1892, l'ancienne école marseillaise de navigation, et la création de sa « Section de marine marchande » lui a valu un regain de vitalité.

Bordeaux suivit l'exemple des autres grands ports, en 1874. La ville de Bordeaux, la Chambre de commerce, le Conseil général de la Gironde et la Société philomathique garantirent des subventions annuelles. La ville offrit un local de cinq cent mille francs, avec un crédit d'aménagement de cinquante-quatre mille francs ; plus une subvention annuelle de trente mille francs. La Chambre de commerce promit une subvention de vingt mille francs ; le Conseil général en vota une de cinq mille francs. L'enseignement de cette école fut celui des écoles du Havre, de Rouen et de Marseille : un enseignement commercial, destiné à former des employés de commerce. L'établissement fut ouvert le 3 novembre 1874. Il connut, lui aussi, les jours pénibles, et sa prospérité matérielle ne date que de la réforme ministérielle.

Il faut désormais franchir sept années pour enregistrer une nouvelle fondation : celle de l'École des Hautes Études commerciales de Paris. La date de l'inauguration de cette école — 4 décembre 1881 — est une date capitale. Jusqu'à ce moment, les écoles de commerce de France n'avaient été fondées que pour former des employés de commerce ; leur enseignement était faible, leur clientèle scolaire composée de jeunes gens sans instruction générale sérieuse ; les bacheliers n'y apparaissaient que rarement : et les étudiants qui, rompant avec les préjugés, avaient espéré y acquérir des notions pratiques complétant et couronnant leurs études littéraires, s'en retournaient diplômés, mais quelque peu désillusionnés.

La Chambre de commerce de Paris n'ignorait pas cette situation ; mais les plus hardis hésitaient à aller de l'avant en constatant combien le public se montrait indifférent ou hostile. Depuis 1867, on parlait, à Paris, de créer un établissement d'enseignement commercial vraiment supérieur. En 1875, l'Athénée oriental reprit la question et, dans un rapport lu à sa session provinciale de Saint-Étienne, cette Société affirma la nécessité d'organiser un Institut des Hautes Études commerciales. La Société nationale d'éducation de Lyon avait, de son côté, confié l'étude d'une création analogue à une commission spéciale. Mais on n'était pas sorti de la période des discussions stériles quand, les 8 mai et 24 juillet 1878, la Chambre de commerce de Paris entreprit de réaliser la pensée commune. Le 3 novembre 1881 tout était prêt et, le 4 décembre, M. Gustave Roy, président de la Chambre de commerce, inaugurait l'école des Hautes Études commerciales. La Chambre de commerce avait dit, dans le rapport qu'elle avait adressé, le 15 février 1879, au ministre du Commerce et de l'Industrie : « L'École (des Hautes Études commerciales) est destinée, dans la pensée de la Chambre, à donner un complément d'instruction aux fils de la bourgeoisie qui se proposent, à leur sortie du collège, de suivre la carrière commerciale. Le but de la Chambre est de donner à ces jeunes gens les notions pratiques au moyen desquelles on apporte l'ordre et la clarté dans les échanges, dont le mécanisme général leur aurait été préalablement expliqué, et d'imprimer une direction élevée à cet enseignement, qui comprendrait les sciences modernes se rattachant aux nécessités du commerce international. » Le but poursuivi par la Chambre de commerce de Paris était double : 1° créer un nouvel ordre d'enseignement commercial, l'enseignement supérieur ; 2° diriger les jeunes gens instruits, clientèle ordinaire des Facultés, vers les carrières commerciales, et non plus former simplement des employés de commerce.

Ce double but a-t-il été atteint ? Partiellement, mais non complètement. L'École des Hautes Études commerciales n'est pas un établissement d'enseignement supérieur, au sens strict

du mot. Au moment de sa création, ses programmes furent
formés, presque complètement, des programmes de l'École supérieure de commerce de Paris: on se contenta d'en remplacer
la partie industrielle par des cours comprenant « les sciences
modernes se rattachant aux nécessités du commerce international », c'est-à-dire : l'outillage commercial, ports, canaux,
chemins de fer, télégraphes, téléphones, et l'étude des transports. Le corps professoral de la nouvelle école fut des mieux
composés et la Chambre de commerce mit à la disposition
de ce personnel d'élite un matériel complet. Dans ces conditions, l'École des Hautes Études commerciales devait être,
et a été, une excellente école d'enseignement secondaire,
mais elle n'a pu se classer comme établissement d'enseignement supérieur. Par contre, le second but a été pleinement
atteint : les bacheliers se sont fait inscrire en grand nombre,
et l'enseignement, tombant dans un terrain bien préparé, a
pu produire tous ses fruits. Et ce fut la première école de
France qui formât des générations pour les grandes affaires et
non plus seulement pour le service des maisons de commerce.

L'heureuse réussite de cette fondation poussa deux cents
négociants parisiens à réunir, en 1884, un capital de deux
cent mille francs pour fonder un « Institut commercial »
destiné à servir, plus spécialement, les intérêts du commerce
d'exportation. Cet établissement s'est assimilé simplement
les programmes de l'École des Hautes Études et de l'École
supérieure de Paris ; toutefois, il a reculé devant les sacrifices
que nécessite le recrutement d'un corps professoral comme
celui de l'École des Hautes Études, et sa clientèle scolaire
n'atteint pas le niveau moral de celle des deux grands établissements administrés par la Chambre de commerce de Paris.

Nous arrivons ainsi en 1889-1890, époque où le ministre du Commerce « reconnaît » les écoles supérieures de
commerce, dans des conditions que nous préciserons bientôt, et organise la tutelle administrative. Désormais, l'État
n'accordera la reconnaissance qu'aux écoles acceptant ses
directions. Nous allons donc voir les programmes des écoles
de fondation récente s'identifier avec celui de l'École des
Hautes Études commerciales, que le ministère du Commerce
a transformé en programme-type. Les sociétés civiles de

garantie ne seront plus admises à bénéficier du concours de l'État, et le ministère du Commerce ne reconnaîtra les écoles nouvelles qu'autant qu'elles seront administrées par des Chambres de commerce. C'est dans ces conditions que se sont ouvertes les Écoles supérieures : de Lille, reconnue par décret du 12 juillet 1892 ; de Nancy, reconnue par décret du 2 octobre 1896 ; de Montpellier, reconnue par décret du 16 juillet 1897. C'est dans ces mêmes conditions que seront reconnues, si les pourparlers aboutissent, les écoles supérieures de commerce projetées à Nantes, Dijon et Limoges.

Résumons ce rapide historique. Tout d'abord, aucune de nos écoles supérieures de commerce n'est un établissement de véritable enseignement supérieur : elles distribuent toutes un enseignement secondaire, théoriquement conforme « au programme-type », celui que nous avons donné au début de cette étude. Si cette formule est intégralement appliquée, les écoles répondent à la pensée ministérielle et sont en mesure de donner aux jeunes gens instruits un complément d'études tel qu'ils puissent prendre rang parmi les grands négociants. Si l'application des programmes n'est qu'un trompe-l'œil, les écoles conservent une certaine utilité, mais elles ne peuvent plus prétendre à former des chefs de maisons et elles alimentent, en fait, le personnel des maisons de commerce. Si l'on se souvient des conditions de fondation des écoles ouvertes avant 1881, — date de l'inauguration de l'École des Hautes Études commerciales — il faut bien reconnaître qu'il existe deux groupes d'écoles dites supérieures ; le premier comprend les écoles du Havre, de Rouen, de Lyon, de Marseille et de Bordeaux, auxquelles il faut ajouter l'Institut commercial de Paris ; le second réunit l'École supérieure de commerce de Paris, l'École des Hautes Études commerciales, et les écoles supérieures de Lille, Nancy et Montpellier. Le premier groupe est plutôt apte à fournir de bons employés de commerce ; le second, plutôt apte à former des chefs de maisons. Une autre constatation s'impose : nous avons rencontré, chemin faisant, des écoles plutôt commerciales : telles Le Havre, Rouen, Marseille, Bordeaux ; des écoles plutôt industrielles : telle celle de Lyon ; des écoles mi-parties industrielles, mi-parties

commerciales : telle l'École supérieure de commerce de
Paris ; enfin trois écoles ayant un programme identique :
Hautes Études commerciales, Montpellier, Nancy. Ajoutons
que l'école de Lille a dû développer son programme industriel
pour donner satisfaction aux besoins de la région du Nord, et
que l'Institut commercial de Paris se réclame, nous l'avons
vu, d'un but spécial. Il en résulte que les deux groupes
d'écoles n'ont pas, chacun, une homogénéité parfaite. Et, si
nous rappelons que la tutelle ministérielle est une, qu'elle
s'exerce de la même manière envers toutes, nous aurons dit
pourquoi son fonctionnement ne donne pas satisfaction à
tout le monde et soulève d'assez nombreuses critiques.

   Avant d'étudier la nouvelle phase dans laquelle est entrée.
en 1889-1890, l'enseignement commercial, il importe de
rendre justice à ceux qui ont créé, en France, cet enseignement. C'est à l'initiative privée de grands négociants ou des
Chambres de commerce qu'est due la vulgarisation de l'enseignement commercial dans notre pays. C'est par millions,
nous l'avons indiqué, que se chiffrent les sacrifices consentis
par les particuliers et par les collectivités. Ces efforts n'avaient
pas abouti à des résultats heureux. Tous les établissements
d'enseignement commercial, l'École des Hautes Études
comme les autres, avaient vécu aux dépens de leur capital de
fondation, faute d'une clientèle suffisante. Les jeunes gens
pauvres, désireux d'obtenir une place dans une grande maison de commerce, ne pouvaient pas toujours faire face aux
dépenses de deux années d'études. Les étudiants riches dé-
daignaient les écoles de commerce. La partie semblait donc
perdue pour les apôtres de l'enseignement commercial quand
l'État vint enfin seconder leur action.

   En 1889, toutes les écoles supérieures de commerce étaient
aux prises avec des difficultés financières sérieuses. Les plus
favorisées enregistraient une année des bénéfices, puis une
autre année un déficit ; les autres apercevaient déjà le fond de
la caisse sociale. Cependant leurs administrateurs demeuraient
convaincus de l'extrême importance de l'œuvre entreprise.

Et les plus influents d'entre eux, notamment les présidents de la Chambre de Commerce de Paris, ne cessaient pas de rappeler aux ministres du Commerce que l'État était intéressé à la réussite des écoles supérieures de commerce. Les ministres le reconnaissaient volontiers ; mais ils s'en tenaient à de bonnes paroles et ajournaient leur intervention à des circonstances propices. La discussion de la loi militaire du 15 juillet 1889 détermina cette intervention.

Puisqu'il était admis que tous les jeunes gens dont l'action peut être utile au développement des forces nationales seraient exemptés de deux années de service militaire, cette exemption devait, nécessairement, être accordée aux élèves des écoles supérieures de commerce. L'article 23 de cette loi assimila donc les élèves diplômés de ces écoles aux diplômés des grandes écoles reconnues par l'État. Mais le Ministère du Commerce n'entendait accorder cette faveur qu'aux écoles de commerce qui reconnaîtraient sa tutelle et lui offriraient ainsi des garanties spéciales. Il organisa donc cette tutelle et obligea les écoles existantes à solliciter sa reconnaissance.

L'État n'ignorait pas la situation financière des écoles de commerce ; il savait également que l'enseignement de ces écoles n'était pas d'une égale valeur. Son action fut donc ainsi définie : désintéressement absolu de la gestion financière de ces établissements, les sociétés constituées, ou les Chambres de commerce, demeurant seules chargées d'équilibrer le budget de leurs fondations ; — par contre, surveillance étroite de l'enseignement distribué dans les écoles. Tel est le principe fondamental de l'intervention de l'État : pas de responsabilité financière ; pleine responsabilité au point de vue de l'enseignement. Ce double principe a-t-il été respecté dans ses conséquences normales ? Nous ne le pensons pas.

Le premier décret organisant la tutelle administrative est en date du 31 mai 1890. Il organisait la reconnaissance par l'État des écoles supérieures de commerce dont les élèves diplômés seraient autorisés à bénéficier de l'exemption de deux années de service militaire, aux termes de l'article 23 de la loi du 15 juillet 1889. Il stipulait : 1° que les écoles seraient reconnues par décret rendu sur le rapport du Ministre du Commerce et du ministre de la Guerre, le conseil d'État entendu, après avis de la

commission permanente du Conseil supérieur de l'enseignement technique ; 2° que le décret de reconnaissance déterminerait les conditions auxquelles chaque école devrait se conformer au point de vue de l'enseignement, de l'inspection,
des examens ou des concours d'entrée, des examens de sortie
et de la délivrance des diplômes ; 3° que les examens au
concours d'entrée, ainsi que les examens de sortie, seraient
passés devant un jury nommé par arrêté du ministre du
Commerce ; 4° que le programme de ces examens d'entrée et
de sortie serait déterminé par arrêté ministériel, pris après
avis du directeur de chaque école et de la commission permanente du Conseil supérieur de l'enseignement technique.

Un nouveau décret, daté du 22 juillet 1890, organisait en
détails cette reconnaissance. En voici les stipulations :

1° Les écoles devaient se recruter, exclusivement, par voie
de concours ; le Ministère du Commerce fixait, pour chaque
école, le nombre des places mises au concours ; les élèves
étrangers pouvaient être admis sans concours, mais n'étaient
autorisés à recevoir ni diplômes, ni certificats ; une majoration de points était accordée aux candidats français nantis de
diplômes universitaires.

2° La durée des études, dans chaque école, était fixée à
deux ans ; les écoles devaient annexer à leurs cours normaux
une section préparatoire, pour laquelle la durée des études
était fixée à une année ; le programme des cours normaux
était soumis à l'approbation ministérielle ; des peines disciplinaires atteignaient les élèves qui avaient été absents plus de
vingt jours au cours d'une année ; les élèves n'ayant pas
obtenu, à la fin de la première année, au moins 50 p. 100
des points qu'ils pouvaient acquérir d'après le règlement de
chaque école, n'étaient pas autorisés à passer en seconde
année et ne pouvaient rentrer à l'école qu'en prenant part à un
nouveau concours ; enfin le directeur de chaque école était
nommé par le ministre, sur la présentation du conseil d'administration ; les professeurs étaient nommés par le directeur,
sous sa responsabilité, et soumis à l'agrément ministériel.

3° Un décret ministériel déterminait le programme des examens de sortie et la quotité de points attribuée à chaque
partie de ces examens ; le total des points de l'examen de

sortie devait représenter au moins le tiers du total des points
attribués aux examens formant l'ensemble de la scolarité ; les
quatre cinquièmes des élèves français ayant obtenu au moins
65 p. 100 du total des points que l'on pouvait acquérir au
com·s de leurs études, recevaient le diplôme de l'École et
bénéficiaient de l'exemption de deux années de service militaire ; les élèves, français et étrangers, qui avaient obtenu au
moins 50 p. 100 des points que l'on pouvait conquérir pour
l'ensemble de la scolarité, et 60 p. 100 des points attribués à
l'examen de sortie, recevaient un certificat.

A la même date, 22 juillet 1890, l'État accordait sa reconnaissance, dans ces conditions, à l'École des Hautes Études
commerciales, aux Écoles supérieures de Paris, le Havre,
Lyon, Marseille et Bordeaux, et à l'Institut commercial de
Paris, sous la condition que cette école se recruterait au moins
par voie d'examen : cette école s'est résignée, en 1892, à se
recruter par voie de concours et, dès lors, toutes les écoles se
sont trouvées régies par la même législation. Les autres
écoles, de fondation plus récente, ont été reconnues dans les
mêmes conditions générales : celle de Lille, le 12 juillet 1892 ;
celle de Rouen, le 29 août 1895 ; celle de Nancy, le 2 octobre 1896 ; enfin, celle de Montpellier, le 16 juillet 1897.

Cette législation générale, remaniée le 29 août 1895 sur
des points de détails d'importance négligeable, est demeurée
en vigueur jusqu'en juin 1898. Elle appelle quelques critiques ; mais avant de les formuler mieux vaut analyser les
dispositions de la réforme de juin–juillet 1898.

On peut résumer ainsi leurs dispositions d'ensemble : rien
n'est changé au mode de surveillance des services d'administration et d'enseignement, bien que les écoles aient moins de
pièces à communiquer au ministère que par le passé ; —
l'organisation des jurys d'entrée demeure la même ; —
le programme des examens d'entrée, imposé à toutes les
écoles, a été remanié, et sensiblement augmenté en ce qui
concerne l'histoire et la géographie ; — l'avantage de points
accordé aux candidats munis de diplômes universitaires a été
supprimé ; — les épreuves facultatives procurant jadis un
supplément de points ont été de même supprimées ; — un jury
a été créé pour les examens de passage de première en seconde

année; mais ce jury n'est pas constitué directement par le
ministre du Commerce : il est formé par les directeurs d'écoles
sous réserves de l'approbation ministérielle; — une modifi-
cation très importante a été apportée aux travaux des jurys
de sortie en ce qui concerne la délivrance des diplômes : jusqu'alors, nous l'avons vu, tout diplôme comportait, pour les
élèves français, la dispense de deux années de service militaire; mais, à supposer que tous les élèves français d'une
promotion fussent dignes du diplôme, les quatre cinquièmes
d'entre eux étaient seuls admis à le recevoir; les élèves classés
dans le dernier cinquième n'obtenaient ni la dispense, ni
même le diplôme, sanction morale de leurs études; désormais
tous les élèves méritant le diplôme l'auront; mais |le bénéfice
de la dispense militaire reste limité aux quatre premiers cinquièmes des diplômés. — Enfin les écoles ont été autorisées
à recevoir des auditeurs libres français : l'anomalie qui consistait à ouvrir les établissements d'enseignement commercial
aux étrangers, alors qu'on les fermait aux Français, disparaît.

Telle est, dans ses grandes lignes, la réglementation qui
régit actuellement les onze écoles de commerce de France.
Elle est bien l'application du double principe que nous avons
dégagé naguère : désintéressement absolu de la gestion financière des écoles; surveillance active de l'enseignement par
l'imposition d'un programme d'entrée commun, par l'approbation des programmes de cours normaux, par la constitution
de jurys d'entrée et de sortie nommés directement par le
ministre du Commerce.

Est-il absolument vrai, cependant, que l'État n'intervienne
en rien dans la gestion financière des écoles? On ne peut
enregistrer, en effet, aucun acte d'intervention directe; mais
une des mesures qu'il a cru devoir prendre pour consolider
l'enseignement a une fâcheuse répercussion sur leurs budgets :
nous voulons parler de la limitation du nombre des places
mises au concours. Le ministre du Commerce fixe, chaque
année, le nombre maximum des élèves à admettre dans chaque
école et le minimum de points que les candidats doivent

obtenir pour être admis. Il apporte, ainsi, une double entrave
au recrutement : quel que soit le nombre des candidats, l'école
doit s'en tenir au maximum d'élèves fixé ; et le minimum de
points imposé ne permet pas toujours d'obtenir un contingent
complet. Le budget des écoles dépend donc, indirectement, de
la volonté ministérielle. Dès la publication de l'arrêté fixant,
pour chaque établissement, le nombre maximum des places
qui seront mises au concours en octobre, les directeurs
peuvent établir le maximum de leurs recettes. Mais l'équilibre de leur budget est instable : il peut être détruit par les
résultats du concours d'entrée. Si le maximum des places n'est
pas atteint, tel directeur, qui avait dressé un budget solidement équilibré, se voit acculé au déficit. L'État, en refusant
de solder le déficit éventuel des écoles, n'a donc pas renoncé
au droit de créer lui-même ce déficit.

A-t-il, au moins, de bonnes raisons ? Nous ne le pensons pas.
Pourquoi cette limitation du nombre des places mises au
concours ? Elle s'expliquerait s'il n'y avait, en France, qu'une
école supérieure de commerce donnant accès à une carrière
fermée. On ne la comprend pas, du moment qu'il existe
onze écoles. Le ministre de l'Instruction publique ouvre
toutes grandes les portes des Facultés et laisse aux jurys universitaires le soin de séparer, en fin d'études, l'ivraie du bon
grain. Pourquoi le ministre du Commerce ne permettrait-il
pas aux écoles de sa juridiction de se recruter librement, en
prescrivant simplement aux jurys de sortie — dont la nomination lui appartient — de délivrer les diplômes avec une légitime sévérité ? Serait-ce pour ne pas multiplier outre mesure
les dispenses militaires ? Si oui, les moyens ne font pas défaut
pour enrayer cette multiplication, dût-on limiter à la moitié
ou au tiers des diplômés les bénéficiaires de la dispense.

Pourquoi, en outre, fixer un minimum de points pour
l'admission définitive ? Cette mesure peut, sans doute, contribuer à élever le niveau intellectuel des promotions. Mais elle
a le défaut particulièrement grave d'atteindre directement le
budget de recettes des écoles. Comment celles-ci pourront-
elles développer leurs services, si leurs recettes sont aussi étroitement limitées ? Le Ministère du Commerce ne l'ignore
pas, et il se trouve, parfois, obligé de corriger lui-même les

conséquences fâcheuses de sa législation. Si nous sommes bien informé, le fait s'est produit au concours de 1898 : si le Ministère avait sanctionné purement et simplement les opérations des divers jurys d'entrée, la majorité des écoles de France n'auraient pas eu leur contingent complet et auraient été condamnées à solder des déficits plus ou moins considérables; l'État a dû provoquer une nouvelle délibération des jurys et déroger ainsi aux règles qu'il a lui-même établies. Pourquoi, dès lors, ne pas procéder à une réforme reconnue nécessaire ? Nous croyons savoir que la thèse du recrutement libre compte des défenseurs parmi les conseils ordinaires du Ministère du Commerce. Puisse-t-elle triompher, enfin. Que si le ministère ne veut pas faire ce pas décisif, qu'il supprime, du moins, le minimum de points et permette aux jurys d'entrée de classer les candidats selon leur valeur comparée et non plus d'après leur valeur propre. Ainsi, l'État aurait définitivement renoncé à toute ingérence dans l'administration financière des écoles. La surveillance de l'enseignement serait son domaine exclusif. Examinons, maintenant, comment fonctionne cette surveillance.

Quand le Ministère du Commerce se préoccupa, en 1890, d'organiser sa tutelle, il dut choisir entre deux lignes de conduite : ou bien laisser à chaque école son indépendance et se borner à constater que le directeur remplissait exactement les obligations mentionnées dans les programmes, ou bien rédiger une législation uniforme et tenir la main à ce que chaque école respectât ce programme commun. Il adopta ce dernier parti. Il dressa un programme commun d'entrée, organisa les jurys d'entrée et de sortie, s'employa à unifier les programmes de cours normaux et se réserva la nomination des directeurs et l'agrément des professeurs. Cette résolution ne fut pas heureuse. Les écoles, nous l'avons vu, étaient de constitutions diverses et leur enseignement n'offrait pas des garanties d'égale valeur. Les unes et les autres, cependant, ont été placées sur un pied d'égalité par la reconnaissance ministérielle. Nous savons bien qu'il était difficile, pratiquement, de refuser le bénéfice de la reconnaissance à des fondations pour lesquelles des personnages de marque ou des Chambres de commerce influentes avaient fait des sacri-

fices importants. Mais le Ministère du Commerce ne pouvait
pas ignorer qu'il serait bien plus difficile encore de retirer
la reconnaissance à une école qui l'aurait obtenue. En reconnaissant en bloc, en 1890, toutes les écoles existantes, il
s'interdisait toute tentative d'unification de l'enseignement.

Il ne l'a pas compris ainsi, cependant, et il s'est courageusement employé. huit années durant, à élever les établissements
de second rang au niveau des écoles de meilleur enseignement.
L'entreprise était de longue haleine. Elle n'a encore produit
aucun résultat; et elle ne semble pas pouvoir en produire.
Il faudrait en effet, pour que l'enseignement fût partout le
même, 1° que le corps professoral fût d'une égale valeur dans
chaque école; 2° que la clientèle scolaire fût, à l'entrée, d'un
égal niveau d'instruction générale. Or, il n'en est pas ainsi.
En ce qui concerne le corps professoral, l'École des Hautes
Études commerciales met à la disposition des élèves quarante-
cinq professeurs, dont quatre ingénieurs, cinq professeurs de
facultés, deux professeurs de l'École centrale, deux anciens
élèves de l'École polytechnique, trois agrégés de l'Université, etc.; l'École de Montpellier groupe vingt-trois professeurs, dont huit professeurs de facultés, deux ingénieurs
de l'État, deux directeurs d'Instituts scientifiques, deux docteurs en droit, etc.; — tandis que l'École de Marseille, par
exemple, ne réunit que dix-neuf professeurs. dont cinq professeurs de comptabilité, un avocat, six professeurs de langues
et sept professeurs libres. Comment exiger d'écoles aussi différentes l'application intégrale d'un programme uniforme?

En ce qui concerne la clientèle scolaire, la situation est
tout aussi délicate. Au concours de 1897, l'École des Hautes
Études commerciales avait enregistré 79 bacheliers admis,
sur 135 élèves, soit 58 p. 100; l'École supérieure de Montpellier, 18 sur 35 élèves, soit 51 p. 100; l'École de Lyon,
33 sur 80 élèves, soit 41 p. 100; l'Institut commercial de
Paris, 6 sur 45 élèves. soit 13 p. 100; l'École de Marseille.
8 sur 59, soit 13 p. 100; l'École de Nancy, 5 sur 33. soit
10 p. 100; etc. Pourquoi donc avoir enfermé dans les mailles
d'un même réseau administratif des écoles dont la clientèle
apparaît si manifestement diverse?

Nous nous en tiendrons à cette critique sur le principe

même du fonctionnement de la tutelle ministérielle; elle
mérite. croyons-nous. d'éveiller l'attention du Ministère du
Commerce et de ses conseils autorisés. Les détails de la réglementation appellent d'assez nombreuses observations. Nous
les grouperons sous deux rubriques : observations relatives aux
concours d'entrée, observations concernant l'examen de sortie.

Le Ministère pose en principe que les candidats seront
d'autant mieux préparés que les épreuves d'entrée seront plus
difficiles. Nous ne sommes pas de cet avis, et nous avons dit
pourquoi. Nous ajouterons que, vu la diversité des épreuves,
vu surtout la variété des matières qui forment les programmes
des cours normaux, aucun candidat ne peut être convenablement préparé s'il n'a reçu une instruction générale complète. Aussi avons-nous constaté avec regret que le Ministère
avait supprimé, en juin–juillet 1898, l'avantage de points
accordé aux bacheliers. Cet avantage, en pratique, n'entrait
en ligne de compte que pour le classement, chaque candidat
étant tenu d'obtenir le minimum fixé par l'arrêté ministériel.
Il contribuait à diriger vers les écoles de commerce les jeunes
gens que n'attirait point l'enseignement universitaire supérieur,
et ces élèves formaient le noyau intellectuel de la clientèle
scolaire. Il est regrettable qu'aucune prime ne soit accordée,
désormais, à ces « entraîneurs ». Seuls ils pouvaient prétendre à ce titre, qui ne convient certes pas aux élèves fournis
par les sections préparatoires annexées à la presque totalité
des écoles. Le Ministère semble avoir reconnu l'inutilité de
ces sections préparatoires puisqu'il les a rendues facultatives.
Nous allons plus loin et nous les estimons dangereuses. Elles
ont été créées pour alimenter la caisse des cours normaux :
grâce à leur nombre de places illimité, et à leur corps professoral réduit à la plus minime expression, elles fournissent
dés excédents notables, qui viennent grossir utilement les
recettes du budget normal. Par contre, leur action nuit à
l'enseignement de l'École supérieure. Les jeunes gens sont
admis à la section préparatoire dès l'âge de quinze ans : à cet
âge, ils n'ont, évidemment, aucune maturité d'esprit, et leur

instruction générale est incomplète. Une préparation directe au concours d'entrée ne leur vaut ni un esprit plus mûr, ni une intelligence plus cultivée. Les élèves issus des sections préparatoires doivent donc renoncer au bénéfice d'une instruction aussi variée que celle de leurs camarades bacheliers. Aussi sont-ils, généralement, les moins bien classés à la sortie et les moins bien armés pour faire, plus tard, bonne figure dans le monde du haut commerce. Il n'y a qu'une bonne préparation aux écoles supérieures de commerce : celle qui assure aux candidats une instruction générale complète.

Ceci dit, examinons de quelle manière le Ministère constitue les jurys d'entrée. Il en choisit les éléments en dehors du corps professoral des écoles, principalement parmi les professeurs de lycées. Pourquoi cette méfiance envers le corps professoral des écoles ? Qui, plus que lui, a intérêt à assurer le bon recrutement de la clientèle scolaire ? Qui est plus compétent que lui pour discerner les aptitudes d'un candidat à l'enseignement technique spécial à chaque école ? Les professeurs de lycée sont, d'ailleurs, assez mal qualifiés pour constituer ces jurys. Ils ont une tendance naturelle à décimer les candidats. D'où des incidents nombreux, dont quelques-uns ont vivement préoccupé les directeurs et les administrateurs des écoles. Il serait sage d'éviter le retour de pareils faits en donnant aux professeurs des établissements une place prépondérante dans les jurys d'entrée. Qu'on les tienne à l'écart des jurys de sortie, cela est tout naturel, car, ici, le contrôle ministériel doit s'exercer en toute indépendance ; mais ils seraient à leur place dans les jurys d'entrée.

Comment fonctionnent ces jurys ? Le Ministère du Commerce constitue un jury local pour chaque école. Il avait adopté ce principe en 1890 ; il l'a maintenu en 1898, après avoir un moment très sérieusement songé à essayer une nouvelle organisation. Il n'est pas absolument certain que son projet soit définitivement abandonné. Aussi faut-il dire quel était ce projet et combien son application eût été dangereuse.

La commission extraparlementaire de décentralisation, constituée pendant la dernière législature, s'était préoccupée de la situation faite aux écoles de commerce par la tutelle ministérielle. Elle avait reconnu, comme nous, que la surveillance de l'État, utile, nécessaire même, était un peu trop étroite. Et, par l'organe de son rapporteur, M. de Kerjégu, elle avait proposé de réduire l'action ministérielle à trois termes : 1° agrément pour la nomination des directeurs ; 2° approbation des programmes des cours ; 3° contrôle sévère des examens de sortie. Ces conclusions étaient défendables. Le Ministère, cependant, ne crut pas devoir les sanctionner. Il accepta, toutefois, l'idée de procéder à une réforme légèrement décentralisatrice : ce fut la réforme de juin-juillet 1898.

Parmi les moyens de contrôle préconisés pour les examens de sortie, la commission avait proposé la constitution d'un jury unique. Par ce moyen, le Ministère aurait pu, en effet, se rendre un compte exact de la valeur comparée de l'enseignement dans les différentes écoles. Mais le moyen n'était pas pratique. Comment, en effet, organiser ce jury ? S'il devait fonctionner à Paris, il fallait appeler dans la capitale les élèves de toutes les écoles de France, tous les directeurs, ainsi que les professeurs adjoints au jury comme représentants des différents établissements — hypothèse qui ne supporte pas l'examen ; ou bien supprimer les épreuves orales et les remplacer par des compositions, qui auraient été expédiées à Paris : dans ce cas, les compositions devant être communes, les sujets ne pouvant être choisis que dans le fonds commun des programmes, l'enseignement spécial à chaque école échappait au contrôle ministériel. Si le jury devait fonctionner dans chacun des onze établissements, il fallait, ou qu'il allât de ville en ville, de Lille à Marseille, de Nancy à Bordeaux, dans un délai de quelques jours, ou bien qu'il se fractionnât en commissions, et, dès lors, il n'y avait plus, à proprement parler, de jury unique. D'ailleurs, on ne voit pas en quoi le fonctionnement de ce jury pouvait assurer la progression ascendante de l'enseignement dans les écoles d'ancien type. Les examinateurs auraient constaté que telle école était plus sérieuse que telle autre, mais chacune n'en serait pas moins demeurée ce qu'elle était auparavant. Le Ministère du Commerce refusa donc de constituer un jury

unique de sortie; mais il retint le principe du jury unique
et résolut de l'appliquer aux examens d'entrée.

Le jury d'entrée devait dresser une liste unique des
jeunes gens admis à occuper la totalité des places mises
au concours dans les onze écoles. Les candidats auraient
indiqué, par ordre de préférence, les établissements dont
ils désiraient suivre les cours normaux, et chacun d'eux
aurait été inscrit, définitivement, sur les registres d'une de
ces écoles, suivant son rang de classement et la place disponible. Il est aisé de voir combien l'application de ce système
eût rendu difficile la situation des écoles de province. Tous
les candidats riches admis dans un bon rang auraient opté
pour Paris. De sorte que les écoles parisiennes auraient ouvert
leurs portes à des élèves de choix, têtes de la liste générale
et favorisés de la fortune, — c'est-à-dire futurs grands commerçants, tandis que les écoles de province auraient dû se
contenter des élèves classés en queue, ou obligés, par l'insuffisance de leurs ressources, de suivre les cours dans leur
ville natale — c'est-à-dire futurs employés de commerce. Les
grandes écoles de province comprirent le danger. Sur une
convocation lancée le 23 novembre 1897 par le conseil de surveillance et de perfectionnement de l'École de Bordeaux, une
réunion de délégués des écoles de France eut lieu, à Paris, le
13 décembre. Les écoles de Lille, Lyon et Montpellier avaient
décliné l'invitation. L'École des Hautes Études commerciales
et l'École supérieure de commerce de Paris ne prirent pas
part aux travaux du Congrès. Les délégués des autres écoles
rédigèrent des vœux réclamant des mesures décentralisatrices
et protestant contre la constitution d'un jury unique d'entrée.
En recevant les délégués, M. Boucher, alors ministre du Commerce, affirma ses préférences pour le jury unique d'entrée.
Fort heureusement cette affirmation demeura platonique, et la
réforme de juin-juillet a maintenu les jurys d'entrée locaux. On
peut donc tenir le projet de jury unique d'entrée pour mort;
mais sait-on jamais?

Passons maintenant à l'examen des opérations des jurys de
sortie. Ce sont des jurys locaux, nommés directement par le

ministère, qui délivrent les diplômes et les certificats. Il est en
effet nécessaire que le contrôle de l'État s'exerce ici avec la
plus complète indépendance. En principe, les notes données
par le jury de sortie forment un total maximum équivalent à
celui des notes obtenues par les élèves pendant leurs deux
années d'études. Le jury ministériel a donc en mains le
moyen pratique de neutraliser l'excès de bienveillance dont
font preuve les examinateurs de certaines écoles, au cours
de l'année scolaire. Il existe, en effet, des établissements où
la cote de o à 20, imposée par le ministère, est réduite,
pratiquement, à une cote de 15 à 20. Comme chaque note
de chaque examen subi pendant les deux années d'études
contribue à former la moyenne générale de l'élève, les écoles
qui font usage de cette cote, vraiment trop paternelle, assu-
reraient le diplôme à tous leurs clients, si le jury de sortie
n'était pas suffisamment armé pour dresser un classement plus
sérieux. Mais il est permis de regretter que le ministre n'ait
pas imposé à toutes les écoles de France l'obligation de se
soumettre à un contrôle également efficace. Pour trois d'entre
elles, en effet, le total des points mis à la disposition du
jury de sortie ne représente que le tiers du total des points
que l'on peut obtenir en cours de scolarité. Le diplôme de
ces écoles n'est donc pas de même valeur morale que celui
des huit autres établissements ; mais il apparaît plus facile
à conquérir, et les jeunes gens qui se préoccupent surtout
d'obtenir les faveurs attachées au diplôme des écoles, notamment la dispense de deux années de service militaire,
ont tout intérêt à frapper à la porte de ces établissements. Il
serait sage de faire disparaître leur privilège.

Ainsi armés, les jurys délivrent aux élèves les récompenses
de fin d'études : — 1° le diplôme de l'école, à tous les élèves,
français ou étrangers, ayant obtenu au moins 65 p. 100 du
maximum des points qu'ils pouvaient acquérir en addition-
nant les totaux des examens particuliers et de l'examen de
sortie ; — 2° la dispense de deux années de service militaire,
par application de l'article 23 de la loi du 15 juillet 1889,
aux quatre premiers cinquièmes des élèves français diplômés ;
— 3° un certificat d'études, à tous les élèves, français ou
étrangers, qui, non pourvus du diplôme, ont obtenu au

moins 55 p. 100 du total maximum des points qu'ils pouvaient acquérir.

Cette législation contient, à notre avis, une stipulation
fâcheuse, et dont les effets se répercutent sur le fonctionnement général de toutes les écoles : nous voulons parler des
conditions dans lesquelles est accordée la dispense militaire.
En limitant le nombre des dispensés aux quatre premiers
cinquièmes des élèves français diplômés, le ministère a voulu
ne pas multiplier outre mesure le nombre des dispensés, et
créer, entre les élèves, une émulation profitable à tous. Cela
est précieux. Mais il a obtenu un résultat imprévu : il a donné
ainsi une prime aux écoles dont l'enseignement est le moins
élevé, et détourné vers ces établissements une partie de la
clientèle naturelle des écoles plus sérieuses. Actuellement, un
cinquième des élèves diplômés sont privés arbitrairement de
la dispense militaire. Diplômés ayant vaillamment conquis leur
grade, ou diplômés de hasard ; diplômés d'une école de haut
enseignement ou d'une école de rang inférieur, ils souffrent
de la même disgrâce. Et cela est injuste. D'autre part, les
élèves des écoles passent continuellement des examens, dont
les notes sont immédiatement affichées : ils connaissent donc,
jour par jour, leur classement. A la fin de la première
année, ceux qui se trouvent classés dans le dernier cinquième voient poindre à l'horizon la mésaventure finale.
Quelques-uns se découragent et abandonnent l'école. Leur
départ prive d'une recette escomptée le pauvre budget dont
le développement est si malencontreusement entravé par la
limitation des places mises au concours ; mais, de plus, chaque
démissionnaire fait passer dans le dernier cinquième un camarade qui pouvait légitimement compter sur la dispense militaire. Le découragement envahit donc tous les élèves placés
sur la limite, car chacun d'entre eux se voit exposé à souffrir
gravement du coup de tête d'un démissionnaire. Il existe, en
outre, dans toutes les écoles, des élèves qui, pour des raisons
diverses, n'attachent aucun prix à la dispense militaire et s'efforcent, cependant, de conquérir un classement avantageux.
S'ils sont classés dans les quatre premiers cinquièmes, ils
privent leurs camarades d'une faveur sans profit pour eux-
mêmes. Il y a plus encore : les élèves des écoles où l'ensci-

gnement est sérieux et le travail soutenu se prennent à regretter, si leurs efforts n'ont pas suffi à les arracher au dernier cinquième, de n'avoir pas sollicité leur admission dans
une école où le niveau intellectuel du contingent scolaire est
moins élevé. Ils le disent : à leur directeur, quelquefois; à
leurs amis, toujours. Et dès maintenant, le recrutement augmente dans les écoles de second rang, tandis qu'il se maintient
à peine, d'une manière générale, dans les écoles supérieures.

Mais comment obtenir une répartition plus équitable des
dispenses? Nous proposons une solution, que voici. Nous ne
demandons pas qu'on augmente le nombre des dispenses;
nous ne demandons pas qu'on accorde cette faveur à tous
les diplômés. Nous acceptons l'organisation générale de cette
distribution : nous voudrions seulement que les dispenses
fussent réservées, non pas aux meilleurs élèves d'une école,
mais bien aux meilleurs élèves de l'ensemble des écoles.

Les jurys locaux de sortie établiraient, désormais, deux
listes d'élèves : celle des élèves ayant mérité le diplôme et
celle des élèves ayant obtenu le certificat. Le ministère du
Commerce dresserait la liste totale des diplômés de toutes les
écoles de France. Il dirait alors à ces diplômés : « Le ministère
de la Guerre a mis à ma disposition, pour cette année, tel
nombre de dispenses; un concours est ouvert entre vous pour
l'obtention de ces dispenses. » L'organisation de ce concours
est aisée à concevoir : le ministère du Commerce prendrait un
certain nombre de matières — les plus importantes — sur le
fonds commun des programmes de toutes les écoles de France.
Le concours ne comprendrait que des compositions écrites,
portant sur les matières choisies. Ces compositions seraient
corrigées, à Paris, par un jury unique, nommé par le ministère du Commerce. Et les dispenses militaires seraient délivrées suivant l'ordre de classement général.

Dans ces conditions, les diplômés appelés à bénéficier de
la dispense militaire aux titres de fils de veuves, aînés d'orphelins, etc., ou ceux qu'une infirmité condamne à la réforme,
ne disputeraient plus à leurs camarades la faveur convoitée.
Plus de démissions en cours d'études, car tous les élèves con-
serveraient l'espoir de conquérir le diplôme, d'abord, puis
de réussir au concours pour l'obtention des dispenses. Dès

lors, plus de trous dans le budget des écoles; plus de découragement parmi les élèves menacés. Les candidats ne seraient
plus tentés de se faire inscrire dans les écoles où les études
sont faibles : ils auraient tout avantage à frapper à la porte
des écoles de premier rang, afin d'augmenter leurs chances
de succès au concours général. L'émulation entre élèves per-
sisterait dans les écoles; et l'émulation entre écoles serait
désormais créée.

Cette réforme a-t-elle chance d'être accueillie d'enthousiasme par toutes les écoles de France? Nous n'osons pas l'espérer. Il est clair, en effet, que l'application de ce système
pourrait causer de sérieux mécomptes aux établissements de
second rang. Logiquement les dispenses iraient, tout d'abord,
aux diplômés des écoles de haut enseignement, et les diplômés
des autres établissements pourraient bien subir des élimina-
tions atteignant le quart, le tiers, peut-être même la moitié
d'une promotion. Ce résultat paraît inévitable. Mais les victimes seraient seules responsables de leur mésaventure.
Comme l'a dit M. Boucher, alors ministre du Commerce,
en inaugurant, en 1896, l'École supérieure de Nancy, l'Etat,
en reconnaissant les établissements d'enseignement commercial
et en leur accordant le bénéfice de la dispense militaire, n'a
pas voulu créer une nouvelle catégorie de dispensés, mais
bien encourager les jeunes gens à suivre les carrières utiles
au développement économique de la nation, et affirmer ainsi
que les écoles supérieures de commerce étaient tout aussi
importantes que les autres grandes écoles spéciales. Nous ne
devons donc envisager que l'intérêt général de l'enseignement commercial, et non point les intérêts particuliers. En
priant le ministère d'accorder aux écoles l'absolue liberté
du recrutement, nous sollicitons, pour chacune, la liberté
de dresser son budget à sa guise ; de développer, selon ses
ressources, son corps professoral et son outillage d'enseignement. Nous avons le droit de demander ensuite que les
faveurs aillent aux établissements les plus méritants.

Il faut avoir le courage de l'avouer : la situation générale des écoles supérieures de commerce ne s'est guère améliorée depuis 1890, date à laquelle l'État a organisé sa reconnaissance. La clientèle scolaire a sans doute augmenté, comme en témoigne le tableau suivant concernant les écoles reconnues à cette date :

	Nombre des candidats	
	1890	1898
École des Hautes Études commerciales .	104	240
École supérieure de commerce de Paris.	49	104
Institut commercial de Paris.	21	101
École supérieure de Bordeaux.	51	61
— — du Havre.	15	58
— — de Lyon	72	145
— — de Marseille.	57	76
TOTAL. . . .	369	785

Et si nous étendons la statistique aux onze écoles actuellement existantes, nous trouvons les totaux suivants pour les deux derniers concours :

Candidats ayant pris part aux concours de 1897 . . .   984
—   —   de 1898 . . .   1057

En 1890, le ministère du Commerce avait mis au concours 370 places ; en 1898, il a dû porter ce chiffre à 680 places.

Il y a donc un mouvement sensible en faveur des écoles supérieures de commerce. Mais les élèves sont principalement attirés par l'appât de la dispense militaire. La prospérité relative des établissements d'enseignement commercial est donc toute en surface, et ce qu'une loi militaire leur a donné, une nouvelle loi peut le leur enlever. Si le principe de la dispense militaire disparaissait de notre législation, les écoles se trouveraient dans une situation tout aussi désespérée qu'en 1889.

Profitent-elles, au moins, des circonstances favorables de l'heure présente ? Très peu. Et cela parce que la limitation du nombre des places mises au concours les empêche de consacrer des excédents budgétaires sérieux à l'amélioration des services d'enseignement. Celles qui n'ont pas d'arriéré, c'est-à-dire les écoles nées après 1890, peuvent encore employer leurs ressources aux améliorations nécessaires ; mais elles savent que leurs excédents ne seront jamais considérables, et elles doivent tenir compte de l'éventualité d'un déficit, puis-qu'elles sont à la merci des jurys d'entrée. Les autres — et ce sont les plus nombreuses — celles qui avaient largement entamé leur capital social avant leur reconnaissance par l'État, sont contraintes de réserver leurs excédents à l'ex-tinction de leur dette. Aussi les onze écoles forment-elles deux catégories : celle des établissements créés depuis 1881 — exception faite pour l'École supérieure de Paris — qui n'ont pas trop souffert des déficits, et ont pu, par conséquent, s'assurer un corps professoral de choix ; et la catégorie des établissements d'ancien type, qui, ayant vécu jadis d'une vie précaire, n'ont pas pu donner à leurs services le développe-ment nécessaire et doivent, en cette heure de prospérité maté-rielle, employer les excédents à éteindre leur passif.

Le ministère, qui n'ignore pas cette situation, use des moyens les plus divers pour forcer les retardataires à rejoin-dre le groupe d'avant-garde. Il n'ose pas, toutefois, s'atta-quer au principe même de l'organisation de nos écoles : chacun de ces établissements est fort de sa tradition et de l'appui que lui prêtent ses fondateurs, et les Chambres de commerce. Il tente donc d'obtenir par des voies détournées ce qu'il n'ose exiger d'autorité : de là toute la législation que nous avons analysée. Mais ses efforts n'ont pas été cou-ronnés de succès. Pourquoi, dès lors, ne pas changer réso-lument de méthode ? Le ministre a voulu améliorer le recru-tement des écoles en rendant les concours d'entrée de plus en plus difficiles. Il n'y a pas réussi. Il agirait sagement en adoptant un autre système et en s'attachant surtout à mettre en relief les résultats acquis par chacun des établissements. S'il laisse aux écoles toute liberté de recrutement, il ne pourra plus être accusé de paralyser leur développement normal en limitant leurs recettes. Et si son contrôle s'exerce uniquement sur les examens de sortie, sa responsabilité morale sera complète-ment dégagée. Nous ne repoussons pas, cependant, le bloc de la législation régissant les cours normaux : nous l'accep-tons au contraire tel quel, malgré ses imperfections. Nous demandons simplement que le ministère donne aux écoles plus d'indépendance, c'est-à-dire plus de responsabilité; qu'il enregistre les résultats acquis; enfin qu'il accorde une prime à ceux qui l'ont méritée. Il peut en outre faire connaître aux écoles les joies de l'excédent budgétaire, en ouvrant libéralement leurs portes. Qu'il les ouvre donc, toutes grandes. Ce n'est pas seulement l'intérêt particulier des écoles qu'il servirait ainsi : c'est surtout l'intérêt national. Plus les écoles recevront d'élèves, plus elles auront de chances d'augmenter les cadres du monde du travail, car tel étudiant venu pour conquérir la dispense militaire peut très bien, en cours d'études, prendre goût aux affaires.

La nation tout entière est intéressée au développement de notre commerce et de notre industrie. La baisse continuelle du loyer de l'argent compromet irrémédiablement la carrière de rentier. L'encombrement des carrières libérales interdit l'espoir des gains faciles. La pléthore des services administratifs condamne les moins exigeants à des luttes gigantesques pour obtenir tout juste le pain quotidien. Cet état social aboutira à une crise, si les jeunes gens ne sont pas promptement convertis à cette thèse : qu'on ne peut vivre largement et avec indépendance que par l'exercice des professions agricoles, industrielles et commerciales. L'État a l'obligation morale de mettre les jeunes générations à même d'exercer utilement ces professions, en leur fournissant un enseignement technique. Il l'a compris, et il a courageusement entrepris une œuvre difficile. Mais le principe de son action ne s'est pas révélé fécond en résultats heureux. La réforme de 1898 a procédé cependant du même principe : uniformisation de l'enseignement de toutes les écoles et contrôle sévère à l'entrée. Nous sollicitons une nouvelle réforme qui consacre, par le moyen du contrôle à la sortie, l'indépendance de chaque école et la libre concurrence entre les écoles.

X X X

REMBRANDT A LONDRES

Arrange-toi de façon à bien mettre
en œuvre ce que tu sais déjà : tu
trouveras en leur temps les choses
inconnues qui t'inquiètent.

REMBRANDT

Je voudrais faire ici tout concourir, comme cela se fit
dans la réalité, à l'impression prodigieuse que je reçus, la
dernière quinzaine de février, des œuvres de Rembrandt
réunies à Londres, dans les salles de la *Royal Academy of
Arts*. Jamais, de manière si forte, ne m'était apparu le pouvoir de l'art pour interpréter et résumer la vie. Aucune solution de continuité entre les aspects du dehors et les images
peintes. Cette exposition d'œuvres biséculaires fut vraiment
le résumé expressif de tant de visions que je venais d'avoir,
et devint le but logique de mon voyage.

Quand on part, le spectacle commence à l'instant où
l'on va mettre le pied hors de chez soi. Les choses familières prennent brusquement un aspect nouveau, deviennent
des choses quittées, comme si elles étaient abandonnées
pour toujours. Je ne parle pas seulement des êtres laissés
derrière soi et de la sensation d'arrachement ressentie par
tous ceux qui s'en vont. Je parle aussi des objets inani-
més, et de la perception que l'on a tout à coup de l'existence habituelle, de celle que l'on vit tous les jours,
machinalement, sans y penser. Au moment que l'on a fixé,
on ne peut empêcher l'inquiétude machinale du regard errant

aux meubles et aux murailles, aux tableaux avec lesquels on dialogue chaque jour, à la table de travail où la poussière va commencer un ensevelissement de la vanité des livres et des papiers épars.

Le même sentiment croît encore en mon esprit sur le seuil de la maison, puis lorsque la voiture m'emporte par les quais et les ponts, et que je cherche à apercevoir les visages pensifs et les mains agitées aux fenêtres. Bientôt, tout s'efface, et je connais un état nouveau, le halètement du voyage, une sorte d'allégresse bizarre à changer de place, à me mouvoir en hâte, à courir vers le mirage. C'est aussi une satisfaction instinctive, un tressaillement héréditaire, à se retrouver en liberté, à croire que l'on échappe aux mille et mille obligations qui tissent la vie sociale, et que l'on va s'en aller, sans plus connaître de lois, de conventions, de relations, au hasard de l'aventure. On sait bien que l'on va chercher les règlements, les douanes, les coutumes d'une autre région, mais on s'y soumettra avec plus de curiosité que de contrainte, et l'on n'en sentira pas le poids. Pendant le temps même du voyage, regarder suffit, on juge après.

Le temps de dévider ces réflexions, le fiacre roule, traverse le Paris du matin, croise ses foules qui descendent des faubourgs avec un rythme d'armée en marche vers une bataille, et me voici à la gare du Nord, devant cette grande baie vitrée si invitante qui est comme une porte ouverte sur l'espace, sur l'inconnu. Dans les salles, dans le hall, les silhouettes se précipitent, les recommandations et les adieux dessinent leurs gestes si expressifs et leurs étreintes. On voit s'aggraver les expressions fiévreuses et anxieuses des nerveux précis qui attendent les retardataires. Il y a des ruées fébriles vers les calmes guichets. Quelles singulières allures ils avaient tous dans cette gare! Et, sans doute, ces allures étaient aussi les miennes et celles de mes compagnons exacts au rendez-vous. Cela ne revient que plus tard à la mémoire étonnée d'avoir enregistré ces images brisées et successives de cinématographe. Mais ces images d'un instant ont un sens certain de généralité. Où courent tous ces gens? Où courons-nous nous-mêmes? Pourquoi cette fièvre, cette inquiétude, ces appels, ces effrois? Sommes-nous chasseurs

ou fugitifs, poursuivants ou poursuivis? Et ne figurons-nous
pas ici l'éternel voyage et l'éternel destin?

La cloche retentit, les portes des wagons sont fermées, le
train s'ébranle. La puissante machine nous entraîne, lentement d'abord, passant sur les plaques de métal avec des
cahots sonores, comme si nous franchissions des obstacles.
Puis, des tours de roues plus vifs, la traversée des faubourgs,
sous les ponts, entre les usines, les hauts fourneaux, les
gazomètres, dans le gris du brouillard et le noir de la fumée.
Et soudain, d'une vitesse que nous conserverons jusqu'à la
fin, la glissade éperdue à travers la campagne, et toutes les
belles apparitions du sol et de la nue. Sous le ciel chagrin,
où tremble à l'orient une lueur de soleil, dans l'écart des
brumes qui roulent de l'est vers l'ouest, se profilent, avec une
rapidité fulgurante, les collines rouillées, les bois bleuâtres,
les villages enfantins, les petits clochers rustiques. Tout près
de nous, les terres labourées exhalent une vapeur, une mince
fumée sort du toit d'une chaumine, un cabriolet traîné au
trot d'un cheval blanc semble immobile sur une route. Les
maisons se multiplient, une ville se dénonce, un lacis de
ruelles, une géométrie de canaux, que dominent les tours
d'Amiens. Le pays change, nous traversons des plaines maré-
cageuses, des terres tristes, pour nous approcher de la mer.
Le ciel s'éclaircit au-dessus des dunes pâles, le vent passe sur
de longues herbes sèches, des échancrures d'eau mordent le
sable, des jetées et des phares s'avancent dans on ne sait quel
vide où s'aperçoit tout à coup la ligne précise de la mer, un
rang de vagues dures comme du bronze. Boulogne, bientôt,
offre à la vue ses maisons et ses navires confondus, à les
croire baignés des mêmes lames, son port en hémicycle vers
lequel semble tomber la mer.

Le transbordement du wagon au bateau renouvelle les
spectacles de la gare et, dès l'installation, les femmes enve-
loppées de châles, les hommes en houppelande et en casquette prennent davantage l'air anglais, nous préviennent
qu'ils ont retrouvé leur sol sur les planches du paquebot. Le
bateau frissonne, s'anime, souffle à voix rauque, et son
énorme masse, d'un mouvement léger, s'élance, passe la
limite des eaux calmes, bat la pleine mer de ses hélices, monte

et descend au gré de la houle. C'est le lendemain, la fin de la tempête de la mi-février, la mer est encore hargneuse, et ses flots grognent contre le navire qui tangue et roule sous leurs assauts en tous sens. Un autre souci que celui de la nationalité s'inscrit maintenant sur les visages : le mystérieux mal de mer décompose les traits, pâlit et verdit les chairs, et l'abominable torture physique donne aux physionomies les expressions de la douleur morale, depuis la simple perplexité jusqu'à l'horrible angoisse. Parmi ceux qui sont restés sur le pont, les uns marchent avec une précipitation trébuchante, les autres se défendent, sous leurs couvertures, par l'immobilité et le silence. Deux femmes, blotties l'une contre l'autre, ont l'attitude atterrée, écrasée des grands deuils. Une malheureuse jeune fille blonde, après avoir longtemps résisté, doit accepter sa défaite et descendre dans l'entrepont, soutenue par deux marins. Elle fait peine à voir, l'insensibilité de la mort sur son frêle visage. Ophélie se laissant glisser au fil de l'eau, Desdémone chantant et pleurant le Saule, n'ont pas un visage plus funèbre.

Le bateau, qui a retrouvé un peu de tranquillité au milieu du détroit, reprend sa marche chavirée à l'approche de la côte anglaise, et c'est au milieu de paquets d'eau sournois que nous touchons Folkestone. Le soir vient pendant que le train nous emmène, la vision est tout de suite bornée par des masses confuses, des opacités où luit quelque filet d'eau, où clignote quelque lumière. Après la grande clarté livide de la mer et sa brutalité héroïque, il semble, dans cette brume et cette nuit, qu'on entre sous terre. Il faut l'arrivée dans les feux du gaz, le roulement sur le pont de Charing-Cross, le large décor de la Tamise avec l'horloge lumineuse de la tour de Westminster, il faut le surgissement de réalité fantastique de Londres pour rendre à l'esprit la certitude joyeuse de la vie. Je souris aux mille flammes du soir, au rayonnement électrique, au mouvement, au bruit, comme à la beauté du jour reconquise à la sortie d'un long tunnel.

Je n'irai pas tout de suite chez Rembrandt. Je veux, auparavant, la sensation des précédents séjours à Londres, le contact avec l'agitation ordonnée de la rue. Je me mets donc à l'unisson de ce mouvement extraordinaire qui va sans tumulte, je marche, je roule en cab, je grimpe aux omnibus, je descends aux cryptes des railways, je parcours la région de la banque et celle du commerce, les quartiers de luxe et les quartiers de travail et de misère, les faubourgs aux larges avenues, aux tranquilles maisons où se reposent les activités de la ville.

Partout, émergeant du brouillard de la journée, ou brillant sous l'éclat des vives lumières nocturnes, je distingue, variées à l'infini, les expressions du visage humain. Il n'y en a pas deux qui soient semblables, et ces masques de la rue, qui paraissent si bien attachés, trahissent presque tous, entrevus au passage, un tempérament un instinct, une force, une faiblesse, une inconscience, une réflexion, une manière d'être sociale ou sentimentale. Qu'est-ce donc alors pour les mêmes êtres observés selon la gesticulation et l'animation de leurs propos, ou vus devant quelque spectacle, leur attitude rigide tout à coup débridée, manifestant l'enthousiasme, la joie, l'émoi? La vie, vraiment, multiplie ses images pour qui saurait les voir, et nous passons sans cesse, dans nos endroits d'habitude, auprès des plus merveilleux spectacles expressifs.

Londres, le samedi soir, dans ce quartier brûlant qui a pour foyer central Piccadilly-Circus, révèle le fonds humain en une folie singulière dont on peut suivre les progrès heure par heure, minute par minute. L'alcool déborde, s'allume, change en une mêlée furieuse le va-et-vient mécanique des autres jours. Dans l'assaut des cafés et des bars, les audaces et les frénésies des sanguins, les rabâchages et les entêtemen ts des lymphathiques se confondent. Des costumes étranges so r-tent du brouillard doré. Des langages divers retentissent en mots entrecoupés. La prostitution erre autour de ce champ de bataille pour achever les blessés. Tous les pas sont tremblants et tous les yeux vacillent. Londres, admirable machine, ensemble de rouages précis, a perdu son équilibre, et ses forces déréglées battent le vide. Le morne repos du dimanche cremettra tout en ordre.

Le repos, je croyais aussi le trouver, par contraste, aux salles de la *Royal Academy*, et tout d'abord, il est vrai, un apaisement naît de la belle ordonnance des deux cent huit œuvres de Rembrandt, du silence recueilli des visiteurs, du jour terne qui tombe des vitres dépolies. Mais, sitôt que l'on se trouve en face de certaines toiles, l'agitation renaît : Rembrandt vous dit de toute sa puissance qu'il n'y a pas de séparation entre la vie et l'art, et que toutes ces images diverses, multipliées, ces gesticulations, ces expressions, que nous voyons tous les jours, viennent aboutir à ces dessins rapides, à ces peintures profondes.

Rembrandt n'a pas tout vu ni tout dit, parce qu'un seul homme, ni même tous les hommes ne sauraient épuiser l'univers toujours renouvelé, mais il a senti directement, et tout ce qu'il a pu prendre, il l'a pris, allant de plus en plus vers la signification complète et la force du résumé.

Il y a ici des œuvres de toutes les dates de son existence de peintre, depuis le portrait de sa mère, qui est de 1628, peint au sortir de sa vingtième année, jusqu'à son portrait à lui, qui est de 1669, l'année même de sa mort. Le portrait de Neeltge Willemsdochter est d'une extraordinaire beauté d'observation, à le croire daté rétrospectivement si l'on n'avait d'autres preuves de la précocité de l'artiste. Il est d'un faire précieux dans une atmosphère rousse et dorée, de ce ton saur qui est une des marques de Rembrandt. La tête est solide et fine, avec mille signes que la vie a déjà fait son œuvre. La *Vieille femme lisant* (1630), — une tête penchée, un grand livre qui s'ouvre dans toute la largeur du tableau, — est d'une recherche déjà plus libre, et voici l'artiste, en ces années 1630 à 1635, qui tâtonne, qui varie sa manière, qui se force à la précision ou s'essaie à la souplese harmonieuse, par le portrait blond de sa sœur Lisbeth, par le portrait gris de son père Harmen Gerritsz, par l'effigie d'une vieille dame aux yeux voilés de sang, par la représentation d'un homme solide, coloré, rageur. Le *Constructeur de navires et sa femme* est une œuvre complète de cette époque, — Rembrandt encore soumis aux pratiques régulières de la peinture hollandaise d'alors ; — double portrait où les personnages dialoguent, se complètent, l'homme occupé à dessiner une coque de navire et distrait en son travail par l'entrée de sa femme qui lui remet un message. La manière gagne en ampleur avec le portrait d'un *Rabbin* à la grande barbe grise de bouc, à la

lèvre supérieure rasée, homme ferme au visage de prud'homie,
rigide observateur de la loi, sachant extraire le bon conseil du
texte qu'il invoque.

Saskia entre bientôt dans le cercle magique de la poésie
de Rembrandt. C'est elle en robe claire couleur de soleil.
C'est elle, costumée, dans le *Bourgmestre Pancras et sa femme*,
de formes un peu disparates, mais non pas dégingandées toutefois comme celles du *Festin de Balthazar*. Ce qui suit a plus
de tenue. L'artiste s'attache à dégager la signification humaine
des épisodes bibliques: *le bon Samaritain, Isaac et Esaü*, la
Salutation, Abraham renvoyant Agar et Ismaël, la *Robe de
Joseph*, — classés ici d'après leur ordre de production. —
Parallèlement à ces évocations de sentiments éternels par
des scènes intimes et populaires, Rembrandt continue son
œuvre de portraitiste par des peintures d'un goût et d'une
élégance rares, où jamais l'afféterie de la mode ne se montre.
Tels, le portrait de la *Dame à l'éventail*, d'une autre Dame à la
robe brochée d'or, de la Femme du bourgmestre Six. Il est
égal à ses sujets, les aborde tous avec la même force sûre
d'elle-même, quitte ses clients de haute bourgeoisie ou
d'aristocratie pour les modèles qui lui sont proches, la *Fille à la
fenêtre*, l'*Homme lisant*, la *Femme de Nicolas Berghem*, ronde,
rouge et saine comme une belle pomme.

Les années passent, l'émotion grandit. Le *Tobie et sa
Femme*, de 1650, — deux vieillards dans une chambre rustique,
une haute cheminée, une petite fenêtre encadrant la lumière
du dehors, — est l'admirable poème de la vie délaissée et de
l'attente. L'*Homme d'armes*, le profil incliné sous l'ombre
de son casque, un sourire bizarre affleurant aux maigres
traits, est une sorte de penseur mélancolique, frère du songeur
dressé au tombeau des Médicis. Des indices de caractère expec-
tant, d'humeur discuteuse, se lisent dans la scène biblique
du *Tribut à César*. Des visages d'israélites sont aigus,
maladifs, inquiets, d'autres ont la patriarcale assurance. La
mère de Rembrandt réapparaît plus vieille, un regard fier
encore dans ses yeux affaiblis. L'Enfance de Titus rêvasse
devant une écritoire. Une jeune femme en robe de fourrure
blanche apporte encore une beauté inattendue. Un homme,
que l'on croirait un ouvrier d'aujourd'hui, avoue sa rudesse

non loin de cette grâce. La *Circoncision* est une féerie de
lumière, et les chairs de l'enfant, et la robe d'or, et les couleurs et les rayons fleurissent au centre de la toile comme la
rosace d'une cathédrale dans les ténèbres.

L'homme créateur de ces merveilles, abritées dans les grandes collections d'Angleterre, et de celles qui sont à Amsterdam,
Paris, Saint-Pétersbourg, Dresde, Munich, Cassel, ailleurs
encore, — ce Rembrandt est lui aussi présent, et ses portraits
successifs ne sont pas les moins extraordinaires. Peut-être
même est-ce son portrait de 1658 qui est de l'art le plus
magnifique, de l'expression sublime entre toutes. Il est plus
grand que nature, vêtu d'une jaune tunique juive à grands
plis, la main sur un bâton, le front dans l'ombre d'un grand
chapeau noir. Quel regard assuré, dominateur ! Quelle ampleur ! Et le beau voyageur humain !

Le Rembrandt de l'année suivante, superbe de force,
de couleur, le visage rouge, les cheveux roux, les vêtements
d'un noir de nuit, est plus ravagé, les traits dureis de tristesse, animés d'une volonté invincible. Cet autre, entre 1660
et 1665, en robe grenat, la palette à la main, a toute sa
bonhomie tranquille. Cet autre, de 1661, la vieillesse subitement venue, se réjouit de la comédie humaine, de sa science
acquise. Le dernier, de 1669, l'année de la mort, content
malgré tout, est une image de bonté qu'il faut vénérer. C'est
ici cette bonté, le mot suprême de Rembrandt, c'est sa
haute vertu qu'il nous lègue, sans orgueil, simplement,
loyalement, comme il a vécu.

Je sors de ces merveilleuses salles, je revois la rue, la mêlée
des hommes, je repasse mon voyage, je confronte le réel présent et le rêve évanoui de Rembrandt. Il se trouve que les
lignes fuyantes des horizons sont fixées aux moindres de ses
dessins, que les visages rencontrés s'identifient aux visages
peints. Il y a un échange direct entre la nature et l'art. Cela
n'est vrai que pour quelques rares artistes. Burne Jones, dont
je vais visiter l'exposition dans Regent-Street, n'a pas cet
amour, cette avidité de la vie. C'est un érudit qui transpose
d'après l'art, qui rassemble en mosaïque des détails pauvre-
ment exacts dont l'ensemble est inharmonieux. Il a vécu son

rêve italien dans cette ville aux aspects sans nombre, et il l'a presque ignorée. Rembrandt, génie du Nord, est davantage chez lui à Londres. Il est fâcheux que ce soit seulement une légende qui l'ait fait venir en ce pays. Il aurait, ici, humé avec délices, l'air de mer qu'apporte la Tamise et le mysté‑rieux brouillard mordoré. Il aurait respiré cette odeur de bière, de gin, qui emplit les rues. Il aurait cherché les lueurs de la peur et de l'héroïsme aux yeux flambants ou effarés de l'ivresse. Il aurait pénétré aux tavernes, parcouru l'univers évoqué par les Docks, les bassins où se pressent, comme les arbres d'une forêt, les mâts des vaisseaux. Je lis dans *le Temps*, acheté à Leicester-Square, un extrait passionné de Carlyle racontant les funérailles d'Élisabeth et découvrant Shakspeare dans la foule. Dans toute foule humaine, on évoquera, avec Shakspeare, Rembrandt. Les analogies de ces deux génies se déduisent d'elles‑mêmes. Rembrandt est un prodigieux enregistreur, comme Shakspeare, comme Balzac. Sa force est de se satisfaire de toutes les réalités, de sentir la poésie de toutes choses, d'exprimer cette poésie par la magie de la lumière et de l'ombre.

GUSTAVE GEFFROY

BERTHE AUX GRANDS PIEDS

— IMAGERIES —

Reines au corps mignon, dames du temps jadis
Dont l'àme est envolée en de bleus paradis,
Capricieuse et vague ainsi qu'une fumée,
Mais dont toute légende est un peu parfumée,
Spectres inoubliés, vous qui venez le soir,
Invisibles, pourtant présentes, vous asseoir
Près des rêveurs et des poètes sans maîtresses,
Et répandre sur eux l'or de vos longues tresses,
Et les aimer dans l'ombre, et leur chanter tout bas
Les si vieilles chansons qu'ils n'inventeraient pas,
Il nous plaît d'évoquer, fragile, en un poème,
Berthe aux grands pieds, fleur de Hongrie ou de Bohême,
Qui sut rester chaste et fidèle avec douceur,
Qui fut presque une sainte, et qui fut votre sœur ;
Il nous plaît pour charmer une heure passagère
D'avoir là, sous nos yeux, sa présence légère,
De plaindre sans amour, sans couronne et sans pain,
Celle qui fut promise au lit du roi Pépin,
De suivre pas à pas ses fortunes diverses,
De respirer, printemps noyé sous les averses,
Le parfum de son àme éclose un soir de mai,
Qui s'ouvre enfin, comme un beau lis longtemps fermé ;

Il nous plaît de montrer dans l'ombre qui s'éclaire,
Portraicturés en noir sur fond crépusculaire,
Les chevaliers portant le casque et le haubert,
Pépin, la serve Alix et son cousin Tybert,
Et la vieille aux yeux secs qui trama l'imposture,
Et Dieu même qui, pour sauver sa créature,
Au cœur des trois sergents soudoyés pour sa mort
Fit sourdre, à temps, la providence d'un remord,
Et la forêt du Mans sans ciel et sans limite,
Et le bon paysan après le bon ermite,
Et là-bas, seuls et vieux sous leur nom tout en fleur,
Le roi Flores avec la reine Blanchefleur.

I

LA TOUR DE STRIGON

Une plaine. Du soir. Du silence. Une tour.
Au pied, un lac tranquille, et des bois alentour.
C'est l'heure des langueurs et des monotonies.
La nuit masse déjà, plus sombre au bord des cieux,
L'accroupissement noir des monts silencieux.
Berthe avec Blanchefleur rêvent, les mains unies.

Et Berthe dit : « Ma mère, on croirait que le soir
Est triste d'une absence et vide d'un espoir ;
En vain, mon œil s'attache aux plis de la colline ;
Personne ne viendra, personne n'est venu ;
Ma jeunesse est stérile et mon cœur méconnu :
Je vous aime, et pourtant je me sens orpheline.

» J'espère encore, et me sens triste d'espérer :
Je voudrais être seule et je voudrais pleurer :
Quelque chose en mon cœur se lamente et s'étonne.
Qu'ai-je fait de ce jour qui penche à son déclin ?
J'ai brodé de la toile et j'ai filé du lin.
Mon printemps est pensif et las, comme un automne.

» Pourquoi ne suis-je pas fille de pauvres gens?
Légère sous le poids des labeurs diligents,
L'hiver au coin de l'âtre où pétillent les bûches,
Et l'été dans la plaine où flambent les midis,
Ma beauté serait fraîche et mes gestes hardis ;
J'aurais vécu des jours sans rêve et sans embûches.

» Au lieu de tout cela, je suis seule et j'attends.
L'appel du vent s'attriste en mes voiles flottants ;
L'ombre aux plis de ma robe éteint mes splendeurs vaines,
Et le monde, et l'amour, tout est si loin de nous,
Quand je m'accoude au bord des soirs calmes et doux,
Le cœur vide et le front couronné de verveines !

» Voilà trop de longs mois qu'aux pays inconnus
Les messagers partis ne sont pas revenus.
Faudra-t-il donc vieillir monotone et jalouse?
Faudra-t-il donc ainsi traîner au long des jours
L'angoisse et le regret qu'il m'ignore, toujours,
Le fiancé lointain dont ma vie est l'épouse?

» Jeune encore, je sens en mon âme, déjà,
Descendre un peu de la vieillesse qui neigea
Mystérieuse et lente aux cheveux de mon père.
Mon cœur va se fermer, d'avoir trop attendu... »
Et Blanchefleur, penchant la tête, a répondu,
Sans y croire et les yeux pleins de larmes : « Espère ! »

II

LE BON ROI PÉPIN

Or, dans les temps que Berthe espérait en Hongrie,
Autour de la Saint-Jean, quand la rose est fleurie,
Et que la mousse abonde aux flancs verts du coteau,
Le roi Pépin le Bref, fils de Charles Marteau,
Un soir qu'il était seul assis devant sa porte,
Songeait, bien tristement, que sa femme était morte.

Il fit mander à lui ses comtes, ses barons,
Qui vinrent casqués d'or, étoilés d'éperons,
Et leur dit : « Donne-moi ta main, que je la serre !...
Ensuite, j'ai besoin d'un avis très sincère.
Je suis presque très jeune encore, et suis très seul.
Je me couche, le soir, comme un mort au linceul,
Et mon alcôve auguste est vide de caresses ;
Mon baiser tout-puissant s'écarte des maîtresses :
Car, si j'avais un fils, j'entends qu'il fût de moi,
Ou du moins tel selon l'Église et par la loi.
Voyez, rélléchissez et décidez ; que faire ?
— Sire, Berthe aux grands pieds serait bien votre affaire,
Dit quelqu'un, (or, c'était Enguerrand de Montcler);
Elle est fille de roi comme il convient, c'est clair !
— Berthe aux grands pieds, dit l'autre en frisant ses mous-
Ce nom nous garantit de solides attaches.　　　　　[taches,
Mais c'est perdre du temps que de parler pour rien.
Qu'on demande sa main à son père. C'est bien.
Je fais duc le premier de vous qui me l'amène.
J'attendrai, s'il le faut, la fin de la semaine,
Mais pas plus. Par les monts, par les bois, par les vaux,
Courez, volez, crevez chacun quatre chevaux.
Sachez-le tous avant de vous mettre en campagne,
J'aurai d'elle un enfant qui sera Charlemagne.
Nous serons gouvernés, messieurs, soyez contents.
Dispersez-vous. J'ai dit. Je suis veuf, et j'attends. »

III

LA CHEVAUCHÉE DES BARONS

Sur des chevaux noirs, sur des chevaux blancs,
Les hardis barons se sont mis en selle.
De tout son désir Pépin les harcèle,
Barons et coursiers ont l'écume aux flancs.

Epris d'horizons et goulus d'espace,
Ils vont, écrasant, dans les champs herbeux,

Troupeaux de moutons et troupeaux de bœufs,
La moisson qui pousse et l'enfant qui passe.

Ils vont devant eux, sans trop savoir où ;
Leur galop d'enfer luit dans la ténèbre ;
Un qui tombe pousse un grand cri funèbre,
Sa bête ayant mis les pieds dans un trou.

Et toujours, au loin, le reste s'élance
Des crêtes des monts aux crêtes des monts,
Criant et hurlant comme des démons,
Hâtant leurs chevaux à grands coups de lance.

Oh ! les râteliers d'où pendait le foin !
Épuisés, meurtris, des coups qu'ils leur flanquent,
Les pauvres bidets s'usent et s'efflanquent...
Pourtant la Hongrie est encor bien loin.

IV

L'ARRIVÉE

Cependant ont passé les nuits après les jours,
Et Berthe à son balcon, pensive, attend toujours,
Les lèvres et les mains vaines, mais sans reproches.
Or voici que les temps et les barons sont proches,
Et la vierge bientôt ne doit plus ignorer
Que Pépin se languit de toujours espérer.
Ils viennent. Les voilà, fourbus et hors d'haleine ;
Leurs ombres devant eux s'allongent sur la plaine,
Et leur cuirasse luit dans le soleil couchant.
Le galop des chevaux se hâte en trébuchant.
Mais là-bas, comme Elsa fit plus tard vers le cygne,
Berthe aux grands pieds leur tend les bras et leur fait signe,
Puis, se ressouvenant qu'elle est fille de roi,
Elle prend un air doux, mélancolique et froid.

Les barons ont fait la demande.
Tout s'est passé selon leurs vœux.
Le père a dit : « Ma joie est grande. »
Et Berthe : « Si l'on veut, je veux. »

Elle rougit, selon l'usage.
Et tous les barons d'admirer,
Au nom de Pépin, ce visage
Si clair qu'on s'y pouvait mirer.

Alors, le roi Flores propose :
« Messieurs, vous devez avoir faim.
Venez donc prendre quelque chose
De réconfortant et de fin.

» Vous avez la joue et l'œil caves,
Et vos chevaux n'en veulent plus.
Videz mes celliers et mes caves,
Soyez friands, soyez goulus.

» Tout est conclu, rien ne vous presse.
Restez un mois, restez-en deux.
Reposez-vous avec ivresse
Des nuits et des jours hasardeux. »

Mais eux que Pépin seul anime,
Plus forts que la tentation,
Déclinent d'un geste unanime
Cette aimable invitation :

« Notre prince est en peine, sire,
Laissez-nous partir à l'instant.

On se consume comme cire,
Quand on ignore et qu'on attend.

— J'aime, dit le roi, votre zèle ;
Mais je ne puis, à mon regret,
Vous octroyer la demoiselle,
Sans son trousseau qui n'est pas prêt.

» Si vous avez trop souciance
Du roi qui languit de savoir,
Portez à son impatience
L'allégement d'un sûr espoir.

» Volez à lui, prompts comme flèche,
Vous lui direz en arrivant
Que Berthe vous suit en calèche,
Et que son cœur marche devant. »

Il dit. Chacun bondit en selle.
Et c'est ainsi, de huit à neuf,
Que Berthe aux grands pieds, très pucelle,
Fut promise à Pépin, très veuf.

VI

LE DÉPART POUR LA FRANCE

Tout est prêt. Sous les doigts des brodeuses agiles,
Les robes de velours, de soie et de satin,
Belles de leurs couleurs pimpantes et fragiles,
Sont écloses, comme des fleurs dans le matin.

On a mis aux chevaux des guirlandes de roses ;
La cour d'honneur a pris un air d'enchantement.
Des poètes joufflus ont récité des proses
Au nom de la famille et du gouvernement.

Voiei l'heure des vrais adieux et des tendresses
Et du dernier baiser, qu'un autre toujours suit.
Le roi Flores se sent le cœur plein de détresses,
Des pleurs tremblent au bord de ses yeux pleins de nuit.

« Adieu, puisque je suis trop vieux pour vous conduire,
Ma fille, trop d'hivers ont alourdi mes pas ;
Mais si dans mon palais l'âge m'a su réduire,
Mes suprêmes conseils ne vous quitteront pas.

» Aux pauvres, avant tout, ne soyez point amère.
Il sied mal au bonheur d'être orgueil et dédain.
Soyez fleur, blanche fleur, comme était votre mère,
Ouvrez votre âme à tous, ainsi qu'un clair jardin. »

Il dit, et se détourne, et Berthe sans pensée
Sanglote éperdument, sachant qu'il est trop tard.
Tout au fond de son cœur d'heureuse fiancée
S'éplore la tristesse amère du départ.

Déjà, pour son passage, on fait ranger la foule :
Au galop des chevaux, Berthe va s'éloigner.
Cependant, les yeux lourds de pleurs qu'elle refoule,
La reine Blanchefleur ne peut se résigner.

Elle est là, sans espoir dont son deuil se soulage,
Près de Berthe, impuissante à lui quitter la main.
« Je t'accompagnerai jusqu'au prochain village,
Dit-elle, je serai plus vaillante... demain. »

VII

LE DERNIER ADIEU

Et toujours Blanchefleur a suivi son enfant.
De soir en soir, de ville en ville, elle diffère
L'inévitable adieu qu'il faudra bientôt faire.
    Le cœur lui sanglote et lui fend.

Voici que les chemins vont quitter la Hongrie.
Maintenant, c'est la Saxe, avec ses rochers nus,
L'effroi de traverser des pays inconnus,
    Sans qu'un visage vous sourie.

La reine Blanchefleur se sent plus triste encor,
Songeant qu'il va falloir chevaucher en arrière.
Le cortège a fait halte au bord d'une clairière
    Dans un silencieux décor.

Et toutes deux, la mère et la fille, s'étreignent ;
Elles voudraient sourire et leurs yeux sont en pleurs ;
Des nids d'oiseaux heureux chantent parmi les fleurs ;
    Tout bas, sans savoir, elles craignent.

« Donnez-moi votre anneau, ma fille, en souvenir
Des jours où votre main m'était proche et câline,
Et pour garder de vous, pauvre mère orpheline,
    Un don que je puisse bénir.

» Et maintenant, puisqu'il le faut, Dieu vous conserve !
Alix vous accompagne où l'amour vous conduit.
Aimez-la. Qu'elle soit pour vous, dès aujourd'hui,
    Votre sœur et non votre serve.

» Je l'ai voulu choisir, vierge de tout soupçon,
Parce que vous l'aimez et qu'elle vous ressemble
Au point qu'on vous prendrait, quand vous êtes ensemble,
    Pour deux fleurs du même buisson.

» Sa présence sera douce à votre souffrance.
Elle. du moins, elle est heureuse et rien ne perd :
Car sa mère Margiste et son cousin Tybert
    Vous suivent avec elle en France ;

» Ils veilleront sur vous, ma fille, tous les trois... »
Elle dit, et l'embrasse, et le navrant cortège
S'éloigne ; et Blanchefleur, pour que Dieu les protège,
    Fait dans l'ombre un signe de croix.

VIII

L'ENTRÉE A PARIS

Paris ! Des fleurs et des drapeaux !
La ville entière est pavoisée,
Les balcons et l'humble croisée,
Les monuments et les chapeaux.

Des gens sont grimpés aux toitures.
Risquant de se rompre le cou,
Pour voir, — et d'ailleurs pas beaucoup. —
Passer au galop trois voitures :

Car chacun sait que, ce jour-là,
— Le matin ou dans la soirée —
Berthe va faire son entrée
Dans son carrosse de gala.

On hurle, on s'étouffe, on s'égorge...
Pépin, dès la pointe du jour.
A dû rencontrer son amour
Près de Villeneuve–Saint–George.

On se renseigne éperdument :
« On dit qu'elle est jeune et gentille...
— Monsieur, vous écrasez ma fille...
— Où donc est passé mon amant?... »

On se bouscule, on se querelle.
Soudain, rumeur. C'est Berthe enfin,
Mignonne comme un séraphin
Et saluant de son ombrelle.

Elle passe au milieu des cris
Dont on accueille les carrosses.

Tous ces gens lui semblent féroces.
Pépin prend des airs attendris.

Elle a passé. Grave et sereine,
La foule au hasard se répand,
Et tous — bourgeois ou sacripant —
Sont très fiers d'avoir vu la reine.

IX

LE COMPLOT

Dans tout ce qui précède on n'a point vu de traître.
Patience ! un instant : les nôtres vont paraître,
Dans cette chambre obscure et propre aux noirs desseins.
Tous les trois ont quitté leurs airs de petits saints ;
Ils trament un complot : Margiste en sera l'âme,
Alix en est la fleur, Tybert en est la lame...
Ah ! pauvre Blanchefleur, si tu pouvais les voir,
Sinistres, parlant bas dans l'ombre, trio noir,
Sans scrupule ourdissant leurs toiles d'araignée
Dont ta Berthe est déjà la mouche désignée,
Comme tu maudirais d'un cœur épouvanté
Ta crédulité borgne et ta naïveté !

X

LE REPAS DE NOCES

Je ne vous dirai rien de la cérémonie
Par qui la pauvre Berthe à Pépin fut unie ;
        Je ne vous dirai pas
Les gestes onctueux de l'évêque aux doigts souples,
Le discours de l'adjoint, le nom des plus beaux couples,
        Le menu du repas.

Vous saurez seulement qu'on a fait chère lie.
La voisine au dessert est toujours plus jolie
      De tout ce qu'on a bu.
Jeunes gens et vieillards, chacun fut bon convive,
Et voici qu'une flamme indiscrète s'avive
      Aux yeux du plus fourbu.

C'est l'heure où la plus froide a le cœur charitable.
Les genoux, amoureux des pauvres pieds de table
      Qui n'y comprennent rien,
Se rapprochent; les mains se cherchent et consentent,
Et les plus bedonnants sur leur chaise se sentent
      Le corps aérien.

Berthe aux grands pieds, selon l'antique Protocole
Qui sévissait. branlant, comme un maître d'école,
      Son front déjà caduc,
— Berthe aux grands pieds, craintive et tendre, a dû se mettre
En face de Pépin, son époux et son maître,
      Près d'un vieil archiduc.

Elle trouve que c'est bien loin, et puis qu'en somme
Tout cet amas de gens dont la gaîté l'assomme
      N'est pas d'un grand régal.
Et voici qu'à présent c'est le tour de l'orchestre.
Pauvres chers épousés ! leur grandeur les séquestre
      Loin du lit conjugal.

Mais tandis qu'aux doux sons des harpes et des flûtes
Les ménestrels chantaient les amoureuses luttes
      Des chevaliers d'antan,
Pépin cligne de l'œil vers Berthe très émue,
Et la vierge comprend que cet œil qui remue
      Ça veut dire : « Viens-t'en ! »

XI

LES CONSEILS DE MARGISTE

Berthe s'est retirée en ses appartements.
Elle est là, toute seule, assez mal rassurée,
Toute pleine de trouble et de frissonnements,
Tournant au moindre bruit dont elle est effleurée
Son profil gracieux vers la porte d'entrée
En des gestes d'effroi pudiques et charmants.

On entre. C'est Margiste. Elle approche, discrète,
A pas mystérieux qu'on n'entend point venir.
Elle dit : « Trois abbés sont en train de bénir
Le lit tendre et moelleux que l'amour vous apprête.
Quittez-moi ce beau voile et cette gorgerette...
Madame votre mère a dû vous prévenir.

» Je songe en vous voyant comme je fus heureuse,
Tel soir, aux bras subtils de feu mon cher époux.
Il était fort, il était tendre, il était doux.
Quand j'y songe, un grand vide en mon âme se creuse.
Mais sachez... En trois mots, prenez bien garde à vous :
Le roi Pépin le Bref a la main douloureuse.

» Le soin que j'ai de vous m'a su faire informer,
Discrètement, de la façon qu'il a d'aimer.
Je tiens tous ces détails de son premier concierge;
Vous voyez, j'en suis pâle encore comme un cierge...
C'est un homme effrayant, surtout pour une vierge,
Un mari dangereux qu'il faudrait réformer. »

Berthe s'écrie en pleurs : « Retournons chez ma mère!
— A quoi bon? dit Margiste, hé! vous n'y pensez pas,
On saurait nous rejoindre au bout de quatre pas.

Croyez-moi, chère enfant, toute fuite est chimère;
Mais, dût ma pauvre Alix y trouver le trépas!
J'entends que cette nuit ne vous soit point amère.

» Le ciel même a voulu, de la tête aux talons,
Qu'elle vous ressemblât de visage et d'allure,
— Hormis les pieds qu'elle a peut-être un peu moins longs; —
Elle a mêmes yeux bleus et mêmes cheveux blonds.
Moi-même, je m'y trompe, et, si j'osais conclure,
Vous êtes le manteau dont elle est la doublure.

» S'il vous plaisait, madame, elle pourrait, ce soir,
D'un cœur triste et soumis tenter pour vous l'épreuve.
C'est elle qu'en son lit Pépin ferait asseoir.
Aux choses de l'amour, comme vous, elle est neuve.
Et, quand elle devrait, sans anneau, rester veuve,
En tel péril, c'est tout gagner qu'un peu surseoir. »

Elle dit, et déjà Berthe la suit, navrée.
Même aux soupçons du mal son cœur naïf est clos.
Car toujours l'innocence ignore les complots...
Mais Alix et Pépin vont faire leur entrée,
Et, comme la pudeur nous fut toujours sacrée,
Nous allons supprimer trois ou quatre tableaux.

XII

LE RÉVEIL DE PÉPIN

Brisé d'amour, près d'Alix un peu lasse,
Le roi Pépin rêve et dort lourdement.
Déjà le ciel pâlit; c'est le moment :
Berthe aux grands pieds va réclamer sa place.

Trop tard, hélas! Le destin s'accomplit.
Alix dira : « Que veut cette importune? »
Et Berthe enfin n'aura d'autre fortune
Que d'insister, pleurante, au pied du lit.

La pauvre enfant n'y sera point admise.
Même Pépin, s'il s'éveille en sursaut,
Pour n'avoir pas tout à fait l'air d'un sot,
Doit croire Alix, puisqu'elle est en chemise.

Et cependant que la serve au cœur vil
Songe aux détails que sa fraude comporte,
La douce Berthe ouvre déjà la porte,
Sans se douter qu'elle court grand péril...

XIII

LA FORÊT DU MANS

Un coin de bois perdu dans la forêt du Mans.
Des arbustes épars alentour d'un vieux chêne,
Si touffu que la nuit semble toujours prochaine :
La chouette l'emplit de ses hululements.

C'est là que, sans scrupule, ayant juré sa perte,
Les poches tintant clair de l'or qu'ils ont reçu,
Valets du noir complot que Margiste a conçu,
Trois sergents — rengagés — traînent la pauvre Berthe.

Dieu même en sa faveur ne s'est point déclaré,
Pour d'autres criminels réservant son tonnerre,
Et voici qu'à présent Berthe la débonnaire
Va périr sans absoute et sans miséréré.

Déjà les trois sergents ont tiré leur épée :
Berthe attend d'un cœur ferme et d'un corps anxieux,
Et, pour ne pas se voir mourir, ferme les yeux...
.— Mourir, oh! n'être plus qu'une tête coupée!

S'en aller d'ici-bas, sans avoir eu sa part!...
Faudrait-il croire, enfin, ce qu'ont dit les sceptiques,
Que le vrai Dieu n'est pas le bon Dieu des cantiques,
Et qu'il est trop partout pour être quelque part!

Mais, dans l'instant précis que Berthe désespère,
Sur un nuage d'or au céleste reflet,
— Et ce nuage, c'est sa barbe, s'il vous plaît! —
Vint à passer par là, brave homme, Dieu le père.

Son clair regard qui met en fuite les péchés
Se pose doucement sur ces hommes de crime,
Et tous trois, au moment de frapper leur victime,
Par un trouble inconnu se sentent empêchés.

« A quoi bon nous charger d'un meurtre? Pour quoi faire?
Dit l'un d'eux. Reprenons, frères, notre chemin.
Nous soutiendrons qu'elle a péri de notre main,
Et les bêtes du bois en feront leur affaire. »

Sitôt dit, sitôt fait. Ils s'éloignent. Leurs pas
Traînent sinistrement sur les feuilles durcies;
Et bientôt la nuit tombe aux branches obscurcies.
Berthe est seule, et voudrait crier, et n'ose pas.

XIV

A TRAVERS BOIS

Elle a marché toute la nuit dans les ténèbres
Que les loups emplissaient de hurlements funèbres,
Et la ronce méchante a déchiré ses mains,
Et seule, à travers bois, sans lune et sans chemins,
Elle va gémissante, et meurtrie, et brisée,
Dans sa robe fragile et blanche d'épousée.
Son corps fiévreux grelotte, elle a peur, elle a froid,
Et s'arrête, et gémit. Pauvre fille de roi!
Jusqu'à ce jour, hélas! depuis qu'elle était née,
De parfums, de tiédeurs toujours environnée,
Elle ignorait l'horreur des nuits sous le ciel noir
Et l'angoisse d'errer sans gîte et sans espoir,
A l'heure où, remuant les branches endormies,

Rôdent confusément des bêtes ennemies.
Elle n'a même plus la force de s'enfuir,
Et son corps sans courage est près de la trahir.
Épuisée et dolente, au bord d'une fontaine,
Elle pleure, elle songe à sa mère lointaine,
La reine Blanchefleur qui venait doucement,
Penchée à son chevet, baiser son front dormant.
Elle songe à Margiste et tout bas lui pardonne :
Elle a recommandé son âme à la Madone
Et fait de longs adieux à tout ce qu'elle aimait.
Maintenant, elle attend la mort et se soumet,
— Quand voici tout à coup, dans l'ombre toute proche,
Tinter pieusement l'appel clair d'une cloche.

XV

LE BON ERMITE

La cloche a guidé Berthe à travers la forêt,
Puis s'est tue ; elle arrive auprès d'une clairière.
Au seuil de sa cabane un ermite en prière
Des deux mains se frappant la poitrine, adorait.

— Il voit Berthe, et d'abord, craignant un de ces pièges
Que les démons subtils tendent à la vertu,
Redoutable, il s'écrie : « Arrière, que veux-tu ?
Je veille, et c'est en vain, Satan, que tu m'assièges. »

Mais Berthe se rapproche et lui parle humblement :
« Ne me repoussez pas. Je suis lasse et perdue ;
J'ai froid, j'ai faim, j'ai soif ; votre pitié m'est due,
Mon père, et je l'implore au nom de saint Clément. »

L'ermite se rassure, et, songeant que le diable
Ne se présente pas au nom d'un saint, voici,
D'un visage plus calme et d'un ton radouci,
Qu'il ose, sans remords, se montrer pitoyable.

Il interroge Berthe, et Berthe sans détour
Lui dit son nom royal, son cœur, son espérance,
Son départ de Hongrie et son entrée en France,
L'amour du roi Pépin promis à son amour.

Elle dit le filet de maligne imposture
Dont le serve Margiste a su l'envelopper,
Le remords des sergents au moment de frapper,
Et sa nuit dans les bois, fuyante à l'aventure.

Le bon vieillard l'écoute avec recueillement ;
Et, quand elle a fini cette histoire touchante,
Le matin rit au ciel, le bois s'éveille et chante,
Et les fleurs des buissons s'entr'ouvrent doucement.

« Votre temps reviendra d'aimer et d'être aimée,
Dit l'ermite, et, tout bas, dût-il être lointain,
Gardez au fond du cœur l'espoir d'un clair matin,
Vibrant de soleil souple et de brise embaumée.

» Dieu même punira vos lâches assassins :
Attendez les retours que sa bonté vous garde ;
Priez, résignez-vous, sachant qu'il vous regarde,
Et qu'il vous a sauvée, et qu'il a ses desseins.

» D'ici là, je connais une sainte famille ;
Le père est sabotier ; dans cette humble maison,
Vous vivrez doucement, sans peur de trahison ;
Vous serez leur bon ange et vous serez leur fille.

» A votre sort ancien dites un long adieu.
Que nul, excepté moi, ne sache qui vous êtes...
Et maintenant voici des fruits et des noisettes.
Reposez-vous, ma sœur, et rendez grâce à Dien ! »

XVI

CHEZ LES HUMBLES

Calmes et continus, comme une eau sans brisants,
Les jours ont passé vite, et les mois et les ans.
Berthe au milieu des bois a vécu dédaignée,
D'une vie humble et douce et presque résignée,
Debout dès l'aube, et, tant que chantent les oiseaux,
Toujours poussant l'aiguille ou tournant ses fuseaux.
Le sabotier Simon et sa femme Constance
L'ont jadis accueillie en leur simple existence,
Et tous deux se sont mis bien vite à l'adorer.
L'ermite vient parfois lui dire d'espérer,
Et les gens qui, le soir, passent sans la connaître
L'écoutent un instant chanter à sa fenêtre :

Aux plis frileux
Des coteaux bleus
L'adieu du jour mourant se dissémine.
A petits pas,
Qu'on n'entend pas,
Sous les branches la nuit chemine.

L'ombre des bois gagne les cieux...
Brodez, mes doigts ! Rêvez, mes yeux !

Des fleurs aux mains,
Par les chemins
Les bûcherons s'en viennent des clairières,
Et du clocher
Va s'épancher
L'appel des cloches en prières.

A l'heure où s'endorment les bois,
Rêvez, mes yeux ! Brodez, mes doigts !

Telle au hasard des mots, sur des airs d'autrefois,
Berthe égrène en brodant ses rêves et sa voix.
Le silence du soir tendrement l'environne,
Et son front qui devait porter une couronne
S'incline un peu, pour suivre aux plis des linges blancs
L'aiguille jamais lasse en ses doigts vigilants.
Elle n'espère plus que Pépin lui sourie,
Mais elle pense à lui, de loin, comme en Hongrie,
Sur la tour de Strigon, les soirs qu'elle rêvait
D'un prince en manteau d'or assis à son chevet.
Dix ans n'ont point flétri sa grâce d'exilée,
— Se résigner tout bas, c'est être consolée, —
Et Berthe se résigne, et toute sa douleur,
C'est d'évoquer parfois la reine Blanchefleur,
Sans enfants, et bien seule, et bien lasse, et bien triste,
Et le roi Flores, vieux à douter qu'il existe.
Tous deux ont pu mourir. Au fond de sa forêt,
Si loin d'eux et de tout, Berthe ne le saurait.
Mais elle a cet espoir en son âme ingénue
Que Dieu veille sur elle, et l'aurait prévenue.

XVII

LE MÉNAGE ROYAL

A Paris, même jour, même heure. Un boudoir tendre.
Miroirs et bibelots de toilette. Un divan.
Enfin, tout ce qu'il faut pour s'aimer ou s'attendre.
Un nid d'amant coupable ou de mari fervent.

C'est là que chaque soir, aux genoux de la reine,
      Dolent et résigné,
Depuis dix ans. Pépin servilement se traine,
      Et se sent dédaigné.

Car la reine est méchante et sa beauté funeste
A ce charme obsesseur dont nul ne peut guérir.
Pépin tout à la fois l'adore et la déteste
D'un amour douloureux qui s'obstine à souffrir.

Lui qui l'espérait douce, et bonne, et maternelle,
          Elle l'a tant déçu
Que parfois, comme en rêve, il songe : « Est-ce bien elle ?
          Et doute à son insu.

Est-ce triste, être un roi puissant que l'on ménage,
Dont le fils portera la couronne de fer !
Être maître en Europe et serf en son ménage,
Et cuire en son amour comme dans un enfer !

Triste, oh ! triste ! — Et malgré le désir qui l'affame,
          Un autre ennui le poinct,
C'est que les deux enfants qu'il a de cette femme
          Ne lui ressemblent point.

Tel, il songe. — Et dans l'ombre, âme éprise de lucres,
La reine avec Tybert s'épanche en doux propos :
« Qu'est-ce que tu dirais d'un impôt sur les sucres,
D'une aide sur les blés et d'un droit sur les peaux ? »

XVIII

FLORES ET BLANCHEFLEUR

Toujours le même soir. En Hongrie. Un jardin
En qui l'automne éclôt de l'été qui se fane.
Tout s'apaise et s'endort sous un ciel diaphane.
L'heure est douce et les fleurs s'inclinent sans dédain.

Sur un banc que la pluie et la mousse ont verdi,
Perdus dans l'ombre comme un nid dans l'herbe haute,
Flores et Blanchefleur sont assis côte à côte,
La pensée indolente et le front alourdi.

Ils rêvent doucement à l'absente. Leurs yeux
Tristes évoquent d'elle un geste, une attitude.
Ayant mêmes regrets et même solitude,
Ils parlent d'elle encor, bien que silencieux.

Dix ans qu'elle est partie aux pays étrangers !
Et depuis, sans espoir et presque sans nouvelle,
Ils savent seulement le peu que leur révèle
Le va-et-vient tardif de rares messagers.

Elle, qu'ils ont bercée au creux de leurs genoux,
Elle, jadis si frêle. elle est peut-être grasse !
Ses deux maternités ont pu faner sa grâce,
Cerner d'un bleu meurtri ses yeux calmes et doux.

Tels ils rêvent, le soir, et pleins des jours anciens,
Ils s'évadent tous deux hors du présent sans joie,
Et Blanchefleur soupire : « Il faut que je la voie !
J'ai rêvé l'autre nuit qu'elle me disait : Viens !

« Laissez-moi m'en aller vers elle qui m'attend !
Et quand je reviendrai bientôt, grave et lassée,
Pleine encor du bonheur de l'avoir embrassée,
Nous pourrons tous les deux mourir d'un cœur content. »

Un peu de brise pleure aux branches en émoi,
Et Flores qui, depuis longtemps, toujours refuse,
A voix basse, attendri d'espérance confuse,
Murmure : « Allez, princesse, et parlez-lui de moi ! »

XIX

BLANCHEFLEUR EN FRANCE

La reine Blanchefleur a traversé la France,
Les champs étaient déserts, les bois étaient flétris,
Et les villes, où les enfants jouaient sans cris,
Sombres, avaient un air de deuil et de souffrance.

Tout le long des chemins elle regardait fuir
Une succession de plaines dévastées,
Terres à l'abandon, maisons inhabitées.
Son bonheur maternel n'osait s'épanouir.

Elle avait dans le cœur un besoin de sourire.
Partout sur son passage elle voyait les gens
Détourner leur regard de ses yeux indulgents,
Et des poings se crispaient qui semblaient la maudire.

Mais voici qu'elle est presque au bout de son chemin,
Cette nuit sous la tente est enfin la dernière.
Demain elle tiendra sa fille prisonnière,
Dans ses bras. sur son cœur, sous ses lèvres... Demain !

Et, ne pouvant dormir, Blanchefleur s'est assise
A quelques pas du camp, pour rêver sans témoin...
Pleine de sa tristesse, elle regarde, au loin,
Les étoiles trembler dans la brume indécise.

Aux lisières du bois le silence frémit.
Mais on parle dans l'ombre, et Blanchefleur écoute.
Un bruit confus de gens en marche sur la route
Se rapproche. Une voix d'enfant pleure et gémit.

La reine Blanchefleur les appelle, et demande :
« Où vous en allez-vous si tard, mes pauvres gens ? »
Et l'homme a répondu : « Madame, les sergents
Ont saisi ma maison pour acquitter l'amende.

» Nous allons devant nous sans travail et sans pain.
Comme nous, la moitié de la France mendie.
Avarice de reine est dure maladie :
Cette Berthe a changé notre bon roi Pépin.

» Autrefois, cette plaine était fertile et riche.
Aux étables, le soir, rentraient de longs troupeaux.
Mais on a tant sué d'argent pour les impôts
Qu'on se croise les bras au bord des champs en friche.

» Puis, à la porte, un jour, l'huissier heurte du poing :
— Paie ou pars ! —On s'en va, la tête et les mains vides,
Tandis que les petits enfants, bouches avides,
Pleurent de faim dans l'ombre et ne comprennent point. »

Et Blanchefleur songeait : « Seigneur, est-il possible !
Non, non, ce n'est pas vrai. Cet homme souffre et ment.
Ma fille était trop pure et trop tendre. Comment
Serait-elle à ce point devenue insensible ? »

Elle tire sa bourse où de l'or tinte et luit.
Elle arrache à ses doigts ses bagues, et s'écrie :
« Tenez, prenez, je suis Blanchefleur de Hongrie ;
Si ma fille vous a fait tort, pardonnez-lui ! »

XX

LE CHATIMENT

Or Blanchefleur est au palais depuis hier.
Alix est très émue, et Tybert n'est pas fier,
Et d'un pli soucieux leur front pâle se creuse,
Songeant qu'il va falloir payer la douloureuse.
N'importe. Ils lutteront jusqu'au bout. Pour l'instant,
Gagner du temps le plus possible est l'important.
Pépin seul tient en bas compagnie à la reine.
Alix a déclaré qu'elle avait la migraine.
Elle garde la chambre, et ceinte de bandeaux
Salutaires, dans la pénombre des rideaux
Qui tamisent le jour trop cru de la fenêtre,
Elle pense : « Après tout, que peut-elle y connaître ?
Je ressemblais à Berthe, on n'y voit pas très clair
Dans cette chambre ; et puis, il faudrait bien du flair
Pour se douter après dix ans de réussite
Qu'au lit du roi Pépin ma place est illicite. »
Mais voici qu'on entend venir un bruit de pas.
La reine Blanchefleur paraît : « N'approchez pas,

O ma mère, soupire Alix d'une voix fausse.
Car je me sens déjà comme un mort dans sa fosse.
Mère, n'approchez pas ! Le médecin défend
Qu'on m'embrasse. » Et Blanchefleur dit : « Ma pauvre
N'ai-je fait un si long voyage, ma chérie,   [enfant !
Par tous les longs chemins qui viennent de Hongrie
Que pour te voir mourir ? — Mère, n'approchez pas,
Dit la serve. Parlez de loin, et parlez bas.
Votre présence me fait mal et me torture. »
Mais Blanchefleur déjà devine l'imposture.
Sa fille, en la voyant, n'aurait pas tel dédain.
Tout son cœur maternel s'illumine soudain.
Prompte comme un joueur qui fait sauter la carte,
D'un bond, elle s'élance aux rideaux qu'elle écarte.
Et de tous les côtés, dans leurs habits de cour,
S'empressent les barons. Pépin lui-même accourt.
Blanchefleur soulevant la jupe de dentelle :
« Ce ne sont pas les pieds de ma fille, dit-elle.
Roi, vous avez été trompé. N'en doutez point.
— Je le savais, dit-il, mais non pas à ce point... »
La serve à deux genoux se prosterne et se traîne.
Et Blanchefleur reprend : « Qu'as-tu fait de ta reine ?
Parler te vaudrait mieux que tels gémissements.
Rends-moi ma fille ! — Elle est dans la forêt du Mans,
Dit alors une voix. Pardonnez-nous, messire !
Je fus un de ces trois qu'on chargea de l'occire ;
Nous l'avons seulement perdue en la forêt :
En bien cherchant, peut-être on la retrouverait. »
Pépin s'écrie alors : « Que personne ne sorte !
Arrêtez cette femme ! et, si la reine est morte,
Sachez que je prétends, moi-même, d'un seul coup,
Madame, vous trancher la tête au ras du cou !
Qu'on arrête avec vous Tybert, votre complice :
Il sied qu'il ait aussi part en votre supplice...
Maintenant, mettons-nous en route sans retard.
Vous, sergent, guidez-nous. Et, comme il est très tard,
N'oublions pas, messieurs, de prendre des lanternes,
Pour ne pas choir dans les étangs ou les citernes ! »

XXI

BERTHE ET PÉPIN

Le sergent qui les guide a reconnu la place :
Le vieil arbre, le chemin creux, c'est bien cela.
Un grand besoin d'agir soutient leur force lasse.
Mais, naturellement, Berthe n'était plus là.

Déjà le ciel brunit. Le cœur du roi tressaille,
Et son dernier espoir s'éloigne avec le jour.
Mais voici que, dans l'ombre, écartant la broussaille,
Cette femme qui vient, c'est Berthe, son amour.

Tandis qu'elle brodait, rêveuse, en sa chaumière,
Le cœur plein d'un mystérieux et tendre émoi,
Il lui sembla qu'un ange en robe de lumière
De loin lui faisait signe et lui disait : « Suis-moi ! »

Sans surprise, docilement, elle est venue.
Elle est là maintenant, grave et craintive un peu.
Le roi Pépin la prend par sa blanche main nue.
Et les parfums du soir embaument leur aveu.

« C'est donc vous, cette fois, vous que j'ai tant aimée,
Vous que je pressentais absente obscurément !
Je vous ai. Votre main tremble en ma main fermée...
Ce n'était donc pas vous qui faisiez mon tourment.

» Je regarde et je vois. Quand je maudissais l'autre.
Et que je détestais son âme en son beau corps,
Le corps seul, que j'aimais, était un peu le vôtre,
Et je ne pouvais pas adorer sans remords.

» Je comprends maintenant pour quel espoir tenace
Malgré moi, mon amour ne voulait pas mourir.
L'avenir était sombre en moi. Vaine menace !
Mon cœur ne s'est pas clos, puisqu'il devait s'ouvrir.

» Et toi, que faisais-tu ? Moi ce n'est pas ma faute
Si l'autre avait sa place en mon lit, sous mon dais.
Toujours, assis, couchés, nous vivions côte à côte. »
Et Berthe. en rougissant, lui répond : « J'attendais. »

Blanchefleur à son tour s'approche et l'on s'embrasse.
On pleure et l'on sourit. Tableau simple et charmant :
Mère et fille. femme et mari. Je vous fais grâce,
Et ne décrirai point leur attendrissement.

Vous saurez seulement que, dans le crépuscule,
Dont la pénombre tendre emplit au loin les bois,
Pépin parlait d'amour sans être ridicule,
— Et vraiment c'était bien pour la première fois...

⁂

Maintenant le public aime qu'on le renseigne
Sur les héros qu'on laisse en des cas hasardeux.
C'est un vœu trop connu pour que je le dédaigne.
Sachez donc en trois mots tout ce qu'il advint d'eux :
Je ne vous ai pas dit que Margiste était morte,
— C'est un oubli ; — Margiste est morte, — ayant pris
D'Alix et de Tybert, l'histoire nous rapporte   [froid...
Que Berthe intercéda pour eux auprès du roi.
Blanchefleur retourna très heureuse en Hongrie.
Maître Simon devint sabotier de la cour,
— Emploi que l'on créa tout exprès, je vous prie ; —
Quant à Berthe et Pépin, ils s'aimèrent d'amour...
Vous voyez, tout cela finit par un sourire,
L'histoire est toute simple, et je n'ai qu'un regret,
C'est que pour la conter il ait fallu l'écrire,
Et puis conter en vers, c'est peut-être indiscret.

ANDRÉ RIVOIRE

LES

DÉBUTS DE BERNADOTTE

PRINCE DE SUÈDE

Charles XIII, roi de Suède, déjà vieux quand il monta
sur le trône, n'avait aucun héritier capable de lui succéder, si
bien que les États du royaume durent, conformément à la
constitution, lui désigner un successeur. Leur choix se porta,
le 21 août 1810, sur le maréchal Bernadotte, prince de Ponte-
Corvo, qu'ils ne connaissaient d'ailleurs point et sur lequel
ils n'avaient que des renseignements incertains ou erronés.
Le même soir, au club du clergé, l'archevêque d'Upsal,
légèrement ému par des libations trop nombreuses, voulut
porter un toast et leva son verre en l'honneur du « nouveau sauveur ». S'apercevant aussitôt que la formule était
un peu singulière, il crut la corriger en ajoutant : « mais sans
oublier l'ancien ». L'hilarité fut générale. Et cependant
l'expression malencontreuse du bon prélat indiquait exactement la portée de l'élection. Abaissés et ruinés par une longue
série de désastres, gouvernés par un prince parfaitement respectable mais dont la médiocrité somnolente n'était pas à
la hauteur de la tâche qui lui incombait, les Suédois avaient
voulu choisir un prince héritier énergique, ayant fait ses
preuves, à même de prendre immédiatement à la direction
des affaires une part prépondérante, et capable de reconquérir
au pays un peu de sa gloire et de sa fortune passées.

Instruit de son élection, Bernadotte n'hésita pas à l'accepter. Sa susceptibilité anxieuse et sa vanité exaspérée

avaient fait de lui un éternel mécontent et grâce à des incartades de tout genre, sa situation à Paris était devenue très délicate et fausse. Lors donc qu'on lui vint offrir la succession au trône de Suède, il se sentit soulagé d'abord en songeant qu'il serait désormais son maître et pourrait agir et parler à sa guise. Il était heureux, en même temps, de se voir brusquement rapproché du rang suprême, objet constant de ses secrètes convoitises et, enfin, éperdu du désir de faire de grandes choses, afin de montrer au monde quelle injustice il y avait eu à laisser en sous-ordre un homme de son génie.

Les ambitions et les aspirations du prince s'accordaient donc avec celles du peuple qui comptait sur lui. Cela ne suffisait point, toutefois, pour que les unes et les autres pussent être satisfaites. Étant donné les usages et la forme de gouvernement, le nouveau venu ne pourrait jouer un grand rôle que si son influence personnelle et morale était grande. Il fallait, par conséquent, qu'il n'y eût point, dès l'abord, mésintelligence complète entre le calme correct des Scandinaves et l'agitation enfiévrée du Gascon, et c'est ainsi que l'avenir de l'ancien maréchal et celui même de la Suède se trouvaient dépendre, en bonne partie, des impressions de la première rencontre [1].

Les traditions du pays étant exclusivement et essentiellement monarchiques, le gouvernement, en Suède, se confondait presque avec la cour. Les hauts fonctionnaires formaient l'entourage immédiat et constant du souverain et, en dehors de cet entourage, la vie politique se réduisait à bien peu de chose, dans les longs intervalles séparant les sessions de la Diète. Or, il ne faudrait aucunement se représenter la cour suédoise de cette époque, d'après l'ensemble du pays. Celui-ci était diminué, abaissé et appauvri ; la cour était brillante et

---

1. Sources principales : Histoires de Charles XIV Jean de Touchard-Lafosse, Coupé de Saint-Donat et Roquefort et Sarrans jeune ; *Recueil de lettres, discours et proclamations de Charles XIV Jean; Mémoires* inédits de Ulfsparre conservés à la bibliothèque Gyllenborg de l'Université d'Upsal; Trolle Wachtmeister, *Anteckningar och Minnen*, éd. par E. Tegner; L. von Engeström, *Minnen och Anteckningar*, éd. par E. Tegner ; Schinkel, *Minnen ur Sveriges nyare historia*, éd par Bergmann ; E. Tegner. *G.-M. Armfelt*; L. De Geer, *Notices* sur Hans Järta et B.-B. von Platen ; A. Vandal, *Napoléon et Alexandre Ier*, etc.

nombreuse, ayant gardé, dans une certaine mesure, les apparences et le ton donnés jadis par le pimpant Gustave III. Partout des gens chamarrés, titulaires de charges aux appella-
tions pompeuses, très cérémonieux, très corrects et — la
chose va de soi — très nobles. Et tous ces gentilshommes
de vieille souche, sensibles aux questions de forme et de
tenue, imbus d'idées conservatrices, éprouvaient une répul-
sion instinctive pour tout ce qui rappelait la démocratie. Ces
sentiments s'étaient fait jour aussitôt que la candidature du
prince de Ponte-Corvo s'était trouvée posée : Charles XIII songeait alors avec effroi au « ridicule » qu'il y aurait à choisir ce
« caporal » et demandait avec anxiété s'il y avait rien en lui qui
« sentît la révolution ». Le maréchal nommé, les appréhensions ne disparurent point complètement. Le nouveau prince
était un héros, la chose demeurait entendue et tout le monde
se réjouissait de voir venir un héros. puisque la Suède avait
positivement besoin d'en posséder un, mais, se souvenant de
ses origines, chacun craignait que le héros. encore teinté de
sans-culotisme, ne fût inculte et hirsute.

Il parut. Sa taille assez élevée était robuste, élégante et bien
prise : son visage n'avait rien de régulier, mais le long nez en
bec d'aigle, le front intelligent couronné d'abondants cheveux
relevés, les yeux sombres au regard incisif ne pouvaient passer
inaperçus et de toute la personne se dégageait un air de majesté. En l'apercevant, un des membres du conseil, Trolle-
Wachtmeister, crut voir réunis en un même homme François Ier
et Louis XIV. Et la haute mine de Charles-Jean se trouvait
rehaussée encore par le soin qu'il prenait de sa personne. La
correction de la tenue était, à ses yeux, chose absolument
capitale, toujours et partout. Un jour de bataille décisive,
alors que deux officiers sautaient de cheval devant son quartier général, apportant des nouvelles, il leur dit sans vouloir
les entendre : « Comme vous voilà faits, messieurs, vous avez
l'air de brûleurs de maisons... Allez donc vous faire la barbe
et revenez vite. » Lui-même apportait aux détails de sa toilette une attention méticuleuse un peu imprévue chez un soldat. La simplicité apparente de sa coiffure cachait un art consommé et les ondulations savamment négligées de ses boucles ne se pouvaient obtenir que grâce au labeur quotidien

d'un valet de chambre expert, secondé par d'innombrables papillotes. Ses mouchoirs, d'une batiste prodigieusement fine, repassés avec un soin spécial, ne le satisfaisaient que difficilement : chaque matin on en présentait, sur un plateau d'argent, une pile tout entière et le plus grand nombre allait joncher le tapis, avant que Son Altesse Royale eût daigné choisir. Les chaussures mêmes sortaient de l'ordinaire : dans un pays humide et froid, dans une saison où les « galoches » sont de rigueur, il se montrait dans les rues avec des bottes d'une finesse inattendue, si bien que ses futurs sujets demeuraient stupéfaits jusque devant la ténuité de ses semelles.

Et ses manières n'étaient point indignes de son élégance. Nulle trace de cette raideur cassante que donne souvent aux parvenus la crainte de manquer de dignité. Il savait se montrer déférent : je n'ai pu démêler son opinion véritable sur son père adoptif, mais il prodigua toujours au somnolent Charles XIII toutes les marques du respect convenable. Vis-à-vis des femmes, il était d'une galanterie délicate et parfaite ; à l'égard des hommes, et sauf quand on l'avait irrité, toujours affable et bienveillant. Il appelle « mon ami » tous ceux qui l'approchent, écoute avec attention et intérêt toutes les requêtes et ne termine pas volontiers une audience sans adresser à son interlocuteur quelques phrases aimables qui, chose particulièrement flatteuse, ne sont jamais banales et vagues : les généraux s'entendent rappeler discrètement un épisode glorieux de leurs campagnes, les hommes politiques tel ou tel détail qui leur fait honneur. Car si Charles-Jean ignore à peu près tout de la Suède où il ne connaît personne, il possède l'art de se renseigner et tire très adroitement parti des indications qu'il s'est procurées. Il se garde ainsi des maladresses que tels souverains de naissance n'évitent pas toujours et remplit avec beaucoup de tact et d'aisance une des parties, — accessoire, peut-être, mais en tout cas délicate, — du métier de roi.

Et ce métier si difficile lui semble familier également dans les occasions solennelles. Il reçoit les députations avec aisance, ne se trouble point devant les ovations et résiste sans faiblir au choc des discours. Il est toujours prêt à répondre et parle au besoin sans qu'on l'ait provoqué ; il aime par-dessus tout à haranguer et ne se prive jamais de ce plaisir. Lors de son arrivée dans le Nord, il commence avant même d'avoir mis le pied sur le sol de la Suède, et adresse, à Elseneur, une allocution à l'archevêque d'Upsal, venu recevoir sa profession de foi luthérienne. En débarquant à Helsingborg, il harangue la députation qui le reçoit. Arrivé à Drottningholm, il fait un discours à la députation de la Diète. Le jour de son entrée à Stockholm il s'adresse successivement au Grand-Gouverneur, aux magistrats et aux Anciens de la ville. Quarante-huit heures après, il harangue simultanément le roi et la Diète, et la semaine n'était pas écoulée, qu'il haranguait de nouveau ces mêmes députés sur le point de se séparer. Ce ne sont là, bien entendu, que les discours vraiment officiels : pour que la nomenclature fût complète, il conviendrait d'y ajouter nombre de soi-disant conversations dont il honora diverses personnes, car, avec lui, tout entretien tourne au monologue et tout monologue prend nécessairement une allure oratoire.

Publics ou privés, tous ces discours sont en français. Le prince ne sachant que sa langue maternelle, le fait est naturel et ne présentait pas d'inconvénient bien grave, étant donné la Suède d'alors. Ce n'est pas que les Suédois fussent indifférents à ce détail, mais le français avait, au temps de Gustave III, régné presque en maître à la cour de Stockholm. La situation n'était plus la même vers 1810 ; néanmoins tout le monde, dans l'entourage de Charles XIII, continuait à le parler, à l'écrire et surtout à le comprendre sans la moindre difficulté. Si les gens du vulgaire devaient se borner souvent à admirer la belle prestance et l'assurance loquace de leur nouveau prince, grands dignitaires et hauts fonctionnaires, sauf quelques très rares exceptions, ne perdaient aucune de ses paroles et les jugeaient pleines d'une noble assurance, également éloignées de l'outrecuidance ou d'une modestie déplacée. Ils y retrouvaient, en un mot, la dignité et la majesté qui frappaient dans l'aspect de celui qui les prononçait et appliquèrent donc immédiatement à Charles-Jean le mot du *Roi Lear* de Shakespeare : *Every inch a king.* Tout en lui semblait d'un roi.

Un pareil jugement n'avait du reste rien d'invraisemblable

et l'ancien sergent au Royal Marine le méritait certainement. Les soldats de la République qui atteignirent sous l'Empire au faîte des honneurs et des dignités, mirent des années pour en arriver là. Ils franchirent les divers échelons sociaux très rapidement sans doute, mais presque un par un. Certains, particulièrement mal doués, gardèrent toujours des traces évidentes de leur rusticité primitive, mais la plupart s'affinèrent, et cela d'autant plus vite que l'homme s'habitue facilement à la fortune. Parcourant l'Europe à la tête de la Grande Armée et introduits dans les vieilles cours, ils en prirent sans efforts les usages et les habitudes extérieures, surtout quand ils avaient la souplesse rusée d'un Bernadotte. A cela, je le répète, rien de surprenant, mais les membres d'une vieille aristocratie conservatrice ne pouvaient admettre la chose qu'après l'avoir bien et dûment constatée.

Lors donc que Charles-Jean arriva en Suède, la stupéfaction fut profonde à la cour en découvrant qu'il n'était pas barbare et, du coup, l'enthousiasme fut d'autant plus grand que les craintes avaient été plus vives. Charles XIII, plus ému que jamais, tomba en pleurant dans les bras de son nouveau fils. La reine douairière s'écria : « C'est un prince tout à fait aimable » et ajouta, pour donner plus de prix à l'éloge : « Cette appréciation ne doit pas être sans quelque valeur, formulée par la veuve de Gustave III. » Les courtisans renchérirent naturellement; les plus récalcitrants jusque-là, se déclarèrent brusquement séduits. Bref, sauf quelques rares exceptions qui ne pouvaient tirer à conséquence, le grand monde, c'est-à-dire. au point de vue politique, la Suède à peu près entière, fut immédiatement, en moins de trois ou quatre jours, complètement acquise au nouveau venu, subjuguée par son affabilité majestueuse, par son élégance correcte et raffinée.

Charles-Jean ne resta pas sur ce premier succès. Il avait de droit entrée au Conseil. La première séance où il vint s'ouvrit monotone et terne, comme d'habitude. Les conseillers rapportaient paisiblement, le roi dormait. Tout se faisant en suédois, le prince suivait sur un petit résumé en français, préparé à son intention. Tout à coup il leva la tête. Un des conseillers s'était arrêté, un autre prenait la parole : l'affaire,

— il s'agissait d'un recours en grâce, — semblait donc tranchée et le roi n'avait rien dit. Encore mal au fait des traditions
adoptées, Charles-Jean interpella : « Sire, il y va de la vie
d'un homme... Qu'en pensez-vous? » Le paisible Charles XIII,
violemment tiré de sa torpeur, effaré et ahuri, murmura des
mots sans suite. Le prince, s'animant tout à fait, se mit alors
à exposer ce qu'il savait, invitant le rapporteur à préciser les
détails et insistant sans pitié pour obtenir une réponse, tant
et si bien qu'un des assistants dut venir au secours du roi en
lui demandant s'il n'était point disposé à ratifier la décision
du tribunal. « Si fait, si fait, s'écria-t-il visiblement soulagé,
j'approuve ce que le tribunal a jugé... » En lui-même l'incident n'avait pas grande importance ; il était néanmoins assez
caractéristique, car chacun en put conclure que le temps des
délibérations léthargiques était passé. Charles-Jean aimait
par tempérament à se mettre en avant, et sa carrière avait
encore développé cette disposition naturelle en l'habituant à
agir et à commander. La modestie, d'autre part, n'étant pas sa
vertu dominante, il n'était pas homme à douter de ses propres
lumières. De fait son existence même l'avait mis au courant
de questions très diverses : tour à tour ambassadeur, ministre,
commandant d'armée ou gouverneur de province, il avait pu
s'initier peu à peu au maniement des affaires, de la même
manière et en même temps qu'il se familiarisait avec les
usages des cours. Il savait donc bon nombre de choses : une
assurance imperturbable, sa faconde toujours adroite et la
souplesse de son esprit lui permettaient de s'occuper des autres
sans commettre d'erreurs trop apparentes, en tout cas sans
souffrir lui-même de son ignorance et sans se sentir jamais
arrêté par elle. Enfin, venu en Suède afin de montrer ce
dont il était capable, son impatience à cet égard ne pouvait
supporter aucun délai.

Mais cela encore n'était pas pour déplaire aux Suédois,
puisque eux-mêmes sentaient le besoin d'un gouvernement
plus énergique et plus actif. Ils conservaient cependant certaines de leurs appréhensions premières. Avant l'élection les
adversaires de Bernadotte avaient objecté qu'il obéirait trop
aveuglément aux ordres venus de Paris, compromettrait
la dignité de la Suède et la ruinerait, en rompant brutale-

ment avec l'Angleterre. De telles craintes subsistaient et,
par une véritable aberration de logique, les Suédois qui
prétendaient mériter les bonnes grâces de Napoléon entendaient discuter avec lui et pactiser avec ses ennemis. Exactement informé sans doute de cet état des esprits, guidé en
outre par ses opinions et ses sentiments personnels, Charles-
Jean fit immédiatement des déclarations adroites et caté-
goriques. Il parla de la France avec émotion ; avec convenance, de l'Empereur, auquel « l'attachaient la plus
vive reconnaissance et une infinité d'autres liens », mais
ajouta que les intérêts économiques du pays lui seraient toujours sacrés. Le comte Rosen, gouverneur de Gothembourg,
la ville la plus commerçante du royaume, l'étant venu saluer
à son débarquement, il lui dit : « Je dois beaucoup à l'Empereur Napoléon, mais je ne suis pas venu parmi vous pour
être son préfet et son douanier en chef... Sans doute, ce serait
pour moi un bonheur de concilier vos intérêts avec ceux de
mon ancienne patrie, mais si le bien de la Suède l'ordonnait,
je n'hésiterais pas un instant à me prononcer contre la
France. » Et il résumait enfin ses sentiments et ses intentions
dans une formule parfaitement claire et suffisante pour
déchaîner l'enthousiasme : « En mettant le pied sur le territoire de la Suède, j'étais déjà entièrement suédois... »

En faisant ces déclarations, Charles-Jean était sincère : il
le fut presque toujours, ou, plus exactement, s'imagina toujours l'être. S'il ne disait pas constamment ce qu'il croyait,
il croyait constamment ce qu'il disait. Par cela même qu'il
émettait une assertion, celle-ci lui apparaissait immédiatement comme certaine et il continuait ensuite à la juger telle,
uniquement parce qu'il l'avait une fois avancée. On ne saurait donc l'accuser de mentir, puisque le mensonge consiste
proprement dans le fait d'énoncer sciemment des choses
inexactes ; la prudence, néanmoins, commande de ne pas le
croire aveuglément : il faut interpréter ses paroles ou ses
actes, leur faire subir une perpétuelle transposition. Les Suédois, qui ne s'en doutaient pas, se trompèrent donc en acceptant ses discours au pied de la lettre. Ils prirent ainsi pour
des réalités de simples apparences et cela d'autant plus qu'ils
ignoraient également que Charles-Jean possédât au suprême

degré l'instinct du théâtre, dans toutes les acceptions que l'on peut donner à ces deux mots.

Il est théâtral d'abord, plus même qu'on ne l'était généralement en France à cette époque. Il pratique avec continuité les attitudes d'une noblesse un peu outrée, les réminiscences de l'antique et les phrases empanachées. Son « âme » notamment joue volontiers des rôles encombrants et bizarres. Il la voit brusquemment « s'élever au niveau de sa nouvelle destinée », et lorsqu'il se trouve en présence d'obligations difficiles, il décide de les remplir, « en croyant son cœur », et « parce qu'il n'exista jamais pour l'âme d'un mortel de plus puissant mobile ». Formé, d'autre part, à l'école de Napoléon, qui fut un maître en ce genre, il excelle dans l'art de la mise en scène, et, dans les circonstances les plus humbles comme dans les plus solennelles, sait combiner toutes choses de manière à frapper les spectateurs. Il possède, du reste, au suprême degré, cette intuition qui, en littérature, fait les auteurs dramatiques adroits : une situation quelconque étant donnée, il découvre immédiatement, d'instinct, l'attitude et les phrases qui lui assureront tout son relief. Et ainsi, son existence devient un mélodrame perpétuel où il joue simultanément des rôles très divers, contradictoires même au besoin, mais toujours avantageux. Le voici en présence de l'archevêque venu recueillir sa profession de foi. Placé dans une circonstance un peu analogue, Henri IV déclarait : « Paris vaut bien une messe ». Mais le nouveau prince de Suède n'avait rien du cynisme bon enfant de son illustre compatriote. Il s'écria donc : « Monsieur l'Archevêque... Les événements qui se sont passés pendant les vingt dernières années ayant amené les armées françaises en Allemagne, j'ai eu occasion de connaître les ministres protestants de ce pays et de me convaincre, en conversant avec eux, que la confession d'Augsbourg contient véritablement la parole de Dieu et la doctrine de Jésus-Christ. Toutes les recherches que j'ai faites depuis m'ont affermi dans l'opinion que cette profession est la véritable. C'est donc par persuasion, autant que par le désir d'établir entre le peuple suédois et moi des rapports plus intimes, que je déclare aujourd'hui publiquement professer la confession luthérienne

à laquelle j'étais depuis longtemps attaché de cœur. » Or il
ne faut pas oublier que le maréchal Bernadotte n'avait jamais
témoigné la moindre tournure d'esprit théologique, ne
savait pas l'allemand et, durant ses séjours en Allemagne,
était occupé de toute autre chose que de discussions dogmatiques.

Quelques jours après son arrivée, le Conseil se réunit pour
une délibération grave. Le baron Alquier, ministre de France,
venait d'inviter le gouvernement suédois à tenir ses engagements relatifs au blocus continental et à déclarer la guerre à
l'Angleterre. La question était d'importance : ne pas obéir,
provoquerait chez Napoléon un mécontentement dont les
effets pourraient être terribles ; se soumettre interromprait
tout commerce maritime, partant ruinerait le pays. Situation très délicate particulièrement pour le prince royal ;
de quelque façon qu'il opinât, il risquait d'être blâmé, car il
se trouvait placé dans l'alternative, soit de paraître pousser le
pays dans une voie d'aventures, soit de paraître obéir servilement aux ordres de son ancien maître. Sa position était
même assez dramatique, car il s'agissait, pour lui, Français
hier encore, de donner une opinion sur les relations avec la
France. Tout raisonnement présentait des dangers. Le prince,
le sentant, prononça un discours passionné. Il développa
longuement des idées générales, la nécessité pour un État de
ne jamais accepter d'ordres déshonorants, mais eut soin
d'ajouter que, nouveau venu dans le pays et n'en connaissant
point encore les ressources, il ne pouvait donner d'opinion
motivée ; enfin, s'élevant à la haute éloquence, il supplia le
roi de faire abstraction de la position dans laquelle il se trouvait lui-même : sa femme et ses enfants étaient encore sous
la puissance de Napoléon, mais rien de ce qui le touchait
personnellement ne devait entrer en ligne de compte, et c'est
pourquoi... il demandait la permission de se retirer pendant
la délibération pour rentrer lorsque la décision serait prise.
C'était une manière de ne point donner son avis tout à la fois
adroite et décorative. Pour peu qu'on y réfléchisse pourtant,
le pathétique de la fin paraît légèrement absurde. Il arrivait
parfois à Napoléon de faire enfermer à Vincennes des cour-
riers porteurs de nouvelles qui lui déplaisaient ; mais il n'est

guère probable que la princesse royale de Suède courût risque d'être maltraitée. Tout au plus lui aurait-on enjoint de
quitter le territoire de l'Empire, ce qui l'aurait simplement
obligée à venir rejoindre son mari.

Lus de sang-froid la plupart des discours de Charles-Jean
appellent les mêmes réserves : l'argumentation est extrava-
gante, le style souvent exagéré jusqu'au ridicule, et si l'on
songe enfin qu'ils étaient débités avec un accent gascon terrible, il semble qu'ils dussent surtout faire sourire. Mais les
Suédois avaient beau savoir bien le français, l'accent ne les
choquait point et ils étaient moins sensibles que nous ne le
sommes aux exagérations du style. Enfin — et ceci est encore
un des traits de sa nature théâtrale — Charles-Jean précisément parce qu'il se persuadait lui-même, jouait tous les rôles
qu'il se distribuait avec une chaleur et une envergure admirables. Sa fougue astucieuse emportait tout, forçant les résistances et ne permettant pas les réflexions. L'archevêque
demeura probablement persuadé des convictions théolo-
giques du prince, et la scène du Conseil fit sur tous les assistants une impression profonde. Le roi pleurait tout haut et
les conseillers furent unanimes à déclarer qu'ils n'avaient
jamais été aussi émus.

Ainsi Charles-Jean n'apparut pas seulement tel qu'il était,
mais tel qu'il voulait paraître. On ne méconnut aucune de
ses qualités, ni son intelligence, ni son activité, ni sa bonté,
ni ce qu'il y avait en lui de majesté et de dignité véritables
et on ne remarqua aucun de ses défauts, si ce n'est pour en
faire des mérites. On ne s'aperçut point, par exemple, que
cette universelle bienveillance qui séduisait tant provenait en
réalité d'un grand fonds d'indolente faiblesse et on admira
de bonne foi son outrecuidance agitée et pompeuse. Il semblait dire constamment : « Je suis un grand homme ».
Voyant flotter autour de lui l'auréole de la Grande Armée,
les Suédois le croyaient volontiers, d'autant plus que l'ayant
choisi pour avoir un héros, ils n'étaient pas fâchés de s'entendre affirmer que leur choix avait été bon, fût-ce au besoin
par le héros lui-même. Et le prince paraissait ajouter : «Vous
êtes un grand peuple », car il était évident pour lui qu'un
homme de sa trempe ne pouvait commander aux destinées

d'un peuple ordinaire. Cette seconde proposition n'était pas non plus pour déplaire. Enfin la conclusion logique de pareilles prémisses : « Ensemble nous allons faire de grandes choses » avivait dans l'esprit de chacun tous les désirs de gloire et de revanche et, du coup, l'enthousiasme ne connaissait plus de limites.

Mais l'enthousiasme général qu'il souleva n'eut point pour unique conséquence d'assurer à Charles-Jean l'affection et le dévouement de ses futurs sujets : il lui procura une influence prépondérante dans le gouvernement. Tout le monde ayant été séduit et subjugué, personne ne songeait à résister. Il posséda donc immédiatement toute l'autorité très considérable dont le roi aurait pu user, et le fait fut bientôt consacré par un acte officiel. Étant tombé malade au mois de mars 1811, Charles XIII confia la régence à son fils adoptif, malgré le texte formel de la constitution établissant qu'en cas d'empêchement du roi le pouvoir appartiendrait au Conseil.

Quelques semaines à peine après son départ de France, Bernadotte se trouva donc le maître presque absolu d'un petit peuple déchu, mais assoiffé d'un regain de gloire. Ce fait, dont les conséquences furent graves, avait été amené en partie, on vient d'en juger, par des causes médiocres et presque puériles. C'est ainsi que la recherche de sa mise, l'assurance de sa faconde et l'affabilité de ses manières contribuèrent pour une large part à fournir à l'ancien maréchal l'instrument que souhaitaient sa vanité déçue et son ambition aigrie et qui devait lui permettre de jouer, de 1812 à 1814. le rôle considérable et singulier que l'on sait.

CHRISTIAN SCHEFER

L'IMPÉRIALISME AMÉRICAIN

Les derniers événements survenus aux États-Unis ont vivement alarmé beaucoup de ceux qui s'intéressent à leur avenir. On se demande, en Europe, si le peuple américain ne risque pas de compromettre son développement économique et social en inaugurant une politique de conquêtes, si l'impérialisme qui s'est manifesté avec tant de fracas dans certains discours présidentiels et dans une partie notable de la presse américaine est bien compatible avec le libre jeu des initiatives privées, qui a été jusqu'ici dans ce pays le grand et presque le seul élément de progrès, bref, si les Américains ne se lancent pas dans une voie contraire à toutes leurs traditions. L'impérialisme ne me paraît pas avoir une portée aussi radicale. Les plus ardents parmi les *Jingoes* yankees ne songent pas à sacrifier l'initiative privée à la gloire nationale, le développement économique à la puissance politique, la libre et féconde expansion de la race à un idéal de conquêtes armées ; ils estiment seulement que l'initiative privée trouvera son compte à la gloire nationale, que le développement économique sera utilement servi par la puissance politique, que la libre et féconde expansion de la race profitera de certaines conquêtes armées. C'est cette opinion qui constitue l'impérialisme. L'opinion contraire est représentée par les Américains qui ne croient pas à l'efficacité de ces moyens dans les circonstances actuelles, ou qui s'opposent par principe à tout agrandissement de territoire par la force des armes. La plupart des partisans de l'impérialisme subordonnent son rôle à son efficacité présumée. Ils ne rêvent pas un rêve héroïque. Le jour où l'on verrait clairement que l'impérialisme ne *paie* pas ou cesse de payer, à plus forte raison le jour où il se manifesterait comme un danger, les États-Unis ne compteraient plus guère d'impérialistes Si. au contraire, l'impérialisme se montre bon serviteur des intérêts économiques de la nation, s'il travaille efficacement à la tâche qu'on attend de lui, nous sommes appelés à le voir se développer, peut-être par de nouvelles conquêtes, plus probablement par une extension marquée de l'influence des États-Unis sur l'ensemble de l'Amérique, peut-être aussi par une alliance avec l'Angleterre, par l'union des deux impérialismes anglo-saxons.

Il ne nous appartient pas de prévoir ses destinées : elles peuvent être éphémères ; elles peuvent être aussi à la fois durables et très hautes. Mais il nous a paru intéressant d'en étudier l'origine et les premières manifestations.

Jusqu'à présent, les Américains mettaient une certaine coquetterie à négliger, pour ainsi dire de parti pris, les organismes de la vie publique auxquels les États de l'Europe continentale attachent une si haute importance. Leur politique était abandonnée à des professionnels généralement peu estimables ; c'est de chez eux que nous est venue l'épithète de « politicien », destinée malheureusement à trouver un emploi si justifié chez nous. Leurs administrations, composées d'un personnel corrompu, joignaient le plus souvent l'incapacité à la malhonnêteté, et le gaspillage qui en résultait semblait à plus d'un yankee un luxe propre à frapper de stupéfaction l'Européen soucieux d'une bonne organisation financière. « Nous aimons mieux, disaient-ils, employer notre temps à gagner de l'argent dans nos affaires privées, que le perdre à économiser quelques millions de dollars dans la gestion des deniers publics. Cela nous paie mieux. » Et de fait, avec un gouvernement et une administration très critiquables, le pays progressait comme l'on sait.

Au point de vue des relations extérieures, même confiance dans les ressources profondes de la nation, même négligence de tous les moyens ordinaires de défense. Une flotte modeste; une armée réduite à un noyau de vingt-cinq mille hommes dont le principal rôle consistait à surveiller les frontières des Réserves indiennes ; un service diplomatique sans traditions, sans formation spéciale, recruté au hasard des victoires électorales. Avec des outils aussi imparfaits, il semblait que la prudence la plus scrupuleuse s'imposât; mais la prudence n'est pas le fait des Américains. Hardiment, ils affirmaient en face de l'Europe la doctrine de Monroë, soutenaient que l'Amérique n'était plus une dépendance du Vieux Monde, mais un pays indépendant, et ne cachaient pas leur prétention d'y parler en maîtres. Une difficulté venait-elle à naître avec une nation étrangère, ils la réglaient d'égal à égal, en gens conscients de leur force. Pour ne parler que d'événements récents, on se rappelle l'affaire des Pêcheries de Behring avec l'Angleterre, le conflit avec l'Italie au sujet du lynchage des assassins de la *Maffia* à la Nouvelle-Orléans, enfin la question du Vénézuéla qui fut si près d'amener la guerre entre l'Angleterre et les États-Unis.

A mesure que la vie publique se compliquait à l'intérieur, à mesure que cessait l'isolement des États-Unis à l'extérieur, par le fait même de leur croissance, de leur richesse et de leur puissance, la nécessité d'une organisation du pouvoir et des moyens de protection se faisait sentir ; la coquetterie de se confier entièrement aux forces et aux énergies de la vie privée n'était plus de mise. De là une vague aspiration à des règlementations légales, à une force armée plus considérable. Cette aspiration se précisait par des demandes de réformes sur certains points où les abus étaient visibles.

A l'intérieur, l'exagération de la théorie du *laissez-faire*, faussement appliquée aux intérêts publics, avait produit ce résultat de créer entre les mains de riches particuliers de véritables monopoles au détriment de la communauté des citoyens. Par exemple, les chemins de fer, échappant en fait à tout contrôle sérieux de l'État, maîtres de leurs tarifs, les appliquant souvent avec une coupable fantaisie, suivant l'intérêt personnel de leurs directeurs à favoriser ou à écraser telle ou telle entreprise. portaient un trouble grave dans la vie économique de la nation. On s'apercevait trop tard qu'en chargeant des compagnies privées d'un service de transports publics, sans assurer d'une manière efficace l'égalité de traitement pour des catégories identiques de marchandises, on lésait une foule d'intérêts privés. De même, en cherchant à établir la concurrence entre des compagnies concessionnaires de services municipaux, tels que l'éclairage, on n'avait pas pris garde qu'il suffirait à ces compagnies de s'entendre entre elles pour détruire l'unique garantie contre leurs abus possibles. Et des monopoles de fait, souvent très oppressifs, s'étaient créés dans beaucoup de villes pour certains services d'édilité, de même qu'un monopole de fait s'était constitué au profit des grandes Compagnies de chemins de fer.

Les idées de centralisation administrative se trouvaient favorisées par ces abus. On réclamait des règlements contre les monopoles, les uns au nom du socialisme, les autres au nom des doctrines autoritaires : manifestations obscures et maladroites d'un besoin réel.

Les jeunes Américains qui vont compléter leurs études en Europe, principalement dans les Universités allemandes et à notre École des Beaux-Arts, reviennent généralement aux États-Unis avec un désir très vif de porter remède au manque d'ordre qu'ils remarquent dans la vie publique de leur pays. Le chaos des initiatives privées qui pourvoient dans une si large mesure à l'assistance des pauvres, à l'instruction supérieure, les choque extrêmement. Ils relèvent les doubles emplois, la déperdition d'efforts qui en résultent, sans tenir compte suffisamment de l'œuvre merveilleuse ainsi accomplie et de l'incapacité des pouvoirs publics, tels qu'ils sont constitués aux États-Unis, à porter dans ces créations la belle ordonnance qu'ils rêvent. Bien des fois j'ai eu à prendre, assez curieusement, devant des Américains de ce type, la défense de leur propre pays, leur avouant que nous échangerions bien en Europe, et en France surtout, quelque chose des beaux alignements de nos institutions publiques « que l'Amérique nous envie » contre un peu de la vitalité et de la souplesse qu'on remarque dans les siennes. Quoi qu'il en soit, la réaction qu'ils cherchent à provoquer, excessive et

injuste comme toutes les réactions, a sa raison d'être dans de
sérieux abus.

De plus, elle trouve un appui politique dans le parti républicain qui. pour des raisons historiques, a toujours favorisé
les tendances centralisatrices. Il a été le parti de l'*Union* alors
que le Sud voulait se séparer du Nord. La longue lutte de
cinq années soutenue à ce moment, la complète victoire qui
s'en est suivie l'ont affermi dans ses idées de domination,
dans son désir de fortifier le lien fédéral. Aujourd'hui que le
danger d'une sécession est éloigné, les républicains parlent
volontiers du besoin d'*unification* de l'Amérique ; ils insistent
sur la diversité d'origine des émigrants qui l'envahissent,
sur les inconvénients qui en résultent pour l'esprit national, et
font appel aux procédés européens pour donner un corps à
cette foule, à ce ramassis. « Nous aurions besoin d'une bonne
guerre. pour cimenter la nation », me disait un soir de
l'automne 1896 un jeune colonel de la milice de l'Illinois.
et là encore je dus, sans le convaincre, me faire l'avocat de
l'Amérique, montrer à cet Américain que son pays avait
fait preuve d'un pouvoir pacifique d'assimilation sociale bien
supérieur à tous les ciments de fer et de sang employés par
les peuples conquérants [1].

Au surplus, le moment était mal choisi, et quelle que fût
l'efficacité de la guerre pour l'unification sociale de l'Amérique, il fallait bien se préparer à la faire, puisque des conflits graves menaçaient les États-Unis. Ainsi, tandis que la
tournure d'esprit impérialiste des républicains les poussait à
réclamer un pouvoir politique plus fort, une administration
mieux organisée, une flotte et une armée plus puissantes, les
circonstances faisaient à leurs adversaires un devoir patriotique
de ne pas s'opposer à ces mesures. Ajoutez que le parti républicain était tout-puissant à la suite de sa grande victoire de
1896. Il avait eu la bonne fortune de choisir pour la campagne électorale présidentielle une *platform* qui avait attiré à

---

1. Tout récemment, j'ai eu l'occasion de retrouver le même sentiment dans la
bouche d'un avocat important de New-York : « La guerre, me disait-il, a fait de
nous une nation *(has nationalised us)*. » Et il exprimait là une opinion générale.
Il n'est même pas rare de rencontrer des Américains estimant que la guerre de
Cuba a prévenu une guerre civile entre l'Est et l'Ouest, une menace de sécession.

lui beaucoup de démocrates. Tous ceux qui voulaient sauver
le crédit de l'Amérique s'étaient groupés autour de Mac Kinley
pour défendre la saine monnaie, et je pourrais citer tel
démocrate authentique qui avait versé à la Caisse du Comité
républicain l'énorme somme de cent mille dollars, estimant
que toute division politique devait s'effacer devant un danger
public. A ce moment, on sentait véritablement dans les
milieux éclairés un puissant courant de patriotisme, un sentiment profond de solidarité sociale; on avait l'impression nette
d'une ligue d'honnêtes citoyens décidés à assurer le triomphe
du bon sens. Un parti qui sait prendre la direction d'un
mouvement pareil acquiert une force inattaquable, au moins
pendant une courte période; il recueille, pour lui-même et
pour ses idées, le fruit immédiat de la victoire.

L'*impérialisme* se trouvait donc en faveur au moment où
le conflit hispano-américain prit une tournure grave. Déjà
surexcité par l'attitude fière et digne du président Cleveland
vis-à-vis de l'Angleterre dans l'affaire du Vénézuéla, il avait
obtenu une sérieuse augmentation de la flotte, mais avait
échoué dans son désir d'annexer Hawaï. Les résistances qu'il
rencontrait devaient céder bientôt en face de la force nouvelle
que les événements allaient lui donner.

Sous la présidence de Cleveland, les États-Unis avaient
déjà annoncé très expressément à l'Espagne leur intention
d'intervenir dans l'île de Cuba si le Gouvernement de la Reine
ne parvenait pas à y rétablir l'ordre dans un court délai. La
raison principale invoquée était l'intérêt des États-Unis à ne
pas laisser se prolonger indéfiniment tout à côté d'eux un
état de guerre nuisible aux transactions commerciales. Ce
n'était pas là, d'ailleurs. un simple prétexte. Depuis trente
ans, Cuba avait été pendant treize ans en révolte déclarée, de
1868 à 1878 d'abord, puis à partir de 1895. Les intérêts
américains se trouvaient réellement compromis par cet état
chronique de désordre. L'Espagne prouvait son incapacité à
remplir à Cuba le rôle essentiel de tout gouvernement, le
maintien de l'ordre. La situation ne pouvait se prolonger

indéfiniment. et l'opinion impérialiste tirait de la doctrine de Monroë toutes sortes d'arguments en faveur d'une intervention décisive des États-Unis.

Toutefois, elle rencontrait une opposition déclarée dans la partie la plus sage de la population, fermement opposée par principe moral, comme par tradition, à toute politique conquérante. Il y avait encore bon nombre de libéraux intransigeants, fidèles aux conseils de Washington sur la politique d'isolement, sincèrement attachés aux règles du droit des gens, et redoutant beaucoup pour leur pays les complications inséparables d'une entreprise guerrière pouvant aboutir à une annexion. Cette opinion a toujours été représentée d'ailleurs, puisque, au lendemain de la victoire, après la conclusion du traité de paix, les sénateurs du Maine et du Massachusetts protestaient officiellement contre toute annexion opérée au mépris du droit des gens sans que la population du pays annexé eût été consultée. Aujourd'hui le parti anti-annexionniste fait même de nouvelles recrues parmi les Américains, effrayés des difficultés rencontrées, en particulier, aux Philippines ; mais au moment de la déclaration de la guerre, il ne comptait que des anti-annexionnistes par principe.

Les partisans de l'impérialisme ne manquèrent pas de mettre à profit, pour vaincre la résistance de ces adversaires scrupuleux, la cruauté des mesures de répression employées par les Espagnols. Les journaux illustrés représentaient le général Weyler sous les traits d'un ogre de féerie, parcourant l'île avec ses bottes de sept lieues, et brandissant un coutelas monstre tout dégouttant de sang. Malheureusement, la réalité fournissait une base à ces fantaisies, et les organes plus sérieux de la presse tenaient les Américains au courant des atrocités commises, des souffrances des *reconcentrados*, et rappelaient l'odieux régime d'oppression et de concussion infligé par les Espagnols à la Perle des Antilles. Cette campagne, en produisant dans les cœurs une légitime indignation, affaiblissait de plus en plus le parti de la non-intervention.

L'impérialisme exploitait ainsi pour ses vues propres le sentiment de générosité et de justice très sincère de certains Américains. D'autre part, il était exploité lui-même pour servir les visées moins respectables d'un groupe puissant de spéculateurs. On a beaucoup parlé d'un syndicat qui aurait fourni des fonds, des armes et des volontaires aux rebelles cubains; il est difficile de rien affirmer quant à son existence, mais deux choses sont certaines : 1° des envois de secours ont eu lieu à plusieurs reprises ; 2° le grand *Trust* monopolisateur du sucre avait un intérêt immédiat et considérable à l'annexion de Cuba si riche en plantations de cannes. Lorsqu'on rapproche ces deux faits ; lorsqu'on sait avec quelle âpreté le *Trust* défend et fait prévaloir ses propres intérêts dans les Chambres américaines ; lorsqu'on se rappelle son rôle scandaleux dans le vote du tarif Dingley au Sénat, et plus récemment encore dans l'annexion des îles Hawaï, il est difficile de croire qu'il soit resté inactif dans cette affaire.

Trois influences d'origine diverse poussaient donc à la guerre. Peut-être, cependant, eût-elle pu être évitée si le président de la République, usant de ses droits constitutionnels. avait personnellement conservé la direction des négociations. M. Mac Kinley n'a pas montré dans cette circonstance les qualités d'homme d'État dont son prédécesseur Cleveland avait fait preuve au moment des affaires du Vénézuéla. Il a fui les responsabilités ; il a abandonné au Congrès la fonction du pouvoir exécutif qu'un Congrès est toujours malhabile à tenir et qui réclamait dans l'espèce un homme ferme, clairvoyant et calme. Le résultat a été déplorable. Une fois la lourde machine du Congrès mise en mouvement, il n'a plus été possible de l'arrêter ; elle a roulé pesamment et précipitamment jusqu'au bas de la pente, écrasant tout sur son passage, ne se laissant détourner ni par les propositions de l'Espagne, ni par les possibilités d'arbitrage. Un acte résolu et décisif du Président aurait vraisemblablement amené l'Espagne à composition, et il dépendait alors du Président seul de négocier, de calmer l'opinion, de lui donner satisfaction par une convention honorable garantissant les intérêts américains à Cuba. On ne peut pas s'empêcher de regretter que M. Cleveland n'ait pas été à ce moment-là l'hôte de la Maison-Blanche. Les États-Unis auraient fait devant le monde une figure autrement digne, et l'impérialisme n'aurait pas pris ce caractère de férocité grossière à laquelle les discussions du Congrès, la guerre et la victoire ont servi d'aliment.

En voulant échapper à une responsabilité, M. Mac Kinley en a assumé une bien plus terrible, comme il arrive chaque fois qu'on manque à son devoir. Il a rendu la guerre inévitable ; il est responsable du mauvais renom que s'est attiré l'Amérique par sa dureté et des complications de toutes sortes qui résulteront pour elle de l'étendue même des sacrifices qu'elle a exigés de l'Espagne. Au moment de la déclaration de guerre, d'ailleurs, beaucoup d'Américains, et des plus sensés, blâmaient la conduite du Président. En présence du fait accompli et de la nécessité d'un effort commun de toute la nation, le mouvement de protestation ne pouvait pas et ne devait pas se produire ouvertement, mais il ne faudrait pas croire que ce silence patriotique ait été la marque d'une approbation sans réserve.

Bien entendu, l'*impérialisme* l'interprétait ainsi. Il triomphait. Il devait triompher bien plus complètement encore quand le succès des armes américaines allait permettre d'imposer à l'Espagne des conditions léonines, de lui enlever Cuba, Porto-Rico et les Philippines. Ce triomphe alarme l'Europe qui se demande quels pourront être les progrès ultérieurs de l'impérialisme américain et de quel côté se portera l'esprit de conquête ; mais il alarme aussi beaucoup des amis des États-Unis, qui n'ont pas vu sans peine une intervention, commencée sous couleur d'humanité, se terminer par une spoliation, Et c'est une question de savoir comment le gouvernement américain mis en présence de devoirs tout nouveaux pour lui, possédant une flotte et une armée sérieuses, ayant à administrer des pays riches et peuplés en dehors de son territoire, mêlé à la politique européenne, saura remplir sa tâche. Surtout, on craint que l'impérialisme victorieux ne vienne à étouffer sous sa pression le magnifique élan d'énergie individuelle qui a fait les États-Unis ce qu'ils sont.

Sur les deux premiers points, les inquiétudes ne sont que trop fondées. Il est toujours déplorable de voir un peuple manquer dans une circonstance aussi importante et d'une manière aussi grave à des promesses faites solennellement. Quand on réfléchit surtout que personne ne demandait aux

États-Unis de pareils engagements, que, par suite, ils ont encouru de gaieté de cœur un reproche d'hypocrisie nationale destiné à peser longtemps sur leur réputation, on jette un blâme d'autant plus sévère sur leur conduite.

En ce qui concerne leur aptitude à administrer leurs nouvelles possessions, il convient de faire les plus expresses réserves. Très probablement, les Américains ne se montreront pas, surtout au début, d'excellents administrateurs. Le personnel qui les représentera là-bas sera recruté sans doute dans le milieu où ils recrutent leurs fonctionnaires ; ce n'est pas un milieu de choix, comme on sait. Il semble donc, au premier abord, que Cuba, par exemple, ne gagnera pas grand'chose à échanger la domination des hidalgos qui venaient y faire leur fortune contre celle des politiciens yankees. Mais l'effet de la mauvaise administration publique sera neutralisé par la libre énergie américaine qui va prendre son essor dans ce pays si riche, jusqu'ici si mal exploité, mais appelé certainement à se développer d'une manière merveilleuse entre les mains de ses nouveaux possesseurs. Ceux-ci supporteront bien des gaspillages financiers, bien des négligences administratives, mais jamais une entrave à l'entreprise qu'ils viendront fonder, et, si le système de gouvernement appliqué au pays les gêne, soyez sûr qu'ils ne seront pas longs à faire changer le système. Là-dessus, il ne saurait y avoir aucun doute pour qui connaît les Américains. Ils acceptent chez eux, nous l'avons dit, beaucoup de choses, qui surprennent leurs visiteurs européens, mais à une condition essentielle, c'est d'avoir leurs coudées franches pour agir. Si, à tort ou à raison, ils estiment que telle contrainte donnée ne gêne pas leur action utile, qu'elle porte seulement atteinte à leur agrément, à la facilité de leur vie, ils se l'imposeront volontiers, soit qu'ils y voient un avantage moral, comme dans le cas de la prohibition des boissons fermentées, soit qu'ils y voient un avantage économique, comme dans le cas du protectionnisme ; mais c'est là un phénomène tout différent : il s'agit de la liberté de la jouissance et non de la liberté de l'action. Se priver d'alcool ou payer ses habits plus cher que de raison, c'est désagréable, mais cela ne rend l'homme ni moins libre de poursuivre le développement de son activité, ni moins prompt à l'atteindre.

C'est pourquoi, en face d'une administration qui a de grandes chances d'être mauvaise, une force plus puissante, une force invincible et régénératrice se dressera à Cuba et changera profondément les conditions économiques, sociales et politiques de l'île[1]. Si les fonctionnaires manquent, les hommes ne feront pas défaut.

* *
*

On s'en rend assez bien compte quand on réfléchit sur la manière dont les Américains se sont comportés au cours de la dernière guerre. L'impéritie des diverses administrations apparaît clairement, et le courage, l'audace des agents individuels ne sont pas moins prouvés.

Le succès des Américains n'a pas été dû à leur bonne organisation. Leurs journaux ont copieusement relaté les fautes sans nombre du service de l'intendance, du service de santé, et les erreurs fâcheuses de direction du secrétaire à la guerre, Alger. Étant donné le climat meurtrier des Antilles pendant la saison chaude, l'époque à laquelle la campagne avait été entreprise, l'absence de précautions nécessaires, les ravitaillements insuffisants et l'inexpérience d'un corps expéditionnaire où les soldats improvisés formaient la majorité, il est à croire que l'armée américaine aurait éprouvé de grands désastres si elle n'avait pas eu affaire à un ennemi démoralisé et, par suite, à moitié vaincu d'avance.

Le résultat premier eût été d'autant plus à son désavantage qu'elle n'avait pas, comme les armées d'Europe soumises à une discipline traditionnelle, la faculté de souffrir en silence et de mourir sans phrase. Les volontaires inscrits sur les contrôles voulaient bien donner leur vie pour le triomphe de la patrie, mais ils n'étaient pas résignés à la donner inutilement et se faisaient volontiers juges de l'utilité de leur sacrifice. Par exemple, le colonel Roosevelt, le chef bien connu des *rough riders*, n'hésitait pas à publier dans tous les jour-

---

1. Déjà, paraît-il, les effets bienfaisants de la domination américaine commencent à se faire sentir à Cuba : on a supprimé une série d'impôts, sur les ventes d'immeubles, sur les passeports, la taxe du papier timbré, etc., et les Cubains se félicitent de ce qu'on ne les vole plus à la Douane. (*Monde économique* du 21 janvier 1899)

naux une lettre adressée à son supérieur hiérarchique, le ministre de la Guerre, pour lui représenter, vers la fin de la campagne, combien il était absurde de laisser périr de maladie, sur le sol cubain, ses braves volontaires, et pour réclamer leur transport immédiat sur une plage du nord de l'Amérique. Avec cette manière de comprendre la discipline militaire, une défaite aurait causé un désordre inexprimable. Mais, d'autre part, elle aurait surexcité à un tel degré le sentiment national, qu'elle aurait immédiatement déterminé un immense effort. Les Américains ne sont jamais lents à apprendre leur leçon ; à coups d'énergie, et avec une déperdition de forces due à leur inexpérience première, ils auraient levé promptement une nouvelle armée[1] et recommencé la lutte héroïque d'il y a trente ans, alors que le Nord, fort peu versé dans les choses de la guerre, tournait momentanément de ce côté toute son activité, inventait des armes, formait des généraux et des soldats, et demeurait attelé à cette besogne héroïque jusqu'à ce qu'il l'eût menée à bien.

Cette fois, les circonstances n'ont pas exigé des États-Unis un pareil déploiement d'énergie et de persévérance, mais les hommes qui ont eu à se montrer l'ont fait avec une bravoure tranquille, témoignage irrécusable de la persistance des mêmes qualités dans la race. On s'imagine, dans certains milieux peu informés, que les Américains doivent manquer de courage militaire parce qu'ils n'y ont pas été spécialement entraînés. Cette opinion est plaisante. Des hommes qui luttent toute leur vie contre toutes sortes d'obstacles, qui considèrent l'existence facile, *easy-going*, comme une cause d'infériorité, qui exaltent par leurs actes comme par leurs exemples l'effort continu et vigoureux, sont préparés à faire des soldats déterminés. On a trouvé le lieutenant Hobson et six marins pour couler le *Merrimac* à l'entrée du port de Santiago ; on en aurait trouvé bien d'autres pour les imiter. Les hommes de cette trempe ne font pas défaut aux États-Unis. . Et leur héroïsme, ayant sa source dans leur valeur générale d'hommes, dans la hauteur de leur humanité, est exempt de férocité. Ce n'est pas une ivresse. On se rappelle le mot

---

1. Quand, au début de la guerre, il s'est agi de trouver deux cent mille volontaires, le gouvernement a reçu, dit-on, un million d'engagements.

désormais historique du capitaine Philip, commandant du *Texas*, alors que le vaisseau espagnol, coulé par ses canons, disparaissait avec son équipage : « Ne criez pas ! Ils meurent ! » « *Don't cheer ! They are dying !* ». Cette manifestation spontanée de respect est empreinte d'une vraie grandeur morale. Elle met en relief le caractère de gravité religieuse si profond dans l'âme américaine, et que les observateurs superficiels ne savent pas discerner au milieu de l'activité ordinaire. Ils sont portés à y voir une sorte d'agitation fiévreuse, désordonnée, une course effrénée vers le dollar, et justifient leur opinion par l'existence de quelques échantillons de Yankees peu estimables. Cependant la formation générale de la race à l'effort individuel repose sur une base morale et religieuse ; c'est pourquoi elle est féconde, et c'est aussi pourquoi elle n'est pas à la merci des circonstances extérieures.

Du fait que ces circonstances vont placer devant les Américains un devoir nouveau ; du fait qu'ils vont avoir à constituer une armée moins rudimentaire, une marine plus forte, une administration, il n'y a donc pas lieu de conclure que leur organisation sociale se trouve menacée. La base demeure, et l'habitude de l'action efficace personnelle reste encore la meilleure préparation à l'action publique. Il est plus facile d'établir les services d'État qui manquent ou sont insuffisants dans un pays fécond en hommes que d'employer un Gouvernement savamment constitué à former des hommes dans un pays où les hommes manquent ou sont insuffisants.

On propose en ce moment-ci une armée de cent mille hommes. Il est probable même qu'on ne s'en tiendra pas là. Une population de soixante-douze millions d'habitants peut fournir aisément plus de cent mille hommes par enrôlements volontaires, sans aucun recours à la conscription, sans que la nation se sente, par conséquent, entravée dans le développement de sa vie économique. Encore le projet soulève-t-il une sérieuse opposition : républicains anti-annexionnistes, démocrates, populistes, etc., se coalisent pour le faire échouer et peut-être y parviendront-ils, mais, à supposer que l'impérialisme remportât encore sur ce point un nouveau triomphe, il serait bien exagéré d'en conclure que l'Amérique va tomber sous le joug du militarisme. Si une armée de cent mille hommes est nécessaire pour maintenir l'ordre dans les possessions nouvelles des États-Unis. le Congrès aurait grand tort de ne pas voter la mesure. Si, au contraire, ce chiffre est exagéré, si les ambitions conquérantes de certains impérialistes le réclament seules, il convient de le réduire, mais, en aucun cas, la vigueur de l'initiative privée américaine n'en sera menacée.

En France, nous nous plaignons — et avec raison — de la place très exagérée prise par le fonctionnarisme dans la vie nationale. Nous en concluons, un peu hâtivement parfois, que toute augmentation des services d'État est une faute et une aggravation de notre maladie. C'est une manière rapide, commode et générale de juger une série de phénomènes différents. Quand un intérêt public, un véritable intérêt public réclame un effort plus grand, il serait insensé de le négliger pour obéir aveuglément à une règle de conduite abstraite. Il est plus insensé encore de considérer qu'un pays comme les États-Unis manque à ses traditions et met sa constitution en danger parce que, débordant de vigueur individuelle, il prend soin de pourvoir aux nécessités de sa vie publique.

L'énergie personnelle, l'esprit d'entreprise et d'initiative des Yankees ne seront pas étouffés, ni même amoindris parce que les États-Unis sortiront de leur isolement national. De même, l'Angleterre ne paraît pas avoir entravé l'essor individuel de ses nationaux par le rôle qu'elle joue dans la diplomatie européenne. Il est même très certain qu'elle a souvent appuyé, grâce à la puissance de sa flotte, les entreprises privées de ses émigrants, de ses commerçants, de la manière la plus efficace. La puissance politique internationale n'est pas une faiblesse par elle-même, bien au contraire. Il convient seulement de ne pas lui sacrifier la vie de la nation, mais de l'y faire servir, de ne pas en exagérer l'appareil et les organes par sotte mégalomanie ; elle devient alors l'expression nécessaire, l'expression ordonnée et harmonique des intérêts réels qui lui sont confiés.

Mais, dira-t-on, les États-Unis, en se laissant saisir par l'engrenage des complications internationales, seront entraînés plus loin qu'ils ne le croient. Déjà, aux Philippines,

une guerre nouvelle paraît inévitable pour soumettre Aguinaldo, et on murmure que derrière Aguinaldo se dissimule
l'influence d'une grande puissance européenne. Qui peut
prévoir les conséquences possibles de ce conflit? Personne,
assurément. Toutefois il ne faut pas perdre de vue que les
Américains sont garantis dans une large mesure par leurs
habitudes et par le caractère subordonné de leur impérialisme contre les dangers de l'engrenage. Dans les affaires privées, les Américains ne sont nullement entêtés; ils sont très
prompts, au contraire, à liquider une entreprise mal engagée
— plus prompts parfois que l'honnêteté commerciale ne l'exi-
gerait, — très prompts aussi à se retourner. Dans les relations
internationales, ils apporteront vraisemblablement les mêmes
habitudes parce qu'ils les traiteront comme des affaires, *on
strict business principles*, comme ils le disent volontiers;
parce que leur impérialisme est essentiellement opportuniste,
subordonné aux circonstances, non pas rigide, logique et
chatouilleux sur le point d'honneur. J'imagine qu'ils sauraient abandonner sans fausse honte un projet politique
reconnu plus dangereux qu'utile, de même qu'ils persévére-
raient invinciblement dans une entreprise difficile, mais
reconnue nécessaire. Bref, ils feront dans leurs chancelleries
ce qu'ils font tous les jours dans leurs magasins et dans
leurs usines. Ils capituleront, ils liquideront, ils iront même
au-devant de la faillite, plutôt que de se laisser entraîner
dans une voie fâcheuse.

Reste à savoir comment les Américains parviendront à
organiser leurs services publics. Ils n'ont pas été jusqu'ici des
modèles d'administrateurs. Ils ont à faire leurs preuves. Il
leur faut renforcer leur marine, leur armée, et créer une
sorte de *civil service* pour leurs colonies.

La marine et l'armée ne sont peut-être pas, malgré leur
importance, la partie la plus redoutable du problème à résoudre. La marine actuelle paraît avoir les qualités requises.
Matériellement, les Américains ne seront pas en retard pour
construire, pour inventer des bâtiments perfectionnés. Quant

au personnel, la hardiesse ne lui manque pas, et il est plus
façonné à la discipline qu'on ne pourrait le croire. Le lieutenant Hobson citait dernièrement cette parole d'un de ses
hommes fait prisonnier après l'affaire du *Merrimac*. Comme
un major espagnol lui demandait :

— Quel était donc votre but en venant ici ?

— Monsieur, répondit–il fièrement, dans la marine des
États–Unis, ce n'est pas l'habitude des marins de savoir ou
de chercher à savoir les raisons des ordres de leurs chefs.

Il y aura vraisemblablement plus de difficultés en ce qui
concerne l'armée de terre, mais là encore les États-Unis ont
la ressource d'un noyau d'officiers très bien formés. West-
Point jouit d'une bonne réputation auprès des officiers européens qui ont eu l'occasion de le visiter et de connaître leurs
camarades américains. Quelles que soient les difficultés de
l'entreprise, il s'agit donc de développer une œuvre déjà
commencée, non de créer à nouveau.

Au contraire, pour le service civil tout est à faire. La pire
chose, et il est à craindre qu'elle ne se produise, serait d'y
employer le personnel corrompu des politiciens qui verront là
une occasion de profits faciles. Si cela arrive, il faut espérer
que les Américains établis dans les colonies ne supporteront
pas longtemps ce scandale et cette exploitation ; mais s'ils
parviennent à exclure les concussionnaires, ils n'auront encore
accompli qu'une partie de leur tâche. Des politiciens tenus
en respect, surveillés par l'opinion, ne seront encore que des
administrateurs négatifs, mis dans l'impossibilité de nuire. Il
faut plus, il faut des hommes capables, tels que la *machine*
politicienne n'en fournit guère ou n'en fournit pas. Le problème est donc grave.

Pour en venir à bout, il faudrait décider les honnêtes gens
éclairés à fournir des cadres à la vie publique. Il y a à cela
de grosses difficultés et quelques chances de succès. Voici
comment elles nous apparaissent.

Les difficultés sont de deux sortes. En premier lieu le mauvais renom des politiciens éloigne la partie saine de la population des fonctions publiques. Un homme appartenant à un
milieu honorable a un peu le sentiment qu'il se déclasse en
les acceptant, surtout lorsqu'il s'agit de fonctions non élec-

tives, de fonctions dues à la faveur du pouvoir; c'est le phénomène inverse de celui que nous observons en France, où
beaucoup de fils de famille considèrent les services d'État
comme plus élégants que les professions libres. Et les gens
au pouvoir ne cherchent pas, d'autre part, chez nous les
hommes de valeur, parce qu'ils ont une clientèle électorale à
placer. — En second lieu, l'essor agricole, industriel et commercial des États-Unis offre à l'activité des jeunes Américains tant
de débouchés avantageux, leur esprit d'entreprise est si habile
en outre à lui trouver un emploi, que les salaires des fonctions publiques ne tentent pas ceux qui auraient la capacité
voulue pour les remplir. Quand on possède les qualités nécessaires pour vivre largement dans l'indépendance, on ne tient
pas à s'enchaîner.

Tels sont les sérieux obstacles à un bon recrutement des
services à constituer. Cependant il y a quelques chances de
succès. Elles sont fournies principalement par la jeunesse des
universités.

Les universités américaines ont pris depuis une trentaine
d'années un immense développement. Aux anciennes fondations de Harvard, de Yale, de Princeton, sont venus s'ajouter
l'université de Pensylvanie, le Columbia College de New-York,
la Johns Hopkins University, l'université de Chicago, la
Leland Sanford Junior University, et bien d'autres encore.
Beaucoup de pères de famille y envoient leurs enfants avec
l'idée de leur assurer le bénéfice d'une culture générale, de
leur donner un meilleur départ dans la vie, *a better start*,
estimant que le retard résultant du séjour à l'université est
plus que compensé par le développement intellectuel qu'on y
acquiert, en un mot, que l'opération paie. Plusieurs, en effet,
entrent au sortir de l'université dans les affaires, rattrapent
au bout de cinq ou six ans les jeunes gens de leur âge mis
plus tôt qu'eux à la besogne pratique, et sont plus aptes à
tenir les emplois élevés. D'autres sont de purs étudiants professionnels, qui apprennent à l'université leur métier futur de
médecin, d'homme de loi, d'architecte, d'ingénieur. Enfin, un
petit nombre se consacrent à l'étude et recrutent les corps de
professeurs.

Dans ce milieu intellectuel et réfléchi, moins dominé par les préoccupations de lucre immédiat, plus soucieux des questions politiques et plus conscient des problèmes de la vie publique, il se forme un courant de civisme éclairé. Il y a longtemps qu'on déplore parmi les *university men* l'abandon de la politique aux politiciens, qu'on cherche à modifier cette situation et qu'on se prépare utilement à y porter remède. Les universités semblent donc tout indiquées pour fournir les éléments d'un personnel administratif de choix, honnête, et capable de faire faire aux colonies nouvelles l'apprentissage du *self government*. De même, on pourrait recruter chez elles les futurs diplomates américains dont le rôle se compliquera à mesure que les États-Unis se trouveront plus mêlés aux questions internationales.

Déjà l'influence des universités se fait sentir sur la politique intérieure, et elle se manifeste d'une façon très louable dans le sens des réformes nécessaires. Aux dernières élections municipales de New-York, M. Seth Low, président de l'université de Columbia, était le porte-drapeau de la réaction honnête contre l'odieuse oppression de *Tammany*, parvenue une fois à porter M. Strong à la première magistrature de la ville, battue, il est vrai, en 1897. mais bien décidée à continuer la lutte. A Chicago la jeunesse universitaire accueillait avec enthousiasme M. Pingree, le maire réformateur de Detroit que ses succès municipaux ont désigné aux électeurs du Michigan pour le poste de gouverneur. Enfin les enquêtes publiées sans relâche par les *university men* sur l'administration publique des villes et des États jouent le rôle d'un comité de surveillance permanent, dénoncent les abus, encouragent les initiatives heureuses et contribuent à créer un esprit public.

Voilà de quel côté est l'espérance d'un avenir meilleur pour la politique américaine. En attendant que cette espérance se réalise, nous assisterons vraisemblablement à des expériences malheureuses. Il pourra en résulter un discrédit croissant pour les organismes publics des États-Unis, et le discrédit sera mérité si les diplomates européens rencontrent souvent des collègues américains aussi raides que les membres de la Commission chargée de traiter avec l'Espagne, si les Cubains ont à souffrir de la malhonnêteté d'administrateurs politiciens. Mais on se tromperait étrangement si on tirait parti de ces fautes pour annoncer la décadence de l'Amérique. Aux devoirs

nouveaux que des circonstances nouvelles exigent d'elle, il
faut des hommes nouveaux, plus soucieux de la vie publique
que les citoyens d'autrefois, d'une hauteur morale plus grande
que les politiciens méprisables. Il existe une réserve d'hommes
de ce genre. Le gouvernement des États-Unis aura-t-il l'habileté de s'en servir dès le début? On ne peut guère l'espérer
quand on connaît la puissance actuelle de la *machine* et la
dépendance du président Mac Kinley vis-à-vis des grands
électeurs qui l'ont porté au pouvoir, mais c'est beaucoup que
cette réserve existe, qu'elle soit prête à marcher au premier
appel et décidée à agir pour hâter cet appel. C'est beaucoup
aussi que la *machine* politique ait été récemment atteinte dans
l'organisation corrompue et corruptrice de *Tammany*. Sans
doute, cette circonstance fortifie plutôt le parti républicain,
mais elle enlève quelque chose à la stricte discipline qui
embrigade les électeurs ; par là, elle favorise le succès des
hommes indépendants.

A ceux qui considèrent l'initiative individuelle américaine
comme sérieusement menacée par le triomphe actuel de
l'impérialisme, il est bon de faire remarquer que, malgré ses
analogies avec le chauvinisme autoritaire français, il en est
profondément distinct. Pour que les idées de deux races
d'hommes soient les mêmes, il ne suffit pas que leur expression abstraite se rencontre momentanément dans des formules
semblables. Washington parlait comme Lafayette à la fin du
siècle dernier ; il n'agissait pas de même ; il ne pensait pas
toujours de même. Les déclarations de principes ne sont qu'un
vêtement que nous donnons à nos conceptions intimes et
profondes. Il ne faut pas juger sur ce vêtement, mais sur ce
qu'il recouvre. Et c'est pourquoi l'Amérique n'est pas si
modifiée qu'elle paraît l'être par l'attitude nouvelle, et tant
soit peu déconcertante au premier abord, qu'elle a prise au
cours des derniers événements.

PAUL DE ROUSIERS

DON LORENZO PEROSI

L'hiver qui pesait sur la pensée italienne finit. L'un après l'autre, les grands arbres endormis renaissent au soleil. Hier la poésie. Aujourd'hui la musique. Suave musique d'Italie, calme jusque dans les passions, sereine dans la tristesse, naïve dans la science, assistons-nous vraiment à son nouveau printemps ? Est-ce le premier flot d'un grand fleuve mélodique, où notre époque morose va se laver de ses deuils et de ses doutes ? A l'émotion que j'ai sentie en lisant les oratorios du jeune prêtre piémontais, il me semble entendre dans l'air la lointaine chanson des enfants grecs d'autrefois : « Elle est arrivée, elle est arrivée, l'hirondelle, amenant les belles saisons et les belles années. Ἔαρ ἤδη. » Et c'est avec une joyeuse espérance que je salue la venue de Don Lorenzo Perosi.

***

- L'abbé Perosi, maître de chapelle de Saint-Marc de Venise et directeur de la Sixtine, a vingt-six ans. De petite taille, d'apparence très juvénile, la tête un peu grosse pour le corps, sa physionomie ouverte et régulière est éclairée par d'intelligents yeux noirs, et n'a de caractéristique que l'avancement de la lèvre inférieure. Il est très simple, d'une cordialité

affectueuse, et montre une modestie qui touche. Quand il
conduit l'orchestre, la candeur de sa silhouette, ses gestes
langoureux et gauches aux passages expressifs, d'une naïve
passion aux endroits dramatiques, évoquent le souvenir des
moines ingénus d'Angelico.

Voici dix-huit mois, Don Perosi a entrepris un cycle de
douze oratorios sur la vie du Christ. En ce court espace, il
en a achevé quatre : *la Passion, la Transfiguration, la Résurrection de Lazare, la Résurrection du Christ;* et ici même, il
travaille à un cinquième oratorio : *la Nativité.*

Ces œuvres suffisent pour le mettre au premier rang de la
musique contemporaine. Elles ne sont pas sans défauts : il y
en a, et d'assez grands ; mais les qualités en sont si rares, et
surtout l'âme s'y montre avec tant de transparence, une sincérité si touchante y respire, que le courage manque pour
insister sur les faiblesses. Je me contente de signaler en passant l'insuffisance et les gaucheries de l'orchestration, que le
jeune maître devra travailler à rendre plus fine et plus riche,
une facilité admirable, sans doute, mais souvent trop hâtive,
à l'entraînement de laquelle il lui faudra résister, enfin
quelques traces de mauvais goût, et des réminiscences classiques, qui sont péchés de jeunesse, et que l'âge effacera de lui-
même.

Chaque oratorio de Don Perosi est une masse en mouvement. qui obéit à une même pensée directrice. Don Perosi
me dit :

— Le tort des artistes d'aujourd'hui est de s'attacher trop
aux détails, et de négliger l'ensemble. On sculpte de beaux
ornements ; mais la première chose de toutes qu'on oublie,
c'est l'unité de l'œuvre, le plan, la ligne générale. Il faut
d'abord que la ligne soit belle.

Dans cette architecture musicale, on distingue des airs
bien marqués, des récitatifs nombreux, des chœurs grégo-
riens ou palestriniens, des chorals développés et variés à la
façon ancienne, et des intermèdes symphoniques très importants.

L'œuvre est précédée d'un grand prélude, toujours très
soigné, et auquel Don Perosi attache un prix tout particulier. Il veut, dit-il, que l'édifice ait une belle porte, précieu-

sement travaillée, comme faisaient les artistes de la Renaissance et des temps gothiques. Aussi compose-t-il son prélude après l'oratorio, et dans le calme et le recueillement. Il veut y concentrer l'atmosphère morale, l'essence de l'âme et des passions de son Drame sacré. Et il me confie que de tout ce qu'il a composé, il n'est rien qu'il préfère aux deux introductions de *la Transfiguration* et *de la Résurrection du Christ*.

La tendance de ces oratorios au drame est très marquée, et c'est surtout par là qu'ils ont conquis l'Italie. Malgré un certain nombre de pages qui s'égarent un peu dans l'opéra, voire dans le mélodrame, le sentiment en est souvent poignant. Les figures de femmes surtout sont dessinées avec délicatesse. Ainsi, dans la seconde partie de *Lazare*, l'air de Marie : « Seigneur, si tu avais été ici, mon frère ne serait pas mort », — air où l'on entend un écho de l'*Orphée* de Gluck, mais plus déchirant encore, d'une tristesse brisée. Ou, dans le même oratorio, quand Jésus donne l'ordre de lever la pierre du tombeau, la phrase de Marthe : « *Domine, jam fœtet* », toute tremblante de douleur, d'effroi, de honte, de dégoût mortel. Je veux encore citer la page la plus humaine peut-être, la plus émue de toutes ; dans *la Résurrection du Christ*, Madeleine près du tombeau du Christ, son dialogue avec les anges, ses plaintes pénétrantes, le divin récit de l'Évangéliste : « Et, comme elle avait dit cela, elle se retourna, et elle vit Jésus debout, et elle ne savait pas que c'était Jésus. » Au travers de la mélodie toute chargée de tendresse, il semble qu'on voie briller les yeux du Christ posés sur Madeleine, qui ne les a pas encore reconnus.

Pourtant ce n'est point le génie dramatique qui me frappe le plus dans l'œuvre de Perosi ; c'est bien davantage je ne sais quel sentiment élégiaque qui lui est propre, un don de pure poésie, l'abondance de la sève mélodique. Si profond que soit le sentiment religieux, la musique est souvent la plus forte, et interrompt le drame pour rêver librement. Prenez l'admirable passage symphonique qui suit l'arrivée de Jésus et de ses amis auprès de Marthe et de Marie, après la mort de leur frère (pages 12 et suivantes du *Lazare*). Certainement l'orchestre y exprime les regrets, les soupirs, le bercement de la douleur, mêlés de paroles de consolation et de foi, une sorte de marche funèbre alanguie, féminine et chrétienne. Dans la pensée de l'auteur, c'est là un de ces tableaux, où il se plaît à dessiner les figures du drame avant de les faire parler. Mais malgré lui, c'est bien plutôt encore un flot de pure musique, où son âme souriante et mélancolique s'abandonne à sa chanson intérieure. Parfois cette âme, d'une séduction naïve et subtile, rappelle celle de Mozart ; mais la fermeté religieuse de Bach vient toujours dominer, diriger l'harmonieuse rêverie. — Même les pages où le sentiment dramatique est le plus intense sont de belles symphonies, comme le Miracle dans *la Transfiguration*, ou la Maladie de Lazare. Il y a dans ce dernier morceau une profondeur de souffrance émouvante. Certainement, la douleur ne va pas plus avant chez Bach ; et c'est ici la même délicatesse de main, la même sérénité dans le désespoir. Peu de pages aussi belles dans la musique entière. C'est l'âme qui parle à l'âme.

Et quelle joie à la fin de ces actes de foi, quand Jésus a guéri le possédé, ou que Lazare rouvre les yeux à la lumière! Le cœur d'une foule déborde en actions de grâces enfantines, ingénues. Cela semble d'abord d'expression un peu vulgaire; mais n'est-ce pas ainsi qu'est la joie de Beethoven, la joie de Mozart, la joie de Bach, la joie de tous les grands artistes, qui, leurs soucis jetés, savent s'amuser comme le peuple? Et la simple phrase du début prend bientôt plus d'ampleur, les harmonies s'enrichissent, une sève ardente bouillonne, et un puissant choral se mêle aux danses, avec une éclatante majesté.

Toutes ces œuvres rayonnent d'une facilité bienheureuse. Et l'admiration s'augmente, quand on pense que *la Passion* a été terminée en septembre 1897, *la Transfiguration* en février 1898, *Lazare* en juin 1898, et *la Résurrection du Christ* en novembre 1898. Une telle abondance nous ramène aux musiciens du xviiie siècle.

Mais ce n'est pas le seul trait de ressemblance du jeune maître avec ses grands devanciers. Combien de leur âme est passée dans la sienne! Ce style est fait de tous les styles, depuis le chant grégorien jusqu'aux modulations les plus modernes. Tous les matériaux sont employés à l'œuvre. Ceci est un trait italien. D'Annunzio jette dans la fonte d'où sor-

tent ses merveilleux poèmes l'antiquité, la Renaissance, les
peintres italiens, toute la musique, les écrivains du nord,
Tolstoï, Dostoïevsky, Mæterlinck, nos Français. Ainsi Don
Perosi unit dans ses compositions le chant grégorien, les
contrepointistes des XVᵉ et XVIᵉ siècles, Palestrina, Roland,
Gabrieli, Carissimi, Schütz, Bach, Hændel, Gounod, Wagner,
— je dirais César Franck, s'il ne m'avait avoué qu'il ne
connaît presque pas ce maître, avec lequel son style a parfois
de curieuses ressemblances.

Le temps n'existe pas pour lui. Comme il veut courtoise-
ment faire l'éloge de la musique française, le premier nom
qu'il va choisir, comme d'un contemporain, est celui de
Josquin, puis celui de Roland de Lassus, si grand, si profond, l'homme qu'il admire le plus. — Et c'est aussi un trait,
non pas seulement italien, mais catholique, que cette univer-
salité de style ; et don Perosi s'explique bien nettement à ce
sujet. Les grands artistes d'autrefois, dit-il, étaient plus
éclectiques que nous, moins enfermés dans leur nation
étroite. L'école de Josquin a peuplé toute l'Europe. Roland a
vécu en Flandre, en Italie et en Allemagne. Par eux, le
même style répandait la même pensée partout. Il faut faire
comme eux. Il faut tâcher de recréer un art universel, où
toutes les ressources de tous les pays et de tous les temps
soient fondues.

A la vérité, je crois que tout n'est pas absolument juste
dans cette comparaison ; et je doute un peu que Josquin et
Roland aient été éclectiques ; ils ne fondaient pas les styles
de tous les pays ; ils imposaient à tous les pays le style que
venait de créer l'école franco-flamande, et qu'ils enrichis-
saient chaque jour. Mais, en soi, le dessein de don Perosi est
digne qu'on l'admire. Il faut louer grandement ses efforts
pour créer un style universel. Ce serait un bien pour la
musique, où l'éclectisme, ainsi compris, pourrait seul ramener
sans doute, l'équilibre perdu depuis la mort de Wagner; et
un bien pour l'esprit humain, qui trouverait dans l'unité de l'art
un puissant instrument d'unification morale. Nous devons
tâcher que les différences de races s'effacent dans l'art, et
qu'il devienne de plus en plus une langue commune à tous
les peuples, où les pensées opposées se rapprochent. Nous

devons travailler tous à bâtir la cathédrale de l'art européen. La place du directeur de la Sixtine était toute marquée parmi les premiers constructeurs.

Don Perosi s'assied au piano, et joue le *Te Deum* de la *Nativité,* qu'il vient d'écrire la veille. Il joue d'un jeu très doux, d'une allégresse juvénile qu'il accompagne en chantant à mi-voix les parties chorales. A tout instant, il se retourne vers moi, non pour chercher une approbation, mais pour voir si nous pensons ensemble. Il regarde alors bien en face, avec ses yeux tranquilles, puis revient à sa partition, puis me regarde encore. Et je sens un calme bienfaisant qui rayonne de lui, de sa personne et de sa musique, de l'heureuse harmonie d'une vie sereine, abondante et bien rythmée. Combien cela est reposant des tempêtes et des convulsions de l'art de ces derniers temps! Allons-nous donc enfin sortir des angoisses romantiques, inaugurées en musique par Beethoven? Après un siècle de batailles, de révolutions, de déchirements politiques et sociaux, dont le trouble s'est reflété dans l'art, allons-nous commencer à construire la cité d'art nouvelle, où les hommes se grouperont fraternellement dans l'amour d'un même idéal? — Si utopique que soit encore cette espérance, regardons ceci comme un symptôme des nouvelles directions de la pensée, et souhaitons à Don Perosi de ramener dans la musique la paix divine, cette paix réclamée avec désespoir par Beethoven à la fin de sa *Missa solemnis,* et cette joie qu'il a chantée, sans l'avoir connue.

ROMAIN ROLLAND

L'Administrateur-Gérant: H. CASSARD.

L'ILLUSION WAGNÉRIENNE

Avant tout, le lecteur doit être prévenu qu'il ne s'agit pas ici d'une critique des œuvres ou des théories de Richard Wagner.

Il s'agit de tout autre chose.

Ceci posé, entrons en matière.

I.

On connaît le prodigieux développement de la littérature wagnérienne. Depuis quarante ans, livres, brochures, revues et journaux dissertent sans trêve sur l'auteur et sur ses œuvres ; à tout instant paraissent de nouvelles analyses d'œuvres mille fois analysées, de nouveaux exposés de théories mille fois exposées ; et cela continue toujours, et l'on ne saurait prévoir quand cela s'arrêtera. Il va sans dire que les questions sont épuisées depuis longtemps ; on rabâche les mêmes dissertations, les mêmes descriptions, les mêmes doctrines. J'ignore si le public y prend intérêt ; on ne paraît pas d'ailleurs s'en inquiéter.

Cela saute aux yeux. Ce qu'on ne remarque peut-être pas autant, ce sont les aberrations étranges qui parsèment la

1er Avril 1899.

plupart de ces nombreux écrits ; et nous ne parlons pas de
celles inhérentes à l'incompétence inévitable des gens qui
ne sont pas, comme on dit, du bâtiment. Rien n'est plus
difficile que de parler musique : c'est déjà fort épineux pour
les musiciens, cela est presque impossible aux autres ; les
plus forts, les plus subtils s'y égarent. Dernièrement, tenté
par l'attrait des questions wagnériennes, un « prince de la
critique », un esprit lumineux ouvrait son aile puissante,
montait vers les hauts sommets, et j'admirais sa maîtrise
superbe, l'audace et la sûreté de son vol, les belles courbes
qu'il décrivait dans l'azur, — quand tout à coup, tel Icare, il
retombe lourdement sur la terre, en déclarant que le théâtre
musical *peut s'aventurer dans le domaine de la philosophie,
mais ne peut faire de psychologie ;* et comme je me frottais les
yeux, j'arrive à ceci, que la musique est un art qui ne pénètre point dans l'âme et n'y circule pas par petits chemins ;
que son domaine dans les passions humaines *se réduit aux
grandes passions, dans leurs moments de pleine expansion et de
pleine santé.*

Me permettrez-vous, maître illustre et justement admiré,
de ne pas partager en ceci votre manière de voir ? Peut-être
ai-je quelques droits, vous en conviendrez sans doute, à prétendre connaître un peu les ressorts secrets d'un art dans
lequel je vis, depuis mon enfance, comme le poisson dans
l'eau : or, toujours je l'ai vu radicalement impuissant dans
le domaine de l'idée pure (et n'est-ce pas dans l'idée pure
que se meut la philosophie ?) tout puissant au contraire
quand il s'agit d'exprimer la passion à tous les degrés, les
nuances les plus délicates du sentiment. Pénétrer dans l'âme,
y circuler par petits chemins, c'est justement là son rôle de
prédilection, et aussi son triomphe : la musique commence
où finit la parole, elle dit l'ineffable, elle nous fait découvrir
en nous-mêmes des profondeurs inconnues ; elle rend des
impressions, des « états d'âme » que nul mot ne saurait
exprimer. Et, soit dit en passant, c'est pour cela que la musique dramatique a pu si souvent se contenter de textes médiocres ou pis encore ; c'est que dans certains moments la
musique est le Verbe, c'est elle qui exprime tout ; la parole
devient secondaire et presque inutile.

Avec son ingénieux système **du** *Leitmotiv* (ô l'affreux mot!)
Richard Wagner a encore étendu le champ de l'expression
musicale, en faisant comprendre, sous ce que disent les personnages, leurs plus secrètes pensées. Ce système avait été
entrevu, ébauché déjà, mais on n'y prêtait guère attention
avant l'apparition des œuvres où il a reçu tout son développement. En veut-on un exemple très simple, choisi entre
mille ? Tristan demande : « Où sommes-nous ? — Près du
but », répond Yseult, sur la musique même qui précédemment
accompagnait les mots : « tête dévouée à la mort », qu'elle
prononçait à voix basse, en regardant Tristan ; et l'on comprend immédiatement de quel « but » elle veut parler. Est-ce
de la philosophie cela. ou de la psychologie ?

Malheureusement, comme tous les organes délicats et
compliqués, celui-là est fragile ; il n'a d'effet sur le
spectateur qu'à la condition pour celui-ci d'entendre distinctement tous les mots et d'avoir une excellente mémoire musicale.

Mais ce n'est pas de cela qu'il s'agit pour le moment ; le
lecteur voudra bien me pardonner cette digression.

Tant que les commentateurs se bornent à décrire les beautés
des œuvres wagnériennes, sauf une tendance à la partialité et
à l'hyperbole dont il n'y a pas lieu de s'étonner, on n'a rien à
leur reprocher ; mais, dès qu'ils entrent dans le vif de la question, dès qu'ils veulent nous expliquer en quoi le drame
musical diffère du drame lyrique et celui-ci de l'opéra, pourquoi le drame musical doit être nécessairement symbolique
et légendaire, comment il doit être pensé musicalement, comment il doit exister dans l'orchestre et non dans les voix,
comment on ne saurait appliquer à un drame musical de la
musique d'opéra, quelle est la nature essentielle du *Leitmotiv*,
etc.; dès qu'ils veulent, en un mot, nous initier à toutes ces
belles choses, un brouillard épais descend sur le style ; des
mots étranges, des phrases incohérentes apparaissent tout à
coup, comme des diables qui sortiraient de leur boîte ; bref,
pour exprimer les choses par mots honorables, on n'y comprend
plus rien du tout. Point n'est besoin pour cela de remonter
jusqu'à la fabuleuse et éphémère *Revue wagnérienne*, déclarant
un jour à ses lecteurs stupéfaits qu'elle serait désormais rédi-

gée en langage intelligible : les écrivains les plus sages, les mieux pondérés n'échappent pas à la contagion.

Doué par la nature d'un fonds de naïveté que les années n'ont pu parvenir à épuiser, j'ai longtemps cherché à comprendre. Ce n'est pas la lumière qui manque, me disais-je, c'est mon œil qui est mauvais ; j'accusais mon imbécillité native, je faisais pour pénétrer le sens de ces dissertations les efforts les plus sincères ; si bien qu'un jour, retrouvant ces mêmes raisonnements, inintelligibles pour moi, sous la plume d'un critique dont le style a d'ordinaire la limpidité du cristal de roche, je lui écrivis pour lui demander s'il ne pourrait, eu égard à la faiblesse de ma vue, éclairer un peu la lanterne. Il eut la gracieuseté de publier ma lettre et de la faire suivre d'une réponse — qui ne répondait à rien, n'éclaircissait rien, et laissait les choses en l'état. Dès lors, j'ai renoncé à la lutte et j'ai entrepris la recherche des causes de ce phénomène bizarre.

Il y en a probablement plusieurs. Peut-être les théories elles-mêmes, base de la discussion, n'ont-elles pas toute la clarté désirable. « Quand je relis mes anciens ouvrages théoriques, — disait un jour Richard Wagner à M. Villot, — je ne puis plus les comprendre. » Il ne serait pas étonnant que les autres eussent quelque peine à s'y débrouiller ; et ce qui ne se conçoit pas bien, comme vous savez, ne saurait s'énoncer clairement.

Mais cela n'expliquerait pas la surabondance prodigieuse d'écrits sur le même sujet, dont nous parlions plus haut ; le vague des théories n'y pourrait être pour rien. Cherchons donc, et peut-être finirons-nous par trouver d'autres causes à ces étranges anomalies.

II

Le livre si curieux de Victor Hugo sur Shakespeare contient un chapitre que l'on devrait publier à part et mettre comme un bréviaire dans les mains de tous les artistes et de tous les critiques. C'est le chapitre intitulé : *l'Art et la Science*.

Dans ce chapitre, le Maître démontre et établit ceci : qu'entre l'Art et la Science, ces deux lumières du monde, il existe « une différence radicale. La Science est perfectible ; l'Art, non. »

On l'a quelque peu accusé d'avoir voulu écrire, dans ce livre, un plaidoyer déguisé *pro domo suâ*. S'il était vrai, l'occasion eût été belle pour lui. dont l'influence non seulement sur la littérature, mais sur l'Art tout entier, avait été si grande, pour lui qui avait renouvelé la poésie et la langue elle-même, les reforgeant à son usage, — d'insinuer, en s'efforçant d'établir une loi du progrès dans l'Art, que son œuvre était le *summum* de l'art moderne.

Il a fait tout le contraire.

L'Art, dit-il, est la région des égaux. La beauté de toute chose ici-bas, c'est de pouvoir se perfectionner ; la beauté de l'Art, c'est de ne pas être susceptible de perfectionnement.

L'Art marche à sa manière : il se déplace comme la Science ; mais ses créations successives, contenant de l'immuable, demeurent.

Homère n'avait que quatre vents pour ses tempêtes ; Virgile qui en a douze, Dante qui en a vingt-quatre, Milton qui en a trente-deux, ne les font pas plus belles.

On perd son temps quand on dit : *Nescio quid majus nascitur Iliade*. L'Art n'est sujet ni à diminution ni à grossissement.

Et il termine par ce mot profond :

« ... Ces génies qu'on ne dépasse pas, on peut les égaler.
» Comment ?
» En étant autre. »

L'exégèse wagnérienne part d'un principe tout différent.

Pour elle, Richard Wagner n'est pas seulement un génie, c'est un Messie ; le Drame, la Musique étaient jusqu'à lui dans l'enfance et préparaient son avènement ; les plus grands musiciens, Sébastien Bach, Mozart, Beethoven, n'étaient que des précurseurs. Il n'y a plus rien à faire en dehors de la voie qu'il a tracée, car il est la voie, la vérité et la vie ; il a révélé au monde l'évangile de l'Art parfait.

Dès lors il ne saurait plus être question de critique, mais

de prosélytisme et d'apostolat; et l'on s'explique aisément ce recommencement perpétuel, cette prédication que rien ne saurait lasser. Le Christ, Bouddha sont morts depuis long-temps, et l'on commente toujours leur doctrine, on écrit encore leur vie; cela durera autant que leur culte.

Mais si, comme nous le croyons, le principe manque de justesse; si Richard Wagner ne peut être qu'un grand génie comme Dante, comme Shakespeare (on peut s'en contenter), la fausseté du principe devra réagir sur les conséquences; et il est assez naturel dans ce cas de voir les commentateurs s'aventurer parfois en des raisonnements incompréhensibles, sources de déductions délirantes.

« Chaque grand artiste, dit Hugo, refrappe l'art à son image. » Et c'est tout. Cela n'efface pas le passé et ne ferme pas l'avenir.

La *Passion selon Saint-Matthieu, Don Juan, Alceste, Fidelio,* n'ont rien perdu de leur valeur depuis la naissance de *Tristan* et l'*Anneau du Nibelung.* Il n'y a que quatre instruments à vent dans la *Passion,* il n'y en a pas vingt dans *Don Juan* et *Fidelio,* il y en a trente dans *Tristan,* il y en a *quarante* dans l'*Anneau du Nibelung.* Rien n'y fait. Cela est si vrai que Wagner lui-même, dans les *Maîtres Chanteurs,* a pu sans déchoir en revenir presque à l'orchestre de Beethoven et de Mozart.

III

Tâchons d'examiner les questions de sang-froid.

On nous donne comme nouvelle, ou plutôt comme renouvelée des Grecs, ainsi que le noble Jeu de l'Oie, cette idée de l'union parfaite du drame, de la musique, de la mimique et des ressources décoratives du théâtre. Mille pardons, mais cette idée a toujours été la base de l'Opéra, depuis qu'il existe; on s'y prenait mal, c'est possible, mais l'intention y était. On ne s'y prenait même pas toujours aussi mal que certains veulent bien le dire; et quand mademoiselle Falcon jouait *les Huguenots,* quand madame Malibran jouait *Othello,* quand madame Viardot jouait *le Prophète*, l'émotion était à son comble ; on s'épouvantait aux lueurs sanglantes de la Saint-Barthélemy, on tremblait pour la vie de Desdémone, on frémissait avec Fidès retrouvant dans le Prophète, entouré de toutes les pompes de l'Église, le fils qu'elle avait cru mort... et l'on n'en demandait pas davantage.

Richard Wagner a « refrappé l'art à son image » ; sa formule a réalisé d'une façon nouvelle et puissante l'union intime des arts différents dont l'ensemble constitue le Drame lyrique. Soit. Cette formule est-elle définitive, est-elle LA VÉRITÉ ?

Non. Elle ne l'est pas, parce qu'elle ne peut pas l'être, parce qu'il ne peut pas y en avoir.

Parce que, s'il y en avait, l'art atteindrait à la perfection, ce qui n'est pas au pouvoir de l'esprit humain.

Parce que, s'il y en avait, l'art ne serait plus ensuite qu'un ramassis d'imitations condamnées par leur nature même à la médiocrité et à l'inutilité.

Les différentes parties dont se compose le Drame lyrique tendront sans cesse à l'équilibre parfait sans y arriver jamais, à travers les solutions toujours nouvelles du problème.

Naguère on oubliait volontiers le drame pour écouter les voix, et, si l'orchestre s'avisait d'être trop intéressant, on s'en plaignait, on l'accusait de détourner l'attention.

Maintenant le public écoute l'orchestre, cherche à suivre les mille dessins qui s'enchevêtrent, le jeu chatoyant des sonorités ; il oublie pour cela d'écouter ce que disent les acteurs sur la scène, et perd de vue l'action.

Le système nouveau annihile presque complètement l'art du chant, et s'en vante. Ainsi, l'instrument par excellence, le seul instrument *vivant*, ne sera plus chargé d'énoncer les phrases mélodiques ; ce seront les autres, les instruments fabriqués par nos mains, pâles et maladroites imitations de la voix humaine, qui chanteront à sa place. N'y a-t-il pas là quelque inconvénient ?

Poursuivons. L'art nouveau, en raison de son extrême complexité, impose à l'exécutant, au spectateur même, des fatigues extrêmes, des efforts parfois surhumains. Par la volupté spéciale qui se dégage d'un développement inouï jusqu'alors des ressources de l'harmonie et des combinaisons instrumentales, il engendre des surexcitations nerveuses, des exaltations extravagantes, hors du but que l'art doit se proposer. Il surmène le cerveau, au risque de le déséquilibrer. Je ne critique pas : je constate simplement. L'océan submerge, la foudre tue : la mer et l'ouragan n'en sont pas moins sublimes.

Poursuivons toujours. Il est contraire au bon sens de mettre le drame dans l'orchestre, alors que sa place est sur la scène. Vous avouerai-je que cela, dans l'espèce, m'est tout à fait égal? le génie a ses raisons que la raison ne connaît pas.

Mais en voilà assez, je pense, pour démontrer que cet art a ses défauts, comme tout au monde; qu'il n'est pas l'art parfait, l'art définitif après lequel il n'y aurait plus qu'à tirer l'échelle.

L'échelle est toujours là. Comme dit Hugo, le premier rang est toujours libre.

IV

Hugo fait une peinture des génies, et il est curieux de voir comme elle s'applique naturellement à Richard Wagner; on dirait, par moments, qu'il a tracé son portrait. Voyez plutôt :

« ... Ces hommes gravissent la montagne, entrent dans la nuée, disparaissent, reparaissent. On les épie, on les observe... La route est âpre. L'escarpement se défend... Il faut se faire son escalier, couper la glace et marcher dessus, se tailler des degrés dans la haine...

» Ces génies sont outrés...

» Ne pas donner prise est une perfection négative. Il est beau d'être attaquable...

» Les grands esprits sont importuns... il y a du vrai dans les reproches qu'on leur fait...

» Le fort, le grand, le lumineux sont, à un certain point de vue, des choses blessantes... Votre intelligence, ils la dépassent; votre imagination, ils lui font mal aux yeux; votre conscience, ils la questionnent et la fouillent; vos entrailles, ils les tordent; votre cœur, ils le brisent; votre âme, ils l'emportent... »

Ainsi, grand comme Homère et comme Eschyle, comme Shakespeare et comme Dante, d'accord. Grand génie, mais non pas Messie. Le temps des dieux est passé.

Cela ne vaudrait même pas la peine d'être dit, s'il n'y avait, sous cette illusion, des pièges et des dangers.

Danger de l'imitation, d'abord. Tout grand artiste apporte des procédés nouveaux ; ces procédés entrent dans le domaine public : chacun a le droit, le devoir même de les étudier, d'en profiter comme d'une nourriture ; mais l'imitation doit s'arrêter là. Si l'on veut suivre le modèle pas à pas, si l'on n'ose s'en écarter, on se condamne à l'impuissance ; on ne fera jamais que des œuvres artificielles, sans vie comme sans portée.

Un autre danger est de s'imaginer que l'art a fait table rase, qu'il commence une carrière toute nouvelle et n'a plus rien à voir avec le passé. C'est à peu près comme si l'on s'avisait, pour faire croître un arbre, de supprimer ses racines.

Il n'y a pas d'études sérieuses sans le respect et la culture de la tradition.

« La tradition est une force, une lumière, un enseignement. Elle est le dépôt des facultés les plus profondes d'une race. Elle assure la solidarité intellectuelle des générations à travers le temps. Elle distingue la civilisation de la barbarie. On ne veut plus de ses services, on méprise ses enseignements. On injurie, on ignore les maîtres, et, chose curieuse, au même moment, on se jette dans l'imitation des étrangers. Mais, à les imiter, on perd ses qualités naturelles, et l'on ne parvient qu'à se donner leurs défauts. On a cessé d'être clair comme un bon Français, pour essayer d'être profond comme un Norvégien, ou sentimental comme un Russe. On n'a réussi qu'à être obscur et ennuyeux, et, sous prétexte de faire entrer dans notre littérature plus de vie et de beauté, on a composé des livres qui, manquant de l'une et de l'autre, manquaient aussi des vieilles traditions nationales de mouvement, d'ordre et de bon sens. »

Ainsi parle un homme éminent, M. Charles Richet, qui ne

songeait probablement guère aux questions qui nous occupent lorsqu'il écrivait un article sur l'*anarchie littéraire*. On en pourrait écrire un autre sur l'anarchie musicale. De malheureux jeunes gens sont actuellement persuadés que les règles doivent être mises au rebut, qu'il faut se faire des règles à soi-même suivant son tempérament particulier ; ils retournent à l'état sauvage de la musique, au temps de la diaphonie ; quelques-uns en arrivent à écrire des choses informes, analogues à ce que font les enfants quand ils posent au hasard leurs petites pattes sur le clavier d'un piano...

Richard Wagner n'a pas procédé ainsi : il a plongé profondément ses racines dans le terreau de l'école, dans le sol nourricier de Sébastien Bach ; et, quand il s'est forgé plus tard des règles à son usage, il en avait acquis le droit.

Un autre danger est celui que courent les critiques wagnériens peu éclairés — il y en a — qui ne veulent pas connaître d'autre musique que celle de Richard Wagner, ignorent tout le reste et se livrent, faute de sujets de comparaison, à des appréciations bizarres, s'extasiant sur des futilités, s'émerveillant des choses les plus ordinaires. C'est ainsi qu'un écrivain soi-disant sérieux mandait un jour à un chef d'orchestre, auquel il donnait force conseils, que *dans la musique de Wagner, crescendo* et *diminuendo* signifiaient « en augmentant et en diminuant le son ». C'est comme si l'on venait dire que *dans les œuvres de Molière*, un point placé à la suite d'un mot avertit le lecteur que la phrase est terminée.

Il y aurait une anthologie bien amusante à faire avec les erreurs, les non-sens, les drôleries de toute sorte qui pullulent dans la critique wagnérienne, sous l'œil du public innocent. Je laisse ce soin à de moins occupés.

C. SAINT-SAËNS

JACQUOU LE CROQUANT[1]

III

Le lendemain à l'heure dite, nous étions devant le bâtiment de l'ancien Présidial, qu'on appelait encore de ce nom et qui était sur la place du Coderc, juste en face des prisons, à l'endroit où est aujourd'hui le numéro 8. De la porte d'entrée, on passait sous une voûte qui aboutissait à une petite cour noire et entourée de grands murs. Tandis que nous attendions dans cette cour, parlant avec des gens de chez nous cités comme témoins, voici que des pas lourds, éperonnés, sonnent sous la voûte, et mon père arrive, les mains enchaînées, escorté de trois gendarmes. Ma mère poussa un cri terrible, et ils eurent beau faire, les gendarmes, elle se jeta sur son homme, le prit à plein corps et l'embrassa fort en criant et se lamentant, pendant que moi je le tenais par une jambe en pleurant.

— Allons, allons, disaient les gendarmes, c'est assez, c'est assez, vous le verrez après.

— Donne-moi le drole, dit mon père.

Alors ma mère, me prenant à deux mains, me haussa jusqu'à son col, que je serrai de toute ma force dans mes petits bras.

1. Voir la *Revue* du 15 mars.

— Mon pauvre Jacquou! mon pauvre Jacquou! faisait mon père, sans dire autre parole.

Enfin il fallut nous séparer, moitié de gré, moitié de force, tirés en arrière par les gendarmes, qui emmenèrent leur prisonnier.

Après avoir attendu longtemps, lorsqu'un huissier appela ma mère, nous entrâmes dans une haute salle longue, voûtée à nervures, et faiblement éclairée par deux fenêtres en ogive donnant sur une cour. Dans le fond, sur une estrade fermée par une barrière de bois, il y avait trois juges assis devant une grande table couverte d'un tapis vert et encombrée de papiers. Celui du milieu avait une robe rouge, qui donnait des idées sinistres; les deux autres étaient enrobés de noir, et tous trois portaient lunettes. De chaque côté de l'estrade étaient assis, devant des tables plus petites, le procureur et le greffier. Au mur, dans le fond, au-dessus des juges, un grand tableau représentait Jésus-Christ en croix, tout ruisselant de sang.

Puis les jurés, les avocats, les gendarmes, l'accusé, le public: c'était à peu près la même disposition qu'aujourd'hui; seulement, maintenant, juges, jurés, avocats, tout ce monde porte la barbe ou la moustache, tandis qu'alors tous étaient bien rasés, moins les gendarmes.

Pendant que ma mère déposait. un monsieur répétait en français ce qu'elle avait dit en patois. Moi, je n'y faisais pas grande attention, occupé que j'étais à regarder mon père qui me regardait aussi; mais, à un moment, dans l'affection qu'elle y mettait, ma mère haussa fort la voix, et, me retournant, je vis que tout le monde considérait cette grande femme bien faite sous ses méchants vêtements, qui avait une belle figure, des cheveux noirs et deux yeux qui brillaient tandis qu'elle parlait pour son homme.

Lorsqu'elle eut fini, le procureur du roi se leva et fit son réquisitoire avec de grands gestes et des éclats de voix qui résonnaient sous la voûte. Je ne comprenais pas tout ce qu'il disait; pourtant il me semblait qu'il tâchait de faire entendre aux douze messieurs du jury que de longtemps mon père avait l'idée d'assassiner Laborie. Ce qui le prouvait, à son dire, c'était le propos tenu à Mascret quelque temps auparavant,

qu'il ferait un malheur si on tuait sa chienne, et cela étant,
il méritait la mort.

On doit penser en quel état nous étions ma mère et moi
en entendant ce procureur parler de mort. Pour mon père, il
n'avait pas l'air de l'écouter, et son regard fiché sur nous
semblait dire : « Que deviendront ma femme et mon pauvre
drole si je suis condamné?... »

Le procureur ayant terminé, notre avocat se leva et plaida
pour mon père. Il fit voir, par tons les témoignages entendus
quel gueux c'était que Laborie; il représenta toutes les misères
qu'il nous avait faites, appuya surtout sur les propositions
malhonnêtes dont il poursuivait sans cesse ma mère, et enfin
montra clairement que c'était par un coup de colère que mon
père avait tué ce mauvais homme, et non par dessein pour-
pensé. Bref, il dit tout ce qu'il était possible pour le tirer de
là, mais il ne réussit qu'à sauver sa tête : mon père fut
condamné à vingt ans de galères.

Lorsque le président prononça l'arrêt, un murmure sourd
courut dans le public, et nous autres, ma mère et moi, nous
nous mîmes à gémir et à nous lamenter en tendant les bras
vers le pauvre homme que les gendarmes emmenaient. Et
parmi tout ce monde qui s'écoulait, j'ouïs le comte de
Nansac dire à Mascret :

— Nous en voilà débarrassés ! il crèvera au bagne.

Le surlendemain, l'avocat, ayant eu une permission, nous
mena voir mon père. Quels tristes moments nous passâmes
dans cette geôle ! Je coule là-dessus, car, après tant d'années,
ça me fait mal encore d'y penser.

En sortant, la mort dans l'âme, ma mère demanda à l'avocat s'il n'y avait aucun moyen de faire quelque peu grâcier
mon père ou de faire casser la sentence.

— Non, pauvre femme, dit-il : en se conduisant bien là-
bas, il pourrait avoir quelque diminution de peine; mais,
ayant contre lui le comte de Nansac, il n'y faut pas trop
compter. Pour ce qui est de faire casser l'arrêt, je ne vois
pas de motifs, et d'ailleurs, y en eût-il, je ne conseillerais
pas à votre homme de se pourvoir, parce qu'il pourrait y
perdre : il ne s'en est fallu de rien qu'il fût condamné à perpétuité.

» Restez encore ici, — ajouta-t-il en nous quittant, — je tâcherai de vous le faire voir une autre fois.

Après la condamnation de mon père, ma mère ayant perdu toute espérance, ne mangeait ni ne dormait. Une petite fièvre sourde lui faisait briller les yeux et rougir les joues, et cette fièvre fut en augmentant de manière que le troisième jour elle resta au lit, tandis que moi je regardais, à travers les vitres les tuilées noircies des maisons d'en face, où quelquefois passait lentement un chat qui bientôt disparaissait dans une chatonnière. Pourtant, le lendemain, ma mère se leva, et nous allâmes par les rues, nous promenant lentement, elle me tenant par la main, et revenant toujours vers la prison, comme si de regarder les murailles derrière lesquelles mon père était enfermé, ça nous faisait du bien.

En d'autres temps, j'aurais été envieux de voir la ville, mais pour lors, la peine m'ôtait toute idée de m'intéresser à tant de choses si nouvelles pour moi. Les gens dans les rues, sur le pas des portes ou des boutiques, nous dévisageaient curieusement, connaissant bien à notre air et à notre accoutrement que nous étions sortis de quelque partie des plus sauvages du Périgord : de la Double, ou des landes du Nontronnais, ou de la Forêt Barade, comme il était vrai.

Dans l'après-dîner du cinquième jour, nous remontions la rue Taillefer, allant vers Saint-Front, regardant machinalement les boutiques des pharmaciens, des liquoristes, des épiciers, des bouchers, des chapeliers, des marchands de parapluies, dont elle était pleine en ce temps, lorsqu'en arrivant sur la place de la Clautre nous vîmes un gros rassemblement. Au milieu de la place, à l'endroit où l'on montait la guillotine, il y avait un petit échafaud de quatre ou cinq pieds de haut, du milieu duquel sortait un fort poteau qui supportait un petit banc. Sur ce petit banc un homme était assis, les mains enchaînées, attaché au poteau par un carcan de fer qui lui serrait le cou ; et cet homme, c'était mon père ! Debout sur l'échafaud le bourreau attendait, et, autour, quatre gendarmes, le sabre nu, montaient la garde et maintenaient la foule à distance. Ma mère, voyant son Martissou en cette triste posture, fit un gémissement douloureux et se mit à pleurer dans son tablier, tandis que moi, saisi de terreur, je m'attachai à son cotillon en pleurant aussi sans bruit. Devant nous, un individu lisait à haute voix l'écriteau attaché au-dessus de la tête du malheureux exposé au carcan :

« Martin Ferral, dit le Croquant, de Combenègre, commune de Rouffignac, condamné à vingt ans de travaux forcés pour meurtre. »

Nous restâmes là un bon moment, cachés derrière les curieux et pleurant en silence. Par instants, lorsque les gens se remuaient, j'entrevoyais le bourreau qui avait l'air de s'ennuyer d'être là, et regardait l'heure à une grosse montre d'argent qu'il tirait du gousset de sa culotte par une courte chaîne garnie d'affiquets. En le rencontrant dans la rue sans le connaître, on n'aurait jamais dit que ce fût celui qui guillotinait, tant il avait une bonne figure. Et puis, il était bien habillé, et, selon le dicton, « brave comme un bourreau qui fait ses Pâques », avec sa grande lévite bleu de roi, tombant sur des bottes à revers, sa haute cravate de mousseline et son petit chapeau tuyau de poêle. Enfin, tant nous attendîmes qu'au clocher de Saint-Front sonnèrent les quatre heures. Alors le bourreau tira une clef de sa poche, ouvrit le cadenas du carcan de fer qui tenait mon père par le cou, et, le prenant par le bras, le mena jusqu'au bas de l'escalier de l'échafaud, et le remit aux gendarmes qui l'emmenèrent. Nous autres suivions à petite distance, le regardant s'en aller la tête haute, l'air assuré, entre les quatre gendarmes. Quoique, sur le pas des portes et des boutiques, les gens le dévisageassent curieusement, je suis bien sûr qu'il ne cillait pas tant seulement les yeux. Nous, c'était différent, nous avions la contenance triste, la figure désolée, les yeux mouillés que nous essuyions d'un revers de main, et ceux qui nous voyaient passer disaient entre eux :

— Ça doit être sa femme et son drole.

Cette nuit-là, je dormis mal. La tête pleine de mauvais rêves, je me réveillais des fois en sursaut et je me serrais contre ma mère, qui, elle, la pauvre femme, ne dormait pas du tout, et, pour me tranquilliser, me prenait dans ses bras et, me baisait longuement. Lorsque vint le jour, elle se leva, et, me laissant sommeiller, alla s'asseoir près de la fenêtre, regardant sans rien voir, perdue dans son chagrin. Ainsi je

la vis sur la chaise, lorsqu'à sept heures j'ouvris les yeux,
les bras allongés, les mains jointes, la tête penchée, le regard
fiché sur le plancher. De la rue montaient les cris des marchandes de tortillons et de châtaignes, ce qui acheva de
m'éveiller. Ma mère m'ayant habillé, nous sortîmes, pensant
revoir mon père ce jour-là, comme son avocat nous l'avait fait
espérer : aussi, nous allâmes tout droit à la prison où il nous
avait dit de l'attendre. En chemin, ma mère acheta pour
deux liards de châtaignes sèches qui n'étaient guère bonnes,
car la saison était passée, et nous fûmes nous asseoir contre
cette terrible porte ferrée. Cependant que nous étions là, moi
prenant les châtaignes, une à une, dans la poche du tablier
de ma mère, elle songeant tristement, voici qu'une grande
voiture à caisse noire, longue, en forme de fourgon couvert
et percée seulement sur les côtés de petits fenestrous grands
comme la main et grillés de fer, s'arrêta devant la prison.
Un homme en descendit, en uniforme gris, avec un briquet
pendu à une buffleterie blanche, et s'en fut frapper à la porte
de la prison qui s'ouvrit et se referma sur lui.

Aussitôt arrivèrent des enfants, des curieux, des gens de
loisir, qui s'attroupèrent autour de la voiture, disant entre
eux :

— Voilà la galérienne qui va emmener ceux qui ont été
condamnés dernièrement.

Nous nous étions levés transis, ma mère et moi, oyant ça,
lorsque la porte se rouvrit, et l'homme au briquet en sortit,
précédant un gendarme après lequel venaient trois hommes
enchaînés, dont le dernier était mon père ; un autre gendarme les suivit. L'homme gris ouvrit derrière la voiture
une petite porte pleine, solidement ferrée, et fit monter les
condamnés. En voyant ainsi partir mon père, sans nous être
fait les adieux, nous autres jetions les hauts cris en pleurant ;
mais lui, quoique poussé par les gendarmes, se retourna et
cria à ma mère :

— Du courage, femme ! pense au drole !

Là-dessus, un gendarme monta derrière lui, la porte fut
refermée à clef, l'autre gendarme se mit devant avec l'homme
en gris, et le postillon enleva ses trois chevaux qui partirent
au grand trot.

Pendant un moment, nous restâmes là, tout étourdis, comme innocents, nous lamentant, sans faire attention aux badauds qui s'étaient assemblés autour de nous. Pourtant, j'ouïs un homme en tablier de cuir qui disait :

— Moi, je l'ai vu juger, celui-là, et sur ma foi il vaut cent fois mieux que celui qu'il a tué... Quant à ceux-là qui l'ont poussé à bout, ils sont plus coupables que lui ! Ah ! il y a quelque vingtaine d'années, on les aurait mis à la raison !

Étant allés chez l'avocat, il fut bien étonné d'apprendre que mon père était parti, car on lui avait assuré que la galérienne ne devait passer que le lendemain. Mais, soit qu'on l'eût trompé à l'exprès, ou bien qu'elle eût avancé d'un jour, c'était fini. il fallait se faire une raison, comme il nous dit. Après qu'il nous eut réconfortés de bonnes paroles, et un peu consolés en nous promettant de nous donner des nouvelles de mon père, ma mère le remercia bien fort de tout ce qu'il avait fait pour sauver son pauvre homme, et aussi de toutes ses bontés pour nous. Et, comme elle ajoutait que, n'ayant rien, elle était totalement incapable de le récompenser de ses peines, il lui répondit :

— Je ne prends rien aux pauvres gens ; ainsi, ne vous tracassez pas pour cela.

Là-dessus, ma mère lui demanda son nom, l'assurant que l'un et l'autre nous lui serions reconnaissants jusqu'à la mort.

— Mon nom est Vidal–Fongrave, dit-il ; je suis content de n'avoir pas obligé des ingrats ; mais il ne faut rien exagérer : je n'ai fait que mon devoir d'homme et d'avocat.

Ayant quitté M. Fongrave, ma mère se décida à partir de suite, vu que nous n'avions plus de motif de rester à Périgueux, et qu'il était encore de bonne heure. Auparavant nous fûmes à l'auberge, où elle demanda à la bourgeoise ce que nous devions, en tremblant de n'avoir pas assez d'argent ; mais l'autre lui répondit :

— Vous ne me devez rien du tout, brave femme ; M. Fongrave a tout payé à l'avance ; et même, tenez, il m'a chargée de vous remettre ça.

Et elle lui tendit un écu de cent sous plié dans du papier.

— Mon Dieu ! fit ma mère les larmes aux yeux, il y a en-

core de braves gens dans le monde!... Dites à M. Fongrave, je
vous prie en grâce, que je ne l'ai pas' assez remercié tout
à l'heure, mais que tous les jours de ma vie, en me rappelant le malheur de mon pauvre homme, je penserai à sa
bonté !

— Ah ! dit la femme, c'est un bien brave jeune monsieur !
Et, sans vouloir faire du tort aux autres avocats, je crois qu'il
n'y en a guère comme lui !

Au sortir de l'auberge, ayant gagné la place du Greffe, nous
redescendîmes vers le faubourg des Barris, et un instant
après, nous étions dans la campagne, sur la grande route.

Ma mère, me tenant par la main pour m'aider, marchait le
petit pas. Par moments, elle soupirait fort, comme si elle eût
reçu un mauvais coup, en songeant à la rude vie de galère
qu'allait mener mon père là-bas : où ? nous ne savions. Pourtant, si elle était triste à la mort, elle était moins angoissée
qu'en venant, car la terrible image de la guillotine avait disparu de son imagination ; mais il lui restait l'épouvantable
pensée de son pauvre Martissou séparé d'elle à tout jamais, et
crevant au bagne, comme avait dit le comte de Nansac, de
chagrin et de misère, sous le bâton des argousins.

A Saint-Laurent-du-Manoir, proche un bouchon, une grosse
charrette de roulage, attelée de quatre forts chevaux, était
arrêtée. Nous avions dépassé l'endroit de deux ou trois cents
pas, quand derrière nous se fit entendre le bruit des grelots que les chevaux avaient à leur collier. Celui qui les conduisait était un grand gaillard avec une blouse roulière, la
pipe à la bouche, qui faisait claquer son fouet à tour de bras,
tandis que, sur la bâche, un petit chien loulou blanc courait
d'un bout à l'autre de la carriole en jappant. Aussitôt que
l'équipage nous eut rejoints, l'homme nous accosta sans façon
et demanda à ma mère où nous allions ; sur sa réponse, il
lui dit :

— Moi, je vais souper à Thenon, ce soir : je vais vous
faire porter ; vous avez l'air bien las, pauvres !

Et sans attendre le consentement de ma mère, il arrêta
ses chevaux et me logea dans une grande panière suspendue
sous la charrette, où il y avait de la paille et sa limousine.

Je me couchai là, et bientôt, bercé par le mouvement, je m'endormis.

Lorsque je me réveillai, le soleil baissait, allongeant sur la route les ombres de l'équipage, et celle du roulier qui marchait à la hauteur de la croupe de son limonier. En cherchant ma mère des yeux, je vis ses lourds sabots se balançant sous le porte-faignant où elle était assise. Nous approchions lors de Fossemagne, et, ma mère voulant descendre, le roulier lui dit que de s'engager dans les bois avec la nuit qui allait venir, ça n'était pas bien à propos; qu'il nous valait mieux venir jusqu'à Thenon où il nous ferait souper et coucher. Mais ma mère le remercia bien, et lui répondit qu'ayant une bonne heure et demie de jour encore, nous avions le temps d'arriver chez nous.

— Comme vous voudrez, brave femme, dit-il alors en arrêtant ses chevaux.

Ma mère l'ayant derechef remercié de son obligeance qui nous avait rendu bien service, il dit que ça n'était rien, nous donna le bonsoir, fit claquer son fouet, cria :

— Hue!...

Et les chevaux repartirent, démarrant avec effort leur lourde charge.

Nous refîmes à rebours le chemin que nous avions fait quelques jours auparavant pour aller à Périgueux; bien reposés, grâce à ce brave garçon de roulier. Nous marchions d'un bon pas, mesuré tout de même sur mes petites jambes. Sur son épaule, ma mère portait, percée avec son bâton, une tourte de cinq livres qu'elle avait achetée à Périgueux avant de partir. Au Lac–Gendre, les métayers, qui nous avaient vus à l'aller nous demandèrent comment ça s'était passé, et, sur la réponse de ma mère, la femme s'écria :

— Sainte bonne Vierge! c'est-il possible!

Puis elle nous convia à entrer, disant que nous mangerions la soupe avec eux; mais, pour dire le vrai, je crois que ça n'était pas une invitation bien franche, car elle n'insista guère, lorsque ma mère s'excusa, disant que nous n'avions que juste le temps d'arriver avant la nuit. Ayant échangé nos : «A Dieu sois», les quittant, nous entrâmes en pleine forêt.

Le soleil éclairait encore un peu la cime des grands arbres, mais l'ombre se faisait sous les taillis épais, et au loin, dans les fonds, une petite brume flottait légère. La fraîcheur du soir commençait à tomber, de tous côtés advolaient vers la forêt les pies venant de picorer aux champs et, dans les baliveaux où c'était l'heure de s'enjucher, elles jacassaient le diable avant de s'endormir, comme c'est leur coutume.

Lorsque nous fûmes dans ce petit vallon qui vient du Grand–Bonnet, passe sous La Granval et descend vers Saint-Geyrac, le soleil tomba tout à fait derrière l'horizon des bois, et le crépuscule s'étendit sur la forêt, assombrissant les coteaux boisés, et, autour de nous, les coupes de châtaigniers. En même temps l'Angélus du soir tinta assez loin devant nous, au clocher de Bars, et bientôt, sur main droite, plus faiblement, à celui de Rouffignac. Ma mère alors me reprit par la main et pressa le pas ; malgré ça, il était nuit close lorsque nous fûmes à la tuilière.

La porte était toujours fermée au moyen du bout de corde qui y avait été mis en partant ; lorsqu'il fut défait, nous entrâmes. Rien ne semblait dérangé dans la cahute, mais, revenant de Périgueux où nous avions vu de belles maisons et de jolies boutiques, elle nous parut plus misérable qu'auparavant ; joint à ça, que l'idée de mon père nous aurait fait trouver triste la plus belle demeure. Je dis que rien n'était dérangé dans la maison ; pourtant, lorsque ma mère eut allumé une chandelle de résine au moyen de la pierre à fusil et d'une allumette soufrée, elle vit sur la terre battue la trace de gros souliers ferrés : qui pouvait être venu ? pour quoi faire ? des voleurs ? et quoi voler ? Enfin, ne sachant comment expliquer ça, ma mère mit la barre à la porte, après quoi, ayant mangé un morceau de pain, nous fûmes nous coucher.

Dès le jour ensuivant, malgré tout son chagrin, la pauvre femme s'inquiéta de trouver des journées. De retourner chez Géral, il n'y fallait point songer, à cause de la servante qui « coupait le farci » chez lui, comme on dit de celles qui font les maîtresses ; moi je le regrettais fort à cause de Lina. Dans ce pays par là, il y avait plus de métayers et de petits biens que de bons propriétaires employant des journaliers.

A l'autre bout de la forêt vers Saint-Geyrac, c'était la terre
de l'Herm, dont il ne pouvait être question. Du côté de Rouffignac, en deçà, il y avait Tourtel qui appartenait à M. de
Baronnat, qui, à ce que j'ai ouï dire depuis, était un
ancien juge du parlement de Grenoble ; au delà, il y avait
le château du Cheylard, où elle aurait encore pu trouver
quelques journées maintenant que le travail sortait ; mais
ces endroits étaient trop loin de la tuilière. A force de chercher, ma mère trouva à s'employer chez un homme de
Marancé dont l'aîné était parti s'enrôler, car, en ce moment, on
ne tirait plus au sort depuis la chute de Napoléon. Cet
homme donc, ayant besoin de quelqu'un pour l'aider, car sa
femme ne pouvait guère, ayant toujours un nourrisson au col
et cinq ou six autres droles autour de ses cotillons, prit ma
mère à raison de six sous par jour et nourrie. Mais lorsqu'elle
voulut parler de m'amener, comme chez Géral, il lui dit rai-
dement qu'il y avait bien assez de droles chez lui pour le faire
enrager, qu'il y en avait même trop, et qu'ainsi il n'en voulait pas davantage.

Ma mère se désolant de ça, je lui dis de ne pas se faire de
mauvais sang en raison de moi ; que je resterais très bien seul
à la tuilière, sans avoir peur. Malgré ça, elle n'en était pas plus
contente ; mais ainsi qu'on dit communément : « besoin
fait vieille trotter » ; les pauvres gens ne font pas souvent à leur
fantaisie, et il lui fallut se résigner.

Tous les matins donc, à la pique du jour, elle s'en allait à
Marancé, qui était à environ trois quarts d'heure de chemin ;
moi, je restais seul. Le premier jour, je ne bougeai guère de
la maison et des environs, mais je m'ennuyai vite d'être ainsi
casanier, et je me risquai dans la forêt. Des loups, je n'en
avais pas peur, sachant bien qu'en cette saison où ils trouvent à manger des chiens, des moutons, des oies, de la poulaille, il ne sont pas à craindre pour les gens, et dorment dans
le fort sur leur liteau lorsqu'ils sont repus, ou sinon, vont
rôder au loin autour des troupeaux. D'ailleurs, j'avais dans
ma poche le couteau de mon père attaché au bout d'une
ficelle, et, avec un bâton accourci à ma taille, ça me donnait
de la hardiesse. Pour les voleurs, on disait bien qu'il s'en
cachait dans la forêt, mais je n'y pensais point : c'est un

souci dont les pauvres sont exempts ; malheureusement, il leur en reste assez d'autres.|

Dans les temps anciens, à ce qu'il paraît, la forêt était beaucoup plus vaste et considérable que maintenant, car elle s'étendait sur les paroisses de Fossemagne, de Milhac, de Saint-Geyrac, de Cendrieux, de Ladouze, de Mortemart, de Rouffignac, de Bars, et venait jusqu'aux portes de Thenon. Encore à cette époque où j'étais petit drole, quoique moins grande qu'autrefois, elle était cependant bien plus étendue qu'aujourd'hui, car on a beaucoup défriché depuis. Elle se divisait, ainsi qu'aujourd'hui, en plusieurs cantons, ayant un nom particulier : forêt de l'Herm, forêt du Lac-Gendre, forêt de La Granval ; mais, lorsqu'on parlait de tous ces bois qui se tenaient, on disait, comme on dit encore : « la Forêt-Barade », qui vaut autrement à dire comme « la Forêt-Fermée », parce qu'elle dépendait des seigneurs de Thenon, de la Mothe, de l'Herm, qui défendaient d'y mener les troupeaux.

Les bois n'étaient pas en trop bon état partout, au temps où nous étions à la tuilière : on y avait mis le feu autrefois à quelques places, et puis le gentilhomme à qui presque toutes ces forêts appartenaient à la Révolution, s'étant ruiné, disait-on, avait fait couper les futaies, avancé des coupes et, finalement, avait vendu la plus grande partie de ses bois pour un morceau de pain. Malgré ça, on y trouvait encore, quelques années après, des taillis épais et de beaux arbres dans les endroits difficiles à exploiter. Il y avait aussi, dans les endroits écartés, dans les fonceaux perdus, des fourrés drus, d'ajoncs, de genêts, de brandes, de bruyères, entremêlés de ronces et de fougères qui semblaient de petits arbres. C'est dans ces fourrés impénétrables que les sangliers, appelés en patois *porcs-singlars*, avaient leur bauge d'où ils sortaient la nuit pour aller fouir les champs de raves ou de pommes de terre autour des villages. On ne les voyait guère de jour, sinon lorsqu'ils étaient chassés par la meute du comte ; ou bien c'était une laie traversant une clairière, au loin, suivie de ses petits trottinant après elle.

Deux chemins coupaient la forêt : le grand chemin royal de Bordeaux à Brives ou, autrement, de Limoges à Bergerac, qui passait à l'Herm, à la Croix-de-Ruchard où s'embranchait un chemin venant de Rouffignac, et ensuite allait, toujours en plein bois, jusqu'au Jarripigier, pour de là gagner Thenon. L'autre était le grand chemin de traverse d'Angoulême à Sarlat qui, venant de Milhac-d'Auberoche, passait près du Lac-Nègre, au Lac-Gendre, et, à un quart de lieue de Las Motras. allait couper le chemin de Bordeaux à Brives et se dirigeait vers Auriac, en passant sur la gauche de Bars.

Ces chemins n'étaient pas tenus comme les routes d'aujourd'hui. C'était, du moins les deux premiers, de grandes voies larges de quarante et quarante-huit pieds, comme ça se voit encore à des tronçons qui restent, lorsque les riverains n'ont pas empiété. Elles montaient tout bonnement dans les montées, descendaient dans les descentes, sans remblais ni déblais, gazonnées par places, ravinées par d'autres, et s'en allaient directement où elles devaient aller, sans chercher de détours, tristes et grandioses entre les immenses bois noirs qui les bordaient. Quelquefois, en voyant, l'espace d'une demi-lieue, ces routes s'allonger tout droit, jusqu'en haut d'une côte, sans un voyageur, sans un passant, pierreuses. arides ou verdissantes; défoncées, envahies çà et là par les herbes sauvages ou des bruyères rases, il semblait que sur cette voie déserte, ruinée, allaient apparaître, escortés par des cavaliers de la maréchaussée prévôtale, les mulets du fisc portant les écus de la taille et de la gabelle dans les coffres du Roy. Ailleurs, dans une combe sauvage, traversée par la route. c'était un fond d'aspect sinistre, humide l'été, dont l'hiver faisait une fondrière, loin de toute habitation, en plein bois, entouré de halliers épais : lorsque tombait la nuit, on se prenait à regarder autour de soi, comme si des voleurs de grand chemin étaient prêts à sortir des taillis sombres. Outre ces grands chemins, il y avait des pistes tracées par les charrettes qui enlevaient les brasses de bois, pistes qui s'effaçaient après l'exploitation des coupes. et des petits sentiers de braconniers qui s'enfonçaient dans les fourrés, serpentaient sous les taillis, suivaient les combes, contournaient les coteaux ou s'entre-croisaient à leur cime où était un poste pour le lièvre.

On ne rencontrait guère jamais personne dans les bois. Quelquefois, le soir, on apercevait un paysan en bonnet de

coton bleu, du foin dans ses sabots l'hiver, pieds nus l'été,
cachant la batterie de son fusil sous sa veste déchirée, qui
entrait dans les taillis, et allait au clair de lune se poster à
l'orée d'une clairière, pour guetter le lièvre sortant de son
fort et allant au gagnage; ou bien, sur une cafourche hantée
par les loups, attendre, caché derrière une touffe de genêts, la
bête à l'oreille pointue qui, au milieu de la nuit, vient hurler
sinistrement en levant le museau vers la lune. Dans la journée, de loin en loin, on trouvait sur ces petits chemins
un garde-bois, sa plaque au bras, venant donner de la
bruyère à couper, ou du bois à faire; et, plus rarement
encore, une file de cinq à six mulets portant du charbon
pour la forge des Eyzies.

Ainsi que tous les enfants de par chez nous, je grimpais
comme un écureuil. Des fois, lorsque je trouvais un grand
arbre sur la cime d'une haute butte, je montais jusqu'au
faîte, et je regardais l'immensité des bois qui s'étendaient
à perte de vue sur les plateaux, les croupes et les creux
ravinés. Çà et là, dans une éclaircie, une maison isolée
sur la lisière de la forêt, un clocher pointu au-dessus des
masses sombres des bois, ou la fumée d'une charbonnière,
flottant lourdement comme une brume épaisse dans les
combes et les fonds. De tous côtés, presque, les puys, les
coteaux et les vallons s'enchevêtraient et s'étageaient pour
gagner les plateaux du Haut-Périgord, tandis qu'au midi,
dans le lointain, au delà de la Vézère, les grandes collines du
Périgord-Noir fermaient l'horizon bleuâtre. Autour de moi,
nul bruit : quelquefois seulement, le battement d'ailes d'un
oiseau effarouché, ou le passage, dans le fourré d'un renard
cheminant la queue traînante. Au loin, c'était le jappement
clair d'un chien labri sur la voie du lièvre, ou la corne
d'appel de quelque chasseur huchant ses briquets, ou bien
encore une vache bramant lamentablement après son veau,
livré au boucher de Thenon.

Puis, quand venait le midi, l'Angélus tintait à tous les
clochers d'alentour, Fossemagne, Thenon, Bars, Rouffignac,
Saint-Geyrac, Milhac-d'Auberoche, et la musique de toutes
ces cloches aux sonorités variées, s'épandait sur la forêt
silencieuse. Je restais là, enjuché sur mon arbre, des heures,

rêvant à ces choses vagues qui passent dans les têtes d'enfants, aspirant les senteurs agrestes qui montaient de la forêt, vaste herbier de plantes sauvages chauffé par le soleil, écoutant le coucou chanter au fond des bois, et, plus au loin, un autre lui répondre, comme un écho affaibli. D'autres fois, c'était un geai miauleur, qui s'était appris à imiter les chats, autour des maisons, à la saison des cerises, et qui s'envolait bientôt en m'apercevant.

J'aimais cette solitude et ce quasi silence, qui amortissaient, sans que j'y fisse attention, les cruels ressouvenirs de mon pauvre père, et, tous les jours, pendant que ma mère travaillait à Marancé, je courais dans les bois, mangeant une mique ou un morceau de pain apporté dans ma poche, me gorgeant de fruits sauvages, buvant dans les creux où l'eau s'assemblait, car il n'y a guère de sources dans la forêt, et me couchant sur l'herbe lorsque j'étais las. Pas bien loin de Las Motras, il y a, dans un creux, un petit lac appelé le Gour; on dit qu'on n'a jamais pu en sonder le fond, mais peut-être, on n'a jamais bien essayé. En ce temps-là, le Gour était environné d'épais fourrés, et l'eau dormait là tranquille et claire, ombragée par de grands arbres qu'elle réfléchissait : frnêes, fayards ou hêtres, érables et chênes robustes. Il y avait même, penché sur le petit lac, un tremble argenté, venu là par hasard, dont les feuilles frémissaient avec un bruit léger comme celui d'une aile d'insecte. J'allais quelquefois me coucher là, sous les hautes fougères, et lorsque le soleil commençait à baisser, alors qu'aux environs un mâle de tourterelle roucoulait amoureusement, j'épiais les oiseaux, altérés par la chaleur du jour, qui venaient y boire. Il y en avait de toute espèce : geais, loriots, merles, grives, pinsons, linots, mésanges, fauvettes, rouges-gorges ; ils arrivaient voletant, se posaient sur une branche, tournaient la tête de droite, de gauche, et lorsqu'ils voyaient qu'il n'y avait pas de danger, ils s'abattaient au bord du Gour, et buvaient à gorgées en levant le bec en l'air pour faire couler l'eau. Des fois, les uns se baignaient en faisant aller leurs ailes, comme des enfants qui battent l'eau à la baignade, et, après, se secouaient pour se sécher et s'éplumissaient.

Il me semblait, à moi, sur qui pesait toujours, quoique

moins lourdement. Je malheur de mon père, il me semblait,
je dis, que ces petites bêtes, libres dans les bois, étaient heureuses. n'ayant souci de rien, se levant avec le soleil, se
couchant avec lui, et. le jabot bien garni, dormant tranquilles
la tête sous leur aile. Pourtant, je me venais à penser aussi
que l'hiver elles n'étaient pas trop à leur affaire, lorsqu'il
gelait fort et que la neige était épaisse : il y en avait alors qui
devaient jeûner. Les merles, les grives, les geais, trouvent
toujours quelques grains de genièvre, quelques prunelles de
buisson. des baies de viorne ou de sureau, ou encore quelques
alises restées à la cime de l'arbre. Mais les autres pauvres
petits oisillons ne trouvent plus de graines, ni de bestioles à
picorer, et, si la neige tient, si le froid est dur, affaiblis par
le jeûne, une nuit où il gèle à pierre fendre, ils tombent
morts de la branche, et restent là, le bec ouvert, les plumes
hérissées, les pattes roides. D'autres fois, c'est un chat sauvage qui, dans l'obscurité, monte à l'arbre et les emporte,
ou encore un chasseur à l'allumade, qui vient avec sa lanterne, tandis que tout dort, et d'un coup de palette assomme
les imprudents qui s'enjuchent trop bas : ah ! il y a de la
misère pour tous les êtres sur la terre.

Le dimanche, ma mère restait à la tuilière, bien contente
d'être avec moi, et elle s'occupait de rapetasser nos pauvres
hardes, qui en avaient grand besoin, surtout les miennes,
car on pense bien qu'avec cette vie dans les bois, à traverser
les ronciers, à grimper aux arbres, mes culottes et ma chemise
en voyaient de rudes. Ce jour-là, elle faisait de la soupe
avec quelque chose qu'on lui avait donné, ou avec des haricots que nous appelons mongettes, et il nous semblait bon
de manger comme ça ensemble, étant toute la semaine chacun
de notre côté. La nécessité enseigne de bonne heure les enfants du pauvre ; lors donc que j'étais seul, s'il restait un peu
de bouillon, je le faisais chauffer quelquefois, et je me trempais
de la soupe dans une petite soupière ; mais, ordinairement,
j'aimais mieux aller courir.

Avec ça, je mangeais des frottes d'ail, ménageant le sel,
comme de juste, car il était cher, ou bien des pommes de
terre à l'étouffée, des miques, et puis des fruits venus sur des
arbres sauvages, semés par les oiseaux dans les bois : cerises,

sorbes ou pommes, ou encore de mauvais percès ou alberges, trouvés dans quelque vigne perdue à la lisière de la forêt. Des fois, ma mère me portait dans la poche de son tablier un morceau de millassou dont elle s'était privée, la pauvre femme, mais il lui fallait se cacher pour ça, parce que l'homme de Marancé, qui regrettait le pain qu'on mangeait, se serait fâché s'il s'en était donné garde. Malgré tout, je profitais comme un arbre planté en bon terrain, et je devenais fort, car, quoique n'ayant que huit ans, j'en paraissais bien dix. Ma connaissance aussi s'était bien faite ; je parlais avec ma mère de choses que les enfants ignorent d'ordinaire, et je comprenais des affaires au-dessus de mon âge : je crois que la misère et le malheur m'avaient ouvert l'entendement.

Il y en a qui diront :

— Alors vous viviez comme des *higounaous*, des huguenots ! vous n'alliez pas à la messe le dimanche, ni à vêpres ?

Eh non, nous n'y allions pas. Ma mère, la pauvre, croyait bien au paradis et à l'enfer ; elle savait bien qu'elle se damnait en faisant ainsi ; d'ailleurs, elle ne pouvait l'ignorer, car le curé, l'ayant rencontrée un soir qu'elle revenait, harassée de sa journée, le lui avait reproché, disant que de ne pas aller à la messe, de ne point se confesser, ni faire ses Pâques, c'était vivre comme la chenaille. Non, elle n'allait pas à l'église et ne m'y menait point, faute de n'avoir le temps, disait-elle, mais il y avait autre chose. S'il faut dire la vérité, elle s'était brouillée avec le bon Dieu : elle lui en voulait, et surtout à la Sainte Vierge. de ce que mon père avait été condamné.

Elle convenait bien qu'il devait être puni, mais non pas de mort, parce que les vrais coupables, ceux qui l'avaient poussé à faire ce coup, c'était le comte, qui avait donné l'ordre injuste et méchant de tuer notre chienne, et puis cette canaille de Laborie, qui la poursuivait de ses propositions malhonnêtes. Je dis : puni de mort, car en ce temps-là, ce n'était pas comme à présent, où les forçats sont mieux soignés et plus heureux là-bas, dans les îles, que les pauvres gens de par chez nous. Ceux qui tenaient dix ans à cette vie des galères avaient la carcasse solide ; mais la plupart mouraient avant, surtout ceux qu'on envoyait à Rochefort, dans les marais de la Charente. Et justement, c'était là qu'on avait mis mon père, sur la demande du comte de Nansac, comme M. Fongrave nous le fit savoir. Dans le commencement, comme on nous avait dit que Rochefort était plus près de la tuilière que Brest ou Toulon, nous nous en contentions, comme si d'être séparés de cinquante, ou de cent, ou de deux cents lieues, ça n'était pas la même chose pour nous. Mais depuis, j'ai su par un marinier de Saint-Léon que c'était là qu'on envoyait ceux dont on voulait se défaire.

Et pour mon pauvre père, ça ne fut pas long. Tout le jour à travailler dans les boues de la rivière, nourri de mauvaises fèves, enchaîné la nuit sur le lit de planches, il attrapa les terribles fièvres du bagne. Et puis, la perte de sa liberté et le chagrin le minaient plus que sa maladie : aussi, au bout de quelques mois le pauvre misérable mourut désespéré.

L'avant-veille de la Toussaint, le maire fit appeler ma mère, et lui dit brutalement devant le curé, qui était avec lui sur la place de l'église :

— Ton homme est mort là-bas, il y eut hier quinze jours ; tu peux lui faire dire des messes.

— Les pauvres gens n'en ont pas besoin, répartit ma mère : ils font leur enfer en ce monde.

Et elle s'en alla. Il était nuit noire lorsqu'elle arriva à la tuilière, où je l'attendais au coin du feu en faisant cuire des châtaignes sous la cendre pour mon souper. Sans me rien dire, elle défit son mouchoir de tête, et, se recoiffant, elle cacha en dessous la pointe du mouchoir qui était ramenée en avant.

Il faut dire qu'autrefois il y avait des manières différentes de se coiffer en mouchoir : les filles laissaient pendre un long bout par derrière, sur le cou, comme pour pêcher un mari; les femmes glorieuses d'avoir un homme ramenaient fièrement ce bout en avant sur la tête, tandis que les pauvres veuves le cachaient sous leur coiffure, désolées de leur viduité.

En ce temps-là, je ne connaissais pas la signifiance de cette pointe de mouchoir, et je regardais faire ma mère, tout étonné. Lorsqu'elle eut fini, elle prit une gibe, sorte de forte serpe au bout d'un long manche, et, me tenant par la main, elle m'emmena à travers la forêt.

Elle marchait d'un pas rapide, m'obligeant ainsi à courir presque, muette, farouche. serrant ma main dans la sienne d'une pression égale et forte. Elle ne connaissait pas aussi bien la forêt que l'homme de la Mïon ; et puis, d'ailleurs, son idée qui la poussait en avant l'empêchait de se bien diriger dans la nuit, de manière que, voulant aller à l'Herm, elle gauchit sur la droite beaucoup, vers le Lac–Nègre ; ce que voyant et qu'elle avait failli son chemin, ma mère tourna droit vers le midi. Nous allions toujours sans mot dire, moi pressentant quelque chose de grave dans ce long silence, et ému par avance à la pensée de quelque terrible révélation. Dans les bois, les feuilles secouées par un vent humide tombaient au pied des arbres, ou quelquefois, enlevées par une rafale, tourbillonnaient dans la nuit, passant sur nos têtes comme une innumérable troupe de sansonnets emportés par la bourrasque. Dans les sentiers semés de feuilles mortes. des flaques d'eau pareilles à des miroirs sombres où rien ne se reflétait. clapotaient sous nos sabots. Et nous marchions toujours grand pas, ma mère, sa gibe sur l'épaule, moi entraîné par elle, et enveloppés tous deux de l'obscurité sinistre des bois. Enfin, sur les onze· heures, nous vîmes sur la lisière de la forêt se dresser dans le ciel noir les toits pointus du château de l'Herm, et ma mère pressa le pas en contournant le coteau pour éviter le village. En arrivant au découvert, le ciel se montra gris, rayé de bandes noirâtres avec de grands nuages qui couraient vers l'est poussés par le vent de travers. En rencontrant les fossés de l'enceinte, ma mère les longea et, s'arrêtant en face de la porte extérieure, la tête haute, les yeux brillants, les cotillons fouettés par le vent, me dit :

— Mon drole, ton père est mort là–bas aux galères, tué par le monsieur de Nansac : tu vas jurer de le venger ! Fais comme moi !

Et suivant le rite antique des serments solennels, usité dans le peuple des paysans du Périgord depuis des milliers d'années, elle cracha dans sa main droite, fit une croix dans le crachat avec le premier doigt de la main gauche et tendit la main ouverte vers le château.

— Vengeance contre les Nansac ! dit-elle trois fois à haute voix.

Et moi, je fis comme elle et je répétai trois fois :

— Vengeance contre les Nansac!

Cela fait, tandis que les grands chiens hurlaient au chenil, ayant côtoyé les maisons du village endormi, nous fûmes prendre le vieux grand chemin royal qui passe près de l'Herm et traverse les bois en se dirigeant vers Thenon. Trois quarts d'heure après, nous étions à la Croix-de-Ruchard, qui se trouve maintenant sur la lisière. de la forêt, et, laissant La Salvetat sur la droite, nous rentrâmes dans les bois de La Granval, suivant les sentiers pour revenir à la tuilière, où nous fûmes rendus sur les deux heures du matin.

A l'âge que j'avais alors, le dormir est un besoin presque aussi fort que le manger et le boire. Lorsque je me réveillai le lendemain, il faisait grand jour, et j'étais seul dans le lit, ma mère étant partie de bonne heure au travail. Je restai là un moment, regardant à l'autre bout de notre masure une petite pluie fine qui tombait par la tuilée effondrée, faisant une flaque dans le sol, et lors je pensai à tous les malheurs qui nous tombaient dessus. La mort de mon père, quoiqu'elle m'eût fait une bien grosse peine, ne m'avait pas surpris, car nous nous y attendions, ma mère et moi. Souventes fois, parlant tous deux de ce que pouvait être cet enfer des galères, nous imaginions des choses si terribles, et pourtant si vraies, que la mort pouvait être considérée comme une délivrance. Oh! en être réduit à préférer la mort pour ceux qu'on aime, quelle triste chose! Aussi quelle haine farouche pour les Nansac grouillait en moi, pareille à un de ces nœuds de vipères accouplées que je trouvais parfois dans la forêt!

Après ces tristes pensers, j'éprouvais du soulagement à sentir dans mon cœur une grande reconnaissance pour M. Fongrave qui avait été si bon pour nous. Il me semblait que tant que nous n'aurions pas en quelque manière marqué notre reconnaissance à l'avocat de mon père, je ne serais pas à mon aise. En cherchant en moi-même ce que nous pourrions faire pour ça, je vins à penser que lui envoyer un lièvre, ça serait à propos. Je me souvins alors que, dans le tiroir du cabinet. il y avait des setons ou acets de laiton dont se servait mon père, et, sautant du lit incontinent, je mis ma culotte, soutenue à mode de bretelle par un bout de ficelle que j'avais faite avec du chanvre, et j'allai au tiroir. Je fus content de voir qu'il y avait une dizaine de setons, et, sans plus tarder, je pris une mique et, en la mangeant, je m'en fus à la recherche de passages de lièvres, où je pourrais en poser. Après avoir bien viré, tourné, je remarquai trois coulées assez fréquentées, et, le soir, ayant flambé trois de ces collets, je les cachai dans une poignée de fougères, et m'en fus les placer au soleil entrant, ou couchant, si l'on veut. Je posai le premier dans un passage à deux pas du sentier, attaché à une forte pousse de chêne. J'en mis un autre sur la lisière d'un bois à un endroit où j'avais connu que le lièvre passait souvent pour aller faire sa nuit dans les terres autour des villages, et enfin le troisième à la croisée de deux petits sentiers qui devait être un poste pour la chasse aux chiens courants.

Le lendemain matin, de bonne heure, je m'en fus voir mes setons : rien. Le surlendemain, rien encore. Le troisième jour, je trouvai qu'il m'en manquait un, enlevé sans doute par quelque garde ; aux autres, rien encore. Je compris lors que je n'étais pas bien fin braconnier, mais je ne me décourageai point pour ça ; en quoi j'eus raison, car le quatrième jour, approchant de mon dernier seton, je vis quelque chose de gris dans la coulée et je me mis à courir : c'était un beau lièvre étendu mort, le poil encore humide de la rosée de la nuit ; je le ramassai et m'engalopai chez nous. Lorsque le soir ma mère vint, je lui montrai le lièvre en lui disant que c'était pour M. Fongrave que je l'avais attrapé. Elle me dit que c'était très bien ; qu'il ne fallait jamais oublier ceux qui nous avaient fait du bien, et non plus ceux qui nous avaient fait du mal.

Je n'avais garde d'oublier ceux-ci ; mais que faire, moi, drole d'une huitaine d'années ? Comment venger la mort de mon père sur les messieurs de Nansac ? Ils étaient riches, puissants, la terre était à eux ; ils avaient un château inabordable, à leur volonté des domestiques, des gardes armés, et moi j'étais pauvre et chétif. Je pensais à ça souvent, sans rien imaginer, preuve que je n'avais pas de nature l'idée tournée au mal, quand, le mardi suivant. allant à Thenon avec ma

mère pour tâcher de faire passer le lièvre à M. Fongrave,
nous trouvâmes un homme qui portait un fusil à la bretelle
et menait, par une corde, un méchant briquet qui avait le
cou tout écorché. On causait en marchant, et, entre autres
propos, l'homme vint à nous dire que son chien s'était pris
dans un seton et qu'heureusement, lui étant tout près, à couper
de la bruyère, l'avait ouï gueuler et l'avait tiré du lacet à
moitié étranglé : entendant ça, je vins à penser que, le comte
de Nansac chassant souvent dans la forêt, je pourrais lui tuer
des chiens par ce moyen, et je fus content.

A Thenon, ma mère trouva un marchand établi sur la place
de la Clautre, à Périgueux, qui venait souvent au marché les
mardis, avec deux mulets de bât portant ses marchandises.
Cet homme nous dit connaître M. Fongrave qui lui avait
plaidé une affaire, et promit de lui rendre le lièvre le lendemain, certainement. Sur cette assurance, nous revînmes à
la tuilière.

Je n'allais pas souvent dans la forêt de l'Herm, qui était
aux messieurs de Nansac, pour ne pas les rencontrer chassant. ou leurs gardes ; mais un soir, ayant remarqué les endroits, j'y posai deux solides setons doublés et bien attachés
à de fortes cépées de chêne, et m'en retournai tout courant.
Le lendemain, c'était jour de chasse et, de loin, j'entendais par intervalles la trompe du piqueur et les voix des
chiens. Je ne sus rien de ce jour-là, et j'enrageais en moi-
même, quand, le surlendemain, étant dans la forêt de La
Granval, je trouvai. entre les Maurezies et le Lac-Viel, le
piqueur de l'Herm qui sonnait des appels. Il me demanda si
je n'avais pas vu un grand chien blanc et noir, marqué de
feu aux pattes et au-dessus des yeux. Je lui répondis que non, et
là-dessus, poussant son cheval, il s'en alla. Dans les villages
aux entours de la forêt, on sut par ce piqueur que Taïaut, le
chien de tête, était perdu. Moi, je ne disais rien, mais je
soupçonnais qu'il pourrait bien être étranglé mort au pied
d'un petit chêne, là-bas, dans la Combe-du-Loup. J'avais
une forte envie de m'en accertainer, mais la crainte d'être
vu et d'attirer les soupçons sur moi me retenait. Cependant,
perdant patience, le dimanche, pendant la messe, sûr
que tous, maîtres et domestiques y étaient, je courus à la

Combe-du-Loup. Ha ! la tête de Taïaut était là par terre dans
la coulée, et tout le reste avait disparu, mangé par les loups :
il payait pour notre pauvre chienne. Je détachai vite le seton
et je m'en revins tout fier et content de ce commencement de
vengeance. Au château, personne ne se douta de rien, et
lorsque, quelques jours plus tard, Mascret trouva la tête de
Taïaut à moitié mangée par les fourmis, on crut que le chien,
n'ayant pas retraité avec les autres, avait été attrapé la nuit
par les loups.

J'étais content, j'ai dit : pourtant quelque chose me fâchait ;
c'était que le comte ne sût pas que j'avais fait ce coup. Un beau
jour, pensais-je, je le lui dirai bien ; mais, pour le moment
c'était trop dangereux. La mort de mon père ne l'avait pas
saoulé, d'ailleurs, et il cherchait encore à nous faire du mal à
nous autres. Pour nous faire quitter le pays, et nous ôter le
pain de la main, il voulut d'abord acheter la tuilière où nous
demeurions ; mais l'homme à qui elle appartenait, qui ne l'aimait guère, comme tout le monde dans le pays, du reste,
refusa de la lui vendre. N'ayant pas réussi de ce côté, il imagina de faire revenir le fils de chez Tâpy, là où travaillait ma
mère, lequel avait assez de la vache enragée du régiment, quoiqu'il se fût enrôlé volontairement. Le comte agit si bien qu'il
lui fit avoir son congé, je ne sais sous quel prétexte ; mais, en
ce temps-là, les nobles comme lui faisaient tout ce qu'ils
voulaient.

Voilà donc ma mère encore une fois dépourvue, à se
demander d'où elle tirerait le pain. Juste en ce moment, comme
pour répondre à la méchanceté du comte, un autre de ses
chiens se prend encore à un seton ; mais, cette fois, on le
trouva, et Mascret dit :

— Si Martissou n'était pas mort aux galères, je jurerais
que c'est lui qui a fait et posé ce collet !

Mais ça n'alla pas plus loin pour le moment : on crut que
le chien s'était pris à un seton tendu pour le lièvre, comme
ça arrive quelquefois.

Pourtant, une quinzaine de jours après, Mascret, qui avait
son idée, me trouvant dans la forêt, tira le lacet de son car-
nier et me dit :

— Connais-tu ça ?

1er Avril 1899.

La colère de toutes les canailleries du comte me monta tout d'un coup :

— Oui bien ! dis–je, c'est moi qui l'ai posé !

— Ah! sacré méchant garnement! je vais te corriger!

Mais, me jetant en arrière, j'ouvris mon couteau en même temps, prêt à le planter dans le ventre du garde :

— Avance ! si tu n'es pas un capon!

Lorsque Mascret me vit ainsi, les sourcils froncés, les yeux flamboyants, la bouche rinçante, montrant les dents comme un jeune loup qui va mordre, il eut peur et s'en alla après force menaces.

Cependant l'hiver était là; les pinsons se rassemblaient par troupes, les mésanges quittaient les bois pour les jardins, les grives descendaient dans les prés, et les rouges-gorges venaient autour des maisons. C'est le temps où l'on balaie la feuille dans les châtaigneraies, où l'on cure les rigoles des prés, où l'on ramasse le gland et autres broutilles comme ça, toutes choses que les gens font en s'amusant : il n'y a pas d'ouvrage pour les journaliers en ce temps-là. Voyant donc qu'elle n'aurait pas de travail autrement, ma mère, qui était bonne filandière, chercha du chanvre à filer, d'un côté et d'autre, et en trouva quelque peu. Elle se mettait une châtaigne sèche, toute crue, dans la bouche, pour faire de la salive, et filait ainsi du matin au soir, gagnant à peu près ses trois sous par jour : il n'y avait pas pour manger notre aise de pain. Heureusement, l'homme à qui était la tuilière nous avait donné des châtaignes à ramasser à moitié, de manière que nous en avions la valeur de trois sacs sur de la fougère, dans le fond de la cassine, ce qui nous assurait de ne pas mourir de faim cet hiver. Quant au bois, il ne nous manquait pas : nous en avions amassé un grand pilo pour la mauvaise saison sous un bout de hangar qui tenait encore un peu. Ce fut bien à propos, quand vint la neige, et qu'il fallut rester des journées entières au coin du feu. Pour m'amuser, cependant que ma mère filait sans relâche, moi je m'essayais à faire des cages d'osier, ayant pour tout outil mon couteau et une baguette de fer que je faisais rougir pour percer les trous des barreaux.

L'hiver, on dit que c'est la bonne saison pour les riches ;

mais pour les pauvres, il n'en va pas de même. D'ailleurs, il n'y a pas de bonne saison pour eux. Ceux-là qui ont besoin de gagner leur vie sont encore plus malheureux lorsque le travail de terre manque : ainsi sont dans la campagne les pauvres mercenaires : il leur faut chômer lorsqu'il pleut ou neige, et jeûner aussi souvent. Outre ça, l'hiver, c'est le temps où il ferait bon être bien habillé de bonne bure épaisse, ou de bon cadis bourru, pour se préserver du froid ; mais les pauvres gens sont obligés de passer les mois du gel avec leurs habillements d'été. Nous autres, dans cette baraque où l'eau et la neige tombaient par le trou de la tuilée où le vent s'engouffrait aussi, tuant quelquefois le chalel pendu au manteau de la cheminée, nous n'étions pas trop bien, comme on peut croire ; surtout que nos habillements, toujours les mêmes, usés, percés, n'étaient guère chauds. Aussi, quand vint le printemps, que les noisetiers sauvages fleurirent leurs chatons et que les buis commencèrent à faire leurs petites marmites, il nous sembla renaître avec le soleil. Mais ce n'était pas le tout, il fallait manger, et pour manger, gagner des sous.

Ce qui fait la peine des uns arrange quelquefois les autres. Vers la mi-carême, la femme de Tâpy tomba malade, de manière que son homme manda à ma mère d'y aller pour la soigner, les droles aussi, et tenir la maison. La pauvre femme resta au lit un mois et demi, et, aussitôt qu'elle put se lever, quoique bien faible, il lui fallut reprendre son travail, car Tâpy était un peu serré et même avare, de sorte que d'être obligé de payer une femme pour faire les affaires dans la maison, si peu que ce fût, alors qu'il en avait une à lui, ça le suffoquait ; tellement bien, qu'il en voulait à sa femme d'être malade, comme si c'eût été sa faute, à la pauvre diablesse !

Voilà donc ma mère encore une fois sans travail, de manière qu'au bout d'un mois et demi, les quelques sous qu'elle avait amassés furent dépensés. Un jour vint où il n'y eut plus de pain chez nous, ni de pommes de terre. Les châtaignes, il y avait longtemps qu'elles étaient finies ; de graisse plus : nous faisions la soupe avec un peu d'huile rance, tant qu'il y en eut ; dans un fond de sac, seulement, il restait un peu de farine de blé d'Espagne. Ma mère la pétrit, en fit des miques qu'elle fit cuire en disant :

— Lorsqu'elles seront finies, il nous faudra prendre le bissac et chercher notre pain.

Entendant ça, je maudissais ce comte de Nansac qui était la cause de la mort de mon père aux galères, et qui voulait nous faire crever de misère. En moi-même je répétais ce que j'avais souvent ouï dire à ma mère :

— Le bon Dieu n'est pas juste de souffrir ça !

Si j'avais eu le fusil de mon père, qu'au greffe ils gardaient, je crois que je me serais embusqué dans la forêt pour tuer comme un loup ce méchant noble, lorsqu'il passait à cheval avec ses chiens, l'air froid et méprisant, criant lorsqu'il rencontrait quelque paysan sur son chemin :

— Gare, manant !

En ruminant toutes ces choses pénibles, affolé par la misère, je vins à penser que nous étions à la veille de la Saint-Jean. C'est la coutume dans nos pays que, ce jour-là, on allume un feu sur les cafourches, ou carrefours, auprès des villages et des maisons écartées. Dans les bourgs on en dresse un beau, recouvert de verdure et de feuillage, avec, à la cime, un bouquet de lis, de roses et d'herbes de la Saint-Jean, qu'on s'arrache après. Comme autrefois le druide célébrant la fête du solstice, à la tombée de la nuit, le curé vient bénir le feu en cérémonie : ainsi faisait celui de Fanlac, de qui j'ai appris cela. Lorsque le feu tire à sa fin, ceux qui n'ont pu attraper le bouquet emportent des charbons pour garder la maison du tonnerre, après avoir sauté le brasier pour se préserver des clous.

Au temps que nous demeurions à Combenègre, d'où l'on voyait au loin s'étager les coteaux et les puys, j'aimais à regarder, ce soir-là, ces milliers de feux qui brillaient dans l'ombre, sur une immense étendue de pays, jusqu'à l'extrémité de l'horizon, où le vacillement incertain de la flamme se percevait à peine, comme une étoile perdue dans les profondeurs du ciel. Sur les cimes, les feux, tirant à leur fin, quelquefois s'obscurcissaient un instant, puis, ravivés par l'air, jetaient encore quelques clartés pour finir par s'éteindre, alors que d'autres, dans la vigueur de leur première flambée, montaient dans le ciel noir comme des langues de feu.

De la tuilière, au milieu des bois, on ne pouvait pas apercevoir tous ces feux. mais je ne m'en souciais guère, car, sur le coup où j'avais pensé à cela, m'entra comme une balle dans la tête cette idée : mettre le feu à la forêt de l'Herm ! De cet instant, je ne m'occupai d'autre chose ; la nuit, j'en rêvais. Ce n'était pas la résolution perverse d'un enfant précocement méchant, faisant le mal pour le mal, par plaisir ; non. A la guerre sans pitié du comte je répondais par une guerre semblable ; ne pouvant le tuer, — ce que j'aurais fait alors sans remords, — je lui causais un grand dommage. Je tenais mon serment, je vengeais mon père ; cette pensée me faisait du bien. Tout ça n'était pas, à ce moment-là, aussi net dans ma tête que je le dis aujourd'hui, mais je le sentais tout de même.

Le difficile était d'en venir à mes fins. J'y songeais tous les jours, cherchant les moyens, les pesant, les comparant, et, finalement, m'arrêtant aux meilleurs, c'est-à-dire à ceux qui pourraient rendre l'incendie plus considérable.

Le premier point, c'est qu'il fallait attendre un jour où il venterait fort ; le second, que le vent devait venir de l'est, du côté de Bars, pour ne pas brûler la forêt de La Granval, ni celle du Lac–Gendre, ce que je n'aurais voulu pour rien au monde, mais seulement celle de l'Herm. La troisième condition, c'est qu'il fallait allumer le feu à un endroit d'où il pût gagner facilement tous les bois du comte de Nansac, car, de préparer plusieurs foyers, c'était appeler les soupçons ; mis à une seule place, ça passerait pour un accident. Enfin le quatrième point, c'est qu'il fallait mettre le feu la nuit, afin que les secours ne vinssent pas arrêter l'incendie à son début.

Pour un enfant de mon âge, tout ça n'était pas trop mal arrangé : le malheur était que ce fût pour une mauvaise action ; mais, poussé au mal, je n'étais pas le seul coupable.

Tandis que je ruminais ces choses dans ma tête, ma mère, ayant su qu'on avait besoin de faneuses au Cheylard, y alla le lendemain, me laissant seul pour tout le temps des fenaisons, car c'était trop loin pour revenir chaque soir. Elle se fâchait de ça, mais je la tranquillisai en l'assurant que je ne m'inquiétais point d'être seul. Si je lui avais dit la vérité, j'aurais dit que j'en étais content. Le premier jour, je l'accompagnai jusqu'au Cheylard, où, ayant demandé quelque peu d'argent d'avance sur ses journées, elle acheta chez le fournier de Rouffignac une tourte de pain que j'emportai.

Mon plan étant bien arrêté, je n'avais plus qu'à chercher un bon endroit et à attendre le moment propice. Il y avait une différence de trois ou quatre ans entre les coupes de la forêt de l'Herm et celles de La Granval qui se jouxtaient. Les premières étaient bonnes à couper l'hiver prochain, de manière que la divise, ou limite était facile à trouver et à suivre, surtout avec les grosses bornes cornières qu'il y avait de distance en distance. Ayant bien considéré les choses, je me décidai pour une place où les bois de l'Herm entraient en coin dans les autres. Il y avait justement là un vieux fossé à moitié comblé : je cavai un petit four dans le talus, comme ceux que font les enfants pour s'amuser, j'assemblai quelques brassées de broussailles dans le fossé, et je m'en revins sans avoir été vu de quiconque.

Plusieurs jours se passèrent dans l'attente. Il faisait un soleil brûlant qui séchait sous bois les herbes et les brindilles, ce qui me réjouissait, en me faisant espérer une belle flambée ; mais point de vent. Pourtant, un matin, avec la lune, le temps changea, et un fort vent d'est se mit à souffler, à mon grand contentement. Toute la journée, je trépignai, impatient, et, la nuit venue, j'emplis un vieux sabot de braises et de cendres, et, le cachant sous ma veste, je m'encourus à travers les bois.

Des nuages grisâtres filaient au ciel, le temps était orageux, le vent soufflait chaud, sous les taillis, courbant les fougères et la palène, ou herbe forestière, et balançant à grand bruit les têtes des baliveaux et des arbres de haute futaie. Aussi, tout en galopant, je me disais : « Pourvu qu'il ne pleuve pas cette nuit ! »

Lorsque j'arrivai à mon endroit, j'étais essoufflé et tout en sueur. Il pouvait être sur les dix heures : je retrouvai mon petit four en tâtonnant. et aussitôt, vidant mon sabot dedans, je le bourrai d'herbes sèches et me mis à souffler sur les braises. L'herbe flamba rapidement : j'y ajoutai quelques brindilles, et, à mesure que le feu prenait, des petits mor-

ceaux de branches mortes. Après qu'il fut bien allumé, j'y
jetai une brassée des broussailles sèches que j'avais amassées
et, incontinent, la flamme monta, gagnant le bois. Bientôt,
sous l'action du vent, le taillis fut en feu, et je me sauvai
comme j'étais venu, par les fourrés, emportant le sabot qui
m'aurait dénoncé.

Arrivé à la tuilière, les mains saignantes, les jambes éra-
flées par les ronces, je me couchai tout habillé, agité, inquiet,
ne craignant qu'une seule chose, que le feu ne s'éteignît de
lui-même, ou par l'orage qui ronflait au loin. Vers une
heure après minuit, j'entendis un son de cloche et, me levant,
je sortis. Le tocsin sonnait aux clochers d'alentour, avec
des tintements pressés, sinistres. Une immense lueur rouge
ensanglantait les nuages qui s'enfuyaient emportés par le
vent, et éclairait les coteaux. Des clameurs montaient des
villages voisins de la forêt : l'Herm, Prisse, Les Foucan-
dies, La Lande ; et, au milieu des bois, on entendait les cris
des gens des Maurezies, de la Cabane. du Lac-Viel, de La
Granval, qui couraient au secours.

Alors je fus pris d'un grandissime désir de contempler mon
ouvrage. Ayant laissé passer ces gens, je gagnai à travers
les coupes un des endroits les plus élevés de la forêt, où il y
avait un grand hêtre sur lequel j'étais monté plus d'une fois,
et, l'embrassant aussitôt, je me mis à grimper.

A mesure que je montais, je découvrais le feu, et, arrivé au
faîte, l'incendie m'apparut dans toute son étendue. La forêt
de l'Herm brûlait sur une demi-lieue de largeur, semblable
à un grand lac de feu. Les taillis, desséchés par la chaleur,
flambaient comme des sarments ; les grands baliveaux isolés
au milieu de l'incendie résistaient plus longtemps, mais,
enveloppés par les flammes, le pied miné, ils finissaient par
tomber avec bruit dans l'énorme brasier où ils disparaissaient en soulevant des nuages d'étincelles. La fumée chassée
par le vent découvrait ce flot qui s'avançait rapidement,
dévorant tout sur son passage. Les oiseaux, réveillés brusquement, s'élevaient en l'air, et, ne sachant où aller dans les
ténèbres, voletaient effarés au-dessus du foyer géant. Sur le
sourd grondement de l'incendie s'élevaient dans la nuit les
pétillements du bois vert se tordant dans la flamme, les cra-

quements des arbres chus dans l'amoncellement de charbons ardents, et les clameurs des gens affolés travaillant à l'orée des bois à préserver leurs blés mûrs. Dans les clairières, des langues de feu s'allongeaient comme d'immenses serpents, et s'arrêtaient finalement à la lisière des bois. Sur le seuil des maisons voisines, inondées d'une aveuglante lumière, des enfants en chemise regardaient tranquillement brûler la forêt du comte de Nansac. Les lueurs de l'immense embrasement se projetaient au loin sur les collines, éclairant les villages de rougeurs sinistres qui se reflétaient dans le ciel incendié. Plus près, au-dessus des maisons basses du village, les tours et les grands pignons du château de l'Herm se dressaient comme une masse sombre où brillaient dans les vitres des reflets sanglants.

Je restai là, à cheval sur une grosse branche, jusqu'à la pointe du jour, suivant les progrès du feu, qui, sauf quelques coins préservés par un bout de chemin, ne s'arrêta qu'après avoir dévoré toute la forêt, laissant après lui un vaste espace noir d'où s'élevaient des nuages de fumée. Alors, bien repu de vengeance, je descendis de mon arbre, et m'en retournai à la tuilière, plein d'une joie sauvage.

Merci à mon petit four, on crut que le feu avait été mis par des enfants en s'amusant ; ils furent interrogés, tous ceux de par là, à tour de rôle, mais inutilement : le comte de Nansac en fut pour six ou sept cents journaux de bois brûlés.

Dès lors, il me sembla que je devenais un homme. L'orgueil de ma mauvaise action me grisait ; je mesurais ma force à son étendue, et je me complaisais dans le sentiment de ma haine satisfaite. De remords, je n'en avais pas l'ombre, pas plus que le sanglier qui se retourne sur le veneur, pas plus que la vipère qui mord le pied du paysan. Au contraire, la réussite de mon projet m'affriandait jusqu'à me faire songer aux moyens de me venger encore.

Le dimanche, quand vint ma mère passer la journée à la tuilière, elle me demanda si je n'avais pas eu peur, la nuit de l'incendie, à quoi je répondis que non, et que, tout à l'opposé, je m'étais réjoui en voyant brûler les bois du comte. A l'air dont je dis cela, elle me regarda, prise d'un soupçon, et puis, comprenant tout à coup, se jeta sur moi, m'enleva contre sa poitrine et m'embrassa furieusement.

— Ah! dit-elle en me reposant à terre, il ne sera jamais assez puni !

Trois ou quatre jours après, les fenaisons finies, la pauvre femme revenait tard, recrue, épuisée de fatigue, pour avoir peiné toute une longue journée de quinze heures sous un soleil pesant. Elle se hâtait fort afin d'arriver avant l'orage qui la suivait, mais elle eut beau se presser, un peu après avoir passé La Salvetat, les nuages crevèrent à grand bruit, et toute en sueur, haletante, une pluie froide mêlée de grêlons lui tomba dessus, de manière qu'au bout de trois quarts d'heure, lorsqu'elle arriva sous cette pluie battante, trempée jusqu'à la peau, elle triboulait, c'est-à-dire grelottait, et n'en pouvait plus. N'ayant pas d'autres habillements pour se changer, elle se coucha, et moi j'en fis autant. Toute la nuit, je la sentis contre moi. brûlante, agitée par la fièvre, et tourmentée dans son demi-sommeil de mauvais rêves qui la faisaient déparler, ou délirer. Le matin, comme c'était une vaillante femme, elle voulut se lever ; mais, ayant mis la marmite sur le feu pour faire cuire des pommes de terre, elle fut obligée de se recoucher, prise de frissons avec de forts claquements de dents, et se plaignant d'un grand mal dans les côtés.

La voyant ainsi, je la couvris de tout ce que je pus trouver, de son cotillon séché, et, finalement, de ma veste, mais elle frissonnait toujours. Je pensai alors à aller querir du secours, mais lorsque je lui en parlai, elle me dit faiblement :

— Ne me quitte pas, mon Jacquou !...

Comme on doit penser, j'étais bien inquiet. Ne sachant que faire pour apaiser la soif qui la tourmentait, je coupai en quartiers des pommes d'anis que la pauvre femme avait portées pour moi dans la poche de son tablier, et, les faisant bouillir, j'en fis une espèce de tisane que je lui donnais lorsqu'elle demandait à boire, ce qui était souvent. Quelquefois, je me disais que, si elle pouvait s'endormir, je courrais jusqu'aux Granges pour avoir du secours ; mais, quand je me bougeais le moindrement, elle ouvrait les yeux et disait :

— Tu es là, mon Jacquou? ne me laisse pas!

Et je lui répondais, en lui prenant la main :

— Ne crains point, mère, je ne te quitterai pas.

Et elle refermait les paupières, brisée par la fièvre, et la poitrine haletante, oppressée.

Lorsqu'elle s'assoupissait un peu, j'allais sur la porte et j'épiais si quelqu'un passait par là. Mais dans cet endroit sauvage, où personne n'avait affaire, qui n'était sur aucun chemin, on ne voyait guère jamais personne, sinon, de loin en loin, un pauvre diable longeant l'orée des bois, sa serpe sous sa veste, et s'en allant faire son faix de bois dans les taillis. Et, personne ne se montrant, je rentrais bien ennuyé, et lorsque ma mère se réveillait, j'essayais de lui faire comprendre qu'il lui fallait avoir la patience de rester deux heures seule, tandis que j'irais chercher quelqu'un; mais à tout ce que je pouvais lui dire, elle ne savait que répondre toujours :

— Ne me quitte pas, mon Jacquou!

Ou bien, n'ayant pas la force de parler, elle secouait la tête pour dire non.

La nuit d'après, elle se mit à délirer, parlant de guillotine, de galères, appelant son pauvre homme, mort là-bas, sur une planche nue, les fers aux pieds. Tous nos malheurs lui revenaient dans la tête, et l'affolissaient. Elle criait après le comte de Nansac, et reniait la Vierge Marie qui n'avait pas sauvé son homme. Dans sa fièvre, elle battait des bras sur le couvre-pieds pour chasser le bourreau qu'elle disait voir au fond du lit, ou cherchait à se lever pour aller rejoindre son Martissou qui l'attendait. J'avais grand peine à la calmer un peu; il me fallait monter sur le lit, la prendre par le cou et lui parler comme à un petit drole en l'embrassant. Au matin, harassée de fatigue, elle s'assoupit un peu, et moi, la voyant ainsi, je crus qu'elle allait mieux; mais, lorsqu'elle se réveilla en sursaut avec une longue plainte, je vis bien que non. Sa respiration devenait de plus en plus pénible, précipitée, et la fièvre était si forte que sa main brûlait la mienne. La journée se passa ainsi, et quand revint la nuit, elle ne pouvait plus parler, mais se doulait et s'agitait désespérément. Oh! quelle nuit! Qu'on s'imagine un enfant de neuf ans, seul dans une cahute perdue au milieu des bois, avec sa mère agonisante!

Pendant plusieurs heures, la pauvre malheureuse se débattit contre la mort, faisant aller follement ses bras, essayant d'arracher le couvre-pieds, se soulevant tout entière dans les transports de la fièvre, les yeux égarés, la poitrine haletante, et retombant sur le lit, le souffle lui faisant défaut un instant, pour reprendre encore par un pénible effort. Vers la minuit ou une heure, la fièvre cessa, et un bruit rauque sortit de sa poitrine, le rommeau ou râle de la mort! Cela dura une demi-heure; j'avais grimpé sur le banc près du lit, et, à moitié couché, je tenais la main de ma pauvre mère serrée contre ma poitrine. La connaissance lui revint tout à fait à la fin; elle tourna vers moi ses yeux pleins d'un angoisseux désespoir et deux grosses larmes coulèrent sur ses joues amaigries et hâlées; puis ses lèvres remuèrent, le râle s'arrêta : elle était morte.

Alors, moi, plein de douleur et d'épouvante, je l'appelai :
— Mère! mère!

Et je me mis à sangloter sur sa main que je gardais toujours dans les miennes.

Je restai longtemps là, immobile, affaissé. Lorsque je relevai la tête, à la lueur du chalel, que le vent venant du trou de la tuilée faisait vaciller, je vis la figure de ma mère qui prenait une teinte de cire jaunâtre. Ses yeux étaient restés ouverts, et aussi sa bouche, dont les lèvres rétractées laissaient voir les dents. Oh! de quelle funèbre terreur je fus pris en la voyant ainsi! Je ne pus la regarder une minute, et, me cachant la figure dans les draps, rempli de désespoir et d'effroi, j'achevai de passer de la sorte cette horrible nuit.

Le jour venu, je me relevai un peu rasséréné et j'avisai ma pauvre mère. Maintenant elle était froide, roidie par la mort; sa main que je touchais glaçait la mienne; ses cheveux noirs, défaits dans les mouvements de la fièvre, s'épandaient en mèches épaisses sur le lit, comme des serpents; sa pâleur était devenue terreuse; ses yeux étaient vitreux et ternis, et sa bouche, toujours grande ouverte, semblait clamer le désespoir de laisser son drole seul sur la terre.

Je restai là un moment à la contempler, puis, faisant ce que j'avais ouï dire qu'on faisait en tel cas, je lui couvris la

figure avec le linceul, et, ayant fermé la porte, je m'en fus
chercher quelqu'un. Au Petit-Lac, une femme qui filait
accotée contre un mur, me voyant passer bien ennuyé, me
demanda ce que j'avais. Lui ayant dit ce qui en était, elle
leva les bras en disant :

— Sainte Vierge !

Et puis elle me fit une quantité de questions, et finit par
me dire :

— A donc, tu es le drole du défunt Martissou !

Et ce fut tout. Comme elle ne me faisait aucune offre de
service, je la quittai et m'en allai tout droit à Bars, chez le
maire qui de suite me reconnut.

— Et qu'est-ce que tu demandes ? me fit-il rudement,
selon son habitude.

Après que je lui eus dit la mort de ma mère, il fit un
geste de mauvaise humeur, grommela quelques paroles entre
ses dents et finit par me répondre tout haut :

— Tu peux t'en retourner, on fera le nécessaire.

Je m'en revins à la tuilière et j'attendis assis devant la
porte toute la journée. Sur les cinq heures, quatre hommes
vinrent avec une espèce de civière à rebords, sorte de caisse
longue avec des brancards dont on se servait pour porter en
terre les pauvres qui n'avaient pas de quoi avoir un cercueil,
ce qui était commun en ce temps-là. Entrés qu'ils furent,
l'un d'eux découvrit la figure de ma mère et dit :

— Pauvre femme ! elle était trop jeune pour mourir !

Voyant qu'elle n'était pas pliée, ensevelie, ils la laissèrent
dans les draps, les rabattirent, puis l'ayant mise dans le
vieux couvre-pieds, tout bâti et rapiécé de morceaux différents, après l'avoir bien arrangée dedans, ils attachèrent le
linceul au-dessus de la tête et aux pieds. Cela fait, ils prirent
ce pauvre corps roide et le posèrent sur la civière, puis chacun prit un des quatre bras, et, étant sortis de la maison,
ils se mirent en marche à travers la forêt.

La journée avait été chaude ; le soleil qui baissait envoyait
ses rayons à travers les taillis comme des flèches d'or. Les
oiseaux commençaient à se retirer pour la nuit et voletaient
dans les branches. On étouffait dans ces bois sans air, et
les chemins étaient mauvais, de sorte que les porteurs fatigués

s'arrêtaient souvent et s'essuyaient le front avec leur manche. Puis, reposés, ils crachaient dans leurs mains, empoignaient les brancards et se remettaient en route.

Moi, je les suivais machinalement, m'arrêtant lorsqu'ils s'arrêtaient, repartant avec eux, perdu de chagrin, sans penser à rien, regardant d'un œil fixe le corps de ma mère plié dans le couvre-pieds, qui s'en allait secoué par l'effet des accidents de terrain, et autour duquel de grosses mouches noires venaient bourdonner...

Au sortir de la forêt, les chemins étant découverts et meilleurs, les hommes purent porter tout le temps sur l'épaule et hâtèrent le pas. En passant près d'un village, une vieille pauvresse, qui venait de chercher son pain, comme en faisait foi son bissac à moitié plein sur son échine courbée, se signa disant à mi-voix :

— C'est grand' pitié de voir une pauvre créature portée en terre comme ça !

Et, tirant son chapelet de sa poche, elle suivit avec moi.

L'*Ave Maria* sonnait comme nous arrivions au bourg de Bars. Les hommes posèrent la civière devant le portail de l'église, et l'un d'eux alla querir le curé. Celui-ci revint, un moment après, jeta un coup d'œil froid sur le corps, et dit :

— Cette femme ne fréquentait pas l'église et n'a pas fait ses Pâques ; elle reniait Dieu et la sainte Vierge ; c'est une huguenote : il n'y a pas de prières pour elle... Vous pouvez la porter dans le coin du cimetière où la fosse est creusée.

Les hommes restèrent un instant étonnés, puis, reprenant leur fardeau, ils entrèrent dans le cimetière tandis que la vieille me disait :

— Si tu avais eu de quoi payer, il aurait bien fait l'enterrement tout de même... Jésus mon Dieu !

Dans un coin du cimetière, plein de pierraille, de ronces et d'orties, le trou était là tout prêt, et l'homme qui l'avait fait attendait. Sur la planche inclinée, les porteurs placèrent le corps et, autant qu'ils purent, le firent glisser doucement. Puis ils ôtèrent peu à peu la planche, et ma pauvre mère se coucha au fond du trou, où elle était à peine étendue que le fossoyeur commença à jeter la terre et les pierres qui tombaient sur elle avec un bruit mat...

Pendant ce temps la nuit était venue, et moi, noyé dans mon chagrin, j'étais debout, regardant comme imbécile la fosse qui se comblait. A côté, la vieille, à genoux, disait son chapelet. Après que l'homme eut achevé, elle se leva, fit un signe de croix et, me touchant le bras, me dit :

— Viens-t'en, mon petit, c'est fini.

Et je la suivis jusqu'au village où on la retirait dans une grange, et, lorsqu'elle m'eut fait monter, écrasé de douleur et de fatigue, je tombai sur le foin et je m'endormis d'un lourd sommeil.

IV

Le matin, à mon réveil, je fus tout étonné de me trouver dans un grenier à foin; mais bientôt la mémoire me revint. Je regardai autour de moi : la vieille était partie, mais, se doutant que j'aurais faim, elle m'avait laissé un bon morceau de pain. Mon ventre criait, comme ça devait être depuis deux jours que je n'avais rien mangé. Pourtant, quoique ce pain fût de pur froment, qu'il eût l'air bien propre, je sentais une grande répugnance à y toucher. Chez nous autres, aussi pauvres que soient les gens, ils ont horreur du pain de l'aumône. On dit communément qu'un bissac bien promené nourrit son homme, mais avec ça, le plus chétif paysan, dans la plus noire misère, s'estime encore heureux de n'en être pas réduit là, et regarde avec une compassion un peu méprisante ceux qui cherchent leur vie en mendiant.

Moi, songeant à cette bonne pensée qu'avait eue la vieille, je me sentais comme ingrat de refuser ce morceau de miche; et puis j'étais affamé, ce qui est une terrible chose. Je pris donc le pain et je descendis du fénil. Dans la cour je ne vis personne, et la porte de la maison était fermée; ce qu'ayant vu, je m'en allai en mangeant.

Arrivé à la tuilière, lorsque j'aperçus cette masure déserte et ce châlit sur lequel il ne restait plus que la paillasse et une méchante couette, je m'assis sur le banc et me mis à pleurer en songeant à ma mère écrasée là-bas sous six pieds de terre et en me voyant tout seul au monde. Ayant pleuré mon aise pour la dernière fois, je me décidai à partir. Mais, auparavant, ne voulant pas laisser traîner les méchantes hardes de ma chère morte, je fis tout brûler dans le foyer. Ceci fait, je passai le havresac de corde sur mon épaule, je pris le bâton d'épine de mon père, et, ayant jeté un dernier regard sur le lit où il me semblait toujours voir le pauvre corps roidi qui n'y était plus, je sortis de cette baraque, abandonnant notre misérable mobilier.

Mon idée était de me louer comme dindonnier, et je pensai tout d'abord à la Mïon de Puymaigre, non pour me prendre chez eux, car pour rien au monde je n'aurais voulu demeurer sur les terres du comte de Nansac, mais pour m'enseigner quelque place.

Une fois rendu à Puymaigre, je fus étonné d'y trouver une nouvelle métayère qui me dit que la Mïon et son homme s'en étaient allés bordiers, du côté de Tursac, et, se reprenant, elle ajouta : « ou de Cendrieux » ; elle ne savait trop. Je connus de suite que la pauvre femme n'était pas des plus adroites, car Tursac est sur la Vézère, en tirant vers le midi, à un endroit où la rivière fait un grand tour, comme le nom l'indique, tandis que Cendrieux est au couchant. La laissant donc, je rentrai dans la forêt, et, en cheminant, je vins à penser à Jean le charbonnier qui avait aidé mon père à se cacher. J'avais ouï dire qu'il était du côté de Vergt, où il avait pris du charbon à faire, mais, pour savoir au juste, j'allai aux Maurezies, où il avait une petite maison à lui. Lorsque j'y fus, on me dit que Jean avait fini à Vergt, et qu'il était pour l'heure dans la forêt de la Bessède, au delà de Belvès. Voyant ça, je remerciai les gens et je m'en fus au hasard, cherchant les bonnes maisons, car ce n'est pas chez les pauvres qu'on a de grands troupeaux de dindons à garder.

A ceux que je rencontrais sur les chemins, dans les villages, je demandais où je pourrais trouver à me louer, mais les premiers auxquels je m'adressai ne me surent rien dire de bon. Lorsque c'étaient des femmes, comme elles sont curieuses, tout ainsi que des hommes qu'il y a, elles me demandaient de chez qui j'étais et, après que je leur avais dit bonnement la vérité, je connaissais que ça ne les disposait pas bien pour moi. Le fils de ce Martissou le Croquant, qui avait tué Laborie et qui était mort aux galères, ça leur faisait une mauvaise impression; quoiqu'elles sussent bien qu'il n'était pas un scélérat, et il y en avait, sans doute, qui se disaient en elles-mêmes le vieux proverbe : « de race le chien chasse ». Voyant ça, il me vint en idée de dire un autre nom; aussi, lorsque je fus aux Foucaudies, à la question forcée : « De chez qui es-tu? » je répondis assurément :

— De chez Garrigal, de la Jugie.

— Et où c'est-il, la Jugie?

— Dans la paroisse de Lachapelle d'Albarel.

Comme ce n'était pas dans leur renvers, ou voisinage, les gens ne connaissaient pas cet endroit de la Jugie; et ça aurait été difficile qu'ils le connussent, d'ailleurs, vu qu'il n'y en a pas dans la commune de Lachapelle, comme je le sus deux ou trois jours après.

On aurait cru que, de céler mon nom, ça allait me porter bonheur, car une femme me dit :

— Tu pourrais aller voir à l'Auzelie, et puis ensuite, à la Taleyrandie.

Je me fis enseigner le chemin de l'Auzelie, mais arrivé que j'y fus, on me dit que tous les petits dindons avaient crevé en mettant le rouge, pour s'être trouvés sous un orage.

De là je fus à la Taleyrandie, et je me présentai à la cuisinière, une bonne grosse femme :

— Mon pauvre drole, fit-elle, tu viens trop tard; on en a loué un.

Je la remerciai et je repartais, lorsqu'elle me dit d'attendre, et, un instant après, elle me porta un gros morceau de pain sur lequel elle avait écrasé des haricots.

Je n'étais pas encore bien maté par la Marane, ou malchance, aussi je devins rouge, et je lui dis que je ne demandais pas la charité.

— Aussi je ne te le donne pas par charité, fit-elle, mais c'est que j'ai un drole de ton âge...Allons, tu peux le prendre, va! — ajouta-t-elle en me voyant hésiter.

Je pris le morceau de pain et, ayant bien remercié la cuisinière, je m'en fus devant moi sans savoir où j'allais.

Vers le soir, je commençai à penser où je me retirerais pour la nuit. En face de moi, sur le coteau voisin, un village était campé, dont les vitres brillaient au soleil couchant avec des reflets d'incendie. Mais d'aller y demander l'abri, c'était comme pour le manger, ça me faisait crème. J'avais pourtant couché la veille dans une grange, comme un mendiant, mais je m'étais laissé conduire par la vieille, ne sachant où j'en étais. Il faisait beau temps, et chaud, de manière que je ne me tracassai pas trop de ça, et je continuai mon chemin. La nuit m'attrapa du côté de la Pinsonnie, lorsque, avisant dans une vigne perdue une de ces cabanes rondes au toit de pierre pointu, j'y allai droit. Il y avait, dans la logette, de la brande et des fougères sèches qui marquaient qu'on y venait au guet : je m'arrangeai sur cette litière et je m'endormis.

Au matin, dès l'aube, je repartis, et, pendant de longues heures, je marchai au hasard, m'offrant dans les grosses maisons mais inutilement. Ce jour-là, je ne mangeai pas, ayant toujours honte de mendier, et, quand vint la nuit, je me couchai au pied d'un châtaignier, dans un tas de bruyère coupée. Je ne sommeillai pas tout d'abord, car je commençais à m'inquiéter de ne pas trouver à me louer, et je me demandais ce que j'allais devenir si la malchance continuait. Enfin, malgré cette inquiétude et les tiraillements de mon estomac, je finis par fermer les yeux.

Le soleil levant me réveilla, et je me remis en marche ; mais j'avais tellement faim qu'en passant dans un village appelé La Suzardie, et voyant sur sa porte une femme qui avait une bonne figure, je surmontai ma honte et je lui demandai la charité, « pour l'amour de Dieu », selon l'usage, et en baissant les yeux. La femme alla me chercher un morceau de pain, qui était aussi noir et dur que pain que j'aie vu ; malgré ça, je me mis à le manger de suite comme un affamé que j'étais. Alors, m'ayant questionné, comme de bon juste, mes réponses ouïes, cette femme m'enseigna le chemin du château d'Auberoche, assez près de Fanlac, où peut-être on me prendrait. Mais, arrivé à Auberoche, le maître-valet me dit, sans autre explication, qu'on n'avait pas besoin de moi céans.

Je commençais à croire que quelque sorcière m'avait jeté la mauvaise vue ; mais que faire à cela ? Je repartis

donc, et, grimpant le rude coteau pelé au fond duquel est le
château. je m'en allai vers Fanlac.

Tout en montant le chemin roide et pierreux bordé de
murailles de pierres sèches, je faisais de tristes réflexions sur
mon sort. Depuis trois jours que je galopais le pays, j'avais
vu des enfants de mon âge dans les maisons bourgeoises et
chez les paysans. et je songeais que ceux-là étaient heureux qui avaient leurs parents autour d'eux, une demeure
où se retirer, et la vie à souhait, ou tout au moins le nécessaire. Non pas qu'une basse envie me travaillât, mais, en
comparant ma destinée à la leur, je sentais plus vivement mon
isolement et mon dénuement de toutes choses. Tout de même,
je tâchais de prendre courage en suivant ce chemin pénible,
mû par l'espérance. Le soleil rayait fort et tombait d'aplomb
sur ma figure hâlée; il faisait une chaleur à faire bader les
lézards, comme dit l'autre, et les pierres du chemin brûlaient
mes pieds nus. Aussi, lorsque je fus sur la crête du haut coteau
rocailleux où est pinqué le petit bourg de Fanlac, j'étais
rendu, et je m'assis à l'ombre de la vieille église pour me
reposer.

Il me sembla, en arrivant sur cette hauteur, d'où l'on domine
le pays. que mes chagrins s'apaisaient. C'est qu'à mesure
qu'on monte. l'esprit s'élève aussi; on embrasse mieux l'ensemble des choses de ce bas monde où tant de misères sont
semblables aux nôtres, et l'on se résigne. Et puis on respire
mieux sur les hautes cimes et, en ce moment, avec l'air pur,
l'ombre et le repos me donnaient un bien-être qui m'engour-
dissait. Le bourg était désert quasi, la plupart des gens étant
dans les terres à couper le blé. De tous côtés, les cigales folles
grinçaient leur chanson étourdissante, toujours la même, et,
autour du clocher, dans le ciel d'un bleu cru, les hirondelles
s'entre-croisaient avec de petits cris aigus. Un écho affaibli des
chansons des moissonneurs montait de la plaine et se mêlait
aux voix des bestioles de l'air. Sur la petite place devant
l'église, au pied d'une ancienne croix, un coq grattait dans le
terreau et appelait ses poules pour leur faire part d'un ver-
misseau. Je contemplais tout cela, machinalement. les yeux
demi-clos, bercé par ces bruits qui m'enveloppaient, et alan-

gui par le manque de nourriture. Tandis que j'étais là, rêvant vaguement au sort qui m'attendait, l'Angélus de midi sonna dans le clocher, envoyant au loin, sur la campagne brûlée par le soleil, un son clair, et faisant vibrer la muraille massive contre laquelle je m'étais adossé. Puis la cloche se tut, et le curé sortit de l'église, où il venait sans doute de remplacer son marguillier occupé à la moisson. En me voyant, il s'arrêta et me dit avec une voix forte, mais bonne pourtant :

— Que fais-tu là, petit ?

Je m'étais levé, et, pendant que je lui racontais mon histoire, en gros, il me regardait d'un air de compassion. J'étais bien fait pour ça, car, depuis que je traînais mes habillements, ils étaient en guenilles. Ma culotte trouée laissait voir ma peau, et, toute effilochée, ne me venait guère qu'au-dessus du genou, tenue tant bien que mal par une cheville de bois à mode de bouton. Ma veste était de même, déchirée partout, et ma chemise, sale, usée et toute percée. Mes pieds nus et poussiéreux étaient égratignés par les ronces, et mes jambes de même. J'étais nu-tête aussi, mais, dès cette époque, j'avais une épaisse tignasse qui me gardait du soleil et de la pluie. A mesure que le curé m'examinait, je voyais, dans ses yeux couleur de tabac, sourdre une pitié. C'était un homme de taille haute, fort, aux cheveux noirs grisonnants, au front carré, aux joues charbonnées par une barbe rude de deux jours. Son grand nez droit, charnu, partageait une figure maigre, et son menton avancé, avec un trou au milieu, finissait de lui donner un air dur qui m'effrayait un peu ; mais ses yeux, où se reflétait la bonté de son cœur, me rassuraient.

Quand j'eus fini de parler, le curé me dit :

— Viens avec moi.

La maison curiale était là, tout près de l'église, la porte donnant sur la petite place, pas loin d'un vieux puits à la margelle usée par les cordes à puiser l'eau. Entré que je fus derrière le curé, sa servante, qui était en train de tremper la soupe, s'écria :

— Hé ! qui m'amenez-vous là ?

— Tu le vois, un pauvre enfant mal couvert et qui n'a plus ni père ni mère.

— Mais il doit avoir des poux ?

Moi, je secouai la tête, ce qui amena sur les lèvres du curé un petit commencement de sourire, tandis qu'il répondait à sa chambrière :

— S'il en a, ma pauvre Fantille, nous les lui ôterons; le plus pressé, c'est de le faire manger, car je crois que depuis quelque temps il ne vit pas trop bien.

Et là-dessus, allant au vaisselier, il y prit une assiette de faïence à fleurs, une cuiller d'étain, et ensuite remplit l'assiette d'une bonne soupe aux choux.

— Tiens, mange.

Tandis que je mangeais avidement, debout au bout de la table, le curé me regardait faire avec plaisir. Après que j'eus fini, il prit un pichet que la Fantille était allé remplir et me versa un bon chabrol.

— Tu mangerais bien encore une pleine cuiller? me dit-il lorsque j'eus achevé de boire.

Je n'osais dire oui, par honnêteté, mais il le connut et me remplit de nouveau mon assiette, après quoi il passa de l'autre côté, où la servante lui porta la soupière.

Un quart d'heure après, ayant déjeuné, le curé m'appela.

— Donc, tu es de la Jugie, dans la commune de Lachapelle-Aubareil? dit-il en déroulant une carte.

— Oui, monsieur le curé.

Il chercha, un moment, puis me dit d'une voix grave :

— Tu mens, mon garçon !

Je devins rouge et je baissai la tête.

— Allons, dis-moi la vérité, de chez qui es-tu? d'où viens-tu?

Alors, gagné par sa bonté, je lui racontai tous mes malheurs, la mort de mon père au bagne et celle de ma mère à la tuilière, il y avait quatre jours seulement. Pendant que je parlais, lui expliquant ce qui s'était passé, la haine du comte de Nansac perçait dans mes paroles, tellement qu'il me dit :

— Alors, si tu pouvais te venger, tu le ferais?

— Oh! oui! répondis-je, les yeux brillants.

Une idée lui vint :

— Peut-être tu l'as déjà fait? dit-il en me regardant fixement.

— Oui, monsieur le curé...

Et, sur le coup, pris du besoin de me confier à lui, je racontai tout ce que j'avais fait : l'étranglement des chiens et l'incendie de la forêt.

— Comment, malheureux ! c'est toi qui as mis le feu à la forêt de l'Herm ?

Après que je lui eus répété la chose, il resta un moment sans parler, les yeux sur la carte. Puis, relevant la tête, il me dit, d'une voix qui me remuait dans le creux de l'estomac :

— Souviens-toi bien de ne plus jamais mentir ! Et rappelle-toi aussi qu'il faut pardonner à ses ennemis.

Pardonner au comte de Nansac ! c'était une idée qui ne me riait pas : il me semblait que ce serait une lâcheté et une trahison envers mes parents morts ; mais je ne dis rien, et le curé se leva en m'avertissant de l'attendre.

Tandis qu'il était dans une seconde chambre à côté, où il couchait, je regardai celle où j'étais.

Elle était grande, comme dans les maisons d'autrefois où l'on ne s'enfermait pas dans des boîtes ainsi qu'aujourd'hui. Les murs nus, mal unis, étaient blanchis à la chaux ; au plafond, des solives passées en couleur grise ; sous les pieds, un plancher raboteux et mal joint. Au milieu était la table massive où mangeait le curé ; dans un coin, un cabinet ancien en noyer ; sur un des côtés, un grossier buffet du même genre, sans dressoir. En face du buffet, était la cheminée en bois de cerisier, surmontée d'un crucifix de plâtre comme en vendent les colporteurs. Autour de la pièce, le long du mur, de vieilles chaises tournées, communes, étaient rangées, et, au bout, une fenêtre à profonde embrasure, sans rideaux, laissait voir les coteaux au loin et éclairait mal la chambre.

Tout cela sentait la simplicité campagnarde, l'indifférence pour le bien-être intérieur, le mépris des choses matérielles.

Cependant le curé revint avec un paquet de linge sous le bras et m'emmena.

En passant dans la cuisine, la Fantille, voyant le paquet, hocha la tête :

— Vous savez que bientôt vous n'en aurez plus pour vous changer !

— Bah! fit le curé sans s'émouvoir, il y a encore des chè-
nevières dans la commune, et puis des fileuses... sans
compter que Séguin, le tisserand, ne demande qu'à travailler.

Et nous sortîmes, tandis que la Fantille disait :

— Oui, oui, riez, et puis quand vous n'aurez plus de chemises...

Je n'entendis pas la fin.

Au milieu d'une petite ruette passant entre des jardins, et
aboutissant à des vignes, encloses de petites murailles d'où
sortaient des pousses de figuiers, le curé ouvrit une porte
ronde, et nous nous trouvâmes dans une cour fermée par
une écurie, des volaillères, un fournil et de grands murs. Au
fond, une vieille maison basse, terminée d'un côté par un
pavillon à un étage avec un toit très haut.

Dans la cour, une chambrière donnait du grain à la poulaille et aux pigeons.

— Votre demoiselle y est, Toinette? fit le curé.

— Oui bien, monsieur le curé, elle est dans le salon.

— En ce cas, je passe par le jardin.

Et, poussant une petite claire-voie, le curé longea le mur
tapissé de jasmins, de rosiers grimpants, de grenadiers en
fleur, et s'arrêta devant un perron de trois marches. La
porte-fenêtre était ouverte, et, à l'entrée, une vieille demoiselle,
en cheveux blancs, travaillait assise dans un grand fauteuil,
avec une chaise pleine de linge devant elle.

Entendant le curé la saluer, elle releva ses besicles et dit :

— Ah! c'est vous, curé : gageons que vous m'apportez de
l'ouvrage?

— Tout juste... et de l'ouvrage pressé, encore!

— Vous avez encore fait quelque bonne trouvaille?

— Eh! oui.

Et se retournant, il me montra à la vieille demoiselle.

— Oh! Seigneur Jésus! s'écria-t-elle, et d'où sort
celui-ci?

— De la Forêt-Barade.

— Alors, ça ne m'étonne pas qu'il soit ainsi dépenaillé...
Viens çà, mon petit!

Et, lorsque ayant monté les trois marches je fus devant elle,
elle ajouta :

— Il a bon besoin d'être nippé, c'est sûr.

— Pour commencer, dit le curé, voici de quoi lui faire deux chemises.

La vieille demoiselle déplia les deux chemises et fit :

— Hum! elles ne sont pas trop bonnes, curé! Enfin, nous tâcherons d'en tirer parti.

Et, ce disant, elle mesurait sur moi, avec une chemise, la longueur du corps, celle des manches, et marquait tout cela au moyen d'épingles.

— Je vais m'y mettre tout de suite, continua-t-elle; Toinette m'aidera, et demain il en aura une... Il est gentil, cet enfant-là, vous savez, curé, — ajouta-t-elle en relevant les yeux sur moi, — et il a l'air éveillé comme une potée de souris.

— Ah! les femmes! toujours sensibles aux avantages physiques! dit le curé en plaisantant.

— Si cela était, riposta la vieille demoiselle en riant, nous ne serions pas si bons amis.

— Bien touché! fit le curé en riant aussi. Et où est M. le chevalier?

— Il est allé jusqu'à La Grandie, voir si le meunier a ramassé beaucoup de blé.

— C'est à craindre que non. Avec la sécheresse qu'il fait depuis un mois, l'étang doit être à sec... Allons, mademoiselle, au revoir et merci !

En sortant de là, nous allâmes chez le tisserand. Dans une espèce d'en-bas, comme un cellier, où l'on n'y voyait guère, l'homme était assis sur une barre, faisant aller son métier des pieds et des mains, comme une araignée filant sa toile.

— Séguin, dit le curé, il me faudrait de bon droguet solide pour faire des culottes à ce drole et une veste.

— Ça ne sera pas de gloire... Monsieur le curé, je vais vous donner ça.

Et, ayant fait le prix, l'homme mesura avec son aune l'étoffe que le curé emporta. En chemin, il entra dans une petite maison :

— Ton homme n'y est pas, Jeannille?

— Eh non, monsieur le curé, il travaille à Valmassingeas; mais demain il aura fini.

— Alors, qu'il vienne demain, sans faute ; ne manque pas de l'avertir ; c'est pour habiller ce drole : tu vois qu'il en a besoin.

— Oui, le pauvre !

— Maintenant, me dit le curé en nous en allant, je te ferai porter une paire de sabots de Montignac et un bonnet · ainsi tu seras équipé.

— Faites excuse, monsieur le curé, mais je n'ai pas besoin de sabots avant l'hiver, étant habitué à marcher nu-pieds dans les pierres et les épines, et, pour ce qui est d'un bonnet, je ne puis rien souffrir sur la tête.

— C'est vrai que tu as une bonne perruque ; mais tout ça te servira à un moment ou à l'autre.

Dès que nous fûmes rentrés, la Fantille demanda au curé où est-ce qu'il entendait me faire coucher.

— Dans la chambrette qui est derrière la tienne, où l'on met les hardes ; tu lui arrangeras le lit de sangles.

Et il alla dans le jardin lire son office.

Le soir, M. le chevalier de Galibert vint après souper, et, me voyant, dit :

— Ah ! ah ! voilà le petit sauvage de la Forêt-Barade... Quels yeux noirs, et quels cheveux ! il y a là une goutte de sang sarrasin... Et que faisais-tu là-bas, garçon ?

Lorsque je lui eus conté mon histoire, sans parler pourtant de l'étranglement des chiens ni de l'incendie de la forêt, le chevalier tira une tabatière d'argent de la grande poche de son gilet, prit une bonne prise, et donna cette sentence :

Cil va disant : « Noblesse oblige, »
Qui, maufaisant, ses pairs afflige.

Puis il s'en fut trouver le curé au jardin en marmottant entre ses dents :

— Décidément, ce Nansac ne vaut pas cher.

Deux jours après, j'étais habillé de neuf, et j'avais une chemise blanche. Mon pantalon et ma veste de droguet me semblaient superbes après mes guenilles ; mais je continuai à aller tête et pieds nus.

— A ton aise, m'avait dit le curé ; pourtant, le dimanche,

il te faudra mettre les bas que la Fantille te fait, et tes sabots, pour venir à la messe.

Quel changement dans mon existence ! Au lieu d'être par les chemins à chercher mon pain, sans savoir où je coucherais le soir, j'avais le vivre et le couvert, et tout mon travail consistait à aller puiser de l'eau ou fendre du bois pour la cuisine ; à aider la Fantille au ménage, et le curé au jardin ; je n'avais qu'une peur, c'est que ça ne durât pas.

Un soir, tout en arrosant, le curé me parla ainsi :

— Maintenant que te voilà apprivoisé, je vais t'enseigner à parler français d'abord, à lire et à écrire ensuite ; après, nous verrons.

Je fus bien content de ces paroles, car je compris alors que le curé s'intéressait à moi et voulait me garder. A partir de ce jour, tous les matins, après la messe, il me montrait deux heures durant ; après quoi, il me donnait des leçons à apprendre dans la journée, et, le soir, il me faisait encore deux heures de classe avant souper. J'étais tellement heureux d'apprendre, et j'avais tant à cœur de faire plaisir au curé, que je travaillais avec une sorte de rage ; de manière qu'il me disait quelquefois, le digne homme :

— Il faut se modérer en tout ; à cette heure, va-t'en demander à mademoiselle Hermine, ou à M. le chevalier, s'ils n'ont pas besoin de toi.

Alors je laissais là mes cahiers et mes livres, et je courais trouver la demoiselle Hermine, bien heureux lorsqu'elle me donnait quelque commission. J'allais chez les métayers chercher des œufs, ou une paire de poulets, ou à La Grandie querir de la farine pour faire une tarte. Puis, lorsqu'on m'eut indiqué le chemin de Montignac et que la demoiselle m'envoyait acheter du fil, ou des boutons, et M. le chevalier du tabac, ah ! que j'étais content ! On peut croire que je ne m'amusais pas en route. En partant de Fanlac, il y avait un mauvais chemin pierreux qui descendait dans le vallon par une pente très roide. Je dégringolais ce chemin en galopant et en sautant parmi les pierres comme un cabri, puis, ayant traversé les prés et le ruisseau qui va se perdre dans la Vézère à Thonac, je remontais, toujours courant, la côte du Sablou.

Il me semblait qu'ainsi, en faisant grande diligence, je marquais ma reconnaissance pour la bonne demoiselle qui m'avait fait ma première chemise, sans parler d'autres depuis : elle m'eût fait passer dans le feu, certes, et j'aurais été heureux qu'elle me le commandât. Et puis elle avait si bien l'air de ce qu'elle était, bonne comme le bon pain, que rien que de regarder sa douce figure et ses cheveux blancs sous sa coiffe de dentelles à l'ancienne mode, je me sentais couler du miel dans le cœur.

M. le chevalier de Galibert était un très bon homme aussi, mais c'était un homme, et il n'avait pas toujours de ces petites idées délicates comme sa sœur. Il était bien charitable également, mais il n'aurait pas su deviner les besoins des pauvres, et n'avait pas, comme la demoiselle, ces façons aimables de faire le bien qui en doublent le prix. Avec ça, il était d'un caractère jovial, aimant à rire et à plaisanter, et il avait toujours à son service une quantité de vieux dictons ou sentences proverbiales dont il lardait son discours :

A un malheureux il disait :

Le diable n'est pas toujours à la porte d'un pauvre homme.

A celui qui se plaignait de sa femme :

Des femmes et des chevaux,
Il n'en est point sans défauts.

A un qui avait perdu son procès :

On est sage au retour des plaids.

A un homme trompé dans un marché, il faisait :

A la boucherie, toutes vaches sont bœufs ;
A la tannerie, tous bœufs sont vaches.

A ceux qui se plaignaient de la pluie, il prêchait la patience :

Il faut faire comme à Paris, laisser pleuvoir.

Si c'était de la sécheresse, il disait :

En hiver partout il pleut ;
En été, c'est où Dieu veut.

Lorsque les gens trouvaient que les affaires de la commune allaient mal, il les consolait de la sorte :

L'âne du commun est toujours le plus mal bâté.

Et ainsi de suite ; il n'était jamais à court.

Il les faisait bon voir tous les deux, le frère et la sœur, aller à la messe, le dimanche, habillés à la mode de l'ancien temps. Lui, en habit à la française de drap bleu de roi, avec un grand gilet broché, une culotte de bouracan, des bas chinés l'été, de hautes guêtres de drap l'hiver, de bons souliers à boucle d'acier, et un tricorne noir bordé sur ses cheveux gris attachés en queue, représentait bien le gentilhomme campagnard d'avant la Révolution. Elle, avec sa coiffe à barbes de dentelles, son fichu de linon noué à la ceinture, par derrière, sa jupe de pékin rayé qui laissait voir la cheville mince et le petit soulier, son tablier de soie gorge-de-pigeon et ses mitaines tricotées, mince de taille, de démarche légère, semblait une jeune demoiselle d'autrefois, n'eût été ses cheveux blancs.

A la sortie, elle prenait le bras de son frère, tenant de l'autre main son livre d'heures, et, sur la petite place, tout le monde venait les saluer et les complimenter, tant on les aimait. Et elle voyait là tout son monde, s'informait de ses pauvres, des malades, emmenait les gens chez elle, distribuait des nippes aux uns, une bouteille de vin vieux, de la cassonade, du miel, aux autres. Ce jour-là, elle donnait les affaires auxquelles elle avait travaillé dans la semaine : bourrasses, ou langes, et brassières pour les petits nourrissons, cotillons et chemises pour les pauvres femmes. Elle et le curé connaissaient tout le pays sur le bout du doigt, et ils se renseignaient l'un l'autre sur les gens. Ce que l'un était mieux à même de faire, il le faisait ; et ces deux cœurs d'or, ces charitables amis des malheureux, ne s'arrêtaient pas aux bornes de la paroisse, ils ne craignaient pas d'empiéter chez les autres, heureusement, car aux environs, ni même à beaucoup de lieues à la ronde, on ne trouvait guère de curés et de nobles comme ceux-ci.

Moi, dans le commencement, j'étais tout étonné de voir ça. Avant celui de Fanlac, je n'avais connu en fait de

curés que dom Enjalbert, le chapelain de l'Herm, qui nonobstant son gros ventre avait l'air d'un fin renard, d'un
attrape-minou, et puis le curé de Bars, mauvais avare bourru,
qui avait du cœur comme une pierre. De nobles, je n'avais
vu que le comte de Nansac, orgueilleux et méchant, qui
était la cause de tous mes malheurs. Aussi dans ma tête
d'enfant il s'était formé cette idée que les curés et les nobles
étaient tous des mauvais. A mon âge, cette manière
de raisonner était excusable, d'autant plus que je n'étais
jamais sorti de nos bois; et il y a pas mal de gens, plus
âgés et plus instruits que je ne l'étais, qui raisonnent de cette
façon. Mais en voyant combien je m'étais trompé, j'avais une
grande bonne volonté de me rendre utile à ceux qui me
traitaient si bien, et je m'ingéniais à leur marquer ma reconnaissance. La demoiselle Hermine aimait beaucoup les don-
jaux : aussi, à la saison, je me levais avant le jour pour passer
le premier dans les bois où l'on en trouvait. Et comme j'étais
content de lui en apporter un beau panier qui lui faisait
pousser des exclamations :

— Oh ! les belles oronges !

La jument blanche du chevalier n'avait jamais été étrillée,
brossée, soignée, comme depuis que j'étais là : car, auparavant,
Cariol, le domestique, prenait surtout soin de ses bœufs et la
soignait un peu à coups de fourche, ainsi qu'on dit. Maintenant
elle était bien en point et luisante, de manière que le chevalier
lui-même, un jour que je la lui amenais pour monter, avec sa
selle de velours rouge frappé, et les boucles de la bride à la
française brillantes comme l'or, me dit jovialement :

— C'est bien, mon garçon... *Qui aime Bertrand aime son
chien.*

Pour le curé, lui, c'était un homme comme il n'y en a
guère ; il n'était sensible à rien de ce que tant de gens estiment. L'argent, il en avait toujours assez, pourvu qu'il pût faire
la charité ; du boire et du manger, il s'en moquait, disant que
des haricots ou des poulets rôtis, c'est tout un. Et, à ce propos,
il faisait quelquefois la guerre au chevalier qui était un peu
porté sur sa bouche et, pour citer quelque chose de délicat,
usait de ce dicton :

Aile de perdrix, cuisse de bécasse, toute la grive.

Mais c'était pour rire qu'il le piquait comme ça, sachant fort bien que plus d'une fois il avait envoyé les meilleurs morceaux à des voisins malades. Quoique enfant encore igno-rant, comme celui qui ne fait que commencer à apprendre, je m'étais vite aperçu que rien n'était plus agréable au curé que de faire le bien, et de voir en profiter ceux à qui il le faisait. C'est ce qui me donnait tant de cœur à étudier, en voyant de quelle affection il me montrait.

— Aussitôt que tu sauras bien lire, m'avait-il dit, tu appren-dras les répons de la messe, et tu me la serviras, car ce pauvre Francès se fait vieux.

Quand la bonne volonté y est, on apprend vite. Aussi le curé me dit un jour :

— A Pâques, tu seras en état de servir la messe.

Je le remerciai simplement, car il n'était pas façonnier et n'aimait pas les compliments, quoique bon comme il n'est pas possible de le dire.

Lorsque vint le jour de Pâques, je savais mes répons sur le bout du doigt. Une chose cependant m'ennuyait, c'était de ne pas comprendre les paroles latines : je l'avouai au curé qui me les expliqua, et je fus content, parce que je trouvais sot de dire des mots sans savoir ce que je disais. J'étais crâne, ce jour-là, bien habillé d'étoffe burelle, et aux pieds une paire de souliers que la demoiselle Hermine avait com-mandés à Montignac. Moi qui n'en avais jamais eu, je m'en carrais, et je trouvais ces souliers tellement beaux qu'en marchant je ne pouvais m'empêcher de baisser la tête pour les regarder. Le chevalier m'avait acheté une casquette pour mes étrennes, de manière que j'étais tout flambant, ce jour-là, car la casquette était encore neuve, ayant l'habitude d'aller tête nue au soleil, à la pluie et au froid.

A partir de ce moment, je servis de marguillier au curé, et le vieux Francès n'eut plus besoin que de sonner l'Angélus et se promener avec sa bourrique pour ramasser le blé et l'huile qu'on lui donnait pour ses peines, comme c'était la coutume. J'étais content plus qu'on ne peut le dire d'être utile au curé. Lorsqu'il fallait porter le bon Dieu à quelque malade, je m'en allais devant avec un falot, sonnant la clochette, et derrière le curé suivaient la demoiselle Hermine et quelque deux ou trois vieilles femmes du bourg, disant leur chapelet. Tandis que nous passions dans les chemins pierreux, les gens qui étaient à travailler par les terres faisaient planter leurs bœufs s'ils labouraient, ôtaient leur bonnet, se mettaient à genoux et disaient un Notre-Père pour le malade. Et des fois, au loin, au milieu des brandes, une bergère, oyant le son clair de la clochette, faisait taire son chien qui jappait, et, se mettant à genoux, priait aussi.

Pour ce qui est des enterrements, le curé allait toujours faire la levée du corps à la maison du défunt, aussi loin qu'il fallût aller, quelque misérables que fussent les gens. Et, soit que ce fût un enterrement, un mariage ou un baptême, quand on lui demandait ce qui lui était dû, il répondait :

— Rien, rien, braves gens, allez-vous-en tranquilles.

Et les gens s'en allant, l'ayant bien remercié, il disait parfois à demi-voix :

— Ce que vous avez reçu gratuitement, donnez-le gratuitement.

Lorsque c'était des propriétaires riches, comme ceux de la Coudonnie, de Valmassingeas, de La Rolphie, ils insistaient :

— Monsieur le curé, au moins pour votre église, pour vos pauvres, laissez-nous faire quelque chose !

— Puisque vous le voulez, disait-il alors, il ferait besoin d'une nappe d'autel.

Ou bien :

— Faites porter un sac de blé chez la veuve de Blasillon.

Et les autres faisaient :

— A la bonne heure, monsieur le curé ; n'ayez crainte, nous ne l'oublierons pas.

Il est vrai qu'aux étrennes, les gens, reconnaissants, portaient bien des affaires à la maison curiale : c'était une paire de chapons, ou de poulets, ou des œufs, ou un panier de pommes, ou un lièvre, ou une bouteille de vin pinaud, ou un quarton de marrons, ou quelque chose comme ça. Il y eut même, une fois, une pauvre vieille qui lui apporta trois ou quatre douzaines de nèfles dans les poches de son devantal, et, comme elle s'excusait de ce qu'elle n'en avait pas davantage et puis qu'elles n'étaient pas trop mûres, le curé lui dit de bonne grâce :

— Merci, merci bien, mère Babeau ; celui qui donne une pomme, n'ayant que ça, donne plus que celui qui offre un coq d'Inde de son troupeau.

Et comme son cœur était réjoui, ce jour-là, de voir combien tout ce peuple l'aimait, il ajouta en souriant ce dicton du chevalier :

Avec le temps et la paille, les nèfles mûrissent.

Mais ces affaires qu'on lui portait ne restaient pas toutes chez lui ; il en redonnait la moitié à ses pauvres, et, si la Fantille ne s'était pas fâchée et n'avait pas serré les cadeaux, il aurait, ma foi, tout donné. Ainsi, lorsqu'on lui offrait une bonne bouteille d'eau-de-vie, bien sûr qu'elle était pour le vieux La Ramée : — ça n'était pas son nom, mais on ne l'appelait pas autrement.

Ce La Ramée, donc, était un vieux grenadier de Poléon, comme disait la bonne femme Minette, de Saint-Pierre-de-Chignac ; il s'était promené en Égypte, en Italie, en Allemagne et en dernier lieu en Russie, où il s'était quelque peu gelé les orteils, de manière qu'il ne marchait pas bien aisément. Après le retour du roi, on lui avait fendu l'oreille, comme il disait, et il s'en était revenu au village, où il aurait crevé de faim sans sa belle-sœur, pauvre veuve qui l'avait recueilli. Et encore, si le chevalier et le curé ne lui avaient pas aidé, elle n'en serait jamais venue à bout, n'ayant pour tout bien qu'une maisonnette et une terre de trois quartonnées. Mais La Ramée se serait plutôt passé de pain que d'eau-de-vie et de tabac, vu la grande habitude qu'il en avait : aussi le curé lui en donnait de temps en temps. Et alors le vieux troupier reconnaissant, lorsqu'il s'en allait par là dans quelque coderc, ou pâtis communal, garder les oisons de sa belle-sœur, avec une houssine, et qu'il rencontrait le curé, il se plantait droit, les talons sur la même ligne, portait militairement la main à son bonnet de police qu'il n'avait pas quitté, puis, d'un geste montrant les oisons, il faisait piteusement :

— Et dire qu'on a été à Austerlitz !

Le jour où l'on portait comme ça des cadeaux, il y avait table ouverte chez le curé, pour recevoir les gens, et nul ne s'en retournait sans avoir bu et mangé : aussi une charge de

vin y passait, tout près ; heureusement, il n'était pas cher en
ce temps-là.

Quand j'eus mes douze ans, le curé me fit faire ma première communion. Moi, voyant que tous les droles de mon
âge la faisaient, je m'efforçais de les surmonter en apprenant
le catéchisme de façon à contenter le curé en ça, comme
en tout. Au reste, pour toutes ces choses de la religion, il
n'était pas tracassier et exigeant, comme il y en a. Il avait
tôt fait de me confesser ; vivant chez lui, toujours sous ses
yeux, lui disant tout ce que je faisais, le consultant lorsque
j'étais embarrassé, il me connaissait aussi bien que moi-
même je me connaissais.

La veille de la première communion, pour toute confession, il me demanda si j'avais encore de la haine dans le
cœur contre le comte de Nansac, et, après que je lui eus
répondu par un « oui » timide, il me dit de si belles choses sur
l'oubli des injures et me fit tant d'exhortations de pardonner
à l'exemple de Notre-Seigneur Jésus-Christ, que je l'assurai
que je m'efforcerais de tout oublier, et de chasser la haine de
mon cœur. J'étais bien dans les dispositions de le faire à ce
moment-là, mais ça ne dura pas.

A ce propos, je conviens bien que c'est une grande et belle
chose que de pardonner à ses ennemis et de ne pas chercher
à se venger ; seulement, il faudrait que le pardon fût réciproque entre deux ennemis, parce que, si l'un pardonne et
l'autre non, la partie n'est plus égale. Comme disait le chevalier :

Lorsqu'on se fait brebis, le loup vous croque.

Malgré la misère de mes premières années, j'étais, lors de
ma première communion, grand et fort, de manière que je
paraissais avoir quinze ans. D'un autre côté, depuis trois ans
que j'étais chez le curé, j'avais appris tout ce qu'il m'avait
montré, mieux et plus vite que ne font tous les enfants
d'habitude. Je savais passablement le français ; un français plein
d'expressions du terroir, de vieux mots, d'anciennes tournures,
comme le parlait le curé, puis l'histoire de France, un peu de
géographie et les quatre règles. Mais, où j'étais bien plus fort

qu'un drole de mon âge, c'était pour raisonner des choses et connaître ce qui était bien ou mal, vrai ou faux. Cela venait de ce que, en toute occasion, le curé m'enseignait, et me formait le jugement ; soit en travaillant au jardin, soit en allant porter quelque chose à un malade, soit dans les moments de loisir que les gens vulgaires emploient à baguenauder ou à faire pire. Il savait, à propos d'une chose très simple, très ordinaire, me donner des leçons de bon sens et de morale, me montrer où étaient les véritables biens, dans la sagesse, la modération, la vertu.

Moi, je me conformais bien tant que je pouvais à ses pré-ceptes. et j'y avais goût ; mais il y avait au fond de mon être une chose que je ne pouvais pas vaincre, c'était ma haine pour le comte de Nansac. Comme je viens de le dire, lors de ma première communion. j'avais bien tâché de le faire, de bonne foi, mais, huit jours après, je n'en avais même plus la volonté. Lorsque le passé douloureux de ma première enfance me revenait à la mémoire, je me disais que je serais un fils dénaturé et ingrat, si j'oubliais toutes les misères que cet homme nous avait faites, tous les malheurs qui nous étaient venus par lui. Et, quand je songeais à mon père mort aux galères. à ma mère agonisant dans toutes les angoisses du désespoir, ma haine se ravivait ardente, comme un feu de bûcherons sur lequel se lève le vent d'est.

On comprend que, dans ces dispositions, tout ce que j'apprenais au désavantage des Nansac me faisait grand plaisir. Un jour, j'eus de quoi me contenter. Étant au jardin à biner des pommes de terre, tandis que le curé et le cheva-lier se promenaient dans la grande allée du milieu, j'entendis raconter à ce dernier que l'aînée des demoiselles de Nansac était partie avec un freluquet, on ne savait où. Cela me fit prêter l'oreille, et j'ouïs tout ce que disait le chevalier :

— Moi, mon pauvre curé, je ne suis pas comme vous, ça ne m'étonne pas :

Elle a de qui tenir,
Le sang ne peut mentir.

— Que voulez-vous dire ?
— Mon cher curé. j'avais une tante qui était un vrai

registre de tout ce qui touchait à la noblesse du Périgord, et, d'elle, j'ai appris beaucoup de choses. Je vois maintenant quantité de gens qui se sont faufilés parmi la noblesse et qui eussent été mis honteusement à la porte s'ils s'étaient présentés pour voter avec nous en 1789.

Le curé, qui trouvait que le chevalier tirait les choses d'un peu loin, dit à ce moment :

— Pardon... mais je ne vois pas bien le rapport...

— Vous allez le voir, mon ami. Le cas des Nansac n'est pas tel : ils sont nobles, mais à la façon de ceux de Pontchartrain, qui vendait les lettres de noblesse deux mille écus. Le père du vieux marquis d'aujourd'hui était tout bonnement un porteur d'eau, natif de Saint-Flour, qui avait commencé sa fortune dans la rue Quincampoix, et l'avait grossie en tripotant dans les fournitures militaires et dans un tas d'affaires véreuses. Ce maltôtier, nommé Crozat, se faisait appeler : de Nansac, à cause d'une métairie qu'il possédait dans son pays. Il acheta la terre de l'Herm, et fut anobli, grâce à ses écus. Son fils, le marquis actuel, avait épousé une femme sans principes, qui se rendit célèbre par ses frasques, en un temps où il était difficile de se distinguer en ce genre. L'étendue de ses relations amoureuses l'avait fait surnommer : *La Cour et la Ville*. Parmi ses nombreux amants, elle en eut d'utiles. Le vieux débauché La Vrillière, ministre tout puissant de Louis XV, se pliait à tous ses caprices. Ce fut lui qui fit conférer au fils du porteur d'eau le titre de marquis dont il est affublé... Vous comprenez maintenant, curé, que les filles du comte ont de qui tenir, ayant eu une telle grand'mère.

— Voilà de vilaines histoires, dit le curé ; je ne connaissais pas cette origine. Mais avouez, chevalier, que si le trône et la noblesse ont été fortement secoués pendant la Révolution, c'était un peu bien mérité.

— Je l'avoue, et j'y joins une notable partie du clergé, que vous oubliez : moines vicieux, abbés de ruelles, curés concubinaires et tous ces prêtres incrédules qui n'osaient plus prononcer en chaire le nom de Jésus-Christ et ne parlaient plus que du « législateur des chrétiens ».

— Oh! fit le curé, je vous les passe volontiers... De tout ceci,

ajouta—t—il, on pourrait conclure que la Révolution n'a pas
été inutile, car assurément le clergé de notre temps vaut
mieux que l'ancien.

— Oui, dit le chevalier, et la noblesse aussi. La correction a
peut-être été un peu rude, mais c'est Dieu qui tenait la
verge, et il est le seul bon juge de ce que nous avions mérité
tous.

Moi, j'écoutais toute cette conversation sans en perdre un
mot. Ça n'était pas bien, j'en conviens, mais la tentation était
trop forte. Je fus tout content de savoir que les Nansac
n'étaient pas des nobles de la bonne espèce; et, de vrai,
lorsque je les comparais au chevalier et à sa sœur, qui étaient
la fine fleur des braves gens, bons comme du pain de cha-
noine, honnêtes comme il n'est pas possible, je ne pouvais
pas m'empêcher de croire qu'il y avait deux races de nobles,
les uns bons, les autres méchants. C'était une idée d'enfant;
depuis, j'ai vu que là c'était mélangé, comme partout.

Quelque temps après cet entretien, le curé me dit :

— Jacquou, maintenant il te faut songer à prendre un
état. Voyons, que préfères-tu? Veux-tu être tisserand? sabotier? maréchal? veux-tu te mettre en apprentissage avec
Virelou le tailleur? as-tu quelque idée pour un métier
quelconque?

— Monsieur le curé, je ferai ce que vous me conseillerez.

— Cela étant, mon ami, je te conseille de te faire culti-
vateur. C'est le premier de tous les états, c'est le plus sain,
le plus intelligent, le plus libre. C'est, vois-tu, le travail des
champs qui a libéré de la servitude le peuple de France, et
c'est par lui qu'un jour la terre sera toute aux paysans...
Mais n'allons pas si loin. Comme je me doutais de ta
réponse, voici comment j'ai arrangé les choses avec M. le
chevalier. Tu travailleras le jour à la réserve avec Cariol : c'est
un bon ouvrier terrien qui te montrera à labourer. sarcler,
biner, faucher, moissonner, façonner les vignes, et le reste.
Tu vivras avec lui et la Toinette chez M. le chevalier, mais tu
coucheras ici, parce que, le soir, je pourrai encore te donner quelques leçons et t'enseigner des choses qui te seront
utiles plus tard. Nos bonnes gens de par là, qui ont vu leurs

anciens ne sachant ni A ni B, et qui sont eux-mêmes aussi ignorants, disent qu'il n'est pas besoin d'en savoir tant pour cultiver la terre ; mais ils se trompent. Un paysan un peu instruit en vaut deux, sans compter que celui qui ne connaît pas l'histoire de son pays, ni sa géographie, n'est pas Français, pour ainsi parler : il est *Fanlacois*, s'il est de Fanlac, et voilà tout. De même, celui qui ne sait ni lire ni écrire, c'est comme s'il avait un sens de moins... Lorsque tu seras grand, que tu sauras bien ton état de laboureur, tu trouveras aisément à te louer ; et, plus tard, ayant mis de côté tes gages, tu chercheras une honnête fille économe et tu te marieras, et vous serez chez vous autres ; ce qui est une belle et bonne chose, et bien à considérer : ainsi voilà qui est entendu.

Je remerciai bien le curé, comme on pense, et, dès le lendemain, j'allai travailler avec Cariol.

EUGÈNE LE ROY

(A suivre.)

LE DROIT DES FAIBLES

LE SLESVIG DANOIS

Tout peuple qui se trouve engagé dans un grave conflit national avec une puissance étrangère, considère son gouvernement comme son protecteur naturel. Si petit que soit le pays, si peu nombreuse que soit sa population, il attend de son gouvernement, dans une telle crise, non seulement une attitude prudente et sage, mais aussi une attitude fière ou tout au moins digne. Si le peuple danois, dans les circonstances difficiles où se trouvent actuellement les Danois du Slesvig a formé de telles espérances, il a été bien désillusionné. Le gouvernement danois — qui du reste ne représente rien, ni le pays, ni même un parti — n'est arrivé à produire aucune impression sur le gouvernement allemand; il n'a pas même su se faire entendre de lui. Il serait donc bien puéril de la part d'un simple citoyen, sans puissance et sans autorité, de s'imaginer qu'il puisse à lui seul faire écouter sa voix. Lorsque le patriotisme est en jeu, les peuples ferment l'oreille à l'homme qui plaide le droit du voisin opprimé. Mais il existe dans toute nation une élite à laquelle on peut s'adresser. Aussi, quoique sans espoir de réussite, on ne peut s'empêcher de se demander ce que pourrait dire un Danois, au cas où il lui serait possible de se faire écouter d'un Allemand.

Voici, je crois, ce qu'il dirait.

I

Que le peuple danois — un peuple de deux millions d'âmes — ait. pour le Slesvig, soutenu la lutte il y a cinquante ans contre la Confédération germanique tout entière ; que ce même peuple, il y a trente-cinq ans. pour le Slesvig encore, se soit lancé dans une guerre folle, mais héroïque, contre deux grandes puissances, la Prusse et l'Autriche, cela prouve aux amis comme aux ennemis du peuple danois qu'il ne pouvait pas se figurer l'avenir possible sans la possession de ce duché qui, dès l'antiquité païenne, était danois. La dernière guerre a eu pour résultat de faire perdre au Danemark non seulement les habitants allemands du duché, mais encore sa population danoise, et le Danemark a dû poursuivre, démembré, son existence au milieu des circonstances les plus désastreuses.

Jusqu'en 1864, le roi de Danemark avait été le seul possesseur légal du Slesvig. Après la guerre, le Slesvig du Nord appartint à la Prusse exclusivement par le droit de conquête, droit de second ordre, que la Prusse elle-même, au traité de Prague, avait subordonné au consentement de la population. Cette condition a été — ainsi que tout le monde le sait — annulée il y a vingt ans, simplement sous le prétexte que cette promesse avait été faite à la seule Autriche, qui n'en réclamait plus alors la réalisation, et non pas à la population, dont toute la vie publique et privée avait été dirigée par l'espoir qu'un jour cette promesse serait tenue.

En 1848-50, il ne paraissait pas ridicule d'admettre qu'un petit État comme le Danemark, mais qui était une puissance maritime, fût capable de lutter sérieusement contre la Confédération germanique et pût même être un ennemi dangereux. En 1864 le Danemark n'était plus, en face de la Prusse et de l'Autriche, qu'un nain contre deux géants. Pourtant, si petit

que fût le royaume, il montra néanmoins sa supériorité sur
mer en bloquant les ports de l'Allemagne du Nord et en
remportant la victoire d'Helgoland. Depuis, les proportions
respectives se sont encore modifiées au désavantage du Danemark. L'Empire allemand a été fondé ; non seulement il
est devenu l'État militaire le plus fort de l'Europe, mais il
est aussi l'une des grandes puissances maritimes qui se partagent l'Afrique et les colonies de l'Asie. On ne peut plus
guère donner au Danemark et à l'Allemagne le même nom
de « puissances », sauf à l'entendre comme on fait du chevreuil et de l'éléphant, lorsque l'on dit qu'ils sont l'un et
l'autre des animaux supérieurs.

Cependant, il est remarquable que la population danoise du
Slesvig du Nord n'ait jamais, depuis 1864, vécu sans avoir
perdu de vue son ancienne patrie. Il est vrai de dire qu'elle
n'a essayé aucune rébellion : elle a obéi aux lois prussiennes,
elle a payé les impôts prussiens, elle s'est soumise à toutes
les obligations que lui imposait sa situation de peuple conquis.
mais elle a lutté toute seule pour sauvegarder sa langue et
conserver ses rapports intellectuels avec le pays dont elle parle la
langue. Et plus sont devenues dures les mesures de contrainte
auxquelles on l'a pliée pour couper les liens qui l'attachent
encore à son ancienne patrie, plus est devenue tenace et enthousiaste sa résistance.

On ne peut comparer ces conditions avec celles de l'Alsace.
Lorsque l'on rappelle que les habitants de l'Alsace ne sont
Allemands qu'à regret, les Allemands répondent et soutiennent
qu'en 1870 ils ont simplement repris leur bien, l'Alsace étant
un ancien pays allemand. Cette réponse, à laquelle les Français ont les répliques toutes prêtes, les Allemands ne sauraient
nous l'opposer au sujet du Slesvig : de par son histoire et ses
traditions, comme de par ses sentiments, le Slesvig du Nord
est danois.

Des hommes supérieurs, en Allemagne, nous ont en effet
concédé que les Danois du Slesvig ont un droit naturel
à garder leur langue maternelle ; ils ont bien senti qu'un
gouvernement a tort et agit imprudemment en faisant
appel aux sentiments les plus bas de l'homme : à sa déloyauté ,
à son esprit servile, au penchant qui l'incline aux pieds

de ceux qui détiennent la force. Ces hommes ont même ajouté
— et pour ces mots nous leur devons de la reconnaissance — qu'on aurait dû cesser d'estimer nos compatriotes annexés, s'ils avaient eu d'autres sentiments. Ce qui démontre
cette vérité — que, chose remarquable, un grand nombre
d'hommes et de femmes allemands n'ont pas pu ou n'ont pas
voulu comprendre — que la fidélité envers le passé, l'amour
de sa langue et de sa nationalité ne cessent pas d'être des qualités de valeur pour l'unique motif qu'elles se rencontrent
chez un peuple autre que l'Allemand. Et ces vertus sont
plus éclatantes et plus belles chez les enfants d'un petit peuple
que chez ceux d'un grand, car les avantages positifs que
l'on tire de la vie de culture et de civilisation d'un grand
peuple sont très considérables, au lieu que le Danois qui, étant
annexé à l'Allemagne, persiste dans l'amour de sa langue et
de sa petite nationalité, fait la preuve d'un grand idéalisme.

Mais, s'il en est ainsi, n'est-ce pas une tyrannie et une
cruauté que de donner, comme on fait dans le Slesvig danois
du Nord, toute l'instruction publique en allemand, à part
deux pauvres leçons de religion par semaine, et d'aller jusqu'à interdire que toute instruction privée soit faite en
langue danoise? On ne pourra jamais qualifier autrement que
de brutalité et de vilenie ce fait que l'on punit de l'expulsion
des personnes étrangères bien innocentes, ou que l'on inflige la
perte de leurs droits aux parents des jeunes Danois du Slesvig
qui ont fait leurs études en Danemark. Ces moyens d'ailleurs
manquent leur but. On est froissé de ce que les Danois qui
contre leur volonté sont devenus des sujets prussiens ne se
considèrent pas comme des Prussiens. On les chicane, on
les tourmente, on les expose à un espionnage des plus mes-
quins, à une délation des plus basses, et l'on s'étonne qu'ils ne
se transforment pas en des admirateurs enthousiastes de la
Prusse.

Même contre une tribu de nègres, ce procédé serait dur.
Or la langue danoise, quoique très peu répandue, est une
langue civilisée. Et il existe une littérature danoise et un art
danois, si peu important que soit le peuple danois. Ce peuple
est capable d'activité personnelle et originale dans toutes les
façons du travail humain : agriculture, navigation, politique,

art et lettres. Il ne sera peut-être pas inutile de rappeler aux Allemands ce que tous les Danois savent : le Danemark a produit un astronome comme Tycho Brahe; le fondateur de la géologie, Nicolas Stenon; l'homme qui a découvert la vitesse de la lumière, Olaus Roemer, et celui qui a trouvé l'électro-magnétisme, H. C. Œrsted; et c'est en Danemark qu'a été fondée et développée une science nouvelle : l'archéologie. Et, pour parler du travail industriel ou agricole, il n'existe pas encore en Allemagne un endroit où l'on sache faire marcher une laiterie, décorer un morceau de porcelaine ou relier un livre comme on sait le faire en Danemark.

II

On aime, en Allemagne, à regarder la culture danoise comme procédant de la culture allemande. Certes nous devons beaucoup à l'Allemagne. Le peuple danois a reçu la Réforme de l'Allemagne — bien que d'une manière assez indirecte. Beaucoup d'idées réformatrices ont été discutées et adoptées en Danemark par des hommes nés allemands à l'époque où la monarchie danoise était danoise-allemande. La philosophie allemande, aussi bien que la philosophie anglaise, a imprégné notre littérature moderne. La science allemande a influencé notre science comme celle de l'Europe entière. La musique allemande, si riche et si puissante, a nourri la vie sentimentale en Danemark, et a inspiré la musique danoise. Enfin la poésie de l'Allemagne nouvelle, depuis Klopstock jusqu'à Henri Heine, a agi sur la nôtre, cela est certain, mais non pas toujours pour notre bien. Nos plus grands poètes et nos écrivains modernes ont aimé et admiré Goethe. Et le Danemark n'a point manqué de reconnaître ce qu'il doit à l'Allemagne : il l'a payée d'une gratitude chaleureuse et franche.

Néanmoins le Danemark, si petit qu'il soit, a non seulement mené une vie intellectuelle indépendante, mais il a été pour beaucoup dans le développement du peuple allemand. La littérature antique de l'Islande, les Eddas et les Sagas, qui ont été édités et approfondis à Copenhague, ont eu une influence énorme sur la vie intellectuelle de l'Allemagne. Le mérite de nos chansons populaires a été reconnu par Herder et par Grimm. Des motifs poétiques qui en dérivent se retrouvent chez Goethe et chez Henri Heine. Notre littérature esthétique moderne date du génie de Holberg, avant même qu'il y eût une littérature moderne allemande, et Holberg, qui ne fut devancé par aucun poète allemand, a, comme auteur dramatique, agi réellement sur Lessing, le créateur de la vie intellectuelle moderne de l'Allemagne. Notre grand sculpteur Thorvaldsen, sans s'être inspiré d'aucun maître allemand, a exercé par la suite une influence considérable sur l'art en Allemagne. Dans presque toutes les grandes villes allemandes on trouve des œuvres de lui ou de ses meilleurs élèves allemands.

Notre vie intellectuelle est différente de celle des Allemands, et notre langue ne l'est pas moins. Il est vrai qu'en substance, la langue danoise a une affinité assez considérable avec la langue allemande ; beaucoup de mots ont une origine commune, ou sont dérivés du haut-allemand ou du bas-allemand. Mais l'esprit de la langue est tout différent : la construction de la phrase, la syntaxe et le style ressemblent plus au type anglais qu'au type allemand. La langue allemande a une puissance de pathétique et de gravité, au lieu que la langue danoise est d'allure légère. La langue allemande a un style oratoire et un style poétique fort riches ; mais il manque à la langue usuelle l'élégance et la grâce. Quelques-unes de ces qualités sérieuses, fortes et sonores que possède la langue allemande manquent à la langue danoise qui, en revanche, a des qualités que ne possède pas la langue allemande.

Notre littérature nouvelle, ayant été créée par un auteur comique, a une certaine disposition à l'ironie et à la satire qui a pénétré notre langue ainsi que notre style : la sévérité et le pathos qui plaisent aux Allemands dans l'art oratoire, dans les livres et au théâtre, nous semblent toujours réclamer l'ironie comme correctif. Ce n'est pas en vertu d'un hasard que notre plus grand penseur religieux, le plus grand des trois pays scandinaves, Sœren Kierkegaard, fut un ironiste accompli et, depuis Socrate, le plus systématiquement ironique peut-être des penseurs. La forme nationale de notre littérature dramatique est la comédie et le drame satirique. Depuis Holberg, en passant par Vessel, Baggesen, I.-L. Heiberg, Hert, Paul Moeller, H.-C. Andersen, Boettcher, Paludan-Moeller, M. Goldschmidt, Hostrup, Richardt, jusqu'à ceux qui sont encore vivants comme Schandorph, Karl Larsen et Wied, s'étend comme un filon l'humour, la verve, la satire, tantôt aiguë, tantôt douce, au lieu que, dans la littérature allemande moderne, les grands hommes, les maîtres les plus nationaux, sont en général dénués de la force comique.

La littérature allemande est plus érudite, mais elle manque d'une qualité que nous autres, Danois, estimons beaucoup dans la poésie : la naïveté. Quand des poètes danois ont remporté des succès en Allemagne, c'est très souvent grâce à la naïveté, cette qualité inconnue des Allemands. H.-C. Andersen, qui de tous les écrivains danois est le plus lu en territoire allemand, est sans contredit le plus naïf de tous. Le ton simple et familier de la littérature danoise fait qu'elle a pu pénétrer dans les classes inférieures du peuple beaucoup plus que n'a pu le faire la littérature allemande en Allemagne. Et voilà pourquoi quelques grands courants de l'esprit et de la littérature en Europe sont venus du Danemark. C'est ainsi que les contes de pêcheurs et les récits des pasteurs nomades jutlandais de Steen Blicher sont plus anciens que l'*Oberhof* de Immermann, qui inaugura le conte rustique en Allemagne, d'où il fut transplanté en France et en Norvège. De la France il passa à l'Italie. Steen Blicher est donc l'ancêtre ; après lui viennent Immermann, George Sand, Bjoernson et Auerbach, et le plus réaliste de tous, Verga.

Il est à remarquer que le génie danois ne s'est manifesté fortement que là où il a été dégagé de la pédagogie allemande, ou n'en a pas, dès l'origine, subi l'influence. L'influence anglaise ou française ne s'est jamais montrée aussi dangereuse pour l'originalité et le caractère propre de la nationalité danoise que celle de l'Allemagne.

L'art dramatique danois, si remarquable dans la première moitié du siècle, n'avait aucun rapport avec celui des Allemands. Personne ne pouvait être moins Allemand que les deux génies exquis de notre art dramatique : madame Heiberg et Michel Wieche. Ce qu'il y a de plus original et de plus important dans la littérature nouvelliste danoise, de plus caractéristique dans le journalisme danois, c'est l'ironie, ce sont les images tirées du labeur de la vie journalière ; ce qu'il y a de plus national dans la peinture danoise, c'est l'humour pétillante et la simplicité spirituelle ; ce qu'il y a de plus fin dans la critique d'art danoise, c'est le fond d'humanité pure et le mélange d'espièglerie malicieuse et de douce mélancolie ; tout cela n'a eu aucun rapport avec l'Allemagne, et n'a pas été surpassé par elle. On peut même dire que de nos jours la sensibilité du bon public est plus grande, son goût plus fin, son éducation littéraire et artistique supérieure et plus solide à Copenhague qu'à Berlin.

Le peuple allemand, qui se distingue tant par son intelligence, n'est pas un peuple psychologue ; il n'a pas l'oreille fine aux nuances particulières à cet esprit. Les Allemands sont probablement aujourd'hui encore le peuple qui connaît le plus de nations étrangères, mais les perceptions qu'ils en ont sont rarement délicates et nettes. C'est le peuple traducteur par excellence, mais il faut remarquer que les écrivains et les poètes du monde entier perdent en une traduction allemande leur caractère propre, et prennent un air allemand ou à demi allemand.

Lorsqu'on nous fait la grâce en Allemagne de s'occuper de nous autres Danois, on se plaît à insister sur la ressemblance prétendue des Danois et des Allemands. Tout en constatant cette affinité indiscutable, mais assez lointaine, il faudrait reconnaître la différence profonde, qui n'est pas moins indisentable. On entend très souvent dire qu'aucune différence n'est plus profonde que celle d'un homme à un autre homme. On pourrait, avec le même droit, dire qu'aucune différence n'est plus profonde que celle d'un peuple à un autre peuple.

III

Nous autres, Danois, nous ne pouvons pas nous borner à repousser cette idée que notre culture n'est qu'une imitation de la culture allemande. Nous maintenons que sur plus d'un point elle est supérieure; et ces points intéressent précisément les Slesvigois du Nord. Notre agriculture, nos laiteries sont réellement supérieures à l'agriculture et aux laiteries allemandes, et peut-être arrivons-nous ici bons premiers parmi les différents peuples. C'est donc tout simplement un acte barbare que d'empêcher nos compatriotes habitant au sud de la frontière de fréquenter nos écoles danoises d'agriculture. — Élevons-nous plus haut : la culture de nos paysans dépasse de beaucoup celle du pays allemand. Ce n'est que tout récemment qu'on a commencé dans l'empire allemand à discuter, d'une façon purement académique d'ailleurs, de l'utilité de répandre l'instruction universitaire dans toutes les classes du peuple à l'imitation de l'Angleterre. Mais, par tout notre pays, depuis longtemps déjà, on a créé de grandes écoles populaires, qui sont également fréquentées par des jeunes gens et des jeunes femmes du Slesvig danois. Il y a cinquante-cinq ans (1844) que la première grande école populaire a été fondée sur le sol slesvigois. Depuis, il n'a pas été créé moins de cent quarante-quatre grandes écoles populaires; il en subsiste quatre-vingts aujourd'hui. L'Allemagne n'a rien de semblable et n'a jamais rien eu de ce genre.

La culture de nos étudiants est, elle aussi, supérieure à celle des Allemands. Avec une fierté légitime les Danois peuvent revendiquer pour eux, non seulement la gloire de l'utilité, mais aussi de la grande valeur morale de ces institutions bien connues : l'association danoise des étudiants, l'instruction gratuite donnée aux ouvriers et aux ouvrières, l'assistance judiciaire gratuite pour les indigents, la publication de brochures pour le développement de l'instruction populaire, les excursions procurées au peuple à travers les musées de la capitale, etc., — toutes institutions que les étudiants des autres pays n'ont pas encore établies, ou n'ont établies qu'à l'imitation de ce qui avait d'abord été organisé en Danemark. Comme un témoignage de ce désir extraordinaire et puissant de s'instruire qu'ont les classes inférieures, en Danemark et dans tout le Nord scandinave, je mentionnerai le nombre énorme d'abonnés qu'a pu recueillir une entreprise d'une nature purement scientifique et populaire, comme le *Frem*. Est-ce

qu'en Allemagne, parmi une population de deux millions
d'hommes, une revue qui ne contient que des matières d'un
intérêt scientifique, avec un simple supplément de littérature
classique aurait pu trouver quatre-vingt mille abonnés en
un an? Il est permis d'en douter.

En même temps que se répandait ainsi la culture primaire, le
Danemark a produit, dans la dernière génération, une école
de peinture originale qui n'est pas inférieure à celle des
Allemands et qui, d'après quelques-uns, lui serait supérieure.
Où y a-t-il en Allemagne de peintres contemporains qui
soient supérieurs à Kroeyer, Zahrtmann, Johansen, Aneher,
Joachim Skorgaard, Hammershoej, ou des femmes peintres
coloristes comme Anna Ancher, ou poétiques comme Agnès
Slott-Moeller? La littérature moderne en Danemark n'est
point inférieure à celle des Allemands. L'Allemagne n'a
pas un poète lyrique que l'on puisse comparer même de
très loin à Holger Drachmann pour l'abondance, la fraîcheur et l'harmonie. Le seul qu'on voudrait peut-être nommer serait Detler von Liliencron qui, de temps en temps,
montre un peu de ressemblance avec Holger Drachmann ;
mais, comme tous ceux qui ne sont pas de parti pris en con-
viendront, Detler von Liliencron ne peut point entrer en considération ici. Et enfin, il n'est point de jeune prosateur allemand
qui, de nos jours, écrive d'un style aussi original et aussi
exquis que le premier prosateur moderne du Danemark,
J.-P. Jacobsen, qui n'a rien appris de l'Allemagne, mais
qui, au contraire, comme les Allemands eux-mêmes sont les
premiers à le reconnaître, a fortement influencé la jeune
génération allemande.

IV

Ajoutez à cela — si nous restons encore un moment dans
le monde des livres — que la littérature du Danemark ne
peut pas être séparée de celle de la Norvège. Quoique l'union
politique entre le Danemark et la Norvège ait été dissoute en
1814, l'union littéraire dure toujours. Et ni le grand déve-

loppement des caractères originaux de la langue norvégienne après 1814, ni même les tentatives faites pour fonder une littérature sur les dialectes particuliers n'ont pu rompre les liens qui unissent la vie intellectuelle norvégienne et danoise. L'influence réciproque et continue persiste aujourd'hui encore, plus vive et plus féconde qu'au temps où le Danemark et la Norvège formaient un même empire.

Les grands esprits norvégiens sont incompréhensibles sans les Danois. Bjoernstjerne Bjoernson, qui fut, avant tous les autres Norvégiens, renommé en Allemagne, n'est pas facile à entendre, pour qui ne connaît pas son premier maître danois Grundtvig. Dans sa dernière période, il a été l'élève de Kierkegaard en matière de psychologie. Henrik Ibsen, que les Allemands dans ces dernières années se sont approprié avec passion, a été tout à ses débuts séduit entièrement par la forme d'Œhlenschlæger ; dans les œuvres supérieures de sa jeunesse et de son âge mûr — comme *Brand* et l'*Ennemi du Peuple* — il est en parfaite communauté d'idées avec son prédécesseur Sœren Kierkegaard, que les Allemands n'ont découvert que longtemps après sa mort, et que la littérature allemande n'a pas encore adopté, — car, s'il est très goûté dans l'Allemagne du Nord, c'est par une petite chapelle théologique. Jonas Lie et Kielland furent de très bonne heure imbus d'esprit danois. Plus tard, J.-P. Jacobsen et Drachmann agirent fortement sur la poésie de la Norvège.

En outre, le Danemark et la Norvège ne peuvent pas être au point de vue intellectuel séparés de la Suède et de la Finlande. Le plus grand poète suédois du xviiie siècle. Charles-Michel Bellman, est resté dans la première moitié du siècle l'inspirateur de la littérature danoise, alors qu'il n'a jamais pu l'être aussi complètement en Suède. Les Allemands ne connaissent des anciens, mis à part C.-M. Bellman, que Tegnér qu'ils ont traduit et retraduit. Mais Tegnér ne peut pas historiquement être séparé de Œhlenschlæger sur les traces duquel il a marché et dont il a du reste reconnu la supériorité avec une noble abnégation. Le plus grand poète lyrique suédois de nos jours, Charles Snoilsky, a pris comme modèle un grand lyrique danois, Christian Winther. Les jeunes poètes finlandais Charles Tavaststjerna et Jukani Aho se pénètrent profondément de la littérature scandinave commune. Dans la nouvelle génération d'auteurs suédois, Auguste Strindberg, Gustaf de Geijerstam, W. von Heidenstam, O. Levertin, P. Hallstroem ont tous au début beaucoup appris des Norvégiens et des Danois.

On a écrit, il y a quarante ans, en Danemark : « Nous en sommes à ce point que l'on voit au ciel du monde littéraire Holberg, Bellman, OEhlenschlæger, Runeberg briller comme une constellation. » Nous autres qui vivons actuellement nous pouvons ajouter que pour nous cette constellation possède encore beaucoup d'étoiles de première et de seconde grandeur : Ewald et Wergeland, Heiberg et Welhaven, Grundtvig et Bjoernson, Kierkegaard et Ibsen, Almquist et Strindberg, Jacobsen et Drachmann. Les Allemands sont trop honnêtes pour vouloir nier qu'au cours de ces dix dernières années, la littérature du Nord, surtout à l'aide d'hommes comme Ibsen, Jacobsen, Strindberg, Garborg, ait fait vibrer les esprits allemands, et que de ce fait elle ait laissé des traces dans les écrits les plus divers des Allemands, tandis qu'au contraire l'influence de la littérature allemande sur celle du Nord était médiocre et, pour dire toute la vérité, nulle. Le seul Allemand dont l'influence soit évidente n'est pas un poète, c'est le philosophe Friedrich Nietzsche, qui a réellement, pendant assez longtemps, fait prévaloir ses idées auprès de Strindberg en Suède, et auprès de Hamsun en Norvège, mais qui n'a aucune influence positive en Danemark, quoiqu'il y ait été connu avant que personne en Allemagne sût l'apprécier. Aussi les lecteurs allemands ne peuvent-ils sans être injustes dédaigner la part que le Danemark a eue au renouvellement des sources mêmes de la vie intellectuelle allemande.

Mais, si tout cela est vrai, est-il honnête, est-il digne d'un grand peuple de vouloir, par l'usage de la misérable force physique, par le moyen des expulsions brutales, par la privation plus brutale encore du droit des parents, détruire l'attraction qu'exerce cette belle culture d'un petit pays sur des hommes qui par leur langue et par leurs souvenirs historiques se sentent attirés vers elle?

V

On veut, dit-on, punir les Danois de leurs sentiments hostiles à l'égard des Allemands. Les journaux allemands sont remplis de fausses descriptions de cette haine nationale danoise. Or, il n'existait en Danemark, au moment où les mesures d'exception prussiennes furent prises contre le Slesvig, aucune haine nationale contre les Allemands. Les nombreux Allemands qui sont établis ici en ont témoigné en des termes fort nets. Tous les Allemands qui, chaque année, visitent le pays, et surtout Copenhague et ses environs, peuvent attester la façon dont ils ont été reçus et la bienveillance qu'on leur a montrée. Ils ont pu s'apercevoir, il est vrai, malgré cette courtoisie, qu'ils n'étaient pas les étrangers les plus populaires en Danemark. Mais, s'ils en ont été étonnés ou blessés, c'est la preuve d'une singulière susceptibilité.

Ils ont, tous les premiers, conquis par la poudre et le plomb les deux cinquièmes du royaume, ruiné sa situation parmi les États européens : ils l'ont rejeté, saignant de mille blessures, dans l'insignifiance politique ; ils ont séparé des frères de race, et, avec un talent inventif extraordinaire, et des tracasseries mesquines, ils ont persécuté les annexés récalcitrants ; et ils exigent encore qu'on les aime ! Dans l'été de 1864, on n'aurait pu guère trouver en Danemark une seule famille à laquelle la guerre n'eût causé de pertes. Dans une maison, c'était le père qui manquait, dans une autre c'était le fils. Parmi les jeunes gens, l'un avait perdu son frère, son ami ou son camarade. Personne n'était complètement épargné. Et il paraît que le vainqueur pensait même alors qu'on devait non seulement l'admirer mais encore l'aimer ! Ou plutôt, les journaux allemands disaient tantôt que c'était un devoir d'aimer l'Allemagne, tantôt que l'Allemagne se moquait de cet amour. « Laissons-les nous haïr, pourvu qu'ils nous craignent : *oderint dummodo metuant !* » c'est la devise qu'un jour écrivit l'empereur d'Allemagne ; elle aurait bien mieux convenu à un empereur romain païen qu'au monarque qui a fait le pèlerinage du mont des Oliviers. Mais cette devise ne fait peur ni aux Danois du Slesvig, ni aux Danois du royaume.

Et pourtant, même après la guerre de 1864, il se produisit une chose curieuse. La génération même qui avait assisté à la douloureuse catastrophe et vu toutes les espérances nationales tranchées comme par une faux, comprit le danger qu'il y avait à rompre les relations pacifiques et intellectuelles avec l'Allemagne; et, bien que la tâche fût malaisée, elle essaya, par pur patriotisme, de présenter le nouvel empire allemand sous son plus favorable aspect, dans la crainte que le peuple danois ne se repliât trop sur lui-même et ne dépensât toutes ses énergies dans une lutte stérile. Bien des fois, des personnages importants de cette génération cherchèrent à détruire cette erreur que l'Allemagne, par principe et pour toujours, était l'ennemi du Danemark. Ils eurent contre eux le chanvinisme national. Mais néanmoins il se formait peu à peu un groupe de politiciens et d'écrivains qui acceptaient tout l'odieux d'être regardés comme des demi-Allemands, et qui couraient ce risque de perdre à jamais leur popularité; et pendant ces vingt années ils ont parlé avec condescendance de l'Allemagne, détourné la population de l'espoir de reprendre par la force le Slesvig; ils ne se sont jamais lassés de proclamer qu'il nous fallait étudier l'Allemagne, la comprendre, l'apprécier à sa juste valeur et admirer ses grands hommes, même ceux qui nous avaient fait le plus de mal. — L'essai semblait réussir. La haine et le chagrin commençaient à s'oublier, une existence plus paisible naissait à mesure que grandissait une génération plus jeune pour laquelle les années précédentes n'étaient plus que de l'histoire. Et c'est à ce moment que le gouvernement prussien vint donner aux défenseurs de l'humanité allemande dans le Nord ce terrible démenti. Son poing fermé jeté en pleine figure, tel fut son argument.

Il y a quelques années, lorsqu'il fut interdit à la troupe du théâtre royal de Copenhague — malgré la demande faite à l'avance par le directeur du théâtre à Haderslev — de représenter quelques vieux vaudevilles innocents dans les villes du Slesvig, lorsqu'il fut même interdit aux acteurs de loger dans les hôtels, ces mesquineries de la police, qui voyait une menace pour la paix et la tranquillité de l'empire allemand dans une représentation faite en danois, causèrent un vif chagrin. Mais ce n'était que le début d'une série d'actes qui auront pour unique résultat d'exciter le sentiment national en Slesvig, et de contraindre, en Danemark, les hommes qui ont jusqu'à présent essayé de rapprocher les Danois et les Allemands, à se démettre de cette mission, et à se ranger du côté des opprimés et des maltraités. Les Danois ont un devoir auquel ils ne peuvent renoncer : ils ne peuvent renoncer à faire tout leur possible pour sauvegarder leur langue et leur culture dans les régions slesvigoises, qui depuis des milliers d'années sont danoises, et le sont restées. Ils seraient des misérables s'ils y renonçaient. Personne en Danemark n'a jamais songé à tenter une reconquête politique de ce qui a été perdu. Mais aucune grande puissance, pas même l'empire allemand, ne peut rompre l'alliance des cœurs et des sentiments.

Et voyez, malgré tout, le régime prussien se trouve mal assuré dans le Slesvig du Nord. Tout l'inquiète. Il n'ose pas laisser représenter par des acteurs danois un vieux vaudeville de 1830 : il craint sur la scène la tempête des applaudissements qui éclateraient dès les premières répliques, insignifiantes, mais faites en danois. Il faut qu'il défende à un orateur danois de faire aucune conférence dans la région slesvigoise ; il est interdit de parler en danois de littérature, même de littérature allemande, même de Gœthe! Car on ne sait pas, on ne peut pas savoir si les auditeurs, bien que le sujet soit étranger à la politique, ne profiteraient pas de l'occasion pour applaudir l'orateur parce qu'il serait Danois. Et c'est ce qu'il faut éviter à tout prix. En Slesvig, le colosse prussien pose ses pieds sur un sable si mouvant qu'il ne peut supporter les battements de mains que ferait naître une conférence sur Gœthe faite en danois. Il tolère encore moins chez les enfants les recueils de morceaux choisis danois, ou les chansons danoises ; les couleurs danoises sur une toilette de femme ou sur une maison l'irritent ; les chansons danoises ne sont même pas tolérées à huis clos. Et d'ailleurs, pourquoi aurait-on des gendarmes, si ce n'était pour faire la guerre à des couleurs et à des chansons ?

Et cette Prusse, armée de tous ces moyens d'oppression, en dépit de la puissance allemande, de la richesse allemande, de la gloire allemande, de la science et de la littérature allemandes et de ses cinquante millions d'Allemands, ne se sent pas assurée de gagner à elle les Slesvigois du Nord dont le cœur demeure fidèle à cet État miniature et faible qui s'appelle le Danemark. La Prusse est capable de tenter, d'allécher et de récompenser les Slesvigois aussi bien que de les punir et de les persécuter. Et la Prusse ne les attire pas ! Elle a le dessous dans cette lutte, et elle l'aura toujours de plus en plus à mesure que le peuple danois s'habituera, ainsi que le désirent ses meilleurs fils, à devenir un peuple libre possédant toutes les vertus que commande la liberté, et parmi lesquelles la meilleure est le libéralisme. Certes la Prusse est grande et forte, et le Danemark ne pourra jamais lutter contre elle, elle qui se dresse, armée et cuirassée, le casque doré pointu sur la tête. Mais ce qui, en toute évidence, attire plus fortement les Slesvigois que l'éclat de la puissance allemande, c'est le libéralisme qui reconnaît à chacun le droit de se développer dans sa personnalité, c'est le sentiment d'égalité qui a secoué l'esprit de caste ailleurs triomphant ; c'est la culture intellectuelle qui, si modeste soit-elle, pénètre et dans le peuple, et dans les classes supérieures où elle a rendu humaines les idées fondamentales de la politique. La Prusse n'a pas réussi, n'a pas voulu chercher à se faire aimer ; ce n'est point par le moyen des expulsions brutales qu'elle parviendra à s'imposer.

GEORGES BRANDÈS

Traduit par P.-A. MADSEN

NOTES SUR LA VIE[1]

— RÊVES ET HALLUCINATIONS —

Je consigne ici quelques rêves que j'ai faits et qui m'ont paru bizarres. Un jour je les écrirai, si j'ai le temps.

J'en ai laissé perdre pas mal ; on sait comment le rêve s'efface, comme il vous frappe et comme il s'en va (1868).

Le Calvaire dans les cerises. — Une montagne noire ; une aube blanche illuminant le haut ; sur ce fond blanc, à la cime extrême du mont, un grand cerisier, un cerisier sauvage, chargé de milliers de cerises, de ces petites cerises noires avec lesquelles on fait le kirsch. Et, de ces cerises, il y en avait des millions, des milliards de mille. Seulement, les oiseaux en mangeaient beaucoup, et les paysans, pour leur faire peur, avaient mis dans le cerisier trois croix, et, sur ces trois croix, des simulacres du Christ et des deux larrons, simulacres faits de haillons avec de grossiers visages en terre blanche.

Et les petites cerises pendaient par grappes sur ces croix, le vent les faisait danser en agitant les haillons. Mais les oiseaux n'avaient pas peur : il en venait, il en venait... le ciel en était criblé ; ils picoraient, et les cerises qu'ils becque-tâient rendaient un suc d'un rouge noir, tellement que le Christ et les deux larrons étaient tout éclaboussés d'une lie. comme tachés de sang.

1. Voir la *Revue* des 1er et 15 mars.

Et tout cela flottait, dansait sur le fond blafard du ciel, avec une horrible couleur vineuse qui me faisait peur, et cela s'appelait: le Calvaire dans les cerises.

Le jour, j'avais assisté à un enterrement avec musique noire, procession, Christ au fond du chœur dans les cierges. Le soir, j'avais causé au café avec B..., nous avions bu du kirsch, j'avais raconté mes voyages dans les Vosges, parlé des cerisiers sauvages et des myrtilles.

Mes yeux très affaiblis ont peur de la lumière éblouissante, fermés surtout: le dessus des paupières est d'une sensibilité incroyable. On sait que dans le demi-sommeil un coup de sonnette est comme un déchirement de l'oreille où se ramifient tous les nerfs. La trop vive lumière me cause une impression analogue, affectant les yeux de la même manière.

J'habitais un petit pavillon à la campagne ; tous les matins, on m'ouvrait les volets du dehors. Un jour, cela fut fait très bruyamment; le rayon m'arriva directement comme une flèche ardente : je restai, un moment, toujours endormi, à souffrir beaucoup, et voici de quelle façon.

Je rêvais que j'étais à la campagne par un gros orage. Tout à coup le tonnerre éclata (le fracas des volets ouverts), puis un éclair déchira la nue, un éclair terrible qui fendit le ciel noir... et, cet éclair s'immobilisant, l'horizon resta ouvert et d'une flamboyante clarté ; et les yeux me cuisaient, brûlés par ce feu fixe sur la plaque noire du ciel (fenêtres ouvertes, soleil qui entrait).

L'Urubu. — J'avais lu Michelet ; le mot d'urubu m'était resté. Je rêvai que c'était à un dîner. J'avais dans ma poche un urubu empaillé, monté en jouet d'enfant sur un soufflet criard. Seulement, mon urubu n'était en rien semblable au véritable : c'était un petit oiseau à tête carrée, long cou de cygne duveté de gris. Au moment du dessert, je tire mon urubu, je le mets sur la table, et je dis brusquement :

— Voilà mon perroquet gris.

Cela était, paraît-il, très comique (pourquoi?) car tout le monde se mit à rire follement, et d'un rire qui ne pouvait s'apaiser. Nous riions tous ainsi à grands éclats autour de l'oi-

seau empaillé posé sur la table, quand tout à coup le chat, qui
était entré dans la salle à manger, se mit à miauler féroce-
ment en l'apercevant. Ce que voyant, au milieu de la gaieté
générale, je pris l'urubu et le soulevai au nez du chat pour
l'exciter... Le chat bondit, et alors, chose singulière, la bête
empaillée, morte depuis des années, s'affaissa sur ma main,
de terreur ; le chat miaulant toujours, elle se remit à s'agiter;
je tenais le petit soufflet, quand l'urubu battit des ailes, tout
prêt à s'échapper... On me criait :

— Tiens le bec !

Mais j'avais beau le tenir, l'oiseau s'envola avec son soufflet, passa au travers de la vitre et disparut. Grande impression de terreur.

La veille, on avait beaucoup parlé de Maximilien ; j'avais
été frappé de la belle couleur romantique de son aventure :
voici les rêves que j'en eus.

Nous cherchions des voitures place Saint-Sulpice, parmi
beaucoup de monde dehors et d'animation. En arrivant à la
station, la première voiture venait d'être prise, sorte de
carrosse de gala, aux rênes blanches. Vite à la seconde :
prise aussi. Il y avait ainsi un tas de voitures et de carrioles
chargées de monde endimanché. La dernière était une espèce
de grand chariot à deux chevaux, comme un camion très
large, sur lequel était jetée une longue tente qui lui donnait
l'apparence d'une roulotte de saltimbanque bâtie en toile et
sans fenêtres. On disait : « C'est un chariot mexicain. » Je
m'approche, j'entr'ouvre la toile et je vois un lit ; dans ce lit,
la tête appuyée sur un oreiller de dentelle, une femme, avec
une grande coiffe de sœur grise, qui était pâle, comme de
cire, les yeux fermés. Je ne la voyais pas bien... Les deux
mains étendues, exsangues, émaciées... A côté, sur une table,
un goupillon et un vase d'argent en guise de bénitier, plus
une petite bougie qui éclairait tout cela. Le grand jour du
dehors traversant un peu la toile, et la bougie qui flambait
rouge pâle, formaient là dedans une singulière lumière, si
douce... J'étais très frappé. Cette morte, là, sur cette place,
au milieu de cette vie, de ce bruit, de ce soleil, à cette station de fiacres... attendant.

Où était-ce ? A Ajaccio, peut-être à Cassis. Paysage méridional : beaucoup de roches couvertes de lavandes, petits sentiers à pic escaladant au milieu, grand soleil... Nous étions dans un char à bancs, grimpant un de ces sentiers... on allait lentement. Devant nous, marchaient, têtes nues et rasées, trois moines mendiants, robes de bure. Nous les rejoignions. En passant, je me penchai pour les voir, mais ils allaient la tête basse, et je ne les distinguai pas bien. Pourtant j'entrevis qu'ils avaient des visages d'un rouge, d'un rouge sanglant. Ces moines m'avaient impressionné.

Au bout d'un moment, nous entendons des voix qui nous crient : « Gare ! gare ! » puis un piétinement de chevaux, bruit de sonnettes : nous nous rangeons contre les rochers de droite. juste à temps. Un attelage au galop dégringolait la sente en faisant rouler des cailloux... Je vis confusément — ils allaient si vite ! — trois chevaux à la suite attelés en flèche, traînant une petite voiture napolitaine, frêle comme une armature de papillon. Là dedans, un homme enveloppé d'un immense manteau, tout jeune, très pâle, avec une crinière noire comme un casque de cuir noir, très beau, mais au profil dur, en marbre. Cela passa tout près de nous comme un tourbillon... Nous continuons à monter ; voilà qu'au bout de ce chemin encaissé et au moment où il s'élargissait, débouchant sur une plaine, j'entends tout près de moi dans les rochers une voix qui me dit tout bas :

— Monsieur Daudet, ne regardez pas à droite, monsieur Daudet. ne regardez pas à droite...

Sans me demander d'où vient cette voix, mon premier mouvement machinal, instinctif. est de regarder à droite, où l'on me disait de ne pas regarder... A l'angle du chemin, à l'endroit où il finissait, où il rejoignait la plaine, un homme était assis, nu jusqu'à la ceinture, sur une large pierre carrée. Ce qui me frappa d'abord dans cet homme, la couleur sanguine de son visage, cette même couleur entrevue sur le visage des moines... Je fais arrêter le char à bancs, je m'approche... La tête de cet homme horriblement mutilée... les yeux crevés... le nez coupé, les oreilles aussi ; tout cela saignant, rouge vif... Je m'éloigne, plein d'horreur : le char à bancs n'est plus là. Je suis seul dans l'immense plaine bornée à l'horizon par de petites collines bleues et une légère ligne d'arbres à frondaisons grêles. Le curieux de cette plaine, c'est qu'elle est toute dallée, de larges dalles blanches brûlées par le soleil... de loin en loin, une tache noire et miroitante. Je marche quelque temps, je me heurte contre quelque chose... c'est une jambe humaine mangée par les bêtes... Quelques pas plus loin, je trouve un squelette humain... On en rencontrait ainsi de place en place. Je marche jusqu'au bord d'un large fossé : au fond de ce fossé, sorte de réservoir, une grande mare de sang rouge noir, coagulé ; la plaine était coupée, tous les cent mètres. de ces grands fossés d'écoulement... On pense si j'étais effaré au milieu de cette grande cour d'abattoir.

C'est dans le rêve que j'ai le plus ressenti l'intense poésie du paysage. Une nuit, je vis une petite mare, toute ombragée de feuillages fins, légers, *corotiques*. C'était grand comme un miroir à main et luisant à travers les feuilles imprégnées de lumière. Jamais visage aimé et baigné de larmes ne m'a attendri comme cette mare... Est-ce étrange !

Rêve singulier : des soldats prussiens dans une ferme ; l'un chantait une admirable chanson, d'une belle voix. Cela disait : « Le soldat de Prusse, quand il entre dans une ferme, n'ose pas piller, ni rien, ni mettre le feu, parce qu'il est père et voit de petits berceaux partout. »
En face, des Français chantaient :

> En avant. Fanfan-la-Tulipe !
>
> *(Écrit avant la guerre.)*

Vers récités en rêve :

> Elle tient sa main sur son cœur,
> Et, les yeux en dedans, regarde son bonheur.

D'autres vers faits en rêvant :

A JULIA

> Ains ne faut-il, quand oirez l'heur' suprême,
> Vous despiter, ni plorer, ni crier,
> Mais, ramenant vos pensers en un même,
> Ne faire qu'un de tout ce qui vous aime,
> Regarder ce, joindre mains et prier.

Encore un rêve. Toujours la nature, le paysage entrant pour une grande part dans l'impression de terreur.

Nous étions en Camargue ; Camargue un peu de fantaisie, plus triste que la vraie. Le Rhône coulait tout près, mais un Rhône lourd, lent, épais. Nous étions dans une cabane de roseaux... la porte entr'ouverte... derniers rayons d'un soleil couchant. On mangeait, on était bien ; puis, subitement, un immense malaise, un vague effroi dans l'air : nous nous regardions tristement, sans parler, serrés l'un contre l'autre. Le soir venait, on le sentait rôder mystérieusement autour de la cabane. Tout à coup, dans l'ombre, de l'autre côté du Rhône, on entend un train qui passe. Il arrive lourdement, essoufflé, puis il s'arrête. Un choc. On commence à appeler la station, rapidement, d'une voix grêle. Puis un cri, un cri immense, déchirant. Nous nous jetons hors de la cabane, et là, en face de nous, dans une aurore sanglante, nous voyons le train qui s'en allait à reculons en sifflant, hurlant, bondissant ; les locomotives, les wagons faisaient des sauts en l'air d'une hauteur !...

Et tous ces wagons étaient rouges, chauffés à blanc, et dans ce rouge un tas d'ombres noires se tordaient, gesticulaient, avec des cris, des prières, des piaillements, des jurons de machinistes... et toutes ces clameurs et tout ce flamboiement remplissaient l'horizon. Un écervellement horrible auquel nous assistâmes pendant cinq minutes. Puis cela se perdit dans le loin avec un bruit de tonnerre.

J'en ai tremblé, tout éveillé, pendant plus d'une heure. — La réalité, c'est qu'un train passait à trois heures du matin aux environs, toutes les nuits.

A joindre à mes études sur les rêves : ce qui me frappe surtout, c'est l'intensité de vie qui s'y dépense. La réalité y est impressionnante, tout vous frappe, vous entre plus profondément que dans la veille. C'est là qu'on sent comme le corps, les sens, sont des embarras pour la finesse de nos organes, puisque l'esprit dégagé de ses liens sent plus à fond, voit mieux, souffre ou jouit davantage. Oh ! les paysages vus dans le rêve, si simples qu'ils soient, comme ils vous restent, comme on les voit !

Dans un rêve : un œil sans cils, immense, démesuré, couvert d'une buée bleuâtre, vague, sans regard. Je disais :

— Regardez-le! il a l'air de quelqu'un qui crie, qui appelle dans la nuit.

J'ai eu, cette nuit, un de ces rêves de nature comme j'en ai fait de si beaux autrefois. Mais je ne l'ai pas écrit tout de suite, et je le sens bien refroidi, disparu.

C'était un village, au bord d'un abîme, sur une montagne qui s'effritait. entraînant chaque jour un pan de mur, un coin de rue, de maison. Les habitants avaient fui. Un drapeau rouge, fiché en terre, défendait l'entrée de ce village, et des guides, avec de grandes précautions, nous faisaient visiter les parties les moins dangereuses. A chaque instant, un coup sourd, une dégringolade de pierres dans le gouffre, et des rires d'enfants en maraude, se sauvant des maisons à mesure qu'elles partaient, s'abîmant dans le trou.

Rêve. — Je faisais un cours, et pour expliquer, d'une image, par quelle série de tâtonnements l'idée arrive à sa vraie formule, je faisais l'histoire de l'allumette : depuis le morceau de bois qu'on trempait dans des boîtes de soufre, jusqu'à l'allumette phosphorique, bougie, suédoise, l'allumette anglaise... Et que de pas en avant pour rétrograder ensuite, que de perfectionnements qui n'en sont pas!

Il y a un pays magique que je n'ai jamais vu que dans mes rêves, mais qui me revient souvent, et toujours le même. Ce sont des villes, ou plutôt des îles avec des maisons blanches dans des roches et des touffes d'absinthe, tout cela descendant au bord de la mer, vers de grands quais pleins de soleil, avec des fontaines, des filles en costumes éclatants, portant des cruches sur la tête, ou assises sur de grandes marches de pierre. Odeur de goudron au soleil, de fleurs brûlées, et des agrès se balancent dans la chaleur. Toutes ces îles sont sur la gauche. Le bateau sur lequel je suis les rase de ses voiles, la mer est unie, d'un bleu profond, et je côtoie ces pays féeriques (mais d'une féerie réaliste), tout ému de ces cris de joie, de cette vie, de cette gaieté au soleil...

Dans mon rêve, cela s'appelle la Corse et on y parle le

grec des îles, de l'Asie Mineure. Je passe toujours, je ne m'arrête jamais.

— LONDRES —

Impression d'arrivée à Douvres, rébarbative. Rentrée des Anglais qui se rendent *at home*. Rochers, casernes, campagne japonaise, vues de l'imagerie anglaise et décors des Kate Greenaway, avec des barrières en bois, petits cottages comme des joujoux peints, vernissés, tous pareils; chevaux au vert, moutons et bœufs au pâturage, course affolée d'un cheval effaré par le train.

Londres-Victoria, quartier aristocratique, uniformité, alignement des maisons, avec des portiques de pierre noire ou rouge. Fenêtres hermétiques. C'est une des impressions les plus saisissantes de l'arrivée, ce visage muet et clos de la maison, cette fermeture de hublots, sinistre par ce clair soleil, l'admirable printemps que nous apportons avec nous; on se figure la détresse d'un étranger et d'un pauvre sous un ciel de brouillard.

Promenade au matin par cette splendide lumière dans Hyde Park, une réduction du Bois, mais au milieu de la ville, et non dehors. Foule de landaus, voitures de maître, amazones, fillettes aux grands cheveux fauves retombants, petits chapeaux canotiers, galopant sur des poneys, et juste à côté, séparés de tout ce luxe voisin par une simple barrière de bois, ou un grillage au ras de terre, des loqueteux, des vagabonds, sans linge, sans chaussures, couchés dans l'herbe haute, à plat ventre, visions de bêtes accroupies, dos de bisons, d'hippopotames qui semblent attendre le coup de fusil de Stanley. Cette antithèse assoupie est bien ce qu'il y a de plus effarant pour des yeux français.

Pas un regard ne descend des équipages vers les fauves, pas un fauve non plus ne s'interrompt de son sommeil ou de son sinistre et sobre et furtif repas pour jeter un œil d'envie sur tout ce luxe. Et comme j'admire l'étrange sécurité de tout cela, un Anglais me dit tout à coup :

— Ne vous y fiez pas... En 1867 ou 68, le peuple de Londres, puni par sa reine de je ne sais quelle désobéissance, fut condamné à ne plus entrer dans Hyde Park. En une nuit, toutes les grilles du parc furent arrachées : pas un mètre·de fer ne resta debout... Tout de suite la permission fut rendue. Ce sont les concessions mutuelles entre le gouvernement anglais et le peuple, et le policeman détourne les yeux quand il le faut.

Beaux aspects de la Tamise, le pont géant. Passage d'un navire: le pont s'ouvre, se lève, armatures à pic, la chaussée portant la trace des chevaux ; décor qui s'abaisse, trucs de théâtre.

Plusieurs fois cette sensation, dans Londres, de monuments en carton-pâte, d'un vaste pandémonium moyen-âgeux : toujours des créneaux, des clochetons, obélisques, statues aux socles gigantesques. Sentiment de la force, mais, par moments, et surtout dans le moderne. un sentiment exagéré de cette force.

A l'arrivée, saisi par les couleurs criardes des omnibus chargés d'annonces, le papillotement des affiches, enseignes ambulantes et roulantes. Innombrables fils de télégraphe se croisant à la cime des maisons.

Erreur de l'étranger qui demande à voir les dessous, les horreurs de Londres : ces curiosités sont tout près de vous, sous votre main, ces mœurs si différentes des nôtres.

Intérieur du doyen de Westminster : le thé pris dans la grande pièce gothique à vitraux, larges murs, puis visite dans l'abbaye, corridors, poterne. — Promenade d'un taret entre les lourdes pages de pierre d'un énorme livre d'histoire ; ombres de Glocester, de Charles Ier, de Cromwell.

La basilique. Ici les rois et les reines sont sacrés, ici on enterre les grands hommes de toutes sortes. Spectacle admirable, gâté par la vue des comédiens inhumés là pêle-mêle. Aussi un peu de désordre. comme dans les monuments de la ville. Le génie latin et sa rectitude sont absents ici.

Les fils de Dickens. L'aîné secrétaire d'un théâtre. Conte pour les enfants. à faire avec le petit-fils de Dickens, qui veut passer une nuit dans ce qu'il appelle la chambre de son grand-père : la nuit dans Westminster ; terreurs de l'enfant.

Passion du moyen âge dans l'architecture anglaise : elle semble n'avoir plus rien inventé depuis, — ce qui monotonise un peu le décor londonien.

Dans la campagne, Box Hill, petite gare à lourdes colonnes, chapiteaux, cintre, comme une église du XIIe ou du XIIIe siècle. Arrivée, sur le quai de la gare, de George Meredith : pas très grand, mais le paraissant, casquette anglaise à deux visières, qu'il porte à la française négligemment ; figure fine, nez droit, enflammé, barbe blanche très courte ; il s'appuie au bras d'un ami, marche mal, et c'est une sensation de fraternelle ironie, ces deux romanciers qui traînent l'aile comme deux goélands blessés, estropiés, ces oiseaux de tempête punis pour avoir affronté les dieux. — Un conte à la Swift. — Chantonnement de Meredith en marchant. C'est un monologuiste très distingué, un érudit des langues gréco-latines ; il connaît tous les Provençaux, tous les jeunes des petites revues.

Cottage dans la verdure, dont il n'est pas sorti depuis plus de vingt ans ; petites allées de buis menant par une pente assez raide au chalet rustique où le romancier travaille, où il couche même quelquefois : vie de cénobite et d'artiste. Idéaliste, Meredith, se forçant à ne rien regarder autour de lui, auprès de lui ; pourtant, quelle belle pièce de vers à la France en 1870! Écrivain subtil, trop même pour la plupart. Sa surdité, comme un pont-levis à tout jamais relevé, le gêne dans sa communication avec les humains, et il soliloque perpétuellement, comme il fredonne en marchant, d'une voix automatique, d'une rauque voix anglaise. Sa parole plus lente en français, la bouche plus ouverte, comme si nos vocables étaient de plus petite dimension que ceux de la langue anglaise. Inoubliable, cette visite à Box Hill.

En route, récit par Henry James de la vie de Stevenson à Samoa : retour à l'existence primitive, sa femme, sa belle-mère vivant en gandouras, sorte de chemise de nuit, les cheveux répandus sur les épaules. Il est mort d'apoplexie. Un jeune *midship*, à qui il avait donné une lettre de recommandation pour Henry James. arrivait chez celui-ci quatre ou cinq mois après la mort de Stephenson : — « De sorte, nous disait l'écrivain délicat, qu'un matin de dimanche, j'avais à ma table, à déjeuner, un beau jeune garçon au teint hâlé, qui m'apportait les nouvelles les plus récentes de l'ami très cher déjà pleuré depuis bien des jours. »

En face de chez nous, dans Dover street, vieille maison, type de la maison anglaise, toute noire, fenêtres en guillotine hermétiquement closes, stores roses, vitres claires. Devant la porte, un grand carrosse à cochers fleuris de gros bouquets et dans lequel monte une vieille lady à coiffure et robe très anciennes, emmenant au *drawing-room* de Sa Majesté une petite miss en robe blanche, épaules maigres et pointues, dans un décolletage étonnant en plein jour. Deux frères venant avec leurs vélocipèdes regarder la première toilette de leur jeune sœur partant pour la cour. Dans la rue silencieuse, au milieu de la chaussée, un orgue de Barbarie accompagnant des chants et des gigues que piaulent et dansent en perfection deux ou trois *minstrels*, faux nègres hideux, en habit noir, les pieds nus, d'une bouffonnerie cocasse américaine. Contraste saisissant de la vieille et jeune Angleterre. Et, pour achever ce coin de tableau à la Hogarth, — dont j'avais feuilleté la veille au soir l'œuvre photographiée en deux volumes, — tout en haut de l'antique maison m'apparaissait, dans le cadre étroit d'une des fenêtres des mansardes, une bonne anglaise, en robe claire à rayures, esquissant sur place, avec son buste et ses hanches, le mouvement de gigue endiablée que chantaient et dansaient les *minstrels*.

La demeure muette et mystérieuse que je regardais avec curiosité de ma fenêtre d'hôtel m'a livré, ce jour-là, en cinq minutes, toute sa vie claustrale ; et voici qu'une invitation de la vieille comtesse, notre voisine, propriétaire de ladite maison, nous convie à y luncher sans façon, en famille. Refusé ! Bon pour des acteurs en tournée.

Holland House. — Une maison unique à Londres : dans

Kensington. en pleine ville grouillante, une haute grille
seigneuriale, devant laquelle stationne un suisse en livrée,
s'ouvre sur un parc grandiose, aux verdures féodales ; des allées
sablées et tournantes conduisent à un château du xvi⁰ siècle,
tourelles, poternes, grands corridors coupés de marches inégales. Nous sommes accueillis par la comtesse de H..., dans
une grande pièce aux hauts plafonds, aux murs tapissés
d'une bibliothèque à quatre ou cinq étages de livres. Par ce
jour humide et noir, extraordinaire en cette fin d'avril, un
grand feu brûle dans une cheminée aux deux côtés de laquelle
sont des portraits de famille du xviii⁰.

De hautes vitres claires ouvrent sur des pelouses à perte
de vue, de vastes pâturages où paissent des troupeaux de
bœufs et de moutons, et cela en plein Londres, dans un
quartier où le terrain vant je ne sais combien le mètre.

Le thé servi sur une table volante qu'apportent deux
domestiques, la comtesse de H..., à qui lady Holland, une
parente éloignée, a légué cette demeure extraordinaire, nous
sert gracieusement avec sa jeune fille, puis on visite la
maison historique, l'admirable bibliothèque, une salle de portraits de famille tous peints par Josua Reynolds. Je remarque
un portrait de Talleyrand, hôte assidu de la maison, qui possède trente ou quarante lettres de lui, adressées à lady
Holland, l'amie de Napoléon Iᵉʳ.

Windsor. — Vieilles architectures royales entrevues dans les
grands arbres, sur la gauche du wagon. A la station, voitures menant à la résidence, par une petite ville de fournisseurs, d'hôteliers, qui s'est formée autour du château et de
sa vieille abbaye ; — première impression de Mennecy en
Seine-et-Oise.

Sur une place, la statue de la reine, son sceptre à la main,
qu'elle tient du geste autoritaire semblable à celui d'Élisabeth
et de toutes les souveraines de la Grande-Bretagne. Puis la
poterne avec un *horse-guard* rouge, au lourd bonnet à poils,
dans l'angle du vieux rempart crénelé.

Le château féodal a des parties d'époques différentes ; la
vieille église de style gothique, comme à Oxford, Westminster,
dont les abbayes se brouillent dans les visions du souvenir.

En face l'église, de petits logements, environ une douzaine, sont bâtis dans la vieille muraille, ornés de jardinets grands comme des tiroirs ouverts, où fleurissent des tournesols jaunes comme les pierres. C'est là qu'habitent de vieux offi_ciers retraités à qui la reine offre des abris. On est en train de relever la garde ; et, par les allées étroites et cailloutées, nous montons le chemin de ronde jusqu'au palais. On nous permet de visiter, quoique la reine soit attendue pour le dîner : salles admirables, tableaux de maîtres, à côté de toute une ferblanterie Louis-Philippe et de garnitures de Sèvres.

Puis, c'est le parc, la ferme modèle, les daims au milieu des pelouses, et la sortie en pleine campagne par une porte moyen-âgeuse que nous ouvre un vieux, vieux garde à barbe blanche, chapeau haut de forme galonné et livrée bleue et argent, dans laquelle flotte un corps amaigri. Belle route, verdures, gras pâturages, ponts étroits sur la Tamise. yoles et skiffs au bord de l'eau.

Eton et son collège aux vieilles briques rouges, aux ar_cades sur l'immense cour, aux hautes fenêtres éclairant les classes. Course dans le parc à la recherche du professeur ami de Henry James

Il a chez lui des élèves qui mangent, couchent, répètent à domicile, et viennent suivre les cours du collège. Les éco_liers apparaissent en leur courte veste noire, leur grand col blanc autour de leurs joues de santé. Petite maison exquise du professeur, grands arbustes, glycines, lierres jusqu'au faîte.

La petite ville d'Eton est toute employée pour les profes_seurs et fournisseurs du collège ; les enfants s'y promènent librement en petits hommes : c'est pour l'instruction de douze à dix-huit ans ; ensuite, Cambridge ou Oxford.

Rien de ce que nous avons en France ne nous donnerait l'idée d'Oxford : ce fut d'abord une ville de couvents ; au moyen âge, douze, quinze, vingt couvents, que la Réforme changea en collèges.

Trinity College, où nous sommes attendus, a toute une partie ancienne de trois ou quatre cents ans, le reste recon_struit sur les vieux types d'architecture anglaise, mais le rac-

cord entre les deux époques reste presque invisible, à cause
de la couleur sombre de la pierre. Cours de cloître, murs
tendus de lierres aux énormes racines. Les chambres des
étudiants s'ouvrent sur un long corridor ; nous entrons dans
l'une d'elles, précédée d'un petit salon aux tentures claires,
à la légère bibliothèque, aux artistiques gravures. Nous descendons ensuite aux vastes jardins, tout installés pour la vie
physique, *crocket*, *foot-ball;* mais, à cette heure, les jeunes gens,
assis sur les bancs ou les fauteuils rustiques, lisent, causent,
sons les arbres, tandis que d'autres rament sur les bateaux.

Visite à la chapelle, au réfectoire, vaste hall à vitraux, à
vieilles peintures, qui me rappellent Westminster. Parcouru
plusieurs collèges : le plus ancien, New College ; le plus
riche, Christ College. Plus ou moins grands et beaux, ils se
ressemblent tous. Minute exquise dans l'un d'eux : j'arrive,
au bras de mon fils, dans un jardin splendide ; des biches
couraient sur l'herbe, un lilas géant m'encensait de son odeur
suave mêlée aux parfums des bois. L'heure a sonné à une
vieille cloche fêlée, mais au timbre clair, parmi ces collèges
presque vides, les étudiants étant aux courses sur la Tamise.

On y arrive par une allée de vieux arbres. Chaque collège
a son ponton de couleur différente, amarré le long du fleuve
brûlant par cet après-midi de mai, et pas large. Courses à la
rame, rumeurs, cris, dépit du vaincu, sortie de la yole de
jeunes gens en maillot rayé, hâlés, suants et maigres pour la
plupart, lévriers au poil ras, aux côtes en saillie.

Retour par la grande allée ombreuse ; le piétinement silencieux dans la poussière de la foule anglaise, où mon fauteuil
roulant est le seul bruit de voiture qu'on entende. Repassé
par Christ College, par son admirable escalier dont une
rosace géante de pierre couronne la voussure ; menus illustrés
sur les tables du réfectoire immense, — et ce qui me frappe, en
sortant, c'est une vieille chaire branlante et démolie, vestige
du passé, dans un coin de cour. — Dans un autre, au fond,
sur la terrasse, représentation sculpturale et monstrueuse de
tous les crimes, les péchés qui tentent l'homme. C'est là
que fit ses études O. W.... et je suppose que dans sa prison
il put être hanté de ces images hideuses et burlesques.

Journée splendide, cet après-midi d'Oxford qui me reste
sous la forme synthétique d'un chatoyant tableau de folles
courses sur la Tamise, tonte papillotante de couleurs vives,
reflétées au miroitement de l'eau, et des mouvements trempés
des avirons : — sous la forme de parties de *crocket*, de *foot-ball*
sur des pelouses d'un vert intense : — tout le sport luxueux de
la vie anglaise moderne, vu par les fenêtres gothiques d'un
vieux cloître fleuronné du xve siècle.

— VENISE —

Arrivée à Venise : les gondoles, — c'est la nuit, —
grands cygnes noirs qui se pressent contre les marches du
port. L'eau captive flaque contre les vieilles pierres. Le cri
des gondoliers. un peu la sensation du cri piémontais de nos
ramoneurs : « Ho... ho », mais avec la vibration de l'eau en
plus. A noter. cette sensation continuelle du son répercuté ;
un peu comme pour les yeux l'effet de blancheur et de scin-
tillement d'un pays de neiges et de glaces.

J'ai dans les yeux et l'esprit la lettre de l'Arétin au Titien,
racontant les spectacles dont il jouit sur le Grand Canal. J'ai
pris une gondole et me suis fait conduire avec mon Léon, ce
prolongement, cet agrandissement de moi-même, à la place
d'où je pouvais voir le pont du Rialto, le palais des Camer-
lingues, etc.

Que c'est loin ! que ces pierres ont vieilli ! J'essaie vainement de faire revivre tout ce passé de luxe, de royale et
artistique débauche : tout cela est mort, mort.

Les Baux, les Baux, c'est ce que Venise évoque en moi ;
mais le vent est plus destructeur que l'eau, plus corrosif, et
les Baux sont plus morts que Venise.

J'ai la clef de toutes les musiques : je sais ce que l'eau de
l'Adriatique chuchote à la pierre des vieux palais vénitiens ;
oh ! la mélancolique chanson ! Toutes les nuits, dans le silence
de la vieille ville et de ses canaux, je l'écoute, cette simple

musique. Le jour, les cris des bateliers, les appels, le train
de la vie, m'empêchent de distinguer le sens des paroles, le
rythme de ce perpétuel *lamento* :

Venezia la bella!...

Rencontré le père Saturne, sa grande faux sur l'épaule,
sous le bras une boîte mystérieuse qu'il appelle sa boîte à
outils. En route, pour faucher la vie des rois et des peuples,
les races d'hommes et de fauves, le fer de son instrument lui
suffit ; mais pour venir à bout de la pierre, du bois, du métal,
des fortes œuvres des hommes, il lui faut des engins plus
solides, et, m'ouvrant sa boîte, il m'a montré des rayons de
soleil prêts à s'enflammer, une outre gonflée d'ouragans, et un
récipient rempli d'eau salée, de cette eau de la mer si corro-
sive qu'il semble que chacune de ses vagues soit armée de
petites dents de sel.

La musique d'un temps : un bateau qui s'en va...

— *La Fenice!* me dit mon gondolier de l'avant, au tournant
d'un *canaletto*.

Ce nom, ainsi jeté, remue dans un coin de ma mémoire
tout un passé romantique de fêtes et de noms glorieux : roman de George Sand et de Balzac, vers de Musset,
histoires d'amour, lord Byron, la Malibran, Lablache,
Rossini..., et j'ai devant moi, battues par un flot gras, huileux,
moiré, lourd, noir, visqueux, trois marches de pierres conduisant à une haute grille de fer qui précède des portes
vitrées hermétiquement closes, à travers lesquelles se devine
l'amorce de grands corridors déserts, d'escaliers noirs menant
aux loges ; et le contrôle vide apparu comme au fond de l'eau.
Sur le fronton à lignes rectangulaires, entre deux énormes
lanternes dont la ferrure est élégante et ancienne, ce nom
pompeux, emphatique : *la Fenice*, — le Phénix, — incruste
ses lettres dans la pierre sombre du palais.

—J'avais huit ans, quand j'ai vu tout le théâtre en feu, —
me raconte mon vieux gondolier, tête fine et bronzée, barbe
blanche en collier, boucles d'or aux oreilles ; —l'incendie a
duré trois jours et trois nuits.

Et succède à ma vision romantico-amoureuse l'apothéose de

ces longues flammes rouges reflétées dans l'eau morte, léchant les palais en face, à gauche, à droite.

Venise ! tant de peintures, tant de musées, et nulle part la représentation de cette ville sur pilotis, de cette existence extraordinaire, canaux, gondoles, fêtes sur l'eau. Nous sommes obligés tout le temps d'interroger les pierres, d'évoquer, sur les perrons des palais, l'apparition de belles Vénitiennes se rendant à un bal, à un souper, montant dans leurs gondoles à la lueur des torches doublée par l'eau profonde comme par un miroir de métal noirci.

Et quand on pense à ces peintres du Nord qui nous ont si magiquement et minutieusement raconté l'intime de leur *home*, dans les coins les plus secrets, les plus discrets ! — voir la « Femme hydropique ».

Ici l'allégorie et la religion absorbent tout : le peintre ne travaille que pour l'église et pour les palais. Ce serait pourtant curieux de voir un procurateur allant au travail le matin, dans sa gondole, ou la pâle figure d'un condamné derrière le treillis de barreaux de fer de la mystérieuse gondole des prisons.

Longuement discuté là-dessus tout un soir. Ma femme et Lucien sont pour les peintres italiens, s'exaltant au-dessus et en dehors de la vie et de ses platitudes ; moi et Léon tenons pour les peintres du Nord qui magnifient l'existence, rendent leur temps vainqueur de la mort et de l'oubli.

Par certaines heures que j'appelle les heures mortes, heures décolorées et sèches, où la Vénus de Milo elle-même ne vous parle pas, où ce qui reste de Thèbes et de Memphis, où la pierre des plus beaux palais vénitiens vous laisse aveugle et sourd, sans aucune évocation d'art, je comprends comment la vie apparaît à beaucoup, j'ai la notion de ce sinistre Sahara qu'on dénomme la vie plate.

A noter, la ligne svelte et noire, en papier découpé d'ombres chinoises, du gondolier qui rame à l'arrière. C'est un mouvement en deux temps et demi, cassé par le milieu : silhouette de Scaramouche. Le gondolier de l'avant est en général le chef de la barque. C'est lui qui jette le cri mélancolique en *O* et en *Ai* qui prévient les chocs et rencontres au tournant des petits canaux, lui aussi qui cause avec le voyageur face à l'avant ; et, les jours de fête, les grands dimanches, quand la gondole s'embellit, j'ai remarqué que c'est le matelot de l'avant qui porte le col marin le plus fraîchement blanchi, les rubans de chapeau les plus propres. Le camarade de l'arrière ne fait aucun frais ; il ne parle pas, on ne le voit pas, mais en route, tout en ramant, par-dessus la tête du voyageur, il fait à l'autre gondolier et à tous ceux qui le croisent, toutes les grimaces, toutes les polichinelleries de son œil en coin, et de son *naz* emphatique et fortement courbé.

Le matin s'annonce par les Angélus de Saint-Georges et de la Salute, deux grandes chapelles sur l'eau, à l'horizon de nos croisées. Dans mon lit, les yeux encore lourds et scellés, je crois voir les deux îles s'agitant et tintinnabulant, éclaboussant le ciel et l'eau de leurs claires sonneries de réveil. D'autres angélus leur répondent, mêlés au clapotis du flot contre les marches de l'ancien palais Giustiniani, aux voix rauques, encore assoupies des gondoliers amarrant leurs barques au pied de l'hôtel, au bruit des chaînes qui s'étirent, des barques heurtées contre les hauts *pali*. Jamais un aboiement, jamais un cri d'oiseau.

En face du Lido, au bord d'un vaste espace d'eau salée et déserte, l'abattoir, la boucherie.

Avec sa proue en clef de *fa*, sa poupe en col de cygne, et son *felse* assez semblable à l'âme d'un instrument à cordes, la gondole tient du bateau, de l'oiseau et de la contrebasse. Je vois un conte fantastique finissant comme ceci :

Le gondolier se lève, dresse son bateau tout ruisselant contre soi-même, joue un air dessus avec sa godille comme avec un archet, puis le rabaissant, saute à califourchon sur la quille, comme sur le dos d'un grand cygne noir qui s'envole lourdement, bruyamment vers la haute mer : — *Fenice !*

ALPHONSE DAUDET

LE

DRAME DES POISONS

I

LES SORCIÈRES [1]

Le procès de la marquise de Brinvilliers avait eu un retentissement énorme. Peu après, les pénitenciers de Notre-Dame, sans nommer ni faire connaître personne, donnaient avis que « la plupart de ceux qui se confessaient à eux depuis quelque temps s'accusaient d'avoir empoisonné quelqu'un ». La cour et la ville étaient encore troublées de la catastrophe qui avait soudainement enlevé à Saint-Cloud la gracieuse Henriette, duchesse d'Orléans, du décès si brusque de Hugues de Lionne, le grand homme d'État, de la mort foudroyante qui venait de terrasser le duc de Savoie. Un billet trouvé, le 21 sep-

---

1. *Bibliothèque de l'Arsenal*, Archives de la Bastille, affaire des Poisons, ms. 10 338-10 359 ; — *Ibid.*, ms. 10 441, dossier Hocque ; — *Bibliothèque nationale*, ms. français 7 608, notes de La Reynie ; — *Archives de la Préfecture de Police*, dossier de l'affaire des Poisons, carton Bastille I, fol. 97-320 ; — *Bibliothèque de Rouen*, collection Leber, ms. 671, dossier de la Voisin.

J. Wier, *Histoires, disputes et discours des illusions et impostures des diables, des magiciens infasmes, sorcières et empoisonneurs*, s. l., 1579 ; — J. Bodin, *De la Démonomanie des Sorciers*, Paris, 1588 : — Lancre, *Tableau de l'inconstance des mauvais anges et des démons*, Paris, 1612 ; — Fr. Ravaisson, Archives de la Bastille, t. IV-VII, Paris, 1870-74.

J. Michelet, *la Sorcière*, nouv. éd., Paris, 1892 ; — P. Clément, *la Police de Paris sous Louis XIV*, Paris, 1866 ; — Th. Iung, *la Vérité sur le Masque de fer, les Empoisonneurs*, Paris, 1873 ; — Alf. Maury, *la Magie et l'Astrologie*, Paris, 1877 ; — J. Loiseleur, *Trois énigmes historiques*, Paris, 1883 ; — J.-K. Huysmans, *Là-bas*, Paris, 1894 ; — Docteur G. Legué, *Médecins et empoisonneurs au xviie siècle*, Paris, 1896. — Docteur Lucien Nars, *les Empoisonnements sous Louis XIV*, Paris, 1898.

tembre 1677, dans le confessionnal des Jésuites, rue Saint-Antoine, dénonça un projet d'empoisonnement contre le Roi et le Dauphin. Le 5 décembre suivant La Reynie, lieutenant de police, fit arrêter Louis de Vanens qui se disait ancien officier. Les papiers saisis sur lui et sur Finette, sa maîtresse, firent connaître une association d'alchimistes, de faux monnayeurs et de magiciens, où l'on voyait des prêtres, des officiers, des banquiers importants tels que Cadelan, mêlés à des « filles du monde », à des laquais et à des gens sans aveu. Le Parlement instruisait l'affaire, quand le lieutenant de police mit la main sur une seconde association, semblable en apparence, mais dont l'importance aux yeux des magistrats ne tarda pas à se révéler comme beaucoup plus grande encore.

Vers la fin de l'année 1678, un avocat de mince clientèle, maître Perrin, dînait, rue Courtauvilain, chez une certaine Vigoureux, femme d'un tailleur pour dames — le métier, comme on voit, n'est pas d'aujourd'hui. La compagnie était joyeuse et le vin coulait à flots clairs. Il y avait là, entre autres, « une grosse femme puissante, le visage plein », qui s'étranglait de rire en se versant des rasades de bourgogne à faire chanceler un mousquetaire. Elle se nommait Marie Bosse, veuve d'un marchand de chevaux, établie tireuse de cartes, « devineresse » comme on disait alors. « Le beau métier ! s'écriait-elle, et de quel monde son réduit de la rue du Grand-Huleu était achalandé : duchesses et marquises et princes et seigneurs. Encore trois empoisonnements et elle se retirait fortune faite ». A ce trait, les convives de rire encore plus fort : cette grosse femme était d'une drôlerie irrésistible. Seul maître Perrin, à un froncement de sourcil dur et rapide de madame Vigoureux, vit que la parole était sérieuse. Il connaissait le capitaine-exempt Desgrez, celui-là même qui avait arrêté la Brinvilliers, et lui fut conter l'aventure. Desgrez ne rit pas du tout et, le jour même, envoya la femme d'un de ses archers se plaindre de son mari chez la devineresse. Celle-ci, à la première visite, promit son aide ; dès la seconde, elle donna une fiole de poison qui fut rapportée à l'archer ébahi. La Reynie fit arrêter la dame Vigoureux, Marie Bosse avec sa fille, Manon, et ses deux fils, dont l'un, François Bosse dit Bel-Amour, était soldat aux gardes et dont l'autre, Guillaume Bosse, âgé de quinze ans, sortait de l'hôpital de Bicêtre où sa mère l'avait placé pour le « moraliser et lui donner l'amour du travail ». Marie Bosse fut appréhendée chez elle, le 4 janvier 1679, le matin, dans son lit, avec ses deux fils. Sa fille venait de se lever. « Il n'y avait qu'un seul lit où ils couchaient tous ensemble. » Dès le premier interrogatoire se dévoila un crime dont la nouvelle souleva une émotion presque égale à celle qu'avaient provoquée les empoisonnements de madame de Brinvilliers.

Un arrêt du Conseil, en date du 10 janvier, chargea La Reynie d'informer contre les femmes Bosse, Vigoureux et leurs complices. Le 12 mars il était procédé à l'arrestation de Catherine Deshayes, femme d'Antoine Monvoisin, mercier-joaillier, dite la Voisin. C'est la plus grande criminelle dont l'histoire ait gardé le souvenir. Elle sortait d'entendre la messe à Notre-Dame-de-Bonne-Nouvelle. Sur ses pas La Reynie allait pénétrer dans un monde de crimes que l'imagination a peine à concevoir. « La vie de l'homme est publiquement en commerce, écrit-il tout bouleversé, c'est presque l'unique remède dont on se sert dans tous les embarras de famille ; les impiétés, les sacrilèges, les abominations sont pratiques communes à Paris, à la campagne, dans les provinces. »

Afin de pouvoir comprendre les caractères des personnages et les faits que nous allons avoir sous les yeux, il faut nous arrêter un instant aux croyances de ce temps — de ce temps où les croyances dominaient la vie de l'homme. On sait quelle était la puissance des sentiments religieux au XVIIe siècle, d'une intensité et d'une naïveté qui sont loin de nous et dont la corruption devait engendrer des superstitions invraisemblables. A l'époque même où la douce Marguerite Alacoque, sœur Visitandine de Paray-le-Monial, échangeait, dans ses divines extases, son cœur avec celui du Christ, où elle écrivait de son sang, sous la dictée du Seigneur, le contrat qui faisait dire à Dieu : « Je te constitue l'héritière de mon cœur et de tous ses trésors, pour le temps et pour l'éternité ; je te promets que tu ne manqueras de secours que lorsque je man-

querai de puissance ; tu seras pour toujours la disciple bien-
aimée, le jouet de mon bon plaisir et l'holocauste de mon
amour » ; à cette époque, Catherine Monvoisin, l'effrayante
sorcière de la Villeneuve-sur-Gravois, trouvait des adeptes
nombreux et ardents.

Les croyances en l'action du diable et en la puissance des
sorciers, si profondément enracinées dans l'imagination du
xvii⁰ siècle, ont été résumées en 1588 dans la *Démonomanie
des Sorciers* de l'illustre Jean Bodin, l'auteur des *Six livres
sur la République*. Bodin définit le sorcier : celui qui « par
moyens diaboliques et illicites s'efforce de parvenir à quelque
chose » ; mais, dans son livre, il parle surtout des sorcières,
aussi bien, comme l'avait fait obsérver Sprenger, l'inquisi-
teur d'Allemagne : « Il faut dire l'hérésie des sorcières et non
des sorciers, ceux-ci sont peu de chose ». On trouve dans
Bodin la plupart des pratiques de magie noire encore en
vigueur à la fin du xviie siècle. Sorciers et sorcières forment
une sorte de vaste confrérie. Ce sont des familles entières où
les formules et la clientèle se transmettent comme un héritage. Jeanne Harvillier, brûlée vive le 30 avril 1579, peut
servir de type. Sa mère, sorcière comme elle, avait été brûlée
vive trente ans auparavant. C'était la fin naturelle de la carrière, fin prévue et qui n'épouvantait pas autant qu'on l'ima-
ginerait celles que fascinait l'étrange vocation. Jeanne était
née vers 1528, à Verberie, près Compiègne. A douze ans, sa
mère l'avait présentée au diable qui lui était apparu sous la
forme d'un très grand homme noir. Jeanne renonça à Dieu
et se consacra à l'« Esprit ». « Au même instant elle eut rapport d'amour avec lui, continuant depuis l'âge de douze ans
jusqu'à l'âge de cinquante qu'elle avait lorsqu'elle fut arrêtée.
Et il arrivait parfois que son mari était couché auprès d'elle
sans qu'il s'en aperçût ». C'est l'incubat. Jeanne Harvillier
fut traduite en justice sous l'accusation d'avoir fait mourir
par maléfices des hommes et des bêtes. Elle en fit l'aveu avec
la plus grande franchise et conta son dernier homicide :
« ayant jeté quelques poudres que le diable lui avait préparées,
qu'elle mit au lieu où celui qui avait battu sa fille devait passer ». Un autre y passa à qui elle ne voulait point de mal et
aussitôt il sentit une douleur poignante en tout le corps. Elle

promit de le guérir, et, de fait, se mit au chevet du malade et le soigna avec une douceur de fille de charité. Elle supplia le diable avec instance de guérir le moribond, mais le diable lui répondit que c'était impossible.

Bodin expose gravement comment les sorcières sont transportées au sabbat sur un balais, à travers les airs. Il conclut : « Ce que nous avons dit du transport des sorciers en corps et en âmes et les expériences si fréquentes et si mémorables montrent, comme en plein jour, et font toucher du doigt et à l'œil l'erreur de ceux qui ont écrit que le transport des sorciers est imaginaire et n'est autre chose qu'une extase. » Cette dernière opinion venait d'être soutenue par Jean Wier, médecin du duc de Clèves, dans un livre qui est presque une œuvre de génie pour l'époque. Bodin met toute son énergie à le réfuter, car ce serait, dit-il, « se moquer de l'histoire évangélique que de révoquer en doute si le diable transporte les sorciers d'un lieu dans un autre ».

Abordant l'étude des maladies attribuées aux sortilèges des sorciers, — dépérissements, vapeurs, mélancolies, fantaisies, langueurs, — Jean Wier trouve les remèdes dans une vie droite, conforme aux lois de Dieu, et dans la science des médecins. Quelle abominable doctrine ! On ne respectait donc plus rien. Bodin en est hors de lui. Jean Wier, dit-il, écrit sous la dictée de Satan. D'ailleurs n'a-t-il pas lui-même confessé qu'il était disciple d'Agrippa, « le plus grand sorcier qui fut onques » ? Lorsque Agrippa mourut en l'hôpital de Grenoble, un chien noir, qu'il appelait « Monsieur », s'alla jeter tout droit dans la rivière. Wier prétendait, à vrai dire, que ce chien n'était pas le diable, mais il n'y avait personne de bon sens pour le croire.

Sans prendre parti dans ce débat célèbre entre Bodin et Jean Wier, nous devons constater que les écrits de ce dernier n'eurent aucun succès, du moins en France, tandis que le livre de Bodin y fit loi. A la fin du xviie siècle, Bonet fut obligé de faire imprimer dans une république protestante son traité de médecine où il parlait librement de la magie et de la possession démoniaque. Il faut s'avancer jusqu'en plein cœur du xviiie siècle pour trouver un Abraham de Saint-André — encore était-il médecin de Louis XV — qui ose dans ses fameuses *Lettres*, révoquer en doute la *magie et les maléfices des sorciers*.

L'affaire suivante, jugée à l'époque où se placent les événements de notre récit, et que nous reproduisons d'après les archives de la Bastille, fait comprendre la vivacité des croyances dont les sorciers eux-mêmes étaient animés.

Par sentence de la Tournelle du 2 septembre 1687, un certain Pierre Hocque fut condamné aux galères. C'était un berger habile en magie qui avait fait mourir, dit l'arrêt, par un sort qu'il avait jeté, trois cent quatre-vingt-quinze moutons, sept chevaux et onze vaches appartenant à Eustache Visié, receveur à Pacy-en-Brie. Hocque fut attaché à la chaîne avec d'autres galériens. Cependant le bétail d'Eustache Visié continuait de mourir. A peine avait-il acheté une vache ou une brebis et l'avait-il placée dans l'étable qu'elle crevait. Le seul remède, évidemment, était d'obtenir que Pierre Hocque levât le sort qu'il avait mis. Visié gagna par promesse d'argent le galérien qui était attaché à la chaîne immédiatement auprès de Hocque, un nommé Béatrix. Celui-ci parla au berger, qui répondit qu'en effet il avait mis un sort d'empoisonnement sur les bestiaux d'Eustache Visié, et qu'à son défaut, seuls Bras-de-fer ou Courte-Épée, tous deux bergers, avaient le pouvoir de le lever. Béatrix insistant, Hocque dicta une lettre qu'on adressa à Bras-de-fer; mais cette lettre ne fut pas plus tôt partie que Hocque tomba dans un désespoir horrible. Il criait d'une voix rauque que Béatrix lui avait fait faire une chose qui allait être cause de sa mort, laquelle il ne pouvait éviter du moment où Bras-de-fer commencerait à lever le sort mis sur les bestiaux. Et le malheureux se tordait dans des convulsions atroces qui émurent les autres galériens au point qu'ils auraient assommé Béatrix, cause du mal, sans l'intervention des gardiens. Ce désespoir et ces convulsions durèrent plusieurs jours, à la fin desquels Hocque mourut. « Et ce fut justement le temps, dit l'arrêt de la Tournelle, que Bras-de-fer commença de travailler à lever le sort. » Les juges ajoutent : « Il est constant que Pierre Hocque est mort parce que Bras-de-fer a levé le sort d'empoisonnement sur les chevaux et les vaches, et il est vrai aussi que, depuis

ce temps, il n'est plus mort de chevaux ni de vaches à
Eustache Visié. »

La conviction du malheureux sorcier qu'il devait périr du
fait que son compagnon lèverait le sort mis par lui sur les
bestiaux était si forte qu'il en mourut effectivement. Est-il
possible d'imaginer une preuve plus frappante de la foi
robuste que les contemporains avaient en toutes ces dia-
bleries ?

*
* *

A la magie noire ou blanche les sorcières joignent la
médecine et la pharmacie. Elles ont des drogueries avec des
fioles innombrables : sirops, juleps, onguents, baumes,
émollients d'une variété infinie. Remèdes de bonne femme,
mais dont l'expérience a fait connaître l'efficacité et dont la
préparation s'est perfectionnée d'âge en âge. Paracelse, le
grand médecin de la Renaissance, brûla en 1527 les livres
de médecine de son temps, déclarant qu'il n'y avait d'utiles
que les formules des sorcières. Les commères avaient des cal-
mants pour les douleurs, des baumes bienfaisants pour les
blessures et agissaient sur les maladies nerveuses par la
suggestion. C'était la partie sérieuse de leur art. Le plus
souvent aussi la sorcière était sage-femme, mais, de même
que, dans ce monde étrange, sous la droguiste se cachait
l'empoisonneuse, que l'alchimiste était doublé du faux-mon-
nayeur, derrière la sage-femme apparaissait la faiseuse
d'anges. Enfin les sorcières étaient des devineresses tirant
l'horoscope d'après les cartes et d'après les lignes de la main.

Que déclarèrent les sorcières arrêtées par La Reynie ? Marie
Bosse dit qu' « on ne fera jamais mieux que d'exterminer
toutes ces sortes de gens qui regardent à la main, parce que
c'est la perte de toutes les femmes, tant de qualité que des
autres ; que la devineresse connaît bientôt quel est leur faible
et que par là elle sait les prendre et les mener où elle veut ».
Elle ajouta qu'il y avait à Paris plus de quatre cents devineresses et magiciens « qui perdaient bien du monde, surtout des femmes et de toutes conditions ». La Bosse parla
encore de l'argent que gagnaient ses commères, achetant
des offices à leurs maris, bâtissant des maisons et qu'il leur

fallait faire autre chose que regarder dans la main, pour
réaliser pareilles fortunes. La Voisin dit que l'on ne saurait
mieux faire que de rechercher tous ceux qui regardent à la
main, que « l'on entend dans ce commerce d'étranges choses
lorsque les galanteries n'allaient pas bien, que les empoisonnements étaient pratique courante, que nombre d'entre eux
étaient payés jusqu'à 10 000 lb. (50 000 francs d'aujour-
d'hui) ». Mêmes déclarations par la Leroux, autre sorcière,
et par le magicien Lesage. « Il est d'une extrême conséquence, dit celui-ci, de pénétrer ces malheureuses pratiques
et de savoir ce mystère d'iniquité, qui est entre tous ceux qui
se disent se mêler de trésors (chercheurs de trésors), de
poudres de projection (pierre philosophale) et autres choses
semblables, mais qui entretiennent leur commerce par bien
d'autres moyens ; les avortements et autres crimes sont de
plus grands trésors que la pierre philosophale et la bonne
aventure ; les gens qui s'adressent à ceux de la cabale traitent
ordinairement de l'empoisonnement d'un mari, de celui d'une
femme, d'un père et même quelquefois d'enfants encore à la
mamelle ». Il dit encore que « ces malheureux (devineresses
et magiciens) s'étaient attiré les protections les plus puissantes, en sorte qu'ils agissaient avec la plus grande assurance
et presque en toute liberté ». Ces déclarations sont confirmées
par les dossiers que La Reynie put constituer.

Ce que le public demandait aux sorcières c'était, tout
d'abord, de lui dévoiler l'avenir, puis de lui faire trouver
des trésors. Il y avait pour ceci divers moyens, qui tendaient
tous au même but : forcer l'Esprit, c'est-à-dire le démon,
par des sortilèges et des imprécations, à se présenter et à
indiquer la cachette mystérieuse. « Une femme, écrit Ravaisson, ordinairement une prostituée sur le point d'accoucher, se faisait porter au milieu d'un cercle tracé sur le
parquet et environné de chandelles noires : lorsque l'enfan-
tement avait lieu, la mère livrait son fils pour le vouer au
démon. Après avoir prononcé d'immondes conjurations, le
prêtre égorgeait la victime, quelquefois sous les yeux de sa
mère ; mais plus souvent il l'emportait pour le sacrifier à
l'écart, parce que, au dernier moment, la nature outragée
reprenant ses droits, on avait vu ces malheureuses arracher

leur enfant à la mort. D'autres fois, on se contentait d'égorger un enfant abandonné, les devineresses n'en manquaient jamais : les filles imprudentes, les femmes légères, les chargeaient d'exposer les fruits d'un amour illégitime; elles avaient même des sages-femmes attitrées et fort occupées à procurer de fausses couches ; les enfants, après avoir reçu le baptême, étaient mis à mort et portés ensuite au cimetière, et, plus souvent, enfouis au coin d'un bois ou consumés dans un four. » Et la sorcière Marie Bosse ajoutait : « Il y a tant de ces sortes de gens à Paris qui cherchent des trésors, que la ville en est toute bondée. »

Ce sont ces pratiques et d'autres, plus abominables encore, qui faisaient écrire à La Reynie: « Il est difficile de présumer seulement que ces crimes soient possibles ; à peine peut-on s'appliquer à les considérer. Cependant, ce sont ceux qui les ont faits qui les déclarent eux-mêmes, et ces scélérats en disent tant de particularités. qu'il est difficile d'en douter. »

A côté du groupe des sorcières et des màgiciens, apparaît celui des alchimistes et des « philosophes », représenté par les Vanens, les Chasteuil, les Cadelan, les Rabel, les Bachimont. On a dit que Louis de Vanens avait été arrêté le 5 décembre 1677.

Les origines de cette association d'alchimistes et de chercheurs de pierre philosophale avaient été des plus dramatiques. François Galaup de Chasteuil, deuxième du nom, — le gaillard appartenait à une illustre famille de Languedoc qui avait fourni des hommes de la plus haute distinction dans les armes, la religion et la littérature — en était le chef, ou, pour employer l'expression de la « cabale », en était l'*auteur*. Sa vie a bien été la plus fantastique qu'on puisse rêver. Né à Aix, le 15 novembre 1625, il était le second fils de Jean Galaup de Chasteuil, procureur général à la Cour des Comptes d'Aix. Son frère aîné, Hubert, avocat général au Parlement de la même ville, était « réputé pour la beauté de son esprit et la profondeur de son savoir » ; son frère cadet, Pierre, était poète, ami de Boileau, de La Fontaine,

de mademoiselle de Scudéry. Après de bonnes études,
François fut reçu docteur en droit. En 1644, il devint chevalier de Malte. Il rendit à l'Ordre des services signalés et le
grand maître, Lascaris, attacha sur sa poitrine la croix
d'honneur. François devint ensuite capitaine des gardes du
grand Condé. En 1652, il se retira à Toulon, arma un vaisseau et, sous pavillon maltais, fit la course contre les
Musulmans. Les corsaires d'Alger le prirent et l'emmenèrent
prisonnier. Après deux années d'esclavage, il vint à Marseille, où il se fit religieux, devint prieur des Carmes. Il
introduisit dans le couvent une jeune fille, une enfant svelte
et blonde. avec de grands yeux clairs. Il la tint enfermée
dans sa cellule, la rendit enceinte. Quand elle fut sur le
point d'accoucher, Chasteuil, assisté d'un Frère lai, l'étrangla
dans son lit, et, par une nuit noire, la porta dans l'église
même du couvent, où il fit sauter plusieurs dalles et creusa
une fosse pour l'enterrer. C'était un bruit sourd dans le
silence des voûtes. Un pèlerin, endormi contre un pilier,
s'éveille : il voit les sinistres travailleurs, aux rais de la
lune nuancés par les grands vitraux de couleur. Figé d'épouvante, il demeure blotti dans un coin et, à la pointe du jour,
quand l'église est ouverte, court avertir les magistrats.
Chasteuil est arrêté, jugé, condamné. Il allait être pendu
quand. au pied du gibet, survient Louis de Vanens, capitaine des galères, avec plusieurs soldats. Chasteuil et Vanens
étaient liés d'amitié. Chasteuil fut délivré. Emmenant son
sauveur. il se réfugia à Nice.

Cachés dans un coin écarté, les deux compagnons commencèrent de travailler à la pierre philosophale, c'est-à-dire à
convertir le cuivre en argent et en or. Chasteuil s'était occupé
d'alchimie et se croyait maître du fameux secret. Plein de
gratitude pour le service rendu, il donna à Vanens le secret
de l'argent, mais pour celui de l'or il ne voulut rien dire.
«ne croyant pas Vanens assez prudent pour cela ». Peu après
nous trouvons Chasteuil au service du duc de Savoie, capitaine–major des gardes de la Croix-Blanche et, chose
incroyable, précepteur de son fils ! Tout en s'occupant d'édu-
quer le jeune prince de Piémont, Chasteuil continuait de
« philosopher », et trouva une huile qui convertissait. il en

paraissait du moins convaincu, les métaux en or. Il faisait
aussi des traductions d'auteurs sacrés et profanes, des petits
prophètes, de Pétrone, de la Thébaïde de Stace et il faisait
des vers. Chasteuil venait de dépasser la quarantaine. Un
contemporain donne son portrait : « D'une taille médiocre,
très maigre, toujours incommodé d'une toux très grande causée
par une blessure qu'il avait reçue dans le corps, le dos rond,
un peu voûté, la bouche relevée, peu de barbe, les cheveux
noirs et plats, le teint blême et basané ». Moréri ajoute :
« M. de Chasteuil était un gentilhomme des plus accomplis,
qui possédait parfaitement la philosophie platonicienne. »

Vanens et Chasteuil se lièrent avec Robert de Bachimont,
seigneur de la Miré, qui avait épousé une cousine du surintendant Fouquet. Ce Bachimont possédait à Paris une maison
proche le *Temple*, avec quatre fours de digestion : un grand
au troisième étage, deux plus petits dans une chambre à côté
et un grand dans la cave ; il avait un appartement à Compiègne à l'*Écu de France*, où ce n'étaient que creusets, athénors,
alambics, vaisseaux de terre et de verre, cucurbites, fourneaux
philosophiques à feu ouvert et à feu clos, grilles et mortiers,
cornues et matras, sels ammoniacs et limailles de fer, et
mille manières de poudres, de pâtes et d'eaux ; enfin il avait
une autre installation à l'abbaye d'Ainay, près Lyon, savamment aménagée pour la fusion des métaux, la distillation des
simples et autres pratiques d'alchimie. L'association ne tarda
pas à s'accroître d'un personnage considérable, Louis de
Vasconcelos y Souza, comte de Castelmelhor, qui avait réellement gouverné le Portugal pendant cinq ou six ans, comme
favori d'Alphonse VI. Bachimont dit que Castelmelhor lui
donna le secret du rouge dans le verre. Après la mort du
duc de Savoie, le 12 juin 1675, Castelmelhor se retira en
Angleterre où il gagna la faveur de Charles II, alchimiste et
astrologue passionné. Il assista à la mort du monarque anglais,
et ce fut lui qui amena le prêtre catholique qui lui admi-
nistra l'extrême-onction.

Chasteuil et ses associés cherchaient la pierre philosophale,
dont le contact devait convertir les métaux en or, et ils
croyaient, comme la plupart des alchimistes, devoir la trouver
dans la solidification du mercure. « Les philosophes hermé-

tiques ont découvert, écrit M. Huysmans — et aujourd'hui la
science moderne ne nie plus qu'ils aient raison, — ils ont
découvert que les métaux sont des corps composés et que leur
composition est identique. Ils varient donc simplement entre
eux suivant les différentes proportions des éléments qui les
combinent ; on peut, dès lors, à l'aide d'un agent qui déplace-
rait ces proportions, changer les corps les uns dans les autres,
transmuer, par exemple, le mercure en argent et le plomb
en or. Et cet agent c'est la pierre philosophale, le mercure ;
non le mercure vulgaire qui n'est pour les alchimistes qu'un
métal avorté (M. Huysmans se sert d'une autre expression),
mais le mercure des philosophes appelé aussi le lion vert. »

On trouve parmi les papiers de la Voisin un poème ma-
nuscrit en l'honneur de la pierre philosophale :

> De l'or glorifié qui change en or ses frères.

Le secret doit consister en un élixir dont une seule goutte jetée

> ... dans une mer profonde
> Où couleraient fondus tous les métaux du monde
> Suffirait pour la teindre et fixer en soleil.

Chasteuil et ses collaborateurs ne cherchaient pas seulement
la solidification du mercure, qui devait produire la pierre
philosophale, mais à liquéfier l'or à froid ; ce qui devait donner une panacée universelle. « L'or liquide restitue la santé,
la force, donne de l'embonpoint aux vieillards, ôte les pâles
couleurs aux filles, guérit de la peste, etc. »

A défaut de mercure solidifié, ils cherchaient pour la transmutation des métaux, ces poudres ou huiles de projection,
dont il est tant question à cette époque et, comme nous le
verrons, ils eurent les meilleures raisons du monde pour
croire avoir mis la main sur le secret, au moins en ce qui
concernait l'argent.

En 1676, nos compagnons s'installèrent tous à Paris où
ils s'adjoignirent trois collaborateurs importants à des titres
divers : le fameux empirique Rabel, médecin célèbre en son
temps ; un riche banquier parisien, Pierre Cadelan, secrétaire du Roi, et un jeune avocat au Parlement, Jean Terron
du Clausel. Celui-ci logeait avec Vanens, rue d'Anjou, dans

la maison qui avait pour enseigne *Le Petit Hôtel d'Angleterre*.
Ce qui faisait sa valeur dans la compagnie c'est qu'il pouvait
distiller librement ayant obtenu une « licence ». La science
de Rabel semblait devoir être précieuse. Cette science était
réelle. L'eau de Rabel, qu'il inventa et à laquelle il a laissé
son nom, est encore employée de nos jours : mélange d'alcool
et d'acide sulfurique qui sert d'astringent dans les hémorra-
gies. Babel avait composé un autre élixir dont les bienfaits
innombrables étaient célébrés par des annonces en prose et
en vers que les réclames modernes les plus retentissantes
n'ont pas surpassées. Quant à Cadelan, il donnait l'argent.
Bodin parle en termes très exacts des alchimistes : « Ils tirent
bien la quintessence des plantes et font des huiles et des eaux
admirables et salutaires et discourent subtilement de la vertu
des métaux et transmutation d'iceux ; mais avec cela ils font
de la fausse monnaie ». Au moment où Cadelan fut arrêté
avec ses associés il allait prendre à ferme la Monnaie de Paris.
Était-ce pour y faire de faux louis d'or comme les historiens
l'ont supposé ? Nous croyons plutôt que c'était pour écouler
les produits de la fabrication alchimique de ses associés, car à
ce moment ils n'avaient plus de doute sur l'efficacité des formules de Chasteuil. Un lingot d'argent fondu par Vanens
et porté par Bachimont à la Monnaie de Paris, y venait d'être
reçu à onze deniers douze grains pour fin. Il est à peine utile
d'ajouter que ce ne pouvait être que par suite d'une erreur
de l'employé préposé à la Monnaie ; ce fameux argent que
Vanens et Chasteuil faisaient avec du cuivre n'était que du
métal blanc. Ce n'en était pas moins pour nos compagnons
un succès qui ouvrait devant eux les plus vastes espoirs.

Quand Louis de Vanens fut arrêté, le 5 décembre 1677,
au matin, Louvois crut avoir saisi un espion. Il avait mis la
main sur un alchimiste, et bientôt toute la bande, Terron,
Cadelan, M. et madame de Bachimont, Barthomynat, dit La
Chaboissière. valet de Vanens, étaient, les uns à la Bastille, les
autres à Pierre-en-Cize. Chasteuil venait de mourir tranquillement à Verceil. Rabel était passé en Angleterre où Charles II
le logeait, nourrissait, pensionnait et accablait de présents.
Dans la suite, il rentra en France et fut incarcéré à son tour.

Nous considérions comme essentiel de faire connaître ce

groupe d'alchimistes et de « philosophes » à cause de Louis de Vanens. Ce jeune gentilhomme de Provence, « dégagé de taille et bien fait », avait de brillantes relations à la Cour, où il était sur le pied d'intimité avec l'éblouissante maîtresse du roi, la marquise de Montespan. D'autre part, il fréquentait assidûment chez la Voisin et fut même quelque temps son « auteur ». Vanens a été le trait d'union entre les alchimistes et les sorcières. Il était un fervent des pratiques démoniaques. Son valet, La Chaboissière, déclara qu'une nuit il dut se rendre avec son maître et un ecclésiastique dans les bois aux environs de Poissy, où, avec des imprécations et des invocations à l'« Esprit », on chercha des trésors. Vanens était un satanique. Il était enfermé à la Bastille dans une même chambre avec d'autres détenus, selon l'usage. Il avait avec lui une sorte d'épagneul tanné et blanc. Vers l'heure de minuit, il récitait des prières sur le ventre du chien et faisait des bénédictions. Puis il prenait un livre d'heures où il y avait l'image de la Vierge, et appliquait cette image au derrière du chien. disant : « Sors, diable ! voilà ta bonne maîtresse ! » Aux observations de ses compagnons de captivité il répondait « que Dieu ni le roi ne l'empêcheraient de faire ce qu'il faisait ». Pour mesurer l'âpreté étrange et l'énergie de ces superstitions, il faut songer que Vanens était à la Bastille et qu'il n'ignorait pas que ces pratiques pouvaient le mener au bûcher.

On comprendra par la suite toute l'importance qu'il faut attacher au personnage de Vanens en se rappelant les lignes suivantes que l'on trouve dans les notes de Nicolas de La Reynie : « Revenir à La Chaboissière (le domestique de Vanens) sur le fait qu'il n'a voulu être écrit dans son interrogatoire, après en avoir entendu la lecture, que Vanens s'était mêlé de donner des conseils à madame de Montespan, qui mériteraient de le faire tirer à quatre chevaux. »

Aux portraits de Chasteuil l'alchimiste et de Vanens le satanique il faut joindre celui de la plus célèbre des sorcières, Catherine Deshayes, femme Monvoisin, dite la Voisin. C'est d'elle que La Fontaine écrit :

Une femme à Paris faisait la pythonisse. ..

La Voisin déclara à La Reynie : « Les unes demandaient si elles ne deviendraient pas bientôt veuves parce qu'elles en épouseraient quelque autre, et presque toutes demandent et n'y viennent que pour cela. Quand ceux qui viennent se faire regarder dans la main demandent quelque autre chose, ce n'est néanmoins que pour venir à ce point et pour être délivrés de quelqu'un ; et comme elle avait accoutumé de dire à ceux qui venaient pour cela chez elle, que ceux dont ils voulaient être défaits mourraient quand il plairait à Dieu, on lui disait qu'elle n'était pas bien savante. » Margot, servante de la Voisin, dit que toute la terre y venait. Elle dit encore : « La Voisin tire aujourd'hui une grande suite après elle, c'est une grande chaîne de personnes de toutes sortes de conditions. » Les Parisiens se rendaient chez la devineresse en compagnie ; c'étaient des parties de plaisir. La société joyeuse se répandait sur les pelouses du jardin qui entouraient la maisonnette de la Villeneuve-sur-Gravois. La Villeneuve était l'espace, peu habité, entre les remparts et le quartier Saint-Denis.

On faisait venir la sorcière en ville, dans les salons, comme aujourd'hui les cantatrices en vogue. « En ce temps-là, la Voisin avait autant d'argent qu'elle voulait. Tous les matins, avant qu'elle fût levée, il y avait des gens qui l'attendaient, et tout le reste du jour elle avait encore du monde ; après cela, le soir, elle tenait table ouverte, avait les violons et se réjouissait beaucoup ; ce qui a duré plusieurs années. » Cette existence ne ressemblait plus, comme on voit, à celle de l'aïeule, la sorcière décrite par Michelet : « Vous la trouverez aux plus sinistres lieux, isolés, mal famés, aux masures, aux décombres. Où aurait-elle vécu, sinon aux landes sauvages, l'infortunée qu'on poursuivait tellement, la maudite, la proscrite, l'empoisonneuse ? »

La Voisin gagnait annuellement cinquante et cent mille francs de notre monnaie ; mais l'argent était dépensé en ripailles. Elle entretenait princièrement ses amants, car elle n'eût pas jugé digne d'elle qu'ils fussent en peine, et ses amants étaient nombreux. Nous trouvons au premier rang le bourreau de Paris, André Guillaume, qui trancha la tête à madame de Brinvilliers, et qui, par une horrible rencontre, faillit exécuter la Voisin elle-même ; puis le vicomte de

Cousserans, le comte de Labatie, l'architecte Fauchet, un marchand de vin du quartier. le magicien Lesage, l'alchimiste Blessis et d'autres.

Il faut ajouter que Blessis et Lesage, puis Latour, lui dépensèrent beaucoup d'argent sous prétexte de pierre philosophale, car la Voisin avait une foi sincère en l'alchimie. Elle subventionna de grandes entreprises, contribua à fonder des fabriques. étant très curieuse des progrès scientifiques et industriels ; mais en fait d'industriels, elle tomba surtout sur des chevaliers d'industrie qui lui escroquèrent son argent.

Enfin, la Voisin, orgueilleuse de son métier de sorcière, qui faisait se courber devant elle, dans des postures attentives et suppliantes, les personnes du plus haut rang, ne reculait pas devant les dépenses qui lui semblaient utiles à en rehausser l'éclat. Elle rendait ses oracles vêtue d'une robe et d'un manteau spécialement tissés pour elle, qu'elle avait payés 15 000 livres (75 000 francs de valeur actuelle). La reine n'avait pas de parure plus belle que cette « robe d'empereur » qui « fit bien du bruit dans Paris ». Le manteau en était de velours cramoisi semé de 205 aigles « esployées. à deux têtes, d'or fin », doublé de fourrure précieuse ; la jupe était en velours vert d'eau, drapé de point de France. Les souliers portaient eux-mêmes des broderies d'aigles esployées. à deux têtes, d'or fin. Le seul tissage des aigles sur le manteau avait coûté 1 100 livres — 5 600 francs d'aujourd'hui. Nous possédons les comptes des fournisseurs.

Mais la Voisin avait conservé, sous le ruissellement de la fortune, des mœurs crapuleuses. Elle est ivre à chaque instant. Elle a des querelles de poissarde avec Lesage. Latour, qui fut son « grand auteur », lui donne des soufflets. Elle se bat avec la Bosse à s'arracher les cheveux. « Un jour, l'Auteur (Latour), étant avec elle sur les remparts, elle fit donner cinquante coups de bâton à son mari par l'Auteur, pendant qu'elle tenait le chapeau de l'Auteur, qui eut pitié de son mari ». En cette occasion, Latour mordit ce pauvre Monvoisin dans le nez. Mais, d'autre part, la devineresse fréquentait chez l'abbé de Saint-Amour, recteur de l'Université de Paris, un janséniste austère, et madame de La Roche-Guyon était la marraine de sa fille.

Ce mari, que la Voisin faisait bâtonner si rudement, paraît cependant avoir été bon homme. Il y avait en ce temps, à Montmartre, une chapelle dédiée à sainte Ursule, qui avait le privilège de « rabonnir » les maris. Il fallait y faire neuvaine et y porter, par une matinée de vendredi, une chemise du méchant époux. Notre sorcière croyait sans défaillance à l'efficacité de cette pratique, et il faut lui rendre justice en constatant qu'elle commençait toujours par envoyer à Montmartre les femmes qui venaient lui conter leurs chagrins. Elle usa du remède pour son propre ménage, et ce pauvre Monvoisin dut se rendre à la butte portant lui-même sa chemise sous le bras. Voilà un mari pour le rabonnissement duquel sainte Ursule ne paraît pas avoir eu à faire de grands efforts.

Lesage, amant de la sorcière, lui conseilla de se débarrasser de Monvoisin. On acheta un cœur de mouton « auquel Lesage fit quelque chose », puis on l'enfouit dans le jardin derrière la porte cochère. Et voilà que Monvoisin fut pris d'un grand mal d'estomac. Il s'écriait que s'il y avait quelqu'un qui voulût le faire périr, on lui donnât un coup de pistolet dans la tête, plutôt que de le laisser languir. La Voisin, saisie de remords, courut aux Augustins se « réconcilier », c'est-à-dire se confesser et obtenir une absolution générale ; elle communia et, à son retour, obligea Lesage à démolir ses sortilèges.

La Voisin raconta très ingénument à La Reynie les débuts de sa carrière. A présent son mari ne faisait plus rien. Il avait été marchand joaillier, puis boutiquier sur le Pont-Marie. Il avait perdu ses boutiques et alors, voyant son époux ruiné, « elle s'était attachée à cultiver la science que Dieu lui avait donnée ». — « C'est la chiromancie et la physionomie, dit-elle, que j'ai apprises dès l'âge de neuf ans. Depuis quatorze ans je suis persécutée, c'est l'effet des missionnaires (on appelait ainsi les membres d'une congrégation établie par saint Vincent de Paule, alors très populaire, qui s'occupaient activement de convertir les pécheurs et d'ôter les scandales de tous genres). Cependant, poursuit la Voisin, j'ai rendu compte de mon art aux vicaires généraux, le siège étant vacant — c'est-à-dire en 1664 — et à plusieurs docteurs en Sorbonne auxquels j'avais été renvoyée, qui n'y ont

rien trouvé à redire ». La Bosse parle également du temps
où son amie allait en Sorbonne disputer avec les professeurs
sur le fait d'astrologie.

Ainsi la Voisin s'est établie devineresse pour ramener
l'ordre et l'aisance dans sa maison. Une de ses commères,
la Lepère, lui disait parfois qu'elle ne devait pas s'engager
dans de si grands crimes : « Tu es folle! répondait la sorcière. le temps est trop mauvais. Comment nourrir mes
enfants et ma famille. J'ai dix personnes sur les bras! » Et,
de fait, jusqu'au moment où elle fut arrêtée, la Voisin n'avait
cessé de soutenir sa vieille mère à qui elle donnait de l'argent chaque semaine.

En prétendant que le fond de son art était la physionomie,
la Voisin disait vrai. Elle en avait fait une étude approfondie.
Nous trouvons sur ce sujet mille et une notes dans son
dossier et un « Traité de physionomie appuyé sur six inébranlables colonnes : 1re la sympathie entre l'esprit et le corps;
2e les rapports entre les animaux raisonnables et irraison-
nables; 3e la diversité de l'un et de l'autre sexe; 4e la diversité des nations; 5e le tempérament des corps; 6e la diversité
de l'âge; et ne pas s'appuyer sur un seul signe, car souvent
les hommes sont attaqués de quelque défaut que la force de
leur esprit, avec le secours de la grâce, peut assurément
vaincre ». Quand la comtesse de Beaufort de Canillac vint
consulter la devineresse, « la dame lui ayant voulu donner
sa main sans se démasquer, elle lui dit qu'elle ne se connaissait point aux physionomies de velours, et sur cela la dame
ayant ôté son masque... » La Voisin avoua qu'elle lisait bien
plus sur les visages que dans les lignes de la main « étant
assez difficile de cacher une passion ou une inquiétude considérable ». Elle n'était pas seulement physionomiste mais
finement psychologue et c'est par là qu'elle donnait un fondement à sa sorcellerie. Je cite le trait suivant entre bien
d'autres.

Marie Brissart, veuve d'un conseiller au Parlement, aimait
tendrement et entretenait galamment un capitaine aux gardes,
Louis-Denis de Rubentel. marquis de Mondétour, qui devint
lieutenant-général en 1688. C'est un personnage dont Saint-
Simon, censeur sévère, parle ainsi : « Il avait su mépriser

les bassesses et se retirer dans sa vertu au-dessus de la fortune ». Madame Brissart lui envoyait de l'argent quand il
était à l'armée, après l'avoir équipé de pied en cap au départ.
Il advint que le cavalier marqua quelque froideur à sa maîtresse afin que sa bourse s'en ouvrît encore plus largement.
La veuve ne revoyant plus son capitaine prit alarme et
courut chez la Voisin. Celle-ci assistée de Lesage commença
ses incantations. Le magicien se promenait dans le jardin
avec une baguette dont il frappait la terre, répétant : *Per
Deum sanctum, per Deum vivum!* Puis il disait : « Louis-
Denis de Rubentel je te conjure de la part du Tout-Puissant
d'aller trouver Marie Miron (nom de jeune fille de madame
Brissart) et qu'elle possède entièrement son corps, son cœur
et son esprit et qu'il ne puisse aimer qu'elle! » Une autre
fois il mit dans une petite boule de cire un papier où il y
avait les noms de Rubentel et de madame Brissart, et devant
cette dernière jeta la boule dans le feu où elle éclata avec
bruit. Ces beaux sortilèges demeuraient sans résultat quand,
un matin, la Voisin, clairvoyante, dit à sa cliente qui pleurait : « Qu'elle écrivait tous les jours et envoyait sa femme
de chambre chez Rubentel, mais qu'il n'en faisait aucun
cas; que c'était une méchante conduite pour son dessein
d'écrire et d'envoyer tous les jours »; — « et la dame ayant
cessé d'écrire et d'envoyer, M. de Rubentel — qui prit peur
à son tour de voir se tarir une source précieuse — revint
chez elle sans qu'on eût fait autre chose, et néanmoins la
dame ayant cru que la Voisin avait fait quelque chose d'extraordinaire, lui donna douze pistoles ».

La sorcière entendait toutes les confessions. C'étaient les
rêves bleus, avec des rayons de tendresse, des amoureux de
vingt ans, qui venaient à elle rouges d'émoi ou lui écrivaient
des lettres tremblantes pour obtenir la fin de leur tourment,
qu'elle amollît le cœur barbare de leur « maîtresse », ou
qu'elle fléchît la résistance d'un père cruel. Puis c'était
l'amour charnel et tenace des femmes mûres s'accrochant
à l'amant qui les délaisse pour des filles plus fraîches. C'étaient
enfin les amours d'ambitieuses, assoiffées d'honneurs et
d'argent, qui nous mènent aux horreurs de la « messe noire».

La Voisin était assistée dans ces monstrueux offices d'un

prêtre « louche et âgé », la figure bouffie, avec des veines
violettes qui s'entrecroisaient sur les joues à fleur de peau,
l'affreux abbé Guibourg. Ancien aumônier du comte de Mont-
gommery, il était alors sacristain de Saint-Marcel, à Saint-
Denis. Il disait la messe selon le rite, vêtu de l'aube, de
l'étole et du manipule. « Celles sur le ventre desquelles les
messes avaient été dites étaient toutes nues, sans chemise,
sur une table servant d'autel, elles avaient les bras étendus et
tenaient dans chaque main un cierge ». D'autres fois elles ne
se déshabillaient point « et ne faisaient que retrousser leurs
habits jusqu'au-dessus de la gorge ». Le calice était posé sur
le ventre nu. Au moment de l'offertoire un enfant était égorgé.
Guibourg le piquait d'une grande aiguille dans le cou. Le
sang de la victime expirante était versé dans le calice où il se
mêlait à du sang de chauve-souris et à d'autres matières
obtenues par des pratiques immondes. On ajoutait de la
farine pour solidifier le mélange auquel on donnait une forme
d'hostie pour être bénit au moment où, dans le sacrifice de
la messe, Dieu descend sur l'autel. La scène est reconstituée
par La Reynie d'après les interrogatoires des accusés.

Les messes noires n'étaient pas les seules sorcelleries où
les rites exigeaient des sacrifices d'enfants. Aussi la Voisin et
les devineresses ses commères en faisaient-elles une effroyable
consommation. Les enfants abandonnés par les filles-mères,
d'autres qu'on achetait aux femmes pauvres, ne suffisaient
pas : plusieurs devineresses furent convaincues d'avoir égorgé
dans ces monstrueuses pratiques leurs propres enfants. Voici
un détail horrible. La fille de la Voisin, sur le point d'accoucher, ne se fiant pas à sa mère, se sauva de la maison et
ne rentra qu'après avoir mis son enfant en sûreté. Les sorcières enlevaient les enfants dans les rues. Le lieutenant de
police La Reynie écrit à Louvois : « Se rappeler le grand
désordre arrivé à Paris en 1676, plusieurs attroupements,
plusieurs allées et venues et mouvements de sédition en plusieurs endroits de la ville, sur un bruit qu'on enlevait des
enfants pour les égorger, sans qu'on pût comprendre alors
quelle pouvait être la cause de ce bruit. Le peuple néanmoins
se porta à divers excès contre les femmes soupçonnées d'être
de ces preneuses d'enfants. Le roi donna des ordres. Le procès

fut fait (à ceux qui s'ameutaient contre les sorcières), une femme qui avait commis des violences fut condamnée à mort, mais elle obtint une grâce particulière. »

La Voisin pratiquait la médecine comme toutes les sorcières. On trouve dans son dossier des recettes pour les boutons du visage, un remède pour le mal de tête, la formule d'une « quintessence d'ellébore de laquelle le doyen de Westmins-ter a vécu 166 ans. » Elle était sage-femme et surtout avor-tense. « Au-dessus du cabinet (où la Voisin donnait ses consultations) il y avait une espèce de soupente où se faisaient les avortements, et derrière le cabinet il y avait un réduit avec un four où l'on trouva de petits os humains brûlés. » Dans ce four étaient calcinés les petits enfants. Un jour, dans un moment d'épanchement, la Voisin avoua qu'elle « avait brûlé dans le four, ou enterré dans son jardin, les corps de plus de 2 500 enfants nés avant terme. » Ici encore nous trouvons des traits surprenants. La sorcière tenait beaucoup à ce que les enfants venus au monde fussent baptisés avant de mourir. Un soir, la Lepère, sage-femme commère de la Voisin, se trouvait dans le fameux cabinet avec le mari de la sorcière. Celle-ci, qui était dans la soupente, descendit tout à coup, avec une hâte joyeuse, le visage rayonnant, elle criait :

— Quel bonheur ! l'enfant a pu être ondoyé !

Telle est l'horrible et étrange créature — la dernière des grandes sorcières qui hantèrent la pensée de Michelet — l'étrange femme de qui les forfaits firent frissonner celui qui avait entendu les témoignages des plus redoutables criminels de son temps, Nicolas de La Reynie.

Nous avons le portrait de la Voisin par Antoine Coypel. Elle est représentée allant au supplice dans la chemise en toile des condamnés. Les contemporains la dépeignent petite, rondelette, assez jolie, à cause des yeux extraordinairement vifs et perçants. L'artiste lui a donné une expression de cra-paud, mais sans doute a-t-il dessiné sous l'influence d'une idée préconçue. Madame de Sévigné, qui avait un goût singulier pour ce genre de spectacle, la vit monter au bûcher : « La Voisin, écrit-elle, a donné gentiment son âme au diable. » Le confesseur de la sorcière a, de son côté, parlé de sa fin édi-fiante : « Je suis chargée de tant de crimes, disait-elle avec une émotion très simple et profonde, que je ne souhaiterais pas que Dieu fît un miracle pour me tirer des flammes, parce que je ne puis trop souffrir pour ce que j'ai commis. »

⁂

On imagine la stupeur de Louis XIV, de ses ministres, du lieutenant de police à la découverte de crimes pareils. L'effroi fut d'autant plus grand que les chimistes et médecins experts étaient alors impuissants à retrouver la trace des poisons dans les cadavres. Le procès fut confié à une commission spéciale dans l'espoir que, par une procédure plus rapide et énergique, elle parviendrait à couper le mal dans sa racine. Ce fut la célèbre *Chambre ardente*.

Le président en était Louis Boucherat, comte de Compans, — un homme aimable, dit madame de Sévigné, et d'un très bon sens. Il devint dans la suite chancelier de France. Louis Bazin, seigneur de Bezons, désigné pour remplir les fonctions de rapporteur avec La Reynie, était membre de l'Académie française. L'office de greffier fut rempli par Sagot, secrétaire confidentiel de La Reynie et greffier ordinaire du Châtelet. « La commission, écrit Ravaisson, avait été composée de l'élite des membres du Conseil d'Etat et tous ces magistrats ont laissé une grande réputation. » Ce tribunal fut appelé la « Chambre ardente » parce que, anciennement, les tribunaux constitués extraordinairement pour juger les grands crimes, siégeaient dans une chambre tendue de noir et tout éclairée de torches et de flambeaux.

La Chambre se réunit pour la première fois le 10 avril 1679 et décida que toute l'instruction demeurerait secrète afin de soustraire à la connaissance du public le détail des pratiques démoniaques, dont les magistrats ne mettaient pas en doute l'efficacité, ainsi que la redoutable composition des poisons.

Voici, de quelle manière était ordonnée la procédure :

Les particuliers que le juge instructeur, La Reynie, regardait comme suspects étaient arrêtés par ordre du roi, c'est-à-dire par une lettre de cachet qui tenait lieu du mandat d'amener du juge d'instruction moderne. Les premiers interrogatoires étaient soumis au procureur général et ce n'était

que sur ses réquisitions qu'on procédait aux confrontations
avec les coaccusés et aux recollements, après lesquels les
commissaires adressaient un rapport détaillé à la Chambre.
Le procureur présentait des conclusions et la Chambre décidait si, oui ou non, l'accusé serait « recommandé », c'est-
à-dire s'il demeurerait prisonnier en vertu d'un arrêt rendu par
elle. En ce cas l'instruction suivait son cours. Quand celle-ci
était terminée, toutes les pièces concernant l'accusé étaient
lues aux juges, le procureur du Roi prononçait son réquisitoire, tendant à l'acquittement où à la condamnation, l'accusé
était entendu une dernière fois sur la sellette et la Chambre
rendait une sentence qui était sans appel.

La Chambre ardente siégea au Palais de l'Arsenal. Du
10 avril 1679, jour où elle se réunit pour la première fois,
au 21 juillet 1682, date où elle ferma ses portes, elle tint
deux cent dix séances, après avoir été suspendue, pour les
raisons que l'on exposera plus loin, du 1er octobre 1680 au
19 mai 1681.

La Chambre ardente délibéra sur le sort de quatre cent
quarante–deux accusés et décréta prise de corps contre trois
cent soixante–sept. Parmi ces arrestations deux cent dix–huit
furent maintenues. Trente–six prisonniers furent condamnés
au dernier supplice, à la question ordinaire et extraordinaire,
et exécutés ; deux d'entre eux moururent en prison de mort
naturelle ; cinq furent condamnés aux galères ; vingt–trois
furent bannis ; mais les plus coupables se trouvèrent avoir des
complices si haut placés que leur procès ne put être instruit.
Ajoutons les accusés qui se suicidèrent en prison, comme la
Dodée, une sorcière âgée de trente-cinq ans, encore très jolie,
qui avait été arrêtée avec la Trianon et se coupa la gorge
au donjon de Vincennes après son premier interrogatoire :
« elle s'est mis sa chemise par-dessus sa plaie, où la plus
grande partie de son sang a coulé ; on l'a trouvée morte
en ouvrant sa chambre, le matin pour lui porter à déjeuner. »

Parmi les nombreuses affaires que la Chambre instruisit
quelques–unes serviront de types.

Madame de Dreux était femme d'un maître des requêtes au
Parlement. Elle n'avait pas trente ans, et beaucoup de grâce,
de beauté, une beauté délicate et mignonne, infiniment de

charme et de distinction. Elle aimait tant M. de Richelieu, déclara l'une des sorcières de la Chambre ardente, la Joly — que « d'abord qu'elle savait que M. de Richelieu regardât quelque personne, elle songeait à s'en défaire ». Elle avait « en outre » empoisonné « M. Pajot et M. de Varennes et bien d'autres » ; l'un de ses amants notamment, pour s'éviter, dit-elle, les ennuis et embarras d'une rupture. Elle avait encore cherché à empoisonner son mari et à se défaire de madame de Richelieu par sortilèges. Tous ces détails se répandirent dans Paris où la société — on a peine à le croire — s'en amusa énormément. Le mari était criblé d'épigrammes que madame de Sévigné déclare divinement divertissantes. Madame de Dreux était réellement trop gentille — et puis elle était cousine de deux juges de la Chambre, MM. d'Ormesson et de Fortia — si bien que, le 27 avril 1680, les magistrats se contentèrent pour toute peine de l'admonester. « M. de Dreux et toute sa famille, écrit madame de Sévigné, allèrent la prendre à cette Chambre de l'Arsenal. » Remise en liberté, la jeune femme fut fêtée et choyée par tout le monde élégant. « C'étaient une joie et un triomphe et les embrassements de toute sa famille et de tous ses amis. M. de Richelieu a fait des merveilles dans toute cette affaire. » Ce qui paraîtra inouï, c'est qu'après sa sortie du donjon de Vincennes, madame de Dreux retourna chez les sorcières, donna rendez-vous à la Joly dans l'église des jésuites, lui demanda, et obtint d'elle, des poudres pour empoisonner une personne que M. de Richelieu « considérait ».

À dire vrai, la Joly fut arrêtée sur ces entrefaites, et, à la suite de ses révélations, un nouvel ordre d'arrestation fut lancé contre madame de Dreux; mais elle fut avertie et se sauva. Le procès fut instruit par contumace. On vit alors le mari et M. de Richelieu solliciter pour elle de compagnie. Le 23 janvier 1682, madame de Dreux fut condamnée au bannissement hors du royaume, mais le roi lui permit de demeurer en France, à condition que ce fût à Paris et avec son mari.

La présidente Leféron, qui appartenait également au monde de la magistrature, est d'un aspect plus rude. Fille d'un conseiller au parlement, elle s'appelait de son nom de jeune fille Marguerite Galart. Son mari, président de la Première des enquêtes, est représenté, en 1661, dans le *Tableau du Parlement*, comme « un bon juge, de jugement solide, résolu dans ses opinions, qui ne change pas sans grande raison, ne se prévient pas, aime la règle, bon homme et sans intérêt ». Il avait fait preuve d'indépendance de caractère lors du procès Fouquet par sa clémence pour le surintendant. Madame Leféron le trouvait ennuyeux, avare, puis — comment dire? — insuffisant. La belle cependant avait passé la cinquantaine. Mais elle s'était follement éprise d'un M. de Prade, qui, lui, s'était épris de ses écus. Madame Leféron demandait à la Voisin des poisons pour tuer son mari, et de Prade lui demandait des sortilèges pour s'attacher le cœur de sa maîtresse. La Voisin donnait tout ce qu'on voulait : des fioles à la dame, et au galant une figure de cire vierge représentant madame Leféron. Cette figure, enfermée dans une boîte de fer-blanc, devait être chauffée de temps à autre, ce qui devait échauffer le cœur de la dame. De Prade fit à la Voisin un billet de 20 000 livres — 100 000 francs d'aujourd'hui.

Les fioles produisirent leur effet et Leféron expira le 8 septembre 1669; la figure de cire produisit son effet également et madame Leféron épousa M. de Prade. Le 20 février 1680, montant sur le bûcher, la Voisin dit à Sagot, greffier de la chambre : « Il est bien vrai que madame Leféron la vint voir, toute joyeuse d'être veuve, et comme elle lui demandait si la fiole d'eau avait fait son effet : « Effet ou non, il est crevé » ! De Prade ne paraissait pas moins heureux. Il courait la ville dans un carrosse tout neuf, « avec trois ou quatre laquais derrière ». La joie fut courte. La dame vit que son nouveau mari songeait surtout à lui soutirer des « donations » et le mari vit bientôt que sa femme cherchait à l'empoisonner à son tour. Il se réfugia chez les Turcs. Le 7 avril 1680, madame Leféron fut condamnée sans rigueur au bannissement hors la vicomté de Paris et en 1500 livres d'amende. bien qu'il y eût, comme Louvois l'écrivait à Louis XIV, treize ou quatorze témoins de son crime.

Madame de Dreux et madame Leféron furent redevables de cette surprenante indulgence à madame de Poulaillon. Née Marguerite de Jehan, d'une famille noble de Bordeaux, elle était venue très jeune à Paris, entêtée de sciences occultes,

pour y fréquenter les alchimistes. Elle y avait épousé le
maître des eaux et forêts de Champagne, Alexandre de Poulaillon, beaucoup plus âgé qu'elle, mais très riche. Les contemporains sont unanimes à louer le joli visage, l'intelligence
fine et vive, l'exquise distinction de la jeune femme. Pour son
malheur elle fit rencontre d'un certain La Rivière qui avait
de grands talents pour soutirer de l'argent aux dames. On
sait qu'au xvii° siècle cette sorte de talent n'était pas dans le
même discrédit qu'aujourd'hui. Le bonhomme de mari, devenu méfiant, noua les cordons de la bourse et ferma les
armoires. Madame de Poulaillon recourut aux expédients. Elle
vendait les meubles du logis, chaises, fauteuils, « le grand lit
aurore en moire d'Angleterre », l'argenterie du buffet, et jusqu'aux habits de Poulaillon. Celui-ci furieux, — on le serait à
moins — ne donnait même plus à sa femme l'argent nécessaire
à sa toilette et lui achetait lui-même ses robes et ses rubans.

Désespérée, la jeune femme se mit en rapport avec la
Vigoureux : il fallait qu'elle eût de l'argent pour son amant
et qu'elle fût débarrassée de son mari. Elle projetait pour
cela les plus audacieux coups de main. Il suffirait de deux ou
trois spadassins : « Pendant que l'on tiendrait Poulaillon à
la gorge dans son cabinet, on jetterait les sacs d'argent par
la fenêtre, et ce serait elle qui ouvrirait la porte du cabinet. »
Une autre fois, il s'agissait d'enlever le maître des eaux et
forêts tout vif. Madame de Poulaillon était prête à l'action,
mais elle ne trouvait pas d'hommes pour la seconder. Elle vit
enfin Marie Bosse, qui, dès l'abord, lui parut de plus de
cœur. Néanmoins, madame de Poulaillon montrait un si
furieux empressement à se débarrasser de son « vieux
bonhomme », que Marie Bosse, pour aguerrie qu'elle fût, en
prit peur. Elle ne voulut pas livrer en une seule fois la
poudre nécessaire à l'empoisonnement, de crainte que la
dame, en administrant la dose tout entière, d'un coup, ne pro-
duisît un éclat. La sorcière crut prudent de commencer par
la chemise, une des plus horribles inventions de ces mégères.
Les chemises du mari étaient lavées à l'arsenic. Il n'y paraissait rien. Celui qui les revêtait ne tardait pas d'être atteint
d'une cruelle inflammation dans la région du bas-ventre et le
haut des jambes. Et chacun de consoler la pauvre femme de

qui l'époux était atteint d'un mal honteux, produit de la débauche. On mettait également de l'arsenic dans les lavements dont les contemporains faisaient, comme on sait, grand usage. Le contenu d'une fiole versé dans le vin ou le bouillon, hâtait l'opération. Les négociations entre madame de Poulaillon et la Bosse se firent dans l'église des Carmélites. La jeune femme donna 4 000 livres — 20 000 francs de notre monnaie — pour la fiole et la préparation des chemises. Une lettre anonyme prévint Poulaillon ; d'ailleurs, sa femme ne trouva pas l'aide nécessaire parmi les domestiques. Alors, dans sa fureur, elle s'adressa à des soldats et leur demanda d'attendre son mari au coin d'une route qu'elle leur indiqua, où il serait très commode, disait-elle, de l'assommer. Les soldats prirent l'argent et coururent conter la chose à Poulaillon, qui perdit patience pour de bon, fit enfermer sa femme dans un couvent et introduisit une plainte au Châtelet. C'est à ce moment que la dame fut « décrétée » par la Chambre ardente.

Dès qu'il vit poindre l'orage, La Rivière, à qui madame de Poulaillon avait tout sacrifié, se sauva en Bourgogne, où il se cacha derrière les jupes de madame de Coligny, la fille du fameux Bussy-Rabutin. Veuve du marquis de Coligny, elle s'était éprise de l'amant de madame de Poulaillon. La Rivière, tenu au courant des incidents du procès, plaisantait agréablement sur les malheurs de son ancienne maîtresse auprès de sa nouvelle amie. Celle-ci, bien que follement amoureuse du galant, en fut choquée : « Si le malheur de la femme du monde qui a. dit-on, le plus de mérite et qui vous aime et qui vous a aimé le plus éperdument, ne vous touche plus, sur quoi me flatterai-je de vous garder toujours? » Ce brillant cavalier, qui se faisait appeler « marquis de La Rivière, seigneur de Courcy », était, en réalité, bâtard de l'abbé de La Rivière, évêque de Langres.

Madame de Poulaillon fut interrogée sur la sellette le 5 juin 1679. Le procureur général avait requis contre elle le supplice de la question et la mort en place de Grève ; mais le souvenir de la fin si édifiante, il faut dire plus, si émouvante de madame de Brinvilliers, était encore dans l'âme des magistrats et y avait presque introduit un remords. Madame de Poulaillon montra devant ses juges plus de grâce encore, plus d'abandon en la main de Dieu, plus de résignation douce et sereine. L'émotion chez ces hommes de loi fut si forte qu'ils ne purent se résoudre à faire tomber cette tête adorable. .« Cette dame qui avait infiniment d'esprit, note le greffier Sagot, se souciait peu de la mort et, ne croyant pas qu'elle échapperait, fut pendant tout son interrogatoire d'une présence d'esprit extraordinaire qui la fit admirer et plaindre par ses juges. » La Reynie écrit que les magistrats furent touchés « de son esprit et de la grâce avec laquelle, étant sur la sellette, elle avait expliqué son malheur et son crime. » — « Les commissaires, dit Sagot, demeurèrent à opiner quatre heures entières, chacun de MM. les commissaires, particulièrement ceux qui prenaient intérêt pour ces dames, s'étant préparé pour ce qui devait servir, sinon à la décharge de Poulaillon, du moins à l'atténuation des faits qui lui étaient imposés, en ce qui se pourrait, sans blesser visiblement la justice. M. de Fieubet fut celui qui s'y étendit le plus et y employa toute la force de son éloquence qui lui est naturelle, et aussi fut-il celui qui sauva la vie à la dame de Poulaillon, ayant fait revenir à son avis, qui fit l'arrêt, trois des six juges qui avaient, avant lui, opiné à la mort, ce qui fut d'un préjugé heureux pour les dames Dreux et Leféron et autres prisonniers, et, de fait, c'est par cet endroit que la Chambre a molli. »

« La grande difficulté, ajoute La Reynie, fut, après cela, à consoler madame de Poulaillon lorsqu'elle se vit seulement condamnée au bannissement au lieu de la mort qu'elle avait elle-même prononcée en présence de ses juges, après leur avoir témoigné la joie qu'elle avait, en expiant ainsi son crime, de se délivrer en même temps de tous ses autres malheurs. » Sur la propre demande de la jeune femme, sa peine fut aggravée, par ordre du roi, c'est-à-dire par lettre de cachet, en une détention aux Pénitentes d'Angers. Cependant La Rivière, après avoir rendu mère madame de Coligny, l'épousait sans sourciller. Il est vrai que, peu après, Bussy-Rabutin et sa fille, désabusés du personnage, cherchaient à faire rompre l'union ; mais le gaillard résista et madame de La Rivière fut contrainte de lui verser une forte pension pour le décider à l'abandonner.

La meilleure société applaudit à l'acquittement de madame

de Poulaillon, tandis que la petite bourgeoise murmurait avec d'autant plus de raison que, peu après, une dame Rebillé, veuve Brunet, était condamnée avec la plus grande rigueur, sans être plus coupable que madame de Poulaillon, madame de Dreux et la présidente Leféron.

Elle était mariée à un gros bourgeois du port Saint-Landry dans la Cité. M. et madame Brunet recevaient nombreuse compagnie, car on faisait chez eux de bonne musique. Le joueur de flûte à la mode, Philbert Rebillé, dit Philibert, musicien du roi, s'y faisait entendre habituellement. Brunet adorait le flûtiste pour l'agrément de son talent, et madame Brunet l'adorait, pour l'agrément de sa personne. Comme on faisait très bonne chère chez l'excellent bourgeois et que sa femme était charmante, l'artiste répondait avec un enthousiasme complet à cette double passion. Bonheur parfait, et qui eût duré longtemps aux sons de la flûte mélodieuse, si Brunet, pour s'attacher définitivement un musicien aussi agréable, ne se fût avisé de lui offrir sa fille avec une grosse dot, et si Philibert, charmé de la dot et de la fille, ne les eût acceptées avec empressement. Madame Brunet eut un cri d'horreur. Philibert lui expliqua qu'il avait consulté des notaires apostoliques et que, moyennant finance, on aurait des lettres canoniques qui arrangeraient l'affaire. Ce furent des fêtes pour les fiançailles. Madame Brunet désespérée se confia à la Voisin : « Quand elle devrait faire dix ans de pénitence, il fallait que le bon Dieu lui ôtât Brunet, son mari. car elle ne pouvait se résoudre à voir Philibert, qu'elle aimait passionnément, entre les bras de sa fille ». Elle conduisit même son amant chez la devineresse. Philibert déposa au procès qu'elle le mena, sous prétexte de lui faire voir un jardin, chez une femme qui se mêle de regarder dans la main : « ne sait qui elle est, car cette femme était alors tellement ivre qu'elle ne put dire un mot ». La Voisin interrogée raconta les démarches de madame Brunet, ajoutant : « Il y a d'autres particularités .que je ne dirais pour rien au monde, et j'aimerais mieux qu'un poignard me perçât le sein ; cela est réservé aux confesseurs, non aux juges ». François Ravaisson, notre grave et savant prédécesseur au classement des archives de la Bastille, a publié cette dramatique déclaration et l'a com-

mentée ainsi : « Ces ·particularités, la Voisin les rapporta
plus tard à M. de La Reynie; elles faisaient honneur au tempérament de Philibert. Les détails que donnèrent les juges
mirent ce joueur de flûte à la mode, et les femmes de la
cour et de la ville se l'arrachèrent lorsqu'il sortit de prison. »

Cependant ce fut Marie Bosse qui se chargea de l'opération, moyennant 2 000 livres— 10 000 francs d'aujourd'hui.

Brunet fut empoisonné en 1673 et Philibert épousa la veuve.

— Mes amis me conseillèrent, déclara-t-il bonnement devant la Chambre, d'épouser la mère plutôt que la fille, ce
que je fis, sous le bon plaisir du Roi, qui signa au contrat.

La femme du joueur de flûte fut condamnée le 15 mai 1679.
Elle supplia vainement qu'on lui permît de voir une dernière
fois son mari et ses enfants. On lui trancha le poing étant
vivante, puis elle fut pendue et son corps jeté au feu.
Louis XIV. qui affectionnait son flûtiste, lui conseilla de quitter la France s'il se sentait coupable. Mais Philibert était
homme de cœur. Comme un gentilhomme il alla directement
se constituer prisonnier à Vincennes. Il fut acquitté le
7 avril 1680.

*
* *

Cependant la Chambre ardente étendait ses poursuites sur
un cercle de plus en plus large et qui s'élevait de plus en
plus haut dans les rangs de la société. Et peu à peu s'éveilla
une inquiétude singulière — malaise étonnant — ce n'était
plus des empoisonneurs qu'on avait peur, mais des magistrats. On citait une. dame du meilleur monde qui répétait
partout qu'on devait brûler le procès et les juges. La Reynie
demandait une escorte pour le garder quand il se rendait
au donjon de Vincennes où étaient les principaux accusés. Madame de Sévigné écrivait en parlant du grand
lieutenant de police : « Sa vie témoigne qu'il n'y a point
d'empoisonneurs. » Le 4 février 1680, Louvois manda au
président de la Chambre :

« Sa Majesté ayant été informée des discours qui se sont
tenus à Paris, à l'occasion des décrets donnés depuis quelques
jours par la Chambre, elle m'a commandé de vous faire

savoir qu'elle désire que vous assuriez les juges de sa protection et que vous leur fassiez connaître qu'elle attend qu'ils continueront à rendre la justice avec fermeté. » Louis XIV fit venir à Versailles le président Boucherat, les deux commissaires rapporteurs, La Reynie et Bezons, et le procureur général :

« A l'issue de son dîner, écrit La Reynie, Sa Majesté m'a recommandé la justice et notre devoir, en termes extrêmement forts et précis, et en nous marquant qu'elle désirait de nous pour le bien public que nous pénétrassions le plus avant possible dans le malheureux commerce des poisons, afin d'en couper la racine s'il était possible ; elle nous a commandé de faire justice exacte, sans aucune distinction de personnes, de conditions ni de sexe, et Sa Majesté nous l'a dit en termes clairs et vifs. »

Les résolutions si énergiquement exprimées par le roi remplissaient La Reynie de confiance et d'ardeur; elles lui donnaient courage dans l'accomplissement de la lourde tâche qui lui avait été imposée. Et ce courage lui était nécessaire : quelles effroyables révélations il entendait ! Est-ce à cause de ces révélations que, brusquement, les dispositions de la cour de Versailles se modifièrent ? La Voisin venait d'être condamnée à subir la question. La question lui fut donnée, mais seulement pour la forme. « La Voisin n'a point du tout eu la question, écrit La Reynie indigné, ainsi ce moyen à son égard n'étant pas appliqué n'a produit aucun effet. » On avait craint que la sorcière, dont la discrétion avait été si grande jusque-là, ne parlât trop dans les souffrances de la torture, et, en dehors de La Reynie, les tortionnaires avaient reçu des ordres. Les juges, en dehors de La Reynie, avaient reçu des instructions également, et leur réserve à interroger l'accusée avait été telle que, au moment du supplice, la Voisin, prise de remords, crut devoir déclarer spontanément, avant d'être mise entre les mains du confesseur : « Se croit obligée de dire, pour la décharge de sa conscience, qu'un grand nombre de personnes de toutes conditions et qualités se sont adressées à elle pour avoir les moyens de faire mourir beaucoup de personnes, et c'est la débauche qui est le premier mobile de tous ces crimes. »

Mais, après l'exécution de la Voisin, se poursuivirent les

interrogatoires de son compère le magicien Lesage, de son complice l'abbé Guibourg, de sa fille Marguerite Monvoisin. Le 2 août 1680, Louis XIV, étant à Lille, écrivit à La Reynie :

« Ayant vu la déclaration que Marguerite Monvoisin, prisonnière en mon château de Vincennes, a faite le 12 du mois passé, je vous écris cette lettre pour vous dire que mon intention est que vous apportiez tous les soins qui dépendent de vous pour éclaircir les faits contenus dans ladite déclaration, — que vous observiez de faire écrire, en des cahiers séparés, les récolements, confrontations et tout ce qui concernera l'instruction qui pourra être faite sur ladite déclaration et que, cependant, vous sursoyiez de rapporter à ma Chambre royale, séante à l'Arsenal, les interrogatoires de Romani et de Bertrand. »

Romani et Bertrand étaient deux accusés de la Chambre ardente dont il sera beaucoup question dans la suite.

Ainsi Louis XIV donnait ordre de détacher, des dossiers soumis au tribunal, les déclarations de la fille Voisin et celles de Romani et de Bertrand. D'autre part, Louvois avait eu l'imprudence de promettre à Lesage vie sauve s'il déclarait tout ce qu'il savait. Lesage racontait des choses effroyables. La consigne fut alors de n'y plus prêter l'oreille, c'était un menteur. Mais voici que, les 30 septembre et 1er octobre 1680, ces propos furent confirmés à la question de la manière la plus précise par la sorcière Françoise Filastre. Les déclarations de la Filastre retentirent jusqu'aux oreilles de Louis XIV comme un coup de tonnerre. On lit dans les registres du Conseil du roi :

« Le Roi, s'étant fait représenter le procès-verbal de la question de Françoise Filastre, ne voulant pas permettre, pour de bonnes et justes considérations importantes à son service, que certains faits soient insérés dans les expéditions qui seront faites pour servir en la Chambre de l'Arsenal, Sa Majesté, étant en son Conseil, a ordonné que les minutes et originaux desdits actes seront représentés à M. le chancelier par le greffier de la Commission et que, en sa présence, il sera expédié par ledit greffier une grosse desdits actes dans laquelle ne seront pas insérés lesdits faits. Fait au Conseil du

Roi, Sa Majesté y étant, tenu à Versailles, le 14 mai 1681.
Signé : LE TELLIER. »

Le Roi faisait donc pour la seconde fois enlever des rôles et soustraire au tribunal certains documents contenant de nouvelles déclarations. Aussi bien voyait-il à présent que celles-ci correspondaient à la réalité et que si les interrogatoires se poursuivaient il ne serait plus possible d'en empêcher la divulgation. Le jour même, le 1er octobre 1680, les séances de la Chambre furent suspendues.

Les documents que le roi avait ainsi fait séparer des dossiers furent enfermés dans un coffret où l'on mit les scellés et que l'on déposa chez Sagot, greffier de la Chambre, demeurant rue Quincampoix. Quand Sagot mourut, le 10 octobre 1680, le coffret fut transporté rue Sainte-Croix-de-la-Bretonnerie, chez son successeur au greffe du Châtelet et de la Chambre ardente, Nicolas Gaudion. Le 13 juillet 1709, le coffret fut apporté dans le cabinet du roi, où, en présence du chancelier Pontchartrain, Louis XIV fit brûler les papiers dans sa cheminée : « Sa Majesté étant en son Conseil, après avoir vu et examiné les minutes et actes qui lui ont été remis par M. le chancelier et les avoir fait brûler en sa présence, a ordonné que Gaudion en demeurera bien et valablement déchargé. »

Louis XIV venait d'être frappé brutalement, non seulement dans ses affections les plus profondes, mais dans sa dignité de souverain par les déclarations des obscurs et infâmes accusés de la Chambre ardente. Le trône même de France en était sali. Colbert et Louvois eurent un moment de frayeur. Le monarque tout-puissant, avec l'aide de ses deux grands ministres, a cru plonger dans une nuit insondable l'histoire affreuse de sa honte et de sa douleur. Mais une flamme n'avait pas été éteinte. On ne la voyait pas alors. Elle a continué de brûler, elle a grandi, elle a répandu sa clarté autour d'elle. C'est dans une pleine lumière que les faits vont paraître sous nos yeux.

(A suivre.)

FRANTZ FUNCK-BRENTANO

RAMARY ET KÉTAKA

La maison que louait aux étrangers le docteur Andriani-
voune était à Soraka, faubourg de Tananarive, au-dessus du
lac Anosy. Un ménage français l'avait occupée jadis, et s'y
était sans doute aimé : deux pièces, tendues de délicates
perses roses, indiquaient encore d'anciens raffinements, le
passage d'une jeune Européenne dont les yeux et les doigts
s'étaient distraits et charmés à orner la passagère demeure que
lui donnait l'exil. Dans le jardin, des rosiers moussus ache-
vaient de s'ensauvager et de mourir, des caféiers non taillés
ne portaient plus de graines; mais les lilas du Japon avaient
crû, hauts à présent comme les ormeaux de nos contrées ;
des pêchers en plein vent formaient une bruissante broussaille,
qui se heurtait aux vieux murs.

Au-dessous, c'était le lac creusé par le roi Radama, à l'époque même où il voulut raser la montagne de Dieu, l'Ambohi-
dzanahary stérile, qui offusquait ses regards de despote. La nappe
d'eau, tranquille, presque ronde, brillait doucement dans l'air
léger, se prolongeant en petites inondations à travers la large
plaine de l'Ikopa, dont les rizières sans limites ondulaient en
vagues lustrées. Et au milieu de cet océan de verdure plate,
lumineuse et joyeuse, — miracle ridicule et symbole de
conquête, — se dressait la cheminée de la briqueterie
Ourville-Florens.

C'est dans cette maison que nous vivions, mon ami Galliac et moi. Ce soir-là, le soleil, qui se couchait derrière les monts de l'horizon occidental, glorifiait les choses et faisait battre le cœur. On buvait l'air comme un vin généreux ; les maisons, les arbres, les hommes, les grands troupeaux de bœufs pris sur les Fahavalos, et que des soldats sénégalais, débraillés et superbes, poussaient aux routes montantes, tout se poudrait d'une poussière où dansaient des grains d'or, des grains de diamant, des grains de topaze et de rubis : et Tananarive entière, dressée dans la lumière heureuse, avec ses plans rapprochés, mêlés, confondus, avait l'air d'une peinture japonaise étalée sur un écran diapré. Parfois, un indigène, forme vague en lamba blanc, traversant la route inférieure, s'inclinait pour saluer le *vazaha* victorieux. Des cloches chrétiennes marquaient les offices et les heures, des clairons chantaient ces notes longues et tristes si souvent entendues très loin, là-bas, en France ; d'innombrables chiens roux aux oreilles droites aboyaient d'une façon sauvage : et dans tout cela, il y avait à la fois désaccord et séduction.

… Tout à coup des rires éclatèrent, les rires de deux voix très jeunes qui s'entrechoquaient, montaient l'une sur l'autre, s'arrêtaient pour repartir encore, et Kétaka bondit hors de la pièce que je lui avais attribuée comme gynécée, en criant triomphalement :

— J'en ai pris un, j'en ai pris un !

Au bout d'un fil blanc terminé par une épingle recourbée s'agitait un infortuné poisson rouge. Telle était, depuis une heure, la frivole occupation de mon amie malgache. Son esclave avait été avec une nasse prendre des cyprins dans le lac dont, par instant, ils venaient par milliers empourprer la surface. Kétaka avait mis ces poissons rouges dans un seau de toilette, et jouait à les repêcher, avec un beau sang-froid. Sa sœur Ramary, l'épouse de Galliac, l'avait imitée, assise en face d'elle. C'était un concours de pêche à la ligne. Mon ménage avait eu l'honneur de la victoire, Kétaka venait de prendre le dernier des cyprins.

Elles se tenaient maintenant toutes deux devant moi, crispant légèrement sur le plancher de la varangue les orteils de leurs pieds nus. Ramary prit à pleines mains sa natte de cheveux noirs, un peu rudes, mais très lisses, et la jeta en avant sur son épaule et sur sa gorge, en disant :

— Ramilina, tu n'as pas l'air content de ce qu'on joue avec les *hazandrano-mena*, les bêtes rouges qui nagent pour manger. Dis un peu, tu n'es pas content parce que c'est des bêtes françaises?

— C'est des bêtes chinoises, Ramary, et tu n'entends rien à la géographie, répondis-je.

— J'ai appris la géographie à l'école d'Alarobia chez M. Peake, qui est un vazaha d'Amérique. Mais je sais aussi l'histoire des hazandrano, et toi, tu ne la sais pas. Il y avait M. Laborde, le vieux qui est mort, le mari de la reine Rana-valona-la-Méchante, morte aussi il y a longtemps. Ils se sont mariés dans le jardin de M. Rigaud, en bas, près du lac. Tous les Malgaches connaissent cela. Ce sont les « monpères » jésuites qui ont fait le mariage. Ils ont dit que c'était mieux... Alors M. Laborde est allé *andafy*, sur les infinis de l'eau sainte, la rivière qui n'a qu'un bord, et qui mène chez les blancs. Et il est revenu, et il a rapporté une chose toute ronde, en verre, avec de l'eau dedans et des poissons rouges qui mangeaient des grains de riz en ouvrant la bouche comme ça : aouf. aouf! La reine les aimait beaucoup, et elle en a fait mettre dans le lac sacré. Ils étaient si gauches et ils avaient l'air si bête! Eh bien, Ramilina, ils sont descendus dans toutes les rivières, et ils ont mangé tous les autres pois-sons, excepté l'anguille, qui n'est pas un poisson, puisque c'est un serpent, et l'écrevisse qui était trop dure.

Les deux sœurs avaient la tête pleine d'histoires, et se passionnaient à les conter. Ramary et Kétaka avaient d'abord passé par les mains des quakers, et ne s'étaient faites catho-liques qu'après l'arrivée des Français, avec une docilité pleine d'ironie, d'indifférence et de respect étonné et dédaigneux pour les sympathies des vainqueurs. Mais, des *teny-soa* — c'est-à-dire des petits traités religieux et moraux des écoles protestantes, — elles n'avaient rien retenu que des hymnes, des cantiques et une connaissance littérale assez approfondie de l'Écriture ; quant aux mystères, elles s'en inquiétaient peu, bien qu'elles fussent restées charmées du tour légendaire de la Bible et des Évangiles. D'ailleurs elles préféraient encore de beaucoup aux livres saints le recueil des contes et traditions malgaches du Norvégien Dahle. Pendant des heures, le soir, elles le lisaient à haute voix, et en mélopaient les chansons, des chansons aux vers courts, aux assonances longues et bizarres. Surtout l'histoire de Benandro les faisait beaucoup pleurer, Benandro, le bel adolescent qui mourut loin de son père et de sa mère, en voyage dans des pays de fièvre et de faim, et dont un esclave fidèle, Tsaramainty, le beau noir, rapporta les pieds et les mains coupés pour qu'on pût lui offrir les funérailles sacrées, et que son fantôme habitât avec les fantômes de ses ancêtres, dans le tombeau fait de lourdes pierres non taillées, où les morts dorment ensemble, couchés sur des dalles, en des lambas tissés d'une incorruptible soie.

J'avais rendu le recueil, qui ne m'appartenait point, à son propriétaire, mais Ramary et Kétaka le savaient par cœur et mieux que par cœur. Dans ces légendes elles introduisaient de nouveaux éléments : Benandro avait vécu près de chez elles, des vazahas l'avaient emmené, des officiers au casque blanc l'avaient fusillé « parce qu'il avait fait quelque chose de fou ». Ainsi ces petites filles avaient des imaginations d'enfant, et d'enfant appartenant à une race rapprochée encore des origines de l'humanité. Dans leur langue, une langue non déformée de peuple jeune, le soleil se dit « l'œil du jour », la lune, « la chose en argent », et tandis qu'elles me parlaient, avec leurs larges yeux de bonté animale, leurs gestes menus et nobles, et les voiles blancs où leur corps était libre, je pensais à Homère et à Nausicaa.

Cependant je m'appliquai à leur dire, un peu trop gravement, que si les poissons rouges étaient des bêtes françaises, ce n'était pas une raison pour les martyriser, qu'on ne pêchait pas dans un seau de toilette quand on était bien élevé, et que pour les punir nous ne leur donnerions pas de souliers pour aller à la procession de la Vierge.

Kétaka pinça les lèvres, décrocha le poisson rouge de son fil, et le jeta à un chat blanc, qu'on avait depuis quinze jours attaché par une corde à la balustrade de la varangue, sous prétexte de l'habituer à la maison. Cette précaution l'avait rendu tout à fait sauvage.

Pour Kétaka, elle boudait. C'était une femme convaincue

de son mérite, et qui n'admettait point la possibilité d'un
reproche. Au fond, j'étais dans mon tort. Nos amies ne sortaient du gynécée, étant des personnes convenables, qu'à de
rares intervalles et par autorisation expresse. Au moins il
leur fallait permettre quelques distractions. Je compris mon
erreur. Trop digne, ou trop gauche, pour faire des excuses,
j'envoyai mon *boy* chercher au lac de nouvelles victimes...

... Vers cette époque, la femme esclave que possédait Kétaka
mit au monde une petite fille. Cette chose à peine vivante
avait une mine noiraude et sérieuse et ne pleurait point
comme les enfants d'Europe ; sa mère la portait sur son dos,
emmaillotée dans les plis de son lamba, ou la posait toute
nue, au grand soleil, sur le gazon du jardin. Kétaka fut
bien heureuse. C'était pour elle un accroissement de fortune,
un agrandissement de sa dignité ; d'ailleurs, d'après les coutumes, elle était moralement la seconde mère de la posté-
rité de son esclave, et cette responsabilité lui donnait de l'orgueil et de l'amour. Ainsi la maison compta un hôte de plus.
Nous avions aussi un singe, un chien, un mulet, beaucoup
de poules et de dindons, et deux petits cochons noirs.

Chaque nuit nous distinguions dans l'ombre douce les
incendies allumés par les Fahavalos, énigmatiques signaux
ou villages brûlés ; le jour, le pas rapide de nos porteurs
nous menait à travers la ville, vers de vagues affaires qui
devenaient de plus en plus vagues à mesure que l'insurrection
grandissait : et c'est ainsi que nous vivions, inquiets et paresseux tout ensemble, depuis qu'en une chasse dans les marais
d'Antsahadinta, la mystérieuse volonté du destin nous avait
fait rencontrer des épouses.

C'était un large étang aux eaux grises et calmes, encombré
de joncs secs qui craquaient sous la poussée des pirogues. Au
centre, l'eau plus profonde apparaissait débarrassée des joncs ;
mais des lotus bleus, par milliers, y avaient fleuri, ouverts
comme des yeux tendres au milieu des feuilles rondes qui les
enveloppaient. Le cercle des collines, plus loin, brûlait de ce

rouge uniforme des hauts plateaux de la terre malgache, un rouge éternel et rude dont on a la sensation alors même que des végétations le recouvrent.

Au-dessus de nos têtes, le ciel était plein du vol angulaire des oiseaux de marais, — les grandes oies sauvages, les canards pareils à ceux de nos contrées, les *tsiriris* au cri lamentable. Ils s'étaient levés tous ensemble au premier coup de fusil, tournoyant en tel nombre, avec un tel élan, qu'on entendait l'air sonner et frémir, malgré la hauteur, des coups de leurs ailes nerveuses; et cette vibration perpétuelle, ces cris longs et désolés changeaient ce paysage froid, lui donnaient de la vie en lui laissant toute sa tristesse.

Les piroguiers malgaches pagayaient doucement, avec des gestes souples, comme s'ils eussent voulu ramper sur les eaux plates. Ils apercevaient des bêtes que je ne voyais point, les montraient de leurs yeux brillants, sans quitter des mains la courte rame qui fendait la profondeur du lac dormant.

— Canard... tsiriri... oie sauvage... là, entre ces deux bouquets de roseaux! fais aboyer ton fusil, monsieur le vazaha!

Dans une espèce de bassin en miniature toute une famille de petites sarcelles exotiques apparut, nageant avec une pru-dence inquiète, les becs de corail rose tournés à droite, et je lançai mes deux coups de fusil, avec la rage, avec la cruauté du chasseur maladroit qui assassine au posé.

Trois d'entre elles s'affaissèrent, inertes, surnageantes, tachant la surface claire de l'or, du blanc, du vert neuf et métallique de leurs plumes. D'autres oiseaux jaillirent de la forêt des plantes lacustres : une oie sauvage, tirée très haut, tomba avec un bruit énorme, éclaboussant les eaux, et resta toute droite, vivante encore, horrible, avec un œil crevé et une aile brisée. De belles aigrettes blanches s'envolèrent lourdement, pareilles, sous le soleil qui mourait à l'ouest, à des voiles de navire arrachées par le vent. Un grand aigle pêcheur, gris d'argent, monta lentement, comme plaqué sur le profil d'une colline chauve qui s'assombrissait dans le soir survenu.

— Il est blessé!

Il prenait son essor, simplement, et bientôt plana dans une

immobilité sublime, attendant le départ des hommes pour se repaître des blessés, qu'il devinait tapis sous la chevelure emmêlée des herbes.

— Galliac, criai-je, on part : je n'y vois plus !

Et nos deux embarcations rejoignirent la terre.

Un indigène nous salua, d'une magnifique et pourtant servile inflexion d'échine, son chapeau de paille de riz balayant le sol. Il y avait douze heures qu'il attendait, sans bouger, debout. C'était Rainitavy, gouverneur d'Antsahadinta, avec les cadeaux que ses fonctions lui faisaient un devoir de nous offrir, puisque nous étions des vazahas d'importance, annoncés par la reine. Des indigènes portaient dans leurs bras ou sur leurs épaules des paniers remplis d'un riz blanc comme des grains d'ivoire ; des poules attachées par les pattes criaient la tête en bas ; un mouton brun bêlait, et ses cornes qui, par pompe, avaient été dorées, brillaient dans l'obscurité, pareilles à de grands coquillages lumineux. On mit ces choses devant nous, respectueusement, et tout à coup nos porteurs firent un bond, se jetèrent sur une muraille verdoyante de cannes à sucre fraîchement coupées, dont les verdures lancéolées bruissaient avec douceur : c'était leur part, la friandise naturelle dont le jus grise un peu, soutient dans les longues marches. Leurs mâchoires avides commencèrent de broyer.

Et des débris de la muraille effondrée sortirent deux petites filles de quatorze et de seize ans, aux yeux tranquilles, les dernières nées de Rainitavy.

— Ramatoa Mary, Ramatoa Kétaka ! dit Galliac qui les connaissait.

Il les embrassa sans façon, et leur bouche se mit à sourire. Leurs orteils nus griffaient légèrement le gazon court et dur, elles courbaient les reins et, leurs lambas s'étant ouverts, on vit un instant la pointe de leurs seins jeunes. Alors elles se voilèrent d'un geste sans embarras, comme une Européenne ferme un manteau. Elles étaient flattées d'avoir été appelées *ramatoa*, qui est une façon magnifique de dire : madame, ou mademoiselle. En général on emploie simplement la syllabe *ra*, qui reste accolée au nom. Dans l'intimité, cette syllabe tombe ou est maintenue, suivant l'euphonie des noms, ou le caprice des parents et des amis.

— *Tsarava tompokolahy ?* Te portes-tu' bien, mon seigneur?

Chacune avait tourné la main, du dedans au dehors, bizar-
rement, pour cette politesse rituelle. Nous partîmes et, d'une
marche adroite et souple, elles nous précédèrent jusqu'au village. Rainitavy, leur père, tenait une lanterne, et se retournait
parfois avec une courtoisie noble, pour nous éclairer.

* . *

La nuit était tombée. L'air très froid entrait par la porte de
notre case restée ouverte, et Ramary, avec sa sœur Kétaka,
jouait à tirer des plumes au gibier mort étendu par terre.

— Kétaka, lui dis-je gaiement, tu vas passer la nuit avec
moi, dans la case?

Elle secoua la tête.

— Je ne suis pas une petite coureuse. A Tananarive,
les filles font *mitsangan–tsangana* (ont beaucoup d'amants).
Razafin-andria-manitra est une petite coureuse. Cécile Bazafy
est une petite coureuse, et Rasoa, et Mangamaso, et Ramaly
(Amélie). Ici ce n'est pas la même chose.

Et réfléchissant une minute :

— Ici, c'est trop petit... On le dirait au « monpère » jésuite.
Et il fait des histoires du haut d'une boîte, dans la chapelle.
Vous viendrez à la messe, demain ; il nous gronde quand nous
n'emmenons pas les vazahas à la messe.

— Quel âge as-tu? dit Galliac.

— Je suis née un an avant la grande guerre où les Hovas
ont battu les Français.

Elle disait cela sans pose, sans fierté, comme l'expression
d'une vérité incontestable, faisant allusion au bombardement
infructueux de Tamatave par notre flotte en 1885.

— Kétaka, dit Galliac, j'ai l'honneur de t'apprendre que,
depuis, le général Duchesne a pris Tananarive.

. Mais Kétaka secoua la tête :

— Ce n'est pas le général Duchesne qui a pris Tananarive, c'est le *Kinoly*, l'ogre mort qui fait des morts, celui qu'on
n'a jamais vu, parce que, lorsqu'on l'a vu, on n'est plus jamais,
jamais un vivant, à moins de connaître l'herbe qui charme.

l'herbe qui pousse sur les vieux tombeaux, et que les sorciers coupent en dansant... Quand les Français sont venus sur la côte de l'ouest, on l'a entendu rire trois nuits de suite dans le bois sacré d'Ambohimanga : il a des mâchoires de crocrodile, son rire claque contre ses dents. Rafaralahy, mon frère, qui couchait près des tombes, s'est caché la tête pour ne pas le voir... Le Kinoly est descendu, il est allé au-devant des Français. Ils avaient débarqué plus de cent mille, des Français blancs, des Français noirs, qui viennent d'Afrique, des Français jaunes. très laids, qui sont des *Arabous*, et qui vivent sans femmes. Et tous grimpaient avec de gros fusils à roulettes, des mulets, des choses qui devaient monter en l'air, et du vin plein de grandes jarres. Ils jetaient des ponts sur les fleuves, coupaient les montagnes pour faire passer les voitures de fer : et ils riaient au soir tombé, couchés dans les maisons de toile. Le Kinoly est arrivé dans la grande plaine sakhalave. C'était de l'herbe, et encore de l'herbe, pas de riz, pas de cannes à sucre, pas de manioc. Les bœufs à bosse fuyaient devant l'ombre qui marche toujours. Et l'ombre vint au premier des *miaramila*, des soldats. On ne voyait pas sa figure de crocrodile, elle était cachée dans un grand lamba. Seulement ses yeux étaient rouges comme du sang dans un charbon. Il glissait avec douceur à côté des soldats, penchant la tête. comme un mendiant. Et le *miara-mila* français lui dit : « Mendiant, tu as les ongles bien longs! » Le Kinoly tira ses griffes et dit : « Ils ont poussé dans la terre. »

» Puis il ouvrit la partie inférieure de son lamba. Et le *miaramila* français lui dit: « Comme tu as le ventre creux. — C'est qu'il a pourri dans la terre. » Et le *miaramila* lui dit encore : « Tes yeux sont bien rouges. »

» Alors le Kinoly entr'ouvrit son lamba et dit: « Regarde. »

» Il n'avait pas d'yeux, mais deux trous avec du feu dedans, et de la viande morte sur les os de sa face.

» Les soldats devinrent tout pâles, la fièvre les prit et ils moururent.

» Le Kinoly descendit encore, il regarda les *Arabous*. il regarda les hommes bleus que vous avez fait venir de l'autre côté de l'Afrique, les officiers blancs vêtus de blanc. Il marchait au milieu d'eux, les réveillait la nuit, les arrêtait dans leurs repas, posait la main sur la croupe des mulets. Et quand ils avaient vu cette goule morte qui fait mourir, ils pâlissaient et ils mouraient. Il en périt dans le sable, il en périt dans la terre rouge, il en périt dans les rivières : le Kinoly se réjouissait de la mauvaise odeur, et jouait avec les mouches... Cela dura deux cours de lune, et, après, tous étaient morts.

» Alors le Kinoly remonta vers Tananarive parce qu'il voulait voir Raini-laiarivony, le premier ministre, mari de la reine. Le vieil homme dormait sur un beau lit de cuivre, en une des chambres de son palais, au sein de ses grandes richesses. Il avait bu du vin à son repas du soir, les « symboles-de-la-longueur-du-jour, » les pendules en or et en verre, battaient contre le mur tendu d'un beau papier sur lequel étaient peints des batailles, des jardins, des gens en pirogue qui s'embrassaient ou jouaient des musiques, il y avait des vases en faïence peinte sur les étagères, et tout cela venait d'Europe.

» La lune entrait par la fenêtre et l'on voyait que le dormeur était plein d'âge, car ses doigts tremblaient tout doucement sur le drap blanc, pendant son sommeil. L'Ombre-qui-marche-toujours lui frappa l'épaule et lui dit :

» — Raini-laiarivony, fils de Rainiary, je viens te chercher. J'ai fait mourir tous les Français. Maintenant, c'est ton tour. Tu es vieux, suis-moi de bonne volonté.

» Mais celui qui était tout-puissant alors à Madagascar s'éveilla sans rien craindre, et regarda le Kinoly sans mourir, car il avait l'herbe qui charme.

» — Je ne te suivrai pas du tout, pas du tout, ô méchant!... Le souffle de la vie est doux, et j'aime encore ma puissance, mes palais, mes troupeaux de bœufs et le quotidien salut de mes esclaves. Je suis au-dessus de toi et tu peux t'en aller.

» Le Kinoly ne répondit rien. Il retourna dans la plaine sakhalave. Les morts français y dormaient toujours dans les broussailles, dans les sables et dans les rivières; d'autres s'étaient pendus aux arbres, épouvantés de la tristesse des choses, et des conducteurs de mulets, tombés avec leur bêtes au moment où tous deux en même temps se penchaient pour boire, perdaient la chair de leurs os dans les ruisseaux salis.

» L'Ombre les toucha tous du doigt et leur dit : — Levez-vous !

» Et tous se levèrent. Les mulets hennirent comme au réveil quand les clairons sonnent, et piétinèrent sur l'herbe. Les hommes prirent leurs fusils, les officiers tirèrent leurs sabres, ils se coupèrent des bâtons, gravirent les Ambohimena, coururent vers Tananarive. Alors le premier ministre dit : « L'ombre m'avait donc menti. Les voilà qui viennent, ces diables ! » La reine fit un grand kabary, et les *miaramila* malgaches allèrent à la rencontre des Français. Et ils étaient courageux, les Malgaches ! Est-ce qu'ils avaient eu peur contre les Betsimisaraka et les Bares? Est-ce qu'ils ont peur, maintenant, les Fahavalos? J'en ai vu fusiller un l'autre jour, et ses lèvres étaient moins pâles que les tiennes maintenant, ô Ramilina, le jour où on l'a mené au poteau. Mais quand ils arrivèrent devant les Français, Ramasombazana qui les commandait devint gris de terreur, et ses dents claquèrent. Ce n'étaient pas des hommes, ces Français, c'étaient des Kinoly, ils n'avaient pas d'yeux, mais des trous pleins de feu, de la chair décomposée et verte sur les os, on voyait le jour à travers leur ventre creux, des griffes leur sortaient des mains, et leurs mâchoires s'ouvraient comme la mâchoire des cadavres qu'on déterre. Ils marchaient vite, vite, leurs pieds ne faisaient pas de bruit, leurs fusils ne fumaient pas et tuaient comme la foudre... Ramasombazana jeta son chapeau à plumes, jeta son sabre et s'enfuit. Les soldats jetèrent leurs armes et s'enfuirent. Et les Français cadavres continuaient d'approcher, ils grimpaient les côtes, ils redescendaient dans les vallées, les murs s'effondraient quand ils les touchaient du doigt, et puis, leurs regards rouges, leurs faces mortes... Le vieux, le premier ministre, qui avait épousé trois reines, se mit à pleurer, parce que le Kinoly avait vaincu.

» Et il rendit Tananarive aux ombres. »

Kétaka avait terminé son histoire. Elle l'avait dite accroupie sur les talons, sans un geste, avec volubilité, dans une langue surannée que je comprenais mal et que Galliac traduisait par instant.

Sa sœur Ramary cria :

— Kétaka est une grande menteuse ! Elle invente des histoires tous les jours. C'est vrai qu'il y a des Kinoly, et je sais même les endroits où ils habitent, près des grosses pierres. Mais ce ne sont pas eux qui ont pris Tananarive. Ils sont vivants, les vainqueurs de la ville. Sary Bakoly, mon autre sœur, en a épousé un, le lieutenant Biret, qui est à Moramanga, près de la grande forêt.

— Tu as une sœur qui s'appelle Sary Bakoly, la statuette de terre cuite? dit Galliac, c'est un beau nom et elle doit être jolie.

— Pas plus que moi, fit Kétaka.

Elle sortit ses bras fins de dessous son lamba, pencha la tête et apparut petite, grêle, frêle, presque blanche de peau, comme le sont dans ce pays les filles de race noble ; un peu de rose même apparaissait à ses joues, et, avec ses larges yeux très noirs, ses dents superbes, qu'elle frottait tous les jours de charbon et de cendre, malgré sa figure trop large et trop grasse, elle se savait digne d'être désirée entre celles de son peuple... Un enfant, une femme, un animal, on pensait tout cela en pensant à elle, et sans le vouloir, ensommeillé déjà, je souriais en la regardant...

Au ciel, la féconde poussière des astres avait germé et la voie lactée traversait la profondeur bleu sombre, si blanche, si clairement visible qu'on l'eût prise pour un immobile nuage. A un point donné elle bifurquait, et l'une de ses branches se perdait, s'évaporait graduellement dans l'infini de l'ombre. Les grands arbres faisaient frissonner leurs feuilles avec une douceur paternelle, car les hauteurs qui dominent Antsahadinta sont boisées, miracle de beauté et de majesté dans l'aride Imerina. Et c'est pour cela qu'elles sont saintes, comme les onze autres collines couronnées de forêts où les premiers rois hovas allaient entendre, sous les grandes ramures, le frôlement d'invisibles ailes, la passée dans le silence des esprits vazimbas, premiers possesseurs de la terre, vaincus et massacrés par les Hovas, et, par une mystérieuse compensation, devenus les démons protecteurs de leurs meurtriers. A travers l'entrelacement des branchages, de grands feux brillaient au loin, pareils à des yeux hardis ; on entendait à travers les espaces calmes, à intervalles mesurés, la voix des veilleurs mal-

gâches entretenant ces feux, qui annonçaient par leur nombre
et leur position que tout était tranquille aux alentours. Et
dans les villages voisins, les gardiens fidèles à leur poste, près
des monceaux de brousses incendiées, chantaient à leur tour,
dans la nuit, le même cri simple et harmonieux.

Nos deux nouvelles amies nous regardèrent dresser les lits
de camp, dérouler les couvertures, et s'éloignèrent en silence.
Galliac assura la barre de bois qui fermait la porte, et nous
nous endormîmes. Sous un auvent, presque en plein air, nos
porteurs s'étaient couchés, mêlés les uns aux autres, étroitement serrés pour avoir moins froid, car les nuits, à cette
époque de l'année, et sur ces hauts plateaux, sont aussi fraîches
que celles de nos automnes d'Europe. Nous étions venus là
malgré l'insurrection, malgré les attaques incessantes des
Fahavalos qui pillaient parfois les faubourgs mêmes de Tananarive. « Il n'y a jamais rien eu à Antsahadinta, m'avait
affirmé Galliac, et Rainitavy est un vieil ami. »

Cependant, vers minuit, je crus entendre le bruit de coups
de feu lointains, et Rainitavy nous réveilla. A trois lieues de
là, les Fahavalos venaient d'attaquer et de brûler Ambatomasina, dont les habitants s'étaient enfuis jusqu'à nous. Quelques-uns entrèrent dans la case, tout tremblants encore. Les
ennemis étaient tombés sur le village, trois cents peut-être,
avec des zagaies et deux fusils seulement; mais eux, les pauvres
gens, n'avaient rien pour se défendre : le gouvernement français leur avait pris leurs armes. Ils dressaient leurs mains
jaunes, humides de sueur froide : « Veux-tu, ô vazaha, que
nous combattions avec nos poings! » — Et le gouverneur
d'Ambatomasina, un vieillard aux cheveux tout blancs, pleurait sa maison en flammes; sa belle maison où il y avait des
chaises cannées à filets d'or, des papiers de tenture où l'on
voyait des Français sabrant des Arabes dans un paysage de
palmiers verts, et des vitres aux fenêtres! Il l'avait construite, sa demeure, avec le fruit des patientes rapines exercées
sur ses administrés, mais il leur assurait en même temps un
semblant de justice et de police. On ne pillait point du temps
de ce prétendu voleur, et d'ailleurs la longue accoutumance
aux abus d'un gouvernement sorti d'eux-mêmes, adapté à
leur génie, empêchait les Malgaches de sentir leurs maux.

Tous maintenant, ruinés, réunis dans un malheur commun, regardaient avec inquiétude, et avec un dernier espoir, ces blancs qui les avaient asservis sans les protéger. Nous ne pouvions rien.

Une crainte nous venait d'être attaqués nous-mêmes sur cette colline, dans ce village isolé, d'être livrés par notre ami Rainitavy, de devenir la rançon du salut de son village, qui pouvait être brûlé comme le voisin s'il tentait de résister. Rainitavy, cependant, n'y pensait pas : il était partagé entre le respect que nous lui inspirions encore, et la peur qu'il avait des Fahavalos. Kétaka et sa sœur pleuraient. C'est ainsi que le reste de la nuit s'écoula. Nous avions deux fusils de guerre, emportés par précaution. Nos armes de chasse et deux revolvers furent placés entre les mains de ceux de nos porteurs en qui nous avions le plus de confiance. Après quoi, il n'y avait plus qu'à monter la garde. A l'est, Ambatomasina brûlait comme une vaste meule, rougissant de ses flammes tout un pan de l'horizon. Cette clarté même nous rassurait : les hommes du poste français le plus proche allaient certainement venir, et, dans cette espérance, nous tenions ardemment nos regards sur la pente noire qui dévalait devant nous. Un étrange sentiment nous étreignait l'âme, non pas la peur, mais la peur d'avoir peur, l'angoisse de l'imprévu, de ce qu'on ne voit pas, l'énervement quasi mystique que tout homme ressent dans les ténèbres, et qui le fait douter de son courage.

L'aube revint. Nous commencions à rire et à parler de marcher sur Ambatomasina. A huit heures du matin, un peloton de tirailleurs algériens arriva au pas de course, et nous nous trouvions assez ridicules et assez humiliés pour recevoir avec componction la vigoureuse semonce du capitaine des tirailleurs. Mais toute chose a deux côtés, je songeais en moi-même que notre chétive présence avait sauvé le village de notre ami Rainitavy du sort de son voisin. Pourtant le père de Ramary et de Kétaka demeurait sombre : le malheur évité aujourd'hui devait échoir le lendemain, ou dans quelques jours; il contemplait avec une résignation morne le départ de ces Français qui avaient été ses hôtes, et qui l'abandonnaient sans armes à un ennemi presque créé par eux. Peut-être aussi songeait-il à ses cachettes d'argent, à des compromissions secrètes avec les insurgés, à des négociations anciennes, louches et nécessaires, qui le rassuraient en lui imposant ici de mystérieux devoirs :

— Ramilina, Ragalliac, nous dit-il, je reste ici puisque je suis gouverneur. Le souffle de la vie est doux, mais nul ne peut fuir sa destinée. Seulement, j'ai peur pour mes deux filles. Les collines d'Antsahadinta ne sont point pour elles une retraite sûre, et je vous prie de les conduire chez leur oncle Rainimaro, à Tananarive, quartier d'Ambatovinaky.

Et, ma foi, je criai :

— Kétaka, petite Kétaka, si je t'emmène, je t'épouse !

Kétaka surveillait en cet instant, les lèvres serrées, une esclave occupée à ficeler une natte par-dessus un coffre en bois, son unique bagage. Elle répondit sans embarras :

— Oui, si tu n'as pas encore de femme chez toi.

Et c'est ainsi que je me fiançai après une chasse au marais, un conte de vocératrice, une veillée d'armes, et des inquiétudes qui maintenant se résolvaient en une sorte de joie exaltée. Le père s'inclina avec un simple sourire de courtoisie. Il n'avait aucune illusion sur ces mariages fugaces parfois, parfois fidèles, des blancs avec les filles de Madagascar ; mais il était heureux de trouver un protecteur pour son enfant, qu'il aimait, et peut-être pour lui-même. D'ailleurs, l'idée de continence et de vertu n'est point une idée malgache. La chasteté n'y existe point même comme préjugé, et la liberté de la femme en amour égale la liberté de l'homme : tradition antique léguée par les Malayo-Polynésiens qui peuplèrent Madagascar. Et de même qu'aux terres océaniennes, d'où qu'ils viennent, les enfants sont accueillis par la famille de la mère, et toujours adorés.

Comme le pays par lequel nous avions passé pour venir n'était point sûr, nous suivîmes les tirailleurs kabyles qui regagnaient la route d'étapes habituelle, et une fois sur celle-ci notre petite troupe se joignit à l'escorte qui accompagnait le convoi quotidien des marchandises.

Après Alarobia, la caravane ne traversa plus que des villages brûlés. On apercevait de loin, du haut des innombrables collines de terre rouge que nous gravissions tour à tour, leur silhouette appauvrie, les maisons en briques crues où le

pignon demeurait seul, veuf du toit effondré. Plus près, c'était
l'odeur de l'incendie récent, une âcre senteur de paille grillée
et fumante encore, de terre recuite d'où l'humidité ressor-
tait en vapeurs chaudes. Entre les quatre murs des habitations désertées, le chaume consumé était tombé sur le sol
même où avaient vécu des familles, et, par-dessous les décombres, les cendres de l'ancien foyer se distinguaient encore,
plus hautes, entassées au coin sacré du nord—est, au milieu
des jarres à eau, des plats à cuire le riz, de toute une pauvre
vaisselle de terre rouge que le feu, par place, avait flambée
ou noircie. Les choses semblaient d'autant plus désolées
qu'elles avaient un air vaguement européen. Des fenêtres
montraient encore des morceaux de vitres brisées ; des marches
d'escalier grimpaient le long des murs ; des poulets, des dindons, revenant aux lieux d'habitude, cherchaient leur vie
sur les fumiers : et quelques demeures isolées, détruites aussi,
avaient l'aspect familier d'une ferme de Beauce. Les champs
de manioc indigène, de pommes de terre dont la semence
était venue d'Europe, étalaient leurs quadrilatères réguliers,
descendaient jusqu'aux vallées inférieures qu'illuminait le vert
brillant, moiré, caressant des rizières. Des canalisations
adroites conduisaient les eaux jusqu'au flanc des collines, et
l'on devinait partout l'âpre travail d'un paysan passionné pour
la propriété, amoureux des plantes qu'on peut vendre ou dont
on se nourrit, et qui croissent sous l'action du soleil, de
l'eau, de la bêche et du fémur de bœuf, transformé en
massue, et qui sert à briser les mottes de glèbe dure.

Mais combien tout cela était bouleversé, pillé, ravagé ! Parfois,
sur une haute et lointaine colline, de confuses taches blanches
s'agitaient, rayées de l'éclair d'un coup de fusil : c'étaient les
Fahavalos qui surveillaient la route, épiant les caravanes. Alors
les porteurs poussaient un cri, courant, se pressant contre
les hommes d'escorte, des Sénégalais à la peau noir bleu,
qui marchaient accompagnés de leurs femmes aux longs seins,
aux hanches larges et arrondies en lyre, couvertes de bijoux
d'argent et de cuivre, d'amulettes et de colliers d'ambre jaune.
Ces barbares, appelés par des civilisés pour réduire un peuple
moins barbare et qui, vaincu par eux, continuait à les mépriser, nous précédaient sans ordre, avec des bondissements et

des sursauts de bêtes farouches. A peine s'ils portaient un uniforme, mais on estimait leur courage indomptable et presque effrayant, leur santé robuste, leur passion de la lutte sanglante, de la mort reçue et surtout donnée de près.

Les pauvres et craintifs portefaix malgaches, aggrégés, serrés par la frayeur, se racontaient leurs misères et leurs supplices, disaient l'histoire des camarades passés avant eux et pris par l'ennemi, qui leur avait coupé les jarrets. Puis, les insurgés disparaissaient à l'horizon, et la caravane, insouciante et bavarde, s'allongeait de nouveau, étalée sur des centaines de mètres, onduleuse, étroite, formée d'anneaux mal liés, d'hommes unis à deux ou à quatre pour le transport des lourdes malles, des caisses de vin et de pain, des lits de camp, de tout le bagage et de toutes les provisions emportées par les Européens, dans cet exil pour une contrée que leur imagination avait crue plus sauvage encore, et dénuée de tout.

— Nous arrivons, dit Galliac, voilà l'observatoire des jésuites.

Au sommet d'une colline ronde se dressait une coupole à moitié démolie, un bâtiment resté banal et vulgaire, même dans l'effondrement de sa ruine.

— Ça ne te rappelle pas l'évangile ? — continua Galliac, et il ajouta avec un sourire ironique : — Nous ne sommes pas venus ici apporter la paix, mais la guerre !

A ce moment, les porteurs poussèrent tous ensemble un hurlement de joie, le cri classique, presque saint, toujours proféré à l'approche du but de leur long voyage. C'était la Ville, le miracle de civilisation poussé dans la barbarie de leur terre. Ils avaient assez longtemps couru, haleté, sué dans leur sac de rabanne qui les laissait presque nus, glissé sur les argiles mouillées, frissonné sous l'ombre tragique des grands bois de l'Est. Maintenant, ils arrivaient.

— Antananarivo ! Antananarivo !

Devant nous la merveille énorme escaladait trois montagnes, singulière, hautaine, bâtie par ces gens sans comprendre ce qu'ils faisaient, comme jadis les Juifs quand ils construisirent une pyramide en Égypte, guidés par des génies sacerdotaux et plus hauts qu'eux. C'était Tananarive. Elle allongeait sur plusieurs crêtes abruptes un entassement de maisons à

étages, à vérandas, des églises rouges, grises et blanches
dont on entendait les cloches, deux énormes palais, celui de
la Reine et celui du premier ministre, l'un surmonté d'un
dôme aplati, l'autre encadré de quatre tours massives aux
arcades romanes. La campagne, autour de nous, n'était plus
qu'une rue, les maisons encombraient, cachaient la terre.
Certaines avaient l'élégance recherchée d'une villa, affectaient,
avec leurs bow-windows, leurs *tennis-courts*, l'air intime et
confortable des cottages anglais, et les éternels murs en grosses
briques crues abritaient des plantations de pêchers et de man-
guiers, le mélange des cultures tropicales et des arbres frui-
tiers de France, ce mélange qu'on sentait dans tout le reste,
dans l'air tiède mais vif, dans les demeures, dans le costume
des indigènes vêtus de vulgaires pantalons confectionnés sous
le lamba aux plis romains. Nos filanzanes — des chaises à
brancards portées par quatre hommes qui se relayaient avec
quatre autres de minute en minute, sans arrêter leur trot
allongé — volaient sur des pistes élargies par les soldats du
génie, et nous parvînmes aux premières maisons de la ville.
Là les pistes disparurent, les *mpilanzas* gravirent des rocs,
escaladèrent des murs, traversèrent des cours. Il leur fallait
grimper comme sur la pente d'un toit. Cent hommes auraient
pu défendre cette forteresse qui s'était rendue sans coup férir,
et l'inertie, en 1895, au moment opportun, de cette race qui
maintenant, sans espoir, se révoltait contre nous, semblait
un phénomène inexplicable.

... La place d'Andohalo, la rue du Zoma, des murs à
sauter, des fossés à longer, des jardins privés dans lesquels
on entre comme chez soi, et nous voilà enfin rendus. La nuit
est tombée, et je prends le repas du soir seul avec Galliac,
qui s'est fiancé lui-même avec Ramary, tranquillement.

— Et les femmes ? dis-je au boy qui nous sert à table.

— Leur esclave a fait cuire du riz, Ramilina, et elles ont
mangé.

Je monte me coucher. Kétaka est là, qui fait de la dentelle sur un gros tambour, assise près d'une table. Elle a
allumé la lampe, rangé mes livres, mis sa malle dans un
coin, fermé les rideaux; et il me semble qu'il y a des siècles
qu'elle m'attend, ou plutôt qu'elle a toujours vécu près de

moi. Elle a deux grosses masses de lourds cheveux noirs qui
tombent de chaque côté sur ses épaules, l'air sérieux, simple
et sûr d'elle d'une matrone, une taille d'enfant, et des seins
de petite fille, qui gonflent un peu une brassière puérile.

— Kétaka. lui dis-je...

— Oui. mon seigneur.

Et elle me tendit ses lèvres comme une vieille épouse à un
vieil époux, se dévêtit, alla chercher une belle natte de jonc
toute neuve, l'étendit au pied de mon lit et se coucha dessus...

C'est ainsi qu'elle devint ma femme, bien que je ne puisse
dire qu'elle ait partagé ma couche.

Mais la joie de la maison fut la petite Ramary, l'amie de
Galliac. Cette demi-captivité, volontaire d'ailleurs, où elle
vivait, avait plu à ses instincts d'enfant encore timide et que
la vie extérieure effrayait ; elle l'avait acceptée avec joie. Et
pourtant elle était femme, humblement et délicieusement
femme. Quand j'allais le matin trouver Galliac dans sa
chambre, je la trouvais couchée dans le même lit où elle sautait dès qu'arrivait l'aube, car elle passait, comme Kétaka,
le reste de la nuit étendue sur une natte. Elle me regardait
alors avec des yeux de petite souris brune, en même temps
joyeuse et effarouchée, et ne desserrait point l'enlacement de
ses bras autour du cou de son ami. Galliac se laissait faire.
Son cœur un peu rude s'était peu à peu ouvert et ému ; il
était pris par le charme de cette union étrange, il jouissait
d'être maître, propriétaire et roi de ce presque animal, qui
caressait, aimait, parlait.

— Si jamais tu me trouves en France la pareille de Ramary,
me dit-il un jour, je l'épouse.

Ainsi, insensiblement, il était amené à cette condescendance
amoureuse qui favorise le mélange des races, en crée de nouvelles
dont les futures destinées sont encore imprévues. Et puis, il y
avait la séduction, l'irrésistible entraînement d'une volupté qui
n'était point celle de nos pays, plus lente, plus indéterminée,
savante et d'un rythme inconnu, comme les danses qu'on danse
là-bas... A ce qui nous restait de besoins intellectuels de civilisés
européens, nos conversations du soir, notre union d'intérêts,
les analogies de nos esprits et de notre éducation suffisaient. La

relative solitude nous avait faits très simples ; nous nous aimions tous deux, et nous aimions ces petites filles, avec une franchise encore discrète, sans le dire jamais, à cause d'une espèce de pudeur à nous avouer les changements profonds que si rapidement une autre vie sous des cieux nouveaux avait produits en nous. Étions-nous venus pour chercher de l'or, défricher la terre, bâtir des fortunes ? Nous ne le savions plus, et une honte nous venait parfois à sentir que nous commencions d'oublier la patrie ancienne, et que nos cœurs ne battaient plus pour les mêmes choses qu'en Europe.

Galliac surtout se livrait à ces nouveaux sentiments avec une fougue sombre, une ardeur concentrée. Il n'avait rien laissé de l'autre côté de l'eau, ni famille, ni amitiés, et, un jour qu'il le disait à Ramary, elle en pleura presque.

— Tu n'as pas de père, pas de mère, de frères ni de sœurs ! *O mahantra mahantra ianaho,* malheureux que tu es !

— Au contraire, lui dis-je, essayant de tenter l'avarice malgache ; il est riche, c'est un héritier, Ramary !

Mais elle répéta : « *O mahantra, mahantra izy !* »

Elle ne comprenait point, elle ne concevait pas l'homme sans une famille, sans le père ou l'oncle maternel, en relations eux-mêmes avec d'autres humains expérimentés et puissants qui les appuient, les conseillent, les soignent dans les maladies, les défendent devant les tribunaux contre les autres familles qui attaquent l'homme seul et faible. Dans les petits traités moraux des pasteurs protestants et des missionnaires jésuites, une phrase revient comme un refrain dans une cantilène : « Ayez pitié des pauvres et des orphelins. » Être pauvre ou orphelin, c'est presque la même chose ; et combattre ce mépris de l'individu isolé a été, depuis près d'un siècle et sans beaucoup de succès encore, une des tâches de la religion et de la civilisation chrétiennes...

Et peut-être entra-t-il, dans l'âme à peine née de la petite Ramary, l'idée délicieuse qu'elle devait avoir pitié de celui qu'elle aimait.

Malgré tout ce grand amour et ses jeunes quatorze ans, elle n'était point vierge et l'avouait sans honte, car la virgi-nité, chez cette race, n'apparaît à beaucoup de mères que comme une possibilité de douleur qu'il importe de faire disparaître dès les premiers mois de la vie, alors que l'enfant est encore presque sans conscience du mal qu'il ressent. D'ailleurs, dès ses premières années, sous les ombrages saints d'Antsahadinta, près des tombeaux des nobles, surmontés d'une petite maison de bois où leur âme vient se reposer, elle avait eu des amis de son âge qui n'étaient point innocents et, plus tard, elle avait suivi dans le Vonizongo aux vallées pleines de palmiers verts, un Anglais, fils de pasteur, qui l'avait un jour quittée pour aller dans le bas-pays, emportant une ceinture pleine de poudre d'or. Il pensait bien revenir, mais, en traversant une des rivières de la côte, sa pirogue avait chaviré et sa lourde ceinture l'avait entraîné au fond. A l'anniversaire de cette mort, Ramary dénouait ses cheveux et portait des voiles bleu foncé parce que, si elle avait négligé ces rites, le *matotoa*, le fantôme, aurait pu s'offenser ; mais elle n'était plus triste en pensant à lui, et de ses précédentes aventures ne songeait à rien cacher, puisque ces aventures, d'après son étrange morale, n'avaient rien de déshonorant. Elle savait seulement qu'elle ne pouvait s'unir qu'à des hommes appartenant comme elle à la première caste, ou à des vazahas, qui sont au-dessus de toutes les castes. Elle croyait aussi qu'une fois « mariée », il n'est point convenable qu'une femme sorte de la maison conjugale. Cela s'appelle *mitsangan-tsangana*, courir, et ôte de la considération. Il y avait dans Tananarive une foule de jeunes personnes distinguées par la naissance, même parmi les filles d'honneur de la reine, qui ne craignaient point d'aller faire en ville des visites dont le but était plus ou moins honorable : Ramary, qui conservait les mœurs austères de la campagne, ne cachait point son mépris pour ces demoiselles.

Mon amie Kétaka partageait sur ce point l'opinion de sa sœur, et même, plus rude, elle l'exagérait ; car Ramary, étant amoureuse, était indulgente, et cette indulgence lui avait donné une grande amie qu'elle protégeait un peu, ce qui la rendait fière : une jeune femme illustre mais mal vue, la princesse Zanak-Antitra.

Dans cette cour barbare de Ranavalona où cependant les exigences de la morale n'avaient rien d'excessif, et qui ne péchait point par l'hypocrisie, la passion furieuse de la prin-

cesse avait fait scandale. C'est que des raisons puissantes,
des raisons d'État s'opposaient à son amour pour le capitaine Limal. Il y avait alors autour du palais tant d'intrigues, tant d'arrivées louches d'émissaires venus on ne
savait d'où, repartant pour des destinations inconnues après
des visites secrètes à de très hauts personnages! Et la princesse
Zanak-Antitra disait tout au capitaine, elle eût livré son mari,
elle eût livré la reine et ses enfants, n'ayant plus ni patriotisme
— si jamais le patriotisme a existé à Madagascar, — ni religion, ni même le respect des intérêts de la famille, ce principe
sacré qui est la base de la véritable moralité malgache. De
sorte que le chapelain de la reine, la reine elle-même, et le
mari de la princesse, jusque-là débonnaire, suivant la coutume
des maris bien élevés, intervinrent rudement: on défendit à
la princesse de voir son grand ami, et elle le vit. On décida de l'enfermer, on la retint prisonnière, et alors elle rugit
de fureur, déclara qu'elle était d'une caste à choisir elle-même
ses amants. On lui envoya des pasteurs européens qui lui
firent la leçon: alors elle demanda le divorce. Son amour
était si vrai et si ardent qu'il allait jusqu'à l'enfantillage,
qu'elle pleurait dans les cérémonies publiques, au temple, au
bal, aux revues, les yeux dans le mouchoir que le capitaine,
furtivement, lui avait passé. Cependant, n'osant plus le voir
chez lui, elle lui donnait rendez-vous dans notre propre
maison, arrivait en tempête, au trot de ses huit porteurs,
toute vêtue de soie blanche, de lourds et laids bijoux d'or et
de perles à son cou. Et c'était pendant des heures des babil-
lages sans fin avec Ramary, des confidences heureuses, jusqu'à l'arrivée du capitaine Limal.

D'ailleurs, au milieu de la guerre qui la cernait, la ville
entière vivait en une indifférence chantante, voluptueuse et
séductrice. La saison des récoltes était venue, les grandes
rizières avaient jauni; courbées sur la glèbe molle, d'un
coup rapide d'une faucille grossière, les jeunes filles coupaient
au pied les gerbes. Vers le soir, on les voyait revenir, tenant
dans leur main droite un des lotus violets qui avaient poussé
dans les marais féconds, au milieu des touffes pressées de la
bonne plante nourricière. Elles remontaient ainsi les collines,
leur frêle figure brune calmée et lassée de travail, la belle fleur

pareille sur leurs voiles blancs à une étoile bleue, les cheveux aux épaules, le soleil derrière elles, et de petits enfants nus les suivaient, couverts de boue, et riant d'une joie sans cause. Toutes, les maîtresses et les esclaves, ayant été à la moisson, se retrouvaient le soir autour des marmites de riz fumant, car une singulière égalité régnait entre les seigneurs et les serfs, et la simplicité d'une habitation et d'une nourriture communes adoucissait la barbarie de l'institution : mais parfois on entendait une mère pleurer, comme Rachel, parce qu'elle allait être privée de son enfant, vendu au loin.

Notre vie s'écoulait dans une paresse heureuse. Ramary avait choisi la meilleure part ; Kétaka s'inquiétait de beaucoup de choses et dirigeait la maison. Je croyais l'aimer seulement parce qu'elle m'appartenait, sans m'apercevoir que des sentiments plus intimes se mêlaient pour me lier à elle, et qu'en flattant mes sens, en m'épargnant des soins pénibles, elle s'était emparée de moi plus que je ne la possédais. Les grandes pluies estivales avaient cessé, la poussière rousse du sol desséché montait par larges cercles dans le ciel toujours pur, et le besoin me venait parfois d'associer cette beauté immuable et sèche du paysage avec la politesse immuable et réservée des habitants. Kétaka était bien de leur race. Elle en avait la fierté, l'avarice, l'esprit processif, formaliste et dominateur. Il y avait encore d'autres éléments, je le sais bien : une lâcheté qui s'écrasait devant la force brutale, un mépris déférent pour l'étranger auquel elle était soumise. Mais le fond de son âme obscure, au-dessous même des principes raides et solides, contraires aux nôtres, légués par l'hérédité et la tradition, c'était un orgueil aveugle et dissimulé, une obstination farouche à ne jamais demander grâce, et à garder sa liberté, à vivre dans *les idées qu'elle comprenait.*

J'avais acheté un jour, dans une vente publique, une centaines de mètres de cretonne rouge, où étaient imprimées de grandes roses pâles. Tout de suite, Kétaka prit un marteau, des clous, fabriqua une espèce d'échelle, et commença elle-même de tendre la pièce où nous vivions, plaçant l'étoffe, dressant des plinthes de bambou, active, agile, infatigable, avec la vanité secrète de servir à quelque chose, d'être une maîtresse de maison qui sait créer un intérieur.

— Tu travailles très bien, petite Kétaka !— lui dit Galliac
en riant ; — mais tu ne coucheras jamais dans la belle chambre.
Ne sais-tu pas que Ramilina trouve que tu n'es pas gaie, et
en a assez de toi ?

C'était une plaisanterie, mais Kétaka n'entendait point la
plaisanterie. Quand je revins pour le repas du matin, elle
m'adressa d'un ton froid quelques paroles dans cette langue
provinciale et surannée que j'avais parfois du mal à comprendre et que, cette fois encore, je ne compris pas..

Et je répondis : « Oui », malgré cela, suivant l'immémo-
riale habitude des sourds et de tous ceux qui, pour une raison quelconque, n'entendent pas ce qu'on leur dit. Elle prononça encore d'autres paroles, et je répondis « oui ». encore
au hasard, sans même essayer de deviner. Le soir, elle avait
disparu. Et c'était si imprévu, cette fuite de celle qui jamais
ne quittait ma demeure, que je crus à une escapade et attendis avec sécurité. Mais Ramary me dit alors :

— Ma sœur ne reviendra point. Elle t'a demandé si c'était
vrai que tu ne voulais plus d'elle et tu lui as répondu « oui ».
Elle t'a demandé s'il fallait chercher les menuisiers pour finir
ta belle chambre, et tu lui as répondu que c'était bien. Elle a
fait suivant ton désir.

Et je me sentis profondément seul. Je fus comme un enfant
auquel il manque son jouet. Elle était chez son oncle Raini-
maro. La faire chercher ? Et mon orgueil, à moi, mon
orgueil blessé d'Européen ! Elle était partie sans un mot de
reproche, sans une récrimination, sans une larme. J'étais plein
de fureur devant une décision si vite prise, une résignation si
dédaigneuse. Et ce fut la princesse Zanak-Antitra qui fit les
démarches, finit par nous raccommoder, et Kétaka revint,
toujours la même, avec une fierté de déesse et d'idole.

Et cela dura ainsi... Des joies de tous les jours qui n'étaient
pas des joies, parce que c'est la loi humaine qu'il se faille bla-
ser, des inquiétudes, de petits froissements, des soucis que je
me rappelle maintenant comme des délices. Puis la maison
se vida de Galliac, mon presque frère.

Il s'ennuyait, étouffait dans la ville, et partit malgré les
incendies, les prédictions sinistres, les départs d'autres Européens qui n'étaient point revenus. Mais il avait goûté de la

brousse et il la lui fallait. Ce n'était même pas un voyage
qu'il allait accomplir ; quinze jours dans le sud, à une vingtaine
de lieues de Tananarive ! Il en haussait les épaules. Le matin,
au milieu de ses bagages et de ses porteurs, c'est à peine s'il
s'émut, parce qu'il ne voulait point s'émouvoir. Pour Ramary,
il allait à la chasse.

— Adieu, vieux !
— Adieu, vieux !

Le cœur qui se serre, l'ennui douloureux de celui qui reste,
est-ce que cela se dit ? Ah ! que je l'aimais pourtant, et comme
il m'aimait ! Mais l'avouer, mais s'embrasser, quand on vieillit,
quand on a la peau durcie par les soleils de là-bas, et des
lèvres viriles qui trembleraient dans un sanglot, si l'on tentait
de leur faire dire la tristesse de l'abandon ? Non : — Adieu,
tu m'écriras ? — Crois pas. Pas moyen. — Alors, adieu ! —
Adieu !

La petite caravane s'éloigne, tourne le lac, se perd au delà
de la place sainte, où chaque année la reine réunit son peuple
derrière l'Ambohi-dzanahary stérile. Maintenant, même du haut
de ma galerie, je ne vois plus rien. Mais j'entends un grand
sanglot. C'est Ramary qui pleure, qui pleure à chaudes larmes,
la figure cachée dans ses voiles, et ne veut pas être consolée :

— Il m'a dit qu'il allait tirer les oiseaux, mais ça n'est pas
vrai. Il est allé se battre, et je ne le reverrai plus jamais !

— Ramilina, voici ma sœur Sary Bakoly qui veut te faire
visite, me dit Kétaka.

La « Statue de terre cuite » est devant moi, accompagnée
d'une esclave qui porte un panier de bananes et d'oranges,
un poulet et des œufs, car il n'est point convenable de faire
une visite de cérémonie sans offrir en même temps un
cadeau. Elle est revenue de Moramanga avec le lieutenant
Biret, son ami. Elle est heureuse de retrouver ses sœurs
unies à des vazahas illustres, et demande la permission de
venir les voir souvent. J'accorde toutes les permissions possibles, sans hésiter.

Sary-Bakoly était grande, assez âgée déjà : figure intelli-

gente et sèche, impénétrable et polie, avec d'âpres dessous de
volonté qui la faisaient ressembler à Kétaka. Tout de suite
elles commencèrent ensemble une longue, une interminable
conversation, se donnant des nouvelles des frères, des parents,
des bêtes et des hommes, des terres à riz et à manioc, allant
soupeser la négrillonne, future esclave que sa mère esclave
avait donnée à Kétaka. Et je compris combien les intérêts
de la famille et du clan tenaient de place dans ces âmes, et
combien mon fugace passage dans leur vie les occupait peu.
Dans leur consentement à nous traiter en maîtres et en époux,
il entrait autant de condescendance que de crainte et de faiblesse, et je devinais en elles des griefs silencieux, un mépris
mérité pour notre ignorance de certains rites et de certains
devoirs, des jugements portés d'après des principes moraux
qui ne sont pas les nôtres... Sary-Bakoly revint souvent; puis
une fois elle m'annonça qu'elle allait passer quinze jours dans
sa famille, avec la permission du lieutenant.

— Tu entends, Ramilina? me dit mon amie.

Et je répondis, comme toujours, que j'entendais parfaitement.
Ma quasi belle-sœur me fit alors un grand remerciement, avec
un air de gratitude singulière, comme si je venais de prendre
un engagement qui m'intéressait.

Ramary n'assistait point à ces conversations. On la considérait comme une trop petite fille, et son grand amour pour
Galliac en faisait une espèce de traîtresse, la mettait en dehors
de la famille et des usages. C'est ainsi que se prépara la
catastrophe, en même temps qu'une autre, plus tragique et
irréparable.

Joseph, mon *boy* mozambique, avait quelque chose à me
dire...

Les femmes faisaient cuisine à part : un plat de riz cuit à
l'eau, avec du sel, du piment et du sucre ; des poissons secs
ou un peu de viande dans les grands jours, telle était leur
nourriture. Il n'eût point été digne de les recevoir à notre
table, et d'ailleurs cette faveur les eût embarrassées, pour une
raison matérielle bien simple : elles n'étaient point capables de
se servir d'une fourchette. La cuiller seule a pénétré dans la

civilisation malgache. J'ai dîné chez la reine, avec toute sa famille. avec les filles des ministres, avec les femmes de tous les grands de la cour — quelles femmes et quels grands!... — et je ne sais pas s'il en est cinq ou six qui connaissent l'usage d'un autre instrument de bouche. Aussi l'attitude de la reine, de ces dames, de ces demoiselles, était-elle héroïque : elles siégeaient, souriaient, et ne mangeaient point. Il est vrai que beaucoup se rattrapaient sur le champagne. Ajoutez que nos épouses, malgré toute leur noblesse, venaient des champs. Elles ne s'asseyaient sur une chaise que pour accomplir un certain nombre de gestes que leurs maîtres protestants et catholiques leur avaient appris : écrire, lire, travailler à l'aiguille. Mais on avait omis de leur enseigner à manger comme les blancs, il leur fallait être accroupies sur une natte, devant la marmite fumante. C'étaient encore de petites sauvages.

Donc Joseph, mon *boy*, servait mon repas, solitaire depuis le départ de Galliac, et j'avais pris l'habitude de le laisser parler, pour atténuer l'ennui de l'heure. Je l'estimais pour sa politesse, sa douceur, son hypocrisie, qui en faisaient un bon domestique ; enfin, il était assez délicieusement paresseux pour préférer l'ignominie ou la bizarrerie des tâches à leur rudesse. En ce moment, il était en train d'enlever avec gravité, du bout d'une paille, les fourmis qui nageaient dans ma tasse de café. Les fourmis étaient la plaie de la maison. Il y en avait partout, et surtout dans le sucrier. On avait beau cacher ce vase dans les endroits les plus clos et les plus hauts, l'entourer d'un océan de vinaigre, le fermer par des procédés perfectionnés, on y trouvait toujours autant de ces petites bêtes que de grains de sucre en poudre. Le plus simple était de se servir en faisant pour un instant abstraction de ces corps étrangers, et de les faire pêcher ensuite par son domestique. Joseph ne jugeait pas cela extraordinaire, ni moi non plus.

Mais ce soir-là, il serrait les lèvres d'une façon inhabituelle, dont l'importance de l'opération précédemment exposée ne suffisait point à rendre compte.

— Seigneur, dit-il enfin, savez-vous que Kétaka a passé la journée chez le lieutenant Biret?

Joseph avait vu avec chagrin la régularité de nos mœurs. Il eût aimé être. dans la maison, non seulement Ganymède, mais encore Mercure, à cause des profits. Je lui déclarai tout net qu'il n'était qu'un vil calomniateur. Seulement, un quart d'heure après, j'avais la faiblesse d'interroger Kétaka.

— Si j'ai été chez le lieutenant Biret? dit-elle. Oui! Puisque la Statue–de–terre–cuite l'a quitté, et qu'il n'a plus de femme, et qu'elle est ma sœur.

— C'est bien. Tu vas partir ce soir.

— Il fait nuit. Attends jusqu'à demain — dit-elle tranquillement. — Il n'est point convenable qu'une femme sorte dans la rue à cette heure.

— Va–t'en! dis-je.

Sa sœur Ramary accourut, m'embrassa :

— O Ramilina, pourquoi es-tu fâché? Puisque c'est le lieutenant Biret, et puisque Sary–Bakoly est partie, elle devait la remplacer : ce sont les rites... elle aurait été montrée au doigt.

Dans sa douleur, elle appuyait son nez contre ma joue, à la mode de l'ancien baiser malgache, en aspirant l'air.

— Va–t'en! dis-je encore à Kétaka, plus rudement.

Elle ne baissa pas son regard noir, et dit à sa sœur à voix haute, en me montrant :

— *Afabaraka izy!* Il est déshonoré!

Une heure après, elle était partie, sans faire de bruit, sans daigner même me revoir, incapable de demander grâce.

J'étais déshonoré. Ramary me le répéta. L'insulte que j'avais faite à sa sœur était impardonnable. La place que Sary Bakoly avait quittée, les coutumes des ancêtres ordonnaient à Kétaka de la prendre, et c'était toute sa famille que j'avais insultée en la chassant pour avoir rempli l'antique et imprescriptible devoir.

— Moi, je te pardonne — me dit Ramary — parce que tu es l'ami de Galliac. J'aime mieux me compromettre moi-même, me fâcher avec les miens, que de quitter cette demeure où il reviendra... hélas! reviendra-t-il? — Mais les autres, ils t'auront toujours en mépris.

La princesse Zanak-Antitra elle-même me donna tort. Et, comme elle me voyait veuf, comme Ramary, esseulée, était très triste, elle ne trouva rien de mieux que de lui faire envoyer une invitation pour une sauterie d'après-midi chez la reine. En

ma qualité d'Européen, on serait trop heureux de me recevoir ;
Ramary me devancerait, et je la pourrais rejoindre discrètement. C'était un grand honneur que d'être prié à ces fêtes
assez intimes : la petite abandonnée en sauta de joie.

— Tu vas me donner dix piastres, Ramilina, ton ami Galliac te les rendra. Il faut dix piastres au moins. D'abord,
j'aurai des souliers de soie noire, des *kiraro merinosy*, c'est
si joli ! J'ai la robe qui m'a servi pour la fête des tombeaux :
elle est magnifique, couleur de cuivre rouge ; mais je mettrai
un nouveau corsage, et, avec des bas blancs, un corset comme
les dames blanches, je serai très belle.

Trois jours à l'avance, il vint une matrone pour préparer
sa coiffure. Elle lui lava les cheveux, et les oignit de pommade
à la rose. Puis, et cela dura presqu'une demi-journée, elle les
tressa en une infinité de petites nattes, comme on fait parfois
en France pour la crinière des chevaux ; enfin, lorsqu'une
nuit fut passée, on défit les nattes, les cheveux retombèrent,
ondulés, pareils à des vagues noires et brillantes ; et le matin
même de la fête, avec l'aide de mon domestique Joseph,
enchanté de trouver une occupation peu pénible, on lui dressa
un chignon compliqué. Elle partit dès deux heures sonnées,
fière des quatre esclaves loués qui la portaient en filanzane,
— car elle s'était payé un équipage ! — fière de sa robe aux
reflets métalliques, où la taille, j'en ai bien peur, n'était pas
tout à fait à sa place ; fière aussi d'avoir quitté sa puérile
brassière pour ce raide corset ; pour cette contrefaçon de toilette parisienne, son lamba aux plis chastes, qui donnait de
loin à sa mine de jeune singe adroit un peu de grâce antique,
un charme léger, une élégance longue et souple ; elle partit,
faisant sonner sur l'escalier ses souliers de mérinos, et, resté
seul après elle, je songeai à sa démarche ancienne sur les
bords du lac d'Antsahadinta — la démarche silencieuse de ses
pieds nus sur l'herbe rude, quand ses talons roses, posés à
plat sur le sol, lui faisaient cambrer les reins, et dresser sa
jeune tête.

Et à mon tour j'appelai mes porteurs, pour me rendre au
Petit-Palais où l'on dansait ce jour-là.

Tout au fond du Rouve, l'ancienne ville sainte qui jadis
contenait Tananarive entier, au delà des tombeaux des vieux

rois, il dressait ses arcades de bois légères qui s'enlevaient
sur des chapiteaux de couleur brune et chaude. Du dehors.
on entendait déjà le bruit d'un mauvais piano : j'entrai.

Au fond d'une salle carrée, dominée par une galerie ciren-
laire, la reine était assise sur son éternel trône doré. Elle
était laide, sèche, assez vieille déjà, et n'avait pas eu d'enfants. Si même elle était devenue mère, il était décidé
d'avance, par la loi du royaume, que sa progéniture. ayant
pour père légal Raini-laiarivony, qui n'était pas de caste
noble. n'aurait pu régner. Pourtant, elle-même n'avait pas
sans mélange, dans ses veines, le sang des Malais qui,
après de longues aventures perdues dans l'obscurité des
temps légendaires, avaient poussé jusque sur les plateaux
rouges et stériles, d'où ils étaient ensuite, d'un mouvement
énergique et prudent tout ensemble, descendus à la conquête
de l'île. Les unions politiques de ses aïeux avec des filles
sakhalaves aux mâchoires bestiales avaient noirci son teint,
jeté en avant sa bouche dure, et l'on sentait dans tout
son être, avec une dignité assumée mais habituelle, de l'intelligence, de l'astuce, une violence contenue, de longues
rancunes, peut—être un désir de vengeance amer, muet et
brûlant. Ce n'était un mystère pour personne que les conquérants français l'accusaient de conspirer, racontaient de
louches histoires de lettres signées d'elle, scellées de son sceau,
prises entre les mains des insurgés. Et cependant ces mêmes
conquérants venaient en uniforme à ses fêtes, dansaient, cour-
tisaient ses filles d'honneur, et dans cette salle, tandis que
leur taille se courbait pour des saluts, leurs yeux, leurs
gestes, leurs voix semblaient prédire des exils et des poteaux
d'exécution.

Ramary regardait tout cela avec des yeux gais, parce que
l'heure était joyeuse et qu'elle ignorait tant d'intrigues et tant
de menaces. Elle sautait, se laissait entraîner par les beaux
officiers, retrouvant des amies, se faisant patronner par l'im-
périeuse Zanak-Antitra, furetant dans les salles voisines; et
tout à coup elle vint me dire en mettant un doigt sur sa
bouche :

— Ramilina, viens voir!

Et ce qu'elle me montra, c'était, dans une pauvre chambre.

étroite comme une prison, tendue d'un papier déteint, un
vieil homme qui me reconnut et m'appela.

L'homme était Raini-tsimbazafy, le nouveau premier ministre.
Et comme cette fonction jadis était terrible et auguste, pour
l'amoindrir et la déconsidérer, on la lui avait donnée, parce
qu'on le croyait inoffensif et bête. Caché dans ce trou, vêtu
d'une sale robe de chambre, assis devant un papier qu'on lui
avait envoyé de la Résidence, il considérait d'un œil anxieux
l'espace laissé par l'écriture au bas de la page.

— J'ai reçu cela tout à l'heure, me dit-il à voix basse. Où
faut-il signer?

Et quand je lui eus montré la place du doigt, il continua
timidement :

— Est-ce que c'est vrai que vous allez démolir la cabane
d'Andrian–ampo–in–Imérina?

C'était une humble hutte de bois et de paille où vécut le
fondateur de la dynastie, et de laquelle il avait marché à la
conquête de l'île, aidé par les premiers Européens qui préparèrent du même coup la grandeur et l'anéantissement de la
dynastie. Entre leurs larges palais modernes, dans leur orgueilleuse conscience du chemin parcouru, ses successeurs avaient
conservé l'antique demeure. Elle penchait à droite, vaincue par
le temps, pieusement étayée, révérée toujours, et, pour fouler
la cendre du foyer de cette masure presque en ruine, il fallait
être d'un sang noble. Depuis trente ans la vieille esclave,
nourrice d'un roi, qui la gardait, n'avait jamais pénétré
dans la partie réservée aux seuls hommes libres, derrière le
poteau central, et pour sortir de la hutte elle se faisait
porter, afin de ne pas souiller de ses pieds avilis de servitude
la meule ronde qui servait de marche au seuil sacré.

— Est-ce vrai, répéta-t-il humblement, que vous allez la
démolir?

Et je répondis vaguement :

— Il y a des projets aux Travaux publics pour l'embellis-
sement du Rouve.

— On dit, — murmura-t-il, honteux de sa superstition, —
que lorsque les cinq pierres de son âtre auront disparu,
c'en sera fait du royaume... Tout ce que vous faites est bon,
mais je ne comprends pas toujours. Je suis très vieux, très

malade. Est-ce que vous croyez que la France voudra bien me laisser m'en aller?

Comme je ne répondais pas, il considéra d'un air abattu le grand seau, instrument de ses fonctions dérisoires, et ajouta :

— Je vous ennuie. Allez danser.

Si nous n'étions pas venus y substituer la nôtre, eût–elle pu vivre, cette civilisation ébauchée qui avait bâti ce palais, créé cet empire en moins d'un siècle, commencé d'assimiler nos sciences et nos religions, sans trop de gaucherie, comme on retrouve une chose perdue, dont on reconnaît l'usage? A cette heure, je la voyais s'effondrer, et, comme si nous avions eu besoin d'une excuse, nous cherchions à nous repaître du spectacle de ses ridicules et de ses vices. Des danseurs avaient découvert dans une pièce écartée la princesse Rasendranoro, que la reine, sa sœur, avait fait enfermer parce qu'elle était ivre, suivant son habitude; et ils la ramenaient vacillante, injurieuse, roulant son corps énorme jusqu'au trône où elle vint s'appuyer en riant. Près d'elle, le prince Rakoto-mena, l'héritier présomptif, qui jadis avait fait assassiner des Français dans les rues de Tananarive, penchait son front bas et ses yeux sanglants, comme un taureau méchant mis sous un joug dont il frémit.

— Viens, dis–je brusquement à Ramary. Je me sens triste, ici. J'aime mieux visiter le grand palais. Je ne l'ai pas encore vu.

Ce n'était pas l'usage. Mais pouvait-on refuser quelque chose à un blanc? Un des officiers de la reine s'incline, trouve ma fantaisie naturelle, ingénieuse, charmante, et il nous précède dans les escaliers aux marches larges et irrégulières. Nous traversons deux hautes salles, parquetées de bois de rose et d'ébène, et si pleines d'ombre, même à cette heure, qu'elles semblent des cavernes souterraines, qu'on s'y heurte à des lits, à de vulgaires meubles européens, à des cabinets en marqueterie hindoue, dont la bizarrerie orientale amusa quelques instants le caprice des anciens souverains, et qui maintenant pourrissent dans ces espèces de greniers. Enfin nous voilà au sommet, accoudés à la balustrade qui entoure le toit. L'oiseau de la force, l'aigle, que la dynastie a pris pour emblème, dresse au-dessus de nos têtes ses grandes ailes de bronze. Et devant nous, c'est toute l'Émyrne.

La lumière du jour, vers l'ouest, se teintait déjà d'écarlate et de cramoisi, de grandes collines se heurtaient en désordre, baignant leur pied dans les rizières jaunies, et tachées de marais, et la campagne sans arbres, onduleuse, immense, allait mourir au pied de l'Ankaratra dentelé, la montagne sainte, pleine du vol éternel des grands oiseaux de proie qui protè- gent cette demeure des morts divinisés. Sous nos pieds, des maisons à arcades, des jardins, des églises, se pressaient, s'amoncelaient, dévalaient les pentes jusqu'à une large prairie verte, entre l'Ambohi-dzanahary, couturé de cicatrices, et le Lac sacré creusé par Radama : vue rapide et vraiment royale du miracle de cette ville fondée par l'hésitant génie d'un peuple qui maintenant se mourait.

Tout à coup, un murmure monta vers nous. Les taches blanches des lambas se précipitaient vers l'enceinte du Rouve; il sortait de cette foule un cri de pitié, un gémissement d'horreur infinie, et un homme déguenillé, tremblant, s'abat- tit sur le seuil même, disant des choses affreuses que nous n'entendions pas.

— O mon Dieu, dit Ramary, qu'est-ce que c'est?... Viens voir, Ramilina, j'ai peur!

Et nous redescendons en courant. Les invités sont déjà dans la cour, et devant la reine, devant les Européens en habit noir et en uniforme, un nègre est accroupi, couvert de sang, d'un sang desséché qui fait des plaques sales sur sa peau poussiéreuse. Ses bras sont hachés, des muscles blanchâtres apparaissent sur la chair grelottante, un médecin militaire le panse déjà, et ses dents claquent de fièvre. C'est Rainibozy, le chef des porteurs de Galliac.

Il me reconnaît, et me dit d'un ton monotone, résigné, la phrase qu'il a peut-être répétée cent fois depuis son arrivée, qui n'est plus pour lui qu'un bout de rôle, une tragique leçon récitée.

— *Efa maty Ragalliac!* On a tué M. Galliac!

Et je pousse un cri si furieux, si désespéré, qu'on n'entend pas le gémissement de Ramary.

L'homme parla, tendant vers nous ses mains mutilées d'où

le sang coulait, et ce qu'il disait était horrible et simple. Les
Fahavalos étaient venus, une première fois, la nuit, attaquer
un petit village où couchait la caravane de Galliac, et il avait
résisté victorieusement, gardant son beau sang-froid, barrant
la seule entrée d'une lourde pierre ronde confiant aux
habitants les cinq mauvais fusils qu'il avait emportés. Le
matin, il avait tenté de faire retraite sur Tananarive. Ses porteurs s'étaient enfuis, il était presque seul. A midi, il arrivait
à pied dans un autre village, Manantsoa, écrasé par la fatigue
et la chaleur.

— Ne t'arrête pas, monsieur le vazaha, avait dit le gouverneur. Va-t'en vite, ils vont revenir.

Et ils étaient revenus, en effet, plus nombreux, entraînant
avec leur bande tous les habitants du pays, qui avaient senti
l'odeur du pillage, vu passer des caisses en métal brillant que
leur rapacité croyait pleines de mystérieuses richesses. Pendant
deux heures, blessé déjà, haletant, voyant venir la mort, il
s'était défendu dans une maison en briques crues. A coups de
bêche, on avait fait un trou dans la muraille pour parvenir
jusqu'à lui. Mais la brèche faite, personne n'osait entrer.
Alors, on avait mis le feu au toit, et il avait péri brûlé, criant
sa douleur, et sa peur même peut-être, son sang-froid et son
courage vaincus par l'épouvante de la hideuse mort. Et le chef
des rebelles avait attendu tranquillement la fin de l'incendie,
il était entré, avait retrouvé en tâtonnant le cadavre sous la
cendre, et, se penchant sur lui, un couteau à la main, s'était
relevé en jetant à la foule un lambeau de chair dont l'arrachement avait laissé sur le ventre noirci une large blessure rouge,
qui fumait. Raimibozy s'était défendu, lui aussi, à la porte
de la case, et on lui avait haché les mains.

. . . .

... Ramary s'est réfugiée chez son oncle Raini-maro. Là-haut,
sur la galerie supérieure de la maison, elle hurle sa douleur,
et, jaillissant d'une robe bleue déchirée, ses bras nus se lèvent
et s'abaissent au-dessus de son corps vautré à terre. Elle crie
sans fin, les yeux pleins de lourdes larmes, ces beaux yeux

que j'aimais pour leur enfance et leur gaieté. Il fait nuit, et de
petites bougies ont été fichées en terre. Des formes humaines
s'agitent tout autour, il en sort un murmure de causerie
tranquille, et parfois un grand gémissement solennel et
théâtral, répondant à un sanglot plus fort de la femme
qui pleure sa misère, son gros chagrin fugace et violent d'enfant et de femelle. Ce sont nos porteurs, leurs femmes et leurs
filles, les parents de la petite veuve, venus pour honorer le
deuil terrible : et tous boivent du rhum que Ramary leur a
fait offrir, selon les rites. Beaucoup sont ivres, et, accroupis
ou couchés, ils écoutent les joueurs d'accordéon ou de guitare
loués pour l'orgie des funérailles, tandis que d'autres font cuire
des quartiers de bœuf, en plein air, au bout d'une baguette,
et les mangent gloutonnement. Ces choses sont faites aux frais
de Raini-maro et de sa nièce ; mais l'oncle, ivre lui aussi,
et majestueux, surveille du coin de l'œil une assiette placée
sur une table, et pleine déjà de petits morceaux d'argent :
offrande des pleureurs et des pleureuses, qui paient ainsi discrètement l'hospitalité funéraire. Cependant, un des vocéra-
teurs accorde sa *valiha*, la tige de bambou, dont on a soulevé
à même la souple écorce pour en faire des cordes musicales,
et il chante la chanson de l'abandonnée :

« Je ne suis plus qu'un errant morceau d'écorce, éclaté des
jeunes pousses du bananier ; mais quand j'étais riche et heureuse, les amis de mon père et de ma mère m'aimaient. Quand
je parlais, ils étaient confus ; quand je les prêchais, ils courbaient la tête. Aux parents de mon père, j'étais la protection
et la gloire ; aux parents de ma mère, l'ombre large contre les
soleils brûlants. J'étais pour eux comme la génisse née en été,
leur joie et leur richesse, j'étais celle dont on dit : Voici le grand
figuier, ornement des champs, voici la grande maison, ornement de la ville ; voici la protection, voici la gloire, voici la
splendeur et l'orgueil, voici celle qui conserve la mémoire des
morts ! Car ils m'admiraient comme une stèle funéraire, haute
et droite, et ils me recevaient avec des cris d'amour, et des
saluts sonores.

» Et maintenant je suis comme l'écorce errante, éclatée des
jeunes pousses du bananier, je suis laissée seule, désolée, inutile,
haïe par la famille de mon père, rejetée par la famille de ma

mère, considérée comme une pierre sur laquelle on fait sécher
les vêtements au soleil, et qu'on repousse quand le jour devient
nuageux. O peuple, pendant que je parle, je me reproche
moi-même, car je suis à la fois reprochable et déshonorée. »

Tous alors poussèrent de grands cris, et entonnèrent
ensemble le lamento de la mort, sur un air harmonieux et lent.
C'était à peine des paroles que ces paroles indéfiniment répétées, ce désespoir bégayé : « O tristesse, tristesse, larmes en la
nuit... O tristesse! voici sa mère qui pleure, voici nos enfants,
voici nos parents qui pleurent, voici les esclaves en larmes...
Larmes, larmes, larmes en la nuit!... »

Elle ne reviendra plus à la maison du docteur Andriani-
vonne, à Soraka, faubourg de Tananarive, au-dessus du lac
Anosy, la petite veuve désolée, et quand elle aura usé sa
grosse douleur, elle s'en ira, les cheveux sur les épaules, vers
la demeure de son père, où un ruisseau qui fait du bruit
arrose les cannes à sucre... Et je ne la reverrai jamais, jamais, pas
plus que je ne reverrai Galliac, dont le corps mutilé gît dans
cette terre rouge, ni Kétaka, mon ancienne amie, qui n'oublie pas son injure. La princesse Zanak-Antitra sanglote, elle
aussi, à côté de moi. Le capitaine Limal a quitté Tananarive
et, de cet autre grand amour, il ne reste également que des
ruines.

— Ramilina, me dit-elle, la chanson méchante dit vrai.
nous sommes reprochables et déshonorées, nous sommes perdues... Perdues ! Auparavant, nous ne savions pas ce que
c'était, nous ne savions même pas si un homme était notre
amant ou notre époux. Et vous êtes venus, vous, les blancs,
et nous vous avons aimés, et vous teniez à des choses que
nous ne connaissions pas : la fidélité, la vertu, dont les missionnaires parlent aux ignorantes petites filles sauvages, durant
les heures d'école, en attendant que les beaux officiers et les
colons les ramassent à la sortie. Cependant, par insensibles
progrès, nous arrivons quelquefois à croire que ces choses
existent peut-être ; et alors, vous nous quittez. La chère Ramary
a une consolation : au moins son grand ami est sous la terre,
pour toujours ; il est mort, il ne l'a pas abandonnée. Mais
crois-tu qu'elle pourra désormais vivre avec un mari malgache? Elle essayera, je le sais bien, quand elle sera vieille,

mais elle sera malheureuse, elle pensera toute sa vie au blanc
qui est mort, à des plaisirs et des bontés que l'autre, le
Malgache, ignorera toujours; et il la battra, pour la punir
d'avoir le cœur dans la pluie... Vois-tu, Ramilina, il en
est de nos joies comme du royaume, elles s'écroulent. Vous
viendrez en plus grand nombre, avec vos vraies épouses
blanches. celles que vous gardez toute la vie, dont vous
avez des enfants que vous ne jetez pas à la rue. et qui ont
leur image conservée dans un cadre d'or. sur la cheminée des
belles chambres. Nous, nous serons alors de petites malheureuses, méchantes et jalouses, il n'y aura plus de nobles,
plus de gouvernement malgache, plus d'honneurs; le peuple
sera comme de la poussière, et les femmes comme de la
boue.

A ce moment la voix de l'un des chanteurs se fit entendre.
Il prononçait, d'une voix rude et basse, un seul vers interro-
gatif, et le chœur des femmes et des enfants lui répondait :

— Ah! dis, qui donc est devant toi? — Je ne sais pas, je ne
lui parle point. — Ah! dis, qui donc est derrière toi? — Je
ne sais, elle n'a point parlé! — Pourquoi es-tu immobile et
raide? — Laisse, je viens seulement de me dresser. — Pourquoi es-tu hagarde et hors de toi-même? — Je ne suis pas
hors de moi-même, je pense. — Mais tu trembles, tu san-
glotes? — Je ne tremble pas, j'ai froid. — Enfin, pourquoi
es-tu si douloureuse? — Ah! je ne voulais pas avoir l'air
douloureux, mais celui que j'aimais est mort !

— Non, il ne faut pas pleurer, me dit la princesse Zanak-
Antitra. Si je dois finir dans le blâme, qu'importe qu'on me
blâme aujourd'hui ou demain. Heureux ceux qui vivent:
regarde comme les étoiles sont claires! Je suis seule, et tu es
seul. Partons ensemble. Ne suis-je pas déjà ton amie, puisque
j'ai été triste avec toi?

PIERRE MILLE

RUDYARD KIPLING[1]

IV

D'abord pourquoi, par quelle démarche naturelle de son esprit, Kipling pénètre-t-il dans ces royaumes de l'imaginaire? Comment, au sens le plus lucide de la réalité, à l'active curiosité du fait certain, de l'information complète et juste, peut-il unir une surprenante faculté de rêve?

Remarquons tout de suite que cette rencontre est fréquente en Angleterre et qu'elle a déjà déconcerté des critiques français. Ce peuple qui, mieux que tout autre, semble doué de l'intelligence du concret, ce peuple, dont l'apport à la philosophie est la morale utilitaire, la théorie de la méthode expérimentale, la doctrine agnostique et mécanique de l'évolution, qui, en matière politique et sociale, s'est montré dévot jusqu'à la superstition de la chose établie, — et cela parce qu'ayant atteint l'être, étant sortie du monde illusoire des idées, elle appartient au monde respecté des faits, — ce peuple d'ingénieurs, de marchands, de commis, d'ouvriers, de colons, qui a élevé l'opportunisme à la hauteur d'un système, et que les esprits courts croient avoir défini tout entier quand ils l'ont qualifié de positif et de pratique, — on s'étonne quand on constate la ferveur, la richesse, l'audace et le mysticisme exalté de son rêve. Invincible tendance au rêve qui produisit autrefois l'ac-

1. Voir la *Revue* du 1er mars.

tivité religieuse et demi-hystérique des foules, les ardeurs hallucinées des Puritains au XVIIe siècle, des Méthodistes au XVIIIe, le lyrisme inculte et souvent admirable de leurs pauvres apôtres ambulants, et qu'on peut reconnaître au XIXe dans la prédication évangéliste, dans le passionné mouvement d'Oxford, dans l'art si populaire des peintres symbolistes, des Madox Brown, des Burne-Jones, des Watts, et, dans la prose, des de Quincey, des Carlyle, et des Dickens[1]. Mais c'est la Poésie[2] surtout qui l'a manifestée à travers les siècles, de Spenser aux deux Browning — poésie de toutes la plus purement spirituelle, la plus frémissante et haut envolée, la plus affranchie de la chair et de la matière, indépendante des lois, libre comme les visions qui se déroulent et changent dans le songe d'un dormeur, et que le mot de *visionnaire* suffit justement à définir par son caractère général et vraiment distinctif.

C'est que le rêve visionnaire, si étrange et fantastique soit-il, est tissu de la même substance que le ruban d'images qui, chez l'individu normal et à l'état de veille, correspond à la réalité. Pour que l'imagination visionnaire apparaisse, une condition suffit : il faut que l'élément habituel de la pensée ne soit point le symbole verbal, le mot, encore moins le mot abstrait qui ressemble à un chiffre, mais l'image elle-même, représentation directe, complète et colorée de l'objet. Viennent la surexcitation nerveuse, une secousse morale, un accès d'exaltation artistique, et ces images vont se presser, jaillir avec une insistance et une lucidité singulières. Leur file normale se rompt, se reforme en combinaisons nouvelles. En figures fantastiques elles se projettent au devant du monde extérieur et le voilent, d'autant plus capables de remuer à fond la sensibilité que l'image en général est, plus que le mot, efficace pour émouvoir, et que celles-ci sont inso-

1. Ces deux écrivains joignent à des moments de quasi hallucination, le premier le culte du fait réel, et le second, le talent du rendu qui fait illusion. De même pour les peintres cités plus haut : ce sont des rêveurs, bien plus poètes que peintres, s'attachant pourtant au détail nombreux, petit, précis, à la fidèle et minutieuse copie de la nature. C'est d'ailleurs là un des préceptes de Ruskin et de l'Évangile préraphaélite.

2. Autre manifestation de cette tendance : l'abondance des fantômes, revenants, maisons hantées en Angleterre. Les trois quarts des faits qui remplissent les bulletins des *sociétés psychiques* proviennent d'Angleterre.

lites, étrangement semblables à la réalité et pourtant différentes, indépendantes du vouloir et, par là, fécondes en surprises mêlées d'effrois.

Ainsi s'évanouit l'antagonisme apparent des deux grands
caractères qui distinguent l'esprit anglais. Tous deux, le
sens du réel et la faculté de rêve intense, dépendent d'une
même cause : l'imagination concrète qui reproduit, tantôt
exactement, avec leurs liaisons vraies, tantôt dissociés, assemblés à nouveau en groupes arbitraires, les éléments sensibles
des choses. Et ce rapport étroit est si vrai qu'on peut achever
de l'établir par une observation inverse et complémentaire. En
effet, l'esprit français, qui ne possède qu'à un degré médiocre
ce genre d'imagination, a moins bien su dans le domaine
pratique adapter ses œuvres à la réalité, en même temps que
dans le royaume du songe il se montrait impuissant à s'aventurer très loin. C'est que, procédant surtout par signes réduits,
par abréviations, par notations commodes pour l'analyse et le
raisonnement, il a pour fonction spéciale de dégager les lois
qui assemblent les groupes, d'en extraire les lignes directrices,
de les rendre sensibles par des plans simples où la structure
profonde des choses apparaît avec clarté, précisément parce
que rien n'y reste de l'infini détail enchevêtré.

Ainsi peuvent s'expliquer aussi les jeux de songes et de
visions, où se plaît notre Kipling après avoir regardé la
nature avec une attention si perçante et l'avoir reproduite
avec une si forte vérité.

Voyons d'abord le simple défilé d'images qui, fondues ou
avivées par l'émotion, ne correspondent point à une réalité
présente et ne sont pas encore déformées jusqu'au fantastique.
C'est d'abord le simple rêve d'un au-delà, c'est-à-dire, pour
lui, le rêve de vagabondage, c'est le profond besoin de
l'ailleurs, suscité par l'antique instinct du rôdeur de mer[1];

1. *We were dreamers, dreaming greatly in the man-stifled town;*
    We yearned beyond the sky line where the strange roads go down.
    Came the Whisper, came the Vision, came the Power, came the Need,
    Till the soul that is not man's soul was lent us to lead.
        (The Song of the Dead. Dans : *A Song of the English).*

c'est la nostalgie des jours passés à rouler de l'autre côté du globe sur de mauvais bateaux à charbon; c'est le souvenir des mornes et somptueux océans de l'Équateur, des étendues tièdes, inertes comme de l'huile, où les seuls détails distincts sur la surface des eaux sont le sillage de l'hélice, et la mince raie blanche de la ligne du loch qui semble couper le pesant azur. « Partons! allons-nous-en bien loin! » dit le peintre Dick Heldar à l'indifférente Maisie, un jour d'hiver qu'il l'a décidée à quitter Londres pour aller pendant quelques heures regarder courir les vagues. « Partons », répète-t-il, « vous, vous êtes une bohémienne, et moi, la seule odeur des eaux libres suffit à m'agiter [1]. » Le soir — soir de décembre — est tombé; ils sont seuls sur cette grève froide de la Manche. Avec quelle émotion, tout d'un coup, il entend sortir du lent brouillard lunaire une pulsation sourde, régulière comme le battement d'un cœur, à peine perceptible dans le silence glacé de cette nuit! Aussitôt, il se tait, il est absorbé; il oublie la femme aimée à côté de lui :

Elle fut étonnée du changement de sa physionomie, tandis qu'il écoutait.

— C'est un steamer, dit-il, steamer à deux hélices! je le reconnais au battement; je ne vois rien, mais il doit longer de très près la côte. Ah! s'écria-t-il, comme le rouge d'une fusée rayait la brume, il s'est approché pour se signaler avant de se démancher.

— Est-ce que c'est un naufrage? — demanda Maisie pour qui c'était là du grec.

Les yeux de Dick regardaient la mer.

— Un naufrage? quelle bêtise! Il se signale tout simplement. Fusée verte à l'avant; maintenant un signal vert à l'arrière, et deux fusées rouges à la passerelle.

— Qu'est-ce que cela veux dire?

— C'est le signal de la ligne des Cross Keys qui fait le service d'Australie. Je me demande quel bâtiment c'est.

Le ton de sa voix avait changé; il semblait se parler à lui-même et Maisie n'approuvait pas cela. Un rayon de lune entr'ouvrit un instant le brouillard et son rayon vint toucher les flancs noirs du long steamer qui descendait la Manche.

— Quatre mâts et trois cheminées — et chargé jusqu'à la flottaison. Ce doit être le *Barralong* ou la *Bhutia*. Non, la *Bhutia* a l'avant

---

1. *You're half a gipsy, your face tells that, and I, even the smell of open water makes me restless.*

taillé en clipper. C'est le *Barralong* qui va en Australie. Dans une semaine il verra sortir de l'eau la Croix du Sud... Quelle chance, quelle chance il a, ce vieux rafiot[1] !

Ses yeux sondaient attentivement la nuit ; il monta sur la pente du fort pour mieux voir, mais la brume de mer s'épaississait et la pulsation des hélices devenait plus faible. Maisie l'appela avec un peu de colère, et il se retourna vers elle, les yeux toujours fixés vers la mer.

— Avez-vous jamais vu la Croix du Sud flamber au-dessus de votre tête ? demanda-t-il. C'est une chose *superbe !*

— Non, répondit-elle sèchement, et je n'en ai pas envie...

A partir de ce moment il est inquiet et comme possédé. La fièvre de partir, *the go fever*, le travaille et le brûle. Le soir de son retour à Londres, ses amis le trouvent étrange :

— D'où vient-il ? dit l'un.

— De la mer, répond un autre ; tu n'as donc pas vu ses yeux, tout à l'heure, quand il en parlait ? Il est anxieux comme une hirondelle en automne.

Quelques instants après, en faisant du punch, les amis — tous anciens correspondants militaires, comme Dick, et qui ont aussi couru le monde — chantent à pleine voix des refrains de matelots, où semble passer le souffle du large, et dont les rudes paroles battent comme les vagues à l'avant d'un bateau. Mais aujourd'hui ces airs-là ont trop de pouvoir sur Dick ; il écoute dans un coin obscur, et s'agite et se retourne sur son fauteuil, « car ses oreilles entendaient alors l'étrave du *Barralong*, crevant avec fracas les liquides masses vertes dans sa route vers la Croix du Sud ».

Voilà l'ardente et profonde aspiration de la race, celle que dix siècles de civilisation n'ont pas entièrement étouffée, celle qui pousse tant d'employés et de marchands de la *Cité* à quitter une fois par an leurs livres et leurs obscurs bureaux pour les grands chemins de la mer, les petits satisfaits d'un tour en Écosse ou bien en Irlande, en suivant la côte depuis

---

1. She'll lift the Southern Cross in a week — lucky old tub ! — oh, lucky old tub !

la Tamise : les plus riches, les chefs, prenant un mois ou six semaines pour courir jusqu'aux Antilles ou jusqu'à Colombo.

Mais le rêve de Kipling ne s'arrête pas là. Si âpre et si fort est son besoin de fuir le *déjà vu*, qu'il se donne carrière dans l'impossible. Comme Poë, il écrit des *Histoires extraordinaires*, par exemple celle de ces deux aventuriers anglais qui, gênés par les lois, se sentant à l'étroit, même dans l'Inde trop civilisée pour eux, s'engagent dans les passes inconnues de l'Himalaya. Ils deviennent rois d'une tribu sauvage et se font passer pour des dieux. Un jour, grisé par le succès, par le vertigineux besoin de risquer davantage, l'un d'eux, malgré l'opposition des prêtres et la terreur religieuse de la tribu, se met en tête d'épouser une fille du pays. Il veut l'embrasser : affolée, elle le mord au visage ; le sang coule ; on le reconnaît pour un homme, on le massacre, on crucifie son camarade, et celui-ci, détaché vivant encore de la croix, ayant perdu la forme humaine, revient en rampant jusqu'à Bombay. Plus troublante est l'histoire de cet ingénieur qui chevauche un soir dans le grand désert indien et tombe dans une vaste fosse de sable. Et la fosse, qu'il découvre sans issue comme l'entonnoir gigantesque d'une fourmi-lion, la fosse est habitée par des êtres décharnés et pâles ; des larves humaines y rampent, nues, et terrent dans des trous empuantis. C'est la cité des morts vivants, tombe ouverte où secrètement les brahmes font jeter les corps qui sont sortis de leur léthargie au moment d'être brûlés près de la rivière, — ceux qui ne *doivent pas* retourner parmi les hommes. Ici, la cynique imagination de Kipling a pu se donner carrière comme celle de Swift dans l'histoire des Yahous. Plus de lois, plus de morale, plus de pudeur dans ce cirque de sable où plonge le seul regard du terrible soleil. Les faibles y sont tués par les forts ; on s'y frappe par derrière pour s'arracher hideusement des lambeaux de viande gâtée que de temps en temps des hommes invisibles viennent jeter de loin. D'autres contes merveilleux sont dits par de vieux Hindous dans un style oriental, plein de proverbes, de fleurs et de cérémonies, un style où l'on sent l'humilité, la soumission séculaire, l'émerveillement grave de l'Homme devant une — Nature qu'il ne songea jamais à soumettre à ses usages, —

un style antique lent et clair qui ne connaît point les nerveuses abréviations, d'une dignité haute, réglé par des traditions immémoriales, impérieuses comme celles qui font les
rites d'une religion. Beaucoup de surnaturel aussi, à faire frissonner le lecteur anglais toujours prêt à s'émouvoir devant
les évocations d'outre-tombe ; beaucoup d'histoires de fantômes et de maisons hantées, récits probables et cependant
mystérieux, remplis de renseignements certains et clairs et
pourtant cernés d'une troublante pénombre dégradée.

D'une imagination différente, moins anglaise, demi-orien-
tale, primitive et mythique sont *les Contes de la Jungle* qui
font songer au *Ramayana*, à l'épopée du jeune dieu hindou,
ami et allié des singes. Les lecteurs de cette Revue ont connu
par de belles traductions quelques-unes des aventures de
Mowgli, le « petit d'homme », élevé par une louve avec
des petits de loup, l'enfant insaisissable dont les pieds ne
laissent point de traces, dont les prunelles percent la nuit,
qui sait l'heure nocturne où les nilgaï changent leur pâturage,
où le grand tigre, gorgé de viande, ne peut pas se défendre.
Vivent et parlent et passent devant nous, à la suite de
Mowgli, le jeune Orphée de l'Inde, toutes les bêtes de la
Jungle, chacune avec la démarche et la voix de son espèce :
Tabaqui, le vil et rusé chacal, Bagheera, la princière et luisante panthère, Baloo, le bon ours, le philosophe lourd, le sage
frugal, nourri de miel, Shere-Khan, le tigre lâche et féroce,
Kaa, le serpent, Akela, le vieux loup-chef, efflanqué ; d'autres
encore, qui n'appartiennent pas à la Jungle et ne connaissent
point sa Loi : Kala-Nag, l'éléphant, Rikki-Tikki, l'écureuil
rayé, Nag, le cobra, et chacune de ces évocations semble
d'un sorcier familier avec le langage des bêtes, capable de
déchiffrer ces âmes étranges, ces mystérieux génies inférieurs
qui rôdent autour de nous, vêtus de corps qui ne ressemblent
pas aux nôtres. Là-haut, dans le feuillage tout bruyant de
leur jacassement, tout secoué par leurs gambades, voilà les
singes gris, les demi-démons obscènes et fantasques, réfractaires à la Loi qui, dans la Jungle, règle les droits et les
devoirs de tous. Longtemps, de toute l'anxiété vieillote et
clignotante de leurs yeux perçants, ils ont guetté Mowgli, le
nouveau venu, dont les membres sont lisses et qui marche

debout. Un jour, prestement. ils l'enlèvent, les voleurs, et
très vite, de branche en branche, à travers les vertes tentures
qui plafonnent la forêt, parfois avec des bonds de vingt
mètres d'une cime d'arbre à la plus basse branche d'un
autre. parfois envolés au-dessus de toute la Jungle verte et
pacifique, la troupe entière l'entraîne, le houspillant, le
pinçant. le mordant, jusqu'à la ville des singes, cité déserte,
depuis des siècles et des siècles, construite autrefois par des
rois de l'Inde dont les noms sont oubliés des hommes. C'est
là, parmi les temples et les palais demi-crevés par les végétations victorieuses, parmi les éléphants de pierre, les idoles
abandonnées, c'est là maintenant qu'est leur république. Sur
les toits, sur les terrasses, ils se battent, ils se font des niches ;
ils secouent les orangers pour voir tomber les fruits, ils
furètent dans les passages, ils s'assemblent en cercles dans la
chambre du trône, et s'épucent les uns les autres avec une
gravité, avec une attention soudaines et soudain oubliées.
Mowgli posé à terre, ils dansent autour de lui, claquant des
dents et célébrant leurs propres louanges :

— Nous sommes grands, nous sommes libres, nous sommes admirables. Oui ! oui ! nous sommes le peuple le plus admirable de la
terre. Nous le disons tous, donc c'est vrai !... Toutes les paroles que
répètent les chauves-souris, les oiseaux, les bêtes de la forêt. jacas-
sons-les très vite, tous ensemble ! Excellent ! Admirable ! Merveilleux ! Encore une fois ! maintenant nous parlons tout à fait comme des
hommes !... peu importe ! Autre chose !

Surviennent alors Baloo et Bagheera, l'ours et la panthère,
les deux grands amis de Mowgli, accourus pour le délivrer ; mais
le pullulement gris des singes augmente ; ils bégayent de fureur,
et Bagheera vaincue jette le cri d'appel connu de toutes les
bêtes qu'unit le pacte de la Jungle. Le grand serpent l'a
entendu. « Alors vient Kaa, tout droit, rapide et avide de
tuer [1]. » C'est le Python : il a cinq pieds de long et, redressé,
balançant sa lourde tête, avec un élan invincible et massif, la
gueule fermée. il frappe la cohue des singes comme d'un coup
de bélier, et tous veulent fuir et crient : « C'est Kaa, c'est

1. Il faut citer la rigide et sifflante phrase anglaise : *Then Kaa came straight,
quickly and anxious to kill.*

Kaa ! Sauve qui peut ! » Car, devant le regard mystérieux de
Kaa, ils connaissent la peur de mourir. Mais Kaa les tient,
les enchaîne de ce languide regard, et leur cercle se reforme
autour de lui ; un cercle gris, éparpillé, frissonnant, hérissé,
qui, lentement, pouce par pouce, se rapproche de la gueule
inévitable, cependant que lui, en silence, avec des clartés
bleues sous le clair de lune, danse la danse terrible de la Faim
de Kaa, enlace en boucles ses anneaux pesants, les dénoue,
se lève, et semble suivre dans l'air, avec sa tête, des tresses
invisibles, et puis ondule tout entier en huit, « en triangles
doux, glissants, qui fondent en carrés, en figures à cinq côtés,
en paquets enroulés », et ne se repose jamais, et ne se hâte
jamais, tant qu'enfin, la lune déclinant peu à peu, l'obscurité
se fait sur les anneaux qui traînent et qui changent, mais on
entend toujours le froissement lent de ses écailles.

Bien des années plus tard, Mowgli, frère adolescent des
loups, mais dont la tête a maintenant les ruses, et le cœur
les audaces de l'homme, conduit le peuple de la Jungle aux
guerres difficiles. Quand la horde des terribles Chiens Rouges,
sans honneur et sans loi, fait invasion du Dekkan, c'est lui qui
décide les loups à leur faire tête. De nouveau il demande secours
au Python, au solitaire dont la tête plate à forme de diamant
est pleine de sagesse, ayant vu naître et mourir tant de générations d'arbres et de bêtes. On songe ici aux *Mabinogion,*
aux anciennes légendes des peuples celtiques et persans.
Même fraîcheur spontanée, même abondance, même gravité tranquille du conteur pour qui le surnaturel est le naturel ; seulement, rien dans les vieux récits n'égale la puissance
des petits détails qui suffisent ici à nous révéler les aspects
que prend le monde quand il se réfracte à travers des yeux
de serpents et de fauves, à travers les sens du chasseur primitif dont l'âme humaine commence à remuer.

Mowgli, donc, est allé consulter la sagesse de Kaa, et le
reptile, qui guettait une piste de chevreuils, l'a reçu dans ses
anneaux ; l'enfant s'y est posé comme sur de souples câbles.
Il va s'y endormir tandis que le serpent s'apprête à fouiller
sa mémoire, à remonter les siècles de son expérience, pour y
chercher comment les Loups d'autrefois ont repoussé les
Chiens Rouges.

— J'ai vu, dit Kaa, les saisons des pluies par centaines. Avant qu'Hathi laissât tomber ses premières défenses, ma trace était large, déjà, dans la poussière.

— Mais ce qui arrive n'a jamais été vu, répond l'adolescent, jamais les Chiens Rouges n'ont traversé nos pistes !

— Ce qui est a été, reprend Kaa. Ce qui sera n'est qu'une année oubliée qui se met à revenir. Tais-toi, tandis que je les compte, mes années.

Alors tous deux tombent dans le silence, et, pendant une longue heure, Mowgli repose dans les anneaux, et Kaa, la tête à plat dans l'herbe, immobile, songe à toutes les choses qu'il a vues depuis qu'il est sorti de l'œuf.

La lumière qui sortait de ses yeux s'éteignit, les laissant pareils à des opales flétries, et, de temps à autre, il donnait de petits coups brusques avec la tête, comme s'il happait une proie dans son sommeil. Mowgli dormait paisiblement ; il savait que rien ne vaut le sommeil avant la bataille, et il avait appris à le saisir à toute heure du jour et de la nuit.

Alors il sentit Kaa qui grossissait sous lui, qui s'élargissait en se gonflant, sifflant comme un sabre qu'on tire de l'acier du fourreau.

— J'ai vu, dit enfin Kaa, j'ai vu les saisons évanouies, et les grands arbres et les vieux éléphants, et les rochers qui étaient aigus et nus avant que la mousse les couvrît. Es-tu toujours vivant, petit d'homme ?

— La lune vient seulement de se lever... Que veux-tu dire ?

— Sss ! Ah ! je me réveille ! Je savais bien qu'il n'y avait pas longtemps...

Je ne connais guère de choses plus belles dans la littérature du fabuleux que cette rapide évocation : ce profond silence d'une heure ; ce rêve, à travers les siècles, du serpent dont les yeux se sont éteints, ces surprenantes et mélancoliques paroles de réveil : « Es-tu vivant ? » Voilà ce qu'un grand artiste peut faire tenir en trois mots. Comme ceux-ci suggèrent à l'esprit l'antiquité, la solitude, la lente tristesse de la bête qui sort de sa torpeur et revient de si loin, du profond de son passé ; de l'animal vieillard, si habitué à voir se suivre les générations qu'il ne sait pas si des siècles n'ont point coulé pendant son rêve, et si l'ami de tout à l'heure n'est pas maintenant, lui aussi, un des morts d'autrefois.

Toutes les fantaisies de Kipling n'ont pas cette heureuse

aisance, ce débit fluide comme celui des coîtes orientaux. Parfois il documente avec trop de rigueur. Les procédés d'un Daniel de Foë, bons pour donner l'illusion d'une réalité quelconque, ne suffisent pas quand on veut émouvoir par de l'extraordinaire. La notation presque sèche, à force de précision, le ton du narrateur presque dur, à force d'assurance, s'opposent alors à l'impression de mystère. A cè propos, comparez la sombre et somptueuse *Descente dans le Maëlstrom* d'Edgard Poë à la plus fabuleuse histoire de Kipling : celle des grandes bêtes sous-marines qu'un cataclysme rejette à la surface des vagues. Comme pour tenir une gageure, il la fait conter par un reporter sur des notes de reporters, et, pour mieux marquer son intention, il l'intitule : *Un Fait positif*. Mais quelle puissance et quelle étrangeté, malgré tout, dans cette mystification! Quatre journalistes reviennent du Cap et font route sur Liverpool. Ils approchent de l'Équateur; le temps est calme, le rythme de l'hélice n'a pas varié, et pourtant la vitesse indiquée par le loch a baissé ; le gouvernail répond mal ; l'homme de barre sent dans l'eau d'insolites résistances. Subitement, « comme si une moitié de l'océan venait de monter contre l'autre pour s'y appuyer, épaule contre épaule », une vague énorme soulève la face de la mer. Emporté, le navire escalade la montagne liquide, descend une pente de vertige, le nez en avant, son hélice affolée, tourbillonnant à vide sur le plan d'eau presque perpendiculaire et, par miracle, il ne sombre pas. La vague de fond passée, un froid intense s'est établi avec un brouillard épais ; la mer, d'un bleu foncé tout à l'heure, est maintenant couleur de boue :

Un paquet d'eau d'un gris d'argent frappa le gaillard d'avant, laissant sur le pont une nappe de sédiment : la pâte grise dont la place est au fond de l'abîme. Quelques gouttes de cette embardée jaillirent jusqu'à ma figure, — si froides qu'elles me brûlèrent comme de l'eau bouillante. Un volcan sous-marin venait de soulever jusqu'à la surface le dessous mort et inviolé de la mer, l'élément inerte et glacé qui tue toute vie, dont l'odeur est celle du vide et de la désolation.

— C'est la rencontre de l'air chaud et de l'eau froide qui fait ce brouillard, dit le capitaine. Dans un instant...

Il ne continua pas. Ses yeux s'agrandirent et sa mâchoire tomba ;

À six ou sept pieds au-dessus du bastingage, à bâbord, encadrée dans le brouillard, aussi dénuée de support que la pleine lune, pendait une Face. Elle n'était pas humaine, et sûrement ce n'était pas non plus un animal, du moins de ceux qui appartiennent à notre monde connu. La bouche ouverte révélait une langue ridiculement petite, absurde comme celle d'un éléphant ; il y avait des rides de peau blanche tendue aux coins des lèvres tirées ; des palpes blanches comme celles d'un barbeau sortaient de la mâchoire inférieure, et la bouche ne présentait aucune trace de dents. Mais toute l'horreur de cette figure venait des yeux, car ils étaient vides de regard, blancs, dans des orbites aussi blancs que de l'os gratté, et aveugles. Et pourtant cette figure ridée comme un masque de lion dans un bas-relief assyrien était toute vivante de rage et de terreur. Une longue palpe blanche toucha nos bastingages. Puis la Face disparut soudain avec la vitesse d'un orvet qui rentre dans son trou, et ce que je me rappelle immédiatement après, c'est le bruit de ma voix qui vibrait dans mes oreilles, disant gravement au grand mât :

— Mais la différence de pression aurait dû lui faire sortir la vessie natatoire de la bouche, vous savez bien...

Alors le brouillard se déchira comme une ouate, et je revis la mer grise de boue, roulant autour de nous et vide de toute vie. Mais en un point de sa surface il se fit un bouillonnement de bulles, une agitation comme dans le pot d'onguent dont parle la Bible...

Surgit alors une seconde créature, qui fait songer à l'Apocalypse, car en effet c'est à la Bible que l'on pense devant ces minutieuses descriptions de faces monstrueuses et pâles. Ou plutôt l'on y penserait si l'on ne sentait ici que les effets de terreur sont combinés de sang-froid, l'auteur ayant entrepris de « rompre son propre record » et de faire, enfin, sursauter [1] le placide public anglais. Rien dans ces épouvantes qui nous touche profondément ; rien qui soit un symbole général et suggestif, spontanément apparu du fond de l'inconscient, à demi noyé d'ombre encore, tenant encore à l'obscur dessous où remuent en nous les émotions.

Mais supprimez les lignes trop précises, fondez-les dans des clartés fumeuses et mouvantes ou baignez-les de calme lumière surnaturelle ; évoquez, non des corps solides mais des formes flottantes, non des visages mais de pures expressions de physionomie, changeantes ou fixes, disant l'âme tumultueuse ou bien figée dans une impassibilité d'extase, — que

1. *I'll see the Britishers sit up*, dit un des reporters — un Américain.

le ton de votre récit ou de votre tableau, que le rythme
des lignes ou des phrases soient des sortilèges pour susciter
l'idée d'un monde différent du nôtre, illimité, peuplé
d'êtres plus grands que nous, solennel à la fois et terrifiant,
et qui émerge peu à peu de la nuit, qui se révèle de lui-
même, enchaînant l'attention comme dans l'hypnose, et voici
que vous arrivez aux grands effets de l'imagination visionnaire,
ceux d'un Milton, d'un Blake, d'un de Quincey, d'un Edgard
Poë, d'un Watts. A ce degré, ces effets sont rares dans Kipling,
mais on les trouve, surtout dans ses premières œuvres, par
exemple dans la *Lumière qui s'est éteinte*, — la plus spontanée de
toutes. On se rappelle le rêve ardent où tombe Dilek Heldar
au retour de sa promenade au bord de la mer. C'est le soir,
dans son atelier ; ses amis se sont mis à chanter des airs
populaires, des refrains de matelot. Lui, le jeune grand artiste
aux instincts de Viking, anxieux depuis qu'il a revu les vagues.
se tait, et ses yeux fixés sur le mur le voient tour à tour
s'effacer et reparaître derrière des morceaux de mer qui
viennent briller là et s'éteindre, — et ses narines se gonflent
comme au vent du large. Par bouffées lui reviennent les
souvenirs des années vagabondes, et, tout entier, celui de sa
plus longue et plus étonnante traversée, celle qu'il passa, son
génie de peintre remuant pour la première fois en lui, à
créer dans le rêve et l'hallucination :

— C'est la mer, dit-il, qui m'a rappelé ce tableau-là. Je ne
pose pas, je vous assure. Je roulais, entre Lima et Auckland, sur un
vieux paquebot poussif condamné par tous les vétérinaires de bateau,
et qu'une compagnie italienne de troisième classe faisait marcher.
Un drôle de panier à salade ! On nous rationnait à quinze tonnes de
charbon par jour, et nous étions bien contents quand nous pouvions
tirer sept nœuds à l'heure de cette vieille carcasse. Alors on stoppait
pour laisser refroidir les bielles, et l'on se demandait si la félure de
l'arbre de couche s'était étendue. J'étais en fonds et j'étais passager.
sans cela je me serais embarqué comme garçon de cabine. J'étais le
seul passager de Lima, et le bateau était plein de rats, de cancrelas
et de scorpions. ..
— Que vient faire ton tableau dans tout ça !
— Vous allez voir ! C'était un ancien paquebot de Chine et l'entrepont avait été aménagé pour y loger deux mille têtes à queue.
Toutes les cloisons enlevées, l'entrepont était vide jusqu'à l'avant, et

la lumière entrait par les hublots : une lumière bien gênante pour
travailler. Nous en avions pour des semaines, de ce voyage-là. Les
cartes du capitaine étaient en lambeaux, et il n'osait pas faire route
au sud de peur de rencontrer des cyclones. Alors il tâchait d'amener
l'une après l'autre les îles de la Société, et moi je m'installai dans
l'entrepont et je couvris de ma peinture le mur de bâbord, allant
aussi loin que je le pus à l'avant. J'avais de la couleur brune,
de la verte, dont on se servait pour les baleinières, et de la noire
qu'on emploie pour la ferraille, et je n'avais pas autre chose.

— Les passagers devaient te croire fou !

— En fait de passagers, il n'y avait qu'une femme, et c'est elle
qui m'a donné l'idée de cette composition-là.

— A quoi ressemblait-elle ?

— Une espèce de juive cubaine-négroïde avec des mœurs assorties.
Elle ne savait ni lire ni écrire ; elle descendait à l'entrepont et me
regardait peindre ; ça n'amusait pas du tout le capitaine : c'est lui
qui payait son passage, et il était bien obligé d'être quelquefois sur
sa passerelle.

— Ça devait être drôle !

— Les meilleurs jours de ma vie ! D'abord, quand il y avait de la
mer, nous n'étions jamais sûrs de ne pas couler la minute suivante ;
et, quand il faisait calme, c'était le paradis. La femme mêlait mes
couleurs et parlait un anglais nègre, et le capitaine, descendant à
pas de loup, venait de temps en temps nous reluquer sous prétexte
qu'il avait peur du feu. Nous ne savions jamais si nous n'allions pas
être pincés, et moi je travaillais sur une idée superbe avec trois
tons, seulement, pour la réaliser.

— Quelle idée ?

— Deux vers de Poë :

Ni les anges du ciel, ni les démons au fond de la mer
Ne peuvent arracher mon âme à l'âme de la divine Annabel Lee.

Toute mon idée, d'ailleurs, c'est de la mer qu'elle est sortie, qu'elle
est sortie toute seule. J'esquissai cette bataille-là, livrée dans l'eau
verte, sur l'âme nue et suffocante, et la femme me posa successivement les anges et les démons, les démons de la mer et les anges de
la mer, et entre eux l'âme à demi noyée qui se débat : ce n'est pas
grand chose à raconter, mais, quand l'éclairage était possible dans
l'entrepont, c'était très beau et ça donnait assez la chair de poule.
Quatorze pieds de long sur sept de large, le tout brossé dans de la
lumière bougeante et donnant des effets de lumière bougeante !

— La femme t'inspirait beaucoup ? demanda Torpenhow.

— Avec la mer, à elles deux, énormément. Tout ça, d'ailleurs,
était bourré de fautes de dessin, de raccourcis que j'avais mis là pour

rien, pour le plaisir, et je n'étais pas fort, à cette époque-là, sur le raccourci ! Et, malgré tout, c'est la meilleure chose que j'aie produite. Et maintenant, je suppose que le bateau a été démoli, ou bien qu'il est allé au fond de l'eau... Uit ! Quelles semaines j'ai passées là !

— Et comment tout ça se termina-t-il ?

— Ça se termina. On chargeait des balles de laine quand je débarquai, mais les arrimeurs eux-mêmes tâchaient de ne pas couvrir ma peinture avec les ballots. Parole d'honneur, les yeux des démons leur faisaient peur !

— Et la femme ?

— Elle aussi se mit à en avoir peur quand j'eus fini. Elle faisait le signe de croix avant d'aller les regarder... Rien que trois couleurs, sans aucune possibilité humaine de s'en procurer une autre, et la mer au dehors, et de l'amour au dedans, à volonté, à l'infini, et la crainte de la mort sur le tout... O mon Dieu !...

Il ne regardait plus l'album sur lequel il était, resté penché en parlant, et ses yeux, grands ouverts, étaient fixés sur le mur.

Un instant après, le dessous le plus profond du tempérament remué par l'essor saccadé de l'imagination turbulente, remonte à la surface et se révèle par un mot énorme :

Dick ferma l'album brutalement.

— Ouf ! fit-il, il fait chaud comme dans un four, ouvrez donc la fenêtre.

Il se pencha dans la nuit, regardant la nuit plus dense encore de Londres qui s'étendait en bas. De la chambre[1], on voyait cent cheminées avec des formes obliques de capuchons qui prenaient des airs de chats assis quand le vent les faisait tourner, cent mystères de zinc et de briques soutenues par des étais de fer et reliés par des pièces en forme d'S. Au nord, Piccadilly Circus et Leicester Square épandaient une lueur cuivrée par-dessus les silhouettes noires des toits. Au sud s'alignaient, parallèles, régulières, les lumières de la Tamise. Un train vomi par un terminus roula sur un pont de fer avec un fracas de tonnerre qui, pendant un instant, couvrit le sourd grondement des rues.

— C'est l'express de Paris, dit le Nilgaï, en regardant sa montre.

Dick ne répondit pas ; il se penchait davantage, la tête et les épaules hors de la fenêtre. Torpenhow vint se mettre à côté de lui. Le Nilgaï s'assit au piano.

— Eh bien ! — dit-il au bout d'un instant aux deux paires

1. La scène est posée près de Charing-Cross. C'est la vue que Kipling avait de ses fenêtres quand, arrivant de l'Inde, il écrivit, à Londres *The Light that failed*.

d'épaules. — est-ce que c'est la première fois que vous voyez la vue
de votre fenêtre?

Sur le fleuve un remorqueur beugla en amenant des bateaux à
quai, puis le grondement des rues emplit de nouveau la chambre.
Torpenhow toucha Dick du coude :

— Bon endroit pour faire de la banque, mauvais endroit pour y
vivre[1], n'est-ce pas, Dickie?

Dick tenait son menton dans sa main, tandis que, sondant toujours
l'espace et la nuit, il répondait, reprenant sans le savoir les paroles
d'un général non dépourvu de renommée ;

— Bon Dieu!... Quelle cité pour un pillage!

J'ai donné des contes de Kipling d'abondantes citations.
Que celle-ci, tirée d'un de ses premiers ouvrages, soit la
dernière. Depuis qu'il écrivit l'histoire de Dick Heldar, l'artiste
a voulu renouveler ses sujets, ses personnages et ses procédés; son talent, dur au début, trop concentré, s'est assoupli
jusqu'à l'aisance. Mais, dans cette page qui a la valeur d'une
confidence, son vrai fonds original et permanent apparaît.
C'est celui du *Berserker* que Carlyle croyait retrouver en tout
Anglais et dont il admirait les bouillonnements intermittents et
comprimés de « rage sacrée ». C'est celui de l'aventurier effréné
qui aime avant tout le risque et le « jeu de la vie et de la mort[2] » —
du barbare orgueilleux qui couve trop d'énergie latente, qui
s'assouvit dans le combat contre la Nature hostile ou contre
l'homme, dans la conquête et le ravage, et trouve son repos
dans la solitude du rêve farouche et muet.

V

Le lecteur connaît maintenant l'imagination de ce conteur
et de ce poète. Il peut apprécier la justesse de ses divinations.
la vélocité de ses démarches, l'exaltation de son essor; il peut
embrasser l'étendue des espaces qu'elle parcourt. Elle va de
la représentation photographique des petits faits jusqu'à la

---

1. Dans le texte : *good place to bank in, — bad place to bunk in...*

2. A quinze ans, Mowgli cherche la sensation du danger : *For he was fond
of the Life and Death fun... he liked to pull Death's whiskers.*

pure poésie du symbole mythique[1] en passant par tous les
intermédiaires. C'est d'abord à la réalité sensible qu'elle se
prend ; avec une exactitude et une lucidité surprenantes, elle
en reproduit les détails individuels, ceux qui sont spéciaux
à chaque objet et à chaque être. Secousses, glissements,
lueurs, tournoiements de chaque pièce dans une machine de
bateau, — bruissement continu de l'eau verte qui s'ouvre et
s'élève en deux nappes minces devant une étrave, — progrès
convulsif et oblique de l'écume à la crête d'une vague qui va
crouler, — bruit sourd d'un couteau qui crève une poitrine,
soupir qui sort des sables arides le long du Gange quand
l'eau grossissante s'y étale, s'y absorbe avant de se changer en
flux de désastre, couleur de chocolat, et blanchissant d'écume,
— rampement de la brume jaunâtre sur l'herbe décolorée
entre les arbres d'un parc à Londres, — imperceptible murmure des sables qui coulent des dunes dans le désert, odeur de
la boue tiède dans le Punjab après les pluies, couleur du sang
séché sur la terre, — il faudrait un volume pour énumérer
et classer la multitude des petits événements et des menus
aspects que cette imagination reproduit avec une vérité prodigieuse, disant la promptitude d'éclair et pourtant la sûreté du
regard observateur. Allant plus loin, passant par delà ces
surfaces dont elle connaît toutes les nuances particulières et
momentanées, elle se prend aux forces intérieures, à la vie, à
combien de formes diverses de la vie ! Les habitudes de
métier, les idées, les soucis, enregistrés dans les gestes, les
attitudes, le style, l'argot, la langue technique, la prononciation, l'accent d'un fantassin irlandais, d'un mécanicien, d'un
armateur de Liverpool, d'un officier, d'un conducteur de
chemin de fer américain, d'un reporter, d'une prostituée de
Londres, d'un pilote, d'un *pundit*, d'une hindoue de basse-
caste, d'un chinois mangeur d'opium, d'un millionnaire de
Chicago, d'un gentilhomme campagnard anglais, — bien
mieux, les rêves, les frayeurs, les caprices, les obstinations
d'un éléphant, d'un chameau, d'un mulet, d'un phoque, —
voilà quelques-uns des innombrables modes de l'Ame et de
la Vie sur lesquels cette imagination travaille avec une inlas-

1. Une admirable création de mythe tout à fait primitif et ancestral est le conte
intitulé : *How Fear came (Second Jungle Book*'.

sable curiosité, étendant tous les jours le champ de sa vision
et de sa connaissance. Ce n'est pas encore assez. Ayant deviné
par coups d'intuition les procédés, les démarches secrètes de
cette énergie organisatrice qui développe et maintient la structure propre à l'espèce, à la race, à l'individu, qui coordonne
et rythme leur vouloir, leur sensibilité, leur pensée, elle sait
non seulement en copier le jeu mais l'inventer, non seulement le reproduire mais le produire : car, tantôt elle ajoute
à la vie des créatures animées puisqu'elle les fait frémir d'une
vibration plus ardente et plus volontaire, et tantôt elle donne
la vie aux objets insensibles, — vie cohérente, harmonique
comme celle qui naît de la nature et n'en différant que pour
être restée dans les domaines du Possible. Avec une verve
admirable, avec une joie contagieuse de création, avec de
surprenantes réussites dans l'extravagant, elle va jusqu'à
douer d'une âme et d'un langage les engins que l'homme a
construits, jusqu'à décrire l'émotion d'une jeune locomotive
qui s'effare, lancée la nuit sur les rails, — d'un bateau qui
essuie sa première tempête : la rumeur, le rapide dialogue
d'effroi de toutes les pièces secouées, le subit émoi de l'hélice soulevée par un coup de tangage et qui s'affole en sentant
l'eau fuir, et lui manquer son point d'appui ; la souffrance
patiente des plaques intérieures qui peinent par-dessous, près
de la quille, opprimées dans la nuit frémissante de l'eau
glacée, entre la pesée du chargement et la poussée des
vagues, — les chutes lourdes et les sauts étourdissants de
l'avant, les cercles qu'il décrit avec son nez, les jurons, la
colère des masses glauques et des paquets blancs d'écume qui
l'assomment, leurs sauts obliques, leurs bonds droits et
verticaux, — tout le rythme pressé, saccadé du récit, tout
son bruit liquide et ferrailleur, tout l'entrecroisement des
exclamations et des étonnants dialogues, aidant à sentir l'effort
obstiné, tendu, la trépidation de l'énorme créature qui avance
et fait tête au mauvais temps[1]. Arrivée là, cette audacieuse
imagination s'est engagée dans le merveilleux ; elle s'achemine
vers le rêve pur, — rêve et merveilleux situés d'abord sur
notre terre, contrée des histoires étranges, des épopées enfan-

1. *The Ship that found herself* (Dans : *the* Day's *work*).

tines et profondes, où elle se joue et s'enchante parmi le peuple sérieux des bêtes, au sein de la nature grave et primitive. Enfin, quittant notre terre et les formes matérielles qui la peuplent, par élans imprévus et violents, elle bondit jusqu'aux brumeuses régions de l'au-delà ; elle projette un trouble rayon sur le vague royaume qui entoure notre petite vie ; elle fait apparaître un instant les grandes figures de mystère et d'effroi, celles qui dominent l'homme, celles qu'il entrevoit un instant, de loin en loin, aux minutes de crise, et qui, sans jamais lui parler avec précision, l'avertissent, lui révèlent un instant sa destinée.

A cette imagination correspond une certaine façon de sentir. Il n'est plus besoin de la lui décrire longuement. Parlant de la sensibilité « celtique » toute délicate et tendre, nourrie de silencieuse contemplation et qui confond en une langueur délicieuse, quasi mortelle et modulée en mineur, des joies et des tristesses sans cause, Renan l'a définie d'un mot en l'appelant féminine. Celle de Kipling est un complet exemple du type opposé. Avant tout, elle est virile ; elle n'a rien de kymrique ou de breton. Au contraire ; ses sympathies, ses rythmes, ses modes d'expression font penser aux poèmes norses et saxons. C'est aux états, aux aspects simples et toniques de la nature et de l'homme qu'elle se plaît, non pas aux nacres subtiles de nos mers qui s'endorment dans le crépuscule, mais aux excessives splendeurs de l'Océan Indien, aux tumultes sombres de l'Atlantique Nord, — non pas à des figures expressives de femmes tendres et tristes, non pas aux physionomies incertaines, amollies, mille fois nuancées et compliquées de nos citadins civilisés, mais aux visages mâles, fortement modelés par la tradition et le métier, qu'une occupation monotone et des sentiments invariables depuis le début de la vie personnelle ont marqués d'un caractère stable et fort, — visages au regard clair, au menton obstiné, aux traits découpés en vigueur, — solides masques de marins et de soldats, fortifiés par la discipline et le service, ou bien de chefs actifs, officiers ou administrateurs, dont les volontés certaines s'affirment par des actes précis. De ces objets — individus vivants et paysages — Kipling reçoit des impressions qui sont des heurts drus, soudains et brefs, analogues

à ce jet de feu qu'il nous a montré, au moment où le soleil
surgit à l'horizon clair, frappant les eaux d'un coup si
brusque que toute la mer en devrait sonner comme un gong.
Secousses véhémentes et simples, âpres sursauts qui font jaillir
l'image. non seulement colorée comme celle de nos descriptifs.
ordinaires, mais absolument exacte, limitée de contours, juste
comme le morceau de métal que fait sauter l'emporte-pièce,
— courte. bien que le choc subit, détachant de l'objet l'essentiel, nous l'envoie, cette image, puissante, active, frémissante. tout électrisée d'une charge d'émotion.

De là un certain type de volonté : ces percussions violentes
et serrées qui du dehors viennent lui marteler les nerfs, provoquent en Kipling la réaction immédiate et passionnée. Elles
ne se prolongent pas chez lui en suite infinie et doucement
dégradée de résonnances, elles ne s'élaborent pas en lente
rêverie, elles ne se transforment pas en un jeu intellectuel et
inefficace de pures idées. En général elles font l'homme violent ; elles le précipitent en avant, par accès de colère et
d'amour, et si elles n'expliquent pas les réserves primitives,
héréditaires, de force qui couvent en un Kipling, — tout au
moins donnent-elles le déclic à cette impatiente énergie.

L'énergie, tel est en somme le trait le plus profond chez
lui, celui qui gouverne les autres, qui détermine le *ton* de
son imagination comme de sa sensibilité. C'est cette énergie
qui nourrit et conduit tout son art ; c'est elle qui en fait la
décision. qui met avec tant de promptitude les vigoureux
détails en place et en valeur. C'est elle que nous retrouvons
au fond de tous ses personnages, jaillissant au dehors en jets.
droits, ou bien contenue, les travaillant du désir inassouvi
de l'action. C'est elle qui les rend combattants, qui les
promène à travers le monde, cherchant les résistances,
convoitant la lutte et la dangereuse aventure, la difficile entreprise solitaire. C'est elle qui fait l'accent et le geste de
l'artiste, sa certitude, son aplomb, sa quasi insolence, sa brutalité, l'assurance et la sûreté de son style, — tantôt la joie
de son invention, le flot tout de suite parti de sa verve, tantôt
le tranchant inflexible et froid, la rigidité perçante de sa moquerie, l'outrance de son cynisme provocateur, — et, toujours, la vie, l'élan, le feu intérieur de ses récits, leur secret.

lyrisme malgré l'implacable vérité des courtes notations, —
bref, cette intense, cette tyrannique, cette inévitable personnalité de Kipling qui dans ses contes et ses poèmes les plus
objectifs nous impose dès le premier mot son obstinée présence.

Cette personnalité résistante à tous les milieux, ces ardeurs
qui frémissent au dedans, cette indomptable volonté, cet
orgueil qui attaque et veut conquérir, cette recherche de la
sensation forte et non de la sensation agréable, voilà ce qui
dans Kipling a séduit et maîtrisé le public anglais. En parlant
de lui j'ai déjà prononcé le mot : Anglo-Saxon. Il est en défa-
veur aujourd'hui et l'on affirme qu'il ne correspond à rien.
Certes, il ne suffit pas à étiqueter toute la psychologie du
peuple anglais, celle qu'ont manifestée ses arts et sa littérature.
Car plusieurs types existent en même temps chez un peuple et,
peut-être, l'histoire sociale et politique de ce peuple est-elle
surtout déterminée par la domination successive de ces types.
Pour les découvrir il suffit de posséder le sens qui reconnaît
les caractères généraux et profonds des choses. Taine, artiste
et philosophe, intuitif et classificateur, deux fois doué de ce
sens spécial, et qui l'appliquait d'instinct toutes les fois qu'il
considérait un ensemble, — Taine en a distingué plusieurs
en Angleterre. A Londres, se portant le matin à la sortie de
l'une des gares qui versent les flots humains sur la *Cité*,
bien vite il avait démêlé dans la foule anglaise trois ou quatre
types principaux, reproduits par les milliers d'individus en
copies plus ou moins complètes et pures. Dans l'histoire
d'une littérature on peut faire une observation semblable.
Dans la française, Sainte-Beuve discernait ce qu'il appelait
des *lignées* différentes de génies et de talents, chacune
déterminée par telle espèce d'imagination, par tel procédé
habituel de la pensée, par tel genre de sentiment et d'émotion.
De même pour la littérature d'Outre-Manche. La regardant
de haut et s'en tenant aux grands traits spécifiques, aux
plus évidents, des critiques anglais y ont reconnu deux tempéraments et comme deux races qui, entrecroisées bien souvent comme deux fils, se séparent toujours à nouveau et, en
somme, demeurent distinctes à travers l'histoire. L'une, la
celtique, se reconnaît à son rêve léger et délicat, à ses ima-

ginations aériennes, à son chimérique idéalisme, à son tendre
sentiment, à la grâce fantasque et musicalement harmonieuse
de sa poésie, à la sorcellerie subtile de son art, à ses divinations d'un au-delà de mystère que, de loin en loin, par un
signe [1], la vivante nature fait pressentir au poète, et qu'à son
tour, par des mots et des rythmes de vertu secrète, il ne veut
que suggérer. Cette race a certainement pour filles l'une des
âmes de Shakspere, celles de Spenser, de Keats, de Shelley,
de Tennyson, de William Morris, de Walter Pater. Selon les
mêmes critiques, c'est d'elle que sortirent au xviiie siècle le
mouvement wesleyen et méthodiste, au dix-neuvième les
grandes agitations populaires et les réformes démocratiques.
Car elle habite surtout les centres populaires, le sombre pays
minier et les villes de manufactures. L'autre type, visible
plutôt dans la *gentry*, est l'Anglo-Saxon, solidement appuyé sur
des sentiments durables et puissants, indifférent à la beauté
sensuelle, âpre et rude, entêté, persévérant dans l'action,
consciencieux, capable de se raidir dans une discipline étroite
et volontairement imposée, mais individualiste à outrance,
jaloux, indépendant avec passion, autoritaire et batailleur,
parfois emporté par des frénésies qui vont jusqu'à la volupté
sauvage de détruire, — en général tenant son regard attaché
sur la matière, sur la réalité positive et complexe, s'efforçant de se l'asservir et pour cela de la comprendre, y
arrivant à force d'expériences directes et d'informations
détaillées, mais de temps en temps arraché à ce travail par
des crises d'imagination poétique et sombre. De ce type, on
peut citer comme individus, chacun représentant plutôt telle
ou telle des qualités qui le composent, un Cromwell, un
Bunyan, un Swift, un Byron, une Charlotte Brontë, un
Carlyle. En somme, pour l'historien qui s'occupe des psycho-
logies nationales, il est plus important que l'autre parce qu'il
est plus spécial à l'Angleterre, parce qu'on ne le rencontre
pas ailleurs, et qu'ainsi c'est lui surtout qui fait la physionomie propre du peuple anglais. C'est pourquoi l'attention
de Taine, qui cherchait la grande caractéristique de sa littérature, s'est plutôt fixée sur ce type aux dépens de quelques

---

1. Ce que les Bretons appellent un *pressigne*.

génies qui ne le représentaient pas. Après les descriptions et
les définitions qu'il avait données de l'âme anglo-saxonne,
après les analyses qui en retrouvaient, au bout de tant de
siècles, les traits dérivés mais reconnaissables, sûrement analogues et de filiation certaine, chez tant de poètes et de
penseurs, avec quelle joie de naturaliste, rencontrant le
mammouth vivant dont il a fait sur quelques ossements la
reconstitution théorique, Taine se fût arrêté devant le magnifique spécimen qu'est l'individu Kipling !

* *
*

On comprend à présent le grand et subit succès de celui-ci,
quand il se mit à écrire, il y a quelque dix ans. Après une
longue période d'art purement intellectuel, idéaliste, raffiné
jusqu'à la mièvrerie et qui se complaisait dans son « cel-
tisme », l'Angleterre anglo-saxonne s'est réveillée au coup
de trompe guerrière, clair et strident, qu'a fait sonner ce jeune
homme de vingt-deux ans : elle s'est redressée à la vue de
son geste précis et fort, de sa démarche décidée. Elle s'est
éprise de lui à cause de son énergie. Et, d'autre part, c'est
parce que l'Angleterre d'aujourd'hui — celle qui s'appelle
la plus grande Angleterre — lui est apparue, à lui Kipling,
l'artiste enthousiaste de la volonté victorieuse, comme la plus
puissante manifestation de l'énergie humaine, qu'il la prend
aujourd'hui pour sujet de ses poèmes. Poèmes réalistes et
populaires en même temps qu'héroïques, récités à présent de
Glasgow à Melbourne, et qui aident à se dégager la jeune
conscience nationale commune à tous les morceaux disjoints
de l'Empire.

L'un des premiers, Kipling avait senti parler en lui ce
nouveau patriotisme. Il était né dans l'Inde où les forces
matérielles et morales qui ont fait et qui soutiennent cette
plus grande Angleterre sont plus visibles et plus systématiquement organisées qu'ailleurs, parce que suivant le type
administratif et militaire. Aussi le mot *Anglais* qui qualifiait
sa nationalité n'éveillait pas en lui la suite accoutumée d'idées
et de sentiments. De très bonne heure, il avait parcouru le
domaine britannique cette « moitié de la création dont la

veuve de Windsor — pour parler comme sa rude ballade de caserne — est propriétaire »[1]. Sur les divers aspects de cet empire qui, désormais, lui appartenait en propre comme à la « Veuve de Windsor », et qui devenait sa spécialité littéraire, son information, fournie par l'expérience et multipliée par son intuitive vision d'artiste, était celle de plusieurs fonctionnaires coloniaux, — marins, militaires ou civils. Il savait les types et les métiers, et sa cervelle avait enregistré les paysages. A Londres, dans sa haute chambre du *Thames Embankment*, d'où il voyait comme son Dick Heldar se perdre dans la brume un infini terne et fumeux de brique, et le fleuve livide pousser son trafic entre des ponts cyclopéens de chemins de fer, — à Londres, dans la monstrueuse ville obscure où il s'isolait pour rêver et travailler, tout cela venait se ramasser et se concentrer en lui. Pour la première fois, ce vaste domaine interrompu, dispersé sur la planète, se réfléchissait en une seule conscience, et il l'apercevait, non plus comme une série de colonies rattachées à la mère patrie par un lien plus ou moins solide et qui demain sera brisé, mais comme la patrie elle-même, comme la véritable patrie anglaise, « terre du palmier autant que du sapin ». En vers martelés dont les mètres brefs, les cadences monosyllabiques et dures, le cliquetis d'allitérations rappellent les vieux poèmes anglo-saxons, il a chanté la *Chanson des Anglais*[2], et dans les rythmes de cette chanson-là, on retrouve des chocs d'épées, des piétinements de bataillons en marche, des craquements de mâtures dans les intermittences du vent, des heurts et des clameurs de vagues, les coups de cloche des bouées d'alarme qui dansent comme des folles dans la neige et dans la brume, le battement des pistons dans les cylindres, l'infatigable et rigoureux retour de leurs lignes d'acier, — surtout les explosions, les saccades, les subites et rigides tensions de la volonté[3]. Il a dit « la Race et le Sang », « la

Walk wide o'the Widow at Windsor.
For'alf o'Creation she owns
(Barrack Room Ballads).

2. *A Song of the English.*

3. Par exemple dans une bataille en mer entre deux bateaux :
And in the waiting silences the rudder whined beneath, — And each man drew his

fierté du Sang », des « fils du sang, gardiens des marches
lointaines de l'Empire, seigneurs des mers australes ». Il a
dit l'Empire, tout ce qui lui donne sa force ou la montre
au dehors : d'abord la mer « sentier de la race anglaise jusqu'aux confins du monde », les pesants charbonniers, les
clippers ailés qui filent chargés des laines du sud, les goélettes blanches des baleiniers de Dundee, les steamers mar-
chauds noirs de rouille et de goudron qui, du lointain de
l'océan, défigurés par les longues traversées, avancent sur la
courbe du globe, avancent vers Liverpool ou la Tamise.
« Montez, montez de l'Orient, des ports gardiens du matin.
Rentrez, revenez de Southerly, ô bohémiens du cap Horn,
rapides navettes qui tissez la trame de l'Empire, et de continent à continent, l'unissez à lui-même[1] ! » Il a dit les phares
d'Angleterre qui, le genou dans les algues et le front dans la
brume, les yeux tournés vers la tempête ou vers « les étendues
lisses, sans lignes », regardent passer toujours la procession
du commerce britannique. Il a dit les cables, allongés dans le
noir sous-marin, sur l'invisible et primitive surface du globe,
les câbles, inertes au dehors, mais où tressaillent, où battent,
où pétillent des mots humains ; « car une puissance qui n'a
point de pieds ni de mains, trouble à présent l'immobile ». Il a
dit les villes : Bombay où toutes les races du monde travaillent
au bruit des usines, — Calcutta sur son trône, à l'embou-
chure pestilentielle du Gange, « de la Mort et de l'Or entre ses
mains », — Rangoon voluptueuse, toute murmurante de soupirs amoureux dans le bourdonnement des prières boudhistes,
— Singapore deuxième porte du trafic mondial, — Halifax,
vierge hautaine, voilée de brumes derrière ses poternes, —
Sydney, fille du bagne, probe aujourd'hui à force de volonté
persévérante, « la première rougeur du tropique sur ses joues,
la Fortune à ses pieds », — Victoria, « rivet où se joignent

---

watchful breath slow taken 'tween his teeth. — Trigger and ear and eye acock, knit
brow and hard drawn lips, — Bracing his feet by chock and cleat for the rolling of the
ships.
Voir tout le poème : The Rhyme of the three Sealers dans les Seven Seas.

1. Come up, come in from Eastward, from the guard ports of the morn ! — Beat up,
beat in from Southerly, O gypsies of the Horn ! — Swift shuttles of an Empire's
loom that weave us main to main !...
(The coastwise Lights, ibid.).

les deux bouts de la chaîne qui de l'Est à l'Ouest, et de
l'Occident à l'Orient, fait le tour du globe », — Cape-Town,
qui rêve de domaines futurs, prolongés jusqu'à l'équateur...
Il a dit les colons, leur vaillance, la quasi insolence de leurs
succès et de leurs indomptables espoirs, — « les hommes
de cinq repas, nourris de viande[1], les grandes femmes aux
poitrines profondes, les familles de dix-neuf enfants », — la
prairie[2] sans fin, sans barrière, coupée par deux rails étince-
lants et droits, la charrue sur son sillon d'une lieue, les
goélands des lacs au-dessus d'elle, dérivant au tiède vent
d'ouest humide, — les grands troupeaux de moutons sur les
milliers de collines[3], — les chères nourrices nègres qui
bercent l'enfant blanc, et leurs chansons païennes, la fraîcheur des vérandah, l'étincellement d'une mer diamantée,
les nuits où les palmes brillent sous la lune et les mouches à
feu dans les cannes à sucre[4]. Il n'a pas oublié le travail
anglais, le plus rapide et le plus exact de tous, le plus riche
en rendement, sauf l'américain, — les métiers, les outils, la
juste adaptation de l'homme à son outil, l'entraînement qui
le rend semblable à une machine de précision, beau comme
elle, parce qu'elle le fait spécial, c'est-à-dire original, toutes
ses énergies utilisées, ordonnées et convergeantes, aboutissant
à tel produit utile et mesurable[5]. Malheureusement, pour qui
ne sait pas très bien l'anglais, ces poèmes intraduisibles puisque
leur beauté est avant tout dans le rythme, dans l'accent, dans
le ramassé de l'expression synthétique, sont difficilement
abordables : les mots d'argot, de patois, les termes de métier.
défigurés par la prononciation figurée, s'y pressent et s'y
agglomèrent par deux, par trois, dans le raccourci nerveux
des constructions elliptiques et renversées, des phrases abré-
viatives et denses. Mais que le lecteur français fasse un

To the land of the waiting spring time,
To our five meal, meat fed men,
To the tall, deep-bosomed women
And the children, nine and ten !

2. Canada.

3. Australie.

4. Afrique australe.

5. Surtout dans son dernier volume intitulé *The Day's Work.*

effort pour connaître au moins l'Hymne de l'Écossais Mac-Andrews. Browning n'a pas écrit de monologue d'une psychologie plus riche et plus profonde. Sur un paquebot de grande ligne, qui depuis des semaines avance vers l'Angleterre, en bas, dans la grande chambre où il n'y a que du métal, le vieux mécanicien est seul au milieu de ses machines. Depuis l'adolescence, il n'a guère eu d'autre compagnie. Il règne sur elles à présent; il est chef et responsable. Comme il les aime et les comprend, le vieil homme! Comme elles lui parlent, ces filles géantes de l'ingénieux et obstiné labeur humain! Il les regarde, et leur rotation patiente, la course éblouissante et monotone des grands bras inflexibles, tout ce mouvement énorme et délicat, tout ce travail prévu, commandé, assigné et si inflexiblement accompli, — tout lui parle de loi, d'ordre, de discipline, d'obéissance et de maîtrise de soi. A ce spectacle, la rigide et scrupuleuse conscience de l'Écossais calviniste s'émeut en lui. Il s'examine; il rêve à tout son passé solitaire et dur, à toute son existence raidie dans la fierté du labeur stoïque et muet. Il revoit les tentations de sa jeunesse, quand le Diable, dans les soupirs et la langueur de la brise tropicale d'Asie, vint lui murmurer à l'oreille des choses vertigineuses; les rivages que ses yeux engourdis voyaient glisser comme des décors de théâtre, les rues tièdes dans les ports exotiques où il errait comme un idiot qui sourit dans son rêve, et le soir, le soir enfin où il défaillit, vaincu, à vingt-quatre ans, dans un bouge de Gay Street, à Hong-Kong. L'odeur de ses péchés qu'il hait lui revient, par bouffées, avec des versets de Bible, avec l'idée du Dieu autoritaire et simple qu'on sert par l'accomplissement strict du devoir et la vie sans plaisir. Vers ce Dieu, — du fond de cette salle où les lampes oscillent aux coups de tangage dans des reflets d'acier, — vers ce Dieu monte son monologue, morose comme celui d'un vieillard, mais parfois lyrique, tendu ou brisé par le jet soudain de la passion religieuse, élancé en subites apostrophes, changé en psaume — austère et fervent monologue où le dur dialecte des paysans d'Écosse élargit gauchement ses diphtongues, cependant que tranquilles, exactes, sonores et rythmées comme un grand chœur, les pesantes pièces d'acier travaillent et chantent aussi leur psaume:

celui de la Force orgueilleuse et volontairement soumise à l'Éternel[1].

C'est ici l'une des intuitions les plus remarquables de Kipling. Cette énergie visible et organisée qu'est l'Angleterre, il a compris qu'elle avait pour centre et pour source une idée religieuse : celle d'un Dieu national, spécialement attaché à la grandeur anglaise, qui gouverne le monde pour le plus grand bien de la race, car elle est la race choisie; elle seule le connaît vraiment et sait lui rendre un culte agréable. Au fond, ce Dieu est le Iahvé juif d'autrefois; il n'a fait que changer de peuple. Le peuple anglais l'a adopté en même temps que la Bible, et sur lui, comme jadis le peuple juif, il appuie depuis trois siècles sa forte personnalité. Toutes les fois que cette personnalité s'affirme ou se raidit, l'idée de ce Dieu se précise et s'exalte. Aux jours de grande émotion patriotique, — quand meurt un de ses héros[2], quand il va partir en guerre, — l'Anglais embouche la trompette sacrée. Par de graves accents miltoniens, il se prépare à la victoire, souvent à l'injuste victoire. Car le moi est si puissant chez lui, si vive est sa tendance à se subordonner le monde extérieur, à le regarder uniquement de son invariable point de vue personnel, à travers le milieu déformant des préjugés salutaires où se sont agglomérées et cristallisées toutes les idées utiles à sa propre conservation, que, naïvement, avec sincérité, il prend son intérêt pour son droit, — bien mieux, pour son devoir, — et qu'il étend sa domination pour obéir à sa conscience. Ainsi, c'est pour servir Dieu qu'il devient agressif. Il a pour mission divine de civiliser le monde et, à cette fin, d'en soumettre tout ce qu'il peut. Quelle force qu'une semblable fusion de l'idée nationale et de l'idée religieuse! Kipling, qui prend pour thème de sa poésie toutes les forces de la patrie, ne pouvait pas rester insensible à celle-là. Dans ses chansons et ses ballades, qu'on répète aujourd'hui dans les casernes, sur les bateaux de

1. *Mac Andrew's Hymn.* Dans les *Seven Seas.*

2. Par exemple, à la mort de Gladstone. Au service qui eut lieu à Westminster, les ministres, les lords, les députés des communes, les princes de la famille royale, les représentants de l'armée, de la marine, des grands corps de l'État entonnèrent l'hymne favori de Gladstone : *Rock of Ages.* Le soir, un historien anglais me dit : *I realized to-day what the Church of England is to us all.*

la flotte, dans les plantations australes, il a donc invoqué le Dieu qui fait l'étonnante cohésion de l'Angleterre. Dans le même poème, qui « célébrait la mer bien labourée par les Anglais, les hommes de cinq repas, nourris de viande, *the five meal meat-fed men*, la Banque du Crédit illimité et toutes les ressources de l'Empire, — revenant à ce qui est le cœur et le foyer de cet Empire, il a salué Westminster, « l'Abbaye qui fait que nous disons *nous* [1] ». Il a parlé des minutes mystiques où semble s'opérer l'union des consciences, de ces solennelles minutes après le service anglican, lorsque, dans le « silence du maître-autel redouté », les prêtres attendent, la tête baissée, et que là-haut les orgues rêvent avec lenteur sur la foule qui se recueille et ne s'écoule pas encore. Westminster, où de siècle en siècle, parmi les tombes des rois, des héros, des poètes, se déroule le culte national, voilà le centre d'où s'irradie le fluide mystérieux qui assemble en une seule vie tant de vies d'individus et de groupes. Non pas seulement parce qu'ils sont de la « race » et du « sang », mais parce qu'ils savent et observent la « Loi », les citoyens de l'Empire forment un peuple, forment *le peuple*. « Garde ta grâce à ton peuple », Seigneur qui nous a exaltés au-dessus des autres nations [2]. « Fais que nous restions humbles devant toi ! Empêche qu'ivres de notre puissance, nous ne devenions vantards comme *les Gentils et les races inférieures qui ne connaissent pas ta Loi.* » Quel dédain d'autrui, quelle inébranlable conviction de suprématie dans cette aspiration vers l'humilité ! Voilà l'idée et le sentiment du *Recessionnal* [3], de l'hymne qu'il écrivit au

1. *To the hearth of our people's people, — To her well-ploughed windy sea, — To the hush of our dread high-altar — Where the Abbey makes us We; — To the grist of the slow-ground ages, — To the gain that is yours and mine, — To the Bank of the Open Credit, — To the Power-house of the Line !* (Dans *The Native Born*).

2. Dans une famille anglaise, dont j'étais l'hôte, on disait les prières du matin tous les jours devant les domestiques. Un jour, le maître de la maison me fit remarquer en souriant que, pour ne pas humilier l'étranger devant les serviteurs, il avait sauté la phrase suivante : « Sois remercié, Seigneur, qui nous a exaltés au-dessus des autres nations ! » Cette prière, d'ailleurs, ne fait point partie d'un rituel officiel, mais d'un recueil composé et publié, il y a quelques années, par un *clergyman*.

3. Du mot *Recess* qui signifie la procession des prêtres qui sortent du chœur après le service quand la pompe du culte est finie et que les orgues prient encore.

lendemain du Jubilé de la Reine, « à la fin des acclamations, au départ des rois et des capitaines... et des flottes
appelées de loin... quand tombaient les feux de joie allumés
sur les caps et les promontoires ». Non pas ses chants militaires, non pas ses *Ballades de caserne* ni ses contes qui disent
l'armée, la marine, les colons, mais les courtes strophes de
cet hymne religieux ont sacré Kipling poète national. Si
pleines, d'un effet si sûr et si prompt, ces cinq petites strophes,
toutes frémissantes de ferveur comprimée, ont pénétré droit au
cœur de l'Angleterre. C'est que pour la première fois — et ce
sera désormais l'une des caractéristiques de sa poésie — Kipling
parlait la vieille langue sublime de la Bible qui, lorsque baisse
le sérieux du sentiment — n'est plus que le jargon de Canaan.
Telle est l'autorité de cette langue sur les âmes anglaises,
telle est sa puissance à les raidir soudain dans l'attitude de la
vénération passionnée et grave, à remuer en elles l'orgueil
patriotique et religieux, tel est le prestige de son caractère
sacré, que l'Angleterre n'a pas aperçu la nuance de phari-
saïsme et presque de vulgarité qui nous déplaît ici : tout
entière, avec une piété convaincue, les paupières baissées,
elle a répété l'*Amen* que Kipling, le nihiliste, le cynique, le
païen, le demi-pirate ravageur d'autrefois, prononçait solennellement à la fin de ce poème. Elle n'a pas vu par quelle
auto-suggestion d'artiste entraîné à reproduire en soi-même
les tendances de l'objet, par quel contre-coup lointain de son
admiration pour la Force, Kipling en était venu à écrire cette
prière superbe et haïssable.

Superbe et haïssable comme cette personne même de l'Angleterre, comme cette personne que composent depuis des
siècles les millions d'individus anglais, et qui n'est ni un
total, ni une moyenne, puisque ses caractères pas plus que
ceux d'une combinaison chimique ne sont définissables ou
déterminés par les caractères de ses éléments. Cette personne
que connaissent bien, et depuis si longtemps, les autres
nations, c'est l'Albion que malgré tant d'exemples particuliers
de charité et d'idéalisme, tant de Wilberforces, de Grace
Darlings, de Gladstones, ces autres nations n'aiment point,
car elles la jugent absorbante et absorbée par elle-même,
dédaigneuse de l'étranger, égoïste avec une férocité incon-

sciente et tranquille, dévote de l'Or et de la Puissance, formidable concurrente, si vaste et de développement si riche qu'aujourd'hui son appétit normal apparaît démesuré et que son droit à la vie menace celui des autres, — non moins repliée sur soi que jadis, en dépit d'un empire devenu mondial et tous les jours élargi, moralement fermée, différente et quasi séparée du reste de l'Humanité, orgueilleusement attachée à ses institutions et à ses traditions parce qu'elles manifestent la longueur et la continuité de son existence et qu'elle s'y vénère en les vénérant, — admirable malgré tout par son sérieux, par la persistance de ses visées, par l'audace et la ténacité de ses efforts, imposant le respect par les réussites de ses entreprises civilisatrices, par la grandeur et la stabilité de ses succès. Cette Angleterre-là, cette Albion redevient singulièrement active. Depuis dix ou douze ans, elle sent revivre en elle les anciens instincts profonds endormis pendant une longue période de libéralisme et d'affinement intellectuel. Un tel fait est dû à bien des causes complexes, et d'abord à un changement dans ce que Spencer appelle « l'environnement ». à la résistance industrielle et commerciale qu'oppose de plus en plus l'étranger et qui, par réaction, oblige l'Angleterre à se concentrer davantage, — puis aux deux jubilés de 1887 et de 1897, aux processions de princes, de rajahs, de soldats, de colons qui sont venus concentrer un instant à Londres la grandeur de l'Empire et rendre sensible aux yeux son unité. Mais qui saurait par une complète analyse dégager toutes les causes trouverait au fond du creuset l'œuvre de l'artiste qu'on vient d'étudier. Il fallait ce conteur et ce poète pour qu'au mouvement politique correspondît le mouvement des cœurs qui seul en fait la force. En lui, avec un tressaillement de joie, la vieille Albion s'est d'abord retrouvée, réflétée, admirée. Il la fascine aujourd'hui ; elle obéit à ses suggestions ; il oriente ses sentiments et ses pensées. Il la loue, il l'exalte, il lui dit sa valeur, sa mission, son Dieu. Il lui prêche la bataille ou l'entreprise, l'action audacieuse jusqu'à la violence[1]. Il sait les mots qui lui sont

1. Le 18 mai dernier eut lieu au Holborn-Restaurant, à Londres, un dîner de politiciens libéraux. Sir W. Harcourt présidait et commença par dire les grâces. L'heure des toasts venue, Kipling se leva et, s'adressant aux colons de l'Afrique du Sud, dit à peu près ceci (ceci est un résumé) :

« Faites votre œuvre : des routes, des chemins de fer, des villes. Pour les Anglais

le plus familiers et le plus sacrés. Aux heures graves, avant
que les hommes d'État décident, on se tourne vers lui; il
parle, et le sentiment obscur et vague de tous, il le condense
en phrases ou en strophes lumineuses et courtes. A présent
voici qu'il s'adresse au peuple frère et qu'aux hommes américains il rappelle leur droit de naissance anglo–saxon, qu'il
les pousse, eux aussi, à conquérir leur part du monde pour
en tirer vertueusement profit, à faire l'effort patient du maître
pour apprivoiser, à Cuba, aux Philippines, leur capture
nouvelle, la créature « effarouchée et sauvage, demi-diable
et demi-enfant qui vient d'être prise au piège[1] ». Toute
l'Amérique a écouté ce poème il y a un mois, frémissante
d'attention sérieuse comme l'Angleterre il y a deux ans quand
apparut le *Recessionnal*.

Tel est le pouvoir de ce jeune homme de trente-trois ans,
dont une estampe populaire de Nicholson nous présente la
silhouette. Pour achever de comprendre son œuvre et son rôle,
il faut regarder ce portrait : ce crâne vaste et fuyant de doli-
chocéphale, ce front dégarni déjà comme pour mieux montrer
l'ossature de silex, la fine et forte construction de la tête; ces
yeux noyés d'ombre sous l'arcade sèche et creusée, las,
dirait-on, d'avoir regardé trop, paisibles derrière les lunettes
studieuses ; cette mâchoire effilée comme une lame; ce mince
menton saillant et volontaire ; — tout ce profil réduit à
l'essentiel, aigu, obstiné comme une pince d'acier qui ne
lâchera jamais sa prise, et pourtant détendu dans du rêve et
de la contemplation ; — toute cette jeune figure dressée déjà
dans la solitude et la dignité de la maîtrise. Il y a six semaines
il s'embarquait pour New–York sur le *Teutonic*, et tous les
journaux de langue anglaise, le *Times* en tête, en lançaient la
nouvelle. Encore une fois ses narines s'ouvraient à flairer
l'air salé ; encore une fois il entendait le battement bien-aimé
des grandes machines ; il se réjouissait de l'espace libre et du
grand navire sûr de sa route à travers le tumulte gris des eaux.

du Transvaal, qu'ils patientent, qu'ils supportent cet obstacle à la civilisation qu'est
le gouvernement Boer, jusqu'au jour de la grande guerre européenne. Qu'ils
profitent alors de l'universelle confusion pour mettre la main sur ce pauvre vieux
pays et l'organiser à la moderne. »

1. *The White man's Burthen* publié dans le *Mac Clure's magazine*, du 1er février 1899.

Au moment où il débarquait. le peuple américain s'électrisait à lire, à apprendre, à répéter les strophes qu'il venait de lui adresser. Presque tout de suite, avant d'avoir quitté New-York, il tombait malade, et pendant près d'une semaine il s'est débattu entre la vie et la mort. D'heure en heure les câbles et les fils tressaillaient, portant des nouvelles de sa santé à toutes les villes de l'Empire et des États-Unis. Aujourd'hui on nous annonce qu'il est sauvé. Mais si la Mort avait vaincu, les millions dont l'âme s'exprime par des paroles anglaises eussent senti s'amoindrir leur univers. C'est qu'aujourd'hui Kipling est le poète, le prophète et le « professeur d'énergie » des Anglo-Saxons.

ANDRÉ CHEVRILLON

LE DROIT DES FAIBLES

LA FINLANDE

Le manifeste de Nicolas II, signé à Saint–Pétersbourg le 3/15 février dernier et promulgué à Helsingfors le 6/18 du même mois, a mis la Finlande en deuil et soulevé l'émotion la plus douloureuse dans tout le nord de l'Europe. Désigné sous le nom de « Manifeste de la Loi d'Empire », il supprime en fait, sinon d'une manière explicite, la constitution jurée et les lois particulières du grand-duché. Il ouvre la série des mesures de russification depuis longtemps réclamées par les panslavistes contre un pays dont l'autonomie avait été garantie par les actes les plus solennels, et qui, bien qu'attaché à l'empire russe par les liens d'une fidélité sans reproche, gardait précieusement son individualité, sa langue savante ou populaire, sa religion et sa culture propres.

Le dimanche qui suivit la promulgation du manifeste impérial, toutes les églises de la Finlande, par un tacite accord, célébrèrent un service de deuil national. Depuis, les femmes, dans les rues d'Helsingfors, marchent vêtues de noir comme des veuves ou des orphelines, et toutes fêtes, toutes réjouissances ont cessé.

*
* *

Pour comprendre la morne douleur qu'oppose à l'acte arbitraire du tsar la Finlande entière, il faut connaître la personnalité de ce peuple et sa physionomie morale qui le distingue si profondément du monde slave dans lequel on veut l'absorber ; il faut se rappeler son héroïque histoire, qui lui valut jusqu'à ce jour le respect du vainqueur et le maintien de sa constitution, jurée et confirmée à leur avènement par les empereurs successifs, et par Nicolas II lui-même.

On sait que la Finlande fut réunie à la Russie par Alexandre Ier, à la suite de la guerre de 1808–1809 avec la Suède. La Suède lui avait apporté le christianisme au XIIe siècle; elle l'avait conquise au XIIIe et lui avait donné sa civilisation et ses lois. De nombreuses colonies suédoises s'y établirent, principalement sur le littoral, et le suédois devint la langue des classes supérieures, mais les dialectes finnois des primitifs habitants de souche ouralienne restèrent l'idiome populaire. Le gouvernement suédois ne s'offusqua point de cette fidélité gardée à la vieille langue; tout au contraire, il exigea du clergé que l'enseignement religieux fût donné au peuple en finnois. Il est à remarquer d'ailleurs que la coexistence de deux langues dans un pays n'a jamais empêché l'unité nationale, ni la formation d'un patriotisme commun. Durant les guerres aventureuses de Charles XII, ainsi que dans l'héroïque résistance de 1808, les bataillons finlandais défendirent le drapeau et l'honneur suédois avec la fidélité têtue d'un gars breton mourant dans un branle-bas sur son banc de quart. Sur le fond originaire finnois, grave, solide, tenace, la Suède mit sa forte culture rationnelle. Le sentiment du droit et de l'indépendance religieuse pénétra les âmes ; et la Finlande aima comme un patrimoine les garanties constitutionnelles et judiciaires qui restent le plus beau titre de la Suède à sa reconnaissance.

En notre siècle, la culture intensive des individualités nationales et l'élévation des classes populaires, conservatrices des vieux dialectes, ont réveillé les langues antiques de l'Europe. La langue finnoise a eu son réveil comme tant d'autres. Le poème épique du *Kalevala*, dont Elias Lönnrot, en 1835, şut retrouver les fragments dispersés dans les chants ou *runes* des bardes rustiques de la Karélie, a restitué à la Finlande l'âme de ses ancêtres, ensevelie dans la nuit des temps sans histoire. Une humanité primitive est apparue, marquée de traits caractéristiques très différents de ceux que nous révèlent les autres épopées de l'Europe, et qui peuvent, aujourd'hui encore, nous aider à mieux pénétrer la nature intellectuelle et morale de la Finlande.

L'idée la plus remarquable qui domine tout le poème est que la puissance suprême appartient, non au glaive, mais au verbe. Le sage, celui qui sait les *paroles originaires*, possède l'empire sur les choses inanimées. Les héros accomplissent leurs exploits par l'incantation de la parole et du chant plutôt que par l'épée. Un souffle de douceur attendrissante, parmi les rudesses des époques barbares, traverse tout le poème. Le *Kalevala* ne se complait pas, comme l'Iliade ou l'Odyssée, aux récits des grands coups frappés, non plus qu'aux carnages des *Nibelungen*. Les sentiments ingénus, les naïves terreurs des fiancées, l'amour profond et douloureux des mères, sont ses thèmes favoris. L'amour maternel, par sa persévérance sublime. arrive à vaincre le destin et la mort. La mère de Lemminkainen, avec le rateau qu'elle a reçu des puissances magiques, fouille le fond du lac où furent jetés les lambeaux sanglants du corps de son fils. Elle les ramène au jour et, par un patient travail, rapproche et recont les chers membres déchirés. Mais à ce cadavre l'âme manque encore. Sans relâche, la mère supplie, elle guide de ses prières l'abeille messagère qui cherche en vain, butinant, le baume de résurrection : enfin, dans l'élan d'une inspiration de son cœur, la mère prend son vol jusqu'à l'empyrée, pour y dérober le suc des fleurs divines qui, posé sur les lèvres du fils tant pleuré, lui rendra enfin l'âme et la vie.

Une science étrange de la douleur et des abîmes du cœur humain embellit d'un charme mélancolique cette primitive épopée d'une race grave, résignée, mais immuable. Les chants, disent les vieux *runes*, sont nés des larmes. Les pleurs coulent en ruisseaux des yeux du sage Väinämoïnen,

qui vit la naissance du monde et qui, de la mâchoire d'un
brochet, fit le *kantele*, la lyre finnoise. Les larmes siéent aux
yeux des hommes, tandis que le rire, indice de frivolité et de
sottise, déshonore leurs lèvres. C'est pourtant le bonheur
que les héros du *Kalevala* vont chercher au Pohjola, le pays
du Nord. Ils s'en vont délivrer la lune et le soleil que Loumi
y tient enfermés dans une montagne de cuivre, et conquérir
la jeune vierge, sa fille. Le forgeron Ilmarinen obtiendra la
main de la vierge en forgeant le Sampo, le moulin magique
qui donne l'abondance et la joie. Ainsi le prix de la victoire
n'appartient pas au glaive, mais à l'effort titanique du génie
qui force la nature à livrer à l'homme les trésors de sa bien-
faisante magie.

La Finlande possède une seconde épopée, plus héroïque encore, la seule qu'ait produite l'Europe contemporaine, ébranlée
pourtant par les luttes épiques de l'époque impériale. Runeberg a immortalisé, dans le cycle de poèmes qui porte le
titre modeste de *Récits du sous-lieutenant Stal*, la résistance
de la Finlande en 1808. On peut dire de ces récits qu'ils
ont à jamais coulé dans l'airain l'âme du peuple finlandais ;
c'est à eux surtout que la Finlande doit l'intense conscience
nationale qu'elle oppose en ce moment aux efforts du panslavisme. Écrits en langue suédoise, ils furent publiés en 1848.
Dans tous les pays scandinaves, ils servent de livre de lecture
aux écoles primaires ; gravés dans la mémoire des petits
enfants, ils leur apprennent comment on meurt pour l'honneur
et pour la patrie. Une sobriété forte, un réalisme tragique
donnent un relief saisissant à cette poésie d'un lyrisme
impétueux, au rythme martelé et précis comme le galop
d'un cheval de combat. Tous les héros de la grande
guerre passent dans ces récits que le vieux sous-lieutenant
Stal fait au jeune étudiant, tout en raccommodant ses filets,
dans la ferme au bord du lac. Voici le général Döbeln,
avec le bandeau noir qui retient son crâne fracassé : pante-
lant de fièvre, il s'arrache à son lit de douleur et, paraissant
à l'improviste au milieu de ses troupes enthousiasmées, cul-
bute une dernière fois les ennemis. Puis le jeune de Schwerin,
un héros de quinze ans, qui tombe percé de balles sur son
canon qu'il n'abandonne pas. Et tant d'autres, dans cette

guerre où une poignée d'hommes combat contre des forces
décuples ! Mais la figure la plus populaire, celle que la Finlande garde le mieux en son cœur, parce qu'elle incarne
fidèlement le meilleur d'elle-même, c'est Sven Dufva, le
soldat, le bon géant au cœur simple qui, placé à la tête
d'un pont. soutient seul l'effort d'un bataillon ennemi, et
reste là parce qu'on lui a dit de rester là. Les femmes partagent l'enthousiasme de la résistance. La jeune fiancée voit
revenir du combat les débris des bataillons vaincus. Parmi
ces hommes pâles et sanglants, anxieuse, elle cherche son
ami. Puis elle va sur le champ de bataille, et, un à un, regarde les morts. Il n'est pas là. Alors elle se détourne et
pleure amèrement : le fiancé n'a pas su mourir.

Les troupes suédoises, cependant, vers la fin de cette
année 1808, avaient évacué le territoire du grand-duché. La
Suède, déchirée par la révolution qui venait de détrôner Gustave IV, abandonnait la Finlande à son sort. Les populations
continuaient les hostilités, qui durèrent jusqu'au milieu de
l'été suivant, mais le dénouement ne pouvait faire aucun
doute. et les hommes à qui leur situation sociale donnait charge
des destins de leur patrie se trouvèrent en présence de cette
alternative : aller jusqu'à l'écrasement définitif, sans conditions, ou prêter l'oreille aux ouvertures du vainqueur. Lors
de l'invasion du grand-duché par les troupes russes. le Manifeste impérial d'Alexandre Ier, en date du 5/17 juin 1808,
avait promis qu'en unissant la Finlande à la Russie, il « ga-
rantirait pieusement le maintien des lois. et des privilèges du
pays ». Sur la demande de l'empereur, une députation
finlandaise, élue par les quatre ordres : noblesse, clergé,
bourgeoisie, paysans, se réunit à Saint-Pétersbourg dans le
courant du mois de novembre. La députation ayant déclaré
qu'elle n'était pas compétente pour représenter le pays, ni
pour délibérer sur les questions qui lui étaient soumises, l'empereur, par un décret publié le 20 janvier/1er février, convoqua
les États de Finlande en Diète générale, pour le 22 mars,
dans la ville de Borgo. Il se rendit à Borgo en personne pour

l'ouverture de la Diète, et signa, le jour même de son arrivée. le 15/27 mars, la déclaration suivante, connue sous le nom d'*Acte de confirmation* :

« Les décrets de la Providence nous ayant mis en possession du grand-duché de Finlande, Nous avons voulu, par l'acte présent, confirmer et ratifier la religion et les lois fondamentales du pays, ainsi que les droits et privilèges dont chaque classe en particulier, dans ledit grand-duché, et tous les habitants en général, quelle que soit leur position élevée ou inférieure, ont joui jusqu'ici selon la Constitution. Nous promettons de maintenir tous ces avantages et lois fermes et inébranlables, et dans leur pleine force. »

Deux jours plus tard, une séance solennelle était tenue dans la cathédrale; l'empereur y reçut l'hommage des États comme grand-duc de Finlande. Les États, en prêtant le serment de fidélité, affirmèrent l'inviolabilité de la constitution. Lecture fut faite de la déclaration de l'empereur, laquelle fut remise au maréchal de la noblesse ; puis un héraut noble prit place devant le trône en proclamant : « Vive Alexandre Ier, empereur de toutes les Russies et grand-duc de Finlande! »

La cérémonie fut achevée par un discours où l'empereur, en langue française, exprima les sentiments avec lesquels il avait reçu l'hommage et le serment des représentants du pays, et marqua que c'était un *acte d'union* qui venait de s'accomplir. Le traité de paix entre la Russie et la Suède, signé à Fredrikshamn le 5/17 septembre 1809 et ratifié à Saint-Pétersbourg le 1er/13 octobre, reconnut le nouvel état de choses créé par les actes de Borgo. L'article 6 du traité se borne à constater le fait accompli, en ajoutant « que le roi de Suède se voyait. par cela même, dispensé du devoir d'ailleurs sacré de faire des réserves à cet égard en faveur de ses anciens sujets ».

De tout ce qui précède, il ressort, avec pleine évidence, que le droit de l'empire russe sur la Finlande n'est pas le droit discrétionnaire de la conquête : il est réglé par les stipulations précises d'une convention visée dans le traité avec la Suède. Au moment des actes de Borgo, la Finlande n'était pas soumise : l'état de guerre, nous l'avons dit, dura, dans certaines parties du grand-duché, jusqu'au milieu de l'été. Le

serment des États à Alexandre Ier ne fut prêté que deux jours
après l'*acte de confirmation* donné par l'empereur. Alexandre Ier
avait l'âme magnanime, mais la sagesse seule l'eût engagé
à suivre la ligne de conduite qu'il adopta. Il était de grande
importance pour lui, dans la situation où était l'Europe, de se
tenir les mains libres et de n'avoir pas à employer dans
l'Extrême Nord une partie de ses forces. La pacification de la
Finlande lui permit, en 1812, de retirer du pays toutes les
troupes russes et de confier la garde de Saint-Pétersbourg à
l'armée finlandaise.

Alexandre Ier avait voulu bien connaître, avant de la ratifier, la Constitution de la Finlande. Antérieurement à la
Diète de Borgo, il avait ordonné à trois hauts personnages,
deux Finlandais et un Russe, de lui présenter, chacun séparément, un mémorandum à ce sujet. Il avait accommodé
cette constitution aux conditions nouvelles. Jusqu'en 1808,
les députés des quatre ordres de la nation finlandaise, ainsi
que le tribunal suprême, avaient siégé à Stockholm. Il fallut
les ramener dans le pays même. Ce fut l'objet des propositions soumises par Alexandre Ier aux délibérations de la
Diète de Borgo, qui les accepta. Le gouvernement de la
Finlande se trouva alors constitué tel qu'il existe encore aujourd'hui.

Le pouvoir exécutif est exercé par le *Gouverneur général* et par
le *Sénat impérial*. Ce dernier titre fut substitué par un décret
d'Alexandre Ier en date du 21 février 1816 à celui de « Conseil
de Régence » donné au même corps dans le statut promulgué
le 6/18 août 1809, « sans que — dit le décret — il en résulte aucun changement dans l'organisation du Conseil et
encore moins dans la Constitution du pays, dont l'Empereur
a reconnu la validité à perpétuité, tant pour lui que pour ses
successeurs ». Le Sénat est divisé en deux départements : le
département judiciaire, qui forme le tribunal suprême, et
le département administratif, qui comprend les sections de
l'intérieur, des finances, des affaires militaires, des cultes,
de l'instruction publique, etc. Chacune de ces sections a pour
chef un sénateur. En *plenum*, le Sénat prépare les projets de
loi soumis par l'empereur à la Diète, reçoit et promulgue

les lois sanctionnées par celle-ci, ainsi que les manifestes de l'empereur.

Le gouverneur général est le chef suprême du pouvoir exécutif et des forces militaires. Il préside le Sénat, dont les membres sont nommés par l'empereur sur sa présentation, ainsi que le *procureur général*. Celui-ci doit veiller à ce que tous les fonctionnaires appliquent exactement les lois, afin qu'aucun citoyen ne soit lésé injustement; il assiste aux séances du Sénat, et il peut communiquer directement avec l'empereur. Le gouvernement du grand-duché est complété par le *secrétariat d'État de Finlande* à Saint-Pétersbourg, composé du ministre-secrétaire d'État, qui doit être de nationalité finlandaise, et de ses adjoints. Ce secrétariat présente à l'empereur les affaires soumises par le Sénat et par le gouverneur général à la décision du souverain.

Le pouvoir législatif appartient, conjointement avec l'empereur grand-duc, à la *Diète* composée par les députés des quatre ordres : noblesse, clergé, bourgeoisie, paysans. Les ordres siègent et votent séparément; ils peuvent se réunir en séance générale; mais le consentement des quatre ordres est nécessaire pour qu'une décision prenne force de loi; en certains cas, cependant, celui de trois des ordres peut suffire.

La constitution finlandaise n'assignait pas une périodicité régulière à la convocation de la Diète par le souverain. Alexandre Ier, après la mémorable Diète de Borgo, ne réunit plus les États. Il en fut de même sous le règne de Nicolas Ier. Cependant les inconvénients d'un si long chômage du pouvoir législatif se faisaient sentir davantage à mesure que se développait la vie économique et industrielle dans le grand-duché. Le gouvernement russe s'efforça d'y remédier par des mesures administratives; mais Nicolas Ier lui-même, le plus jaloux des autocrates, s'arrêta devant les représentations de la Finlande défendant son droit constitutionnel : en 1837, comme il voulait faire procéder à la codification des lois civiles qui s'accomplissait alors en Russie, le comité finlandais chargé d'examiner le projet déclara que la loi générale de 1734, qui régissait le pays, ne pouvait être modifiée sans le concours des États.

Le règne d'Alexandre II ouvrit pour la Finlande comme

pour l'empire russe l'ère des réformes libérales. La Finlande a
donné le surnom de Bienfaiteur au tsar que la Russie appelle
le Libérateur. La Diète fut convoquée à Helsingfors, le 1ᵉʳ septembre 1863, après un intervalle de cinquante-quatre ans. La
« loi sur la Diète » *(Landtagsordning)* du 15 avril 1869 établit
la périodicité régulière de ses sessions, qui durent être tenues
tous les cinq ans. Plus tard, Alexandre III réduisit à trois
années l'intervalle des convocations, et enfin il accorda aux
États. en 1886, le droit d'initiative dans la proposition des
lois. qui jusqu'alors appartenait à l'empereur seul.

*
* *

La Finlande, cependant, au milieu de ce progrès continu
de ses libertés constitutionnelles dû à l'équité et à la générosité des empereurs de Russie, n'était pas restée sans alarmes.
Elle avait toutes raisons de redouter la pression exercée sur
l'esprit du souverain par le parti panslaviste. Déjà, sous Nicolas Iᵉʳ, un ministre russe avait préparé un plan de russification
« des pays annexes de l'ouest » et indiqué la marche à suivre :
d'abord la Pologne, puis les provinces baltiques, enfin, la
Finlande. La Pologne fut écrasée en 1863 à la suite d'une
insurrection. Durant les dix années qui vont de 1880 à
1890, la Finlande assista, inquiète, à la « russification » des provinces baltiques. Le péril approchait.

L'évident intérêt politique qui faisait à la Russie une loi de
combattre l'envahissante influence allemande paraissait justifier ou tout au moins expliquer les procédés appliqués aux provinces baltiques. La Russie, d'ailleurs, avait là les mains libres,
n'ayant garanti aucune constitution. Néanmoins, une sorte de
malaise prophétique était ressenti en Finlande. On se contait
tout bas, le cœur un peu serré, le libretto de cette comédie
tragique. Le grand-duc Wladimir était arrivé dans les provinces baltiques, comme en tournée d'inspection, accompagné
de son aide de camp, le général Bobrikoff. Qu'y venaient-ils
faire? Pour les attendrir. on leur offrit des fêtes extraordinaires et des réceptions très respectueuses. Le grand-duc et
sa suite assistèrent à tous les banquets. La veille de son
départ, le grand-duc Wladimir, répondant au dernier toast et

levant son verre : « J'ai reçu aujourd'hui — prononça-t-il — les ordres de l'empereur. Il a pris une résolution que vous devez tous être désireux de connaître. L'empereur veut que nous soyons tous Russes. Dès demain, vous n'aurez plus de Diète; dès demain, on enseignera en russe dans vos écoles. Vive l'empereur! » Et, sur ces paroles, le grand-duc et Bohrikoff s'en allèrent.

La confession luthérienne dans les provinces baltiques fut déclarée secte tolérée et les pasteurs, révocables désormais au gré du ministre, reçurent défense de bâtir de nouveaux temples sans la permission de l'évêque orthodoxe. Leurs registres durent être rédigés en russe, ainsi que les procès-verbaux des conseils municipaux. L'université de Dorpat fut transformée en université russe, et les professeurs contraints de s'exiler s'ils ne voulaient profiter du délai accordé pour se mettre en état de faire leurs leçons en cette langue. Les lois civiles russes remplacèrent l'ancien code des provinces, et des magistrats russes veillèrent à leur application. La Diète fut renvoyée, et le gouverneur général investi du droit de fixer et de percevoir les impôts.

Dans les provinces baltiques, l'action panslaviste avait favorisé l'essor des dialectes lettes et estes contre l'allemand, langue de la noblesse et de la bourgeoisie des villes; en Finlande, elle tenta quelques vains efforts pour créer un mouvement démagogique finnois contre le libéralisme constitutionnel des classes suédoises. Ces tentatives portèrent peu de fruit. La Finlande fut unanime lorsqu'en 1890 la Russie manifesta l'intention d'incorporer les postes et les monnaies, et lorsqu'en 1893 le gouvernement russe voulut empiéter sur l'autonomie judiciaire du grand-duché : il déféra aux représentations du Sénat, et le calme se rétablit. — Enfin éclata, l'année dernière, l'appel de la Diète, convoquée en session extraordinaire pour discuter la nouvelle loi militaire.

On sut en Finlande que, dans le comité qui avait élaboré cette dernière loi, certains membres s'étaient prononcés pour la suppression pure et simple, immédiate, de la constitution du grand-duché par la voie d'un simple ukase. Car on croyait à Saint-Pétersbourg que la Diète refuserait le

\ote de la loi. Le nouveau ministre de la guerre, le général
Kouropatkine, était l'âme du parti qui poursuivait la russification « sans phrases » de la Finlande. Il dut pourtant mettre
un frein à son impatience quand Pobiédonostsev refusa de
le suivre. Le procureur général du Saint-Synode préférait
atteindre au même but par des moyens d'apparence moins
violente.

La Diète s'était rassemblée. Elle avait nommé des comités
pour étudier la loi nouvelle qui lui était soumise. Le projet
détruisait l'autonomie de l'armée finlandaise. Il en ouvrait
l'accès aux officiers russes qui, évidemment, y occuperaient
bientôt tous les grades supérieurs. Le nombre des conscrits
devait être augmenté de six ou sept mille hommes. Les recrues
nouvelles ainsi obtenues ne grossiraient pas les bataillons
nationaux : elles seraient envoyées aux corps russes, dans les
diverses parties de l'empire. La durée du service se trouvait
portée de trois ans à cinq. C'est-à-dire que le nombre
des hommes présents sous les drapeaux serait à peu près doublé, et que les charges financières du grand-duché, déjà fort
lourdes pour un pays pauvre, au sol avare, devraient croître
dans les mêmes proportions. Cet aspect de la question apparaissait d'ailleurs comme secondaire. Ce qui paraissait affreux,
intolérable au paysan finlandais, c'était d'être arraché à sa
terre natale, au pays austère et doux des sapins et des lacs,
et envoyé pour un long exil nostalgique aux confins mystérieux de l'empire sans limites.

Sur ces entrefaites, la nomination du général Bobrikoff, en
novembre 1898, au poste de gouverneur, fut accueillie
comme un présage funeste. Dès son arrivée, Bobrikoff avait
tenté d'exercer une pression, à l'aide d'arguments divers, sur
le grand maréchal de la noblesse et sur le chef de l'ordre
des paysans, pour les amener à appuyer près de leurs Ordres
le projet de loi militaire présenté par le gouvernement impérial. Leur réponse indignée l'ayant convaincu que le projet
serait repoussé par la Diète, il se rendit à Saint-Pétersbourg,
où il déclara qu'un coup de force pourrait seul avoir raison
de la résistance.

Vers la fin du mois de janvier, une conférence secrète fut

en conséquence tenue dans la capitale russe, sous la présidence du grand-duc Michel, président du Conseil de l'Empire. Elle se composait de huit membres, dont un Finlandais, le général Procopé, ministre-secrétaire d'État de la Finlande près du tsar. Parmi les autres, on comptait le procureur du Saint-Synode Pobiédonostsev, le général Bobrikoff et le ministre de la justice Mouravieff. Les membres de ce comité s'étaient obligés au secret absolu, et le travail fut poussé avec une rapidité fiévreuse. Le comité ne tint que trois séances, le 30 janvier, le 10 et le 13 février. Le 14, Bobrikoff retourna à Helsingfors, emportant le message impérial. Au simple ukase, Pobiédonostsev avait fait préférer la voie détournée de la *législation d'Empire*. Le mot n'était pas nouveau, non plus que la chose. On avait souvent comparé la *loi d'Empire* au cheval de Troie que l'Ulysse russe essayait d'introduire dans l'impénétrable Finlande : faire passer la Finlande sous le niveau de fer de la *loi d'Empire,* c'est lui appliquer, « sans phrases », les décrets édictés pour toute l'étendue de l'empire russe par l'autorité du tsar autocrate.

La Finlande — dit le manifeste signé à Pétersbourg le 3/15 février et présenté le 6/18 du même mois au Sénat de Finlande par le général Bobrikoff — jouit, par la permission très généreuse de l'empereur Alexandre Ier et de ses successeurs, d'institutions particulières quant à son administration et à sa législation intérieures. Or, mis à part les objets législatifs qui concernent exclusivement la Finlande, il existe des questions considérables, administratives et législatives, qui, étant dans un rapport étroit avec les intérêts communs de l'empire, ne peuvent être remises uniquement à la décision du grand-duché. La législation existante ne fixe point de méthode précise ni de règles fermes qui assurent la solution de ces problèmes mixtes, et il en résulte de graves inconvénients. Pour y remédier, l'empereur a jugé utile de définir d'une manière exacte l'ordre auquel seront astreints, en ce qui concerne ces matières d'intérêt commun, l'examen et la promulgation des lois. Quant à la promulgation de tels rescrits locaux qui intéressent uniquement la Finlande, l'empereur a trouvé également nécessaire de se réserver d'en décider selon les lois générales de l'Empire, dans la ferme conviction qu'une

concordance intime entre les institutions de l'empire et celles
du grand-duché serviront d'autant mieux au réel avantage et
au bonheur de l'empire russe.

On remarqua en Finlande, avec des sentiments d'amertume qu'il vaut mieux laisser imaginer, que le manifeste
impérial invoquait uniquement l'intérêt de l'*Empire russe*,
sans daigner même paraître se soucier de la Finlande. En
résumé, le sens du manifeste est qu'en toute question de
législation qui, à quelque degré que ce soit, paraîtra
concerner à la fois la Finlande et la Russie, la Diète finlandaise n'aurait plus le droit de s'exprimer. Le sort du pays
sera décidé, en fait, dans le Conseil d'Empire et par le
ministre d'Empire compétent. On daignera peut-être, ensuite,
communiquer la décision prise au ministre-secrétaire d'État
de la Finlande, et, en de certains cas, on entendra l'avis
consultatif du gouverneur général et du Sénat ; mais les
décisions du Conseil d'Empire seront toujours motivées par
des raisons *d'intérêt général* pour la Russie. Et le message
impérial indique assez le sens qu'on donnera à ce mot. Tout
sera d'intérêt général. Les limites entre la législation d'Empire et la législation particulière de la Finlande s'évanouissent
comme une ombre, et le droit constitutionnel de celle-ci
devient un pur néant.

⁂

Le général Bobrikoff avait exigé du Sénat la promulgation
immédiate du manifeste impérial. Il menaçait de mettre immédiatement le grand-duché en état de siège et de faire
occuper militairement Helsingfors par la garde russe, si l'on
refusait obéissance. Des scènes d'une violence indicible eurent
lieu dans la salle des délibérations entre les partisans de la
résistance et ceux de la soumission à la force. Enfin le baron
Yrjö-Koskinen, *leader* du parti finnois, réussit à détacher
de la majorité opposante le nombre de suffrages nécessaire
pour la promulgation, qui fut adoptée par dix voix contre dix,
la voix du vice-président emportant la balance. Le procureur général Söderhjelm honora du moins sa patrie par un
acte de courage civique. « S'il arrivait — dit le texte législatif — que le gouverneur général ou le Sénat, dans l'exer-

cice de leurs fonctions, s'écartassent des lois, il est du devoir
du procureur de leur en faire des remontrances, et, s'il n'en
est pas tenu compte, le procureur devra en faire un rapport à l'empereur et grand-duc. » Invoquant ce texte qui lui
traçait son devoir, le procureur Söderhjelm obligea le Sénat
à enregistrer sa protestation au procès-verbal, exprimant en
termes énergiques et respectueux sa conviction que l'empereur n'avait pas mesuré les effets funestes de cet acte illégal,
et qu'il le rétracterait lorsqu'il serait mieux informé.

Pendant que le Sénat délibérait, l'émotion était à son
comble dans les rues et dans les établissements publics
d'Helsingfors. Des députations envoyées par les quatre ordres
de la Diète allèrent sommer le Sénat de tenir son serment de
fidélité à la Constitution en refusant de promulguer le message impérial. La foule se croyait sûre que le Sénat ferait
son devoir. On se livrait au pointage minutieux des voix,
selon qu'on estimait tel sénateur inébranlable dans son
patriotisme, ou plus capable de céder à la crainte. Comme
on pensait que le Sénat serait congédié par l'empereur, on
organisait des souscriptions pour constituer une pension à
ses membres en dédommagement de leur traitement perdu.
On se faisait fort de réunir en un seul jour deux millions.
Plusieurs riches citoyens offraient cent mille francs pour leur
seule part. La déception fut affreuse quand on apprit le vote
du Sénat.

Lorsque, le manifeste impérial étant promulgué, il fallut le
publier dans le journal officiel d'Helsingfors, le rédacteur en
chef, M. Antell, donna sa démission.

Les journaux finlandais, soumis à la censure la plus rigoureuse, ont inséré le Message impérial en le faisant suivre, à
titre de protestation, de la note suivante, parue dans toutes
les feuilles du pays sous une forme identique :

Appel au paragraphe 40 de la Charte qui dit :

« L'Empereur et grand-duc ne peut faire aucune nouvelle loi sans
la délibération ni le consentement de la Diète. »

Le paragraphe 71 des articles organiques de la Diète dit :

« Les lois constitutionnelles ne peuvent être changées, abolies, refaites ou modifiées que sur la proposition de l'Empereur et grand-duc, avec le consentement de tous les États de la Diète. »

Le paragraphe 83 des mêmes articles organiques dit :

« Ce règlement de la Diète servira dans tous ses détails comme base inébranlable pour le souverain et pour les États de la Finlande, jusqu'à ce qu'il soit par décision de tous deux changé ou aboli. »

Telles sont les dispositions qui ont été reconnues et confirmées le 3 avril 1869 par Alexandre II comme loi fondamentale « *inébranlable* », *et l'empereur actuel a lui-même, non seulement reconnu et confirmé la constitution, la religion, les lois fondamentales et tous les droits de la Finlande, mais il a, dans un rescrit spécial en date du 6 novembre 1894, adressé au gouverneur général de la Finlande, déclaré qu'il faisait cette confirmation avec une profonde satisfaction, en souvenir des innombrables preuves de dévouement inébranlable et de reconnaissance que la population finlandaise a toujours témoignées à ses souverains.*

Les chefs des quatre ordres de la Diète allèrent porter à Saint-Pétersbourg les doléances de la Finlande ; le vice-président du Sénat et le procureur général apportèrent à l'empereur Nicolas II les observations du Sénat finlandais. Ils ne purent obtenir une audience. « Tout cela est parfaitement inutile » : telles sont — on le dit, du moins, — les seules paroles impériales qu'on leur ait fait transmettre. Le bruit court que le ministre des finances russes, M. de Witte, prépare un projet qui annexera à la Banque de l'Empire la Banque de Finlande, placée pourtant par les lois sous le contrôle exclusif de la Diète. De plus, toute démarcation entre le budget de la Russie et celui de la Finlande serait effacée, et celle-ci tomberait désormais sous l'arbitraire absolu du gouvernement de Saint-Pétersbourg.

Bien que le message impérial promulgué le 6/18 mars rende purement platoniques les délibérations de la Diète sur le projet de la nouvelle loi militaire, elle s'est toutefois résolue à continuer de la discuter, en se plaçant sur le terrain des lois consacrées par la Diète de Borgo, en 1809, sur la proposition d'Alexandre Ier, et qui établissent que « les milices finlandaises ne peuvent être employées ni hors du pays ni pour un autre objet que la défense de la Finlande ».

Dans le mutisme absolu qu'une loi d'airain fait peser sur le pays, les protestations du sentiment national opprimé ont trouvé pourtant une voie détournée pour se faire entendre avec une éloquence silencieuse. Les fleurs et les couronnes s'amoncellent chaque jour en masses toujours renouvelées au pied du monument d'Alexandre II, chargées d'inscriptions célébrant le tsar bienfaiteur de la Finlande. Et l'on en couvre de préférence la statue de la Justice, par Runeberg, qui, portant un bouclier sur lequel est inscrit le mot *Lex*, veille à l'angle du piédestal. A de certains jours, une foule de plus de quinze mille personnes, vêtue d'habits de deuil, se tient massée sur la place, autour du monument, sur les gradins de l'église et du Sénat. et dans les rues avoisinantes. « *Notre Dieu est notre forteresse...* » dit le psaume que les quinze mille voix font monter vers le ciel. Puis ce sont, alternées avec celui-ci, les paroles du bel hymne de Runeberg : « *Notre pays...* » Ces angoisses d'un peuple à qui l'on arrache sa patrie, ces angoisses ne nous rappellent-elles rien ?...

« Ce qu'il y a de plus affreux dans notre malheur, a dit un Finlandais, c'est qu'il ne se trouve personne en Europe qui puisse ou qui veuille élever la voix en notre faveur. » La foi panslaviste est arrivée à ses fins en fermant la seule porte par laquelle entrait dans l'empire l'air de la liberté occidentale. Devrons-nous donc nous accoutumer à comprendre la Russie — ainsi que le veut Danilevski, le théoricien prophète du panslavisme — comme la négation absolue de l'idéal germano-latin, en face duquel elle pose son idéal propre, celui de l'autocratisme et de l'aveugle soumission? Une lettre remarquable, signée d'un nom russe et publiée par le *Daily Chronicle*. dans son numéro du 11 mars, nous apporte l'assurance réconfortante qu'il n'existe qu'un idéal pour les esprits éclairés et pour les cœurs droits, et que les notions du juste et de l'injuste sont identiques dans l'humanité entière. Le correspondant russe du *Daily Chronicle* s'élève avec énergie « contre la manière de voir qui voudrait présenter les opinions des impérialistes russes comme celles de la nation tout entière » ; il réclame « pour les principes des Russes constitutionnels, progressistes, partisans de la représentation des zemstvos (ou conseils locaux), le droit d'être considérés comme tout aussi *russes* que ceux du général Bobrikoff, qui tient présentement la Finlande sous son talon ». « Pour ma part, dit-il en terminant, j'estime que le tsar et son gouvernement, par le traitement inqualifiable qu'ils font aujourd'hui subir aux Finlandais, sont en train d'imprimer une tache ineffaçable sur l'honneur de la Russie. Les Russes ont déjà assez des malédictions imméritées, mais trop naturelles, des Polonais, des Ukraïniens, des Géorgiens, etc., sans qu'on leur prépare encore des moissons de haine chez leurs frères finlandais. Je parle pour moi-même, mais je suis certain que des millions de Russes signeraient volontiers les mêmes paroles. »

*
* *

Reste-t-il un espoir ?

Le 20 février dernier, un grand meeting, tenu à Helsingfors, décida de présenter à l'empereur une adresse signée par tous les habitants du grand-duché. La nation y exprimait de la plus touchante et de la plus respectueuse manière le trouble douloureux provoqué dans le pays finlandais par le manifeste impérial.

« L'antique droit du peuple finlandais à participer à la législation par l'intermédiaire de ses représentants, les États, a été, disait l'adresse, ratifié à perpétuité par l'empereur Alexandre Ier, dont nous bénissons la mémoire. Ce droit, sous les empereurs Alexandre II et Alexandre III, de glorieuse mémoire, a reçu une réglementation plus précise.

» Mais, aux termes des *dispositions* fondamentales promulguées conjointement avec le manifeste, les États, dans les affaires qui sont déclarées concerner aussi les intérêts de l'empire de Russie, se verraient privés du droit de participer à la législation... Nous ne pouvons croire que le dessein de Votre Majesté Impériale, en publiant Son manifeste, ait été de mettre en danger l'organisation légale et la paix intérieure de la Finlande. Nous croyons plutôt que Votre Majesté daignera prendre en considération l'impression qu'a produite le manifeste, et décréter que les dispositions en seront mises d'accord avec les lois fondamentales de la Finlande. Nous ne pouvons

concevoir dans nos âmes le moindre doute sur l'inviolabilité
de la parole impériale. Nous savons que notre gracieux
souverain est celui-là même qui, devant toute l'humanité, a
proclamé que la force doit respecter le droit. Et le droit d'un
petit peuple est aussi sacré que celui de la plus grande nation ; l'amour qu'il nourrit pour sa patrie est aux yeux du
Très-Haut une vertu dont il ne doit jamais se départir. »

L'adresse représentait encore que le peuple finlandais
« s'était toujours efforcé de remplir fidèlement ses devoirs
envers ses monarques et envers l'empire russe ». « Il n'existe
aucun pays, disait-elle, où le respect du pouvoir suprême et
de la loi soit plus enraciné qu'en Finlande. Durant les
quatre-vingt-dix ans de vie commune avec la puissante Russie, l'ordre n'a jamais été troublé dans la société finlandaise. »
Elle eût pu invoquer aussi les souvenirs de la guerre de
1877-78, où les troupes finlandaises accomplirent devant
Plewna d'héroïques faits d'armes.

L'adresse, aussitôt rédigée, avait été copiée en plusieurs
centaines d'exemplaires par les dames d'Helsingfors. Du 25
au 27 du même mois, plus de cent soixante messagers volontaires, médecins, professeurs, étudiants, artisans, portèrent
l'adresse aux parties les plus reculées du pays. On parvint
de celte façon à organiser, pour le 5 mars, un meeting dans
chacune des églises des cinq cents communes rurales du
pays. Il faut se souvenir que le grand-duché possède une
superficie de 347 000 kilomètres carrés qu'il fallut parcourir
presque sans l'aide de voies ferrées, par un froid de trente
degrés, sous des tourmentes de neige. On avait indiqué,
comme l'extrême limite où l'adresse devait être portée, la
commune de Rovaniemi, située sur le cercle polaire. Il existe
pourtant trois ou quatre communes situées encore plus au
nord, et qui comptent ensemble quelques centaines d'habitants. D'agiles patineurs, lancés sur leurs patins à neige à
travers le désert congelé, parvinrent à les visiter et à atteindre
jusqu'à Kittilä, situé à cent cinquante kilomètres au nord de
Rovaniemi, pour y porter la pétition. L'enthousiasme et
l'énergie dépensés par le peuple entier dans celte manifestation furent un spectacle d'inoubliable beauté. L'adresse
fut couverte par 524 000 signatures, chiffre prodigieux si l'on

songe que le pays compte environ deux millions et demi
d'âmes, et que seuls les citoyens majeurs furent admis à
signer. Tout cela fut accompli en cinq jours, sans l'aide
d'aucun des moyens de communication modernes, postes ou
télégraphes, et dans une contrée qui, pour les quatre cinquièmes de sa superficie, ne compte pas cinq habitants par
kilomètre carré.

Le 15 mars dernier, cinq cents délégués finlandais, appartenant à toutes les classes de la société, se présentaient respectueusement à Saint-Pétersbourg pour remettre au tsar cette
belle et touchante adresse. On les fit attendre trois jours. Le
18 mars, le général Prokopé, ministre-secrétaire d'État pour
la Finlande, leur apporta la réponse impériale à leur demande
d'audience : le tsar refusait de recevoir la pétition. Le refus
était motivé : on alléguait un rescrit de Nicolas Ier, daté de 1826,
qui ordonnait qu'aucune députation finlandaise n'eût accès
auprès de l'empereur sans l'autorisation préalable du gouverneur général. Étrange dérision, à l'heure où l'on étranglait
un peuple, que cette résurrection d'un rescrit qui n'avait
jamais eu force de loi, et qui dormait oublié depuis plus d'un
demi-siècle. En même temps, le tsar fit informer les délégués « qu'il ne se trouvait nullement offensé par leur
démarche »; et il leur fit donner l'ordre de rentrer chez eux,
et de transmettre leurs doléances par la voie hiérarchique au
gouverneur-général, qui jugerait s'il y avait lieu de les faire
parvenir à l'empereur grand-duc. — Qui sait si l'empereur
ne souffrit pas de la contrainte jalouse, plus forte que sa
volonté, qui le forçait à briser par un refus des cœurs désespérés, et qui, après avoir brutalement imposé silence aux
journaux de Pétersbourg, lui interdisait cette fois encore le
contact direct avec l'opinion sincère et véritable de son peuple ?
L'empereur fait des appels réitérés à l'esprit de paix et d'humanité; n'exigera-t-il pas de son propre gouvernement le
respect strict de la justice et de la parole jurée ?

L. BERNARDINI

L'Administrateur-Gérant : H. CASSARD.

UN

SAUVETAGE DE MARINS

En ramenant des Açores vers la France ma vieille *Hiron-delle*, je ne me doutais pas que ce voyage terminerait une série de croisières longue de quinze ans, pendant laquelle, monté sur ce frêle navire, j'avais demandé aux émotions de la mer et aux luttes utiles pour la science, les joies de l'énergie et la sérénité.

L'*Hirondelle* portait vaillamment les trésors qu'elle venait d'arracher aux abîmes, aux plaines, aux chaos éruptifs, parmi les volcans dont les cimes éteintes dominent l'Atlantique et dont les pentes s'étaient haussées lentement à travers la masse des eaux.

Ses câbles géants, qui développent jusqu'au tréfonds de la mer leurs boucles d'acier, entre les bancs épais d'organismes phosphorescents échelonnés depuis la surface bleue, avaient pour longtemps enroulé sur des bobines leurs interminables spires ; et les engins auxquels des explorations mystérieuses donnent un mystérieux prestige reposaient à bord, ternis et comme patinés par le travail.

Les marins, bronzés après trois mois de labeur sous un climat brûlant, portaient déjà leurs pensées, leurs regards, leurs désirs vers l'orient, où bientôt l'aurore d'une matinée limpide pouvait leur montrer le ruban lointain qui sou—

ligne. à l'horizon, le ciel de la patrie, puis les hameaux estompés derrière la vapeur des foyers, enfin les maisons elles-mêmes nichées dans la verdure.

*
* *

Le 12 septembre, à la première heure, on signala devant nous une voile qui semblait faire la même route que l'*Hirondelle*, car elle demeura longtemps visible à peine, quoique distinctement, dans la pureté du matin, où elle grandissait peu à peu.

Un navire découvert sur l'océan émeut le cœur des hommes, qui retrouvent leurs semblables après un long éloignement et dans des circonstances sublimes. Un sentiment de fraternelle solidarité se répand alors dans l'âme des vrais marins pour cimenter leurs volontés et leurs forces.

Puis cet inconnu sollicite la curiosité rajeunie dans l'isolement : où va-t-il? d'où vient-il? que porte-t-il? son nom? son pays? Ainsi le questionnent par la pensée les navigateurs dont il occupe un moment le regard.

Le plus souvent, le navire disparaît comme il était venu, sans qu'on sache rien de lui, sans qu'on échange un atome avec lui; et pourtant on le suit avec un soupçon de tristesse quand il s'enfonce derrière les limites de l'horizon.

Plus tard, le vent fraîchit et l'*Hirondelle* gagna rapidement sur le navire; mais alors on observa dans l'allure de celui-ci d'inexplicables singularités : il décrivait, tantôt sur un bord, tantôt sur l'autre, des courbes qui semblaient prouver des efforts impuissants pour rester sur notre chemin, et peu à peu il dérivait, toutes voiles dehors, pareil à un homme ivre qui aurait essayé vainement de gravir une côte.

L'*Hirondelle* passait à deux milles environ de lui, quand il montra son pavillon en berne pour dire qu'il était dans une position dangereuse. Aussitôt je fis changer ma route, et questionner par un signal ce navigateur malheureux; il répondit par la même voie : « Ne m'abandonnez pas. » De plus près, à son enfoncement anormal, je reconnus que ce navire, un joli brick-goélette, était sur le point de sombrer :

j'expédiai un canot avec le maître d'équipage, mon vieux
Le Fréné, pour s'enquérir de sa situation. Dès lors je fus
gagné par une tendresse pour ces hommes inconnus qui
m'adressaient un appel suprême, et dont le sort m'était confié.

Comme je me demandais quelle pouvait être l'avarie de ce
bateau, je vis à son avant, près de la flottaison, de fortes
brisures laissant fuir une écume dont la traînée courait sur
la mer au gré des vagues et du vent. Ainsi les cétacés, dont le
harpon des baleiniers a meurtri le flanc, perdent les débris
de leurs organes.

Puis je reconnus, derrière le bastingage, le mouvement
cadencé d'hommes qui manœuvraient une pompe : certainement, ils avaient subi un abordage.

Au bout de quelque temps, mon canot m'apprenait que le
navire en détresse était le *Blue and White*, d'Aberystwith,
venant de la côte d'Afrique ; pendant la nuit précédente il
avait abordé, en effet, une épave considérable, et les efforts
de son équipage ne pouvaient plus maîtriser la voie d'eau
ouverte par le choc.

Bien que l'eau montât dans la cale et que la situation fût
désespérée, le capitaine refusait de quitter son navire sans
l'avoir vu disparaître, mais il ne retenait pas ses hommes.

Alors je voulus me rendre sur le *Blue and White*, ce qui
ne fut pas facile : car la mer grossissait avec la brise, et le
brick-goélette, toujours sous voiles, sans personne à son gouvernail, prenait des allures inattendues et roulait follement.

Des lames balayaient le pont abaissé déjà presque au niveau
de la mer. Le navire ne flottait que par l'effet de sa cargaison.
— très lente à s'imbiber ; néanmoins il pouvait couler d'un
moment à l'autre.

Les hommes de l'équipage, réunis autour de la pompe,
sans cesse inondés par la mer, continuaient machinalement
des efforts inutiles, et leurs physionomies exprimaient l'ahru-
tissement des êtres fatigués par un travail sans espoir. Leurs
mains étaient meurtries à l'intérieur, gonflées en dehors ; la

sueur avait collé sur leur front nu leurs cheveux en désordre. Ils ne disaient pas un mot.

Je m'approchai alors du capitaine, qui restait immobile et farouche à l'arrière, les yeux attachés sur la mer, et je lui dis :

— Mon cher capitaine, ce navire est perdu, je ne puis rien pour lui et vous avez juste le temps de l'abandonner.

Mais lui. saisissant à pleines mains la lisse du bastingage, où il s'accrochait comme pour retenir sa propre existence, me répondit avec le regard et la voix d'un homme qui se révolte contre un sort accablant :

— Ce navire est à moi, je l'ai gagné par trente ans de travail !

Et, sur ce visage que nulle tempête n'aurait pu émouvoir, une larme descendit pour mouiller sa barbe sauvage ; je me sentis aussitôt remué par cette douleur simple d'une âme de marin.

Pourtant j'écoutais les bruits de la cale où l'eau clapotait en faisant sauter les cloisons; et je pressais le capitaine, car le danger devenait imminent pour tout le monde. Mais, aveuglé par le chagrin comme peut l'être un père par l'agonie de son fils, il me certifia que son navire ne coulerait pas avant le lendemain matin; puis il me demanda de lui accorder une heure de plus, pour qu'il le vît couler sous ses pieds; enfin, il me tourna le dos comme on le fait à un niais qui ne vous comprend pas, et il regagna sa chambre où il s'enferma.

Dès lors, je pris le commandement de l'équipage fourbu, qui cessa de pomper et s'occupa de réunir quelques vêtements, — sans négliger certains objets de prédilections enfantines ou sentimentales, fréquentes chez les matelots : celui-ci plongea dans la cale inondée, pour en tirer une boîte à musique. celui-là courut je ne sais où chercher un serin dans sa cage presque submergée.

Bientôt les bruits de la cale devinrent plus menaçants; de gros bouillons atteignirent le panneau près duquel j'écoutais et crevèrent en projetant sur le pont une eau brunie, infecte, mêlée aux débris de la cargaison.

Dans plusieurs coups de roulis, le navire, aux deux tiers plein d'eau, s'inclina si lourdement qu'il eut bien de la peine à se relever. Mes propres hommes, que j'avais envoyés dans la mâture pour carguer les voiles, n'y réussissaient pas, gênés par le désordre des cordages; et le vent continua d'emporter sur les vagues ce navire moribond.

Il n'était plus possible de rester à bord : je fis crier au capitaine, toujours barricadé chez lui, que j'allais partir; mais ses hommes ne purent pas l'entraîner.

Tout d'un coup, l'avant du bateau s'enfonça : je crus à l'engloutissement immédiat, et, sur mon ordre, tout le monde sauta dans les embarcations, qui s'écartèrent vivement.

Le *Blue and White* devint inabordable, mais mon canot se tint aussi près que possible de lui, et le capitaine, chassé de sa chambre par l'envahissement de l'eau, parut bientôt sur la dunette, les mains dans ses poches; il regarda lentement les progrès du naufrage, puis, se suspendant à l'arrière, il se laissa glisser parmi nous.

Aussitôt le navire s'abattit brusquement, ses mâts décrivirent leur dernière courbe dans l'espace, et ses voiles frappèrent à plat la surface de la mer; puis, quelques secondes, il se releva comme un agonisant qui cherche à vivre encore, mais son avant pointa vers le fond tandis que son arrière se dressa tout debout. Alors, dans un fracas de cloisons démolies par la résistance de l'air, une colonne d'eau pulvérisée sortit du panneau en soufflant comme une rafale, et le *Blue and White* disparut pour toujours.

Des tourbillons larges et lents marquèrent un moment cette place, et les vagues reprirent leur succession régulière qui effaça toutes les traces de la catastrophe. Les alcyons continuèrent à passer insouciants, et l'épave descendit aux profondeurs.

Cependant les Anglais naufragés avaient été conduits à bord de l'*Hirondelle*, et ces malheureux y étaient parvenus tellement exténués que plusieurs ne tenaient plus debout.

Mais jusqu'à la fin du drame le petit oiseau chanta sans
arrêt.

L'équipage de l'*Hirondelle*, groupé sur le pont et jusqu'à
demi-hauteur des haubans, comme une masse d'hommes
anxieux qui se rapprochent les uns des autres à mesure que leur
émotion grandit. avait accompagné d'un souffle rauque la
catastrophe suprême. Et les regards de tous restèrent longtemps sur ce point de la mer, attirés au delà du voile mystérieux qui recouvre les abîmes.

On se dispersa ensuite sans trouver une parole à dire,
comme s'il y avait là une personne morte. Et les marins
anglais, qui s'étaient mêlés aux miens, avec un sentiment
de deuil encore plus poignant, furent alors soignés et réconfortés.

Cependant je devais subir à mon tour le poids de soucis
graves. Le capitaine devint tellement sombre que l'on dut
surveiller ses allures ; pendant la nuit il avait des hallucina-
tions qui réveillaient tout le monde dans son voisinage. Puis,
l'arrivée de ces bouches supplémentaires à bord de mon navire y créait une situation difficile, car l'*Hirondelle*, au terme
de sa croisière, n'avait plus grand'chose dans sa cambuse ;
et comme, cette année-là, des vents contraires faisaient durer
mon retour, la perspective de quatre cents milles qui nous
séparaient encore de la terre m'inspira des inquiétudes sérieuses.

Il fallait économiser les vivres, l'eau surtout, et j'usai de
tous les moyens que je pus trouver dans mon expérience
d' « écumeur de la mer » ; — c'est ainsi que certaines adversaires s'étaient plu récemment à me qualifier.

Je m'adressai d'abord aux thons, ces aimables poissons
qui sonnent le timbre. quand ils sont pris à la traîne, pour
avertir les matelots de les hisser : ils ne déçurent pas mon
attente, et les chaudières de notre cuisine eurent encore des
jours heureux.

Un beau matin, j'appris qu'une épave flottait non loin du
navire. Une épave ! c'est bien souvent, à cause des poissons
qui la suivent, comme un envoi providentiel de manne, un

magasin de subsistances où l'on puise sans peine, un restaurant gratuit qui vogue sur l'océan.

Le youyou amené fut garni des engins, lignes, havenau et foënes, avec lesquels je voulais explorer moi-même le grand madrier couvert d'anatifes que la mer houleuse balançait entre les sommets de ses vagues. Mais, à mon approche, un requin énorme s'en détacha et vint au-devant de moi dans la majestueuse dignité d'un propriétaire. Sa grande queue ondulait gracieusement, sa tête avançait tout près de la surface pour nous dévisager avec des yeux qui ne laissaient pas d'exprimer une pensée cruelle.

Je fus un instant suffoqué par la rencontre inattendue de ce factionnaire : je n'avais encore jamais aperçu un requin parmi la paisible clientèle des épaves ; j'ignorais les intentions de celui-ci à mon égard, et je savais que son dos cuirassé était à l'épreuve d'un coup de foëne ou même de harpon.

Je décidai, reconnaissant mon impuissance, de ne point faire la première démarche en cette fâcheuse aventure, et de continuer mon expédition. Il y avait sous l'épave de gros poissons appelés mérous ; tout d'abord, j'estropiai l'un d'eux en lui lançant la foëne, et il coula ; le requin, dont la silhouette exécutait des randonnées à une certaine profondeur, s'élança pour le happer.

Dès lors ce personnage désagréable colla son dos sous mon embarcation, que sa longueur dépassait à chaque bout, et je sentis sous mes pieds le frôlement de son corps. Après avoir capturé plusieurs mérous, il me parut inutile de prolonger ces risques : on pouvait, dans une seconde d'oubli, exposer son bras ou sa jambe à la portée du requin ; on pouvait même, dans les efforts nécessaires pour manier la foëne ou pour côtoyer l'épave sans échouer sur elle, tomber à la mer. Enfin la tête et la queue de cet animal honoraient parfois mon fragile canot d'une familiarité qui devenait indiscrète.

Il me reconduisit jusque près de l'*Hirondelle* avec une agitation croissante : — regret de perdre un gibier nouveau après des festins qui l'avaient blasé, ou plaisir de voir s'éloigner une concurrence...

* * *

La goélette louvoya quelques jours encore ; elle fut clouée par le calme, ensuite, devant la côte de Lorient ; elle mouilla enfin, presque sans vivres et sans eau, dans ce port. La vaillante auxiliaire de mes navigations durant quinze années avait achevé sa carrière dans une œuvre de consolation et de salut.

De cette aventure qui avait duré huit jours, un souvenir vivant me resta et me suivit longtemps sur la mer : le petit serin que les matelots anglais n'avaient point oublié sur leur navire perdu, et qu'ils m'offrirent quand ils se concertèrent pour me témoigner leur gratitude.

ALBERT, PRINCE DE MONACO

JACQUOU LE CROQUANT[1]

V

Cinq années se passèrent ainsi, bien pleines et sans nul souci présent pour moi. De temps en temps, il me sourdait quelque pénible souvenir du comte de Nansac et de tous mes malheurs, comme une piquée d'écharde dans la chair, mais le travail amortissait ça un peu. La semaine, je travaillais dur tout le jour, je mangeais comme un loup et je dormais comme une souche. Le dimanche, après la messe, je faisais aux quilles avec les autres garçons du bourg, ou au bouchon. L'hiver nous allions énoiser dans les maisons, et après, chacun son tour, on allait faire l'huile au moulin de la Grandie. Et puis il y avait les veillées, où l'on aidait aux voisins à égrener le blé d'Espagne, à peler les châtaignes pour le lendemain, tandis que les femmes filaient et que les anciens disaient des contes. Ensuite, quinze jours avant la Noël, nous allions, les garçons, sonner *la Luce*, comme nous appelons cette sonnerie ; et on peut croire que la cloche était très consciencieusement brandie !

1. Voir la *Revue* des 15 mars et 1er avril.

A la Saint-Sylvestre nous courions les villages en chantant *la Guilloniaou* ou Gui-l'an-neuf, qui se peut dire ainsi en français :

> A Paris. y a une dame
> Mariée richement...
> Le Gui-l'an-neuf vous demande,
> Pour le dernier jour de l'an.

Ou bien encore celle qui commence ainsi :

> A Paris sur le petit pont,
> Le Gui-l'an-neuf vous demandons.
> A Paris sur le petit pont,
>   Mon capitaine !
> Le Gui-l'an-neuf vous demandons
>   Et puis l'étrenne !

Et nous entrions dans les maisons où il y avait des filles, principalement, pour leur demander l'étrenne d'un baiser.

Il est question de Paris dans ces deux chansons, de Paris la grande ville : c'est que, pour le pauvre paysan périgordin de jadis, Paris était le paradis des riches et des belles dames. Pampelune aussi avait frappé son imagination, comme un pays lointain, quasi chimérique. On disait de celui dont on n'avait ouï parler depuis de longues années : « Il est à Pampelune ! » Lorsqu'on parlait d'un pays dont on ignorait la situation, on disait : « C'est à Pampelune ! »

Pourquoi Pampelune plutôt que toute autre ville ? Le curé Bonal disait que ça venait peut-être de ce qu'un cardinal d'Albret, très puissant en Périgord autrefois, était évêque de Pampelune, ancienne capitale du royaume de Navarre.

Moi, je n'en sais rien ; je laisse ça à d'autres plus savants.

L'été, il n'était plus question de tous ces amusements : on n'avait que le temps de travailler, de manger et de dormir ; et encore, de dormir, pas trop. Dans le moment des fenaisons ou des moissons, il fallait se lever à trois heures du matin et, des fois. il était neuf heures le soir, lorsqu'on avait fini de rentrer le foin ou les gerbes si la pluie menaçait. Tout cela était coupé par les dimanches et quelques fêtes chômées comme la Noël, Notre-Dame d'Août et la Toussaint.

Outre ces fêtes, il y avait notre vote ou frairie, qui tombait le vingt-deux d'août, et celles des paroisses voisines, comme

Bars, Auriac, Thonac, où nous ne manquions guère. Mais où on ne faillait jamais d'aller, c'était à Montignac, le vingt-cinq novembre, à la grande foire de la Sainte-Catherine. Ça, c'était de rigueur, et, ce jour-là, avec le curé, la demoiselle Hermine et la Ramée, il ne restait dans le bourg que les vieux, vieux, qui ne pouvaient quitter le coin du feu, et les tout petits enfants ; et même, de ceux-ci, il y avait beaucoup de femmes qui les y traînaient par la main, ou les portaient sur les bras quand ils étaient trop petits. Le chevalier lui-même y allait sur sa jument, pour rencontrer ses amis, petits nobles des environs, et manger ensemble une tête de veau et une dinde truffée au *Soleil d'Or*.

Les choses marchaient donc à souhait ; tout le monde était satisfait de moi. et moi bien reconnaissant à tous ceux qui me faisaient bien. Mais, « si ça marchait toujours au gré de tous sur la terre, les gens ne voudraient pas aller en paradis », comme disait le chevalier.

Depuis quelque temps il n'était pas content, le brave et digne homme, il trouvait dans sa gazette des nouvelles de Paris qui ne lui convenaient pas. Les affaires de la politique prenaient une vilaine tournure : on avait guillotiné quatre sergents de La Rochelle, fusillé des généraux, des officiers ; les jésuites revenus étaient les maîtres partout, et c'étaient de mauvais maîtres. Les missionnaires envoyés par eux prêchaient de ville en ville, provoquant des persécutions contre les incrédules, les jacobins, excitant quelquefois des troubles, durement réprimés ; tout cela causait par toute la France un mécontentement général qui favorisait le développement des sociétés secrètes.

— Vous verrez, disait le chevalier en racontant ça, vous verrez que ces *ultras* finiront par faire renvoyer le roi en exil.

Je ne savais point ce qu'étaient ces *ultras*, mais, d'après tout ça, je me figurais que ce devait être une espèce de royalistes dans le genre du comte de Nansac.

Pour ce qui regardait les missionnaires, la chose était sûre, car à Montignac ils avaient planté une croix sur la place d'armes, juste à l'ancien endroit de l'arbre de la liberté, et par leurs sermons violents, leurs paroles de haine, ils avaient réussi à soulever un tas de gredins contre les patriotes connus pour leur attachement à la Révolution.

— Ces diables de missionnaires, ajoutait le chevalier, ont failli faire jeter à la Vézère le vieux Cassius, qui nous a sauvés jadis, ma sœur et moi.

Et sur l'interrogatiou du curé, il poursuivit :

— Oui, un jour, à la *Société populaire*, un bouillant patriote demanda la mise en réclusion des ci-devant nobles, La Jalage et sa sœur, mais Chabannais, dit Cassius, se leva :

— Laissez en paix le citoyen et la citoyenne La Jalage ; c'est eux qui nourrissent les pauvres de leur commune, et il y en a.

Et, par deux fois, il prit la parole pour nous défendre, et finit par faire passer l'assemblée à l'ordre du jour.

— Mais, fit le curé, vous dites : « La Jalage » ; est-ce donc votre nom?

— Parfaitement. C'est notre nom patronymique ; Galibert est un nom de terre. Nous descendons du fameux Jean de La Jalage, dont vous voyez la grossière statue commémorative dans une niche carrée du mur extérieur de l'église qu'il défendit contre des routiers anglais.

— Alors, dit le curé, je m'explique maintenant vos armoiries : la *jalage*, est, en patois, l'ajonc, ou genêt épineux.

— Oui, dit le chevalier, Jean de La Jalage, anobli pour ses services, et possesseur du fief de Galibert, prit pour armes un ajonc épineux de sinople, fleuri d'or sur fond de gueules, avec la devise : *Cil se pique, qui s'y frotte !* Et de fait, c'était un rude homme auquel il ne faisait pas bon se frotter, même après qu'il eut perdu un bras dans les grandes guerres...

J'ai dit que le chevalier n'était pas content de la manière dont marchaient les affaires, mais bientôt le curé eut encore plus sujet de se plaindre.

Quelques jours après l'histoire de Jean de La Jalage, le piéton de Montignac lui apporta une lettre cachetée de cire violette, venant de Périgueux. Après en avoir pris connaissance, le curé vint trouver le chevalier et lui dit qu'il avait besoin de moi pour m'envoyer à La Granval.

— Il est à vous plus qu'à moi, fit le chevalier : la permission est inutile.

M'étant habillé promptement, le curé me dit :

— Tu vas aller à La Granval trouver le Rey et tu lui diras qu'il me faudrait une avance de dix écus sur le pacte de la Saint-Jean. Il n'est pas nécessaire de courir : couche là-bas et reviens demain, ce sera assez tôt.

Là-dessus je partis en coupant au plus court, je traversai les brandes au delà de Fanlac, et je m'en fus tout droit à La Granval, en passant par Chambor, Saint-Michel et le Lac-Viel. Arrivé que je fus, la femme du Rey ne voulait pas me reconnaître :

— Ça n'est pas Dieu possible que ce soit toi Jacquou !

Enfin, lui ayant rappelé tout ce qui s'était passé lors de nos malheurs, elle finit par s'en accertainer. Le Rey, étant survenu peu après, me reconnut bien, lui, et me dit :

— Te voilà tout à fait dru, petit !

Le soir, je soupai avec ces braves gens, et puis ils me firent coucher. Étant au lit dans cette maison où mon pauvre père avait été pris, je pensai longtemps à des choses tristes, et puis je finis par m'endormir. A la pointe du jour, je me levai. Le Rey me donna les dix écus et je repartis, non pas sans avoir bu un coup et trinqué avec lui.

Il me faut dire ici que, depuis quelque temps, lorsque je voyais un garçon et une fille se promener seuls dans un chemin, ou se parler le dimanche sur la place en se tenant par la main et s'amitonner. ça me tournait les idées du côté de l'amour, et alors, je ne sais pas pourquoi, je me prenais à penser à la petite Lina. Je me demandais si elle était toujours à Puypautier, ce qu'elle faisait, si elle était aussi jolie qu'é-tant petite; et je me disais que je serais bien heureux de l'avoir pour mie. Tout ça fit que, me trouvant de ces côtés, je fus pris d'un grand désir de la revoir : ça m'allongeait bien un peu de passer par Puypautier, mais je n'étais pas pressé. En approchant du village, assez embarrassé de savoir comment m'y prendre pour la voir sans que cela se sût, je rencontrai une drolette qui gardait ses oies, comme autrefois Lina quand je l'avais connue. M'étant informé à cette petite, elle me dit que la Lina touchait ses brebis, et qu'elle devait être dans des friches qu'elle me montra. Je m'en fus par là, et, en approchant, je la vis seulette qui faisait son bas, accotée contre un chêne de bordure, tandis que ses brebis broutaient l'herbe courte. Sans faire de bruit, je vins tout près d'elle :

— Oh! Lina! c'est donc toi!

— Jacquou! dit-elle en me reconnaissant et en devenant toute rouge.

Alors je lui demandai le portage d'elle et de chez elle et j'appris bien des choses : que le vieux Géral s'était marié avec sa mère, et qu'elle était maintenant la fille de la maison.

Cette nouvelle ne me fit guère plaisir : j'aurais préféré la retrouver pauvre comme moi; mais, au reste, j'étais si heureux de la retrouver que ce ne fut qu'une contrariété d'un instant. Elle était toujours gente, la Lina. C'était maintenant une belle fille, de moyenne taille, bien faite et d'une jolie figure. Son mouchoir de tête laissait voir ses cheveux châtain clair ; ses yeux bruns et doux étaient abrités par de longs cils qui faisaient une ombre sur ses joues duvetées comme une pêche mûre, et sa petite bouche, rouge comme une fraise des bois, découvrait ses dents blanches lorsqu'elle riait :

— Que tu es donc joliette, Lina!

— Tu dis ça pour rire, Jacquou!

— Non, par ma foi, je le dis tel que je le pense.

— Les garçons disent tous comme ça.

— Ah! il y en a donc qui te le disent? fis-je, piqué de jalousie.

— On ne peut pas empêcher ça ; mais rien n'oblige de les croire.

— Et moi, dis? me crois-tu?

— Tu es curieux, Jacquou!... fit-elle en riant.

— Oh! écoute, ma petite Lina! depuis huit ans que je ne t'ai vue, j'ai songé souvent à toi. Il me semblait te voir encore toute nicette, avec ta petite tête frisée, gardant tes oies par les chemins, mignarde comme une tourterelle des bois. Plus j'ai grandi, et plus mon idée se tournait vers toi ; et, maintenant que je t'ai revue, tu ne sortiras plus de ma pensée, quoi qu'il advienne!

— Oh! Jacquou! tu es un enjôleur... Et où donc as-tu appris à parler comme ça?

Et alors, je lui racontai mon histoire tout du long, maudissant le comte de Nansac et faisant de grandes louanges du chevalier, de sa sœur, et du curé Bonal, qui m'avait enseigné.

Je voyais bien que ce que je lui disais lui faisait plaisir, et qu'elle était contente que je fusse un peu plus instruit que l'on n'était à cette époque de nos côtés, où l'on aurait pu chercher à deux lieues à la ronde autour de la forêt sans trouver un paysan sachant lire. De temps en temps, elle levait les yeux sur moi, sans lâcher de faire son bas, et je connaissais qu'elle ne me haïssait pas, rien qu'à son regard qui disait toute sa pensée, la pauvre drole.

En parlant du curé, ça me fit songer que depuis deux heures j'étais là à babiller, et qu'il me fallait m'en aller. Mais, avant, je voulus que Lina me dît où je pourrais la revoir. D'aller lui parler le dimanche à Bars, au sortir de la messe, sa mère qui était toujours là ne le trouverait pas à propos, croyait-elle.

— Adonc, je ne te verrai plus?

— Écoute, me dit-elle, je dois aller à Auriac le jour de la Saint-Rémy, le 23 du mois d'août, avec une voisine...

— J'irai donc à la dévotion de la Saint-Rémy.

Et, la regardant avec amour, je lui pris la main :

— Oh! ma Lina, à cette heure je suis bien content. Adieu!

Et, en même temps, l'attirant un peu à moi, je l'embrassai, toute rougissante.

— Tu profites de ce que je suis trop bonne, Jacquou!

Je l'embrassai une autre fois, et je m'en fus, non sans regarder souvent derrière moi.

En m'en allant, il me semblait que j'avais des ailes, et que tous mes sens avaient crû soudain. Je trouvais le pays plus beau, les arbres plus verts, le ciel plus bleu. Je sentais en moi une force inconnue jusqu'à ce jour. Quelquefois, arrivant au pied d'un terme, j'étais pris du besoin de dépenser cette force; je grimpais en courant à travers les pierres et les brousssailles et, parvenu en haut, je me plantais, les narines gonflées, et je regardais, tout fier, le raide coteau escaladé.

Lorsque j'entrai chez le curé, il était en train de causer avec le chevalier.

— Moi, j'en reviens toujours là, disait celui-ci : « Que diable vous veut-on? »

— Rien de bon, sans doute. Il y a là quelque tour de ces renards de jésuites, qui m'auront desservi à l'évêché.

Le lendemain matin, le curé, ayant emprunté la jument du chevalier et ses houseaux, montait à cheval et partait pour Périgueux par les chemins de traverse, en passant par Saint-Geyrac.

— Bon voyage, curé! lui dit le chevalier, la jument est solide, mais tenez-la tout de même dans les descentes ; vous savez le proverbe :

Il n'est si bon cheval qui ne bronche.

Lorsque le curé revint le surlendemain, je connus à sa figure que quelque chose n'allait pas bien. Lui ayant demandé s'il avait fait bon voyage, il me répondit :

— Oui, Jacquou, quant à ce qui est du voyage lui-même.

Je n'osai en demander davantage, et j'emmenai la jument à l'écurie.

Aussitôt qu'il sut le retour du curé, le chevalier vint au presbytère savoir ce qu'il en était, et, le soir, il raconta tout à sa sœur. Le curé avait, lors de la Révolution, prêté serment à la constitution civile du clergé, et voici que, trente ans après, on s'avisait de le chicaner là-dessus ; oui! et on lui demandait une rétractation publique de son serment.

Lui, avait répondu à l'évêque qu'il avait autrefois prêté ce serment, parce qu'il n'intéressait point les dogmes de l'Église ; que sa conscience ne lui reprochait rien à cet égard, et qu'il n'était point disposé à une rétractation, ni publique, ni secrète.

Là-dessus, l'évêque, de son air de grand seigneur ecclésiastique, l'avait congédié en l'invitant à réfléchir mûrement avant que de s'engager dans une lutte où il serait brisé comme verre.

— Les *ultras* du clergé, c'est-à-dire les jésuites et leur séquelle, perdront la religion, comme les *ultras* royalistes perdront la royauté! — ajouta en manière de conclusion le chevalier.

— Et que va faire le curé? demanda la demoiselle Hermine.

— Rien ; il dit qu'il les attend.

Sur ces entrefaites, le chevalier attrapa un refroidissement et fut obligé de se mettre au lit. Sa sœur le tourmentait pour voir un médecin, il me fit appeler :

— Maître Jacques, pour faire plaisir à mademoiselle, tu vas aller à Montignac querir un médecin.

— Il y en a un jeune, dit-elle qu'on prétend très habile : il faudrait faire venir celui-là.

— Point, ma sœur, fit le chevalier :

Les jeunes médecins font les cimetières bossus.

— Tu iras, Jacquou, trouver, ce vieux Diafoirus de Fournet. S'il ne peut venir, tu lui expliqueras que j'ai besoin d'une drogue pour suer, m'étant refroidi. Et lorsqu'il t'aura donné l'ordonnance, tu la porteras chez Riquer, l'arquebusier de ponant, en l'avertissant de ne pas prendre un bocal pour l'autre :

Dieu nous garde d'un et cœtera de notaire,
Et d'un quiproquo d'apothicaire !

— Oh ! fit le curé qui entrait en ce moment ; je vois que vous n'êtes pas en danger !

Étant à Montignac, le soir, la commission faite à M. Fournet, le hasard fit que je passai devant l'église du Plo, où prêchaient des missionnaires ; la curiosité me poussa à y entrer. Il y avait en chaire un jésuite maigre et jaune, à figure de belette, qui déclamait contre les jacobins, les impies, les incrédules. Il avait l'air d'un de ces hypocrites qui se donnent la discipline avec une queue de renard. Après avoir bien daubé sur les ennemis de la religion, sur ces loups dévorants enfantés par les philosophes de la Révolution, il ajouta que cette Révolution avait été tellement satanique dans ses principes et dans ses œuvres, que des pasteurs même, ayant charge d'âmes, s'étaient laissé séduire. Et il s'écriait :

— Oui ! jusque dans le sanctuaire, le démon a fait des prosélytes ! Ne croyez pas que je parle de pays lointains ! Aux portes de cette cité qui, après l'orgie révolutionnaire, est revenue à Dieu, il en est de ces loups qui se couvrent de peaux de brebis pour mieux perdre les âmes dont notre Seigneur Jésus-Christ leur a donné la charge ; qui cachent sous le manteau d'une charité menteuse l'orgueil des renégats et les vices des libertins hypocrites !

Et, ce disant, ce coquin-là tendait le bras du côté de Fanlac, de manière que tous les assistants comprenaient bien qu'il parlait du curé Bonal qui avait été vicaire à Montignac, autrefois.

Moi, oyant cette bête-là parler ainsi du curé, je fus au moment de lui crier sur le coup de la colère qui me monta : « Tu en as menti ! gredin ! »

Mais je me retins, et je le dis seulement à demi-voix, ce qui fit retourner plusieurs personnes dans le fond de l'église, où j'étais, puis je partis furieux.

« Est-il possible, pensais-je en m'en allant, qu'un homme si bon, si charitable ; qu'un prêtre d'une vie si exemplaire, et digne par son caractère des respects de tous, soit ainsi vilainement calomnié par ses confrères ! »

Je dis par ses confrères, car, outre les missionnaires, il y avait aussi dans le voisinage des curés qui, pour se faire bien venir des jésuites tout-puissants, prenaient leur mot d'ordre et semaient à la sourdine un tas de calomnies contre le curé Bonal, Ils ne l'aimaient point, d'ailleurs, tous ceux du doyenné de Montignac, parce que sa conduite les accusait tous. On ne le voyait pas dans ces ribotes qu'ils faisaient les uns chez les autres, sous le prétexte de la fête de l'endroit, ou sans prétexte aucun ; ribotes d'où ils sortaient les oreilles rouges, gorgés de bons vins, et le ventre entripaillé. Lorsqu'il était, par état, obligé d'assister à une réunion, à un repas, il ne passait pas la nuit avec les autres, à jouer à la bouillotte ou à la bête hombrée ; il trouvait une raison honnête pour se retirer. Celui qui disait le plus de mal de lui, derrière, car par devant il faisait le cafard, la chattemite, c'était dom Enjalbert, le chapelain de l'Herm. C'était lui qui, en allant piquer l'assiette chez les curés d'alentour, répandait depuis longtemps de mauvais bruits sur le curé Bonal. Le curé le savait, mais ne s'en souciait guère, comptant bien que sa conduite le cautionnait assez ; et, en effet, dans sa paroisse, il était aimé et respecté comme il le méritait. Du côté de l'évêché, il avait été tranquille tant que le diocèse avait dépendu de l'évêque d'Angoulême, mais depuis quelques années qu'on avait rétabli l'évêché de Périgueux, il avait essuyé des tracasseries, des vexations, et maintenant il comprenait bien qu'on voulait le perdre.

— S'ils avaient affaire à moi, — lui disait quelquefois le
chevalier, — je les démasquerais publiquement, tous ces mauvais chrétiens !

— Oui ! bien souvent le sang bout dans mes veines...
mais le scandale retomberait sur la religion : il vaut mieux
que je me taise.

Pourtant, s'il avait su tout ce que ces misérables disaient
de lui et de la demoiselle Hermine, comme je l'appris en
revenant de la fête d'Auriac, peut-être n'aurait-il pas eu
tant de patience.

Car j'y allai, à cette dévotion de la Saint-Rémy : je n'eus
garde de faillir à l'assignation, comme on pense. La veille,
je profitai du moment où le curé était venu voir le chevalier,
pour leur en demander la permission à tous deux. Ma requête ouïe, le chevalier dit :

> *Au pèlerinage voisin,*
> *Peu de cire, beaucoup de vin.*

— Mais, monsieur le chevalier, répliquai-je, Rome est
trop loin !

— Oh ! ce serait même chose :

> *Jamais cheval ni mauvais homme,*
> *N'amenda pour aller à Rome.*

Et, tout content de lui, le chevalier ajouta :

— Si M. le curé y consent, moi, je le veux bien.

— Comme je compte qu'il sera sage, je le veux bien aussi,
dit le curé.

Et je me retirai bien aise.

Le lendemain, ayant déjeuné de bonne heure, la demoiselle Hermine me dit :

— Te voilà dix sols pour faire le garçon.

Je la remerciai bien et je m'en fus tout joyeux. J'avais
déjà, en sous et en liards, vingt-deux sous et demi, noués
dans un coin de mon mouchoir ; j'y ajoutai les dix sous, et je
m'en allai, me croyant riche déjà. Je descendis passer à
Glaudou, de là sous Le Verdier, et je montai à travers les
bruyères prendre le vieux grand chemin du plateau, près de
la Maninie, à un endroit appelé Coupe-Boursil, ce qui n'est

pas un nom trop rassurant; mais, en plein jour, mes trente-
deux sous et demi ne risquaient rien. Ce chemin était très
large, comme ça se voit encore en plusieurs places. On dit
que c'est celui que suivit le maréchal Boucicaut lorsqu'il alla
assiéger Montignac. Il faisait très chaud; sous le soleil brûlant,
les cosses des genêts éclataient avec bruit, projetant au loin
leurs graines noires : aussi j'avais seulement une blouse bleue,
toute neuve, sur mon gilet, et j'étais coiffé d'un de ces chapeaux de paille que les femmes, par chez nous, tressaient
à leurs moments de loisir en allant aux foires ou en gardant
le bétail. La paille n'était pas aussi fine que celle des chapeaux
qu'on vend partout aujourd'hui; mais elle était plus solide,
et, dans les campagnes, tout le monde portait de ces chapeaux — les paysans, s'entend. Un quart d'heure avant
d'arriver aux Quatre-Bornes, je pris un raccourci et je m'en
fus passer au village de Lécheyrie. puis le long des murs du
jardin du château de Beaupuy, d'où je finis de descendre
dans le vallon de la Laurence, où se trouve la chapelle de
Saint-Rémy, à un petit quart de lieue au-dessus d'Auriac.

Au long des prés, sur le bord du vieux chemin, dans une
espèce de communal, est bâtie la vieille chapelle aux deux
pignons ornés de figures grimaçantes. Autour, l'herbe pousse
maigre et courte sur le terrain pierrailleux et sablonneux;
mais, tout contre les murs, la terre bien fumée par les passants fait foisonner des orties, des carottes sauvages, des
choux d'âne, des menthes âcres d'une belle venue. En temps
ordinaire cet endroit a l'air triste, abandonné, et cette construction, aux murs noircis par les siècles, ressemble à une
grande chapelle de cimetière.

Au contraire, les jours de pèlerinage, le lieu est bruyant
et animé. On y vient de loin, plus que de près : les saints
sont comme les prophètes, ils n'ont pas grand crédit chez
eux. Les paroisses des environs, au-dessus et en aval de
Montignac y envoient bien des pèlerins, mais c'est surtout les
gens du Bas-Limousin qui y affluent. Seulement, comme à ces
Limougeaux la dévotion ne fait pas perdre la tête, quoiqu'ils
en aient une bonne suffisance, ils apportent dans les bastes ou
paniers de leurs mulets des fruits de la saison, mais surtout
des melons. C'est la fête des melons, on peut dire, tant il y

en a. Sur des couches de paille, ils sont là étalés, petits, gros, de toutes les espèces : ronds comme une boule, ovales comme un œuf, aplatis aux deux bouts, melons à côtes, lisses, brodés, verts, jaunes, grisâtres, est-ce que je sais ? Et il s'en vend ! C'est du fruit nouveau pour le pays, car les environs de Brives et d'Objat sont bien plus précoces que chez nous : en sorte que les gens de chez nous venus à la dévotion tiennent à emporter un melon. C'est une sorte de témoignage qu'on a été à la Saint-Rémy d'Auriac.

Je dis d'Auriac, parce que saint Rémy a encore une autre dévotion en Périgord ; c'est à Saint-Raphaël, sur les hauteurs, entre Cherveix et Excideuil. Il y a là, dans l'église, le tombeau du saint que l'on va chevaucher, comme à Auriac on se frotte à sa statue, pour guérir de toutes sortes de maladies et douleurs, et on y est guéri comme à Auriac.

Autrefois, le tombeau de saint Rémy n'était pas au bourg de Saint-Raphaël, mais à une cafourche de quatre chemins, où aboutissaient quatre paroisses : Cherveix. Anlhiac, Saint-Médard et Saint-Raphaël. Comme ce tombeau attirait beaucoup de monde, ces quatre paroisses se le disputaient. Un jour, les gens d'Anlhiac amenèrent leurs meilleurs bœufs, les attelèrent à la pierre du tombeau, mais ne purent la faire bouger d'une ligne. Ceux de Saint-Médard essayèrent ensuite et ne réussirent pas davantage. Alors les riches propriétaires de Cherveix, avec leurs grands forts bœufs de la plaine, bénits pour la circonstance, montèrent sur les coteaux et à leur tour essayèrent d'entraîner la susdite pierre ; mais sans plus de succès que les autres. Enfin les gens de Saint-Raphaël vinrent en procession avec un âne — tout ce qu'ils avaient, les pauvres ! et après que le curé eut invoqué le grand saint Rémy, l'âne attelé au tombeau traîna facilement la pierre, à travers les friches, jusqu'à Saint-Raphaël, où elle est restée.

Voilà ce que racontent les gens du pays ; moi, je n'en garantis rien.

Pour en revenir à la dévotion d'Auriac, c'est encore une foire aux paniers ; non pas de ces paniers de vîmes grossiers pour vendanger ou ramasser les noix et les châtaignes, mais de ces jolis paniers en osier blanc, de toutes formes, depuis le grand panier plat pour porter les fromages de chèvre au marché. jusqu'au joli petit panier de demoiselle à cueillir les fraises, sans oublier les corbeilles à fruits, et ces belles panières rondes ou carrées, à deux couvercles, où il tient tant d'affaires, lorsqu'on revient de la foire.

Il y a là aussi, pour soutenir les gens venus de loin, des boulangers de Montignac, vendant des choines et des pains d'œufs parfumés au fenouil, et aussi des marchandes de tortillons. Puis, contre les haies, à l'ombre, bien abritées de branchages, des barriques sont là, en chantier, où l'on vend le vin à pot et à pinte.

Lorsque j'eus dépassé le moulin de Beaupuy, et que je fus sur la petite hauteur qui domine le vallon, je m'arrêtai, tâchant de reconnaître la Lina dans cette foule de monde qui était autour de la chapelle, mais je ne le pus. Je voyais des coiffes blanches. des mouchoirs de couleur, des pailloles ou chapeaux de paille de femme, des fichus bariolés, mais c'était tout. Me remettant alors en marche, je finis d'arriver à la chapelle et je commençai de chercher dans tout ce peuple. Je fus un bon moment à me promener partout, enjambant les tas de melons, les paniers de pêches, poussant les gens pour avoir place, jouant des coudes pour avancer, et je ne voyais pas Lina. « Sa mâtine de mère, me pensai-je, l'aura peut-être empêchée de venir!... » Tandis que j'étais là assez ennuyé à cette idée, voici montant du bourg, dans le chemin bordé de haies épaisses, la procession du pèlerinage. Comme je regardais si Lina n'était pas dans les rangs, j'entendis derrière moi :

— Eh bien, il pense joliment à toi !

Je me retournai coup sec, et je vis Lina avec une autre fille :

— Ha ! te voilà donc ! Et comment ça va-t-il vous autres ? Il y a un gros moment que je vous cherche ; où étiez-vous donc ?

— Nous ne faisons que d'arriver.

— Aussi je me disais : « Si elle était là, je l'aurais vue, pour sûr ! »

Et voilà que nous nous mettons à babiller tous trois ; non pas de choses bien curieuses, peut-être, mais il suffit que ce soit avec celle qu'on aime, pour y prendre plaisir. A de certaines paroles, quelquefois, on comprend qu'elle veut

faire entendre autre chose que la signification des paroles, et
on l'entend, encore qu'on ne soit pas bien fin, car, pour ces
affaires-là, on a toujours assez d'esprit. Et puis il y a la joie
de la présence, il y a les yeux qui parlent aussi, les mains qui
se serrent, et on regarde les lèvres s'agiter vives et souriantes,
et on est heureux des petits rires musiqués qui laissent voir
les dents saines et blanches.

Pendant que nous étions à caqueter, la procession arriva.
En tête, comme de bon juste, le marguillier portant la croix,
petit homme brun, qui avait l'air pas mal farceur, et se
rejouissait d'avance, ça se voyait dans ses yeux pétillants,
de ce que cette journée allait lui rapporter. Ensuite, sur deux
files, les pèlerins les plus dévots, qui sortaient d'ouïr une
messe à la paroisse et venaient encore à celle de Saint-Rémy,
bien plus estimée ce jour-là. Ces pèlerins, c'étaient des femmes
des paroisses des environs de Montignac; puis celles venues
du causse de Salignac, qui tire vers le Quercy, coiffées de
mouchoirs à carreaux rouges et jaunes, habillées de cotillons
de droguet avec des devantaux rouges; puis d'autres du
causse de Thenon et de Gabillou, en bas bleus, avec des
coiffes à barbes et des fichus d'indienne à grandes palmes,
retenus par devant avec leur tablier de cotonnade. Et puis,
pour la plus grande part, c'était des femmes du Bas-Limousin,
vers la frontière de l'Auvergne, habillées de cadis, coiffées de
bonnets en dentelle de laine, noirs, comme des béguins,
avec par-dessus des chapeaux de paille, noirs aussi, à fonds
hauts avec des rebords par devant semblables à de grandes
visières. Celles-là marchaient lourdement, chaussées de gros
souliers ferrés, comme leurs maris. Les hommes étaient
habillés, selon leur pays, de culottes en grosse toile de sacs,
ou de droguet; peu de blouses, mais des vestes de bure,
ou des gipons de forte étoffe bleue, avec des poches par
derrière dans les pans écourtés de cette espèce d'habit. Et
c'est là qu'on connaissait les gens ménagers de leur argent,
au morceau de pain qui enflait leur poche d'un côté, et à la
petite roquille de terre brune qui dépassait dans l'autre poche,
bouchée avec une cacarotte, ou épi de blé d'Espagne égrené.
Il y en avait qui au lieu de pain avaient dans leur poche
un tortillon, mais ceux-là passaient pour des prodigues.

Tous ces hommes, leur grand chapeau noir à larges bords à la main, marchaient lentement dans la pierraille poussiéreuse avec leurs lourds souliers, sous un soleil brûlant qui leur faisait cligner les yeux. Les femmes, leur chapelet d'une main, et portant de l'autre un petit cierge dont la flamme se voyait à peine sous ce soleil aveuglant, suivaient à petits pas en remuant les lèvres. Parmi les gens sains, on voyait des boiteux traînant avec une béquille une jambe attaquée du mal de Saint-Antoine, ou érysipèle ; d'autres qui avaient un bras en écharpe, plié dans des linges tout blancs pour la circonstance ; et d'autres encore qui avaient attrapé un effort, comme en témoignait leur culotte soulevée par une grosseur à l'aine. Entre tous ces visages brûlés par les fenaisons et les métives, il y avait des figures malades, jaunes, terreuses, qui sentaient la fièvre et la misère. Quelques-uns à demi aveugles, un bandeau sur les yeux, étaient menés par la main. Tout ce monde venait demander la guérison au bon saint Rémy : ceux-ci avaient des douleurs, ou du mal donné par les jeteurs de sorts, ou des humeurs froides ; ceux-là tombaient du haut mal, ou se grattaient, rongés par le mal Sainte-Marie, autrement dit la gale, assez commune en ce temps. Parmi ces malades, il y en avait de vieux, de jeunes ; des hommes fatigués par un mauvais rhume tombé sur la poitrine ; des femmes incommodées de suites de couches ; des filles aux pâles couleurs, des enfants teigneux ; de pauvres épouses bréhaignes qui, n'ayant pas le moyen d'aller à Brantôme toucher le verrou, venaient demander un enfant à saint Rémy.

Derrière les deux longues files de pèlerins, venaient les curés, chantant des litanies ; les uns en surplis à ailes, les autres en ornements brodés à fleurs ; et puis, le dernier, le curé de la paroisse, en chasuble dorée, portait le calice recouvert. Il les faisait bon voir tous en bon point, avec des figures rouges, luisantes, bien fleuries sous le bonnet carré ou la calotte de cuir, et les cheveux noirs ou grisonnants descendant bouclés sur le cou. Ils n'étaient pas malades, ceux-là, oh ! non, ça se voyait tout de suite : c'était des curés à l'ancienne mode, de bons vivants qui n'allaient pas chercher midi à quatorze heures, et touchaient

leur troupeau vers le paradis sans s'embarrasser du Sacré-
Cœur, ni de l'Immaculée Conception, ni de l'infaillibilité du
pape. Sans doute, il y en avait bien qui faisaient jaser les
gens, mais, pour contenter tout le monde, c'est difficile.

Tous les trois, Lina et son amie, nous regardions curieusement défiler cette multitude bigarrée qui s'engouffrait dans
la chapelle. Les curés faisaient des détours pour éviter les tas
de melons et les paniers, jetant çà et là un coup d'œil de
côté sans tourner la tête, lorsque parmi cette foule pressée
devant l'entrée ils reconnaissaient un paroissien ou une gentille ouaille. Après eux, nous entrâmes dans la chapelle qui
était bondée quoi qu'elle soit assez grande. On n'y voyait
pas bien clair, car les fenêtres très étroites étaient solidement
grillagées de barreaux de fer, de crainte des voleurs. Pourtant, je ne sais ce qu'ils auraient pu y voler. Les murs blanchis à la chaux, verdis çà et là par l'humidité, n'avaient
pas de riches tableaux, ils étaient nus, excepté au-dessus de
l'autel, où un vilain barbouillage, dans un cadre de bois peint
en jaune pour imiter l'or, représentait le bon Dieu, avec
une belle barbe, recevant saint Rémy dans le paradis. Ce
tableau n'avait jamais été beau, sans doute, et il était très
vieux, de manière que les couleurs passées s'écaillaient par
endroits, emportant le nez du saint ou l'œil d'un ange qui
jouait de la flûte. L'autel était peint en gris, avec des filets
bleus autrefois. Les grands chandeliers étaient de bois badigeonné d'un jaune d'or, maintenant terni, ainsi que toutes
les couleurs dans cette chapelle humide, qui sentait le moisi
et ainsi que le relent des plaies qu'on y étalait depuis des siècles. Sur une petite table recouverte d'une sorte de nappe,
par côté du chœur, était une statue de saint Rémy en bois,
qui avait l'air d'avoir été faite par le sabotier d'Auriac, tant
elle était mal taillée. On l'avait bien passée en couleurs depuis
peu, pour la rendre un peu plus convenable, mais la robe
bleu de charron et le manteau rouge d'ocre n'embellissaient
guère ce pauvre saint.

Je la fis voir à Lina en lui disant à l'oreille :

— J'en ferais bien autant avec une serpe !

— Écoute la messe, fit-elle en souriant.

C'était le curé d'Auriac qui la disait, qui la chantait plu-

tôt. vieux homme gris pommelé, de bonne mine et encore
vert. Il était servi par deux enfants de chœur et, de plus, assisté
de deux autres curés en costume, qui lui faisaient de grandes
révérences. mains jointes, qui embrassaient les objets avant
de les lui donner, lui soulevaient sa chasuble lorsqu'il s'age-
nouillait, enfin faisaient un tas de cérémonies de ce genre.
Moi qui n'avais jamais vu que la messe du curé Bonal, qui offi-
ciait plus simplement, je trouvais tout ça bien étrange. Il y
eut beaucoup de femmes qui communièrent, de sorte qu'avec
toutes ces cérémonies la messe dura longtemps ; mais enfin
elle s'acheva et je n'en fus pas fâché. Au moment de sortir,
le curé annonça qu'ils allaient déjeuner, et qu'il nous enga-
geait chacun à en faire autant, afin qu'à deux heures tout
le monde fût là, parce qu'on chanterait les vêpres avec
sermon et bénédiction du Saint-Sacrement, après quoi on
continuerait à donner les évangiles.

— Mais, ajouta-t-il, comme il y en a qui sont de loin et ne
peuvent attendre si tard, M. le curé d'Aubas va rester pour
donner les évangiles à ceux-là.

Et en effet, aussitôt que les autres furent partis, le curé
d'Aubas, un livre à la main, assisté du marguillier qui tenait
une soupière d'étain, fut entouré par une foule de gens qui
demandaient l'évangile. Le curé avait bien dit : « donner »,
mais c'était une façon de parler, car on les payait. Lorsqu'on
avait remis les sous au marguillier, qui les jetait dans la
soupière, il disait :

— C'est à celui-là.

Alors chacun à son tour s'approchait du curé qui leur
mettait son étole sur la tête et récitait des versets de l'évangile selon saint Matthieu, où il est question de la guérison
de plusieurs malades et infirmes. Après l'évangile, les gens
allaient se frotter au saint : car l'évangile, ça n'était rien au
prix de saint Rémy, d'autant plus que l'évangile se payait et
que le saint frottait gratis. Mais ce n'était pas celui qui était
dans le chœur : on avait eu beau le passer en couleurs, personne ne le regardait. Le véritable, c'était un petit saint de
pierre qu'on avait tiré de sa niche et que chacun prenait pour
se frotter la partie malade, ou se faire frotter par un voisin,
lorsque les douleurs étaient dans l'échine ou dans les reins.

On se frottait l'estomac avec les bras, les jambes, les cuisses, sur la peau, autant que ça se pouvait. Ceux qui avaient la sciatique se le faisaient promener depuis la hanche jusqu'au talon, par-dessus la culotte ; mais, des fois, des vieilles, percluses de douleurs, qui n'avaient pas peur de montrer leurs lie-chausse ou jarretières, se le fourraient sous les cotillons, ayant fiance que le frottement sur la peau avait plus de vertu. Ah ! il en voyait de belles, le pauvre diable de saint, avec ces vieilles !

Quand je dis qu'il en voyait de belles, c'est une manière de dire, car il n'avait pas d'yeux, pas plus d'ailleurs que de nez et de bouche. Depuis des siècles qu'un curé adroit avait inventé ce saint, il avait tant frotté de bras, de jambes, de cuisses, d'épaules, d'échines, de côtes, de reins, qu'il en était tout usé. Comme ces marottes de carton qui servaient jadis aux modistes de campagne pour monter leurs coiffures et qui, à force d'avoir servi, n'étaient plus que des boules de carton éraillées où l'on ne voyait plus ni traits ni couleurs, le malheureux n'avait plus figure de saint, ni même d'homme. Ses bras, ses jambes, ses pieds, ses mains, sa tête, tout cela avait tellement frotté qu'on n'y connaissait plus rien, qu'on n'y distinguait plus aucune partie du corps ni de la figure ; tout était confondu sous l'usure. Ça pouvait être aussi bien une vieille borne déformée par les roues des charrettes, rongée par les pluies et les gelées, qu'une statue mangée par des siècles de frottements. Mais ça n'ôtait rien à la foi des pauvres gens désireux de guérir : on se disputait le saint, chacun le voulait, quelquefois deux le tenaient en même temps et le tirassaient, chacun de son côté, d'où il s'ensuivait des paroles à voix étouffée :

— C'est à mon tour !

— Non, c'est à moi !

— Ça n'est pas vrai !

Et cependant, le curé qui avait vu ça d'autres fois, récitait ses versets d'évangile au milieu d'un bruit sourd, et l'on entendait les sous tomber dans la soupière d'étain que le marguillier fatigué avait posée sur une chaise.

— Sortons, — dis-je à Lina et à son amie, après avoir longtemps regardé faire les gens.

Et. une fois dehors, je respirai fortement, content d'être en plein air. Puis. après nous être promenés un moment, je menai les deux droles à l'ombre d'un noyer, sur le bord d'un pré, en leur disant :

— Ne bougez d'ici, je reviens coup sec.

Et j'allai acheter un melon, des pêches, un pain de choine. et je fis tirer une bouteille de vin à une barrique d'un homme de la côte des Gardes au-dessus de Montignac, où l'on faisait de bon vin en ce temps-là. J'en avais en tout pour quatorze sous ; alors les choses n'étaient pas chères comme aujourd'hui.

Lorsque les droles me virent revenir ainsi chargé, elles s'écrièrent :

— Ho ! qu'est-ce tout ceci?

— Eh bien, leur dis-je, voilà les curés qui reviennent ; il est deux heures, c'est le moment du mérenda, mangeons.

Lina faisait des façons, ayant crainte que quelqu'un de par chez elle ne la vît et ne le dît à sa mère ; pourtant à force je la rassurai, et nous étant assis sur l'herbe contre une haie, je coupai le pain, le melon, et nous nous mîmes à manger en devisant gaiement.

— Mais, dit tout d'un coup en riant la camarade de Lina, qui s'appelait Bertrille, comment allons-nous boire puisqu'il n'a y pas de gobelets !

— Ma foi, répondis-je, vous boirez la première à la bouteille ; Lina boira ensuite, et moi le dernier, comme de juste.

— Les hommes, répliqua-t-elle, sont plus assoiffés que les femmes : ça serait à vous de commencer.

— Non pas, je suis trop honnête pour ça !

Et je lui tendis la bouteille.

Elle la prit en guignant un peu de l'œil, comme qui dit : « Je te comprends, va ! »

Ayant bu, elle passa la bouteille à Lina, qui après quelques gorgées me la donna.

— Je vais savoir ce que tu penses, Lina ! dis-je.

Et. prenant la bouteille, je me mis à boire lentement.

— Il va la finir ! disait en riant la Bertrille.

Mais ça n'était pas pour le vin que je faisais durer le plaisir ; et, tout en buvant, je coulai à Lina un regard qui la fit rougir un petit.

Tandis que nous étions là, on entendait les curés chanter vêpres à pleine voix, comme des gens qui ont pris des forces et qui savent qu'ils se reposeront à table le soir; mais je n'étais pas bien curieux d'y aller, ni les droles non plus, étant bien où nous étions.

La bouteille ayant été vidée à la troisième tournée, je voulus aller en faire tirer une autre, tant je prenais goût à cette manière de boire après Lina; alors toutes deux me dirent que j'étais un ivrogne, et que, quant à elles, elles ne boiraient plus. Voyant ça, je rapportai la bouteille à l'homme de la barrique, et nous fûmes nous promener à Auriac, tandis qu'on commençait à prêcher.

Les auberges étaient pleines de gens qui buvaient. Ceux-là, c'étaient des gens de la paroisse, qui n'avaient pas grande dévotion pour le saint, et le laissaient pour les étrangers forains, mais qui l'aimaient tout de même, parce qu'il faisait aller le commerce de l'endroit, et qui le fêtaient le verre au poing.

A ce moment, les marchands de fruits des environs de Brives et d'Objat commençaient à repartir, ayant vidé les bastes de leurs mulets, et rempli de gros sous leurs bourses de cuir. Ceux à qui il restait quelques melons les donnaient pour presque rien à leur auberge, ou aux adroits qui avaient attendu sur le tard pour acheter. Nous nous promenâmes assez longtemps dans le bourg et sur la place où l'on dansait à l'ombre des gros ormeaux. Je dansai une contredanse et une bourrée avec Lina, autant avec la Bertrille, et nous revoilà sur le chemin tous les trois; Lina et moi nous tenant par le petit doigt, comme c'est la coutume des amoureux, en remontant vers la chapelle où j'entrai seul. Les offices étaient finis, on avait donné la bénédiction, et les curés s'en allaient. Mais pour ça la chapelle ne désemplissait pas. Un autre curé avait relevé celui d'Aubas, qui disait les évangiles auparavant, et le fait est qu'il devait être fatigué. Pour le pauvre marguillier, qui était seul de marguillier, et qui ne voulait peut-être pas non plus quitter la soupière, il lui fallait rester là; mais il se consolait en la voyant se remplir de sous parmi lesquels reluisaient des pièces de quinze et de trente sous, de tout quoi il comptait avoir sa part.

Et le saint frottait, frottait toujours, passant de mains en mains, toujours disputé, toujours tirassé par les gens impatients. A cause de la chaleur grande, tout ce monde s'était rafraîchi, quelques-uns un peu beaucoup; de manière que la foule était plus bruyante qu'après la messe, et qu'il y en avait qui, rouges comme des coqs de redevance, empoignaient le saint et l'arrachaient à d'autres qui se rebiffaient comme de beaux diables, n'ayant pas eu le temps de se frotter. Dans cette chapelle, sentant la poussière moisie et le renfermé, il s'échappait de cette presse de gens à l'haleine vineuse, sales, suants et échauffés par la marche, ou ayant des plaies, une odeur dégoûtante. On commençait à ne plus se gêner. on parlait fort, les gens se déboutonnaient; on défaisait les manches pour se frotter le bras; les femmes se dégrafaient le corsage pour faire toucher au saint une tétine gonflée par un dépôt de lait, ou se troussaient pour détacher leurs jarretières et se frotter les jambes à nu, laissant voir sans honte leurs genoux crasseux. Parmi ceux qui étaient là en curieux, comme moi, il y avait parfois une rumeur de risée en voyant tout cela; mais les bonnes gens croyants, qui attendaient leur tour et guettaient le saint, regardaient de travers les moquandiers. Du milieu de ce bourdonnement sourd, de ce brouhaha de réclamations et d'apostrophes salées, s'élevait parfois la plainte d'un malade poussé par une main brutale, ou le cri d'une femme dont le pied était écrasé par un gros soulier ferré. Car tous les gens, comme affolés, se poussaient, se bousculaient, se marchaient sur les orteils et s'enfonçaient les côtes à coups de coudes, avec des jurons étouffés. Et, dans ce temps, à l'entrée du petit chœur, le curé récitait toujours des versets de l'évangile, et les sous tombaient toujours, emplissant presque la soupière du sacristain.

De la cohue pressée sortaient des gens qui se rebontonnaient, des femmes qui s'agrafaient ou rattachaient leurs bas bleus avec le bout de chanvre ou de lisière qui leur servait de lie-chausses. Et peu à peu, comme il ne venait plus personne, le tas diminuait de tous ceux qui avaient satisfait leur manie superstitieuse, et bientôt il n'y eut plus là que quelques vieilles folles qui ne pouvaient se décider à s'en aller. Alors, des coins de la chapelle où ils attendaient, sortirent, se traînant, clopinant, des malades, des infirmes, des estropiés, des impotents qui n'avaient pas osé se fourrer dans la foule où on les aurait pilés ; et ils vinrent se frotter à leur tour, étalant sans vergogne leurs hideuses misères, et se rendant charitablement un bon office lorsque l'endroit malade le requérait. Le malheureux saint frotta encore quelques échines tordues, quelques jambes pourries, quelques bras desséchés ; il subit encore quelques sales attouchements de plaies croûteuses ou vives, d'ulcères suppurants, et puis enfin fut replacé, tranquille pour un an, dans sa niche, par le marguillier qui avait cessé de recevoir des sous, le curé ayant cessé de réciter ses versets d'évangile, faute de pratiques. Et, tout le monde étant parti, il ne resta plus sur le pavé, plein de terre et de gravats apportés par les pieds des dévotieux, que des boutons arrachés dans la précipitation et plusieurs morceaux de jarretières cassées.

J'ai ouï dire que, depuis ce temps-là, cette dévotion a beaucoup perdu et que les gens n'y courent plus à troupeaux comme jadis. La foi à ce tronçon de pierre informe, qu'on appelle le saint, s'en est allée, comme tant d'autres belles choses, et il n'y a plus guère que les Limousins qui font semblant d'y croire à cause de leurs melons. Mais, en revanche, ceux qui ont absolument besoin d'être trompés s'en vont porter leur argent aux diseuses de bonne aventure dans les foires.

Lorsque je sortis, je trouvai les deux droles qui revenaient de faire un petit tour toutes seules, et il fut question de partir. Bien entendu, je voulus leur faire un bout de conduite, car c'est à peine si, dans cette foule, j'avais pu parler tranquillement à Lina. Pour dire la vérité, cette dévotion ne va pas bien pour les amoureux : on est toujours en vue, dans ce vallon de la Laurence où il n'y a que des prés, et, d'un côté comme de l'autre, des coteaux de vignes, à la réserve de la garenne du château de la Faye. Quoique sans mauvaises intentions, on aime à se cacher un peu. Ah ! ce n'est pas comme au pèlerinage de Fonpeyrine, où l'on est au beau milieu des bois.

Nous nous en fûmes donc tous les trois, suivant d'abord le

grand chemin d'Angoulême à Sarlat, qui passe dans la combe,
le long des prés de Beaupuy, pour monter ensuite à la
Bouyérie et aux Quatre-Bornes. Je tenais Lina par la taille et
par une main, marchant tout doucement et lui parlant de
choses et d'autres : combien j'étais content de cette journée,
tout le plaisir que j'avais eu à la passer avec elle, et aussi
comment nous pourrions faire pour nous revoir. Bertrille
côtoyait Lina. mais. de temps en temps, la bonne fille
faisait semblant de ramasser quelque fleurette sur le bord
du chemin, et restait un peu en arrière pour nous mieux
laisser causer. Lorsque nous fûmes aux Quatre-Bornes,
j'aurais dû les quitter, mais je dis à Lina :

— Je vais aller avec vous autres un peu plus loin.

Et nous voilà suivant le chemin tracé par les charrettes à
travers les grands bois châtaigniers. Nous étions si occupés à
parler, Lina et moi, que nous fûmes près de l'Orlégie sans
nous en être aperçus. Mais la Bertrille, qui, elle, était dépareillée, me dit alors :

— Vous ferez bien de nous laisser là ; il vaut mieux qu'on
ne nous voie pas ensemble dans le village.

Ça m'ennuyait bien, mais, comme je sentais que c'était
raisonnable, de crainte de faire avoir des reproches à Lina,
je les laissai après les avoir embrassées toutes deux, Bertrille la première, et ma bonne amie si longuement que
l'autre me dit en riant :

— Vous voulez donc la manger !

Je lâchai Lina sur ces paroles, et elles s'en furent. Pour moi,
appuyant sur la gauche, j'allai descendre dans la combe qui
vient de dessous Bars, et je suivis le ruisseau de Thonac, qui
n'est guère qu'un fossé jusqu'au moulin de la Grandie. A la
rencontre de la combe de Valmassingeas, qui rejoint l'autre,
et avec elle s'élargit en vallon, je trouvai un homme qui portait
sur l'épaule, avec son bâton, quelque chose de rond noué
dans son mouchoir, Lorsqu'on rencontre, ce jour-là, quelqu'un
portant un melon. on peut dire qu'il vient de la Saint-Rémy.

— Et vous en venez donc aussi ? lui dis-je.

— Eh ! oui, fit-il en tournant un peu la tête vers son melon,
comme qui dit : « Vous le voyez ».

Là-dessus, nous cheminâmes en causant. L'homme me

dit qu'il était de la Voulparie, dans la commune de Ser-
geac, et qu'il venait de se frotter à saint Rémy, pour un
mal de tête qui le prenait de temps en temps et le rendait
quasi imbécile. Puis il se mit à parler de la fête, et s'en alla
remarquer que notre curé n'y était point.

— Aussi bien y étaient-ils assez tout de même, lui répliquai-je,
pour manger le fricot du curé d'Auriac !

— Sans doute. fit l'homme. mais avec ça, comme voisin,
il aurait dû être à cette dévotion où les gens viennent de si
loin ; mais on dit qu'il ne croit pas à grand'chose, et même
qu'il ne se conduit pas trop bien.

— Et qui dit ça ?

— On le dit.

— Ceux qui le disent sont des imbéciles !

— En ce cas, il y a beaucoup d'imbéciles devers chez
nous, car les gens ne se gênent pas pour le dire.

— Et peut-être vous en êtes, de ceux-là qui le disent ?

— Moi, je ne dis que ce que j'ai ouï dire ; et, probablement,
tout le monde dans notre paroisse, le curé en tête, ne le
dirait pas si ça n'était pas vrai. Lorsqu'un bruit court comme
ça, on peut bien croire qu'il n'y a pas de fumée sans feu.

Le rouge m'était monté et je le rabrouai rudement :

— Pour les pauvres sottards qui croient bêtement tout ce
que leur dit votre curé, ils sont pardonnables ; mais quant à
lui, qui sait aussi bien que personne que le curé Bonal est
un brave homme et un digne prêtre, je vous le dis, c'est un
pas grand'chose !

Et nous continuions à disputer et noiser en marchant, moi
faisant de notre curé tous les éloges qu'il méritait, l'homme
répétant tout le mal qu'il en avait entendu raconter, lorsque.
à un moment donné, en face de la petite combe de Glaudou.
sur une parole qu'il lâcha. touchant la demoiselle Hermine,
je le pris au collet et je le secouai fortement :

— Sacré animal ! je vois bien, à cette heure, que saint
Rémy est un pauvre saint, car tu as eu beau te frotter la tête,
tu es resté plus bête qu'un âne !

Et lui, de son côté, m'ayant attrapé par le col de ma
blouse, nous nous saboulions comme à prix fait, tandis que
le melon roulait dans le chemin.

L'homme était plus âgé que moi de cinq ou six ans, mais tout de même je le jetai à terre, et je lui bourrai la figure à coups de poing, de manière que je lui fis saigner le nez. Ayant un peu passé ma colère, je le lâchai ; il se releva, ramassa son melon qui s'était quelque peu écrabouillé en tombant, et, sentant qu'il n'était pas le plus fort, continua sa route, non sans me faire des menaces de nous revoir.

— Quand tu voudras, grand essoti ! lui criai-je.

Et, montant dans le coteau rocheux à travers les taillis de chênes clairsemés, je fus bientôt à Fanlac.

Je fis mon possible, en arrivant, pour ne pas rencontrer le curé, mais, justement, je m'en allai me jeter dans ses jambes. Il connut d'abord à ma blouse déchirée que je m'étais battu, et il me demanda à quel sujet. J'étais un peu embarrassé, ne voulant pas mentir, et ne voulant pas lui dire non plus de quoi il s'agissait. Pourtant, pressé de questions, je finis par lui avouer l'affaire :

— Ma foi, monsieur le curé, c'est à cause de vous.

Et je lui racontai tout, excepté qu'on eût parlé de la demoiselle Hermine.

— Mon garçon, me dit-il quand j'eus fini, je te sais gré du sentiment qui t'a porté à prendre ma défense ; mais, une autre fois, il faut être plus patient : allons, va te changer...

La Fantille, à qui je dus aussi expliquer les accrocs de ma blouse, ne fut pas du même avis que le curé ; elle dit que j'avais bien fait de corriger l'homme.

— Je te pétasserai toujours de bon cœur, lorsque tu auras été déchiré en pareille occasion !

— Allons, allons ! Fantille. Il faut être plus doux et savoir supporter les injures et les calomnies.

— Oh ! vous, monsieur le curé, vous vous laisseriez agoniser de sottises sans rien dire.

Le curé sourit un peu, et s'en fut écrire dans sa chambre.

Moi, je me doutais bien que toutes ces méchancetés répandues par les curés, d'après le mot d'ordre des jésuites prêcheurs, n'annonçaient rien de bon. « Sans doute, me disais-je, afin de préparer les gens à une mesure de rigueur contre le curé Bonal, on essaye de le déshonorer à l'avance. » Dans mon idée, on voulait l'ôter de Fanlac, et l'envoyer dans quelque mauvaise petite paroisse au loin, rien ne pouvant lui être plus pénible que de quitter ses chers paroissiens, qui l'aimaient tant... Mais je ne connaissais pas bien ses ennemis et persécuteurs.

Quelques jours après, arriva une autre lettre cachetée de cire violette comme la première. L'ayant lue, le curé, qui était maître de lui, ne broncha pas ; il replia la lettre et s'en fut se promener dans le jardin, tout pensif, et, une heure après, alla trouver le chevalier.

Lui, ne prit pas la chose aussi patiemment que le curé, et il s'écria, aussitôt qu'il sut de quoi il s'agissait, que c'était une infamie, et une ânerie par-dessus le marché ; qu'il fallait que l'évêque eût perdu la tête pour faire une chose pareille, ou qu'on l'eût trompé ; que quant à lui, il ne ficherait plus les pieds à l'église, — dans sa colère, il lâcha le mot, — puisque les tartufes faisaient forclore de l'Église le meilleur curé du diocèse.

Le lendemain se trouvant un dimanche, le curé Bonal monta en chaire, pour la dernière fois. Lorsqu'il annonça à ses paroissiens, que d'après la décision de monseigneur l'évêque, il était interdit et ne dirait plus la messe, même ce présent dimanche, ni n'administrerait plus les sacrements, ce fut dans l'église bondée de monde une explosion de surprise qui se continua en une rumeur sourde que le curé fut un instant impuissant à dominer.

Ayant obtenu le silence, il exposa que c'était un devoir pour tous, paroissiens et curé, de se soumettre à l'autorité de l'évêque, que, pour lui, quoique sa conscience ne lui reprochât rien, car il avait toujours agi, non dans un intérêt personnel, mais pour la paix de l'Église, il obéirait sans résistance et sans murmure. Mais il ajouta que cette obéissance lui coûtait beaucoup, parce qu'il les aimait tous comme ses enfants, et qu'il avait espéré leur faire entendre longtemps la parole de Dieu, et finalement reposer dans le petit cimetière où il en avait tant conduit déjà. Il parla ainsi longuement, avec tant de cœur et d'affection que tout le monde en était ému et que les femmes, les yeux mouillés, se mouchaient avec bruit.

Mais. ce moment d'émotion passé, la colère prit le dessus, et, à la sortie de l'église, les gens s'assemblèrent et se dirent entre eux qu'il ne fallait pas laisser partir le curé. Tous, les uns et les autres, se montèrent la tête de manière que plusieurs des plus décidés s'en allèrent trouver le chevalier de Calibert. toujours coléré, quoique ce fût un bon homme. Lui, voyant comme ça tournait. monta sur les marches de la vieille croix, et commença à prêcher les gens. Il leur dit que la conduite de leur curé, sa patience, sa résignation dans cette circonstance, prouvaient combien il était digne de leur affection et de leur respect.

— Mais, nous autres paroissiens, nous avons bien le droit d'agir un peu différemment... Il faut que toute la paroisse adresse une pétition à l'évêque pour lui demander le maintien de notre curé. Mais, — ajouta-t-il, — comme il n'y en a guère que deux ou trois qui sachent signer, nous ferons comme on faisait autrefois, nous appellerons un notaire qui dressera un acte de notre protestation :

Parle papier!

» Voilà, dans la position où nous sommes, ce qu'il y a de mieux à faire. Un chien regarde bien un évêque, nous pouvons donc lui adresser la parole. Êtes-vous de cet avis?

— Oui! oui! crièrent tous les gens qui étaient là.

— Eh bien! donc, je vais envoyer quérir le tabellion. Vous autres, revenez à l'heure de vêpres, et soyez là, tous, sans faute; que personne ne reste à la maison : plus nous serons, mieux ça vaudra... Maintenant, je vous dirai que les gens en place, qu'ils aient une robe ou un habit, ne voient pas toujours les choses comme il faut, en sorte que je ne sais pas trop ce qu'il adviendra de notre protestation : peut-être s'en ira-t-elle en eau de boudin, en brouet d'andouilles, nous le verrons bien !

Il ne faut pas laisser de semer pour la crainte des pigeons.

» Pour moi, je l'ai dit d'abord : si on nous ôte notre curé, je ne mets plus les pieds à l'église !

— C'est ça! c'est ça! Ni nous non plus !

— Et si on nous en envoie un autre, il dira sa messe tout seul !

Un chien est fort sur son palier,
Un coq sur son fumier.

Tout le monde applaudit, et, la chose bien convenue, le chevalier m'expédia à Montignac chercher maître Boyer, ou un autre à son défaut.

A trois heures, le notaire était là, et sur la place, noire de monde, à l'ombre du vieux ormeau où l'on avait porté une table, il commença à instrumenter en écrivant son préambule. Puis tous les gens de la paroisse, hommes et femmes, le chevalier en tête, défilèrent devant lui, et, après avoir couché sur son acte leurs noms et surnoms, il continua ainsi :

— « Lesquels, adressant respectueusement mais fermement la parole à monseigneur l'évêque de Périgueux, tout comme s'il était présent, lui ont dit et remontré que, depuis le rétablissement du culte catholique, le sieur curé Bonal a donné dans cette paroisse l'exemple de toutes les vertus ; qu'il l'a édifiée par sa vraie et sincère piété ; qu'il a été, depuis bientôt trente ans, la providence des pauvres, et le père et l'ami de ses paroissiens, en sorte que tous, vieux et jeunes, pauvres et riches, désirent ardemment le conserver, tant qu'il plaira à Dieu de le laisser sur cette terre.

» A cette fin, lesdits comparants supplient très instamment mondit seigneur évêque de révoquer les ordres par lui signifiés, et de continuer ledit sieur Bonal dans ses fonctions de curé de ladite paroisse de Fanlac ; ajoutant lesdits comparants, que le seul exemple de leur curé a fait de bons chrétiens de tous les habitants de cette paroisse, et que, le bien de la religion s'accordant avec leur vif désir de le conserver, ils espèrent que mondit seigneur évêque prendra la présente demande en considération ;

» Et, sans se départir aucunement du respect dû audit seigneur évêque, lesdits comparants, au cas où leur requête demeurerait sans effet, protestent très fermement contre les inconvénients qui pourront résulter, pour la religion et ses ministres, d'une mesure qui les atteint dans leur piété et leur affection pour leur curé.

» De tout quoi lesdits comparants m'ont requis acte, que je leur ai concédé sous le scel royal, etc. »

Et après avoir fait signer les deux ou trois qui savaient, le notaire signa lui-même avec un paraphe savant, car c'était un notaire de l'ancienne école, comme ça se voit à son acte.

Le surlendemain, le chevalier en emporta une copie superbement moulée, et s'en fut à Périgueux la remettre à l'évêque.

Celui-ci, à ce que connut M. de Galibert, comprit un peu tard qu'on lui avait fait faire une bêtise; mais, comme les gens en place ne reconnaissent pas facilement qu'ils se sont trompés, les évêques moins que les autres, monseigneur persista dans sa décision, malgré tout ce que put lui dire le chevalier, qui plaida chaleureusement la cause de son ami.

— Je vous prédis, monseigneur, fit-il en partant, que vous regretterez votre refus :

Tel maintenant refuse,
Qui par après s'accuse !

L'évêque, passablement offusqué de la liberté que prenait ce laïque, ne répondit rien, et le chevalier s'en alla.

La veille de son retour, le curé qui connaissait bien les gros bonnets du clergé, et savait que la démarche du chevalier serait inutile, m'avait envoyé à La Granval parler au Rey pour venir faire des arrangements. Le Rey vint trois où quatre jours après, et, comme il n'avait plus qu'une année de ferme à courir, il consentit à résilier le bail, et à se retirer dans le bien qu'il avait à la Boissonnerie, moyennant une petite indemnité. Tout bien convenu, il s'en retourna, et le curé commença à penser à déloger, parce que le refus de l'évêque, bientôt connu de toute la paroisse, échauffait les têtes; et il ne voulait pas être l'occasion de quelque désordre.

Il fut entendu entre le chevalier et lui que je le suivrais à La Granval, comme je le lui avais demandé. Aussi, quelque peine que j'eusse de le voir dans cette passe, je fus un peu consolé par l'idée de le suivre et de lui être utile. Je commençai à emmener le mobilier, qui n'était pas très important. Outre ce que j'en ai dit, il y avait encore dans la chambre du curé un lit tout simple, sans rideaux, une petite table recouverte d'une serviette sur laquelle il y avait une cuvette et un pot à eau en faïence, une autre table à écrire, plus grande, encombrée de papiers, quelques livres sur une tablette, deux chaises, une grande malle longue recouverte de peau de sanglier, et c'était tout. Malgré ça, avec le lit de la Fantille et le reste, avec quelques provisions, il me fallut trois jours pour emporter toutes les affaires, peu à peu, à cause des mauvais chemins. Je ne faisais qu'un voyage par jour : encore fallait-il coucher à La Granval, car il y avait loin, et les bœufs ne vont pas vite.

Un matin, tandis que je chargeais le buffet sur la charrette avec Cariol, je te vois arriver un grand diable de curé, sec comme un pendu d'été, de poil rouge, torcol, avec de gros yeux ronds et un nez crochu, qui me demanda où était le presbytère.

— Vous y êtes, lui dis-je, voici la porte.

Et, un instant après, je le suivis, pour m'assurer que c'était le nouveau curé. Précisément c'était lui, et, ensuite des civilités d'usage, il s'enquit du jour où il pourrait faire amener ses meubles qui étaient à Montignac.

— Demain nous achèverons de déménager, répondit le curé Bonal, et après-demain le presbytère sera libre.

Et là-dessus, toujours honnête, il offrit à son confrère de se rafraîchir, ce que l'autre accepta, en faisant des façons, comme s'il avait eu peur de se compromettre. Alors le curé appela la Fantille et lui dit de donner le nécessaire pour faire collation. La Fantille, au lieu d'obéir, s'en alla toute colère par les maisons du bourg dire que le remplaçant du curé venait d'arriver, et qu'il avait une de ces figures qu'on n'aimerait pas à trouver au coin d'un bois. Ne la voyant pas paraître, le curé passa dans la cuisine et me dit d'aller tirer à boire, tandis que lui-même prenait le chanteau, dans une nappe, avec des noix. Quand je mis la bouteille sur la table, le nouveau curé était en train de questionner son prédécesseur sur ce que rapportait la cure. combien on payait pour les baptêmes, les mariages, les enterrements, la bénédiction des maisons neuves, celle du lit des nouveaux mariés ; si les paroissiens faisaient beaucoup de cadeaux, et s'il y avait de bonnes maisons pieuses où l'on recevait bien les curés.

« Toi, me pensais-je en m'en allant, si tu en attrapes beaucoup, de cadeaux, ça m'étonnera ! »

Tandis que le curé nouveau faisait collation, les femmes du bourg, mues par la curiosité, une à une, deux par deux, arrivaient sur la petite place, qui filant sa quenouille, qui faisant son bas ou de la tresse de paille pour les chapeaux. Elles furent bientôt là une vingtaine, avec leurs drôles pendus à leurs cotillons, et puis quelques vieux érenés, et même La Ramée qui fumait son brûle-gueule.

Au bout d'une demi-heure, ou trois quarts d'heure, que je ne mente, lorsque le nouveau curé traversa la place pour s'en retourner, tout ce monde le regarda de travers.

— Eh bien, mon brave, dit-il en passant à La Ramée, vous fumez votre pipe ?

Et comme le vieux soldat le regardait d'un mauvais œil, sans répondre, il ajouta :

— Vous n'êtes pas bavard !

— Ça dépend.

— Alors, ce serait que je ne vous conviens pas ?

— Il se pourrait.

— Vous n'êtes pas bien gêné !

— Je suis comme ça.

Voyant que La Ramée continuait de tirer des bouffées sans plus dire mot, que les hommes ne le saluaient pas, et que les femmes faisaient semblant de ne pas le voir, le curé, tout étonné, grommela quelque chose entre ses dents et s'en alla.

Pendant qu'il était encore à portée d'entendre, Cariol, de la charrette, cria à La Ramée :

— Comment le trouves-tu, ce levraut ?

— Pas mal, pour ce que je veux en faire !

Le lendemain, le curé Bonal suivit toutes les maisons de la commune pour faire ses adieux à chacun, entrant dans les terres pour parler aux gens qui étaient au travail, et n'oubliant personne, riches ou pauvres. Le soir, il rentra fatigué, regarda tristement le presbytère vide, et s'en fut souper et coucher chez le chevalier.

A ce que me raconta la Toinette, ce fut un triste souper, aucun des trois n'étant de goût de manger.

— Ce qui me console dans ce malheur, disait le curé, c'est

que je sais que mes pauvres n'en pâtiront pas, mon bon chevalier, et que vous et mademoiselle Hermine me remplacerez dignement.

— Mon pauvre curé, oui, je tâcherai de vous remplacer en ce qui regarde la charité matérielle; mais pour ce qui est des consolations morales, de ces bonnes paroles qui aident les malheureux à porter patiemment leurs peines, de ces exhortations charitables aux fins de relever les faibles... qui vous remplacera? Moi, je sens bien ce qu'il faudrait dire, mais je ne sais pas trouver les paroles...

— Alors, dit le curé, je suis sûr que mademoiselle Hermine me remplacera à cet égard.

— Certes, fit-elle, je ferai de bonne volonté tout ce que je pourrai...

Et ils restèrent silencieux, les braves cœurs.

Le lendemain après le déjeuner, le curé Bonal prit son bâton et, accompagné de ses hôtes, s'achemina vers La Grauval. Tous trois marchaient lentement comme pour retarder le moment de la séparation, échangeant de temps en temps quelques paroles. Arrivés à la cafourche où une croix de pierre est plantée depuis les temps anciens, le curé s'arrêta et ils se firent leurs derniers adieux. Le chevalier, moins résigné que ses compagnons, récriminait contre la décision de l'évêque, cependant que la demoiselle Hermine, ayant tiré son mouchoir, s'essuyait les yeux, et que le curé regardait la terre en tapant de petits coups de son bâton.

— Mes amis, dit-il en relevant la tête, nous ne serions pas de bons chrétiens si nous ne savions pas supporter l'injustice. Ce saint emblème, ajouta-t-il en montrant la croix, nous enseigne la résignation : que la volonté de Dieu soit faite!

Et, s'étant fraternellement embrassés, le curé commença à descendre la combe raide. Les pierres du chemin roulaient sous ses pieds et il s'appuyait sur son bâton pour se retenir. Peu à peu sa haute taille diminuait dans le lointain et enfin il disparut dans les fonds boisés. Alors le chevalier et sa sœur, qui l'avaient suivi des yeux, rentrèrent tristement chez eux.

Sur les cinq heures du soir, le curé arriva à La Granval,

où, aidé de la Fantille, j'avais mis tout à peu près en ordre. L'ancienne maison était grande assez ; il y avait une vaste cuisine, une belle chambre où l'on aurait pu mettre quatre lits, et deux petites. Le curé jeta un coup d'œil sur l'installation, et sembla retrouver sous le vieux toit de famille les souvenirs de son enfance, car il resta longtemps pensif devant le feu.

L'heure du souper approchant, la Fantille mit une nappe au haut bout de la table, et y plaça le couvert du curé, puis elle trempa la soupe.

— Dorénavant, dit-il en la voyant faire, nous mangerons tous ensemble. Il n'y a plus ici de curé, obligé par état de garder certaines convenances ; il n'y a plus que Pierre Bonal, fils de paysan, redevenu paysan. Demain Virelou viendra pour me faire d'autres habillements.

— Comment ! s'écria la Fantille en joignant les mains ; vous allez poser la soutane, monsieur le curé !

— Sans doute, puisque je ne suis plus curé, et qu'il m'est défendu de la porter... Allons, mets des assiettes sur la table pour toi et Jacquou.

La Fantille hésitait, ne sachant plus où elle en était, mais elle finit par obéir.

Alors le curé, se levant, s'approcha de la table. fit le signe de la croix et récita le *Benedicite*.

Ayant fini, il s'assit, prit la grande cuiller et nous servit, à Fantille et à moi, chacun une pleine assiette de soupe ; après quoi, il se servit lui-même moins copieusement.

Après souper, nous parlâmes de la manière qu'il convenait de gouverner le domaine, et je fis connaître au curé mes idées là-dessus. Je l'assurai que j'étais capable de faire le travail tout seul. et bien ; mais il me répliqua qu'il n'entendait pas rester oisif, et que, nonobstant ses soixante ans passés, il était robuste et comptait m'aider. Sur les huit heures, je fus donner aux bœufs, car le Rey avait laissé le cheptel, comme c'est la coutume, en ayant pris en entrant ; après quoi, chacun alla se coucher.

Je pensai longtemps avant de m'endormir à la manière de conduire les affaires la plus profitable pour la maison. Je comprenais qu'il fallait charrier droit et travailler ferme, car la propriété n'était pas grande. valant une douzaine de mille francs au plus, et le pays, juste au beau milieu de la forêt, n'était pas des meilleurs. Mais le courage ne me manquait pas, et je me sentais tout fier et heureux d'être utile au curé et de lui témoigner ma reconnaissance. Puis, il faut que je le dise, quoique je fusse bien marri de ce qui lui arrivait, le contentement de me sentir plus près de Lina me donnait du cœur. Certes, si la chose eût dépendu de moi, je serais retourné à la cure de Fanlac avec lui, très heureux de le voir heureux. Mais comme cela ne se pouvait, je m'en consolais en pensant au voisinage de ma bonne amie. L'homme a un fond égoïste ; tout ce qu'il peut faire, c'est de se vaincre lorsque le devoir le commande.

Virelou vint le lendemain ; quatre jours après, le curé était habillé comme un bon paysan, de grosse étoffe brune avec un chapeau périgordin à calotte ronde et à larges bords.

C'était un dimanche : il nous engagea à aller tous deux, Fantille et moi, à la première messe à Fossemagne, disant qu'il garderait la maison de ce temps-là, d'autant qu'il craignait que sa présence à l'église ne fît du scandale.

— Mais la soupe ! fit la Fantille, qui n'en revenait pas de le voir ainsi habillé.

— J'attiserai le feu sous la marmite, ne crains rien.

Elle joignit les mains et leva les yeux aux poutres comme qui dit :

— Que verrons-nous de plus, grand Dieu !

Nous étions à peine de retour de la messe, la Fantille et moi, lorsqu'à l'orée du défrichement dans la direction de la Mazière, nous vîmes le chevalier déboucher du bois sur sa jument, qu'il poussa au grand trot. Un moment après, il mettait pied à terre dans la cour et serrait avec chaleur les deux mains du curé.

— Je viens manger la soupe avec vous, dit-il.

— Soyez le très bien venu, mon vieil ami !

Et tandis que j'emmenais la jument à l'étable, ils se promenèrent aux alentours de la maison.

— Heureusement qu'il y a une poule dans la soupe ! disait la Fantille tout affairée lorsque je revins.

En déjeunant tous deux, le chevalier raconta à son ami ce qui s'était passé à l'arrivée du nouveau curé, et la mauvaise impression qu'il avait faite sur les gens :

— Je crois bien, dit-il, qu'il n'aura pas eu grand monde à sa messe, ce matin.

— C'est tant pis, repartit le curé. Je suis bien reconnaissant à toute la paroisse de l'affection qu'elle m'a marquée dans cette circonstance ; mais il ne faudrait pas que, pour des préférences de personnes, la religion en souffrît.

Oyant cela, tout en vaquant à ses affaires, la Fantille hochait la tête en signe de désapprobation.

Le chevalier était bon convive et fit honneur à la poule au pot, à la farce dont elle était garnie, et à l'omelette qui la suivit. Il égaya un peu le repas en lâchant quelques-uns de ses dictons familiers. Ainsi, le curé, qui ne buvait pas de vin pur, lui ayant offert de l'eau, par distraction ou habitude, avant de se servir lui-même, il le remercia ainsi :

> — L'eau gâte moult le vin,
> Une charrette le chemin,
> Le carême le corps humain.

Ils restèrent longtemps à deviser à table. Le chevalier faisait tourner sa tabatière et prenait de fréquentes prises ; le curé, son couteau à la main, traçait de vagues figures géométriques sur la nappe. Tous deux goûtaient les plaisirs de l'amitié à leur manière. Le chevalier, heureux du moment présent, n'oubliait pourtant pas ses griefs, et s'exprimait assez librement sur le compte de l'évêque qui avait frappé son ami et son curé ; quant au successeur de celui-ci, il n'était pas bon à jeter aux chiens.

Le curé Bonal, qui avait peut-être ressenti plus vivement le coup de cette séparation de tout ce qu'il affectionnait, avait pourtant plus de résignation, et tâchait, dans l'intérêt de la religion, d'apaiser le chevalier.

— Mon ami, disait-il, avant tout il faut connaître votre nouveau curé. Il n'y a pas huit jours qu'il est à Fanlac, vous l'avez vu deux fois : comment pouvez-vous l'apprécier ? Vous dites qu'il a une mauvaise figure ; mais il se peut qu'il soit un bon prêtre malgré cela ! Vous savez, comme moi, qu'il ne faut pas juger les gens sur la mine : les apparences sont souvent trompeuses.

— Oui, dit le chevalier :

> *Ne crois pas ribaud pour jurer,*
> *Ni jamais femme pour pleurer,*
> *Car ribaud toujours jurer peut,*
> *Femme pleurer quand elle veut.*

Le ci-devant curé sourit un peu, et le chevalier continua :

— Avec ça, je ne me trompe guère. Lorsque vous vîntes à Fanlac, malgré votre figure noire et votre air un peu rude, je dis de suite : « Voilà un brave homme de curé. » Me suis-je trompé ?

— Mon bon ami ! dit Bonal en prenant à travers la table la main du chevalier.

A la vesprée, après avoir passé quelques bonnes heures à La Granval, M. de Galibert se mit en selle pour retourner à Fanlac, chargé de souhaits de bon voyage et puis de bons souvenirs pour sa sœur.

Il ne s'était pas mépris au sujet de la messe du nouveau curé. Un homme de l'Escourtaudie, que je rencontrai quelques jours après à Thenon, où j'avais été acheter quelques brebis, me dit qu'il n'y avait pas eu un chat, par manière de parler. Mais ça, ce n'était rien ; à peu de temps de là, on vit bien autre chose. Un homme de la Calube étant mort subitement, les parents, n'osant se passer de prêtre, s'en furent, bien qu'à contre-cœur, parler au nouveau curé pour l'enterrement. L'autre leur dit que ce serait quinze francs, et vingt s'il allait faire la levée du corps à la maison. Les fils du mort et son gendre trouvaient que c'était cher, d'autant plus que, de longues années, la coutume de payer s'était perdue avec le curé Bonal. Ils marchandèrent donc afin de faire rabattre quelque chose au curé. Mais lui protestait que c'était le tarif, et qu'il n'avait pas le droit de faire de rabais.

— Pourtant, dit l'un des fils, puisque le curé Bonal rabattait le tout, vous auriez bien le droit d'en rabattre la moitié ?

Cette raison mit le curé de mauvaise humeur.

— Je ne sais pas comment agissait mon prédécesseur,

répliqua-t-il sèchement, mais c'est comme je vous ai dit : à prendre ou à laisser.

Enfin, après avoir bien débattu, avoir apporté de part et d'autre toutes les raisons d'usage entre gens qui font un marché ; après être sortis pour se consulter, les autres rentrèrent et acceptèrent, moyennant que le curé leur couperait cent sous sur son prix. Seulement, et c'est là que l'affaire se gâta, il leur dit qu'il fallait le payer comptant, car il avait perdu beàucoup d'argent dans son ancienne paroisse, parce que souvent, les honneurs rendus, le mort enterré, les héritiers se faisaient tirer l'oreille pour payer ; tellement qu'il y en avait qu'il fallait assigner devant le juge de paix et faire condamner.

« Diable ! pensaient les parents du défunt, il n'est pas cassé, ce curé-là ! »

S'ils avaient eu l'argent, quoique pas contents, ils l'auraient donné, tenant beaucoup, comme tous les paysans, à ce que le curé fît les honneurs à leur vieux ; mais ils ne l'avaient pas. Force leur fut donc de s'en retourner en disant au curé que, les choses étant ainsi, ils étaient obligés de se passer du service mortuaire.

Mais, quelques heures après, une dizaine de jeunes gens vinrent pour sonner le glas, et trouvant les cordes remontées et la porte intérieure du clocher fermée, furent demander la clef au marguillier, qui répondit que le curé lui avait défendu de la donner. Là-dessus, eux, enfoncent la porte du clocher avec des haches, et se mettent à sonner les deux cloches. Le curé vint pour les faire sortir, mais il fut obligé de s'en revenir plus vite que le pas et de se fermer chez lui. Cependant, au son des cloches, les gens des villages accouraient de tous côtés, et bientôt, dans le mauvais chemin qui montait au bourg, on vit au loin un cercueil recouvert d'un drap blanc se mouvoir sur les épaules de quatre hommes qui se relayaient souvent, car la montée était rude, et il faisait chaud. En s'en allant, le curé avait donné deux tours de clef à la grande porte de l'église, de manière que ceux qui sonnaient s'y trouvaient pris. Lorsque le mort arriva, on le posa devant le portail sur des chaises prêtées par les voisins, puis on fut chez le curé pour avoir la clef ; mais la maison curiale était close, et personne ne répondit. Pourtant il aurait fallu être sourd pour ne pas entendre, car, après avoir cogné avec les poings, avec des bâtons, les gens finirent par jeter des pierres à la porte et dans les fenêtres. La colère montait les têtes de tout le monde ; des exclamations à peine contenues par la présence du corps s'entendaient au milieu d'une rumeur sourde. Sur les rudes visages de ces paysans on voyait l'indignation que leur causait le refus de ce qu'ils appelaient les honneurs, fait à l'un d'eux. Déjà, les plus hardis parlaient d'entrer de force au presbytère et d'amener le curé, lorsque ceux qui étaient enfermés dans l'église finirent par faire sauter la serrure, et ouvrirent à deux battants. Le cercueil fut alors apporté devant le chœur, à la place ordinaire ; des cierges furent allumés autour, selon la coutume, et le marguillier, qu'on avait été chercher et amené malgré lui, revêtu d'une chape, chanta en tremblant de peur l'office des morts. On l'obligea ensuite à encenser et asperger le défunt comme eût fait le curé lui-même, et, tout étant fini à l'église, on partit pour le cimetière, où le pauvre marguillier, qui se croyait sacrilège, fut encore obligé de parachever les dernières cérémonies, jusqu'à la pelletée de terre finale sur le cercueil descendu dans la fosse.

Pendant que tout ceci se passait, le chevalier, qui était tenace, avait été à Périgueux faire une dernière démarche près de l'évêque et lui représentait le tort que sa décision faisait à la religion, le curé disant sa messe le dimanche devant les bancs vides.

— Il est à craindre, ajouta-t-il, qu'à la première occasion il ne se produise un désordre, tant tous les paroissiens sont outrés du départ du curé Bonal, et mal disposés pour son successeur, qui semble prendre à tâche de le faire encore plus regretter !

Mais le pauvre chevalier eut beau plaider et patrociner la cause de la religion et celle de son ami, l'évêque lui fit entendre que, quelque considération qu'eût l'Église pour les laïques pieux, elle ne pouvait se gouverner par leurs avis.

— Je regrette personnellement, comme gentilhomme, de ne pouvoir accéder à votre demande, monsieur le chevalier ; mais ce que j'ai décidé dans la plénitude de mon autorité épiscopale est irrévocable.

A la suite de cet enterrement, les gendarmes vinrent à
Fanlac et s'enquérirent. Puis les gens du roi s'y transpor-
tèrent et interrogèrent une masse de monde. Beaucoup d'arrestations furent faites, et finalement il y eut une dizaine de
condamnations de six mois à cinq ans de prison.

Le curé Bonal eut grande peine de cette méchante affaire.
A chaque occasion, il ne manquait pas de dire et de faire dire
à ses anciens paroissiens de prendre patience, de ne pas se
buter à l'impossible ; mais c'était inutile, et les condamnations
achevèrent de les mutiner. Le nouveau curé voyant ça, dépité
de ce que son église était toujours vide, et ne se croyant pas
trop en sûreté, depuis qu'un soir il avait failli recevoir un
coup de pierre par la tête, finit par demander à s'en aller, ce
qui lui fut accordé, et la paroisse resta sans curé, à la confusion de quelques-uns, les meneurs de cette affaire.

Ainsi se vérifiait la prédiction un peu obscure du chevalier
qui avait dit :

— *Il viendra un temps où les renards auront besoin de leur queue.*

VI

Cependant, nous autres étions bien tranquilles à La Granval. Cette vie étroitement attachée à la terre me convenait ; j'aimais à pousser mes bons bœufs limousins dans le
champ que déchirait l'araire, enfonçant mes sabots dans la
terre fraîche, et suivi de toutes nos poules qui venaient manger les vers dans la glèbe retournée. Les travaux pénibles de
la saison estivale même me riaient, comme les fauchaisons
et les métives. Ça me faisait du bien d'employer ma force,
et quand le matin, ayant fauché un journal de pré, je voyais
l'herbe humide de rosée, coupée régulièrement et bien ras,
j'étais content. Alors je prenais ma pierre à repasser, et j'ai-
guisais ma faux en sifflant un air de chanson. Le soir, dans
le temps des moissons, lorsque après avoir chargé la dernière
gerbe sur la charrette, je voyais tout ce blé qui devait faire
un bon pain bis et savoureux, j'avais comme un petit mouvement de fierté, en songeant que c'était moi qui avais fait

tout cela, ou quasiment tout. Pourtant Bonal m'aidait bien autant qu'il pouvait, mais ça n'est pas à son âge qu'on se met à ces travaux pénibles. Il menait la charrette, il aidait à faner, à lier les gerbes, il taillait la vigne, et autres choses comme ça. A Fanlac, il avait toujours aimé à cultiver le jardin, et il mit en ordre celui de La Granval, qui était mal en train, comme c'est l'ordinaire dans nos campagnes, où l'on est tellement pressé qu'on court au plus essentiel.

Nous vivions donc tranquilles, ne voyant guère personne, les plus proches voisins étant encore loin et séparés de nous par des bois, de manière que leurs poules ne nous gênaient point, ni les nôtres eux, ce qui est une bonne condition pour être en paix, car on sait que dans les villages les trois quarts des brouilles commencent à propos des poules qui vont gratter dans les jardins. Cela ne nous ennuyait pas, au surplus, d'être isolés : lorsqu'on est occupé du lever au coucher du soleil, on ne sent pas le besoin de fréquenter des étrangers. Avec ça, Jean le charbonnier, devenu trop vieux pour passer les nuits à surveiller les fourneaux dans les bois, s'était retiré dans sa maison des Maurezies après avoir gagné quelques sous, et il venait nous voir quelquefois. C'était un brave homme, serviable, comme il l'avait montré dans l'affaire de mon père, et qui depuis cette époque s'était intéressé à moi. Il me donnait des conseils pour l'exploitation du bien, ce qui n'était pas de refus : quoique je susse bien faire tous les travaux que requiert un domaine, je n'avais pas d'expérience assez pour les diriger sûrement en toute occasion, et ce brave homme me fut d'un bon secours pour cette raison. Le curé l'aima tout de suite aussi et l'entretenait en patois, car Jean était sans instruction aucune, ne sachant même pas parler le français, comme d'ailleurs presque tous les gens de par chez nous. Mais, ayant tant vécu seul au milieu des bois, il s'était habitué à penser et à réfléchir plus qu'à parler, de manière que le peu de paroles qu'il disait avaient un grand sens. Le curé n'était pas bavard non plus, mais tout ce qu'il disait était plein de substance : aussi s'entendaient-ils bien. Jean, toutefois, lui portait respect, comme ça se comprend, et l'appelait toujours, ainsi que nous autres : « Monsieur le curé. »

Mais lui. à ce propos, nous dit un jour qu'il nous fallait corriger cette façon de parler, attendu qu'il n'était plus curé, ni en droit ni de fait, et que par conséquent nous ne devions plus le nommer ainsi.

— Sainte bonne Vierge ! s'écria la Fantille, il y a vingt ans que je vous appelle comme ça, je ne saurai jamais vous parler autrement !

— Tu t'y habitueras ! Appelez-moi tous de mon nom : Bonal.

— Ça je ne le pourrai pas ! répliqua la Fantille ; non, monsieur le... écoutez, puisque vous ne voulez plus qu'on vous y appelle, je dirai : « Notre Monsieur ! »

— C'est ça ! fit-il en souriant un peu. Et vous autres, dit-il en se tournant vers Jean et moi, si vous voulez me faire plaisir, appelez-moi Bonal.

Et depuis ce temps, selon sa volonté, nous l'appelions ainsi. La langue me fourchait bien quelquefois par l'effet de l'habitude, mais je me reprenais vitement, connaissant que ça lui renouvelait ses peines de s'entendre dire : monsieur le curé.

On pense que, dans tous ces changements, je n'avais pas oublié Lina. Le second dimanche après notre venue à La Granval, je m'en fus à la messe à Bars. Le curé en était à l'évangile lorsque j'arrivai et je restai au fond de l'église, jetant mes regards partout pour voir ma bonne amie. En cherchant bien, je finis par l'apercevoir au droit de la chaire à prêcher, mais elle n'était pas seule, sa mère était avec elle. Tant que dura la messe, pour dire vrai, je ne suivis guère les cérémonies du curé, occupé que j'étais à regarder le cou rond de ma Lina, un peu hâlé comme celui des filles des champs, et les petits frisons à reflets cuivrés qui sortaient de sous sa coiffe des dimanches. A la sortie, je me plantai devant le portail et j'attendis. Les gens se répandaient sur la place, faisant de petits groupes et se mettant. après le portage et les compliments, à deviser : les hommes, du temps, de l'apparence des récoltes, du prix des bestiaux au dernier marché de Thenon ; les femmes. de leur lessive, de la réussite de leur chaponnage, et les filles de leurs galants.

Tout d'un coup Lina, sortant, me vit et fit un mouvement ;

mais sa mère ne me reconnut point, ce·qui n'était pas étonnant. ne m'ayant plus vu depuis que je gardais les oies avec
sa fille. Elles s'arrètèrent pour causer, comme les autres, la
mère avec une autre femme, et Lina avec la Bertrille, qui, à
un moment donné, se tourna pour me regarder, ce qui me
fit connaître qu'il était question de moi. Un moment après,
sans avoir l'air de rien, la Bertrille s'en vint de mon côté et,
en passant près de moi qui me promenais, faisant le badaud
et regardant le coq du clocher, elle me dit à demi-voix :

— Aux vêpres, sa mère n'y sera pas.

— Bien !

Et je m'en fus voir jouer aux quilles, coulant mon regard
vers Lina de temps en temps.

Les vêpres finies, les deux droles restèrent un bon moment
à causer, pour laisser aller devant les gens de leur renvers ;
puis elles s'en furent doucement, et moi, peu après, faisant
un détour par un autre chemin. je les rattrapai.

Et ce fut des rires, des serrements de mains. des amiton-
nements à n'en plus finir. Puis. comme elles étaient pressées de savoir comment je me trouvais là, il fallut leur raconter tout çe qui était arrivé au curé Bonal, et leur expliquer
que nous étions venus demeurer dans son bien à La Granval.
Elles n'en revenaient pas qu'un curé pût n'être plus curé et
posât sa soutane. Quant à leur faire entendre que c'était
parce qu'il avait prêté serment à l'époque de la Révolution,
et ce qu'était ce serment, ça n'était pas facile, et je leur dis
en gros que c'était d'autres curés appelés jésuites, grands
ennemis des anciens curés patriotes, qui l'avaient fait casser.

Des jésuites ! elles n'en avaient jamais ouï parler :

— Et qu'est-ce donc que ces jésuites ? demandaient-elles.

— D'après ce que dit M. le chevalier de Galibert, c'est.
parmi les curés, comme qui dirait des renards...

Elles se mirent à rire, et je leur parlai de choses plus
aimables. Je fis entendre à Lina que maintenant, étant voisins
à une heure et demie de chemin, nous pourrions nous voir
plus souvent, et combien j'en étais content. Cela lui faisait
bien plaisir aussi, mais elle craignait que sa mère ne s'aperçût de notre entente, et qu'elle lui défendît de me parler.

— Nous tâcherons qu'elle ne se doute de rien, lui dis-je ;

et puis, après tout, peut-être ne se fâchera-t-elle point, sachant à coup sûr que c'est chose impossible d'empêcher un garçon et une fille qui s'aiment, de se voir ; mais, si ça arrive qu'elle le trouve mauvais, il sera toujours temps d'aviser : ainsi, n'aie point de craintes.

Et nous nous en allions tous trois, devisant dans le chemin pierreux bordé de mauvaises haies où s'entremêlaient les buissons et les ronces ; moi, au milieu d'elles, les tenant par-dessous le bras, et, pour dire la vérité, serrant un peu plus fort du côté de Lina. Lorsque le chemin traversait quelque boqueteau de chênes, je prenais ma bonne amie par la taille et, la serrant tout doucement contre moi, je l'embrassais sur sa joue brunie par le soleil et duvetée comme une belle pêche de vigne. Le temps ne nous durait pas, de manière que nous fûmes près de Puypautier sans nous en donner garde ; mais la Bertrille, toujours avisée, nous en avertit, et il fallut se quitter après bien des adieux, des embrassements et des regards amoureux. Afin de ne pas me montrer, je pris sur la gauche à travers un taillis, et j'allai passer à la Grimaudie, pour de là gagner La Granval.

Cela dura quelque temps ainsi, sans point de destourbier. Toutes les fois que je le pouvais, j'allais à Bars le dimanche et je faisais la conduite aux deux filles. La pauvre Bertrille, elle, était dépareillée comme je l'ai dit, son bon ami étant au régiment ; mais elle prenait patience, de même que les dames de Périgueux lorsque la garnison est en campagne. Comme elle ne nous quittait jamais, on ne pouvait pas dire de mal de nos rencontres. Mais il y a des mauvaises langues partout, même à Bars. Quelqu'un s'étant aperçu de notre manège le dit à la mère de Lina, en sorte qu'un dimanche, à la sortie de la messe, je m'avisai qu'elle me regardait fort. Pourtant, elle ne se fâcha pas pour lors après sa fille ; elle lui demanda seulement qui j'étais, où je demeurais et ce que je faisais.

Lina ayant tout raconté sans détour, sa mère lui dit qu'elle ne trouvait pas mauvais que je lui parle, en ce qu'elle entendait que ce fût toujours honnêtement. Et là-dessus, elle ajouta qu'il leur faudrait bien chez eux un domestique grand et fort comme j'étais, pour faire valoir leur bien, maintenant que Géral se faisait vieux.

Moi, je m'apercevais qu'au sortir de la messe, la bonne femme me regardait toujours d'un air engageant, ce qui n'était pas difficile à connaître, car d'habitude elle n'était pas aimable. Aussi, dans ma bêtise, je venais à penser que, quoique nous ne fussions pas en âge d'être mariés, elle ne trouvait pas à redire que je parle à sa fille en attendant. Et un dimanche, je me crus sûr de la chose, lorsque, passant à l'exprès devant moi, avec Lina et Bertrille, elle me dit :

— Puisque tu leur fais la conduite les autres dimanches, tu peux bien venir aujourd'hui : ça n'est pas moi qui te fais peur ?

— Que non, Mathive ! alors, avec votre permission, nous cheminerons ensemble.

Tout en marchant, tandis que les deux droles allaient devant, la mère de Lina me parla de ses affaires, et combien la conduite de leur domaine était lourde pour elle, depuis que Géral ne quittait guère plus le coin du feu. Elle prenait des journaliers, mais ce n'était plus pareil : il lui faudrait un jeune homme fort dans mon genre ; et, en même temps, elle me regardait comme pour me dire que je ferais bien l'affaire. Moi ne répondant pas à ça, après d'autres propos, elle me demanda si je ne serais pas bien aise de venir chez eux, me laissant entendre que puisque nous nous aimions tous deux, dans quelque temps nous pourrions nous marier. Et, tout en disant ça, elle me dévisageait d'une manière un peu trop hardie, à ce que je trouvais, comme si elle eût parlé pour elle.

Lors je lui dis, un peu fatigué de ses grimaces :

— Écoutez, Mathive, j'aime la Lina plus que je ne puis dire ! Je serais donc bien content de venir chez vous, et de travailler de toutes mes forces et de tout mon savoir, pour faire profiter votre bien ; mais pour le moment, je fais besoin à La Granval, et, cela étant, je serais une canaille d'abandonner le curé Bonal qui m'a retiré de l'aumône, maintenant que je lui suis nécessaire.

— Tu as raison, me dit-elle.

Et on parla d'autre chose.

Les affaires marchèrent longtemps ainsi. Presque tous les dimanches, j'allais à Bars, et je rencontrais Lina et sa mère, souvent. Ça ne me plaisait guère que la Mathive fût toujours là, mais je patientais, aimant mieux voir ma mie devant sa mère que de ne la voir point du tout. Celle-ci, d'ailleurs, continuait d'être bien pour moi, me disant à l'occasion quelque mot pour me faire entendre qu'elle me voyait avec plaisir ; mettant sa fille en avant, toutefois, en paroles, — mais à ses mines, à ses airs amiteux, je finis par comprendre que cette femme, sur le tard, était prise de la folie des jeunes garçons. Pour ne pas me brouiller avec elle, je faisais le nesci, celui qui ne comprend pas, et j'avais l'air de ne pas me donner garde que des fois elle se serrait un peu contre moi en marchant, comme si le chemin eût été trop étroit. Tout cela était cause que souvent, au lieu de les accompagner, je m'en retournais à La Granval, sous quelque prétexte, après avoir dit un mot à Lina tandis que sa mère achetait un tortillon pour faire une trempette au vieux Géral.

Chez nous, tout allait bien. Moi, je travaillais comme un nègre, me levant à la pointe du jour et me couchant le dernier. La Fantille, solide encore, élevait la poulaille, nourrissait les cochons, et faisait tous les ouvrages qui, dans une maison, reviennent de droit aux femmes. Notre ci-devant curé Bonal, lui, faisait tout son possible pour m'aider, soignant les bœufs, gardant les brebis, s'apprenant aux ouvrages de terre et ne s'épargnant pas la peine.

A propos de brebis, ça me faisait dépit de le voir aller toucher les quinze ou vingt que nous avions, et faire l'office d'une simple bergerette : je le lui dis un jour.

— Et pourquoi ? fit-il presque gaiement, c'est mon métier ! — faisant allusion, comme je pense, à son ancien état de curé.

Il avait absolument voulu apprendre à labourer et il y était arrivé assez vite. Quelquefois, lorsqu'il avait fait passablement quelques sillons, afin de le distraire un peu, sans manquer au respect qui lui était dû, je lui disais :

— C'est bien ouvré ! on dirait que vous n'avez jamais fait que ça !

— Jacquou, mon garçon, tu es un flatteur !

Et il ajoutait :

— Quand on fait tout ce qu'on peut, on fait tout ce qu'on doit.

Lorsque je le voyais s'attraper à quelque chose d'un peu
pénible, je lui disais :

— Laissez ça, allez, c'est trop dur pour vous qui ne l'avez
pas d'habitude.

Mais il me répondait qu'il était solide encore et que le
travail lui faisait du bien, lui rendait la paix de l'âme.

— Vois-tu, Jacquou, disait-il, l'homme est né pour travailler, c'est une loi de nature ; et, cela étant, de tous les
travaux, il n'en est pas de plus sains, de plus moralisants que
ceux de la terre. Plus on est en rapport avec elle, et plus on
a de sujet de s'en applaudir, tant au point de vue de la santé
du corps que de celle de l'esprit.

Et de là il continuait, me disant de belles choses sur ce
sujet, me montrant qu'une des conditions du bonheur était de
vivre libre sur son domaine, du fruit de son travail :

— Comme dit le chevalier, « liberté et pain cuit, sont les
premiers des biens ». Manger le pain pétri par sa ménagère, et
fait avec le blé qu'on a semé ; goûter le fruit de l'arbre
qu'on a greffé, boire le vin de la vigne qu'on a plantée ; vivre
au milieu de la nature qui nous rappelle sans cesse au calme
et à la modération des désirs, loin des villes où ce qu'on appelle
le bonheur est artificiel, — le sage n'en demande pas plus...

Et quelquefois ayant ainsi parlé, il restait longtemps rêveur,
comme s'il eût eu des regrets.

Le dimanche, ainsi que je l'ai dit, Bonal n'allait pas à l'église,
pour éviter le trouble que sa présence aurait pu causer. Il se
promenait le long d'une ancienne allée de châtaigniers, qui
partait de la cour de la maison et aboutissait à l'extrémité du
défrichement de La Granval, où elle était fermée par un gros
marronnier planté par le milieu. A l'ombre de cet arbre, il se
reposait sur un banc qu'il avait dressé, et méditait. Son esprit
rasséréné songeait à l'iniquité dont il avait été victime, non
plus avec les soubresauts douloureux de la première heure,
mais avec cette philosophie sereine qui accepte sans récriminer
les accidents humains. Mais s'il se résignait en ce qui le touchait seul, lorsqu'il pensait à ses vieux amis, le chevalier et
sa sœur, à ses paroissiens qui l'aimaient, aux pauvres dont il
était la consolation et la providence, le chagrin lui serrait le
cœur, et il lui fallait des efforts pour le surmonter.

Il aurait bien voulu revoir tout son monde de là-bas, mais il n'y allait pas, par raison : les gens ne l'auraient pas laissé revenir. Aussi était-il bien heureux, lorsque le chevalier venait déjeuner à La Granval et lui apportait des nouvelles de son ancienne paroisse. Quoiqu'il ne fût guère parleur, c'était alors des questions à n'en plus finir sur un tel, une telle : « Que devenait celui-ci ? cette vieille était-elle encore en vie ? la drole de chez cet autre était-elle mariée ? » Et, sa sollicitude satisfaite, tous deux parlaient des choses d'autrefois, et échangeaient de vieux souvenirs. Quand le chevalier remontait sur sa jument, chargé de bonnes paroles pour tout le monde, et emportant du tabac pour La Ramée, le pauvre ancien curé était plus tranquille.

Presque tous les dimanches, Jean venait passer la journée à La Granval et tenir compagnie à Bonal. Ça le distrayait un peu, car Jean, étant ancien, lui rappelait des choses du temps de sa jeunesse, et à un mot, à un nom quelquefois, des faits oubliés depuis longtemps se réveillaient dans sa mémoire. Ces jours-là, Jean restait à souper, et le soir, à table, Bonal nous entretenait de choses et d'autres, et nous intéressait par des récits curieux, et des remarques que jamais nous n'aurions songé à faire de nous-mêmes.

Par exemple, il nous disait la signification des noms de villages des alentours, celle des noms d'hommes, et nous faisait voir la ressemblance de certains mots de notre patois avec le langage breton. Il nous parlait des Gaulois, nos ancêtres, de leur religion, de leurs coutumes ; nous racontait les soulèvements des Croquants du Périgord, sous Henri IV et Louis XIII, et puis aussi toutes les vieilles histoires de la Forêt-Barade qu'il connaissait à fond.

Ainsi se passaient honnêtement les moments de loisir à La Granval, lorsque Bonal commença à s'habituer à sa nouvelle vie.

Dans les premiers temps, la tristesse le tenait fort, et il ne parlait guère ; mais peu à peu sa peine s'amortit, et, en le mettant tout doucement sur le sujet, il se laissait aller à nous entretenir principalement de choses du passé. Et puis il était si bon que, pour nous obliger, il l'aurait fait tout de même, quoique n'en ayant pas grande envie. Moi, voyant comme tout ça tournait passablement, je travaillais sans souci, content d'être plus près de Lina, sans penser que je m'étais aussi rapproché du comte de Nansac, ou plutôt sans être inquiet de ce rapprochement.

Quelquefois on entendait au loin dans la forêt le cor du piqueur appuyant les chiens, et alors tous mes malheurs me revenaient en mémoire, et ma haine se réveillait, toujours chaude, toujours violente, malgré toutes les exhortations que m'avait faites jadis le ci-devant curé. C'est le seul point qu'il n'a pu gagner sur moi, tant il me semblait qu'en pardonnant j'aurais été un mauvais fils. Je ne craignais rien, d'ailleurs, car je me sentais, comme un jeune coq bien crêté, de force à me défendre.

Je ne tardai pas beaucoup à en faire l'épreuve. Un soir d'hiver, je revenais de couper de la bruyère pour faire la paillade à nos bestiaux. Le jour commençait à baisser, et, dans les bois qui bordaient le chemin que je suivais, l'ombre descendait lentement. Je cheminais sans bruit, ma pioche sur l'épaule, pensant à ma Lina, lorsque tout d'un coup presque, je viens à entendre derrière moi le pas pressé d'un cheval.

L'idée me vint aussitôt que c'était le comte de Nansac, mais je continuai de marcher sans me retourner. Je ne m'étais pas trompé ; arrivé à quelques toises de moi il me cria insolemment :

— Holà ! maraud, te rangeras-tu !

Le sang me monta à la tête comme par un coup de pompe, mais je fis semblant de n'avoir pas ouï ; seulement, lorsque je sentis sur mon cou le souffle des naseaux du cheval, je me retournai tout d'un coup, et, attrapant la bride de la main gauche, de l'autre je levai ma pioche :

— Est-ce donc que tu veux écraser le fils après avoir fait crever le père aux galères ? dis, mauvais Crozat !

De ma vie je n'ai vu un homme aussi étonné. D'habitude, les paysans se hâtaient de se garer de lui lorsqu'il passait, de crainte d'être jetés à terre ou, pour le moins, d'attraper quelque coup de fouet : aussi était-il tout abasourdi. Mais ce qui l'estomaquait le plus, c'était ce nom de Crozat, si soigneusement caché, ce nom de son grand-père le maltôtier véreux, que le le fils du *croquant* lui jetait à la face en lui rendant son tutoiement insolent.

Il mit son fouet dans sa botte et tira son couteau de chasse.

Le cheval, une bête nerveuse, grattait la terre et secouait la tête.

— Lâche la bride de mon cheval, méchant goujat !

La colère me secouait :

— Pas avant de t'avoir craché encore une fois à la figure, misérable ! le nom de ton grand-père, Crozat le voleur !

Et lâchant la bride du cheval qui se cabrait, je fis un saut en arrière et je me trouvai dans le taillis, tenant toujours ma pioche levée.

Il resta là un moment, pâle de rage froide, les yeux venimeux, pinçant les lèvres et cherchant à foncer sur moi. Mais le cheval, quoique rudement éperonné, à la vue de la pioche levée reculait effrayé. Alors, voyant qu'il ne pouvait m'aborder de face, et que le bois épais me défendait, le comte rengaina son couteau de chasse, et s'en alla en me jetant ces mots :

— Tu paieras cela cher, vermine !

— Je me moque de toi, Crozat !

Encore ce nom qui l'affolait : il piqua son cheval et disparut.

Lorsque je racontai la chose à la maison, Bonal en fut fort ennuyé, prévoyant bien que cet homme si orgueilleux, si méchant, chercherait à se venger cruellement du pauvre paysan qui l'avait fait bouquer.

— Il faut te tenir sur tes gardes, me dit-il, ne pas t'aventurer du côté de l'Herm, et surtout ne pas passer sur ses terres, ni dans ses bois.

La première fois que vint le chevalier après cette affaire, Bonal la lui raconta tout du long. Ayant ouï, lui, dit en manière de résumé :

— Ça ne m'étonne pas :

> *Grands seigneurs, grands chemins,*
> *Sont très mauvais voisins.*

« Je sais bien que ce Nansac est un grand seigneur de contre-bande, mais ceux-là ne sont pas les meilleurs !

» On dirait, continua-t-il, que ça tient au château ; les seigneurs de l'Herm ont toujours été plus ou moins tyranneaux : témoin celui de la *Main de cire* .

— Ah ! oui... C'est une vraie légende de Tour du Nord, dit Bonal, mais encore que ce ne soit sans doute qu'un conte, j'en suis pour ce que j'ai dit à Jacquou déjà : qu'il prenne garde à lui.

— C'est aussi mon avis, fit le chevalier. D'ailleurs, je ne suis pas inquiet pour lui, il est de taille à se défendre. Le comte a sans doute quelques avantages, comme d'être mieux armé, mais :

A vaillant homme, courte épée !

Suivant ces conseils, et aussi mon idée, de là en après, je pris quelques précautions, lorsque j'allais dans les parages où je risquais de rencontrer le comte de Nansac. J'emportais un bon billou, qui est autant à dire comme une bonne trique, ou bien un vieux fusil à pierre qui venait de l'aïeul de Bonal, mais dont lui ne s'était jamais servi. n'ayant de sa vie, ainsi qu'il disait, tué aucune créature vivante. Au reste, que je fusse loin ou près de la maison, j'avais toujours dans ma poche le couteau de mon père dont la lame mesurait dans les six pouces, et avec lequel j'avais fait reculer Mascret, encore que je ne fusse alors qu'un enfant. Ainsi précautionné, je fus six ou huit mois sans revoir le comte, si ce n'est une fois au loin. De temps à autre, j'apercevais bien Mascret ou l'autre garde qui avaient l'air de m'épier à distance, mais de ceux-là, je ne me souciais guère, et puis j'avais autre chose en tête qui me distrayait d'eux.

Lorsqu'on est amoureux, toutes les idées se tournent du côté de la bonne amie, et les pas font comme les idées : aussi je ne perdais aucune occasion de voir Lina. Sa mère essayait toujours de m'amadouer, et pour ce faire elle s'attifait tant mieux qu'elle pouvait. et n'en était que plus laide, ce dont je riais en moi-même, pensant au dicton du chevalier :

A vieille mule, frein doré.

Quelquefois le dimanche, suivant toujours sa pensée, elle me faisait entrer chez eux en revenant de la messe, et même, des fois, me conviait à manger la soupe. Moi, je connaissais bien son manège, mais je ne refusais pas, pour être plus longtemps avec Lina. Après déjeuner, la vieille me promenait dans le bien, sous couleur de voir comment le revenu se comportait. En faisant notre tour, tandis que Lina vaquait au ménage, elle trouvait toujours moyen de me faire entendre que je lui convenais, et qu'elle voudrait bien que je fusse chez eux. Elle m'indiquait une terre restée en friche ou une vigne qu'on n'avait pas eu le temps de biner, faute d'un homme à la maison.

— C'est malheureux, disait-elle, que ça se trouve, comme ça, que tu ne puisses pas sortir de La Granval. Tu vois, nous avons un grand bien, qui donnerait le double de revenu s'il y avait chez nous un jeune homme vaillant comme toi. Et puis enfin, en travaillant pour nous autres, tu travaillerais pour toi, puisque la Lina te trouve à son goût et que nous n'avons qu'elle de famille.

Et ce n'était pas seulement le bien qu'elle me montrait, mais les étables, le grenier garni de blé, le cellier où il y avait une quarantaine de charges ou demi-barriques de vin, vieux en partie, car Géral avait toujours eu cette coutume d'en garder de chaque récolte pour le faire vieillir. Jusqu'aux lingères bondées de linge, jusqu'aux cabinets pleins d'affaires elle me montrait; et même, un jour, ouvrant une tirette de la grande armoire dont la clef ne la quittait jamais, elle me fit voir un petit sac de cuir, plein de louis qu'elle étala comme pour me décider :

— Tout ça serait à toi plus tard, mon ami !

Quand le diable tient les femmes sur l'âge, comme ça, il leur fait perdre la tête. Il le faut bien, car la Mathive, qui avait dans les quarante-sept ou quarante-huit ans, qui n'était pas belle, il s'en faut, étant brèche-dents, ayant le nez pointu et les yeux rouges, se figurait qu'en me montrant qu'elle était riche, ça me rendrait aveugle et canaille en même temps.

Lorsque je me trouvais seul avec Lina, je lui contais tout ce que faisait sa mère pour m'attirer chez eux, sans lui expliquer, ça se comprend, le pourquoi de tant d'amitiés. Et lors, la pauvre drole me disait :

— Vois-tu, Jacquou, je t'aime bien, et tu penses si je serais contente que tu demeures avec nous autres, en attendant que nous nous mariions ; mais si tu faisais une chose comme ça, si tu abandonnais un homme comme le curé Bonal qui t'a sauvé de la misère, qui t'a appris tout ce que tu sais, jamais plus je ne te parlerais.

— Sois tranquille, ma Lina, je me couperais un doigt plutôt que de faire une telle coquinerie.

Et pourtant, combien j'aurais été heureux de vivre à ses côtés et de travailler pour elle ! Toujours avec ses mêmes intentions, la Mathive me demandait, des fois, pour leur aider à faire les foins, ou à fouir les vignes, ou pour quelque autre travail pressé. Et moi, content tout de même de leur rendre service, et surtout joyeux d'être près de Lina, j'y allais, avec le congé de Bonal. Et lorsque j'étais venu faire des labours d'hiver, le soir, à la veillée, j'aidais à peler les châtaignes, et je m'en allais tard, car jamais la Lina n'aurait mis les tisons debout dans la cheminée, comme font les filles qui veulent congédier leur galant.

EUGÈNE LE ROY

(A suivre.)

L'ANGLETERRE

PROTECTIONNISTE

I

Tous les renseignements tendent à prouver d'une indéniable façon le déplacement graduel du commerce aux dépens de l'Angleterre et au profit de l'étranger. Le phénomène, à l'heure actuelle, est déjà si intense qu'il pourra surprendre bien des gens : on le croirait même difficilement possible, si tant d'incontestables autorités ne nous en prouvaient l'existence.

(Chambre de commerce anglaise de la *Trinité*, *Blue Book*, C-8449, p. 183.)

De Birmingham à Liverpool, cent cinquante kilomètres de pays ondulé conduisent de la houillère centrale à la plage marécageuse. C'est d'abord l'horreur du Pays Noir, de ses gangues, de ses mares, de sa boue charbonneuse et de son ciel enténébré. Au long des canaux tout fumants de buées, les lignes de rails se décuplent et, sur les ponts de fer trépidants, sur les remblais de scories, s'enfoncent à travers chevalements de mines et cheminées. Jusqu'à Wolverhampton, une chaîne d'usines et de hauts fourneaux rive par couples les cités ouvrières, West-Bromwich et Wednesbury, Bilston et Willenhall. Les hideux faubourgs se soudent, par des champs de gravats, aux faubourgs de la ville prochaine. Une humanité rabougrie, déjetée par la servitude des machines ; une nature étiolée, étouffée sous les déjections de la mine et de la fournaise : nulle part au monde n'apparaît comme ici l'effroyable avilissement des êtres et des choses que semble avoir coûté notre civilisation nouvelle. Puis la houillère cesse brusquement, et l'on rentre en un vert pays d'arbres et de haies, de vergers et de prairies, de coteaux inclinés vers la plaine maritime. On sent déjà la mer voisine. Ses brises viennent chasser des poumons les vapeurs de la houille. Sous la calme brume irisée de soleil, parmi la verdure des champs gorgés d'eau, les troupeaux de moutons, les vaches sommeillantes, les filles sarclant un coin de potager, ou, derrière sa charrue, le laboureur poussant un lourd attelage, toutes ces visions champêtres chassent de l'esprit les visions de servage et de mort. On peut songer à la vie tranquille, indépendante, humaine, que durant des siècles jadis connut la « vieille joyeuse Angleterre », aux jours déjà lointains où, pour être la maîtresse du monde, elle ne s'était pas faite encore la servante de l'humanité.

Dans la plaine, à mi-chemin des coteaux anglais et des montagnes galloises, une vieille ville, Chester, s'était assise. Entre les peupliers de sa rivière, au milieu de la prairie, elle s'était remparée de hautes tours et dentelée d'églises, de pignons aigus et de rues en arcades : l'anneau de ses murs éboulés garde encore ses maisons de bois et sa cathédrale de grès rose. Elle vivait de ses troupeaux et de ses champs, sans regarder la mer, veillant seulement aux pillards gallois qui parfois lui tombaient des montagnes, forteresse et ville paysanne, ville religieuse aussi, dont les moines partaient à la conquête du pays gallois. Près d'elle, deux longues et larges rades enfoncées au cœur du pays n'avaient pu attirer son ambition. Contente de son petit port fluvial, où bateaux de pêche et marées remontent lentement, elle laissait à d'autres, aux gens de Bristol, les périls et les gains de la traite. Elle n'exploitait de ses rades que les pêcheries et les marais salants du pourtour. Elle ne leur demandait que du poisson pour ses jours de jeûne et du sel pour ses jambons et ses fromages. Les deux rades s'envasaient sous la poussée des petits fleuves de la côte. La rade du nord surtout, étranglée par une étroite passe, était bordée de vastes marécages, de *pools* verdoyants, que peuplaient seulement les troupes de *livers* ou *levers*, d'oiseaux marins.

Émergeant de ce marais, au bord de la passe, une butte

rocheuse porta de bonne heure une forteresse, qui défendit
contre les gens du large pêcheries et marais salants. C'était
le château de Liverpool, entouré bientôt d'un pauvre village de pêcheurs : en 1313, il fournissait une barque et six
hommes pour sa contribution à la flotte du royaume. Les
Irlandais se mirent à le fréquenter. Ils y venaient charger du
sel. Ils y apportaient leurs fils de chanvre ou de lin, que
travaillaient les paysans de la plaine, sur les bords de la
Weaver, la Rivière des Tisseurs. Ils amenèrent peu à peu
d'autres clients, d'abord les pêcheurs de l'île de Man, puis
les pêcheurs aux harengs de la mer du Nord, qui vinrent
aussi s'approvisionner de sel. A la fin du xve siècle, le
bourg enrichi par ce commerce eut son église à l'ombre du
château royal; le comte de Derby y eut sa maison de pierre;
douze barques formaient la flotte; Liverpool alors se croyait
prospère. A la fin du xvie, elle se plaignait de sa décadence
et invoquait la bienveillance du roi en faveur de « sa pauvre
ville déchue de Liverpool ». Puis cent années de révolutions
et de guerres civiles s'écoulent, et, quand avec les Stuarts
disparaît l'Angleterre moyen-âgeuse, Liverpool s'éveille avec
l'Angleterre moderne : chaque progrès de cette Angleterre de
liberté marquera un progrès de la ville commerçante.

En 1709, elle a 84 bateaux avec un tonnage de 6 000 tonnes.
Elle vient de creuser son premier *dock*, son premier bassin
entouré de quais et d'entrepôts. Bristol est encore le grand
port du royaume, le fournisseur de denrées coloniales et de
marchandises étrangères. Pendant le xviiie siècle, Bristol
demeure le Nantes de l'Angleterre, le vieux port des nègres
et des épices. Liverpool s'essaie timidement aux mêmes trafics : chargeant les poteries du Stafford, les couteaux, les
outils et la verroterie des Midlands ou les lainages du Yorkshire, elle va sur la côte d'Afrique les troquer contre des
nègres, qu'elle troque aux Indes Occidentales contre du sucre
et du rhum. Mais, obéissant déjà à certains scrupules, elle s'est
tournée plutôt vers les nouveaux commerces du Canada et
de l'Amérique. Car elle a fait appel ou accueil aux idées nouvelles; les dissidents, quakers, anabaptistes, catholiques et
juifs, sont venus l'habiter : elle commence à flétrir la
traite, comme un métier indigne d'honnêtes gens. Elle a mis

en vente les produits nouveaux, thé, tabac, indigo, etc. Elle a trouvé surtout la marchandise nouvelle qui va fonder sa fortune en même temps que la fortune des alentours : au lin de l'Irlande, elle a substitué le coton de l'Amérique ; dans la plaine voisine, les paysans tisseurs se sont groupés en villes ouvrières; Manchester commence à grandir. Quand l'abolition de la traite (1807) tuera, pour un demi-siècle, sa rivale Bristol, Liverpool deviendra, par le coton, le premier port anglais.

A partir du xviiie siècle, Liverpool et le coton américain vont être solidaires. A mesure que le coton conquiert le royaume, puis le monde, Liverpool conquiert le monopole commercial du royaume, puis de l'univers. A mesure que Liverpool creuse ses *docks*, le coton élève de nouvelles usines dans le Lancashire. Les premières balles arrivent vers 1760 : Liverpool, en 1770, se vante déjà d'être le premier des ports anglais, ou du moins de n'être inférieur à aucun autre. Le coton est d'exploitation difficile et son importation progresse lentement, tant que là-bas, aux pays producteurs, il faut, pour l'égrener, recourir à la main des nègres : la population de Liverpool ne dépasse guère 50 à 60 000 habitants. Mais, en 1792, E. Whitney invente la machine à égrener, et l'importation du coton en Angleterre décuple aussitôt : 100 000 balles en 1801, 326 000 en 1811, 490 000 en 1821, 900 000 en 1831, 1 344 000 en 1841, 1 900 000 en 1851, 3 035 000 en 1861, 4 405 000 en 1871. L'importation du coton en Angleterre monte constamment jusqu'à cette année 1871, qui marque un maximum avec ses 1 800 millions de livres. Puis, dix années durant, une période de recul ou de stagnation ramène en 1882 à ce même chiffre de 1 800 millions. Puis une autre période de recul et de reprise conduit en 1889-1891 à près de deux milliards. Et, depuis, une nouvelle stagnation revient en oscillant vers ce chiffre de 1 800 millions qui semble le maximum définitif. Suivant une marche pareille, la population de Liverpool a monté, puis stationné ou décru : 77 000 habitants vers 1800, 205 000 en 1831, 225 000 en 1841, 376 000 en 1851, 444 000 en 1861, 494 000 en 1871. La progression jusque-là est continue. Elle dure quelques années encore, et le recensement de 1881 accuse 553 000 habitants. Mais celui de 1891 accuse une baisse annuelle de 6 p. 100 sur

ce dernier chiffre : Liverpool n'a alors plus que 517 000 âmes.
On ne veut pas avouer cette décadence. On crie bien haut
que la population a émigré vers les cottages de la périphérie
et qu'il faut englober les villages voisins pour faire une « plus
grande » Liverpool, comme on a fait une plus grande Londres, comme on fera une « plus grande » Bretagne. Et l'on
annexe les villages de la plaine, Walton, West Derby, Waver-
tree. Toxteth, etc. Depuis 1895, la plus grande Liverpool a
630 ou 635 000 âmes, et le comte de Derby a été son premier lord-maire, car les maires de Londres et d'York ne
sont plus les seuls à porter le titre de lords : en passant au
camp unioniste, industriels et commerçants ont voulu que
l'on donnât du lord aux maires de leurs bonnes villes, Birmingham, Glasgow, Manchester, Liverpool, etc...

Le coton, qui créa Liverpool et Manchester, influa rapidement
sur tout le royaume. De proche en proche, il transforma l'Angleterre et ses conditions de vie matérielle et morale : en politique, il fit le radicalisme ; en affaires, il fit le libre-échange.
Exigeant une main d'œuvre de plus en plus nombreuse, il
peupla de villes, autour du marécage, la plaine occidentale
qui jadis était presque déserte, et, donnant ainsi des millions
de partisans aux idées nouvelles, il amena le triomphe des
gens de l'Ouest, de l'Angleterre radicale. Exigeant, d'autre
part, une main-d'œuvre de plus en plus économique, —
« dès que 5 pour 100 du capital mis en œuvre nous est
assuré, nous construisons de nouvelles usines », disent
aujourd'hui les gens de Manchester[1], — il réclama pour
ses travailleurs la vie à bon marché. Il voulut que les matières
premières de travail ou de subsistance lui arrivassent dégrevées
de tous droits. L'agriculture anglaise lui fournissait le blé à
40 ou 45 shellings l'*imperial quarter*, le double hectolitre, dans
les bonnes années (1822 et 1835), à 85 ou 95 shellings dans
les mauvaises (1816-17 et 18), et, en temps de guerre, les
prix montaient à 120 ou 125 shellings (1801 et 1812)[2] ;
pour arrêter la concurrence étrangère, les lords, maîtres de
l'agriculture et de la politique, avaient ceinturé le royaume

1. *Blue Book*, C. — 8963, p. 24.
2. *Board of Agriculture*. — *Agricultural return for 1898*, p. 120 et suiv. L'« imperial quarter » vaut environ 2 hect. 10, et le shelling 1 fr. 25.

de hautes barrières protectrices. Le premier soin du coton fut de jeter par terre ces « lois des blés » et d'ouvrir les ports aux arrivages. Dès 1842, il eut gain de cause. Du monde entier, grâce au libre-échange, les provisions affluèrent. Par millions de quintaux, le Continent, la Russie, l'Amérique, l'Inde et l'Argentine fournirent le blé et les farines : 12 millions de quintaux en 1851, 37 millions de quintaux en 1861, 44 millions en 1871, 70 millions en 1881, 90 millions en 1891, 107 millions en 1895, 88 millions en 1897[1]. Les autres subsistances, céréales, viande, beurre, lait, œufs, etc., arrivent de France, d'Allemagne, de Danemark et d'Amérique. Par millions de livres sterling (25 millions de francs), l'Angleterre achète sa nourriture dans l'univers entier.

L'ouvrier vécut abondamment et à bas prix. Mais l'agriculteur ne trouva plus le salaire de ses peines. L'*imperial quarter* de blé tombant à 30 et même à 22 shellings (1894), — 11 francs l'hectolitre, — on abandonna la culture des céréales. La population de la Grande-Bretagne allait sans cesse en augmentant : de 28 millions d'hommes en 1857, elle montait à 30 en 1867, à 33 1/2 en 1877, à 37 en 1887, à 39 en 1897. La superficie exploitée ou occupée s'étendait en proportion. L'œuvre humaine, autrefois, ne s'exerçait que sur la moitié de la superficie totale, sur 30 millions d'acres à peine, alors que l'île en compte 56 millions ; les marais, la montagne et la pâture inutile prenaient le reste. Aujourd'hui, sur ces terres rebelles, l'homme s'est asservi trois nouveaux millions d'acres. Mais la culture n'a rien gagné à cette extension. Depuis trente ans surtout (fin de la guerre de Sécession), les céréales ont chaque année perdu du terrain, — 9.5 millions d'acres en 1867 ; à peine 7.5 millions en 1897. — Partout les champs cultivés ont reculé devant les pâturages — 11 millions d'acres en 1867 ; 16.5 millions en 1897 —, les terrains de chasse ou de jeux, les parcs et les cottages, les villes et leurs faubourgs. Seule l'extrême Angleterre de l'est, entre les golfes du Wash et de la Tamise, dans les vieux comtés féodaux autour de Londres, s'obstine à faire du blé et se ruine de jour en jour[2].

Partie des rives de la mer occidentale, l'industrie a conquis

1. Pour tous ces chiffres et les suivants, *Statistical Abstract.* C. — 8604.
2. *Blue Book*, C. — 8540 : *Report into... the Agricultural Depression.*

le terrain pied à pied et refoulé la culture jusqu'à la mer du
Nord. Sauf la bande côtière qui lui reste entre York et
Londres, l'Angleterre agricole a partout cédé la place aux
usines et à leurs dépendances. La verte Anglie, la grasse
terre des moutons et des gentilhommes campagnards, n'est
plus aujourd'hui qu'une cité industrielle et commerçante, ne
tirant plus du sol que le charbon et les minerais, et demandant au monde extérieur tout ce qu'il lui faut pour la nourriture de son peuple et de ses machines.

A mesure que le développement de la population et l'abandon de la culture décuplaient le nombre des bras disponibles,
il a fallu créer, au dedans, des industries nouvelles et trouver, au dehors, tout à la fois de nouvelles sources de matières premières et de nouveaux débouchés pour les produits.
Le monde entier est devenu comme la campagne suburbaine
chargée de nourrir cette ville énorme et d'en consommer, en
retour, les produits manufacturés. De front, pendant un quart
de siècle, entre 1847 et 1872, les importations et les exportations ont monté par bonds :

	1857	1862	1867	1872
Importations. . .	187	225	275	354
Exportations . . .	146	166	225	314

Millions de livres sterling.

Puis il y eut comme une rupture de cet accord et, tandis
que les importations montaient toujours, le chiffre des exportations alla diminuant ou demeura stationnaire :

	1872	1877	1882	1887	1892	1897
Importations. .	354	394	413	362	423	451
Exportations. .	314	252	306	281	291	294

Millions de livres sterling.

La marche du phénomène apparaît encore plus clairement
quand on le note dans ses rapports avec les chiffres de la
population. Par tête d'habitant, importations et exportations
ont suivi la même marche ascendante jusqu'en 1872 :

	1856	1860	1864	1868	1872
Importations. .	6.3	7.7	9.5	9.12	11.2
Exportations. .	4.2	4.14	5.8	5.17	8

Livres et shellings.

En 1872 cet accord est rompu : les importations continuent quelque temps leur marche ascendante, puis oscillent autour de ce maximum ; les exportations baissent ou stationnent :

	1872	1876	1880	1884	1888	1892	1896
Importations.	11.2	11.6	11.17	10.16	10.10	11.2	11.3
Exportations.	8	6	6.8	6.9	6.7	5.19	6.1

Livres et shellings.

Et dans ce chiffre des exportations, ne figurent encore que les produits anglais. La baisse serait plus visible si l'on y joignait les produits coloniaux et étrangers, qui jadis venaient en Angleterre pour être transbordés vers tous les marchés du monde. Car, non contente d'importer pour elle-même et d'exporter ses propres produits, l'Angleterre peu à peu s'était faite l'intermédiaire de tous les peuples. Au seuil du monde atlantique, quand l'Atlantique était devenu le théâtre du commerce nouveau, elle était devenue le point d'attache ou de départ de toutes les transactions entre l'Europe et le reste du monde. C'est vers elle que de l'Afrique, de l'Amérique et de l'Asie convergeaient tous les convois de matières premières ; elle se chargeait de les distribuer aux peuples européens. C'est vers elle que convergeaient aussi tous les produits ouvrés de l'Europe ; elle se chargeait de les convoyer aux différents marchés de l'univers. Reine du charbon, elle avait conquis le monopole du commerce après le monopole de l'industrie. Jusqu'en 1872, son rôle de courtier maritime prit la même extension que son progrès industriel ; par millions de livres sterling, elle réexporta au dehors les marchandises et produits coloniaux ou étrangers :

	1856	1860	1864	1868	1872
Exportations totales :	139	164	212	227	314

Millions de livres sterling.

Mais il semble qu'ici encore l'année 1872 ait marqué un maximum et que la baisse ou la stagnation ait succédé. Sauf deux années exceptionnelles (1889 et 1890 avec 315 et 328 millions : l'Exposition universelle de Paris en est peut-être la cause), le chiffre de 1872 ne fut plus jamais atteint ou dépassé :

	1872	1876	1880	1884	1888	1892	1896
Exportations totales :	314	256	286	295	298	291	296

Millions de livres sterling.

Quand donc l'industrie et le commerce anglais se plaignent de malaise, quand ils se tournent avec regret vers ces années bénies qui suivirent la guerre franco-allemande, 1871 et 1872, il ne semble pas que leurs plaintes soient mal fondées ni peut-être exagérées. En 1872, l'Angleterre était la maîtresse absolue du commerce universel. Il lui faut aujourd'hui compter avec des rivaux qui, jadis ses clients, se sont d'abord affranchis, puis lentement élevés, et qui menacent à présent de la prendre entre deux feux : en face de la grande maison anglaise, une concurrence s'est installée sur le continent d'Europe, et une autre s'installe sur le continent d'Amérique. L'Allemagne est entrée en scène depuis 1880 environ. Le canon de Cuba et des Philippines n'est peut-être que le signal d'entrée en scène du nouveau géant yankee. Depuis quinze ans, l'Allemagne et les États-Unis ont suivi la même route. Tributaires jadis de l'Angleterre et de la France, ils se sont d'abord outillés pour se suffire à eux-mêmes : derrière une barrière de tarifs protecteurs, ils ont fondé leur industrie. Puis, quand la force ainsi endiguée eut atteint le niveau de l'écluse, on la vit tomber brusquement sur le monde, et, tandis que les exportations de produits anglais et français diminuaient ou restaient stationnaires, les produits allemands et américains se taillaient une large place au soleil[1] :

Exportations de produits ouvrés (millions de livres sterling).

	Grande-Bretagne	France	Allemagne	États-Unis
1881.	234	75	88	24
1885.	213	65	90	31
1889.	248	77	105	29
1891.	247	77	102	35
1893.	218	70	100	33
1895.	225	76	109	38

1. Chiffres empruntés au *Blue Book*, C. — 8332 : Memorandum on the comparative statistics, etc.

Et si l'on veut une moyenne, on arrive au tableau suivant:

Moyenne annuelle par cinq années (millions de livres sterling).

	1880-1884	1891-1895	Accroissement total	pour cent
Grande-Bretagne. .	236	226	— 10	— 4.40
France.	73	73	»	»
Allemagne	93	101	+ 8	+ 8.6
États-Unis	26	35	+ 9	+ 34.6

Pour le transport et l'exportation de ces produits, Allemands et Américains ont d'abord employé le courtier anglais. L'Angleterre n'était plus le seul fournisseur du monde ; mais elle resta quelques années encore son seul agent d'affaires. Puis l'Allemagne voulut créer son commerce, comme elle avait créé son industrie. A l'abri des mêmes droits protecteurs, elle a commencé la besogne, et déjà les résultats s'en font sentir. Les statistiques nous montrent, jusqu'en 1872, la hausse continue des marchandises importées d'Allemagne en Angleterre et transbordées dans les ports anglais à destination de l'univers, puis la baisse continue de ces marchandises à partir de 1872 :

Valeur des marchandises transbordées (milliers de livres sterling).

Pays de provenance :	Allemagne	Belgique	Hollande	France	États-Unis
1857	203	244	319	3 007	42
1862	495	630	695	2 269	79
1867	945	787	950	2 847	70
1872	2 379	1 203	1 688	5 366	374
1877	1 675	604	701	3 895	682
1882	1 870	576	756	4 663	491
1887 . . .	1 636	581	514	2 971	1 105
1892	1 024	357	560	4 282	808
1897	768	551	842	3 829	981

On voit avec quelle régularité vont en décroissant les chiffres qui concernent l'Allemagne et ses deux annexes commerciales, la Belgique et la Hollande. Sur l'ensemble, d'ailleurs, le courtage maritime anglais est en baisse : 1872 accusait environ 14 millions de livres (350 millions de francs) ; 1897 n'a plus que 10 ou 11 millions (250 millions de francs).

Pour le commerce, comme pour l'industrie, il semble donc que l'Angleterre ait connu en 1872 le maximum de sa fortune : pendant ce dernier quart de siècle, elle n'a fait que déchoir. Les Anglais sont les premiers à reconnaître cette décadence. Mais, de ce côté du détroit, on nous prêche toujours leur invincible supériorité. Éperdus d'admiration et de bonne volonté, certains voudraient nous imposer les méthodes anglaises, à l'heure même où l'Angleterre pensante s'efforce à les abandonner.

II

L'ouverture du canal de Suez a diminué nos profits, et changé tout notre commerce. Elle nous a enlevé la situation d'entrepositaires que nous avions jadis. Je pense que le monde aurait été plus heureux et meilleur sans ce canal. Je sais bien que je vais paraître très réactionnaire. Mais sûrement nos intérêts maritimes s'en trouveraient mieux aujourd'hui... Le commerce direct s'est établi entre tous les peuples, et nous avons à lutter contre les flottes de l'Allemagne, de la Belgique et de la France.

(Enquête parlementaire sur la *Depression of Trade* [1886] : *Blue Book*, C. — 4797, pp. 106 et 123).

Quel caprice ou quelles raisons profondes ont pu détourner les nations étrangères de leur ancien chemin vers le bazar anglais? On avait tout fait cependant pour les attirer et pour les retenir. On s'était ingénié à leur aplanir la route, à leur ouvrir toutes les portes : sur toutes les avenues, on avait affiché en grandes lettres *Entrée libre*. C'était encore le coton qui avait imposé cette politique commerciale et installé le régime d'absolue liberté, liberté des marchandises et liberté des personnes. Étrangères ou anglaises, les marchandises trouvaient le même accueil. Sauf quelques articles sans grande importance, — alcools, vins, café, chocolat, thé, tabac et vaisselle plate, — on ne taxait rien à l'entrée et rien à la sortie. « Laissez tout passer », avaient dit les gens de Manchester, et l'Angleterre entière obéissait à ce mot d'ordre : sans regarder la provenance, on ne se guidait pour les achats que sur les prix et sur la qualité. De même, étrangers ou anglais, tous les hommes jouissaient des mêmes droits et de la même tolérance.

Ayant renversé toutes les barrières matérielles et morales, on avait encore arrangé toutes choses pour la plus grande commodité des gens du dehors. A l'entrée de la grande cité industrielle, on avait bâti ces deux portes de l'Orient et du Couchant, ouvertes l'une sur l'Europe et l'autre sur l'univers, le port de Londres et le port de Liverpool. A Londres, la nature avait fait la moitié de la besogne par le large et profond estuaire de la Tamise. Mais Liverpool fut entièrement une création de l'homme. La nature en cet endroit n'avait donné qu'un marais presque fluent et une passe encombrée de bas-fonds. L'homme, après avoir creusé la passe, soutint pendant des kilomètres la rive boueuse de ses quais de granit et, dans le marais, coula, pour servir de bassins, de gigantesques cuves de pierres. Sans relâche, pendant un siècle, il a perfectionné cette création. Le commerce anglais du dernier siècle s'était contenté de deux ou trois *docks* fort étroits, que l'arrivée du coton avait encombrés aussitôt. Pour loger le nouveau maître, deux grands bassins, le Dock du Roi et le Dock de la Reine, furent creusés (1788-1796). Puis, chaque fois qu'à la suite du souverain vint se joindre quelque domestique ou quelque comparse, bois, blé, tabac, charbon, laine, etc., matière première ou produit ouvré, on lui prépara (1823-1873) son logis dans quelque *dock* nouveau.

Les deux rives de la passe furent bordées de ces refuges énormes, tous semblables par la disposition générale, par leur bassin fermé, ceinturé de quais et d'entrepôts, mais différents les uns des autres par leur taille et par leur profondeur toujours croissantes. A Birkenhead, sur la rive gauche, comme à Liverpool, sur la rive droite, pendant dix kilomètres, ils s'échelonnent en une interminable ligne de granit. La surface d'eau calme et profonde, qu'à n'importe quelle heure de la marée ils offrent aux navires, couvrirait près de deux cent trente hectares, et cinquante à soixante kilomètres de quais offrent à chaque denrée la demeure qui lui convient et les serviteurs qu'il lui faut. Tout autour du *Canada Dock*, sur 1 300 yards de quais, d'immenses esplanades et d'innombrables grues à vapeur attendent les bois du Canada et de la Norvège (3 260 000 livres sterling en 1897). Le bétail des deux Amériques (5 500 000 livres sterling) a ses

planches de débarquement, ses « couloirs de la mort » et ses
abattoirs autour de *Wallasey* et de *l'Alfred Dock*. Viandes
salées ou gelées, lards, poissons, beurres, fromages, sucres,
s'entassent un peu partout, pêle-mêle avec les fruits et les
drogues exotiques, oranges, tabacs, caoutchoucs, huiles de
palme, riz, pétroles, minerais, nattes et tissus de jute, laines
et peaux. Ce sont des montagnes d'épiceries, des amas
d'approvisionnements, capables de nourrir quelques millions
d'hommes. Des machines diligentes empilent ou dispersent
ces amas, les tirent du fond des cales ou les versent aux
wagons. Le *Prince's Dock* semble un gigantesque comptoir
où des milliers de fourmis humaines s'épuisent à vider, brin
par brin, les carcasses de grands monstres en fer...

A l'écart de cette promiscuité, le blé, grand seigneur et
personne délicate, a exigé des palais spéciaux, aux murs de
ciment, aux plafonds et aux planchers de ciment ; il craint les
parasites. Tout autour du *Wellington Dock*, ses palais à six
ou sept étages dressent sur leurs arches de granit leurs douze
acres (5 hectares) de planchers cimentés : par millions de
boisseaux, le blé y peut attendre l'appel des villes. Mais le coton
est toujours le maître, l'hôte choyé entre tous et respecté. Dans
l'air, où il flotte en brume presque impalpable, sur la mer,
où sa bourre se confond à l'écume du flot, sur les quais et
sur les entrepôts, qu'il recouvre en toute saison de sa neige
volante, il règne. Il a son domaine réservé dans les *George's*
et *Prince's Docks*. Les autres bassins ont aussi pour lui quelques reposoirs, et les quais se doublent pour lui de plusieurs
rues de magasins terrestres. Partout, il prend les coins restés
vacants. Partout, ses balles circulent aux plates-formes des
wagons ou des chariots, aux cordes des poulies et aux planches des chalands. Il remplit deux quartiers de son odeur
fade et de sa bourre; le vieux *Back Goree* n'est plein que de
ses entrepôts.

Et pour guider jusqu'ici l'afflux du monde entier, les fils
électriques dans l'air et sous les océans, les lignes de rails
sur terre, les lignes de navires sur les mers ont été décuplés
au cours de ce demi-siècle. Nulle ville du monde ne semblait
pouvoir rivaliser jamais avec un pareil outillage. Six Compagnies de chemins de fer, distribuant les provisions et les

matières premières à travers tout le royaume et, de partout, rabattant les produits ouvrés sur ces quais, ont emmaillé leurs réseaux et poussé leurs rails jusqu'à la rive. C'est Liverpool qui, la première, utilisa la vapeur et le rail et bouleversa toutes les habitudes du commerce terrestre. Aux diligences, qui mettaient deux grandes journées pour atteindre Londres, aux chariots qui s'embourbaient sur la route de Mànchester, elle substitua, dès 1830, la locomotive et le wagon. Malgré les cris des gens d'Église, qui menaçaient de leurs foudres cette criminelle aventure de vies humaines, malgré les gardes-chasse des aristocrates et les fourches des paysans, ses ingé-nieurs construisirent vers Manchester le premier *railway* à locomotives, car la ligne de Stockton n'avait été qu'un *tramway* à chevaux. La fortune de Liverpool sort de cette initiative révolutionnairement féconde, qui profita à tout le royaume, à toute l'humanité, mais qui surtout, pendant un demi-siècle, profita justement à son auteur. Sur le pays entier, Liverpool étendit ses énormes tentacules de fer... Chaque rue, chaque ruelle de ce double port est une ligne ferrée ; un tunnel sous-marin en unit les deux rives ; un chemin aérien longe le front des *docks* et permet à toute heure d'en faire la revue rapide, d'en embrasser tout l'étalage... Des honil-lères du Yorkshire et du Lancashire, les files de wagons accourent aux *Wellington* et *Nelson Docks*. Au bord du quai, les grues énormes les guettent et, un par un, les saisissent et, dans un ricanement de chaînes, les culbutent au fond des cales béantes : les beaux contes qu'Ulysse aurait pu faire s'il avait connu de pareils Cyclopes et de pareils Pygmées ! Coton-nades, savons et produits chimiques du Lancashire, alcalis, sels et soudes du Cheshire, lainages du Yorkshire, poteries de Stoke, quincaillerie, outils, machines, carrosserie, sellerie, coutellerie, poutrelles, mobiliers, verres et cristaux des Mid-lands, les convois se hâtent et se poussent pour combler incessamment par des produits ouvrés les vides, que d'autres convois viennent de faire en enlevant les matières premières.

La plus merveilleuse flotte marchande que l'univers ait encore connue travaille sur toutes les mers du monde à la même œuvre de rabattage et de distribution. Liverpool, initiatrice encore en ces transports, avait, la première, mis la

vapeur au service de la navigation et, la première, construit
les grands navires de bois et de fer. Dès 1815, sa Mersey
porta des barques à vapeur ; dès 1820, ses petits *steamboats*
firent le service de l'Irlande ; puis l'exemple de son *Great
Western* entraîna les vapeurs à travers l'océan, et le premier
grand transatlantique sortit de ses docks en 1838... Liverpool a sans cesse agrandi les dimensions de ces monstres :
aujourd'hui le Royaume-Uni possède quarante-cinq navires
de plus de quatre mille tonneaux ; trente-trois appartiennent
à la seule Liverpool[1]. Sa flotte dépasse deux mille unités
(2 108) et son tonnage deux millions de tonneaux (2 074 928).
D'autres ports anglais peuvent en apparence avoir une
flotte aussi nombreuse et un tonnage presque égal : Londres
accuse 2 735 navires et plus de 1 600 000 tonneaux. Mais
il faut de ces chiffres déduire les petits bateaux et cabo-
teurs de la Tamise, près de six cents (571) barques à voile et
plus de quatre cents (427) barques à vapeur de moins de cinquante tonneaux ; Liverpool n'a qu'une centaine des unes et
des autres (105 et 110). Pour la grande navigation transocéa-
nique, l'armement de Liverpool reste unique au monde :

Vaisseaux à Voiles et à Vapeur	Liverpool	Londres
De moins de 100 tonneaux	815	1 374
De 100 à 1 000 — . . .	493	649
De 1 000 à 2 000 —	439	480
De 2 000 à 4 000 —	338	172
De 4 000 et au-dessus.	33	»

Liverpool semblait donc ne pouvoir être dépassée. Elle se
vantait d'être « le plus grand port de l'Angleterre, et, par
conséquent, du monde ». Par ses efforts constants, elle
avait conquis et mérité cette première place. Bien qu'inféodée
politiquement au « vieux stupide parti », — elle a toujours eu
des députés *tories*, — elle s'était montrée et maintenue fidèle
servante du progrès, zélatrice du travail démocratique et des
idées nouvelles. Elle avait tout fait, semble-t-il, pour rester
à jamais la capitale de ce monde commercial de l'Atlantique qui désormais paraissait, à son tour, devoir rester le

1. Chiffres empruntés au *Blue Book* C-8884 : *Annual Statement of the Navigation*.

centre du monde civilisé... Et pourtant Liverpool, depuis vingt
ans, semble pencher peu à peu vers la décadence... Depuis
dix ans surtout, elle commence à pressentir le danger. Déjà,
en 1885-1886, lors de la grande enquête sur la crise commerciale, devant la Commission parlementaire, certains de ses
délégués n'avaient pas caché leurs craintes :

Depuis 1875, disait un ancien président de sa Chambre de navigation, nous traversons une période de crise. Il est bien certain que
le développement des ports continentaux nous a enlevé une grosse
part du commerce : nous avons perdu une quantité de transports
qui, jadis, nous étaient réservés. La tendance naturelle des choses a
été de plus en plus vers la suppression de notre courtage et vers les
relations directes entre toutes les parties du monde. L'ouverture du
canal de Suez a développé ces relations dans une mesure extraordinaire. L'Angleterre n'est plus l'entrepôt qu'elle était autrefois, *England
is not the entrepot she was before*. Nos transports ont cessé de
croître, comme ils l'avaient fait au cours des vingt dernières années.
En même temps, l'industrie continentale se développait et d'Australie, de l'Inde, arrivaient aux usines du continent de larges commandes de rails, par exemple, que les Belges ou les Allemands
livraient à meilleur marché et plus rapidement que nos usines. Ce
sont nos vaisseaux qui transportent encore ces marchandises ; mais
nous devons aller les prendre au port d'origine, et, pour lutter contre
les frets des marines locales, nous devons les porter à destination
par la voie la plus courte, sans toucher à nos quais.

Pour ce nouveau commerce, quantité de petites compagnies, for-
mées chez nous sous le régime de la *Limited Liability*, ont ruiné les
prix d'abord, leurs actionnaires ensuite. Les frets sont tombés à rien,
à mesure que ces compagnies se lançaient à l'aveuglette dans les
constructions et les spéculations. Notre tonnage a bientôt dépassé
toute mesure et toute demande. Notre port est encombré de bateaux
sans emploi. Je suis membre du Conseil des Docks et chaque mois
nous dressons la liste du tonnage inoccupé. Il y a trois semaines
environ (2 avril 1886), un tiers du tonnage total dans notre port
était sans client. Il faut dire que deux ou trois de nos grands transatlantiques, *City of Rome, America, Etruria*, étaient là pour leur
hivernage habituel, car ils rentrent tout l'hiver.

Les nations continentales nous ont porté un nouveau préjudice
par le système de primes à la marine marchande, que la France a
inauguré, que l'Italie a copié et que l'Allemagne est sur le point
d'adopter. En France, il ne semble pas que ces primes aient fait la
fortune des *Messageries* et des *Transatlantiques* : je crois que nous
battrons toujours les Compagnies françaises. Mais l'Allemagne vient

de voter des subsides à deux lignes vers la Chine et l'Australie et
vers l'Amérique. Or, depuis quelques années, il n'est pas douteux
que les produits de l'industrie allemande aient remplacé sur bien des
marchés nos produits anglais. Nos exportations sont en baisse. Il
est à craindre que les progrès de l'industrie allemande n'entraînent aussi
les progrès de leur commerce[1].

Mais, en 1885, tout le monde, à Liverpool, ne partageait
pas ces craintes : beaucoup se plaignaient de la crise qui la
croyaient encore passagère :

Il est bien certain, répondait la Chambre de commerce aux mêmes
enquêteurs, que de 1870 à 1875 notre commerce a été généralement
plus prospère que de 1880 à 1885. Mais il est possible que deux
causes aient surtout agi, les mauvaises récoltes qui dans tout l'univers ont marqué ces années dernières, et l'excès de constructions qui
a mis à flot trop de navires ; car les compagnies *limited* ont eu pour
effet d'amener une énorme spéculation sur notre marché... Nous
ne croyons pas à la prolongation de la crise, qui d'ailleurs a été
beaucoup exagérée par les cris du public. De 1865 à 1870 et de
1871 à 1875, nous avons eu des années très profitables. De 1875 à
1880, nous avons touché un peu plus que l'intérêt de nos capitaux.
De 1881 à 1885, nous n'avons touché que cet intérêt. Mais, de
1875 à 1885, on ne peut pas dire que, dans l'ensemble, nous ayons
subi de grosses pertes ni que nos capitaux aient eu réellement une
grosse diminution de revenus. La crise a commencé avec les étés pluvieux de 1875 et 1876. Elle a atteint son maximum avec les épizoo-
ties de 1883 et 1884. Le paysan ruiné a fermé sa poche... Mais ces
causes ne dureront pas éternellement[2].

Ces espérances trop optimistes ont été déçues. En 1896, le
Liverpool Daily Post faisait le bilan des vingt années dernières. La chute lui paraissait indéniable. En 1871, Liverpool était sans conteste le premier port de l'Angleterre et du
monde. Son mouvement dépassait huit millions de tonneaux.
Londres venait assez loin derrière avec sept millions et demi.
Les autres ports anglais avaient peut-être certains trafics, Cardiff et Swansea à cause des minerais et des charbons à
vapeur, Sunderland, Newcastle et les Shields à cause des
houilles à gaz. Mais, si Londres, pour les importations, avait

1. *Blue Book*, C. — 4797, p. 155 et suiv.
2. *Blue Book*, C. — 4621, p. 91 et suiv.

une sensible supériorité, Liverpool gardait le monopole de l'exportation : tous les produits ouvrés du royaume venaient à elle. Depuis 1871, le tonnage de Liverpool n'a point décru. Il semble, tout au contraire, à prendre les chiffres bruts, qu'il ait presque continuement augmenté :

Liverpool	1876	1886	1890	1893	1896	1897	
Entrées.	4 494	5 017	5 782	5 251	5 643	5 845	Milliers de tonneaux.
Sorties.	4 454	4 714	5 159	4 588	5 239	5 415	
TOTAUX.	8 948	9 731	10 941	9 839	10 881	11 230	

Mais ce sont là des chiffres bruts, où vaisseaux pleins et cales en lest sont comptés également. A prendre ces chiffres même, Liverpool, aujourd'hui, est bien loin derrière Londres, que jadis elle éclipsait :

Londres	1876	1886	1890	1893	1896	1897	
Entrées.	5 288	6 810	7 708	7 782	8 893	9 110	Milliers de tonneaux.
Sorties.	4 264	5 215	5 772	5 635	6 588	6 686	
TOTAUX.	9 552	12 025	13 480	13 417	15 581	15 796	

et sur toutes les côtes de l'Angleterre, à l'est surtout et au sud, d'autres ports se sont ouverts ou développés, qui jadis ne comptaient presque pas. Sans parler des énormes ports charbonniers ou miniers de la Severn (Cardiff, Swansea, Newport : 16 millions de tonneaux) et de la Tyne (Newcastle, Sunderland, les Shields : 11 millions de tonneaux), qui sont toujours allés en grandissant, de vieux débarcadères, Gloucester, Bristol, etc., ont repris leur place, et surtout de nouveaux entrepôts, Southampton, Hull, etc., ont été créés pour satisfaire aux besoins du nouveau commerce, tel que l'ont fait, en ce dernier quart de siècle, deux grandes révolutions commerciales.

Depuis vingt ans, en effet, deux grandes révolutions ont bouleversé le commerce du monde : ce fut d'abord le percement de l'isthme de Suez et ce fut ensuite l'éveil de l'Allemagne.

Avant que l'isthme tranché ouvrît la route directe des Indes asiatiques, chinoises et australiennes, le commerce était entièrement transatlantique. L'Atlantique étant la seule voie

entre l'Europe et le reste du monde, le *landing stage* de Liverpool, au bord de l'Atlantique, était, pour le commerce universel, le ponton d'embarquement ou de débarquement : l'Angleterre avait le monopole des affaires. L'isthme tranché créa ou
ressuscita un commerce méditerranéen, qui n'était plus forcé
d'avoir l'Angleterre pour entrepôt. Dans la Méditerranée
même, ce commerce pouvait charger ou décharger ses marchandises à Odessa, Trieste, Gênes, Marseille ou Barcelone :

C'est grâce au Canal, disaient les armateurs de Liverpool aux enquêteurs parlementaires en 1885-86 [1], que nous avons vu s'établir
directement, entre la Chine ou nos possessions de l'Inde et les ports
de la Méditerranée, certains trafics qui jadis passaient par nos mains.
Prenez, pour exemple, le thé. Autrefois nous avions d'énormes connaissements de thé chargé en Chine, amené en Angleterre et réex-
porté vers la Russie, vers Saint-Pétersbourg. Depuis quelques années
déjà, je n'ai pas vu un seul de ces connaissements. Mais je sais que
des chargements énormes arrivent directement de Ceylan ou de la
Chine à Odessa. Prenez encore l'exemple de la soie. J'avais autrefois
des relations importantes et fréquentes avec les marchés de l'Inde,
avec Burhampoure surtout. La soie brute venait en Angleterre.
Londres était le grand marché des soies, qui ensuite étaient réex-
portées vers le continent, vers Lyon surtout et vers Milan. Dans ces
trois ou quatre dernières années, les soies ne sont plus arrivées jusqu'à nous : elles ont débarqué à Venise ou à Marseille, et ces deux
ports sont devenus les distributeurs pour le continent... Voulez-vous
encore l'exemple du coton? Liverpool, autrefois, recevait le coton
brut pour toutes les usines de l'Europe, de toutes les cotonnières du
monde. Aujourd'hui les industries russe, turque, italienne et espagnole se fournissent dans l'Inde, grâce au Canal, sans passer par
notre intermédiaire...

— Alors, vous considérez que l'ouverture du Canal a grandement
nui aux intérêts maritimes de ce pays?

— Assurément. La route du Cap était toute à notre avantage. La
traversée, étant très longue, exigeait de nombreux et solides bateaux,
que seuls nous possédions. Aujourd'hui, la moindre Compagnie française ou autrichienne peut nous faire concurrence avec une flotte peu
nombreuse et médiocre. Nous avions le monopole. Le Canal a rendu
la concurrence possible. Puis les primes à la navigation, établies par
les gouvernements italien et français, ont favorisé cette concurrence
et les Compagnies étrangères se sont mieux outillées...

1. *Blue Book*, C-4797, pp. 104 et suiv.

Ainsi parlaient, dès 1885, les plus avisés ou les pessimistes. Néanmoins, grâce au charbon qu'elle a toujours en plus grande abondance et à meilleur marché, grâce à son outillage incontestablement supérieur et sans cesse perfectionné, grâce aussi aux habitudes acquises, aux relations établies, aux préjugés et aux nécessités de chacun, l'Angleterre gardait encore la plus grosse part de ce nouveau trafic transméditerranéen. Mais ce n'était plus Liverpool qui, nécessairement, en profitait : Londres et son avant-port sur la Manche, Southampton, étaient plus proches, plus commodes d'accès, mieux situés aussi pour la distribution des marchandises importées, soit qu'elles restassent dans le royaume, soit qu'elles allassent plus loin, vers les demandes de l'étranger. Liverpool demeurait donc le grand port transatlantique; mais Londres et Southampton devenaient les grands ports transméditerranéens. Dès 1875, il y eut partage. Les deux Amériques sont encore aujourd'hui le domaine de Liverpool[1] :

Commerce avec	Liverpool		Londres		Royaume-Uni	
	Entrées	Sorties	Entrées	Sorties	Entrées	Sorties
Le Canada	556	498	414	168	2 061	1 631
Les États-Unis	2 943	2 450	1 352	1 021	7 162	6 143
L'Amérique Centrale .	47	204	5	31	89	436
L'Amérique du Sud. .	296	410	67	68	594	1 517

(Sauf l'Argentine).   Milliers de tonneaux.

Londres et Southampton ont, par la Méditerranée, le monde asiatique et océanien :

Commerce avec	Londres et Southampton		Liverpool		Royaume-Uni	
	Entrées	Sorties	Entrées	Sorties	Entrées	Sorties
Les Indes. . . .	850	360	122	266	1 145	1 531
L'Australie . . .	771	629	8	76	816	887
La Chine . . .	74	39	1	1	75	74
Le Japon	90	70	1	12	100	80

Milliers de tonneaux.

1. Chiffres empruntés au *Blue Book* C. — 8884 : *Annual statement of the navigation.*

Les deux domaines ne sont pas absolument distincts. L'Argentine transatlantique préfère le port de Londres, où elle apporte ses 446 000 tonneaux d'importations, où elle prend 18 000 tonneaux d'exportations ; Liverpool ne reçoit d'elle que 220 000 tonneaux d'importations, mais lui fournit 135 000 tonneaux d'exportations. Inversement, l'Égypte méditerranéenne fréquente plus volontiers Liverpool, où elle entre 142 214 tonneaux, d'où elle en sort 108 396, alors que ses chiffres à Londres montent seulement à 51 939 et 18 092 tonneaux. Bien d'autres contrées méditerranéennes partagent presque également leur trafic entre les deux ports. Mais, en général, on peut dire que les importations vont de plus en plus vers Londres et que les importations transatlantiques elles-mêmes apprennent ce chemin : les chiffres pour le Canada tendent de part et d'autre à s'égaliser. Londres fait donc à Liverpool une concurrence de plus en plus grande. Le *Liverpool Daily Post* dressait en 1896 le tableau suivant [1] :

	Royaume-Uni	Liverpool	
	Millions de livres sterling		
1875 : Importations. .	3-3	105	soit 28,1 p. 100.
Exportations . .	223	79	— 33,5 —
TOTAL. . .	597	185	soit 31 p. 100.
1895 : Importations. .	416	95	soit 22,9 p. 100.
Exportations. .	225	78	— 34,5 —
TOTAL. . .	641	173	soit 26,9 p 100.

En 1875, 31 p. 100 du commerce de l'Angleterre passait par Liverpool ; en 1895, 27 p. 100 à peine, soit une perte nette de 4,1 p. 100, qui, chiffrée par les statistiques de 1895, donnerait une perte annuelle de 26 millions de livres, soit 650 millions de francs. Cette perte est surtout causée par la baisse des importations, qui tombent de 5,2 p. 100, alors que les exportations tombent à peine de 1 p. 100. Et que l'on ne regarde pas ces années 1875 et 1895 comme exceptionnelles. C'est par une baisse continue que depuis vingt ans les importations de Liverpool ont passé.

1. *Liverpool and its trade, a series of articles reprinted,* 1896.

IMPORTATIONS (en millions de livres sterling):

	Royaume-Uni	Liverpool	
1875-1879.	375	98	soit 26,17 p. 100.
1880-1885.	401	107	— 26,67 —
1886-1889.	381	97	— 25,72 —
1890-1892.	426	110	— 25,97 —

C'est une baisse continûment pareille qui a été la règle des exportations. Liverpool est en décadence avérée. Elle tombe lentement, mais sans relâche, à mesure que tous les ports du royaume grandissent. Car Londres n'a pas été la seule à profiter de cette décadence : tous les autres groupes de ports ont pris part à la curée. On peut diviser, en effet, les ports du royaume en un certain nombre de groupes naturels : Liverpool, Manchester, Barrow et Fleetwood forment le groupe de Liverpool ou de la Mersey ; Bristol, Gloucester, Newport, Cardiff et Swansea, le groupe de la Severn ; Southampton, Newhaven, Folkestone, Douvres et Harwich relèvent en réalité de Londres ; et tous les embarcadères aux embouchures de l'Humber, de la Wear, des Tees et de la Tyne, forment le groupe de l'Est. En adoptant cette division, les chiffres vont nous montrer que la seule Mersey a subi de grosses pertes pour les importations :

	1875	1889	1892	1893	
Mersey	105	112	111	101	millions de livres sterling.
Severn.	12	16	17	16	— —
Londres. . . .	171	197	196	203	— —
Groupe de l'Est.	33	49	56	47	— —
Autres ports . .	49	51	42	47	— —

Mais pour les exportations depuis 1889, la perte s'est sensiblement partagée entre tous les ports. C'est le royaume entier qui voit baisser le nombre de ses acheteurs et le chiffre de leurs commandes :

	1875	1889	1892	1893	
Mersey	80	102	90	87	millions de livres sterling.
Severn.	5	13	14	12	— —
Londres. . . .	74	65	59	62	— —
Groupe de l'Est.	45	41	37	39	— —
Autres ports . .	18	26	25	24	— —

Baisse des exportations pour tout le royaume, développement des importations surtout dans les ports de l'Est, — car c'est Londres, Hull et les entrepôts de la mer du Nord qui se sont le plus développés, — le commerce anglais pense que ces deux phénomènes ont eu la même cause principale : le réveil de l'industrie et du commerce allemands. Dans le monde, ce sont les articles allemands qui accaparent l'ancienne clientèle anglaise ; en Angleterre, ce sont les bateaux ou les produits allemands qui augmentent de jour en jour le tonnage des ports orientaux. C'est l'Allemagne qui a appauvri l'industrie anglaise et c'est l'Allemagne qui a forcé le commerce anglais à faire, depuis vingt ans, une véritable volte-face. Car l'Angleterre d'autrefois, servant de façade commerciale à une Europe agricole, regardait l'Atlantique. L'Angleterre aujourd'hui a dû se retourner vers la mer du Nord, pour faire front à une Europe, et surtout à une Allemagne, qui, jadis sa cliente, ose maintenant la défier dans le champ clos du commerce et de l'industrie. Sur le pourtour continental de cette mer du Nord, en effet, à toutes les embouchures des fleuves, de l'Escaut à l'Elbe, quatre grands ports allemands, Anvers, Rotterdam, Brême et Hambourg, se sont ouverts, qui, battant pavillon belge, hollandais ou hanséatique, sont tous, en réalité, des embarcadères et des débarcadères germaniques. Grâce aux fleuves qui les prolongent jusqu'au centre du continent, ces ports ont attiré tous les produits de l'Europe orientale et centrale, et reçu toutes les provisions exotiques pour les peuples et pour les industries de cette Europe. Entre cette Europe et le reste du monde, ils ont peu à peu supprimé l'intermédiaire du bazar anglais. Importations et exportations enfilent maintenant la route des mers, par le canal de la Manche, sans toucher aux quais de l'Angleterre. L'Allemagne et la Belgique subissent, depuis vingt ans, la même évolution profonde qui, de 1830 à 1850, transforma l'Angleterre agricole en une cité industrielle et commerçante. L'Allemagne surtout, autrefois puissance continentale, s'est prise d'un beau zèle pour les choses maritimes. Le 20 décembre 1897, l'attaché commercial anglais envoyait de Berlin un long rapport sur *les Intérêts maritimes de l'Empire allemand*[1].

L'Allemagne, depuis vingt six ans, a fait dans toutes les directions des efforts gigantesques. L'établissement d'industries productives a donné du travail à une population toujours grandissante, qui, de 1872 à 1897 a augmenté de 30 p. 100 : partie de 41 millions

---

1. Foreign-Office, *Miscellaneous Series*, n° 443.

d'âmes en 1872, elle dépasse aujourd'hui 53 millions. L'établissement d'un commerce florissant a doté cette population d'une vie de plus en plus confortable. Ce commerce a grandi de 60 p. 100 dans les vingt années dernières. Les statistiques de la navigation nous montrent le trafic des ports allemands augmenté de 124 p. 100 dans son ensemble, et ce chiffre moyen n'est rien encore. Car le trafic avec l'Angleterre et avec la Méditerranée n'a guère augmenté que de 60 p. 100, parce qu'il était très important déjà. Mais, dans certaines mers jadis non fréquentées par lui, le commerce allemand a monté de 128 p. 100 avec l'Amérique du Nord, de 475 p. 100 avec l'Australie, de 480 p. 100 avec les Indes-Orientales et Occidentales. Hambourg est le centre. Il suffit de donner les chiffres moyens des vingt dernières années, en millions de marks (1 fr. 25) :

	1871-1880	1881-1890	1891-1895	1896
Importations . .	874	1 045	1 559	1 713
Exportations . .	597	981	1 267	1 439

Mais tous les autres ports ont, de loin, suivi la même route et leur mouvement total, en millions de tonneaux, est passé de 12,7 pour la période 1873-75, à 14,3 pour la période 1876-80, à 18,3 pour 1881-85, à 23,2 pour 1886-90, à 29,7 pour 1891-95, à 31 pour 1896-97. Dans ce tonnage, la part du pavillon allemand s'est élargie d'année en année :

		Vaisseaux de toutes sortes		Vapeurs seulement	
		Nombre en milliers	Tonnage en millions	Nombre en milliers	Tonnage en millions
1873	Allemands . .	60,3	6,0	7,6	2,6
—	Étrangers . .	34,3	6,4	9,5	3,8
1884	Allemands . .	89,4	10,1	26,4	7,0
—	Étrangers . .	31,1	10,3	15,8	8,4
1895	Allemands . .	97,4	15,9	49,4	13,3
—	Étrangers . .	36,5	14,5	21,0	12,8

Hambourg [1] a tourné vers le commerce d'outre-mer des millions et des millions de marks. La Compagnie Hambourgeoise–Américaine avait été fondée en 1847, au capital de 23 250 livres sterling ; en 1858, le *Nord-Deutscher Lloyd* ; en 1870, la Compagnie Hambourgeoise-Sud-Américaine. Mais c'est à partir de 1885 que les capitaux ont afflué et que les compagnies nouvelles ont grandi : aujourd'hui, neuf compagnies au capital de 4 800 000 livres sterling

---

1. Cf. *Annual Series*, nos 1934 et 2104 : *Trade of Hamburg.*

environ (120 millions de francs) exploitent tous les Océans. Le tonnage des entrées à Hambourg a décuplé depuis un demi-siècle :

	Tonneaux		Tonneaux
1850. . .	547 947	1890. . .	8 202 825
1870. . .	1 389 789	1894. . .	6 228 821
1880. . .	2 766 806	1897. . .	6 708 070

Pour l'Allemagne, pour les pays scandinaves et danois, et pour la Russie, Hambourg, à l'entrée du lac Baltique, devient le grand entrepôt de matières premières et le grand fournisseur de produits ouvrés, le Liverpool de l'Europe septentrionale.

C'est un port de la laine et du coton. La navigation fluviale de l'Elbe, qui le prolonge, le met aux portes des cités cotonnières et lainières de la Silésie et de la Saxe. Jadis, l'Allemagne dépendait de Londres et de Liverpool pour les matières premières ou demi-travaillées et pour les produits ouvrés de ces deux industries textiles : Hambourg importait d'Angleterre laine brute, coton brut, fils et tissus, en abondance. Chaque année, elle va se libérant de cette dépendance.

En 1897, écrit le consul anglais, les importations totales de matières textiles ont un peu faibli ; mais la part de la Grande-Bretagne surtout a grandement diminué. Sur 11 000 000 de livres sterling environ, en 1897, au lieu de 12 000 000 en 1896, nous n'avons plus eu que 1 800 000 livres sterling environ, au lieu de 2 500 000 en 1896. Pour les fils de toute espèce, nous avons conservé notre monopole. Mais l'Allemagne réduit ses demandes et se fournit elle même : au lieu de 4 500 000 de livres sterling en 1896, Hambourg ne nous a pris, en 1897, que pour 4 000 000 de fils. Nos tissus perdent aussi ce marché et sont remplacés par les tissus indigènes. Nos draps et nos colonnades ne comptent plus que pour 2 500 000 livres sterling dans les importations de Hambourg, qui exporte aujourd'hui pour 8 000 000 de tissu écru, laine, coton, soie, lin[1].

C'est un port de ravitaillement. Toutes les subsistances y affluent, grains d'Europe, viandes d'Amérique et épiceries coloniales. Il fournit de tabac la moitié des pays germaniques et de café les deux tiers de l'Europe. Pour le cacao : en 1895, 14 mil-

---

1. *Miscellaneous Series*, n° 482 : *Trade of Hamburg in yarns and tissues.*

lions ; en 1896, 16 millions ; en 1897, 19 millions de kilos.
Le lard américain et le blé russe s'y arrêtent avant d'atteindre
les marchés de la Baltique ou de la mer du Nord. Mais non
contente, comme Liverpool, d'appeler les provisions du
monde, Hambourg peut renvoyer à tout l'univers certains
produits agricoles de la grande plaine allemande. Car cette
Allemagne merveilleuse a su garder ses champs et développer
ses cultures, tout en construisant ses usines et en décuplant
ses cités. Les milliers d'hectares de betteraves et de pommes
de terre, qui couvrent la Saxe, le Mecklembourg et le
royaume de Prusse, ont fait de Hambourg le port de l'alcool
et des sucres [1]. L'alcool pour les nègres a conduit son commerce vers toutes les barbaries africaines et malaises. Le
sucre l'a conduit chez tous les peuples civilisés. Neuf grandes
Compagnies de navigation, ayant leur siège à Hambourg, se
sont partagé le monde, trois pour l'Amérique du Nord, du
Centre et du Sud, deux pour les côtes occidentale et orientale de l'Afrique, une pour le Levant, une pour l'Australie,
une pour l'Inde, la dernière pour la Chine. Leurs capitaux
additionnés représentent plus de 120 millions de francs et
toutes ont distribué en 1897 un fort dividende à leurs actionnaires. La plus grande de toutes, la Compagnie Hambourgeoise–Américaine, au capital de 70 millions, a payé 6 p. 100
net ; d'autres ont donné 6,50 et 7,50 p. 100 ; quelques-unes,
12 p. 100. La seule Compagnie Hambourg-Calcutta s'est
plainte des affaires, à la suite des mauvaises récoltes et des
épidémies de l'Inde [2].

Outre le sucre et l'alcool, d'autres industries agricoles fournissent à Hambourg des frets d'exportation : le beurre, le fro-
mage et les œufs pour l'Angleterre, la bière pour le reste du
monde. Le *pale ale* anglais régnait autrefois sur les ports des
deux hémisphères. Tous les rapports de consuls anglais signalent depuis dix ans sa disparition. Partout, au Chili comme en
Chine, dans la Méditerranée comme dans les mers australiennes,
il a fait place aux *lager beers* allemandes, aux *Pilsener* que
Hambourg tire de Bohême ou fabrique elle-même pour l'ex-

---

1. *Miscellaneous Series*, n° 452 : *Agriculture in Germany.*

2. *Annual Series*, n° 2104.

portation. Quinze brasseries au capital de 25 millions de francs se sont installées sur ses quais et produisent annuellement quelques cent millions de litres. L'exportation étrangère en emporta près de vingt-cinq millions en 1889. Si les chiffres, depuis, ont baissé, ce n'est pas que le *pale ale* ait pris sa revanche. Mais certains clients, tels que la France, ont fermé leurs ports ou se sont outillés pour la production. Ailleurs, aux États-Unis par exemple, l'exportation a grandi : 2 millions de litres en 1895, 2 700 000 en 1896, 3 millions en 1897 [1].

Hambourg, il est vrai, trop éloignée des houillères et des centres métallurgiques, n'est pas encore un débarcadère de minerais ni un embarcadère de fers et de charbons. Mais elle deviendra l'un et l'autre. Un grand système de canaux intérieurs est déjà projeté ou commencé, qui doit la mettre en contact, grâce à l'intense navigation fluviale, avec les champs houillers de la Silésie d'une part, avec le Pays Noir westphalien de l'autre, pour le service des futurs Midlands allemands. Ce que fit en Angleterre la construction des lignes ferrées, la construction des canaux le fera en Allemagne : l'industrie couvrira bientôt les terres centrales. Berlin et Meissen sont déjà pour le verre et la porcelaine des concurrents redoutables de Birmingham et des *Potteries*. L'exportation du verre, sous toutes ses formes, verre creux, verre en plaques, bouteilles et récipients, a doublé durant ces dix années dernières. Celle des porcelaines en vingt ans a presque quadruplé... Un jour viendra où, du Rhin à la Vistule, des flottilles de batellerie rabattront sur les quais de Hambourg les produits de l'industrie grandissante et de l'agriculture sans cesse perfectionnée. Du fond de la Pologne, de la Bohême et de la Thuringe, tout descendra vers Hambourg, et même, franchissant les lignes de partage, les canaux iront chercher la clientèle jusque sur les fleuves méditerranéens, sur le Danube et sur la Theiss : quelque jour la batellerie, à travers le continent d'Europe, s'en ira jusqu'à la mer Noire. De la Baltique et de la mer du Nord à la Méditerranée, Hambourg, centre du monde germanique, deviendra le grand port de l'Europe centrale, la Venise

---

1. *Miscellaneous Series*, n° 485 : *Beer at Hamburg*.

du Nord : que seront alors les entrepôts délaissés de Londres ou de Liverpool[1] ?

En attendant ce jour que déjà l'on prévoit, l'Allemagne a créé pour ses fers et pour ses charbons un autre grand emporium fluvial en face de l'Angleterre. Le Rhin, avec ses centaines de kilomètres navigables, est devenu de Mannheim à Rotterdam un gigantesque port, une ligne presque ininterrompue de docks et de quais. Grâce à cette navigation rhénane, l'Allemagne entière commence à secouer la clientèle où les charbons et les fers anglais la tenaient presque en servage. Jadis c'étaient les charbons de Cardiff et de Newcastle, tout voisins de la mer, qui débarquaient dans les ports de l'Empire pour les chaudières à vapeur et pour les cornues à gaz. La Westphalie ne fournissait que les usines du voisinage. Aujourd'hui les charbons westphaliens viennent sur la place même de Londres faire concurrence aux charbons de Newcastle, et peu à peu ils s'emmagasinent dans les grands ports de la mer du Nord et de la Baltique[2]. A Hambourg, Lübeck, Wismar, Kiel, ils chassent les houilles anglaises. La production westphalienne a décuplé depuis quarante ans :

1860. .	4 490 066 tonnes.		1892 . .	36 853 502 tonnes.
1870. .	11 570 556	—	1894 . .	40 613 073 —
1880. .	22 495 204	—	1896 . .	44 893 304 —
1890. .	35 469 290	—	1897 . .	48 423 987 —

A Hambourg. elle a, depuis quinze ans, quadruplé ses fournitures et, depuis deux ans, dépassé les fournitures anglaises :

Hambourg.	Charbons anglais.	Charbons westphaliens.
1880.	1 025 550 tonnes.	338 910 tonnes.
1884.	1 025 500 —	548 730 —
1888.	1 365 000 —	627 890 —
1892.	1 615 600 —	903 185 —
1896.	1 410 809 —	1 796 776 —

Et le charbon brut n'est rien : il fait beaucoup de volume et peu d'argent. L'Allemagne savante du Rhin a su le transformer en produits précieux qui, sous un faible poids, représentent de grands prix. C'est elle qui, la première, a su tirer de

---

1. *Miscellaneous Series*, n⁰ 345 : *Inland water ways of Germany.*
2. *Miscellaneous Series*, n⁰ 454 : *Coal of the Rhenish provinces.*

la houille la pharmacie, la droguerie et la teinturerie nouvelles. Drogues et couleurs, anilines, alizarines, antipyrines,
acide phénique, lizols, etc., sont devenus une spécialité
du commerce allemand : l'exportation, en 1897, se chiffre
par 151 millions de marks (190 millions de francs). Jadis la
France avait, même en Allemagne, le monopole de ces
produits.

De même, les fers anglais tenaient jadis la clientèle allemande. C'étaient les Midlands anglais qui fournissaient l'Allemagne d'objets manufacturés, machines, instruments, outils,
quincaillerie, etc. C'étaient les districts côtiers du Yorkshire, du
Cumberland ou du Northumberland qui envoyaient le métal
brut, fer, acier ou fonte. Grâce au Rhin, le Pays Noir wespha-
lien se trouve aujourd'hui plus proche de la mer et des marchés
indigènes ou exotiques, que le Pays Noir anglais. Birmingham
et Sheffield, centres des Midlands, sont en plein continent, à
la merci des chemins de fer. Dusseldorf, Essen, Barmen,
Elberfeld sont à quai, sur le passage des bateaux. Et l'on
sait quelle différence de prix énorme met pour ces lourds
produits, encombrants et peu coûteux, la différence de fret
par terre ou par eau. Favorisés en outre par les tarifs protecteurs, les fers allemands ont d'abord tenu tête aux fers anglais
sur les places de l'Empire, puis ils ont débordé sur le
monde. Les menus objets surtout de quincaillerie et de bim-
beloterie, où l'Allemand a mis son ingéniosité scientifique et
sa patience artistique, ont peu à peu conquis tous les marchés.
Les rapports consulaires anglais nous ont montré cette conquête à travers l'Europe et jusque dans l'Amérique du Sud
et dans les colonies anglaises[1]. Les Midlands en ont été à demi
ruinés. L'Angleterre pourtant, grâce à l'abondance de ses
houilles et de ses minerais, continue à détenir le monopole
européen des fers bruts ; de même, grâce aux chantiers de la
Clyde, le monopole des constructions maritimes semble pour
longtemps encore réserver à ses usines une énorme consommation de fers. Mais qui sait combien d'années ce monopole durera ?
Le gouvernement allemand s'est mis en tête de le renverser.
L'Allemagne aujourd'hui se tourne vers les constructions na-

1. Voir la *Revue* du 15 janvier.

vales, comme elle s'est tournée il y a vingt ans vers les autres industries, comme elle s'est tournée depuis dix ans vers le commerce maritime. Elle entreprend la conquête de cette nouvelle province industrielle, avec les mêmes méthodes qui lui ont réussi déjà pour l'annexion des autres profits. Car c'est une méthode nouvelle qu'en ces choses l'Allemand semble avoir introduite ou ressuscitée. « Laissez passer, laissez faire », répétaient les Anglais, disciples de Manchester. « Faites passer, faites faire » semble dire aujourd'hui l'État allemand façonné à la prusienne, et le peuple allemand accepte ou provoque, semblé-t-il, l'intervention de l'État dans toutes ses affaires publiques et privées.

III

La dépêche de M. Chamberlain aux gouverneurs des colonies marque une date importante dans l'histoire économique de ce pays. C'est le premier abandon officiel de la doctrine du *laisser faire*. C'est aussi la première preuve officielle que le danger de la concurrence étrangère est pris en sérieuse considération par le gouvernement de Sa Majesté.

(Journal des Chambres de Commerce : *Blue Book*, C.-8432, p. 1.)

Quand on regarde de haut et de loin cette lutte à mort, il semble que, sur tous les marchés du monde, ce n'est pas seulement le commerce et l'industrie germaniques qui sont aux prises avec l'industrie et le commerce de l'Angleterre. Mais, en présence, apparaissent deux systèmes de vie, deux évangiles économiques, dont l'un avait été la loi des temps barbares, et dont l'autre semblait devenu la loi des temps nouveaux : d'un côté, la liberté de Manchester, de l'autre le militarisme des Hohenzollern.

Car ce n'est pas le simple jeu des forces naturelles qui semble avoir créé cette Allemagne nouvelle. On dirait qu'une volonté consciente a successivement préparé et assorti toutes les pierres de l'édifice. Cette volonté d'abord a, par l'éducation, transformé ce peuple de philosophes, de juristes et de pédants en ouvriers et en calculateurs. Sur toute la surface du territoire, elle a organisé des écoles et un enseignement utilitaires, écoles techniques et écoles commerciales, laboratoires et champs d'expériences. Ce peuple en *us*, qui passait sa vie à gratter des textes, a dû se pencher sur les cornues et se brûler ou se salir les doigts aux acides et aux teintures. Il aimait le grec, l'hébreu, le sanscrit, les belles vieilles langues inutiles : on lui a fait apprendre toutes les langues et tous les patois modernes. Il vivait dans le passé : on l'a plongé dans le présent. Il rêvait à travers la fumée de ses pipes : on lui a ordonné d'agir et, successivement, on lui a imposé tous les modes d'action. De tout temps, il avait été soldat et laboureur : on le dressa d'abord aux nouvelles méthodes de l'agriculture scientifique et de la guerre savante et, par ces méthodes, on décupla sa force et ses revenus. Mais jadis, entre deux moissons ou deux campagnes, il pendait son sabre au crochet et hivernait tranquille auprès de sa charrue retournée : « Toute l'année, tu travailleras », a dit la voix du Maître. Et pour obliger son peuple au travail, le Maître a usé de tous les moyens, la douceur et les coups..

Par un système douanier, écartant les produits du dehors, il l'a forcé de se suffire à lui-même et de transformer lui-même ses matières premières en produits ouvrés : « Tu ne souilleras plus ta langue avec les mots ni avec les vins des nations, a dit encore le Maître, et tu ne porteras ni leurs habits ni leurs instruments. » Et le peuple dut forger, tisser, fondre, coudre, tourner le bois et le fer, creuser les mines, allumer les fournaises, plier le cou sous le joug des machines. Le Maître lui-même, pour donner l'exemple, s'astreignit à n'user que de produits nationaux. Comme la guerre alors était sa grande occupation et son grand souci, comme il avait un insatiable besoin d'armes, d'équipements et de provisions pour ses hommes, de selleries, de harnais et d'attelages pour ses chevaux, il dressa son peuple aux industries de la guerre. L'Allemagne devint une gigantesque maison de fournitures militaires qui exécuta d'abord les commandes du Maître, et que le Maître mit ensuite à la solde de l'étranger. Car ce fut avec la permission et même sous les ordres du Maître que l'Allemagne arma la moitié de l'Europe : en une expérience décisive, le Maître s'était chargé lui-même de prouver à l'univers la supériorité de ses usines et de ses produits; la Westphalie de Krupp, par la guerre de 1870, devint l'arsenal du monde.

Puis l'Empire fut la paix : le Maître se tourna vers les conquêtes pacifiques. D'un mot, il sembla qu'il y tournait aussi tout son peuple, et, sitôt le demi-tour exécuté, au même pas de parade que précédemment, la lourde Allemagne se remit en branle. Le Maître décida que l'on organiserait d'abord le pays. Pour cette nouvelle entreprise, il lui fallait des chemins de fer, des routes, des canaux : l'Allemagne en quelques années s'outilla d'hommes et de machines, coula ou étira les rails, fabriqua rivets, boulons et traverses, construisit wagons et locomotives. Partout les longues lignes de fers jumeaux s'élancèrent vers tous les coins du pays. Dans les jets de vapeur et les cliquetis de chaînes, un afflux de vie, un regain de jeunesse sembla ressusciter ce vieux corps germanique. Cette bonne vieille Allemagne, qui vivait, sans grands besoins, de pain noir et de bière, et dont un festin de lard et de pommes de terre marquait les jours de fête, sentit monter en elle des appétits de vie plus large. Comme elle était pressée de les satisfaire et comme elle était pauvre encore, elle dut inventer les moyens les plus rapides et les plus économiques. Elle fit en quelques années, pour l'usage de son peuple, une civilisation de camelote, qui, peut-être, n'avait pas la solidité ni la qualité des vieilles civilisations anglaise ou française, mais qui en avait le vernis et les apparences...

Et quand le peuple eut à peu près contenté ses plus pressants désirs, le Maître s'aperçut que bien des nations au monde sont travaillées des mêmes appétits et que cette civilisation de camelote trouverait, avec un peu d'efforts, une nombreuse clientèle. Il lança l'Allemagne sur les marchés des nations. Il ne se contenta pas de l'encourager de la voix et du geste. Il la conduisit lui-même aux pays exotiques. Il l'installa lui-même sur les terres sauvages ou dépeuplées. Pour le service du commerce, il fit des conquêtes coloniales, et il fit des enquêtes consulaires. Il imposa aux nègres de l'Afrique l'alcool de Hambourg, et il glissa la carte allemande aux doigts des nations civilisées. Profitant même de sa force réelle et de son prestige un peu grandi par la crainte, il imposa ses

marchandises à ses amis et à ses protégés, aux vieux empires
timorés et aux jeunes nations encore faibles. La politique
étrangère de l'Angleterre s'était inspirée du principe de la
« porte ouverte », de la liberté de concurrence imposée ou
maintenue. Il sembla parfois que l'Allemagne inclinait aux
pratiques de la « carte forcée ». A l'intérieur, le Maître prit
en main les voies ferrées et, sur ses chemins d'État, il organisa les transports pour réduire les frets à presque rien. Il
favorisa l'éclosion de grands syndicats et il se fit entre eux
l'intermédiaire et l'arbitre, pour les amener aux concessions et
même aux sacrifices réciproques. Non content d'écarter la
concurrence étrangère par ses tarifs de douanes, il prit l'habitude de récompenser le travail national par des primes à
l'industrie, à la navigation, à toutes les entreprises nouvelles.
Bref, il eut sa part de l'œuvre, il travailla de ses mains, il
paya sans relâche, de ses peines et de sa poche. Jamais il
ne resta simple spectateur. Jamais il n'accepta le rôle de
roi fainéant, que les doctrines anglaises lui avaient imposé.
Dans le domaine économique comme en politique, comme
à la guerre, il parut être le souverain. En paix comme en
campagne, l'État allemand sembla commander : l'État anglais
se contentait de régner.

Ce'st ainsi du moins qu'au dehors les choses apparaissent.
C'est ainsi que la majorité des Anglais les aperçoivent aujour-
d'hui. Et devant ce spectacle, l'Angleterre est prise d'inquiétudes : quel démenti à tout ce que l'on croyait depuis un
demi-siècle être la vérité et la loi ! cinquante ans de succès
avaient démontré pourtant la vertu des doctrines de Manchester ! Dans le sentier de la guerre, il est indiscutable que
tout le peuple doit suivre aveuglément son chef et que
l'obéissance de chacun est la condition première du salut de
tous ; mais en serait-il de même dans les chemins de la paix ?...

Dès 1885, l'Angleterre se posa le problème et, pour l'étudier, fit une grande enquête sur la baisse de son commerce
et de son industrie[1]. Un parti se forma aussitôt proclamant que l'exemple de l'Allemagne était décisif et que les
théories abstraites ne peuvent tenir contre le témoignage des

---

[1] *Blue Books, Depression of Trade,* C-4621, 4715, 4797, 4893.

faits. « La lutte commerciale, disaient les quincaillers des Midlands, n'est plus possible, si l'on ne veut pas renoncer aux préjugés de Manchester et prendre les armes du voisin. C'est la fédération impériale et c'est le Zollverein protectionniste qui ont fait la grandeur de l'Allemagne actuelle. Il nous faut un empire anglo-saxon et un tarif protecteur. Groupons toutes nos colonies, comme ils ont groupé tous leurs petits États : bâtissons une plus grande Bretagne, comme ils ont bâti une plus grande Germanie. Puis favorisons au dedans et au dehors le travail anglais : que l'Anglais ne consomme que du blé, du coton, de la laine, et surtout du fer anglo-saxons ! Le *Free Trade* international nous ruine : établissons un régime de bon et franc commerce national et protectionniste, le *Fair Trade* anglo-saxon : paix et libre-échange entre tous les Anglais du monde ; lutte et protection contre les étrangers ! »

Cette doctrine impérialiste, formulée par l'industrie des Midlands, ne trouva d'abord que peu d'adeptes dans le reste du royaume. Pourtant, dès 1885, le commerce de la côte orientale, qui avait surtout à faire aux Allemands, inclinait aux mêmes théories. Hull réclamait, comme Sheffield et comme Birmingham, un empire et un tarif : « Il faut, disaient les courtiers et les armateurs de Hull, il faut par les traités de commerce et par une série de mesures législatives mettre l'industriel anglais en bonnes conditions de concurrence, *on fair terms ;* il faut conclure aussi des arrangements spéciaux avec nos colonies et possessions, de façon à installer un Zollverein britannique.» Ces *fair terms* de Hull pouvaient aller avec le *fair trade* des Midlands. Néanmoins l'accord ne se fit pas. La foi de Manchester était encore trop profondément ancrée dans les cœurs. La Chambre du Commerce américain de Liverpool se faisait l'interprète de la majorité en répondant aux enquêteurs de 1885 : « Toute question commerciale doit être traitée par la liberté. Les mesures législatives, visant à exciter ou à améliorer le commerce, ne méritent aucune confiance. Toute restriction, toute pression est désastreuse. C'est un bonheur pour nous que la non-intervention de l'État. Laissez le commerce à lui-même et donnez-lui seulement la sécurité et la paix. » L'Association des Armateurs tenait le même

langage : « Nous n'avons aucune confiance dans l'efficacité
des lois pour améliorer nos affaires. Nous craindrions au
contraire, les effets d'une pareille législation, si elle venait à
être entreprise par des politiciens ignorant notre métier[1]. »
Les enquêteurs de 1885, dans leur rapport final, restèrent
fidèles, eux aussi, à ces principes[2]. Ils ne réclamèrent aucun
changement radical dans les rapports du commerce et de
l'État. Ils conseillèrent seulement aux particuliers de modifier leurs méthodes, d'abaisser leurs prix, de redoubler de
réclame et de zèle, d'améliorer leur instruction et celle de
leurs employés, de se plier aux fantaisies du client, bref de
mieux faire leur métier. Ils déconseillèrent à l'État de devenir,
par le canal de ses consuls ou de ses gouverneurs coloniaux,
promoteur de commerce et conseiller d'affaires.

Mais les Midlands ne perdirent pas courage, et ils cher-
cbèrent ailleurs les alliés que le commerce et l'industrie leur
refusaient. En France, à la même époque, certaines industries
malades, surtout celle du coton, désertaient la cause du libre-
échange et s'alliaient aux agriculteurs pour renflouer les
vieux principes d'autorité et de protection et pour déchaîner
cette bourrasque de chauvinisme démagogique et d'hypocrisie
mystique qu'ironiquement sans doute ils nommaient « l'esprit
nouveau ». En Angleterre, on pouvait risquer pareille aventure : l'agriculture anglaise, opprimée depuis un demi-siècle
par les décrets de Manchester, ne demandait aussi qu'à secouer
le joug. ...Birmingham se prit de tendresse pour le sort des
malheureux paysans. J. Chamberlain et son fidèle Jesse Col-
lins se mirent à déplorer, avec des larmes patriotiques, la
disparition ou la ruine de ces vaillants *yeomen*, de ces hobe-
reaux au noble cœur, dont la force et le courage avaient été
la pierre angulaire de la puissance anglaise. Il fallait sauver
à tout prix cette classe menacée. Il fallait rendre à la terre
ses justes profits, pour que la terre pût toujours donner
à l'État de vaillants citoyens. L'unionisme — c'est-à-dire
l'alliance entre le nouveau radicalisme des Midlands et le
nouveau torysme des comtés agricoles, entre les industriels du

1. *Blue Book*, C—4715, pp. 389 et 410.
2. *Blue Book*, C-4893, p. XXIV et XXV.

fer, qui se ruinaient, et les propriétaires fonciers qui voulaient
s'enrichir — se fit donc sans peine, pour assurer, aux dépens
de l'État, la fortune des uns et des autres, et pour jeter « l'Angleterre nouvelle » dans les voies de l'impérialisme et de la
protection.

Les alliés scellèrent leur entente dans le sang de l'Irlande. Unis par cette communauté de crime, ils marchèrent, la main dans la main, à la conquête du pouvoir. Il
leur fallut dix ans d'efforts, de 1885 à 1895, pour le
conquérir. Durant dix années, la vieille Angleterre libérale
se défendit. Le commerce lui restait fidèle. Le seul mot de
Free Trade suffisait encore à enlever les suffrages de la masse...
Mais bientôt la crise prolongée sapa lentement les convictions
d'autrefois. Dès 1890, plus d'un commençait à tenir le langage qu'en 1885 certaines Chambres de navigation avaient
balbutié : « Le libre échange est désirable, sans doute : c'est
le meilleur régime, à condition qu'il soit effectif et que nos
voisins ne cherchent pas, après l'avoir supprimé chez eux,
à le vicier encore chez nous. Il ne faut pas le supprimer, à
coup sûr ; mais il faut l'améliorer : il faut en assurer le jeu
normal en Angleterre même. Puisque la France et l'Allemagne établissent des primes à la navigation et à l'exportation de certains produits, l'Angleterre doit annuler l'effet de
ces primes en frappant de droits équivalents les marines et
les produits qui les perçoivent[1]. »

C'est, comme on voit, une sorte de compromis entre le
Fair Trade de Birmingham et le *Free Trade* de Manchester :
c'est la doctrine du libre-échange amélioré et compensé, du
« Plus Libre » Échange, *Freer Trade*. A partir de 1890, les
Chambres de commerce s'y rallient une à une, et leur
Association générale s'y convertit. Pour en assurer le triomphe,
le puissant comité de cette Association vient installer ses
bureaux derrière Westminster, en face du Parlement qu'il
contrôle et qu'il veut influencer. Dans ses *meetings* annuels
à Londres et ses congrès à travers les grandes villes du
royaume, l'Association réclame pour le commerce l'appui de
l'État. Il n'est question d'abord que d'un appui diplomatique

---

1. *Blue Book*, C—4797, pp. 229 et suiv.

15 Avril 1899.

au sujet de tarifs étrangers et coloniaux. Puis l'impérialisme
la pénètre peu à peu. A chaque élection générale, de 1885 à
1895, les villes commerciales élisent avec de plus fortes
majorités des candidats unionistes. L'Association se tourne
vers le prophète de Birmingham, vers ce grand Joe Chamberlain, dont les Midlands attendent le salut. Elle réclame du
gouvernement soit une Fédération Impériale en vue des
intérêts commerciaux de l'Empire[1], soit l'Union commerciale
entre les colonies et la métropole[2]: l'Empire ou le Zollverein.
Elle-même, dans la mesure de ses forces, veut commencer
cette Fédération, et elle réunit en congrès périodiques les
délégués des Chambres de commerce de tout l'Empire.

Dans le premier de ces congrès, dès 1886, la Chambre de
Londres avait montré le but : elle proposait de voter « une
requête pour que les gouvernements coloniaux fussent immédiatement consultés sur les meilleurs plans de Fédération Impériale »; mais le congrès resta indifférent : le *Free Trade*
triomphait. Au second congrès, en 1892, nouvel effort; mais
« les vieux préjugés de libre-échange contre protection et
l'amour des mots semblaient encore faire perdre de vue les
besoins d'union. Lord Farrer alla jusqu'à dire qu'il était
immoral de remettre en discussion les principes libre-échan-
gistes. Néanmoins, en gens pratiques, qui devaient vivre
non avec des principes et des mots, mais avec le monde
réel[3] », le congrès finit par proclamer qu'une union commerciale sur la base du *Freer Trade* assurerait la pro-.
spérité de l'Empire. Le troisième congrès, en 1896, a vu le
triomphe du *Fair Trade* et de « l'Angleterre nouvelle ». Les
unionistes, maîtres de la politique depuis les élections de
1895, le présidaient dans la personne de J. Chamberlain.
Et il a promis au commerce que l'Empire allait être établi
et aménagé pour ses besoins: « l'Empire, c'est le commerce,
le Bon Commerce. »

Pour ce *Fair Trade*, on construira donc un Empire fédéré
sur le modèle de l'Empire allemand. Par malheur, les procédés

---

1. Meetings de Londres et de Hull, mars et septembre 1889.

2. Meetings de Londres et de Newport, mars et septembre 1892.

3. Meeting de Middlesborough, septembre 1897, discours de M. Boulton.

rapides **et** brutaux, que la Prusse mit en usage, ne sauraient être de mise. On ne peut songer aux annexions violentes. Il faut du temps, de la patience, de la douceur : il faut amener les colonies à une fédération consentie. Il faut aussi des mesures préparatoires. Avant la grande Fédération Impériale, il faut une série de sous-fédérations régionales qui, de la poussière coloniale actuelle, constitueront quelques grands organismes. Déjà la fédération canadienne a groupé dans un *dominion* toutes les colonies nord-américaines ; il faut constituer un *dominion* africain et un *dominion* océanien par la fédération des colonies sud-africaines et australiennes... Et ceci demande de longues négociations. En attendant, on va courir au plus pressé, car le commerce baisse toujours et les Chambres se lamentent de plus en plus. A défaut du grand remède, qui exige quelques années encore, M. Chamberlain veut appliquer dès aujourd'hui quelques spécifiques, allemands eux aussi, dont il fait grand éloge.

Il remet le commerce britannique entre les mains des consuls et des gouverneurs coloniaux. Il leur recommande de le soigner avec le zèle et le dévouement que les consuls **et** les gouverneurs du grand Kaiser témoignent au commerce germanique : « Renseignez-nous sur les conditions, les us et coutumes, les besoins et les désirs de vos contrées. Envoyez-nous de longs rapports pour nos journaux et de nombreux échantillons pour nos musées commerciaux. Adressez au Ministère du Commerce tous les renseignements et tous les matériaux que vous pourrez obtenir. » Et se tournant vers le commerce, il l'incite à se grouper autour de l'*Imperial Institute*, sorte d'agence fédérale, qui doit centraliser à Londres **les** réclamations et les demandes, et devenir pour tout l'Empire le bureau-conseil du trafic et de l'industrie. Si cet établissement privé ne suffit pas, on organisera au Ministère du Commerce un service officiel, qui tiendra à la disposition du public ses livres de renseignements et ses vitrines d'échantillons. Une commission d'enquête parlementaire est nommée « qui cherchera les meilleurs moyens de porter à la connaissance du commerce national les informations de nos consuls, attachés commerciaux et autres fonctionnaires dans l'Empire ou à l'étranger, et d'autres moyens encore pour lui fournir toutes les occa-

sions de développement et de profit[1] ». Et l'enquête se fait.
Et à l'intérieur du royaume, toutes les Chambres de commerce
applaudissent. Voilà donc un ministre enfin qui vit dans la
réalité d'aujourd'hui, qui ne s'embarrasse pas des vieux dogmes
et des préjugés du *laisser faire*, et qui va forcer les fonctionnaires à travailler utilement! L'Association des Chambres de
Commerce célèbre la gloire de Joe ; l'opinion salue en lui le
véritable chef de l'Angleterre nouveau jeu. Un à un, les délégués
des Midlands et des autres industries, devant la Commission
d'enquête, se réjouissent par avance des résultats heureux que
ne peut manquer d'avoir une telle initiative. Mais quand arrivent les gens de Manchester, le langage change brusquement :

Tous ces prétendus remèdes ne sont que folies. L'entreprise privée
ne saurait être remplacée par une organisation de commune ou
d'État. Les fonctionnaires ne peuvent nous donner que des renseignements vagues et des conseils sans portée pratique. C'est à nous,
industriels, à étudier les besoins de notre clientèle. Je suis bien sûr
que tous les rapports consulaires du monde ne feront pas élever une
seule usine dans le Lancashire. Un consul ne peut avoir qu'une
médiocre expérience en fait de commerce, et ses conseils ne peuvent
causer que des déboires à ceux qui les suivraient. Le commerce
anglais s'est élevé par l'entreprise individuelle, par la seule entreprise
individuelle, sans l'aide gouvernementale. Aussi la Chambre de
Manchester s'est-elle tenue en dehors de l'Association. Elle n'a pas
refusé son concours occasionnel. Mais elle pense que chacun doit
appliquer ses efforts à améliorer ses propres affaires, à perfectionner
ses propres méthodes, à diminuer ses frais et à augmenter sa clientèle, et non pas s'occuper des affaires d'autrui, copier aveuglément
les méthodes étrangères, et augmenter les charges de tous en augmentant le nombre des fonctionnaires et le rôle de l'État[2].

Ce langage de Manchester trouve un écho dans le royaume,
et surtout au dehors ; car les consuls anglais font aussi
leur enquête à l'étranger, auprès des résidents britanniques,
et le consul général de Rio-de-Janeiro écrit au ministre des
Affaires étrangères :

Ému par les plaintes générales sur la décadence de notre commerce, j'ai demandé à notre colonie de marchands et commission-

1. *Blue Book*, C—8963 (1898).
2. *Blue Book*, C—8963, pp. 19 et suiv.

naires anglais si, dans leur opinion, l'adjonction à mon consulat d'un bureau de renseignements pourrait développer nos affaires avec le Brésil. Ils m'ont répondu : « Nous vous remercions beaucoup de l'intérêt que vous prenez aux affaires. Mais le développement du commerce anglais — vous accepterez notre opinion pour ce qu'elle vaut — est une question qu'il faut étudier en Angleterre et non pas ici. Nous autres marchands, nous allons aux maisons qui nous servent le mieux, le plus vite et le moins cher. Le développement du commerce anglais ne dépend que de l'inclination et de l'aptitude qu'auront nos industriels et leurs courtiers à remplir ces trois conditions et à devancer leurs concurrents. Nous ne pouvons nous empêcher de croire qu'une enquête minutieuse en Angleterre même ferait découvrir les remèdes efficaces. Si l'on veut développer le commerce, la réforme ne doit pas être entreprise de ce bout-ci, au dehors, mais de l'autre bout, en Angleterre : *to develop British trade, the change must commence at the other end, — in England.* »

Sage parole, que les *promoters* de l'Angleterre nouvelle devraient méditer un peu ! Ce qu'il faut à l'Angleterre, en effet, ce n'est peut-être pas un Empire : l'exemple de l'Allemagne est peut-être mal compris par eux, et l'exemple de l'Espagne montre éloquemment ce qu'il advient d'un empire colonial, édifié et exploité pour le bénéfice de la métropole. Car c'est l'exploitation à l'espagnole qui se cache derrière les mots de *Fair Trade* et de *Commercial Union :* déjà les sauniers du Cheshire demandent que l'on interdise au gouvernement de l'Inde de fabriquer du sel[1]. Ce qu'il faut à l'Angleterre comme à quelques autres pays, c'est une réforme interne, réforme de la politique et surtout des mœurs, réforme des idées et surtout des habitudes... Mais, en ces matières, les unionistes et Joe, leur chef, alliés du « vieux stupide parti », sont peut-être de moins bons juges, et c'est à d'autres qu'il nous faut demander le plan de ces réformes nécessaires.

VICTOR BÉRARD

1. *Blue Book*, C—4621, p. 109.

POÉSIES

I

PROMENADE D'AUTOMNE

J'ai marché longuement à travers la campagne,
Sous le soleil, rêveur que son ombre accompagne
Comme la forme pâle, à terre, de son rêve.
L'étang brillait ; je suis descendu sur la grève.
De beaux cygnes nageaient sous les derniers feuillages ;
Ils traînaient derrière eux, calmes, de blancs sillages
Qui ridaient en s'élargissant l'eau solitaire
Et semblaient des liens d'argent avec la terre.
J'ai regardé longtemps, assis sous les vieux charmes,
Près du pont, me sentant monter aux yeux les larmes
Que fait venir l'aspect de la beauté parfaite.
Parfois passait, dans l'or du bel automne en fête,
Odeur de la Toussaint funèbre, attristant l'heure
Du tendre souvenir lointain des morts qu'on pleure,
Un monotone et doux parfum de chrysanthème.
— Et soudain j'ai songé que je mourrais moi-même...
Et j'ai dit à l'automne, aux longs rayons obliques,
Au vent, au ciel, aux eaux, aux fleurs mélancoliques :

« Je ne vous verrai plus, un jour, beauté du monde !
Tu ne couleras plus en moi, douceur profonde
Qui, tous les soirs, des bois pleins d'ombres colossales
Que le couchant allonge aux prés lointains, t'exhales
Et coules lentement dans ma jeune poitrine !
Un jour, tu ne viendras plus enfler ma narine,
Je ne sentirai plus à mon front ta caresse,
Vent odorant, léger, qui cours avec paresse
Sur les fleurs que le soir n'a pas encor fermées ;
Et vous, fleurs tristes, fleurs pâlement parfumées,
Un jour, vous couvrirez ma tombe, chrysanthèmes !
Mais j'accueille ton nom, ô mort, sans anathèmes
Parmi la vaste paix de ce couchant d'automne ;
Rien, ce soir, dans ma chair ne tremble et ne s'étonne,
Et la grande pensée en moi n'est pas amère ;
Et je m'endormirais comme aux bras de ma mère,
S'il fallait m'endormir par ce soir pacifique,
Remerciant la vie étrange et magnifique
D'avoir mêlé ses maux de délices sans nombre,
Souriant au soleil, n'ayant point peur de l'ombre,
Espérant dans la mort d'un espoir invincible :
Car tout ne trompe pas, car il n'est pas possible
Que mes pleurs devant ce beau soir n'aient pas de cause
Et ne répondent pas ailleurs à quelque chose,
Que cette ample beauté si douce et si sereine
Ne couvre pas un peu de bonté souterraine ;
Et que mon âme enfin, douloureuse ou joyeuse,
Mais qui reste pour moi toujours mystérieuse,
Ne cache pas, peut-être au plus secret en elle,
Un mystère de plus qui la fasse éternelle ! »

II

CONVALESCENCE

Vais-je guérir ? Vous seul, mon Dieu, vous le savez !
Mais le ciel est si doux à mes regards levés

Que je refais, devant la nouveauté de vivre,
Le grand songe naïf dont l'enfance s'enivre.
Que serai-je ici-bas? Quel sort sera mon sort?
Verrai-je, avant la proche ou la lointaine mort,
Mes rêves, des pays nuageux du mystère
Descendre, et devenir les hôtes de la terre?
Aurai-je un peu d'amour ou bien de gloire, un peu?
Serai-je heureux?... Dieu seul le sait, — s'il est un Dieu!
Mais le monde infini, magnifique, sordide,
Étrange, éblouissant, ténébreux, fou, splendide,
M'attire, — Éden de joie ou fabuleux décor,
N'importe, je m'y jette!... Et je veux vivre encor!

III

LE SOIR TOMBE...

Le soir tombe parfois comme un caillou dans l'eau :
Le ciel lointain en est éclaboussé d'étoiles ;
Le soir tombe parfois comme, avec un sanglot,
Sur mer, un oiseau las s'abat au haut des voiles.

Le soir tombe parfois ainsi qu'un grand vent tombe,
En laissant dans l'air vague une douce stupeur ;
Le soir tombe comme la pierre d'une tombe,
Sur un silence plein de frissons et de peur.

Le soir faible et charmant tombe, comme une femme
Qui dans les bras aimés glisse en fermant les yeux ;
Le soir désespéré tombe, pareil à l'âme
Qui ne peut plus gravir les durs sentiers des cieux.

Le soir tombe ainsi qu'une plume de colombe,
Léger, en tournoyant lentement dans l'azur ;
Le soir tombe, le soir tombe, le grand soir tombe,
Précipité du ciel comme un archange obscur !

IV

MATIN D'ÉTÉ

Beau jour d'été qui nais dans l'azur et les roses,
Tu ne m'apportes rien pour consoler ma peine :
Mon âme ne croit plus à l'amitié des choses,
Et s'est faite étrangère afin d'être sereine.

Beau jour bleu de juillet que la chaleur fait pâle,
C'est en vain que ta joie au ciel éclate et chante.
Que me fait la douceur de ton immense opale ?
Je sais trop que la vie est menteuse et méchante.

Beau jour, tu me seras sans douceur et sans joie :
Pour qu'un peu de vent frais qui passe l'en délivre,
Mon âme depuis trop longtemps sous l'ennui ploie,
Trop ancien dans ma vie est le chagrin de vivre...

Verse à d'autres ton vent fleuri qui les enivre !

V

SOIR DE GRANDE VILLE

Le vent d'avril est frais à ma bouche entr'ouverte ;
Le crépuscule touche au faîte des maisons ;
Les enfants jouent sous les tilleuls dans l'ombre verte,
Et l'on sent le paisible échange des saisons.

Le peuple des faubourgs rentre dans ses demeures,
Pareil à mon chagrin, désespéré mais doux.
Après les durs travaux voici les bonnes heures ;
Il passe près de moi des Christs aux cheveux roux.

Soudaine étrangeté des choses coutumières,
Vertige qui saisit mon esprit inquiet...

Pauvres gens, soir. saisons, solitude, lumières,
Un frisson d'infini sort de tout ce qui est...

Mon cœur est plein de rêve et de mélancolie;
Dans le soir palpitant où j'erre çà et là,
Mon cœur est plein d'amour et de bonne folie,
Et doucement je fonds en pleurs, de tout cela...

VI

SURSAUT

Arrière, ennuis, chagrins, anxiétés, douleurs,
     Doutes surtout, arrière!
Je veux suivre au hasard mon âme aventurière,
Qui marche devant moi blanche, en cueillant des fleurs!
Et j'irai jusqu'au bout de la route inconnue
     Que m'indique sa main,
Sur le pont chancelant de brouillard et de nue
     Qu'hier jette à demain.

Il ne sera pas dit que le sort m'ait vaincu!
     Je relève la tête,
Je cours vers le combat comme vers une fête.
Qu'on dise, si je meurs : « Qu'importe, il a vécu! »
Mystérieux Destin, tu n'es pas le plus fort;
     Debout, je te défie :
Tout homme, s'il le veut, est maître de son sort,
     Et chacun fait sa vie!

VII

PRINTEMPS

Avril est revenu, portant dans ses mains frêles
Des branches de lilas avec des tourterelles;

Des nids chantent cachés sous les aristoloches,
Il passe dans l'azur des ailes et des cloches.

Les femmes qui s'en vont le long des sentes vertes
Laissent tomber les fleurs de leurs mains entr'ouvertes,

Pour suivre au fond du ciel, les yeux vagues, sans trêves,
Le vol entrecroisé des oiseaux et des rêves.

Les bois profonds sont pleins de couples solitaires :
Ils marchent, souriant à de tendres mystères,

Ou s'arrêtent, les yeux mi-clos de somnolence,
Pour écouter au loin bourdonner le silence.

Leurs doigts distraitement effeuillent des corolles,
Leur gorge où bat leur cœur arrête leurs paroles ;

Ils ont soif à leur tour des antiques délices...
Les bois sont pleins d'amants sous les branches complices !

VIII

NUIT D'AVRIL

Des ifs au murmure innombrable
S'exhale un parfum doux-amer ;
Et le vent d'avril, d'arbre en arbre,
Fait le bruit divin de la mer.

Les étoiles sont vacillantes :
Le vent monte-t-il jusqu'aux cieux ?
On croit ouïr dans les silences
Tomber des pétales soyeux.

Nuit pâle et claire comme une aube,
Où sous les astres familiers,
Sans fin, d'un bout du monde à l'autre,
Les baisers chantent par milliers !

Mais je suis seul... Elle, dort-elle?
Pourquoi mes yeux se mouillent-ils?
D'où vient cette larme légère
Qui roule du bord de mes cils?

Quelle est cette caresse douce
Qui passe sur moi dans la nuit?
Qu'est-ce qui glisse sur ma bouche,
Baiser d'une bouche qui fuit?

IX

SAGESSE

Tout trompe, ambition, amour; et l'âme vraie
Va et vient, au milieu de tous ces bonheurs faux,
Ainsi qu'un moissonneur qui, du clair de la faux,
Coupe un peu de froment parmi des champs d'ivraie.

Tout trompe... Et si demain, pourtant, quelque enfant douce
Me promet du regard un facile bonheur,
Je jetterai la faux du grave moissonneur
Pour la suivre dans l'ombre aux taillis pleins de mousse.

Tout trompe... Et si demain, pourtant, la gloire frôle
Mon front, vers les épis courbés, de son vol clair,
Pour la voir peu à peu s'évanouir dans l'air
Je tournerai longtemps la tête sur l'épaule...

X

AU VENT D'AUTOMNE

Passe dans les rameaux desséchés, vent d'automne,
Dans l'ombre cuivre-toi de leur parfum amer;
Berce entre les ifs noirs la lune monotone,
Fais murmurer sans fin la nuit, comme une mer;

Avive dans le ciel les étoiles tremblantes,
Disperse follement la poudre du chemin,
Fais onduler sur les coteaux les herbes lentes,
Comme un grand dos soyeux que caresse la main ;

Tonne, gémis, décrois, expire, —· gronde encore
Au loin avec ta voix mystérieuse ; meurs,
Renais, déferle ainsi qu'une vague sonore,
Remplis enfin la nuit d'éternelles rumeurs :

Tu ne rempliras pas toute mon âme avide
De ta tristesse éparse aux douloureux frissons,
Tu ne combleras pas en elle ce grand vide
En y soufflant le deuil de tous les horizons !

Mon âme peut tenir une mélancolie
Immense, auprès de qui, novembre, ton grand vent
Est un souffle léger qui passe et qu'on oublie,
Doux comme le soupir du chagrin d'un enfant.

Tu peux m'envelopper de tes souffles, sans peine,
Et me rouler ainsi qu'une feuille : ici–bas,
Rien n'est plus triste encor que ma tristesse humaine ;
Elle est perdue en toi, — tu ne l'égales pas.

XI

ADIEU

Un soleil pâle hésite au bord de l'horizon ;
Le vol des mouettes fuit avec des cris et plonge ;
L'ombre des monts lointains déjà, le soir, s'allonge ;
Et voici la douceur de l'arrière-saison.

Je rêve d'un amour tout de mélancolie,
En ces jours défaillants où se meurent les roses ;
D'un doux amour un peu souffrant et qui me lie
Par des fils douloureux au cœur même des choses. .

Je rêve d'un amour aux baisers trop profonds,
Lourds d'être lents, cruels d'être délicieux,
Pareils à ces frissons d'automne au bas des cieux
Qui sans bruit en un jour ont effeuillé les monts.

Vous me l'eussiez donné, cet amour plein de fièvres,
Je le sens... Mais qui sait où nous serons demain ?
Le désir des baisers montera sur nos lèvres
Que déjà votre main aura quitté ma main.

XII

MÉDITATION

Il est tard, je suis seul, je suis las ; et pourtant
Je rêve dans la nuit sans fin, calme, content.
Pourquoi ? Qu'est-ce que j'ai sur la terre ? Qui donc
Hormis celle au doux cœur qui de soi m'a fait don,
Qui donc, lorsque je souffre, en ces jours soucieux
Où vivre fait monter les larmes à mes yeux,
Penche vers ma souffrance un fraternel souci ?
Quel est le sens de tout ceci ? Que fais-je ici
Plutôt qu'ailleurs, ce jour plutôt qu'hier ? Pourquoi
Ne suis-je point un autre. et plus heureux que moi ?
Pourquoi ne suis-je pas resté le calme enfant
Qui rêvait en silence un destin triomphant ?
Pourquoi la vie enfin qui n'est pas le bonheur ?...
A mon tour, après tant d'autres, humble glaneur,
J'ai glané dans les champs de l'Art et de l'Amour,
Grands déserts : je suis pauvre ainsi qu'au premier jour.
J'ai glané des baisers, j'ai glané de l'orgueil,
Mais peu de joie, hélas ! mêlée à plus de deuil
Qu'au départ, où j'avais du moins l'espoir encor !
Et pourtant je ne maudis pas l'antique sort,
Vieux joug, doux d'être usé, sous quoi nous nous courbons,
Ni les hommes, trop douloureux pour être bons,
Ni Dieu même, le seul vrai coupable, s'il est...
Pourquoi ? — Parce que tout, en me blessant, me plaît

Étrangement, absurdement, infiniment ;
Que j'aime ma tristesse avec un cœur d'amant,
Que le regret pour moi vaut mieux que le désir,
Que je m'étourdis mieux de pleurs que de plaisir,
Que j'ai perdu l'antique instinct de l'animal,
Que tout m'enivre enfin, même en me faisant mal !
Parce que d'un amour où se mêle un remord,
Au lieu de détourner mon âme de la mort,
J'aime jusqu'à ces maux dont je voudrais guérir,
Jusqu'à l'idée, hélas ! que j'en pourrais mourir,
Jusqu'au splendide effroi que donne le tombeau ;
— Et que bon ou mauvais, n'importe ! vivre est beau !

XIII

FRISSON DE NOVEMBRE

Le soleil, au-dessus des coteaux, dans la brume,
Rougeoie ainsi qu'un bloc de métal sur l'enclume.

Parfois son sombre éclat se ranime par gerbes ;
Mais la nuit vient. Le vent avive les feux d'herbes.

C'est l'heure frissonnante et que j'aime entre toutes,
Où le serein aux fleurs verse ses fraîches gouttes,

Quand, dans la profondeur de l'air où tout recule,
On sent l'hiver descendre avec le crépuscule.

XIV

RENOUVEAU

Paris à l'horizon fait sa grande rumeur...
Je viens de frôler l'heure indicible où l'on meurt.

Mais suave est le vent qui coule entre les branches :
Renais, bois le vent doux, pauvre homme aux mains trop
Bois-le comme un bon lait aérien, revis !　　　[blanches,
Tu faisais, souviens-toi, de beaux songes ravis,
Des songes de bonheur sans fin... Et puis dans l'ombre
Tout est tombé... Vois devant toi des jours sans nombre,
Tant de jours à fleurir de tant de joie ! Espoir !
L'azur t'éblouit ; viens sous les branches t'asseoir.
Regarde : par-dessous les ramures sont bleues...
La bise a dû passer sur d'innombrables lieues
De champs en fleurs, avant d'arriver jusqu'à toi..,
Un ramier amoureux roucoule au bord du toit.
Printemps, soleil, azur, allégresse des choses !
L'air léger a l'odeur de la terre et des roses.
Comme la grande ville étincelle au soleil !
Chaque toit au lointain semble un miroir vermeil.
Les églises. les tours illustres sont dressées,
Claires, graves, ainsi que de hautes pensées,
Parmi le jeune azur encor pâle d'avril :
Dresse ainsi tes désirs dans ton cœur puéril !
Va, malgré la tristesse où ton âme se noie,
Le dernier mot de vivre est encore à la joie !
Enivre-toi du vent, enivre-toi du jour,
Plonge dans cet azur comme dans un amour !

XV

DOUTE

Il meurt sur les plus hautes branches
Un dernier rayon de soleil :
Le couchant sème d'ors étranges
Le feuillage vert et vermeil.

Au ciel pâle d'où le soir tombe,
Dans l'azur gris couleur des eaux,
Glissent comme des éclairs d'ombre
Les ailes vives des oiseaux.

Il sort un profond et doux charme
De toutes ces choses, sans fin ;
Tout est joyeux, apaisé, calme :
C'est la vie, où tout est divin.

Les bruits de la ville lointaine
Par bouffée arrivent vers moi...
Pourquoi soudain mon âme est-elle
Prise d'un indicible émoi ?

Mon Dieu ! comme devant les choses
On est ébloui du destin !
Comme on est pareil à des pauvres
Devant un splendide festin !

Comme on t'adore d'un cœur simple,
Comme on te retrouve ici bas
Partout, dans la vie ample et sainte,
Mon Dieu, qui n'es peut-être pas !

XVI

RETOURS

O retours ! bruit des pas sonores sur les dalles
Qui fait se réveiller dans les lointaines salles,
Par les grands corridors pleins de miroirs ternis,
La palpitation des échos infinis !
Silences murmurants des chambres longtemps closes,
Bouquets oubliés là jadis, touffes de roses
Dont la lente agonie invisible a jonché
Le parquet d'un vol bleu de feuilles, et penché
Vers les pétales morts aux odorants vestiges,
Sèche au bord du vieux vase, une gerbe de tiges...
O poussières dormant un vagabond sommeil
Qui gravitent sans fin dans les rais du soleil !

15 Avril 1899.

8

O joie, avant d'ouvrir les volets dans le lierre,
De heurter au passage en l'ombre familière
Les meubles de naguère à la place d'antan,
De reconnaître encor tous les bruits qu'on entend,
De se sentir parmi d'humbles choses qu'on aime !
O doux étonnement de trouver tout le même,
De songer que pendant l'absence, au gré des jours,
Rien ne s'est passé là, que le temps... O retours !
Retours, départs, instants profonds, étranges heures.
Changements infinis, saisons de nos demeures !
O douceurs, je défaille à vous sentir ce soir,
Près de l'âtre où la nuit proche m'a fait asseoir,
Où le feu de l'hiver croule en rouges décombres,
Flotter, m'envelopper vaguement dans les ombres !
Et comme la poussière aux remous abondants
Qui m'entre dans la bouche et craque sous mes dents,
Comme l'amer parfum de ces roses en touffe,
Tout le passé me prend à la gorge, et m'étouffe !

XVII

IL EST DES NUITS...

Il est des nuits de pleurs vagues où l'on s'accoude
Sous la lumière étroite et pâle de la lampe,
Où, le front dans la main, longuement on écoute
La musique du sang bourdonner dans la tempe.

On pèse son destin comme un riche son or ;
Et l'on se sent comblé de joie — et sans espoir.
Et longtemps dans la nuit on pleure, sans savoir
Si c'est de trop de peine ou de trop de bonheur.

Il est d'étranges nuits où je souffre de vivre,
Où je ne trouve plus de plaisir qu'à pleurer,
Où l'infini n'emplirait pas mon âme avide,
Où pourtant je ne sais quoi même désirer...

Ces nuits-là, je mourrais d'une immense douceur
Si dans l'ombre, à pas doux, quelque femme inconnue
Venait, et me fermant les yeux de sa main nue,
Appuyait sur ma bouche un long baiser, un seul...

XVIII

AMOUR

L'azur d'avril n'est doux et ne rit dans les cieux,
Femme, qu'en imitant la couleur de tes yeux ;
Tu donnes aux beaux monts la ligne de tes hanches,
Et ce sont tes seins blancs qui font leurs neiges blanches.
Ta bouche a la saveur humide d'un fruit mûr,
Et le parfum qui sort de tes lèvres est pur
Comme un vent du matin qui passe sur des roses.
Ta chair résume en soi le mystère des choses,
Ta chair fleurit, frissonne et vibre, ondoie et luit ;
Ton corps universel et profond mêle en lui
A la couleur d'un lys les formes d'une lyre,
Et toute la douceur sourit dans ton sourire !
Viens ! c'est le monde entier dont tu m'enivreras,
Femme, ô femme, infini qui tiens dans mes deux bras

XIX

VEILLÉE

Que de nuits, que de nuits déjà tu as passées,
Songeur, à t'enivrer sans fin de tes pensées,
A tracer au hasard des mots, des mots, des mots !
Hélas ! que ne dors-tu pour t'éveiller dispos
Demain, fort et joyeux, sans fatigue et sans fièvres,
Pour sentir, abondante et fraîche sur tes lèvres,

La vie entre tes dents fondre comme un beau fruit !
Mais quoi ! tu vas rêver encore dans la nuit,
Demi-nu, frissonnant, sans voir que l'heure passe,
Et demain ta journée en sera toute lasse...

Poètes ! sous ce nom de gloire au bruit altier,
Un grand instinct nous force à nous sacrifier ;
Mais ne nous plaignons pas de nos tâches sublimes :
Nous sommes des élus et non pas des victimes !
Dût le labeur trop tôt nous conduire à la mort,
N'accusons pas, si dur qu'il semble, notre sort :
Il est grand de mourir inconnu, solitaire,
Pour laisser un peu plus de beauté sur la terre.
Qui d'ailleurs a percé les secrets d'ici-bas ?
Mourir ?... Qu'en savons-nous ? Non, nous ne mourrons pas !
Car après nous, sans fin, les choses éternelles
Que nous chantions vivront encore, et nous en elles,
Et nous serons des morts, mais non pas des absents ;
Et peut-être qu'un soir de juillet, des passants,
Dans vingt siècles, cueillant des fleurs fraîches écloses,
Respireront notre âme en un bouquet de roses,
Et qu'une belle enfant amoureuse, en pâmant,
Baisera notre bouche aux lèvres de l'amant.
Comme nos corps mêlés à la terre profonde,
Nos âmes revivront éparses par le monde,
Dans les flots de la mer, dans les bois, dans les vents,
Et morts, nous serons plus vivants que les vivants !

FERNAND GRECH

L'ASSISTANCE MATERNELLE

Le sort de l'enfance misérable excite à bon droit la compassion publique : aujourd'hui que le patriote mesure avec
terreur l'abaissement de natalité de la population française,
aucun problème n'est plus digne de l'attention passionnée des
philanthropes et des sociologues. Il ne comporte pas assurément de solution simpliste, et sa complexité redoutable fait
la tâche énorme ; mais, lorsqu'il s'agit de protéger l'enfance
malheureuse, de préserver de fragiles existences, aucune tentative n'est vaine, et l'intervention n'est pas seulement fruc-
tueuse, elle est noble et généreuse entre toutes. C'est surtout
au profit des faibles, des petits, des abandonnés, que la
solidarité sociale, cette vertu des peuples, doit énergiquement
se manifester. Plus l'être humain est en péril et en état de
faiblesse, plus il a droit à être secouru sans délai, sans
réserves, sans conditions.

L'idée charitable, si tardivement éclose, de recueillir les
enfants trouvés, a ses racines dans le plus haut sentiment de
sociabilité qui existe ; elle a mis des siècles avant de se cris-
talliser. La cité antique ne l'a pas connue : les abus monstrueux

de la puissance paternelle et conjugale sont un déshonneur pour la merveilleuse civilisation grecque et romaine.

La condition de l'enfant est d'ailleurs en harmonie avec celle de la mère elle-même. Bebel n'a pas exagéré en disant que la femme est le premier être humain qui ait eu à éprouver la servitude. Le meurtre des filles nouveau-nées ouvre dans les sociétés barbares la répugnante série des crimes contre l'enfance. Longtemps cette communauté d'infortune entre la mère et l'enfant resta inaperçue, même insoupçonnée, Toute la pitié allait à l'enfant, et les mères malheureuses n'avaient pas leur saint Vincent de Paul. Les Italiens inventèrent le tour, ingénieux réceptacle, pour remplacer la coquille de marbre des églises et le trou de la porte, la fenêtre spéciale des hôpitaux.

Qu'était le tour au point de vue moral et qu'est-il dans les pays où il fonctionne encore, en Espagne, par exemple? Un instrument d'hospitalité secrète approprié aux mœurs de l'époque. Une fois le *bambino* déposé dans le tour napolitain, la *ruota*, il était légitimé par le fait, et l'heure où avait tinté la cloche annonçant le dépôt du nouvel arrivant marquait, en même temps, la date de la naissance de l'*enfant de la Madone*. Entre le monde extérieur et l'enfant ainsi recueilli, le lien familial était définitivement rompu, sans espoir de retour. Nul ne s'inquiétait de la mère, de ses souffrances, de ses tortures physiques e morales.

L'importation des tours en France n'a pas eu pour cause, ainsi qu'on pourrait le croire, un élan de sensibilité. C'est pour amoindrir le nombre et la dépense des enfants trouvés que les bureaux du ministère de l'Intérieur préparèrent le décret de 1811; la circulaire du comte de Montalivet, en 1810, porte la trace de ces préoccupations restrictives.

Il est, certes, du plus haut intérêt de faciliter aux mères clandestines l'abandon secret du témoin gênant de leur faute. mais ce serait une erreur de croire que l'abandon des enfants est exclusivement déterminé par des raisons d'ordre moral, par la crainte du déshonneur. Un autre facteur intervient dans la genèse de ces séparations cruelles : la misère. Le législateur français du tour n'a pas arrêté sa pensée sur cette source fréquente d'abandons; il a voulu terroriser les mères pauvres

en stipulant qu'à l'âge de douze ans tous les enfants mâles en
état de servir, confiés à l'Assistance publique, seraient mis
à la disposition du ministre de la Marine ; il y a même ajouté
cette clause aggravante qu'en cas de restitution aux parents,
à partir de leur dixième année, les enfants abandonnés n'en
resteraient pas moins sous le coup de la première réquisition
qui pourrait en être faite pour le service de la marine ou
pour celui de la guerre. En même temps, par une dure
inconséquence, les secours aux filles-mères, institués par la
Révolution française, étaient brutalement, totalement suppri-
més. Cette politique draconnienne et imprévoyante, poussée
jusqu'au déplacement d'office des enfants d'hospice, des
enfants confiés aux familles nourricières de la campagne, s'est
déroulée jusqu'à la protestation éloquente de Lamartine, jusqu'à la belle circulaire de M. de Gasparin, en 1837.

A mesure que s'est développée l'assistance à domicile aux
filles-mères, le tour a perdu de son crédit. Deux cent trente-
cinq tours avaient été établis en France par approbation du
décret du 19 janvier 1811 ; leur nombre se réduisait à
cent cinquante et un en 1837 : il était descendu à vingt-
cinq en 1860. Encore, sur ces vingt-cinq tours, treize
étaient-ils surveillés. Les abus du tour mécanique, du tour
aveugle et muet dont Lamartine a célébré les mérites en un
magnifique langage, étaient tels que ses défenseurs avaient
été contraints de n'en conserver que le simulacre. Lors de
l'enquête générale de 1861 sur le service des enfants assistés
en France, les commissaires avaient constaté que, dans plusieurs villes, à Paris, à Évreux, le tour, au lieu d'être mobile,
était retenu par un crochet intérieur. Dans la Marne et en
Saône-et-Loire, des agents de police étaient en permanence
dans un bureau attenant au tour ; à Laval, une information
détaillée suivait le dépôt. Dans leur rapport au ministre de
l'Intérieur, les commissaires enquêteurs relevaient, d'un mot
timide, *ce défaut de sincérité*. Le tour surveillé, il faut bien
le dire, était l'hypocrisie légale de la bienfaisance ; c'est une
honte qu'il ait été inventé, comme un piège tendu à la crédulité maternelle. Si le tour ne fonctionne pas dans sa réalité
loyale, il n'a plus sa raison d'être, et inversement le fait de
mettre la cloche ou la sonnerie électrique (comme en Espa-

gne) à la disposition du premier passant venu, ouvre la porte à tous les scandales.

Qu'il y ait une part d'exagération dans les diatribes classiques contre le tour, traité de *boîte aux infanticides*, de *machine à dépopulation*, il est permis de le penser ; l'ardeur d'une polémique aussi grave excite les passions les plus nobles, et les controverses anciennes, vues à distance et jugées de sang-froid, ont souvent dépassé la mesure. L'infériorité réelle des tours n'en ressort pas moins des faits les plus authenthiques. des observations les plus sûres. Sous ce régime les trafiquants d'abandon avaient beau jeu. Des industriels sans scrupules, des matrones suspectes avaient pour métier de grouper et de conduire à l'hospice dépositaire le plus voisin les enfants dont les parents supportaient impatiemment le fardeau. Un convoi, tristement connu sous le nom de *Bourriche de Pithiviers*, partait à jour fixe du Loiret pour Paris, recueillant sur sa route des enfants destinés à être déposés au tour ; ces pauvres petits étaient entassés pêle-mêle dans un panier et ainsi transportés, par les rudes nuits d'hiver ou les dangereuses journées d'été, comme des colis de petite vitesse. D'autres courtiers cheminaient, portant sur le dos une caisse matelassée dans laquelle trois nourrissons étaient empaquetés et ficelés, la tête seule émergeant de cette hotte médiocrement hospitalière. On devine ce que les *Purgatoires* (ainsi nommait-on ces véhicules primitifs) et la *Bourriche de Pithiviers* faisaient de leurs frêles pensionnaires ; trop souvent le tour se changeait en morgue. Aussi les chiffres de mortalité dans la première année de la vie des enfants assistés étaient-ils effrayants. De 1846 à 1848, le tour de Blois accusait une mortalité de 80 p. 100. En 1858, le tour de Rouen payait une dîme mortuaire de 97 p. 100 ! Et ce qui prouve l'influence du mode d'admission, c'est que pour l'hospice de Rouen, dans les années qui ont suivi la suppression des tours, la mortalité est tombée à 45 p. 100.

Si le tour en soi n'exerce pas cette influence malfaisante, il porte à juste titre la responsabilité des conditions d'abandon qui dérivent de lui. Le dépôt mystérieux dans une boîte cylindrique engendre le colportage immoral des *purgatoires* et des *bourriches* ; il laisse toutes facilités aux sages-femmes

malhonnêtes d'accomplir un acte honteux. L'enquête officielle
de 1861 avait abouti à cette constatation désolante que l'auxiliaire du tour était le plus souvent une sage-femme.
« L'enquête, écrivaient les commissaires parmi lesquels le baron
de Watteville et M. Durangel, a constaté avec dégoût les
odieuses suggestions de ces matrones, qui, non contentes
d'attirer chez elles de pauvres filles séduites et de les dépouil-
ler de leurs épargnes, ne leur montrent d'autre issue qu'une
faute plus grave, dont elles se font l'instrument avide à prix
d'argent, ou, s'il le faut, en exigeant de la malheureuse
mère les derniers haillons qui la couvrent. » Dans une ville
de l'ouest, une sage-femme, par la voie du journal local,
rappelait à *sa nombreuse clientèle qu'elle se chargeait d'effec-
tuer les abandons des enfants sans aucun renseignement.* Un
colporteur de la Lozère, mari d'une accoucheuse, fut poursuivi, en 1860, pour vingt-sept faits d'exposition. Il y avait
manifestement, par le fait du tour, encouragement au trafic
des expositions, suggestion aux mères légitimes et naturelles
d'abandonner leur enfant.

*
* *

Le tour, suivant la poétique définition de Lamartine, a des
mains pour recevoir : il n'a point d'yeux pour voir, point de
bouche pour révéler ; sa structure, qui lui confère tant
d'avantages, décèle sa faiblesse. Comparé au système d'admission après enquête administrative, préalable ou consécu-
tive, le tour italien, espagnol, mérite tous les panégyriques :
il personnifie le mystère, il est à la fois l'instrument et le
symbole de l'hospitalité secrète accordée sans conditions aux
nouveau-nés, d'où qu'ils viennent et quels qu'ils soient.

Le mécanisme de l'abandon importe peu dans l'espèce. Ce
qui vaut, ce qui doit être retenu, c'est le résultat lui-même.
A quoi répond la revendication du tour, dans la pensée de ses
auteurs ? A l'admission secrète des nouveau-nés qui doivent à
tout prix disparaître, menacés d'infanticide dans le coup de
folle d'une délivrance anxieuse, si les mères n'ont pas l'assurance qu'elles pourront en toute sécurité les confier comme
un dépôt anonyme à une administration charitable.

La nécessité d'un instrument d'abandon secret, qui préserve de l'infanticide et de l'avortement des petits êtres en danger de mort, est évidente et absolue. Reste à savoir par quel procédé ce besoin si impérieux est le mieux satisfait, par le tour ou par le bureau secret d'admission. Les partisans de l'ancien tour ont la partie belle dans leurs controverses avec les adversaires de l'abandon mystérieux, et leur argumentation ne tire pas sa force de la forme du tour, mais de l'idée qu'elle incarne. Le tour est un des moyens de réaliser cette idée; il n'est pas le seul, il n'est pas le meilleur.

Il convient tout d'abord, pour éviter les malentendus, d'affirmer cette nécessité, reconnue par un grand nombre d'adversaires du tour, non moins hautement que par ses défenseurs, d'une hospitalité secrète accordée, toutes les fois qu'il en est besoin, aux enfants du mystère.

Quel est aujourd'hui le régime légal de la France? Bien que le décret de 1811 soit encore debout, il a été abrogé en fait; le dernier tour, celui de Paris, a disparu en 1863; l'Algérie possède seule un de ces appareils à l'hôpital de Mustapha, dans la banlieue d'Alger.

Dans tous les départements, Paris excepté, l'admission d'un enfant à l'hospice dépositaire est prononcée par le préfet, c'est-à-dire en réalité par l'inspecteur des enfants assistés, légitimement investi de la confiance du préfet. D'après le règlement-modèle de 1862, toute personne sage-femme ou autre, qui désire faire admettre un enfant abandonné ou orphelin, est tenue de se faire connaître et de répondre verbalement ou par écrit aux questions qui lui sont faites. S'il s'agit d'un enfant né hors mariage, elle doit produire : 1º l'acte de naissance ; 2º un certificat du maire constatant qu'en raison de son indigence, d'infirmités régulièrement constatées ou d'autres circonstances spéciales, la mère ne pourrait, même avec un secours temporaire, élever cet enfant.

Il s'en faut que la règle soit partout la même ; les formalités varient de département à département, suivant l'esprit du Conseil général et de l'inspecteur des enfants assistés. Dans tel hospice dépositaire, l'enfant n'est admis qu'après enquête ; dans tel autre, il est reçu à titre provisoire sous bénéfice d'information. Un département repousse l'intermé-

diaire des sages-femmes, un autre l'admet. Sur plusieurs
points, les demandes d'admission doivent être adressées par
écrit avec la signature des mères, voire même avec la recommandation des autorités locales.

Les requêtes les plus justifiées ne sont pas toujours suivies
d'effet. Certaines administrations départementales. dépassant
la mesure et outrepassant une propagande des plus louables,
n'accordent exclusivement que des secours à domicile :
elles écartent systématiquement du seuil de l'hospice des
enfants de naissance irrégulière que la mère est dans l'impossibilité matérielle ou morale de conserver auprès d'elle.
Tout est mis en œuvre pour détourner de l'abandon, au delà
des bornes permises, au delà de ce que l'intérêt concordant
de la mère et de l'enfant commande. L'économie à tout prix
devient dès lors la dominante du service. L'institution dévie ;
l'hospice dépositaire n'a plus qu'une existence nominale.

Ce mode d'admission administrative, étayé sur l'enquête,
était en harmonie avec la législation du domicile de secours.
Chaque département d'origine a eu jusqu'à ces derniers
temps la charge des enfants abandonnés et immatriculés sur
n'importe quel point du territoire, la filiation départementale
s'établissant par la résidence habituelle de la mère. Celle-ci
acquérait son domicile de secours par le séjour d'une année
dans une commune ; elle le perdait par une absence d'égale
durée. Entre les départements s'élevaient chaque jour des
contestations de la nature la plus délicate sur cet objet : le
département dépositaire de l'enfant a non seulement le droit
de réclamer le remboursement des frais de séjour à l'hospice,
mais encore celui de rapatrier son petit pensionnaire sur le
département du domicile de secours.

Cette recherche du domicile de secours, à laquelle le
Conseil général de la Seine a tenu de longue date à échapper à ses risques et périls en n'y recourant jamais sans le
consentement de la mère, aboutit nécessairement à la divulgation de la faute, à la violation du secret. Une correspondance s'échange de département à département, de préfecture
à préfecture ; elle relate que tel jour, à telle heure, une fille-
mère dénommée a déposé son enfant à l'hospice dépositaire
de Besançon, où elle était venue faire ses couches. Cette

fille-mère, domestique dans une localité de la Haute-Saône. avait quitté son village du Jura un an et un jour avant ses couches. La préfecture du Doubs réclame le rapatriement au département de la Haute-Saône ; celui-ci rejette la responsabilité sur le département du Jura. Après une longue discussion. le différend sur l'attribution du domicile de secours prend fin ; l'enfant est rapatrié sur la Haute-Saône. Il n'y aurait pas grand mal, si tout s'était passé en paperasseries inutiles : mais le litige a entraîné des mesures d'instruction, une correspondance de la préfecture de la Haute-Saône avec le maire de la localité où était placée la mère, un échange de lettres entre le préfet du Jura et le maire de la commune d'origine. Le péril d'indiscrétions redoutables n'est pas imaginaire, il n'est malheureusement que trop réel ; le secret de la fille-mère est ébruité au lieu même où il était le plus rigoureusement indispensable.

Combien de drames ont surgi de cette divulgation administrative d'une faute cachée ! Le docteur Thulié a cité jadis quelques exemples saisissants de ces indiscrétions officielles avant que l'Assistance publique de Paris eût renoncé à user de son droit strict, dans tous les cas douteux, au point de vue du remboursement des dépenses mises indûment à sa charge. Un rapatriement d'enfant avait été demandé par le département de la Seine sur le département de l'Aisne. La réclamation avait été transmise par le préfet de l'Aisne au maire de la commune avec la recommandation suivante : « M. le maire de *** est prié de nous faire connaître les renseignements qu'il aura recueillis, *avec prudence et discrétion*, sur la nommée X..., que l'on croit être la mère de l'enfant qui fait l'objet de la lettre communiquée de M. le préfet de la Seine. » Le maire convoqua pour l'interroger le père de la jeune fille et le pria de l'aider dans sa recherche !

Cette procédure maladroite et inhumaine compte à son actif plus d'un crime ; elle n'avait peut-être plus dans ces derniers temps, grâce au tact des inspecteurs départementaux d'enfants assistés, des suites aussi tragiques ; elle n'en demeure pas moins comme la survivance d'une époque de barbarie administrative.

Un récent arrêt du Conseil d'État (12 février 1897) a, dans une certaine mesure et pour une catégorie d'enfants, simplifié la recherche du domicile de secours. La nouvelle jurisprudence, très défavorable aux grandes villes et particulièrement à Paris, a fait application à tous les services d'assistance des dispositions de l'article 6 de la loi du 15 juillet 1893 sur l'assistance médicale et gratuite. Dorénavant, le domicile de secours de tous les enfants abandonnés ne se trouve plus uniformément dans le lieu de la résidence habituelle de la mère à l'époque de son accouchement : il ne subsiste tel que pour les enfants naturels reconnus ou légitimes. Au contraire, l'enfant naturel non reconnu, c'est-à-dire, en somme, le plus intéressant, le plus exposé, a son domicile de secours au lieu de sa naissance. Les charges des grandes villes en seront accrues notablement ; toutefois une partie des inconvénients résultant de la loi du 24 vendémiaire an II disparaît.

Une refonte totale de la loi sur les enfants assistés n'en est que plus nécessaire pour équilibrer les charges et surtout pour rendre les hospices dépositaires de province à leur destination primitive. Actuellement, cet asile, avec l'obligation absolue du certificat de naissance, avec l'admission après enquête, avec la recherche, même atténuée, du domicile de secours, est aux antipodes du tour : il n'accorde qu'une hospitalité restrictive, conditionnelle, parfois aventureuse, aux nouveau-nés clandestins ; il n'est pas une barrière suffisante contre la morti-natalité, contre l'avortement, contre l'infanticide ; il reste à coup sûr un refuge pour les enfants de mères misérables, il n'atteint pas complètement le but pour lequel il a été créé : il n'est plus qu'un organisme mutilé en regard de la loi fondamentale elle-même des enfants trouvés.

Quel est l'objet à atteindre pour inspirer confiance aux mères clandestines, pour les soustraire à l'obsession maladive de l'infanticide, pour éviter l'exposition sur la voie publique de petits êtres débiles dont le moindre accident compromet les minimes chances de survie ? Il suffit d'assurer la réalité du secret à toutes celles des mères qui le réclament expressément.

Le Conseil général de la Seine, qui inclinait dès 1871 vers cette solution libérale et s'y acheminait par degrés, a créé, à partir du 1ᵉʳ janvier 1887, le bureau d'admission ouvert et secret; il invita, par sa délibération du 24 décembre 1886, le directeur de l'Assistance publique à recevoir à bureau ouvert à l'hospice dépositaire, sous la garantie du secret et sans l'obligation du bulletin de naissance, tous les enfants pour lesquels il en sera fait la demande. En conformité de ce vote, l'avis suivant a été affiché dans la salle d'attente du bureau d'admission de l'hospice de la rue Denfert-Rochereau : « Toute personne qui présentera un enfant en vue de l'abandon est avertie que des questions vont lui être posées dans l'intérêt de l'enfant, mais qu'il lui est loisible de ne pas répondre ou de ne fournir qu'une partie des renseignements demandés. La production du bulletin de naissance ne sera pas non plus obligatoire. »

Les facilités d'abandon ne sauraient être plus grandes. Non seulement les enfants d'origine mystérieuse peuvent être inscrits sur les registres de l'état civil comme nés de père et mère non dénommés, mais encore ils sont accueillis à Paris sans bulletin de naissance, sans interrogatoire d'aucune sorte. Le sauvetage de l'enfance prime toutes les autres considérations; le Conseil général de la Seine, très conscient de son œuvre, a mis au-dessus du souci des finances départementales le salut d'une existence d'enfant, parisien ou provincial, français ou étranger, quels que puissent être les inconvénients d'une hospitalité sans limites. A toute heure de jour et de nuit, la petite porte de l'hospice dépositaire des Enfants-Assistés est accessible aux visiteurs ; à toute heure de jour et de nuit, le bureau d'admission est ouvert ; une dame déléguée, dont le tact et le dévouement sont éprouvés, reçoit sans témoins les déposants.

Le bureau secret possède tous les avantages du tour sans avoir aucun de ses défauts ; il ne se prête pas à la remise de cadavres, il n'expose pas la vie d'enfants chétifs. En revanche, il a sur le tour une supériorité marquée, éclatante, indiscutable. Un coup de désespoir amène souvent à l'hospice dépositaire des parents qui sont hors d'état d'élever un nouveau venu ; la misère est le générateur le plus puissant d'abandon. A la place d'un instrument passif, sans yeux pour voir et sans bouche pour révéler, la mère prend contact avec une personne humaine, avec une femme compatissante : elle n'hésite pas à parler, à dire le motif de sa résolution navrante. Une parole de sympathie l'émeut, une promesse de concours la réconforte et lui rend le courage évanoui. Si cette malheureuse reçoit l'assurance que, pendant un an, dix-huit mois, pendant la période la plus difficile de l'élevage, un secours mensuel lui sera délivré, l'horrible hantise l'abandonne, l'amour maternel l'emporte. Un secours d'urgence, accordé sur place et sur l'heure, est un gage décisif de ces promesses d'appui bienfaisant. Le bureau d'admission parlant remplit cet office de détourner du sacrifice, au dernier moment, les mères hésitantes : il est comme l'organe de triage entre les deux facteurs d'abandon, la *misère* et le *secret*.

Toutes les fois que le secret n'est pas réclamé comme une condition *sine qua non*, si l'interrogatoire se poursuit librement, sans contrainte, la confidente administrative a pour mandat et pour devoir d'adjurer la mère ou son mandataire, de lui adresser un appel suprême qui réveille sa conscience et amollit sa volonté. Le bureau secret d'admission, le bureau mystérieux et vivant, est le dramatique confessionnal où se donnent rendez-vous toutes les misères et toutes les hontes ; il n'est ni aveugle ni muet comme le tour, et il garde une dernière ressource d'assistance maternelle. C'est qu'en effet l'intervention tutélaire de la société ne doit pas s'exercer sous une forme unique, et, si des facilités absolues d'abandon sont offertes pour les cas extrêmes, il s'en faut de beaucoup que l'Assistance publique n'ait d'autre obligation que celle-là. La solution radicale et désespérée de l'abandon n'est qu'un pis-aller ; elle n'est licite et légitime qu'à la condition d'être indispensable au salut de l'enfant. Plus les portes de l'hospice s'ouvrent facilement au premier appel, et plus les voies d'accès ont besoin d'être surveillées en vue de l'emploi des moyens d'assistance préventive. En même temps que l'abandon peut être consommé sans la moindre difficulté, toutes les mesures susceptibles de prévenir cet abandon s'imposent. Lorsque le sauvetage de l'enfant exige impérieusement la remise à l'Assistance publique, l'abandon définitif, aucun obstacle ne doit être apporté à cette résolution inébranlable.

En dehors de circonstances majeures qui nécessitent l'éloignement d'un intrus, le délaissement d'un enfant est un événement lamentable. L'élevage par la mère est le plus sûr préservatif des chétives existences de nouveau-nés, et, si maternelle que puisse être la nourrice campagnarde du petit être abandonné, l'abandon n'en fait pas moins courir au nourrisson fragile les plus terribles dangers. Au point de vue moral et social, la rupture des liens de famille est un véritable désastre, tout au moins dans l'immense généralité des cas. Il est sans doute des espèces où l'éducation morale d'un enfant assisté, confié à une famille d'adoption irréprochable, vaut mieux pour lui que son maintien dans un milieu corrompu sous l'autorité de parents indignes ; sauf cette éventualité exceptionnelle, le foyer familial ne se remplace pas ; la vraie mère n'a pas de suppléante.

En général, et sauf les natures dépravées, les mères qui n'ont pas une faute à cacher ne se résignent pas sans y être contraintes à se séparer pour toujours de leurs enfants ; elles ne s'y résolvent que sous la pression de la misère, dans l'impuissance où elles sont d'assumer à elles seules une charge trop lourde, parce que le père légitime ou naturel se dérobe et s'est enfui lâchement. Sans la détresse accidentelle qui les accable, le plus souvent par la faute de leur complice honteux, ces mères douloureuses n'auraient jamais été assaillies par la tentative de faillir à leur devoir maternel ; la funeste pensée n'aurait pas pénétré dans leur cerveau fiévreux. Il suffit donc, pour écarter un pareil dessein, de leur accorder un appui matériel, un secours d'argent, grâce auquel les inconvénients de la solitude et du délaissement soient le plus possible atténués. Ce n'est pas seulement le dénûment immédiat qui les incite à cette banqueroute de maternité; l'inquiétude du lendemain exaspère encore leur découragement.

Les secours temporaires, les secours d'allaitement, administrativement dénommés « secours pour prévenir les abandons », ont cette vertu de faciliter aux mères défaillantes par misère l'accomplissement de leur fonction maternelle et nourricière.

Le principe en a été promulgué en 1793 par la Convention, où se firent jour, sous la plume de Maignet et de Barère, les vues les plus ingénieuses, les propositions les plus prévoyantes, sur l'organisation et le développement de l'assistance préventive : « *C'est à prévenir le crime et non à le punir*, écrivait Maignet dans son rapport présenté au nom du Comité des secours publics, que le législateur doit s'attacher ; il faut prendre ce malheureux enfant jusque dans le sein de sa mère ; la société doit offrir à cette infortunée des soins et des secours tels que son état les sollicite. » Aucun des points obscurs de ce difficile problème n'était laissé dans l'ombre, et les conventionnels, mettant en pratique, plus fidèlement que le maître, les théories de Jean-Jacques, avaient aperçu du premier coup, avec une perspicacité admirable, la série de mesures concordantes et efficaces dont la réalisation pratique devait être, à plus d'un siècle de distance, le programme d'action des philanthropes les plus hardis.

M. de Gasparin, ministre de la monarchie de Juillet, a le premier, en 1837, repris et suivi la tradition révolutionnaire ; il a le grand mérite d'avoir restauré le secours aux filles—mères que des moralistes intransigeants s'obstinaient à dénoncer comme une prime à l'inconduite.

Le secours d'allaitement, distribué par une administration publique ou par une société particulière, fait coup double : il aide la jeune mère à vivre, il sauvegarde la santé de l'enfant. Le conventionnel Maignet a dit justement du secours temporaire à domicile qu'il était le plus moral et le plus consolant, le plus utile et le moins *dispendieux*. L'expérience a confirmé ce jugement magistral. L'enquête de 1860, qui portait il est vrai sur une année mauvaise au point de vue sanitaire, a révélé que, si les enfants des hospices avaient été décimés dans la proportion de 56,99 p. 100, la mortalité maximum des enfants secourus n'avait pas dépassé 26,56 p. 100. En s'en référant à des statistiques plus récentes on constate, pour le département de la Seine, que la mortalité des enfants assistés placés en nourrice à la campagne dépasse de plus de 11 p. 100 celle des petits secourus, même de ceux qui sont élevés dans les plus médiocres conditions de milieu. Le profit d'argent, assurément secondaire, n'est pas

moindre. A Paris, tandis que les frais d'entretien d'un enfant
assisté s'élèvent à la somme de 3 500 francs (en chiffres
ronds). la dépense pour les enfants secourus atteint à peine
1 400 francs.

M. de Gasparin avait excellemment déclaré, dans son rapport au roi, qu'il convenait « de payer à la mère les mois
de nourrice qu'on paye actuellement à une nourrice étrangère ». Les Conseils généraux ne suivent qu'imparfaitement
ce conseil ; ils n'allouent aux mères secourues que de faibles
subsides. Le taux du secours, qui pour Paris varie de vingt à
quarante francs, s'abaisse dans plusieurs départements à sept,
six et cinq francs. La durée de ce secours est le plus souvent trop
courte. Ainsi réduite et écourtée, l'assistance maternelle ne
porte pas tous ses fruits ; au lieu d'être abandonnés à la naissance, les enfants le sont au troisième ou au quatrième mois
en raison de l'insuffisance, au treizième ou au quatorzième
par suite de la cessation du secours.

Cette politique de demi-mesures des administrations départementales, si peu satisfaisante qu'elle soit, laisse encore loin
derrière elle notre organisation de bienfaisance communale.
La fille-mère, dont le sort est si triste et la condition si peu
enviable, a l'avantage, au point de vue des secours publics,
sur la femme mariée ; elle est tant bien que mal aidée,
secourue, pendant la première année tout au moins, parfois
plus longtemps. La mère légitime nécessiteuse est, en fait
sinon en droit, moins favorisée ; elle peut à la rigueur et par
extension bénéficier des secours temporaires destinés à prévenir ou à faire cesser l'abandon, tels qu'ils sont prévus par
la loi du 5 mai 1869 sur les dépenses du service des enfants
assistés. Dans la pratique et d'une manière à peu près constante, les ménages réguliers sont tributaires des bureaux de
bienfaisance, et les services départementaux d'enfants secourus
et assistés considèrent que leur mission finit où l'officier de
l'état civil a passé. C'est la commune qui a la charge des
familles nombreuses, des enfants pauvres, et, malheureusement, dans l'immense majorité des cas, elle ne dispose pas
d'un budget suffisant pour suffire à sa tâche ; secourue par
le bureau de bienfaisance, la mère légitime nécessiteuse
touche des miettes de secours ; elle n'est pas soumise à un

traitement de faveur, même dans les grandes villes qui, comme Paris, ne se désintéressent pas de l'assurance communale des enfants en bas âge.

A détresse égale, la mère légitime ne reçoit pas de la commune le secours alloué par le département à la fille-mère. Cette inégalité d'assistance, tout en reposant sur une idée exacte, celle du moindre danger d'abandon des enfants de ménages réguliers, froisse profondément le sentiment de justice distributive. Il est tout à fait pénible et choquant de rencontrer, sur le même palier d'une maison faubourienne, deux mères aussi malheureuses l'une que l'autre, toutes deux réduites au dénûment le plus absolu. Pendant que l'une, lâchement trahie et délaissée, porte seule le poids de sa maternité, l'autre, mère de famille d'enfants en bas âge, a la charge d'un mari malade ; son infortune ne le cède à nulle autre. La première, à Paris, sera bénéficiaire d'un secours d'allaitement de trente-cinq francs par mois ; la seconde, en dépit des efforts tentés par le Conseil général de la Seine pour égaliser les taux de secours de même nature, devra se contenter le plus habituellement d'une aide mensuelle de sept ou huit francs.

Dans la plupart des communes rurales, sauf dans les départements qui ont commencé à porter leur sollicitude sur les enfants légitimes, la femme mariée, la femme délaissée par son mari, la femme divorcée ou séparée de corps, la mère d'une famille nombreuse, l'épouse-mère d'un mari infirme ou malade, ne sont assistées sous aucune forme ; toutes ces mères en détresse ne reçoivent aucune aide officielle ; leur cri de souffrance n'est pas écouté, leur appel déchirant et désespéré n'est pas entendu.

Cette cohorte misérable de mères doublement délaissées n'échappe pas, tant s'en faut, aux suggestions d'abandon, lorsque la mort n'a pas fait le vide dans ces humbles berceaux, si mal protégés contre les maladies évitables. Après avoir lutté de toutes leurs forces, à bout de courage, ces pauvres femmes finissent par se résigner à l'atroce séparation; elles ne le font pas sans esprit de retour, et la remise à l'assistance publique équivaut dans leur esprit à un placement temporaire. Les statistiques de l'hospice des Enfants-Assistés de la Seine, dont le rayonnement est si considérable, ne laissent aucun doute à cet égard. A mesure que le bureau secret d'admission a été plus connu, il a vu s'accroître chaque jour sa jeune et pitoyable clientèle, et la multiplicité croissante des demandes de retrait des enfants par leurs parents accuse l'exiguité des moyens d'assistance préventive. On sait qu'aux termes de la loi, les parents défaillants peuvent être admis à reconnaître et à reprendre les enfants trouvés et les enfants abandonnés, à charge pour eux, s'ils en ont les moyens, de rembourser toutes les dépenses faites par l'administration publique. ou par les hospices. L'administration parisienne, dans son libéralisme traditionnel, accueille largement les demandes des familles : elle ne les repousse que pour des motifs sérieux, le manque absolu de ressources, l'inconduite des parents, le refus formel des élèves de quitter leur placement, etc. Depuis 1888, le nombre des remises effectuées a augmenté régulièrement, sans discontinuité : il s'est élevé de 235 par an à 728 (chiffre de l'année 1897). Sur ces 728 enfants remis à leurs parents sur remboursement total ou partiel ou à titre gracieux, 154 étaient abandonnés depuis moins d'un an, 175 depuis un an. Il est donc certain que, pour ces 329 enfants, l'abandon temporaire n'aurait pas été consommé, si les parents n'avaient pas traversé une crise de détresse absolue. Un secours à domicile efficace y eût remédié, ou bien l'admission de ces petits êtres dans une maison hospitalière, dans un abri momentané.

En consultant l'âge des enfants assistés au moment de leur admission, il est facile de voir que la proportion la plus forte est celle des enfants de huit à quinze jours. C'est la période critique des abandons, celle qui nécessite le maximum d'efforts pour discerner la part de la misère dans ces dépôts vivants, pour mettre en mouvement l'assistance préventive. Une analyse minutieuse met à nu les infirmités du corps social, les lacunes des services de secours et d'hospitalité, la pauvreté de nos moyens de défense contre la maladie, les accidents, le chômage.

Dans le prolétariat actuel, masculin et féminin, la naissance d'un enfant est, hélas ! le plus souvent un désastre domestique, et, si la mutualité, les assurances, et, à leur défaut, l'assistance ne jouent pas immédiatement, la crise s'aggrave aux dépens du nouveau-né sur qui retombe, avec une malfaisance imméritée, tout le poids de notre imprévoyance sociale. La belle affaire d'ouvrir toutes grandes les portes d'un hospice, de restaurer le tour sous sa forme moderne et humaine ! Il y a plus et mieux à faire, soit pour accourir au secours des mères clandestines, soit pour tendre la main aux mères misérables.

* *
*

Au double point de vue du secret à sauvegarder, de la misère à soulager, les mesures d'assistance et de protection, pour être pleinement efficaces, doivent précéder et non pas seulement suivre l'accouchement.

La nécessité du mystère n'éclate pas brusquement à la naissance de l'enfant naturel ou adultérin ; elle se fait sentir, non moins terrible et non moins angoissante, avant ce dénouement. Pendant les premières semaines, l'inquiétude, le remords, l'appréhension des conséquences de la faute déterminent un état moral qui va peu à peu jusqu'à l'affolement, dès que la grossesse devient apparente. Les conseils funestes ont le champ libre dans cette période d'attente anxieuse ; ils ne tardent pas à être suivis dans l'ombre des officines louches, dans l'intérieur des ateliers d'avortement. C'est à cette heure d'anxiété folle que la maternité clandestine a le plus besoin de protection et d'aide. La jeune fille séduite ne sera sans doute pas embarrassée pour se déplacer ; elle recherchera de préférence une grande ville dont le séjour lui procure une sécurité presque absolue. Mais où ira-t-elle, comment vivra-t-elle, si elle est dénuée de ressources ? Errante, misérable, de jour en jour plus épuisée, comment atteindra-t-elle le dernier terme de son épreuve ? Et, si elle a pu végéter, la laissera-t-on livrée, à la minute suprême, aux suggestions du désespoir, au coup de folie de l'accouchement solitaire qu'a si bien décrit le professeur Brouardel ? Les dangers d'infanticide succèdent aux risques d'avortement ; la société prendra-t-elle son parti de ces accidents criminels sans rien faire. autrement que par la voie répressive, pour les éviter et les prévenir ?

Si l'on considère, d'autre part, que, même en dehors de l'obligation du secret, les filles séduites, les domestiques, servantes de ferme, ouvrières, les unes renvoyées de leur place, les autres sans travail à cause de leur état, domiciliées ou déracinées, vivent d'une existence misérable, la nécessité de venir en aide aux femmes enceintes n'est pas moins éclatante.

La mère de demain, quelle qu'elle soit, a droit pour elle-même à une sollicitude attendrie ; elle est faible, elle a été délaissée, elle souffre d'une faute dont le complice se dérobe. Comment n'être pas apitoyé au spectacle d'une telle souffrance ? Mais, dût le sort de la femme ne pas émouvoir les rigoristes, un autre intérêt solliciterait impérieusement leur pitié, celui des petits êtres innocents dont la misère maternelle compromet gravement la vitalité si souvent atteinte à ses sources. Les hygiénistes et les accoucheurs ont dénoncé l'influence homicide de la misère physiologique sur la natalité ; s'ils n'ont pas découvert la genèse de tous les accouchements prématurés, ils en ont assez vu pour mettre en cause, dans un grand nombre de cas, l'affaiblissement de la mère, occasionné par le dénuement, aggravé par l'angoisse.

L'assistance aux femmes enceintes, nécessitée par le secret et par la misère, est la tâche essentielle, préservatrice par excellence ; elle revêt des formes multiples, suivant la nature de l'infortune.

La plus simple de toutes ces formes est sans contredit celle du secours à domicile ; elle est pourtant la moins répandue, la plus récente, la plus inédite même, comme si, de toutes les misères, celle de la grossesse des pauvres femmes n'était pas la plus touchante ! Il ne suffit pas, suivant la pratique habituelle des bureaux de bienfaisance, de secourir les mères de demain au même titre que des nécessiteux ordinaires, c'est-à-dire dans les conditions du droit commun. La femme enceinte n'a pas seulement droit, ainsi que l'a proclamé le Conseil supérieur de l'Assistance publique, au secours médical, elle a besoin d'être secourue en argent, elle mérite d'être aidée et soutenue, en raison de son état, d'une manière spéciale et efficace. Le Conseil municipal de Paris a eu l'honneur d'instituer le premier le *secours de grossesse*, dont l'utilité préventive ne saurait trop être mise en relief. En cas de délaissement par le mari ou par l'amant, cette aide opportune permet à la mère de famille de rester le plus tard possible au milieu de ses enfants : si le mari ne gagne qu'un salaire insuffisant, le secours relève un peu le taux des ressources du ménage. Plus l'époque de la délivrance est proche, et plus le secours acquiert de valeur et d'urgence.

Il va de soi que cette forme d'assistance n'exclut pas, tant s'en faut, le système des enquêtes. Le secours de grossesse ne doit être accordé qu'à bon escient, pour des causes définies, aux mères pauvres ; mieux il sera distribué en connaissance de cause, et plus la quotité de l'allocation s'élevera pour les cas intéressants. Le secours de grossesse n'est pas applicable à toutes les espèces ; il est parfaitement compatible avec une enquête, et, loin d'être contradictoire avec l'institution des refuges, il en est au contraire le complément utile. Au lieu d'être délivré uniquement à Paris, il doit entrer dans la pratique de la bienfaisance communale de toute la France.

De même que le bureau de bienfaisance et l'hospice ne s'excluent pas, mais se complètent, le secours de grossesse et le refuge-ouvroir répondent à des besoins différents.

En raison même du caractère de la maternité nécessiteuse et de son milieu, l'asile satisfait à une nécessité plus forte. Les nouveau-nés illégitimes sont le plus exposés, avant et après leur naissance ; ils provoquent la crise de grossesse et d'accouchement la plus périlleuse. Les jeunes filles séduites ne peuvent pas, en général, être assistées à leur domicile : ou bien elles se voient dans l'obligation de dissimuler leur faute, ou bien elles n'ont pas de logis. Les bonnes et les domestiques forment le principal contingent des mères irrégulières et délaissées ; elles perdent leur place, elle n'osent ou ne peuvent rentrer dans leur famille, et, si une porte hospitalière ne s'ouvre pas devant elles, le plus lamentable vagabondage est leur lot, pendant de longues et affreuses semaines, jusqu'au jour où l'hôpital les accueillera dans un lit d'accouchement. En quel état elles y entraient, à Paris, avant l'ouverture des refuges-ouvroirs pour femmes enceintes, les accoucheurs le savent. Comment s'étonner, dans de telles conditions, de la

fréquence des accouchements prématurés, de l'abondance des
tares congénitales qui marquent d'avance et inexorablement
le nouvel arrivant à la vie pour un bref destin? Le délabrement de la mère a eu son retentissement intérieur, et la
misère accomplit, tôt ou tard, son œuvre homicide.

Une hospitalité ordinaire, dans des refuges de nuit, dans
des abris de passage, ne convient pas à une situation aussi
délicate. Les hôpitaux eux-mêmes, avec leurs dortoirs de
femmes enceintes, sont destinés aux cas pathologiques. C'est un
asile spécial, tout à fait distinct, qui s'impose pour recueillir
pendant les derniers mois de leur grossesse les femmes
enceintes dénuées de ressources et dépourvues de domicile, et
les filles séduites, qui veulent échapper à tout regard indiscret.

Par la force même des choses, les grandes villes, et surtout
Paris, sont le refuge préféré de ces intéressantes vagabondes.
Au moyen âge, le vieil Hôtel-Dieu réservait un certain nombre
de ses grands lits aux malheureuses mères dans le dernier
mois de la grossesse, et l'hôpital de Sainte-Catherine leur donnait asile pendant trois jours et trois nuits. Sous le règne de
Louis XIV, l'hôpital Sainte-Marthe, qui devint plus tard la
maison Scipion (la boulangerie centrale des hôpitaux), eut
pendant un temps trop court cette affectation exclusive.
La Convention nationale, avec une merveilleuse divination,
vota la résolution suivante sur le rapport du clairvoyant
représentant Maignet : « Il sera établi dans chaque district
une maison où la fille enceinte pourra se retirer pour y
faire ses couches ; *elle pourra y entrer à telle époque de sa
grossesse qu'elle voudra.* » Il a fallu près d'un siècle, malgré
les plaidoyers des docteurs Dutouquet, Lagneau et Drouineau.
pour qu'un projet de si prévoyante philanthropie reçût sa
première application. Le Conseil municipal de Paris a eu
cette belle initiative par son vote de principe du mois de
mars 1890.

Déjà la Société philanthropique, avec sa générosité habituelle, avait eu l'heureuse inspiration d'aménager un dortoir
séparé de femmes enceintes dans son asile de nuit de la rue
Saint-Jacques ; le refuge-ouvroir municipal de la rue Fessart,
l'Hospitalité par le travail d'Auteuil, comptaient dans leur
clientèle passagère un gros contingent de futures mères désempa-

rées. Pour remplir son office et donner toutes garanties, l'asile devait se spécialiser. Une femme de cœur, madame Béquet, de Vienne, l'a compris après le Conseil municipal, et, d'accord avec lui, avec l'aide du professeur Pinard, fonda le premier asile privé, le refuge-ouvroir de l'avenue du Maine.

La Ville de Paris a édifié et plus tard agrandi un important établissement, l'asile Michelet, le premier asile public pour femmes enceintes, construit par M. Bouvard sur les conseils du professeur Pierre Budin. L'asile Michelet, que les étrangers visitent comme un type d'institution tout à fait remarquable, sert à deux fins, comme le refuge-ouvroir de la Société d'allaitement maternel : il reçoit à la fois les mères misérables et les mères clandestines. Dans les deux maisons, les réfugiées ont le droit de garder l'*incognito* ; leurs déclarations ne sont pas contrôlées. Aux termes de l'article 3 du règlement de l'asile Michelet, les femmes admises sont prévenues qu'elles ne sont pas obligées de fournir des renseignements et que, toutefois, l'administration prend note de ceux qu'elles consentent à donner. Les pensionnaires mystérieuses sont inscrites sous un nom d'emprunt, celui de Marie Lambert ; elles sont visiblement en minorité. Il est vrai que la majeure partie de ces réfugiées est d'origine provinciale ou étrangère. En 1897, sur 1994 hospitalisées, 1641 étaient célibataires, 259 mariées, 82 veuves, 12 divorcées ; la quotité de provinciales était de 1521, et, au point de vue professionnel, les domestiques étaient au nombre de 1248.

Le refuge-ouvroir donne à ses pensionnaires l'hospitalité la plus sûre, la plus reposante, jusqu'à leur transport dans un service d'accouchement ; elles sont l'objet d'une surveillance médicale et obstétricale dont elles ont trop souvent un pressant besoin ; elles ne sont astreintes à aucun travail manuel, en dehors de l'entretien des vêtements de l'asile et du nettoyage ; elles ont toute liberté de préparer leur layette, et ce travail modéré leur est facilité par le don de morceaux d'étoffe. Peu à peu, le calme renaît en elles, les menaces d'albuminurie disparaissent, leur santé morale et physique se rétablit. Ce n'est pas peu de chose de leur rendre ainsi la sécurité, la confiance et l'espoir. Les hideuses pensées dont

la misère et la solitude avaient été les mauvaises conseil-
lères s'évanouissent. Affermie, réconfortée, la désespérée
d'hier s'accoutume à l'idée de la charge redoutée ; elle ne
prépare pas pièce à pièce une brassière, elle ne bâtit pas un
bonnet sans évoquer l'image de ce destinataire inconnu, de
cet intrus innocent, dont elle a souhaité criminellement la
disparition, dont elle a médité et préparé l'abandon. Et
quelle n'est pas l'influence de ce séjour paisible et réparateur sur le développement et la terminaison de la grossesse !
Les observations de M. le professeur Pinard sur la puéricul-
ture ont confirmé les prévisions théoriques. Non seulement
les enfants sont sauvés de la mort par inanition qui les menaçait avant leur naissance, mais encore ils viennent au
monde affranchis des tares auxquelles ils auraient été infailli-
blement condamnés, plus forts et plus résistants, avec les
meilleures chances de survie et de santé.

Ce tour maternel protège puissamment les nouveau-nés
illégitimes, les pauvres comme les mystérieux ; il les préserve
de l'avortement, de la morti-natalité, de l'infanticide, de
l'abandon même. La jeune femme recueillie au refuge-ouvroir,
pour peu que la directrice et les surveillantes y mettent du
dévouement, envisage l'avenir avec un moindre effroi ; elle
sait que désormais elle ne sera plus seule, que l'aide la plus
généreuse lui sera ménagée pour l'élevage du nouvel arrivant.
L'asile pour femmes enceintes doit être à la fois un vestibule des maternités et un foyer réconfortant ; il n'est pas
moins un patronage qu'un hospice.

Les moralistes intransigeants pourraient prendre ombrage
de tant de sollicitude, si les mères légitimes n'avaient point
leur part dans ces mesures de sauvegarde. Le philanthrope
n'a pas à connaître les distinctions d'état civil, il n'aperçoit
devant lui que l'infortune, et il secourt toutes les victimes.
« Oubliez le péché, disait justement Maxime Du Camp aux
femmes du monde, ne considérez que le désastre. » Alexandre
Dumas fils, qui a rédigé de si admirables plaidoyers pour la
justice et la pitié, m'écrivait il y a quelques années : « Vous
avez pleinement raison. Le secours préventif est indispensable,
bien qu'il doive être flétri par quelques-uns du nom de prime
offerte à la débauche. *Il faut que tous ceux qui veulent vivre*

naissent, il faut que tous ceux qui naissent vivent, sauf les accidents auxquels tout ce qui est mortel est soumis. Voilà le fond
des choses. » La raison du cœur est la meilleure, et nous n'avons
qu'à lui obéir pour être assurés de remplir notre devoir envers
l'humanité, envers la patrie. Le sauvetage des êtres vivants
en péril est impersonnel et anonyme ; il ne permet aucune
exception, aucune réserve mentale. Il y a longtemps que
saint Vincent de Paul, payant d'exemple, a prononcé cette
belle parole : « La charité ouvre les bras et ferme les yeux. »
Au moraliste de poursuivre, par les moyens appropriés, la
préservation des jeunes filles, le relèvement et l'indépendance
de la femme, la consolidation de la famille. L'œuvre d'éducation et de moralité n'exclut pas, bien au contraire, la compassion pour les faibles et les souffrants, la sympathie pour
d'innocentes victimes.

A aucun moment, dans l'examen auquel nous nous livrons,
la femme n'apparaît seule ; réduite à elle-même, elle a déjà
quelque droit à l'indulgence de la société. Les derniers restes
de rigueur s'effacent à la pensée du chétif compagnon, dont
la prochaine venue est comme la rançon de la faute, et qui
doit être protégé dans sa fleur avec un soin extrême, si l'on
ne veut pas qu'il périsse prématurément ou qu'il naisse infirme
et débile.

Le salut de l'enfant est la règle maîtresse, la loi fondamentale de l'assistance préventive, de l'assistance maternelle. La
distribution de secours de grossesse, l'hospitalité des refuges-
ouvroirs ont un double but : assister la mère et protéger le
futur petit être. La femme mariée et la fille-mère — puisqu'il
faut employer ce mauvais vocable — participent aux mêmes
secours, bénéficient du même régime. Il va de soi, néanmoins,
qu'en raison même du plus grand risque couru par l'enfant
naturel, la mère clandestine, sans être aucunement privilégiée, réclame un surcroît de vigilance et de protection. Le
refuge-ouvroir, libéralement ouvert sans enquête, n'atteindrait pas complètement son but, s'il était sans lendemain ;
il doit avoir pour institution correspondante et complémentaire la maternité secrète.

Dès le xvie siècle, le vieil Hôtel-Dieu de Paris a servi de refuge et de retraite inviolable aux filles séduites. En plus d'une circonstance, au xviie siècle notamment, ses administrateurs opposèrent la plus honorable résistance à tous ceux qui tentaient d'y découvrir un secret; ils ont délibérément voulu réserver à la salle des accouchées la sécurité d'un *asile contre le déshonneur*, suivant l'expression du Bureau de l'Hôtel-Dieu. A la fin du xviiie siècle, un registre secret a existé à la Maternité. Toute nouvelle admise avait le choix entre le bureau public d'admission et le bureau secret. Cette innovation ne tarda pas malheureusement à tomber dans l'oubli; elle ne survécut qu'en partie par la renonciation à toute enquête dans les cas de ce genre.

La garantie, pour être réelle, n'était qu'insuffisante. Le nom était inscrit sur le registre ordinaire des entrées; le mot *secret*, inscrit en marge, était la seule barrière contre les indiscrétions. La fiche transmise à l'administration ne portait qu'un numéro d'ordre correspondant au nom inscrit à son rang sur le registre administratif. Pour que le service d'accouchement inspire une absolue confiance aux femmes qui veulent à tout prix passer inaperçues et ignorées, des précautions nombreuses doivent être prises. Le *registre noir* de l'hôpital de la Charité de Lyon, exclusivement réservé aux filles-mères, n'assure qu'une sécurité relative; il est confié à un employé, il risque d'être compulsé, d'être pour ainsi dire violé. La seule procédure qui ne laisse place à aucun doute, à aucun soupçon, est celle des maternités payantes de Prague et de Vienne. Les pensionnaires, qui ne veulent pas se faire connaître, déposent à leur entrée une enveloppe cachetée qui leur est remise intacte à leur sortie; l'enveloppe n'est ouverte qu'en cas de décès. Cette pratique administrative a été introduite récemment à la Maternité de Paris, à Rouen et au Havre. Le registre d'entrée ne contient qu'un numéro; le pli cacheté seul renferme les déclarations d'état civil. Sans ces conditions rigoureuses, le secret de l'accouchement n'est pas absolu; il exige même. surtout dans les maternités départementales, l'existence de chambres d'isolement où la claustration soit aussi complète que possible.

Il s'en faut de beaucoup que ces facilités d'accouchement

mystérieux — indispensables pour abolir la suggestion criminelle d'infanticide — soient réalisées dans les établissements
hospitaliers de France. La recherche du domicile de secours,
très légitime dans le fonctionnement normal des services
d'assistance médicale, est en contradiction choquante et en
opposition manifeste avec l'hospitalité secrète, voire même
discrète. Les hôpitaux refusent d'admettre dans leurs services
d'accouchement une inconnue ; ils exigent impérativement le
nom, les pièces d'identité, afin de pouvoir vérifier si la malade
a droit au secours ou si une autre commune n'est pas responsable de la dépense. Il en est même qui vont plus loin et
qui ferment impitoyablement leurs portes aux filles-mères.
Les malheureuses n'ont d'autre refuge que les grandes
villes qui reçoivent ainsi, aux dépens des campagnes, un trop-
plein de population et de nouveau-nés illégitimes. La situation de celles qui ne peuvent se déplacer est critique et
lamentable.

L'assistance obstétricale, soit à domicile par les soins d'une
sage-femme, soit dans un service hospitalier, résulte de la loi
sur l'assistance médicale gratuite. Les femmes en couches
sont assimilées à des malades ; leur droit d'admission à titre
gratuit n'est pas douteux ; seulement la commune, le département ou l'État peuvent toujours exercer leur recours, s'il y a
lieu, soit l'un contre l'autre, soit contre toute personne,
sociétés ou corporations tenues à l'assistance médicale envers
la malade, notamment contre certains membres de la famille
de l'assistée. La recherche du domicile de secours apparaît de
nouveau, comme pour les nouveau-nés, avec ses inconvénients habituels.

Pour que l'accouchement secret soit une réalité, il faut
que l'État, de compte à demi avec les départements, prenne
à sa charge toutes les dépenses d'hospitalisation des accouchées clandestines. Les administrations hospitalières ne met-
tront plus, dès lors, obstacle à l'admission des mères irrégulières ; elles n'auront aucun intérêt à s'opposer à l'anonymat
des parturientes obligées de taire leur nom. Le moyen pratique consiste à conférer le domicile de secours national aux
mères clandestines ainsi qu'aux enfants nés de père et mère
non dénommés ou déposés sans bulletin de naissance.

L'assistance maternelle est tout entière à créer sur le territoire de la République ; insuffisante et défectueuse où elle
existe, elle fait à peu près totalement défaut dans l'immense
majorité des communes. Beaucoup de maternités de province
ne sont encore, suivant la description qu'en a faite M. le docteur Napias, que de tristes *gésines* où éclate la fièvre puerpé-
rale, où sévit l'ophtalmie purulente des nouveau-nés. Le
Conseil supérieur de l'Assistance publique de France a judicieusement voté ce principe. sur l'initiative et le rapport
de M. le docteur Drouineau, que chaque département soit
tenu de pourvoir à l'hospitalisation des femmes enceintes
dénuées de ressources, soit dans les maternités hospitalières. soit dans les asiles-ouvroirs, soit dans les maternités
secrètes.

L'asile-ouvroir et la maternité secrète se complètent; l'une
ne va pas sans l'autre. Chaque région doit être pourvue de
ces deux organismes indispensables ; leur place est à coup
sûr à la ville, dans les conditions les plus propres d'ambiance
et de milieu. Il faut qu'à l'asile-ouvroir et à la maternité
secrète les postulantes aient uniquement à justifier de leur
état, sans enquête et sans interrogatoire d'aucune sorte,
avec la seule obligation de remettre à l'entrée un pli cacheté
qu'elles reprendront à leur sortie de l'établissement. C'est
ainsi seulement, par cette intervention opportune, que les
crimes contre l'enfance seront évités, des existences fragiles
préservées, les risques d'abandon amoindris.

Après la délivrance, le bureau secret reste toujours à la
disposition des mères qui sont dans l'impossibilité de conserver
leur enfant. Au lieu d'être tardif, le tour complet, trilogique,
se déroule en trois étapes : le refuge-ouvroir. la maternité
secrète, le bureau secret d'admission. Aucune solution de
continuité : l'assistance préventive et préservatrice des nouveau-nés menacés d'avortement et d'infanticide ne s'interrompt pas ; elle a toute son ampleur et toute son efficacité.
Et, dès le refuge-ouvroir, l'action préventive d'abandon s'exerce
pour s'étendre au delà de la convalescence, jusqu'à la fin de
la période d'élevage des nourrissons.

Un trop bref séjour à l'hôpital, chez la sage-femme,
inquiète à bon droit les accoucheurs et les hygiénistes ; il

n'est pas moins regrettable au point de vue moral. La sortie prématurée des nouvelles accouchées compromet leur santé, atteint leur fécondité, en même temps qu'elle facilite l'abandon de l'enfant. Dans les huit à dix jours qui suivent ses couches, la jeune mère n'est pas toujours en état d'allaiter ; elle s'en remet de cette tâche à une nourrice mercenaire, et elle ne fait pas son apprentissage de nourrice. Si, au contraire, un asile de convalescence l'abrite jusqu'à son complet rétablissement, elle acquiert assez de forces pour nourrir elle-même, ne fût-ce qu'à titre provisoire. L'allaitement maternel accomplit son œuvre ; il n'infuse pas seulement dans le corps du nourrisson un incomparable breuvage, il fait éclore dans le cœur de la mère un sentiment irrésistible. L'enfant est sauvé physiquement, la mère moralement. « Changement plus profond, a écrit Michelet : la mère est tout à ce berceau : le monde a disparu pour elle ; il doit en être ainsi, et c'est le salut de l'enfant. »

La mère ravie constate de ses yeux, par le témoignage de la balance, par la vue de la courbe, l'effet salutaire de son rôle nourricier ; elle voit le petit être si frêle augmenter de poids, en bonne voie de croissance et de développement. Les vilaines pensées d'abandon, de séparation définitive, se sont envolées ; le projet d'envoi en exil, de remise à une gardeuse de village, lui est chaque jour plus pénible, plus insupportable. Si même les duretés de l'existence contraignent la convalescente à confier l'enfant à une nourrice mercenaire, la période de repos lui aura permis, pendant les premières semaines, de le fortifier un peu, de lui donner des prémices de santé.

Une prolongation de convalescence et de repos fait partie des mesures d'assistance préventive qui, dans leur variété harmonique, concourent toutes au même but : le rapprochement de la mère et de l'enfant, la propagation de l'allaitement maternel, la conservation du lien de famille.

*\
* *

Plus l'assistance publique augmente et diversifie les instruments d'hospitalité secrète des mères et des enfants, et plus elle a le devoir corrélatif de multiplier et de renforcer les moyens d'assistance préventive.

La halte d'accouchement, dans les semaines qui précédent et au moins dans le mois qui suit la délivrance, n'est pas moins efficace que la station d'attente au refuge-ouvroir ; elle a son utilité physiologique et son action sociale. En vain les administrations et les sociétés de bienfaisance redoubleraient-elles d'efforts pour prolonger la durée de séjour des accouchées à l'hôpital ou à l'asile de convalescence, tel que l'asile Ledru-Rollin, fondé spécialement par la Ville de Paris, si les mères n'étaient pas momentanément libérées du souci de gagner leur vie ou de fournir leur part contributive au budget du ménage. Les mères de famille ont hâte de rentrer au logis, de reprendre leur place à l'atelier, parce que leur concours est impatiemment attendu et qu'en leur absence la gêne apparaît menaçante. Il n'y a qu'un moyen de prolonger leur convalescence réparatrice, soit à l'hôpital, soit à l'asile, soit à domicile, et ce moyen n'est autre que l'interdiction légale de travail facilitée et sanctionnée par une indemnité de repos.

La conférence internationale, qui s'est tenue à Berlin en 1890, a voté le vœu unanime que les femmes accouchées ne soient admises au travail que quatre semaines après leur accouchement. La législation industrielle, par des dispositions plus ou moins suivies d'effet, et pour des durées inégales, a introduit ce chômage forcé dans les nations suivantes : Suisse, Allemagne, Antriche-Hongrie, Norvège, Belgique, Angleterre, Pays-Bas, Portugal. Les caisses d'assurances contre la maladie en Allemagne et en Autriche-Hongrie s'appliquent aux femmes en couches, qui bénéficient ainsi sans dommage de leur repos légal.

Jusqu'à ce jour, la loi française a gardé le silence sur le travail industriel des nouvelles accouchées, en dépit des efforts de MM. Jules Simon, Émile Brousse et Dron, de Mun, Lafargue et Jules Guesde. Des sociétés de *Mutualité maternelle*, créées sur le modèle de l'association des femmes en couches de Mulhouse, ont été seulement fondées à Paris pour les ouvrières à l'aiguille, à Lille, à Vienne (Isère), à Dammarie-les-Lys, afin d'allouer aux sociétaires en couches une indemnité suffisante pour qu'elles s'abstiennent de travail pendant quatre semaines et qu'elles élèvent leur enfant à ses débuts si difficiles dans la vie.

Quel que soit le système employé, l'interdiction légale de travail industriel entraîne comme conséquence compensatrice l'allocation d'une prime ou d'une indemnité de convalescence et de repos ; l'assistance a pour corollaire et pour couronnement l'assurance maternelle, soit autonome et spéciale dans le genre des *Mutualités* françaises, soit rattachée à l'assurance contre la maladie d'après le type allemand. La convalescence prolongée, assurée par des secours ou, ce qui vaut mieux, par des indemnités, aura pour résultat de sauvegarder la santé des femmes et de leur faciliter l'exercice et l'apprentissage de leur fonction maternelle et nourricière. Double profit pour le nourrisson, mieux armé et comme cuirassé contre les maladies évitables, rattaché à la mère et plus tard retenu au foyer, grâce aux crèches et aux secours d'allaitement, par un lien de plus en plus solide et bientôt indestructible.

Quel gain de natalité, quel profit social et aussi national ! M. Louis Frank, apôtre convaincu de l'assurance maternelle, n'a pas manqué de reproduire en épigraphe cette déclaration de l'empereur Guillaume à la conférence internationale de Berlin : « L'interdiction du travail pour les femmes en couches est étroitement liée à la restauration de la race. *Aussi, pour une pareille cause, l'argent ne compte pas.* » Les utilitaires feront bien de méditer l'aphorisme et de le retenir pour l'application des mesures convergentes de prévoyance philanthropique. L'heure des controverses académiques est passée ; les plus hautes autorités, l'Académie de médecine, le Conseil supérieur de l'Assistance publique, ont formulé leur avis ; la voie est toute tracée, les Assemblées délibérantes n'ont plus qu'à la parcourir en toute confiance. Dans sa complexité redoutable, le problème de la protection de la première enfance malheureuse est éclairé de toutes parts, et les solutions apparaissent en pleine lumière, simples, faciles et pratiques.

Le rétablissement des tours est une formule incomplète et surannée, et les champions de l'abandon secret ont mieux à faire qu'à se diviser sur un détail de procédure. Une idée maîtresse les rapproche, celle de la facilité absolue d'abandon mise à la disposition de toutes les mères qui ne voient pas d'autre issue que le dépôt d'un intrus à l'hospice.

Le système parisien du bureau secret a pris place dans le projet de réforme de la loi des Enfants assistés préparé par le Conseil supérieur de l'Assistance publique et soumis par le gouvernement à l'examen du Sénat; il est tout entier contenu dans ce modeste paragraphe : « Si l'enfant paraît âgé de moins de sept mois et si la personne qui le présente refuse de faire connaître le nom, le lieu de la naissance, la date de la naissance de l'enfant, ou de fournir l'une de ces trois indications, acte est pris de ce refus, et l'admission est prononcée. Dans ce cas, aucune enquête administrative ne sera faite. » Cette disposition suffit à donner satisfaction aux partisans du tour. Les mères clandestines ont en outre la ressource de faire inscrire l'enfant à l'état civil comme né de père et de mère non dénommés; elles n'ont plus, à Paris tout au moins, aucune excuse à invoquer lorsqu'elles commettent un de ces épouvantables forfaits qui révoltent la conscience publique.

La généralisation du bureau secret d'admission n'aura pas seulement pour résultat de décharger Paris d'un apport provincial et étranger dont il porte le poids, mais de doter les chefs-lieux de départements d'un organe essentiel d'assistance préventive, sans que, d'ailleurs, les mesures destinées à prévenir les abandons perdent de leur intensité.

Il convient d'avoir constamment sous les yeux ce double objectif d'apparence antinomique : ouvrir à deux battants la porte de l'hospice dépositaire, et réduire le plus possible le nombre des bénéficiaires. Les facilités absolues d'abandon acquièrent leur raison d'être et leur légitimité à la condition de coexister avec une assistance préventive portée à son maximum de puissance La seconde préoccupation dominante doit être de poursuivre cette double politique *le plus tôt possible* avant l'accouchement et *le plus tard possible* après la naissance de l'enfant, en l'adaptant aux deux générateurs d'avortement, d'infanticide et d'abandon, la *misère* et la *séduction*.

L'œuvre n'est pas celle du moraliste et du réformateur qui ont pour devoir de remonter aux sources du mal et de les tarir, si possible, par une hygiène et une police sociales plus profondément et plus radicalement préventives que les humbles

palliatifs d'assistance. Le remède philanthropique, plus super-
ficiel et plus contingent, n'en reste pas moins, dans ses moda-
lités passagères, une tâche impérieusement urgente à laquelle
les gouvernements prévoyants sont tenus de consacrer plus de
souci et d'argent. L'assurance maternelle remplacera, dans
l'avenir, l'assistance maternelle, et toutes les mères, à partir
du cinquième ou du sixième mois de la grossesse, auront
droit à une indemnité croissante jusqu'au lendemain de leurs
relevailles ou, pour mieux dire, jusqu'au sevrage du nouveau-
né.

A défaut d'une organisation mutuelle, et tant que la prévoyance sociale n'aura pas été réalisée, l'État, les départements, les communes ont l'obligation d'assurer la conservation de tous les êtres qui naissent.

La famille communale a la première responsabilité, la plus
immédiate, vis-à-vis de la misère. Elle n'est pas moins tenue
d'aider les femmes enceintes nécessiteuses, de les secourir à
domicile, que de leur accorder au terme de la gestation
l'assistance proprement dite. L'allocation d'un secours de
grossesse est une prime de survie pour celui qui va naître.

Les grandes villes ont de plus le devoir de fonder des
refuges-ouvroirs à double clientèle, avec l'exemption d'enquête, l'isolement et le secret pour celles des pensionnaires,
en très petit nombre, dont la situation réclamerait cette
hospitalité exceptionnelle. La dépense d'entretien de ces réfugiées anonymes incomberait à l'État, comme celle des enfants
trouvés, tant à la Maternité qu'au refuge-ouvroir. Les services
d'accouchement des hôpitaux-hospices seraient aménagés en
vue de réserver une ou plusieurs chambres d'isolement aux
accouchées mystérieuses, admises sans enquête et sur le seul
dépôt d'une enveloppe cachetée.

Au refuge-ouvroir, comme à la Maternité secrète, aucune
restriction n'est admissible ; le Travail réparateur de Nantes,
la Samaritaine de Lyon, la *Heimstätte in Berlin*, qui excluent
les filles-mères récidivistes, ne sont que des abris incomplets,
des institutions restreintes. L'assistance maternelle a besoin,
pour être vraiment efficace, de toute son ampleur généreuse.

Les administrations du refuge-ouvroir et des maternités
hospitalières, ouvertes ou fermées, tout en respectant le secret

de leurs pensionnaires, ont une mission de tact et de dévouement à remplir : elles doivent discrètement préparer et accoutumer les futures mères à leur rôle maternel et nourricier, combattre les hantises d'abandon, offrir le secours opportun.

L'extension de convalescence et la sécurité du repos, à l'hôpital, à l'asile ou à domicile, sont d'une efficacité certaine comme moyen préventif d'abandon. Le secours de convalescence, libéralement octroyé aux relevailles, le secours d'allaitement, délivré au taux le plus élevé et pour la durée la plus longue, aux mères légitimes comme aux irrégulières, constituent la meilleure forme d'assistance, la plus morale, la plus profitable à l'enfant, la moins coûteuse. L'assistance publique a tout bénéfice à remettre, pendant deux ou trois ans (*a fortiori* jusqu'au sevrage), les salaires de la nourrice de l'enfant abandonné à la mère elle-même ; l'économie d'argent se double d'une victoire sur la mortalité infantile, d'un gain de population considérable.

Les secours ou les indemnités d'allaitement, fournis par la bienfaisance publique ou par les caisses d'assurance mutuelle, sont un placement rémunérateur, constituent une dépense productive au premier chef.

La révolution pastorienne a transformé les méthodes d'élevage de la première enfance. Le domaine des affections évitables s'agrandit chaque jour ; la défense contre la maladie, dont M. Duclaux décrivait ici même les émouvantes péripéties, a été merveilleusement facilitée par la découverte de la stérilisation du lait. L'action des crèches et des dispensaires, des consultations de nourrissons et des distributions de lait stérilisé, des pouponnières et des asiles temporaires d'enfants sevrés, est faite pour accroître la force des moyens préventifs, des instruments de préservation des mères délaissées et des enfants malheureux.

Ce large programme d'assistance maternelle ne sera réalisé dans toutes ses parties que par la coopération persistante des particuliers et de la collectivité : telle mesure est de la compétence de l'État, de l'autorité départementale ou communale, telle autre incombe à la bienfaisance privée. L'initiative importe peu, pourvu qu'elle concorde avec un plan d'ensemble ingénieusement combiné pour apporter à l'heure opportune, à chacune des étapes du drame maternel, l'aide appropriée, le secours efficace en vue du sauvetage des mères douloureuses et des enfants en péril de mort. En prenant sous son égide les mères pauvres et les enfants chétifs, la nation acquitte une dette sacrée et se protège elle-même ; en même temps qu'elle suit une impulsion fraternelle et désintéressée, elle conforme sa conduite aux avertissements sans cesse plus inquiétants de la statistique et de la démographie. L'accord de l'intérêt national et du sentiment humanitaire est assez éclatant pour stimuler les énergies et engendrer les initiatives. Comment le Gouvernement de la République pourrait-il hésiter en face d'un tel devoir et avec la perspective d'un si grand profit ? La tradition de saint Vincent de Paul et celle de la Révolution française, plus large encore, se confondent pour inspirer cette politique du cœur et de la raison, la meilleure et la plus noble, parce qu'elle a pour objet ces deux faiblesses associées dans une communauté tragique de misère et de péril : la mère et l'enfant.

PAUL STRAUSS

COMMENT VINT LA CRAINTE[1]

La Loi de la Jungle — qui est de beaucoup la plus vieille loi du monde — a prévu presque tous les accidents qui peuvent arriver au Peuple de la Jungle; et maintenant son code est aussi parfait qu'ont pu le rendre le temps et la pratique. Si vous avez lu l'histoire de Mowgli, le « petit d'homme » nourri par une louve, dans le clan de Seeonee[2], vous devez vous rappeler qu'il passa chez ses frères adoptifs une bonne partie de sa vie, apprenant la Loi que lui enseignait l'ours brun, Baloo. C'est Baloo qui lui dit, quand le garçon devint rétif au commandement, que la Loi est comme la Liane Géante : elle tombe sur le dos de chacun et nul ne lui échappe.

— Quand tu auras vécu aussi longtemps que moi, petit frère, tu t'apercevras que toute la Jungle obéit au moins à une Loi... Et, ce jour-là, ce ne sera pas tout plaisir! ajouta Baloo.

Pareil discours entrait par une oreille et sortait par l'autre : un gamin qui, dans la vie, n'a rien à faire que manger et

---

1. « Une admirable création de mythe tout à fait primitif et ancestral est le conte intitulé : How Fear came. » — ANDRÉ CHEVRILLON; Rudyard Kipling (*Revue* du 1er avril 1899).

2. Voir, dans la *Revue* du 15 septembre 1898, le *Frère des Loups*, et, dans celle du 1er février 1899, *l'Enlèvement de Mowgli*.

dormir, ne se tourmente guère des événements jusqu'à l'heure
où il faut se toiser avec eux, face à face. Mais, une année, les
paroles de Baloo se vérifièrent, et Mowgli vit toute la Jungle
agir sous une même Loi.

Cela commença quand les pluies d'hiver vinrent à manquer
presque entièrement ; Sahi, le porc-épic, rencontrant Mowgli
dans un fourré de bambous, lui dit que les ignames sauvages se desséchaient. Tout le monde sait, il est vrai, que
Sahi est ridiculement difficile dans le choix de sa nourriture :
il aimera mieux ne rien manger que de ne pas avoir ce qu'il
y a de meilleur et de plus à point. Aussi Mowgli se mit-
il à rire, en disant :

— Qu'est-ce que cela me fait ?

— Pas grand'chose maintenant, — répliqua l'autre en
faisant sonner ses piquants avec raideur et malaise, mais,
plus tard, nous verrons... Est-ce qu'il n'est plus possible de
plonger dans le trou de roche, au-dessous de la Roche aux
Abeilles, Petit Frère ?

— Non, cette eau stupide est en train de s'en aller toute,
et je n'ai pas envie de me fendre la tête ! — fit Mowgli parfaitement sûr d'en savoir autant à lui seul que cinq autres
pris au hasard dans le Peuple de la Jungle.

— C'est là ton erreur... Une petite fente pourrait y laisser
entrer un peu de sagesse !

Sahi fila bien vite dans le fourré pour éviter que Mowgli
ne lui arrachât les piquants du nez, et Mowgli alla répéter
à Baloo ce que lui avait dit Sahi. Baloo devint grave et
grogna, se parlant presque à lui-même :

— Si j'étais seul, je changerais sur l'heure de terrains de
chasse, avant que les autres commencent à réfléchir... Et
pourtant... chasser parmi des étrangers, cela finit toujours
par des batailles... et puis, ils pourraient faire du mal à mon
petit d'homme. Il vaut mieux attendre, et voir comment fleurit
le *mohwa*.

Ce printemps-là, le *mohwa*, cet arbre que Baloo aimait
tant, ne parvint pas à fleurir. Les fleurs de cire couleur
crème, un peu verdâtres, furent tuées par la chaleur avant
même de naître : à peine s'il tomba quelques rares pétales,

répandant une mauvaise odeur, quand, debout sur ses pattes
de derrière. Baloo se mit à secouer l'arbre. Alors, petit à petit,
la chaleur que n'avaient pas tempérée les pluies, s'insinua
jusqu'au cœur de la Jungle, et la fit tourner au jaune, puis
au brun, et enfin au noir.

La verdure, aux flancs des ravins, fut grillée si bien qu'il
n'en resta que les fils brisés et les pellicules recroquevillées
d'une végétation morte; les mares cachées se vidèrent et se
cuirent. gardant sur leurs bords la dernière et la moindre
empreinte de patte, comme si on l'eût moulée dans du fer;
les lianes à sève perpétuelle tombèrent des arbres qu'elles
embrassaient et moururent à leurs pieds; les bambous dépé-
rirent, cliquetant lorsque soufflaient les vents de feu, et la
mousse pela sur les rochers au fond de la Jungle : à la fin,
ils devinrent aussi nus et brûlants que les galets bleus qui
tremblaient dans le lit du torrent.

Les oiseaux et le Peuple Singe, dès le commencement de
l'année, avaient remonté vers le nord : ils savaient bien ce
qui arrivait; le daim et le sanglier se jetèrent au loin dans
les champs dévastés des villages, mourant parfois sous les
yeux des hommes trop affaiblis pour les tuer. Quant à Chil,
le vautour, il resta et devint gras, car il y eut grande provision de charogne, et, chaque soir, il apportait les nouvelles aux
bêtes trop épuisées pour se traîner jusqu'à de frais terrains
de chasse : — le soleil tuait la Jungle, disait-il, sur trois
jours de vol à la ronde.

Mowgli, qui n'avait jamais connu la vraie faim, dut se
rabattre sur du miel rance, vieux de trois années, qu'il
râcla sur des rochers ayant servi de ruches, maintenant
abandonnés, — du miel aussi noir que la prunelle des bois, et
couvert de sucre sec en poussière. Il fit aussi la chasse aux
vermisseaux profondément incrustés sous l'écorce des arbres
et vola aux guêpes leurs nouvelles couvées. Tout le gibier,
dans la Jungle, n'avait plus que la peau et les os, et Bagheera
pouvait bien tuer trois fois dans une nuit pour faire à peine un
bon repas. Mais le pire, c'était le manque d'eau : si le Peuple
de la Jungle boit rarement, il lui faut boire à pleines gorgées.

Et la chaleur continuait, continuait toujours, et pompait
toute humidité. au point que cette large rivière, la Waingunga,

fut bientôt le seul cours d'eau à courir encore, en filet mince,
entre ses rives mortes ; et lorsque Hathi, l'éléphant sauvage, qui vit cent années et plus, aperçut une longue et
maigre échine de rochers bleus, qui se montrait à sec au
centre même du courant, il reconnut le Roc de la Paix, et,
sur-le-champ, il leva sa trompe et proclama la Trêve de l'Eau,
comme son père avant lui l'avait proclamée cinquante ans
plus tôt. Le cerf, le sanglier et le buffle reprirent le cri d'un
ton rauque ; et Chil, le vautour, vola en grands cercles, au
loin, dans l'étendue, sifflant cet avis d'une voix stridente.

De par la Loi de la Jungle, est puni de mort celui qui se
permet de tuer aux endroits où l'on boit, une fois la Trêve
de l'Eau déclarée. La raison en est que la soif passe avant
la faim. Chacun, dans la Jungle, s'il arrive seulement que
le gibier soit rare, peut chercher sa proie de façon ou d'autre,
n'importe ; mais l'eau, c'est l'eau, et s'il n'y a plus qu'une
source de réserve, toute chasse est arrêtée tandis que le
Peuple de la Jungle y va suivant ses besoins. Dans les bonnes
saisons, quand l'eau était abondante, ceux qui descendaient
à la Waingunga pour boire, — ou ailleurs dans le même
dessein, — le faisaient au péril de leur vie, et ce risque
même entrait pour une grande part dans l'attrait des démarches
nocturnes. Se mouvoir jusqu'en bas si habilement que pas
une feuille ne bougeait ; avancer, dans l'eau jusqu'aux
genoux, sur les hauts-fonds où le grondement rapide couvrait
et emportait tous les bruits ; boire en regardant par-dessus
son épaule, chaque muscle prêt au premier bond désespéré
de terreur ; se rouler sur la berge sablonneuse et revenir,
le museau mouillé et le ventre bien gonflé, à la harde
qui vous admire, — tout cela pour les jeunes daims aux
cornes luisantes était un délice, justement parce qu'à chaque
instant, ils le savaient, Bagheera, la panthère noire, ou
Shere Khan, le tigre, pouvait sauter sur eux et les jeter à bas.
Mais maintenant, c'en était fini de ce jeu de vie et de mort,
et le Peuple de la Jungle s'avançait, mourant de faim et sans
force, jusqu'à la rivière rétrécie, — tigre, ours, cerf, buffle
et sanglier ensemble, — et tous, ayant bu à l'eau bourbeuse,
laissaient pendre la tête au-dessus, trop exténués pour s'éloigner.

Le cerf et le sanglier avaient rôdé tout le jour, en quête de

quelque chose de meilleur que de l'écorce sèche et des feuilles
flétries. Les buffles n'avaient trouvé ni fondrières pour s'y
vautrer au frais, ni récoltes vertes à voler. Les serpents
avaient quitté la Jungle pour descendre à la rivière, dans
l'espoir d'attraper quelque grenouille échouée ; ils se lovaient
autour des pierres humides et ne cherchaient pas à piquer
si, par hasard, le groin d'un sanglier, en fouillant, venait à
les déloger. Les tortues de rivière, depuis longtemps, avaient
été tuées par Bagheera, d'une adresse incomparable à cette
chasse, et les poissons s'étaient enterrés au plus profond de la
vase craquelée. Seul, le Roc de la Paix reposait, au milieu de
la mince couche d'eau, comme un long serpent, et les petites
rides, toutes lasses, venaient siffler en s'évaporant sur ses
flancs brûlants.

C'était là que Mowgli venait la nuit chercher quelque fraîcheur et de la compagnie. Les plus affamés de ses ennemis
se seraient à peine souciés du garçon, maintenant. Sa peau
nue le faisait paraître plus maigre et plus misérable qu'aucun
de ses camarades. Sa chevelure avait tourné au blanc de
l'étoupe sous l'ardeur du soleil ; ses côtes ressortaient comme
celles d'un panier, et la grosseur de ses genoux et de ses
coudes, sur lesquels tous quatre il avait pris l'habitude de se
traîner, donnait à ses membres réduits l'apparence de longues
herbes nouées. Mais son œil, sous ses cheveux mêlés, restait
clair et tranquille, car Bagheera, sa conseillère en ce temps
de trouble, lui recommandait de ne se remuer qu'avec précaution, de chasser doucement, et de ne jamais, sous aucun
prétexte, perdre son sang-froid.

— C'est un mauvais moment, — dit la panthère noire, un
soir qu'il faisait une chaleur de fournaise, — mais il passera,
pourvu que nous vivions jusqu'au bout !... Ton estomac est-il
garni, petit d'homme ?

— Il y a quelque chose dedans, mais cela ne me profite
guère... Penses-tu, Bagheera, que les pluies nous ont oubliés
et ne reviendront jamais ?

— Non, je ne le pense pas. Nous verrons fleurir encore le
mohwa, et les petits faons devenir tout gras d'herbe tendre.
Descendons au Roc de la Paix, pour savoir les nouvelles...
Sur mon dos, petit frère !

— Ce n'est pas le moment de se charger. Je peux encore me tenir debout tout seul. Mais... vraiment, nous ne sommes pas des bœufs à l'engrais. nous deux !

Bagheera jeta un regard sur ses flancs mous comme des chiffes et poudreux ; et elle murmura :

— La nuit dernière, j'ai tué un bœuf sous le joug. Je me sentais si bas que je n'aurais jamais. je crois, osé sauter dessus s'il avait été détaché... *Wou !*

Mowgli se mit à rire :

— Oui, nous sommes de jolis chasseurs, à l'heure qu'il est ! Je n'ai peur de rien... quand il s'agit de vermisseaux.

Et tous deux descendirent ensemble à travers les broussailles crépitantes, jusqu'au bord de la rivière, jusqu'à la dentelle de sable qui la festonnait dans tous les sens.

— L'eau ne peut durer longtemps, — fit Baloo en les rejoignant ; — regardez de l'autre côté : les pistes ressemblent maintenant aux routes des hommes !

Sur la surface horizontale du banc de sable qui était plus loin, l'herbe de jungle, très drue, était morte debout, et, en mourant, s'était momifiée. Les pistes battues du cerf et du sanglier, toutes convergeant à la rivière, avaient rayé cette surface décolorée de ravins poudreux, tracés à travers une herbe de dix pieds de haut, et, à cette heure, chacune de ces longues avenues était remplie des premiers arrivants qui se hâtaient vers l'eau. On pouvait entendre les daines et leurs faons tousser dans la poussière comme dans du tabac à priser.

En amont. au coude qui fournit une espèce d'étang paresseux autour du Roc de la Paix, se tenait le Gardien de la Trêve, Hathi, l'éléphant sauvage, avec ses fils, décharnés et tout gris dans le clair de lune, se balançant de ci, de là, sans cesse. Au-dessous de lui, se tenait l'avant-garde des cerfs ; au-dessous encore, venaient le sanglier et le buffle sauvage ; sur la rive opposée, où les grands arbres descendaient jusqu'au bord de l'eau, c'était la place réservée aux Mangeurs de chair : le tigre, les loups, la panthère, l'ours et les autres.

— Nous voilà, pour le coup, sous le joug d'une seule Loi ! dit Bagheera.

Ce disant, elle marchait dans l'eau et promenait son

regard sur les lignes de cornes cliquetantes et d'yeux effarés
où le cerf et le sanglier se poussaient de côté et d'autre.
Et, se couchant tout de son long, un flanc hors de l'eau,
elle ajouta :

— Bonne chasse, vous tous de mon sang !...

Puis, entre ses dents :

— N'était la Loi, cela ferait, ma foi, oui ! une très bonne
chasse.

Les oreilles vite dressées des cerfs saisirent la fin de
la phrase, et un murmure de frayeur courut le long de leurs
rangs :

— La Trêve ! Rappelez-vous la Trêve !

— Paix là !... paix ! gargouilla Hathi, l'éléphant sauvage.
La Trêve est déclarée, Bagheera. Ce n'est pas le moment de
parler de chasse.

— Qui le saurait mieux que moi ? — répondit Bagheera,
en roulant ses yeux jaunes vers l'amont. — Je suis une man-
geuse de tortues... une pêcheuse de grenouilles... *Ngaayah !*...
Je voudrais profiter en ne mâchant que des branches ?

— Et nous, donc ! nous te le souhaitons, de tout cœur ! —
bêla un jeune faon, né ce printemps même, et qui ne l'aimait
pas du tout.

Si abattu que fût le Peuple de la Jungle, Hathi lui-même
ne put s'empêcher de rire aux éclats ; cependant Mowgli,
appuyé sur ses coudes dans l'eau chaude, s'esclaffa, lui aussi,
et fit sauter l'écume avec ses pieds.

— Bien parlé, petite corne en bouton ! ronronna la panthère noire. Quand la Trêve prendra fin, on s'en souviendra
en ta faveur.

Et elle darda sur lui son regard à travers l'obscurité, pour
être sûre de reconnaître le faon.

Petit à petit la conversation s'étendait, en amont, en aval,
à toutes les places où l'on buvait. On pouvait entendre le
sanglier chamailleur et grognard réclamer plus d'espace ; les
buffles bougonner entre eux en zigzaguant à travers les bancs
de sable ; les cerfs raconter les histoires pitoyables de leurs
longues courses harassantes à la recherche de leur pâture.
De temps en temps, ils adressaient, par-dessus la rivière, une
questions aux Mangeurs de chair, mais toutes les nouvelles

étaient mauvaises, et le vent de feu arrivait en grondant et passait, entre les roches et les branches craquetantes, laissant l'eau couverte de brindilles et de poussière.

—Le peuple des hommes aussi, ils meurent à côté de leurs charrues, dit un jeune *sambhur*. J'en ai dépassé trois entre le coucher du soleil et la nuit. Ils sont étendus bien tranquilles, et leurs bœufs avec eux. Nous aussi, nous serons étendus bien tranquilles, dans peu de temps !

— La rivière a baissé depuis la nuit dernière, fit Baloo. O Hathi, as-tu jamais vu pareille sécheresse?

— Cela passera !... cela passera ! répondit Hathi, en seringuant de l'eau le long de son dos et de ses flancs.

— Nous en avons un, ici, qui ne pourra pas résister long- temps, dit Baloo.

Et il lança un coup d'œil sur le jeune garçon qu'il aimait.

— Moi? — fit Mowgli tout indigné, en se mettant sur son séant, dans l'eau. —Je n'ai pas de fourrure à longs poils pour cacher mes os, mais... mais si on t'enlevait ta peau, Baloo...

Hathi fut secoué tout entier d'un frisson à cette idée, et Baloo dit sévèrement :

—Petit d'homme, ce n'est pas une chose à dire au Docteur de la Loi. Jamais, jamais, on ne m'a vu sans ma peau.

— Non, je n'avais pas de mauvaise intention, Baloo ; seu- lement, je voulais dire que tu es... pour ainsi parler... comme la noix de coco dans son écale, et que moi, je suis la même noix de coco toute nue. Pour le moment, ton écale brune...

Mowgli était assis les jambes croisées, et s'expliquait en montrant du doigt les choses, suivant son habitude, quand Bagheera, levant une patte de velours, le fit tomber à la renverse dans l'eau.

— De mal en pis ! — dit la panthère noire, tandis que le gars se relevait en crachant. — D'abord, Baloo est à écor- cher... maintenant, il est une noix de coco !... Prends garde qu'il ne fasse comme les noix de coco mûres...

— Et quoi donc? — demanda Mowgli, hors de garde pour l'instant, bien que ce fût là une des plus vieilles attrapes de la Jungle.

— Prends garde qu'il ne te casse la tête ! fit Bagheera
tranquillement, en le renversant de nouveau.

— Ce n'est pas bien de tourner ton professeur en ridicule !
dit l'ours, quand Mowgli eut fait le plongeon pour la troisième fois.

— Pas bien ! Que voudriez-vous de mieux ? Ce petit nu,
toujours en mouvement, ne fait que tourner en ridicule, par
ses singeries, des gens qui furent jadis de bons chasseurs, et
tirer les moustaches, en manière de jeu, aux meilleurs d'entre
nous !

C'était Shere Khan, le tigre boiteux, qui descendait vers
l'eau en clopinant. Il attendit un instant, pour jouir de la
sensation qu'il faisait parmi les cerfs, sur la rive opposée ;
puis il laissa tomber sa tête carrée, avec sa fraise de fourrure,
et se mit à laper, en grognant :

— La Jungle est devenue maintenant un terrain à mettre
bas des petits tout nus... Regarde-moi, petit d'homme !

Mowgli leva les yeux, et fixa son regard aussi insolemment qu'il savait le faire ; et au bout d'une minute, Shere
Khan se détourna d'un air gêné.

— Petit d'homme... petit d'homme... — gronda-t-il, en se
remettant à boire — on a beau dire, ce n'est ni un homme ni
un petit : autrement, il aurait eu peur. La saison prochaine, il
faudra que je lui demande la permission de boire... *Aurgh !*

— Cela pourrait bien se faire, — dit Bagheera, en le regardant avec assurance entre les deux yeux. — Cela pourrait
bien se faire... *Faugh*, Shere Khan ! Quelle nouvelle infamie
nous as-tu apportée ?

Le tigre boiteux avait trempé dans l'eau son menton et
son jabot, et de longues traînées sombres et huileuses en partaient pour flotter sur le courant et descendre avec lui.

— C'est de l'homme ! — dit Shere Khan froidement ; —
j'ai tué, il y a une heure.

Il continua de ronronner et de gronder en lui-même.

La ligne des bêtes frissonna et ondula de droite et de
gauche, et un murmure s'éleva, qui grandit jusqu'au cri :

— L'homme !... L'homme !... Il a tué l'homme !

Alors, tous les regards se portèrent sur Hathi, l'éléphant
sauvage ; mais il semblait n'avoir pas entendu.

Hathi ne fait jamais les choses qu'en leur temps, et c'est une des raisons pour lesquelles sa vie est si longue.

— Dans un pareil moment, tuer l'homme ! N'y avait-il pas d'autre gibier sur pied ? — dit avec mépris Bagheera qui s'éloigna de l'eau souillée. en secouant chacune de ses pattes, à la manière des chats.

— Je l'ai tué par goût... non par besoin.

Le murmure d'horreur parcourut de nouveau les rangs, et le petit œil blanc et attentif de Hathi se releva dans la direction de Shere Khan.

— Par goût ! — répéta Shere Khan, d'une voix traînante. — Et maintenant je viens boire et me nettoyer. Y a-t-il quelqu'un pour m'en empêcher ?

Le dos de Bagheera commença à s'arrondir comme un bambou sous un coup de vent, mais Hathi leva sa trompe et dit tranquillement :

— C'est par goût que tu as tué ?

Lorsque Hathi pose une question, le mieux est de lui répondre.

— Mais oui. C'était mon droit, et ma nuit. Tu sais, ô Hathi !

Le ton de Shere Khan était devenu presque courtois.

— Oui, je sais, répliqua Hathi.

Et, après un court silence :

— As-tu bu tout ton saoul ?

— Pour cette nuit, oui.

— Va-t'en, alors. La rivière est là pour ceux qui ont soif, et non pour être souillée. Personne autre que le tigre boiteux ne se serait vanté de son droit dans un temps pareil, quand... quand nous souffrons ensemble... homme et Peuple de la Jungle... l'un comme l'autre. Propre ou non, retourne à ton repaire, Shere Khan !

Les derniers mots sonnèrent comme des trompettes d'argent, et les trois fils de Hathi roulèrent en avant, d'un demi-pas, bien qu'il n'y en eût pas besoin. Shere Khan s'esquiva, sans même oser gronder, car il savait — ce que chacun sait — qu'en dernier ressort Hathi est le Maître de la Jungle.

— Quel est ce droit dont parle Shere Khan ? — chuchota Mowgli dans l'oreille de Bagheera. — Tuer l'homme est toujours, en tous temps, une honte. La Loi le dit. Et pourtant, Hathi avoue...

— Demande-le-lui. Je ne sais pas, petit frère. Droit ou pas, si Hathi n'avait parlé, j'aurais donné à ce boucher boiteux la leçon qu'il mérite. Venir au Roc de la Paix, tout frais encore du meurtre d'un homme... et s'en vanter! C'est le fait d'un chacal. En outre, il a infecté la bonne eau.

Mowgli attendit une minute pour prendre courage, car personne ne se souciait de s'adresser directement à Hathi; puis il cria :

— Quel est ce droit de Shere Khan, ô Hathi?

Les deux rives firent écho à sa demande, car tout le Peuple de la Jungle est singulièrement curieux, et l'on venait d'assister à quelque chose que personne, sauf Baloo qui paraissait très pensif, ne semblait comprendre.

— C'est une vieille histoire, dit Hathi; une histoire plus vieille que la Jungle. Gardez le silence le long des rives, et je vais vous la conter.

Il y eut une ou deux minutes de poussées et d'épaulées parmi les sangliers et les buffles; puis les chefs des troupeaux grognèrent l'un après l'autre :

— Nous attendons.

Et Hathi s'avança dans la rivière, à grandes enjambées, jusqu'à ce que l'eau touchât presque ses genoux, devant le Roc de la Paix. Quelque maigre et ridé qu'il fût, avec des défenses jaunies, il paraissait bien ce que la Jungle estimait qu'il était : leur maître à tous.

— Vous savez, mes enfants, commença-t-il, que, de tous les êtres, le plus à craindre pour vous, c'est l'homme.

Il y eut un murmure d'assentiment.

— Cette histoire te concerne, petit frère, dit Bagheera à Mowgli.

— Moi?... Je suis du clan... un des chasseurs du Peuple Libre, répondit Mowgli. Qu'ai-je à faire avec l'homme?

— Et vous ne savez pas pourquoi vous craignez l'homme? continua Hathi, En voici la raison. Au commencement de la Jungle, et personne ne sait quand c'était, nous autres de la Jungle marchions de compagnie, sans aucune crainte l'un de l'autre. En ce temps-là, il n'y avait pas de sécheresses, et feuilles, fleurs et fruits poussaient sur le même arbre, et nous ne mangions rien autre que des feuilles, des fleurs, de l'herbe, des fruits et de l'écorce.

— Je suis bien contente de ne pas être née dans ce temps-là! dit Bagheera. L'écorce n'est bonne qu'à se faire les griffes.

— ... Et le Seigneur de la Jungle était Tha, le premier éléphant. Il tira la Jungle des eaux profondes à l'aide de sa trompe. et, où ses défenses creusaient des sillons dans le sol, les rivières se mettaient à couler; où il frappait du pied, naissaient aussitôt des étangs d'eau excellente; et, quand il soufflait à travers sa trompe... comme ceci... les arbres en tombaient. C'est ainsi que la Jungle fut créée par Tha; et c'est ainsi que l'histoire m'a été racontée.

— Il n'a pas perdu sa graisse à la raconter! chuchota Bagheera.

Et Mowgli se mit à rire derrière sa main.

— ... En ce temps-là, il n'y avait ni blé, ni melons, ni poivre, ni cannes à sucre; il n'y avait pas non plus de petites huttes comme celles que vous avez tous vues; et le Peuple de la Jungle ne connaissait rien de l'homme, et vivait en commun dans la Jungle, ne formant qu'un seul peuple. Mais bientôt on commença à se quereller à propos de la nourriture, bien qu'il y eût pour tous de la pâture en suffisance. On était paresseux. Chacun voulait manger où il était couché, comme parfois il nous arrive de le faire quand les pluies de printemps sont bonnes. Tha, le premier éléphant, était occupé à créer de nouvelles jungles et à conduire les rivières dans leurs lits. Il ne pouvait aller partout: aussi fit-il du premier tigre le Maître et le Juge de la Jungle, à qui le Peuple de la Jungle devrait soumettre ses querelles. En ce temps-là, le premier tigre mangeait des fruits et de l'herbe avec tout le monde. Il était aussi grand que je le suis, et très beau, tout entier de la même couleur que la fleur de la liane jaune. Il n'y avait sur sa peau ni taches ni rayures, en ces jours de bonheur où la Jungle était nouvelle. Tout le Peuple de la Jungle venait à lui sans crainte, et sa parole servait de Loi. Nous ne formions alors, souvenez-vous-en, qu'un seul peuple. Cependant, une nuit, deux chevreuils se prirent de querelle,

— une querelle à propos de pacage, comme vous en videz maintenant à coups de tête et à coups de pieds, — et, comme les deux adversaires s'expliquaient devant le premier tigre couché parmi les fleurs, on raconte qu'un des chevreuils le poussa de ses cornes : et le premier tigre, oubliant qu'il était le Maître et le Juge de la Jungle, sauta sur le chevreuil, et lui brisa le cou.

» Jusqu'à cette nuit-là, jamais personne de nous n'était mort : aussi le premier tigre, voyant ce qu'il avait fait, et affolé par l'odeur du sang, se réfugia dans les marais du Nord, et nous autres de la Jungle, restés sans juge, nous tombâmes en de continuelles disputes et batailles. Tha en entendit le bruit et revint. Et les uns lui dirent une chose, les autres une autre ; mais il aperçut le chevreuil mort parmi les fleurs, et demanda qui l'avait tué. Personne ne voulait le lui dire, parce que l'odeur du sang les avait tous affolés, absolument comme cette même odeur nous affole aujourd'hui. On courait de tous côtés en cercle, cabriolant, criant, et secouant la tête. Alors, parlant aux arbres dont les branches étaient basses et aux lianes traînantes de la Jungle, Tha leur commanda de marquer le meurtrier du chevreuil, afin qu'il pût le reconnaître ; et il s'écria : « Qui, sera maintenant le Maître de la Jungle ? » Et le singe gris, qui vit dans les branches, sauta, et dit : « C'est moi qui serai maintenant le Maître de la Jungle. » Et Tha se mit à rire et dit : « Qu'il en soit ainsi ! » Puis il s'en alla fort mécontent.

» Enfants, vous connaissez le singe gris. Il était alors ce qu'il est maintenant. Il commença par se composer pour lui-même une figure de sage, mais, au bout d'un instant, il se mit à se gratter et à sauter de haut en bas et de bas en haut ; et, lorsque Tha revint, il trouva le singe gris pendu, la tête en bas, à une grosse branche, et occupé de faire des grimaces à ceux qui se tenaient au-dessous ; et eux lui rendaient ses grimaces. Et ainsi, il n'y avait plus de règle dans la Jungle ; plus rien que bavardage ridicule et mots absurdes,

» Là-dessus, Tha nous appela tous autour de lui, et nous dit : « Le premier de vos maîtres a introduit la Mort dans la Jungle, et le second la Honte. Il est temps d'avoir enfin une

Loi, et une Loi que vous ne puissiez pas enfreindre. Dorénavant, vous connaîtrez la Crainte, et, lorsque vous aurez pris contact avec elle, vous connaîtrez qu'elle est votre maître, et le reste suivra. » Alors, nous autres de la Jungle, nous demandâmes : « Qu'est-ce que la Crainte ? » Et Tha répondit : « Cherchez jusqu'à ce que vous trouviez. » Et c'est ainsi que nous allions du haut en bas de la Jungle, cherchant la Crainte, quand tout à coup les buffles...

— *Ugh !* dit Mysa, le chef des buffles, sans bouger du banc de sable où ils se tenaient.

— Oui, Mysa, ce furent les buffles. Ils venaient apporter la nouvelle que, dans une grotte de la Jungle, était assise la Crainte, qu'elle n'avait pas de poil, et qu'elle marchait sur ses jambes de derrière. Alors, nous tous de la Jungle, suivîmes le troupeau jusqu'à la grotte ; et, à l'entrée de cette grotte, se tenait la Crainte ; et elle était sans poil, comme les buffles nous l'avaient dit, et elle marchait sur ses jambes de derrière. En nous voyant, elle poussa un cri, et sa voix nous remplit de cette crainte que nous connaissons maintenant ; et nous nous enfuîmes, en nous piétinant les uns les autres et nous entre-déchirant, parce que nous avions peur. Cette nuit-là, m'a-t-on dit, nous autres de la Jungle, ne reposâmes pas ensemble, comme c'était notre coutume, mais chaque tribu se retira de son côté, — le sanglier avec le sanglier, le cerf avec le cerf, corne à corne, sabot contre sabot, — les semblables se tenant rigoureusement avec leurs semblables, et ainsi, tout frissonnants, se couchèrent-ils dans la Jungle.

» Seul, le premier tigre n'était pas avec nous, car il se cachait encore dans les marais du Nord, et lorsqu'on lui parla de l'Être que nous avions vu dans la grotte, il dit aussitôt : « J'irai trouver cet Être, et je lui romprai le cou. » Ainsi courut-il toute la nuit, jusqu'à ce qu'il arrivât devant la grotte ; mais, à son passage, les arbres et les lianes, se souvenant de l'ordre qu'ils avaient reçu de Tha, abaissaient leurs branches et le marquaient tandis qu'il courait, traînant leurs doigts sur son dos, ses flancs, son front et son jabot. Partout où ils le touchaient, une marque et une rayure restaient sur sa peau jaune. *Et ce sont ces rayures que portent ses enfants aujourd'hui !* Lorsqu'il arriva devant la grotte, la

Crainte, l'Être sans poil. tendit vers lui sa main, et l'appela
« le Rayé qui vient la nuit » ; et le premier tigre, ayant
peur de l'Être sans poil, se sauva vers ses marais en rugissant.

Ici. Mowgli éclata de rire. tranquillement, le menton dans
l'eau.

— ... Et le premier tigre hurlait si haut que Tha l'entendit
et demanda : « Quel malheur est-il arrivé? » Et lui, alors,
levant son mufle vers le ciel nouvellement créé, si vieux
maintenant, s'écria : « Rends-moi mon pouvoir, ô Tha ! Je
suis humilié devant toute la Jungle, et j'ai fui un Être sans
poil qui m'a donné un nom déshonorant. — Et pourquoi?
dit Tha. — Parce que je suis souillé de la boue des marais,
dit le premier tigre. — Baigne-toi, alors, et roule-toi dans
l'herbe humide, et si c'est de la boue, l'eau l'enlèvera sûrement », dit Tha; et le premier tigre se baigna, se roula et se
roula encore, jusqu'à ce que la Jungle tournât, tournât devant
ses yeux ; mais pas une seule petite raie, sur sa peau, n'était
partie, et Tha, qui le guettait, se mit à rire. Et le premier
tigre dit : « Qu'ai-je donc fait pour que pareille chose m'arrive? » Tha lui répondit : « Tu as tué le chevreuil, et tu as
lâché la Mort dans la Jungle, et, avec la Mort, est venue la
Crainte, de telle sorte que maintenant, chez le Peuple de la
Jungle, on a peur les uns des autres, comme tu as peur
de l'Être sans poil. » Le premier tigre dit : « Ils n'auront
pas peur de moi, puisque je les connais depuis le commencement. » Tha répondit : « Va voir. » Et le premier tigre
courut çà et là, appelant à voix haute le cerf. le sanglier,
le *sambhur*, le porc-épic, tout le Peuple de la Jungle ; mais,
tous, ils se sauvaient de lui qui avait été leur Juge, parce
qu'ils avaient peur.

» Alors, le premier tigre revint, son orgueil brisé en lui-même ;
et, se frappant la tête contre le sol, il déchira la terre avec
ses griffes, et dit : « Souviens-toi que j'ai été le Maître de la
Jungle ! Ne m'oublie pas, ô Tha. Laisse mes descendants se
rappeler que je fus jadis sans reproche et sans peur ! » Et
Tha lui répondit : « Pour cela, j'y consens volontiers, parce
que toi et moi ensemble avons vu naître la Jungle. Une nuit,
chaque année, il en sera comme il en était avant que le chevreuil fût tué; il en sera ainsi pour toi et tes descendants.

En cette nuit unique, si vous rencontrez l'Être sans poil, —
et son nom est l'homme, — vous n'aurez pas peur de lui.
mais il aura peur de vous. comme si vous étiez les juges de
la Jungle et les maîtres de toutes choses. Use de miséricorde
envers lui, en cette nuit de sa crainte. car tu sais maintenant ce que c'est que la crainte. »

» Alors, le premier tigre répondit : « Je suis content. »
Mais, la première fois qu'il alla boire, il vit les raies noires
qui marquaient ses flancs et ses côtes, il se souvint du nom
que lui avait donné l'Être sans poil, et il fut pris de colère.

» Pendant une année, il vécut dans les marais, attendant
que Tha remplît sa promesse. Et, un soir que le Chacal de
la Lune (l'Etoile du Berger) se dégageait de la Jungle, il
sentit que sa nuit était venue, et il se rendit à la grotte pour
rencontrer l'Être sans poil. Alors arriva ce que Tha avait promis : l'Être sans poil tomba devant lui et resta étendu sur
le sol. Mais le premier tigre le frappa, et lui brisa les reins :
car il pensait qu'il n'y avait dans toute la Jungle qu'un
seul être semblable, et qu'il avait tué la Crainte. Et tandis
qu'il flairait sa victime, il entendit Tha descendre des forêts
du Nord, et tout à coup, la voix du premier éléphant, la
même voix que nous entendons là...

Le tonnerre, en effet. roulait du haut en bas des montagnes
desséchées et fendues, sans apporter la pluie, — rien que
des éclairs de chaleur qui vacillaient derrière les cimes, —
et Hathi continua :

— Voilà bien la voix qu'il entendit, et elle disait : « Est-
ce là ta miséricorde ? » Le premier tigre se lécha les lèvres,
et répondit : « Qu'importe ? J'ai tué la Crainte. » Et Tha
s'écria : « O aveugle et sot ! Tu as délié les pieds à la Mort,
et elle va te suivre à la piste jusqu'à ce que tu meures. Toi-
même, tu as appris à l'homme à tuer ! »

» Le premier tigre, la patte fortement posée sur sa victime, dit : « Il est comme le chevreuil. La Crainte n'existe
plus. Je serai encore une fois le juge des peuples de la
Jungle. » Et Tha lui répondit : « Jamais plus les peuples de
la Jungle ne viendront à toi. Ils éviteront de croiser ta piste,
et de dormir dans ton voisinage, et de marcher sur tes pas,
et de brouter près de ton repaire. Seule, la Crainte te suivra,

et, par des coups que tu ne peux prévoir, te tiendra à sa merci. Elle forcera le sol à s'ouvrir sous tes pas, et la liane à se tordre à ton cou, et les troncs d'arbres à monter en cercle autour de toi plus haut que tu ne peux sauter, et, à la fin, elle prendra ta peau pour en envelopper ses petits lorsqu'ils ont froid. Tu t'es montré sans pitié pour elle, elle se montrera sans pitié pour toi. »

» Le premier tigre était plein de hardiesse, car sa nuit durait encore, et il dit : « La promesse de Tha est la promesse de Tha. Il ne me reprendra pas ma nuit ? » Tha lui répondit : « Ta nuit t'appartient, comme je l'ai dit, mais il est des choses qui se paient. Tu as appris à l'homme à tuer, et c'est un élève prompt à comprendre. — Il est là sous ma patte, les reins brisés ! déclara le premier tigre. Fais savoir à la Jungle que j'ai tué la Crainte. »

» Alors Tha se mit à rire : « Pour un que tu as tué, il en reste beaucoup. Mais va toi-même le dire à la Jungle... car ta nuit est finie ! »

» C'est ainsi que le jour arriva ; et, de la grotte, en effet, sortit un autre Être sans poil ; il vit le mort dans le sentier, et le premier tigre dessus ; il prit un bâton pointu...

— Ils lancent maintenant une chose qui coupe ! — dit Sahi, en descendant de son banc de sable avec un cliquetis.

Car Sahi était considéré par les Gonds comme un manger extraordinairement exquis, — ils l'appellent *ho-igoo*, — et il savait quelque chose de la méchante petite hache goudienne qui vibre à travers une clairière comme la libellule.

— ... C'était un bâton pointu comme ceux qu'ils plantent au fond des trappes, dit Hathi ; et, en le lançant, il atteignit le premier tigre au flanc, profondément. Ainsi tout se passa comme Tha l'avait : dit car le premier tigre courut du haut en bas de la Jungle, en hurlant, jusqu'à ce qu'il eût arraché le bâton, et toute la Jungle sut que l'Être sans poil pouvait frapper de loin, et plus que jamais ils le craignirent.

» Voilà comment il advint que le premier tigre apprit à tuer à l'Être sans poil... et vous savez quel mal il en est résulté depuis pour nos peuples... et par tant de moyens : les nœuds coulants, les trappes, les pièges, et les bâtons volants. et cette mouche piquante qui sort d'une fumée blanche

(Hathi voulai dire la balle de fusil), et la fleur rouge (le feu) qui nous fait sortir de la jungle dans la plaine. Cependant, une nuit, chaque année, suivant la promesse de Tha. l'Être sans poil a peur du tigre, et jamais le tigre ne lui a donné sujet de se rassurer. N'importe où il le trouve, il le tue sur place, en se rappelant la honte du premier tigre. Le reste du temps, la Crainte circule du haut en bas de la Jungle, jour et nuit.

— *Ahi! Aoo!* dit le cerf, en pensant à tout ce que cela signifiait pour lui et ses compagnons.

— ... Et c'est seulement lorsqu'une même grande Crainte pèse sur tous. comme en ce moment, que nous pouvons, nous autres de la Jungle, mettre de côté nos petites craintes, et nous réunir dans le même lieu, comme nous le faisons maintenant.

— L'homme ne craint-il le tigre qu'une seule nuit, vraiment? demanda Mowgli.

— Une seule nuit, répliqua Hathi.

— Mais je... mais nous... mais toute la Jungle sait que Shere Khan tue l'homme deux et trois fois par lune !

— Oui ! mais alors il le surprend par derrière, et tourne la tête de côté en le frappant, car il est rempli de crainte. Si l'homme le regardait, il prendrait la fuite. Lors de sa nuit, au contraire. il descend ouvertement au village. Il marche entre les maisons et passe sa tête par les portes. et les hommes tombent la face contre terre, et il tue... il tue une seule fois cette nuit-là.

— Oh ! se dit Mowgli. en roulant sur lui-même dans l'eau. Maintenant, je vois pourquoi Shere Khan m'a invité à le regarder. Cela ne lui a pas profité, car il n'a pas pu assurer son regard, et... et moi. certes. je ne suis 'pas tombé à ses pieds. Mais aussi, je ne suis pas un homme, étant du Peuple Libre !

— Hum ! fit Bagheera rengorgée dans sa fourrure. Est-ce que le tigre sait quelle est sa nuit?

— Pas avant que le Chacal de la Lune sorte des brouillards du soir. Parfois. elle tombe pendant les sécheresses d'été, parfois au temps des pluies, cette nuit unique du tigre... Mais, sans le premier tigre. tout cela ne serait jamais arrivé, et aucun de nous n'aurait connu la crainte.

Le cerf gémit avec tristesse. et les lèvres de Bagheera se retroussèrent dans un malicieux sourire.

— Les hommes connaissent-ils cette histoire? dit-elle.

— Personne ne la connaît que les tigres, et nous. les éléphants... les Enfants de Tha! Maintenant, vous avez entendu, vous tous au bord de la rivière, et j'ai dit.

Hathi plongea sa trompe dans l'eau, pour signifier qu'il ne voulait plus parler.

— Mais... mais... mais — dit Mowgli, en se tournant du côté de Baloo — pourquoi le premier tigre ne continua-t-il pas à se nourrir d'herbe, de feuilles et d'arbustes? Il ne fit que rompre le cou au chevreuil. Il ne le mangea pas. Qu'est-ce qui l'amena donc à goûter de la chair fraîche?

— Les arbres et les lianes l'avaient marqué, petit frère, et avaient fait de lui la bête rayée que nous voyons. Jamais plus il ne voulut manger de leurs fruits; mais, à partir de ce jour, il se vengea sur le cerf et les autres, les mangeurs d'herbe, dit Baloo.

— Alors, toi, tu connais l'histoire, hein? Pourquoi ne me l'as-tu jamais dite?

— Parce que la Jungle est pleine de ces histoires-là. Si j'avais commencé, je n'en aurais jamais fini... Lâche mon oreille, petit frère!

RUDYARD KIPLING

Traduit par LOUIS FABULET *et* ROBERT D'HUMIÈRES.

LES PREMIÈRES FÊTES

DE

VERSAILLES

Le majestueux Versailles, qui fut le décor splendide d'un grand règne, n'a pas été fait en une fois tel que nous l'admirons encore dans son abandon mélancolique. Il y a eu plusieurs Versailles successifs, fort différents les uns des autres, et que révèlent quelques estampes et de vieux tableaux oubliés. Ce sont comme les ébauches ou les essais de l'œuvre définitive, qui suivent les progrès de la grandeur royale, et dont les proportions s'augmentent, à mesure que le soleil du Grand Roi monte dans un éclat plus resplendissant.

Les diverses parties du Château et des jardins ont été plusieurs fois détruites, mais pour se relever plus belles, suivant un rêve toujours plus ambitieux du maître. C'est la restitution de ces anciens états disparus qui fait la véritable histoire de Versailles. Il est permis d'en regretter quelques-uns, qui furent tout à fait délicieux, par exemple le premier Versailles de Louis XIV, qui précéda les grandes œuvres de Le Vau et de Mansart. La maison n'était alors à vrai dire qu'un château français de la Renaissance, mais l'un des plus complets qu'ait produits la tradition charmante de cette époque. C'est celui que mademoiselle de Scudéry a décrit en y consacrant tout un livre, sachant qu'il n'y avait pas de meilleure façon de faire sa cour au jeune Roi. C'est celui qu'ont visité, un

jour de l'automne de 1668, quatre écrivains, unis par l'amitié
et par le goût commun des belles choses. La Fontaine,
Boileau, Racine et Molière s'y promenèrent ensemble, et y
louèrent « l'intelligence qui est l'âme de ces merveilles ».
L'un d'eux a raconté cette journée mémorable de notre histoire littéraire dans le prologue des *Amours de Psyché;* et
ce n'est pas une des moindres gloires de cet ancien Versailles
que d'avoir inspiré vers et prose à Jean de la Fontaine.

Louis XIV a assisté, en 1661, aux grandes fêtes données
par Fouquet pour l'achèvement du château de Vaux-le-
Vicomte, et la somptuosité de son ministre l'a blessé d'une
jalousie cruelle. Il a senti alors, selon toute apparence, le désir
d'avoir à son tour une maison créée par lui et qui racontât sa
gloire. Il a vu, chez le surintendant, quels succès remportent
les Mécènes de l'art, et il a compris, suivant un mot de Colbert, que « rien ne marque davantage la grandeur et l'esprit
des princes que les bastimens ». Le modeste rendez-vous de
chasse bâti jadis par son père, au milieu des bois, et où lui-
même a chassé dès son enfance, lui semble se prêter à son
désir, et il y jette, en quelques années, des sommes énormes.
Colbert lui-même ne peut s'empêcher de les regretter. La
reprise des travaux du Louvre est, en effet, une pensée du
ministre ; la transformation de Versailles, destinée à devenir
un séjour de fêtes, n'est qu'une idée personnelle au jeune
souverain. En quelques années, le « petit château de cartes »
de Louis XIII — le mot est de Saint-Simon et est parfaitement
justifié — se trouve agrandi, décoré, embelli, et le goût de
Le Vau le rend méconnaissable.

Un palais de féerie se dresse maintenant sur la butte encore
étroite, avec son architecture toute de couleur joyeuse, ses
façades de brique rouge, ses balcons de fer ouvragé, ses
hautes cheminées blanches, les pinacles et les plombs dorés
de ses combles aigus. Il n'y a, il est vrai, autour de la nouvelle maison royale, ni larges degrés, ni fontaines abondantes, ni figures de marbre, et l'espace où s'étendra la
noble perspective du grand Canal n'est encore qu'une plaine
marécageuse. Mais André Le Nôtre a déjà tracé les lignes
premières des jardins à venir. La plupart des bosquets sont
découpés dans les taillis de l'ancien parc de chasse ; de grands

bassins, creusés dans les parties basses, attendent qu'on y conduise les eaux jaillissantes : des termes de pierre sont rangés le long des buis taillés ; un « parterre de broderies » d'un dessin nouveau s'étend devant l'habitation et, vers le midi, une petite orangerie remplie des orangers de Vaux complète de ce côté, par l'aspect pittoresque de Versailles, les briques mêlées de pierre de ses arcades. Cet ensemble, plus gracieux que grandiose, est conservé par des tableaux de Patel et de Van der Meulen et quelques estampes d'Israël Silvestre. C'est l'œuvre de jeunesse de Louis XIV, point encore aussi belle que le domaine de Fouquet, mais d'une somptuosité assez neuve et assez différente pour supporter la comparaison. Il s'agit maintenant d'effacer d'importuns souvenirs par des fêtes éclatantes et le déploiement d'une magnificence sans égale ; et Versailles, tout d'abord, ne semble conçu que pour y servir de cadre.

❊
❊ ❊

Ce sont, en effet, les divertissements royaux qui font la première histoire de cette maison. Au milieu même des travaux qui s'y accomplissent, Louis XIV aime à conduire à Versailles, du Louvre ou de Saint-Germain, la brillante cour qui entoure sa jeunesse. Il y a souvent de somptueuses collations après la chasse, des comédies, des bals dans le château ou dans les jardins. La *Gazette de France* est pleine de tels récits. Une grande fête, qui dure du 7 au 9 mai 1664, est comme l'inauguration de Versailles. Le Roi a vingt-cinq ans alors, et se trouve au plus fort de sa passion pour mademoiselle de La Vallière. Beaucoup de gens savent, malgré la présence des reines Anne d'Autriche et Marie-Thérèse, que c'est à la jeune maîtresse que la fête est offerte, et le succès qui y est ménagé à son frère, le marquis de La Vallière, vainqueur de la course de bagues, peut l'apprendre à tout le monde. Le choix de Versailles s'explique par la beauté déjà fort goûtée du petit château : « Quoiqu'il n'ait pas, dit l'un des auteurs qui nous renseignent, cette grande étendue qui se remarque en quelques autres palais de Sa Majesté, il charme de toutes les manières, tout y rit dehors et dedans. l'or et le marbre y disputent de beauté et d'éclat... Sa symétrie, la richesse de ses meubles, la beauté de ses promenades et le nombre infini de ses fleurs, comme de ses orangers, rendent les environs de ce lieu dignes de sa rareté singulière. » La Cour y séjourne, avant et après la fête, du 5 au 14 mai, et le Roi y traite plus de six cents personnes, outre le personnel de la danse, de la comédie, et les artisans de toutes sortes venus de Paris, « si bien que cela paraissait une petite armée ». Les détails ont été inventés par Vigarani, « gentilhomme modénois », fort habile aux décors et aux machines, et qui va être, sous le titre modeste d'ingénieur du Roi, le metteur en scène des fêtes de Versailles.

Le duc de Saint-Aignan, premier gentilhomme de la Chambre en fonctions, a été chargé par le Roi de trouver un lien entre les divertissements ; il s'est adjoint M. de Benserade et le président de Périgny, qui s'entendent aux plans de ballet et aux vers de circonstance, et il a été décidé qu'on reproduirait un des épisodes les plus connus du *Roland furieux*. Le Roi y joue le premier rôle, celui de Roger retenu avec les braves chevaliers, ses compagnons, dans l'île de l'enchanteresse Alcine, jusqu'au moment où la bague d'Angélique, mise au doigt de Roger, vient le délivrer des sortilèges qui l'ont fait captif des plaisirs. Tel est le sujet des trois journées, dont Israël Silvestre dessinera et gravera les principaux moments et dont la relation officielle sera imprimée, par l'ordre de Sa Majesté, sous le titre des *Plaisirs de l'Ile enchantée*. L'Allée royale, moins large alors que le Tapis-Vert actuel, a été réservée aux diverses parties de la fête. On reconnaît les trois points où elle fut donnée, grâce au récit d'un témoin, M. de Marigny, qui parle ainsi du premier emplacement préparé pour la course de bagues : « On arrive, par la grande allée qui est au bout du parterre, dans un rond fort spacieux coupé par une autre allée de même largeur. Ce lieu, qui est à cinq ou six cents pas du Château, fut choisi pour le plus propre à faire paraître les premiers divertissements du palais enchanté d'Alcine. » C'était à peu près le milieu de l'Allée Royale, qui s'y élargissait en rond-point. La représentation de la *Princesse d'Élide*, dans la seconde journée, eut lieu tout en bas de l'allée : « On avait dressé un grand théâtre, environ cent pas au-dessous du rond où les chevaliers avaient couru la bague. » Enfin, pour le troisième jour, le palais d'Alcine, qui fut embrasé par un feu d'artifice, avait été construit sur le grand rondeau « dont l'étendue et la forme, dit la relation officielle, sont extraordinaires » ; c'était la belle pièce d'eau du bas du parc, le futur bassin d'Apollon, qui avait déjà ses proportions actuelles, mais qu'aucun groupe ni jet d'eau n'embellissait encore.

Le 7 mai, sur les six heures du soir, la Cour se rendit au lieu aménagé pour la première fête : « On avait élevé, dans les quatre avenues du rond, de grands portiques ornés au dehors et au dedans des armes et des chiffres de Sa Majesté. On avait mis le haut dais justement à l'entrée du rond, et derrière, en remontant dans l'allée, on avait arrangé des bancs en forme d'amphithéâtre pour placer deux cents personnes. De grandes machines, entrelacées dans les arbres du rond, soutenaient des chandeliers [lustres] garnis d'un nombre infini de flambeaux, pour faire, s'il était possible, une lumière égale à celle du soleil, lorsqu'il aurait fait place à la nuit. » Dans le champ clos, les chevaliers de l'Arioste défilèrent d'abord devant les dames, entourés d'un somptueux cortège de pages, trompettes et timbaliers ; après eux venait un gigantesque char d'Apollon, à quatre chevaux, mené par le sieur Millet, cocher du Roi, portant les attributs du Temps, et entouré des douze Heures du jour et des douze Signes du Zodiaque allant à pied. Des vers furent récités par les acteurs et actrices de la troupe de Molière, qui figuraient les Siècles d'or, d'argent, d'airain et de fer, et le dieu Apollon. Puis le jeu d'adresse, qui était la course de bagues, commença. C'était un prétexte à montrer de beaux habits et de beaux jeunes hommes : « Le Roi, représentant Roger, montait un des plus beaux chevaux du monde, dont le harnois couleur de feu éclatait d'or, d'argent et de pierreries. Sa Majesté était armée à la façon des Grecs, comme tous ceux de sa quadrille, et portait une cuirasse à lame d'argent, couverte d'une riche broderie d'or et de diamants. Son port et toute son action étaient dignes de son rang ; son casque, tout couvert de plumes couleur de feu, avait une grâce incomparable ; et jamais un air plus libre, ni plus guerrier, n'a mis un mortel au-dessus des autres hommes. » Après s'être fait admirer en plusieurs courses, le Roi laissa la victoire se décider entre les

autres chevaliers : « Le duc de Guise, les marquis de Soyecourt et de La Vallière demeurèrent à la dispute, dont ce
dernier emporta le prix. qui fut une épée d'or enrichie de
diamants, avec des boucles de baudrier de valeur, que donna
la Reine-mère et dont elle l'honora de sa main. »

La nuit survenue, « le camp fut éclairé de lumières, et,
tous les chevaliers s'étant retirés, on vit entrer l'Orphée de
nos jours, vous entendez bien que je veux dire Lully, à la
tête d'une grande troupe de concertants, qui, s'étant approchés
au petit pas et à la cadence de leurs instruments, se séparèrent
en deux bandes, à droite et à gauche du haut dais, en bordant
les palissades du rond ». Les violons jouèrent pendant l'entrée
des quatre Saisons, dont les montures étaient un cheval
d'Espagne, pour le Printemps, et pour les autres, un éléphant,
un chameau et un ours. Quarante-huit personnages. habillés
suivant la saison qu'ils accompagnaient, avaient sur la tête
des bassins remplis de mets et de fruits pour la collation.
Pan et Diane, portés sur un petit rocher planté d'arbres,
parurent aussi, avec une suite qui offrit « des viandes de
la ménagerie de Pan et de la chasse de Diane ». Pan était
représenté par Molière. De nouveaux vers furent récités aux
Reines, puis le Roi, Monsieur, les Reines et les dames s'assirent à une grande table toute fleurie, en forme de croissant.
ce qui fit un beau spectacle. « Dans la nuit, auprès de la
verdeur de ces hautes palissades, un nombre infini de
chandeliers peints de vert et d'argent, portant chacun vingt-
quatre bougies et deux cents flambeaux de cire blanche, tenus
par autant de personnes vêtues en masques, rendaient une
clarté presque aussi grande et plus agréable que celle du jour.
Tous les chevaliers, avec leurs casques couverts de plumes de
différentes couleurs et leurs habits de la course, étaient
appuyés sur la barrière ; et ce grand nombre d'officiers richement vêtus, qui servaient, en augmentaient encore la beauté
et rendaient ce rond une chose enchantée ; duquel, après la
collation, Leurs Majestés et toute la Cour sortirent par le
portique opposé à la barrière et, dans un grand nombre de
calèches fort ajustées, reprirent le chemin du Château. »

Le lendemain, la nuit étant tombée, on fut à la salle de
théâtre, dressée aussi en rond de verdure. Le dessein de cette

seconde fête était que Roger et ses chevaliers, « après avoir fait
des merveilles aux courses que, par l'ordre de la belle
Magicienne, ils avaient faites en faveur de la Reine, continuaient en ce même dessein pour le divertissement suivant ;
et que, l'île flottante n'ayant point éloigné le rivage de la
France, ils donnaient à Sa Majesté le plaisir d'une comédie
dont la scène était en Élide ». Grâce à cette fiction, la troupe
de Molière représenta une comédie, imitée de l'espagnol, en
cinq actes, dont le premier seul était en vers, et qui comportait six intermèdes. Le personnage de la princesse d'Élide
était tenu par mademoiselle de Molière ; son mari y joua un rôle
bouffon assez important, celui du « plaisant » de la princesse,
et le premier intermède, où sa poltronnerie eut à se défendre
contre un ours, donna fort à rire à la compagnie. L'intermède qui termina la pièce fut un admirable ballet de faunes,
de bergers et de « bergères héroïques », « et toute cette scène,
nous dit-on, fut si grande, si remplie et si agréable, qu'il ne
s'était encore rien vu de plus beau en ballet ».

La soirée du 9 mai fut réservée aux plus singuliers artifices
des machines de Vigarani. Au milieu du rondeau, s'élevait le
château de l'Enchanteresse, sur une île rocheuse, devant laquelle
s'avançaient deux lignes de rochers illuminés, où des tapisseries
fixées par des mâts faisaient les deux côtés d'une sorte de scène
sur l'eau. Les musiciens y prirent place, quand la Cour se
fut assise auprès du bord. « Mais ce qui surprit davantage fut
de voir sortir Alcine de derrière le rocher, portée par
un monstre marin d'une grandeur prodigieuse. Deux des
nymphes de sa suite, sous les noms de Célie et de Dircé, partirent au même temps et, se mettant à ses côtés sur de
grandes baleines, elles s'approchèrent du bord du rondeau,
et Alcine — c'était mademoiselle du Parc — commença
des vers, auxquels ses compagnes répondirent, et qui furent
à la louange de la Reine, mère du Roi. » Deux actrices
excellentes, mademoiselle de Brie et la femme de Molière,
représentaient les nymphes d'Alcine. Quand elles eurent récité, les monstres les ramenèrent « du côté de l'Ile enchantée,
où était le château qui, s'ouvrant à leur arrivée, surprit
agréablement les yeux par les beautés d'une architecture si
merveilleuse, que l'on eût cru que c'était de l'invention de

Vigarani, si l'on n'eût été prévenu que c'était un enchantement d'Alcine. Alors les concertants redoublèrent les accords,
et l'on vit [à l'intérieur du palais] des géants d'une prodigieuse grandeur qui firent la première entrée du ballet.» Il y
eut six entrées, dont la dernière fit paraître Roger recevant
l'anneau libérateur. Au même instant, un coup de tonnerre
suivi d'éclairs marqua la fin des enchantements ; et le palais
d'Alcine s'abîma dans un très beau feu d'artifice, dont l'effet
fut doublé par l'eau qui reflétait les fusées et les échos qui
répétaient le bruit des boîtes.

Les plaisirs de l'Ile enchantée étaient finis. Le Roi les pro-
longea quelques jours encore par des divertissements. Le
10 mai, il voulut courre les têtes à l'allemande, jeu de cavaliers, qui consistait à emporter à toute bride et successivement, avec la lance, la javeline et l'épée, une tête de Turc,
de Maure et de Méduse. Le jeu eut lieu dans les fossés sans
eau du petit château de Louis XIII. « Toute la Cour s'était
placée sur une balustrade de fer doré, qui régnait autour de
l'agréable maison de Versailles, et qui regarde le fossé dans
lequel on avait dressé la lice avec des barrières. » Le Roi
remporta le prix de deux courses, mais sur-le-champ il re-
donna à courre celui qu'offrait la Reine aux chevaliers qui
avaient été de sa quadrille : c'était un diamant, et le marquis
de Coislin, qui le gagna, le reçut des mains de la Reine. Le
lendemain, il y eut promenade à la Ménagerie, où le Roi fit
admirer les nouveaux bâtiments qu'il venait d'y faire et un
grand nombre d'oiseaux rares. « Le soir, Sa Majesté fit
représenter sur l'un de ces théâtres doubles de son salon, que
son esprit universel a lui-même inventés, la comédie des
Fâcheux faite par le sieur de Molière, mêlée d'entrées de ballet et fort ingénieuse. » Le jour suivant, après avoir dîné, le
Roi fit tirer aux dames une loterie, de « pierreries, ameuble-
ments, argenterie et autres choses semblables ; et, quoique
le sort ait accoutumé de décider de ces présents, il s'accorda
sans doute avec le désir de Sa Majesté, quand il fit tomber le
gros lot entre les mains de la Reine ». Puis, on fut assister
au défi échangé par deux des nobles figurants de la première
journée, le marquis de Soyecourt et le duc de Saint-Aignan.
Ils coururent les têtes dans leurs costumes et provoquèrent,

entre leurs partisans, de nombreuses gageures d'argent. M. de Saint-Aignan gagna le défi. « Le soir, Sa Majesté fit jouer une comédie nommée *Tartufe*, que le sieur de Molière avait faite contre les hypocrites... » C'étaient les trois premiers actes seulement d'une pièce encore inconnue, qui allait faire quelque bruit dans le monde[1]. Le 12 mai, le Roi voulut encore courre les têtes, et on joua la comédie du *Mariage forcé*; le 14, la Cour partit pour Fontainebleau.

Cette série de divertissements n'avait pas encore sa pareille dans les fastes de la Cour de France; mais le petit Versailles ne se prêtait aucunement au séjour des grandes foules de cour, et le Roi avait fait, avec des heureux, des mécontents. On le sait par le premier témoignage, indirect il est vrai, de madame de Sévigné sur Versailles. Olivier d'Ormesson, racontant dans ses Mémoires le procès de Fouquet, s'interrompt pour noter : « Madame de Sévigné nous conta les divertissements de Versailles, qui avaient duré depuis le mercredi jusqu'au dimanche, en courses de bagues, ballets, comédies, feux d'artifice et autres inventions fort belles; que tous les courtisans étaient enragés, car le Roi ne prenait soin d'aucun d'eux, et MM. de Guise, d'Elbeuf n'avaient pas quasi un trou pour se mettre à couvert. » Le village de Versailles, avec ses auberges de rouliers, offrait, en effet, peu de ressources aux courtisans qui suivaient le Roi. Qui aurait pu penser que, vingt ans plus tard, on y trouverait une ville?

Quelques parties de cette fête de 1664 se répétèrent les années suivantes, qui furent les plus brillantes de la jeune Cour. En 1665, où il y eut de nombreux séjours du Roi à Versailles, avec chasses, spectacles, bals et régals, on donna, le 13 juin, la comédie suivie de bal sur un vaste salon de verdure élevé par Vigarani sur l'Allée royale et éclairé de cent lustres de cristal. Au mois de juillet, la reine d'Angleterre, venue en France pour les couches de Madame, sa fille, visita Versailles et y demeura cinq jours avec sa maison,

---

1. Je peux fixer, en passant, pour les « Moliéristes », l'emplacement où le poète a joué ses comédies à Versailles, et où a eu lieu notamment la première représentation partielle du *Tartufe*. C'est dans le vestibule qui est au fond de la petite cour de marbre, et que les cloisons mobiles des pièces voisines permettaient de transformer en salle de spectacle pour les besoins de la Cour.

magnifiquement traitée par le Roi. En septembre, la Cour y
fit la fête de la Saint-Hubert, qui dura quatre journées ; il y eut
une grande chasse, où parurent en amazones la Reine,
Madame, Mademoiselle, mademoiselle d'Alençon et les autres
dames, et une comédie entremêlée de ballet, qui fut la première représentation de l'*Amour médecin*. Les gazetiers beaux
esprits y trouvèrent comme toujours matière à rimes, et Robinet en tira sa Lettre hebdomadaire à Madame :

> Dimanche, où le ciel tout exprès
> Se para de tous ses attraits,
> Notre Cour courut à Versailles
> Pour y rire et faire godailles...
> L'admirable et plaisant Molière...
> Illec avec sa compagnie
> Fit admirer son gai génie.
> Son jeu fut mêlé d'un ballet
> Qui fut trouvé drôle et follet.

En 1666, le deuil pour Anne d'Autriche, morte le 19 janvier, suspendit les fêtes, mais n'interrompit point les petits
séjours à Versailles. En 1667, les divertissements de la fin du
carnaval s'y passèrent, et l'on revit, à cette occasion, les courses
de têtes et le défilé des brillants cavaliers dans ces riches
costumes de fantaisie que Louis XIV aimait à revêtir. Le jour
de ce carrousel, une partie des beautés de la Cour étaient à
cheval, « toutes admirablement équipées, conduites par
Madame, avec une veste des plus superbes et sur un cheval
blanc houssé de brocart, semé de perles et de pierreries,
ainsi que son habit. Le Roi marchait après, ne se faisant pas
moins connaître à cette haute mine qui lui est particulière
qu'à son riche vêtement à la hongroise, couvert d'or et de
pierreries, avec un casque de même, ondoyé de plumes, et à
la fierté de son cheval, qui semblait plus superbe de porter un
si grand monarque que de la magnificence de son caparaçon
et de sa housse pareillement couverte de pierreries. » Monsieur, en Turc, et le duc d'Enghien, en Indien, chevauchaient
auprès du Roi, et les seigneurs suivaient en dix quadrilles.
On fit le tour du camp, établi devant la petite orangerie de
briques de Le Vau, et, après avoir salué la Reine et les prin-

cesses, elles aussi toutes galamment déguisées, le Roi courut la première course et après lui tous les chevaliers. « Ce divertissement fut vu d'un nombre infini d'étrangers, entre lesquels il y avait quantité de seigneurs allemands placés sur de grandes balustrades et terrasses, qui semblaient avoir été préparées à cet effet, quoique ce soient les ornements naturels de ce beau lieu. »

Il était naturel, après de telles journées, que Versailles se présentât aux imaginations comme le lieu par excellence des fêtes de Louis XIV. Le caractère que cette maison avait alors est bien marqué par un témoignage du temps : « C'est assurément une belle et agréable chose de voir le Roi en ce beau désert, lorsqu'il y fait de petites fêtes galantes ou de celles qui étonnent par leur magnificence, par leur nouveauté, par leur pompe, par la multitude des divertissements éclatants, par les musiques différentes, par les eaux, par les feux d'artifice, par l'abondance de toutes choses et surtout par des palais de verdure, qu'on peut nommer des lieux enchantés dont jamais la nature et l'art joints ensemble ne s'étaient avisés... Mais quiconque a vu le Roi pendant la campagne de Flandre l'admirera encore mille fois plus parmi les plaisirs, que ne font ceux qui ne l'ont point vu à la guerre... étonner les premiers capitaines de l'univers par sa capacité, charmer tout le monde, jusques aux simples soldats, par une familiarité héroïque, aller à la tranchée avec une fermeté intrépide, résister à la fatigue, aux veilles et à tout ce que la guerre a de plus pénible, — et faire tout cela avec la même facilité et la même gaieté qu'il ordonne les fêtes de Versailles ! » C'est l'auteur du *Grand Cyrus* qui tient ce langage, fidèle écho d'une opinion publique encore entièrement favorable au jeune Roi.

Versailles a vu en 1668 la plus grande fête de Louis XIV, la plus somptueuse qu'il ait jamais donnée et celle qui est, par excellence, dans les anciens récits, la « fête de Versailles ». Elle ne dura qu'un jour, ou plutôt qu'une nuit, celle du 18 juillet, et coûta environ cent mille livres. Il en existe plusieurs relations, sans parler du programme du spectacle *le Grand Divertissement royal de Versailles*, imprimé avant la fête et distribué aux spectateurs. Dix ans plus tard. cinq grandes estampes gravées par Le Pautre vinrent remettre sous les yeux du public les principaux épisodes de la fête. Elle resta longtemps, on le voit, dans les mémoires, et elle marque, en effet, le moment le plus brillant de la jeunesse de Louis XIV. C'était deux mois et demi après la paix d'Aix-la-Chapelle. Le Roi voulait rendre à la Cour les plaisirs du carnaval, que la guerre avait empêchés. Il désirait en même temps paraître aux yeux de madame de Montespan dans tout le rayonnement dont l'avaient entouré les victoires de Condé et de Luxembourg. Louise de La Vallière était encore à la Cour et maîtresse déclarée, comme on disait alors ; mais ce n'était déjà plus pour lui plaire que se donnaient les fêtes de Versailles.

Le Roi choisit lui-même les emplacements des jardins qu'on devait disposer et décida les divertissements, dont les eaux récemment amenées à grands frais allaient être le principal intérêt. Ces belles eaux avaient contribué plus que toute autre création à renouveler le décor de Versailles ; et c'était une occasion excellente de les montrer, jaillissant de partout dans ces beaux jardins où, dix ans plus tôt, on ne voyait que des marécages. Les divers organisateurs reçurent leurs rôles. Le duc de Créqui, premier gentilhomme de la Chambre, fut chargé de ce qui regardait la comédie ; le maréchal de Bellefond, premier maître d'hôtel du Roi, prit soin de la collation et du souper, et Colbert, comme surintendant des Bâtiments du Roi, des constructions et du feu d'artifice. Il distribua la besogne entre Vigarani, qui dressa la salle de comédie ; Henri Gissey, dessinateur des plaisirs du Roi, qui accommoda celle du souper, et Le Vau, qui fit la plus importante, celle du bal. Le sieur Jolly eut à diriger les effets d'eau ; Gissey, les illuminations ; et il est à penser, sans qu'il soit expressément nommé, que Le Brun donna des idées à tout le monde.

Au jour fixé, le roi vient de Saint-Germain dîner à Versailles avec la Reine, le Dauphin, Monsieur, frère du Roi, et Madame [Henriette d'Angleterre]. Le reste de la Cour arrive dans l'après-midi. et les officiers du Roi offrent à

chacun des rafraîchissements dans les salles du rez-de-
chaussée ; les principales dames sont conduites dans des
chambres particulières où elles peuvent se reposer. Vers six
heures, le Roi, la Reine et toute la Cour sortent sur le
Grand Parterre. Cette agréable multitude de belles personnes
extraordinairement parées », se répandent « en un instant
dans tous les jardins. à peu près comme un grand amas
d'eaux retenues et resserrées, qui s'épanchent tout d'un coup
et qui inondent une grande étendue de pays ». Madeleine de
Scudéry fait partie de ce brillant cortège, et ces galantes
images sont de sa plume. Le Roi, cependant, passe devant la
Grotte de Théthys, cette merveille de rocailles et de jeux
d'eaux qui s'achève à peine ; il descend le long du pàrterre
de gazon et va au rondeau du Dragon, faire admirer les
figures de plomb doré qu'on vient d'y mettre.

Puis, par les jeunes bosquets qui donnent déjà une ombre
assez épaisse, on se rassemble dans une espèce de labyrinthe
dont le centre est un cabinet de verdure, à l'aboutissement
de cinq allées. Le bassin qui s'y trouve est couvert par cinq
buffets adossés au jet de la fontaine et dont chacun offre un
aspect inattendu : l'un est une montagne dont les cavernes
sont remplies de diverses viandes froides ; un autre. un
palais bâti de massepains et de pàtes sucrées ; ces buffets
sont séparés par des vases renfermant des arbustes, dont les
fruits sont des fruits confits. Les fruits naturels ne manquent
pas non plus : ils sont encore sur leurs arbres, rangés le
long des cinq allées en charmille ; on y peut cueillir, dans
l'une, des poires de toute espèce ; dans l'autre, des groseilles
de Hollande ; la troisième présente des abricots et des pêches ;
la quatrième, des bigarreaux et des cerises, et la cinquième
est toute bordée d'orangers de Portugal. Il y en a pour les
goûts les plus divers, et les yeux, au bout de chaque allée,
sont charmés par une disposition de niches fleuries au chiffre
du Roi, abritant la figure dorée d'une divinité sylvestre, d'un
effet vif sur le fond vert des palissades.

« Après que Leurs Majestés eurent été quelque temps dans
cet endroit si charmant, et que les dames eurent fait collation,
le Roi abandonna les tables au pillage des gens qui suivaient,
et la destruction d'un arrangement si beau servit encore d'un

divertissement agréable à toute la Cour, par l'empressement et la confusion de ceux qui démolissaient ces châteaux de massepains et ces montagnes de confitures. » Le Roi monte ensuite en calèche, la Reine dans sa chaise, la Cour dans les carrosses particuliers, entrés par faveur spéciale, et l'on va faire « le tour du bassin de la fontaine des Cygnes, qui termine l'Allée royale vis-à-vis du château ». Il y a maintenant, en attendant le groupe du Char d'Apollon, une haute gerbe d'eau formée d'un grand nombre de jets. Continuant l'allée de tilleuls qui borde le petit parc, et remontant par celle qui sera l'allée de Saturne, on arrive à un carrefour d'allées où Vigarani a élevé le théâtre. La salle peut contenir près de trois mille spectateurs. Au dehors, elle est toute en feuillage; le dedans est tendu des plus belles tapisseries de la Couronne et éclairé de trente-deux lustres de cristal. De chaque côté de l'ouverture de la scène, deux statues, la Victoire et la Paix, rendent hommage à l'heureux conquérant de la Flandre et de la Franche-Comté : « La première face [décor] du théâtre fut un superbe jardin orné de canaux, de cascades, de la vue d'un palais et d'un lointain au delà. Une seconde collation fut offerte au bord du théâtre... Ensuite une agréable comédie de Molière fut représentée ; le théâtre changea plusieurs fois très agréablement, et la comédie fut entremêlée d'une symphonie la plus surprenante et la plus merveilleuse qui fut jamais, de quelques scènes chantées par les plus belles voix du monde et de diverses entrées de ballets très divertissantes... La dernière surtout fut admirable par une prodigieuse quantité de personnages et de figures différentes, dont la foule régulière, s'il est permis de parler ainsi, occupa tour à tour toutes les places du théâtre avec tant d'ordre et de justesse qu'on n'a jamais rien vu de pareil. » Ce dernier ballet, où plus de cent personnes évoluèrent à la fois sur la scène, ce qui ne s'était, paraît-il, jamais vu. représentait le Triomphe de Bacchus et fut le triomphe de Lulli. Molière avait compté sur les conventions théâtrales du temps, pour entremêler les bergeries du ballet et la scène mythologique finale aux deux actes d'une comédie bourgeoise assez joyeuse. Elle traitait des malheurs « d'un riche paysan marié à la fille d'un gentilhomme de campagne », et les couplets, si bien tournés qu'ils fussent, ne valait point cette prose, qui n'était autre que *Georges Dandin*.

Au sortir du spectacle, la Cour se dirigea vers un autre rond-point du parc, où l'on aperçut de loin l'illumination d'un salon octogone de feuillée, couvert en dôme et orné de figures dorées, de trophées et de bas-reliefs. L'intérieur fut un enchantement. Les effets d'eau et de lumière s'y multipliaient. Au milieu du salon, un grand rocher, surmonté d'un Pégase et parsemé des figures d'argent d'Apollon et des Muses, représentait le Parnasse ; d'abondantes cascades jaillissant du sommet formaient quatre petits fleuves et allaient se répandre sur des pelouses. Toute l'architecture était de feuillage, sauf les huit pilastres d'angle, qui supportaient des coquilles de marbre superposées et se renvoyant des nappes d'eau. La corniche soutenait des vases de porcelaine garnis de fleurs alternant avec de grandes boules de cristal, et des guirlandes de fleurs y étaient suspendues par des écharpes de gaze d'argent. En face de l'entrée, le principal buffet, dans un cabinet assez profond, présentait la plus belle vaisselle du Roi et vingt-quatre énormes bassins d'argent ciselé, « séparés les uns des autres par autant de grands vases, de cassolettes et de girandoles d'argent d'une pareille beauté ». On y avait mis aussi de hauts guéridons d'argent récemment faits aux Gobelins, sur lesquels posaient d'autres girandoles allumées de dix bougies de cire blanche. Le Roi prit place devant le rocher où étaient comme incrustées les pâtes et les sucreries, et autour duquel se trouvaient dressées les tables pour soixante personnes. Le festin eut cinq services, chacun de cinquante-six grands plats. Dans les allées voisines, sous des tentes, la Reine tenait sa table particulière, et beaucoup d'autres tables étaient préparées pour les dames. Les ambassadeurs en avaient trois dans la Grotte de Théthys, et il y en avait en plusieurs endroits du parc, servies à profusion et « où l'on donnait à manger à tout le monde ». Ne retenons que la table de la duchesse de Montausier, où furent réunies madame de Montespan, la belle madame de Ludres, mademoiselle de Scudéry et madame Scarron. A la table du Roi, où était la duchesse de La Vallière, avaient été conviées la marquise de Sévigné et mademoiselle sa fille.

Le Roi, s'étant levé de table, sortit par un portique montant vers le Château et fut, en deux cents pas, à la salle de bal. Ce n'était plus, cette fois, une construction de feuillage, mais une superbe construction à huit pans, revêtue, au dehors et à l'intérieur, de marbre et de porphyre, ornée seulement de festons de fleurs. « Il n'y a point de palais au monde, s'écriait mademoiselle de Scudéry, qui ait un salon si beau, si grand, si haut élevé, ni si superbe. » Il avait six tribunes en amphithéâtre, dont le fond était une grotte de rocaille. Les figures décoratives de plâtre ou de carton, auxquelles les bons sculpteurs des Bâtiments du Roi avaient travaillé de leur mieux, étaient celles d'Arion, d'Orphée chantant au milieu de nymphes, et de huit femmes, « qui tenaient dans leurs mains divers instruments, dont elles semblaient se servir pour contribuer au divertissement du bal ». Les eaux réunissaient ici leurs effets les plus curieux. Elles coulaient des piédestaux des statues, du fond des grottes, et tout le long d'une allée qui s'ouvrait sur un des côtés de la salle. Cette allée, flanquée de cabinets dont des termes marquaient l'entrée, paraissait extrêmement profonde. Tout au bout, la grotte en rochers qui la terminait, avec des figures dorées de divinités marines, donnait naissance à de belles nappes d'eau qui tombaient en des vasques successives, se divisaient et descendaient l'allée par deux canaux de marbre, pour se réunir dans un bassin à l'entrée du salon. Un grand jet d'eau dans ce bassin et seize moins grands, jaillissant des canaux, aidaient à prolonger la perspective. La splendeur du bal fut digne du décor. « Et si l'on pouvait faire concevoir l'effet merveilleux de cent chandeliers de cristal et d'un nombre infini de plaques, de girandoles et de pyramides de flambeaux dans ce grand salon, où l'éclat des eaux disputait de beauté avec les lumières, où le bruit des fontaines s'accordait avec les violons, et où mille objets différents faisaient le plus bel objet qui fut jamais, les nations étrangères auraient peine à croire qu'on n'ajoutât rien à la vérité[1]. »

---

[1] On ne détruisit pas tout de suite cette construction charmante, que rappelle une estampe d'Israël Silvestre. Cette même année, les quatre poètes visitant Versailles ne manquèrent point d'aller vers « le salon et la galerie qui sont demeurés

Un spectacle plus surprenant encore termina la fête. Après le bal, le Roi et la Cour gravirent les rampes du Fer-à-Cheval, autour du bassin de Latone, et trouvèrent en place une illumination grandiose, qu'aucun préparatif apparent n'avait laissé prévoir dans la journée. « Après avoir passé par quelques allées un peu sombres pour donner plus d'éclat à ce qu'on devait voir, comme l'on arrivait sur une magnifique terrasse, d'où l'on découvre également et le palais et les terrasses qui vont en descendant et qui font un amphithéâtre de jardins, on vit un changement prodigieux en tous les objets; et l'on peut dire que jamais nuit ne fut si parée et si brillante que celle-là. En effet, le palais parut véritablement le palais du Soleil; car il fut lumineux partout, et toutes les croisées parurent remplies des plus belles statues de l'antiquité, mais de statues lumineuses et colorées diversement, qui répandaient une si grande lumière, que les ombres pouvaient à peine se cacher sous les bois verts qui sont à l'extrémité du parc... Toutes ces diverses balustrades, aussi bien que les terrasses des divers jardins, qui ont accoutumé d'être bordées de vases de porcelaine remplis de fleurs, le furent de vases flamboyants, qui ornaient et éclairaient en même temps la vaste étendue de ces superbes jardins. Outre les statues du palais et les vases des terrasses et des balustrades, on vit dans les jardins d'en bas des allées de termes enflammés..., des colosses lumineux, des statues, des caducées de feu entrelacés et mille objets enfin qui, en se faisant voir eux-mêmes, servaient aussi à faire voir les autres. Mais comme ce n'était pas encore assez de charmer les yeux par tant d'objets éclairés qui étaient fixes dans leur éclat, on entendit tout d'un coup, par le bruit éclatant de mille boîtes, une harmonie héroïque pour ainsi dire, qui fut suivie de mille aigrettes de feu d'artifice, qu'on vit sortir des rondeaux, des fontaines, des parterres, des bois verts et de cent endroits différents.

debout après la fête qui avait été tant vantée. Nos amis s'assirent sur le gazon qui borde un ruisseau ou plutôt une goulette, dont cette galerie est ornée. Les feuillages qui la couvraient, étant déjà secs et rompus en beaucoup d'endroits, laissaient entrer assez de lumière pour que Polyphile lût aisément » ; et Polyphile, qui n'était autre que La Fontaine, lut à ses amis, dans ce décor de palais mythologique, le second livre des *Amours de Psyché*.

» Les deux éléments étaient si étroitement mêlés ensemble qu'il était impossible de les distinguer... En voyant sortir de terre mille flammes qui s'élevaient de tous côtés, l'on ne savait s'il y avait des canaux qui fournissaient, cette nuit-là, autant de feux comme pendant le jour on avait vu de jets d'eau qui rafraîchissaient ce beau parterre. Cette surprise causa un agréable désordre parmi tout le monde, qui, ne sachant où se retirer, se cachait dans l'épaisseur des bocages et se tenait contre terre. Ce spectacle ne dura qu'autant de temps qu'il en faut pour imprimer dans l'esprit une belle image de ce que l'eau et le feu peuvent faire, quand ils se rencontrent ensemble et qu'ils se font la guerre. Et chacun, croyant que la fête se terminerait par un artifice si merveilleux, retournait vers le Château, quand, du côté du grand étang, l'on vit tout d'un coup le ciel rempli d'éclairs et l'air d'un bruit qui semblait faire trembler la terre. Chacun se rangea vers la Grotte pour voir cette nouveauté ; et aussitôt il sortit de la Tour de la Pompe, qui élève toutes les eaux, une infinité de grosses fusées... Il y en avait même qui, marquant les chiffres du Roi par leurs tours et retours, traçaient dans l'air de doubles L toutes brillantes d'une lumière très vive et très pure. Enfin toutes ces lumières s'éteignirent ; et, comme si elles eussent obligé les étoiles du ciel à se retirer, l'on s'aperçut que de ce côté-là la plus grande partie ne se voyait plus, mais que le jour, jaloux des avantages d'une si belle nuit, commençait à paraître. »

Telle fut la fête de 1668, la première apothéose de Versailles. Presque aussitôt, l'ordre était donné de le transformer encore. On ne reverra plus ce Versailles des premières fêtes, que le bon La Fontaine aura vainement chanté ; peut-être, dès cette époque, le jeune roi songe-t-il à lui préparer pour l'avenir une étonnante fortune.

PIERRE DE NOLHAC

LA RENAISSANCE

DE LA MÉDAILLE

Après la gracieuse monnaie d'argent que M. Roty nous a donnée et les pièces de cuivre composées par M. Daniel Dupuis, voici que le louis de M. Chaplain commence à sonner aux guichets des banques. Tout d'abord, frappé à quelques centaines d'exemplaires, il fut pendant plusieurs semaines le joli bibelot neuf que les heureux possesseurs, des privilégiés, caressent et montrent avec orgueil. D'ici peu, il sera jeté en masse parmi nos anciennes monnaies moins attirantes : le coq d'allure superbe et cette tête de la République, d'une dignité si simple et si recueillie, se mêleront aux visages familiers des souverains et aux symboles vieillis qu'on ne regarde plus. La fière et grave effigie, jusqu'alors palpée sans rudesse, avec une curiosité sympathique, va maintenant passer dans les doigts brutaux ou délicats, qui lui feront sa patine.

Notre peuple aura, en la maniant, ses heures de joie, d'affaissement et de colère, ses crises, ses convulsions peut-être. Que de passions autour d'elle ! Et il faut que, cause ou témoin de tant de péripéties, elle résiste à tout, n'en porte pas l'empreinte. La résistance est une de ses premières vertus. Quels drames peut-être ces pièces traverseront, avant que, effacées, pauvres disques polis et indistincts, elles retournent à la purification des chaudières !

Aussi, tandis que toutes ces pièces, d'or, d'argent, de cuivre, sont encore radieuses de leur neuve beauté, réjouissons-nous de posséder en ce moment les plus intéressantes monnaies du monde, qui, à vrai dire, n'en offre pas de magnifiques.

Avec l'espoir de ne choquer aucune conviction, on peut avancer, je crois, qu'un des avantages du régime républicain, c'est de nous éviter l'ennui esthétique d'avoir sur nos monnaies des profils peu décoratifs. Un prince peut être le plus honnête homme de l'univers et offrir un motif peu favorable à une jolie médaille. (Toutefois, il faut dire que le visage de Louis XVIII, évidemment dénué de grâce, est le visage royal avec lequel un graveur de talent, Michaut, fit la plus belle pièce que nous ayons au XIXᵉ siècle). Marianne, plus impersonnelle, permet l'allégorie. C'est une de ses supériorités. Je ne garantis pas que ce soit pour cela qu'on ait remué le pavé de Paris et flambé certaines architectures. Tout de même, au point de vue de la numismatique, ce résultat n'est pas sans intérêt.

Le caractère le plus évident du régime actuel, c'est le désir du travail dans la paix. Finis les grands gestes de bataille et d'arrogance guerrière ! On veut, dit-on, le normal développement de l'Humanité par la Raison et par le Droit. Les forêts de baïonnettes et les monstres d'acier, c'est le *cave canem* destiné à faire peur, à prévenir qu'on veille et à protéger le labeur pacifique. MM. Roty, Daniel Dupuis et Chaplain, à qui fut confié le soin de donner à la République une monnaie caractérisant son esprit, ne pouvaient que chercher des formes diverses pour cette même pensée. Ils l'ont fait avec art, par des figures symboliques, expressives et claires. Les têtes de la République gravées par MM. Chaplain et Dupuis l'expriment aussi bien que la jeune femme de M. Roty jetant au monde, d'un geste large, dans une lumière d'aurore, la semence dont il vivra.

Semence de justice, de vérité, de raison, bien sûr... Ah ! peuple ! En touchant la jolie pièce, interroge cette image. Il dépend de toi seul que l'allégorie ne mente pas, que l'artiste ait véridiquement exprimé ta volonté ct ta passion. Telle est l'idée que doivent laisser d'eux-mêmes les hommes de ce temps. Espérons que l'histoire ne contredira pas plus tard le noble symbole que nous avons inscrit sur nos monnaies !

Sans passer la frontière pour nous livrer à des comparaisons, on peut affirmer que ces pièces, qui ne sont peut-être pas les meilleures de nos collections, sont supérieures à tous les types en usage depuis quatre-vingts ans. Elles ont des défauts qui sont ceux de la plupart des médailles contemporaines et dont nous parlerons plus tard en général, mais, par leur modelé, leur arrangement, leur équilibre, elles sont plus séduisantes que les pièces de Louis-Philippe et du second Empire.

Sans doute, c'est au goût et à la science de MM. Roty Daniel Dupuis, Chaplain, que nous devons cette supériorité. Mais nous manquerions de clairvoyance en ne signalant pas. à ce sujet, l'effort d'art, particulier à ces dernières années et d'un si vif intérêt, que nous appellerons la Renaissance de la médaille.

Bien plus que la nouvelle monnaie elle-même, cette Renaissance appelle l'attention.

L'art de la gravure en médailles qui, si longtemps, fut une des élégances de notre France, était tombé en discrédit, on pourrait même dire en désuétude. Les sculpteurs, oublieux des merveilles entassées dans les vitrines de nos musées, le négligeaient. On l'abandonnait à des spécialistes, bons ouvriers, dénués le plus souvent d'originalité ct de talent, qui le ravalaient à une besogne de métier plus ou moins adroite. Si l'on examine, dans nos musées de médailles, les collections du milieu de ce siècle, on s'étonne que les artistes aient pu à ce point se désintéresser d'un art si expressif dans sa simplicité décorative, et que les graveurs en médailles de ces temps aient laissé se perdre les belles traditions de la glyptique, aient si mal compris les leçons des XVe, XVIe, XVIIe et XVIIIe siècles.

Aussi était-ce un art pour lequel le public ne se passionnait guère! Il se souciait fort peu des médailles que, par routine administrative, l'État faisait frapper pour éterniser les événements de l'histoire contemporaine : mariages dynastiques, couches augustes, trônes récupérés ou conquis, chemins de fer nouveaux, expositions universelles. Pour le public, le résultat le plus net de cet art, c'était la monnaie qu'il palpait avec indifférence. Pourvu qu'elle fût rassurante par la sonorité et par le poids, il ne jugeait pas humiliant que, dans la détresse de la gravure en médailles, on en fût réduit, si nous étions en République, à faire resservir des effigies d'autrefois; et, sous le pouvoir monarchique, du moment qu'il reconnaissait les larges joues tremblantes de son roi, la barbiche et les moustaches cirées de son empereur, il ne s'étonnait point que les artistes n'eussent pas su mettre plus de vérité, plus de vie et plus d'expression dans leurs ennoblissements emphatiques. Quelle pauvreté d'imagination, quelle banalité et quel manque de goût !

Mais les temps sont changés. Certains artistes, négligeant ces désolantes vitrines, regardèrent les médailles italiennes, si éloquentes dans leur mâle simplicité, les vigoureuses médailles françaises des xve et xvie siècles. Ils comprirent les lois de la glyptique, et, à force d'application, parvinrent à le relever des vulgarités et du mauvais goût où, peu à peu, il était descendu.

Assez tôt, l'élite témoigna sa faveur à cette Renaissance, que de belles œuvres montrèrent vivace et féconde. Dès l'Exposition universelle de 1889, on put apprécier les bienfaits de cette résurrection d'un art trop longtemps abandonné aux virtuosités des praticiens. Et, depuis cette époque, la glyptique a de plus en plus charmé les artistes et les amateurs.

L'opinion publique, jusque-là rebelle, suivit l'engouement de quelques-uns. Elle ne tarda pas à se montrer attentive et sympathique. Le temps n'est plus où la commande des médailles était considérée comme un encouragement traditionnel d'État à un art académique et ennuyeux. On a compris l'intérêt qu'il y a pour un peuple à voir les grands faits de sa vie éternisés par la simplicité majestueuse de la glyptique. Les particuliers eux-mêmes achetèrent, pour embellir leur demeure et pour garder le souvenir des émotions publiques qu'ils avaient ressenties, des médailles qui, plus tard, les leur remémoreraient. Bien plus, certains amateurs sensibles à la grandeur et à la sérénité de cet art voulurent qu'une médaille perpétuât dans la famille le souvenir des faits notables de la vie intime : mariages, naissances, bonheurs.

La vie publique, la vie privée offrirent donc de nombreux motifs de labeur à une quantité d'artistes fort intéressants, dont nous étudierons tout à l'heure l'effort individuel. Après une trop longue indifférence, c'est maintenant dans une atmosphère de curiosité sympathique qu'ils travaillent. Le snobisme même, utile malgré ses aveuglements et ses folies, se préoccupe de leur œuvre. C'est un signe. Et le monde officiel, qui jusqu'alors subventionnait la gravure en médaille avec une indifférence ignare, commencerait à apprécier, nous dit-on, le charme noble d'une belle médaille. De jeunes hommes qui furent ministres et le redeviendront, pour lesquels les Beaux-Arts ne sont pas simplement un ennuyeux chapitre du budget, collectionnent, paraît-il, les belles pièces modernes. Et, avec plus de passion que leurs prédécesseurs, ils prirent soin que tout fait un peu grave de notre vie nationale fût le prétexte d'une médaille capable d'exprimer dans l'avenir l'espoir dont il nous a saisis. C'est ainsi que les grandes fêtes publiques où un peuple reprend conscience de son passé, de son destin, les découvertes fameuses où son génie apparaît, ont été prétextes à des médailles intéressantes.

Les diverses solennités qui marquèrent l'intimité progressive des chancelleries françaises et russes furent toutes léguées à la mémoire des hommes par des médailles qui en évoquent avec majesté l'émotion, et la Renaissance actuelle de la gravure en médailles eut en M. Gabriel Hanotaux un fervent auxiliaire. Grâce à lui, nous affirme-t-on, la médaille est entrée au répertoire des cadeaux diplomatiques. C'est une nouveauté. Le vase de Sèvres est déchu de son antique monopole, comme, hélas ! il est déchu de son antique splendeur. Les rois nègres peuvent se passer une médaille de Roty dans le nez, et les princes orientaux suspendre une plaquette de Chaplain aux oreilles de leurs sultanes. En Europe surtout, c'est par de tels présents que M. Hanotaux entretenait des amitiés précieuses dans les chancelleries. La médaille victorieuse des produits de Sèvres, petite révolution qui marque bien le succès !

Enfin, nouveau symptôme de faveur, on vient d'annoncer la fondation, entre amis passionnés de la médaille, d'une Société analogue à la Société française de gravure, et qui rendrait aux médailleurs les mêmes services que les artistes du burin reçoivent actuellement de cette association.

Le moment est donc tout à fait propice à une étude méthodique de la gravure en médailles.

Comme cette forme d'art est longtemps restée dans le discrédit on l'a peu étudiée. Si l'on excepte les nombreux articles de M. Roger Marx et le résumé si documenté, éloquent et juste, de M. Philippe Gille, dans *la Revue Encyclopédique*, il n'y avait aucune histoire de la gravure en médailles avant le beau livre : *les Médailleurs français depuis 1789*, qu'a publié ce même Roger Marx, notre érudit confrère. Étude importante, qui récapitulant l'œuvre des médailleurs du siècle, précise l'effort moderne.

Par ses travaux antérieurs, par l'intérêt passionné qu'il a sans cesse témoigné aux arts d'application, M. Roger Marx était qualifié pour faire l'historique de cette Renaissance. Depuis quinze ans, aussi bien par sa critique que par son action officielle, il l'a favorisée. C'est à son tenace effort dans la Presse et au Ministère des Beaux-Arts que nous devons de posséder une monnaie nouvelle. Si un timbre–poste, décoratif et expressif, commandé au dessinateur Grasset, est bientôt mis en circulation, c'est encore l'initiative de M. Roger Marx qui l'aura obtenue. Son zèle de critique s'est toujours affirmé par des résultats. Ne se bornant pas à combattre avec discernement pour l'art moderniste, à publier des études de forte érudition sur les maîtres d'aujourd'hui et sur ceux qui seront les maîtres demain, il a fait œuvre directement utile. En ce qui concerne la gravure en médailles, s'il est une réforme qui en a favorisé l'essor, c'est la liberté de la frappe. Jusqu'à ces années dernières, nos artistes devaient recourir aux offices indifférents et pas toujours heureux de la Monnaie. Cette entrave décourageait leur zèle. Entraînés par les campagnes de M. Roger Marx, des politiciens s'insurgèrent contre cette con-

trainte, et le Parlement décida la liberté de la frappe. Les
conséquences en furent heureuses. Affranchis de toute la
mécanique officielle, les médailleurs devinrent plus nombreux, et le soin que chacun put prendre de son œuvre personnelle jusqu'à la fin des opérations accrut le charme et
la beauté des pièces. En même temps, dans un autre ordre
d'idée, M. Roger Marx. songeant à la tristesse des murs blafards
et nus de nos écoles, incitait des artistes tels que MM. Willette,
Rivière, Moreau-Nélaton, à composer des lithographies en
couleur, capables de charmer l'enfance en l'éduquant. Sous
son patronage, de claires et radieuses estampes mirent un
peu de joie dans les salles mornes. Il est rare qu'un
critique puisse traduire autrement qu'en phrases plus ou
moins éloquentes sa passion du Beau. M. Roger Marx a eu la joie
de mieux faire. Et ce n'est pas un de ses moindres bienfaits
que d'avoir aidé si énergiquement à la renaissance de la
gravure en médailles.

Quel art exquis! La simplicité, qui avec le goût en est
la qualité essentielle, revêt de grandeur le moindre fait.
ennoblit l'émotion qu'on en a reçue, donne un caractère
d'éternité à des dates et à des événements oubliables, pare de
majesté des physionomies même indifférentes. Il rehausse
tout vers la Beauté. Comme il exige qu'on procède par syn-
thèses et qu'on élague le détail, il s'élève aisément au-dessus
de la vie, dépasse l'accidentel et le turbulent de l'au jour le
jour. Il a pour effet de donner un caractère définitif à toutes
les péripéties si momentanées du geste humain. Le bronze.
l'argent, l'or, sur lesquels l'empreinte se fixe, avivent
encore ce sentiment de durée et de noblesse. C'est une des
formes de l'art qui font le plus oublier à l'homme sa chétivité.
La claire beauté d'une tête d'adolescent, la grâce jeune d'un
visage de femme, semblent mis pour toujours par les prestiges
de cet art hors des lois du temps. Ainsi les visages des êtres
chers paraissent à l'abri des flétrissures physiologiques et morales de la vie. Quelle joie de garder, à travers les ans. avec
cette impression sereine d'éternité, l'adorable figure naïve d'un

enfant, l'air de calme bonheur d'une femme jeune, et, dans
son émouvante beauté, la tête pensive et ravagée d'un vieillard !
Images aimées qui, par cet art si plein de grandeur, de quiétude, prennent aussitôt un aspect définitif et durable. Comme
l'on comprend que le public se soit épris de la glyptique
et qu'il ait favorisé ce renouveau ! C'est vraiment d'une infinie douceur de pouvoir ainsi conserver pour les générations
à naître toute l'histoire d'une famille, toutes les causes d'orgueil, de félicité, de douleur, qui ont ému les ancêtres et
dont on porte la trace en soi. — de posséder dans une
vitrine la collection où tient tout le passé de sa race, d'avoir
chez soi le musée où l'existence des aïeux se résume, ennoblie
par l'art, parée comme d'une majesté de monument ! Cette
faveur où nous voyons la gravure en médailles s'explique par
l'instinct qu'a l'humanité de durer et de se survivre.

Les nations ont la ressource d'édifier des arcs de triomphe,
des colonnes, des palais, des statues, en souvenir des événements fameux de leur histoire. Mais les allégories monumentales finissent par être encombrantes. Et combien de
périodes où les architectes sont sans génie ! Et puis que de
faits, mémorables sans doute, mais qui ne méritent pas tout de
même l'apothéose de la place publique, sont suffisamment
transmis à la curiosité des générations par une médaille jolie
et explicite ? On l'a senti en France. Et même aux époques
où la gravure en médailles était assez négligée, les gouvernements aimèrent que leurs annales fussent écrites de cette sorte.
   Aussi quelles intéressantes collections nous avons dans les
vitrines de notre Musée des Monnaies et surtout dans celles
de notre Cabinet des Médailles à la Bibliothèque nationale !
Là, un conservateur zélé. M. de la Tour, qui est aussi un
homme de goût et un érudit, nous montre, en une exposition
méthodique, les pièces les plus belles et les plus significatives du Cabinet. Grâce à lui, on peut lire, dans l'ordre chronologique, les événements de notre histoire nationale, en
même temps apprécier les diverses époques de la médaille
française, les comparer et acquérir soi-même, par un tel

examen, la nette conscience des qualités particulières qui font
la beauté d'une médaille.

Même, pour avoir tout de suite la révélation de cette
beauté, commençons par regarder les médailles du xvᵉ siècle
italien et français, surtout les admirables pièces de Pisanello.
Une courte analyse de l'émotion qu'elles nous donnent nous
apprendra ce que doit être une médaille. Nous découvrirons
que, si telle médaille est belle, c'est qu'elle réalise certaines conditions indispensables ; que, si telle autre est sans
charme, c'est que son auteur les a méconnues. Quelles sont
donc ces conditions ?

Voici, par Pisanello, le portrait de Novello Malatesta et
celui de Lionel, marquis d'Este. C'est à la fois sauvage, volontaire, élégant, superbe d'équilibre et d'entente décorative.
Mêmes caractères encore dans les médailles de Cécile et de
Louis de Gonzague. Chaque physionomie est rendue dans
sa vérité, par un modelé vivant. Mais tout cela est aussi
simple que ferme. L'artiste résume, il évite les minuties, et,
d'un trait résolu, il dit synthétiquement tout ce qu'il veut
dire. C'est un autre travail que celui du statuaire et du peintre.
Si Pisanello avait appliqué à ses médailles la même manière
qu'à sa peinture, elles n'auraient pas eu cette beauté à la fois
significative et sereine. Il sacrifie les détails, s'efforce à la
sobriété, mais, en même temps, ajoute à cette sobriété
nécessaire par un accent, une décision, un parti pris admirables. Pas de mollesses, pas de décors compliqués, pas
de ruses pour obtenir l'harmonie par des dégradés adroits.
C'est un art d'énergie, de franchise, mais c'est aussi un
art de goût impeccable. Les fronts bombés, ridés de cris-
pations, les nez énergiques, les bouches résolues, les chevelures parfois rudes et farouches comme des toisons de
bête, ou la douce lumière qui baigne la grâce molle d'une
chair de femme, les grands yeux de rêve. la bouche chaste,
expriment, en sérénité parfaite, le caractère de chaque personnage. Pisanello, comme tous les médailleurs de son
temps, savait l'art d'encadrer les figures par des lettres d'un
beau dessin et admirablement réparties dans le champ de
la médaille, décoratives avec simplicité. Et quels magnifiques

revers ! Voyez ces allégories sans froideur, d'un mouvement large, formant, avec les lettres de l'exergue et dela légende, un ensemble d'un goût qui, tout de suite, conquiert !

La simplicité et le goût, ce sont donc bien les vertus essentielles de cet art. Assurément, elles ne suffiraient pas pour donner de l'intérêt à une médaille qui serait d'un modelé timoré ou insignifiant. Mais toute médaille qui n'aurait pas ces qualités ne saurait être belle. Comme c'est aussi le mérite des médailles romaines, voilà un principe qu'on peut affirmer avec certitude : simplicité ferme dans le trait, goût dans l'arrangement, simplicité et goût dans l'accessoire. comme les lettres, le listel, etc... Telles sont les lois auxquelles tout médailleur doit se soumettre. Cela n'empêchera pas, bien sûr, les artistes médiocres de modeler des pièces d'un intérêt moins vif que les artistes puissants. Mais les très grands eux-mêmes ne créeront de telles médailles que s'ils respectent ces lois du genre.

Peu importe, d'ailleurs, qu'on procède par reliefs très hauts ou qu'on exprime sa vision en un relief moindre. On a beaucoup disserté sur ce point. Les protagonistes des deux méthodes ont réciproquement invoqué de belles médailles anciennes pour justifier leurs préférences. En effet, il en est d'admirables d'une manière comme de l'autre. Cela dépend de la vision et du *faire* de l'artiste. On connaît des pièces qui sont d'un accent et d'une vigueur étonnants, en un relief très bas. Bien des graveurs ont traité leur sujet avec décision, avec énergie, sans avoir besoin de reliefs énormes. L'erreur est assez commune de croire que, pour rendre avec force un motif, il faut avoir l'audace de modelés véhéments dans une grande épaisseur de métal. Théorie par laquelle on a, très injustement parfois, dénigré certains efforts contemporains. Nous devions la réfuter au nom de ce que nous enseigne l'art ancien. Ce qui importe, ce n'est pas le relief, c'est la fermeté. Sans doute, il faut proscrire, dans la gravure en médailles comme ailleurs. le modelé timide et mou. Et je reconnais que. devant certaines pièces où apparaît le parti pris de charmer par la mièvrerie et l'effacement, il arrive qu'on regrette la crâne accentuation, le fougueux et puissant modelé en fort relief de quelques médailles anciennes. Mais il n'est pas équitable de généraliser. Aussi tenions-nous à établir que le relief haut n'est pas un critérium de beauté et qu'un artiste habile — le passé nous l'indique — peut tout dire avec un relief bas, à condition qu'il s'exprime avec énergie.

Avant d'aller plus loin, faisons une remarque : ces médailleurs du xve siècle, italiens ou français, étaient en même temps, pour la plupart, peintres ou sculpteurs, et non des spécialistes. A ces époques de riche floraison. les spécialistes ne triomphaient pas encore. Il y avait simplement des artistes qui travaillaient au gré de leur inspiration et la formulaient selon le mode qui leur plaisait le plus. Un sculpteur ne pensait point déchoir parce qu'il délaissait un jour la ronde bosse pour modeler une médaille ; un peintre ne se tenait pas pour amoindri parce qu'il se reposait de son art en s'adonnant à d'autres travaux. On était moins docile à l'intérêt commercial qui, devenu prépondérant, conseille aujourd'hui des champs d'action très délimités ; c'est seulement de nos jours qu'on s'est soucié de hiérarchies dans les genres et que les artistes ont cloisonné ainsi leur effort. Bel avantage, en vérité ! En se spécialisant, ils ont probablement accru leurs chances de succès et de gain, mais l'art a souffert de ces classements trop stricts. Ils ont abandonné trop souvent à des praticiens, plus ou moins adroits, des formes d'art que leur dédain fit stériles et que, au contraire, leur personnel labeur eût enrichies.

Mais, en ces temps lointains où l'artiste ne trouvait indigne de lui aucune manière de rendre son émotion, il apportait en tout son originalité, sa puissance. Voyez quelle force, quelle ampleur ont les médailles de ces Italiens, de ces Français et même de ces Allemands du xve et du xvie siècle. Elles ont toutes les qualités propres à la gravure en médailles. et, en outre, l'accent, l'audace. la robustesse qui sont la saveur de l'œuvre d'art.

Regardons-les, ces médailles des belles époques et comprenons ce qu'elles nous enseignent. Aussi bien les médailleurs contemporains ne s'y sont pas trompés. Ils ont senti qu'elles résumaient toute la beauté de leur art. Et,

quand ils ont voulu relever la médaille française de la vulgarité et de l'insignifiance où elle se perdait, c'est aux pièces
d'autrefois qu'ils demandèrent conseil. C'est en les étudiant
qu'ils reconnurent la nécessité de varier le listel ou de le
supprimer, de répartir plus harmonieusement les lettres.
Combien de médailleurs, qu'on pourrait citer, ne bornèrent
pas là leur étude et empruntèrent à ces admirables pièces
leurs idées mêmes d'allégorie !

Voici dei Pasti, avec une tête de moine. Bouche de silence,
figure énigmatique et résolue, que l'enveloppement du capu-
chon fait plus mystérieuse encore. Voici Guaccialotti avec son
portrait de Nicolas V ; Sperandio, si sincère, si véhément, si
profond, dans son portrait âpre, passionné de Savonarole,
dans ses médailles de Jean Bentivoglio, de François de Gonzague, de Cosme de Médicis.

Au XVIe siècle, l'énergie et l'accent s'atténuent un peu,
mais quel charme de vérité, d'expression, et quelles audaces
encore ! Ainsi ce portrait de Jacoba Correggia, d'une composition si hardie, où, la tête étant placée à droite de la médaille, celle-ci est délicieusement équilibrée par une fleur. Et
les magistrales pièces de Cellini, de Bernardi, de Leone
Leoni !

En examinant deux portraits de Philippe II, l'un par Leone
Leoni, l'autre par un ciseleur inconnu, je ne puis m'empêcher d'observer la différence entre l'œuvre d'un artiste puissant, original, et le travail habile du praticien. Par son interprétation créatrice, Leone Leoni a superbement rendu le
caractère de fauve intelligent lancé dans la vie. Il nous a donné
un Philippe II effroyable et magnifique de vitalité féroce, avec
sa bouche dévoratrice, son œil de cruauté froide, son front
obstiné, ses cheveux en révolte. Tout à côté, le même Philippe II, que nous a légué le ciseleur, apparaît banal. Oh ! le
costume est minutieusement décrit, les pièces et le décor de
l'armure sont représentés avec une adresse délicate, mais le
graveur ne nous dit rien autre sur Philippe II. C'est en
vain que nous interrogeons sa physionomie : elle ne nous
révèle rien. Cette comparaison est d'autant plus instructive qu'il s'agit de deux pièces très belles, faites à une
époque où la glyptique était florissante. Que sera-ce plus

tard, quand nous serons aux périodes de décadence et quand les praticiens ne seront même plus d'habiles ciseleurs !

Jetons un coup d'œil aussi sur les médailles des écoles allemandes. Le goût n'y est peut-être pas aussi pur ; on n'y retrouve peut-être pas à un degré égal la simplicité de grand style, mais quelle vigueur, quelle expression dans le rendu minutieux ! A la faveur d'un art sincère, c'est, à la même époque, une humanité toute différente qui nous apparaît. Les Italiens nous montrent des figures de fièvre, nerveuses et glabres, comme desséchées par l'atmosphère de passion et l'ardent soleil. Et voici que les Allemands ou les artistes des Flandres nous offrent de bonasses figures, l'œil calme dans la chair molle, avec des barbes semblables à des fourrures de bêtes.

Certains de ces médailleurs sont des orfèvres, des ciseleurs prodigieux. Tels autres sont de précis et méticuleux portraitistes, comme les maîtres allemands de l'époque. Ils sont touchants par leur respect du vrai et par leur conscience : ils nous offrent avec sincérité de gros nez saillants, pareils à des museaux de porc, des chairs lourdes et boursouflées. La grasse vie des régions septentrionales, avec ses beuveries et ses mangeailles, est écrite sur ces faces de reîtres, de chanceliers, d'empereurs : c'est Henry VIII, Jean Ebner, Jérome Baumgärtner, et Jamnitzer, avec sa longue barbe, son front étroit, son crâne déprimé et chauve. Autant de visages qui sont fameux dans l'histoire de la glyptique. Certaines de ces médailles sont sculptées dans la pierre ou le bois. D'autres sont modelées puis fondues, et il faut voir avec quelle énergie, avec quelle tranquille bravoure. Intéressante galerie de portraits, et comme Taine dut être heureux en les voyant si nettement représentatifs d'un milieu, d'une époque, d'un climat !

Et nous trouvons nos premières médailles françaises : la médaille commémorative de l'expulsion des Anglais, celle de Charles VII, l'admirable médaille de Louis XI. Quels en furent les auteurs ? On l'ignore. Mais ce n'était probablement pas des spécialistes. Ils n'ont guère d'habiletés de métier. Leurs reliefs un peu maigres et secs ne donnent pas cette sensation de lourd et beau bijou dont les contours bien polis sont comme une caresse pour la main, mais quelle orfèvrerie précieuse. quelle grâce décorative dans la composition! Déjà l'on sent que cet art, avec ses qualités nécessaires de simplicité, de logique, d'équilibre, de précision, conviendra au génie de notre race! Pourtant, à ces époques où l'Italie, si riche de passé, donnait à notre peuple un enseignement fécond, beaucoup de médailleurs nous vinrent d'au delà des Alpes. Pour ne citer que les principaux et leurs plus belles pièces, c'est Laurana, avec son portrait du comte du Maine : front de combatif, long nez sensuel, menton et bouche de résolution ; c'est P. de Milan, avec sa médaille du roi René : regard réfléchi et grave dans un lourd visage dont les replis graisseux sont d'un admirable modelé ; c'est Jean de Candida, avec ses effigies fameuses de Charles VIII, de Louis XII, avec sa série de chanceliers et d'intendants.

Héritiers de la pure tradition romaine et italienne, ils furent les éducateurs de nos artistes qui, bien vite, purent composer avec goût, avec fermeté, avec un sentiment fort juste des conditions de la glyptique, de jolies médailles d'après leurs contemporains et contemporaines. Quels portraits expressifs, ceux de Jeanne d'Albret, de Diane de Poitiers, d'Antoine de Bourbon, roi de Navarre. de Charles IX, d'Henri III! Quelle galerie sincère, exacte jusqu'à la minutie, de tous ces personnages dont le sourire, la volonté ou l'indolence firent en ces temps notre histoire ! C'est à ces médailles d'une vérité si parlante qu'il faut demander le secret de leurs physionomies. Il n'y a pas sur eux de documents plus précis. Ces médailles n'ont déjà plus la largeur et l'énergie des pièces de Pisanello et de ses contemporains, mais quelle consciencieuse interprétation, quel souci de dire vrai, quelle honnêteté de vision et de rendu! Devant ces pièces, on évoque nécessairement le souvenir des portraits si vivants de Clouet, de Fouquet, de tous les merveilleux inconnus de l'École française.

D'ailleurs, quand une époque a été très caractérisée, on en retrouve le style dans la gravure en médailles comme dans tous les autres arts. Nous venons de voir le xvie siècle simple et d'une vérité superbe. De même, la majesté du xviiᵉ siècle apparaît dans les médailles qui vont suivre. Il n'y a pas à s'y tromper : en dehors même des perruques, des costumes, des armures dont l'éducation classique nous a pour toujours meublé la mémoire, on reconnaît ces médailles à la pompe qui leur donne avec netteté la marque de ce temps. Elles sont parfois ennuyeuses de solennité, comme certains portraits du même âge, mais c'est bien rarement qu'elles sont sans intérêt.

L'agrément est si vif de trouver une époque à dominantes très précises, visibles dans toutes les formes d'art, — et dont le caractère est aussi distinct dans un chandelier, une tabatière, un tabouret, une médaille, que dans un portrait, un parc, un château !... Du reste, ce xviiᵉ siècle a eu des graveurs en médailles de premier ordre, des artistes comme G. Dupré, comme les Warin. qui nous ont légué des pièces de haut style. Assurément, leurs médailles n'ont plus la simplicité si ferme des belles médailles antérieures. Ils sont plus adroits ciseleurs que modeleurs à la vision hardie, au *faire* large. Leur art est ronflant, plein de grandiloquence, trop emphatique dans ses allégories, presque toujours trop surchargé. Mais quelle majesté décorative et quelle noble tenue !

Aussi bien, à côté de ces médailles un peu trop pompeuses mais toujours intéressantes, certaines pièces du même temps nous charment par leur vérité simple : le même G. Dupré, qui nous a laissé des personnages royaux un peu engoncés dans leur noblesse et d'une majesté un peu banale, a gravé quelques saisissants portraits : ainsi une Christine de France, délicieuse de grâce, de finesse, de langueur, et une Marie de Médicis à la chair grasse, lourde et molle, qui a l'épanouissement et la richesse d'un Rubens. Certaines effigies de Richelieu par Warin ont de la sobriété. Et, à côté de bien des Louis XIV magnifiques et insignifiants, on éprouve du plaisir à regarder les jolies médailles de F. Chéron, si simples dans leur noblesse et d'un caractère si accentué !

Nous avons tenu à parler ainsi des médailles du xviiᵉ siècle parce que, d'ordinaire, on les sacrifie trop aux chefs-d'œuvre des siècles antérieurs, et on les juge avec parti pris. A la Bibliothèque nationale, M. de la Tour, dans un louable esprit de justice, les met en valeur. Et ces vitrines-là prouvent clairement qu'on a tort de passer avec tant de désinvolture sur une époque de la glyptique qui n'est pas sans mérite.

Même sensation devant les pièces de l'époque Louis XV. Le style d'alors, qui apparaît jusque dans le plus menu bibelot, jusque dans le décor de la moindre estampe, devait nécessairement influer sur l'art de la médaille. Et l'on est heureux de retrouver non seulement les profils mutins, la piquante mièvrerie, le charme espiègle qui étaient la beauté à la mode et qui nous plaisent si fort dans les pastels de l'époque, mais encore, autour du visage des maréchaux et des duchesses, la séduction maniérée des enjolivures rocaille, et, dans le plus petit détail, cette fleur de grâce qui est l'enchantement du xviiie siècle.

Après, nous arrivons aux époques tragiques. Bientôt les médailleurs n'auront plus le loisir de ciseler patiemment les armures, les dentelles, les édifices soyeux de boucles et de frisons. La Révolution bouleverse la mode, et les conditions de leur art.

Ce sont, sinon de grands sculpteurs, du moins de bons praticiens, ayant pour la plupart appris la gravure, les uns dans les manufactures d'armes précieuses qu'ils ornaient de compliquées décorations, et les autres dans les ateliers des maîtres-graveurs, où ils étaient formés à toutes les adresses de métier indispensables pour les tarabiscotages au goût du jour. Et, brusquement, les élégances de l'ancienne société disparaissent. Les graveurs sont désemparés. C'est la rue maintenant qui inspirera leur art. La médaille devient une arme que, dans l'atmosphère d'orage et de fièvre, on n'a guère le temps de fignoler. Il faudrait pouvoir y mettre la grandeur tragique, la farouche beauté des heures où, dans le sang, un peuple en convulsion fait son avenir! Aussi, la plupart de ces graveurs, accoutumés aux grâces Louis XVI, restent-ils déconcertés par la bourrasque; contraints de représenter l'enthousiasme et la colère des foules, ils ne surent pas élever le ton. Alors qu'une fermeté puissante et simple plus que jamais eût été de rigueur, ils interprétèrent ces bouillonnements d'un peuple avec la délicate et précieuse élégance qu'ils eussent mise dans la broderie d'un habit de cour et la fantaisie d'une perruque poudrée. La transition fut trop brève.

Comme leur malaise est évident ! Regardons, par exemple, la médaille d'Andrieu pour la prise de la Bastille, et encore celle pour l'arrivée de Louis XVI à Paris, par le même Andrieu. Elles sont grêles, confuses, vermiculaires. C'est dans le portrait seulement que ces médailleurs, formés par d'autres travaux, retrouvent parfois leurs appréciables qualités de goût et de vérité : ainsi le portrait de Lalande, si plein de finesse et de réflexion, par M.-N. Gatteaux, celui de Robespierre jeune au siège de Toulon, d'une distinction si rigide, sont des œuvres intéressantes au même titre que le comte de Maurepas, du même Gatteaux, que le superbe portrait de Montesquieu, par J.-A. Dassier (le document le plus précis sur cet écrivain), que les médailles vivantes, mais un peu sèches, de Duvivier.

Quand il ne s'agissait que de logiquement situer dans le champ d'une médaille une figure et une légende, les médailleurs de cette époque le faisaient avec art. Mais, dès qu'il leur fallait mettre en scène une foule, représenter du drame, exprimer la foi, la colère, l'élan, alors ils encombraient leurs pièces d'un grouillement confus, ils réalisaient des masses trop lourdes avec des silhouettes trop grêles. Et le geste — ces infortunés graveurs prenaient de leur temps ce qu'ils pouvaient — était bien théâtral. Leurs compositions, qui auraient dû exprimer la passion du moment, sont pour la plupart froides et ennuyeuses. Ou bien quand, par hasard, une médaille est réussie, elle rappelle encore le Louis XV et le Louis XVI.

Pourtant, la Révolution trouva en Augustin Dupré son médailleur. Celui-là avait également appris son art dans une manufacture d'armes. C'était un virtuose de la ciselure. Il eût excellé dans les jolis travaux qu'exigeait la société ancienne. Mais le grand souffle de liberté l'émut. Il vibra, il comprit. Sa vision et sa manière s'agrandirent. La Révolution lui doit ses médailles les plus expressives, ses monnaies les plus belles. Augustin Dupré qui, déjà, dans sa fameuse *Libertas America*, avait été puissamment inspiré par la beauté grisante du sujet, sut traduire avec maîtrise les heures les plus ardentes de la Révolution. Sa médaille du *Pacte fédératif*, qui devint plus tard la pièce de cinq sols des frères Monneron, montre en admirables formes (encore qu'un peu xviiie siècle) l'enthousiasme d'un peuple.

Cet artiste, dont l'œuvre si importante relie l'époque moderne au passé, méritait une étude minutieuse. Elle a été faite avec méthode par M. Charles Saunier, dans son *Augustin Dupré*, livre documenté et instructif. M. Saunier précise les qualités de ce médailleur, analyse justement son œuvre, montre son originalité féconde en un temps où cet art, pourtant très fêté, était en dégénérescence.

Jamais la médaille ne fut plus fêtée ni plus mêlée à la vie populaire. Dans ces années de bourrasque, où chaque jour presque avait son événement qu'on pensait mémorable, on frappait sans cesse des médailles. Il y en eut de naïves, de grossières, composées à la hâte dans une crise d'exaltation, pour contenter les frénésies de la Rue. Il y en eut de satiriques, de véhémentes, qui tinrent lieu de pamphlet et de caricature. Elles étaient jetées librement dans la circulation, avec la même facilité que les gazettes de combat. Elles naissaient des mêmes fermentations. D'autres, enfin, dans une volonté plus certaine d'art, étaient frappées par ordre des assemblées, pour garder le souvenir des heures que l'on savait être des heures historiques. Celles-là seulement nous intéressent présentement. Et c'est elles surtout que l'on trouve dans les vitrines de nos Musées.

Mais, ailleurs que dans une étude sur la glyptique, comme il serait plaisant de suivre l'histoire anecdotique de la Révolution sur les pièces du temps qui nous ont été transmises ! On comparerait les menus faits quotidiens qui frappaient si fort l'imagination populaire avec l'importance définitive qu'ils ont conservée dans l'histoire. On se rendrait compte du déchet qu'ils subissent lorsqu'ils deviennent le « passé ». On apprécierait le néant de certaines ferveurs et l'immensité des illusions de la foule. Quand on feuillette le très intéressant album de M. Armand Dayot, *la Révolution par l'Image*, on est amené à faire cet examen. L'auteur a choisi une

très captivante manière d'enseigner l'histoire : par la repro -
duction des œuvres d'art que les événements ont inspirées,
il la montre vivante. Les faits deviennent émouvants comme
des drames auxquels on aurait assisté. Les dessins, les
tableaux à l'huile, les lithographies apportent leur témoignage
précieux ; et, bien entendu, les médailles ne sont pas négli-
geables. M. Armand Dayot en reproduit de fort belles, qui
lèguent le souvenir d'événements notoires, et aussi d'autres,
maladroites, grossières, modelées à la hâte, qui nous ont transmis un sarcasme, une fureur, un espoir, un élan de la nation.
Celles-là sont aussi touchantes, dans leur expressive vulgarité,
que les images à un sou dont se contente la rêverie populaire.

Au début de la Révolution, les médailles furent presque
toutes désolantes de sécheresse, d'étriquement, de complications excessives. Les foules sont traitées en remuements
de fourmis. Après les exemples que nous avons cités,
qu'on en juge encore par l'*Entrée des députés à la Fédération, la Confédération des Français, l'Acte Fédératif des Français.* La simplicité antique qui, bien vite, devait être si fort en
vogue, pouvait influer heureusement sur la gravure en médailles. S'il est un art où les défauts mêmes de l'école de
David pouvaient devenir des qualités, c'est bien la glyptique,
où la fermeté et la précision du trait sont si essentielles. Mais,
au contraire, les médailleurs du temps compliquent leur art
à plaisir. Au lieu de chercher à faire grand par la simplicité
et le caractère, ils s'aventurent en des plans, des paysages,
des lointains. Un profil accentué, une allégorie claire et
décorative ne leur suffisent pas ; probablement parce qu'ils ne
sont pas assez doués pour en tirer tout l'effet souhaitable.
Dans leurs médailles, ils veulent mettre la foule, l'océan, la
nature. Ils font de tout, de la peinture, du panorama. Ils ne
s'aperçoivent pas qu'ils sortent des conditions de la gravure
en médailles. Puisque Rome commençait à régner, il eût
été bon de regarder les belles médailles romaines. C'est
ainsi que la mort de Marie-Antoinette nous est relatée par
une pièce où l'échafaud, la charrette, se silhouettent sur un
grouillement de foule qui encombre la place de la Révolution. C'est ainsi que la fête de la Fédération nous a été représentée avec des rochers, des arbres, tous les accessoires

en carton-pâte d'une apothéose de théâtre. Le sourire de la
fortune à Fleurus nous est transmis par une allégorie d'un
académisme bien froid. Vraiment, les ferveurs nationales mé-
ritaient d'être plus passionnément traitées.

Mais passons : voici, en souvenir de la campagne d'Italie,
le portrait du général Buonaparte, triste, hâve, évoquant
l'idée d'une bête de proie à jeun. L'auteur de cette médaille
était sans doute un politique peu avisé, car il n'embellit pas
son héros. C'est appliqué, sincère. C'est bien ainsi que devait
être le jeune Corse victorieux, encore incertain de ses destinées. N'est-ce pas, d'ailleurs, avec cette expression de froideur
cruelle que Houdon — les grands artistes seuls ont de ces
audaces — représenta Napoléon dans l'admirable buste qui
est au musée de Dijon ? — Voici la médaille pour fêter la
capitulation de Mantoue. Là, les souvenirs classiques l'emportent sur la courtisanerie, et c'est l'effigie inattendue de
Virgilius Maro qui sert d'ornement à cette pièce. Pour le
traité de Campo-Formio, c'est Buonaparte qui emplit le
champ. Mais les divers graveurs font mal leur cour : ils
continuent de se montrer malhabiles à ennoblir le vainqueur.
Ils nous le représentent anguleux, refrogné, inquiétant.
Les légendes sont d'une amusante ironie. Après cette campagne d'Italie où déjà il apparut que Bonaparte ne combattait
pas pour porter au monde la flamme révolutionnaire, n'est-ce
pas plaisant de lire au revers d'une médaille : « Il ne com-
battit que pour la Paix et les Droits de l'homme » ? Et sur
une autre : « Les Sciences et les Arts reconnaissants ». Pourquoi n'a-t-on pas ajouté « et les idéologues » ? — Puis,
après quelques pièces où nous voyons d'étranges emmêlements
de pyramides et de crocodiles, de sphinx et de cactus, nous
trouvons une série de médailles en l'honneur des trois
consuls, mais avec la seule tête de Bonaparte.

C'est seulement à partir du passage du mont Saint-Ber-
nard que, dans les médailles, nous voyons un parti pris
d'ennoblissement. Là, le Napoléon héroïque, demi-dieu, nous
est révélé. Magnifiquement drapé, sur un cheval de triomphe
qui se cabre, il semble lancer la foudre. L'œil devient profond et dominateur dans un visage qu'on magnifie. Les médailleurs s'essayent au profil de l'Imperator.

Une pièce d'une jolie ironie. frappée la même année, est celle pour l'anniversaire du 14 juillet, avec la tête de Bonaparte comme parure. D'ailleurs, pendant longtemps, il est visible qu'on voulut familiariser la Nation avec César, à la faveur des devises républicaines. des symboles de liberté. Les médailles nous montrent que, plusieurs années durant, le futur Napoléon s'abrita derrière la République.

Les médailles où nous voyons le plus délirant enthousiasme sont celles frappées à l'occasion de quelque traité de paix. On profitait de la joie que la paix apportait à tous pour risquer les premiers lauriers sur la tête du vainqueur. C'est dans la pièce de la paix d'Amiens que Napoléon Bonaparte nous est montré, pour la première fois, le chef paré d'une couronne de triomphe. Ne négligeons point, en passant, la médaille pour fêter le rétablissement du culte. Elle est. à vrai dire, sans beauté ; mais elle relate une des habiletés qui favorisent le mieux les ambitieux projets du jeune général : ne voyons-nous pas apparaître bien vite les premières médailles de Napoléon empereur ? Arrêtons-nous à l'orgueilleuse médaille du sacre. Napoléon est conscient de sa toute-puissance. Par une audace qui nous étonne encore , il vient de se couronner lui-même, enlevant des mains du pape la couronne que le pontife s'apprêtait à lui imposer. Alors les graveurs l'offrent à l'engouement populaire en César romain. dans la majesté de la pourpre. Nous ne sommes pourtant pas au paroxysme du délire. En 1806, un médailleur nous présente « Napoléon, le grand empereur des Français », dans un bizarre accoutrement oriental. Sa tête, de plus en plus embellie, est surmontée d'un édifice compliqué qui ressemble à un chignon de femme agrémenté d'une parure. La médaille en souvenir d'Austerlitz est d'un orgueil sans feintise, que le succès justifiait d'ailleurs : à l'avers, Napoléon, tout seul ; au revers, Alexandre Ier et François II se disputent une médiocre place.

Mais rien n'approche en superbe la médaille dite des « Souverainetés données ». Elle mérite qu'on la décrive entièrement, car elle montre un sommet d'arrogance dédaigneuse : sur une table sont des couronnes qu'on a jetées à la diable, en tas, comme si la provision en était inépuisable.

Elles comptent si peu qu'on en a laissé tomber par terre et qu'elles jonchent le sol. Les couronnes et les trônes, la menue monnaie avec laquelle l'Empereur faisait ses petits cadeaux! Et il n'est pas là, lui! On néglige de déranger pour cette distribution de faveurs le « Héros », comme ses fonctionnaires disaient dès ce moment dans leurs rapports officiels. Mais il est représenté par un fauteuil impérial vide, placé devant la table. Et l'imagination populaire installe bien vite, parmi les aigles et les sceptres, l'auguste personnage. Absent, il émeut plus encore que par sa présence. Il n'a pas besoin d'être là pour qu'on le voie, qu'on le craigne.

Une remarque à faire, et d'où l'on pourrait induire que le divorce de Napoléon fut d'avance résolu par le destin : le visage de Joséphine n'est presque jamais associé à celui de l'Empereur. Les médailleurs semblent l'avoir ignorée. Pourtant, s'il est un art où, par tradition au moins, on dut avoir l'idée d'unir les deux profils, c'est bien celui-là. C'est un sentiment si spontané, qu'un prince veuille apparaître dans l'avenir avec l'effigie de la femme aux côtés de laquelle il s'est assis sur le trône! Eh bien, aux dates les plus mémorables, quand Napoléon devait avoir la certitude qu'on gravait dans l'or, pour l'éternité, l'histoire de son règne, la tête de Joséphine manque. Je l'ai cherchée dans nos collections, et l'y ai rarement trouvée. Encore est-ce en des pièces secondaires qui ne marquent pas les grandes dates de cette épopée. Au contraire, dès que Marie-Louise a pris la place de la femme répudiée, son image est inscrite dans toutes les médailles, associée à la gloire de Napoléon. Pouvoir de la beauté jeune, orgueil d'homme mûr, d'affirmer au monde son bonheur d'époux? Ou bien désir de ne faire participer à sa gloire historique qu'une femme de souche impériale, digne de fonder la dynastie? Plus tard, la jolie tête du roi de Rome s'ajoutera, pour attendrir la nation dans ses instincts maternels et familiaux.

Les désastres de Russie n'abattent pas tant de majesté. Une médaille est frappée en commémoration de cette armée ensevelie dans la neige des steppes. Et le médailleur, pour bien indiquer que ce n'est pas une puissance humaine qui pouvait la vaincre, représente un beau guerrier sur lequel les vents s'acharnent et que, seule, la tempête repousse. C'était exact, d'ailleurs. Et l'emphase la plus excessive ne dépassera jamais l'héroïsme de ce sublime troupeau humain cheminant à travers les solitudes glacées.

Mais le sort est décidément contraire. Pour la première fois, le dominateur n'a plus sa toute-puissance : c'est l'luvasion! On a besoin des énergies bénévoles du peuple, d'un élan admirable pour la défense du sol français. Alors Napoléon, comprenant qu'à cette heure la pourpre et les lauriers de César ont perdu de leur force, réapparaît sur certaines médailles en costume de général, avec des épaulettes. La France envahie, le trône est ébranlé. Debout sur les marches, avant d'en descendre, Napoléon fait le geste suprême, éperdu, de donner son fils à la France. Dramatique médaille qui montre le dernier effort pour le salut! Tentative qui ne sauve rien. Napoléon part pour l'île d'Elbe. Vite, il en revient. Mais, en dépit des acclamations qui, à travers toute la France, saluent son retour, il se rend compte que, déchu de son prestige, il ne pourra rien sans le consentement du pays, dont il n'ose décourager les tendances libérales. Alors on est tout surpris de voir apparaître dans les médailles les Tables de laLoi, les emblèmes républicains depuis si longtemps proscrits!

Désormais, c'en est fait des grands gestes de bataille. Finies les compositions héroïques, les cavalcades de triomphe en des atmosphères de gloire. On frappa des médailles pour glorifier la « Constance du Roi pendant les Cent-Jours » et « l'Exhumation du corps de Louis XVI ». Les graveurs eurent d'assez médiocres motifs d'inspiration. Pourtant le médailleur Michault parvint à composer avec la tête de Louis XVIII, bonasse et plutôt impropre à la décoration, une pièce qui, par l'équilibre, la disposition des lignes, le modelé, est une des plus belles de nos musées. La Révolution de Juillet inspira l'estampe plus que la médaille. Et le règne de Louis-Philippe qui suivit ne réveilla pas la glyptique, malgré les glorieuses fanfares algériennes, de la banalité où elle sombrait. La République de 1848, le Second Empire et les premières années de la présente République continuèrent la déchéance de cet art si français. Vitrines désolantes.

Morne industrie d'État qu'on soutient par routine et parce qu'il est d'usage qu'un régime fasse frapper des disques de métal à son chiffre pour commémorer sa brève aventure. Encore notre République, d'une viabilité si précaire au début, incertaine de sa durée et de son caractère, dût-elle jusqu'aujourd'hui emprunter à son aînée ses types de monnaie!

⁂

Tout cela. M. Roger Marx l'indique fort bien dans ses *Médailleurs français*. Il fait sommairement l'historique de la gravure en médailles depuis 1789. Et, dans la détresse des régimes dont nous venons de parler, il cite les efforts tentés par de très rares artistes pour sortir de la vulgarité. Le très riche album *les Médailleurs français* qu'il vient tout récemment de publier, donne, à l'appui de sa première étude, des reproductions fort réussies des principales médailles de ce temps.

Dans la première moitié du siècle, la plupart des médailleurs se bornaient à graver servilement des pièces d'après la composition d'autrui. Aussi est-il d'autant plus juste d'isoler de ces médiocres ouvriers des artistes comme J.-J. Barre, Desbœufs, Gayrard et, postérieurement, Oudiné qui d'un art asservi à la reproduction fit un art libre, et, par son œuvre personnelle aussi bien que par son enseignement, prépara la Renaissance moderne de la médaille.

On ne saurait trop insister sur son mérite et sur celui de Chapu. Dans une époque de décadence. ils maintinrent les traditions de la gravure en médailles. Leur œuvre est le trait d'union entre un passé glorieux et notre présent plein de promesses. Sans eux la glyptique fût devenue plus que jamais besogne d'artisans. Ils ont l'un et l'autre formé des élèves qui continuèrent leur effort. Oudiné fit l'éducation de Ponscarme. de Chaplain. de Tasset. qui ouvrirent l'ère vraiment moderne. Ce fut très noble et très touchant de voir Oudiné qui. dans la première partie de sa vie. avait vaillamment lutté pour s'affranchir de la routine chère à ses contemporains. prendre à son tour conseil de ses élèves, profiter de leurs découvertes et, sur son déclin, renouveler sa manière.

Quant à Chapu, c'était avant tout un sculpteur. Lorsqu'il fit de la gravure en médailles, il resta sculpteur tout en se conformant aux exigences de la glyptique. Aussi les pièces qu'il nous a laissées sont-elles admirables de fermeté simple, de goût, d'expression, d'harmonie. Et ses médaillons, ses hauts-reliefs, possèdent toutes les qualités qui conviennent à la médaille. Ils furent un bon exemple pour les graveurs. Son portrait de Gibert est, avec la médaille de Naudet par Ponscarme, parmi les œuvres les plus parfaites du siècle. Ces deux artistes ont vraiment innové et, avec leur vision moderne, ils rappellent les plus belles pièces du passé. Sans exagérer, on peut dire que tout le renouveau contemporain est contenu dans ces deux médailles. En outre du caractère de ces portraits, de la douceur des lumières, remarquons les dégradés délicats qui, sans parti pris fâcheux d'effacement, unissent le fond avec les reliefs et créent un ensemble harmonieux. Le listel vulgaire et monotone disparaît. Disparaissent aussi les hideuses lettres typographiques. Et quand nos médailleurs contemporains voudront ajouter des légendes, ils auront soin de les écrire en lettres dessinées par eux, convenant au sujet traité, et ils sauront les arranger avec goût.

Les mêmes qualités, si précieuses, se retrouvent dans les autres œuvres que nous avons de Chapu, la médaille du Sacré-Cœur, le portrait de mademoiselle Garnier, dans ses compositions en bas-relief : *La Poésie, la Peinture, la Musique, l'Architecture*, etc., dans la série de ses hauts reliefs comme *l'Immortalité, la Pensée, le Christ aux Anges*, dans les hommages à Flaubert, à Félicien David. M. Roty, lui rendant pieusement justice, a dit de Chapu : « C'est à lui que nous devons la dernière évolution de la glyptique. »

Avant d'entrer dans l'examen de cette évolution, il faut combattre une erreur assez fréquente. Certains critiques, un peu superficiels, répètent volontiers que les médaillons de David d'Angers influencèrent heureusement la glyptique. Il faut s'entendre. Si l'on veut dire que ces œuvres si belles de vérité, de profondeur, conseillèrent aux artistes l'observation pénétrante et le modelé hardi, on ne se trompe point.

Les médaillons de David d'Angers sont de bon conseil, comme toutes les œuvres riches d'accent.

Ils le furent surtout au temps de David d'Angers, alors que tant de graveurs en médailles modelaient avec indécision, ne savaient pas exprimer l'intimité morale d'une physionomie.

David d'Angers, comme Rude, comme Barye, comme Carpeaux, donna à ses contemporains la grande leçon qui se dégage toujours des œuvres originales et fortes. Mais prétendre plus serait commettre une erreur. Les qualités qui font si passionnants les médaillons de David ne sont pas absolument celles qui conviennent à la gravure en médailles. On pourrait même dire qu'elles leur sont opposées. Ce que David d'Angers cherchait, c'était, par un modelé énergique jusqu'à la brutalité, l'accentuation violente du caractère, l'âpre mise en valeur des dominantes, en un mot l'*effet*.

Son modelé fougueux, tourmenté, avec ses creusements brusques, ses dures saillies, donnait à ses médaillons une lumière crue. Et l'on a des raisons de penser que l'art de la médaille s'accommoderait mal de ses trous d'ombre, de ses reliefs véhéments. La glyptique, qui veut la décision, n'admet guère l'emportement. Par leurs excavations et leurs aspérités les médaillons de David d'Angers eussent réalisé des médailles expressives sans doute, mais dénuées du goût, de la simplicité, de l'harmonie sereine, qui sont indispensables dans cet art.

Et cela est si vrai que, lorsque David d'Angers voulut par hasard composer des médailles, il se soumit sans peine à des lois que son bel instinct lui révéla aussitôt. Au Musée du Louvre, on en peut juger. Il nous a légué des médailles aussi vivantes que le furent ses médaillons, mais d'une simplicité plus calme. C'est aussi aigu, aussi pénétrant, mais la manière est toute différente. Si l'on regarde ses jolies médailles d'après des adolescents, des jeunes femmes, des enfants, son admirable portrait de Charles Percier, d'un caractère si accentué et pourtant traité avec tant de discrétion et de goût, sa médaille si bien composée des quatre sergents de La Rochelle, on voit comme aisément un créateur intelligent sait adapter sa vision aux exigences d'un art. Mais, en somme, David d'Angers a fait peu de médailles. C'est par ses médaillons, plus regardés et plus connus, qu'il est resté dans l'histoire de l'art.

Aussi nous semble-t-il un peu risqué de dire que David d'Angers révolutionna la glyptique. Il eut simplement l'influence incontestable qui appartient toujours aux maîtres, et que des sculpteurs comme Rude. Carpeaux et Rodin, par exemple, exercèrent de la même façon à des moments divers de ce siècle. Il n'y a pas d'analogie directe entre l'œuvre de David d'Angers et l'art si spécial de la gravure en médailles.

Pour Barye et Chapu il n'en est pas de même. Les exquises plaquettes où Barye modelait avec tant de force et de vérité les souplesses, les contractions nerveuses, les bondissements, le guet. la démarche lente des félins sont très voisines de la glyptique. ont toutes les qualités qu'elle exige. Barye sut être à la fois ferme et calme. expressif et plein de goût. Aisément ses plaquettes deviendraient des médailles. Et ce seraient des pièces de grand sculpteur. c'est-à-dire larges, admirables de signification et de beauté. Barye et surtout Chapu donnèrent une leçon dont surent profiter certains artistes.

Parlons d'abord des bons ouvriers de la première heure. Après les noms d'Oudiné. Ponscarme, Chapu, celui de Chaplain s'impose. Ce graveur reçut l'enseignement d'Ondiné. Plus tard, quand il se fut développé, à son tour il eut de l'influence sur son maître. Quel artiste sincère et chercheur! Il ne faut pas que l'état prospère où nous voyons aujourd'hui la glyptique nous fasse oublier l'époque de mauvais goût et d'indifférence où ces hommes travaillèrent. Quand nous examinons leur œuvre. songeons. pour les admirer justement, à la détresse de leur art lorsqu'ils commencèrent à le pratiquer. Remercions-les d'avoir restauré les bonnes traditions, de s'être montrés créateurs là où il n'y avait plus guère que des artisans. d'avoir arraché la glyptique aux bassesses du métier.

A dire vrai, nous rêvons pour la médaille un avenir plus beau encore que le présent ; nous espérons des pièces d'un

dessin plus puissant et plus original. Mais l'œuvre de
MM. Chaplain, Roty, etc., est par elle-même d'un haut intérêt.
Les vitrines du Luxembourg, du Musée des Monnaies, de la
Bibliothèque nationale les louent mieux que tous commentaires. Si c'est au cabinet de la Bibliothèque qu'on peut le
plus aisément étudier l'histoire de la médaille, c'est au Musée
du Luxembourg que l'œuvre des contemporains apparaît le
mieux.

M. Chaplain représente la physionomie humaine et la
nature avec un goût rare, avec un sens fort délicat de l'or-
nementation. Il aime la vérité. Il s'applique à rendre les
choses et les êtres dans leur caractère. Son modelé savant et
large a souvent une grande force. Dans tel portrait de
femme, par exemple, il rend avec art la pesanteur et le
« coulant » des chairs. Dans tel portrait de jeune fille
qu'on voit tout à côté, sa manière s'affine et se fait gracieuse
pour traduire la légèreté des dentelles. Et, dans un portrait
de jeune homme, il nous montre un adolescent beau comme
un éphèbe antique. Son observation pénètre très loin : certains de ses portraits vont jusqu'à l'intimité morale. Celui de
Jules Ferry donne bien la réflexion et la ténacité du modèle.
Celui de M. Gréard, froid, sévère, révèle une intelligence
claire, aiguë, une volonté stricte. En même temps, l'artiste
rendra avec finesse la lumière douce d'un visage d'enfant, la
grâce rêveuse ou mutine d'une tête de jeune fille. Ajoutons
que M. Chaplain, tout en restant sincère, revêt ses modèles
de grandeur, les interprète dans un sens de sereine beauté.
Même ennoblissement simple pour les scènes de la vie réelle.
Rappelons-nous, par exemple, la Femme allaitant son bébé et
refroidissant de son souffle une cuillerée qu'un autre bébé
guette. M. Chaplain a le sens de la poésie calme qui se
dégage des moindres scènes de la vie familière et il les traduit à merveille par cet art si bien fait pour en évoquer le
charme.

L'œuvre de M. Roty est riche de pensée et séduisante de
poésie. Il a des idées de décoration émouvantes et neuves.
Comme M. Chaplain, M. Roty nous a donné de superbes
portraits, exquis par le goût et l'ornement. Comme M. Chaplain, il s'est affranchi du banal et lourd modelé, des allégories

hommasses qui furent pendant cinquante ans la honte de la glyptique. Sous l'étoffe au drapé fin qui suit souplement toutes les mobilités, les corps sont d'une grâce jeune et robuste, d'une vivante beauté. Ce souci de vérité atténue la froideur de l'allégorie, qui est l'écueil inévitable du genre ; les anciens, dont l'imagination, pas plus que la nôtre, ne pouvait la renouveler à l'infini, nous montrent que, à force de talent, on peut en faire oublier la misère. M. Roty, dans ses portraits. est presque toujours heureux. Ses qualités de grâce. de distinction, le servent. Sa manière paisible atteint aisément la sérénité. Parmi ces médailles. quelques-unes sont des chefs-d'œuvre : le portrait de mademoiselle Taine, par exemple, et celui de Pasteur. L'expression de rêverie grave, de clairvoyance mélancolique, est le charme du premier. Le modelé calme met sur ce profil de grâce un peu austère une lumière d'exquise douceur. Quant à la plaquette de Pasteur, c'est une merveille d'observation, de vérité ferme et simple. Citons encore la délicieuse médaille : *Maternité*. si émouvante de tendresse, que M. Roty a composée pour la naissance de son fils : tous les parents voudraient l'avoir en souvenir de la joie si pure qu'ils ont eue à contempler pour la première fois, endormi dans son berceau, l'être de leur chair, la fleur de leur espoir et de leur amour. Rappelons-nous encore la médaille : *Mes Parents*, modelée avec tant de piété et de conscience, et qui a la gravité simple d'un portrait de primitif. Arrêtons-nous : il faudrait citer l'œuvre entier.

Il n'est que juste de parler maintenant de Degeorge, un sculpteur très doué qui fit de la gravure en médailles, et mourut non pas avant d'avoir donné sa mesure, car il la donna du premier coup, mais avant d'avoir réalisé tous les espoirs que, légitimement, on mettait en lui. Degeorge était un artiste passionné et fort. Il apporta dans la glyptique toutes les qualités qu'en d'autres travaux il avait déjà montrées. Le modelé de ses médailles est large, puissant, résolu. En même temps, Degeorge avait le sentiment très net des conditions particulières à son nouvel art. Ses médailles sont arrangées avec goût et, tout en étant d'une énergie expressive, restent simples. Sa médaille pour l'église de Saint-

Pierre-de-Montrouge est très belle par l'équilibre, la multiplicité si simple, si juste des plans, l'entente architecturale, la répartition des lumières. La médaille frappée à la mémoire des élèves de l'École des Beaux-Arts, celle en souvenir de l'inauguration d'un phare, sont d'une émotion recueillie, d'une saisissante poésie, d'une sobre éloquence.

M. Daniel Dupuis, dans son *Cardinal de Bonnechose*, révèle sa volonté d'interprétation décorative et la sincérité de sa vision. Sa plaquette l'*Horticulture* montre très bien aussi sa science, sa passion de l'ornement délicat et somptueux. La *Gironde* nous prouve qu'il est également capable de simplicité noble. Puis, ce sont : M. Tasset, élève d'Oudiné comme Ponscarme et Chaplain, et, comme eux, médailleur artiste, dont l'*Université d'Orléans* a tant de charme ; — c'est aussi un technicien habile dont la science est précieuse à presque tous ses confrères ; — M. Mouchon, si sincère, si consciencieux, si maître de son art ; M. Vernon, l'auteur de la saisissante médaille pour Chevreul, dans l'art puissant duquel il y a tant de poésie ; M. Peter, qui, se rappelant les belles plaquettes de Barye, nous donne des animaux si vivants, coqs, chiens, cerfs, d'un sentiment et d'un dessin qui lui sont propres ; M. Alexandre Charpentier, dont l'art vigoureux nous a valu de nombreuses plaquettes fort intéressantes, des médailles très significatives, une entre autres qui est d'une très sûre beauté : le portrait du maître impressionniste Camille Pissarro. M. Alexandre Charpentier a rendu avec force et avec simplicité, par une interprétation très décorative, la majesté, la douceur, la noblesse de cette grande figure. Ajoutons-y le portrait si pénétrant du docteur Besnier qui, par le goût aussi bien que par l'accent, est une parfaite médaille.

Citons encore MM. Alphée Dubois, Lagrange, et de plus nouveaux venus : Bottée, dans la tradition gracieuse du XVIIIe siècle, Patey, énergique et hardi, dont l'application et la science nous font espérer de belles œuvres. N'oublions pas non plus, pour ne pas laisser trop incomplet ce recensement rapide des artistes qui comptent dans cette Renaissance. MM. Deloye, Maximilien Bourgeois, Heller. Nous devons faire aussi une mention spéciale de M. Alphonse Legros,

le savant peintre que la France n'apprécie pas à sa juste
valeur. S'adonnant à la glyptique, il est resté fidèle à la
fonte qui sert mieux son modelé puissant.

Telle est l'équipe glorieuse par laquelle la gravure en médailles est ressuscitée. A l'Exposition de 1889, on put apprécier
les beaux résultats obtenus. Mais, à l'Exposition prochaine,
nous aurons la joie de voir bien mieux encore la vigueur et la
richesse de cette Renaissance. Chaque année, de nouveaux
artistes y appliquent leur effort. Tantôt ce sont des peintres
comme MM. J.-F. Raffaëlli et Jules Chéret qui, fort justement,
n'aiment pas la spécialisation et, pensant qu'un artiste a le
droit d'exprimer sa vision par tous les modes qui lui plaisent,
se sont mis à modeler des médailles par délassement et par
curiosité, comme ils auraient fait des eaux-fortes ou des pointes
sèches. Tantôt ce sont des sculpteurs comme MM. Frémiet,
Desbois, Alexandre Charpentier. Dampt, Antoine Gardet,
Peter, Pierre Roche, Rupert Carabin, qui, se soumettant aux
lois de la gravure en médailles. y apportent leur vision large
de sculpteurs.

Nous devons à M. Frémiet deux ou trois belles médailles,
dont l'une, un portrait de chasseur, est un pur chef-d'œuvre;
à M. Desbois, une composition d'un grand charme, « la
Vague »; à M. Dampt, une pièce de beaucoup de grâce.
Carpe dilecta; à M. Pierre Roche, artiste affiné, inventif.
passionné de recherches techniques, des estampes gaufrées en
couleur d'un grand intérêt; à M. Rupert Carabin, une jolie
médaille pour le *Journal*.

Quant à M. Henry Nocq. artiste de goût et d'intelligence,
il eut Chapu pour maître, et il semble avoir appris de lui le
modelé simple et ferme, le secret des arrangements décoratifs. Ses plaquettes, ses bijoux (bracelets, broches, anneaux,
épingles, boucles de ceinture, miroirs). outre qu'ils sont
pratiques, de belle matière, doux à la caresse de la main.
délicieusement appropriés à l'élégance de la femme, ont toutes
les qualités de style, de pureté, d'entente décorative qu'exige
la glyptique. M. Henry Nocq nous a donné le droit d'avoir
confiant espoir en son effort. C'est l'un des artistes les plus
réfléchis et les mieux doués de cette Renaissance.

※
※ ※

Renaissance. bien récente encore, mais dont les caractères
sont déjà très nets. Nous venons de voir les qualités du mouvement actuel. Il faut indiquer aussi ses défectuosités et les
risques que l'on craint pour lui. On a utilement pris conseil
des maîtres : c'est avec fruit qu'on les étudierait mieux
encore.

Peut-être alors daignerait-on voir qu'ils ne pratiquaient
guère le modelé timide et n'obtenaient pas l'harmonie par
l'effacement. Or, aujourd'hui, en recherchant la grâce, on
n'obtient souvent que la mièvrerie. Le charme doucereux
dont on se préoccupe n'est souvent que de la fadeur. Il faut
s'en méfier, car bien vite cette tendance aboutit à la mollesse
et à l'absence de caractère. La vérité nous force à reconnaître
que beaucoup, parmi les meilleurs, ont eu parfois de ces faiblesses. Le charme, la distinction sont des vertus exquises sans
doute. Mais le goût comporte aussi la force. Que faisaient les
anciens? Ils modelaient avec parti pris, avec rudesse même.
Ils voulaient rendre puissamment le caractère des êtres, mais
leur art énergique n'excluait ni l'élégance ni la beauté décoratives. A présent, on ne se risque plus à de telles audaces.
Sans doute, nous l'avons reconnu, les médailleurs réalisent
des modelés plus vivants et plus variés que leurs confrères de
la génération précédente. Ils se sont affranchis de certains
poncifs. Mais de ce qu'ils apportèrent plus de grâce dans
leur académisme, il n'en résulte pas qu'ils ont cessé d'être
académiques. Trop souvent encore les portraits, mais surtout
les compositions allégoriques, restent attristants de froideur et
de banalité. Trop souvent on atteint le faux style aux dépens
de la vérité. Et l'on met toute son ambition dans une certaine
harmonie d'ensemble obtenue parce que tout est mou, veule,
fondu, effacé. Nous exagérons à dessein cette démonstration
pour bien préciser la tendance, qui est peu recommandable.
Elle doit d'ailleurs être bien commode, car je la vois fort en
vogue.

Par réaction. quelques médailleurs bien intentionnés montrent un défaut contraire. Las de l'effacement et de la timidité. ils veulent être hardis et ne sont que turbulents. Ils ont

rempli le champ de leurs médailles de gestes désordonnés.
d'anatomies pleines de bosses et de creux modelés à la diable.
Ce seraient peut-être d'intéressants bas-reliefs, mais ce sont à
coup sûr de détestables médailles. Et je m'empresse de déclarer que l'harmonie par l'effacement est encore préférable.
L'art de la glyptique proteste si bien contre ces compositions
trop mouvementées que, à la frappe, les coins se cassent et
que ces véhémentes médailles, mal équilibrées, ne peuvent
être reproduites. Les lois de la glyptique sont tellement impérieuses qu'elles châtient elles-mêmes ceux qui les violent.
Nous en pourrions citer des exemples. La vérité est entre ces
deux excès.

En plus du froid académisme. du modelé timide. de l'harmonie obtenue par l'effacement, une des causes de faiblesse
pour la médaille contemporaine, c'est la réduction. Les
pièces d'autrefois étaient modelées dans les dimensions mêmes
qu'elles devaient avoir à la frappe. Les graveurs. en disposant leur décor, voyaient aussitôt ce que serait leur médaille
et ne couraient pas le risque d'être un peu au hasard ou pro-
lixes ou trop sobres. Ils savaient avec exactitude ce qu'ils
faisaient. Aujourd'hui l'artiste, après avoir cherché la composition de sa médaille. exécute un modèle cinquante fois plus
grand que ne le sera la pièce. Ayant installé son motif principal, il s'ingénie à remplir son champ par des accessoires.
car, dans ces dimensions énormes, il trouve que sa médaille
est maigre ou vide. Sans doute il sait qu'elle sera réduite et
il cherche à deviner, par l'imagination, l'effet qu'elle pro-
duira dans son format définitif. Mais, malgré son expérience
et son goût, il peut se tromper, et voulant meubler sa pièce,
il l'encombre d'ornements qui, après la réduction, la sur-
chargent. Si encore ces accessoires gardaient assez d'importance, restaient assez distincts pour offrir quelque intérêt!
Mais comme, bien entendu, ils ont été réduits en proportion
du reste, ils sont, la plupart du temps, d'une rare insignifiance.

Cela dit, il n'en faut pas moins reconnaître que la réduction mécanique, surtout quand elle est faite par des praticiens intelligents qui sont parfois eux-mêmes des artistes,
peut avoir d'heureux effets pour des médailles mal venues.

Elle épure la forme et la simplifie. Elle atténue les fautes de goût. Elle concourt efficacement à l'impression de sérénité. A ce propos, dans sa vaillante revue *l'Art décoratif moderne*, M. Arthur Maillet, en exagérant toutefois son rôle, a dit des choses fort justes sur les bienfaits de la réduction mécanique. Mais il eût été plus complet s'il avait, en regard, défini ses inconvénients.

Une autre tendance plutôt fâcheuse des médailleurs contemporains, c'est la recherche des plans et l'abondance des accessoires. On semble trop oublier que la simplicité est la première vertu de cet art. Les anciens, aux bonnes époques, cherchaient-ils tant de complications ? Aujourd'hui on a peine à se contenter d'un arrangement simple. On veut même représenter des paysages, des aspects de mer. Je pourrais citer telle médaille où le graveur a indiqué des lointains, l'atmosphère, l'éclairage, un attirail de chimiste, telle autre où l'on voit les reflets très savants du soleil dans l'eau jusqu'à l'infini de l'horizon ; telle autre encore où des navires de guerre en ligne se profilent jusqu'au disque de l'astre à son déclin ! Faut-il donc répéter que la gravure en médailles est sans analogie avec la peinture ? Pour que ces minuties aient un intérêt artistique, elles devraient être d'un relief assez accentué et, comme il les faut en harmonie et en proportion avec les reliefs des premiers plans, songez à la hauteur d'Himalaya que ceux-ci atteindraient. A quoi bon tant de complexités ? Ce sont fautes contre le goût et les lois de la glyptique. Un artiste peut dire autant de choses par une composition sobre, mais expressive ; et j'imagine que cette prolixité est une ressource précieuse pour les médailleurs impuissants à traduire par une belle figure de premier plan l'idée inspiratrice de leur pièce.

Enfin, comme nous l'a enseigné l'art des siècles antérieurs, le danger le plus grave, c'est la spécialisation. Il n'est pas bon que des hommes soient formés exclusivement pour un art. Trop vite, ils risquent de devenir des praticiens adroits et un peu routiniers. S'ils arrivent à une précieuse habileté technique, c'est trop souvent au prix de l'originalité. Leur sensation de la vie s'émousse. Ils n'acquièrent pas l'audace, la résolution, la fermeté, ou bien, s'ils les ont eues, ils les perdent. Rappelons-nous toujours que les plus grands médailleurs ont été des artistes qui pratiquaient aussi d'autres arts. Sans remonter à Pisanello et à ses contemporains, et pour ne citer que des maîtres d'hier ou de l'heure présente, Barye, Chapu, Frémiet nous prouvent la maîtrise plus large des sculpteurs. Personnels et grands dans leur art, ils le sont aussi quand ils s'adonnent à la glyptique, à condition qu'ils en respectent les lois.

Nous aurions peine à comprendre pourquoi Rude, par exemple, n'eût pas fait une puissante médaille avec son bas-relief de *la Marseillaise*, comment le groupe de Carpeaux, *la Danse*, ne serait pas devenue une pièce admirable de grâce, et ce qui eût empêché M. Rodin de faire avec sa tragique *Défense nationale* une médaille de superbe éloquence.

Les spécialistes répondent que ce n'est pas le même art. Mais Pisanello, peintre, ne pratiquait-il pas un art bien plus différent encore? Évidemment, si Rude et Carpeaux avaient voulu graver une médaille d'après leurs bas-reliefs, ils auraient, tout en faisant aussi large, apaisé leur manière, mis moins de véhémence dans les saillies et les creux. Et s'il plaisait à M. Rodin de convertir en une médaille son beau groupe de la *Défense*, ne doutons pas qu'il exprime la même fièvre de désespoir de la façon qui conviendrait à la glyptique. On peut baisser le ton et rester néanmoins un grand artiste. En dépit de certains adoucissements que leur instinct leur eût conseillés, leur œuvre, ainsi transposée, eût gardé toute sa forte beauté.

D'ailleurs, nous l'avons vu, un mouvement s'indique dans ce sens : M. Jules Chéret, le poète délicieux des fêtes de la vie, le peintre des rêves de joie, nous a donné déjà quelques médailles fort séduisantes où se retrouvent toute la grâce, tout le charme décoratif de son œuvre. M. J.-F. Raffaëlli, l'évocateur si sincère des paysages et des ciels parisiens, de la détresse des banlieues, ce maître impressionniste à la vision aiguë, travaille avec passion à des plaquettes qui ont autant de caractère que sa peinture. Et je suis sûr que le jour où MM. Claude Monet, Camille Pissarro, Carrière, Fantin-Latour, Besnard et d'autres peintres, ou bien des sculpteurs comme MM. Constantin Meunier, Bartholomé, Vallgren, voudraient faire de la gravure en médailles, nous leur devrions des œuvres qui auraient un autre accent que les pièces de certains spécialistes.

Sous ces réserves, la gravure en médailles, si bien ressuscitée. servie par des talents divers, encouragée par la faveur du public, mise par la modicité des prix à la portée des amateurs peu fortunés, nous semble avoir retrouvé ses destinées brillantes.

Évidemment notre époque est peu riche de gloire bruyante. Il n'y a plus guère de gestes de triomphe ni d'aventures prestigieuses. Nos costumes sont sans magnificence et sans lyrisme. Et l'élégance à la mode veut que les physionomies s'immobilisent dans l'indifférence correcte, dans la froideur distinguée. Il est de bon ton de n'être qu'une tête bien cosmétiquée au-dessus d'une banale vêture. Conditions défavorables pour l'art.

Mais, heureusement, certains visages, réfractaires au protocole mondain, gardent du caractère. Il arrive aussi que les figures les plus glacées trahissent, à certaines minutes, leur émotion. Ce sont ces minutes-là que saisiront les artistes.

Et pourquoi, tout autant que l'épopée sanglante, l'effort tenace de l'humanité vers la Justice et le Bonheur n'aurait-il pas sa beauté?

GEORGES LECONTE

L'Administrateur-Gérant : H. CASSARD.

TABLE DU SEPTIÈME VOLUME

Mars-Avril 1899

LIVRAISON DU 1er MARS

LIVRAISON DU 15 MARS

LIVRAISON DU 1ᵉʳ AVRIL

LIVRAISON DU 15 AVRIL